长生大道，不问长生，只为逍遥漫漫长生路，顺从心意倾慕于你，便是我此生最大逍遥。

大白牙牙子♡

听烛

Ting Zhu

上

大白牙牙 著

天地出版社 | TIANDI PRESS

目 录

第一章 与君初逢 001

第二章 魔由心生 017

第三章 胜负之约 053

第四章 独具慧根 082

第五章 前缘故事 110

第六章 寒山困局 146

第七章 应劫之愿 171

第八章 惊才绝艳 199

第九章 怃患暗生 232

第十章 走火入魔 267

第十一章 梁祝之议 295

了悟丝毫不自知，用一言一行和无尽的温柔编织成网。衡玉明知危险所在，依旧陷入其中。

第十二章 幻境试炼 325

第十三章 残念奇遇 353

第十四章 妖魔现身 372

第十五章 相思之苦 409

第十六章 生死考验 439

第十七章 忘忧绝情 477

第十八章 禅骨秘闻 508

第十九章 此生结契 540

番外一 此情深 573

番外二 此情默 611

番外三 此情长 617

第一章
与君初逢

合欢树是百花谷的特有树种。

现在刚好是合欢花花期,衡玉躺在粗壮的树干上昏昏欲睡,听到下方的动静,觉得自己挑了个错误的时间出门。

听情形那两个修为低的弟子就要失态,衡玉终于睁开长眸。

她拨开枝叶,注视着下方,用灵力传出声音:"树上有人。"目送那两个弟子狼狈地离开后,衡玉重新躺了回去。

她叫洛衡玉,是百花谷大长老座下的亲传弟子,天资出众,修为在年轻一辈中也算突出,和其他九人并称为百花谷年轻一辈的"十大少主"。因此门下弟子一般都称她为"洛主"。

衡玉此前修炼时出了岔子,险些走火入魔,之后花了一个月的时间才重新适应了灵力。这期间,她也顺便重新琢磨了下自己的修炼路线。

百花谷是邪宗,门下弟子多修习媚术,走的多是媚修的路子。不过大道三千,不是只有媚修一途,门内也有不少弟子是剑修、音修。衡玉自从修炼出了岔子,就放弃了最擅长的媚术,暂且选了剑当自己的武器。

就在这时,一道道震天的钟声响彻整个宗门。钟声足足有九响,这个数量的钟声,只有在百花谷开启内门任务时会出现。按照常理,百花谷内门任务每五十年开启一次,下次内门任务距离现在明明还有十年时间,衡玉被这个变故弄得有些诧异。

她才恢复不久,目前只想好好待在百花谷里,最怕的就是这种突发的变故。

"内门任务怎么提前开启了?"

"这种情况相当少见,镇宗石有所预警时,剑灵会被惊动,提前苏醒……这一回,镇宗石要降下什么预警?"

出门后,不远处的议论声传到衡玉耳里。从他们的议论声中,衡玉逐渐弄清楚了现在是什么情况。

镇宗石是百花谷圣物,每当遇到什么大的灾难或者重要事情时,镇宗石都会降下预警。而他们口中的剑灵是百花谷祖师本命灵剑里的剑灵,在祖师身殒后,剑灵与宗门大阵融为一体，每五十年才会苏醒一次，主持开启内门任务。

没让众人等待太久，主峰方向骤然亮起一道刺目金光。金光闪现过后，有一行字浮现在天际：

　　无定宗圣子了悟欲渡情劫。

这行字凝聚在天际，久久不散。

众人先是一愣，旋即喧哗声从练剑台上扩散开，最后蔓延到整个宗门。

"圣子了悟，情劫……不会是我想的那样吧？"

"我觉得是。哈哈哈哈，看来这次的内门任务有意思了，就是不知道这个内门任务会落到谁头上。"

"十大少主中，以慕主修为最高，我觉得她最有可能。"

"我倒觉得媚主更有可能，她媚术惊人。"

"怎么没人提名洛主？"

"洛主修习的功法有些特殊，也没接过任何这类任务，我觉得最不可能的就是她。"

衡玉凝视着那行逐渐散去的金色字迹，微微眯起狭长的眼眸。这个内门任务，是想要在圣子渡情劫时搞事，让圣子渡情劫失败吗？只能说，百花谷不愧是邪宗啊。

"咻——"一道凌厉的破空声在耳边炸开。

衡玉身体朝左侧稍偏，手往耳边凌空一抓，接住被人抛掷过来的无欢果。

衡玉上下抛动拳头大小的无欢果，垂眸看向树底下那风姿妖娆的女人，冷淡地道："有事？"

站在树底下仰头看她的人，是同为十大少主之一的"媚主"舞媚。

舞媚不愧是以修习媚术为主的，一颦一笑之间都带着动人的风情。她仰头朝衡玉娇笑，披在身上的轻纱随着她的动作晃动。

"碰巧路过，瞧见你躺在这儿，想问问你对攻略圣子这个任务有什么看法。"

衡玉说："没什么看法，我对这个任务不感兴趣。"

"真的不感兴趣？"舞媚勾起唇角，语气很轻很缓，就像是在衡玉耳边低吟一般，"难道洛主不想看到那克己禁欲的圣子被妄念焚身，识得这人世之贪嗔痴念……"

舞媚话未说完，一道身影裹挟着浓烈的灵力朝她逼近，猛地扯住她的领口。

衡玉用空着的一只手勾起舞媚垂落的头发，唇角上扬，笑意却没有出现在眼睛里，警告道："我不喜欢别人对我使用媚术。"

刚刚舞媚说话时，故意催动媚术来攻击她。

百花谷可不是什么善地。既然舞媚先做了小动作，她自然也没必要怜香惜玉。

警告过后，衡玉后退两步，语气平淡："听闻无定宗每千年会挑选出四位圣子，圣子了悟更是其中的佼佼者，具有先天禅骨，是传闻中的禅门之光，也是无定宗呼声最高的下一任掌教。他的心性比我更坚定，媚主连我都魅惑不了，还想魅惑圣子？"

"你——"舞媚神情微变。

衡玉问:"还有事吗?"

舞媚冷笑,拂袖而去。走动之间,一股奢靡甜腻的香味飘入衡玉鼻腔,她的声音也随之传入衡玉耳里:"十日后,器灵会开启藏经阁,让弟子进入其中匹配内门任务。我原本期待自己亲自动手攻略那光风霁月的圣子,但现在,却更期待洛主接到此任务。因为洛主的媚术更糟糕,倾慕值更是比不少外门弟子都要低——就凭你,只能落得个任务失败,接受惩罚的下场!"

衡玉微微一笑,并不在意舞媚的狠话。不过在听到"倾慕值"这个词时,衡玉取出一块正面刻着各种诡异纹路、背面是一朵合欢花浮雕的方正玉牌。她往玉牌里注入灵力,眨眼之间,玉牌正面逐渐浮现出几个数字来——一千零十二。这正是衡玉现在所拥有的倾慕值。

这个倾慕值是百花谷的特色。玉牌里的阵法可以勾连人心,凡百花谷弟子在获取他人倾慕时,都可以获得倾慕值。内门弟子能够凭借倾慕值兑换各种功法、丹药,甚至能够借助倾慕值来突破境界!

修为越高的人动了情,他们贡献的倾慕值就越多。同等境界下,正道弟子动情后产生的倾慕值也比邪宗弟子多很多。可以说,百花谷邪得明明白白,并不愧它邪宗的名头。

玉牌上的数字黯淡下去,衡玉正要将玉牌收起来,树底下又传来一道娇俏的声音:"洛主好兴致。"

即使有再好的兴致,也经不起接二连三被人打扰。衡玉点头示意:"原来是慕主。"

十大少主中只有三位是女子。其中,衡玉气质清冷,舞媚走的是妖艳路线,慕欢走的则是娇俏路线。

慕欢穿着一身半遮半露的粉色纱裙,脸上的神情纯真无比,眼睛澄澈得像是无垢的仙子。但这不过是表象罢了,慕欢这一身筑基巅峰的修为,可完完全全是依靠双修提升上去的。

慕欢眼里泛着水光,她并不介意衡玉的冷淡,自顾自地说道:"刚刚路过附近,正好听到洛主和媚主的交谈声。说起来,洛主还没见过圣子了悟吧?"

"没见过。"

"那难怪。"慕欢脸上多了几分憧憬,不自觉地舔了舔唇角。这种魅惑动作几乎是她下意识的行为,"了悟师兄清高出尘,道法精湛,又生得一副顶尖的好相貌。当时瞧见他的时候,我就觉得这个人非我莫属,结果天助我也,他居然真的要入世渡情劫。洛主有没有觉得这是天赐的姻缘?"

纯真与蛊惑,这两种完全矛盾的气质在慕欢身上恰到好处地并存着。

衡玉老实回答:"没有。"

慕欢脸上的笑容微微凝固,心想这天聊不下去了。

衡玉见慕欢如此期待拿到攻略圣子的任务,认为她应该会有什么特殊的攻略手段，反倒激起了几分好奇心："如果任务落在你头上，你打算如何攻略圣子？"

慕欢自信地笑道："圣子再如何清高出尘也是个男人，直接些的手段也许会很好使。"她伸展了一下腰肢。结合慕欢是如何快速进阶的，这所谓"直接些的手段"是什么并不难猜到。

这个回答真是让衡玉失望。

下一刻，她那原本淡定的心突然稍稍提起警觉：舞媚媚术惊人，但修禅之人心性坚韧，最不容易受媚术魅惑；这慕欢又是个没脑子的……到最后，攻略圣子这种麻烦又后患重重的任务不会真的落到她头上吧。

下方再次传来慕欢的声音："我能走到今天这一步，洛主可莫要小瞧了我的手段。"一听对方这自信满满的话，衡玉顿时淡定不少："原来如此，慢走不送。"

衡玉之前走火入魔，服下六品丹药后，受损的经脉正在缓慢修复，但那丹药副作用极强，她只能靠睡觉来转移注意力，以忽略隐隐作痛的身体。她实在没那么多闲心来应付别人的试探。

慕欢还想再说些什么，但看衡玉这完全不配合的样子，狠狠一跺脚，气冲冲地转身离去。

衡玉耳根清净没多久，一道流光突然在天际闪过。锁定衡玉的气息后，流光旋转几下落在她身边，化成一道传音符。传音符发出震动，随后传出她师父游云大长老的声音："徒弟速回。"

师父出关了？！一个月前衡玉刚摆脱走火入魔状态时，游云正在闭关炼丹。现在他出关，应该是丹药已经炼制完毕了。她这个师父是个相当厉害的角色。元婴后期修为，在媚术一途几乎走到了极致。

衡玉没有耽搁时间，御剑飞回宁榆峰，恭敬地向游云行礼。

游云示意她坐下："无须多礼，此次唤你前来，是想和你聊聊内门任务的事情。"

游云正打算开口说正事，突然感到惊讶："你弃修媚术了？"

才一个多月不见，这弟子眉间的媚态已经消散无踪了。如今她着一袭青衣，气质清冷疏淡，乍看上去，像极了那些名门正派的天之骄子。

衡玉没有马上回答，而是反问："师父介意吗？"

"无所谓，不过……"

衡玉立即坦然承认："师父，我是弃修媚术了。"

游云被噎了一下："你在百花谷不修媚术，要如何获取倾慕值？"

他和这个亲传弟子相处时间不多，但对方主修的功法是他赐下去的，所以他自然清楚那门功法在突破结丹期、元婴期时，可都需要倾慕值作为辅助。说到这儿，游云又有些嫌弃："你的倾慕值只有一千对吧？想当年在你这个境界，我的倾慕值早已过了十万。"

衡玉刚想开口解释，游云突然神色一凝，透着凉意的指尖搭在衡玉腕间，一股冰寒灵力注入她的身体。几息之后，游云松开手，眉心微微拧起："走火入魔？你怎么会走火入魔？"

听到游云的问题，衡玉心下苦笑，她也不知晓发生了什么。她虽然已经恢复正常，但偏偏走火入魔那段时间的记忆好像被人刻意抹掉了一般。这让她心中一直警惕着：自己出事不是意外，很有可能是人为。这些念头一闪而过，衡玉笑道："是我修炼时急于求成，冒进突破。师父不必担忧，我已经服下师父留给我的保命丹药，现在除了一些后遗症外再无大碍。"

见她不欲多说，游云抬眸瞧她一眼，在心里反思是不是自己往日太不关心这位徒弟，以至于遇到这么大的事情她都没向他寻求帮助。他抬手揉了揉眉心，暂时先把话题扯回了内门任务。

"内门任务是强制性任务，以你的天赋实力，领取到的内门任务等级至少是地级上品。对了，你应该已经知晓无定宗圣子了悟要渡情劫这件事了。这个任务很可能是千年不遇的天级上品任务，任务难度极高。"

内门任务失败的惩罚非常严重，他只希望这个任务别落到衡玉头上。他徒弟现在连媚术都不修了，领取到攻略圣子的内门任务，那不是白白送人头？

衡玉道："我方才遇见过媚主和慕主，她们二人看上去都颇有自信。"

游云连自己的徒弟都没怎么关注过，哪里关注过其他两个年轻的内门弟子？一听这话，他忍不住点头："如此甚好。十天后你随便接下一个地级任务，完成任务后至少能获得一万倾慕值，这个数值够你用来突破结丹期了。"

随着内门任务发布日期迫近，闭关的弟子纷纷被唤醒，外出历练的弟子也各施手段赶回宗门。大家都在为接下来的宗门盛事做准备，一时间百花谷变得十分热闹。

衡玉与这份热闹格格不入。她身为宗门少主，储物戒指里不缺好东西，所以也没特意准备什么，每天都待在院子里吞服丹药疗伤。这些丹药主治走火入魔的后遗症，应该是特意开炉炼制的。游云这个人看似玩世不恭，其实非常好说话，而且相当不拘小节。他不会手把手教徒弟，但对弟子绝对足够慷慨大方。

这天，无数道光束自藏经阁冲天而起，飞往各个主峰。其中一道光束飞进宁榆峰，撞击在衡玉院子的结界上，化为一只纸鹤。

衡玉正盘膝坐在床上疗伤，在身体中的最后一丝隐患被顺利拔除后，她缓缓睁开眼睛，抬手摇动手腕上戴着的铃铛手链。下一刻，那原本停留在结界外的纸鹤唰的一下落在她手里。

捏碎纸鹤，里面传出一道沉稳的声音："请内门弟子前往藏经阁领取任务。"

藏经阁矗立在云雾缭绕之处，被各种殿宇环绕着。也许是因为剑灵苏醒，往日显得古朴的藏经阁添了几分难以言喻的肃穆。为表示庄重，任何人想要登临藏经阁，都需要先徒步走过藏经阁前的九百九十九级台阶。

衡玉到的时间不早不晚，距离藏经阁正式开启还有两刻钟，她只能跟着众人一块儿站在原地等待。闲来无事，衡玉抱着剑打量四周，在心底评估着百花谷年轻一辈的实力。

百花谷位列五大邪宗之一，勉强跻身于一流宗门末端。她现在单一冰灵根的资质自然不错，可也没到最好的那一列。修真界以实力为尊，她本打算养精蓄锐默默闭关修炼，等实力到结丹期再外出游历，但这个突如其来的内门任务打乱了她的安排，如今她只能走一步看一步。

圣子了悟为天生禅骨，资质超绝，绝对是最优质的攻略对象。

但攻略他也意味着麻烦。不成功，宗门惩罚等着自己。即便成功了，一些激进的无定宗弟子肯定会敌视她，后续存在无穷无尽的麻烦。想想积极得不能再积极的慕欢，再想想对这个任务避之不及的自己，衡玉觉得她真不是个合格的百花谷弟子。

藏经阁门外那口古朴巨钟突然开始一阵摇晃，悠远的钟声在整个百花谷里回响。钟声刚平息下去，剑灵那悠远的声音又响起："所有弟子，请登藏经阁。"所有人朝藏经阁方向执弟子礼，开始徒步走上台阶——

衡玉不急着登台阶，她正在仔细观察周围。很快，衡玉与一个打扮妖娆的女人对上视线——舞媚。舞媚抬手，纤细的指尖在唇峰上一点，朝衡玉勾唇一笑，随后脚踏流云，没入人群之中。衡玉移开视线，又瞧见了另一道熟悉的身影——慕欢。不过对方并未注意到她，早已满怀期待地朝藏经阁走去。

轻笑一声后，衡玉也不再耽搁时间，握剑登上台阶。有弟子瞧见她，纷纷抱拳行礼，有些弟子还会特意避开她，让她先行一步。

百花谷很有意思，在礼仪这点上，比一些名门正派还要讲究。她也没客气，直接越过那些弟子，继续拾级而上。片刻后，衡玉走到了藏经阁前方空地。这片空地比底下那个平台小了些，不过容纳一千多名内门弟子还是绰绰有余。此时，这里站了许多姿色出众的内门弟子，他们或是交头接耳，或是孤身站立。最前方，十几个衣袂飘飘、气质出尘的人负手而立，他们都是宗门长老，负责维持此地的秩序。

瞧见弟子们全部到达，一个身穿蓝衣的女人笑问站在最前方的男长老："曹长老，你看是不是可以让弟子进入藏经阁领取任务牌了？"

曹长老扫了一眼人群："也差不多是时候了。"他看向那些弟子，声音在灵力加持下扩散开来："所有内门弟子，请入藏经阁领取你们的任务。"

上一次内门任务开启是在四十年前，这里多数内门弟子都没参加过内门任务。曹长老说完，一时间并没有弟子上前，他们全部站在原地观望，看哪个弟子最先上前领取内门任务。瞧见他们全部站着不动，曹长老微微拧眉。他指着距离自己最近的一个男弟子："你先进去。"

被点中的弟子扯唇苦笑，但不敢违背长老的意思，他行了一礼后深吸口气，快步走进藏经阁。等了十几个吐纳，他从里面走出来。与此同时，一行金色字迹浮现在藏经阁上空：

萧云，筑基初期，内门任务：攻略剑宗内门弟子何柔柔，时限两年，玄级上品任务。

十个吐纳后，金色字迹完全消散。

很快，又有一名粉衣女子被点名进入其中：

乔嫣然，筑基初期，内门任务：攻略缥缈宗任意一名内门弟子，时限两年，玄级下品任务。

在这两名弟子之后，曹长老在众弟子身上环视一圈，突然开口点名："迟，你进去。"

迟立于人群之中，他气质圣洁，恍若光明的代言人，看不出一丝邪宗弟子的痕迹。百花谷十大少主中还是有地位高低的，迟身为掌门亲传弟子，隐隐压了其他九人一头，算是宗门如今年轻一辈里的领头人。他打开折扇，含笑温声应了句"是"，忽略掉不少女弟子投去的倾慕视线，越众而出。

这一回，他进去的时间比较漫长。众人足足等了有小半刻钟，他才走出藏经阁，眼睛微微眯起，不知道在想些什么。与此同时，迟接到的内门任务浮现在藏经阁上空：

迟，筑基巅峰，内门任务：攻略缥缈宗圣女路芙，时限五年，天级中品任务。

这行字一出来，原本安静的人群顿时变得喧闹起来。

"宗门建宗以来，只出过十几次天级中品任务吧？"

"不愧是宗门首席弟子，天级中品任务实至名归。"

"迟的倾慕值已经过了十万，比一些长老都要高，这个结果不出预料啊！"

衡玉把目光落在迟身上，眉梢微挑。这个人看着圣洁雅致，实际上浑身上下都透露着危险。百花谷的确藏龙卧虎，十大少主中的每个人都不容小觑。

在迟之后，曹长老并不打算吊众人胃口，他显然很清楚弟子们在期待什么。

"舞媚，你进去。"一袭红衣的舞媚闻言脸上浮现出灿烂的笑容。单是看这笑容，她身边就有不少男子觉得骨头都要酥掉半边了。

"攻略圣子的任务，估计是落在媚主身上了吧。"

"师兄为何如此肯定？"

"曹长老为什么第一个点媚主？这说明长老们也更看好媚主拿下这个任务。"

衡玉领首，其实她也认可这最后一句话，在舞媚和慕欢之间，她同样更看好舞媚一些。毕竟舞媚的智商看着就比慕欢在线很多。但小半刻钟后，舞媚从藏经阁里走出来，脸色微微有几分僵硬，丰满的唇几乎抿成一条线。十几位长老从她的脸色里看出不对，面面相觑。

一行金色字迹浮现在藏经阁上方，然后喧哗声蔓延开来。

舞媚，筑基后期，内门任务：攻略剑宗首席弟子俞夏，时限五年，天级下品任务。

"竟然不是媚主！"

"我的天，看来这个任务是要落到慕主手上了。"

说实话,天级下品的任务已经很厉害了,百花谷历史上类似的任务也不过出现了百次。奈何,在攻略无定宗圣子这个任务面前,天级下品任务瞬间黯然失色。

这些议论声被风送入耳里,舞媚身体更僵。压下心底的失望,她扫视人群,视线定格在衡玉身上时,骤然迸发出喜悦的光。她直接给衡玉传音:"这个任务不会真的要便宜了慕欢那个女人吧?与其便宜了她,我宁愿这个任务落在洛主你手里,让你得了好处。"

衡玉扶额。圣子是唐僧吗?抢到他到底能有什么好处?盯着那正缓缓走进藏经阁的慕欢,衡玉轻吸口气,希望慕欢能对得起她那份自信吧。慕欢的身影刚消失在藏经阁门前,曹长老继续点名:"衡玉,你也一同进去吧。"

"该你进去了。"舞媚有些幸灾乐祸,"洛主,你可千万不要辜负了我对你的期待啊。"衡玉早就在等这一刻,神情平淡地走出人群。看着衡玉那副平淡如水的模样,舞媚不满地哼了哼。

途经众长老时,衡玉脚步微顿,行了弟子礼,这才缓步走到藏经阁前。

藏经阁大门由古朴的红木雕琢而成,现在大门被一团白雾笼罩着,随着衡玉的靠近,白雾绵延出一条细丝缠绕住她的手腕,然后迅速蔓延开,裹着她消失在原地。

在衡玉进入藏经阁后,蓝衣长老出声询问众长老:"我原本最看好的人是舞媚,但舞媚拿到的是天级下品任务。你们觉得洛衡玉和慕欢谁最有可能拿下攻略圣子的任务?"

众长老互相对视。其中一人沉吟片刻,道:"这有些说不准,不过在这二人里我觉得慕欢更具优势。她身怀媚骨,法术炉火纯青,修为也更高一些。"有些人点了点头,明显是同意他的判断。

但这位长老才刚说完,一直老神在在地站在最前方的曹长老回过头来了:"我倒是觉得衡玉更有可能。无定宗那位圣子号称禅门之光,心性坚韧由此可见一斑。媚术很难使他动摇分毫。所以挑选人执行这个任务时,也许会更注重考察弟子的心性。"

虽然了悟在曹长老面前只能算是后辈,但曹长老话语之间对其却相当推崇。毕竟那位年轻圣子距离站在修真界顶端,所差的只是时间罢了。

最先询问的蓝衣长老沉吟片刻,还是得不出结论,无奈道:"看来只有等她们出来,这个问题才能有真正的答案。"

藏经阁内,衡玉身处于一片混沌黑暗中。

她微微眯起眼,环顾四周,同时用灵力来探查周围的情况,最后发现这片黑暗中的的确确只有她一个人存在。除此之外,就连一颗石子、一株草木都没有。

"什么都没有吗?"探查之后,衡玉朝正前方迈出一步。随着她一步步坚定迈向前方,衡玉的视野逐渐变得清晰敞亮起来,她的前方,悬浮着一面巨大的水镜。

这些天里，衡玉打听过不少宗门秘辛，自然知道这面水镜是什么——百花谷圣物，由当年创办宗门的祖师一手打造出来，谁也不知道它是什么原理，但这近万载岁月以来，百花谷内门任务全都由水镜分配。虚空之中，剑灵悠远而沧桑的声音响起："上前，将你的手放在水镜上。"

当衡玉的手触碰到水镜时，原本平静无波的镜面突然泛起一圈涟漪，从她触碰的地方开始往外扩散出去。这圈涟漪打破水镜的平静，里面似乎正发生着剧烈的碰撞。碰撞到最后越来越剧烈，衡玉甚至担心水镜会被这股波动炸开。

就在她有些惊疑不定时，水镜的波动在一刹那凝固消退，然后黑色的字迹浮现在镜面上。看清那行字迹后，衡玉沉沉叹了口气。

事与愿违，事事不顺。

"洛主和慕主进去已经有半刻钟了，怎么还没出来？"

"应该快出……她们出来了！"

藏经阁那原本空无一人的大门前出现两道身影。众人的目光紧紧盯着她们，似乎想从她们的脸色提前探究出答案。

一人身穿青色长裙，长发束起，面沉如水。一人披着粉色轻纱，长发及腰，脸色是如出一辙地难看。有弟子觉得她们的反应都太不对了，凑在一块儿交头接耳。

"这……难道两人都失败了？"

"不会吧，难道这么高难度的任务会落在某个普通内门弟子身上？"

长老们也觉得困惑。就在曹长老按捺不住想要出声询问时，两行金色字迹缓缓浮现在藏经阁上方：

慕欢，筑基巅峰，内门任务：攻略玄宗掌门亲传弟子道卓，时限三年，地级上品任务。

慕欢居然只是地级上品任务？那……

洛衡玉，筑基后期，内门任务：攻略无定宗圣子了悟，令其动情，破其道法金身，时限十年，天级上品任务。

藏经阁平台上，上千名内门弟子交头接耳，窃窃私语声不绝于耳。

这一回的内门任务，不仅出现了天级下品和天级中品，竟连这种万年难遇的天级上品任务也出现了！不过想想攻略圣子的难度以及攻略成功会造成的影响，众人又觉得这个任务被评定为天级上品并不奇怪。

"天级上品任务，自我们宗门建宗以来，除了这一次外还出现过吗？"

"想想还真是刺激，高高在上的圣子若是沾染了人世情欲，那天下人岂不是都能看无定宗的笑话了？"

"其实这个任务还是更适合媚主，禁欲的圣子和妖娆的妖女，两人搭配在一起的感觉更加刺激。"

"你凡间话本看多了吧，难不成那位高高在上的圣子还想度我们百花谷的妖女不成？"

　　男子的议论声和女子的娇笑声在四周响起。

　　衡玉十分头疼，这个任务着实棘手。圣子是那么好攻略的吗？若是圣子因她误了道心，天下间不知道有多少人会将她视为眼中钉肉中刺。她怕的完全不是这个任务本身，而是这个任务衍生出来的无穷无尽的麻烦。

　　余光扫见皱着眉的慕欢，衡玉心里忍不住犯起嘀咕，慕欢这家伙真不靠谱，之前还那么自信满满地说攻略圣子的任务非她莫属，转头就只领取了一个地级上品任务！对此，衡玉简直比慕欢本人还失望。闭了闭眼，衡玉平复好心情，对着诸位长老再行一礼，走回人群之中。

　　慕欢瞥了眼她从容离去的背影，再想到自己接下的任务，恨恨地一跺脚。

　　衡玉随便挑了块空地站定，垂下头把玩剑柄上挂着的剑穗，眼前突然出现一道阴影。舞媚两只手背在身后，笑盈盈地看着衡玉："不错不错，接下来就要由你想办法拿下那朵高岭之花了。"

　　衡玉说："你是过来幸灾乐祸的吧。"十天前对方说过的话犹在耳旁，舞媚可是直言她媚术糟糕、倾慕值低，无论如何努力，怕是都只能落得个任务失败的下场。

　　舞媚的指甲修得极好看，上面涂满色泽艳丽的丹蔻。她的手抚着脸庞缓缓挪动，艳丽的红落在冰玉般的肌肤上，宛若那话本中诱人的精怪。对于衡玉的指责，她无辜道："是有这么层意思，我期待的任务被你抢走了，还不允许我内心嫉妒一下？"她说得那么坦然，反倒让衡玉笑了。

　　行吧，这种坏得明明白白的女人，的确让人很难讨厌起来。

　　"不过我这回来，也是给你出谋划策的。"舞媚娇笑起来，"迟一直想要拿下你，也许你可以趁机和他厮混一番，顺道跟他好好学一学媚术以及如何攻略他人。"

　　下一刻，舞媚连衡玉拔剑的动作都没看清，就已经被半出鞘的长剑抵住脖子。长剑靠得太近了，近到她能清晰感受到剑身的森冷。

　　"比起修习媚术，其实我更想和你好好比一下剑术。"

　　舞媚脸色不变："你这是恼羞成怒了？"

　　"我只是想帮你管教一下你这张嘴罢了。"衡玉收剑，让剑身再次完全没入剑鞘中。她转了转手中长剑，将它别回腰间："这里没什么热闹瞧了，我先走一步。"

　　游云正捧着一只细瓷茶盏把玩。茶盏沿上刻着胭脂红碎花纹，杯里盛着清冽的茶水，有一片碎茶叶没有被过滤干净，正静静浮在水面上。

　　游云盯着那片茶叶，神情专注得好像是在悟道。他等了半天，还是没等到自家徒弟开口说话，他实在是端不住高冷架子了，悄悄朝衡玉瞅去。好家伙！徒弟压根没给他分过一个眼神，现在正一心品着茶。

　　"这茶味道颇有些古怪。"衡玉注意到游云的打量，举了举杯，咽下嘴里苦涩的茶水。几个吐纳后，衡玉明显感觉她的经脉间散发出淡淡的暖意，脑海也变得越发清明。很显然，这茶不是凡品。

"师父，你这些茶叶还有多的吗？有多的送我一些。"在修真界，师徒关系有时候比亲子关系还要亲密。这段时间里，师徒双方都有意亲近彼此，相处起来融洽自然。

游云斜睨她一眼："不是说味道古怪吗？"

衡玉诚恳道："我不太喜欢这种味道，但圣子可能会喜欢。"

"圣子喜欢？"游云玩味地重复这句话，觉得她现在的反应很有意思，"你之前不是很抗拒接下这个任务吗？现在这是突然想通了，开始考量圣子的喜好了？"

衡玉笑而不语。

游云也不纠结，表现出了一个冤大头该有的品质："行吧，为师分一罐给你。"

"师父，你不是擅长炼丹吗？那些什么保命疗伤的丹药有没有，给我随便来个几十份，万一圣子受伤，我可以趁机献殷勤。还有啊，师父你有没有什么保命的法器？我可以当作礼物送给圣子。我也不多要，就来个十几样就好了。"

游云捏紧了手中的茶杯。

"对了师父，灵石是不是也该多给我些？我要的也不多，一两千块中品灵石就够了。我请圣子吃饭啊什么的，总是要有大笔开销的，每顿饭不吃它个几块中品灵石，都显示不出我宗门弟子的气魄。还差什么东西来着，师父……"

游云面无表情，他就说他徒弟怎么想通得那么快！口口声声为了圣子为了任务……说得还挺好听的，但无定宗那帮人在外行走基本只吃粗茶淡饭，一顿饭花几个下品灵石都嫌贵，这些好处到底是为了谁讨的还用多说吗？

"孽徒！是你自己滚出我的院子，还是我直接把你撵出去？"

衡玉知道游云没生气，对自己唯一的弟子，游云其实非常纵容。只可惜她以前不好意思厚着脸皮主动亲近，游云又常年闭关，师徒俩的关系才显得有些生疏。她准确地踩着游云的底线跟他讨价还价："师父，减少一半的量也行，我们可以再商量商量的。"

游云都被她气笑了。下一刻，衡玉只觉得眼前一黑，视线再次恢复明亮时，她已经被她师父送回自己的房间。

"还元婴后期呢，对我这唯一的亲传弟子就不能大方点吗？真小气。"衡玉郁闷地转身回房休息。以游云的修为，衡玉这句话就和在他耳边大声吼出来没什么区别。他险些被气笑。说他小气？他这些年纵横沧澜大陆，能成为无数女修心目中的梦中情人，舍得为漂亮女修花钱就是原因之一。不就是几十份疗伤丹药、十几个保命法器、一两千块中品灵石吗？他不仅要给，还要翻倍给这孽徒！

等衡玉睡醒，就看到她院中的石桌上摆着一个储物戒指。储物戒指纹路精美，色泽暗红，看着就非凡品。衡玉脸上露出"激动"的神情大声说："难道是师父……"

她快步上前，将神识注入储物戒指里。她看到上百瓶品级不低的丹药堆放在角落，几十件保命法器也堆在一起，甚至还有好几套精美的法衣。而中品灵石像是不值钱一样堆成小山，甚至还有一百块上品灵石。除了这些之外，还有各种各样的珍稀材料。

衡玉抽出神识，神情动容，捧着脸感慨："这也太多了，难怪师父能成为亿万女修心目中的梦中情人……"

隔壁院子，游云听到衡玉发自内心的感慨，悠悠端起茶杯喝了口茶水。

看吧，他徒弟的眼光终于有进步了。

衡玉把储物戒指戴到自己手指上，望向隔壁院子伸了个懒腰，无声地叹了口气。

生活不易，只好靠忽悠师父来赚点资源了。她师父太好忽悠了，肯定经常被人骗。与其被别的坏女人骗走他的东西，不如让她这个徒弟多宰几次，好歹肥水不流外人田。这么一想，衡玉良心顿安，走进书房。她此前一直忙着疗伤，现在经脉间的暗伤已彻底恢复，也是时候好好补一补情报，以备不时之需。

这样寻思着，衡玉从书架上抽出《大陆简史》。《大陆简史》，顾名思义，讲的是沧澜大陆这万年的历史事件，由八大正道、五大邪道宗门一同编撰完成，每隔千年会重新修订一次。她手里这本《大陆简史》，正是十年前刚修订过的最新版本。

翻开第一页，只见书上写着"妖魔横行，众生皆苦"八字，字迹如同铁画银钩般。

沧澜大陆万年之前曾经经历过一场滔天浩劫，无数惊才绝艳的修士在这场浩劫中陨落，剩下的一些大能则开创宗门，广纳弟子。万年时间以来，沧澜大陆逐渐恢复兴盛。但那场滔天浩劫并没有完全消退，能侵蚀人心的邪魔之气一直留存在世间。当人有了心魔后，邪魔之气就能乘虚而入，逐渐控制住这个人，让他变得如同行尸走肉一般，只有禅修能够度化这些被邪魔之气侵蚀的人。再往后翻，就到了"无定宗"的部分。衡玉指尖落在书页上，快速往下移动，直到瞧见"了悟"二字方才停住。

圣子了悟，天生禅骨，心如明镜，修大慈大悲之道。

"这位被世人推崇为禅门之光的圣子，到底是何等惊才绝艳的人物？"衡玉心底突然升起几分好奇。是高居殿堂如法则般清冷，还是深入红尘依旧温柔？她把这个问题写下送给慕欢，想要从慕欢那里得到答案。

慕欢正在自己的院子里闷闷不乐。十大少主中数她入门最早，修为最高，结果心心念念的攻略圣子任务没落到她头上就算了，迟主拿到了天级中品任务，舞媚拿到了天级下品任务，她居然只拿到了一个地级任务！

"也罢。"慕欢冷哼，"谁说洛衡玉接了任务，圣子就只能由她一个人攻略了？等我完成内门任务后，也要掺和进她的内门任务里。"

她正打算出门，突然瞧见有一只纸鹤落在她的结界上空。慕欢抬手，纸鹤落在她手里化为一张纸。认真读完上面的问题，慕欢不仅没有隐瞒，还非常积极地回答了这个问题。反正就算她不回复，等洛衡玉跟圣子有所接触，也会慢慢品出那位圣子的滋味之妙。

"即使你从未见过他，当你看到他的第一眼，就知道他肯定是圣子了悟。"

随着这句话一同传回给衡玉的，还有一颗熟透的莲子。

只需要一眼吗？圣子了悟这个人，比她以为的还要特殊。那这颗莲子又意味着什么？

思忖片刻，衡玉剥开坚硬的外壳，将散发着奶香味的莲子肉抛进嘴里。

原以为入口会是一片苦涩，但真正品尝起来，她才发觉这枚莲子味道极为特别。莲子口感绵软，初入口时觉得极甜，后来又品出一丝苦味，但到了最后，舌头只能感受到不腻人的撩人甜味。

接下来的时间里，衡玉都待在书房里翻看《大陆简史》，偶尔也会看看其他典籍。

她的任务时限是十年，所以她不急着出门做任务，她久居宗门，外面的世界对她来说还是有些陌生的。她需要好好熟悉外面的局势。

这天，衡玉刚看完一本新的典籍，就被游云找了过去。

推门走进游云的院子，衡玉还没来得及向游云行礼，视线先一步被石桌上那密密麻麻堆成一堆的药吸引。

游云摩挲着下巴："就算是元婴初期的修士也会被这些媚药放倒，一个结丹期修为的圣子又算得了什么？这可是为师从掌门师兄那里忽悠来送你的，你难道不感动吗？"

从掌门那儿忽悠来的？她好像知道了一个会让掌门恼羞成怒、杀人灭口的小秘密。衡玉果断道："师父，这些药太珍贵了，你能把它们折换成灵石送我吗？我比较喜欢闪闪亮亮的东西。"她本就没有做过此类任务，并没有那种为内门任务献身的精神。

游云狐疑："你很缺灵石吗？"难道宗门每个月供给核心弟子的份例很少？他记得他以前在筑基期时，都是靠份例过活的啊。难道掌门师兄上位后，在这方面变得抠抠搜搜？看来他这个大长老得找掌门就此事好好沟通一番。

衡玉完全不知道自己又让可亲可敬的掌门多背了一口锅，她认真点头，回答游云刚刚的问题："当然缺了。"谁会嫌钱多啊。

"行吧。"游云说，"灵石另外给，这些你也全部收下。必要时刻，要行非常之手段。你总不能指望为师利用职权，帮你把任务失败后的惩罚程度调低一些吧。"

衡玉眼前一亮，居然还能这么以权谋私："可以吗？"

"不可以，你可以麻利滚了。"游云面无表情。

衡玉觉得，这一定是她师父站得还不够高。

等到傍晚时，衡玉收到游云送来的一千块中品灵石和上百瓶据说对元婴期修士都有效的药。看着那摆满一个角落的药，衡玉无语。

一个月后，衡玉把自己书房里所有的书都看完了，找回了运用灵力对敌的感觉。她简单收拾了一下行李，直接去隔壁院子寻她师父，告知她明日要离开宗门一事。看着风姿卓绝的师父，衡玉表现得十分不舍。这么漂亮又冤大头的师父可不好找。冤大头心中乐呵：徒弟居然这么舍不得他。

冤大头一高兴，就喜欢往外送灵石。两千块中品灵石一到手，衡玉脸上的不舍瞬间就消失了大半。

　　离开百花谷时，衡玉微微驻足，回望这个宗门，旋即毫无留恋地转身。

　　因为任务时间充裕，衡玉不急着赶路，而是先到百花谷附近的城镇打探消息。

　　在城镇里待了两天时间，衡玉发现了一个很有意思的点：世人皆知百花谷内门弟子接下了攻略圣子的任务。虽然没传出是哪位内门弟子，也没传出是哪位圣子，但这么无遮无掩，是百花谷不害怕无定宗责怪，刻意放任消息泄露，还是有谁在暗地里推波助澜？

　　喝完壶里剩下的酒，衡玉起身离开酒楼，一路出了城池，往西北之地赶去。西北之地多荒芜战乱，妖魔横行，因此是禅修聚集之地。禅门圣地无定宗就在那里。

　　就这么不紧不慢地赶着路，足足花了两个月时间，衡玉才顺利进入无定宗的势力范围内。这段时间她的修为有所精进，其他事情都可以暂时压后，闭关冲击筑基巅峰才是她目前最重要的事情。修真界强者为尊，弱者如草芥。衡玉打算先在这附近落脚，她御剑往前飞出十里地，就看到了华城的城门。

　　华城规模不大，里面的常住居民多数是凡人，只有少部分是修士。

　　修真界里，很少会有这种凡人和修士混住的城镇，但在无定宗势力范围内的所有城镇，都是凡人和修士混住的。这和禅修的修炼方式有关。禅修除了要修炼灵力，还要修炼功德之力，他们要向世人宣讲道法。

　　进城之后，衡玉先去城镇中最大的酒楼打听消息。

　　店小二殷勤地领着她往二楼走，衡玉边跟着他登上楼梯，边注视着他的手腕——对方手腕上佩戴着一串有磨损痕迹的念珠。

　　在一张空桌子坐下后，衡玉解剑放到桌上，点完菜后又取出两块下品灵石放在手里把玩："小二，我想找你打听些消息。"

　　店小二殷勤地笑道："不知道仙子要打听什么？"

　　衡玉先问了个很简单的问题："我想打听一下，无定宗年轻一辈有什么出色人物？"

　　"仙子可算是问对人了。无定宗年轻一辈以四位圣子为首，还有一百零八位核心弟子。"店小二乐呵呵地答道。

　　"你好像很了解无定宗？"

　　店小二说道："仙子有所不知，华城里超过半数人都是禅门信众。"

　　难怪这店小二手腕上佩戴一串念珠。衡玉继续问："若我没记错，四位圣子以了悟圣子为首，你和我详细说说他吧。"在问这个问题前，衡玉已经做好再次从店小二口中听到各种吹捧之语的准备。但当店小二开口描述圣子时，衡玉才发现他完全是从凡人角度来描述了悟的：无偿赠药、超度，为百姓解答道法困惑……

　　店小二越说越起劲，等他把自己知道的都掏出来后，就眼巴巴地盯着衡玉。

　　衡玉轻笑一声："你口中所说的圣子，与我以为的不太一样。"

店小二对她这个反应并不奇怪。事实上,这位仙子不是第一个跟他打听圣子了悟的人,也不是第一个有这种反应的人。他笑应道:"仙子修为高深,看到的是圣子力压同辈天骄的光环。我就是个普通人,所关注和在意的自然也是这些小事。但我曾经听青云寺住持说过,哪怕是觉者他老人家,在成圣之前也只是个普通人。"

衡玉将手中的灵石递去给他:"你这番话说得好,是我想偏了。"

要想出世,须得先深入红尘啊。那位圣子要渡情劫,不就是出于这个原因吗?

不过听店小二这么一说,她对圣子更好奇了几分。随后,衡玉又从店小二口中得知了两件事:那位圣子手腕缠绕的念珠是黑色的,以及他眉间有颗朱砂痣。

吃了两块糕点,衡玉离开酒楼,前去城中修士办事处买下一个院子。她手头宽裕,本着要让自己住得舒服些的想法,买下了一个很大的院子,周围景致也不错,靠着一处淡水湖,院子旁边就是银杏林。

简单收拾了下院子,随后衡玉从储物戒指里取出阵法,手腕抬起直接把阵法布置在院子四周。阵法完全将院子笼罩住,衡玉走进房间,盘膝坐在蒲团上开始闭关。

这一闭关,就足足闭了半个月时间。半个月时间里,院子边的银杏叶逐渐变黄,而小镇上,多了两个远道而来的禅修。为首的禅修身穿青衫,脚上穿着白色长袜,小腿上缠绕着青色布带。他神情淡然若水,眉目平和,如早春山溪般清冷而澄澈,眉间那点朱砂鲜红,又悄然将他身上的清冷融化些许。途经银杏林时,他拨弄念珠的动作一顿,停下脚步眺望那座立于银杏林畔的院子,继而突然双手合十。

小禅修疑惑道:"师兄?"

禅修收回目光,缓缓开口,声音清冽平和,如碎玉溅珠:"难怪觉者指引在下一路南行。"

小禅修还是有些迷糊,但他没来得及出声询问,就见自己的师兄已经继续前行,小禅修只好快步跟上。

冥冥中,倚在软榻上的衡玉心生感应,起身走到窗边往外眺望。外面残阳西斜,银杏泛黄,看上去并没有任何异常。她抬手按住腰侧的玉牌,刚刚玉牌为什么会突然发烫?那抹奇怪的感应又是什么?在原地站立片刻,衡玉确定这种异常不是因为危险临近,就把它们暂时抛到脑后了。她重新躺回软榻,神情有些苦恼。她体内的灵力浓度明明已经足够了,可是无论她怎么冲击,都无法从筑基后期突破到筑基巅峰。

这一切都和百花谷这个奇特宗门的功法有关系。

衡玉将神识探进储物戒指里,在里面一阵翻找。过了一会儿,她翻找出那块记载着功法的玉简。她修习的功法在突破到筑基巅峰时需要倾慕值作为辅助!

衡玉抽出挂在腰侧的玉牌,注入灵力,下一刻,玉牌正面浮现出一个数字——一千五百。

这个数值,比之前高了一些,应该和内门任务开启时她大出了风头有关系。

玉牌上的数字黯淡下去后,衡玉再次往玉牌输入灵力,同时低声念出一个口诀催动玉牌上的阵法。

几个吐纳后，衡玉感应到有股暖流从玉牌里流淌出来，顺着手掌没入她的身体。在暖流抵达丹田时，她那死死突破不了的境界出现了一丝松动。如果这股暖流存在的时间再长一些，她肯定能顺利踏入筑基巅峰。得出这个结论后，衡玉停止输入灵力，查看玉牌上的数字。

一千四百五。倾慕值变低了，刚刚那股暖流是倾慕值化成的。

这样看似是捷径，但衡玉盯着玉牌，脸色慢慢冷淡下来。如今的衡玉对身边的一切都充满了犹疑。道法自然，修士突破本来应该是自然而然的。可是明明灵力已经足够，却还要依赖倾慕值突破，这是什么道理？

衡玉抬手扶额，自语道："难道有人在我体内下了禁制？"再联想到自己当初莫名其妙走火入魔，衡玉怀疑，这倾慕值很有可能是百花谷操纵弟子的一种手段。她摒弃所有杂念，再次盘膝闭关，想要试着凭借自己的能力冲击筑基巅峰。但一个月后，她还是冲击失败。

对于这个结局，衡玉没有什么沮丧情绪，反而有种预料之中的感觉。如果百花谷真的要操纵弟子，他们在弟子体内设下的禁制绝对不是目前的她能够化解的。

沉吟片刻，衡玉从蒲团上起身，推开房门。摆在她面前的路只有两条：一是借助倾慕值突破，二是凭借自己的努力突破。第一条路暂时是条光明大道，但估计会有隐患。第二条路看上去完全走不通。

淅淅沥沥的雨滴从天空斜飘下来，衡玉站在屋檐下，两手抱臂倚着门框，隔着雨幕看着院子里的梧桐树。也罢，突破的事情看来急不得，她到华城已经有一段时间了，干脆出去逛逛好了。修行还是得讲究一张一弛。撑伞路过银杏林时，衡玉侧头往林子深处探了几眼。

银杏树是禅门圣树，所以这个小城镇里随处可见银杏，不过形成大规模树林的也只有这一处。树木高大粗壮，叶子已经全部变成金黄色，枝头上、地面上，整片天地都被染成金黄色。

原本衡玉想继续往前走，但她才刚抬步，就瞧见银杏林另一头有个身着青衫的人撑着素色油纸伞，缓缓穿过树林。他踩在银杏叶上的动作很轻，仿佛就连脚步都带了几分虔诚。那个人背对着她，衡玉看不清楚他的容貌。只是在行走之间，她似乎看到那人手腕上缠绕的念珠是……黑色的。

一抹怪异的念头升腾而起，等衡玉凝神细看过去，银杏林里已经空无一人。

第二章
魔由心生

从住的院子走到城镇中最大的酒楼，总共花了一刻钟。

衡玉径直上了二楼，这个时间出来喝茶吃东西的人不多，所以酒楼里不是很热闹，只有三张桌子是坐着人的。

酒楼的糕点做得不错，衡玉将藕粉桂花糖糕吃光后，安静地听着隔壁桌的人交谈。

"你们听说了吗？似乎又有什么人被邪魔之气侵蚀了。"

"这我知道，昨天夜里发生了一起命案对吧？听说惨死的人还是个与人为善的书生，大家以后出门可得小心了。"

"城中明明来了位无定宗的高人，连他都没办法阻止惨案的发生吗？"

"被邪魔之气侵蚀后，邪魔之人只要不刻意暴露自己，很难被人发现。即使是无定宗的高人前来又有何用？"

有无定宗的人来到城镇，昨晚上发生了一起命案。从他们的对话中，衡玉捕捉到这两个关键信息，于是，在银杏林里看到的那抹身影慢慢浮现在她眼前。正好衡玉已经吃得差不多，她用碎银付了账，走到隔壁桌客气地询问命案地点。长着国字脸的修士是炼气七层修为，他瞧了衡玉一眼，没看穿她的修为，知道对方的境界肯定比他要高。于是他一拱手，客气说道："前辈若是感兴趣，抵达城北后直接询问其他人就好。这件事闹出的动静很大，无定宗的高人也被惊动了。"

"多谢告知。"

城北现在非常热闹，抵达城北后，衡玉不用问路，跟着人流便顺利抵达目的地。

这是一处府邸，门上挂了块牌匾，上书"李府"两个字。此时府邸到处都挂上了白幡，白幡很新，府上确实有人刚刚过世。

天空还飘着细雨，围观的百姓们大多撑着伞或者戴着斗笠。

衡玉撑着伞，视野彻底被前方那些人给挡住。她左右瞧了瞧，纵身一跃，稳稳地落在李府正对面那棵梧桐树上。视野开阔起来，李府门口的场景被她纳入眼底。黑色的棺材停在门前，棺材边跪着个身材娇小的女子，她浑身都被雨水打湿，垂着头应该是在抹泪。

但真正吸引衡玉目光的是一旁那立于雨中的年轻禅修。他身着青袍，脚上穿白色长袜，用青色布带缠紧，气质平和出尘。他在眉间点了一抹朱砂，此时左手立掌于身前，右手拨弄着那串黑色的念珠。

大概是超度经文念完了，他缓缓睁开长眸，似乎是察觉到什么，微微侧过头，隔着雨幕与衡玉对视着。眼睛漆黑润泽，视线冷冷淡淡，神情无喜无悲。缺了几分红尘洗练，多了几分清疏出尘，就像被尊奉在寺庙里的雕像，慈悲地垂怜世人。

衡玉下意识按住了腰侧挂着的香囊。香囊里装着几颗莲子，那是她离开百花谷前特意去采的。指腹隔着香囊，揉捏着莲子，莲子摸起来有种柔软的触感。

"圣子了悟。"衡玉莞尔，一字一顿地念出他的名字。当世禅修千千万，但能有这种风采的禅修，仅了悟一人。难怪当日慕欢告诉她，见到了悟的第一眼，就绝对能猜到他的身份。

隔着嘈杂的人群，了悟不可能听到她的声音，却像是看懂了她的口型般朝她淡淡颔首致意。没等衡玉给出回应，他又垂下眼，继续做法事超度。

了念站在了悟身后，他十三四岁的模样，满脸稚嫩。

瞧着李少夫人哭得几乎要昏厥过去，他连忙上前宽慰："女道友，请节哀顺变。"

李少夫人低着头抹眼泪，声音哽咽："请两位大师一定要找到杀害我夫君的凶手，使我夫君于九泉瞑目。"

"在下自会尽力而为。"往生经恰好念到最后一句，了悟出声回应。随后，了悟垂眸看着这些为他而来的人，双手合十。那些汇聚起来的信众们纷纷双手合十回礼。等周围人群散去，了悟也要离开李府时，他再次抬眼看向对面那棵梧桐树。树影摇动，空空无人。

了念将油纸伞递给了悟，了悟温声道："只有一把伞，你自己撑吧。"

了念偷偷瞅一眼了悟，有些不好意思地抿唇微笑，还是将伞撑开。他站在伞底下，跟上了悟的步伐："师兄，我们现在要去哪里找杀人凶手？"

了悟站在雨中，神色平和。他的睫毛上挂着浅浅水滴，轻微一颤，水滴顺势滑落下来。"先回寺里吧，夜间邪魔之气浓郁，更方便探查。"

人群散去后，周围恢复沉寂，挂满白幡的李府门前除了淅淅沥沥的雨声，就是李少夫人低低的呜咽声。雨水打湿她的衣襟，她的脸色比身上的孝服还要惨白，哭得上气不接下气。

"嗒嗒嗒——"脚步声刻意加重，由远及近，最后停在李少夫人面前。一只纤细白皙的手握着一把油纸伞，把伞撑到她的头顶上，为她挡住越下越大的雨。

"不进去吗？"衡玉问。

她刚刚去周围查看了情况。邪魔是修真界所有修士共同的敌人，衡玉第一次遇到邪魔，所以就想深入调查了解一下。可惜什么都没查到。

女人抬起一张素净的脸，气质温婉，即使憔悴也难掩她的动人美貌。她身上没有任何灵力，是个普普通通的凡人。目光落在衡玉身上，她笑容柔怯："多谢这位姑娘,不过我想在这里多送我夫君一程。"

衡玉目光移到那紧闭的棺材上,她能感受到棺材周围围绕着一股淡淡的黑雾。

那黑雾就是邪魔之气。它飘动着、叫嚣着,似乎想要放大人心底最真切的执念与欲望。衡玉表情平静,没受到丝毫影响。突然,她神色微凝:"棺材是空的?"女人迟疑了下,也许是感念衡玉给予的善意,还是回答道:"是的,只是夫君曾在里面躺过。大师说雨天不必惊扰亡者,只要把这口棺材搬出府邸就可以超度了。"

衡玉点头表示理解,她看出这个女人还打算继续跪在雨里,也不想多打扰她送丈夫最后一程。

就在她转身要离开时,衡玉注意到巷口那里不知何时站着个年轻男人,他的目光落在女人身上,神色悲哀。突然,他注意到衡玉正盯着他,脸色微变,装作是不经意间路过这里的样子,脚步匆匆冒雨离开。衡玉盯着那空无一人的巷口,逐渐陷入沉思。那男人似乎认识李少夫人?

"李少夫人,"衡玉看向李少夫人,还是多给了一分善意,"虽然知道你哀思过甚,但还是早些回屋比较好,身体为重。"

从李府所在的小巷出来,再走几步路就到了一个支起的面摊旁。下雨天面摊里没什么人,只有一对老夫妻在忙活,想必就是店主。

衡玉走进面摊,收起油纸伞时顺便抖了抖伞身,把上面的雨水全部抖落。

"这位仙子要来些什么?"头发花白的老妇边领着衡玉往最干燥的桌子走去,边笑眯眯地问道。

衡玉随口道:"来碗云吞,再下些面。"

"好嘞,仙子别看我们这摊子小,云吞面可是一绝,不少修士都来我们摊子吃东西。"招呼两句后,老妇就过去帮老伴做云吞面。两人动作麻利,很快就把热气腾腾的云吞面端到衡玉面前。

吃了个半饱后,衡玉放下筷子,装出一副好奇的模样,询问那对还在忙活的老夫妻:"我刚刚过来时,看到隔壁巷子里聚集了很多人,隐隐还听到有女子在哭泣,这是发生了什么?"

提到这种事,老妇来了精神。面摊也没其他客人,老妇就用手帕擦擦手,停下手中活计,语气唏嘘:"仙子说的那地方应该是李府。昨夜李府出了个祸事,李少爷被邪魔杀了……唉,李老爷李夫人就这么一个儿子,他们可不难受吗?李少夫人才迎进门不到一年,夫妻平日里虽然恩爱,但是还没有孩子,这李府以后怕是难咯……"

老翁往炉子里推了根柴,嘟囔道:"夫妻恩爱?你是听谁说的,别忘了赵家那小子……"说着说着,老翁自觉说错话,连忙闭了嘴。

赵家小子?衡玉顿时联想到刚刚那个出现在巷口的年轻男人,问:"其中莫不是还有什么隐情?"

瞧着夫妻俩没回应,衡玉原本想拿出灵石,但突然间改变了主意。她轻咳两声:"两位有所不知,我此番前来打听情况,其实和无定宗那位大师有关。你们也知道,事情牵扯到邪魔,禅门的人绝不能坐视不理。我虽不是禅门中人,却与那位大师是故交,所以才受他所托前来打探消息。"

在这种地方,有时候搬出无定宗这面大旗,可比灵石还要好用。

一听这话,老夫妻面色顿时一松,大师的朋友怎么可能是坏人呢?打听消息肯定也是为了正事!那老翁正要娓娓道来,视线忽然扫向外面,高兴道:"这位小师父还请往里面走,不知小师父要吃些什么?"

衡玉顺着老翁的目光往外瞧,站在面摊外的是一个身穿青衫的小禅修。

小禅修把自己的油纸伞送人了,现在淋着雨,浑身湿透,不少雨水顺着他的脸庞往下滑,但他神情平静,好像没觉得被雨淋湿有什么难受的。在衡玉看过去时,小禅修悄悄地用力瞪她一眼,衡玉只觉得莫名其妙。

看着两位老人,小禅修双手合十:"两位道友,小生法号了念,奉师兄之命过来询问李府的情况。"

"这——"老翁瞧瞧了念,又瞧瞧衡玉,有些摸不着头脑。

无定宗这一辈年轻弟子都是"了"字辈。看这个小禅修的年纪,肯定是了悟的师弟无疑。

衡玉丝毫没觉得尴尬,莞尔一笑,熟稔地道:"了念你怎么也来啦,不是都跟你说了,这件事由我来打听就好了吗?罢了罢了,来都来了,那我们一起听吧。你别在那里杵着啊,赶紧进来避雨。跟着了悟师兄念往生经念了一上午肯定是饿了,麻烦店家给他下碗面。"

说着,衡玉走到了念面前,伸手把他强拽进面摊,又把手按在他肩膀上,灵力涌动,强行把目瞪口呆的小禅修给按在了凳子上。

"这位道友——"了念蹙眉。

衡玉传音道:"你我目的相同,我不过是借无定宗名头行事罢了,莫要介怀。"

了念无奈,打着无定宗的名头在外招摇,还要他不要介怀?这位道友未免也太……涉世未深的他在脑海里搜刮一圈,发现自己居然寻不到一个合适的词语去形容她。

就在这时,老妇把面端到了念面前,站在他们旁边介绍着李府那家人的情况。

被邪魔杀死的男人名为李嘉,是个年轻的书生。他祖上出过一个筑基期修士,所以能在这个小城镇里拥有一座很大的府邸。凭借着祖上留下的一些资源,李嘉修炼到炼气三层,时常与人为善。像他这种没什么好资质的人,其实也就是稍微厉害一些的凡人罢了,所以他把绝大多数精力都放在读书上。到了适婚的年龄,他看上了城北贫民家的满雪儿。

满雪儿家境贫寒,却生了副好相貌,气质温婉,像极了大家闺秀。邻居们时常感慨她是投错了胎。她家里重男轻女,上面有两个哥哥早已成年,但因家里穷得只能勉强揭开锅，两个哥哥根本娶不上媳妇。李嘉上门求娶满雪儿时，许诺会给满家人一千两银子。满家父母被这一千两银子打动，几乎没怎么犹豫，就定下了满雪儿和李嘉的婚事。

"造孽啊。"老翁忍不住感慨，"那满雪儿和赵家小子都是我们看着长大的，这两个孩子从相貌到性格都很合得来，谁知道会出这档子事情。"

既然已经定了婚事，满雪儿只能含泪嫁进李府。好在李嘉对满雪儿不错，就是那赵凡一直没能忘了满雪儿，除了上山打猎赚钱，就是在李府附近徘徊。

"其实……"老翁神情犹豫，盯着了念，还是咬牙继续说道，"其实大家都觉得是赵凡执念太深，被邪魔侵了心，所以才会出了这档子祸事。"

提到邪魔，了念神色立马变得严肃起来："小生已知晓此事，多谢两位道友。"他从袖子里取出几块铜板放到桌子上，起身离开面摊。

衡玉付了账，握起搁在旁边的长剑和油纸伞，冒雨跟上他。了念听到身后的动静，回头瞧了她一眼，脸上带着几分困惑："道友为何要跟着小生？"

衡玉笑："听说无定宗对付邪魔格外有经验，我想跟着你去看一下。"

了念点头，继续往前走。但走着走着，他后知后觉地问："这位道友，我们很熟吗？"为什么她这么自来熟？

衡玉立掌于身前，学着禅门的动作行了一礼："不熟，但你我有缘啊。看在我们这么有缘的分儿上，这点小小的要求应该不算什么吧？"

了念才不相信两人有缘，但他一时不知如何辩驳，干脆放开步子继续往前走。

"你不相信你我有缘？"衡玉走到他身边，他脚步加快她也跟着快，他脚步变慢她也跟着减慢速度，"那行吧，我和你们觉者有缘。这回肯定是真的，我不骗你。"

从见到这位女道友以来，她就满嘴胡扯，了念很难相信她的话。

"了念。"一道清冷悠远的声音从不远处传来。

了悟站在冰冷的雨水中，视线落在衡玉和了念身上："她未曾骗你，这位道友的确与我门有缘。"觉者的指引落在她身上，这位女道友应是为他而来。

衡玉不知道了悟为什么会应和她，但这不妨碍她顺着杆子往上爬。她摊手看着了念，无辜道："你看，你师兄都说了，这回你信我的话了吧。"

了念气鼓鼓地憋不出话来，只好朝了悟行礼："师兄，事情我已经打听清楚了。"

了悟淡淡颔首，又看向衡玉，双手合十问道："道友刚刚与在下的师弟交谈，是有什么事情吗？"

衡玉能跟了念插科打诨，但在了悟面前，她莫名有几分拘谨。想了想，衡玉还是直接说了自己的请求："我想亲眼见识一下那邪魔。"

一来，她是当真想见识一下那侵蚀人心的黑雾。二来，她也想趁机看看，圣子了悟到底是何许人也。她现在对了悟的印象都来自旁人，也是时候亲眼见识见识了。

了悟："道友随我们同行便可。"

衡玉回礼："百花谷洛衡玉，在此谢过了悟师兄。"

听到她的宗门，了念缓缓瞪大眼睛。百花谷？那不就是修习媚术，门下弟子多用双修作为修炼手段的邪道门派吗？他师兄此次受觉者的指引南下，所为的就是渡情劫，莫非……思及此，再看向衡玉时，了念脸上带了几分没掩饰好的戒备。他有些焦虑地看向师兄，想知道师兄会作何反应。

"原来是百花谷洛主，久闻大名。"了悟似乎并不惊讶，平静地回道。

了念急得真想凑到他师兄面前，指着那妖女大喊一声：师兄，这妖女诱惑你怎么办？！你的反应怎么这么平淡，没察觉到危险临近吗？！

衡玉完全没注意到了念的神情，她走近了悟："我们先去赵家看看那赵凡吧，如果邪魔真的是他，能省掉不少事情。"

了悟目光平和中带着几分询问："洛主觉得不是他？"

"我只是觉得古怪罢了。刚刚在李府，满雪儿一直在低声哭泣，但李府自始至终都没一个下人出来请她回去避雨，也没给她任何遮蔽风雨的护具。连下人都没想着讨好她这个主人，可以猜到满雪儿在李府处境尴尬，绝对不像外人说的那样过得那么幸福美满。"如果她的推测无误，那么这不甘心的人，又何止赵凡一个？

了悟若有所思："这倒是在下没想到的。"

"世人都说圣子了悟心如明镜，我以为你足以看透这世间百般人心。"

了悟反问："我应该懂吗？"

衡玉微愣。这个问题是绝对出乎她预料的。这位圣子的性格，和她猜测的似乎有些出入。

"你不知众生为何而苦，又如何普度众生？"

"慈悲。"

这个回答就更有意思了。衡玉有些琢磨过来，难怪这位圣子要入世炼心了。他明明见过这世间黑暗，也时常为那些受苦受难的百姓祈福，但这么多年下来他似乎还是不够懂人心。难怪觉者想让他入红尘渡情劫？

她扬眉浅笑，趁势追着继续道："是觉者慈悲，非你慈悲。"

了悟依旧应得从容："觉者的意志即为在下的意志，所以是觉者慈悲还是在下慈悲，又有什么不同吗？"

衡玉停下脚步，侧头去看他。他站在雨中，长而翘的睫毛上挂着细细的雨雾，平静出尘，也格外纯粹："了悟师兄是生来就在禅门吗？"

"自记事以来，一直都在宗内供奉。"

"原来如此。"衡玉轻笑，"我与了悟师兄完全相反。若是我，我要我的意志即觉者的意志。也许短时间内实力不如人时，我会暂时受制于人，选择虚与委蛇，但最后的结果必然会如我所愿。"

她为自己而求，为自己而修炼。了悟呢？他这位圣子，像是生来就为了禅门。

他满身圣洁。但别忘了，他和她一样，只是个追求长生大道的普通修士罢了。

我要我的意志即觉者的意志，结果必然会如我所愿。这句话，过于霸道了。了念听到衡玉的话，一股怒意从胸腔往上涌，脸色涨得通红："敢问洛主，百花谷就是这么教导弟子的吗？"

了悟那双温和漆黑的眼里逐渐漫上惊讶，这是他们相遇以来，他的情绪第一次出现明显的波动。捕捉到这种情绪时，衡玉莫名想笑。她隐隐约约有种感觉，不仅仅是她在掂量试探了悟，了悟其实也在试探她。什么内门任务、情劫啊，对他们这样骄傲的人来说，若是不认可对方，又怎么可能去攻略、去动心。慢慢地，那抹惊讶消散而去，了悟点拨了念："洛主刚刚并无存心冒犯觉者之意。"他又看向衡玉，平和地赞道，"洛主好辩才，好志向。"

了悟明白，其实刚刚的对话，就是两个追求不同大道的人之间的辩论。这位百花谷少主所求的道，大概是逍遥超脱之道。

衡玉正色解释道："大道三千，无论走哪一条，走到极致就可以踏岁月长生。所以我尊重禅门，也理解了悟师兄的道。只是从刚刚那番话里，我觉得师兄的路可能有些走岔了。"

了悟想了想，唇角突然轻抿了一下。那淡淡的笑意，像是蜻蜓飞掠过湖面时掀起的一点点涟漪。在这一刻，他身上那种圣洁褪去不少，多了几分真实感。瞧见这抹笑意，衡玉眉眼也柔和下来，人看到美好的东西，总是会心情舒畅。

了悟说："来日方长，在下期待洛主能证明给我看。若我当真错了，日后洛主这指点之恩，我必有厚报。"

衡玉微微眯起眼。了悟说这句话到底是有意还是无意？若是有意，他这是在放纵她靠近他吗？这么想着，衡玉心里就多了几分试探之意。她勾起唇角，冒雨朝了悟走近两步。直到两人之间仅余半步距离，衡玉才停下脚步。

她仰着脸，凝视着雨水从他眉尾慢慢滑下，似乎这雨也添了几分缱绻："来日方长？圣子原来希望你我之间能有来日啊。圣子口中的厚报又是什么？若我要你以身相许，你又能为我背弃禅门吗？"

了悟对她又多了个印象：从容恣意。说着"以身相许"，眼里却并无任何情欲，清明得令人赞叹，口不对心到了极点。于是他轻轻笑起来。

衡玉刚刚就一直在猜测他会做出什么反应，是垂眸缄默不语，还是继续与她辩论？她想了好几种应对之策，唯独没想到他缄默不语之余，又朝她微笑。

她轻咳一声，往后退开两步，撑起油纸伞往前走，同时催动灵力烘干自己身上的道袍。走了几步，衡玉侧过半边身子看向了悟和目瞪口呆的了念，笑意清浅："还愣着做什么，我们快些赶去赵家吧。"

这条巷子越往里走，房屋就越显破旧。

赵凡住的地方几乎在巷子最尽头。衡玉撑着伞走到陈旧的木门前，用力敲了几下门。

"来啦。"里面传来一个老者的声音，然后是震天的咳嗽声。等了一小会儿，头发花白的老人拖着一条伤腿过来开门。瞧见衡玉三人，老人愣了一下："这位姑娘和两位大师，你们这是……"

衡玉开门见山道："老人家，请问这里是赵凡家吗？我们想找赵凡。"

"原来是来找阿凡啊。"提到自己的儿子，老人紧张的神情放松了一些，但还是局促不安地绞着两只手，试探着问道，"阿凡他刚刚出门了，一直到现在都没回来。不知道你们找他有什么事？难道是阿凡在外面出了什么事吗？"

这位姑娘穿的衣服的布料这么好，肯定不可能是阿凡的朋友。老人见识不多，但在这方面有种天然的敏锐感。他很害怕会出什么事情。衡玉的声音放得更缓，怕刺激到老人，回答模糊："我们过来是想找他打听些事情。"

老人的心还是没能完全放下，他正打算再次开口，余光透过空隙望向巷子前方。瞧见那冒雨走来的熟悉身影时，老人惊喜地喊道："阿凡你回家啦，这位姑娘和两位大师有事找你。"

赵凡正在埋头走路，一副心事重重的样子，根本没注意到自家门前站着三个人。直到听到他爹熟悉的声音，他才猛地抬头。他大概是认出了身穿青袍的了悟，脸色唰地苍白下来。

他悄悄攥紧垂在身侧的手，胸膛起伏两下，深呼吸后抹了把脸上的雨水，快步朝他们走去。等走到家门前时，他脸上已经恢复常色，茫然问道："仙子和两位大师寻我可是有要事？"

隔着雨幕，衡玉的视线落在赵凡身上，带着一种剖析人心的通透："我们是来调查李府命案一事。"被这样的视线注视着，赵凡的心几乎跳到嗓子眼。他勉强咽了咽口水，困惑地问道："调查李府命案为何要来寻我？我与李府那种大户人家非亲非故，平日里也没有过多接触，再加上我就是一介凡人，顶多力气大了些，怎么可能偷偷潜入李府杀害李嘉？"

探查邪魔需要用特殊的功法，这功法很难学成，现在在场的人里，只有了悟这位圣子是肯定学过探查功法的。衡玉侧头瞧了了悟一眼，见他唇角轻动在念着经文，指尖不停地拨弄念珠。那黑色念珠上闪着淡淡灵力，应该是正在催动功法探查赵凡。

衡玉没打扰了悟，出声反驳赵凡刚刚的话："被侵蚀内心的人会化成邪魔，这时候要潜入李府，杀死一个炼气三层修为的男人并不困难。"

"仙子是在怀疑我？"赵凡惶恐道。

"仙子，阿凡不可能做出这种事！"同步发出惊呼的是赵凡的父亲。

衡玉一直在仔细观察赵凡的微表情。她说完刚刚那一番话后，赵凡脸上先是滑过一抹惊慌，随即那抹惊慌又化成隐隐担忧，但很快，他就镇定下来，紧抿唇角。惊慌可以理解，但担忧这种情绪就很值得人玩味了。

衡玉轻笑了一下："如果不是你，那就是满雪儿了。"

在提到满雪儿时，赵凡脸上的担忧之色更浓。他那长满茧子的手紧紧合拢，指甲陷进手心里，像是利用疼痛感来保持镇定："不可能是她，雪……李少夫人连只鸡都不敢杀，如何狠下心杀人。"

几句话试探下来，从赵凡的反应来看，衡玉心中已经可以得出一个肯定的结论。她给身旁的了悟传音："了悟师兄不用再探查，杀死李嘉的人不是赵凡。我们再去李府看看满雪儿吧。"

催动探查邪魔的功法，需要耗费很大的精力。了悟原本已经把功法运行到一半，听到衡玉的传音，他默默停下拨弄念珠的动作，睁开眼看向衡玉，眼里带上几分困惑。他传音道："在下想知道洛主是如何得出这一结论的。"

衡玉笑了下："了悟师兄看一个人有没有成为邪魔，只能凭借功法来探测。而我没学过功法，但我可以勘破虚妄，看穿人心。"

修真界的人都太依赖灵力了。了悟在面对这些事情时，也是下意识选择用功法来探查。人心难测，不能轻易勘破，可赵凡表现得太明显了，他不是一个会演戏伪装自我的人。

了悟沉默片刻，注视着她流转的眉眼，突然问道："看穿人心是种怎样的感觉？"

衡玉重新撑开油纸伞："等你能看穿人心的时候，你就知道了。"她走下台阶，礼貌地朝老人家笑了下，越过赵凡往李府所在的方向走去。看着她就这么轻而易举地离去，赵凡没有如释重负，那颗心反倒慢慢坠入冰窖，他站在原地踌躇难安。

"咳咳咳……"旁边撕心裂肺的咳嗽声让赵凡回过神来。

"爹！"赵凡连忙走去搀扶他爹，他爹的腿不好，雨天时候可不能在外面多待。

一刻钟后，衡玉走到那挂满白幡的李府门前。

棺材已经被人抬进去，只有地上撒满的湿透的黄色香纸，证明这里刚刚经历了一场隆重的超度法事。衡玉上前敲了几下门，没人应答。她加重力道，等了好一会儿，门房才急匆匆跑过来开门。门房是个模样平平的中年男人，他从门后边探出半边身子，看清衡玉的容貌后，迟疑地问道："这位仙子有何要事？"

这时候明显还是无定宗有用。那门房一开始还有些戒备，但等衡玉往旁边挪了挪，露出站在她身后的了悟，门房神色立马放松下来，温声询问他们有什么事情。

衡玉说："我们想进府里逛逛，找寻邪魔的线索。"

门房回去禀报此事，随后才领着衡玉几人走进李府。李府的景致本应不错，但这些天李老爷膝下唯一的儿子去世，遭逢这种大变，哪有人有闲情去收拾整理院子。所以一路走来，花草植株都显得有些凋败，房屋四角挂满白幡，花草上铺着湿透的香纸。

走进肃静的灵堂，衡玉看清灵堂中间摆着一口崭新的棺材，里面躺着穿好寿衣的年轻男人。他脸色苍白，寿衣在胸口和肚子的位置凹陷下去，看起来那两个地方应该都有巨大的血洞，单是看着这处伤口，就可以猜测他在死前到底经历过怎样的痛苦。

李嘉的父母这时候已经哭累了，被婢女搀扶着过来向衡玉、了悟几人问好。而满雪儿还穿着那身被雨水淋湿的孝服，默默地跪在灵堂角落抹泪，非常没有存在感。

灵堂的门没合上，一阵寒风席卷入室，白幡也被吹到满雪儿身上，她不由得打了个深深的寒战。

衡玉此行就是为满雪儿而来，视线很快锁定在她身上。她笑问："李少夫人怎么没去换身干净的孝服？"提到满雪儿，李夫人脸色有些不好，但顾忌着外人在场，还是控制着情绪道："我这儿媳妇成天笨手笨脚的，自己淋了雨这么难受都忘记换衣服。灵堂上事情这么多，大家一时之间也没注意到她。"她挥挥手，示意婢女带满雪儿去后院换衣服。婢女过去扶起满雪儿时，脸上也没什么恭敬神色。

他们这个反应，再次证实了衡玉先前的判断，满雪儿在这李府的确很不受欢迎。

"不用这么麻烦。"衡玉道，随手掐了个净衣诀打在满雪儿身上。几息后，满雪儿身上的孝服恢复干燥。孝服干燥后，寒风吹在身上就没那么冷了，满雪儿那木木的眼里慢慢染上些许神采。她怯生生地抬眸看向衡玉，认出衡玉是在门口给她撑伞的仙子后，眼里的神采加重几分。她扯起唇角朝衡玉轻轻一笑，似乎是想通过这浅浅的笑向衡玉表达谢意。衡玉回了她一笑，她如触电般连忙垂下头，再次跪在角落充当隐形人。

"李夫人，我们这几个外人站在这里很容易惊扰逝者，不如这样，就请李少夫人带我们三人四处逛逛，在李府里寻找线索，你看如何？"衡玉出声说道。她需要私底下跟满雪儿接触，也不愿意看满雪儿再跪在那里。

这个提议非常合适。

李夫人很擅长窝里横，但对衡玉他们这些修士，那是毕恭毕敬。听到衡玉的提议，李夫人迭声应好。在满雪儿起身时，她还压低声音警告满雪儿，让她好好招待衡玉几人，出了什么事情就找她好好算账。了念在旁边听了一耳朵，心里有点不是滋味。了悟的目光在满雪儿身上停顿片刻，又继续挪回衡玉身上，他很好奇洛主要做什么。

走出灵堂时，衡玉撑起手中的伞，遮挡在她和满雪儿头顶上方。没有冰冷的雨水滴落在身上，满雪儿侧头看了衡玉一眼，感激地道："麻烦仙子了。"

"不麻烦。"衡玉边回答满雪儿，边给了悟传音："了悟师兄，我们打个赌怎么样？"

"洛主想赌什么？"了悟传音回复。

"就赌如果满雪儿真的被邪魔之气侵蚀了内心，她会亲口承认这一点。你输了的话就答应我一件事吧。"

"好。"了悟回答得很干脆，这份干脆让衡玉忍不住多瞅他一眼。她其实是一个比较淡漠的人，之前在李府门口会给满雪儿撑伞，就是单纯出于对弱势女子的些许怜惜。但现在和了悟定下赌约，衡玉自然不介意为满雪儿花更多的心思。她手腕一翻，从储物戒指里取出两颗糖递过去："吃两颗糖吧，你现在太虚弱了，该好好照顾自己的身体。"

满雪儿迟疑片刻，还是伸出了手。她的手很冰凉，指尖触碰到衡玉温热的手心时轻轻瑟缩了一下。

满雪儿害怕衡玉会觉得不高兴，悄悄抬眸打量衡玉，确定衡玉的神情依旧和刚刚一样后，她才敢把那两颗糖握实，然后迅速将手收回去。接过两颗糖，满雪儿撕开糖纸，把糖送进嘴里。

衡玉又取出三颗糖，抛了两颗给了念，拆了一颗送进自己嘴里。

至于了悟，衡玉下意识摸了摸香囊里的莲子，纠结片刻还是什么都没做。

"喜欢吗？"衡玉问满雪儿，"这是中部大陆最受欢迎的糖果。"因为这两颗糖果，满雪儿那哀寂的脸上多了几分淡淡的笑容。她甚至起了谈兴，主动提问："仙子是从中部大陆过来的吗？"

"是的。"

满雪儿有些羞涩："我从小到大都生活在华城里，一直不知道外面是个怎样的世界。"

衡玉说："你识字吗？如果你识字，我可以送你本游记，读完那本游记你就能知道华城有多小，而外面的世界有多波澜壮阔。"

满雪儿身上的鲜活气息更重了："赵凡哥上过两年学堂，他教过我一些常用的字。不过游记还是不用了，那是仙子你的东西，我怎么能拿。"

"我送给你后就是你的东西了，不必推辞。反正那本游记我也已经看过了。"

满雪儿还想拒绝，但见衡玉态度坚决，她就不好意思地收下了这份礼物。礼物，她已经很久很久没收到过这种东西了。所以就算不好意思，她还是厚着脸皮不再拒绝。路过李府花园时，满雪儿抿了抿唇，第一次鼓起勇气提出请求："仙子，我在院子深处种了一株茶花，这几天府中忙碌，我一直没能抽出时间过来打理它，可以麻烦仙子在此稍等我一会儿，让我过去看看它吗？"

衡玉温声问道："你介意我们去欣赏你种的花吗？"

满雪儿眼睛明亮起来，她问衡玉："仙子愿意吗？"

衡玉点头："满姑娘蕙质兰心，种出来的花肯定也别有一番风情。"在这一刻，她称呼的是"满姑娘"。如果这一年时间在李府里的记忆只有痛苦，比起"李少夫人"，衡玉想她会更喜欢"满姑娘"这个称呼。

满雪儿心思通透，她听出衡玉称呼上的变化，已经哭肿的眼睛又再次泛红。她轻轻别过头，忍住从心底泛上来的酸涩，领着衡玉他们往花园尽头走去。

花园少有人经过的角落里有一处乱石堆，乱石堆旁边栽种有一株从容生长的茶花。这时候正是茶花的花期，它茎顶上挂着一朵花苞，正处于半开半合的状态。但即使如此，也已经有淡淡的花香飘了出来。

"能看出来它被你照料得很好。"衡玉真诚夸赞。

满雪儿心情激动，笑出声来。"谢谢仙子的夸奖。其实……"她的声音又放低，有些不好意思道，"其实我没嫁人时，经常在自家院子里种些花草。赵凡哥上山打猎如果遇到漂亮的花，会特地挖回来让我侍弄。"侍弄花草是她的爱好。只可惜，这样的爱好在嫁人后就彻底没了。她在这李府连种株茶花都只能在乱石堆里悄悄地种。

察觉到满雪儿心境的变化，了悟拨弄念珠的动作不由得一顿。他没看满雪儿，而是将目光落在衡玉含笑的眉眼上：这位满道友是在为洛主不动声色的温柔而欢悦啊。也许她对满道友的善意是因为两人的赌约，但这份善意若不是发自内心，又怎么可能轻而易举地打动敏感的满道友。

满雪儿还在和衡玉说话，她知道这位仙子会安静倾听她的话。这一年里，愿意认真听她说话的人太少太少了，所以遇到这样一个人，明知道她是高高在上、修炼有成的仙子，满雪儿还是忍不住放下敬畏之心。

"我还以为它已经盛开了，没想到还要再多等几日。"

衡玉沉吟了下，对满雪儿说："我看它也差不多要盛开了。你要不要上前触碰它试试看，也许它会给你回应。"

满雪儿微愣："花也会有灵性吗？"不知道为什么，满雪儿觉得这位仙子不会骗她，她咬了咬唇。"我过去试试，可否请仙子在此稍等片刻？"说着，满雪儿走出油纸伞，一步步靠近茶花。

衡玉手腕一翻，从储物戒指里取出一滴灵水，随后手指掐诀，灵水悄无声息地没入这株茶花里。这个动作做得很隐蔽，除了悟察觉到之外，满雪儿和了念两个人都没发现什么异样。

这时候，满雪儿已经靠近了茶花。她伸出自己的手，轻轻触碰那朵花苞。就在她手指触碰到的那一刻，花苞突然轻轻颤抖起来，然后在满雪儿震惊的目光中，那半合半开的花苞以肉眼可见的速度绽放。最后，茶花盛放到了极致。

看着那淡紫色的茶花，满雪儿呆愣在原地。等她再回过神时，自己已经泪流满面。不知什么时候，衡玉撑着伞走到她的面前，将伞倾斜，与她共撑。然后，这位气质清冷却温柔的仙子再次为她掐了净衣诀，她那被雨水打湿的孝服逐渐变得干燥起来。

"仙子……"满雪儿怔怔地注视着她，眼泪无声滑落，怎么也止不住，"如果入了歧途，你说我现在还有回头的机会吗？"

衡玉把手帕递给她："你愿意回头吗？"

满雪儿努力深吸两口气平复心情，她接过干净柔软的手帕，拭去脸上的泪水，朝衡玉露出羞怯的笑容："原以为自己不愿，但想想如果不愿回头，我就辜负了仙子今日这番好意。"

衡玉轻叹了下。挪开视线时，她的目光跟了悟撞上。看着对方干净的眉眼，衡玉下意识扬起唇角，带着几分邀功意味。这情绪非常明显，了悟诧异过后，又不好不作回应，细想片刻，学着往日他师父的反应，朝她颔首表示赞许。

对方这反应乍一看没问题，但再细想，衡玉总感觉有什么地方怪怪的。

本应该肃静的灵堂此时正充斥着李家人的破口大骂声。

"满雪儿你疯了吗！"

"你这贱人真是没有心啊，我们李家待你不薄，你居然杀了嘉儿！"

"当初我就不让嘉儿娶你，结果他愣是被你勾去了心魄，家门不幸，真是家门不幸啊！"

…………

满雪儿跪在棺材前，紧紧闭着眼，对外界这些咒骂声充耳不闻。她嫁进来这一年里，几乎每日都要承受这样的言语暴力，现在已经习惯了。当事人已经习惯，衡玉却不愿意坐视不理。她不好阻拦李家人发泄情绪，抬起手想给满雪儿掐个闭耳诀隔绝掉声音，但才掐了一半就强行中断了动作。

衡玉伸出右手在了悟眼前挥了挥："了悟师兄，为满雪儿掐个闭耳诀吧。"

了悟没问为什么，照着她的话掐了法诀。耳边突然安静下来，这让一直呆愣的满雪儿回过神。她抬手摸了摸两边耳朵，又扭头去看那依旧在破口大骂的李家人，突然间懂了，于是在李家人看不到的角度，她别过脸朝衡玉和了悟扬起淡淡的笑容。

看着满雪儿的笑容，了悟出声问："洛主让在下掐闭耳诀，是不想让满雪儿再听到这些谩骂之语？"

"恶语伤人，我们阻止不了别人说什么，但是能够让自己不去听。听不见就不在意了。"顿了顿，衡玉补充，"我知道你即使听到了也不会在意，但你和他们是不一样的。他们只是一介凡人，并没有强大而无畏的心。"

这位圣子自幼就在无定宗长大，道法修为都力压许多元婴期禅修。花在钻研道法上的时间多了，人生又少有不顺遂，也就没有人刻意教他，所以衡玉知道他在换位思考方面欠缺些许。不过这才正常。如果他在为人处世、钻研道法、修炼种种方面都做到了同辈人中的极致，那就太可怕了。

了悟顺着衡玉的话往下思索。被邪魔之气控制的人会逐渐丧失人性，变成一具行尸走肉。像满雪儿这样执念缠身的人，原本只有道法能净化她的心，洛主却采取了一种截然不同的方式，让她勘破执念。

他们现在身处于龙渊国境内，满雪儿杀了人，自然要依照龙渊国律法来给她定罪。了念跑去衙门通知官差，没等多久，了念就领着几个官差回到李府。

青云寺是这个城镇里唯一的寺庙，了悟和了念现在就借居在那里。因为满雪儿身上的邪魔之气还没净化，官差们做了记录后，就把满雪儿暂时押去青云寺，等了悟净化完后，他们再将她收监。

命案的事情到此就暂时告一段落了，衡玉三人也离开了李府。她住的院子和青云寺是一个方向，衡玉撑着伞走在前面，了悟和了念两个人跟在后面，各自都不说话。

远远瞧见那片熟悉的银杏树林，衡玉停下脚步："我就先告辞了。"

"洛主留步。"了悟出声，主动提及赌约一事，"今日的赌约是在下输了，洛主想要在下做些什么？"

衡玉原本有些倦了，闻言顿时来了兴致："做什么都可以吗？"

了悟平静地补充："力所能及，且不违道法的事情。"

衡玉撇了撇嘴："特别强调不违道法，了悟师兄是怕我趁机提出些轻薄的要求吗？"百花谷女修在世人眼中都是急色之辈吗？偌大宗门还不允许出个另类了？

"只是给自己留些余地罢了，也免得为难。"

衡玉想了想："了悟师兄下过厨吗？"

这位圣子给她的感觉就是对道法知之颇深，但对人世种种就像张白纸一样。了悟的回答并没出乎她的意料："不曾。"

"那了悟师兄……"衡玉朝他眨了下眼，有心为难他，"为我洗手做羹汤吧。"说完，她抛给他两颗硬糖。了悟下意识抬手接住。衡玉利落地转身离开，天青色的裙摆划出一抹弧度，仿佛是雨后初晴时天际出现的第一抹云霞。

目送着衡玉离开，了念不高兴地道："师兄，这妖女提的要求未免无礼了些。"

了悟低头看了眼手心里的糖，他拆了糖纸把糖递进嘴里，又把另一颗递给了念："无妨，她并无恶意。"

"可是没有恶意，也不能掩饰她的无礼。"了念气鼓鼓道。

了念从小受清规戒律长大，最看不惯这种散漫随心的言行举止。更何况这妖女还有意诱惑他师兄！他真担忧这妖女要花招让他师兄吃亏！

了悟轻轻摇头，没有出声多说什么。

衡玉又一次冲击筑基巅峰失败。再睁开眼时，外面已经天光大亮。因为昨天答应满雪儿要送她一本游记，衡玉收拾一番后就出门前往青云寺。

寺庙门外每天都有很多小贩来贩卖货物，久而久之就形成了一个热闹的小集市。

衡玉瞧见有人在卖糖葫芦，笑着走过去："来四串。"

老人连忙应好，抽出四串糖葫芦递给她。衡玉用灵力裹着三串糖葫芦，免得它们被雨水溅湿，剩下那串被她塞进了自己嘴里。

跨过寺庙，衡玉找了个空闲的小童子，请他领着她去找了悟。

了念正站在厢房外等着他师兄为满雪儿念驱魔咒，远远就瞧见一个小童子领着衡玉走进来。他眼睛瞪圆："你怎么来了？"

衡玉递了串糖葫芦给他："我过来瞧瞧。"

"多谢洛主，不必了。"了念推辞。

"真不吃吗？你看我买了四串，正好一人一串，等会儿我们都吃上了，你什么都没有，那可多可惜啊。"衡玉蛊惑他道。

了念鼓着脸，默默伸出自己的手。等回过神，他看着自己手上的那串糖葫芦，又有些懊恼。刚刚他怎么就被迷了心窍，伸手去接糖葫芦了呢！

等了悟念完驱魔咒出来时，就瞧见他的师弟和洛主两人靠在墙角，手里各抓着一把魔葵子在嗑。

"你出来了。"衡玉上前，非常自然地把一串糖葫芦递给了悟。想了想，她又抓出一把魔葵子递到他手里。她的储物戒指里除了各种宝贝外就是各种零嘴。前段时间从百花谷赶来这里，她可是把这一路的特产都给买了个遍。等了悟回过神，他的手里已经捧着一把魔葵子了。

"喜欢吃吗？"了悟看向了念，温声问道。

了念耳根泛红，觉得有些难为情，但还是顺从自己的心意点了点头。禅修是苦修，了念从小到大生活在寺庙里，很少吃到这些零嘴。但他这个年纪，本来就是最馋零食的时候。了悟抽出一颗糖葫芦送进嘴里，再嗑了一颗魔葵子，这就算是领了洛主的心意。剩下的，他全部递给了念："吃吧。"

了念眼睛微亮："谢谢师兄。我吃完这些就腻了，以后还是会好好苦修，不会馋嘴的。"

了悟摸了摸他的头。

厢房里，衡玉把手中最后一串糖葫芦递给满雪儿。等满雪儿吃得差不多，衡玉取出游记递给她。

满雪儿郑重地接过，用干燥褶皱的指尖抚平封面上的褶皱："多谢仙子！"

"我只是在履行自己的诺言。"衡玉想了想，"冒昧地问一下，你介意把你的事情告诉我们吗？"

满雪儿有些羞涩："我怕仙子不愿意听。"其实满雪儿有些遗憾。如果她能早点遇到这位仙子，可能就不会铸成这种大错。但能够在自己的内心被彻底侵蚀之前遇到这位仙子，也是一种幸运。

"我主要是想让了悟听一听。"

得到满雪儿的允许，衡玉起身走出厢房，探出半边身子看着了悟和正在嗑魔葵子的了念。

视线落到那堆魔葵子上，衡玉问："要进来听听满雪儿的事情吗？"

了念听到这儿，把剩余的魔葵子塞好，快步走进厢房。

衡玉站在门框边不动，等了悟走到她面前，她微微歪头："不喜欢吃魔葵子？"

了悟抬眼与她对视。这是他第一次认真注视她的眼睛，里面干干净净，好像能映见世间万事万物。而现在，他从这双眼睛里看到自己的影子。见他不回答，衡玉又说："那你喜欢吃莲子吗？"

"……喜欢。"了悟回答。

他没什么偏爱的口味，但无定宗里种了不少莲花，每到季节就会收获一堆莲子，他经常吃到这种有些苦涩的食物，所以应该算是喜欢的。

衡玉笑起来，莫名有些高兴。

和李府的婚事定了下来，就再无更改的可能。满雪儿知道这一点，痛苦过后决定把她对赵凡的感情都压下去，嫁进李府做李嘉的妻子。

刚嫁入李府时，李夫人、李嘉的妹妹都在刁难她，时常说些冷嘲热讽的话。这些都还可以忍受，她本来就是个逆来顺受的人。直到成婚四个月后，李嘉参加科举考试失利。他心情苦闷喝多了酒，满雪儿扶着他为他更换衣服，结果李嘉那苦闷的心情得不到舒缓，借着酒劲狠狠扇了满雪儿一耳光。等酒醒后，他一个劲儿向满雪儿道歉。满雪儿以泪洗面，但无论是娘家还是婆家都没人站在满雪儿这边，她最后咬着牙原谅了李嘉。但在那之后，李嘉就逐渐变本加厉起来，有些不顺心就对满雪儿推推搡搡。

"一个月前，李嘉动手把我推倒在地，我的肚子狠狠撞在桌子上。当时我并不知道自己已经怀了一个多月的身孕，那个孩子当场就没了。"说起这么痛苦的往事，满雪儿很平静，那是种彻底麻木的平静。

孩子没了，没有人指责她的丈夫，所有人都指责她没有保护好孩子。那段时间满雪儿压根睡不着觉，只要一闭上眼，她耳边就会响起婴儿细弱的哭声。从那时候开始，反抗的念头一点点升起。执念入骨，邪魔之气便趁机侵蚀她的内心。凭借着邪魔之气，她一个手无缚鸡之力的柔弱女人成功杀死了有炼气三层修为的丈夫。

"就是这些。"满雪儿说完，疲倦地闭上了眼睛。

了悟心想，众生皆苦，原来这就是满道友所承受的痛苦。了悟看向衡玉，给她传音："洛主那里可还有多余的糖果？"

"嗯？"愣了愣，衡玉好像猜到他想做什么了。她递了糖果给他，看着他用两只手捧住糖果，把它们都递到满雪儿面前："吃些吧。"

满雪儿怔愣："……多谢大师。"

刚刚领衡玉过来的小童子又领着一个男人过来。衡玉退出厢房，正好撞见他们："过来看满雪儿？"

赵凡瞧见她，大概是想起她昨天的言行，举止变得越发拘谨："回仙子，我是想给她送些吃食。如果不方便让我进去探望她，不知道仙子能否帮我把吃食转交给她？"

为了佐证自己的话，赵凡举起右手拎着的食篮。食篮上面用碎花布盖着，掀起半个小角，里面装着的绿豆糕清晰地露出来。绿豆糕刚出炉不久，随着碎花布掀动而起，还有淡淡的香味飘出。

衡玉看向了念："你去问问满雪儿愿不愿意见他。"

了念乖乖转身，但走了两步，他懊恼地拍了拍自己的额头：他为什么要这么听这个妖女的话？不过已经走到了厢房门口，了念还是走进里面，过了一小会儿折返出来："道友可自行进厢房与故人叙旧。"

满雪儿同意见他，赵凡反而有几分踌躇，朝衡玉几人道谢后鼓足勇气才敢走进厢房。等厢房的门合上，衡玉对了悟道："你看，有情的人也苦。"满雪儿已经嫁人一年，赵凡还是放不下。

了悟问："在洛主眼中，可有不苦的人？"

衡玉勾起唇角："有啊，我不就是吗。有所求却求不得的人才苦。"她朝了悟眨眨眼，神情狡黠，仿佛在说：你求取禅道，也是个有所求却求不得的人。

了念站在他们身后，默默听着两人的对话。他并没注意到衡玉朝了悟抛去的眼神，单纯顺着衡玉的逻辑思索下去，忍不住出声赞同："师兄，我觉得洛主说得……好像还挺有道理的。"

衡玉拍拍小禅修的脑门："我的话怎么可能没道理。"

了悟对了念说："你顺着洛主的逻辑往下思考，当然觉得她说得有道理。"

这位百花谷的洛主，当真是好辩才。如果和她交谈的人逻辑不够清晰，很容易被她说服。

衡玉暗啧一声，这位圣子当真是个心性坚定、油盐不进的人啊。

她刚感慨完，就听到了悟在教了念："你也可以顺着她的逻辑，拿她的逻辑反驳她。"

了念摆出勤学好问的姿态："师兄，我该如何反驳？"

"她说众生皆苦，她也是众生之一。她若求潇洒，若求超脱，便是有所求；只要有所求，就总会有求不得。"这到底是在教师弟呢，还是在回应她呢！居然用她的逻辑来攻击她，了悟未免也太清醒了。

厢房里，满雪儿坐在床榻上。

赵凡走进来后，扯了张木凳到床边，在她对面坐下，有些局促不安。

"赵凡哥，"满雪儿主动开口，"你不是给我带了吃的吗？都带了些什么过来？"

听着熟悉的称呼，赵凡脸上闪过惊愕与喜悦。他连忙把食篮推到满雪儿面前："是城东那个糕点铺子卖的绿豆糕，你以前最喜欢吃那家的糕点了。"

满雪儿掀开食篮上的布，伸手捻起一块送进嘴里："还是熟悉的味道啊。"

赵凡身体放松不少，唇角露出浅浅笑容，陷入对往事的缅怀："我还记得小时候有一回我惹你生气，怎么哄都哄不好你。最后我凑齐身上所有的铜板给你买下两块绿豆糕，这才把你哄好。"

"是的，其实这绿豆糕的味道平平，我怀念的是第一次吃它的心情，但这种心情早已回不去了。"满雪儿把布重新盖回食篮上，将食篮推回到赵凡面前，语调含笑。

"赵凡哥，你不要自己把自己困住了。我已经放下执念，你也该重新开始。"

青云寺的厨房在厢房后边。寺里有很多没踏入仙途的小童子，他们不能辟谷，所以这时候厨房里很热闹，一个负责掌勺的大师傅领着几个小童子在做素斋。

了悟简单告知来意，掌勺的大师傅示意了悟自便。

取得同意后，了悟走出厨房，看向站在杏花树下的衡玉："洛主想吃什么？"

衡玉正捻着一片叶子把玩，乐道："我想吃什么都可以吗？可你分明是第一次下厨。"有枯叶从树梢慢悠悠地飘下来，在了悟肩上停歇，衡玉的视线不自觉被那片枯叶吸引，随后就听了悟说："不会可以学，也许今日做不出来，但多研究两日也能成功。"

这句话显得很坦诚，很有诚意。对方越是这么有诚意，衡玉越是忍不住"得寸进尺"："无定宗的素斋是一绝，其中有道糕点名为菩提糕，我想尝尝这个。"

菩提糕是把菩提树叶研磨成粉，辅以面粉等物制作而成，蒸熟之后即可食用的糕点。因为这种糕点只有无定宗宗门附近才有卖，这边缘小城镇是只闻其名不知其形。这样的特意刁难并不惹人反感，于了悟而言，反倒显得有些许新奇。刚刚他已经说了不会可以学，这时候听她提出要求，沉吟片刻点头应许下来："只是菩提糕味道苦涩，洛主应该不会喜欢。"

苦的？衡玉嗜甜，对味道苦涩的东西一般不感兴趣。但想了想，她还是决定就它了。不为别的，就为了它稀有这一点啊。

待了悟进厨房慢慢学做糕点后，衡玉出声告辞。她迈步往院子外走去，途经了悟身边时，随手拂去那片已经在他肩上停留很久的枯叶。

回到居住的院子，衡玉盘膝坐在床上，没有陷入修炼状态，而是托着腮沉思。她一直没办法从筑基后期突破到筑基巅峰，难道……真的要借助倾慕值来突破吗？记录着倾慕值的玉牌置于正前方。衡玉注视它许久，还是没能做出决定。

第二天一大清早，衡玉出门前往青云寺，被小童子领着绕过很长的走廊，穿过几处庭院，终于来到了悟居住的厢房。了悟厢房的窗半开着，他手捧经书坐在窗边做早课，天光倾洒而下，照见他深邃的眸子。听到逐渐靠近的脚步声，了悟抬起眼，隔着窗与衡玉对视。衡玉站在窗外，两只手撑着窗台看他。

了悟合上经书："洛主似乎心有困惑？"

"你看出来了？"衡玉笑得散漫，她表现得有这么明显吗？说话间，衡玉又换了个姿势，让自己站得更加舒服一些。

"在下隐隐能感受到。"

"那你再猜猜，我是因为什么事情而困惑。"

因为什么事困惑？了悟轻轻垂下眼，睫毛在眼睑下方投下阴影。昨天还没什么事情，今天再见面时她心底就产生了困惑。这些困惑不像是来自外界，更像是出自她自己身上。

"猜到了吗？"衡玉问。

"应是与修炼有关。"

衡玉轻吸口气。她原本并不打算跟人分享自己的纠结，但现在被了悟察觉，想起世人对他"心如明镜"的点评，衡玉试着出声询问："如果有一件事我非做不可，但是想要完成这件事就必须违背自己的本心，还很有可能受制于人。面对这种情况，你觉得做出怎样的选择会更好？"

了悟低眉抿唇，笑意一掠而过："洛主是当局者迷。在下记得初见时洛主曾说过，也许你在短时间内实力不如人时会受制于人，被迫虚与委蛇，但若始终坚持本心最后的结果必然会如你所愿。"

那所有的纠结，在这句话里烟消云散。是她一叶障目钻了牛角尖。

她追寻逍遥超脱，但现在她还没有实力。这种时候，本来就应该先考虑变强。等变强了，再考虑将那些阻碍她不得逍遥超脱的事物解决掉。

"我的确是当局者迷了。"衡玉承认这点，"多谢了悟师兄。"

"我只是把你的话复述一遍。"了悟并不居功。

衡玉笑道："虽是随口一句复述，于我却有拨云见日的效果。道谢是应该的。"

瞧着他还要再翻看经书，衡玉不打扰他，转身走进满雪儿的房间。

满雪儿早早就醒了，现在正在翻看衡玉送她的游记。瞧见衡玉，她连忙坐好："仙子你过来了。"

衡玉："你好像很开心？"

"一来是因为看了仙子赠送的游记，了解了外面世界的精彩壮阔；二来是赵凡哥答应我以后会好好生活，不受困于过去。"

衡玉微愣，没想到满雪儿会亲自点拨赵凡："是很值得高兴。"

闲聊几句，衡玉岔开话题，询问满雪儿被邪魔之气入侵时是什么感觉。

"那段时间我总觉得有道声音不断在我脑海里回响，它说只要我愿意和它融合，它就可以给我复仇的力量。一开始我以为是自己幻听了，但那道声音具有一种诡异的魔力，它好像……"满雪儿想了个形容词，"好像能够最大限度地勾起我的戾气。我被戾气和恨意淹没，稀里糊涂就答应了和它融合。"

衡玉点头，她在《大陆简史》中看到过相关的记载。

邪魔之气可以放大一个人内心的负面情绪，只要心灵产生漏洞，就连化神期的修士都可能被它侵蚀。

满雪儿见衡玉是真的对邪魔好奇，搜肠刮肚一番，又补充道："李嘉被我杀死的时候，其实……我的意识并不清醒。一直到仙子出现，我才从那种浑浑噩噩的状态中走出来。从那之后，那道声音就再也没有在我脑海里回响过了。"

刚聊到这里，只听厢房外传来敲门声，然后传来了念的声音："洛主，我们要为满道友念驱魔咒。"

衡玉拂袖。下一刻，厢房门无声打开，外面的人走了进来。了悟走到衡玉身边的空位坐下，朝满雪儿颔首示意，双手合十轻声诵读驱魔咒。衡玉坐在一旁听着。

这驱魔咒并不是简单的咒语，了悟在念出咒语时，还催动了体内的灵力加持在咒语上。

听了半晌，这驱魔咒驱除邪魔之气的能力如何衡玉并不清楚，但催眠的作用倒是一等一地好。用指背抹去眼角泪花，衡玉给了悟保留了一分面子，没有趴在桌面上，而是托腮闭眼睡去。

　　了悟拨弄念珠的动作有片刻停顿。他看向身侧，一瞬间怀疑自己念错了咒语，把驱魔咒念成了催眠咒。衡玉大概缺了几分慧根，在了悟念经声音停下时，她正好睡醒。她睁开眼睛的时间过于凑巧，以至于了悟又多瞧了她几眼。

　　衡玉正色微笑，企图当作无事发生。

　　了悟有些不知道该说什么，想了想，道："我们先出去吧，满道友现在身体虚弱，该好好休息。"

　　邪魔之气已经融入满雪儿的骨血里，驱除邪魔之气时，满雪儿自身也要承受一定痛苦。她躺在床上浑身乏力，脸色苍白，连起身向了悟道谢的力气都没有。

　　刚要走出厢房时，衡玉像是想起什么，又返回屋内帮满雪儿支起紧闭的窗户。屋内沉闷的空气得到流通，风吹进厢房裹带着寺庙里特有的檀香气息。从满雪儿的角度往窗外看，正巧能看到那棵高大挺拔的银杏树。开好窗后，衡玉朝床上的满雪儿轻笑，这才走出厢房。

　　"咦？"瞧见站在檐下的了悟，衡玉有些诧异，"了悟师兄是在等我？"

　　了悟点头，扭头看向院子中间摆着的那张石桌："先过去坐着吧。"

　　衡玉从储物戒指里取出几包蜜饯和坚果，全部扔到桌面上。了悟没动。了念瞧了他师兄一眼，也默默垂下眼。衡玉直接把坚果抛到了念怀里："别管你师兄，试试看这个坚果味道如何。"

　　了念手忙脚乱地接住坚果，抿了抿唇，拆开包装取出一颗松子，低头认真剥了起来。松子是炒制过的，还带着一股天然的甜香味。了念剥开外壳吃了两颗，唇角没控制住地往上扬了扬，颊侧酒窝若隐若现。

　　了悟拨弄着念珠，突然问道："洛主为何要特意折回去开窗？"

　　衡玉低头剥着松子，听到了悟的话，她手上没注意收力，直接把松子肉捏碎了。她拍掉手上的碎屑，说："人时常待在昏闭的室内，心理就很容易出现问题。满雪儿现在这种情况应该多吹吹风晒晒太阳。"缓声回答这个问题时，衡玉好像知道水镜为什么会挑选她来完成攻略圣子的任务了。了悟被誉为禅门之光，她不怀疑对方的实力以及道法高深的程度，但了悟对这世间种种苦厄好像都缺乏一种同理心。

　　衡玉将剥好的松子递到了悟面前："吃吗？"

　　有人为他剥好松子，这种经历对了悟来说还是头一次，他没有拒绝，但接过后也没吃，而是把剥好的松子肉放到干净的手帕上。然后他站起身走到银杏树底下，环视一圈后，弯腰捡起一根掉落的树枝。他伸手掐诀，几十片从树上脱落、正飘在空中的银杏叶被风卷到他身前，他将树枝伸出去，这些叶子全部粘到树枝上。乍一看，这就像是一根刚从银杏树上折下来的树枝。

　　衡玉心底闪过一抹奇异的念头。她身体稍稍后仰，调整坐姿后，视线一直追随着了悟，想要看看她的猜测是否正确。她看到这位圣子走进满雪儿的厢房，取出玉瓶充当花瓶，把树枝插进玉瓶里。玉瓶就静静地摆在窗边，风吹拂而过，银杏叶轻轻抖动舒展着，带着一股无声的温柔。她的猜测准确无误。

等了悟重新回到院子里，衡玉问他："为什么不直接去折枝头上的银杏，或者摘几朵花？"

"它们本来安安静静在枝头生长着，如果是因为时令的原因凋零，那是无法避免的。但在下直接去折它们是不好的。在下赠银杏给满雪儿道友本是好意，不希望用伤害一样事物的方式来完成这种好意。"

衡玉抬手别了别鬓角的碎发。这种行为其实也不失为一种温柔吧，虽然这种温柔在她看来有些古怪。

夜间，衡玉盘膝坐在蒲团上，从储物戒指里取出玉牌。

这段时间她都在尝试冲击筑基巅峰，但她体内好像被设下了禁制，这道禁制只能依靠倾慕值来化掉。利用倾慕值来进阶，就有些违背"道法自然"这个道理。但今天上午了悟的话点拨了她。

她利用倾慕值来进阶，危害都是在日后才会显露的，但不利用倾慕值进阶，就只能一直停留在当下。所以这看似是个选择题，其实根本没得选。

衡玉自嘲一笑，没有再犹豫，疯狂往玉牌里注入灵力，同时默念口诀，催动玉牌上的阵法。玉牌上的倾慕值从一千四百五十开始疯狂往下掉。

筑基后期和筑基巅峰之间的那道屏障，也在这个过程中缓慢消散。

门窗已经关紧，没有风吹入，但衡玉披散在身后的柔顺长发不知为何轻轻飘动起来。发梢尾端，流淌着淡淡的金光。在倾慕值只剩下三百时，衡玉猛地睁开眼睛。

她周身灵力涌动，分明是已从筑基后期突破到筑基巅峰了。

满雪儿毕竟是凡人，体内的邪魔之气再浓郁，也不难驱逐。以了悟的修为，只用了三天时间就大功告成。

官差们接到通知赶来青云寺，要押走满雪儿。在被押走之前，满雪儿朝衡玉深深鞠了个躬："这段时间的大恩无以为报，雪儿在狱里的时光会日日为仙子祈祷，唯愿仙子大道有成，与天比寿。"鞠完躬后，她缓缓抬起头来，脸上带着真诚而羞涩的笑意。然后，满雪儿又朝了悟鞠了一躬："也愿大师禅道有成。这段时日实在是麻烦大师了。"

一一道谢完，满雪儿跟着官差离开。在走出青云寺前，她忍不住回望石子路尽头，好像这样就能瞧见那站在尽头的衡玉和了悟一般。

走到寺庙外的集市时，满雪儿发现外面集市围了很多看热闹的人。她原本并不在意，但当她的视线掠过去时，她认出了赵凡和赵伯伯。赵凡扶着他爹，站在人群里静静目送她，注意到她的视线，赵凡抬手用力挥动，好像是在道别。她的父母在哥哥嫂嫂的搀扶下也过来送她一程。对往事的最后一分不甘终于消散，满雪儿深吸口气，垂下眼睛，唇角止不住上扬。

了悟道："接下来洛主请自便。在下要和寺里的人外出施粥施医。"

这个小城镇里的乞丐不少，除此之外还有附近的流民，所以每隔半个月青云寺都会外出施粥施医。这对禅修来说也算一种修行。

衡玉对这些不感兴趣，见天色还早，离开青云寺后干脆在小城镇里胡乱闲逛。

华城是真的小，她拎着刚做好的糖人走回家，拐进一条不算多热闹的巷子，在街角瞥见一道熟悉的身影：阴暗潮湿的街角里躺着一个病恹恹的小乞丐。他只有五六岁大，瘦骨嶙峋，身上的衣服破烂布满泥垢。此时，他被了悟扶着坐起来。

大概是觉得难受，小乞丐的手紧紧攥着了悟衣摆，在他干净的衣袍上留下灰黑色的手痕。了悟不仅没阻止，还动了动衣摆，让小乞丐抓得更舒服些。他垂下眼搅动白粥，舀了一勺递到小乞丐唇边。看小乞丐吃得急促，他托住小乞丐的背，让对方能更顺利地咽下白粥。

衡玉突然觉得，这位圣子虽然不懂世人为何而苦，但他的确无愧"圣子"这个名头。

几场秋雨过后，华城天气转冷。这个小乞丐身体底子本来就虚弱，现在还感染上风寒，必须尽快服下驱寒的药。

青云寺施粥布医的地方距离街角不远，了念刚刚奉他师兄的命跑回去端药，走过来时，就看到了拎着糖人站在不远处的衡玉。了念把药端给了悟，同时凑到了悟身边嘀咕了两句。

了悟扭头，视线与衡玉撞在一起。他颔首示意，又继续喂小乞丐喝粥，对方得先用白粥垫过肚子后才能吃药。

了念放下药碗就退了出来，路过衡玉身边，了念双手合十道："洛主，又见面了。"

衡玉问："有什么需要帮忙的吗？"

见他摇头，衡玉把手里那没动过的糖人递给他："吃吗？"了念还是摇头。

衡玉直接把糖人塞进他手里："你现在心情不好，吃些甜的东西应该可以舒缓心情。"

糖人被做成了憨态可掬的福娃娃造型，色泽漂亮，不用尝味道，单是这么看着也能猜到糖人会很甜。糖人已经到了手里，了念没有再推辞，递到嘴边抿了一小口，感受着甜意。

衡玉倚着墙，不知道从哪里摸来一根狗尾巴草叼着，说话时狗尾巴草也跟着上下晃动："身为禅门弟子，怜悯众生苦难是对的。但你还这么小，这世道之苦不是你一己之力就能解决的，等你站到更高位置的时候再考虑背负这些责任和重担吧。现在做些力所能及的事情，你就应该感到开心与自豪。"

了念用手揉揉眼睛，有些不好意思："洛主能猜到我为何心情不好？"

这还用猜吗？衡玉看向那个病恹恹的小乞丐，看向不远处瘦骨嶙峋、满目悲苦的老人，再看向那怀着孕求医、脸上不见半点高兴神色的孕妇……这还只是小城镇的一处角落而已。

注意到她的视线，了念沉沉叹了口气，用一种完全不符合年龄的深沉语气道："其实还是我没修炼到家，了悟师兄身上背负着的可是禅门……"反应过来自己说了些不该说的话，了念轻咳两声，神色里划过懊恼之意。

背负着禅门的什么？衡玉眯起眼，任由淡薄的斜阳自她眼角眉梢掠过。正巧这时候有其他小童子急匆匆跑过来找了念，了念对衡玉说："洛主，我还有些事，就先告辞了。"

衡玉又在原地站了一会儿，注意到了悟已经忙完，她抬步上前。

刚刚她站在桂树底下，鼻尖嗅到的都是桂花清香，目之所及全是素净的桂花。现在不过往前走十来步，就像推开新世界的大门。

街角这里住了不止一个乞丐，环境脏乱，味道非常诡异刺鼻。正因如此，衡玉才能清晰地捕捉到那股淡淡的檀香味，这是了悟常年生活在寺庙里侍奉时，衣袍上沾染的味道。

"洛主怎么过来了？"了悟温声问。

衡玉摇头没说话，站在旁边安静等待。其实她也说不清楚自己为什么突然走过来，只是顺从了自己的想法。

了悟从储物戒指里取出薄毯盖在小乞丐身上。药有助眠的效果，没过多久，小乞丐就靠着墙沉沉睡过去。也许是梦到了什么美好的东西，也许是因为终于摆脱疾病的困扰，小乞丐面色红润，稚嫩的脸上挂着幸福的微笑。了悟帮他抹掉唇角的药渍，随后缓缓起身，领着衡玉走出脏乱的街角。

离开街角，光线变得敞亮起来，衡玉指着他的衣摆："要清理一下吗？"他蹲在地上时，衣摆不可避免地蹭到黑灰。了悟自然察觉到了，他掐了个净尘诀丢到自己身上，等到衣摆恢复干净，了悟问："不知道洛主接下来可有其他安排？"

"有事要我帮忙？"

"在下想去杂货店买些糖果零嘴放在储物戒指里，但不知道哪些糖果零嘴比较好，想请洛主一同前往挑选。"

"可以。"衡玉扬眉，买些糖果零嘴吗？他这是在有样学样。

今天恰好是每月一次的集市日，有不少摊贩都提着各式各样的吃食或小物件出来贩卖。

衡玉清楚杂货店的大概方位，径直往前走着。了悟跟着她，路过某处摊子时，他突然有些迟疑，脚步也放缓下来。见衡玉没在意地继续往前走，了悟沉吟片刻还是出声道："洛主稍等。"

衡玉停下脚步，侧头看向他，眼里带着几分询问。了悟指着斜后方那个卖糖人的摊子："要过去瞧瞧吗？"

糖人铺子前挂着面竹架，竹架上插着几个已经做好的糖人，什么造型的都有。摊主是个上了年纪的老人，大概已经以此为生很多年了。他的手非常巧，随意翻转比画，一个精致的糖人就从他手中新鲜出炉。察觉到有人走到自己面前，老人高兴地抬头。这样的两个人并肩走在一起，总是让人忍不住多打量几眼的。老人愣了一会儿才回神，歉意地笑笑："两位客人要做什么样子的糖人？"

了悟看着衡玉，解释道："那日从洛主手中借走一捧糖果，今日在下还一个糖人给洛主。"

原本他是想到了杂货店再买糖果给她，刚刚他喂小乞丐吃粥时，余光瞥见她把自己买的糖人送给了了念。衡玉觉得有些好笑。这礼尚往来的手段倒是显得有些稚嫩和笨拙。

衡玉心里觉得有意思，在对摊主说话时，声音里透出明显的笑意："那老人家，麻烦你帮我做两个糖人，就比照着我和这位大师的模样来做。"

有生意上门，老人自然没有拒绝的道理。他认真打量了悟和衡玉，没过一会儿就做成了两个糖人。衡玉举着依照了悟模样做出来的糖人，总觉得这个糖人像是像，但还是缺了一些东西。

了悟不明所以，也不催促。

衡玉唇角微弯，终于知道缺了什么。她从储物戒指里取出红梅酱，请老人帮忙在糖人额间点出朱砂。原本只是有八成像的糖人，在点上朱砂后，似乎已经有了十成相似。

"搞定了。"衡玉把了悟的糖人递给他。她的手白皙漂亮骨节分明，握着糖人时，手倒是比糖人还更引人注目。了悟垂眼接过。

衡玉举着糖人往前走了几步，注意到了悟还盯着糖人，笑问："了悟师兄这是看着和自己长相相似的糖人，所以觉得不好下口？"

"的确有这部分的原因，而且有些感慨这个民间手艺。"

衡玉折回他身边，在他诧异的目光下伸手抽走他的糖人，把自己的糖人交换给他。

她眨眨眼，笑得宛若狐狸般狡黠，又带着点顽皮："为了让你克服心理障碍，我不介意与你交换一下糖人。圣子，你可千万不许浪费食物。"

不等他把糖人换回来，衡玉抢先咬住糖人，一口咬掉糖人的半边头。

了悟："洛主所言有理。"说完直接把手上那个糖人的整个头都咬掉。

这肯定是故意的吧！

衡玉他们要找的这家杂货店是城镇里最大的一家店，里面的糖果糕点种类比较齐全。

衡玉解决掉糖人，扔掉棍子，拍拍手走进杂货店。了悟还在慢慢品尝糖人。

无定宗禅修之士走的都是苦修路线，并不贪图口欲，能够饱腹即可。像是糖人这种零嘴，了悟还是第一次品尝。倒不是被糖人的味道吸引，他只是觉得……这一切都很新奇。

店里的糕点是可以试吃的，衡玉用细长的签子叉了一块糕点，递到了悟面前："试试？"

了悟眉目安然，出声婉拒。衡玉轻哼，将糕点塞进自己嘴里。

挑好糕点和糖果，衡玉又去挑了几样坚果。买完东西后，衡玉和了悟再次折返回施粥布医的地方。

了念正在熬药，瞧见了悟回来，他扬起笑容："师兄你回来了。"

了悟点头："辛苦了。"他取出一包分装好的松子递给了念，"吃些东西。"

了念愣愣地接过。他和师兄也就是一个多时辰没见面而已。以前师兄是从来不吃零嘴的，为什么现在他的储物戒指里突然多出了松子？！

"你觉得分量不够吗？"了悟见他在走神，又取出一包类似棉花糖般的软糖，"这个味道也不错。"

这里没什么需要他帮忙的，了悟摸摸了念的头，让了念继续熬药。他过去帮忙施医，顺便看看那个小乞丐的风寒好些了没。

"洛主，我师兄他怎么……好像有些不一样了。"了念看向另一位当事人。

衡玉："你觉得这种转变是好是坏？"

了念将一颗软糖送进嘴里："……大概，这是一种好的转变。"他们师兄弟都是无定宗掌教的亲传弟子，但因为了悟师兄身份太过特殊，他与这位师兄相处时一直比较拘谨。那时候，了念总觉得了悟太清冷，像是覆满白雪的松。如今却似春风化雪。

天色渐暗，衡玉与了悟分别后，踩着一地碎阳走进院子里坐下，查看起自己的玉牌。从筑基后期突破到筑基巅峰，她用了一千多倾慕值。想要从筑基巅峰突破到结丹期，按照师父游云说的，她至少要准备一万倾慕值。而现在，她只有三百。

拜"便宜"师父所赐，她比绝大多数结丹期修士都要富有，不缺灵石也不缺天材地宝。但在倾慕值上，她一个少主估计比百花谷外门弟子都要寒碜。这简直就是两个极端！

"依照百花谷手札记载，凡百花谷弟子在获取他人倾慕时，都可以获得倾慕值。想要获取倾慕值，似乎只有攻略了悟这条路可以走。"衡玉的手指缓慢收紧，牢牢握住玉牌，眼前浮现出了悟的容貌。

这几天时间里，因为满雪儿的事情，她和了悟一直有很多接触。

这位无定宗圣子清高出尘，身为禅门之光，资质出众，力压同辈无数天骄，被誉为禅门历史上最有可能成就禅道极致的人。除此之外，从性格到颜值再到身材都恰好是她所欣赏的类型。再加上了悟要渡情劫，如果她成功完成内门任务，顺便拿倾慕值来修炼，本质来说是在各取所需，相互成全。

她要放下后顾之忧，一心完成自己的内门任务吗？

接下来的几天，衡玉都待在小院里修炼，巩固自己的修为。华城的天气变化多端,艳阳高照了几日,又再次下起淅淅沥沥的秋雨来。衡玉顺利巩固修为出关,在屋子里待着无趣,又想吃酒楼里面卖的那道盐水鸭,就撑着伞出门了。

"仙子是一个人吃饭?"店小二记着菜单,忍不住迟疑起来。这分量已经够四个成年男人吃了。

衡玉就是想试试菜的味道,不过点这么多的确是有些浪费。她正要开口说话,请店小二画去两道菜,突然心有所感地低头看向下方的街道。

"了悟师兄,上楼一块儿用午膳吧。"衡玉传音。

了悟停下脚步。油纸伞压得有些低,遮挡住他的上半张脸。似乎是想要找寻衡玉在哪里,了悟慢慢扬起油纸伞前端,露出那令人悸动的清冷眉眼。他隔着茫茫雨雾眺望四周,几息后,与下巴枕在窗台上的衡玉成功对视。

"师兄?"了念没想到了悟会突然停下脚步,险些撞在他身上。了悟顺势别开眼看向了念:"饿了吗?"

"是有些饿了。"

了悟点头,往前走去,很快走进一家酒楼里。

了念原本还以为师兄是担心他饿着,结果上到二楼,瞧见那坐在窗边的熟悉身影时,了念才知道师兄为什么会突然走上酒楼。

店小二殷勤上前给了悟和了念倒了茶水。茶水雾气氤氲而上,模糊了衡玉的眉眼,她随意找了个话题问:"你们怎么出来了?"

了念瞧了了悟一眼,老实回答:"刚刚师兄去给赵凡的爹医治伤腿。"

赵凡的爹?就是那天他们去找赵凡时,拖着伤腿过来帮他们开门的老人吗?

难怪了念手里提着个医药箱子。

衡玉没想到过去那么多天了,了悟居然还记得这件事情。她的手指在桌面上轻轻敲击着。如果她对一个人伸出援手,一定是因为她怜悯那个人。但了悟会伸出援手,却未必是因为怜悯,很有可能仅仅是因为禅门的教导,他修的禅道告诉他这件事是应该做的。这件事应该做,所以他去做了,仅此而已,并不是出自本心。

在邀请了悟他们上楼吃饭前,衡玉点的菜其实是盐水鸭、糖醋里脊等酒楼招牌菜,但谁叫她要请他们吃饭。衡玉只好沉着脸改了菜单。

衡玉夹了一筷子豆芽菜送进嘴里,吃了两口,注意到了悟一直在拨弄着他的念珠,没有动筷子:"菜不合口味吗?"

"在下早已习惯了粗茶淡饭,但这些菜怕是不合洛主的口味。"

衡玉轻笑了下。听完他的话再去夹豆芽菜,衡玉觉得味道比刚刚要好了不少。

耳边念珠碰撞的声响一直不停,衡玉说:"你再不吃,我就亲自帮你夹菜。"

了悟将念珠重新缠绕回腕间,执起筷子。

衡玉用馒头蘸取奶酱,咬了一口咽下:"了悟师兄,那道菩提糕你学得怎么样了?"

了念悄悄瞧了了悟一眼。这几天师兄都在忙着给青云寺的禅修们讲解道法,似乎没有抽出时间学做菩提糕吧。了悟认真道:"还在学。"

了念被米饭呛住,忍不住别过头连连咳嗽好几声。师兄到底是故意这么回答的,还是无意?

衡玉扬眉:"真的在学吗?那你师弟在咳嗽什么?"她是这么容易被忽悠的人吗?

了悟不重不缓地批评了念:"以后吃东西不要太急,免得呛着自己。"也算是回答了衡玉后面那个问题。

衡玉别过脸不说话,忍了又忍,还是没忍住低笑起来。笑了半晌,衡玉随手拿起一个馒头。

这时,街道上突然传来一声惊呼:"你说什么,赵大人死了?"

"赵大人……难道是那一位?"

"不仅死了,听说赵大人身上还沾染有黑雾。他和李嘉一样是死于邪魔之手!"

"又是邪魔?赵府的人可去了青云寺通知住持方丈?"

衡玉与了悟对视一眼,她起身走到窗边,低头看向陷入惊慌中的街道。

了悟走到她身边,右手扶着窗台:"今日这顿饭怕是吃不成了,在下要与师弟前去探查情况。"凡事只要涉及邪魔,无定宗都不可能袖手旁观。

衡玉说:"我和你们一块儿过去吧,我也好奇到底发生了什么。"

她现在刚踏入筑基巅峰,短时间内都不会闭关。倒不如和了悟他们去看看,一则继续接触他,二则也是给自己寻些事情打发时间。

离开酒楼,衡玉他们随便拉了个摊主询问一番,就知道出事的人是谁了——已经致仕在家的前任城主赵弘化。这位城主是筑基中期修为,这个修为在衡玉和了悟面前自然是不够看的,但在华城这个边远小城,筑基期修士已经完全可以横着走了,现在却惨死家中。

快到赵府时,衡玉停下脚步:"了悟师兄,你和你师弟进赵府查看尸体,我找人打听打听赵弘化这个人。"她对查看尸体这种事没有任何兴趣,而且这样兵分两路比较节省时间。

了悟点头,跟着了念往传出哭声的赵府走去。衡玉左右瞧了瞧,转身走进身后的琳琅阁。

琳琅阁里,胖乎乎的掌柜正站在柜台里拨弄算盘,算着这两天的账目。

掌柜眼光毒辣,一眼就认出衡玉不是普通人。他们琳琅阁卖的都是普通饰品,这位仙子应该也瞧不上眼:"不知道仙子有何事?"

衡玉走到柜台前,随意指了个水滴状玉坠:"我想瞧瞧这个玉坠。"

掌柜虽然疑惑,但还是小心谨慎地取出玉坠递给衡玉。玉坠的成色很一般,但款式还算漂亮。衡玉把玩着玉坠,开门见山地问道:"掌柜的,听说你们这儿附近出了起命案?"

掌柜是聪明人,此时店里没其他客人,他将衡玉请到桌边坐下:"回仙子,是这样没错,我应是两个时辰前听到赵府里传出哭喊声的。"

衡玉端着手上的茶杯:"你觉得这位赵城主是个怎样的人?"

"性情温和,爱民如子。"听到这个评价,衡玉就想起满雪儿。之前她打听消息时,那些人也说死去的李嘉是个与人为善的普通书生,结果呢?不过一码归一码,衡玉没有妄下论断。

衡玉放下茶杯,从袖子里取出几块下品灵石:"掌柜是商人,我就直接一些,烦请掌柜为我介绍介绍这位赵城主。"

在衡玉了解这位赵城主的相关事迹时,城北某个贫民巷里,一个道士打扮的男人正手握长剑行走在巷子里。他看起来很年轻,穿着道袍梳着道髻,明明是一副出尘打扮,身上的气质却很冷峻阴沉。

这个巷子里出入的基本是熟人,赵凡上山打猎回来,突然瞧见一个生面孔,不由得多打量这个道士几眼。越打量他,赵凡越是觉得他的五官有些熟悉。

道士如剑般锐利的视线向赵凡扫来,两人视线对上,赵凡脑中灵光一闪:"长平?是你吗长平?我是赵凡啊!"

"赵凡?"虽然不记得赵凡的长相了,但范长平还记得这位儿时玩伴的名字。他眼里的锐利消融下来:"原来是你,我都有些记不清你的长相了。"

赵凡哈哈一笑:"那看来还是我记忆力比较好。十五年前你跟着张姨离开华城,现在怎么回来了?"

提到往事,范长平的脸色又有些变了:"没什么,我就回来看看。"

赵凡没注意到这点,他颠了颠后背的背篓:"你突然回来,找到住的地方了吗?要不要去我家坐坐?正好我在山上做的陷阱抓住两只野兔,今晚给你做顿兔肉吃。"

范长平在华城里其实已经有住处。但他这些年在外游荡,已经很少感到这种赤忱的热情,到嘴的拒绝就咽下了,默默跟在赵凡背后。

"你这些年怎么样?我看你作道士打扮,这是修道去了?"赵凡笑问。华城属于无定宗势力范围,所以看到范长平作道士打扮时,赵凡觉得有些惊讶。

范长平垂下眼:"先别说我,聊聊你的事情吧。你今年快三十岁了吧,跟雪儿怎么样了?"

"雪儿……"赵凡苦笑,"雪儿的事情有些一言难尽,你等我慢慢跟你说吧。"

坐在小板凳上,范长平举着碗喝了口水,听说满雪儿因为被李家人漠视、被李嘉殴打以至于化成邪魔后,他眼中泛起一层层戾气:"李家人居然敢这样!雪儿的手段还是太温柔了,要我说,她就该屠尽李家满门,让那些曾经冷待她的人全部付出代价。现在她到了狱中,剩下那些李家人可还活得好好的!"

赵凡被对方话中的杀意惊到了:"长平你……"他连忙摆手,"我昨天去狱中探望雪儿,她现在除了不得自由,其实比在外面过得快活。说起来,也真是多亏了无定宗的大师和一位仙子……"

无定宗?范长平不掩厌恶:"无定宗那些人只会说些糊弄人的话,说些常人听不懂的大道理，我看雪儿就是被他们给忽悠的。"这话一出来，赵凡顿时手足无措，他这位少年玩伴的变化太大了。

恸哭声、官差的问询声、哗啦啦的雨水声，各种声音混杂在一起。

在这么喧闹的环境里，了悟盘膝坐在棺材前，为亡者念经超度。他声音低不可闻，神色严肃，眉间朱砂在香烟缭绕的衬托下更显圣洁。

衡玉被下人一路引进大厅，没有上前打扰了悟，而是走到了念身边："赵夫人呢？"

了念："哭到晕厥，现在被扶进内院休息了。"

稍等片刻，了悟超度完毕睁开眼睛。为首的官差上前，恭敬道："了悟大师，我们会按照您说的，着重调查这段时间进出华城的筑基期修士，等有结果了再去青云寺通知您。"

"麻烦了。"了悟道谢，交代几句后走到衡玉面前，"我们先离开赵府吧。"

调查命案、追查凶手的事情，自然是由当地官府负责。他会掺和进这个案子里，无非是因为事涉邪魔，他需要尽快找到邪魔解决后患，也要净化掉冒出来的邪魔之气。

三人走出赵府，衡玉理了理剑柄上挂着的黑色剑穗，直言道："赵弘化断案公正，为官清廉。"她没说自己是怎么得出结论的，但了悟下意识就信了她的判断。从满雪儿的事情里，他知道这位姑娘的心思有多通透，而且她并非一个妄言的人。

了悟："若是如此，这件事就有些难办了。"如果赵弘化没有和旁人结怨，官府那边的调查进展估计不会快到哪里去，而他们没有方向，想要找到被邪魔之气侵蚀的人也不是那么容易。

耽误的时间一长，谁也不知道那个人会不会再次痛下杀手。

衡玉道："没办法，暂且耐心等着官府的排查吧。"

三人径直走回青云寺。这个时辰寺庙里的香客不多。跨过有些高的门槛，衡玉随手拂去不知何时掉落在肩上的桂花。

寺庙正门旁摆着一张长桌子，上面放着几个签筒。慈眉善目的老修士坐在桌后，目光与衡玉撞上时，他双手合十，笑得慈悲又安详。衡玉含笑回礼，正想往厢房走，身旁的了悟突然停下脚步，对着签摊上的老修士行礼："恭喜住持出关。"

衡玉心中顿时了然，这位原来就是青云寺的住持。只不过一寺住持居然会坐在这里给香客解签？

"圣子。"住持回礼。住持似乎想跟了悟说些什么，但话没出口，一个容貌清秀的女香客羞红着脸走到签摊前，声音压得很轻："方丈，我想要求一求姻缘。"

住持指着面前的签筒："道友在求签前，先在心中将你要问的问题默念三遍，再睁开眼睛摇晃面前的签筒即可。"女香客照做，摇晃几下，一支签掉了出来——上签。

住持拿起签瞧了眼，抚着长须："道友这支签寓意极佳。投我以木桃，报之以琼瑶。这签文是说道友待人以诚以真，所有事情将心想事成。"

"多谢方丈！"得到这一解签，女香客高兴地跑进殿里，为觉者贡献香火钱。

衡玉总感觉自己正在旁观一场大型忽悠表演。寺庙里面的签可能最差都是个中上签，绝大多数是上签、上上签，不过衡玉也能理解这种做法。

"这位道友似乎不信签文？"住持从衡玉的神情里瞧出几分端倪，含笑问道。

衡玉笑："我的回答可能会有些冒犯住持和禅门，还是不说为好。"

住持活了上百年，心境涵养极高："道友但说无妨。"迟疑片刻，见住持的确没有不满，衡玉这才开口："我只是觉得，签筒里绝大多数都是中上签和上签。"这么个签文，求来并没什么意义。

住持哑然失笑："道友原来是这么想的。"他细细打量衡玉的面相，"道友好像并不相信觉者，但我看道友与我门很有缘。"这种缘分和羁绊明明非常深，但她又不笃信禅门，倒也奇怪。

听到这句话，衡玉的第一反应是瞥向了悟：是挺有缘的啊。

住持起了兴致，花白的眉毛里满是慈悲笑意，主动出声邀请道："仅靠言语证明不了什么，道友可愿亲自上前抽上一根签？"见住持这般自信，衡玉也来了兴趣。毕竟她可以趁机见识见识修真界禅门的手段。"那我就却之不恭了。"衡玉上前，举起签筒用力摇了摇。

她摇晃时，了念凑到签摊前，想要瞧瞧衡玉会抽出怎样的签文。

竹签撞击签筒时，发出闷闷的声响。在她摇晃之间，一根签掉了出来。衡玉低头一扫，并不是很意外："上上签。"

住持摇头道："签是好签，但道友刚刚摇签时心不够诚。"说罢他又重新介绍了一遍抽签的流程。

衡玉见住持坚持，便轻吸口气放平心态。"我想求问，自己可否证得长生大道。"在心中默念三遍，衡玉再次拿起签筒摇晃。

又一根签掉了出来，还是上上签。签文是"古来圣贤皆寂寞，唯有饮者留其名"。简单的一句签文，逍遥超脱之意扑面而来。

衡玉握着竹签，唇角轻轻弯了下，又很快平静下来："虽然我不信抽签，但我很喜欢签上的签文。"这个签文和她所求的道是完全吻合的。

衡玉把签递到了悟面前晃了晃，了悟垂眸扫了眼。衡玉问："看清楚了吗？"

了悟不知道她为什么这么问，默默地点了下头。瞧见两人的互动，住持脸上先是闪过几分疑惑，想起无定宗掌教给他的传讯后，住持又有些明悟过来。他伸手接过衡玉的签："道友可知，这签筒里的签在摇晃出来之前本是无字的。是冥冥中觉者听到了道友的问题，这才降下预兆。能抽出上上签，说明道友身负大气运在身，这签文刚才是在回答道友心中的问题。"

衡玉有些诧异，她弯腰拿起最初那根签，才发现那签上只有"上上"二字，底下并无具体的签文。这就和住持的话对上了。

第一次摇签时，她在心里并没有问问题。第二次摇签时，她是问了问题的，所以上上签底下还有签文。想到这里，衡玉饶有兴趣道："若是如此，我想再摇一支签求问姻缘。"她依照流程在心里默念问题，然后摇签。这回竹签掉落，签面直接反扣在桌上。

"签面反扣。"了悟突兀地出声。

衡玉看向他："这莫非是什么不祥的征兆？"

没等了悟回答，衡玉伸手捡起竹签：下下签。签文是"此身只合佛前老，愧对嫦娥一片心"。这个签文的含义，直白到完全不用住持帮忙解签。她都还没开始付诸行动，内门任务居然就被预定为绝对失败了？！

"签面倒扣，道友抽出来的应是最差的签。最好的签与最差的签都被道友抽中了，这样的事情老朽也是第一次见到。"住持拨弄着念珠，语气里含着几分感慨。

诧异一瞬，在听了住持的话后，衡玉反倒恢复淡定从容。

"我不信神佛，所以即使这签抽得再玄乎，我也是不信签文内容的。"她把自己抽中的三支签都拿起来，全部收进储物戒指里。

住持无奈微笑："即使是觉者也不敢说自己完全可以窥见未来，所以道友请放心，签文都是有逆转的可能的。"

衡玉抿唇轻笑，出声向住持道谢："打扰住持了。"

在衡玉跟住持对话时，了悟的目光一直停在衡玉身上，若有所思。但在她感应到侧头看过来时，了悟已经先一步垂下密如鸦羽的睫毛，认真而专注地拨弄念珠。

走进厢房院子，了悟朝了念摆手："你先进屋诵经。"

了念茫然，但还是乖乖走进厢房，他心性聪慧，大概知道师兄是有话要单独对衡玉说，连门窗也一道锁紧。

"你有事对我说？"衡玉看向了悟。院子里有石桌，了悟走到桌边坐下。他唇角微微上扬，抬起手朝她招了招："过来坐下。"

风穿堂而过，送来桂花淡淡的清香。衡玉目光落在了悟身上，总疑心自己眼里映进了浅浅的温柔月色。

了悟从储物戒指里取出桂花糖和桂花酥，全部推到她面前："吃些吧。"

衡玉伸手捻起一块桂花酥送进嘴里。桂花酥脆而香甜，味道不错。刚把桂花酥咽下一部分，她就听到了悟说："接下来的话可能有些冒昧了。刚刚洛主跟住持对答时，在下一直在倾听，起初以为是自己的错觉，后来那种奇异的违和感越来越重。"

衡玉停下咀嚼的动作，下意识用指尖梳顺被风吹得凌乱的发梢。做完这个动作后，她又觉得这会显得自己很紧张，于是将手放下交叠于膝上："什么违和感？"

"洛主心无敬畏，对这个世界也似没有羁绊，就好像是游离在这个世界之外，对这片土地没有生出任何的认同感。"了悟问她，"这样的心态难道就是洛主所要求的逍遥超脱吗？"

不认同这个世界，又如何超脱于这个世界？衡玉默默咽下嘴里的桂花酥。了悟这番话是对的。走火入魔之后，她看明白了很多事情。除了师父游云，她接触最多的人就是了悟。这种情况下，她的确很难对沧澜大陆生出认同感。

院子里静谧下来。

半晌，衡玉抿唇轻笑，打破沉默，非常坦然地承认下来："我是心无羁绊。"衡玉动作利落地将香囊解下来，倒出里面装着的几颗莲子。说完刚刚那句话后，她没有再说任何话，只是用自己修剪得极好的指甲将莲子外壳剥掉，把莲子肉一一放到干净的手帕上。

"洛主？"

莲子的外壳被剥掉了，里面的莲子肉展露出来。衡玉注视着白嫩的散发着一股淡淡奶香的莲子肉，示意了悟品尝："这是百花谷特有的莲子品种，其他地方是尝不到的。"

了悟不知道她为什么会做出剥莲子的动作，但很显然，在这个时候剥莲子定然有什么特殊意义。他果断点头，伸手将莲子送进嘴里。香甜与苦涩，这两种味道同时从舌尖蔓延开。一种食物，竟然能同时兼具这两种味道？

衡玉已经恢复从容淡定，托腮凝视着他，眸光湛然若水："圣子，揭短是种很不好的习惯，你必须得补偿我的心理损失才行。没有人成为我的羁绊，你愿意成为我往后岁月里的羁绊吗？"这句话，衡玉说得很轻很轻，轻到惊不起枝头的雀鸟。但这句话，却让了悟拨弄念珠的动作彻底停下来。

衡玉觉得，自己当真想到了一个好主意。她渡他过劫，而他助她完成内门任务，陪她证得长生大道。各取所需，其实并不冲突。

衡玉从石凳上起身，右手撑在冰凉的桌面上，身体前倾，拉近与了悟的距离。她在他的眼里清晰地看见自己的容貌，衡玉微微一笑："了悟师兄，你我来日方长，你且先好好考虑。"了悟几乎有些狼狈地别开眼。

衡玉心下觉得好笑，不敢逗得太过火，蹲下身子从地上捡起一片刚刚掉落的银杏叶，将她的灵力注入叶脉。随后，她将这片银杏叶递给了悟："当你考虑清楚，就把这片叶子回赠予我吧。"

气氛凝滞。衡玉的这个动作维持了很久，了悟才轻轻动了一下。

他伸手，接下这片银杏叶。动作轻柔，也虔诚。

官府那边的排查进行得并不顺利，好几天过去了都没查出什么结果。无奈之下，新任城主只好请了悟和住持两人过去帮忙。

今天了悟原本约好要去帮赵凡的爹换药，但现在有更要紧的事做，他只好把换药的事情交给了念。

衡玉来到青云寺时，了念正好提了个大医药箱准备出门。

"我和你一起去吧。"衡玉对了念说,她闲着也是闲着。说完,衡玉伸手,自然而然接过了念手里的医药箱:"太沉了,让我拎着吧。"

了念犹豫了一下,还是没将"对修士来说,这小箱子简直是轻若无物"这句话说出口。

他们之前已经去过赵凡的家,所以这回轻车熟路。小半个时辰后,了念抬手叩响木门。

"来了。"里面传来声音,没让两人等很久,赵凡急匆匆跑来开门。瞧见衡玉和了念,赵凡高兴道:"原来是仙子和了念小师父,你们快些进来,今天又要麻烦你们了。"

"赵道友客气了。"了念连忙道。

赵凡把两人迎进室内,给他们各自倒了杯热水。把水杯递给衡玉时,赵凡不好意思地解释了一句:"家里没备有茶叶,仙子勿怪。"

衡玉接过水杯:"无妨,喝水就够了。"为了化解赵凡的局促,明明不太渴,衡玉还是喝了好几口水。果然,瞧见她的动作,赵凡心下稍松。

喝过水后,了念提着医药箱走进房间里,给躺在床上休息的赵爹换药。

赵凡正想跟进里面帮把手,外面再次传来敲门声,赵凡只好又跑出去开门。

"长平,你怎么过来了?"瞧见范长平,赵凡高兴道。

范长平提起手中的酒坛:"闲着没事做,过来找你喝酒。"

赵凡说:"现在暂时还不太方便。"

"怎么了?"范长平往里面瞧。

院子并不大,所以他很轻易就瞧见那站在院中、身穿道袍的衡玉。衡玉同样看到了范长平,并且注意到对方的修为——筑基初期。

看清衡玉身上的道袍,范长平冰冷的神色柔和了一些。他还以为衡玉也是玄门修士,在华城这个把禅门当成信仰的城镇里,想要看到第二个玄门修士还是很困难的。

"这位是?"范长平出声问。

赵凡解释道:"就是我之前和你说过的仙子,她是过来帮我爹换药的。"

"原来如此。既然你家里来了客人不方便,那我晚上再来找你饮酒。"

范长平也不强求,晃着酒坛转身离开。瞧着对方已经走远,赵凡这才合上木门,走进屋内给了念搭把手。换药中途,赵凡去厨房烧水,他往壶里灌水时,衡玉走到厨房门口,逆光站着问道:"刚刚那位是你的好友?本地人?"

赵凡拘谨应"是"。

衡玉继续问:"我看他年纪轻轻就有筑基初期修为,应该是某些大宗门的弟子吧。"

在八大正道、五大邪道宗门里,核心弟子多是在三十岁以下突破筑基期。她刚刚特地探查了范长平的骨龄——三十岁上下。这么年轻就有筑基初期,按理来说范长平应该一直待在大宗门里修炼才对，他肯定不可能长期待在这小小城镇。依照这个逻辑往下思考，范长平是近期才出入华城的。而且他还是本地人，那和那位赵城主结怨的可能性就很大。

巧合多了，距离真相很可能就近了。

听到衡玉的话，赵凡微笑起来，笑容里透着几分为有如此好友的骄傲之情："是啊，我听长平说他是虚空盟弟子。"

虚空盟，二流宗门，宗主是个元婴初期修士，宗门里所有弟子都是道修，而且极度仇视禅修。

华城这里信仰氛围浓郁，其中必然存在某些隐情。

从厨房退回到院子，衡玉给还在忙活的了念传音："我有事出去一趟，等你忙完了去巷口面摊找我。"打过招呼，衡玉离开赵凡家，往巷口面摊走去，这家面摊，就是上回她打听满雪儿和赵凡的事情时去的那一家。

这个点不是饭点，面摊里只分散坐着几个客人。老妇还记得衡玉，她一走进里面，老妇便笑脸相迎："仙子你又来啦。"

衡玉坐下："是啊，店里的云吞面很合我口味，我一大早出门没来得及吃东西，就专程过来一趟。"她这话不论真假，听着就让人高兴。

老妇那饱含风霜的脸上已经乐开了花："那我等会儿多给仙子下些云吞和面！"

"麻烦了。"

不多时，老妇人端着云吞面走了过来。衡玉取出一双筷子，正想开口询问范长平的事情，就见一个神色冰冷的玄门修士走进面摊。正是范长平。

衡玉压下询问的想法，用筷子搅了搅碗里的面条，埋头认真享用美食。她的确没夸张，这家面摊的云吞面味道相当不错。范长平在衡玉隔壁桌坐下。

"是长平啊，今天想吃什么？"老妇走过去，笑眯眯地问道。

范长平："下两碗云吞，多放些辣。"等老妇离开，他把佩剑搁在桌子另一角，背部依旧绷得很紧。衡玉咽下嘴里热乎的云吞，心下有些遗憾：如果她以前学过邪魔探查之术，现在就能直接探查范长平到底是什么情况了。

范长平余光注意到衡玉，并没有太放在心上，等两碗云吞煮好，他埋头认真吃起来。两个碗很快就空掉了，范长平从储物袋里取出铜钱就要付款时，了念提着医药箱走进面摊，径直走到衡玉面前。

了念说："洛主，我已经忙完了。"

衡玉示意他坐下："想吃些什么？"

"我想吃碗面。"了念在她对面坐下。

衡玉侧头看向老妇："老板娘，麻烦再下一碗面。"她刚喊完，旁边桌的范长平突然握起长剑，再把剑身往木桌上狠狠一砸。撞击声极响，不少人被这突然发出的巨响吓了一跳，纷纷朝他看去。

范长平起身，神色冷得好像要掉冰碴子，落在衡玉身上的视线透着不善与鄙夷：

"身为玄门弟子，却与禅修弟子关系这么好，你难道不觉得自己愧对道祖吗？"说完，直接拂袖而去。

了念心想：这人是谁啊，管得这么宽。虽然他巴不得洛主离他师兄远远的！

衡玉脸色骤变。她神情十分难看，一把摔了手中的筷子："我又不认识他，他凭什么管得这么宽？老板，这是你们华城的人吗？我与我朋友说话，他突然出声嘲讽，未免太没有教养了！"

对她性子还算有些熟悉的了念顿时不解。这个妖女性情从容，完全不像是会因为旁人几句话就动怒的性子啊。老翁却因为她的反应吓了一跳："仙子请息怒。"他们这个小摊子虽然不值什么钱，但被砸了也很麻烦，这位仙子可千万别动手啊。

老妇也停下洗碗的活，走过来小心劝道："仙子，长平这孩子在外面受了些苦，所以性子有些不好，还请您大人有大量，多多包涵。"

衡玉看向老妇，疑惑道："所以那人真是你们华城人？奇怪，他为何会入玄门，还仇视禅修？"两位老人对视，似乎在考虑要不要说。还是那老妇先叹口气："此事说来话长。"

衡玉坐稳，神色也恢复了淡然，浅笑道："若店家不忙，可否细细道来？我实在是困惑不解。"

了念抬手挠头，挠着挠着，他猛地反应过来，刚刚她摆出那副反应是在不着痕迹地套话啊。这时候面摊没有再来客人，老翁去给了念下面，老妇有些惶恐地坐在衡玉身边，向她说起范长平的经历。

衡玉见她放不开手脚，倒了杯水推到她面前。

捧着水杯，老妇感觉自在了些："其实长平很小的时候是很信禅门的，但十几年前他爹犯了些事，惹怒了一位大师，就被前任城主大人依照律法关进牢房里。他爹死在狱中，只留下孤儿寡母在外面生活……"听到事情居然涉及赵弘化，衡玉稍稍坐直了些。她有预感，自己正在逐渐接近真相。

孤儿寡母的生活难免窘迫，他们母子都是靠着邻居的接济才能勉强过活。后来有一天，邻居们发现范长平和他娘亲搬走了，完全不知所终。

老翁把面端过来时，帮忙补充了后续："现在长平回来了，我们一问才知道，原来他当年是被一位道长收为弟子，修习道法去了。"

听完这个故事，了念微微拧起眉来：惹怒某位大师？范长平的爹是犯了什么大事？但他没说话，只是看向衡玉，等着她的反应。他不太会处理这些事情，还是别胡乱出声为好，免得打乱了衡玉的安排。

衡玉摆出一副很感兴趣的样子："他这么仇视禅修，难道是因为当年那个大师污蔑他爹，而城主判错案了？"如果按照这个逻辑，范长平现在修为有成，回来报复这位赵城主也是可以理解的。

老翁的回答却出乎衡玉意料："其实这件事我们也不太清楚。按照城主他们的说法，长平他爹的确犯下了杀人的大案，但长平他娘非说他爹是被冤枉的。"衡玉已经可以确定,赵城主之死和范长平脱不了干系。只不过这件事有没有隐情,就得去官府那边查卷宗了。

"难怪那人如此仇视禅修,还见不得我和禅修弟子走在一起。"衡玉摇头,对于这些往事也是有些唏嘘,"罢了,我便不计较他的冒犯了。"

衡玉从储物戒指里取出两块下品灵石,递到老妇面前:"刚刚让你们受惊了。"不等老妇拒绝,衡玉和了念起身离开面摊。

"洛主,我们现在要去哪里?"了念快步跟上衡玉,出声问道。

衡玉说:"我们直接去城主府找你师兄吧,杀害赵城主的凶手应该就是范长平。"

她对抓人这种事不感兴趣,现在比较好奇的是当年范长平他爹那件案子到底有没有隐情。

第三章
胜负之约

午后阳光和煦，将城主府用于待客的大厅照得亮堂堂的。

大厅古意昭然，门里侧位置摆着盆君子兰，了悟坐在这盆花旁边，正在认真翻看卷宗。

门外突然传来杂乱的脚步声，有青色衣摆从君子兰垂落下的叶片间一拂而过，路过他身边时，淡淡的合欢花香扑面而来，带着无孔不入的侵略感。了悟抬眼，看着衡玉在桌子右侧落座。

桌上放着一个茶壶和几个倒扣的茶杯，衡玉将一个倒扣的干净茶杯翻转过来，推到了悟面前。她扬了扬下巴，目光先是落在他身上，又垂下来盯着茶杯，再瞧瞧那缭绕着氤氲雾气的茶壶，暗示得相当明显。了悟毫无反应。衡玉紧紧盯着他。他们这边僵持着，坐在对面的青云寺住持都注意到了这番动静。

衡玉等了好一会儿，实在是口渴，决定妥协，自己给自己斟茶。她带着微微凉意的指尖刚触碰到茶壶手柄，了悟已经先她一步将茶壶拎起。茶水如注倾斜而下，茶香弥漫，了悟将茶杯推到衡玉面前，很平静地叮嘱一句："茶水是刚换的，可能会有些烫。"

衡玉朝他眨了眨左眼，笑容有些别样意味。察觉到大厅众人的目光都落在他们两人身上，了悟无奈地用指尖敲了敲桌面，像是在示意她莫要再胡闹了。

衡玉别开眼，让他继续安静地翻看卷宗，自己则端起茶杯耐心吹凉茶水，一口将杯中茶水饮尽。刚放下茶杯，还没作任何暗示，那安静陷入阅读的圣子已经先一步拎起茶壶，再次帮她斟满茶杯。

了悟刚放下茶壶，衡玉开口道："我有可能寻到杀害赵城主的凶手了。"话音落下，大厅里所有人的目光都落在她身上。衡玉正要说范长平的事情，了悟突然出声："了念与你同行，他若是知晓凶手的事情，就由他来讲述此事吧。洛主此行辛苦，可以先在旁休息饮茶。"

衡玉眼睛一眨不眨地盯着了悟，直到旁边的了念开口介绍事情来龙去脉，她才挪开视线，端起那杯温度刚好的茶水，认真细品。城主招待他们的茶不算差，但衡玉喝过更好的茶，她只是觉得这杯茶很有意思，因为刚刚她一口气喝完整杯茶，了悟觉得她累着了？

了念将有关范长平的事情说了后，城主率先表态道："我即刻安排人去将范长平捉拿回来。"

青云寺住持想了想："被邪魔之气侵蚀后，修士的实力会得到大幅度提升。为避免出现什么意外，老朽也跟着一道去吧。"

了悟说："那在下、师弟还有洛主三人就留在府中查看当年的卷宗。"

人手安排好后，几人各自分开行动。

三人进入卷宗室，开始翻看卷宗。衡玉随手抄起一份卷宗，解开绳子仔细瞧上面的字。

这里光线太暗了，衡玉看得有些吃力。她合上卷宗，侧头去看了悟，发现他手捧卷宗神情专注，一旦确认这份卷宗不是自己要找的，就把它合上放回原处，似乎一点也没察觉到光线有什么问题。再看旁边的了念，时不时用手揉眼睛，显然也是觉得光线暗淡。

"不知变通。"衡玉低语。偌大的房子里只有翻动书页的声音，她动作很轻，但这声音在静谧的室内也显得突兀。了悟翻页的动作略停顿了下。

衡玉从储物戒指里取出硕大的太阳石，昏暗的室内顿时变得亮堂堂的。这个宝物价格昂贵，但唯一的用途就是做照明工具。也就是游云这种元婴后期修士，才舍得随手送给亲传弟子使用。衡玉用灵力托起太阳石，将它悬于空中，沉下心查找卷宗。她的浏览速度极快，每份卷宗到她手里不过几秒，一旦确定不是自己要找的就迅速放下。

她从左侧最尽头一路找寻过来，了悟则是从右侧最尽头开始的。缭绕在空气中的檀香气息逐渐加重，衡玉分神瞧了眼，发现她的速度快，但了悟的速度也并未落后于她。

两人在书架中间位置相遇时，衡玉由着了悟取走她盯上的卷宗。她歪了下头注视他的动作，看他是怎么翻阅卷宗的。确定手上这份卷宗也不是自己需要的，了悟将卷宗小心放回原位，视线平平地移到衡玉身上："洛主在看什么？"

衡玉一本正经道："显然是在看你。"

了悟倍感无奈，又觉得有些好笑。她明明很清楚他想问什么。

顿了顿，了悟说："洛主觉得那是不知变通吗？"

这个话题有些跳跃，衡玉愣神片刻才反应过来他说的是刚刚照明那件事："既然能让自己更舒服些，又何必为难自己？人到这世间走一遭，总该多多取悦自己。你是不是克己守礼太久了，以至于只要能够忍受，都不会试着做出改变？"她不过随口一言，了悟心下默然，眼尾拖曳出淡淡阴影，清冷而疏离。

衡玉眨了眨眼，她居然还真猜中了，无定宗的禅修果然像她师父说的那样，都是苦修啊。

稍等片刻，没等到衡玉再出声，了悟刚想开口，就见对面的姑娘从飘逸宽大的袖口里伸出如玉的手。灵力在她手掌上涌动，冰花从她手心迅速盛开。绚丽的花盛放到极致，又迅速凋零，整个过程无比之快，只有她手里湿润的水迹证明这一切都不是错觉。这一切好像是在说：这朵冰花存在的意义，仅仅是为他一人。

"喜欢吗？"衡玉笑吟吟地收回手。

"很漂亮。"了悟微微一笑。

"我找到了！"了念激动的声音打破两人间的气氛。

衡玉用手帕擦去手心里的水迹，绕出这面书架走到了念身边，听着了念直接把卷宗的内容念出来。大概是经常念经的原因，了念开口时语调很平稳。听着听着，衡玉神色逐渐凝重。

了悟轻叹口气，双手合十："依照卷宗来看，当年的事的确毫无隐情，现在就看看那位范道友会说些什么了。"

衡玉点头："已经找到卷宗了，我们离开这里吧。"

三人拿着找到的卷宗离开房子，重新回到大厅等待。大概过了一盏茶的工夫，门外突然传来喧闹错乱的脚步声。没过多久，城主负手走进大厅，神色有些狼狈。在他之后走进来的是住持，住持右手腕间缠绕着金绳，金绳另一头是被捆得严严实实的范长平。

范长平还算俊秀的脸上挂了彩，身上的道袍毁了一小半，梳好的道髻也微微散开。他迈过门槛走进来时，环视了一圈大厅。目光在衡玉身上停顿片刻，范长平先是愣住，随后恍然，眉间浮现出层层叠叠的戾气："难怪我会被抓住，原来是遇到你时露出了破绽。"

城主拍案怒道："进了这城主府，已经成为瓮中之鳖，你居然还敢如此嚣张！"说话间，他袖袍挥动，含怒打出一道灵力，狠狠击在范长平的膝盖上。范长平被限制行动，避无可避，硬生生受下这一击。膝盖磕到坚硬的白玉石地板时，发出沉重的撞击声，他脸色唰的一下惨白下来，却不愿流露出怯意，硬是咬紧牙关将痛呼声咽下去。

熬过疼痛，范长平微微眯起眼，神色淡漠道："实不相瞒，你高看了这城主府的威仪。我连前任城主都敢杀，如果不是你有帮手，你以为我会把区区筑基中期放在眼里吗？！"

城主还要再次动手伤人，但他的攻击还没落到范长平身上，就被衡玉拂袖化解了。

"城主勿恼，我想先问范长平几个问题。"衡玉看向范长平，拊掌说道，"杀了赵城主后还敢大摇大摆地留在城中，我是该夸你胆大，还是说你狂妄嚣张？"

范长平嗤笑："反正我早已吞纳邪魔之气入体，过不了多久心智就会被彻底吞噬，就算留在这里被你们抓住又如何？"

"原来如此。"衡玉直接把卷宗甩到范长平面前，卷宗掉到地上时彻底散开，白纸黑字进入范长平的眼里，"那我们来说说十五年前的事情吧。你爹是个猎户，当年他上山打猎，发现有对衣着华丽的母子在爬山时与下人走失。那个母亲穿金戴银，小孩子腰间有一块玉佩价值连城。荒郊野岭，的确是杀人劫财的好地方，所以你爹痛下杀手。但他不知道的是那个小孩子与禅门有缘，当时云游天下的空寂大师决定收他为徒，那枚玉佩就是空寂大师留给他的信物。空寂大师得知这一惨案后特地赶来华城调查此事，最后凭借着他留在玉佩上的气息找到杀人凶手。这件事证据确凿，赵城主也是依照龙渊国律法将你爹捉拿归案的……"

衡玉音量猛地加大："按理来说，你爹犯案时你已有十一二岁，已经记事，难道这么多年过去，你连其中的是非因果都没理清楚吗？"

范长平别开眼不去看卷宗，只是抬眼看着衡玉，目光中流露出几分挑衅：

"你知道什么！像你们这种出身富裕的人是不会理解我们家的痛苦的。我家境贫寒，当时我娘亲常年卧病在床，明明她的病是可以治好的，就因为家里没钱，生生拖了好几年，病情也越来越严重，到后来她靠人搀扶着才能走路。我爹杀人，只是想救我娘，只是想改善家境！谁都可以觉得他是错的，我不能！

"他因为赵城主和空寂而死，我身为人子，自然该为他报仇雪恨！所以我这些年日日勤奋，不敢懈怠半分，就是为了早日踏入筑基初期，回华城杀赵弘化！"

偏执，疯狂，是非不分，只从自己的角度看待问题。这样的人，即使没有被邪魔之气侵蚀，也早已入了魔。衡玉的手按在腰间长剑上："你还有什么想说的？"

范长平："修真界讲究弱肉强食，我没有空寂强，所以没敢对空寂动手；但我比赵弘化强，所以我直接偷袭杀了他。这样的逻辑并没有错吧？"

衡玉说："逻辑没错。修真界的人不受世俗律法的约束，既然如此，你的案子就用修真界的方式、用你的逻辑来处置吧。"剑光一闪，几乎无人看清衡玉拔剑的动作，等范长平再定神看去时，衡玉已经横举着长剑来到他身前。

"洛主，"了悟身形一闪，拦下她的动作，"莫要动怒伤人。"

范长平咬了咬牙："你可知道我师尊是谁，我身上留有灵符，若我身死，他肯定会知晓是谁杀了我。"衡玉被拦住去路，她也不急着往前走，低下头看着了悟腕间的黑色念珠："你师尊是谁？"

"虚空盟逍遥子。"

"逍遥子不过结丹初期实力，这道号倒是取得够猖狂。"之前了解过虚空盟的情况，所以衡玉是知道逍遥子这么个人的，她语气不屑，"可你知不知道，我这人最讨厌被人威胁。"

衡玉视线上移，与挡在她身前的了悟对视，声音温和而坚定："让我过去。"

了悟双手合十："此人已经成为邪魔，洛主不必为这样一个人沾染血腥，这并不值得。"

衡玉认真看向他："你修为高于我，如果你硬是要拦在我面前，我的确杀不了他。"

了悟哑然，他沉默一瞬，还是解释道："在下并无此意。"

"那你是什么意思？"衡玉笑问。她凑近了些，甚至趁机攥住了悟的袖子，"无定宗教导弟子，应该说的只是不要妄造杀孽吧。这个人早已入魔，他难道不该死吗？我今日杀他，不过是成全他的那一套逻辑。"

了悟想退后一步扯回自己的袖子，但他退，她也跟着退。了悟无奈，只好任由她抓着，回到她的问题上："此人该死，但他的逻辑是错误的。"

"所以他该为这样错误的逻辑买单。"衡玉说完，想到一件事，"你是不是从未杀过人？连妖兽都没杀过吧？"

见了悟缄默以对，衡玉眉眼含笑："金刚亦有怒目时，你这样不好。"她抬起手中长剑："你我各退一步，我不杀他，但他这身修为也别想要了。你看如何？"没等了悟回答，衡玉已经松开那被她紧紧拽着的袖子，越过了悟走到范长平面前。对上范长平那有些惊惧的目光，衡玉一剑刺在范长平的肩膀上。

她刺得用力。当长剑没入血肉时，汹涌的灵力全部从剑身注入范长平的身体里。这种疼痛让范长平忍不住痛呼出声，额上冷汗直冒。衡玉平静地转动长剑，让剑气在他体内炸开。

拔出长剑时，鲜血向四周飞溅开来，星星血迹溅落到了悟右手手背上，血迹还带着淡淡的温热。

在范长平的惨叫声中，了悟轻轻合上眼睑。

片刻，了悟像是突然想起什么，从储物戒指里取出一块干净的帕子，抬步走到衡玉面前，这才瞧清楚她此时的模样。果然，她距离范长平太近了，拔出长剑时从手腕到衣袍再到那张艳丽的脸庞都不可避免被溅到血迹。

了悟把手帕递给她，衡玉伸手接过，帕子在脸上胡乱抹，反倒把血迹弄得满脸都是。了悟轻叹口气，他再次取出一张帕子，掐了个水诀把帕子润湿。衡玉伸手，要重新接过帕子。了悟却避开了她的手："你看不到，还是在下来吧。"

湿润的帕子落到衡玉颊侧，她甚至能感受到了悟指腹的热度和薄茧。

衡玉的注意力完全被了悟的动作吸引了。这种滋味太过陌生，以至于她在心底反思起方才那番言行：金刚亦有怒目时没错，但她明知道了悟这些年待在无定宗里，手从未染过血腥，可能也从未见过这种血腥场面，她突然就在他面前伤人，这样的做法是不是太激进了些。

擦干净脸，了悟往旁边退开："洛主若是觉得还不够，就再举剑吧，只是这回记得用防护罩护住自己。"

衡玉右手用力一抖，把剑身上的血迹全部抖落下来。她手腕一转，却是直接把长剑收回剑鞘里："就这样吧。"她看不惯范长平，想杀便杀了。比起这个，她更不想了悟为难。

在这里，他待她确实不差。无论这番善意出于什么目的，她都愿意承情。他们两人互动时，青云寺住持一直闭眼诵经，主位上的城主满脸愕然，了念恨不得将自己变成个睁眼瞎。

不过，两位当事人都不在乎。在这点上，衡玉和了悟倒是难得默契。

"城主，此人就交给你来处置吧。"衡玉对城主说。

神游天外的城主强行回神，正色拱手："洛姑娘请放心，赵城主这些年惩恶扬善，在城主之位上做得很好。我不会让他枉死的。"

在这整件事里，赵城主可以说是相当无辜。治下出了性质恶劣的案子，而且已经证据确凿，依照律法，那人完全可以死上十次八次了。结果秉公执法的赵城主却因此丢了性命，简直没有比这更冤枉的了。

但说完之后，城主又想到范长平的师尊逍遥子。虚空盟是个二流门派，这位洛姑娘出身神秘，看不上虚空盟正常，而自己可没这个底气得罪虚空盟。城主神色不自觉染上几分担忧。这份担忧之色很浅，几乎是转瞬即逝，只有还在与城主对视的衡玉捕捉到了。她大概猜测到城主在忧虑什么："城主且放宽心，你只要把范长平是邪魔的消息传出去，逍遥子不会迁怒于你的。"

邪魔是修真界正邪两道共同的敌人，逍遥子还不敢冒天下之大不韪包庇这样的弟子。听到衡玉的话，城主心下稍宽。他朝衡玉拱了拱手，失笑道："让洛姑娘看笑话了。"

衡玉掐诀回礼。她没再看那跪倒在地上的范长平一眼，直接道："天色已经不早，现在事情告一段落，我就先告辞了。"在衡玉离去后，了悟几人也起身告辞。

走出城主府后，了念一直欲言又止，时不时抬眼偷偷瞧了悟。他自以为掩饰得很好，殊不知从住持到了悟，早就已经注意到他的举动。一路无言回到居住的小院，了悟推开自己厢房的木门，侧头看向了念："进来吧。"

了念怂道："师兄……"

了悟率先走进去，推开紧闭的木窗透气。了念迟疑片刻，咬咬牙也跟着进去了。

了悟平静道："有什么困惑就直接问吧。"

"师兄……"了念努力鼓起勇气，"为什么你要这么纵容那妖女？你明知道……明知道……"说着说着，了念的声音又慢慢低了下去。他从小在无定宗长大，只有偶尔下山协助师兄们时才会遇到女子。但那些女子无一不是向禅之心虔诚，对他们这些禅修态度拘谨，哪里像这个妖女一样，敢让师兄帮她拭去脸上的星星血迹。

水壶里有放凉的白开水，了悟寻来干净的茶杯倒水，把杯子推到了念面前："既然不懂，又何须多问。"

了念愕然："难道那妖女就懂吗？"

看着他纠结的侧脸，了悟斟酌片刻，温声道："不必多虑，情劫一事在下心中有数。无论遇到什么，都是在下的劫数。"洛主这么通识人心，她怎么会不清楚他处处纵容的原因！

送走了念，了悟从书架里抽出一本经文翻阅。阳光洒在书页上，将白纸黑字照得清清楚楚，了悟却有些看不进去。他从储物戒指里取出一个朴实无华的玉盒。推开玉盒，里面安静地躺着一片银杏叶。

大概是感应到了悟的注视，这片叶子的脉络突然亮起莹莹光芒。

衡玉正在逛修士集市。

在这集市里面有很多散修在摆摊贩卖书籍、材料和法宝，不过这些散修多处于炼气期，他们卖的材料和法宝对衡玉来说没什么大用处，所以她主要是翻找书籍，瞧瞧有什么感兴趣的书。

前方摊子上摆放的全部是书籍，摊主看起来只有十七八岁，炼气三层修为。此时摊子没什么生意，他百无聊赖地缩在小板凳上，整个人懒洋洋的。衡玉走到摊子前，蹲下身子捡起眼前的一本书。书的封面，白纸黑字写着"程浩修真手札"六个字。

名字取得大气，衡玉翻开第一页瞧了眼：程浩从小父母双亡，他身上唯一的一件遗物，就是他母亲留下的一条看似普通的项链。某天程浩受伤，血滴落在项链里，竟意外唤醒沉睡在项链里的百万年神兽……亏她翻开之前还有些期待书的内容，结果翻开后……居然是拿来打发时间的话本！

摊主注意到她，眼前一亮，殷勤招呼道："这位仙子有什么需要的吗？"

衡玉看了眼手里的话本，问："有没有不那么套路，剧情有意思些的话本？"

她是不喜欢看话本吗？不，她是不喜欢看这种剧情已经烂大街的话本！在修真界，人又不可能数十年如一日闭关修炼，囤些话本在储物戒指里也是好的。

摊主连忙应道："看来仙子是个识货的，我这里什么类型都有，您稍等，我给仙子找找。"

在他翻找话本时，衡玉也随意打量着摊子上贩卖的书籍。其中绝大多数都是话本，偶尔有些书破破旧旧的，也看不出来到底是讲什么的。

在靠角落的地方，安安静静地躺着一本封面斑驳脱落的书。衡玉走过去，将书拿起来时不自觉放轻手上力度，还用灵力小心护住它。这本书实在太破旧了，并没有得到很好的保存，衡玉害怕自己用力一些，这本书可能会当场裂开。

慢慢将封面掀开，衡玉发现这是本游记，记载了一名叫圆静的禅修在天下行走时遇到的事情，旁边还标注有不少心得体会。衡玉虽然不懂，但她看得出来，这个叫圆静的禅修绝对不是一般禅修。

衡玉问："这几本书一共多少灵石。"

摊主笑起来，虎牙外露说了价。

路过书肆时，衡玉走进去买了笔墨纸砚。

回到院子，衡玉支起书房的窗，伴着夕阳练字。她把宣纸铺展开，蘸墨挥笔。字迹行云流水，虽然没有大家之风，但也算得小有所成。写完这张大字，衡玉找到了手感，换成普通纸张开始练习。练字时，她特意将一丝灵力注入毛笔，让灵力随着她落笔而游走在纸张上。

起初一切顺利，写完几行字后，衡玉的注意力有些涣散，灵力控制得不稳定，她手稍微一颤抖，纸张就被多余溢出的灵力直接划破。衡玉没有浮躁，将划破的纸张揉成团丢进纸篓里，重新凝神控制灵力，借着这种方法来控制她对灵力操控的精细程度。毕竟她体内的灵力不是她自己一步步扎实修炼出来的。用现在这种方式慢慢练习，既能练字又能提高对灵力的掌控度，一举两得。

走神想了其他事情，手上的灵力又开始不稳起来。衡玉连忙控制心神，全身心投入到练字这件事上。等到室内昏暗下来，衡玉才放下手中的毛笔。她活动手腕，整理好那沓写好的手稿，转身出了书房。

清晨，晨曦从窗外照进来，经过窗纸的过滤后，懒洋洋地在衡玉眼睑上跳跃。

衡玉随手抄起话本，展开书页后直接盖在脸上，借此挡住阳光。但很快，她就彻底清醒过来。梳洗之后，衡玉闲着没事做，决定去青云寺蹭个早膳。踏着满地碎阳，穿过那片银杏林再拐个弯，就接近寺庙了。

深山古寺，晨钟回响。

有小童子握着扫帚在扫地，衡玉与他打了个招呼，便轻车熟路往厢房拐去。敲钟声还在继续，路过敲钟的地方时，衡玉下意识往那里瞥了眼，才注意到敲钟的原来是熟人。了悟穿着灰衣，浑身气质内敛。他按照固定的节奏推动钟槌，当钟槌撞击在大钟上时，洪亮致远的钟声会响彻整个寺庙。

这位无定宗圣子没有丝毫自矜身份，连撞钟这种毫不重要的事情，都认真以待。

衡玉安静地倚靠着银杏树，用脚尖拨弄着地下的枯叶，等待了悟撞钟结束。等了一小会儿，了悟松开钟槌，往后退了两步，双手合十。然后他转过身，目光落到衡玉身上时，脸上划过几分诧异。刚刚他察觉到有人到来，但因为神识没有外放，以为是寺院里的哪个小童子在旁观。

了悟走下台阶，绕过那丛丛灌木走到衡玉面前。

"早，我打算去斋堂用早膳，你要一道过去吗？"衡玉出声询问。

"好。"顿了顿，了悟补充，"早。"

沿着石子路一直前行，远远地，衡玉就瞧见被烟囱火气笼罩的斋堂。走进斋堂，衡玉端起一碗豆浆，又拿了两个馒头。挑了张角落的空桌子坐下，衡玉咽了口豆浆，与了悟说起昨天的事情："你觉得那范长平该死吗？"

了悟避重就轻："他已入魔，若是活着会造成更多的杀戮。"

衡玉笑吟吟道："'该死'这两个字就这么难说出口？了悟师兄，我突然怀疑你是在假慈悲。"

"在下只是不愿将伤人挂在嘴边。"

"我听说过这么一句话：金刚怒目，所以降伏四魔；菩萨低眉，所以慈悲六道。菩萨慈悲，但杀该杀之人，其实也是对无辜者的一种慈悲。"

了悟日后要在这大陆游历传道，这一路怎么可能顺顺遂遂毫无威胁？她要完成内门任务，也肯定会陪着他一起游历大陆，总不可能遇到什么事都让她一个人顶上去解决吧。所以衡玉觉得，她得多费些口舌把了悟的错误思想扳正。难道杀该杀之人就不是慈悲了吗！甭管这番话歪理不歪理，能说服人的道理就是好道理。

衡玉这么想着，满眼真诚地望着了悟，期待他给出些反应。了悟缄默。

衡玉抬起右脚踢了踢他的小腿。了悟小心避开。

衡玉继续踢，鞋尖划过他的衣摆。了悟身体僵住，直接从长椅上起身，双手合十。

眼看着他要端着馒头往隔壁桌走去，衡玉"唉"了一声："回来，我这回肯定是君子动口不动手。"

了悟站在那里，似乎是在思考要不要相信她。几个吐纳后，他将装馒头的碗重新放到桌子上，跟着坐回衡玉对面。

"是这样的，"这家伙油盐不进，衡玉不得不掰碎了慢慢讲，"如果你不想手染血腥，日后遇到危险了怎么办？"

她生怕了悟用一句他实力高强不容易遇到危险把她呛回去，毕竟化神期、元婴期修士多数闭关潜修，在这片大陆上，结丹期就已经是能横着走的境界了，连忙补充："不说你遇到危险，万一我遇到危险，了念遇到危险，怎么办？你不伤人，是你的慈悲。但这是不是对我、对了念的一种残忍？我不是希望你双手沾染血腥，只是希望你的原则能够分场合、分时候。"

了悟边嚼着馒头，边垂眼思索衡玉的话：她的意思是，平时就保持着菩萨低眉的境界，遇到危险时也要学会变通，学那金刚怒目吗？慢慢地，了悟把馒头咽下。他抬眼看向衡玉，夸道："洛主好辩才。"

衡玉扬眉："那我辩赢了吗？"

了悟微顿，沉默片刻，轻声叹息："……辩赢了，在这点上在下会试着做出改变。"

用完早膳，了悟先回厢房继续做早课。

衡玉在寺庙里待得无聊，干脆绕到山脚下的集市闲逛。集市逐渐变得热闹，有贩卖早点的，有贩卖头绳梳子的……衡玉随意逛着，路过卖糖葫芦的小摊贩身边时，她掏钱买了串糖葫芦。

"仙子……"有人突然从身后出声叫住她。

衡玉侧头："赵凡？"她右手握着糖葫芦，"时辰尚早，你现在就来寺庙里烧香？"

时隔一天再见，赵凡脸色憔悴不少。他正要开口说话，却忍不住先轻咳两声，似乎有些风寒入体。

"其实我这次来，是想寻仙子或了悟大师的。"

衡玉瞬间了然："你是为了范长平一事前来？"说起来赵凡也是惨，两个儿时玩伴都因执念过深被邪魔之气侵蚀了内心。

赵凡苦笑："正是。昨日城主他们打斗闹出的动静很大，夜间长平的事情就在我们那条巷子里彻底传开。我整夜心神不宁，今日前来是想耽误仙子一些时间，请仙子为我解惑。"

"你想问什么？"

赵凡嘴唇轻轻颤抖，呼吸也变得急促："我想知道长平为什么会做出这样的事情。"

衡玉环顾左右，指着不远处的甜品摊子："我们先过去那里坐吧。"坐下来后，衡玉也没隐瞒，简单把范长平的事情复述了一遍。赵凡怅然若失，如果说雪儿的事情他能够理解，长平的事他就是真的完全无法理解了。

"他心性已经扭曲，你不能够理解实属正常，没必要为他的错介怀。"衡玉看着赵凡这副心神不宁的样子，不由得多说了句，"想要堕落走向极端太容易了，真正难的是始终坚守本心。"

听到后面这句话，赵凡的神情逐渐变得坚定下来。的确，只要执念加深，就很容易被邪魔之气侵蚀内心，不妥协才是真正难的事情。

"多谢仙子指点。"赵凡拱手，有些不好意思，"今日之事叨扰仙子了。"

衡玉莞尔："客气了。"

送走赵凡后，衡玉叼着糖葫芦折返回了悟的院子。

了悟正好结束早课，衡玉站在古意盎然的走廊上，倚着木柱子问了悟："趁着现在有空，你是不是应该去厨房学一学如何做菩提糕？"

了悟扫了眼外面的天色："时辰尚早，等在下晾晒完院里的经书再去厨房，洛主觉得如何？"

"那连着这本游记也一并晾晒了吧。"衡玉小心地取出那本破旧的游记。因为游记太残破了，她没敢直接甩给了悟，而是走到窗边，隔着窗台把书小心地递进去。

了悟接过："这是——"

"送你的礼物。""礼物"这个词让了悟动了动指尖。这个词对他来说，实在是有些陌生。

掀开第一页，了悟的目光停留在"圆静"这个名字上。察觉到他的异常，衡玉问："你认识圆静这个禅修？"

"如果所料无误，他应该是三百年前陨灭在外的无定宗执法长老。"回答完后，了悟迅速浏览完第一页的内容。很快，他的神色转为诧异："这是圆静长老传道途中写下的心得感悟？"

"他写下这本游记时也是结丹初期修为，我想对你应该会有帮助。"

"多谢洛主。"说这话时，他声音很轻，唇角微弯了下，旋即又很快放平。一本游记换素来缄默的圣子这么浅浅一笑，绝对是笔非常划算的买卖。

衡玉欣赏够了，才问："你要先翻看这本游记，还是先晾晒经书？"

了悟摸了摸手上的游记，明显是有些不舍。他轻咳两声："在下去寻师弟，让他晾晒经书吧。这本游记已经破损，在下打算先将上面的内容整理清楚。"

衡玉暗啧一声。圣子居然也会为自己寻这种冠冕堂皇的借口。

"那你慢慢整理吧，我去找了念干活。"她朝了悟摊手，转身朝对面厢房走去。

了念正在小声背诵经文，听到敲门声，他连忙过去开门："洛主，你可是有何要事？"

"你师兄说了，趁着现在天气好，你尽快把院中经书整理出来晾晒。"

了念瞧了眼外面的天色。这段时间华城阴雨绵绵，好不容易天气放晴，他也有空闲时间，的确是该晒一晒经书："好，我现在就去整理。"没过多久，了念搬出张长木桌，把经书全部摊开摆在木桌上。他在忙活时，衡玉撩好裙摆坐在地上，状似不经意般问道："你师兄为什么会被誉为禅门之光？"

了念随口回答："我师兄是圣子啊。"

衡玉说："你们无定宗一共有四位圣子，但在提到禅门之光时，指的仅仅是圣子了悟，这是为何？"

了念有些警觉起来。他扫了衡玉一眼，摆出一副"我知道答案但我不会告诉你"的样子。这小家伙关键时刻还挺机灵的嘛。但了念不说，衡玉也有所猜测："因为了悟是先天禅骨？"这些天里她也翻找过资料。不过先天禅骨大概是涉及禅门秘辛，各种典籍上都没提到过这种特殊体质。

了念猛地摇头。

衡玉饶有兴致地眯起眼。她正要再度开口，身后突然传来一阵脚步声，随后传来了悟的声音："洛主的猜测没错。"

想要探究当事人的根底，却正好被当事人抓了个正着。衡玉抬手蹭了蹭鼻尖，回头望向他，一副无事发生的样子："你这么快就整理好游记上的内容了？"

"整理了一部分，打算早些出来晾晒经书。"了悟边解释边走到她身边。两人距离仅有一步之遥时，了悟突然俯下身子，目光十分安静温柔。在衡玉的注视下，他伸出白皙修长的右手，掌心里托着个朴实无华的玉盒，"这是给洛主的回礼。"

"里面装着的是什么？"衡玉随口问道。玉盒通透，没有丝毫杂质，是由世间难寻的美玉打造而成的。只可惜盒身上没雕琢有任何纹路，这让这个玉盒显得朴素了些。不过，这的确符合禅修的审美。了悟没说话，只是把玉盒给她递过去。当感受到玉盒里那丝独属于她的灵力波动后，衡玉瞬间猜到里面装着的是什么东西了。

是那片银杏叶。

用拇指指腹摩挲着玉盒，衡玉一点也不急着打开玉盒，脸上的表情也不像是高兴，反而是探究，是思索。她仰头看向了悟，他正微微俯下身子看她。

两人顺利对视。

"你能为我解惑吗？先天禅骨这种特殊体质意味着什么？你又为何会被称为禅门之光？"

从认识以来，这位圣子会回答她提出的所有疑问，会纵容她的所有张扬与小调侃。有时候就算回答不上来她的问题，他也是缄默以对。这是第一次，她从他口中明确听到拒绝的字样。他说："洛主，此事乃禅门秘辛，在下不便告知于你。"

"那你为什么这么快就把银杏叶还给我？"这片银杏叶不过是她在地上随手捡起来的，并不贵重，它真正重要的地方在于它所象征的意义。这象征着，他不介意她攻略他。

"洛主今日赠我一本游记，我回赠一个玉盒，不过礼尚往来而已。"衡玉十指紧攥住玉盒，她感受到从玉盒上透过来的冰凉气息。

两人这段时间里相互试探，交锋。她让这位圣子学会在储物戒指里准备些零嘴吃食；她告诉这位圣子应该试着达到"时而金刚怒目，时而菩萨低眉"的境界……原本以为，在这场交锋中占据上风的人是她。但现在看来，她的脾性几乎被了悟摸透了，她却连他的身份代表着什么、情劫具体要如何渡都不知道。

衡玉抬手别了别鬓角碎发："你的回礼我收下了，我很喜欢。"她手腕上戴了串小铃铛，随着她的动作，铃舌撞击铃铛壁发出清脆的响声。这道响声也打破了两人间隐隐的对峙。

"在下以为，这份回礼会是洛主目前最想得到的东西，是我猜错了吗？"

"没猜错，只是这份回礼来得太快，快到我觉得事情没有按照我预想的节奏发展下去。"

了悟轻抿起唇角，脸上划过几分细碎的笑意。这种笑意冲淡了他身上的冷漠，在眉间朱砂痣的衬托下，他似乎比以往更多了几分鲜活："洛主能一直算无遗策吗？"

"我以前觉得自己可以。"衡玉觉得，她勉强还是有这个自傲的资本的。很快，衡玉笑着补充："现在在圣子面前受了挫，就知道自己预料不到所有的事情。"尤其是感情这种她并没有任何经验的事情。

听到她对自己的称呼从"了悟师兄"变回"圣子"，了悟轻叹口气。他似乎想要开口解释些什么，但终究还是缄默。

"我们去晾晒经书吧，了念已经在那边瞪我半天了。"衡玉伸了个懒腰，从地上站起身，绕过了悟直接朝了念走去，一巴掌拍在了念的后脑勺上，力度不重，"瞪我干吗？虽然拿到了想要的东西，但我总觉得自己被你师兄摆了一道。"

刚刚距离有些远，衡玉和了悟说话声音又轻，了念站在这边又是踮脚又是探头，都没能听清两个人在交谈些什么。现在一听衡玉这话，了念瞬间就来了精神："你被我师兄摆了一道？"

"……你的幸灾乐祸能不能不要这么明显。"

了念努力压制住上扬的唇角，高兴地点头，声音清脆："好，我克制一些。"

衡玉没忍住，右手食指微曲，狠狠在了念头上叩击。了悟站在银杏树底下静静地注视着这一幕。院子里一阵秋风吹过，他的衣角被吹得轻轻动了下。

了悟微弯下腰压了压衣角，走回自己的厢房把经书搬出来晾晒。晾晒经书时，衡玉就知道无定宗的禅修们有多"丧心病狂"了。他们每个人都有大几百本经书，数量太多，晾晒起来相当麻烦。衡玉将经书摊开摆放，觉得无聊，走神浏览起经书上的经文。但当她沉下心安静感受时，隐隐约约能感受到字里行间弥漫开的淡淡禅意，带着一种警醒世人和化去戾气的温柔。

　　"你们平日里就翻看这些经书？"

　　了悟弯腰整理经书，把它们错落有致地摆放好。听到衡玉的话，他停下手上的动作，侧头看向她手中那本经书。想了想，了悟大概猜到她要问的到底是什么："无定宗弟子看的经书多半比较晦涩，不过在外传道时，为了便于理解经文的意思，我们都直译成白话。"

　　衡玉眉梢微挑，她继续边晾晒经文边翻看上面的内容，突然想起一件事："你们会不会整理一些富有禅理的小故事？"

　　有的话最好了，她可以拿来当故事书翻看着打发时间。

　　富有禅理的……小故事？了悟问："洛主指的是什么类型的故事？"

　　衡玉想了想："我给你举个例子吧。"

　　了悟停下手中的动作，摆出专注的神态做洗耳恭听状。

　　记忆比较深刻的禅理故事有不少，衡玉挑选了一个讲起来："从前有个将军率兵攻打某座城池，他在城外驻扎军队时，一时兴起逼迫城里的禅修吃肉。其中有位禅修说：只要你攻城后不屠城，我心甘情愿吃肉。将军答应下来后，禅修果然闭目吃肉。"

　　"为了救城中千万百姓而破戒，这是身负大功德的得道高人。"

　　"是啊，这个故事其实就点明了一个道理：酒肉穿肠过，道法心中留。"衡玉从储物戒指里取出一壶酒，"所以现在天气这么好，要不要就着刚刚说的那个禅理小故事陪我小酌两杯？"

　　了悟岿然不动，丝毫没陷入她的陷阱："这位高人破戒是为了救城中的千万百姓，情有可原。"

　　衡玉撇了撇嘴，她也没想勾着了悟破戒，只是想看看自己能不能忽悠动他。没想到他的逻辑如此清晰。衡玉原本想借机饮酒，现在只好分外扫兴地把酒壶收了回去："你说得没错，世人多记得前半句话，却忘了后面还有半句：世人若学我，如同进魔道。"

　　了悟默念这首诗，觉得这首诗颇有意思。

　　世人总是努力寻找大能的特殊之处，如果发现自己和大能的特殊之处一模一样，就会很高兴。但他们忘了雄鹰跳崖振翅可以搏击蓝天，野鸡跳崖只能活活摔死。模仿这种特殊之处本无意义。

　　了悟主动开口追问："洛主还有其他类似的故事吗？"

　　衡玉摊手，无辜道："看心情，反正今天是没有了。"

了悟又想起刚刚她称呼自己为"圣子"的事情。这位姑娘还是心中不悦吗？他轻轻颔首："那在下先晾晒经书。"

衡玉刚想开口吐槽，已经继续整理经书的了悟又补完了后面一句："等会儿还要去厨房学习如何制作菩提糕。"

衡玉握拳抵在唇边，压住自己逐渐蔓延开的笑意。也罢，每个人都有自己的秘密，她纠结这一点不放做什么。

衡玉和了悟在对话时，了念就一直蹲在旁边忙自己的事情。

他有很多事情都想不通，晾晒完自己那部分经书后，便悄悄溜出院子，在寺庙里随意闲逛。

逛到后山，在一个朴质的凉亭里，了念遇上正在自己跟自己下棋的青云寺住持。

迟疑片刻，了念上前打招呼："住持。"

下棋的思路被打断，住持随手放下手中的白子。他仔细打量了念一番，含笑问道："你似乎心有困惑？"被住持那双通透又温和的眼睛注视着，了念不自觉地点了点头："是有些困惑。"

住持笑："那坐下来陪老朽下盘棋吧，也许下完棋后，你就能够解惑了。"

了念晕晕乎乎就坐在了住持对面。他观察一番棋盘的布局，从棋盒里捻起一枚黑子，往棋盘某个地方落下棋子。下了好一会儿，了念抿起唇角，试探性地说："住持可还记得前几日洛主抽到的那三根签？"

住持哈哈一笑："你要问的，应该不是那三根签，而是那根姻缘签吧。老朽大概猜到小师父你在困惑些什么了。"了念讪讪地挠头。

住持夹起白子，啪的一声将指间白棋落在棋盘上："老朽听你们掌教说圣子此行是为渡情劫南下？"青云寺住持修为不高，但他和无定宗掌教认识多年，在了悟入住青云寺不久，他就收到无定宗掌教的亲笔书信，信上透露了不少内容。所以他很清楚了悟渡情劫一事，也很清楚了悟的身份有多重要。

了念默默点头。

"你师兄现在一言一行都是在渡劫。他是个很有分寸的人，明白自己对禅门的重要性，不会做出什么令禅门为难、蒙羞的事情。"

"可是……可是……"了念想到那位妖女，抬手挠挠头，"如果师兄只为渡劫，那那位洛主呢？"

"她自然也有自己的原因。"住持端起茶水轻抿一口润喉，"他们两个人啊，就像黑白棋子在棋盘上交锋，这注定是一场势均力敌的博弈。而我们不是当事人，不清楚当事人是如何想的，就当个看客作壁上观好了，不要掺和进去，让他们自己下这盘棋吧。"

他随手放下茶杯："观棋不语真君子，也许这句话能够让你知道接下来该怎么做。"

用下围棋作比喻吗？了念低头，从棋盒里捻起一枚黑子。他把黑子落在棋盘上："但下棋总会有胜负。"

"是的。"住持落下白子后微微一笑，"比如现在，就是你输了。"

了念微愕。他低头认真看着棋盘，发现在住持落下那子后，他的大龙的确被屠掉了。

凝视着棋盘，了念眉间的困惑彻底消散。是啊，下棋总会有胜负，但棋局的胜负取决于两个棋手，而非他这个在旁边咋咋呼呼的旁观者。

让圣子洗手作羹汤，大概是一件很有成就感的事情。尤其是这位圣子长相俊秀雅致，现在他站在案板前揉捏面团的样子，似是九天神佛误入人间食肆，被这人间烟火气息熏燎，就给人一种触手可及的错觉。

衡玉站在旁边看话本，时不时侧头去瞧他一眼，瞥见他袖子边沾到一些面粉，她随手帮他拍掉。

了悟揉面的动作一顿，回头看向她："洛主如果现在清闲无事，可以去寺庙前院找到那棵千年菩提树，从它那里取来些菩提叶。"

顿了顿，了悟补充："就取那些正好自然从菩提树脱落下来的叶子。"

衡玉卷起手中话本，懒洋洋地从椅子上站起来。她往寺庙前院走去，在路上正好碰到了念。

"了念，你刚刚去哪儿了？我们晾晒完经书就没看到你了。"衡玉疑惑地道。

了念说："我刚刚去和住持下棋了。"

衡玉热情提议："若你闲着无事，我们一道去摘菩提叶吧。多捡一些，看你师兄能不能一举成功做出菩提糕。"了念想要开口说话，很快，他想到了住持说过的：当个看客作壁上观。于是他默默闭了嘴，乖巧地跟着衡玉去捡菩提叶。

回到厨房里，了悟刚好揉完面团。他身上那件灰扑扑的衣服沾了不少白色的粉末，手背上也全是面粉。瞧见他们回来，了悟伸手接过菩提叶，拎到井边仔细清洗。他顺着叶脉清洗，洗得非常认真。全部洗完后，他开始剔除菩提叶里的叶脉。

衡玉在旁边瞧了半天热闹，见他洗得这么认真，实在不好意思只让他一个人忙活。她过去取水洗干净手，搬了张小板凳坐在了悟对面，陪他一块儿剔除叶脉。

剔除完叶脉后，还要将叶子全部剁成泥。了悟在这步偷了懒，直接把叶子全部装进干净的器皿里，然后往器皿里注入灵力。用灵力撕扯叶子，几个吐纳的时间，了悟收回手再打开器皿时，里面的叶子已经完全捣成泥。

接下来还有许多步骤要忙活。

衡玉从储物戒指里取出紫玉箫，随意转了两下，将箫抵在唇边吹奏。足足忙活了两个时辰，菩提糕终于出炉。因为衡玉捡回来的菩提叶很多，面团分量也足够，最后了悟做出来的菩提糕总共有六十个，密密麻麻地摆放在桌子前。每个糕点有小半个拳头那么大，四四方方，颜色是晶莹绿，卖相看着很是一般。

衡玉轻咳两声,看向了念:"你试试味道。"

了念瞪圆了眼睛,他不至于看不出来这妖女心里想些什么:"你居然嫌弃我师兄做的……呜呜呜呜。"话没说完,他已经被衡玉掐了闭嘴诀,嘴巴张张合合,只能发出"呜呜呜呜"的声音。

衡玉耸肩,毫无诚意地解释道:"我只是想找个人试试菩提糕到底苦不苦。"

"菩提性苦,菩提糕又怎么会不苦。在下很早就提醒过洛主了。"了悟直接拆台。

衡玉:"罢了。"说完,她伸手拿起菩提糕。

糕点是刚出炉的,拿在手里还热乎着。衡玉举到眼前吹凉糕点时,还闻到糕点散发出来的那股苦涩的青草香。轻咳两声,衡玉闭着眼睛咬了口糕点,刹那间,一股苦涩的味道从舌尖上蔓延开。

衡玉用力咽下糕点,真诚地夸道:"这果然是正宗的无定宗菩提糕。"

够硬够苦。就和无定宗这个圣子一样,硬邦邦的不知道该怎么下嘴。

到最后,衡玉还是很给面子地吃完手中的菩提糕。但在了悟问她要不要再多来一个时,衡玉猛地摇头:了悟对自己做出的糕点到底是什么味道,心里就不能有点数吗?

事实证明,他是挺没有数的。因为没吃午饭,了悟连着吃了四个菩提糕,吃到觉得有些撑了才停下来。看他吃了这么多,如果不是自己也尝过菩提糕的味道,衡玉还以为这是世间多难得的珍馐。

等到天色渐暗,衡玉要离开寺庙时,了悟装了几块菩提糕放到篮子里,让衡玉带回去吃。

衡玉轻叹着接过食篮:"……了悟师兄,你这就有些促狭了。"明知她不喜欢吃菩提糕,还让她晚上继续品尝,这绝对是存心的啊。注意到她对自己的称呼又改了回来,了悟睫毛微微颤动。他觉得这种滋味很奇怪,这大概是……他人生第一回如此在意称呼的问题。她的情绪表露得并不明显,却全部从称呼的变化里流露出来。

"若是洛主真不喜欢,就别吃了。"了悟说,作势要将食篮取回来。

"哎,我吃。"衡玉连忙避开他,朝他招了招手,明艳干净的眉眼里蕴满笑意,"回去了。"

一路走回自己的屋子,衡玉开始每日的练字环节。字练了一半,她察觉到有东西触碰到自己在院中设下的结界。抬手一挥,结界就此破开,传音纸鹤飞了进来。

衡玉展开城主送来的传音纸鹤,他在里面告知了范长平已经死去的消息。在衡玉心中,此人早已是个死人。她随手用灵力震碎纸鹤,继续低下头练字。

练完字后,衡玉取出那个朴实无华的玉盒,摆放在面前。她推开玉盒,静静凝视着那躺在盒里的金色银杏叶。因为有灵力注入,银杏叶依旧像是刚从树上脱落下来一般。

接下来她要做些什么，才能真正打动这位圣子？

闲着无事，衡玉翻找自己的储物戒指，从里面挑出一些装饰品摆放到书房各处。

她的书房还是太空荡了些，除了必备的家具外基本没有添置其他东西。说了要享受生活，自己住的房间总不好太素净质朴。整理好书房后，衡玉注意到那篮被她摆放在角落里的菩提糕。

她认命般地叹了口气，提起菩提糕走到院子里，把全套茶具拿了出来，冲泡好茶水，边喝茶边吃着菩提糕。吃完这篮子里的三块菩提糕，她接下来一个月必须戒素，饭桌上不能再看到一点绿色！

让圣子洗手做羹汤是挺爽的，心里是舒坦了，但这简直是在和自己的味觉过不去！

接下来几天，华城接连下暴雨。暴雨冲垮贫民的泥房，淹没不少百姓的房子，青云寺的禅修们要忙着赈灾济医，了悟和了念自然也跟着一道去。

衡玉每天睡醒后都坐在书房里专注练字，练累了就躺在软榻上津津有味地翻看话本。

这天，衡玉练完字后整理储物戒指里的典籍。整理着整理着，居然整理出一本《百花谷女修手札》。

这书不会是她师父放进储物戒指里的吧，她以前可从来没见过这本书。好吧，谁放进去的并不重要，重要的是百花谷厉害了，居然还著书立传。有了感兴趣的书，衡玉也不急着继续整理储物戒指。她坐在椅子上，随意翻看着手札，书中记载着一个个小故事，每个小故事后还会总结一个攻略小技巧。

衡玉看得津津有味，伸手将手札翻过一页。这页纸张上记载的故事是"神女问禅"——

神女问禅：觉者为何求禅道？觉者曰：因为禅道就在那里。

很短的两句话，衡玉却若有所思。

神女又问：觉者要如何为一人动情？

觉者曰：我度无量众生，众生于我眼中皆是平等。

神女失魂落魄而归。

数百载后，觉者成就无上道法，神女一夜白头。

这个故事最后，并没有任何攻略技巧。只有一行简单的字：

动心者如何成圣。——东霜寒

东霜寒这个名字有些眼熟。百花谷这位创始人，莫非就是故事中的神女？

若真是这样，看来当年这位创建了百花谷、惊才绝艳的祖师是爱上了一位禅修，并为这个禅修一夜白头。联想到自己的内门任务，衡玉抬手揉了揉眉间。

若是让舞媚、慕欢接下这个内门任务，她们走的路线一定是攻略了悟，毁他禅道。但她所想的却是助他成圣。想到这里，衡玉有些清楚自己接下来要走什么攻略路线了。

她挽起右手袖子，指尖抓住毛笔蘸取墨水，在"神女问禅"这个故事底下批注上这样一行字：

  助他得证禅道，让他成圣之路与我息息相关。

如此一来，他若回首禅道，同时也是在回望她的身影。写完这行字，衡玉深吸口气，取来一张白纸，将前段时间告诉了悟的那个禅理小故事整理出来。整理完后，她细想片刻，再次写了另外一个禅理小故事。等纸张上的墨迹变干，衡玉把纸张折叠成纸鹤形状，注入灵力让它飞去寻了悟。

了悟戴着斗笠，站在木梯上，身子往房顶探，帮这户人家换上新的瓦片。

换好瓦片后，他从木梯上走下来。因为没有刻意用灵力护住身体，他身上的灰色衣服已经全部被暴雨打湿。袍子贴在他的身上，一阵冰凉的秋风吹过，了悟微微拧起眉来。

"师兄，这是老人家刚熬好的姜汤。"了念小跑过来，手上端着碗冒着热气的姜汤。

了悟眉眼平展，他伸手扶住了念："别跑这么急，雨天地滑。"等了念站稳，他才接过姜汤慢慢饮下。喝完后，了悟把碗递给了念。他看向房门方向，一个腿脚不便的老人正站在屋檐下含笑望着他。了悟双手合十，向老人行了一礼致以谢意。

了念还了碗后，再次跑到了悟身边："师兄，这户人家的房顶已经修葺完毕，我们再去隔壁看看吧。"了悟点头，正要走去隔壁，突然察觉到周围有道熟悉的灵力波动。下一刻，一只胖乎乎的纸鹤出现在他眼前。因为有灵力隔绝着，这只纸鹤丝毫没有被雨水打湿。了悟伸手接过纸鹤，原本想直接展开，但想到自己现在浑身湿透，如果展开肯定会弄湿纸鹤。

为免纸上的字迹被雨水弄糊，了悟走到屋檐下，用灵力烘干袖口，这才轻轻将纸鹤展平。白纸上写着肆意的黑字，上面记载着两个小故事。明明是早已熟悉的典故，但经衡玉娓娓道来，不仅故事的趣味性更上一层楼，也更能引人深思。了悟抿起唇角，把这张纸重新叠成纸鹤形状，然后小心地收进储物戒指里存放好。

他理了理头顶上的斗笠，对了念说："我们去修其他人家的房顶吧。"

衡玉在书房里边翻看《百花谷女修手札》，边等着了悟回信。结果手上的书都看完了，她还是没等到回信。算着时辰，现在他应该已经忙得差不多了吧。衡玉思索片刻，重新抽出张白纸叠成纸鹤，注入灵力让它去寻了悟。

不多时，正冒雨行走的了悟又感受到了熟悉的气息。他随手布下结界隔绝雨水，将纸鹤展开，但上面空无一字。了悟愣了愣，一时之间不知道衡玉的用意。他默默把白纸收好，继续赶路。但走到一半，他突然反应过来，洛主也许是在提醒他记得回信？

一刻钟后，洁白的纸鹤撞击院子的结界。察觉到结界出现波动，衡玉直接招手，把纸鹤招到自己手心里。她展开纸鹤，发现上面居然也空无一字。

盯着那光滑的白纸，衡玉算是知道什么叫油盐不进了。

她要回信，他就给回信，但又耍了无赖，信上居然学她一样空无一字。

好的不学，为什么非要学些坏的？

衡玉把这句话写在纸鹤里，重新送去给了悟。

收到纸鹤时，了悟已经回到寺庙，他刚沐浴完，身上还带着些温热的水汽。盘膝坐在床榻上，瞧见衡玉在书信里写的这行字，了悟唇角略微上扬，看来洛主还是很有自知之明的。

了悟走下床榻，研墨后展开纸张，开始给衡玉写信。他没什么想说的，但为了能把整张纸写满，显示出自己的诚意，了悟随手从书架里抽出一本经书抄写，就当是在温故知新。

漂亮而规整的经文逐渐布满整张白纸。了悟停笔，等待纸张上的墨迹干。他垂下眼，认真把纸张折叠成纸鹤。收到纸鹤，瞧见上面密密麻麻的字，衡玉先是有些诧异。当大概清楚信上的内容后，衡玉无语。

原来还能这么操作？

她把纸鹤收了起来，正要继续提笔练字，突然感应到布置在院子外的结界被人触动。对方气息雄浑，灵力毫无保留地朝院子压下来，带着些许来者不善的意味。衡玉直接抄起摆放在桌上的长剑，快步走出书房，顺手把放在门边的油纸伞撑开。走到院门前，衡玉一把拉开木栓推开门，与撑伞站在门外那个中年道士四目相对。

眼前的中年道士穿着规整的道袍，头发梳成道髻，眼睛湛然有神。因为他的面部轮廓比较冷硬，整个人站在那里，透着一股令人无法忽视的煞气。

无定宗势力范围基本是禅修的活动范围，在这里其实是很少能够看到其他门派的修士，除非对方是刻意前来。衡玉微微眯起眼睛，一字一顿地说出对方的名字："逍遥子。"

只有范长平的师尊逍遥子会特意进入无定宗势力范围，踏足这小小华城。而且眼前的中年男人正好是结丹初期修为，实力与逍遥子也对得上。

中年道士的确就是逍遥子。他理了理道袍，朝衡玉执了道礼，显得文质彬彬，口中的话却透着杀意："你与我徒弟有段因果，我先来杀你，再去城主府杀了那人。"

这句话听着霸气。但……逍遥子在来杀她之前，应该压根不清楚她的身份，自然也不会知道她布置在院门外的结界。以结丹初期修士的实力除非日夜不休，攻击十二个时辰，不然绝对攻不破她的结界。衡玉抬手，做了个"请"的动作："杀我之前，请先破界。"

逍遥子刚刚在院子外，只是感应了一下衡玉的实力，发现她不过是筑基巅峰后才说要杀人。现在瞧见她的反应如此淡定从容，底气十足，逍遥子有些发愣。

道士的随身法器多为拂尘一类物件，逍遥子也不例外。他用了甩手上的白色拂尘，警惕地盯着笼罩在衡玉院子周围的结界。结界泛着淡淡的金色光晕，在没有被敌人攻击时，结界显得很平和。但逍遥子耐心探查一番，逐渐感受到平和下的汹涌危险。

衡玉唇角含笑，耐心等待他的下一步举动。

"你是何人？"直到现在，逍遥子终于想起问衡玉的名字。

眼前的女子虽穿着青色道袍，长发却并未梳成道髻形状，而是直接披散在脑后，应该不是道修。她容貌秀美已是世间难寻，但最让人难以忘怀的是她周身气质——肆意而张扬。这种气质的养成多半是因为底气十足。

逍遥子认真打量过她，发现她并不只是看着年轻，她本人的年纪也绝对不会大到哪里去。如此气度，如此年纪，又有如此修为，很有可能是正道或邪道几大宗门的内门弟子，甚至是核心弟子！

他的弟子范长平到底是在哪里得罪了这种人物！

衡玉轻笑，她能感受到逍遥子那股杀意凝滞了，看来逍遥子已经察觉到她的身份不一般。她抬手执礼，平静地道出自己的身份："百花谷洛衡玉。"

百花谷？百花谷弟子怎么会出现在万里之外的无定宗势力范围内？心下存疑，逍遥子微微拧起眉来："敢问这位小友为何杀我弟子？"

"范长平已被邪魔之气侵蚀，本就当诛！"衡玉的声音掷地有力。

在衡玉说完话的下一刻，逍遥子眼睛猛地瞪圆，宛若一头雄狮般，随时都有可能往前向衡玉扑过来："荒谬！我的弟子怎么可能会被邪魔之气侵蚀，玄门弟子心性坚韧，道心坚定，可不是你们这种靠双修之术进阶的媚修能够媲美的。"言下之意就是，连你这个百花谷弟子都没有被邪魔之气侵蚀，我的弟子怎么可能会入了邪途！

衡玉眉梢微挑，毕竟她还顶着百花谷少主的名头，自然不可能眼睁睁看着别人辱没宗门。她的右手紧握住剑柄，将长剑从剑鞘里一点点抽出来，冷哂道："百花谷弟子的心性如何就不劳外人操心，若前辈有这个工夫，不如反思反思自己是如何挑选弟子，又是如何教导弟子的。怎么一个专注修心的玄门弟子满嘴只讲弱肉强食，还肆意杀人，更是被那邪魔之气侵蚀了内心。"

逍遥子脾气暴躁，在虚空盟里尽人皆知。正因为范长平脾性与他相似，又把他当作亲生父亲般对待，在收下范长平后，逍遥子在范长平身上投入了无数精力和时间，才让这个资质一般的弟子在三十岁之前成功踏入筑基期，才会在范长平身上留下灵咒，在范长平死后特意从万里之外的虚空盟赶到这里。

他一听衡玉的话，当场暴跳如雷，也不再忌惮她的身份："你一个小辈在我面前未免太过狂妄了些。"说着，逍遥子催动体内灵力，手中紧握着的拂尘以肉眼可见的速度疯狂变长。他挥动拂尘，直接狠狠地砸在结界上，将结界砸得铿锵作响。

衡玉用左手掐诀，把灵力加持在结界上。她目光落在逍遥子身上，唇角含笑："你确定要为了一个变成邪魔的弟子对我出手？前辈，你现在还有收手的可能，不然我只怕你道心有损！"

"你在威胁我？"逍遥子眸中闪过冷厉的光芒，再次疯狂催动灵力，拂尘砸在结界上，声音极度刺耳。

"忠告罢了。"衡玉说。她是真的在很真诚地提醒逍遥子。

玄门中人磨炼心性，对心性要求极高，以逍遥子这种偏执的心性，就算不会被邪魔之气侵蚀，也很难再往长生大道上攀爬。但逍遥子现在已经陷入自己的情绪里，只觉得衡玉一个小辈仗着她的身份地位在嘲讽他。他不再回话，只是换了个手段，开始继续轰击结界。

对方明显是不听劝，衡玉也不再多言。她把长剑扔回剑鞘里，转身回了书房，在嘈杂喧闹的背景音中把字练完。练完字后，衡玉闲着无聊，干脆绕到院子后门，趁着逍遥子上一道攻击刚完，下一道攻击还没落下的那个瞬间将结界打开，直接溜出了院子，任由逍遥子攻击她的结界。

"出来是出来了，要去哪里呢？"衡玉撑着素净的油纸伞，缓缓地走在街巷里，认真思考着这个问题。

"去找了悟吧，正好和他算算账，再和他诉诉苦。像我这种筑基巅峰修为的人，合该让结丹初期的圣子来保护，毕竟我会招惹上结丹初期的暴躁道修都是为了帮圣子破案啊。"衡玉琢磨片刻，用自己的逻辑说服了自己，撑着伞愉悦地朝山上的青云寺走去。以往走到青云寺门前时，衡玉总能看到两个小童子守在那里。今天一来，却没看到任何人。走进寺庙里面，也没看到什么禅修的身影。

"难道是下暴雨，大家都躲在庙里休息了？"沉吟片刻，衡玉还是往里走去。寺庙还在正常开放，她能看到几个香客在里面上香。

途经藏经阁时，衡玉听到里面传来一道熟悉的声音。那道声音正在念着她听不懂的、格外催眠的经文。了悟在里面讲经吗？

衡玉走到廊下，收起那撑开的油纸伞，抖落伞上的雨水，从走廊绕到藏经阁前。越是靠近藏经阁，了悟念经的声音越发清晰。

迈过藏经阁那高高的门槛，衡玉走进庄严肃穆的阁楼。在阁楼前方有一大片空地，此时空地上盘膝坐着几十个禅修。每个人都端正地坐着，认真聆听这位道法高深的圣子讲解经文。阁楼旁边还零散站着十几个香客，他们每个人都双手合十，表情虔诚地站立着倾听。

衡玉左右环视一圈，最后视线定格在了悟正对面的空地上。她走了过去，从储物戒指里取出蒲团扔在地上，盘膝坐了下来。她双手合十呈聆听状，然后闭眼靠着身后那格外粗壮的木柱，很快就沉沉地睡了过去。

在衡玉走进藏经阁时，了悟其实就已经注意到她了。他在讲解完一段经文的空隙间，抬眸朝她所在的方向瞥了一眼。她大概是睡了过去，坐姿已经乱了，手部姿势从双手合十变成摊放而下。

了悟那正在翻动经文的手微微顿住：这是……睡着了？

坐着睡觉终究是没有躺着舒服，虽然了悟声音催眠，但衡玉睡了小半个时辰还是迷迷糊糊睁开了眼睛。意识回笼时，正好听到坐在上首的了悟淡淡道："今日经文就讲解到此处，诸位回去做晚课吧。"

寺庙里的禅修纷纷起身，双手合十向了悟道谢，香客们也随着人流离开这宝相庄严的藏经阁。

衡玉逆着人流，快步走到了悟身边。他今天穿了身月牙色衣袍，如霜似月，敛尽世间无尽风采。当真是俊秀得很。衡玉瞧着他在整理身前的经书，学着禅修的动作双手合十，虔诚地赞叹道："刚刚坐在下首听了悟师兄讲解经文，只觉得道法高深玄妙，颇有所得。"为了攻略圣子，她不介意装作一副自己对道法很感兴趣的样子。

了悟已经整理好经书，他把它们全部抱了起来，目光落在衡玉身上，诚恳道："洛主的确颇有所得，是这两日没休息好吗？刚刚看你睡得很沉。"

旁边同样抱着经书的了念险些笑出声来。师兄威武！看到这个妖女吃瘪，他真的是太高兴了！

但衡玉脸皮厚啊。被活生生拆台，她还是很平静地抿唇笑着："其实是这样的，今天有个结丹初期修士在我院子外不断制造噪声，我没办法休息好，只好过来找你了。"她朝了悟眨了眨右眼，"你知道的，在你这个结丹期修士身边睡觉我会很有安全感的。"

了悟的重点全部放在前面一句上，他略一顿住脚步，"华城里出现了结丹的修士？"转念想想，了悟瞬间猜到对方的身份，"是那个逍遥子？"

衡玉点头。

了悟拧起眉来，迈过藏经阁的木门，拎起放在门边的油纸伞撑开，缓缓走进雨幕中。衡玉看也没看那柄属于自己的油纸伞，飞快地冲进雨幕里，与了悟共撑一把伞。了悟偏头，两人对视上。衡玉出声解释："我没拿伞。"

了念伸手拎起自己的伞，正好听到衡玉的话，眼睛顿时瞪圆，狠狠盯着另外一把被主人抛弃的素净油纸伞。

"师兄——"了念出声。

"了念，帮洛主把她的伞拿上。"了悟打断他的话，直接出声吩咐，已是默许了衡玉与他同撑一把伞。

"师兄……"了念抬手挠挠头。盯着已经远行而去的那两道身影，小小少年忍不住沉沉叹了口气，认命般撑起自己的伞。在走进雨幕之前，他愤愤伸手抄起属于衡玉的那把油纸伞，快步跟上前方的了悟和衡玉。

这把油纸伞并不大，因此伞下空间也不大。了悟与衡玉隔着段距离。为了避免她被雨淋湿，他直接把大半的伞都倾斜到她头顶上方，自己的身体基本在伞外。他这样撑伞实在没意思，衡玉不再逗他，直接伸手推了推伞，把伞推回到了悟头顶正上方。她随手掐了个净衣诀丢到他身上，了悟那身衣袍干燥下来。

"你说你怎么就这么油盐不进。"衡玉笑道。她给自己掐了个结界，雨水还没有滴落到她身上就被结界隔绝开了。

他们此时行走在叶子枯黄的银杏林里。衡玉笑容明媚，眉眼张扬，身上的鲜活之气好像要生生把这片笼罩着暮色的银杏林彻底点亮。

了悟双手合十："在下不知。"这个回答让衡玉哑然。她不再说话，往后面走几步从了念手里拿过自己的油纸伞撑开。毕竟支起结界挡雨还是很耗费灵力的，她老老实实用伞挡雨比较好。

了悟重新把话题移回到逍遥子身上："逍遥子此行是为了给范长平报仇？"

"应该是。"

"他可知晓范长平被邪魔之气侵蚀一事？"

见衡玉点头，了悟神色平静："那在下与洛主走上一遭，去见一见那位逍遥子吧。"

院子还时不时响起轰鸣声。显然，那位逍遥子够固执，一直在想办法破她的结界。

"别砸了。"衡玉远远就出声喊道。

逍遥子猛地转头。看到衡玉，他脸上先是错愕，逐渐反应过来现在是什么情况之后，他脸一点点涨红，愤怒之意在他胸口激荡着："你刚刚一直不在院子里？！"

"前辈说笑了，我可没兴趣一直待在院子里等你攻破我的结界。"

逍遥子正要再开口怒斥，余光扫到衡玉身后那徐步走来的了悟，逍遥子愤怒地问："你是何人？"

了悟双手合十："在下法号了悟。"

玄门与禅门关系本来就不算和睦，虚空盟更是分外仇视禅门中人。此时一看到了悟，逍遥子对衡玉的所有敌意都转到了悟身上了。

逍遥子抬起拂尘，紧盯着了悟："原来这位就是禅门之光。禅门和玄门之间难以共存，贫道早就想找无定宗的圣子坐而论道，看看禅门和玄门之间到底谁更胜一筹。择日不如撞日，圣子今日可抽得出时间与我论道？"

衡玉没想到这位气质清冷的圣子居然还是个招人恨的能手。他一出场，逍遥子都忘了自己此行是过来给徒弟报仇的。

了悟平静道："在下不知，禅门和玄门之间为何难以共存？大道三千都能共存。"言语交谈之间，两人境界已经高下立判。禅道之间有争端吗？本应该没有的，只是逍遥子非要争个输赢罢了。

逍遥子一个几百岁的人生生被一个后辈点评得面红耳赤："你……你……"

衡玉看向了悟，随后抿唇轻笑起来：禅门之光的确风采过人。

他总夸她辩才一流，其实他的辩才也相当高超。

逍遥子恨恨地咬牙："不愧是无定宗圣子，传说中的先天禅骨啊！"

听到这话，衡玉目光落在逍遥子身上，眉梢微扬。难道逍遥子知道先天禅骨背后的秘辛？她目光流转，脸上却丝毫不动声色。

了悟拨弄着念珠，没有回答逍遥子的话。

逍遥子冷笑道："怎么，难道你只会逞口舌之利吗？"

了悟抿唇，不欲与他相争。但若是此时退却，倒像是他怕了逍遥子咄咄逼人之势般。

在这个时候，了悟想起前段时间衡玉告诉他的那番言论——时而金刚怒目，时而菩萨低眉。面对这般恶语，面对这种咄咄逼人的人，一味忍让难道就是对的吗？

了悟刚要看向衡玉，他就先一步收到衡玉的传音："面对这般恶语，为何不学一学那金刚怒目？"他非要争个高低，那我们就把高低给他看个清楚明白。

了悟轻叹一声，目光落在逍遥子身上："你想做什么？"

逍遥子见目的达成，冷冷笑道："你说禅门和玄门不争高下，今日我偏偏要与你好好相争一番。我们就比传道的方法吧，看看谁在传道一事上更厉害一些。"

众所周知的传道方法，基本是开坛讲法。

衡玉轻笑，语气中带着几分促狭："何时开始比拼，又在哪里传道，不会就在这华城里传道吧？"

这华城可是无定宗势力范围。玄门的人很少出现在这里，更何况是在这里传道。

逍遥子为人是暴躁了些，但的确不傻。他会提出这种比拼方法也是因为他心中有所打算。

逍遥子一甩拂尘，对了悟说："我也不欲占你这个小辈的便宜，实不相瞒，我要用的传道方法是我早已想好的，但因为前些日子闭关修炼耽误了时间，这才一直没有推广开。所以比拼就定在半月后吧，这段时间里你好好想想要用什么方式赢过我。"虽然说着"不欲占小辈便宜"，但逍遥子提前想好传道方法，毫无疑问会占不少便利。不过他直接把这件事摊开来说，这种做法倒是让衡玉对他改观不少。至少，不失磊落。

"至于传道的地点……就在百里之外的平城吧。"逍遥子补充。

听到"平城"这个地名，衡玉瞬间想起有关这个地点的不少事迹。平城这个地方属于五大邪宗中幽冥宗的势力范围。那里也是凡人和修士混住的地界，却没有华城这里这么平和。在那里，修士斗法殃及凡人是常有的事情。出于种种原因，平城很少有皈依禅门的人，那里的人倒是对玄门比较有好感。这么一来，其实还是逍遥子更占便宜。

衡玉扬眉浅笑，目光落在逍遥子身上时带着几分淡淡的戏谑。逍遥子敢提出这种比拼方式，就不会在乎衡玉这种戏谑讥讽的眼神。他手持拂尘站立着，等待了悟给予回应。

"那就如此吧。"了悟拨弄着念珠，语调平和地说道。

比拼的事情就此定下。

逍遥子脸上带着一点愉悦，但很快，他脸色又彻底冰冷下来，目光移到衡玉身上。

衡玉微笑："前辈还有何要事？难道是因为你那弟子的事情？"她指了指身旁的了悟："我不会拿邪魔之事开玩笑，而且无定宗圣子就站在我身旁，他可以为我证明。"

逍遥子脸色有些难看，但也承认衡玉说的是对的。这位可是无定宗寻觅万载才出现的圣子，被禅门寄予了种种厚望。逍遥子再瞧不上禅修，也相信圣子的判断。他深吸两口气，有些敷衍地朝衡玉这个小辈拱手，出声道歉："此事是贫道误会了，告辞。"转身离开时，逍遥子的背影有些狼狈。

想到自己那被邪魔之气侵蚀的弟子，逍遥子心中又升腾起一丝难受来：从把长平收入座下开始，自己就一直悉心教导他。但自己是不是没把这个弟子教好？明知道范长平心有执念，却以为这种执念会随着时间散去，所以不曾好好开导他，终让他惹下如此大祸。

逍遥子心中的懊恼悔恨，衡玉完全不得而知。在逍遥子离开后，衡玉走到屋檐下，看向了悟和了念："既然都到我的住处了，要不要进来喝杯茶水，顺便聊聊传道的事情。"

了悟微愣，他温声婉拒："传道的事情自有在下和师弟烦恼。"和逍遥子的赌约也好，为禅门传道也罢，本就不是她的责任。

"主要是我乐意。"衡玉伸手推开院门，"千金难买我乐意，现在就看你乐不乐意进来用杯茶水，让我插手传道一事。"

外面还在下着大雨，三人自然不能坐在院子石凳那里。衡玉引着了悟和了念走到专门待客的大厅，还给他们泡了茶水。茶是出门前她师父游云给的，泡出来后茶水先涩后回甘，很符合了悟的口味。

喝完一杯茶，衡玉问："你们平时都是怎么传道的？"

这个问题是了念回答的。了念说："我们宗门的人每隔一段时间就会走出宗门开坛讲解经文。平日里施粥施医，帮百姓们解决些麻烦。如果遇到什么修士为祸一方，我们会及时赶去解决麻烦，让百姓们能安居乐业。"

衡玉等了片刻，发现了念正盯着她看。她愣了愣才反应过来："这就说完了？"

了念用力点头。

衡玉拧眉："你们传道的手段未免太单调了些。"

了念茫然：这还不够吗？只要能让百姓过上平稳安逸的日子，他们就会自发信仰禅道。这千百年来，无定宗都是这么做的。

　　对上了念茫然的眼神，衡玉多补充了一句："我猜玄门中人绝对也是用同样的方法。"

　　了念想了想，发现禅门和玄门的方法的确颇有异曲同工之感。"洛主的意思是……那逍遥子肯定想到了什么特殊的手段，我们这边也该想些特殊的方式来应对？"了悟突然插话。

　　"洛主有什么想法？"了悟问她。衡玉暂时也没什么想法。她现在掌握的信息不多，所以她细细询问起禅门的不少事情。

　　一直到外面天色暗下来，了念这个还不能辟谷的炼气期小修士感觉到饿了，了悟才起身告辞。

　　送走了悟后，衡玉站在院中练剑。把灵力附着在笔尖上，边练字边操纵灵力已经有半个月时间，她现在使用起体内灵力来越发如臂使指。

　　"看来练字这件事完全可以继续。我刚踏入筑基巅峰，想要冲击结丹期至少要一年时间。这段时间就踏踏实实练剑和练字吧。"

　　敲定好接下来的修炼路线，衡玉继续练剑。她练的是最基本的挥剑动作。挥剑是剑道最基础的一项练习，横刺、斜挑，每一个动作看似随意，但挥剑的时候体内灵力要随着剑招一起动，所以每一剑挥出都必须考虑到经脉灵力走向固定的轨迹。

　　不是说一个修士用的武器是剑，他就可以被称作剑修了。一名真正的剑修格外讲究剑道基本功，有时候只是一个拔剑瞬间或者一个横劈斜斩动作，众人就知道这是剑修还是一个把剑当武器的修士。

　　要达到这种程度，就需要把基本功练到极致。当她连思考都不需要，就能凭借直觉完成最标准的挥剑动作时，她才能勉强称自己是个剑修。以衡玉现在的情况，挥剑到两百下时就有些勉强了，但她没有停下来，摒弃掉脑海里的所有杂念，继续按部就班地做着练习。挥到七百下时，放弃的念头清晰地在脑中盘旋。衡玉闭眼，继续挥剑。

　　直到挥剑整整一千下，衡玉才放松手部力气，力竭地倒在床榻上。

　　挥剑的时候累到麻木，所以手臂的酸胀感还没那么明显。但现在停下来盘膝坐在床榻上，衡玉只觉得整只右手好像都不是自己的了，好在她早有准备。

　　衡玉从储物戒指里取出膏药涂抹在手臂上，缓解肌肉的酸胀感。

　　"一次挥一千下已经到我的极限，但涂抹上膏药，一个时辰后肌肉就能得到恢复。按照这个进度来算，从明天开始，我每天都挥三千下吧。"她打算在自己进阶结丹期之前打下扎实的剑道基础。比起那些从炼气期开始就一直在练剑的剑修，她起步太晚了，只能多花些功夫、多费些心力把进度赶上去。

　　药膏慢慢发挥效用，手臂的酸胀感也得到缓解。

衡玉躺在床榻上，扯过薄被子盖住全身，睡了过去。

清晨醒来，衡玉去书房练了半个时辰字，又在院中挥剑。

下了几天暴雨，今天天气终于放晴。早早有晨曦从云层中破出，懒洋洋地洒在衡玉的身上。挥完一千剑，衡玉将长剑插回剑鞘里，转身进房间抹了药膏。出来时，她没有再穿道袍，而是换了件素净的鹅黄色长裙。

随手将头发梳理好，衡玉慢悠悠地走去青云寺。

了悟正坐在院子里独自下棋。衡玉走到凉亭里，在他对面坐下："我原以为会看到你在整理经文。"

"闲暇无事，就用下棋打发时间。"了悟回答。无定宗的圣子，生活里也不是只有念经。品茶合香，拨弦弄琴，他都是擅长的。

棋盘旁边有茶壶和茶杯。没等衡玉提醒，了悟已经把手里的白子下到棋盘上，腾出手来为衡玉倒茶。倒满茶水后，他把杯子轻推到衡玉面前："会下棋吗？"

衡玉摇头："不会。"

了悟点头，捻起一颗黑子自己下了起来。

衡玉捧着茶杯，就坐在旁边安静地看着他落子，逐渐瞧出了几分兴趣："了悟师兄介意抽出些时间教我下围棋吗？"

了悟抬眸看向她，想了想道："不介意。"现在棋盘局势已经明了，了悟收起棋盘上的棋子，重新开始布局。他边布局边向衡玉说明下棋的规则。等了念从住持那里回来时，衡玉已经可以自己执黑子与了悟对弈了。

了念看了看外面的天色，忍不住挠挠头：他离开之前，师兄不是说随便下盘棋整理思绪，然后就闭关细想要如何传道吗，现在怎么和洛主在院子里下起棋来了？

没错，接触有两个多月的时间了，以前了念都在心里称呼衡玉为"妖女"，只是口头为表示礼仪会称呼她为"洛主"，现在他已经心口如一。至少他能感受到，衡玉和他想象的那种要引诱他师兄破戒的妖女完全不一样。

"师兄……"了念上前，欲言又止。了悟瞧见他，淡淡颔首，一副"不必多言"的样子。

衡玉注意到他们师兄弟的互动，右手托着腮问了悟："让你教我下棋，打扰到你做正事了吗？"

了悟摇头。他很诚恳地回道："若在下觉得不妥，在洛主提出要求时就会开口拒绝。"

他在外人面前素来缄默，但并非是个只想顺着别人、不顾自己想法的人。他这句话其实就是说他乐意耽误些做正事的时间来教她下棋。

衡玉忍不住莞尔。两人的羁绊实在是有意思。因为情劫这个因果，他对她总是莫名其妙地纵容。而她为攻略他，也会在他这个其实算不上多熟悉的人面前展露自己最真实的性子。

"这局棋就先到这里。"衡玉把手中的棋子丢掉，从石凳上站起身，"我们先去讨论传道的事情吧，我突然有了些想法。"她也不介意陪他先做好正事，再来下棋玩乐。

了悟捏着棋子的动作一松，白子从他指尖掉落，滚落到地上。他弯下腰捡起白子，把它扔回棋盒里，朝衡玉淡淡一笑："好。"

整理好棋盘后，三人走进了悟的厢房讨论传道的具体事情。厢房并不大，角落里摆放了一张床榻，还有几个大箱子，里面装着的全部是经书和笔记。靠窗的位置放着桌子和椅子。桌子上摆着茶壶、茶杯，还有那本封面斑驳脱落的书。坦白来说，这个厢房单调了些，连个花瓶都没有。

"你还没看完这本游记？"衡玉问道。

了悟走到桌边坐下，倒了三杯茶水："闲暇时会看上几页，这本游记对在下悟道颇有用处。"写下这本游记的禅修圆静在三百年前曾名盛一时。他所处的境遇与了悟也有几分相似，所以他遇到的很多问题、得到的很多感悟都能让了悟受到启发。

衡玉接过茶杯，询问了悟："我之前送你的那两个禅理小故事，你还保存着吗？"

了悟点头，将纸张从储物戒指里取出来。瞧见他真的没有丢掉这张写满禅理小故事的纸，衡玉的笑容里透着几分愉悦。他的所作所为，真的太容易取悦人了。这并非有意为之，但正是因为如此，才更透出他的温柔妥帖。所以衡玉再次在心底感慨，也就是她定力好，要换作舞媚和慕欢这两个妖女，肯定把持不住，尽力争取扑倒这位圣洁者。

走神想得有些远，衡玉轻咳两声，她问了悟："在你心中，道法是庄严的对吗？"

"对。"

"若我想让道法变得更亲和些，更容易让百姓心生亲近之意，你能接受吗？"

了悟看向她。联想到她手中那张写着禅理小故事的纸，了悟大概猜到她想要做什么了："洛主是想编写些禅理小故事，借着这些小故事来推广道法？"

压根不清楚禅理小故事一事的了念，坐在旁边听得一头雾水。

瞧了念实在迷糊，衡玉把手里的纸递给他。她对了悟说："除了禅理小故事，还有一些朗朗上口的偈子。我还想把这些禅理小故事绘成图画，这样更便于百姓理解。"

了悟想了想，没有马上答应下来。他问衡玉："洛主能给我举个例子吗？"

衡玉打了个响指。禅理小故事就不需要特别举例了。偈子的话，如那句"菩提本无树，明镜亦非台，本来无一物，何处惹尘埃"……

听完衡玉的想法，了念十分感兴趣。他举起手，眼里闪着兴奋："像割肉喂鹰这种故事可以吗？还有无定宗祖师莲上涅槃，千年前的无乐圣子靠墙圆寂……"

衡玉连连点头，她心想：小禅修还挺积极。

"洛主就按照自己的想法做吧。我也会整理出相应的事迹，就有劳洛主把它们简化成这种小故事了。"了悟双手合十,轻声说道。说完,他走到角落,又取了一套笔纸。

将纸展平后,了悟也开始动手书写。

第四章
独具慧根

忙了两个多时辰，衡玉总共编出十八个禅理小故事，从中提炼出十句偈语。再加上最初赠给了悟的那两个禅理小故事，他们手上总共有二十个小故事。

衡玉把所有纸收拢起来："我这几日再细修这些小故事，顺便为它们配上图画。"

了悟轻叹。他和禅门的事情，总不能叫她出更多的力。细想片刻，了悟问："若洛主不介意，可否抽些时间教我该如何为这些小故事配画？"

"你想学吗？"

"有几分兴致。"

衡玉笑道："那我明日再抽时间教你，现在我先回去练剑。"

回到院子里，衡玉继续练习挥剑。

再次挥完一千剑后，她走进书房坐下，把那沓写着禅理小故事的纸从储物戒指里取出来，对照着禅理小故事的内容，绘出生动形象的配画。一连给三个小故事画了配画，衡玉揉了揉自己的手腕，继续走出院子练习挥剑。挥得手腕酸胀时，衡玉还有些自得其乐地想着：还好了悟主动提出学习配画，这样一来，接下来几天她就能好好偷懒了。

第二天上午，衡玉再次前去青云寺。

她没主动教什么，只是把昨晚画好的配画扔到了悟面前："你看看，大概就是这种形式。"

以了悟的悟性，有了参考物后，应该能够很快学会，不再需要她多教什么。

了悟认真翻看着这些配画，把它们全部看完，大概能理解衡玉作画的思路了。

"那你画出来试试，如果有不妥我会指出来。"衡玉提议。

了悟摊开笔墨纸砚，开始认真作画。

衡玉刚练完剑，现在药膏的药效没有发挥出来，她手腕还酸胀着，所以不打算陪了悟一起画。她走去隔壁厢房，把了念提溜出来，让他陪着她下棋。

接下来五日，三人都专注于整理禅理小故事。因为人手充足，他们效率极高，完成度也很好。整理完毕后，了念去寻住持，请他帮忙想办法刊印出一千册。住持听完了念的话后，随手翻看起他们整理出来的内容。越是翻看，他越是惊叹。当册子翻到最后，住持轻叹一声："难怪那位洛道友与禅门有缘，她的慧根着实难得。"

夸了衡玉一句，住持才看向了念，答应帮他们这个忙。而且住持还主动提出想多刊印一些，到时候能发给寺庙里面的禅修，还有前来许愿的香客。

了念双手合十："洛主说了，只要于推广禅门有利，这本册子就任由我们随意处置。"

住持同样双手合十，道了一句感谢。

时光匆匆，半月之约到来那日，许久不见的逍遥子穿着青色道袍出现在青云寺门口。

他手挥拂尘，一副来者不善的模样。

了悟正在监督师弟了念做早课。因为逍遥子丝毫没有收敛自己的气息，他接近寺庙时，了悟就已经注意到他的到来。合上手中的经书，了悟从蒲团上站起身："逍遥子到了，我们出去吧。"

了念挠挠头，觉得自家师兄真是没有一点脾气。

唉，这逍遥子这么挑衅禅门，就该让他多等一会儿。但跟在了悟身后，了念慢慢也想通了，特意晾着对方，逍遥子不吃什么亏，倒是显得他们没有气度。

逍遥子在寺庙门口静候了一会儿。出来打扫台阶的两个小童子时不时扫他一眼，他也没有在意。

很快，身穿白衣的了悟出现在逍遥子的视线里。猖狂若逍遥子，也有些佩服这位圣子的气度。

"圣子请，我们即刻赶往平城吧。"逍遥子抬手。

了悟双手合十："还请逍遥子前辈稍等。"

等？等谁？难道是百花谷那个妖女？逍遥子微微眯起眼来。说实话，他是听说了一些传闻的，比如百花谷内门任务提前开启，有弟子接下了攻略圣子的任务，难道就是洛衡玉？这位圣子，可是无定宗寻觅万载岁月才出世的。若他真的被妖女攻略成功动了心，最终失了禅道，那禅门可就要闹出大笑话了。不过百花谷布下内门任务，攻略其他三位圣子是有可能的，应该不可能攻略圣子了悟吧？这位圣子如果当真失了禅道，百花谷也绝对讨不了什么好，要被整个修真界讨伐指责。

一时之间，逍遥子有些惊疑不定。

没有等多长时间，衡玉就御剑赶到寺庙。她今天难得换了条红色长裙，外面披着件黑色斗篷，神情淡然得好像要出门游历。

"人都到齐了，那我们就出发吧。"逍遥子说完，一甩拂尘，那拂尘体积变大不少，悬浮在空中充当飞行法器。

了悟正要施展法术，衡玉先一步把飞行法器召唤出来："我们坐这个吧。"几百里的距离，用飞行法器飞速度慢是慢了点，但对修士来说，半天时间也能顺利赶到平城。所以与其御剑飞行这么累，不如躺在飞行法器上舒舒服服地赶路。三人上了飞行法器后，衡玉从储物戒指里取出果脯和几样精致的糕点，她甚至还取出魔葵子，半倚在靠枕上嗑了起来。

对比之下，踩在拂尘上的逍遥子就没那么舒适了。他直接加快速度，御剑飞往前方，来个眼不见心不烦。瞧见逍遥子走了，衡玉坐直起来："居然这么快就沉不住气了。"

了悟低头掰着坚果，听到这话抿了抿唇角：洛主实在是促狭了些。

平城常年多雨，这个地方的天总是有些灰蒙蒙的。也不知道是因为很少见阳光，还是因为在这里过得确实辛苦，平城百姓的脸上很少瞧见笑容。他们这一行人刚从华城过来，感触就更深了。

进了平城后，逍遥子直接带他们前往一家酒楼。瞧见他这熟门熟路的样子，衡玉给了悟传音："逍遥子好像是有备而来。"

了悟回她："他若不是有备而来，也未必敢急忙提出赌约。"

衡玉眉梢微挑："怕不怕输掉赌约？"

"在下并不在乎赌约。"顿了顿，了悟说，"但我会尽力而为，不辜负洛主付出的心血。"衡玉并非禅门中人，为此付出了那么多时间精力，他若还在旁边说不在乎输赢、不在乎赌约，未免过于辜负对方的良苦用心了。衡玉轻叹。这个禅修不是那种伶牙俐齿的人，但怎么句句话都能说到她心上呢。

一行人在集市里穿行，衡玉突然凑近了悟，压低了声音在他耳边道："了悟师兄，有没有人夸过你很可爱。"

了悟双手合十："在下不懂洛主的意思。"

"就是字面的意思。"衡玉笑，"如果还没有人夸过你，那我就默认了你只在我面前可爱。"

在衡玉凑近了悟时，老老实实跟在后面的了念提起了心，怕她会做些什么。他悄悄走近了些，正好听到衡玉对他师兄说这句话，险些自己的左脚绊右脚，摔个底朝天。这妖女！

了悟眨了眨眼，脸上闪过茫然之色。下一刻，他理解了她话中的意思，但他说："在下还是不知。"

他只是说出了自己的想法罢了，和"可爱"又有什么沾边的地方。了悟觉得自己从来都是个无趣的人。如果说可爱的话，眼前这个巧笑倩兮的女子和身后涉世未深的师弟似乎更合适这个词。

衡玉眨眼，意味深长地一笑："没事，我知就好。"可爱这东西不是表现出来给自己看的，而是给别人看的。

了悟拨弄着念珠，没有再回应她的话。

逍遥子在前方领路，走了大概有一刻钟，一行人终于抵达平城最大的酒楼——乐居楼。在乐居楼旁边，站着四个身穿道袍的年轻男人，全部都是筑基期修为。他们一瞧见逍遥子，连忙抱拳向他行礼："师父。"原以为逍遥子要孤军奋战，没想到他早早就安排了帮手。

逍遥子回头看向了悟，假笑道："圣子有帮手，贫道也让门中弟子过来帮忙传道，这应该并无问题吧。"

了悟点头，没说什么。

衡玉笑了笑，语气里带着几分淡淡的嘲讽："当然可以。"

四个弟子中，为首的弟子长相俊秀，带着一股冷硬的气质，拥有筑基后期修为。

他听到衡玉说话，唇角紧抿，脸色有些不好："这位就是百花谷洛道友吧？"

"你是？"衡玉目光轻飘飘地看过去。

"在下周创，希望洛道友记住了。"

衡玉点头："哦，我从不记无名小卒的名姓。"她不知道这人的敌意从何而来。

周创脸色越发不好："听我师父说，我师弟是犯在了洛道友手中。他虽然误入了歧途，但我与他关系甚好，此仇不能不报。"

衡玉道："就凭你筑基后期的修为，也敢在我面前说'此仇不能不报'？"说罢，衡玉随手拔出长剑。长剑以迅雷不及掩耳之势朝周创脸上劈斩而去。逍遥子察觉到她的举动，手中拂尘一甩而出。了悟右手轻抬，直接拦下这道攻击。

三人的对招只在眨眼之间。下一刻，周创脖颈上出现一道血痕，鲜血顺着脖颈滑落下来。他眨了眨眼，下意识往后退了两步，被他身后的师弟们扶住。

"你看，你师父在场都没有护住你，你以后可千万别落单了。"衡玉直接收剑。

这里是闹市区，简单试探还行，一旦动起手来，势必会殃及周围的凡人。

逍遥子脸色有些不好。他在心里暗骂自己的大弟子是废物，面上却淡淡笑道："洛道友实力高强，既然这样，我们也别拖延时间了，直接开始比拼吧。就以七日为期，七日后我们各自开坛讲法，看看哪方来的信众更多，圣子看看这种形式如何？"

了悟沉吟片刻，点头道："在下并无异议。"

逍遥子道："好，那我们就各自分开行动吧。"

分开行动后，逍遥子领着四个弟子直接进了酒楼。衡玉三人站在原地，她想了想："我们先去找个落脚的地方吧。"总要先安顿好再开始传道。七天时间虽然短点，但也已经足够了。

在另一家酒楼，三人直接入住天字号客房。这时候天色已经暗了下来，沐浴过后，衡玉披散着半干的头发走到隔壁，敲响了悟的房门："你现在方便吗，我想和你聊聊明日传道的事情？"

了悟莫名其妙抬手："怎么了？"他的手虚虚停在她肩膀前，指尖灵力涌动，衡玉感觉到她那还有些滴水的头发逐渐变得干燥起来。

"夜里风大，洛主还是直接烘干头发为好。"说着，了悟往旁边退开，请衡玉进去。当了悟把地方让开，衡玉总算知道他为什么这么干脆让她进房间，而不担心什么孤男寡女共处一室了。原来了念正在他房里做晚课。

"你为什么要来你师兄房里做晚课啊？"走到了念身边坐下，衡玉笑问了一句。了念轻哼一声，他孩子气重，衡玉倒不介意他的反应。她把倒扣的茶杯转正，然后往前推了推。

了悟关好门走过来时正好看见她的这番举动，走上前帮她倒了杯茶水才坐下。

茶水有些烫手，应该是刚泡出来的。衡玉用右手捧着茶杯，边等茶水放凉边说道："刚刚在一楼吃饭时，你们有没有注意到酒楼有说书人？"

了念合上经书，连连点头："我注意到了，那个说书人在讲剑宗肖长老的爱恨情仇，听起来还挺可歌可泣的。"

别以为修真界的人就不爱谈人是非。在《大陆典籍》一开篇，就是这么介绍修士的——窃天地灵气，踏岁月长生。这世间绝大多数修士也不过是厉害些、寿命更长些的凡人罢了，他们都有自己的爱憎。

都是聪明人，衡玉只是这么简单提了一句，了悟就猜到她的想法了："洛主的意思是借助酒楼说书人来推广我们的禅理小故事？"

衡玉打了个响指。和聪明人说话就是轻松，只是随便提了一点皮毛，对方就已经能猜到她的真正意思："刚刚在吃饭的时候我就想过了，我们手中的经书不过一千册，想要分发给每个人是很困难的事情，但如果给酒楼和说书人些银子，让他们在酒楼里帮我们宣传这些小故事，那推广效果可就完全不一样了。"

酒楼开门做生意，每天进出的客人至少也有上百个，而整个平城这么大，最起码得有几十家酒楼吧。只需要花费些许银两，宣传的效果可比他们三个人跑断腿、吆喝哑喉咙都要好。了悟垂眸沉吟片刻，不得不感慨衡玉说得有道理，这种宣传手段是他从来都没有想过的："那我们明日便试试效果。"

衡玉点头，端起茶杯抿了口茶水："其实我现在倒是好奇逍遥子那边会采取什么方式。"

"他们会不会和我们撞了？"了念挠挠头，询问道。

衡玉蹙眉，这个方法其实不难想到。这逍遥子的几个弟子可比他们提前抵达平城，如果对方真的先一步联系上说书人，那他们就有些吃亏了。

了悟看向了念："了念，你去询问这家酒楼的掌柜，看看是否有玄门的人找上他们。"

"好。"了念跳下凳子往外跑。

过了一会儿，微微闭合的房门被人从外面推开，了念心事重重地推门走了进来，"师兄、洛主，那掌柜说前两日就已经有玄门的人联系上他，花了大价钱让他们从明日开始宣讲道教典故。"

果然，衡玉抿了抿唇，倒不算很惊慌。她侧头去看了念："你有打听到他们的道教典故吗？"

"就是一些比较耳熟能详的故事，他们还留下了一堆道经，想让说书人到时候在台上念道经。"

衡玉转了转手中的茶杯："我想他们应该和所有酒楼的人都打好了招呼。"想了想，衡玉又说，"我有些不太成熟的想法，具体如何还是先等明日吧。"

乐居楼，天字号房。逍遥子和四个弟子们围坐在一起。

逍遥子看向周创："为师通知你做的事情，都做得如何了？"

周创掐了个道诀，回禀道："请师父放心，在收到师父的传讯后，我就连忙带着几个师弟马不停蹄地赶到平城。进入城里后先去联系好各大酒楼，这才入住乐居楼等待师父过来。"

逍遥子轻抚长须，对自己这个大徒弟的行事十分满意："那就好，此次贫道定要胜了那圣子，以此来扬我虚空盟、扬我玄门之威望！"

在万年前，玄门原本比禅门要兴旺些。但自从邪魔之祸出现，而禅门的方法能够克制住邪魔，禅门才得以广纳弟子。

逍遥子身为玄门的人，对于这些往事一直有些耿耿于怀。

天色从昏暗走向拂晓，再到天光大亮。

了悟和了念下楼，在一楼角落占了张桌子。他们点好早餐后，了悟才给衡玉传音，让她下楼。衡玉下楼，捧着杯豆浆喝了好几口。

酒楼一楼边上设有一个高台，地方并不大，应该是给说书人坐在上面说书用的。这个点还早，说书人搬张凳子坐在上面，认真翻看自己手中的书，但一直没开口讲，应该是想等酒楼客人多些、热闹起来了再开讲。衡玉也不急，吃完早餐后想从储物戒指里取出松子，结果神识探进储物戒指里找了又找，都没有找到松子。她发现自己这几天好像把松子都吃光了。

将神识收回来，衡玉看向了悟："了悟师兄，你那儿还有松子吗？"

"应是有的。"了悟回了一句。他找了找，很快，从储物戒指里取出一捧松子。他递了一大半到衡玉面前，剩下一小半由他和了念分了。三人边吃着松子边耐心等待。等把松子吃得差不多，酒楼也彻底热闹了起来。

有熟客坐在说书人旁边，笑着问道："今日有没有点新鲜东西听。"

"就是，你之前说的那几个恩怨是非我们都听腻了，该来些新鲜东西了。"

"其实我觉得前日那苍尊者和他道侣的感情故事还挺有意思的。"

"除了这些就不能讲些其他东西吗？"

坐在高台上的说书人头发花白，看着已经上了年纪。他脾气很好，轻笑了笑："诸位放心，今天我们来说些有意思的东西。我这段时间可是认真了解了玄门那些先贤大能的故事。"

为自己接下来要讲的故事做了个预告，说书人轻咳两声，开始进入正题："话说这玄宗创始人啊……"

衡玉坐着听了一会儿，发现昨天那个掌柜的确没有撒谎，逍遥子他们就是让酒楼说书人说些比较耳熟能详的玄门故事，主要宣扬玄门积极的一面，想借此让百姓对玄门动心。故事趣味性比较少，重在新奇。酒楼的客人中只要没有刻意去了解过玄门的历史，基本没听说过这些故事。说书人讲完两个故事，还展开道经，为客人们念上几段。

衡玉听完全程，食指在桌面上随意敲击着，淡淡点评："内容还是乏善可陈了些。"

了念用力点头。没错，他们那图文并茂、趣味性和故事性并存的禅理小故事，远超对方。但现在最利于传播的途径已被对方掌控了，他们要用什么手段才能把禅理小故事传播开？

"我们去摆摊吧。"衡玉打了个响指，"为节省些时间，我们先行动起来，迟些我再解释具体要如何行事吧。"利用巧舌如簧的说书人来宣传，这的确是一个妙招，但更好的招数也不是没有。

"你身上有铜板吗？"走出酒楼时，衡玉侧头去问了悟。瞧见了悟点头，她才放心地朝城北方向走去。住在城北这个地方的，多数是从乡下来到城里务工的手艺人。他们是这座城市里生活最清贫、处境最艰难的一类人。

衡玉中途还买了份平城地图。这幅地图绘制在玉简里，她只需要把神识探进玉简就能查看地图，十分方便。衡玉查看完地图后，把玉简递给了悟："我们要在城北寻一个人流量最大的地方。"

了悟并不清楚她想做什么。不过她已经把要求提了出来，了悟就按照她的要求耐心查看地图。过了一会儿，他把玉简拿开："城北有个拱桥，外出工作的人每日都要经过那里走回家；那附近就是菜市，城北的百姓若是想要去买菜，也要路过那里。"

听到了悟的话，衡玉拍手道："就是这个地方了，我们直接过去吧。"

跨进城北区域后，衡玉能明显感觉到这里的房子破旧不少。

路上有不少人衣着毫不光鲜，有些衣服上甚至打有不易被察觉的补丁。

了悟也察觉到了这些情况，他与衡玉并肩同行，侧头看向她，目光温和："如今洛主可以说出自己的主意了吗？"

衡玉说："我想借助百姓口口相传来宣扬道法。"

了悟垂下眼拨弄念珠，轻声道："这个想法很好。"

三人行到拱桥边，衡玉从储物戒指里取出一张玉桌，再取出一大袋奶糖。随后，她把几本刊印成册的禅理小故事取出来放在桌面上。准备好这一切后，衡玉拍拍手，对了悟说："剩下的事情就交给你啦。"她负责出谋划策，动口宣扬的事情就由了悟负责。她倒要看看这位素来缄默的圣子，在传道的时候话会不会多起来。

了悟双手合十："接下来的事情就交给在下和师弟吧。"说完之后，他就站在原地耐心观望，没有急着做什么。衡玉坐在石墩上，歪着头懒洋洋地瞧他。

现在正是下午，拱桥上偶尔也会路过些大人，但大多行色匆匆，偶尔会往了悟、衡玉这里投来打量的目光，很快又移开了。拱桥处可以遮阳，许多小孩子午睡醒来后就跑来拱桥旁边打闹。其中，有个打扮得干干净净的小女孩被同伴抹了一脸灰，眼里马上泛出委屈的泪光来。

了悟握起本禅理故事书，朝那个小女孩走去。从衡玉这个角度，正好能看到他蹲下来平视着那个小女孩。他随意翻开，指着里面的图画，温声向小女孩说着里面的故事。

风温温和和地吹过来，把了悟和小女孩的交谈声一并送进衡玉的耳里。

等小女孩磕磕绊绊把故事背下来，了悟取出一块奶糖递给她。

小女孩没接糖，而是仰着脸看他，一本正经地问道："大哥哥，你能喂我吃糖吗？以前我哥哥就是这么喂我的。他喂完后还会摸摸我的头发。不过他已经去打仗了，我有两年没见到他了。"

听完她的话，了悟垂下眼帮她撕开奶糖的包装纸。喂她吃下奶糖后，了悟迟疑着抬手，摸了摸她梳理得整齐的头发："好了，过去和你的伙伴们一块儿玩吧。"

"谢谢大哥哥！"小女孩嘴里含着糖，说话有些含糊。

瞧见这一幕，衡玉觉得了悟真的太温柔了。第一眼瞧上去如同月霜般清冷，但接触下去，才能察觉出那清冷表象下的极致温柔。

小女孩蹦蹦跳跳地走到同伴们中间，眼睛明亮地和同伴们说着些什么。那些小孩子听完小女孩的话，高高兴兴地跑到了悟身边，把他团团围住。了悟对这些场景不算陌生。在无定宗时，他时常会下山传道，也有过类似的情况发生。很快，在他的安抚下，这些小孩子们安静下来，乖乖地站在他旁边听他讲故事。等他们背下故事后，了悟就拿出糖果一一分发给他们。

半个时辰后，一些伶俐的孩子已经可以背下七八个禅理小故事，从了悟手中拿到了七八颗奶糖。他们没有马上把糖果都吃完，而是紧紧地攥在手心里，想要留到后面慢慢吃，慢慢品尝这种糖果的味道。

"你们该回家了。"了悟说。

"那大哥哥，我们明天还能来听你讲故事吗？"有个小孩子问道。

"记下新的故事还能有糖果拿吗？"另一个人也跟着问道。

了悟含笑点头。目送着这些小孩子结伴离开，了悟转过身，正好撞进衡玉的视线里。他朝衡玉轻轻点头示意，走回他们这个摊子，默默整理摊子上的故事书。

"了悟师兄。"衡玉在他身后一本正经地说，"我也想像那个小女孩一样，让你喂我吃糖。我们两个之间应该比你和那个小女孩之间要更熟吧，既然是熟人就别拘谨了，来吧。"

听到这话，了悟还没做出什么反应，了念先被自己的口水呛住了，连连咳嗽了好几声。

了悟瞥了念一眼,这才转身看向衡玉。他唇角似乎上扬了一下,"洛主说得对,熟人就别拘谨了。"他从桌面上抓起几颗糖果,上前几步递到衡玉手心里,"麻烦你直接吃吧。"衡玉轻叹口气。

"打个商量,不亲自喂糖,摸一摸我的头发也是可以的。"她随口说道,同时撕开一颗糖果的包装纸,把糖果扔进嘴里用力嚼起来。甜意刚在嘴里蔓延开,她感觉到头顶一沉,有一股温热从她头顶蔓延开来。但没等她反应过来,那人已经先一步把手掌移开。

"虽然不知道洛主为何要提出这种要求。"了悟说,"但这段时间洛主为赌约出了不少力,如果只是这种小小要求,我似乎没有拒绝的道理。"

衡玉忍不住抬手,自己摸了摸头顶。"那再来摸一次?"她刚才压根没反应过来!

了悟一笑,转身不再看她。衡玉撇了撇嘴,又往嘴里塞了颗糖。

当她把手里这几颗糖吃完,夕阳余晖倾洒而下,百姓纷纷踩着夕阳,走过拱桥收工回家。走下拱桥时,他们正好会途经这个小摊子。了念自然而然上前拦住一些好奇的百姓,请他们到小摊子前,由了悟为他们讲故事。师兄弟配合默契,看得出来以前没少做类似的事情。

一直到天色昏暗下来,三人直接走回酒楼。将要进入酒楼时,衡玉突然顿住脚步,看向左边。但在她看过去时,那里只有几个百姓在穿行,没有出现任何异样。

"怎么了?"了悟停下脚步,轻声问道。

"没什么。"衡玉摇头。

在刚刚那一刻,她左侧方向飘来一股极淡的合欢花香气,而且她放在储物戒指里的玉牌也轻轻颤抖起来。难道说这平城里有她的同门出没?

城北并不大。

经过昨天一整夜的酝酿,背诵出一则小故事就能换块糖果的消息已经在城北小范围传播开。一则禅理小故事短些的才几十个字,长的也不过一百字出头,并不难背。所以还是有很多生活困苦的百姓乐意背诵下来换取糖果。

衡玉私底下对了悟说:"禅理小故事慢慢推广开了,接下来我们得想想要怎么把他们发展成禅门信众。"宣传禅理小故事是过程,发展禅门信众才是他们要追求的结果。

一早上的时间,衡玉和了悟储物戒指里的糖果和糕点就已经分得差不多了,而百姓们的背诵热情似乎才刚刚被激发起来。了悟和了念两人已经被围住。了念很少见这种阵势,忙得手足无措。与他相反,了悟明明也站在嘈杂的环境中,但当大家站在他身边时,总会不自觉静下心压低声音。

他们两个都抽不出身,衡玉抱剑站在旁边,是最有空的人。她笑着给了悟传音:"我去附近的杂货铺子买些糖果。"

"麻烦洛主了。"了悟回道。

"是不是觉得我特别好，心底很感激我？"衡玉闲着无聊，嘴上讨些便宜。

"洛主说什么就是什么。"

衡玉扬起唇角，心满意足地朝城中集市走去。

买完糖果和蜜饯出来，衡玉迎面撞上周创。周创和一个身穿道袍、气度渊然的年轻男人一同走着。他语气客套谦卑，明明和对方境界差不多，却把自己摆在一个姿态很低的位置上。

衡玉目光从周创身上一扫而过，直接落在那个男人身上。周创的实力她完全不放在眼里，但她从眼前这个男人身上察觉出了几分危险。在衡玉注意到周创时，对方也注意到了她。

周创的神色顿时冷下来："原来是洛道友。"

"有了酒楼说书人为周道友传播道法，周道友倒是颇有空闲。"衡玉淡淡道。

她这句话，周创真是怎么听怎么刺耳。这不就是在说他不务正业吗？听出衡玉话中的讥讽，周创顾不上和她顶嘴，而是扫了他旁边的年轻男人一眼，抱拳道："此事说来话长，还望道道友勿听信此人片面之言。"

道道友？这个年轻男人姓道？结合他身上的道袍，衡玉大概猜到对方的身份了。玄宗门人，而且估计是玄宗掌门族中后辈。

年轻男人把目光放在衡玉身上，掐道诀行了一礼："在下玄宗道卓，不知这位道友是？"

"百花谷，洛衡玉。"衡玉回完礼后扬了扬眉，"没想到玄宗掌门亲传弟子也会到平城。"她记得这个人，是因为对方是玄宗掌门悉心栽培的关门弟子，而且还是慕欢的攻略对象。道卓都到了平城，那慕欢应该也在这里吧。

果然，衡玉念头刚起，就嗅到了一股淡淡的合欢花香味。同时，一道夹杂着香气的凌厉劲风打向衡玉侧脸。她直接闪身避过，右手两指一夹，将那打来的树叶夹住。

"慕主打招呼的方式倒是颇为别致。"衡玉轻笑。

穿着鹅黄色长裙的慕欢直接从酒楼二楼一跃而下。她的穿衣风格一如往日，长裙轻薄，行走之间她匀称的长腿若隐若现。站稳之后，慕欢抬手用指尖理了理耳侧的碎发，抿唇轻笑："洛主，一别几月甚是想念。"

"是想念我，还是想念圣子了悟？"

听到衡玉的话，安静地站在旁边的道卓突然抬眼瞥向慕欢，下一刻又快速移开。慕欢注意到道卓的视线，忍不住娇笑起来："自然是更想念洛主。"衡玉自然也注意到了道卓的视线。她忍不住在心底一叹：慕欢的效率还挺高，至少目前看来，这道卓对她已经有几分在意。

"这话听着虽虚假，但也叫人高兴。"衡玉轻笑，将灵力注入指尖夹着的那片树叶里,以迅雷不及掩耳之势朝慕欢侧脸打去。慕欢目光一凝,堪堪侧身避开。

"礼尚往来,告辞了。"衡玉直接抱剑离去。

慕欢跺了跺脚。她瞪了眼衡玉离去的背影,又瞪向道卓,嗔怒道:"你这呆子,没看到别人在欺负我吗?"道卓理也没理她,看向周创出声询问:"周道友,这场赌约怎么会跟洛主有关?"

衡玉啃着苹果走回城北拱桥时,那里已经冷清下来,和了念会合后,三人步行回了酒楼。

还没走进酒楼,衡玉就先一步察觉到了慕欢的气息。此时,慕欢和道卓正坐在一楼角落里喝茶吃糕点。她咬了口酥饼,正要开口向道卓说什么,突然往酒楼门口方向看去。

"怎么了?"道卓问。慕欢的视线落在缓缓走进酒楼的了悟身上。她眼里迸发出明亮的光来,脸上的笑容越发妩媚甜腻。

"我遇到了熟人。"慕欢解释一句,起身迎向衡玉——旁边的了悟。

"两年未见,圣子风采更盛当年。"走到了悟身边时,慕欢盈盈行了一礼,曼妙的曲线显露出来。行完礼后,慕欢抬眼,目光盈盈地看着了悟,期待对方能认出她来。

衡玉含笑看着慕欢,右手指腹摩挲着有些粗糙的剑柄。她觉得,无论慕欢在打什么算盘,都怕是要失望了。果然,了悟没让衡玉失望。他目光在慕欢脸上一扫而过,礼貌地别开:"不知这位道友是?"

"圣子不认得我了?这当真是让我难过。"慕欢脸上带着浓浓的失望之色。若是一般男人瞧见了,定要心疼起来,但了悟别说心疼了,他连慕欢的正脸都没瞧清楚。再次开口回话时,了悟声音里带着几分疑惑不解:"在下见过很多人,不认得道友实属正常。"一直在旁听的衡玉没忍住,别过头轻笑出声。很好,她很喜欢了悟的耿直。

这下慕欢是真的被噎住了。见圣子不好下口,慕欢就把火对准了衡玉:"洛主在笑什么?"

"笑你自不量力。"衡玉扬眉,淡淡道。在慕欢再次开口前,衡玉看向她身后的道卓,"慕主只关注着我的任务对象,就不怕伤了道道友的心?"

"任务对象"四个字一出,了悟忍不住拨弄起手中的黑色念珠。

一直安静站在后面的道卓朝衡玉抱拳。他没看慕欢,淡淡道:"先行一步。"说完转身上了楼。

慕欢咬唇,在自己的内门任务和了悟之间纠结片刻,连忙转身跟在道卓身后。

衡玉没再关注他们,她看向了悟:"要不要坐在大堂这里吃顿晚饭?"

"好。"了悟点头。

吃过晚饭后,三人上楼回房休息。

衡玉站在桌边练字,练了好一会儿,她放下手中的毛笔,思索着道卓和慕欢出现在这里的原因。

她和了悟会跑来平城，是为了完成赌约。那道卓他们呢？要知道平城距离玄宗所在之处相当遥远，御剑飞行都要快一个月时间。想了很久，衡玉都没想出个所以然来，只好先把疑惑暂时压下。

半夜时外面下起雨来。

衡玉盘膝打坐，听到淅淅沥沥的雨声，缓缓睁开眼睛。她起身去合上窗户时，注意到远方有道禅修打扮的身影一掠而过，但等衡玉再凝神去看时，却什么都没看到。

"禅修打扮？这平城除了了悟和了念，还有其他禅修吗？"

不知道为什么，看着被风吹得飘进房内的细雨，衡玉总有种风雨欲来的感觉。

清晨，雨势停了下来。

衡玉三人再次赶往城北拱桥。可能是昨天的老人帮忙宣传了一番，今天围上了悟的百姓们除了背禅理小故事，有的还诉说起自己的困惑之处，求了悟帮忙解惑，还有百姓求了悟帮他们的家人看病。一整天了悟身边都围满了人。

衡玉坐在旁边都觉得吵得耳朵疼，但了悟依旧平和，好似已经完全习惯了这种情形。

"真是热闹。"拱桥上方突然传来一道感慨声。叼着狗尾草的衡玉侧头看去，就看到了站在桥上的慕欢、道卓和周创一行人。

衡玉淡淡道："人来得还挺齐。"

慕欢笑："洛主不欢迎？"

衡玉耸肩："这又不是我家的地盘，我欢不欢迎你都能来。"

慕欢拂袖，下一刻，她已经来到衡玉面前："我真是羡慕洛主啊。"

"羡慕什么，羡慕我接下了攻略圣子的内门任务？"衡玉懒洋洋地打了个哈欠，"你把你对圣子的觊觎之心表露得这么明显，就不怕你的内门任务失败？"

慕欢捂嘴娇笑："哎，没办法，我希望那呆子能喜欢上真实的我。"

衡玉才不相信她的鬼话。但必须说，慕欢在某些方面简直自信心爆棚。

衡玉靠近她些，出声询问："看在你我同门的分儿上，慕主能否告知你们来平城的原因？"

慕欢瞥她一眼，出乎意料地没有隐瞒："我们是来追查一些事情的。"

"追查什么事情？"

"玄宗有三名内门弟子被魅术所害，现在已经成了废人。"

衡玉问："那个人是我们宗门弟子？"

"很有可能。"慕欢用指尖理了理自己的头发，懒洋洋道，"我当时正愁没有理由凑到道卓面前，一听到这个消息可不就自告奋勇地跳了出来，说要为宗门清理门户。那个女修中了玄门的追踪术，探查到她进了平城。"

衡玉蹙眉："在这件事上，如果有需要帮忙的地方可以提。"

慕欢有些诧异地抬眸看向她："……行，多一个人多一份力。"

两人低声交谈时，道卓和周创一行人也从拱桥另一侧走到这边。看着百姓把了悟团团围住，周创脸上闪过一抹诧异之色，心中危机感顿生。周创发现，这边的宣传效果比他预料的好太多了。即使现在围着圣子了悟的百姓不会全都信奉禅门，但只要有那么十之一二也足够胜过他们了。他的眉头紧拧起来，心里思考着对策。

周创对这次赌局十分看重，他是一定要压过禅门的。毕竟无论是禅门，还是那妖女洛衡玉，都是他所厌恶的。在周创走神时，道卓上前向衡玉掐诀行礼："洛道友。"他身披道袍，梳着道髻，头戴高冠，整个人透着股出尘的风流写意。

衡玉掐诀回礼。道卓正要开口说话，他手中的道盘突然亮起一束光来。这束光直指东南方向，耀眼得让人无法忽视。

"那妖女动用灵力了。"道卓拧眉，"洛道友告辞，我先去继续追查那妖女的下落。"打了个招呼，道卓直接朝东南方向追去。周创负责协助道卓，见道卓走了，他也顾不上思考赌约的事情，跟着道卓离开。慕欢嘟囔一句"我还没来得及和了悟师兄打招呼"，也连忙跟上前面的两人。

等了悟没那么忙了，衡玉走到他身边，把刚刚那些事情一五一十地告知了悟。了悟道："那我们这段时间也多加留意。"

衡玉点头。追查妖女一事，需要的时候她和了悟会提供帮助，但现在他们最关注的还是赌约。

道卓他们的追查并没有结果。衡玉得知此事后并不意外。那妖女如果好对付，道卓他们也不会一路追到这平城来了。

很快，距离七日赌约只剩下最后一天。这天傍晚，逍遥子赶来酒楼找了悟。他站在酒楼门口，朝踩着夕阳归来的了悟拱手："明日就到了开坛讲法之日，不知圣子准备得如何？"

了悟平静道："已经准备妥当。"

逍遥子哈哈大笑道："如此便好，那贫道就不打扰圣子了。"说罢，直接拂袖而去。

等逍遥子离开，衡玉和了悟走进酒楼，他们直接坐在一楼吃晚饭。夹了一块豆腐，衡玉暗暗叹了口气。跟着了悟行动，别的都好说，但餐餐吃素也实在是为难她。

"我为洛主点道糖醋排骨吧。"了悟突然放下手中的筷子，轻声道。

衡玉微愣。她刚刚对素菜的抗拒表现得那么明显吗？了悟居然看出来了。

了悟说："洛主不习惯吃素，没必要为了在下和师弟改掉自己的习惯。"粗茶淡饭、青灯古佛，这些都是他的选择，也是他的修行。这些事情本来就与她无关，她没必要在他面前避讳些什么。

衡玉把豆腐送进嘴里，咽下后才回道："但我觉得和你、了悟同在一桌吃饭，不点荤菜是对你们的一种尊重。"

尊重？她这个说辞让了悟微愣。很快，了悟回过神来。他轻笑道："在下已经感受到洛主的尊重，那现在也让我来尊重洛主一次。"说着，了悟侧头招来店小二，吩咐道，"麻烦为这位女道友添上一道糖醋排骨。"

他这一系列动作很快，快到衡玉没来得及出声拒绝。等衡玉回过神时，店小二已经去厨房帮他们点菜了，衡玉只好默认了此事。"我现在也感受到了了悟师兄的尊重。"衡玉一只手托腮，看着他盈盈笑道。了悟感受到她从心底透出来的那股愉悦。

那道糖醋排骨很快被店小二端了过来，满桌素菜里，那道色香味俱全的糖醋排骨显得十分突兀。

衡玉伸出筷子，点了点酱汁试味道，眉梢不由得微挑，这道菜的味道比她想象中还要好上不少。

"那我就不客气了。"衡玉朝了悟眨眼。

了悟颔首："在此事上洛主本来就不必客气。"

衡玉失笑，也没多说什么。她夹起一块排骨送进嘴里，感觉整个人都被治愈了。自从来了这平城，她就没有吃过一口肉，也是相当不容易啊！了悟果然是个可爱的圣子！最后，衡玉一个人解决掉了整碟糖醋排骨。

吃完上楼，衡玉刚卸掉长剑放在桌面，就听到有人敲响自己的厢房门。她走过去拉开房门，发现门外站着的人是了悟。

"了悟师兄可是有事？"问完后，衡玉才发现他手里捧着杯散发着氤氲雾气的茶水。很显然，茶水是刚泡出来的。

"茶水可以解腻，洛主喝些吧。"了悟把茶水递给她。衡玉伸手接过。她抬眼去看了悟，烛火暖光洒满门外走廊，他站在那里，光线斑驳，清冷的气质被彻底消融，整个人显得无比温柔，看得人心尖发颤。

第二日上午，逍遥子再次赶来酒楼，告知今日比试的规则。

"上午的时间全部用来通知信众，我们开坛讲法的地点就定在城中那片空地上，彼此相邻，你看如何？"逍遥子点指地图，出声询问。

了悟垂眼查看地图，过了一会儿点头表示没有异议："具体何时开坛讲法？"

"未时一刻。"

双方沟通好后，就分别行动起来。了悟和了念动身前往城北，动员那些已经成为信众的百姓前去听他开坛讲法。衡玉负责动员其他地方的百姓。他们这几日的宣传虽然重点放在城北那块，但像城东、城西那几块区域也是宣传过的。

一直到午时，三人再次会合，一道动身前往逍遥子提及的城中区域。临近城中时，衡玉就看到那里搭建有两块平台，正好一东一西遥遥相对。逍遥子和他的弟子们站在西边那块平台上。瞧见了悟一行人，逍遥子挥了挥手中的拂尘，掐诀行礼。

了悟回了一礼，直接走到东边那块平台上，盘膝坐在上面耐心等待。

衡玉闲着无聊，随意打量着周围的环境，她突然发现逍遥子的大徒弟周创并没有出现。都这个点了还不出来吗？她压下心底的疑问，直接盘膝坐在了悟身边。

衡玉今天穿了身红色长裙，外面罩着黑色的斗篷。她盘膝坐下时，红与黑的衣摆在她身后盛开，明艳到了极致。

从午时到未时，一个时辰里，东边平台和西边平台周围逐渐围了不少百姓。

提前到的百姓全部坐在蒲团上，东边平台周围的人越来越多，蒲团的数量不够了，剩下的人都自发站在后面，没有丝毫不耐烦。相比之下，西边平台那里的蒲团还没有坐满。

哪方更占优势，由此就一清二楚了。

逍遥子脸色逐渐难看起来，看向自己的二弟子："你大师兄怎么还没回来，还有一刻钟为师就要开坛讲法了。"

二弟子回道："弟子刚刚已经给大师兄传讯，相信大师兄收到传讯后会尽快赶来。"

逍遥子深吸口气，语气颇不耐烦："你再传讯催促他！"

二弟子知道他肯定心气不顺，不敢在这时候触怒他，连忙点头应是，退了下去给周创传讯。

再迟些时，道卓和慕欢也赶来瞧热闹。不过道卓去了逍遥子那边，慕欢直奔了悟这里。

瞧见盘膝坐着的了悟，慕欢行礼，语气里满是吹捧："了悟师兄道法高深，此次肯定力压逍遥子。"

衡玉在她身后低低一笑："结果难道不是已经显而易见了？"

在了悟的视线范围外，慕欢侧过头朝衡玉撇了撇嘴。

"你们搜查到那妖女的下落了吗？"衡玉换了个话题。

"还没有。"慕欢摇头，"那妖女实在狡猾，而且在追查中我发现她原本是结丹期修为。"

"原本？"衡玉敏锐地捕捉到关键词。

"她现在的境界已经跌落到筑基巅峰。我想这就是她疯狂害人的原因之一。"

衡玉蹙起眉来。突然，她想起一事，看向逍遥子他们所在的方向。逍遥子的大弟子周创居然还没有出现！但没让衡玉思索太久，未时一刻到来，盘膝闭眼的了悟缓缓睁开了眼睛。

衡玉没有打扰他，拉着慕欢跳下高台。

"听说了吗？无定宗圣子要和虚空盟逍遥子在城中开坛讲法进行比试。"集市里，有筑基期修士把这件事当作谈资，边往前走边和同伴谈论着。

"听说是涉及了禅门和玄门之争？"同伴问道。

"逍遥子提出比试的确是因为玄门之争，但无定宗那位圣子说了，禅门和玄门并无争端，是逍遥子自己存在心魔想要分出个高低罢了，不过逍遥子想要比试，他也乐意奉陪。"

"看来还是无定宗圣子的心境更高啊。"同伴感慨。

在这两位修士之后，跟着一个戴着斗笠、手持九环锡杖的禅修。那斗笠被压得很低，但如果有人仔细打量，还是能隐约瞧见这个禅修右脸上刺着一个黑色符文。这是无定宗弃徒的标志。

听着这两位筑基期修士的话，原本正在着急寻找什么的禅修顿了顿脚步。他把手中的锡杖砸在地上，闭着眼想要寻找熟悉的灵力。但无论他怎么寻找，都找不到自己想要找到的人。也是，那个人一直在避着他，他已经在平城滞留好几日了，依旧一无所获。禅修轻叹了口气，当年如果不是发生了意外，他兴许也有机会成为宗门圣子吧。只可惜造化弄人。

在原地站了一会儿，禅修决定顺从自己的心意往城中走去。他想去看看无定宗的圣子是何等风采。

他随意迈出一步，身影再次出现时已经在几十米开外。这般实力分明就是已经到了结丹后期，距离元婴期仅仅一步之遥。没过多久，禅修就到了城中平台前，他目光巡视一圈，最后落在了悟身上。

了悟盘膝坐在高台上，朗声讲解道法。他的神情温和如水，气质淡然慈悲，声音温润清朗，再配上眉间那抹朱砂，当真像是一尊神佛端坐在那里传道讲法。高深的道法于他是信手拈来，深入浅出。

禅修耐心倾听着这些道法，感觉整个人的心境也逐渐平和下来。他右手立掌于身前，再次抬起头，看到了站在了悟不远处的衡玉和慕欢，如果说衡玉还不明显，但慕欢那副打扮绝对是个彻头彻尾的百花谷女修。这一刻，禅修仿佛想起了很多旧事，他那原本平和下来的心境掀起波澜，感觉到自己的血液在这一瞬间变得冰冷。

禅修往后跟跄几步。他手中握着的九环锡杖摇晃起来，丁零作响。

衡玉察觉到这边的动静，远远眺望一眼。看清那个禅修时，衡玉微微一愣。她突然想到前几日雨夜里，她在关窗时瞧见有个禅修打扮的修士从窗外一掠而过。难道就是此人？

"你在看什么？"慕欢看向她。

衡玉摇了摇头，再次看向刚刚的方向，发现那个禅修已经不见了。

大概又过了半个时辰，了悟将经文中的一些经典内容讲解完。他双手合十，出声询问道："不知诸位对此次讲解有何疑问，尽可一一提出，在下会给出一番解答。"

有不少人举起手来，了悟一个接一个为他们解惑。待这场道法讲解彻底结束，天色已经暗下来，百姓们踩着残阳归家。了悟走下高台，来到衡玉和了念面前。

衡玉笑道："我们去找逍遥子吧，这场比试的结果应该已经毫无悬念。"

了悟轻笑着点头。

此时，西边高台那里，逍遥子也刚刚结束他的道法讲解。这场比试的结果毫无悬念，但身为玄门中人，逍遥子也不可能丢下特地赶来的数百名信众，所以刚刚他暂时抛掉了比试的念头，一直沉下心讲解道法。

走下高台，逍遥子与了悟对视。他沉沉叹了口气："愿赌服输，此次是贫道输了。"顿了顿，他又嘴硬补充，"但贫道不如圣子，并不代表我玄门不如禅门。"

了悟双手合十，回道："玄门和禅门的地位高低不会因为一场比试而定下来，逍遥子前辈不必对这场比试的结果过于耿耿于怀。"

了悟作为赢家可以大度洒脱，逍遥子一个输家还真没法像他一样从容。

逍遥子依旧憋气得紧，但他还没再次开口说什么，他那一直焦虑站在旁边的二弟子终于按捺不住，快步走到他面前："师父，我到现在都没能联系上大师兄。"

"你说什么！"逍遥子惊道，"你大师兄不是那种分不清轻重缓急的人，他怎么可能还没回来。"

二弟子满头冷汗："师父，这是真的，我把事情告知道道友后，他和三师弟四师弟已经去寻找大师兄了。"

逍遥子脸色一白："……你什么意思？"

二弟子哭丧着脸："道道友怀疑，大师兄是遇到了……遇到了那个妖女，现在只怕是已经遭了不测。"逍遥子身体一晃。旁听的衡玉和了悟对视一眼。

衡玉出声："逍遥子前辈莫急，我们也帮忙寻找周道友，吉人自有天相，他肯定没事。"

听到这话，逍遥子冷静不少："麻烦了，贫道先行一步，去寻找我那徒儿。"

他一甩拂尘，正要去寻找周创，远处有只纸鹤飞速而来，最后落在了逍遥子二徒弟的手上。

二徒弟展开纸鹤，语气不知是喜还是悲："……道道友他们找到大师兄了。"

逍遥子深吸了口气，问道："是出了什么事吗？"

二徒弟强行咽了口口水，这才组织起语言来："大师兄被害，暂时昏迷不醒。虽然没有性命之忧，但他的境界掉到了筑基初期。"

"你大师兄在哪儿！带我赶过去！"

逍遥子眼睛赤红，恨声道。他虽最喜欢的弟子是范长平，但对自己的第一个亲传弟子也相当看重。没想到这么短的时间里，这两个弟子居然接连出事了！二徒弟不敢耽搁，连忙走在前面带路。

"我们也跟过去看看到底是什么情况吧。"衡玉对了悟说。

乐居楼天字号房。

周创已经被他师弟清理干净，换了身干净的长衫，躺在床榻外侧昏迷不醒。他脸色青白，唇角毫无血色，看上去无比虚弱，完全没有先前那种嚣张的气势了。身上灵力窜动紊乱无序，现在勉强还停留在筑基初期境界。

道卓正在给他施针，辅以玄门独创心法稳定他的情况。察觉到有人推门进来，道卓伸手拔掉周创身上的金针，回身看去。从外面走进来的正是衡玉、逍遥子一行人。

逍遥子面带急色，急忙走到床榻边查看他弟子的情况，甚至忘了问候道卓。

道卓理解他此时的心情，并不介意，起身把位置让给逍遥子。道卓起身时，身形跟跄了几下，刚刚施针时他耗费了太多灵力。了悟伸手扶住他："道道友现在感觉如何？"

道卓站稳："多谢圣子，贫道歇会儿便好，只是可惜周道友出了这等祸事。"

说这话时，即使是清风明月的道卓，眼底也划过一抹狠色。他此行就是为了捉拿那个妖女，连番几次被那妖女戏弄也就罢了，周创还在他眼皮子底下被害。这对于素来顺遂的天之骄子道卓来说，无疑是一种赤裸裸的挑衅。

衡玉想了想，问道："你们赶到现场救下周道友时可有碰到那妖女？"

道卓点头："那妖女始终蒙着面，贫道赶到时她正要离去，在打斗中那妖女掉落了一个香囊。"

他从袖子里取出一个香囊递给衡玉，这个香囊是用素净的灰色布料缝制而成的。一般来说，没有人会用这种灰扑扑的布料来缝制香囊。衡玉摩挲着香囊的布料，逐渐意识到不对。她看向了悟："……我怎么觉得这布料是从衣服上裁剪下来的？"

她是见过了悟穿同材质的灰衣的。

了悟拧眉，认真打量着香囊："这的确是无定宗的布料。"

衡玉凑近闻了闻香囊，除了那浓郁的合欢花香味，似乎……还有极淡的菩提苦味。一寸寸摩挲着香囊，在香囊右下角里侧，衡玉摸到了一点针线痕迹，瞧那轮廓像是一个字。

衡玉把她的发现告诉了悟："你摸摸。"

了悟修长而圆润的指尖落在香囊上，细细勾勒了一番："这似乎是静字。"

从修习媚术的妖女身上掉下一个香囊，制作这个香囊所用的布料是从无定宗的衣服上裁剪下来的……衡玉已经脑补了一番爱恨情仇的大戏。而且她有理由怀疑，那个禅修的法号里就含有"静"字。

衡玉眨眨眼，对了悟说："我们别急着离开平城了，留在这里助道道友他们一臂之力吧。"回到华城也没什么热闹事，还不如留在平城。了悟一直在猜测这个法号里含有"静"字的禅修是谁，衡玉这个提议可以说是正中他的下怀。

"在下也正有此意。"

周创依旧昏迷，不过他的情况已经稳定下来，修为境界没有再往下掉。

近日里平城下起雨来，衡玉待在酒楼里练字，闲着无聊还会画画。恶趣味起来，画里的主人公，那个小禅修直接被她命名为"一悟"。一个故事只有短短的内容，所以还是很容易画的。衡玉抽空画了两个故事，正要提笔再画第三个故事，就听到有人敲响了她厢房的门。

"洛主，你要下去吃点东西吗？"敲门的人是了念。

衡玉拿上画稿，走去打开厢房门："好。"

雨天出门的人少，所以即使是饭点，酒楼大堂也只有寥寥三四桌客人。了悟坐在靠门的桌子那里等着衡玉下楼。瞧见她时，了悟道："酒楼里出了道新菜色叫樱花虾，在下觉得不错，就直接为洛主点了。"

等店小二上菜时，衡玉发现了悟还特意点了盅莲藕排骨汤给她。莲藕和排骨一块儿沉在汤里，藕肉绵软，排骨也炖得恰到好处，所有的味道融入汤里。衡玉喝了一口，唇角就愉悦得上扬起来。

"酒楼的莲藕好吃，明日我们可以点道清炒莲藕试试看。"衡玉说道。了悟喝不了莲藕排骨汤，但还是可以吃莲藕的。只可惜汤里的莲藕沾染了肉味，不然衡玉不介意把美食分享给了悟。

衡玉喝了些汤垫肚子，把她刚刚画的画取出来递给了悟："给你看看《一悟小禅修》。"

"嗯？"了悟尾音上扬，有些茫然。他接过两张画稿，看着画中那眉间点有朱砂、名字还被取作"一悟"的小禅修："这——"

"你觉得我画的这个一悟可爱吗？如果不够可爱，我回去再改改。"

了悟垂下了眼："洛主是画来玩吗？"

两人交谈时，从酒楼外面走进来一个右手握着九环锡杖、左手持钵的禅修。禅修头上戴着一顶挡雨的斗笠，斗笠压得很低，把他半张脸全部藏进斗笠下方的阴影里。他抬手，把斗笠扬起来一些，看向衡玉和了悟那桌。视线落在他们身上时，禅修就认出了衡玉和了悟的身份——无定宗圣子，以及百花谷女修。

这个女修穿着黑色长裙，眉眼明媚真挚，会令人忍不住信服她说的话。但那些美好的话，很多时候都像是裹着蜜糖的毒药。那是比阿鼻地狱还要痛苦的深渊。像是想到了什么，禅修眉心刺痛。他垂下了眼，身形轻轻晃动起来，手中紧握着的九环锡杖丁零作响。这声音让衡玉和了悟都转过了头。

看清禅修的身影时，衡玉微愣：是那天开坛讲法时她瞧见的禅修。先前没注意，衡玉现在才注意到这个禅修的气势比了悟还要惊人，这说明他至少是结丹中期修为！

"了悟师兄，你知道那个禅修是什么修为吗？"衡玉给了悟传音。了悟就处于结丹期，对于这个禅修的境界还是有一番清晰判断的。他回道："结丹后期，距离元婴期不过临门一脚。"

距离元婴期不过临门一脚？衡玉在脑海里思索着：元婴期修士和化神期修士多数在自己的洞府里闭关，在这沧澜大陆行走的修士中，有结丹后期修为便可以凌驾于无数人之上了。但此刻，这样一位禅修出现在这小小平城……很多事情就此串联起来。用媚术害人的妖女，结丹后期的禅修，用衣服一角缝制的香囊。这个禅修会不会和那个妖女有关系？

衡玉抿起唇角，给了悟传音："了悟师兄担心触怒那位结丹后期禅修吗？"

了悟没猜透她话中的意思，但这并不妨碍了悟回复："不担心。"他身上秘密极多，底牌也不少，只要不是元婴期修士亲临，即使是面对结丹后期修士了悟也无惧。

"那了悟师兄可以配合我吗？我想要试探试探他。"传完这句，衡玉开口说道，"我的香囊磨损了不少。"说完，她扯下腰间挂着的香囊。衡玉把香囊递到了悟面前，让他仔细瞧清楚，"了悟师兄会缝制香囊吗？如果你会缝制，我就不去外面瞎买了。"

坐在隔壁桌的禅修微微僵直了脊背。同一桌坐着的了念也忍不住抬头，狠狠瞪了衡玉一眼。这妖女，她要师兄做羹汤也就罢了，现在居然还想要师兄做针线活。这些事情若是传出去，天下禅修能把她给人道毁灭了。

了悟微愣。想到她刚刚说的"配合"，了悟隐隐猜到了衡玉的意思。他开口道："在下从来没缝制过衣物，但若是洛主想，可为洛主一试。"这话说得衡玉险些没接上。为什么一本正经的禅修说着一本正经的话，她觉得自己真的有被撩到！

在衡玉走神时，她听到隔壁桌放下茶杯时力度极重，杯子磕在桌子上发出沉闷的撞击响声。对方失态了。听到声音，衡玉连忙回神，兴致勃勃地对了悟说道："那我要准备什么布料……我储物戒指里好像没有布料，你那有没有？"

了悟把神识探进储物戒指里翻找一番："只有缝制衣服的布料，若洛主不嫌弃的话……"

隔壁桌的禅修捏茶杯的力度极重，手上灵力一个不稳，茶杯直接在他手心里碎掉。禅修身为结丹后期修士，当然不会因为这小小茶杯碎片而受伤，只是茶杯里还装着大半杯温热的茶水，这些茶水顺着桌角流下来，打湿了他的衣服。他却好像没注意到一般，呆愣愣地坐在那里，神情怅然若失。

"这位大师可有事？"衡玉起身，试探性地问了一句。

禅修垂下头，没让衡玉他们看清他的长相："贫……我只是觉得在这俗世里不能相信的东西有很多，就比如妖女的微笑与话语。"

衡玉脸上笑容明艳："我并不清楚大师的意思。"她侧头看向了悟。他长相出尘，宛若端坐在无量境里悲天悯人的觉者，看得人心尖发颤。

想了很久，一直没找到机会的衡玉大胆伸手在了悟的头上狠狠摸了两下。了悟身体有些僵硬，没想到衡玉会做出这番举动。了念已经震惊到失了言语。而那始终垂下头的禅修，忍不住摇动手中的九环锡杖："道友何必如此。"

衡玉的手纤细而白皙，她摸着了悟的头，觉得触感实在是好，好到有些舍不得移开手。注意到禅修越发失态，衡玉干脆给他下一剂狠药。她的手缓缓下滑，拂过了悟的右耳耳畔，拂过了悟的右耳耳垂，食指沿他脸颊轮廓滑动，最后抚摸上他的右脸。缓慢，缠绵。

看着了悟想动，衡玉声音有些发颤，她说："不要拒绝我。"语调近似呢喃，但清晰地传入了悟的耳朵里。了悟身体越发僵硬，他能清楚地感受到自己脸颊上蔓延开来的温热。这种温热陌生，但是并不让人十分抗拒。

了悟闭眼，在心中默念经文。衡玉努力忽略手心的触感，侧头看向那个禅修："前辈到底是何人？我与他的事情你又何必多加干涉？"

沉默片刻，那始终低着头的禅修缓缓抬起头来。一张眉眼如画的脸出现在众人视线中。在这样一张脸上，那代表着"无定宗弃徒"身份的黑色符文显得无比突兀。他眼里划过一抹沉痛之色。他看着衡玉与了悟，语速很慢："在被逐出宗门之前，贫……我有个法号——圆静。"

了悟突然抬起右手，动作很轻地牵开她的手。

"怎么了？"衡玉有些诧异。她还没趁机调戏够，他怎么就反应过来挪开她的手了？现在这个机会堪称千载难逢，错过了谁知道还有没有机会再来一次。

"无事。"了悟应声，同时松开她的手，从椅子上站起来。他看向圆静，双手合十行了一礼："阁下可是三百年前，据传已经在外坐化的执法长老圆静？"

听到了悟直接点破他的身份，圆静长叹一声："执法长老圆静早已坐化，如今我不过是一名早已弃修禅道的普通修士罢了。"

衡玉将目光落在圆静身上，全身禅门的装束，他真的已经从心底放弃禅道了吗？圆静察觉到她的打量，平和地道："我执念丛生，早已成不了圣。但我人生前几百年已经习惯了这身装扮，这个习惯直到现在都没能改掉，所以道友不必觉得惊讶。"

衡玉收回视线："是晚辈冒犯了。"

圆静摇头，不欲和她多说什么。他沉沉地看着了悟，万千思绪在心中起伏，想要开口用自己的事例劝说了悟，但想想自己这几百年，一时之间又不知道该说些什么。他随意找了个话题："你是无定宗哪位圣子？"

"在下法号了悟。"

原本还能维持脸上平静的圆静瞳孔微缩："可是拥有着先天禅骨的那位圣子？"

"正是。"

圆静身体轻轻摇晃，手中的九环锡杖也跟着丁零作响。用力闭了闭眼，圆静说："无定宗盼先天禅骨出世盼了上万载，你绝不能折于情爱一途。"

衡玉眼睛微微眯起，又是类似的说辞。先天禅骨之于禅门到底意味着什么？它到底有多重要，重要到让禅门追寻上万载？

了悟一听圆静这话，就知道圆静是误会了衡玉和他刚刚的暧昧举动："前辈误会了，刚刚……"

衡玉上前，扯住了悟的袖子。她轻轻扯动，成功打断了了悟的话："可禅门讲究苦修，在这无尽苦海之中只有我能带给了悟一丝欢乐。"边说着话，衡玉的手轻轻动了起来，扣住了了悟的手腕。她和了悟站得很近，所以她能感受到他身体的僵硬。

衡玉仰起脸朝他笑，手顺着他的手掌纹理继续往下滑，滑过温热的掌心，与他指尖相对，最后十指紧紧相扣："他拒绝不了我，我想就如当年前辈也拒绝不了你心中的那个女子般。前辈，谁能抗拒命中劫数呢？"衡玉眉眼含笑，目光从了悟那双湛然明亮的眼一划而过，然后落在圆静身上。

从圆静这个角度看过去，两人仿佛依偎在了一起，毫无违和之处。圆静脸色彻底冰冷下来，他好像是想起了些什么，冷汗从他的额角滑落下来。他用力咽了口口水，喉结上下动了动，沉沉地闭上眼，不断念着经文以求心静。过了好一会儿，圆静睁开眼睛："你一个筑基巅峰的小辈是在故意激怒我？"

衡玉微笑："激怒前辈又如何？了悟会护着我。"说着，衡玉往了悟身后缩了缩，完全躲在他身后。了悟小幅度动了动自己的手，想要把它扯出来。但他的手刚动，衡玉就越发用力地扣住，食指无聊地在他手背上画着圈："你在做什么？"

"洛主莫闹。"了悟温声道。

衡玉松了松手上的力度，不扣得那么紧："那你也莫要闹了。"

了悟眉眼里写满了无奈。他知道她是想故意激怒圆静，以此来查看那些深埋在岁月里的隐情，所以一直在配合她。但这番配合于他……了悟嘴唇轻启，一声声念着经文。

"你在念什么，你心乱了吗？"衡玉抿起唇角。

这一幕落在圆静眼中，他觉得时光好像重叠了般。三百年前，他在周游天下时，也有个眉眼妩媚的女子握着他的手。他一遍遍念着经文，想要用这种方式来叩问自己的向禅之心，来淡去自己不断波动的思绪。

突然，圆静那张眉目如画的脸上浮现出一抹煞气。他将手中金钵对准衡玉，里面爆射出一缕金光，来自结丹后期的威势全部压在衡玉身上。衡玉静静地凝视着这道带着死亡威胁的金光不断接近她。在金光即将落在她身上时，一道温和的光挡在她身前，无声无息化去那抹金光。

了悟右手被牵住，他的左手立掌在身前："酒楼里有很多凡人，前辈当真要在这里动手吗？"

圆静默不作声。他已是禅门弃徒，可禅门的教导早已深入他的血脉之中。这种教导，让他无法再出手针对衡玉做些什么，只是愈发用力地捏紧了自己手中的九环锡杖。

"还请前辈上楼一叙。"了悟做了个"请"的手势。同时，他以一种温和却坚定的语气对衡玉说："洛主，松手吧。"激怒圆静的目的已经达到，两人自然没有必要再十指相扣了。

衡玉依依不舍地松开了手，两手分离时她还遗憾地叹了口气。这么冷的天，拿了悟的手来暖手可舒服了。

一行人直奔厢房，了念和衡玉落在最后。了念用力瞪了衡玉几眼："你无耻！"

衡玉无辜道："可你师兄吃我这套。"看到俊秀的小禅修气得脖子都涨红了，衡玉忍不住笑出声来。

很快，四人走进厢房，各自坐在凳子上。

圆静将自己头上戴着的斗笠摘下来，那张眉目如画的脸彻底显露出来。他肤色太白，那黑色符文刻在脸上显得有些狰狞，破坏了他身上那种宁静的气质，以至于了念忍不住思考当他脸上没有这道符文时，风采是不是更盛如今。

这个问题的答案应该是肯定的。

了念从小就在宗门里长大，几乎了解宗门里历代出彩的人物。三百年前，无定宗弟子圆静横空出世，风华过人，在道法辩论一途力压同辈天骄。圆静未满百岁就成功晋入结丹期，巩固修为后出关，就被授予执法长老一职。因他要外出周游天下传播道法，所以无定宗没有马上让他成为圣子，圆静行走天下那个阶段，禅门的信众数量剧增。

了念一直相当敬仰这位执法长老，他记得自己一开始在典籍上看到圆静居然已经坐化时，还非常遗憾。但原来……事情的真相如此不堪。那师兄怎么办？师兄必须渡情劫，可如果师兄真的动了情，会不会也像执法长老一样失了他的禅道？小禅修思绪很乱。

"喝口茶吧。"听到衡玉的话，了念回过神来。他垂下眼，连忙捧起茶杯喝茶。

了悟倒满茶水，亲自把茶杯推到衡玉面前。瞧见他这个可以说是下意识做出来的举动，圆静眉心拧了起来。衡玉捧着茶水，对圆静说："前辈，我们现在来聊些正事吧。"

"你想聊什么。"

衡玉平静道："近来平城出现了一位修习媚术的妖女，似是和百花谷有关系，不知道前辈认识她吗？"圆静闭眼，没有说话，但他的反应已经足够说明很多事情了。

衡玉继续道："前两日有个认识的道修被媚术所害。"

圆静猛地睁开眼睛。他捏着茶杯的手不自觉变得用力起来，艰难而生硬地出声："原来如此，这就是道友激怒我的原因吗？我很好奇道友是如何猜到我与她的关系的。"

"香囊。"衡玉从储物戒指里取出那个用衣服一角缝制的香囊。

瞧见这个香囊，圆静苦笑："我懂了，我想去见见那位道修。"

衡玉和了悟对视一眼。还是了悟出声做了决定："可以，请前辈跟我们走上一遭。"

外面还在淅淅沥沥地下着雨。衡玉撑开油纸伞，缓缓走进雨幕中，在前方带路。素色油纸伞下，她的黑色长裙被风掀起一角裙摆。

到了乐居楼门前，衡玉直奔天字号房，抬手叩门。稍等片刻，逍遥子的二徒弟过来开门，瞧见衡玉一行人他微微一愣："不知洛道友——"

"叨扰了，我们想来瞧瞧周道友的情况。"

"师兄现在还在昏迷。"二徒弟边说着边往后面退开几步，请衡玉他们先进来。

走进厢房里，衡玉发现道卓和慕欢也在。她朝他们颔首示意，回神做了个"请"

的动作:"前辈请。"圆静沉默着走到床榻前。这个躺在床榻外侧的修士年轻而长相俊秀,此时脸色苍白、境界掉落,而且灵根受损。道修身上还沾染有淡淡的妖女气息,这股气息对圆静来说绝不陌生。正因为不陌生,他才觉得自己心口钝痛,好像被人生生剜了一刀。他这个反应,让道卓和慕欢觉得奇怪。

两人好像也意识到了什么一般,道卓开口补充:"贫道已经追查那妖女两月有余。三个月前那妖女在玄宗势力范围内将我三个师弟……"

圆静只有一张脸仍如青年模样,他的心其实早已暮色苍苍。听到道卓的话,他忍不住苦笑出声,在这一瞬间就连脸也仿佛苍老了十倍不止:"我知晓了……我都,知晓了……"说完这句话后,他就在一旁陷入沉默。

"前辈。"道卓上前,想要好好追问。衡玉抬手拦住他,默默摇头。道卓疑惑不解,但人是衡玉带过来的,道卓想衡玉此时摇头应该是另有安排,于是他默默地退了回去。

"人已经看过了,前辈要跟着我们回我们的住处吗?"衡玉侧头去问圆静。

圆静点头,没有出声。

回到他们居住的酒楼后,衡玉招来店小二,给圆静订了间新的厢房。

一行人上了楼,走到厢房门前时,圆静不发一言直接走进里面。

衡玉和了悟对视一眼。衡玉说:"我们也先回去休息吧,此事急不得。"衡玉虽然不知道具体情况,但从她所掌握的信息来看,圆静这位名人和不知名妖女间的故事未必顺遂。圆静如果亲口道出,那就是在他自己心上剜一刀,他不乐意开口也能理解。

"的确急不得。"了悟点头。

往里走,最先经过的是了悟的厢房。他推门走进厢房里,回身关门时发现衡玉还站在门外。

"怎么了?"

"之前在楼下时,师兄说如果我想,你可以为我试一试缝制香囊,这句话还作数吗?"

了悟一怔:"这不是洛主让在下配合你的言行吗?"

衡玉诚恳道:"但我也是真心想让你为我缝制香囊。"

了悟抿起唇角。他想了想,说:"这样吧,在下再和洛主赌上一局,如果我输了,会为洛主缝制香囊。如果洛主输了,就请洛主为我做一席素菜。"

衡玉打了个响指:"这个提议相当合理,不过我们要赌什么?"

"两天之内,如果你能让圆静开口说出过往,就算你赢,反之就算你输,你看如何?"

衡玉回头望了望圆静那紧闭的厢房门:"有一定难度,不过可以试试看。这个赌约我接下了。"她转过头来,满眼期待地看着了悟,"香囊可以用衣服一角缝制吗?"

了悟抿唇，唇角上扬些许弧度："不能。"

"那这个赌约我亏了。"

"洛主可以不赌。"

衡玉摊手："行，就这样吧，我不得寸进尺了。"

人要学会知足。

回到厢房后，衡玉继续练字。

练完字后，衡玉侧耳听了听，发现没再听到淅淅沥沥的雨声。她走到窗边，两只手一起用力推开窗户。雨后碧空如洗，空气也变得清新不少。

衡玉伸了个懒腰，重新走回桌边画起小禅修的漫画。结束画画后，衡玉坐下来给自己倒了杯茶水，思考着这几天的事情。

首先是那个妖女。她修炼媚术，可能是百花谷之人。她和圆静分明有一段情缘，为何要害人？她的境界又为何会从结丹期掉落到筑基巅峰？其次是圆静。三百年前风采过人，宗门对外宣称他早已坐化，可实际上他依旧活在这个世界上，右脸有那枚象征着无定宗弃徒的黑色符文。

当年到底有什么隐情？在酒楼大厅时，衡玉每每说些挑逗了悟的话语，做些带有挑逗性质的动作，圆静都有很大的反应。衡玉猜测，当初那个妖女勾引圆静时，很有可能就用了类似的手段。所以在看到她和了悟时，圆静总是会不自觉代入他和那个妖女。

但她和了悟是不一样的啊。

衡玉垂下眼，看着自己刚刚画好的画。

她觉得，这场赌约了悟肯定输定了。

傍晚，衡玉出门，路过圆静的厢房时发现对方的房门依旧紧闭。

想了想，衡玉还是没上前敲门。今天圆静情绪起伏太大，给他一些时间冷静下来比较好。

这一等，就足足等了两天。

这两天里，道卓和慕欢来酒楼找过衡玉，想询问具体情况，衡玉只是摇头让他们耐心等待，等时机成熟了再告知他们。道卓脾气好，但慕欢性子就比较冲了。她不耐烦道："何时时机才能成熟？如果等上太久，那人又行动了怎么办？"

衡玉哪里没看出来，慕欢这是想趁机向道卓献殷勤。可是想拿她作筏子献殷勤，也要看她会不会配合。衡玉两手抱臂，倚着墙毫不客气道："慕主这脾气该收敛些，我不是那些爱慕你的男修，不会惯着你的脾气。"

慕欢跺了跺脚，语气软和下来："好好好，此事是我错了，你莫要气恼。"

"那麻烦二位打道回府吧。"衡玉说。

等两人离开，衡玉转过身，就看到了悟穿着月牙色衣服站在三楼看着她。

"在看什么？"衡玉扬唇。

"赌约的时间就要到了，洛主还不行动吗？"了悟问她。

衡玉快步走上三楼，站在了悟身边："别动。"

"嗯？"

衡玉靠近了悟，她越靠越近，圆静那紧闭的厢房门缓缓被人从里面打开。

圆静依旧是眉目如画的模样。他两只手握着门把，目光落在衡玉身上，轻叹口气："如果道友想让我出来，直接敲门就是，又何必如此行事。"

衡玉眨眼。但圆静已经出来，衡玉只好默默往后退开："不知前辈有空吗？我的确有些事情想要找前辈。"

圆静很清楚她的目的："你是想知道我的过往？"

衡玉并不奇怪圆静能猜到。毕竟是三百年前力压同辈无数天骄的无定宗禅修，猜不出来才奇怪。

"前辈没有猜错。"

"那些事情我不愿再提起。"圆静直接拒绝。他的口风很紧，好像没有任何回旋的余地。

衡玉轻笑，没有因为他掷地有声的拒绝而懊恼："我相信我可以打动前辈。"

"前辈好奇我是如何攻略圣子的吗？我与了悟，和你想象中的其实并不一样。"攻略圣子，衡玉说得太坦然了，了悟拨弄念珠的动作微微停顿片刻。不过回想一番之前发生的很多事情，了悟必须得承认，有时候正是她的坦然在打动他。心性赤忱而坦然的人，很难让人升起戒备之心。

即使明知她来者不善，但他，同样怀着自己的目的。

圆静请衡玉走进厢房。了悟抬步想要跟着进去，衡玉转身拦住他："你留在外面吧。"

有很多事，她都不想跟他挑得那么清楚明白。就算一切是始于算计，她能够打动了悟，里面又怎么可能只有冰冷的演戏作态，毫无感情投入？但这种感情投入，是很难用言语表达出来的，只有当事人彼此能够亲身感受到。

"好，若是有什么事，洛主直接传音于我。"了悟想了想，点头说道。

圆静的厢房几乎维持了他入住前的模样，连桌子上摆放的茶壶都没有动过。

"简陋了。"圆静双手合十致歉。

"前辈客气了。"衡玉在他对面坐下。她低下头，从储物戒指里取出几样东西，一一推到圆静面前。这几样东西里，有她整理出来的禅理小故事手稿，有她画的一悟小禅修手稿，更有学习梵文的书！目光落在这几样东西上，圆静一开始还没什么太大的感触，直到他伸手，翻看起禅理小故事手稿。

那些晦涩的禅理用简单的小故事阐述出来，风趣幽默又活泼生动，但警醒世人的意味并没有被削弱。很特别的小故事。

"不知道友为何要让我看这些故事？"

衡玉知道他没多想，于是主动点明："这小故事是我整理出来的。"

圆静轻轻拧起眉来，脸上有疑惑之色一闪而过。

"旁边摆放的画稿也是我画的。至于那本经书，是我兴起时买的。"

圆静想了想，问："你是为了悟而做这些的？"

"我不否认这一点。"

"百花谷的妖女为了打动人心，手段是越来越出彩了。"圆静赞了一句。

衡玉抿唇轻笑："前辈相信吗，以我的手腕，一念之间便可毁去了悟禅道……"她说到这里时，圆静眼里闪过一抹戾气。他早已不是那悲天悯人的无定宗执法长老，在面对这个威胁时，他第一时间就想到了最决绝的手段。是的，只要她没有了命，就没有了机会去毁人禅道。

"但——"衡玉用了个转折的词，就让圆静的杀意凝滞，"一直有人告诉我先天禅骨对禅门到底有多重要。如果毁掉先天禅骨，那我肯定要陷入无止境的被禅门追杀的境地里。我意在逍遥，爱上了悟会成为我的负担。所以我可以喜欢他，但不会有任何男女之情。既不爱，就不会强求，更不会毁他禅道，硬要让他与我结为道侣。"她说得直白。了悟这样的人，她只想成全他的禅道，而不想成为他修禅之路上的心魔。

圆静抬眸，认真打量她。从那双温和剔透的眼里，他只能看到满满诚挚。圆静没办法不相信她的话，除非她的演技高超到连他都能隐瞒过去。"那你们现在是什么情况？"现在他看到的情况，就是衡玉在攻略圣子。而且"攻略"这一点，是衡玉自己亲口承认的。

但衡玉还没开口回答，就察觉到外面爆发出一股结丹期的灵力波动。这股灵力波动——是逍遥子！在这小小平城，有筑基期修为就已经可以横着走。现在却有个敌人需要处于结丹期的逍遥子出手……

圆静最先意识到什么，一闪身，就原地消失，衡玉从椅子上起身，跑到门边拉开门。

"洛主？"了念也正好从他的房里跑出来。

"你师兄呢？"衡玉没看到了悟。

"师兄先出去探查情况了。"

"看来是那妖女出现了。"衡玉握紧手中长剑，朝楼下跑去。跑了两步，她发现了念居然也跟在自己身后，"外面有那么多筑基期和结丹期修士，打起来波及你怎么办？你回厢房等待，就在窗口那里瞧热闹就好。"

了念权衡了一下，觉得自己这修为的确凑不了这番热闹，乖乖点头跑回厢房。

"转身！"衡玉高喊了一声。

了念茫然转身，发现有个木制手环正巧落到他怀里。手环虽是木制，却散发着一股很强的灵力——这个手环是中级法器，就算是结丹初期修士出手，在短时间内这个手环形成的防护罩也能护住主人。衡玉直接传音,把手环的操纵口诀告知了念。

等了念怔怔回过神时,他一抬头,发现衡玉已经跑出了酒楼。

第五章
前缘故事

今天是十天一次的赶集日，城镇里和城镇周边的百姓挑着篮子专程赶集卖东西，也有很多百姓特意在赶集日出来逛街，为自己和家人添置些东西。

街道上原本行人纷纷，但自从打斗的灵力散开后，手无缚鸡之力的百姓纷纷躲了起来，生怕自己遭殃。

衡玉跑出酒楼左右张望，发现街道上已经没有百姓了。她朝着灵力波动最强大的方向跑过去，很快看到对峙的三方。这三方里，最左边一侧是逍遥子和道卓等人，最右边一侧是圆静。

等衡玉跑近，她才注意到有个身穿蓝色长裙的女人一直被圆静小心地护在身后。圆静神情悲伤，护着她的动作小心细致。至于站在最中间的那人，自然是了悟。

衡玉直接走到了悟身侧，长剑从剑鞘里一寸寸抽出，对准逍遥子一行人。她能看出来，了悟在戒备着逍遥子一行人出手。

"现在是什么情况？"她抽空问了悟一句。慕欢自然是和道卓站在一起的。听到这句问话，慕欢气得翻了个白眼："你不知道现在是什么情况，就直接走到了悟身边。你就不能顾惜丝毫的同门之情？"

衡玉笑吟吟道："你放心，在你临死之前，我会顾惜同门之情为你收尸的。"

慕欢撇嘴："男人果然比同门重要。"说着，她伸手，强行搂抱住道卓的一边胳膊。道卓耳尖微红，用力挣脱一下，没挣脱开。两人在交谈时，一旁的逍遥子满脸怒容，抬手指着了悟："圣子可是要包庇那个禅修和妖女？"

了悟："在下只是不希望两位结丹期修士在城内打斗。"这城里的房子就是普通瓦房，逍遥子他们打斗的余波撞击到房子，肯定会引起塌陷。等战斗过后，修补房子又是一个劳民伤财的工程。

逍遥子急于为弟子报仇，但也没有失了理智。以他结丹初期的修为，他对付得了那个妖女，可对付不了妖女旁边那个陌生禅修，必须和圣子了悟联手才行。所以听到了悟的解释，逍遥子顺势点了点头，摆出一副被他说服、顾全大局的模样。

瞧着逍遥子冷静下来，了悟转身去看圆静和他身边那个蓝衣女子。蓝衣女子大概是受了重伤，右手紧紧捂着自己的胸口，时不时用力嘶声咳嗽。圆静站在她旁边，细心搀扶着她，手中金光浮现，用自己的灵力为她护住心脉。

"你伤势好些了吗？"圆静的声音里夹杂了几分不易察觉的紧张。

蓝衣女子深吸两口气蓄积力气，用力推开他的手。圆静怕她伤势加重，黯然松开手："不必推开，你如果不乐意让我搀扶，只要说一声就好，我会乖乖放手。"

蓝衣女子拧起眉来："你我已经恩断义绝近百年，你又何必再寻我？"

圆静苦笑："我知晓……只是半年前，我察觉到我送给你的护身灵甲碎掉了。能够击碎护身灵甲，至少是元婴初期的全力一击……我怕你出现什么意外……"他脸上明明没有什么苦涩之意，苦涩却从骨子里透了出来。

他们的对话里透露出不少信息。衡玉拧起眉来，心中越发好奇起当年的隐情。就在她走神时，身后的慕欢走到她身边。

"怎么了？"慕欢抿唇，紧紧打量着那个蓝衣女子的容貌。蓝衣女子是侧对着他们的，在蓝色裙子外还罩着件宽大的黑色斗篷。斗篷帽子戴起来后，宽大的帽檐遮挡住她的大半张脸。从他们这个角度，只能看到她半张脸艳若春光芙蓉，即使是拧眉脸带怒意，也呈现出别样的风情。蓝衣女子动作大了些，帽檐朝后滑了滑，在那瞬间慕欢注意到她右眼角上绘着一朵艳丽的芙蓉花。

"难道是她？！"

"你认出她了？"衡玉侧头看向慕欢。她以前不怎么了解这方面的事，不太清楚百花谷历史上出名的人物。但慕欢认得，就不奇怪了。

慕欢没回答她的问题，只是朝那个蓝衣女子恭恭敬敬地喊了一声："大师姐。"

蓝衣女子猛地扭头看向慕欢，目光里夹杂着几分震惊。

慕欢行礼："我师从百花谷回乐峰峰主，是师父座下最小的弟子，排行第七。"

蓝衣女子紧紧抿唇，过了许久，她才嘶声道："我已不是百花谷弟子，当不起你口中的大师姐这个称呼。"在回话时，蓝衣女子隐在黑色斗篷下的手掐了一诀，就要直接离开。她的动作幅度很小，就连她身侧的圆静都没有察觉到她的举动。

"锵——"一道剑光直直朝她劈斩而去，衡玉眨眼间直接出现在蓝衣女子身侧，两手掐诀把囚禁阵法召唤出来："道友害了如此多人，就这么离去，似乎有些不妥吧。"

圆静反应最快，手中金钵摇晃起来，结丹后期的含怒一击直直砸在衡玉身上。距离太近了，近到攻击已经落在衡玉身上，了悟才注意到这点。攻击落下时，衡玉的护身法宝全部泛起亮光，为她化去攻击。虽然攻击层层削弱，但落在衡玉身上时，她还是没忍住半跪而下，靠手中的剑支起自己的上半身，左手捂住胸口咳出一大口血来。而在这一瞬间，她依旧没有停止往囚禁阵法里注入灵力。囚禁阵法完成那刻，了悟正好出现在她面前，为她化去圆静的第二道攻击。

"洛主，你可有事？"了悟回身，想要搀扶她，又怕动作幅度过大会加重她的伤势，一时之间整个人都有些手足无措。

衡玉用力咳血。她扁了扁嘴："你有没有觉得你问了句废话？"她浑身上下，哪里像是没有事的样子。

了悟抿唇冷静下来，从储物戒指里取出菩提丹。这是无定宗的疗伤圣药，服下菩提丹后，元婴期以下，只要伤者还有一口气在就绝对能被救回来。"服下它会舒服很多。"了悟声音放得很轻，带着些安抚意味。

衡玉瞥了眼，发现这是颗六品丹药。在修真界里，一品二品丹药对应炼气期，三品四品对应筑基期，五品六品对应的是结丹期。瞧见了悟直接拿出这么珍贵的丹药，衡玉想了想，没拒绝他的好意。

"喂我，"衡玉说，"我手动不了。"不远处的慕欢暗道：无耻！

了悟推开玉瓶瓶塞，把浑圆的白色丹药倒到手心。他捻起丹药，递到衡玉嘴边："冒犯了。"

衡玉张嘴，咬住丹药。才刚咽下丹药，下一刻，一股暖意就从她的丹田处升起，原本还在隐隐作痛的胸口也不再疼了。衡玉伸手，让了悟把她从地上拉起来。了悟顾忌着她的伤势，伸出自己的右手，动作很轻地把她从地上拉起来。

他们这番互动，让蓝衣女子有些惊讶。她迟疑道："你们……"

"我们坐下来聊聊吧。"衡玉自然接话。

"我们有什么好聊的，你和玄门那些人应该算是一伙的，难道真的会放过我？"蓝衣女子冷笑道。

衡玉耸肩："这笔恩怨要如何清算，就是你和玄门的事情了。如果圆静想带你跑，我们的确拦不住……"

"好，那我们就坐下来好好聊聊。"蓝衣女子直接打断衡玉后面的话，同意了衡玉的提议。她宁愿和衡玉他们坐下来聊，把那些恩怨都算清楚，也不愿独自面对圆静。听到这话，圆静眼底黯然更深。他原本已经蓄了灵力，想要把她救出去，但听到她这个回答，他缓缓垂下自己的右手，驱散那已经蓄起来的灵力。蓝衣女子注意到他的动作，用力咬了咬唇。

蓝衣女子同意与他们坐下来好好聊聊，周围剑拔弩张的气氛顿时缓和下来。

衡玉不打算解掉蓝衣女子身上的囚禁阵法，她走上前，说一句"冒犯了"，亲自把受伤的蓝衣女子搀扶起来。囚禁阵法只是束缚了蓝衣女子体内的灵力，让灵力得不到运转，并不影响她走动。她深吸口气往前走，倒是没拒绝衡玉的好意。

"你还受着伤，可以吗？"了悟拧起眉来。

"服下丹药后已经好多了。"衡玉说。

了悟原本想帮忙扶住蓝衣女子，但想了想他还是改变了主意，侧头看向旁边的慕欢，请求道："慕主，可以麻烦你搀扶这位道友吗？"被慕欢搀扶住时，蓝衣女子深深看了眼了悟。

瞧见他们全部走远，身形凝滞的圆静缓缓抬步，摇晃着手中的九环锡杖沉默地跟在他们身后。

了念站在厢房窗边，目光一直紧紧盯着窗外。瞧见衡玉他们一行人出现在街头，他连忙往酒楼一楼跑。等衡玉他们走进酒楼时，了念正好跑到他们面前。

上下打量了悟一番，发现师兄完好无损，了念松了口气。目光落在衡玉身上时，了念微愣：衡玉唇边还有没有擦拭掉的血迹，雪白的颈上也染有血迹，黑色裙子上的灰尘痕迹同样显眼。

"洛主你受伤了？"了念问道。

衡玉轻"咦"了一声："你居然会关心我？"

了念脸上的担忧瞬间转为气呼呼。他此时很肯定，这个妖女的伤势没什么大碍。

"我们进去吧。"衡玉轻笑道。

了念这才注意到她扶着的蓝衣女子，以及跟在她身后的逍遥子一行人。他懊恼地拍拍自己的额头，连忙往后面退开几步，请他们进来。

一楼人多眼杂，衡玉直接领着他们去到她的厢房。厢房桌上摆着一个花瓶，花瓶里放着一朵早开的梅花。衡玉中午练字时取出来的文房四宝还没有收起来，现在在桌面上摊放着。

慕欢走过去，瞧见衡玉那手行云流水的字迹，有些诧异地扬了扬眉。她以前倒是不知道衡玉有这么一手好字。

厢房里只有四张椅子，了念机灵，跑去自己的厢房搬椅子。很快，众人围坐在一起。

衡玉给每人都倒了杯茶水。

蓝衣女子嫌闷得慌，抬手把黑色斗篷的帽子摘下来。随着帽子一同散落下来的，还有她那头飘逸的黑发，黑发直直地垂在她腰间，衬得那张本来就艳丽的侧脸越发精致。芙蓉花印记在她眼角靡靡盛开着。

看着这张脸，衡玉算是知道当年的圆静为何会动心了。蓝衣女子和舞媚是一个类型的长相，但她比舞媚更媚，更艳，更具风情。这样的长相，一不小心就会变得艳俗起来，可她身上只见艳丽。

捧着茶水，逍遥子终于按捺不住。他紧盯着蓝衣女子，冷笑道："妖女，你害我大徒弟的事情要如何说？"

"有什么好说的，男女之事本就是你情我愿。"蓝衣女子轻笑道。

"荒谬！"逍遥子一拍桌子站了起来，手指几乎戳到蓝衣女子的鼻尖，"当时正是玄门传道的关键时刻，我的大徒弟不可能不顾全大局。再说了，我大徒弟怎么可能看上你这百花谷妖女。"

听到逍遥子这话，衡玉不由得扬了扬眉，慕欢则低低哼了声。

"逍遥子前辈不必如此激动。"道卓也听出不对来，连忙出声劝道。这厢房里，除了蓝衣女子，还有百花谷的两个少主，就算事出有因，这种话也算得上是冒犯了。逍遥子深吸口气，勉强让自己冷静下来。

"还不知道怎么称呼道友。"衡玉直接无视逍遥子，开口把话茬接了过来。

慕欢直接帮忙回答了这个问题："三百年前，百花谷首席弟子宓宜。"

宗门弟子里，大致分为外门弟子和内门弟子。内门弟子细分的话，又有普通内门弟子，长老掌门亲传弟子。其中，宗门年轻一辈里实力最强，最有资格继任掌门一职的弟子，又被称为"首席弟子"。

衡玉早知宓宜身份不简单，只是没想到她的身份如此之高。有这样的身份为何会叛逃百花谷？又为何会修习起百花谷的禁术？衡玉现在是越来越好奇三百年前那些秘辛了。

宓宜冷冷一笑："那个身份早已是过往尘烟，再提起来也是为百花谷蒙羞。"

衡玉拧眉："那你为何会修习禁术？"

宓宜倒是相当坦然："身为曾经的宗门首席弟子，我想要接触到这类禁术并不难。半年前我被元婴期修士所伤，修为直接跌落到筑基初期。道基已经废掉，只能靠着禁术把修为补起来。"

"你——"逍遥子的眼睛几乎要喷出火来。

宓宜无所谓地笑笑："就说到这里吧，我没什么想说的了，要杀要剐悉听尊便。"

"这妖女既然说要杀要剐悉听尊便，那就以她的命，来还我弟子失去的修为吧。"逍遥子从椅子上站起来，冷声说道。他恨不得直接夺了这妖女的命，为他的弟子报仇。

听到这句话，一直安静地坐在宓宜身后的圆静迅速抬起手中的九环锡杖。厢房里的气氛再次凝滞。

衡玉突然轻笑出声："诸位在我的厢房里动手，似乎有些不妥吧。"她的声音清冷，无声无息间化解了厢房里剑拔弩张的气氛。瞧着众人都向她看来，衡玉懒洋洋地把玩着花瓶里那朵开得正艳的梅花，"如果我没有猜错，你现在似乎是走火入魔了？"

衡玉之前也走火入魔过，衡玉看着宓宜现在的情况，和她此前很相似。

宓宜勾起唇角："我修习的禁术，除了有违天和，也极不稳定。你没猜错，我确实已经走火入魔，命不久矣。"

"走火入魔又如何，这都是你自找的！"逍遥子冷笑道，"难道你以为你走火入魔命不久矣，就能弥补你对我弟子造成的伤害吗？"

宓宜瞥他一眼，转动着手指的储物戒指："这里面有六份补足道基的天材地宝，原本我是收集来给自己用的，但我现在这种情况，补足道基也毫无意义，就给你弟子和那三个玄宗弟子吧。至于储物戒指里的其他东西，就当作是给他们的补偿了。"

在境界掉落之前，宓宜至少是结丹中期修为，储物戒指里的东西，可以说是她的毕生珍藏。

逍遥子眼睛瞪圆："你——"

"你可以不要补偿，选择动手杀我。但也别想着杀了我后还能占有我的储物戒指，我会把这个储物戒指交给圆静，你觉得自己能从结丹后期修士手中抢走储物戒指，那就尽管一试！"

逍遥子在心底不断权衡。宓宜直接解下储物戒指，抛到逍遥子怀里："我顶多还剩七日寿命。"

"好！那七日后，我要过来亲眼瞧你的尸首，如果你没有死，那贫道就送你最后一程。"握紧储物戒指，逍遥子直接离开厢房，赶回去给他弟子疗伤。他的其他几个徒弟和道卓也跟着离开。慕欢沉吟片刻，还是没有留在这里。

等他们全部离开厢房后，宓宜捂着自己的胸口，连连吐出几口心头血来。

圆静慌忙站起身，整个人手足无措："你……"

"我不想见你。"宓宜说。

圆静闭了闭眼。他咬紧牙关，才能勉强克制住自己身体的晃动。他把自己的储物戒指取下来放到桌上："我回厢房休息。"转身之前，他给衡玉传音："我为自己刚刚的行为而道歉，迟些也会想办法弥补。只希望道友能够代我好好照顾她。"

一言一行，几乎卑微到了骨子里。衡玉很难从此刻的圆静身上联想到三百年前他的风采。

圆静拖着沉重的步伐走出厢房，当合上厢房门的声音传来时，宓宜直接趴在桌子上再次吐了好几口血。

衡玉从储物戒指里翻找出丹药，她递到宓宜唇边，宓宜直接摆手拒绝了："吃了丹药也是浪费，不必了。"

"至少会觉得舒服些。"

宓宜摇头："这都是我活该受的。"她垂下眼，看那枝梅花上染了血，苦笑道，"倒是污了你的花。"

"那就换一枝就好。"

宓宜想笑，但她刚扯了扯唇角，就忍不住剧烈咳嗽起来，鲜血从她的唇角流了下来。

"我扶你去我床上休息吧。"

扶着宓宜过去，衡玉想了想，从储物戒指里取出安魂香。她和宓宜说了声，这才走到香炉边燃起安魂香来。这种香料，对结丹期以下修士都有奇效，能辅助结丹期以下修士在最短时间内入眠，正好适合宓宜现在用。

瞧着宓宜熟睡过去，了悟走到衡玉身边，抬起手扣住她的手腕。

"怎么了？"

"为你把脉。"了悟温声道。她刚刚受了伤，虽然已经服下疗伤丹药，但丹药也不是万能的，为防万一还是得治疗。

把完脉后，了悟温声道："好好休息，等到入夜再服下一粒菩提丹，明日就差不多完全恢复了。"

衡玉点头："我们出去吧，别打扰她休息。"

推开厢房的门，看到站在门外的圆静时，衡玉并不惊讶。

"她已经睡下了。"衡玉说。

"那就好。"圆静点头，就要转身离开。

"这是储物戒指。"衡玉把他的储物戒指抛回给他。

圆静摩挲着储物戒指，微微苦笑，重新把戒指戴回到指上。他走回自己厢房时，步伐有几分踉跄。

衡玉把自己的厢房让给宓宜住，她就没有下榻的地方了。她下楼去找掌柜，想要多开一间厢房。

"仙子，酒楼里现在只剩下玄字号房了。"掌柜用手帕擦了擦额上的汗。

酒楼以"天地玄黄"划分厢房的规格，玄字号房是条件最差的单人厢房。至于黄字号房是大通铺，几个人合住一起，这更不可能让衡玉入住。出门在外，衡玉其实不太在乎居住条件。对修士来说，只要有个蒲团打坐就能应付一整夜。

"那就给我开个——"话刚说到一半，旁边的了悟出声打断她："洛主如不嫌弃，可以住在下的厢房，我搬去和师弟住。"衡玉偏头去看他，想了想点头说了声好，没有拒绝他的好意。

"洛主跟在下上来吧。"了悟领着她往厢房走。他推门进去，收拾自己的东西。其实也没什么可收拾的，他的东西基本在储物戒指里。

衡玉跟在他身后走进厢房，只觉得鼻尖萦绕着淡淡的菩提苦香，这种味道带着股让人凝心静神的感觉，并不难闻。这应该是了悟诵经时焚香，日日熏染后，厢房也就染上了这种味道。

"赌约是洛主输了。"正在整理床榻的了悟突然开口。

"什么？"衡玉下意识回道。回完后她才反应过来——今天发生了一系列事情，她已经把她和了悟之间的赌约都忘光了。

"洛主忘了吗？"

衡玉："……我原本就要问出来了，谁想宓宜会突然出现。"她下意识为自己辩解两句，这个赌约她输得也太冤了些！

了悟回头看她，声音里含着笑意："所以洛主要赖账吗？"在了悟提出赌约时，衡玉压根没想过自己会输。她一手扶额，另一只手随意摆了摆："我像是赌品那么不好的人吗？我输了的惩罚是什么，为你做一席素菜对吧，等回了华城后我立马履约。"

"那在下就恭候了。"

整理好床铺后，了悟离开这间厢房去了念的厢房。了念的厢房没开窗，了悟过去将木窗支起。窗户半开时，他恰好听到外面有小摊贩高声吆喝。

衡玉倚在床榻上翻看《大陆典籍》。

受了结丹后期修士的含怒一击，即使服下菩提丹，她的经脉还是在隐隐作痛，做不了练字之类的事情，衡玉只好用阅读来打发时间。刚把书翻过一页，就听到外面传来一阵叩门声，衡玉放下《大陆典籍》起身走去开门。

了悟抱着一个细径花瓶站在厢房门外。花瓶里插着一枝开得正艳的梅花，有风轻轻穿堂而过，吹拂得梅花暗香浮动。

"有事吗？"

了悟将手中的花瓶往前递："在下刚刚看到有小摊贩在卖梅花，就下去给洛主买了一枝，洛主可以把它摆放在桌上观赏把玩。"他记得她的厢房桌上原本是摆有一枝梅花的。

衡玉接过花瓶，用指尖拨弄着梅花花瓣。想起之前他说过的话，衡玉脸上染了几分笑："你不是不赞同折花吗？"

了悟只用了一句话就堵了衡玉的叩问。他说："花不是在下折的，是花钱买的。"

"难怪禅修的辩才会那么好，如果辩才不好，很多时候都没办法自圆其说。"衡玉吐槽。

了悟脸上染了几分笑意："在下的话错了吗？"

"没有，所以我才夸你辩才好。"顿了顿，衡玉补充，"不过我很喜欢。"

了悟已经习惯她的说话风格，闻言只是笑笑。他正要开口，突然察觉到不对，侧头看向隔壁的厢房，隔壁厢房门半开着，有一角蓝色衣袍露出来。宓宜醒来后不知站在那里听了多久、看了多久。

顺着了悟的视线看过去，衡玉眉梢微挑："你醒了。"

被两人当场抓包，宓宜依旧坦然。她露出半边身体朝两人点头致意，又重新退回厢房，顺便把厢房门带上。

衡玉轻拧眉心。她对圆静和宓宜这两个人其实都算不上多有好感。在宓宜出现之前，圆静还能牢记禅门教导之义。但在宓宜出现后，他却为宓宜放下了自己恪守的原则。衡玉也希望了悟为她变通，但她希望的，只是变些无伤大雅的细枝末节。

任何事情都别越过大是大非，更别越过心中所追求的大道。

当然，就算没有上面那些缘由，冲着圆静打伤她这一点，衡玉就不可能会对圆静产生什么好感。

而宓宜呢？宓宜为了提高修为去害人，就算她最后给了周创他们补偿，但造成的伤害也是实打实的。这样的人，也很难让人生出好感。

衡玉会留圆静和宓宜在酒楼里，还让宓宜住在她的厢房里，主要还是有其他的考量。

第二天中午，艳阳高照。

平城难得见到这么好的太阳，衡玉走出酒楼晒太阳。她伸了个懒腰，余光瞧见有个熟悉的身穿灰衣的身影背对着她坐着。正是了悟。

了悟对面，有两个小乞丐乖巧地坐在地上，捧着脸，眼睛都不眨一下地盯着他。

衡玉往前走了几步，才看清楚了悟在做什么。他左手持着一块木料，右手握着雕刻刀。雕刻刀在他手中不断翻飞转动，他盘膝坐着，不少木头碎屑都掉在他的膝盖上。很快，一个木剑雏形在他手中成型。

衡玉觉得有趣，走到旁边的包子铺买了三个肉包、一个素包。四个包子全部都用纸包好，衡玉捧着它们，快步走到小乞丐面前蹲下，给他们一人分了个肉包。

等衡玉转身时，发现刚刚还在专心雕木雕的了悟在抬眼看她。衡玉没有站起来，只是往他所在的方向挪了两步，把素包递到他嘴边。素包应该是莲藕馅的。凑得太近，了悟隐约能闻到莲藕的香味。

"在下自己来吧。"

"你手上都是木屑，我喂你吧。"

等了好一会儿，瞧着了悟还是没反应，衡玉无奈，就要把包子递给他。但下一刻，了悟张开嘴咬了口包子。他把嘴里的包子咽下，对衡玉说："麻烦洛主了。"说完，又张嘴咬了一口。

直到了悟吃了好几口包子，衡玉才回过神来。看他吃得那么从容且津津有味，衡玉突然有些馋素包了。

"好吃吗？"她问了声。

了悟点头："还不错。"他不重口腹之欲，这个包子就是寻常口味，中规中矩。

衡玉直接把吃了一半的包子递给了悟："你自己来，我也去买个素包尝尝。"刚刚非要亲手喂他的人是谁？只是夸了句素包好吃，洛主就直接改了主意？

衡玉没注意了悟凝滞的神情。她把买给自己的那个肉包子分给小乞丐，站起身后噔噔噔跑回刚刚的包子铺买了个素包。用力咬了一大口，衡玉险些没能把嘴里的包子咽下去。她就不应该相信了悟的口味！

瞧见这一幕，倚在酒楼门边的宓宜笑得花枝乱颤。阳光洒在她的脸上，眼尾的芙蓉花越发靡丽。

听到宓宜的笑声，衡玉淡定地咽下包子："你休息够了？"

"是的，我想出来晒晒太阳。"宓宜笑。

等衡玉走到她身边时，宓宜问："与你同行的那个禅修在无定宗是什么身份？"

衡玉脚步没停，但也没有隐瞒："无定宗圣子，拥有先天禅骨的禅门之光。"回答完后，她直接走到了悟身边，坐在那里看他雕木剑。

宓宜脸上浮现出浓浓的惊愕之色。

了悟雕出两把精致的木剑，把它们递给小乞丐。两个小乞丐接过木剑，高高兴兴地跑走了。

"我看这旁边还有多余的木头。"衡玉暗示。

了悟也不知道是不是听懂了她的暗示，总之回话很上道："洛主有什么喜欢的木雕吗？"

衡玉高兴地把自己的右手举到了悟面前，宽大的衣摆往下滑落，露出光洁而空无装饰的手腕："你有没有觉得我的手腕上缺些什么？"

"……雕个木镯子可以吗？"

"可以，花纹得烦琐些，我不喜欢太素的首饰。"

了悟伸手拿起旁边的木料，沉吟片刻开始转动他手中的雕刻刀。

衡玉安静地坐在旁边，原本想陪着他把木镯子雕完。但木镯子雏形刚刚出来，宓宜就走到了衡玉面前："你有空吗？我想找你聊些事情。"

这个机会，是衡玉等待许久的。她轻笑着，像是早有预料宓宜会找上她一般："有空，回我的厢房聊吧。"

上楼时，衡玉注意到圆静的厢房门是半掩着的，他大概正透过厢房门注视宓宜。

衡玉侧头看向宓宜。宓宜注意到衡玉的打量，尾调上扬，语气疑惑："怎么了？"

单是从她的表现，衡玉并不确定她有没有注意到这点。只不过，宓宜在问完之后视线余光朝厢房方向瞟了瞟，衡玉便心里有数了。

"没什么。"衡玉摇头，继续专注地爬楼梯。很快，她抵达酒楼三楼，领着宓宜走进厢房。

厢房门关起后，宓宜手抵在唇边用力咳了几声。用帕子抹掉唇角的血迹，宓宜坐到椅子上。

"你想找我聊什么？"衡玉从储物戒指里取出沁心露，把沁心露全部倒在杯子里，然后把杯子推到宓宜面前。沁心露可以缓解咳嗽症状，喝下这个东西后宓宜不会这么难受。

宓宜没有拒绝衡玉的好意，喝了两口沁心露，感觉喉咙里的痒意消退不少。她轻笑道："你有没有想问的？你问的每一个问题，如果方便我都会尽量回答。"

衡玉眉梢微挑："当真？"

"当真。"

"如果是这样的话，我想询问有关百花谷的事情。"

宓宜有些诧异："我以为你会询问那些早已尘封在岁月里的往事。"

"我不太喜欢问些会让他人为难的事情。而且那些往事只是满足我的好奇心，百花谷的事情却关乎我的长生大道，孰重孰轻还是很容易分辨的。"衡玉直言。其实她会留下宓宜，最大原因是宓宜的身份——当年的百花谷首席弟子。这样的身份，绝对会知晓很多秘辛。

宓宜轻笑："可我回答不了。叛离百花谷之前我就被下了禁术，所有涉及百花谷秘辛的事情都不能对外提起。"就在衡玉觉得有些遗憾时，宓宜又道，"其实我大概能猜到你想问些什么事情。如果你不排斥双修，宗门的所有安排对你而言都只有好处……"

说到这里时，宓宜唇角溢出一丝血迹。触动禁术的反噬加重了她的伤势，宓宜没忍住，强行用力咳出瘀血来。咳出瘀血后，她扯起嘴角笑，笑容诡异又艳丽。

衡玉连忙把装着沁心露的杯子递到宓宜手边。宓宜把整杯沁心露都咽下去，气息才逐渐平稳下来。

"有关百花谷的问题我不便回答你……"宓宜想了想，"但我可以与你聊聊那位圣子。"

衡玉眸色渐深："你知道禅门秘辛吗？"

"活了那么多年，有些事还是懂的，就看你想了解哪方面。"

衡玉直接问出困惑自己许久的问题："先天禅骨到底意味着什么？"

听到这个问题，宓宜笑得花枝乱颤，眼尾的芙蓉花都因此而舒展开："这个问题你还真问对人了。"

"你知道邪魔是修真界所有人的敌人吧？"见衡玉点头，宓宜又说，"但很可惜的是，只有禅门中人才有有效对付邪魔的方法。万年之前黑白学宫的宫主在陨落前曾经为沧澜大陆卜了一卦，卦象显示先天禅骨会成为禅门之光，他会将天下修士整合在一起，彻底终结沧澜大陆的邪魔之祸。"

无定宗为禅门圣地，但天下寺庙众多，散修的禅修更多，无定宗缺一个具有统治力的存在，将它们彻底拧合成一股绳。衡玉对先天禅骨的重要性早有预料，只是没想到这会和邪魔之祸有关。细想片刻，衡玉觉得不对："既然了悟的身份这么重要，百花谷怎么还敢让门中弟子攻略他？"

"如果我所料不差，那位圣子应该是要渡情劫吧。"宓宜抚了抚自己的眼角，"反正圣子总是要渡情劫的，百花谷里的女子曼妙多姿，自然比寻常女修更容易让圣子动心。所以对于你的内门任务，无定宗应该也是坐视不理，任由发展。"

按照宓宜的逻辑，了悟非常重要，他很有可能会成为终结邪魔之祸的人。但在此之前，他要先经受考验。与其让一些乱七八糟的女修成为了悟的应劫之人，不如想办法让百花谷的妖女攻略他。

衡玉突然有种被百花谷和无定宗联手算计的感觉。

瞧着衡玉在走神，宓宜突然笑道："其实无所谓，你不动真情就好。爱上禅修并非好事，即使他不是圣子、不用肩负起那种拯救天下的重担。"她唇角的笑意逐渐凉薄起来，"这种炽热的爱能维持多久？他沉默寡言，他明明已经执念丛生弃了禅道，生活却还是近乎一成不变，不能给你带来任何的新鲜感。如果你见过山川、见过苍莽之景，要如何爱这一成不变的苍白风景。"

"所以你引他堕落，引他为你背弃宗门，最后又于一百年前抛弃了他？"

难怪圆静会说出"在这俗世之中，妖女的微笑和话语不可信"之类的话。三百年前，他一定曾深陷在宓宜用微笑和话语编织出的谎言里。

宓宜眼里含着水色，里面满是潋滟。这样的女人即使寿元将近，也如尤物一般风情万种。

"我知道你在想些什么，觉得我在骗圆静吗？不，当年的我身为百花谷首席弟子，拥有过很多男人，圆静于我一直是最特殊的一个。情浓之时我亦愿意为他放弃宗门。"

三百年前，宓宜是百花谷最惊才绝艳的弟子，在八大正道、五大邪宗里亦赫赫有名。那时候，她被自己的师父、百花谷掌门和太上长老悉心栽培。当时她未满百岁就突破结丹期，如果按部就班，三百岁之内必成元婴期。但在外出历练时，她遇到了正在凡俗传道的圆静，见他眉眼不俗、气质清冷却也温柔到极致，生生动了心，并花了几十年的时间让圆静为她破戒。后来无定宗前来百花谷问责，想要把圆静带回无定宗接受惩戒。她为了与圆静厮守，强行叛出百花谷，放弃自己唾手可得的地位。

昔日种种，不曾有半点掺假。

"可后来我发现，我爱上的恰恰是圣洁者的克制与清冷，但当追求到这一切后呢？"宓宜目视前方，眼神有些空洞，"还有什么值得眷恋停留的东西？"

"你知道吗，我是媚修，而圆静无法完全配合我进行修行。"宓宜站了起来，她似乎有些激动，"和圆静在一起后我的修为几乎凝滞，两百年时间不过是从结丹初期晋入结丹中期。设身处地想想，如果你是我，你会甘心吗？那些曾经被我压着无法出头、只配仰望我的人，境界都超过了我。

"修士窃天地灵气，踏岁月长生。原本是最有可能逍遥长生的人，最后只能眼睁睁看着同辈人进入结丹后期甚至是元婴期，你要我如何甘心？那种不甘心的念头越来越浓，踏出那一步的时候我很愧疚，但后来我还是踏出去了。

"圆静似乎察觉到了什么，他对我越来越好。可那种好，只会让我越来越不甘心，也越来越愧疚。当爱里夹杂了愧疚，就会忍不住逃避，于是某日我与他真正恩断义绝，放他自由。"

衡玉冷哂："放他自由吗？你看他可真正得了解脱？"

宓宜眼里带着灼灼的火："这非我本意。"

衡玉神情讥讽："你比我更熟悉圆静的性子吧，你真的猜不到你离开后他会变成什么样？"

宓宜深吸两口气，避而不答。她看向厢房门所在的方向："圆静，你就站在厢房外对吧。你进来，我们今日把所有纠葛都摊开了说。"

衡玉抬眸看向厢房门外。难怪刚刚宓宜还在和她聊了悟，转头就说起了那些尘封的往事。看来宓宜是察觉到了圆静站在外面听着。

圆静是酒楼里修为最高的存在，如果他真的想刻意探听对话，她和宓宜的对话绝对瞒不过圆静。

在宓宜说完那句话后，厢房门外安静了很久。然后，有人抬手推开紧闭的门。推门的力度有些失控，完好无损的门居然被推得吱呀作响。圆静安静地站在那里，还维持着推门的姿势，身影仿佛一尊雕像，而一身灰衣的了悟正站在他身侧。

"原来圣子也在，不如一块儿进来吧。"宓宜轻笑着出声邀请。

了悟没说话。他只是面无表情，平平淡淡地抬眼，目光从宓宜身上一掠而过。

那样的眼神，无悲无喜又无欲无求，仿佛是无量境里端坐在莲台上的觉者在垂眼看人间。

了悟身为先天禅骨，刚出生不久就被送入无定宗。这几十年来他只修习道法，于人情世故上欠缺磨砺，有时候更是看不懂众生在苦苦挣扎些什么。不过他本来就聪明，很多事情衡玉为他点破了窗户纸后，他自己就能举一反三。这段时间，了悟一直在耐心观察圆静和宓宜两人。

"宓道友，"了悟出声，"禅修与普通修士都是汲汲于长生大道的普通人。"

说这话时，了悟瞥了眼衡玉：这话正是她曾经告诉过他的。

"你口中的圣洁者，不过是皈依信仰而能够克制自身欲望的修士罢了。如若你不明白自己想求取些什么，又何必毁人道行？你如今说得再冠冕堂皇，都是在为自己辜负他人而推脱，最后只让看清你底细的旁观者窃笑不已。你背弃精心栽培你的宗门，此乃薄情寡义；你背弃曾经誓守的承诺，说出刚刚那番话语，更是寡廉鲜耻。"他用最平静的语调，说着最严重的话。

宓宜脸色煞白，心绪波动之下连连咳出好几口血来。

下一刻，了悟又看向他身侧的圆静。圆静眉心紧拧，神情哀伤。听到了悟对宓宜的指责后，他才从神游天外的状态逐渐回过神来。

"被妖女打动、意图与她厮守时，你真的想过你们之间会有磨合问题吗？凡俗夫妻所面临的问题多是柴米油盐之难，而你与她之间有无数隔阂，宗门大道不过是其中的一样罢了。若你背弃宗门背弃禅道，能追寻到你真正想要的东西，兴许我会更敬重阁下几分。但阁下当年身为执法长老，距离成为圣子仅有一步之遥，受天下禅修敬仰，本惊才绝艳，长生大道可期许，如今身为结丹后期修士却因为情爱苦苦不能自拔，毫无昔日半分风采。"

说着，了悟从储物戒指里取出圆静所著的那本游记。他原本想把游记丢到圆静怀里，但在脱手前想起这是衡玉送给他的，反手又把游记收回储物戒指里："在下本以为能著出这本游记的禅修，会是个格外通透的人物。但这三百年岁月，当真值得吗？"

这三百年岁月，当真值得吗？

圆静最大的错误，就是他活到现在越活越糊涂！

被声声叩问至此，圆静脸上泛起羞愧："我——"辩解的话就要脱口而出，但很快，圆静又闭了嘴，只是脸上的羞愧之意愈浓。羞愧与痛苦频频出现在他脸上，圆静心口钝痛。

了悟把目光从圆静身上移开，落在衡玉身上。震惊的衡玉缓缓回过神来，与了悟对视。

刚刚那番问责毫无错处，难怪在《大陆典籍》中记载了悟辩才无双。

不过对视着对视着，衡玉心里犯起嘀咕：圣子不会连她也一块儿骂吧。

"洛主，"了悟声音清冷，恍若弦乐自天上而来，"洛主认可宓道友方才的言辞吗？"

"方才的言辞？"

"在洛主眼中，沉于信仰的禅修都是一成不变的苍白风景吗？"

这个问题颇有成为送命题的潜质。衡玉原本想调侃，但对上了悟那严肃认真的神情，她也不自觉摆正脸色："别的禅修我不清楚。但几月同行，圣子亲手为我做菩提糕，教我下棋，赠我梅花观赏，于我遇到危险时第一时间相护。每个人生来其实都是一成不变的苍白风景，时间和阅历却会让他们成为山川，成为苍莽之景。圣子比寻常人要通透温柔，你早已是山川，是苍莽之景，只不过不是人人都懂得欣赏。我教圣子识得众生之苦，是想为那本就令人动容的风景增色，绝无一丝一毫嫌弃之意。"

说着说着，衡玉下意识为自己开脱了一句。

了悟神情冷峻，在听到衡玉最后那番话后，他的眉眼里不禁染上几分无奈。无奈冲淡了他脸上的冷意，他眼角眉梢又是一副温柔之态。

"洛主。"了悟又喊了她一声。

在衡玉茫然的视线中，了悟走到她面前，将自己的右手伸了出来。那缠绕着黑色念珠的右手掌心上，静静地摆放着一个木镯子。木镯子很精致，色泽偏紫。镯身上雕着烦琐而精致的莲花纹路，看上去圣洁又漂亮。

"需要在下为你戴上吗？"他这么主动提议，衡玉倒是愣了愣。很快，她举起自己的手，袖子往后滑落些许，露出光洁而纤细的手腕。了悟垂眼，温柔而认真地为她戴上木镯。

安静地站在厢房门外的圆静缓缓回过神来。他凝视着了悟和衡玉的互动，突然想起昨日衡玉给他看的那些禅理小故事和经书。宓宜爱他吗？至少曾经，那份情谊不曾作假。洛衡玉爱了悟吗？她亲口所说没有一丝一毫男女之间的爱慕。可宓宜爱他，让他受这百年辗转反侧之苦。洛衡玉心心念念成全了悟的禅道，但她口中所说那句"你早已是山川，是苍莽之景"，不知胜过世间多少言语。

若时光回到三百年前，圆静突然希望宓宜从不曾爱慕过他。如此，她还是百花谷首席弟子，那逍遥自在追求双修大道的妖女；他也还是那端坐莲台之上，一心向禅的无定宗执法长老。

圆静缓缓合上眼睑，不知何时，他已泪流满面。

戴上镯子后，衡玉抬起手腕晃了晃。镯子有些大，她举起手臂时会往后滑落，但上面的纹路雕刻得很用心，和她身上这套黑色长裙正相衬。

瞥了眼静默站立在原地的圆静和宓宜，衡玉出声提议："我们要不要暂时离开此处？"

"好。"

"早冬已至，城外的梅花肯定开了不少。"衡玉暗示。

"在下还有经文功课未做。"

衡玉拧眉："半个时辰也耽误不得？听闻平城的梅花是一绝。"

了悟启唇，最后只化为一声叹息："……好。"

跟着衡玉离开时，了悟抬手揉了揉眉心骨。他突然有些懊恼，以往太过纵容洛主的要求，现在她提出要求时，他已经习惯了下意识答应。就算回绝，也不够坚定。

衡玉和了悟离开时，体贴地没有合上厢房门。

圆静依旧站在外面，身形凝成一尊雕像。宓宜垂着眼站在桌边，同样神色倦怠。

半晌，窗外有冰凉的北风呼啸而入。风灌入喉，宓宜脸上浮现一抹嫣红，强忍了半晌还是剧烈咳嗽起来，将体内的瘀血吐出些许。圆静终于动了起来，他走进厢房里，伸手合上那大开的窗户，又走到宓宜身边，给她递了瓶丹药。

"吃下去吧，何必和自己的身体过不去。"圆静说。

宓宜闭着眼，猛地伸手从圆静手中夺过玉瓶，服下玉瓶里的丹药。瞧见她气息平稳下来不少，圆静双手合十："圣子和洛道友已经说得如此明白，不知道你可愿趁着这个机会，与我坐下来把所有的事情摊开来说。三百年纠葛，并非只有你一人心中疲倦。"

宓宜缓缓睁开眼睛，目光一寸寸打量着圆静。从他的下巴看到那薄厚适度的嘴唇，看到他脸颊上的黑色符文，视线上移，最后定格在他那双漂亮的眼睛上。

三百年前，他坐在木棉树下诵经传道。那天下着雨，她撑着伞路过，只是无意中抬眼，就直接撞进了他的眼睛里。他的眼神纯粹而温柔，宓宜总觉得可以从中看到白驹过隙，看到山川河流。她当时在宗门里待着烦心无趣，就从宗门偷跑到凡人地界。

"……只是一眼而已，我就被点燃了所有热情。那时候我在想，我一定要把这个人拉下神坛，让他的眼里都是我。"

"我从未高居于神坛之上，只是个普通修士罢了。"圆静的声音依旧温和。他已经后悔，但没有指责宓宜。要指责她什么？世间诱惑无孔不入，那是觉者为他布下的劫，如果他能够恪守信仰渡过此劫，绝不至于走到今日地步。如果当真要怪要怨，圆静只会责怪自己。

"是啊，褪掉身上的光环后你我都只是普通人。"宓宜自嘲一笑，"难怪我们会被那两个后辈声声质问，你我居然都不如他们看得透彻。"

说着说着，宓宜想起她所看到的衡玉和了悟的互动——静谧而和谐，带着一股岁月静好的意味。他们两人相处之和谐，远胜于她和圆静了。

很快，宓宜表情严肃地望向圆静："我宓宜亦正亦邪，害过无数人，但我从来不会心存愧疚。"

听到这句话，圆静苦笑，她是百花谷妖女，又怎么会心存愧疚。

"但——"宓宜用了个转折词，成功让圆静抬眼看她，"圆静，昔日种种错处多半在我。三百年前我不该引诱你，一百年前我不该随意背弃誓言践踏你的一番真情，但错处已经酿成，如今我只愿魂归天地后，你能重归平静，莫要再为我辗转反侧。"

"重新去修禅道也好，寻一处乡野之地隐居也好。也许我就是觉者赐给你的一场劫难，渡过此番劫难后，愿你——"宓宜掐了个相当郑重的法诀，"禅道可期。"

城外梅花只是开了少许，衡玉和了悟观赏片刻就回来了。

当然，回来的时候衡玉手里还握着一枝刚折下来的梅花。花是她亲手折的，了悟当时就站在旁边看着，连劝阻都没劝阻一声。那时候衡玉就知道无定宗禅修所谓的原则，其实也不是那么靠谱。晃着梅花走进酒楼，衡玉瞧见了念坐在一楼角落里喝茶，她凑了过去，奇道："你怎么不待在厢房里。"

了念挠挠头："我怕圆静和宓宜会出什么事情。"

"他们不会出什么事的，那两个人被你师兄骂了个狗血淋头后已经意识到自己的错误，现在正在进行小孩子间的相互检……"最后那个"讨"字还没说完，衡玉就被了念拽了一下。

衡玉顺着了念指的方向往上看，发现刚刚她话中的当事人圆静正安安静静地站在三楼楼梯拐角处看着她。被当事人抓住，衡玉平静地笑笑："前辈聊完了？"

圆静轻笑了下。他脸上的苦意全部都消失了，整个人心态放松："宓宜身体不适，不能聊太久，我点了安神香让她先去休息了。"说完他迈步走下楼梯，走出酒楼。

外面的阳光懒洋洋的，照在人身上却没什么暖意，只让人也跟着犯懒起来。圆静站在明暗交汇的地方，阳光只落在他的下半身。圆静往外多走几步，感受着凡俗的烟火嘈杂声，也感受着阳光和着冷风吹拂在他身上的滋味，这一刻，他的感官无比清晰，他突然又爱上了这尘世。

衡玉不知何时走到他身边。圆静听到脚步声，睁开眼睛一笑。他笑得很灿烂、很温柔，带着干净与纯粹。衡玉忍不住侧头看过去，瞧见他左脸颊笑出个若隐若现的梨涡。

圆静说："你们终日吃酒楼的食物，应该已经腻了吧，等会儿我给诸位下厨做顿饭吧，就当作是对你们的谢礼。"圆静看向衡玉补充道，"我如今是还俗之人，所以，肉食是可以亲自做的。"

"如今？"衡玉听到这里觉得不对。

"宓宜喜欢热闹，待她陨落，我会将她的骨灰埋在城郊外。然后我会重新皈依禅道，当个普通自在的禅修，到那时候就不能再犯任何戒律了。"

晒够了太阳，圆静打算去找掌柜借用一下厨房。

目送着圆静离开，衡玉伸了个懒腰。木镯子从她手腕处往下滑落些许，衡玉回头去看了悟，站在阳光里朝他晃了晃自己的右手："我觉得木镯子上该想办法配个铃铛。"

"为何？"

衡玉继续摇晃右手："有没有觉得摇晃起来会很好听？"

"但木镯子配上铃铛会不好看。"

"说得也是，那我左手还空着呢。"衡玉放下右手，举起自己空荡荡的左手。她朝了悟眨眼，企图给他做个暗示。

了悟笑："耽误了那么长时间，在下该回厢房做功课了。"说罢，直接转身上楼。

了念朝衡玉做了个鬼脸，唰的一下从凳子上跳下来，噔噔噔跟在他师兄身后跑上楼，生怕被衡玉逮住。衡玉"唉"了一声："我的暗示都那么明显了，装作听不见实在不太好吧。"

了悟恰好走到三楼走廊，他回身望向衡玉："在下今日也给洛主上一课。"衡玉抬眼，然后就听到了悟道，"洛主该自食其力才是，了念十三四岁就已经知道自己想要的东西该自己去争取。"

他的声音清冽，里面夹杂几分笑意。那些细碎的笑意成功冲淡了衡玉的懊恼。

她扬眉浅笑："放心，你说的道理我都明白，我会好好争取的。"

好好争取让了悟再做个手镯给她，这也叫"自食其力"。

另一侧，圆静取得掌柜的同意，付了一些银子后成功借用了厨房。他拒绝了所有人的帮忙，自己一个人待在烟雾缭绕的厨房里忙活。

中途衡玉走进厨房瞧过几眼，发现圆静正蹲在盆边处理活虾，他的动作十分干脆利落，而且也不在意自己的衣袍被水渍打湿。看了看他身上的衣袍，再看看他手中活蹦乱跳的虾，衡玉觉得有些违和。但很快，她又笑了笑。圆静这般人间烟火气十足，心态遭逢磨砺，如若重新回归禅道，未来势必禅道有成。

只是三百年坎坷折磨，换未来大道顺遂，值与不值，就不是衡玉一个旁观者能够说清楚的了。

半个时辰后，所有的菜品出炉。摆好菜品，圆静上楼喊醒还在熟睡的宓宜。片刻，他动作轻柔地扶着宓宜下楼，宓宜也没有拒绝他的好意。两人在饭桌上的相处就如同多年好友一般，默契而温和。

接下来的几天，他们的饮食都由圆静承包。

第四天，宓宜身体状况迅速恶化，大半夜里剧烈咳嗽，不停地往外咳心头血。圆静和衡玉等人全部被惊动起来，赶到宓宜的厢房查看情况。

他们到的时候，宓宜已经咳了满身的血，那原本乌黑亮丽的头发以肉眼可见的速度变白，那张精致到令人动容的脸也在逐渐憔悴苍老。所有的修士即使能永葆外貌年轻，但在寿命真正走到尽头时，都要露出苍老之态。

瞧见圆静，宓宜挣扎着坐起身来。圆静快步上前，温柔地托住她的后背，扶着她从床上坐起来。

"难受吗？"

"难受。"

圆静温声道："没关系。"

"我现在……这样是不是……很丑……"宓宜边说话，边往外咳血，说话断断续续起来。

还带着温热的血溅落到圆静的手背上，圆静声音有些颤抖："宓主……风华盖世。"

宓宜努力扯起唇角，想要露出笑容，但唇角还没往上扬，她猛地撑着床板，又往床外咳了一口血。

宓宜抬手抹掉唇角的血迹，努力支起身子。她的视线越过衡玉，越过了悟，最后落在桌上那枝梅花上："葬我入土时，记得于我坟前放枝梅花。对了，还有芙蓉花，也不知道这个季节有没有暗血芙蓉花。"说着，宓宜抬手抚了抚自己眼角那朵靡靡盛开的芙蓉花印记。

放下手时，宓宜注意到她的手起了层层褶皱，她似乎有些不高兴，缓缓抿起了唇角。然后，一切定格。所有的爱憎相看两厌，也都随着她的逝世彻底定格。

圆静颤抖着抬手，为宓宜合上了眼睛。他抬起袖子一挥，那紧闭的窗户打开，有呼啸的北风吹入室内，吹在宓宜身上，她一点点化为尘埃。修士窃天地灵气，夺天地造化，待逝世之日自然又会彻底回归天地。待宓宜完全化为尘埃，圆静挥手，将这些尘埃完全收入木制骨灰盒。他轻合上骨灰盒，好像合上了自己过往所有的爱憎。

然后，圆静从床榻边站起来，看着那沾染到床榻上的血迹，正要俯下身子，衡玉适时上前："等会儿我会让人来收拾这里，你先带她离开吧。"

圆静目光有些空洞，他怔怔点头："那就拜托了。"往外走两步，没忍住跟跄了一下。没等身边的人伸手扶住他，圆静已经先一步稳住身形，他苦笑道："失态了。"朝几人点头，眨眼之间消失在众人视线。

衡玉轻叹摇头，指示了念："动静闹得太大，我估计掌柜他们也被吵醒了。你去找掌柜，说我愿意付十块下品灵石，请他找人过来好好收拾一下这里吧。那些脏了的床榻需要赔偿，到时候只需要再告诉我个数目就好。"

了念连忙跑下楼。厢房里只剩下了悟和衡玉。

衡玉回头看向了悟。她原本想感慨两句，但对上了悟的视线时，只是抬手别了别鬓角的碎发，抿唇轻笑了下。

圆静在梅林枯坐一夜。第二日清晨，他沾染着满身晨露步行回到酒楼。

没过多久，逍遥子和道卓一行人来到酒楼，同时过来的还有已经恢复道基、完全苏醒的周创。

"宓宜已经逝去。"衡玉直言。她上下打量着周创，发现他确实已经恢复，只是境界停留在了筑基初期，需慢慢修炼回来。

听到这个结果，逍遥子冷冷哼了一声。倒是周创，脸上闪过一抹复杂之色，里面有恨，又有一些别的情绪。察觉到这幕，衡玉眉梢微挑。

"师父，对方已经身死，我们也离去吧。"最终，周创轻咳着提议离开。逍遥子拧起眉，但想了想，他也知道罪魁祸首已死，再纠缠下去就显得是他在无理取闹了。

"好，我们走！"逍遥子拂袖离去，几个弟子连忙跟上。

道卓和慕欢落在后面，并不急着离开。戴着高冠、身披道袍的道卓朝衡玉等人行礼："如今事情已经告一段落，贫道也要离开平城回玄宗去了。"

慕欢扁了扁嘴："我都没与圣子好好叙旧，居然这么快就要离开了吗？"

道卓平静道："慕主与我同行，是为了追查宓宜一事，如今事情已经解决，可以想留在哪里就留在哪里。"

一旁的衡玉轻笑道："圣子和你没什么好叙的。"

慕欢理都没理道卓，直接嗔了衡玉一眼："这是你的意思，还是圣子的意思啊？"

"在这件事情上，我的意思就是圣子的意思。"衡玉伸手，要去牵了悟的手，但手刚碰到了悟的衣袖，他就往后面退开两步。

"你看，圣子他可不这么——"慕欢刚想出声嘲笑衡玉，旁边的了悟就道："在下与慕主的确不熟。"

衡玉朝慕欢抛了个得意的眼神。

慕欢摇了摇自己纤细的腰肢。在她行动之时，光滑的大腿和腰肢全部若隐若现，她身上披着的纱裙遮挡不住那大片春色。周围来往的百姓里，不时有人看向慕欢，生生看直了眼。

"圣子，不熟也是可以培养感情的。"

衡玉上前，钩住慕欢纤细的腰，直接上手掐了掐："手感真好。"

"你！"慕欢惊吓了一跳，连忙往后退开。

"不是吧，你这么玩不起。"衡玉不满道。

慕欢跺了跺脚："也罢，反正两个月后我们也能再次碰面，到那时我再和圣子叙旧。"

"两个月后？"衡玉拧眉。

"你还没收到宗门传讯吗？两个月后就是十年一度的法会，那是各大宗门年轻一辈的秀场，众人会在那里交流切磋。"听到慕欢的解释，衡玉眼中划过了然之色，这就是曾经让了悟名扬天下的法会啊。下一刻，衡玉又想到一件事。

如果说那是年轻一辈的秀场，那她到时不仅能在那里与慕欢重逢，还能见到舞媚和迟等人。在衡玉走神思考时，道卓转身离开，慕欢咬了咬唇，一边骂着"呆子"一边飞速跟上道卓。等衡玉回神时，她身边只站着了悟一个人："了悟师兄，你需要去这场法会吗？"

"一个月后，无定宗会启程前去剑宗，在下会作为年轻一辈的领队人前去。"

"那我——"不用她明说，了悟已经出声补充："洛主可以跟随无定宗一同前去，这并无大碍。"

衡玉眉眼舒展："麻烦了。"边说着话边走进酒楼。衡玉转头，正瞧见圆静左手托金钵、右手持九环锡杖，一副要外出的模样。

"这段时间叨扰二位了。"圆静走到衡玉和了悟面前，"在下也要重新去寻大道，希望能与二位再次相遇。"

衡玉含笑道："有缘再见。"

圆静微笑，笑容虔诚而宁静："告辞。"言罢，他抬步迈出酒楼那高高的台阶，逆着街道人流而行。阳光落在他身上，好像多出几分圣洁意味。

宓宜去世，圆静走了。就连有些扰人的逍遥子和慕欢等人也已经离开，酒楼一下子安静下来。

衡玉对了悟说："我们也该打道回府了。"他们此行前来平城，本来只是为了履行和逍遥子的赌约，因宓宜、圆静之事又在这里多待了一段时间。现在一切事了，是时候离开了。

修士收拾行李都很快，挂在天际的太阳刚有些灼眼时，衡玉他们三人就已经走出酒楼，逆着人流朝城门方向走去。走出平城，衡玉召出飞行法器。

刚飞出平城十几里路，衡玉察觉到她放在储物戒指里的玉牌散发出一股剧烈的灵力波动。

衡玉用神识取出玉牌，往里面注入灵力。灵力一注入，玉牌上的数值便浮现出来——三百。

了悟瞥见这个数值时不由得一愣。他不是百花谷弟子，但也清楚这样的数值太低了，和百花谷少主的身份完全不匹配。但了悟还没来得及出声询问，就见天际有道亮光浮现，然后快速朝衡玉飞来。

眨眼的工夫，那道亮光就来到衡玉面前，最后化为一朵盛放到极致的合欢花——这是宗门给在外执行任务的弟子的传讯手段。

衡玉把玉牌递到合欢花上，合欢花那盛开着的花瓣逐渐合拢起来，最后化为一道神念飞进衡玉的识海里。一道古老而沧桑的声音在衡玉识海里回响："内门弟子洛衡玉，请务必于两个月后抵达剑宗，参加年轻一辈弟子的法会。"接收到这条宗门传讯，衡玉翻手，直接把玉牌收回储物戒指里。

"洛主……"了悟出声。

"怎么了？"衡玉嘴里叼着根狗尾草，说话时那毛茸茸的狗尾草也跟着一晃一晃的。

了悟的视线不自觉被狗尾草吸引："听闻百花谷的倾慕值极为重要，隐隐和破境有关系，在下觉得洛主的倾慕值有些低了，这可能会有碍你的进阶。"听到"进阶"这个话题，衡玉坐直，伸手拿下狗尾草，神色严肃起来："了悟师兄对倾慕值有什么见解吗？"

她刚从筑基后期晋入筑基巅峰，一两年内都不可能再突破，但很多事情都需要未雨绸缪。除了练字和练剑这两件事，衡玉其实也一直在思考倾慕值的事情。当时碰上宓宜，她还在心中道了声侥幸，觉得自己终于能有个人商量了。只可惜宓宜被下了禁言术，没办法回答衡玉的困惑。原本衡玉已经想着给她师父传讯，请她师父为自己解惑，没想到了悟会突然谈到这个话题。

"谈不上见解，但如果洛主对这方面有困惑，可以说出来和在下讨论一番。"听到这句话时，衡玉微愣。不过转念一想，她就想通了。

沧澜大陆各大宗门间非敌非友，即使是看似与世无争的无定宗，很可能也调查过其他宗门。这种做法其实不难理解，如果衡玉是宗门的决策者，她也会这么做，未必是起什么坏心，但该有的戒备都要有。不然万载岁月以来，无数宗门兴起与衰落，八大正道、五大邪宗凭什么屹立于大陆巅峰，掌控着那么多洞天福地，拥有着无数令人眼馋不已的资源。

衡玉深吸口气，整理自己的思绪："百花谷玉牌上设置的阵法可以勾连人心，凡百花谷弟子在获取他人倾慕时都可以获得倾慕值。但所谓的倾慕到底是指什么？男女之情肯定算，弱者对强者的敬仰之情算吗？"人心这么复杂，这块玉牌却能将人的情感转化成一个具体的数值记录下来。百花谷的创始人已经在万年前陨落，当事人已经不在，她的疑问永远无人解答。

了悟听完她的问题，没有马上给出答案，只是说："在下在翻看典籍时，曾经看到过有关百花谷某个大能的故事。六千年前南海山那里的空间出现破碎，而且蔓延速度极快，只消几日时间，南海山境内的几十万生灵都要遭殃。百花谷那位大能恰好在南海山附近闭关，直接闯入空间里，想尽办法修补空间，最后生生耗尽灵力而亡。他死去前，陪侍在他身边的弟子注意到他的玉牌倾慕值似乎增加了两千。"顿了顿，了悟说，"当然，因为那位大能本就拥有超过十万的倾慕值，那个弟子也不确定自己有没有记错。"

衡玉整个人都蒙了："……假如那个弟子没有记错，那就是说救下了几十万生灵，才能换来两千的倾慕值？"可只要随随便便攻略下一个筑基期修士，就能夺得超过两千的倾慕值了。这个差距未免过于大了，难怪百花谷只推荐门下弟子用攻略的途径来获取倾慕值。

她的神情难得如此茫然，了悟忍不住莞尔，好心补充道："南海山是灵气匮乏之地，那几十万生灵都是凡人，若是换成几十万修士，能贡献的倾慕值自然就更多了。"

这算是安慰吗？可是这个补充并没有安慰到她。这得是遇到苍生浩劫，她才能一口气救下几十万修士吧。闭了闭眼，衡玉迅速冷静下来："不管怎么样，这不失为一种途径。"

衡玉再次取出玉牌，用指腹摩挲起玉牌边缘。她觉得，自己可以好好研究一下这个玉牌，同时好好研究阵法。万一能研究出个什么对所有人都有用的东西，那不是躺着就能收割无数倾慕值了？

想到这里，衡玉开始在储物戒指里翻找，寻找到讲解阵法基础的书籍后，就认真翻看起来。翻看时她还忍不住感慨：出门在外，多带些书总是没错的。

傍晚时分，一行三人顺利抵达目的地。

上午素来是青云寺最热闹的时候。

衡玉路过寺庙山脚下的集市时，买了串糖葫芦，边吃着糖葫芦，边跟随着那些上山的百姓一块儿迈过石梯，步入寺庙里。

衡玉已经很熟悉路，她走进寺庙后拐进一条鹅卵石路，想要从这里直接走去了悟居住的厢房。来到厢房外，衡玉听到里面传来琴声。婉转低沉，又悦耳清澈，仿佛是那细雨在击打玉石，让人的心跟着琴声一块儿宁静下来。

"了悟在抚琴？"衡玉迈过拱门，视野开阔起来，厢房院子的所有场景都落在她的眼里。果然，了悟身穿青色衣袍，坐在院子凉亭里抚弄长琴。似乎是察觉到了什么，了悟右手搭在琴弦上，然后猛地一拨。衡玉往前迈了一步，然后察觉到自己的脚被束缚住。她手中灵力涌动，往前劈斩而下。

了悟再次拨弦。衡玉往后退了一步，从储物戒指里取出紫玉箫。把紫玉箫放在手中转了两下，调整好位置后，衡玉试了试箫声，就开始应和着了悟的琴声吹奏起来。当箫声和琴声相和后，了悟所有的阻拦都无成效。衡玉边吹奏着箫，边迈步朝了悟走去。待走到他面前，衡玉转了转手中的箫，在了悟没有任何防备的情况下用箫轻轻敲击了悟的头："你居然想用琴声来阻拦我接近你，这是给你的惩戒。"说是惩戒，但这力度之轻，更像是在调戏人。

了悟两手搭在琴弦上，再也没办法凝心抚琴。他往旁边避了避，无奈道："在下刚刚只是在和洛主玩闹。"

衡玉伸长了手，再次在他脑袋上敲了敲："我现在也是在和你玩闹。"她甚至趁机蹬鼻子上脸，"对了，这个惩罚还不够，你什么时候有空得再做个手链赔偿我，我要铃铛款式的。知道自己的玩闹亏大了吧，看你下次还敢不敢。"这样她就能趁机多提几个要求了。

本有些失语的了悟不由得轻笑出声，是真的笑出了声。笑声有些闷，但很好听，像是羽毛在轻轻拨弄心尖，听得人只觉得心底发痒。

"洛主这小半个月都忙着研究阵法，今日怎么突然来青云寺了？"

衡玉在他对面坐下，轻轻抬起自己的下巴，目光落在茶壶上，然后下巴点了点："我手中只有两本基础的阵法书，现在都翻看得差不多了，想找你再借几本。"

小半个月时间就研究透两本阵法书，这速度未免太夸张了些。了悟抬手，拎起茶壶帮她倒茶水。倒满茶杯后，了悟将茶杯捧给她，同时把桌上的糕点也一并推到她面前。做好这一切后，了悟才出声劝道："阵法一途千变万化，洛主若是想沉下心来研究……"

她左手捻起糕点慢慢吃起来，右手食指以灵力为阵法根基起阵。几个吐纳后，一个迷你版聚灵阵浮现在空中："现在相信我是真的把那两本书吃透了吧。那两本阵法书都很基础，里面一共讲了六种阵法，都是比较常用的。我记下那些阵法是如何绘制的后，就开始一一起阵，几乎都是失败了几次才成功。"

了悟脸上浮现出惊讶之色："只是几次吗？"他虽然没怎么深入研究过阵法，但也知道初次学习阵法时的困难，就连阵法大家至少也要失败几十次才能成功释放。

衡玉扬眉，看来她的表现很夸张了："我在阵法上应该算是有些天赋的。"

听到衡玉自夸的话，了悟轻笑："洛主这不算是有些天赋，而是非常有天赋。"

衡玉抿唇笑了下。

"这是三本阵法书，应该够洛主研究一段时日了。待回到无定宗，在下再为洛主寻些其他的书籍。"了悟直接从储物戒指里取出三本书。

衡玉调笑道："这么快就找到了？你是习惯了分门别类，还是早早就为我备好了？"

了悟淡淡道："在下会习惯性地整理储物戒指。"

衡玉没再继续开玩笑，正色谢过了悟的帮忙。待她收好摆在桌面的几本书后，了悟出声问道："洛主接下来有要事吗？"

"暂时没有。"衡玉摇头。她刚吃透那几个阵法，这趟出门也是想着放松放松。

"那洛主……"了悟说，"可以去厨房学学如何做素斋了。"他可没忘记赌约一事。

"……好，愿赌服输。"

两人起身，往寺庙厨房的方向走去。

了念听到动静，噔噔噔地从厢房里跑出来瞧衡玉的热闹。

现在已经过了午膳的点，胖乎乎的掌厨师傅正坐在椅子上慢悠悠地摇着蒲扇。瞧着有人影投进厨房里，掌厨师傅往外瞥了眼，连忙站起身来。他理了理身上的衣袍，双手合十向了悟行礼。

了悟亦双手合十回礼。待了悟说明来意，掌厨师傅对衡玉道："若这位道友想要用厨房，请自便。"

"叨扰了。"衡玉说道。她左右环视一圈，询问起掌厨师傅，"素斋一般有什么菜色？"

师傅笑眯眯地介绍起来："本寺常备的主食是米饭、素馅饼和素包子，偶尔还会包素白菜饺子。至于菜色的话，有炒菜心、荷花出水、蜜汁南瓜……"

衡玉听了半天，决定来个蜜汁南瓜和烧蘑菇。

"就两个菜？"了悟微微愣住。不是说好了做一桌素斋给他吃吗？

衡玉语重心长地说道："了悟师兄你就一个人吃，两道菜我都怕煮多了。你身为圣子，理应崇尚节俭。"

了悟忍住笑意："可以让了念一起吃，而且洛主不打算吃自己做出来的东西吗？"

衡玉坚决摇头，她对自己素来很有信心。比如这次，她很肯定自己炒出来的菜会很难吃，既然是这样，亏待了悟就够了，倒是没有必要连自己也一块儿吃亏。

决定好要做的菜后，衡玉先行淘米。淘好米后就是烧火，衡玉看着火灶陷入沉思。这还真是她第一次进厨房。掌厨师傅瞧见她神情苦恼,大概猜到了她心里的想法,热情地凑上前,名义上是教她怎么生火,实际上是直接帮她把火生了起来。

搞定柴火后,衡玉拍拍手,把煮饭的锅摆了上去,等着饭慢慢煮熟。中途她没耽搁时间,找出一个小南瓜慢慢削皮。她用刀的样子很生疏,削了半天才把南瓜清理干净。

了念搬了张小板凳,托着腮坐在旁边看她削南瓜。

好一会儿,了念点评道:"洛主现在严阵以待的样子,可能比你当初对上圆静前辈时还要严肃。"

衡玉:"……你不用学习经文吗?"

了念笑眯眯地说:"学完了,学完了。"言外之意是:别想找理由让我离开厨房。

衡玉不再搭理他,垂下眼,认真把南瓜削完、把蘑菇清洗干净。

到了这一步,她跑去请教掌厨师傅。师傅把做菜要领都说明了,但从控制火候到翻炒再到下调料,这些步骤对衡玉来说都很陌生,全然不是师傅随口说几句就能掌握得了的。

重复一次,两次,三次……到第五次时,衡玉看着碟子里那几乎融在一起保持不了块状的南瓜,轻咳了两声。

"怎么了?"了悟问她。

"我觉得自己一次比一次进步,这第六次炒,它的卖相肯定也跟上了。"

了悟温声说:"不用了。"

"嗯?"

了悟取来旁边的筷子,夹起碟子里的一团南瓜送进嘴里,缓缓咽下去后,他说:"甜的。"他的脸上不见丝毫勉强之色。

"你……"衡玉神色里带着几分迟疑。

"没关系的。只是个赌约罢了,如果洛主真的很为难,到此为止就好了,在下今晚就用这道蜜汁南瓜来下饭。"

闻言,衡玉抿起唇角。她拿起旁边的筷子,弯下腰夹了一团南瓜吃下,眉心很快拧起来,南瓜甜中带着一股柴火焦味,这两种味道混杂在一起,显得非常古怪。但衡玉没把嘴里的南瓜吐出来,而是像了悟刚刚那样,默默咽下了南瓜。

"你如果要吃这道菜的话,我陪你一起吃。"

"洛主不必为难自己。"

"那你又何必为难自己?"衡玉说,"不乐意做的事情就不要做,你不要一味温柔,也该有自己的脾气才对。"

"洛主说得是。"了悟好脾气地笑笑,依旧是一副纵容的模样,"可在下并没有不乐意。"他看得出来,她一直是十指不沾阳春水的。

也是,身为百花谷少主,地位尊崇,吃喝住行都会有人为她妥善打理好,她以前应该连厨房都没怎么进过。为了赌约,她走进厨房淘米做饭,这番心意了悟心领了，所以他怎么可能会嫌弃这道蜜汁南瓜味道不好？他甚至心中有些懊恼，觉得自己当初就不该提出那让她进厨房做素斋的赌约。

衡玉很难说出自己现在的感受。她听过无数奉承的话，也听过很多交心的话，但这些话都不如了悟一句"在下并没有不乐意"来得动人。

"……我也乐意陪你一起吃。"半晌，衡玉笑道，"别再说了，再说我就要嫌你啰嗦了。"

了悟原本已经张嘴，闻言无奈地摇了摇头，微微一笑。

吃完晚饭后，衡玉就要打道回府了。她走出厢房时，正好有彻骨的北风迎面刮来，直刮得她裙摆翻飞。衡玉眯起眼，觉得风刮过脸颊时，似乎都带了几分温柔之意。

倚着软榻，衡玉随手翻看着阵法书，右手无意识地在空中比画，练习绘制阵法。待到夜色渐浓，她才放下阵法书。她正要回房间休息，心头突然浮现起几分不安，在经脉间游走的灵力也渐渐凝滞，再无之前的流畅。她翻了个身，直接滚到窗边，将窗户推开，仰望着外面的夜色。

寻常时候，夜空是黑暗中带着几分蓝色，除了阴雨天气，星星或月亮都会一直挂在天际。但今天没有，从衡玉这个角度只能看到一片浓重的黑，压根看不到月亮和任何星星。

"发生了什么？难道——"

"邪魔之气怎么会突然汇聚起来。"青云寺厢房里，正在做晚课的了悟睁开眼睛。他走出院中，掐了道法诀，很快，他的手心亮起一束光来。可下一刻，那束光就一点点染上黑雾，直到被黑雾彻底淹没。

"邪魔之气汇聚成团，日后潜伏在人界的邪魔只会越来越多。"了悟缓缓收起手，神色凝重。

第二天，衡玉再次上青云寺，找了悟询问起昨晚的事情。

"果然是邪魔之气。"衡玉拧起眉来，想了想，说，"了悟师兄若方便，可以把探查邪魔的方法教给我吗？"探查邪魔的方法任何人都可以学，但净化邪魔的方法就只有禅修才能够学了。了悟没想到她会突然提出这个请求，不过这种方法，多些人学自然是好事。

"好，在下先把口诀传给洛主。"他拿出一块空白玉简，用自己的神识在上面铭刻下口诀。刻完后，了悟把玉简递给衡玉，让她先把口诀记下。随后了悟直接轻声诵出口诀，同时辅以相应的手诀。

与学习厨艺时的手忙脚乱不同，在这些十分必要且她感兴趣的事情上，衡玉一直拥有着极高的敏锐度。练习了一个上午，她已经能够勉强记下口诀和手诀。不过想要真正施展出来，还需要漫长的时间进行练习，现在也只是先学个大概。

了悟坐在她旁边看她练习，闲着无事，从储物戒指里取出茶具沏茶。茶刚沏好，了悟就收到一张传音符。他把神识探进传音符里，听完里面的话后，神色逐渐凝重起来。

"怎么了？"

"淮城那边出事了，我们可能要提前上路离开此处。"

从无定宗赶到剑宗，乘坐宗门特制的船形法器只需要半个月时间，所以之前了悟一直不急着起程回无定宗。但现在还有要事要办，他们势必会在路上多耽搁些时日，如此一来就不能够再滞留在华城了。

"行，那我现在回去收拾行李。"衡玉干脆地应道。

了悟去找青云寺住持，向住持道别。

住持正在下棋，得知了悟的来意，他轻叹道："如此，就预祝圣子此行顺利。"

"多谢住持。"了悟双手合十行礼。

"情劫难渡，它需要你先动情再超脱。如今邪魔之气突然出现异象，谁也不知道未来到底会发生些什么，多加小心。"住持告诫道。

在对付邪魔的事情上，只有禅门一直在努力，在煎熬。他们在对抗邪魔之气的时候，只要心境有一丝一毫的破绽，都极容易身死其中。但禅修也只是这世间平平无奇的求道者，也像其他修士一样在这世间争渡，他们中的绝大多数人都没有达到心境圆满的境界，所以每次邪魔之气出现异动，都要牺牲掉相当多修为高的禅修。

他们等待天生禅骨已经等待得太久了。

告别住持时，了悟走回厢房。他的布鞋踩过石子路，突然，他发现在这条石子路中间的缝隙里，生长出一株稚嫩的草苗来。了悟目光落在那株草苗上，忍不住长叹一声。

"在叹什么气？"身后传来熟悉的声音。

了悟没转头，而是蹲下身子，用指尖拨弄那根刚冒头不久的草苗："只是在感慨一些事情。"

衡玉走到他身边，微微俯下身子。从她这个角度看，了悟像是缩成了一团，一只手臂抱着膝盖，一只手在拨弄草苗，带着些许孩子气。注意到这点，衡玉的语气温柔不少。

"现在感慨够了吗？我们该离开了。"说着，她朝了悟伸出手，还在他眼前晃了晃。

"嗯？"

"拉你起来，要不要？"

了悟失笑，他越来越爱笑了。最开始遇到衡玉时，他只是唇角轻抿一下，笑意极淡，像是蜻蜓飞掠过湖面时掀起的一点点涟漪，笑得清冷。如今笑起来，倒像是一块打磨通透的暖玉，可以握在手中取暖。

"好啊。"了悟伸出手。衡玉用些力气，了悟借着她的力起身。

站稳后，他垂眼看着两人交握的手，下意识松开。

原来不知从什么时候开始,他已经习惯了两人间的触碰。

淮城距离华城足足有一千多里。这个城镇不属于龙渊国,而是属于炎国。

这个地方就像它的名字一样,气候十分干燥炎热,极度缺水。

"缺水?"衡玉听完了悟的介绍,直接下了结论,"看来这里大部分地方都很难发展种植业。"

"洛主说得对。这里地理位置险要,边境城镇时常会爆发战争。"了悟苦笑,"起初炎国的百姓相当信奉禅门。"

"起初?"

"对。几百年里,因为炎国在位的皇帝曾多次对外征战,导致民不聊生。在外征战的男儿多数阵亡,能回家的人身上也多有伤残。而国家连年征战,苛捐杂税加重后,百姓家中开始出现饿死的情况……无论百姓怎么许愿,都没有变化。逐渐地,炎国百姓里出现了很多反禅者。"

听到这里,衡玉心头一跳,但细想下去,她又觉得合理。

短时间内,宣讲禅法确实是安抚百姓的好方法。但几百年过去,炎国情况越来越恶化,百姓处境越来越惨,这时候百姓就避免不了迁怒他人。这种迁怒再严重些,就会有人开始反对禅道。

"那你这次赶往淮城,难道是淮城出现什么争端了?"

"前几日有人将淮城的寺庙围堵起来,打伤了不少小童子。在下有个师弟正好在寺庙里面修行,他将此事传讯于我,想询问要如何处理这起争端,我打算亲自过去看看。"

衡玉拧起眉来,这件事其实不太好解决。

"是了鹤师兄吗?"一直安静听着的了念突然出声。说完,他挠了挠头:"以了鹤师兄的性子,的确不太会处理这些争端。"

赶了四天路,三人终于抵达淮城。

在淮城,修士和凡人进城的队伍是同一列,修士并没有得到特别照顾。

站在衡玉前面的是一个六七岁的小男孩和一位老人,看他们那亲密的样子,应该是爷孙。小男孩察觉到自己后面有人排队,扭头瞧了一眼。瞧见衡玉,小男孩那沾有泥尘的脸上立马浮现出甜甜的笑容。

衡玉注意到他的打量,也跟着抿唇笑了下。下一刻,小男孩瞧见她身后的了悟,天真的神情顿时凝滞。他仿佛瞧见了吃人的妖怪一般,脸上露出恐慌讨厌之色,连连退到他爷爷脚边。

"怎么了?"老人背上背着个背篓,里面装着些杂物,他刚刚一直在认真排队,没注意到孙子的异样。

"爷爷……"小男孩抬手指着了悟和了念,"两个禅修。"老人猛地扭头,看清楚了悟和了念的模样后，老人脸上的厌恶之色清晰可见。他浑身透着不悦，直接抱着孙子往前多走两步，拉开了和衡玉他们的距离。

这番变故让衡玉和了悟都有些诧异。他们虽然在来淮城的路上就已经做了心理准备，但只有直面百姓时，才能清晰感受到这个地方的不同。

衡玉传音调侃："有没有突然怀疑自己变丑了？"

了悟还在思考淮城的现状，听到她的传音愣了一下："为什么要怀疑？"

衡玉笑道："你若不长着青面獠牙，怎么把人吓得那么厉害？"

了悟哑然失笑。

在城门外排队进城的人并不多，衡玉他们稍等片刻就顺利进入城中。

淮城很贫穷，入城的主干道上有马车经年累月碾压出来的痕迹，略有些凹凸不平，行走在上面有些难受。道路两边除了寻常的木制房屋，还能瞧见不少黄泥房。来往的百姓里很少有人身穿料子好的衣服，不少人身上的衣物还带着补丁。

了悟环视一圈，目光落在周围的小摊贩和行走的路人脸上，然后他心中默然。

那些人中有小孩子，有青年人，也有上了年纪的老人。他们中的某些人朝了悟和了念投来打量的眼神，里面带着戒备和厌恶。以了悟的修为，可以很清晰地听到他们的议论声。

"那个禅修是谁？"

"不知道，好像是新来的吧。"

"他看着那么人模狗样，禅门还说度我们，他们过得可比我们潇洒多了。"

"他看着很厉害，不会是禅门那边派过来教训我们的吧。"

这种揣测，让了悟沉默。禅门在这里扎根那么长时间，淮城的百姓不可能不清楚禅门所推崇的信条，但他们还是以这种恶意来揣测禅门。

"在想什么？"衡玉出声问他。

了悟往前走，他已经感受到了师弟了鹤的气息，现在打算去和了鹤会合。

听到衡玉的话，他轻声道："在下在想，淮城百姓从信禅门到弃禅，这里面是谁的错。"

"谁都没有错。"衡玉说。

"是的，谁都没有错。"了悟点头。

百姓的那些议论声，了念也都听到了。他有些愤愤不平："可是师兄，我们宗门一直在努力改善炎国的境况啊，百姓没有看到我们的付出，只是看到了自己的不幸，这样真的对吗？！"

了悟摸摸了念的头："你是想说，百姓只站在自己的角度看待问题，没有考虑过宗门的付出对吧？可你刚刚那番话，也是单纯站在了宗门的角度考虑。"

了念愕然。

衡玉在旁边帮忙补充："他们有错的话，就是错在自己愚昧。可这归根结底也不是他们的错，如果百姓生活富足安康，他们自然有余力去习字去读书，那样可以让他们明礼仪知廉耻。可你看，这淮城的百姓像是生活富足的样子吗？"

淮城的寺庙名叫寒山寺。

这个寺庙原本香火鼎盛，寺庙的占地规模也极大，大雄宝殿更是修建得格外气派。但近百年来，寒山寺的香火越来越稀少，殿上供奉的雕像明明日日擦拭，可少了香火的熏陶，似乎也都逐渐黯淡下去。

了鹤和他们会合后，先带他们参观了一番寺庙。他穿着灰色衣袍，有些胖乎乎的，皮肤又白，就像是个白面馒头一般。他的眼睛有些小，笑起来时直接成了眯眯眼。

"其实寒山寺这边，每旬都会免费教孩子们识字，但效果甚微，愿意来听课的孩子很少。后来反禅道的氛围越来越浓，百姓就更不乐意让他们的孩子过来听课了。"了鹤挠了挠自己的头，为他们介绍着。

"免费识字，这样他们也不乐意过来听课吗？"了念有些诧异。

"像他们那个年纪的孩子已经可以帮家里做些粗活，家长觉得孩子学那几个字没什么用，反而会耽误这些孩子帮家里做事。"

"这……可是学了知识后，不是就能赚到更多的钱吗？"了念自语。但很快，他就意识到自己这个问题有多可笑了。迫于生计，绝大多数人都只能看到眼前的利益，而没办法从长远来考虑。想到这一点，了念默默地闭了嘴。

四人行走在菩提树小径上，衡玉突然出声问道："怎么没有看到寒山寺的住持？"

"住持在一个月前已经圆寂。"了鹤解释道。寒山寺住持是个筑基后期修士，他担任住持期间，凭借着自己的德高望重，还能很好地安抚百姓，让他们不那么仇视禅修。

"住持圆寂后，寒山寺没什么出色的禅修能够继任住持之位。上次有争端，是因为一名女子时常来寺庙上香，祈求觉者送她一个孩子。但十多年来她的肚子一直没有动静，她的丈夫和娘家夫家的人拎着锄头等物直接冲上寒山寺来，小童子们上前拦住他们，结果在冲撞中被砸伤。"

一直旁听着的衡玉拧起眉来："这只是第一起冲突而已，接下来冲突只会加剧。"

很快，一行人走到客居的厢房。

这供香客落脚的厢房已经很长时间没有人入住过了，不少地方都落了灰，院子中间更是横生出了不少杂草，落叶也堆积了薄薄一层。了鹤脸上浮现出愧色："我竟忘了请小童子收拾这边的厢房。"

了悟熟悉这个师弟的性子，笑道："无妨。"他掐了个净尘诀丢到院中，眨眼之间，那层落叶全部被扫作一堆。

衡玉左右瞧瞧，指着最里面的厢房："我就住这间厢房吧。"收拾好后，衡玉支起窗户往外看，恰好瞧见了悟站在院子中间仰望那棵菩提树。

"在看什么？"

"站在这里等你收拾好，随便看看打发时间。"这个回答颇为取悦人，衡玉不自觉地扬起唇角："找我有事？"

"想请洛主一同下山逛逛那淮城，在下还是想试试解决这淮城的困境。"

"想找我帮忙？"

了悟诚恳道："如果洛主愿意的话，应该能想到办法。"

"单纯说好话夸我是没用的，事成之后你要如何报答我？"

"在下欠洛主一个人情。"

衡玉从厢房里绕出来，走到了悟面前："无定宗圣子的人情价值千金，很划算。"说完，衡玉举起自己的右手。

了悟想起来，他有时候走在宗门里，会瞧见师弟们许约时互相击掌。

他抿起唇角，举起自己的右手与她击掌。

此行，了悟决定直接前往城北。这是淮城里最贫穷的地方，也是厌禅情绪最重的地方。

靠近城北时，衡玉瞧见街边有卖炒栗子："我们去买点栗子吧。"

"好。"了悟说。

走近时，衡玉发现那些栗子饱满浑圆，看着就很美味。

"请帮我称一斤。"

"好嘞。"

摊主是个中年男人，当时正在弯腰往炉子里塞柴火，听到衡玉的话先是应了一声，这才直起腰来。

摊主用专门的纸袋装起栗子，正要上秤，余光一扫瞧见衡玉身边的禅修。他上称的动作微微顿住，摊主瞧瞧衡玉，再瞧瞧明显是衡玉同伴的了悟，脸色立即难看下来："不好意思啊仙子，这栗子我不卖了。"

衡玉没想到他会选择直接不做生意："老板，有生意你怎么不做？不然我多给你些钱？"

"这不是钱的问题。"摊主摆手，直接道，"算了算了，真不卖。"

"……那好吧。"

衡玉和了悟对视一眼，转身往城北里走。瞧见两人去的方向，那摊主一愣。他对刚刚那位貌美而有亲和力的仙子颇有好感，纠结片刻后，他还是硬着头皮提醒道："仙子，你现在这个情况……还是别进城北了。"

衡玉转身笑道："多谢提醒，不过我还是想和我朋友进去看看。"她再转回身向了悟感慨了一句："淮城的百姓还是挺淳朴的。"

了悟没有应和。其实他觉得，主要还是因为她长得美。面对容貌秀美之人，就算是脾气再暴躁的人也会下意识放软自己的语气。

再往里走一些，两人顺利进入城北地界，巷口有几个小孩子正在玩翻花绳。

了悟见他们玩得热闹，不由得投去几分注意力。

其中一个大概四五岁的小孩子和他对上视线，了悟抿起唇角做了个微笑的表情，小女孩眼里突然泛起水花："那个禅修朝我笑了，他是不是要吃了我……哇，我要回家找娘亲。"那几个玩翻花绳的小孩子纷纷扭头，然后边叫着边往巷子里跑，扬起一片尘埃。

见了悟愣在原地，衡玉觉得既好笑又无奈。这个小女孩年纪这么小，绝对是单纯不知事，那么她对了悟的害怕自然是来自家人的影响。

"我看看。"衡玉突然歪了下头，从上到下一寸寸地打量起了悟的容貌。她脸上突然染上一点笑意："这么好看的禅修真的会吃人吗？"她的声音如此悦耳，听得了悟觉得自己的耳尖有些发痒。

"我们继续往里走吧。"了悟转移了话题，指着刚刚几个小孩子跑去的巷子说道。

两人并肩往里走着。

路过第一间房屋时，里面的妇人正端着盆衣物出来准备浆洗。瞧见了悟，她脸色微变，直接往后退了两步，猛地一下摔上了那年久失修的木门。

了悟心里越发沉重。

走到第二户人家时，了悟上前叩门，他想亲自和里面的居民聊聊。

"来啦。"里面的人应声过来开门，可推开门，瞧见敲门的人是了悟，那个男人的神情立马变了，条件反射一般地摔上了门。

了悟沉默着走到第三户人家门前，继续敲门。

衡玉站在他旁边，想了想，没有阻止他。

摔门声、不满声……

愤怒的神情、不屑的神情、厌恶的神情……

一条巷子几十户人家，除了紧闭房门的十几户，居然只有寥寥几户人在看到他们时神色平静，也愿意友善地沟通几句，绝大多数人都是一瞧见了悟就摔上木门。

很快，两人走到巷子深处的水井边。

水井边很热闹，有人专门来取水，有人在旁边浆洗衣服，有人正在洗菜。人多了，就免不了凑在一起聊聊这家那家的闲事。但在瞧见了悟后，井边的人都像是被一只无形的手掐住喉咙，刹那间停下交谈，边做着自己手头的事情边隐晦地打量起了悟。

瞧见他气质出众后，有个年岁大的老妇人轻哼了声："惯会装模作样，穿得这么好，谁知道是不是用我们以前捐的香油钱来置办的衣物。"了悟越是若清风明月，他们好像就越冷漠。

"娘。"旁边一个年轻女人扯了扯她，制止道。被自家媳妇扯了，老妇人越发不满了，她干脆扯着自己的嗓子喊："扯我干吗？连话都不能说了，本来就是，我看那寒山寺还有禅修胖乎乎的。他们肯定偷吃肉了，不然怎么可能长得那么胖？"

衡玉拧起眉来。有些人喝口水都会胖，这个指责实在是有些无理取闹了。

一直不作声的了悟停下脚步，他双手合十，认真向老妇人解释道："这位道友，禅门乃清规戒律森严之地，如若您真的瞧见了哪位禅修犯戒，可以直接告诉寒山寺的人，也可以直接告诉在下。"他直言不讳，那个无理取闹的老妇人脸上有些挂不住。

她脸色变换之间，竟是直接将丢弃在盆边的烂菜叶捡起来，猛地朝衡玉和了悟砸了过来。烂菜叶子上面还沾着水，飞过来时水四溅开来。叶子飞到衡玉身前，就被一道无形的灵力屏障挡去了。

是了悟出手了。

了悟正要出声，水井边上站着的男人将一桶刚接好还带着凉意的井水举起，直接朝衡玉和了悟泼了过来。这盆井水自然没有沾身。

衡玉拂去刚刚召唤出来的结界，轻轻皱起眉头。

了悟抿起唇角："两位道友，在下是怀着诚意来城北瞧瞧，并无恶意。"

"谁知道你在想什么。寒山寺前几日有几个小童子被打伤了，谁知道你是不是想过来为他们报仇。"那个老妇人骂道。

了悟神色无奈，还想再温声相劝。

衡玉轻扯他的衣角，给他传音："你这么温柔是不行的，他们横，你得比他们更横。"然后衡玉对水井边那些人说："诸位应该能看出来，我和我身边的禅修是修士吧。那你们是怎么敢对修士口出恶言，更是扔烂菜叶子、泼冷水的？"

衡玉冷笑，右手按在腰间长剑的剑柄上。她环视众人一圈，发现他们脸色都有些不自然起来。

"对，你们就是仗着禅修恪守清规戒律，无故不能出手伤人，更不能随意伤凡人这一点，所以才敢如此肆意妄为。一边辱骂禅修，觉得他们所谓的清规戒律只是骗人，一边仗着禅修性情温和做出这样的举动，实在是可笑！很抱歉，我不是禅修。"说着，衡玉横举长剑，摆出一副随时可能拔出来的姿态，"也许这样，我们就能好好沟通一番了，你们说对吗？"

水井边，众人噤若寒蝉。

"你……你……"那个老妇人脸色难看起来，额头上冷汗直冒。

"洛主。"关键时候，还是了悟伸手挡下她的剑，"不必动怒。"

衡玉脸上摆出不高兴的神色："你就是烂好人，在其他地方，敢冒犯我的人，血都溅出个七八米了。"

"……血应该溅不了那么远。"了悟纠正她。

"是你杀过人还是我杀过人，你都不知道，当我的剑够快够狠，一秒钟内刺入刺出时，是可以溅出那么远的距离的。那些血花啊，溅起来的时候就像下雨一样好看。"衡玉陷入回忆之中，说着说着，她忍不住转了转手中的剑柄。

瞧着他们两个在那么一本正经地讨论杀人这种话题，水井边的人忍不住抖了抖自己的身体。他们互相对视，眼里都能瞧见惊恐之色。

"放下剑吧。"了悟声音温柔，"在下会慢慢和他们说的。"

衡玉撇嘴，十分不满地把剑挂回腰间。她扫了一眼那些噤若寒蝉的人，冷声道："谁叫你比我厉害，那就听你的好了。不过我们先说好，如果你们的沟通不起效果，那等会儿就要用我的方法来解决问题。"

衡玉素来喜欢以理服人。这个"理"，既可以是"能言善辩"之理，也可以是"谁拳头大，听谁的"之理。聪明人嘛，总要不拘小节懂得变通些。比如现在，水井边那些人都被她的"理"震住了，愿意不动手而是老老实实听了悟讲话。

了悟双手合十，环视那些脸上还带着惊惧之色的百姓，轻叹一声："各位道友，在下知道你们的祖辈都曾信奉过禅门。但几百年来，你们的生活没有得到改善，战争还是导致了无数死伤。在下此行，不为说服你们改变对禅门的印象，只为矛盾不再激化。像在下身边这位道友所说，寒山寺里多的是炼气期、筑基期的禅修，但在你们攻上寺庙时，他们可曾有一人出手伤过你们？他们都在默默承受着来自你们的质疑和怒火……"

在了悟说话时，衡玉默默注视着那些百姓的神情——他们有些人在听到了悟的话后，神情有些别扭。随着了悟一点点深入时，那些人的脸上逐渐浮现出羞愧之色。了悟拨弄着念珠，没有再说下去。真的想要化解矛盾，只能从根源上解决问题，并不是靠他几句辩词就可以的。

衡玉把玩着手中的长剑，适时笑道："看来大家都被你的大道理说服了，短时间内肯定会老老实实的。"说着说着，那埋在剑鞘里的半截剑身不知怎么掉了出来。剑身锋利无匹，被阳光照射之后更是折射出一缕缕光，晃了不少百姓的眼睛。

"哎，手滑，不小心就把剑给摔出来了。说起来我最近既容易手滑，又易怒易暴躁，是不是因为太久没见过血了？"

衡玉脸上带着几分茫然与困惑，她的姿容明艳耀人，但水井边上，那些百姓完全欣赏不来这样的美貌。他们的神情已经从淡淡的羞愧转为恐惧。

了悟心中轻笑。他知道洛主是在维护自己，所以并不觉得她这般姿态过分，只是觉得有趣："回去之后在下给你念静心咒听。"

了悟这话肯定是故意的吧，明知道她每次听他念经都要睡觉，还念咒！她暗戳戳地给了悟传音，严肃地指责他："我帮了你，你居然这么对我！"

"在下不够有诚意吗？"

"你自己心里门清。"

两人传音结束，衡玉看向那些百姓，她伸了个懒腰，身后绾起的头发被风吹得晃了晃，阳光穿过树梢落在她的脸上，让她这张脸明暗交错，更显艳丽。

"诸位，后会有期。"衡玉抱拳，笑着转身离开，笑声无比清脆。

正所谓"晨钟暮鼓"，两人踩着满地余晖登山，临近寒山寺寺门时，衡玉听到了一阵沉闷的鼓声。

旁边的了悟把剥好壳的栗子递给衡玉，衡玉接过后直接丢进嘴里。城北那个卖炒栗子的摊主不乐意卖给他们，但整个淮城又不是只有一家炒栗子铺。途经集市时，了悟主动给她称了斤栗子。她懒得自己剥，就要了悟展示诚意给她去壳剥肉。这一路上，一人剥栗子，一人吃栗子，倒也算和谐。

"剥完了。"了悟把最后一颗栗子肉递给她，"今日一行，洛主有什么好的想法吗？"

"要解决炎国一国之困境很难，如果只是淮城的话，说难也不算难。"

"愿闻其详。"

衡玉默默地咬了口栗子："我还得再想想。"

炎国贫穷而疆域辽阔，想要解决困境，最好的方法就是发展农业，但这必然受限于种种因素。但是单纯把淮城拎出来的话，只要给淮城的百姓们制造希望，让他们知道生活有盼头，他们自然不会再无缘无故地怨恨禅修。她现在是有些想法，但还不够成熟。

"了悟师兄，陪我逛逛这寒山寺吧。"走回厢房的路上，衡玉突然出声。

了悟也没问原因，只是温声道了个"好"。

寒山寺的路有些陡峭，两人绕过石子路，转进又长又绕的长廊，中途碰到了一些正在做晚课的小童子。很快，衡玉和了悟两人就抵达了大雄宝殿。这是整座寺院的核心建筑，大殿正中间供奉着一尊巨大的雕像。雕像森严，衡玉仰头望去时，只觉得雕像周身萦绕着淡淡的金色光晕，那些光晕里带着浓重的威压，让人不敢直视。

衡玉移开视线，往前走几步，拿起摆在雕像边的长香和烛。她不是打算许愿，只是把它们拿起来放在眼前细细打量。这些香烛都做得很精细，衡玉问："寺庙里的香烛都是由小童子们自己做吗？"

了悟从她身后走到她身侧，点头道："基本上每个寺庙的香烛都是由小童子做的。"

"其实我觉得可以考虑教山下的百姓做香烛，寺庙从他们手里收购后再卖给香客。除此之外，寺庙的姻缘结、平安符等，都可以交给那些家里已经快要揭不开锅的百姓来做。"

他们以往交给小童子做，只是想着锻炼这些童子。但锻炼的法子有很多，完全不拘泥于这一种。

了悟握起三炷长香，认真用火折子点燃，然后恭恭敬敬地插在雕像前端的香炉里，烟雾在那端庄肃穆的雕像四周缭绕着。

"这种方式的确可以为一些百姓带来收益，让他们能够尽量吃上饱饭。"顿了顿，了悟抬眼看衡玉，发现她正笑而不语，似乎觉得他说得太浅了。

了悟继续顺着自己的思路说下去："但这只是最浅层的利益，再往下想，这其实是寒山寺在向周遭百姓释放善意，那些得了实惠的百姓肯定很乐于夸奖禅门。潜移默化之下，禅门的名声自然会好上不少。"

衡玉放下手中的香烛："没错。当禅门的名声好转，寒山寺的香火自然会重新兴旺起来，那就会带动香烛、符等物的需求。需求一大，就需要更多百姓帮忙制作这些东西，如此往复。"

所以总的来说，寒山寺只是付出了少许银子，就能让寺庙香火重新兴旺起来。当然，这只是其中一个方法，顺着衡玉的思路想下去，了悟说："还可以从百姓手中收购做好的菩提糕卖给香客，菩提糕的主要材料菩提叶由寺庙提供……"

衡玉打了个响指："没错。"

了悟："若是如此，寒山寺可以修建一座新的大殿了，一些殿宇也需要翻新修葺。这会是一个大工程，那时候就需要聘请很多工匠上山帮忙修建大殿。正好如今是农闲时期，在下想会有很多人乐意过来的。"

衡玉觉得，真不愧是圣子了悟。她只是提了几句，他顺着自己的思路思考下去，居然连这种"用修建大型工程来提供工作机会，进而缓解矛盾"的方法都想到了。

"你真厉害。"衡玉真诚地夸道。

了悟垂眸看她，眸色温润："这都是洛主的功劳。"他并不居功。

两人商议好后，走去寻寒山寺的无乐方丈。无乐方丈是已经圆寂的住持的师弟，原本是最有可能接任住持之位的人，但很可惜的是，无乐方丈寿元也将近了。

眉毛全白的无乐方丈盘膝坐在蒲团之上，听完了悟的话后，方丈双手合十向衡玉道谢："多谢这位道友，这种方法实是解决了我寒山寺之危。"

衡玉并不居功："方丈客气了。"她又不是为了寒山寺才想出这些办法的，她是为了了悟。

无乐方丈笑道："明日老朽会把这些事都布置下去，最迟后日就会开始施行相应的举措。"

辞别无乐方丈，了悟走出他的厢房，直接走下长廊的两级台阶。他往前走了几步，没听到身后衡玉跟上来的脚步声，不由得回头瞧了一眼。她站在夜色之下，仰头望着那满天繁星，唇角扬起。

刹那间，了悟有几分晃神，只觉得天边的星子都倒映进她的眸光中。

"在看什么？"

"你又在看什么？"衡玉把视线移到他身上，神情专注。

了悟微微愣住，不知道是不是他的错觉，他总觉得周围的气氛有几分不对劲。他默默移开眼，目光落在虚空之中："夜深了，在下送洛主回厢房歇息吧。"说完，他拨弄着念珠，率先往前走去。

衡玉折了根细长的翠竹握在手里轻晃，懒洋洋地跟在他身后。望着他那笔直的背影，衡玉忍不住抬起手中翠竹，在他身上一拂而过。

翠竹上还带着细小的竹叶，拂过了悟时，他生出几分痒意。了悟无奈地叹了口气，说："洛主，莫要闹了。"然后他抬起手，握住那正在他肩膀上来回拨弄的翠竹，把它搁到自己身边。

衡玉站在他两步开外的地方，握着翠竹的另一端。

他就维持着这样的姿势，牵着翠竹那端的她，踩着满地温柔星光，走回被黑暗笼罩的厢房。

第六章
寒山困局

无乐方丈寿元将近,所以他越发迫切地希望在自己生前缓和寒山寺和淮城百姓之间的矛盾。

第二天清晨,寺庙的禅修们全部聚集在大雄宝殿做早课。早课一做完,无乐方丈就强撑着身体,在弟子的搀扶下走到大雄宝殿。

环视着面前的禅修,无乐方丈毫不含糊,直接把修建殿宇、制作香烛的事情吩咐下去。他吩咐得很细致,连要修建什么大殿、要修葺哪座殿宇都安排好了。无乐方丈还特别叮嘱道:"城北的百姓情绪最重,但也属他们的境遇最艰难,你们在寻人时,多往城北去。"

等衡玉睡醒时,寒山寺里已经不剩几个禅修,他们全部被派下山去做事了。

寒山寺并不差银子。不差钱的好处就是,寒山寺在找百姓做香烛糕点、找工匠修建大殿时给的工钱,都要略高于市场价。而且寒山寺还会给工匠们包一顿午饭,没有油腥,但绝对管饱。

面对这么好的待遇,那些连温饱都达不到的百姓怎么可能舍得拒绝。所以只花了一个上午的时间,下山的禅修们再次回到寺庙,纷纷顺利交差。很快,冷清许久的寒山寺再次热闹起来。

阳光穿透茂盛而高大的菩提树,洒落在衡玉的头顶。她正盘膝坐在地上,手里捧着一本阵法书。

随着时间的推移,太阳位置不断变动,光影的位置也在不停变换,有些光影逐渐落在书页上,影响衡玉的阅读。衡玉干脆往后一倚,脊背抵着菩提树,避开阳光继续看书。了悟坐在她对面那棵菩提树下,同样正在翻看经书。两人就这样互不干扰。

突然不远处响起一道清脆的脚步声,打乱了这边的静谧。

紧跟着脚步声而来的是师弟了念的声音:"师兄,不好了,偏殿那边出事了!"

了念跑得气喘吁吁,声音里面夹杂着几分恼怒之色。

"出什么事了?"了悟问。

"偏殿供奉的虚乐雕像……被砸毁了。"

了悟瞳孔微缩，难得有几分失态。雕像被砸，这绝对是对禅门的冒犯。而虚乐，更是万年之前创立无定宗，并且得证禅道飞升的那位祖师。

"我们过去看看吧。"衡玉直接说道。

此时，偏殿外已经围满了人。

这些人里，有被聘请上山做工的百姓，也有寺庙的小童子，他们围在一起，直接把偏殿的门给堵住了，而且双方似乎在争执些什么，场面十分混乱。

衡玉赶到偏殿附近，瞧见这般情景就知道不好，这么挤在一起，很容易发生推搡事件。

了念连忙高喊："麻烦让让！"但他的声音被淹没在喧闹声中，压根没有人听到他在说些什么。

"你这样不行。"衡玉拧眉道。她直接抽出腰间长剑，释放出灵力来威压："不想死的人，就给我滚！"偏殿门前的人感受到那股威压后，下意识往旁边退开好几步，把通往偏殿的路让了出来。

衡玉没有收回威压，也懒得收剑回鞘，直接保持着握剑姿态往殿内走。

走进殿内，三人的视野顿时开阔起来。

了悟缓缓环视大殿，神情逐渐凝滞。大殿中央原本立着虚乐的雕像，本该威严肃穆，仿佛神明自天端而来。但此刻，雕像身上布满裂痕，脸上也都是裂痕，这些裂痕使得它脸上的笑容四分五裂。明明是尊没有任何悲欢的雕像，但此时此刻，了悟好像从它的脸上瞧出痛苦和悲伤来。

角落里还站着几个小童子。他们脸上有些挂彩，显然刚刚有人动了手。雕像前摆放的香烛、果盘等祭物散落一地，这让大殿显得越发混乱。随即，了悟看向另一处角落，那里站有几个年轻人，他们每个人的手中都握有铁锤，铁锤上沾着金色的碎屑。

了悟甚至可以想象到那些铁锤落在雕像身上的画面，他紧紧抿起唇角，心中思绪翻涌。

最后，他依旧维持着平和，看向那几个负伤的小童子，问他们："无乐方丈怎么没来？"

"……方丈听闻此事后气血攻心，现在正在服食丹药疗伤。"为首的童子回道，"了鹤大师担心方丈会出意外，现在正在方丈身边护法，也没能赶过来。"

难怪刚刚场面这么混乱，压根就没有能够镇住场面的禅修在，这些刚踏入修禅一道的小童子根本没有威慑力。了悟点头，又看向另一侧的几个年轻人。他抿起唇角："诸位道友为何要毁我禅门雕像？"

衡玉站在他旁边，目光落在他身上。了念和角落里那些小童子都面带怒容地瞪着那些年轻人。唯有了悟依旧平和，大概只有紧抿的唇角能泄露几分他心中的不平静。

就在衡玉走神时，一个气势格外强的年轻人挥挥自己手中的大锤，冷笑道："在你们请我们上山修建雕像的时候，难道就没想到过会发生这种事情吗？别忘了，我们可是一直在仇视禅修。如果你们觉得愤怒，也该愤怒于自己的不小心，愤怒于自己的天真！"

"在下并不愤怒。"

年轻人嗤笑一声，明显不相信："反正雕像已经砸了，我们是没钱赔的。怎么，你们这些虚伪的禅修现在是不是很想破戒杀了我？"

"何必破戒。"下一刻，一把长剑直接抵在年轻人的脖子边。衡玉轻笑，手腕轻动了一下，锐利的剑身缓缓刺破年轻人的皮肤，有血渗了出来，染红了剑身，"我可不是禅修，你们这些人的生死全在我一念之间。"

年轻人昂着头怒视着她，紧紧咬着牙关，但他的身体已经不受控制地颤抖起来，透露着他的恐惧。

衡玉没有理会这些凡人，她侧头看向了悟，声音温柔："你不愤怒，你身为无定宗的圣子，自然要保持自己的气度，但我为你感到不忿。"

了悟原本想要上前制止她，因为大殿内其实不宜见到血光。但了悟脚步刚动，就被她的话钉死在原地。他目光落在她身上，等着她的下文。

"你从踏入淮城起，就一直在想办法解决淮城的困境。你心怀诚意，愿竭尽心力让淮城的百姓不再受苦，但他们不知，他们甚至动手毁掉雕像。从无定宗圣子的身份来说，你不该失望愤怒，但从我的角度来说，我是希望你表露出失望和愤怒情绪的。"

殿内的气氛凝滞下来，了悟沉默不语。

衡玉抿了抿唇角，看向她对面的年轻人："是你带头毁坏雕像的对吧。"说着，衡玉打了道灵力到年轻人腿上，直接让他跪拜而下，"那个禅修不失望不愤怒，那我就替他来表达失望和愤怒好了。"

她环视周围所有人，轻笑道："不知道你们有没有想过凡人惹怒修士的后果。"

年轻人的脸色逐渐惨白下来，浑身颤抖着。在砸雕像的时候，他其实压根儿没想那么多。他知道这种方式能够羞辱寒山寺的禅修，但从来没想过自己要为此事付出代价。说白了，他就是倚仗"禅修不伤凡人"这一点。

"现在才知道怕是晚了点。"衡玉轻笑，语气冷淡至极，"你们因为生活艰苦而怨恨禅修，但没有寒山寺，你们的生活只会比现在更苦！"

衡玉来到淮城多日，从了鹤和一些小童子口中打听到不少消息。城镇有九处水井、六条泥泞不平的路是寒山寺出钱出力修的，寒山寺的禅修每隔半个月都会下山施粥施医……

他们只斤斤计较于自己失去的，却忘了如果禅修不付出，他们连现在的一切都难以拥有。

衡玉瞥了眼身旁的了悟，默默将长剑收入剑鞘中，再掐了一诀止住年轻人脖颈流出来的鲜血："你看，现在我不杀你，还为你疗伤，也是因为这大殿之中不宜见血，你厌恶的这些东西如今可是直接救了你一命！"言罢，衡玉直接一脚踹中他，年轻人被踹得直往后倒退几步，手中的大锤子也握不住了，直接脱手而出。

衡玉弯腰捡起他的锤子，看向身后那几个被打伤的小童子："生气吗？"

小童子们对视着，嘴唇嗫动，还是不敢直接承认。

衡玉轻笑了下："你们还这么小，别学某些禅修那么闷，只会一味平和。"她没有指名道姓，但了念和几个小童子都悄悄瞧向了悟。了悟注意到他们的打量，哑然失笑。

衡玉继续道："难道觉者就不会对信众失望吗？更何况这些人不过是些刁民、愚民！"

沉默了好一会儿，脸上负伤最重的那个小童子咬咬牙道："我很难受。"衡玉目光落在他身上。这个小童子看着很小，满脸稚嫩："很好，他们砸了雕像，那你就随我拿着这个大铁锤下山，把他们的家拆了。"

"啊……"小童子空净愣住了。

"你！"那些砸雕像的年轻人满脸震惊，没想到会这样。

"怎么？你们在砸雕像之前，就没考虑过后果吗？"衡玉唇角轻抿，带着几分凉薄的笑意，"我们就单从雕像的造价来说，一尊雕像造价昂贵，只是拆了你们的房子而没有叫你们赔钱，已经算是很便宜你们了。"被她这么一问，年轻人们互相对视，有些人的脸上浮现出心虚之色。

为首那个年轻人名叫段秦。他们在砸之前，脑海里只萦绕着怒意，哪里想过什么后果啊。之前他出手打伤小童子，寒山寺不是也没要求他们赔偿医药费吗？寺庙有钱修建大殿，区区一尊雕像对寺庙来说根本就不贵吧。他的家可不一样，要是家被拆了，他和年迈的父母就没有住的地方了。但段秦只是在心里气怒，他也知道自己这番小心思不能宣之于口。衡玉只是从他的神情，就看出来他在想些什么了。侧头看向了悟，发现了悟也正注视着段秦。了悟的神情里带着洞察一切的了然。

"不阻止我吗？"衡玉笑着给他传音。从踏入大殿开始，了悟的神情一直很冷淡，直到现在听到衡玉的传音，他的神情才渐渐转为柔和。他传音回复道："洛主觉得在下是一个愚善的人吗？我不愤怒，但的确失望。无定宗有戒律院，犯了错的弟子都要在里面受刑，在下从不推崇一味忍让。对就是对，错就是错，每个人都需要为自己的错误负责。你怕我为难，所以站出来处理此事，但接下来还是让在下自己来解决吧。"

衡玉想了想，默默往后退了两步，安静地看着了悟接下来要怎么处理。

了悟看向围在偏殿内外的百姓，语气很淡："禅门乃清净之地，在下会让小童子为诸位结算好这几日的工钱，然后就请诸位回去吧，接下来也不需要诸位上山了。"这话说出来，围着看热闹的百姓中响起喧闹声。其中一个上了年纪的老者迟疑地问道:"大师的意思是,接下来就不需要我们再上山修葺大殿了?"

"是的。"了悟直言。

"可是这雕像不是我们砸的,为什么要让我们丢了工作?"有人不满道。现在是农闲季节,哪里能随便找到比修禅殿更好的工作?他们可舍不得丢了工作啊。听到这些话,了念咬唇,压住内心的恼怒。了悟声音温和却毫无回旋余地:"因为你们明知他们要砸雕像却不加以阻止。你们心中若有埋怨,就埋怨那些令你们丢掉工作的人吧。"

随后,了悟看向那几个年轻人:"拆掉你们的房子,会让你们心生怨怼,那一切就依照炎城律法来处置吧。在下会命人去通知官府,让官府介入今日之事。"

说完,他没有理会那些震惊、懊悔的百姓,掐了一诀,一道无形的屏障出现在那些百姓身前,逼得他们只能不断往外退,最后全部退出大殿。

了悟把事情吩咐下去后,让受伤的小童子全部回去疗伤,又让人去官府通知官差、结算工钱并把那些没参与砸雕像一事的百姓送走。很快,偏殿清静下来,只剩下衡玉和了悟两人。

了悟上前,慢慢将破碎的雕像碎片捡起来,连那些渣末也被他一并收拢起来,动作十分温柔。衡玉把掉落的苹果和香烛捡起来重新摆放,再把倒置的烛台捡起来,小心抹去上面的灰尘。

"在下来吧。"了悟接过她手中的烛台。衡玉松手,任由他接了过去。

了悟把烛台扶正,摆在上面,取来一支干净而完整的蜡烛点燃。等蜡烛滴出蜡油后,了悟把蜡油滴在烛台上,再把蜡烛插立在上面。

"原以为淮城的事情能够顺利解决,现在想想,怕是还要再多待一段时间。"了悟说。

衡玉:"没关系,只要不耽误了前去剑宗的行程就好。"

官差过来得很快,那些闹事的年轻人全部被带走。他们被带走时,了悟就站在旁边看着,无视他们神情中的恼恨之色。等周围彻底安静下来后,了悟转身走出大殿。他刚迈出大殿,就看到站在大殿门外的衡玉。了悟问:"洛主怎么不进去?"

"站在这里也可以等你。"

了悟笑了下:"那我们回去吧,在下还得再想想接下来要做些什么才能改变淮城的情况。"谁做错了,谁就应当受到相应的惩戒。他不会因为几个年轻人,就直接放弃一整座城的人。了悟和衡玉前脚刚回到院子,无乐方丈后脚就寻了过来。无乐方丈的伤势稳定下来,现在已经没有大碍。

互相问候过后,无乐方丈说:"接下来你们可有想法?"

了悟说:"在下认为,之前我们想的方法并没有问题,只是不该直接从城北挑人。"

无乐方丈长叹,自我检讨道:"此事是我考虑不周。"城北百姓厌禅情绪最重,无乐方丈是想借着提供工作机会来释放善意，从而化解百姓对禅门的厌恶。但这样做，太急了。毕竟冰冻三尺非一日之寒。

想了想，无乐方丈说："接下来老衲会让弟子们到山脚下招工。山脚下的百姓们世世代代受寒山寺恩惠，对寒山寺是亲近的，不会再出现类似的问题。"他语气里有几分自责。

了悟温声宽慰道："方丈不必自责，此事是谁都没预料到的。"

释放善意时，谁能想到自己的善意会被轻易辜负呢？

送走方丈后，了悟走回院子里。他站在一团和煦暖阳中，笑着问衡玉："洛主手里可有铃铛一物？"

衡玉连忙翻找自己的储物戒指，过了许久，她找出一个首饰盒，就在衡玉打开首饰盒，伸手要从里面取出铃铛时，了悟说："洛主可以任凭在下取用里面的东西吗？"

衡玉眼中划过了然之色，她笑道："如果是为我做手链的话，那随你自便，如果不是就不可以。"

了悟没回话，只是直接坐在她对面，伸手将首饰盒拉到自己面前，他用平安结的结扣法编手链，编到合适的长度就将铃铛串一个进去，不过一刻钟，六个铃铛全部被串进手链里。最后，了悟打了个活结，将彩色珠子串在活结中。

一条手链被顺利编了出来，了悟把手链递到衡玉面前。衡玉伸出左手，把袖子往后扯了些许，露出光洁纤细的手腕。了悟垂眼，隔着一张桌子的距离为她戴上手链，然后用活结收紧手链，把它调整到最合适的长度。

"可以了。"

衡玉举起手晃了晃。铃铛也跟着她的动作震荡起来，发出清脆的响声。

"我想再做两条脚链。"衡玉一手托腮看着了悟，说完后垂眼瞥了眼首饰盒，"里面应该还有足够的铃铛。"

了悟无奈："但在下不好测量脚链的长度。"

衡玉身子往后一仰，两条腿全部搭在石桌上。她两手抱臂，气定神闲："随便测量。"了悟直接借口要做晚课，起身回厢房了。衡玉目送着他的背影，忍不住大笑出声。

换回正常坐姿，衡玉从储物戒指里取出笔墨纸砚摆在桌了上，罗列出她对淮城的一些设想。

淮城很难发展农业，那就只能想办法发展商业。看来她需要先好好了解淮城到底有什么特产。

"就只有这些东西吗？"空旷的大殿内，衡玉站在了鹤对面，认真盯着摆在桌上的几样东西。

桌上有两块矿石，刚刚了鹤已经给她介绍过，其中色泽偏金色的矿石被简单粗暴地命名为金石，白色中夹杂着灰色纹路的矿石被命名为鹤石。它们足够坚硬，而且里面蕴含有稀薄的灵气，因此经常被用于修建房子。还有一种名为蛇草的草药，里面同样蕴含有稀薄灵气，可以治疗蛇毒，所以药店时常会收购这种草药。

这三样东西就是淮城的特产。

衡玉弯下腰，捡起一块拳头大小的金石，把灵力注入其中，感受金石内的灵力流动轨迹。过了许久，她放下金石，拿起一块鹤石，重复刚刚的举动。

"感受出了什么？"等她再度放下鹤石，一旁的了悟才出声问道。

"金石和鹤石的灵力流动轨迹有些相似。我在思考能不能以金石、鹤石为布置阵法的主要材料，以蛇草融化后的液体为灵液研究出一个新阵法。"研究——一个新阵法？这个想法让在场众人都愣住了。

了悟很清楚，从她开始接触阵法到如今，满打满算只有一个多月。她的天资是高，已经把基础阵法吃透，但要说立即研究出一个新的阵法，就有些夸张了。

"可是创造出一个新阵法会很困难吧，而且布阵材料还是固定的。"了鹤挠挠头，说辞比较委婉。

相比之下，了念的说法就比较直接了："洛主你才学习阵法没多久，研究新式阵法是件很困难很耗费时间的事情，我们还要赶回宗门，不能在淮城耽搁太长时间。"

在两人出声反对时，了悟的目光落在衡玉脸上。她眉眼张扬，神采奕奕，仿佛没觉得自己的想法很夸张。瞧见她这副模样，了悟默默咽下心底的所有困惑与顾虑。他温声道："洛主如果有想法，那就试试看吧。你已吃透基础阵法，了解了阵法的基础变化，也许真的能有所突破。淮城的事本就不是你一个人的事，不能仅仅依靠洛主，你研究阵法时在下也会想些其他法子解淮城之困。我们可以双管齐下。"他的这番话，既鼓励了衡玉研究阵法，又没有给她任何压力。

衡玉脸上露出笑意："好，那我就不耽误时间，先回厢房忙了。"她抬手，袖子在桌面轻拂而过，把桌上的材料全部收进储物戒指里。

"在下陪洛主回去吧。"了悟跟着她一同往外走，踏出大殿，了悟才温声道，"刚刚了鹤和了念的话并无冒犯之意，洛主莫要介怀。"

衡玉压根没在意过，相比之下，她比较在意另一件事情："其实我觉得了鹤和了念的反应是正常的，反倒是你没有说我在这方面浪费精力，才是不正常的反应。"顿了顿，衡玉补充，"但不得不说，我很喜欢你的反应。"这种温柔而包容、愿意给予时间和信任的反应，谁会不喜欢。

了悟拨弄着手中的黑色念珠。他已经习惯衡玉的说话方式，但闻言还是哑然失笑："洛主是个很自信也很自傲的人，你不会随随便便提出一件自己做不到的事情，所以——也许洛主真的能够研究出来呢。若是连我也质疑你，你肯定会觉得失望吧。"

衡玉默然。片刻，她扬起唇角："我不失望。正因为我没有想过你们会支持我，所以我现在感到了欢喜。"由衷的欢喜。

衡玉抬眼，目光直直落在了悟俊秀雅致的眉眼上。她感觉到自己心尖在发颤，但很快，她就压下心底那几分悸动，平复下自己的思绪。这么好的人，完全无愧于"禅门之光"的称号，她怎么舍得毁他禅道。正因为舍不得，所以，连对他动情都是种错误。

很快，衡玉的视线下移，落在他手中那串黑色念珠上。

"一切恩爱会，无常难得久；生世多畏惧，命危于晨露……"衡玉突然念起偈语。

了悟回眸望向她。他的眼里思绪复杂，只可惜衡玉低着头，没有注意到这一点。她只能听到他出声帮她补足后面的偈语："由爱故生忧，由爱故生怖；若离于爱者，无忧亦无怖。"

走进厢房，衡玉走到桌边给自己倒了杯茶。

茶是她出门前泡的，现在已经凉透。衡玉一口灌下去，感觉思绪清晰不少。她没有再想了悟的事情，而是从储物戒指里取出所有的阵法书籍，将它们一一摊开。然后，她坐了下来，开始整理阵法的规律。

阵法难吗？难。如今沧澜大陆能够被称作"阵法大家"的修士，满打满算不足百人。但阵法不是毫无规律可循的，就像炼丹、用剑一般，研究之后会发现其中共通的道理。而如何从杂乱无序中寻找规律，这对衡玉来说并不难。接下来几天，衡玉都窝在厢房里研究阵法。

辞退掉那些从城北寻来的工匠后，寒山寺的禅修们在山脚下招聘工匠。

很快，大殿停滞的工程进度再次推进起来，那被恶意损毁的雕像也在小童子们的耐心修补下逐渐恢复了原状。了悟还做了不少事情，为淮城百姓提供更多的工作机会。他还建议无乐方丈以寒山寺的名义开办书院，里面不教授四书五经，而是教授种植、医术、算术等杂学，甚至还会教授木工、女红等。百姓觉得识字对他们没用，那就先从一些有实际用处的学问教起，后面再慢慢做调整。

书院自然是免费教学，而且为了提高百姓送孩子过来上学的积极性，了悟还做了一个规定：书院会包学子们一顿午饭，每月在书院表现优异的学子还可以从书院领一袋米回家。单是冲着书院包午饭这点，就有不少人会送他们的孩子过来书院读书。因此这个消息一传出去，不过短短两日，书院就顺利收够了学生。

了悟这边进展良好，衡玉那边倒是陷入了困境。基础阵法总共可以归纳为三类，她已经总结出这三类阵法的布阵规律。但要怎么运用这些规律，创造出一个新的阵法，这才是摆在她面前的真正大难题。

连着失败二十多次，衡玉算是知道了鹤和了念为什么都不看好她了。不过她并不会因此轻易放弃："失败二十六次，就意味着我有了二十六种失败案例做研究。还有时间继续试验下去，我就不相信失败个一两百次还研究不出来。"

衡玉已经想过，她是第一次自创阵法，要求也不高，只要阵法能够挡住炼气十层的全力一击就够了。反正这个阵法做出来主要也是卖给炼气期低阶修士的。

就在衡玉准备进行第二十七次尝试时，外面有人敲响了她的窗。衡玉就坐在窗边，直接伸手去推窗。窗户推开些许，站在窗外的人伸手，帮她把窗户全部支起，于是衡玉顺利瞧见站在窗外的人。

"怎么了？"衡玉托着腮，轻笑着问了悟。

"研究得还顺利吗？"

"不是很顺利。"

了悟说："出来逛逛再继续研究吧。"她已经连着四五天没有出门了。

"算了。"衡玉摇头。她提起兴趣研究东西的时候不太喜欢出去闲逛。

了悟轻声道："那在下站在窗外陪你。"

衡玉笑着拿起自己的研究成果，从窗户往外递："要看看吗？"

了悟接过，认真翻看起来。越是翻看，他越是惊讶。其实在无定宗的藏经阁里，类似的阵法书籍并不少，但那些基本是钻研阵法多年的修士写出来的。

"洛主在阵法方面的天赋令人赞叹。"看完后，了悟轻声赞道。

"多夸夸我。"衡玉朝他眨了眨左眼，"我喜欢听别人夸奖我。"

了悟哑然。很快，他笑道："在下已经夸完了。""天赋令人赞叹"六个字足够高度概括了。

衡玉为他提供方向："你可以换个方向夸，比如夸夸我的容貌气质，再不济夸夸我今天穿的这身长裙，或是我写的字也好。"

"莫要闹了，你若是觉得无聊，就出来散散步吧。"了悟无奈。

"你这样会把天聊死的。"衡玉长叹一声，低下头继续做研究。

了悟站在窗外，闭上眼默念经文修炼。接下来的两个时辰里，衡玉失败了八次。不过每一次失败都有收获，她越发摸透金石和鹤石的特性，也找到了蛇草的最佳炼化温度。等她分神往窗外瞧时，发现了悟已经不在窗外了。

"说好了陪我，人呢？"衡玉说着，站起身来趴在窗台上，恰好看到了悟盘膝坐在窗沿下，闭着眼拨弄手中念珠。她伸长手，摸摸了悟的头，然后又坐了回去，继续做她的尝试。

不知何时，了悟缓缓睁开眼睛。他抬手摸了摸自己的头顶，随后无声地叹了口气，重新闭眼陷入修炼之中。

在这七十八次失败里，衡玉把五种常见的排布方式都试了一遍，最后敲定了比较少见的逆八卦排布方式。这种排布方式能够最大限度利用金石和鹤石的特性。当然，除了这五种常见的排布方式，还有各种在此基础上的变形排布方式。不过衡玉还是个阵法新手，她不打算一下子给自己增加太多难度，时间也不允许她这么做。

"这应该就是蛇草的最佳炼化温度。"又一次失败后，衡玉提笔，在册子上记录下一个数据。

"当金石到这种状态时，再开始用鹤石摆阵，效果应该能更好一些。"衡玉在册子上一点点做着记录。但没过多久，她又默默把上面那句结论删掉，在原句基础上再做相应的修改。

　　眨眼之间，距离两月之期只剩下大半个月。
　　沉寂多时的寒山寺重新变得热闹起来，每天都有工匠在修葺大殿，有妇女提着篮子把自己做好的香烛提上寺庙，有少年们结伴高高兴兴地过来听课。
　　那常年缺少香火的大雄宝殿也变得香火鼎盛起来，端坐在莲台之上的雕像重新变得圣洁庄重。
　　了悟待在大殿里，仰头望着面前的虚乐雕像。这就是那日被损毁的雕像。在山下百姓和寺里禅修们的共同努力之下，虚乐雕像已经恢复原貌。只要不凑近了细瞧，就没有人能看出雕像曾经被毁坏过。
　　衡玉在失败了上百次后，对自己要创造的阵法越发了然于心。她没有一鼓作气把阵法研究出来，而是打算出来逛逛放松一下，状态调整到最佳后再重新开始。
　　"了悟在哪儿？"出了自己的厢房，衡玉瞧见一个小童子，连忙拦住他问道。
　　"了悟大师应该在偏殿。"小童子正好是从偏殿过来的。
　　衡玉向他道谢，自己挥着手里的狗尾巴草，走到偏殿去寻了悟。小半刻钟后，衡玉走到偏殿门口。从她这个角度，恰好能瞧见了悟的半边侧脸。温暖的阳光穿门而入，打在他的半边侧脸上，映照出他认真且虔诚的眉眼。他擦拭雕像时太专注，以至于都没发现衡玉已经站在门口。
　　衡玉想，像他这样的人，哪怕一直待在大殿里也不会觉得无趣。但这样的他也缺少红尘的历练。若不入世、不亲自体悟一番人世之七情六欲与悲苦，又如何超脱出世。
　　他要渡情劫，就是要入世，要感悟红尘。
　　衡玉迈过高高的门槛，走到水桶边。她取出一张干净的手帕扔进水里弄湿，拧干水后走到了悟身边，擦拭起大殿前的烛台。瞧见她，了悟那张出尘的脸上多了几分温度："饿了吗？"
　　筑基期修士怎么会饿？但衡玉还是说："馋了，想吃糖葫芦。"
　　了悟一笑，这才问起另一个话题："阵法进展如何？"
　　衡玉擦拭完烛台，转而擦拭桌子："进展良好，我已经排除了不少方案，也得出了多种可能性，接下来就在这个基础上再做尝试即可。"两人清理完雕像上的灰尘，衡玉微微启唇，就要开口告辞，她还要赶回去继续研究阵法。但了悟先她一步开口说："在下陪洛主下山逛逛吧，你该放松一会儿。"
　　衡玉想了想，不愿拒绝他的好意，笑着点头应好。
　　两人穿过林荫小道，顺利抵达寒山寺山门。来到山下集市，了悟温声道："我们先去买糖葫芦吧。"
　　衡玉一怔，想起刚刚在偏殿里她的回答，脸上多了几分笑意："好。"
　　找到卖糖葫芦的小摊贩，了悟伸手抽了两串不同口味的糖葫芦，全部递给衡玉。

路过栗子铺时，了悟称了两斤栗子，后来又买了一碗豆腐花，还特意买了一枝盛开的花。

"还有什么想吃的东西吗？"了悟两只手都提有东西，这才回身问衡玉。

衡玉两手各握着一串糖葫芦，她嘴里正咬了颗糖葫芦，不太方便说话，只好摇了摇头表示没有了。

了悟低头扫了一眼，觉得应该买得差不多了。他道："那我们回去吧，已经耽误你不少时间了。"

了悟一路把衡玉送到厢房门口，等衡玉推开厢房门，他也跟着走进里面。他目光所至，都是各种阵法图纸。它们密密麻麻地摆在桌子上和床榻上，地板上也丢了不少已经废弃的纸张。

衡玉顺着他的目光看过去，轻咳两声："别介意，我没来得及收拾。"

了悟笑着摇头，将零嘴全部放到空着的柜子上方，再把那枝买来的桃花插在窗边的花瓶里。

安置好这些后，了悟默默蹲下身子，帮衡玉捡起散落在地上的图纸："你有事要忙就先忙吧，在下帮你简单整理一番。"

衡玉没跟他客气，直接坐在木凳子上，紧跟着上午的进度开始做研究。

了悟捡完地上散落的图纸，站起身来，走到床榻边看着摆放在上面的图纸，从编号为一的图纸往下看。了悟有一定的阵法底子，能够看懂前几张图纸，但再往后，他就看得越来越吃力了。看到第十张，了悟忍不住回头，目光落在衡玉身上。

衡玉用一根蓝色绑带把长发松松垮垮地全部扎了起来，正垂下头认真翻看着阵法书，一只手在虚空中写写画画，完全沉浸在研究之中。

了悟把手中的图纸轻轻放好，走到桌边为她重新泡了壶茶。等茶泡好后，他默默退出厢房，把所有空间都留给她。

又是三天时间过去。这天早上，了鹤握着一张传讯符过来找了悟。

"师兄，宗门那边已经传讯催促了，要我们尽快从淮城出发赶回宗门，随着宗门启程赶赴剑宗。"

说话时，了鹤不住地往衡玉的厢房方向探头，他自然知道这段时间衡玉一直在研究新式阵法。

了悟接过传讯符，他低头扫了两眼，点头道："你回复宗门，就说最迟五日后我们会动身。"

有了确切的答复，了鹤双手合十行礼，先行退了下去。等了鹤离开后，了悟回头望了望衡玉那紧闭着的房门，手握竹杖走下山。一刻钟后，他手捧着一袋刚出炉的栗子，走到衡玉厢房门前，正准备抬手敲门时，房门先一步被人从里面拉开。

头发束起的衡玉瞧见了悟，目光下移到他手心，唇角顿时扬起。她伸手取出一颗栗子剥着壳："你怎么知道我想吃栗子。"

"喜欢就好。"了悟从袋子里抓了一把，慢条斯理地帮她剥壳，之后再一一递到她手心里。

衡玉吃了几颗解馋，这才往旁边退开两步："让你看样东西。"

了悟大致猜到了是什么。他走进房里，一眼就瞧见那将无数废弃阵图压住的阵盘。

阵盘以逆八卦形式摆放，上面镶嵌着已经打磨好的金石、鹤石，还有一些辅助材料，最后以蛇草融化后的灵液画出阵脉。了悟弯下腰捡起阵盘，开始认真打量。

衡玉解释道："阵盘比阵图更容易上手，只要是对阵法稍有研究的人，通过研究阵盘，就能将这个阵法布置出来。到时候把阵法刻在手镯、项链一类的装饰物上，就能做成防御性法宝。我已经在阵法上添加自毁术式，以后如果有人要强行查看阵法，法宝就会直接毁掉。这能最大限度地避免阵法外传。"当然，她这只是为了以防万一。金石和鹤石都是淮城的特有矿石，阵法就算外传，没有原材料的话也是抓瞎。

"试过阵法效果了吗？"

"可以挡住炼气巅峰的最强一击，不过这是消耗性阵法，顶多只能挡住三次攻击。"以她现在的阵法造诣，暂时只能做出消耗性阵法。

"这也足够了，淮城多凡人，阵法太过强大有时候并非好事。"了悟说。

有了这个阵法，淮城就可以开采金石、鹤石。开采矿石肯定需要相当多的劳力，这可以为淮城百姓提供工作机会。除此之外，蛇草的需求量也会大幅度上涨。随着时间的推移，淮城百姓会过得越来越好。

了悟研究够阵盘后，将阵盘放下。他抬眼望向衡玉，发现她脸上带着没有遮掩好的疲倦神态。

了悟温声道："你已经熬了多日，就先好好休息吧。剩下的事情由在下代为解决。"

衡玉的确累了。研究阵法很耗费精力，也就是她境界远高于炼气期，所以灵力才足够支撑。

"那后续就交给你了。"

了悟点头，他环视一圈，指着角落的椅子："坐在那里等会儿。"衡玉不明所以，走过去坐下。

瞧着衡玉坐下，了悟走到床榻边，把那些散落在床上的阵图全部按照顺序收拢在一起，收好后，他才朝衡玉招手。衡玉走到床榻边坐下，倚着枕头半躺着，静静地看着他收拾那些散落在各处的阵图。

不一会儿，了悟全部收拾完毕。他直起身，用砚台压住纸张不让它们乱飞，又走到香炉边，把燃起来的安神香块放进香炉里，让清香的烟雾散到屋中的每一处角落。做好这一切，他转过身来，正好撞进衡玉的视线里。

"睡吧。"了悟声音温和。

衡玉睡醒时，已经到第二日清晨。

她梳洗之后出门，感受到了了悟的气息。锁定某个方向后，她沿着小径往竹林深处走，很快就瞧见自己要寻的人。她脚步轻快，跃过那些冒头的竹笋，走到了悟身边盘膝坐下。

她身体往后倒去，靠着竹子听了悟诵经，听了一会儿，不得不感慨：诵经声果然一如既往地催眠。

在衡玉听得昏昏欲睡时，了悟合上经书，他已经做完了今天的早课。

衡玉抬手揉了揉眼睛："你卡的时间点刚刚好。"

"嗯？"

"正好就在我要睡着的前一刻结束诵经。"

了悟哑然："那你现在还想睡觉吗？"说罢，他作势要继续翻看经书。

衡玉连忙摆手："这就不必了，我们先来聊些正事吧。阵法推广得如何？"

"昨日在下去寻了无乐方丈，与方丈一道前去找淮城城主。城主本人正好对阵法有研究，他研究过后已经决定组织人手开采金石和鹤石。"顿了顿，了悟补充，"我已将你的名字告知城主，今后阵法流传开，淮城百姓也会感念你的功绩。"他知晓她并非贪图虚名之人，但这有可能令她获得倾慕值。衡玉扬眉，两只手枕在脑后，觉得和了悟这样的人相处起来实在是太愉快了。她还什么都没提，他就已经处处想在自己前面。

"新阵法短时间内都很难推广开，我们何时动身回无定宗？"衡玉问道。

"洛主想参观无定宗吗？"

"为何这么问？"

"若你担心在无定宗里待得不自在，我们就在淮城多逗留几日，到时回到无定宗直接出发赶赴剑宗。若你想参观参观无定宗，我们明日就离开此地。"

衡玉笑道："我挺感兴趣的。"

"那我们明日就走。"

了悟将捧在手中的经书收回储物戒指里，然后从地上起身，而右手伸到衡玉面前，将她从地上拉起来。等她站稳后，他才自然而然地松开手。

两人沿着另一条路走去大雄宝殿。远远看到大雄宝殿时，衡玉就注意到来上香的百姓比她刚来时多了不少。这是一个很好的迹象。

第二日清晨，衡玉、了悟、了念还有了鹤四人离开寒山寺，赶赴无定宗。

他们离开寒山寺时，无乐方丈领着一众小童子前来送行。

无乐方丈和了悟打过招呼后，将目光落在衡玉身上。他双手合十眉眼慈悲："这段时日麻烦洛道友和圣子了。"在他身后，小童子们也纷纷双手合十，表示自己的感激之情。

衡玉掐诀回礼："方丈不必如此。"

无乐方丈说："这是应该的。"在无乐方丈说完这句话后，衡玉感觉到她储物戒指里的某样东西在散发着微微热度，那是她的宗门身份玉牌。

等到几人上了飞行法器，衡玉从储物戒指里取出玉牌。她往玉牌里注入灵力，发现玉牌上的倾慕值已从三百五十涨到了五百。这一百五十的倾慕值，应是寒山寺的禅修们贡献的。

这并不难理解，她的所作所为化解了寒山寺和淮城百姓间的矛盾。寒山寺的禅修们都知晓内情，因而对她产生感激钦佩之情。不过，衡玉觉得有些牙疼的是：她辛辛苦苦忙碌了那么久，做了那么多事，居然才得到一百五十的倾慕值！

要知道寒山寺的禅修可都是修士，无乐方丈更是处于筑基后期。通过这种方式赚取倾慕值，真是赚了个寂寞。

盯着玉牌纠结片刻，衡玉就想通了。她在淮城做了很多事情，但现在只有寒山寺的禅修知道。等后面阵法推广开，淮城百姓也会知道她的付出，到那时候他们也会为她贡献倾慕值。虽然赚的倾慕值还是很少，但至少是可持续发展的资源。

收起玉牌，衡玉操控飞行法器往西北方向飞去。飞行一日后，下方已没有任何城池，但偶尔能看到不少茶馆。衡玉探头往下看，能瞧见不少人头戴斗笠、背着行囊、手持竹杖往西北方向而去。

了念高高兴兴地道："洛主你知道吗？这方圆十万里原本都是荒漠，黄沙漫天、大风不止，当地人将此地称为'无尽荒漠'。当年我们宗门的创始人将山门创立于此，以移山填海之大神通移来各种灵脉灵山，生生将无尽荒漠尽头改造成一处适合修炼的洞天福地。随后万年，因信众多，他们每人前来朝拜时，都会随手在无尽荒漠里栽种下树木。万载岁月以后，这方圆十万里的无尽荒漠生生变成无尽森林。"

衡玉微愣，低头往下看。她目光所及之处都是树木，若不是了念解说，她会以为这是一片天然树林。"那当真是引人遐想。"衡玉忍不住夸了一句。

又飞行了半日工夫。

一般情况下，越是深入森林深处，人烟应当越稀少，这里却完全相反。越是深入，衡玉发现这里的人烟越密集，到后面更是出现了村落和小镇。了悟解释道："信众在此定居繁衍，久而久之就形成了村落和小镇。在无定宗山脚下更是有一座城池。"

一个时辰后，衡玉一行人顺利抵达森林的尽头，瞧见那人声鼎沸的城池，也瞧见了矗立于城池最上空、被雾气遮掩住的无定宗山门。衡玉盘膝坐在飞行法器上仰望，压根看不清山门的全貌。这景象，当真是有了夺天地造化的风采。她只是这么看着，便心生一股宁静祥和之意，耳边隐约能听见阵阵诵经声。

收起飞行法器，了悟领着衡玉往前走，边走边解下缠绕在右手腕上的念珠，递到衡玉面前。

"怎么了？"衡玉微愣。

"这串念珠是无定宗圣物，你拿着它才能进入宗门。"了悟说。

黑色念珠入手，衡玉感到一股透心的凉意。这串念珠里面蕴含的气息并不温和，相反，它透着十足的恶念。这种恶念让衡玉忍不住低头打量它几眼。

"这串念珠是用化神期的邪魔骨炼化而成的，在下平时手持它来修炼道法。"

化神期。只看这个境界，衡玉就知道当年的邪魔到底有多难对付。她握住这串念珠，默默地跟在了悟身后。

靠近城门时，衡玉瞧见城门前雕刻着好几朵盛开的莲花。莲花不知道是用什么材质雕刻而成，反正每一朵都栩栩如生，连上面的水滴都晶莹剔透，恍若真实存在的。

了悟走到莲花前，取出自己的身份玉牌，随后莲花石雕上的水滴滑落下来。当水滴没入莲花深处时，一道云雾缭绕的大门出现在衡玉的视线里。

了悟领头往前迈了一步，主动走进云雾之中，了念、了鹤紧随其后。

衡玉也连忙跟着往前走，在迈入云雾时，她感觉到有股力量在排斥她。就在排斥力逐渐增大时，她手中的念珠散发出丝丝金光，这抹金光化去排斥力，让她顺利走进云雾。

下一刻，云雾消散，衡玉面前只剩下一条长长的石梯，石梯的两侧栽满了参天古树。

"石梯尽头就是宗门。"了悟边说着，边迈步登上石梯。石梯只有百级，走到最上方的平台，了悟伸手推开那紧闭的寺门。下一刻，一片缥缈浩瀚犹如仙境的景色出现在衡玉的视线之中：红莲铺满湖面，仙鹤从湖面上一掠而过，掀起层层涟漪。有两个人盘膝坐于湖中莲台，正在闭目诵经。

原来无定宗的宗门，竟在这一片湖心上。

察觉到宗门大开，莲台上的两人缓缓睁开眼睛。

"了悟师兄。"两人连忙起身，双手合十向了悟问好。了悟颔首，双手合十回礼，指着衡玉道："这位是与在下同行的朋友，接下来几日会暂住于宗门里，到时候她会随我出发前往剑宗。"

左边的人眉骨上有一道疤痕，长相也偏硬朗。他的目光落在衡玉身上："既是师兄带回来的友人，那自然没问题。只是依照宗门条例，这位道友需要自报家门，以便我们做一番记录。"

衡玉笑道："这是应该的。百花谷洛衡玉，见过两位。"

百花谷？两人彼此对视，神情里带着几分诧异。但很快，左边的人连忙收敛起自己脸上的惊诧之色，双手合十向衡玉行了一礼："原来是百花谷的洛主，刚刚冒犯了。"

衡玉回礼，示意并无大碍。

"请入宗门。"左边的人抬手做了个"请"的动作。

了悟踩着湖面上凸起的莲台，从容越过这片浩大的湖面。衡玉懒洋洋地低头，踩着了悟的步子在莲台上走着。没过多久，一行人顺利抵达岸边。

了悟对两个师弟说："你们先回自己的院子吧。"

打发走他们，了悟看向衡玉："在下带你去寻厢房。"

如果说百花谷里面楼阁重叠雕梁画栋，是精致漂亮若温柔乡，那无定宗的一景一物就是大气而神圣的，这里是不染世俗尘埃的世外仙境。

衡玉坐在仙鹤背上，由仙鹤驮着她前往曲阳峰，那是无定宗专门招待访客的山峰。

抵达曲阳峰，了悟给仙鹤喂了丹药，又摸了摸它的羽毛，这才让仙鹤离开。

"了悟师兄，"一个穿着灰衣的小童子连忙跑过来，"你怎么来了这里？"这小童子是专门负责在曲阳峰接待客人的弟子。

"这位是百花谷洛衡玉少主，还请师弟妥善安排她的住处。"了悟温声道。

小童子刚刚已经注意到衡玉，闻言向她行了一礼："洛主请随我往里走。"

"麻烦了。"衡玉往前走了两步，又折返瞧着站在原地的了悟。她眉梢微挑，笑问："你不随我一道进去吗？"

了悟笑着摇头："在下刚回宗门，要去向师父请安，待请过安后再来寻洛主。"

说完了悟就站在原地，待衡玉跟着小童子一块儿从视线里消失，才转身前往后山。

"师父。"

空旷的大殿里，无定宗掌教跪坐于慈眉善目的雕像前，脊背挺得笔直。他左手拨弄念珠，右手敲击着面前的木鱼。木鱼声阵阵，掌教的声音也随之在殿内响起："听说你带了位客人前来，她就是百花谷弟子吗？"

了悟温声道："正是。"

掌教睁开眼睛，停下敲击木鱼的动作。他从蒲团上站起来，转身看向了悟。他的眼睛上覆着白绸，目不能视。这位掌教的修为已至元婴后期，距离化神期不过半步之遥。

"了悟，你似乎变了不少。"

"一年之行，弟子颇有所得。"

掌教那始终平淡的脸上，多了几分淡淡的笑意。掌教没有刻意探听了悟的行踪，但他和青云寺住持是多年好友，前段时间他收到青云寺住持的传讯，住持提到了悟，也提到那位百花谷弟子。除此之外，平城的事情牵扯到圆静，淮城的事情牵扯到厌禅，都闹得比较大，所以掌教也有所耳闻。

"如此便好。若想要出世，当先入世历练一番，你在道法上的造诣极高，在其他方面历练就少了很多，为师一直很担心你。"

了悟双手合十应是。大殿里缭绕着烟雾，映衬得他眉间朱砂若隐若现。

"那位百花谷弟子是叫洛衡玉对吧。"掌教想了想,"若是有缘,为师倒是想见一见她。"

其实,掌教和圆静是师兄弟。对圆静和宓宜的纠葛,掌教一直都是心中有数的。

就他目前掌握的消息来看,掌教得出一个令他感到诧异不已的结论:那位百花谷弟子,好像真的是在一心一意成全他弟子的禅道。情劫难度,但他弟子的应劫之人,倒是有些出乎他的预料了。

了悟在向无定宗掌教请安时,衡玉已经挑选好她居住的厢房。向带路的无定宗弟子道过谢后,衡玉走上前推开门走进里面。

厢房的装饰简单而大气。衡玉走过去推开窗,发现窗外恰好是一片竹林。如今正好有一阵微风吹过竹林。在风吹过时,衡玉听到竹林响起极轻的声音,那声音听起来很像紫箫吹奏起来时的声音。

她坐下,给自己泡了壶茶。喝完茶后,衡玉摊开笔墨纸砚,开始总结自己在阵法上的一些小心得。自创阵法相当困难,但自创成功后也得到了不少收获,这对于她日后修习阵法颇有益处。

许久,衡玉刚把阵法整理好,门外就响起敲门声。

衡玉起身开门,门外站着的果然是了悟。他换了身新的月牙色衣袍,站在檐下,身后就是那片竹林,整个人带着一种别样的风采。

"久等了。"了悟说,脸上带着些许歉意,"在下突然有件急事需要处理,接下来怕是不能陪洛主逛宗门了。"

衡玉好笑道:"所以你过来就是为了告知我这件事?来个传音符就好了,不用多跑一趟。"

"在下答应过你,待请过安后要来寻你,自然不能失约。"了悟说,"况且这次过来,是想给洛主一样东西。"他伸出手,将手中紧握的令牌递给衡玉。

"这枚令牌是信物,洛主凭借它可以借阅藏经阁一至三楼的功法秘籍。洛主若是无事,可以去藏经阁看看有没有你需要的阵法书。"

阵法书!衡玉目前最想看的就是这方面的书。她接过令牌,放在手心里把玩:"多谢。"

衡玉换了身鹅黄色长裙,用一根木簪将披散着的长发全部绾起,然后就握着令牌出门。

衡玉不认识路,但她已经打听过,只需要乘坐仙鹤,把目的地告知仙鹤,它就会驮着她抵达藏经阁所在的山峰。

没过多久,仙鹤飞到目的地。衡玉掏出一枚三品补气丹递到仙鹤嘴边,仙鹤长鸣一声,低头叼走那枚丹药,还亲昵地蹭了蹭衡玉的脸颊。衡玉被它蹭得有些痒,又多给了它一枚丹药。收好剩下的丹药,衡玉朝仙鹤挥了挥手。仙鹤再次长鸣一声,振翅飞走。

衡玉转身，就瞧见了那立于千级台阶之上的藏经阁。藏经阁很热闹，现在有不少无定宗弟子都在攀爬阶梯进藏经阁。没有人御剑直接飞上去，衡玉自然也不会犯这种低级错误。她绾起鬓角碎发，迈步登上台阶。在全部穿着素衣的禅修中，衡玉的一身鹅黄色裙子分外显眼。

在她攀爬阶梯时，身边时不时会有无定宗弟子经过。他们好奇的目光落在衡玉身上，若是不小心与她对视上，他们就会歉意一笑，然后连忙把视线移开。

就在衡玉要走完千级台阶时，她看到台阶尽头有一个禅修十分特别。他的衣服松松垮垮地挂在身上，嘴角挂着几分笑意，显得放荡不羁。

衡玉打量的时间有些长，那安静站在原地的禅修自然也注意到了她。

"洛主，"那青年禅修双手合十与她打了个招呼，好像认识她一般，脸上挂着熟稔柔和的笑，"在下法号了缘。"一听对方的法号，衡玉瞬间知道这个人是谁了。无定宗每千年才出四位圣子，除了悟外，还有一位修习因缘禅的圣子了缘。

衡玉说："原来是了缘师兄。"都是修禅，但禅法分支极多，了悟所修的禅法最为中正平和，乃大慈大悲之道。除此之外，禅门中还有其他分支。衡玉会记得了缘，正是因为这位圣子所修的禅法不是常规路子，而是因缘禅。这一分支极有意思，游走红尘之中，以红尘作为修行。

在衡玉走神想着了缘的身份时，了缘瞥了眼她手中的令牌，主动发出邀请："洛主也要进藏经阁吗？不如我们一道同行。"

衡玉没有推辞，她走到台阶尽头，与了缘并肩走进藏经阁里。得知衡玉的来意后，了缘把她带上藏经阁二楼靠里侧的一面书架："这面书架的书基本与阵法有关。"

"麻烦了缘师兄了。"衡玉随手抽出一本书，就要翻看起来，结果她转身时，发现了缘还站在原地。她眉梢微挑："了缘师兄还有事？"

"作为在下带路的报酬，不知道洛主能不能为我解个惑？"

"了缘师兄先说说你的问题。"衡玉没有立即答应下来，她对了缘的问题，已经有些许猜测，应是与了悟有关系。

了悟在禅门的呼声太高，同样天资出众的了缘在了悟的光环之下黯然失色。

了缘一笑，那双桃花眼便显得潋滟多情。修禅之人居然长有这么一双眼睛，当真是叫人觉得突兀。

了缘凑近衡玉些，作势要开口。下一刻，他抬起手，在衡玉没反应过来时为她别了别鬓角的碎发，动作格外亲昵，声音也柔情似水："刚刚只是在和你开玩笑，你以为我想探听有关了悟师兄的事情？"

衡玉反手解下自己用来绾发的木簪。柔顺的长发完全散落下来，有几缕长发滑落到了缘的手背上，让他觉得有些发痒。

衡玉不仅没有后退，反而逼近了一步。在了缘的注视下，她用木簪尖端挑起了缘的下巴，从上到下一寸寸打量了缘的容貌，无所谓地笑道："听闻圣子是修习因缘禅的，真是可惜，了缘师兄怎么不需要渡情劫呢？我着实好奇，到底是百花谷的双修之道厉害，还是了缘师兄的因缘禅更强。"

她觉得，了缘这种类型的圣子，撞上慕欢或者舞媚那种类型的妖女，会相当有意思。至于她？她对了缘没什么兴趣。木簪尖端很尖锐，不过这小小木簪自然不可能伤了缘分毫。

听到衡玉的话，了缘脸上也露出几分惋惜之色："洛主说到我心坎上了，我也觉得很可惜。了悟师兄不解风情，洛主怕是难以攻略，就算真的能让他松动，他也只是块木头，不能识得洛主的风情万种。"

衡玉眉梢微挑，倒是有些感慨。同修禅道，了缘和了悟走的是两条完全相反的路子，若是了悟，绝对说不出这样的话语。她心中不满了缘这番话。两人不熟，衡玉也懒得跟了缘多说些什么。

"了缘师兄，你打扰到我看书了。"她直接下了逐客令。

了缘闷闷地笑了两下，他声音和缓下来："那在下就不打扰洛主了。"

目送着了缘离开，衡玉低下头翻开阵法书。但很快她意识到不对，了缘为何会做出那番举动，又为何会说出那样的话？难道是有意做戏给了悟看？

衡玉环视一圈，这里太靠近角落，如果有人到来，她是肯定能注意到的。

想了好一会儿，她还是没想通此事，只好先压下心底疑惑，集中精神翻看阵法书。

了悟盘膝坐在阵中，突然猛地睁开眼睛。他闭了闭眼，缓缓拧起眉心来。

"师兄，出了何事？"站在阵外护法的了鹤连忙问道。

了悟摇头，无意识地拨弄着手中的念珠，同时在心底默念经文。但把整篇经文默念完毕，了悟还是没办法完全摒弃杂念。他只要闭上眼睛，心头就莫名浮现出那句"真是可惜，了缘师兄怎么不需要渡情劫"。

"师兄……"

了悟眉心紧锁："稍等片刻再重新起阵。"

站在阵外的了鹤迟疑着点头。不知道是不是他的错觉，他总觉得师兄脸上带着几分淡淡的哀伤，呼吸也比平时急促了几分。就好像，师兄已经竭力保持克制与平静，但神情还是不小心暴露了他的哀伤。

无定宗是禅门圣地，藏经阁中的藏书过十万册。阵法类的书籍五花八门，各种分类都相当齐全。

衡玉在书架上随意翻找，一会儿就找到好几本自己感兴趣的阵法书。她抱着这几本阵法书，挑了个靠窗的角落盘膝坐下，她把书放在膝盖上，瞧见一些感兴趣的阵法，就以食指为笔，在虚空中练习绘制法阵，神情专注。

傍晚，鼓声在整个宗门里回响，藏经阁里也能听到。这是到了无定宗弟子做晚课的时间，一般这个时候，藏经阁也要闭馆，不再对弟子开放。衡玉待在角落，并没注意到别人陆陆续续离开。一直到藏经阁里的弟子走了大半，附近突然响起一阵脚步声，然后一道被夜明珠亮光拉长的身影投照到衡玉面前。

衡玉察觉到异常抬起头时，来人已经走到她面前，他微弯下腰，抓住她膝盖上那本阵法书的书脊，略微用力，想要抽走她的书。衡玉松了力道，任由他把书抽走。

了悟合上手中的阵法书："夜间藏经阁不开放，该离开了。"

衡玉奇怪道："你怎么知道我在这里？"对这个问题，了悟好像没听见一般，直接避而不答。他伸出自己的右手，温柔地将她从地上拉起来："我们快些出去吧，没看完的书明日再来看。"

衡玉刚刚不过随口一问，压根儿没注意到他有意岔开话题。她弯下腰抱起放在地上的书，走回书架边，按照记忆中这些书的位置把它们摆放回去。了悟安静地站在走廊那里等她，待将书本全部放回原位后，衡玉朝了悟微抬下巴，示意他可以走了。

夕阳洒在藏经阁前那千级台阶上，衡玉的身影被拉得很长。她快步走下台阶，走了好几步，发现了悟不疾不徐地跟在她身后，她站在台阶下朝他招手："怎么不快些？"

夕阳的光辉映在她脸上，一时之间，她脸上的笑容似真似幻，如镜中之花，看似动人心魄，却也触手难及。了悟下意识静立在原地，心中怅然若失。这种滋味于他实在少有，他不知该如何舒缓自己的心情，无意识地拨弄着手中的黑色念珠，轻抿起唇角来。

"怎么了？"衡玉又问了声。她见了悟没反应，快步走上台阶来到他面前，踮起脚抬手在他眼前挥了挥，还用手碰了碰他的额头。

"走什么神，是遇到什么为难事了吗？"她的手很凉，在触碰到他额头时，一股凉意从他的额头蔓延开来，让了悟从出神状态缓缓回过神。他垂下眼看向衡玉。这朵镜中之花，现在就站在他触手可及的地方。

那种怅然若失的感觉突然消散些许。

第二日一大清早，衡玉来到藏经阁。

走进空旷而寂静的藏经阁一楼后，她将了悟交给她的令牌递给守门的弟子，然后顺利进入藏经阁。等衡玉的身影消失时，身形略胖的弟子挠挠头，对身边的同门道："刚刚那位女修持的是了悟师兄的令牌吧。这么重要的令牌师兄居然直接给了她，她是师兄的友人吗？"

另一个略瘦些的禅修挤眉弄眼："我听说啊，她是百花谷之人。"

"百花谷！"胖禅修声音猛地变大，意识到自己的失态后，他连忙捂住嘴轻咳两声，压低声音说道，"了悟师兄怎么会和百花谷的人扯上关系，难道传闻是真的？"

"什么传闻？"门外突然传来一道夹杂着笑意的声音，了缘把玩着折扇，迈步走进藏经阁里。

"了缘师兄。"两个守门弟子连忙端正神色，双手合十向了缘行礼。

行完礼后，那个胖禅修挠挠头，讪笑道："师兄，我们就是随便聊聊。"

了缘唇角泛起一丝笑意，声音却很冷："守门之时不仅不认真，还擅自谈论师兄的逸事，等守门结束，你们两个自行去戒律院领罚。"

两个弟子耷拉着头，连声应是。告诫过他们两个后，了缘随手转了转手中的折扇，直接走上藏经阁二楼。他直奔阁楼深处，果然在靠里的书架旁找到了自己想要找的人。他绕进书架里，随手抽出一本颇为深奥的阵法书，走到衡玉身边盘膝坐下。

刚刚了缘过来时，衡玉并没有在意，只以为是个同样来找阵法书的无定宗弟子。直到他在她身边坐下，衡玉才侧头看向他。注意到来人是了缘，她扬眉："不知了缘师兄今日有何指教？"

"闲来无事，就想钻研下阵法。"了缘挥了挥手中的书，表示他没有欺骗她。

衡玉瞥了眼那本阵法书的名字：《奇门遁甲阵》。昨天在翻看书架时，她也瞧见过这本书。奇门遁甲在阵法一道中颇为偏门，而且非常难学，这本书她昨天翻了几页，基本处于茫然状态。现在瞧见了缘握着这本书，衡玉倒是来了些兴致："了缘师兄对阵法颇有研究？"

了缘歪了歪头，整个人的气质既圣洁又充满邪魅。两种截然不同的气质杂糅在他身上，显得无比矛盾。但这份矛盾，也让他显得越发有魅力。

"虽然还没到阵法大家的水平，但在无定宗里除了几位化神期祖师，我的阵法造诣应该是最高的。若是洛主有什么疑惑，可以与我好好交流一番。"

衡玉眉梢微挑，有些诧异，看来了缘在阵法方面的天赋绝对不差。

"那就多谢了缘师兄。"她随口回了句，重新垂下眼认真翻看手中的阵法书，全然视她身侧的了缘于无物。了缘脸上的笑有些绷不住。他转了转手中的折扇，用合并起来的扇骨敲击自己右手虎口。似乎是想到什么，他起身走去书架翻找起来。他的动静有些大，但衡玉从头到尾都没有把视线从书上移开。

没过多久，了缘再次折返，手里握着一本黑色封皮的古籍。他走到衡玉面前，微微弯下腰，把古籍递到她眼前。

"了缘师兄还有事？"衡玉视线上移，与他对视。

了缘轻笑："我不知道怎么才能打动洛主，想了想，大概只能投你所好。"

衡玉轻抿唇角，脑海里思虑片刻，猜测了缘这两日几番接近她到底是为了什么。但她不了解了缘这个人，缺少信息，想了片刻还是没得出任何结论。

衡玉垂下眼，伸手接过那本黑色古籍："师兄这么一说，我倒是好奇起这本古籍里的内容了。"

瞧见她接过，了缘唇角上扬，再次盘膝坐在衡玉身旁，默默注视着她，似乎在期待着她翻看古籍。

衡玉也有些好奇他那句"投你所好"的意思，直接翻开古籍，从第一页开始阅读。

只是读了几行，她就愣住了，侧头看向了缘："这——"

了缘的桃花眼里蕴满笑意："我就说，洛主会喜欢这本书的。"

衡玉失笑，倒是没否认。她收回视线继续阅读下去。足足看了两个时辰，衡玉才把这整本书看完。等她伸个懒腰合上古籍时，余光扫到了缘，他正靠着墙壁闭目养神。衡玉扬眉，有些诧异："你还没离开？"

了缘只是闭目养神，并没有陷入熟睡状态，听到衡玉的话，他缓缓睁开眼睛，神情里带着几分闷闷不乐："我这么一个俊秀的圣子坐在你身畔，你一直忽略我合适吗？"

衡玉诚恳道："你这个样子，比之前那自得的模样顺眼不少。"

很快，了缘洒脱地笑笑："洛主看完这本书，觉得如何？"

这本古籍提到无定宗有一个测魔大阵。那是集历代先辈之力研究出来的阵法，听闻那个阵法已经可以用来探测邪魔，但每探测一次就会损耗太多的天材地宝，所以它就被封存在无定宗的冰莲湖上。历代先辈会留下那个大阵以及衡玉手中这本古籍，就是希望后来者中有能者将大阵简化，让它不要耗损那么多天材地宝，方便在整个沧澜大陆推广。

衡玉对了缘说："了缘师兄应该也看过这本书，不知了缘师兄有何见解？"

提到正事，了缘那玩世不恭的神情收敛些许。他抬手收拢自己胸前散开的衣袍："我这些年一直在研究这个阵法，倒是有些许心得。"顿了顿，了缘主动问道，"洛主想去冰莲湖瞧瞧那个阵法吗？我可以带你前往。"

衡玉对这个阵法相当好奇，她直接站起身来，行礼："麻烦了缘师兄了。"

了缘转了转手中的折扇："之前洛主待我的态度依旧冰冷，现在不过是提出带你去看阵法，你就变得这么恭敬温和了。洛主你说，想讨好你到底是容易还是困难呢？"他凑近了些，神情无辜，"难道洛主只愿意给了悟师兄机会吗？"衡玉嗔了一声，这了缘果然是不安好心。

"如果师兄说出你想讨好我的目的，那一切都会变得很容易。"

"洛主乃当世神女，我心仰之，看不惯了悟师兄不解风情的模样，就忍不住讨好洛主。洛主这般误解我，当真是让人心中怅惘。"

衡玉淡淡道："同门师弟这般肆意点评师兄，无定宗的门规是不是制定得不太合理？"

了缘微微垂首，抬手挑起衡玉掉落在耳垂边的一缕碎发，用食指缠绕了几圈："我只是为洛主不忿。洛主莫要误解了我可好？嗯？"

衡玉抬手，直接格挡住了缘放在她耳畔的手："若是了缘师兄不方便，待迟些时候我让了悟陪我去冰莲湖也是可以的。"

了缘连忙放缓了声音："他近日正在参悟一本经文，完善他的修行，我们别打扰了他，还是让我陪你过去吧。"

原来这两天了悟是在忙这件事，跟着了缘走下楼离开藏经阁时，衡玉如此想着。

冰莲湖因长满冰花而得名，那个阵法就在冰莲湖中间。

衡玉和了缘来到冰莲湖后，了缘直接御空踩在冰花上，往湖心深处而去。衡玉不认路，连忙跟上了缘。冰莲湖极大，将近半刻钟后，两人顺利抵达冰莲湖湖心。湖心白茫茫一片，除了随处可见的冰花，再也没有其他景致。

衡玉环视一圈，安静地站在原地等待。了缘也没耽误时间，直接取出他的身份令牌，同时掐了几个复杂的法诀。很快，一道庞大无比的阵法浮现在天际之上。

衡玉站在测魔阵底下，身体被测魔阵完全笼罩住。这道法法极为烦琐，而且等级极高，衡玉只是认真注视了几眼，就觉得有些头晕目眩。她眨了眨眼，强忍着不适继续查看阵法。

从这个阵法的核心看到它的分支，有些地方衡玉能跟上创造者的思路，但有些地方太过高深，远超过她如今的水平。她看了许久，直到感觉自己的神识有些承受不住，才移开视线眺望远处的冰花。

了缘一直安静地站在旁边。等她神识平复下来，他才笑问："洛主觉得这道阵法如何？"

"太过玄妙，远不是我在短短几天时间内能够记下来的。"

衡玉原本想把这道大阵拓印到玉简里，然后慢慢钻研，早晚有一天能够把这道阵法吃透。她若能简化这道阵法的话，就能在整个沧澜大陆推广。而且测魔阵面向的基本是修士，可想而知，如果她真的简化了这道阵法，她在沧澜大陆的声望就能更进一步。到那时候，收获倾慕值是一件非常简单的事。

不过现在看来，是她有些天真了。沧澜大陆有亿万生灵，百万求道者，其中惊才绝艳、力压同辈的人物虽不多，但每百年千年都会出现那么几个，连他们都没办法简化阵法，她自然也不可能轻轻松松做到。

在听到衡玉的话后，了缘微微启唇，似乎想要说些什么。但很快他就垂眸轻笑，压下了自己的话。

"了缘师兄似乎有话要说？"衡玉就站在他旁边，虽然他脸上欲言又止的神情转瞬即逝，但衡玉还是捕捉到了。

了缘摇头，直接转移开话题："洛主还要再看这道阵法吗？"衡玉现在对了缘观感不错，瞧见他有意转移话题，也没继续逼问："天色已不早了，暂时不看了吧。"

"那我先送你回去。"了缘说，"自我学习阵法一途以来，我就时常过来研究这道阵法，颇有一些心得，正好能和洛主相互交流一番。"

衡玉应了声好。两人边走边聊，交流自己的想法。

这段时间，衡玉都是自学阵法。她虽然颇有天赋，但学得不如了缘有条理，到后面，了缘给衡玉推荐了好几本阵法书，这能够弥补衡玉阵法基础的不足。

藏经阁四楼与底下三层楼的摆设截然不同。这里非常空旷，仅仅在角落里摆放着三个巨大的书架。中间留出的大片空白摆有一道大阵。

此时，大阵微微泛着亮光，明显处于启动状态。这座大阵是为了防止了悟手中那串黑色念珠作祟。

那串黑色念珠，由化神期的邪魔骨炼化而成。因为化神期邪魔的实力过于强大，即使是无定宗，也很少有禅修能够将它们彻底净化。无法彻底净化，可又需要将邪魔骨做处理。无定宗就将那副邪魔骨炼化成念珠，并且将它视为禅门圣物，交给了悟这位心境明澈的圣子，让他慢慢净化邪魔骨里面的邪魔之气，顺便借此来炼心。了悟的修炼，也需要这串念珠帮忙。

大阵外，了鹤盘膝坐着诵读经文，顺便为了悟护法。了悟就坐在大阵里，将念珠上的封印解掉一半。无尽的戾气与怨气萦绕在他身体周围，他的额头逐渐渗出汗。那些戾气和怨气缠绕着他，伺机寻找他心灵的漏洞。

"真是可惜，了缘师兄怎么不需要渡情劫呢？我着实好奇，到底是百花谷的双修之道厉害，还是了缘师兄的因缘禅更强。"

"了悟师兄不解风情，洛主怕是难以攻略，就算真的能让他松动，他也只是块木头，不能识得洛主的风情万种。"这番对话浮上了悟心头。即使意识已经陷入邪魔编织出来的幻境里，了悟还是不自觉地紧抿唇瓣。他本不该在意，他本该万物不萦于心。但那番无意间从令牌里传过来的对话，终究是惊扰了他的思绪。他从来都不是一个有趣、能叫人欢喜的人。他的怅然若失，大抵是因为他知晓，了缘所说的与事实稍有出入。

这样的念头越来越深时，了悟突然想到了圆静。

想到圆静后，他不期然地又想起衡玉当日所说的那番话："时间和阅历会让他们成为山川，成为苍莽之景。圣子比寻常人要通透温柔，你早已是山川，是苍莽之景。"

那些在脑海里的纷纷扰扰，全都淡化而去。

了悟缓缓睁开眼睛，略有些失态地喘了两口气，用手帕拭去额上的冷汗。等他抬头望向阵法外时，才发现了鹤一直紧张地盯着他，瞧见他回过神，了鹤才松了一口气："师兄你无事就好，刚刚阵中的邪魔之气格外浓郁，我险些想去寻掌门他们过来。"

了悟垂眼掐诀，一道道法诀打在念珠上，重新将它们封印起来，然后他缓缓起身，抖了抖自己身上的月牙色衣袍。

"一次性解掉半数封印还是太冒险了，邪魔之气抓住我心底的破绽一直在攻击，好在没出什么大碍。"听到了悟的话，了鹤轻轻"啊"了一声："师兄的心境也会存在破绽吗？"

了悟走出阵法，他的衣角随着走动翻飞起来。走到了鹤身边时，正好听到了鹤说了这样一番话，他温声道："若是我心境圆满，如今已然禅道大成。"

他以前只是经历得太少。经历太少的人，心思也通透，所以邪魔一直寻不到可乘之机，但那并不叫心境圆满。真正的心境圆满，是在经历种种事情以后，邪魔依旧寻不到可乘之机。

了鹤双手合十："师兄所言极是。"

"那我就先告辞了。"了悟双手合十回礼。他往楼梯口走去，穿过一层结界后，就瞧见了负责镇守藏经阁的执法长老。执法长老眉毛花白，一副年事已高的模样，但从他身上透过来的气势却强势无比，那至少也是元婴期的实力。

听到脚步声，执法长老缓缓睁开眼睛，目光落在了悟身上。他上下打量了悟，温声道："你的心境似乎有所突破。"

了悟点头："回执法长老，弟子是有所获。"

执法长老脸上多了几分笑意："那就好，先行离去吧，明日再过来。你如今是结丹初期修为，想要在法会上再力压同辈天骄，就需要在接下来的时间里把你的功法突破到第六层。那时方能与结丹后期越阶而战。"

"弟子谨记。"了悟说道。说起来，了悟的突破速度极快，不到四十年的时间就顺利晋入结丹期。他已经创造了最短时间突破到结丹期的纪录。像了缘、衡玉、舞媚、迟和道卓等同样可以称为一代天骄的同辈人，如今基本还在筑基后期或者筑基巅峰，距离结丹期还有一段很长的路要走。

该叮嘱的已经叮嘱完毕，执法长老缓缓合上眼睛。

了悟再次双手合十行了一礼，走下楼梯离开藏经阁。走到藏经阁外面时，他仰头望着那湛蓝的天，回想起了刚刚在阵中的经历。他的心境出现破绽，是因为洛主一番话；他心境中的破绽得到弥补，也是因为洛主的一番话。原来不知不觉间，他已经被影响到了这般地步。

想到这儿，了悟轻轻抿起唇角，脸上带了几分笑意。只是这抹笑意太过复杂，复杂到谁也分辨不出那是欢愉，还是哀伤。静静在原地站了很久，了悟抬步，打算去衡玉的厢房找她。

了悟穿过紫箫竹林，距离厢房越来越近。就在他距离厢房门口不过几步之遥时，厢房紧闭的门被人从里面拉开。一身青衣、眉目隽然的了缘从厢房里走了出来。

第七章
应劫之愿

一人站在台阶之下，一人站在厢房门内。

两人四目相对。

了缘脸上没有丝毫不自然，他一只手握着门沿，将紧闭的厢房门拉开到一半。他站在门内不动声色地微笑着："师兄，你怎么有空过来了？"

了悟回道："洛主是我请来宗门的，我忙完自然就过来了。"从表情到语气，都是一如既往地温和平静，看起来没有一丝一毫的失态。但了缘足够了解他的师兄。他居高俯视，仔细观察，发现了悟的脊背不自觉地绷直，唇也轻轻抿住。

居然真的失态了啊。了缘心中如此想着。他师兄可能比他以为的还要更在意那位洛主。

衡玉正坐在厢房里翻看阵法书，神识没有外放。听到他们的对话，她才知道了悟过来了，便随手把书扔到一旁，起身走到门口。

厢房门半掩着，露出的那些空间已经被了缘的身影完全挡住，她压根不能透过了缘看到站在外面的了悟。衡玉瞥了了缘一眼："了缘师兄怎么还不离开？"这逐客的意思极明显。

了缘的目光还落在了悟身上。他发现，在衡玉开口说话时，了悟抿紧的唇角不自觉地松了些力度。

了缘回眸，把手从门沿上松开，身体略微前倾，拉近和衡玉之间的距离。

他从表情到语气都透露着委屈："洛主这过河拆桥的手段用得未免太熟练了些，要知道从认识洛主以来，我一直在尽心尽力地为你着想。"

衡玉轻笑了下："我无意冒犯，是刚刚了缘师兄自己说要离开的。"顿了顿，她补充，"不过，了缘师兄不是第一个这么夸我的人。"

了缘抬手蹭了蹭自己的鼻尖，脸上笑意渐浓："是吗？看来相处时日虽短，但我还是很清楚洛主为人的。"这话说得有些亲昵了。

衡玉抬眸瞥了眼了缘，又透过了缘转身时露出的空隙看向门外面无表情的了悟，眉梢轻挑。这位了缘圣子，在这两天内一直出现在她面前，还温声向她示好、与她言语交锋，所图的是什么？是不是因为了悟？

想到这里，衡玉眼睛微微眯起。如果了缘的最终意图当真落在了悟身上，那不得不说，了缘的如意算盘打错了。她不介意了缘从她身上图谋些什么，但她不喜欢别人借她做筏子来算计了悟。

见了缘没有要挪步的意思，衡玉直接伸手握住门沿，稍稍用力将厢房门完全拉开。她抬腿迈过门槛，往前走三步就来到了悟面前，然后抬手扯了扯了悟那宽大的袖袍。

在她扯住了悟的袖子时，他虽然还是站得笔直如松，但脊背已经不再像初时那样绷紧。

"你来得正好，我有事要和你说。"衡玉说。瞧见她这番举动，了缘脸上笑意凝滞，然后缓缓收敛起来。了悟站在衡玉对面，他没有再看了缘，目光稳稳地落在衡玉身上，声音里夹杂着几分细碎的笑意："怎么了？"

"我们进去说吧。"衡玉转身，瞧见了缘依旧站在厢房里，她出声喊道："了缘师兄？"

了缘回神，他垂下眼，神情落寞："看来我今天是当了回不速之客，告辞。"

在了缘经过衡玉身边时，衡玉松开那扯住了悟袖子的手，朝了缘行礼。

"今日之事多谢了缘师兄。"她突然道谢，这让了缘脚步微顿。了缘下意识地抬眼去看了悟，见了悟没有任何反应，了缘暗暗撇了撇嘴。看来刚刚洛衡玉那么坚定地走向他、选择他，是定了他的心。

"但——"衡玉一个转折词，顺利让了缘的目光回到她身上。

"我希望以后和了缘师兄相处时，能够不那么累。"了缘眉梢微挑，那桃花眼里染上薄凉笑意。这是在暗示他以后不要算计那么多吗？

"洛主这样说就太让我难受了。我一直以为自己和洛主相处得十分融洽愉悦，而且两人间有很多共同话题。"衡玉笑而不语，这个回应的杀伤力大了些。

了悟忍不住偏过头，拳头抵在唇畔压下自己的笑意。

了缘轻咳两声，委屈地瞪了衡玉一眼。而衡玉仰头望天，假装自己没看到。同时她在心底感慨，这圣子果然不一般，还好她意志坚定不为所动。

了缘都要被她的反应气笑了，直接转身离开。

目送了缘的身影消失在那片紫箫竹林里，衡玉耸了耸肩，看向了悟："打扰我们的人走了，来，进我厢房吧。"

了悟刚往前走了一步，听到她这轻佻的话，失笑地摇头，直接走进厢房里。

瞧见了悟没什么明显反应，衡玉在心里感慨世风日下。原本纯情的圣子居然已经对她免疫了吗？

厢房里，衡玉给了悟倒了杯茶。

茶是刚刚冲泡好的，了悟捧着茶杯，能感受到隔着茶杯传过来的灼热温度。

"洛主说有事要告知在下，不知道是什么事情？"

衡玉在他对面坐下，懒洋洋地转着茶杯，把测魔阵的事情都告诉了了悟。

"这个阵法，在下也早有耳闻。"回完这句话后，他微微垂下眼，原来这一日里，了缘一直陪着她。不过他倒是猜到了缘出现在她厢房的原因。了缘在阵法上的造诣极高，他很清楚洛主的性子，在得知这么个阵法后肯定会对它产生兴趣，两人应该是待在厢房里一块儿讨论阵法。

了悟的猜测没有错。

衡玉开口说话，语气有些惋惜："我原本想着好好钻研这个阵法，如果有机会将这个阵法简化，那肯定能收获大量倾慕值。谁想这个阵法太过繁杂，短短几日时间内我肯定没办法把它记下来，也没办法把它拓印下来。"

"你想将测魔阵拓印下来？"了悟似乎是想起了什么，微微拧起眉心，"如若在下没有记错，藏经阁四楼应该存放有测魔阵的拓印玉简。"

衡玉眼前一亮，但高兴过后，她就无奈地摇头。无定宗藏经阁四楼并不对外开放，据传只对无定宗宿老和几位圣子开放，可想而知里面的东西有多重要。这种宗门重地就连寻常无定宗内门弟子都进不去，更何况是她这个外人。

"测魔大阵就在无定宗冰莲湖上，那个拓印玉简对宗门来说并无大用，在下会向师父请示一番，明日就取来给你。"

衡玉直接拒绝："罢了，我不想让你为难。"

"但洛主想要。"了悟同样不想她为难，他补充说道，"在下知晓洛主在阵法上极具天赋，把拓印玉简交给洛主，也许洛主真的能够简化阵法。如果给出一个玉简，就能换来那么大的收获，我想师父他会很乐意。所以，在下又有什么为难的？"他不知道了缘口中的"不解风情"，也不知道如何让一人欢喜。但如果她很想要一样东西，在不违背自己原则的前提下，他会尽力为她争取。

在了悟说出这句话时，那安安静静地躺在衡玉储物戒指里的身份玉牌突然微微发亮。但那抹光亮太过细微，被淹没在其他物件中，以至于衡玉压根没有发现。因为了悟这一番话，衡玉有些愣住。道理是这个道理，但他这番话，是建立在她能简化阵法这件事上的。

但衡玉想了想，还是笑道："好啊，此事就麻烦你了。"这么推来推去又是何必。既然了悟愿为她争取，那她也有这个自信，早晚有一日能把测魔阵成功简化！只要她成功简化阵法，那了悟今日的决定是何其明智，他不会因此而背负上一丝一毫的压力，反而会再次受到赞誉。

杯里的茶水有些凉了。了悟拿起茶壶，帮她和自己的茶杯里倒满茶水。他从储物戒指里取出一小袋松子，放到桌子上，然后轻轻推到衡玉面前："这是新鲜的生松子，要吃一些吗？"

"生的？"

"无定宗有片松树林，在下今早路过那里时正好瞧见松鼠抱着松果跳到身前，所以就想着采摘一些松子。"

衡玉听他的描述,感觉放在自己面前的这袋松子,是他从松鼠嘴里抢下来的。她忍不住笑了下,低下头剥开松子壳,把生松子扔进嘴里。吃了片刻,她问了悟:"你这些时日是不是都在修炼?是为了法会做准备吗?"

"是。"了悟说,"在下虽无胜负得失之心,但代表宗门参加法会,总不能名次太靠后。"

他不像衡玉,本身已处于筑基巅峰。他的对手修为基本比他高一两个层次,不能不做准备。

"好好修炼。"衡玉抿起唇角,笑道。看来他是没空陪自己逛无定宗了。

在衡玉觉得有些失望时,了悟突然出声:"明日清晨,在下就不做早课了。若洛主有空,我可以陪洛主逛逛宗门,无定宗里有不少风景极佳之地。"

铜鼓被敲响,又到了无定宗每日做晚课的时间。这时候天色也已经暗了下去,了悟不便多留,起身告辞离去。等了悟离开后,衡玉盘膝坐在床榻上修炼。她这些天虽然沉浸在钻研阵法中,但也没有疏于修炼,现在修为在稳步增长中,不过和结丹期仍有一定距离。

在这方面,衡玉倒是不急,只等待它水到渠成。她比较担心的是另外一件事——倾慕值!没有足够的倾慕值,就算她体内灵力已经足够踏入结丹期,她也会被拦在门外无法踏足。

这么想着,衡玉翻手,从储物戒指里取出那块身份玉牌。

摩挲着玉牌背面的合欢花浮雕,衡玉随意往玉牌里注入灵力,漫不经心地瞥了一眼,想看看淮城百姓有没有给她贡献什么倾慕值。那些数量虽然少得不够塞牙缝,但像她这种倾慕值没过一千的人没有资格嫌弃。

三千六百五十二。衡玉有些茫然,等玉牌黯淡下去后,衡玉再次往玉牌里注入灵力。

三千六百五十二。数字没变,也就是说玉牌应该没有出错,短短时间内涨了三千多的倾慕值。

之前寒山寺禅修那么感激她,也只给她贡献了一百五的倾慕值,所以这个数字绝对不可能是淮城百姓贡献的。那……就只能是了悟了。他因为她心乱了吗?

随着自己深入钻研阵法,衡玉大概猜到玉牌测算倾慕值的原理。当对方为她手足无措时、心绪产生剧烈波动时,玉牌里的阵法就能感应到这点,从而换算成倾慕值。

"这么说来,从了悟身上赚取倾慕值,可比累死累活钻研阵法要快多了。"

衡玉摩挲着玉牌,瞧见玉牌因为没有持续注入灵力而再次黯淡下去。她缓缓垂下眼,说话的语气有些复杂,并不是十足的高兴,反而像是在轻声喟叹。

每逢心乱时,衡玉都有练字的习惯。她起身走到桌边,展开宣纸,提笔蘸墨,很快在纸张上留下两行凌乱的字迹——

由爱故生忧，由爱故生怖；若离于爱者，无忧亦无怖。

衡玉放下手中的毛笔，等纸上的墨迹干掉后，将宣纸拿起展开。由字迹可看心迹，她面无表情地注视着那过于潦草的字迹，随手掐了个火诀，让火于半空中燃烧起来。她的右手稍一用力，刚刚写好的字就被火团彻底吞没。

火蛇疯狂蔓延而上，只是几个吐纳之间，纸张就被彻底烧没。衡玉随意抬起左手，紧闭的窗户被一股气劲打开。外面正好在刮风。狂风卷起那细碎的纸张灰烬，眨眼之间就将灰烬全部裹挟而去，再也没有留下一丝一毫的痕迹。

半响，衡玉走回床榻上，盘膝坐着，陷入修炼中。

晨时的钟声响遍整个无定宗。

晨曦从没有闭合上的窗户透进来，恰好打在衡玉的脸上，盘膝修炼一夜的衡玉缓缓睁开眼睛。简单洗漱之后，衡玉想着换身衣服，起身走到窗边关窗。

衡玉正要把窗户合起来，突然瞧见外面站着一个熟悉的身影。了悟今日穿了身青衣，脚上穿白色长袜，用青色布带缠紧，眉间点有一抹朱砂，左手立掌于身前，右手拨弄着那串黑色念珠。

他站在紫箫竹林旁，身姿如松如竹，神情无悲无喜，带着股惯看世间喧闹的圣洁。这副装扮，和衡玉第一次见到他时的装扮完全重合。初见时没太大感觉，现在是越看他那满身圣洁的样子越心烦。

衡玉用力将窗户推到最大，手肘撑在窗台，手掌托着脸。这一系列动作幅度有些大，她左手上戴着的铃铛手链丁零作响，为这有些冷清的早晨增添了几分喧闹与热烈。

"过来了怎么也不敲门与我说一声？"

了悟还没说话，眉眼就先染上了几分笑意。那星星点点的笑意，就像是在一张洁白的纸上突然点上一抹炽盛的朱砂，不仅让他身上的清冷彻底消散，也让他变得好像触手可及。

"在下不急，所以就站在外面默默等着洛主醒来。"

衡玉没说话，只是从窗内伸出手。了悟不明所以，但还是走上前来，站在距离她一米之外的地方。

"再近一些。"衡玉提醒。

了悟又上前两步。这个距离足够了。

衡玉一把扯住他的袖子，朝他眨了眨左眼："乖乖在外面等我换衣服。"

了悟身体微僵。还没等他做出任何反应，衡玉已经松手，"啪"的一下用力扣上窗户。

无定宗在早晨时很热闹。

无定宗只规定了不闭关修炼的弟子每日都必须做早课晚课，但是并没有规定做早晚课的地方。所以很多弟子都不喜欢待在大殿里诵经，而是寻找各种奇奇怪怪的地方来做早晚课。

衡玉这一路走来，在河里、草丛甚至是树上，都瞧见不少无定宗弟子。别的不说，在树上诵读经文的禅修，是够皮的。

了悟顺着她的目光看过去，轻声解释道："他们多是刚踏足禅道一途，心性未定，因而活泼了些。"

衡玉忍不住低低笑了起来："了悟师兄，其实你踏足禅道一途的时间也未必比他们长。"她翻阅过相关典籍，知晓在无定宗，圣子的地位比执法长老还要高，仅次于掌教、大长老和两位化神期祖师。

但地位高和踏足禅道一途的时间，两者之间可不等同。

"肩负重担，许久之前就已将心性磨砺出来。"

衡玉已经从宓宜那里知晓先天禅骨意味着什么，自然清楚他口中的重担指的是什么。她收敛唇角的笑意，指着不远处那片松树林："我们绕进里面瞧瞧吧。"

这片松树林极大，因为没有刻意清扫，林间小道上掉满松果。一脚踩在上面，有时候会觉得分外硌人。往里走了些，衡玉扬头望向上方。修士眼力极佳，她很快就瞧见那在松树上来回蹦跳的小松鼠。

"昨日那些松子就是在这里摘的吗？"衡玉问。

了悟点头，又问："还想吃吗？"

衡玉摆手："不是，我只是觉得圣子从松鼠嘴里抢吃的，这一幕颇为可爱。"所以她刚刚才特意绕进这片松树林。她话音刚落，一只松鼠突然跳到衡玉和了悟身前那棵树上。它在树上站立片刻，直愣愣地朝了悟扑过去，最后稳稳当当地落在了悟怀里。

抱着小松鼠，了悟的动作下意识放轻了几分。他抬手揉了揉小松鼠的头，从储物戒指里取出丹药放在手心里。小松鼠连忙凑到他手心里，迅速用爪子抱起一颗圆滚滚的白色丹药，然后慢慢把丹药啃光。能生活在无定宗里的松鼠，自然也不是凡种。

衡玉抬手碰了碰松鼠。动作之间，她的尾指划了划了悟的手心，动作幅度极轻，像是蜻蜓点水轻轻掠过。了悟手心感觉有些痒，他甚至分辨不出她是有意还是无意。

松鼠啃完丹药，脚丫子在了悟手心一蹬，便轻而易举腾空飞到树枝上。几个跃起跃落，就消失在了悟和衡玉的视线之中。

"无定宗真是奢侈，居然以丹药来喂养松鼠。"衡玉感慨。

了悟失笑："有几只松鼠经过开启灵智，也算我无定宗一员，喂它们吃丹药只是在帮助它们修行，并不存在浪费。"

走出松树林，绕过一条极长的长廊，再转了个弯，衡玉就瞧见一大片殿宇。这些大殿庄严肃穆，站在外面看，全部萦绕着一层层光。了悟没有停留，只是带她在外面转了一圈。

绕过大殿后，衡玉明显感觉到有一股极为浓郁的灵力扑面而来。

"前面是什么？"

了悟说："是一片灵海。"

衡玉疑惑："灵海？"再往前走一段路，不需要了悟解释，衡玉也知道那是什么了。浩瀚的灵力化成液体，从悬崖直接飞腾而下，形成一道极为壮观的瀑布，最后形成一大片灵液湖。湖边摆满莲台，每个莲台上都盘膝坐着禅修，他们在借助那些灵液修炼。再也没有比这更壮观的场景了。把天地灵气凝聚成液体极为困难，而现在，无定宗直接把天地灵气凝聚成一道瀑布，一个湖泊！

衡玉咋舌。这么看无定宗才是沧澜大陆隐藏极深的有钱宗门！他们只是没把钱花在享受上！

"这太壮观了。"衡玉望向了悟，眼睛明亮，语气有几分激动。

了悟失笑，他难得瞧见洛主这副模样。他正要开口说话，远处突然有人懒洋洋地喊道："洛主，你怎么来这儿了？"

衡玉循声望去。在湖泊最深处，仅仅摆放两张莲台。了缘盘膝坐在其中一张莲台上面。瀑布飞溅而下，冲力太强，湖中有不少灵液都被冲溅得飞起，又有不少灵液都溅落在了缘的脸上、衣袍上。

他应是已经在莲台上修炼了很长时间，一身灰衣几乎湿透，紧贴着身子，灵液从他眉眼开始滑落，最后直直滑过他的脖颈，没入领口。明明没说什么，明明没做什么，但配上他那双桃花眼，了缘整个人都与众不同。如果说了悟是那种即使动情也克制到极致，永远隐忍缄默、纤尘不染的类型，那了缘就是炽盛而热烈、不克制不缄默、危险却也迷人的类型。

虽然衡玉对了缘观感一般，但她不否认，她欣赏一切美好的事物。比如了缘现在就很值得欣赏。

"洛主？"了缘轻笑两声，从莲台上缓缓起身。

衣袍本就不厚，他这番动作直接让领口又往外滑落一些。

还没等衡玉反应过来，站在她身后的了悟突然上前。她可以感觉到，她的脊背险些就要贴近他的身体，鼻端已经闻到淡淡的檀香味。然后，一只手缓缓抬起遮在她眼前，将她的视线完全挡住。了悟微微垂下头，凑近她耳畔低语："洛主请闭眼。"

衡玉耳尖发痒，下意识闭上了眼。感受到睫毛在垂下时划过手心的触感，了悟知道她已经闭上了眼睛，但他还是没把自己的手拿开。这个姿势，虽然本意只是在遮挡她的视线，但在外人看来，无论如何都过于亲近了些。

清晨，绝大多数禅修都在做早课，可灵海的莲台上还是盘膝坐着不少弟子。

有些人早就被了缘先前的动静惊醒，现在瞧见这一幕，神色间颇有些惊疑不定。

如果做出这种动作的人是了缘师兄，他们大抵是一笑了之，因为都知晓了缘所走的道路比较特殊，他种种做法看似离经叛道，但都是为了修禅；可这个人换成了悟……那意义就截然不同了。只是碍于了悟的身份，现在没有人开口说话。

了缘抬手，随意抹去溅落在他脸上的灵液，他眨了眨眼，整个人的神情无辜至极："我现在这副姿态，宗门里也就只有洛主这个客人能够欣赏了。师兄你这样捂住她的眼睛，是不是太过霸道了些？洛主这般神女，难道真的不想欣赏美好的事物吗？"

了悟清楚，这番话是了缘故意询问的。但他刚刚那番下意识的举动，也着实是冒犯了。了悟轻叹一声，缓缓收回自己的手，往后退开一步拉开他和衡玉之间的距离，然后双手合十道了声法号："是在下冒犯了。"

衡玉缓缓睁开眼睛，但她没有看远处的了缘，而是稍微侧过半边身子，把目光放在了悟脸上。

"我是很喜欢欣赏美好的事物。"她开口，肯定了缘最后的说辞。

了缘脸上神情收敛起来。下一刻，他直接闪身来到衡玉面前，距离她不过一步之遥。这个距离很近，近到衡玉能感受到扑面而来的浓烈的灵力残留。了悟侧头望向他，神色间带着明显的不赞同："灵海里灵气浓郁，远超过你当下的境界。你贸然脱离修炼状态是一件相当危险的事情。"

了缘随意挥挥自己的手，似乎是在嫌了悟烦。他一只手枕在脑后，从语气到动作神态都显得懒洋洋的："我只是想近距离让洛主欣赏欣赏我的容貌。美好的事物又不是只有一样，为什么不能兼而有之呢？洛主，你觉得我说得对吗？"

说完，他朝衡玉眨了眨左眼，唇角扬起几分期待的笑容。

一笑之间，他眉眼飞扬，肆意桀骜。像是那生长在悬崖峭壁上、盛放在凛冽冬日里的一束红梅，哪怕明知上前采摘会被悬崖逼迫、会被凛冬吞没，也依旧向它靠近。

衡玉的目光在了缘脸上睃看一圈，带着些探究的心思。了缘歪了歪头，唇角笑意更浓，似乎在问她要探究什么。衡玉收回目光，懒洋洋地鼓掌："你说的毫无问题，我已经欣赏过了，但未知的危险实在让我有些望而却步。"

在与了缘擦肩而过时，了缘突然伸出手。衡玉闪身避让。

了缘那只修长的手握空，空荡荡地举在半空之中。他垂下睫毛，有些许阴影打在他脸上，让他整个人都添了几分苍白："洛主，你就要这么弃我而去吗？"

"这话说得不太妥当，你我不熟，我只是想换个地方逛逛无定宗罢了。"衡玉回完他的话，这才侧头看向了悟，眼里带着几分询问意味。

了悟回望着她，声音温和："那我们离开吧。"

"好，刚刚已经耽误了不少时辰，是该抓紧些了。"

穿过灵海，两人来到一片药园。

药园深处是无定宗禁地，寻常人不能进去，两人只是在外侧绕行。当然，即使是外侧药田里栽种的灵药，品阶也都不低，品种都相当珍稀。只是瞧着这些灵药，衡玉也能大概推算出无定宗的底蕴到底有多深厚。药田里很安静，静到衡玉能听清楚枝叶摇动的声音，能听清楚她和了悟逐渐重叠在一起的脚步声。她闲着无聊，干脆落后了悟两个身位，踩着他留下的脚印往前走。

了悟不明白她为何突然落后，回眸瞥了一眼，险些被她撞了个满怀。他伸手扶住她的肩膀，帮她稳住身形。等她站稳后，他才松开手："了缘那些话如果有冒犯之处，你莫要介怀。"

衡玉弯下腰拔了根类似狗尾巴草的草，把尾端叼在嘴里："其实我在想，他为何会盯上我，是因为你吗？"

了悟与她并肩，从他这个角度垂眼，恰好能看到她嘴里叼着的草在一晃一晃的。他眺望远处逐渐升起的太阳："他大概是想试探你，了解清楚你为何会被挑中成为……"说到这里，了悟明显停顿了一下，似乎是在斟酌用词，"成为在下的应劫之人。还有因为无聊吧，了缘性子诡变，颇为跳脱。"

诡变？想了想了缘时而无辜，时而蛊惑，时而又一身正气满心向禅的模样，衡玉觉得了悟这个评价没有错。

"他会不会想借我来算计你什么？"衡玉不过随口一问，了悟的唇角却轻轻抿起。没等到回答，她看向他，眨了眨眼笑起来："怎么不说话。"

"……他大概，还是因为无聊吧。"想看他失态，想看他惊乱无措。若不是先天禅骨横空出世，了缘本应成为禅门年轻一辈中最受瞩目的存在。所以这些年里，了缘明面上服他，暗地里却时时想让他受挫，想压他一头。但很可惜的是，这么多年以来，了缘一直没有成功将他压下……直到昨天，了缘应该是如愿看到他失态的模样了。

绕过药田后，再往前走一段距离就到了藏经阁。两人没有再逛下去，而是直接走进藏经阁，一人留在二楼继续翻看阵法方面的书，一人直上四楼继续待在阵法里修习。

待到傍晚，鼓声传遍整个无定宗时，了悟从四楼走下来，直接来到二楼角落寻找衡玉。

她正坐在窗边，脊背靠着墙壁。她的坐姿有些歪，右手捧着本古籍随意翻看。

阳光穿过窗户洒进藏经阁里，但她恰好缩在窗户底下，两手抱着膝盖，从头到尾都没有被阳光眷顾，看上去可怜兮兮的。了悟下意识放轻了脚步，不过衡玉还是听到了。她发现和一个人相处久了，连他走路的脚步声都会变得熟悉起来。

"在下送你回去。"了悟走到她面前，温声说道，他同时弯下腰，接过她手中的书，瞄了眼古籍上的标记，走到书架前帮她把古籍放回原位。

"我们是后日清晨启程前往剑宗吗？"走出藏经阁时，衡玉出声问道。了悟领首。

现在距离法会开启只有半个月时间，好在无定宗和剑宗相邻，乘坐宗门特制的船形法器全速赶路，只需要十日左右的时间就能抵达剑宗。

把衡玉送回她居住的厢房，了悟温声道："明日在下就不过来了，若是洛主遇到什么为难事，记得给我传讯。"

"好。"衡玉点头。

在无定宗里，他这位圣子除了兼顾修行，还有很多事需要做。能抽出这些时间陪她，也已经很难得了。了悟离开后，衡玉也进入厢房盘膝修炼。等衡玉再次睁开眼睛时，外面还是灰蒙蒙的。她起身走去推开窗，发现外面正下着绵绵细雨。

一刻钟后，衡玉换了身灼灼如火的红色长裙，撑着素净的油纸伞走出厢房门，打算先把那些她没逛过的地方逛一遍，然后再前往藏经阁继续翻看阵法书籍。

穿过一片花海后，衡玉瞧见不远处有一座修建得十分朴素的亭子。

亭子里坐着一个身穿淡蓝衣袍的禅修。他的眼睛上覆着白绸，明显目不能视，却在左右手互弈。似乎是察觉到衡玉的存在，他扔下手中的白子，侧头朝衡玉所在的方向看来。

当他侧过头时，衡玉才完全看清他的容貌。他气质纤弱，眼覆白绸，那淡蓝色的衣袍与他的气质十分贴合，让他整个人如大海般难测。这是一个在第一眼就能让人放下警惕心的禅修。

但很快，衡玉的心又提了起来。因为她发现自己看不穿这个禅修的修为。对方这通身气派，绝不可能是个没有修为的凡人，那就只能说明他的修为高于她不少，高到她根本无法探明。衡玉连忙行礼："不知前辈在此，晚辈无意冒犯，还请前辈见谅。"说完，就要转身原路折返。

谁想那禅修突然轻笑出声："你我相遇是缘，不知小友可愿上前陪我下一局棋？"顿了顿，他补充说道，"若是小友不愿，可以直接拒绝。我也只是觉得雨日无趣，才会出来走走。"

衡玉心思流转。她能感受到这位前辈的善意。既然对方对她没有恶意，她又闲着无事做，那下一局棋又如何。很快，她来到凉亭下方，伸手提了提裙摆，踏上三级台阶走进凉亭。收伞搭在那充当支柱的木柱子上，衡玉走到禅修对面，再次行一礼："见过前辈。"

"不必多礼，小友尽可随意些。"

等衡玉坐下，他抬起自己的手腕。在他动作之间，衣摆在空中荡出一抹弧度，更显出他身上那份沉稳和包容。

"小友介意就着这盘棋继续下吗？"

"不介意，也请前辈不要介意晚辈棋术普通。"

禅修摇头："我自己的棋艺也一般，如此你我倒是能称上一句旗鼓相当了。"

坐下来后，衡玉才开始仔细观察棋盘上的棋局。棋子错落，看上去黑白双方正处于势均力敌的状态。禅修坐在她对面，没有出声催促她，留足时间让她查看棋局。

稍等片刻，衡玉道："前辈，可以了。"禅修这才从棋盒里捻起一枚白子，明明眼不能视，他却准确无误地将白子放到棋盘上。

衡玉挽起袖子，从棋盒里取出一枚黑子，没有多作思考，就将棋子落到棋盘上。两人落子速度都很快。的确如禅修所说，他的棋艺一般。所以两人你来我往，棋局一时之间有些胶着。

　　下了有一刻钟，禅修突然轻笑出声："小友的布局颇为光明正大。阳谋直行，光明磊落。"

　　听到他的评语，衡玉微微扬眉。这位前辈好像认得她。当然，认得她应该不奇怪，这段时间以来无定宗的外客就只有她一个人。但古怪的地方在于，这位前辈好像是刻意邀请她下这一局棋的。

　　由棋观人，这位前辈莫不是想透过她的棋势来推测她是个怎样的人？

　　"前辈谬赞了。"衡玉压下心底的疑惑，笑着回了一句，继续下棋。

　　黑子渐渐占了上风，衡玉几乎是一执棋子就没有犹豫地落了下去，端的是成竹在胸。

　　在她对面的禅修却越下越慢，终于将手中的白子丢到棋盒里："棋局已经逐渐明朗，这局棋就下到这里吧，我请小友喝杯茶。"

　　禅修从储物戒指里取出茶具冲泡茶。他一系列动作流畅而自如，显得十分赏心悦目、风流写意，足以让人忽略他眼不能视这一缺陷。待冲泡好茶水后，他先为衡玉倒了一杯，将茶水推到衡玉面前："用些茶水吧。"大概是这位禅修的气质太过优雅，就像那浩瀚而无风无浪的汪洋，衡玉即使知道对方的境界远高于她，在和他相处时也很放松自若。

　　衡玉笑着道了声谢，端起茶杯。

　　不知道这是什么茶，明明衡玉已经把茶杯凑到鼻端，但还是没闻到一丝一毫的茶香。她将茶水轻轻吹凉，递到唇边抿了一口，茶水入喉，瞬间唇齿留香。

　　下一刻，一股庞大而温和的灵力在她经脉和丹田间游走，竟直接让她和结丹期之间的差距缩短了不少。衡玉脸色微变，没说话，而是再次喝了一口茶水。

　　喝下茶水后，她经脉和丹田间的灵力浓度又显而易见地提升了些许！

　　"前辈……"衡玉放下茶杯，抬眼望向蓝衣禅修，有些欲言又止。这种能直接帮人增加体内灵力浓度的茶叶绝对不是凡品，就算是元婴期修士也不一定能拥有，结果这位前辈就直接拿出来招待她……

　　禅修轻笑。他的长相不算俊秀，但给人的感觉十分舒服。

　　"小友喝的茶名为悟灵，是取悟灵树的叶子炮制而成，每千年仅得一两。又因为悟灵树在这世间近乎绝迹，所以悟灵茶越发难得。正好小友过段时间要参加法会，这杯茶，就算是我给小友的谢礼。"

　　谢礼？衡玉垂下眼。如果说刚刚只是有所猜测，现在她已经完全可以确认。眼前这人，就是了悟的师父——无定宗掌教，元婴后期修士圆苍。而他眼覆白绸，似乎是与所修的功法有关系。

但他说谢礼？是谢她应劫，一心只成全了悟的禅道，而非毁他禅道？

想通这点，衡玉轻笑出声："如此，晚辈就不客气了。"言罢，她将杯中茶水一饮而尽。

衡玉所猜无误，坐在她对面的禅修的确是圆苍。听到她的话，他轻笑着再为她斟满茶水："以小友如今的修为，喝完两杯茶水就足够了。"再次将杯中茶水一饮而尽，衡玉感觉到经脉间灵力浓度大增。原本她只是隐隐约约摸到了结丹期境界的边缘，但现在如果她把体内灵力完全炼化，绝对能一只脚牢牢站在结丹期上！

圆苍直接抬手拂袖将桌面上的棋盘和茶具收起来："小友且安心在此炼化你体内的灵力，我会为你留一道阵法守护。"

衡玉连忙行礼，谢过圆苍的这一份厚礼。圆苍含笑摇头，袖子一拂，一道阵法将整个凉亭笼罩住。阵法刚成，他的身形已消失在衡玉视线之中。

衡玉朝着圆苍离去的方向再次行一礼，这才从储物戒指里取出一块蒲团扔到地上，直接盘膝坐下炼化体内新增的灵力。

从凉亭里离开，下一刻，圆苍直接出现在藏经阁四楼结界外。

镇守藏经阁的执法长老察觉到熟悉的灵力波动，缓缓睁开平静无波的眼睛："掌教。"

"我过来瞧瞧了悟。"圆苍轻笑道。

执法长老接过他递来的令牌，用灵力将令牌打到结界上，同时配合着口诀掐了几个复杂的法诀。很快，结界消散。圆苍上前一步，取走令牌，身影直接消失在原地。

了鹤正在认真为了悟护法，察觉到动静，抬起头来，在瞧见圆苍后连忙从地上站起来，双手合十行礼："师父。"

圆苍轻点头，示意了鹤不必多礼。他看向那正在运行的大阵，透过那些萦绕在了悟身畔的戾气与怨气，目光直直落在了悟身上。

"这一次的修行应该快要结束了吧？"圆苍问。

"回师父，是的。"了鹤刚回答完问题，就见阵法里那些浓重的戾气和怨气缓缓消散开来，明显是了悟用法诀把它们重新封印进黑色念珠里了。很快，身穿灰衣的了悟从阵法里走了出来。他瞧见圆苍，双手合十默默行了一礼："师父，您怎么过来了？"

"过来看看你。"圆苍脸上没有笑意，"听说昨日在灵海，你与了缘对峙了？"

了悟缓缓闭眼："此事是弟子动了念，待这里的修炼结束，弟子会亲自前往戒律院接受惩戒，以求觉者宽恕。"

"不必如此。"圆苍缓缓摇头，"你修习的是大慈大悲之道，这种道要求你勘破尘世。但渡情劫，却要求你动情入世。你如今，都是为了修行。"圆苍下意识在"为了修行"四字上落下重音。

顿了顿，圆苍继续道："为师此次过来，并非追究你的责任，而是想告诉你，你昨日问为师要测魔阵拓印玉简，为师同意了。那位洛小友助你渡情劫，从这一方面来说，她于我禅门有恩情，不过是一份玉简罢了，没什么不能给她的。"

了悟从他师父的话里察觉出了某些别样意味："师父见过她了？"

圆苍脸上才露出一些笑意："与她下了一局棋，她的棋艺是与你学的吧，行棋之间有些你的影子在。"

了悟双手合十，默认了此事。圆苍没有再聊下去，走到藏经阁角落那几个书架前。

圆苍用神识闭眼探寻，很快就锁定了测魔阵拓印玉简。他走进第二个书架里，用自己的掌门令取出这份玉简，把玉简往前递。了悟伸手，想要接过玉简。圆苍的手停在了悟手心上方，却没有马上将玉简松开。他深深叹了口气，语气里满是怅惘："了悟，你定要好自为之。"从了悟拜入无定宗起，他就一直悉心教养这个弟子。两人是师徒，也如父子。就如他了解了悟下棋风格一般，他也足够了解了悟的性情。

了悟重情重义，他肩负禅门万载以来的期许，绝不会做出任何辜负禅门的事情。

在情劫一事上，即使那位洛小友是为了完成自己的内门任务赚取倾慕值，但算起来，了悟终究是有负于她。他要如何才能既不辜负宗门，也不辜负那位洛小友？无论如何看，圆苍都觉得事情难以两全。而这件事，即使是他这个元婴后期修士也没办法想出什么好主意来帮了悟，只能劝他好自为之。

了悟垂下眼，也不知道到底有没有听出他师父话中的含义。

他感觉到手心一沉，是师父松了手，把那块玉简放到了他手心里。

了悟缓缓收紧手心，攥紧了手中玉简。

衡玉一直在凉亭里炼化体内的灵力。

这股灵力颇为庞大，短时间内肯定没办法完全吸收。她打算暂时把它们都吸纳进经脉和丹田里，趁着从无定宗赶去剑宗的十天时间彻底炼化完毕。这一吸纳，就花了很长时间，等衡玉的修炼接近尾声时，天边已经拂晓。她从修炼状态脱离出来，慢慢睁开眼睛，然后就看到那盘膝坐在她对面，明显在为她护法的了悟。

"修炼完成了？"了悟听到动静，睁开眼睛望向她。

衡玉笑道："你怎么在这儿为我护法，不是说有事吗？"

了悟说："原本是有些事的，但那件事已经不需要再去做，又听师父说你正在此地，就想过来看看。"他原打算去戒律院接受惩戒，但师父已免去他的惩戒，自然就有空闲过来了。

衡玉从地上站起来，她笑道："圆苍大师的风姿当真令人神往。"

那位前辈气质渊若深海，好似可以包容世间一切苦厄，带着一种淡淡的悲悯气质，令人一见就生出好感。但衡玉的目光落在了悟身上，她毫不怀疑，再给了悟时间成长，他会远超圆苍，成为真正的禅门之光。

了悟跟着她站起身，问道："要送你回去吗？"

"清晨是不是就要出发离开无定宗了？"

"是。"

"现在距离清晨也就只有一个时辰左右，你陪我坐在这里瞧瞧日出吧。"

了悟默默点头，想了想，他说："在下带你去冰莲湖吧，那里最适合观赏日出。"

"好啊。"

就在衡玉要转身走下凉亭时，了悟突然将一块玉简递到她面前。衡玉脚步微顿："这就是测魔阵的拓印玉简吗？"

了悟点头，温声解释道："在下只是随口向师父提了一句，他就直接把玉简交给我了，洛主不必担心我会因此付出什么代价。"

衡玉这才扬起唇角，伸手把玉简拿走。

已至拂晓，想要看日出的话，时间已经耽误不得。

两人全速赶路，很快来到冰莲湖畔。

了悟御空踩在冰花上，带着衡玉往湖心深处走去。挑选到一个合适的位置后，他再次双手掐诀。一股庞大的灵力加持在湖面上，湖面上那些分散的冰花汇聚起来，形态默默发生变化，最后变成两朵巨大的莲台。衡玉占据了一个莲台。

趁着太阳还没出来，她走到莲台边缘，蹲下来伸手拨弄着湖中的水。湖中水的源头不知道在哪里，衡玉发现水并不冰凉，反而带着淡淡的暖意，这一片湖着实古怪。她拨弄着，突然用力捧起一把水直直朝旁边的了悟泼去。一股无形的灵力为了悟挡去那些水滴。

衡玉摊手："不带这么耍赖的。"

了悟依旧闭着眼盘膝坐着，只是在听到她的话后，默默将那道灵力屏障撤掉。

瞧见他这么听话，衡玉反倒舍不得泼湿他了。

了悟似乎是察觉到衡玉的注视，微微侧头与她对视，然后从唇畔再到眼角，全部染上清浅的笑意。

观赏完日出后，了悟陪着衡玉回到她的厢房收拾东西。

收拾好后，两人很快赶去无定宗试炼台。

基本上每个大宗门都有一个试炼台，这是专门为门中炼气期和筑基期弟子设置的广场。在试炼台上，弟子们可以互相切磋，印证自己的修为，也可以进行交易，把自己没用的东西卖掉，或者买下一些自己需要的东西。他们会赶去试炼台，是因为要出发前往剑宗的弟子都要先在那里会合，然后众人直接从那里乘坐船形法器。

衡玉和了悟到得不早不晚，试炼台东北一角已经站了不少人，修为从炼气期到筑基期再到结丹期的都有。每个人身穿不同色系的衣袍，衡玉穿着一身红裙，长发披散，站在人群中十分扎眼。

修为高、心性沉稳一些的弟子还好，炼气期的禅修中，有不少人都朝衡玉投来打量的目光，应该是听说了前日在灵海发生的事情。衡玉直直地站在了悟身侧，没有回应任何人的打量。

　　大概一刻钟后，所有要赶赴剑宗的弟子基本已经来齐。衡玉环视左右，大概算了算无定宗出发前往剑宗的人数。无定宗门下有那么多弟子，当然不可能让所有的弟子都前去参加法会，他们只挑选了同境界中的佼佼者去比试。当然，里面还有一些修为不够高但资质极高的弟子，他们主要是跟随宗门前去增长见识的。

　　衡玉仔细看了个遍，倒是发现了两个熟人：了念和了鹤。

　　没过多久，一个气质有些凶悍的禅修从天而降。他就是无定宗此次挑选出来的带队人，元婴中期修为、专门修炼解脱道的圆新大师。

　　圆新大师直接御空站立，神识外放清点弟子人数。他的视线扫过下方众弟子时，在衡玉身上稍稍停留片刻，又很快移开。

　　"所有弟子听令，直接上船形法器！"圆新再次出声说道。众人各自施展手段，没过多久，所有人都来到法器上。他们的住处是在出发前就已经安置好的，因而众人便直接去寻找自己的住处。

　　衡玉的房间在深处，就在了悟旁边。了悟一路领着她走到她的房门前："接下来几日，你就好好在房里炼化体内的灵力，若是有什么事情，直接传音于在下。"

　　衡玉抬手别了别鬓角碎发，笑着应了声好。

　　推开房间门，衡玉环视四周，认真打量着房内的环境。

　　这个房间应该是特意为她准备的，房间内的空间并不逼仄，能够放置一张柔软的床榻兼书桌，中间还留有足够她随意通行的通道。书桌上摆着一盆生长得极好的君子兰。

　　衡玉走过去，轻轻撩拨着君子兰的叶片，猜测这应该是了悟为她准备的。

　　她解下别在腰间的长剑，搁到桌面上，随意地坐上床上，从储物戒指里拿出了悟交给她的测魔阵拓印玉简，将神识探进里面。一道庞大而烦琐的阵法被完整地刻在玉简里，与那天她在冰莲湖上看到的毫无出入。衡玉凝神，开始认真研究阵法的核心。

　　半晌，她把神识退了出来，只觉得有些头晕目眩。阵法过于庞大，她越是深入钻研，耗损的神识和心力就越多。衡玉起身给自己倒了杯水，喝完茶水后，发现那种头重脚轻的感觉缓解了不少。她重新盘腿坐下，开始炼化体内的灵力。

　　接下来的几天时间，衡玉基本没走出过船舱。她每日钻研阵法，当感觉到神识消耗过大时，就转而炼化灵力，在两者之间不断切换，过得十分充实。

　　这样的日子足足过了五日。

　　这天，结束修炼后，衡玉伸了个懒腰，从床榻上站起来。

　　"总不好一直待在房里，也该出门瞧瞧了。"衡玉握起放在桌上的长剑，推开房门，直接走了出去。经过了悟的房门时，衡玉脚步微微顿住。沉吟片刻，她还是没有上前敲门打扰。

留给了悟的时间并不多，还是让他安心待在房间里修习吧。

绕过环绕设置的长廊，衡玉很快来到船形法器甲板上。

此时，宽敞的船形法器甲板上十分热闹。隔着一两米的距离就盘膝坐着一个禅修弟子，他们或认真修炼或互相探讨道法。圆新大师正盘膝坐在甲板中央，闭眼修炼着，似乎对外界的一切动静都不关注。

衡玉出来得随意，一头长发并没有用木簪绾起来。轻柔的风从侧面吹过来，将她的一些碎发吹得胡乱飞起，有些调皮的长发直接打到她的额上、眉间。

视线受阻，衡玉抬起手，正要别好这些翻飞的碎发。斜里突然伸来一只修长的手，那只手的手腕上还缠绕着一串由檀木制作而成的念珠。

只是看了眼那串念珠，衡玉就猜到来人的身份。她下意识往旁边退开一步，避过那人的手。那只手在空中无力一抓，却什么也抓不住。了缘默默收回自己的手，摩挲着指尖，苦笑了下："他又不在，你不必与我避嫌到这般地步。"

衡玉强调："我们两个本来就没什么嫌可避。"

听了缘这说话的语气，不知道的，还以为她多亏欠他一般。但问题在于她和了缘才刚认识小半个月，其实压根儿不熟。

了缘这才朝衡玉眨了眨左眼，眼里泛滥着撩拨人心的笑意："有道理，但我们认识第一天时，你就敢用木簪将我的衣领划开，现在我只是想帮你绾个头发都不行，这难道不是因为了悟师兄吗？"这话了缘没有收着声音。在他们两人周围还盘膝坐着不少禅修，一听如此劲爆的话语，不少炼气期的小禅修们纷纷睁开眼睛。就连一些筑基期、结丹期弟子也忍不住睁开了眼睛，悄悄竖起了耳朵。

衡玉也朝他眨了眨左眼："那只能说明了缘师兄还不够感人。"

不少禅修的眼神纷纷朝了缘杀了过去，打量起了缘的容貌来。

察觉到同门的视线，了缘暗暗咬牙：这些看热闹不嫌事大的家伙，迟早有他们好看。

很快，了缘调整好状态，轻笑道："并非我不够感人，只是洛主过分偏爱了悟师兄了。洛主这般当世神女，没有想过坐享齐人之福？"他把脸凑到她面前，似乎是想让她再仔细瞧瞧他的容貌。

"如果百花谷少主同时攻略了两位圣子，这种消息传出去，定然会让洛主名震沧澜大陆，而且整个百花谷都不会忘却洛主的光耀事迹，你觉得如何？"

周围不停有人倒吸一口冷气。就连那端坐在甲板正中央、从头到尾都没有理会过弟子间动静的圆新，也忍不住睁开了眼睛。衡玉目光落在了缘身上。她很擅长揣摩人心，但说实话，直到现在，她都没摸透了缘的心思。沉吟片刻，衡玉垂下眼低声地笑了下。她正要开口说话，身后突然有道清冷而熟悉的声音传来："是坐享齐人之福，还是你欲以她炼心，使你心境进一步圆满？"

自己那些隐秘的心思被当众戳穿，了缘脸上的笑意收敛些许。他扬了扬眉梢，转身看向身后的了悟。接下来的话，他选择直接传音给了悟，神色讥讽："师兄是在说你自己吗？真正在用洛主炼心、以期禅道有成的人，分明是师兄你啊。"

了悟垂在身侧的手微微攥紧。很快，他自嘲一笑，没有再看了缘，目光直接透过了缘落到衡玉身上。衡玉上前，快步越过了缘，走到了悟身边："你怎么出来了？"

"在下刚刚去厨房转了圈，发现他们在做红糖包子。正好有一笼新鲜出炉，我就装了两个想拿给你。在你的房间没寻到你的人，就猜到你是出来甲板上吹风了。"

目送着衡玉和了悟的背影逐渐消失，了缘眉梢微挑，唇角似笑非笑。

"了缘，"一直盘膝坐着的圆新不知何时走到了缘身边，他出声道，"虽然你修习的是因缘禅，但刚刚那番话还是越界了。"

了缘双手合十行礼道："长老说的是。"

领着衡玉走进他的房间，了悟才发现一件事：他的房间不比她的大，两个人共处一室就显得有些挤了。衡玉倒是没觉得挤，不见外地坐到椅子上。

瞧见了悟的桌子上也摆着盆君子兰，衡玉笑了笑：看来她房间里那盆君子兰的确是了悟准备的。

衡玉伸手拿起一个包子，放到唇边咬了一口。包子蒸得很软，吃进嘴里还微微烫，很快，红糖的味道在嘴里蔓延开来，甜而不腻。了悟坐在她对面，安安静静地望着她。等她吃完一整个包子，了悟才出声道："了缘那番话，你不要介怀。"

衡玉摇头："没什么好介怀的，他在玩乐，我也在玩乐，反正不吃亏。"

了悟突然说："在下总觉得，洛主在和了缘相处时，性子与平日颇为不同。"

在了缘面前，她会比平日更活跃，也更锐利些。这样的她，像极了那放肆盛放的君子兰，美得不可方物。了悟觉得，即使是被她讥嘲，了缘也乐此不疲地凑上前，大抵是有这般因素。但这样的她，几乎没怎么出现在他的面前。衡玉眨了眨眼，一时之间没把他这话往深里想。

很快，她感觉到自己放在腰间的身份玉牌微微发烫，似乎是倾慕值在出现波动。这股热意从腰间蔓延开来，让衡玉逐渐察觉到他话中更深层的意思。

下一刻，衡玉从椅子上站起来，然后微微俯下身子凑到他眼前："那你说，如果我和慕欢站在你面前，你待我与她会一视同仁吗？"

说到后面，衡玉杏眸瞪圆，似乎在威胁他，敢说"会"自己肯定要叫他好看。这样的无赖气质，又是他极少见到的。

了悟眼里划过细碎的笑意："不会。"洛主与这世间其他女子相比，在他眼中……她从来都是不同的。

这种特别其实无关情爱，自从那日，他被觉者指引南下遇到她，两人就多了最为特别的羁绊。

世间万事万物于他眼中本不该有任何不同，但所渡的情劫，让她成为自己的应劫之人。这种羁绊，是对他的考验，也是对他的馈赠。

"那在下懂了。"了悟出声道。

衡玉重新坐下，拿着另一个包子吃起来。吃完包子，她随意拍拍手站起身，朝了悟说一句"走啦"，转身离开他的房间。在合上了悟的厢房门时，衡玉将腰间别着的那枚玉牌取出来，往里面注入灵力。

倾慕值——四千。收起玉牌，衡玉回到自己的房间。

坐下时，她闻到自己身上沾染有淡淡的檀香气息，应该是在了悟房间里沾染到的。

盘腿坐到床榻上，衡玉举起右手捏成拳，感受着体内澎湃的灵力。

"依照现在的进度，再修炼个四五天时间，应该就能把体内的灵力彻底炼化。接下来几天就不出去了，老老实实待在房间里修炼和钻研阵法，为这场法会做最后的准备吧。"自语两句，衡玉缓缓合上眼睑，重新进入修炼状态。时间恍若流水般流逝得无声无息，在抵达剑宗前夕，衡玉终于顺利将体内的灵力炼化完毕，把根基打得极为牢固扎实。

静谧的房间里，衡玉缓缓睁开眼睛。

这时候应该是深夜，房间里十分昏暗。衡玉随意一弹指，桌上的烛火便燃烧起来，照亮昏暗的室内。她用力捏了捏拳头，感受着丹田里的灵力浓度。

"现在距离结丹期就只有一层纸那么薄了。等参加完法会，我就寻个地方闭关修炼，争取早日突破到结丹期。之前在无定宗那里打转，筑基巅峰已经够用，但来到群英荟萃的中部大陆，还得是结丹期的修为才能让人有安全感。"

衡玉思索着，已经定下了自己接下来的修炼计划。

当然，她在做决策时并没有考虑到了悟，因为她知道了悟会陪着她。

晋升到结丹期是一件很危险的事情，而且需要直面心魔。她出门在外，没有师门为她护法，了悟肯定不会任由她自己寻地方突破。比起这个，衡玉更头疼的是另外一件事——不知道从筑基期突破到结丹期，到底需要多少倾慕值？她从筑基后期突破到筑基巅峰，总共花了一千多倾慕值。从筑基巅峰突破到结丹期，怎么说也得要几千甚至上万倾慕值。她手上的四千倾慕值未必够用。

想了想，衡玉抿起唇角："看来这回在法会上我要尽全力了。"

这场法会，是沧澜大陆年轻一辈的盛会。同辈之中的佼佼者会在这里争锋、切磋。而且比试的内容不只局限于擂台赛，还有各种各样的形式。若能顺利脱颖而出，名声便会由此传遍整个沧澜大陆。如果她能够在法会上大出风头，绝对会赚来不少倾慕值。

像她这种倾慕值贫穷户，当然要牢牢把握住机会！思考完毕时，衡玉注意到窗外泛起一点点鱼肚白。已是拂晓，天快要天亮了。而船形法器的速度也减缓了不少，看来已经接近剑宗的地界了。

衡玉伸了个懒腰，起身换衣服。她在储物戒指里挑拣一番，最后选中一条艳丽到极致、裙摆处绣有栩栩如生的合欢花的红色长裙。她会挑中这条裙子，一是因为漂亮出彩，二是因为那花纹看上去很有特色。她身为百花谷少主，此行是代表百花谷前来参加法会的，自然要注意着装。换上长裙后，衡玉散开长发，站在铜镜前，手指灵活翻动，很快给自己编了个并不复杂但很适合的发型。

了悟从修炼状态中清醒过来，他简单收拾了房间，就推开房门走出去，打算直接去甲板上等待法器停靠。

他自然而然地走到衡玉房门前，五指合拢，轻叩房门。没有等待多久，里面的人过来将门打开。了悟见多了她穿着道袍或素净长裙的模样，现在她穿着这身艳丽到极致的长裙，风华愈盛。在她发问前，他已经含笑夸道："这套裙子很适合洛主。"

衡玉扬眉浅笑，朝他抛了个"孺子可教"的眼神。她都没暗示他夸自己，他就主动夸起来了，进步真是大。"我们直接去甲板会合吧。"衡玉说。

了悟往旁边退开一步，留足空间让她从房里走出来。又迁就着她的步子，与她一道并肩穿行在这并不十分宽敞的船舱里。

很快，两人一道走出船舱，来到甲板之上。

甲板上已经站了很多弟子，筑基期、结丹期弟子还能维持着自己的姿态。而炼气期的弟子以了念为首，纷纷趴在船边远眺剑宗盛况。

"我们也过去看看剑宗外景吧。"衡玉对了悟说。

两人走到无人的角落，远眺前方的剑宗。映入眼帘的是无穷无尽的白玉石阶梯。在这万级阶梯之上，剑宗巍然而立，剑道直指云天。

就在这时，船形法器外的结界掀起一阵涟漪，好像是受到了什么触动。剑宗里的人察觉到动静，一位背负长剑的老者御空而行，瞧见这船形法器后目光快速锁定带队的圆新，掐诀向他行礼："原来是无定宗的圆新道友，远道而来，有失远迎。"

"陈道友好。"圆新双手合十回礼。

客套两句，剑宗老者从袖子里掏出令牌，用令牌开启护宗大阵，让无定宗顺利进入剑宗。进入剑宗后，船形法器直接在剑宗山门前的巨大平台上停靠。这个平台非常大，修建出来就是为了放置这些船形法器的。除了无定宗这一艘外，还有各种大大小小的船形法器。仅仅是看着这些密密麻麻停靠在一起的船形法器，就能猜测到这场法会的规模之大。

刚刚那位老者御空走到圆新面前，笑着将圆新迎走："其他宗门也有道友已经抵达，他们现在正在议事殿内论道，我带圆新道友前去议事殿吧。"

圆新双手合十，温声应了句好。他目光环视一圈，最后落在了悟和了缘身上："这些弟子就交由你二人照料了，若是闹出什么事端，也要由你二人担着。"

面对圆新的训诫，素来轻佻的了缘神色认真，双手合十应道："谨遵长老令。"

了悟同样双手合十："谨遵长老令。"

圆新满意地点头，法会本来就是年轻一辈的争锋，他自然不便插手做什么。

又环视众弟子一圈，圆新这才跟着剑宗老者离去。

等圆新和老者双双离去后，无定宗的弟子们才窃窃私语起来，神色颇为激动。他们中的绝大多数人是第一次来剑宗，甚至是第一次出远门，心中激动很正常。刚才两位元婴期修士站在他们面前，他们没敢表露自己内心的真实想法，现在圆新和老者都离开了，他们自然放松了不少。

在一片喧闹之中，几个身穿内门弟子服饰的剑宗弟子径直走到了悟面前。

为首的男子剑眉星目，容貌英俊，白色为底黑色镶边的剑宗内门弟子服饰穿在他身上恰到好处，让他整个人都呈现出一种难言的韵味。

他背负着一柄比寻常剑要宽要沉的重剑。瞧着那柄重剑，衡玉大概猜到对方的身份了，对方的自我介绍也印证了她的猜想。

"剑宗俞夏，见过几位。"俞夏抱拳行礼，脸上带着清爽的笑意，让人觉得亲近不少。

在剑宗擅长使重剑的内门弟子有且仅有一人，那就是剑宗首席弟子俞夏。

衡玉会清楚这点，是因为这俞夏就是舞媚的攻略对象。

了悟和了缘双手合十回礼，各自作了自我介绍。

衡玉掐了一诀，行礼道："百花谷洛衡玉，见过俞道友。"

听到衡玉的自我介绍，俞夏十分平静，并不感到意外："早闻洛主之名。"

衡玉笑了下："俞道友是从舞媚那里知道我的吗？"在她提到"舞媚"这个名字时，衡玉注意到，站在俞夏身后的几个内门弟子神色不太自然，那里面的情绪……似乎是愤怒。衡玉心思流转，猜测舞媚是在剑宗闹出了什么事端，不过面上没有露出任何端倪。

相比之下，俞夏的神情相当自然。他摆手笑笑："这倒不是，不过的确是从媚主那里得知洛主与无定宗同行。"回答完衡玉的话，俞夏侧头看向了悟，抬手做了个"请"的手势："无定宗的住处早已安排妥当，我现在带诸位过去吧。百花谷的住处就在无定宗附近，洛主也一起前往吧。"

这是剑宗的地盘，他们的安排没什么问题，了悟自然没什么异议。俞夏走在前面引路，了悟跟在他身侧。边往前走着，俞夏边向了悟介绍着剑宗内的景象。

待到临近一大片竹屋时，俞夏笑着对了悟说："就是这里了，这片竹屋全部都划归无定宗，具体住处如何分配，就由圣子你们自行安排，我们剑宗不便插手。"

瞧见了悟点头没有提出异议，俞夏掐诀行礼："招待来客一事，掌教全权交由我负责，我这边还有些事，就先告辞了。若是了悟圣子遇到什么急事，可以直接向我传讯，我只要不在修炼时，都会及时赶到。"

"麻烦了。"了悟双手合十，温声应了声好。

待俞夏他们离开后，了悟神识外放，简单清点一番竹屋数量后，就开始安排弟子入住。他在无定宗和禅门的声望都非常高，对他的安排没有任何人有异议。当然，了悟本身的安排也非常公道且合理。

等周围的人完全散开，了悟才转身，看向懒洋洋地坐在不远处的衡玉。他上前走到她面前，轻轻朝前俯下身子："百花谷的住处就在隔壁，在下送洛主过去吧。"

她是代表宗门来参加这场法会的，自然要和百花谷弟子住在一起。衡玉自然也知道这点，听到了悟的话，她直接从地上站起来，朝了悟扬了扬下巴，神采飞扬："来，带路。"

了悟浅笑，领着她往隔壁那片栽满紫色鸢尾花的木屋走去。说是隔壁，其实也隔了一段很远的距离。这应该是剑宗担心各宗门会私下产生摩擦，这才把每个宗门的住处都隔得远远的。

这种事情在历届法会上并不少见，沧澜大陆整体气氛比较平和，但以弱肉强食为法则的修真界怎么可能没有一点摩擦矛盾。私下斗法简直屡见不鲜，而且屡禁不止。

"来参加法会，你是不是每天都会很忙？"

"应该会，在下虽无胜负之心，但总要为宗门争光的。而且也要护着门内弟子，免得他们出事。"

"那——"衡玉抬眸。

"嗯？"

"我也很忙。"衡玉笑道。

了悟笑了下。他和衡玉正相反，衡玉极擅长揣摩人心，他极不擅长揣摩人心。但相处久了，有时候只是她一个眼神一个暗示，完全不需要挑明来说，他就能猜到她想要表示什么。

"如果洛主不打算与同门一起行动，不如与在下一道行动？这样两人间也能有个照应。"

衡玉打了个响指，她喜欢了悟的乖巧上道："我自然是不介意的。"

木屋已经近在眼前，了悟在鸢尾花前止步。他双手合十，眉间嫣红的朱砂衬得他的眼尾也泛起丝丝红晕："地方已经到了，在下就先告辞离开。"

衡玉安安静静地站在原地，目送着了悟离开。待看不到了悟的身影，衡玉缓缓转身，正准备走进那藏在鸢尾花田间的一排排木屋里，耳边就响起一阵凌厉的破空声。

衡玉抬起右手，往右侧凌空一抓，直接抓住一颗四品灵果。她将灵果塞到嘴里用力咬了口，别说，这灵果还很清脆香甜，直接吃也颇有滋味。咽下嘴里的灵果，衡玉才抬眼看向那扔灵果给她的男子。

站在木屋前的男子眉目卓绝，气质清冷孤高，恍若月中霜华。如果不是清楚他的身份，任谁都无法想到，这样一位圣洁至极，恍若光明代言人的男子，竟会是百花谷年轻一辈中倾慕值最高的人。

"迟主，好久不见。"衡玉打了个招呼。

迟脸上带着光明灿烂的笑，笑起来时整个人的背后好像都带着一层光晕："我早就在期待洛主到来了。自宗门一别，已有一年未见，但洛主依旧风采过人。"

衡玉迈步，穿过这片鸢尾花海。她行走之间摇曳生姿，红色裙摆随着她的走动而轻轻晃荡起来，好似有花在盛开，暗香浮动之际，引人遐想。

衡玉知道迟一直对自己有几分兴趣，不过她对他没什么兴趣。她走到迟面前，朝他扬起灿烂一笑。

清冷孤傲的美人突然一笑，即使是流连花丛惯了的迟一瞬间都被惊艳了。

在迟感到有些心神恍惚时，衡玉问道："不知道我的住处被安排在哪里？"

迟笑得温雅柔和："就在我隔壁。"衡玉不吃他这一套。她左右瞧瞧："宗门的人还没到齐吧，我随意找间木屋住下就好。"迟那灿若星辰的眸子迅速黯淡下来。他什么也没说，只是这么静静地注视着衡玉，那原本明朗的神情也消失不见，看上去就好像是只被人遗弃的小狗，软绵绵的没有什么攻击性，可怜到了极点。衡玉心里啧了一声，这修真界别的不多，会演戏的人倒是层出不穷。

了缘也好，迟主也好，都是这样。衡玉直接摆出一副不解风情的模样，挥挥手朝着最里面的木屋走去："既然迟主没什么事，我就先告辞了。"

走到木屋里，衡玉随意转头，发现迟还站在原地目送着她。衡玉眼力好，隔着这么远的距离还能分辨出他的神情——他的神情里依旧带着淡淡的难过。

这人演戏居然从头演到了尾，还真是敬业得过分。这么想着，衡玉笑了笑，上前推开木屋的门。

她从储物戒指里取出从船形法器上特意带下来的那盆君子兰，把它稳稳地摆在窗台上。搞定之后，衡玉给自己泡了盏茶，边喝边翻看阵法书，努力补足阵法基础知识。这一看，就直接从上午看到了傍晚，直到一阵敲门声直接打断衡玉的沉思。她起身开门，瞧见站在门外的人时并不感到意外："我还以为你会更早一些过来瞧我。"

门外，舞媚抬手别了别鬓角碎发。她一身紫裙翩跹飘逸，锁骨半遮半露，裙子的颜色与那片鸢尾花海正相合，整个人美得灵动："什么时候到的？"

衡玉请她进屋，给她倒了杯茶："上午刚到，你在剑宗待了多久？"

舞媚抬手缠绕着自己的发梢，神情慵懒："说到这个我就不得不抱怨了。你都不知道，这一年时间俞夏基本待在宗门里。为了能混进剑宗找他，我不知道吃了多少苦头。"舞媚话中的真实度，在衡玉心里是要打很多折扣的。上午在剑宗山门那里，她只是提到舞媚的名字，后面几个内门弟子的神色都有些不自然起来，显然是舞媚在剑宗惹出了不少事端。

衡玉问："那你是做了什么伤天害理的事才顺利混进剑宗的？"

舞媚下巴微抬，神情既媚且傲："什么伤天害理的事都没做，我是凭借着自己的魅力，成功让俞夏请我进来的。"衡玉忍不住一乐。

不管怎么样，舞媚肯定在剑宗待了很长时间。她想了想，问道："宗门里，绝大多数够资格参加法会的弟子都外出执行内门任务了，我们宗门还会不会派元婴期修士来参加法会？"

"自然是要来的，宗门还得送些炼气期弟子过来增长见识。"顿了顿，舞媚抬眼看向衡玉，"前两日我收到了我师父的传讯，你猜这回带队的元婴期修士是谁？"

舞媚会这么问她，说明那个修士和她渊源极深。而在百花谷跟她渊源深的元婴期修士有且仅有一人。

衡玉唇角染上笑意："没想到我师父会亲自带队。"她师父乃元婴后期修士，像他这般修为的修士，绝大多数时间都在闭关修炼，争取早日冲击化神期。但想了想，衡玉又觉得这是她师父能做出来的事。

她师父随性不拘小节，怕是在宗门待太久了觉得厌烦，这才跑出来玩的。

舞媚拎着茶壶，给自己倒满茶水。她把玩着自己手腕上戴着的那串手链，懒洋洋地问衡玉："你的内门任务进度如何？有没有占到什么便宜？"

衡玉端起茶杯抿了一口，笑而不语。

舞媚嗔她一眼："说说啊，我可以帮你参谋参谋接下来要怎么下手。"

"你这么热心，看来你的内门任务已经完成得差不多了。"衡玉这才淡淡道。

她的内门任务……舞媚不想提这个糟心事。她端起茶杯将里面的茶水一饮而尽，也不多留，省得没看成衡玉的笑话，还反让衡玉看了她不少笑话。

送走舞媚，衡玉继续翻看阵法古籍。夕阳余晖完全褪去，月华逐渐侵占整片天地。衡玉看完手上这本古籍，正打算再换一本，就听到外面再次传来敲门声。隐约之间，还有清脆的铃铛声夹杂在其中。这次来的又是谁？

衡玉抬手揉了揉眉心："这回来的不会是慕欢吧，还真是够热闹的。"

慕欢那暴露的裙子上挂满招摇的铃铛，随意抬手，铃铛就会发出清脆的声响。而且不知道是不是和她修习的阵法有关，明明应该是错乱响起的铃铛声，但每一次听在耳里，都会连成悦耳的乐曲。

房门缓缓打开，瞧见门内衡玉无语的神情，慕欢唇角微扬："你好像不意外是我在敲门？"

"随便用一个排除法就知道了。"

慕欢眼睛瞪圆，在原地一跺脚："我可是一到剑宗就来和你打招呼了，你就不能热情些吗？"衡玉耸肩，表示自己有些无能为力。

目光落在慕欢身上，衡玉无奈地抬手揉了揉眉骨。这么多心思各异的人都凑在了一起，再加上她那个唯恐天下不乱的师父，真是有意思极了。

"你是跟着玄宗过来的？"衡玉直接转移了话题。

慕欢扁嘴，顺着她的话题回道："是啊。"

衡玉脸上泛起细微的笑意，声音也放缓些许："回去好好休息吧。"

看在慕欢一到剑宗就先来和她打招呼的分儿上，她不介意态度温和些。

"好啊，明日你有空吗？陪我去见见了悟师兄吧，我心念他许久。"慕欢顺着杆子快速往上爬。

衡玉脸上的所有笑意在一瞬间收敛："你想念了悟与我何干？请回。"说完她直接后退一步，用力把门合上。她果然不该对慕欢抱有任何期待。

把慕欢关在门外，衡玉拍拍手拂去上面不存在的灰尘，重新走回到窗边坐下。

月色从窗外蔓延到她的身上，被这温和的月色映照着，衡玉突然没了翻看阵法书的心情。

她取来一张白纸，手腕灵活翻动，很快就折出一只活灵活现的小猫。她伸手取了一点绘制阵法的灵液，点在小猫的眼睛上，一点神识就轻而易举附着在这只小猫身上。闭上眼，衡玉用神识操控着它，让它直接飘出窗外，从百花谷的住处顺利飘到无定宗的住处，最后再一个翻转，跳到了悟窗外。

竹屋里，了悟刚沐浴出来。他身上还带着淡淡的温热水雾，正盘膝坐在床上翻看衡玉之前整理出来的禅理小故事。突然，了悟察觉到窗外有轻微的声响。他放下手中的册子，推开窗户，原本只是想查看一下外面的动静，谁想一只轻飘飘的纸猫正直直地立在那里与他对视。

这个画面瞧着有些诡异。了悟盯着纸猫几秒，从它身上感受到熟悉的心神波动："洛主？"

他用两只手捧住纸猫，把它从外面捧进来，然后把它放在一堆经文之上。

"你能听到我说话吗？"纸猫晃了晃以做回应，显然是能听到他的声音。

了悟瞧着有意思，抬起右手，拇指轻点了点纸猫的额头。他用力很轻，但纸猫跟着往后退了两步。

他声音里多了笑意："那能感受到我的动作吗？"纸猫往前，轻飘飘撞上他的手指头。

"你是不是睡不着？不对，这两天你应该都在钻研阵法吧。在下在翻看你之前整理的禅理小故事，然后也想到了几个新的，你要不要听？"

神识附在上面，衡玉大概能听清楚了悟的声音。她边听着他说话边趴在桌上翻看阵法古籍，原本已经有些看倦，现在又意外地能够静下心来。慢慢地，了悟把禅理小故事都讲完了。他也沉默下来，开始整理自己手上的经文。整理完后已经入了夜，他捧起那只小猫，又用指尖点它的额头位置："在下要熄灯了，你打算歇会儿吗？"附着在纸猫身体里的神识正在剥离，很快脱离而去。感受到它已经变成一只普通的纸猫，了悟弯腰吹灭桌上的烛火。

借着月色，他走到床榻边坐下，把纸猫轻柔地放在床边柜子。

衡玉原本打算翻看一整晚的阵法书，反正到了她这个修为，彻夜不睡也不影响精神。但把神识从纸猫身上抽离后，她握着阵法书，突然静不下心翻阅了。既然静不下心，衡玉也不强求，她合上阵法书，熄灭桌上的烛火，躺在柔软的床榻上陷入沉睡。

一夜好眠。

第二日清晨醒来，衡玉继续翻看阵法书。一直到下午，她终于把手头的所有阵法书看完了——这里的书都是了悟从无定宗藏经阁里帮她借出来的。翻阅完毕，衡玉将桌面上摊放开的所有阵法书都收进储物戒指里。

"不知道师父他们什么时候才能抵达。"

现在距离法会正式开启还有四天时间，算算日子，应该也就是这两日之间了。衡玉想了想，决定先迎接她师父，然后再出门逛一逛剑宗。毕竟师徒俩许久没见，于情于理她这个做徒弟的都该好好恭候她师父。没有让衡玉等太久，接近傍晚时分，一艘庞大的船形法器飞入剑宗。

一个紫衣绶带的俊美男子站在船形法器甲板上，随意动了动，也呈现出一种勾魂摄魄到极致的风情。他摩挲着腰间挂着的玉佩："也不知道衡玉的内门任务进展到哪一步了，哎，师门不幸，居然教出这么个不会给我传讯的徒弟来。"轻声嘀咕着，游云的神色有些哀怨。

这一年来，虽然相隔万里之遥，但衡玉还是有传讯的。只不过传讯不太方便，她都是隔上几个月才简单问候她师父几句。其实别的弟子，像舞媚、慕欢也是这么做的，但游云还是不高兴，很不高兴，他这么出手大方又艳绝沧澜大陆的师父，难道不值得被徒弟特殊对待吗？

不过游云脸上的哀怨没有挂很久，当百花谷的船形法器停靠在剑宗山门时，剑宗有位中年元婴中期修士飞到游云面前向他问好。游云脸上的神情一秒切换，迅速变得平静无波，充满高人风范。他掐了一诀，向那位剑宗修士回礼。

互相见过礼后，对方出声请游云前往议事殿一叙。游云淡淡点头，表示自己会一同前往。不过在前往之前，他招来一位弟子，解下自己手上戴着的那枚储物戒指："你把这枚储物戒指交给洛衡玉。"

弟子恭敬地用双手接过储物戒指，低声应是。很快，衡玉等来了百花谷的弟子，也等来了她师父的储物戒指。握着那雕刻着烦琐纹路、十分精美的储物戒指，衡玉认真把玩一番，发现这枚储物戒指并没有被滴血认主，她的神识可以轻而易举地探入。

这个戒指的储物空间并不大，里面除了一堆灵石外，还有一摞阵法书和一堆很珍稀的布阵材料。瞧见那阵法书和布阵材料，衡玉有些错愕，很快又笑起来："我只是在传讯中随口和师父提了句最近在学习阵法，没想到师父人还没出现，就先给我送了份这么大的厚礼。"

这就是背靠大山的快乐啊。衡玉笑笑，将储物戒指收好，打算等迟些见到她师父再向他道谢。

足足等待了一天时间，衡玉只等来一张传音符。用灵力捏碎传音符，她师父那熟悉的声音在房间里响起，轻松而愉悦："徒弟，师父在议事殿里遇到一位故人，这两天就不回去见你了，你我师徒直接于法会开启之日相见即可。"如果她耳尖没听错的话，在她师父说话时，隐隐约约还有女子的娇笑声作为背景音。所以她师父是沉浸于温柔乡，把她这个"便宜"徒弟给抛到脑后了吧。

摩挲着师父送给她的储物戒指，衡玉又冷静下来。没关系，在她心中游云也是"便宜"师父，他们双方成功扯平了。

衡玉整理好那些摊放在桌面上的阵法古籍，面对着不远处清晰的铜镜，用木簪子给自己绾头发。绾好头发后，她才握起那搭在桌边的长剑出门。

鸢尾花海里，有不少炼气期弟子在嬉闹。

她选了个不会被刺眼太阳照射到的昏暗角落，盘膝坐在竹林外围。在她身侧，有很多细长的杂草，衡玉在草堆里扒拉一番，拔出适量的青草，手指灵活翻飞起舞，很快编出一只活灵活现的蜻蜓。

把玩了一番，衡玉闭上眼，集中精神用神识操控这只蜻蜓，让它摇摇晃晃飞到了悟的窗边。然后，她让这只蜻蜓一头撞到窗户上。这动静不算小，了悟过来开窗时，目光先是落在那蜻蜓上，随后缓缓外移，落到不远处那片竹林里。透过竹林，他隐隐约约能看清一道穿着红色长裙的身影。

想了想，了悟伸出右手食指。这只蜻蜓由衡玉所有的神识操控，灵活程度绝不是昨天那纸猫能比的。蜻蜓在衡玉的操控下飞起，降落到了悟食指的骨节上。了悟举起手，直接把蜻蜓举到眼前平视："怎么突然过来了。"草蜻蜓没有任何动静。

了悟猜测："是无聊吗？"他的头稍稍朝左侧偏了偏，似乎是在思考，"正好在下也忙得差不多了，让我陪你逛逛剑宗吧。"

说罢，他轻轻捏起蜻蜓的一边翅膀，把它放在自己的左肩上，然后转身收拾起桌面上的书。收拾妥当后，他把黑色念珠缠绕到自己手腕上，走出木屋直奔那片竹林外围。

当了悟走到衡玉面前时，衡玉正好把神识从草蜻蜓身上抽离出来，缓缓睁开了眼睛。

剑宗的代步工具也是仙鹤。衡玉和了悟各自乘坐仙鹤，先行赶往剑宗的试炼台。仙鹤穿行于云雾之中，衡玉垂眸，可以将小半个剑宗收于眼底。在来之前，她就已经大概打听过剑宗的情况——剑宗有十八座主峰，七十二座辅峰，每座主峰都由一位元婴后期修士坐镇。由此可见剑宗底蕴之深。

了悟突然出声问道："在想些什么？"耳边的风声太过喧嚣，他的声音在风中有些失真。

衡玉侧过头看向他。他今天穿了身青衣，看上去就像是芸芸禅修中的一员，但那过于出尘的气质又将他与芸芸禅修隔绝开，皎皎若天边孤月。

衡玉微微眯起眼："在欣赏剑宗的盛景。不过说实话，我更喜欢无定宗的景致。"

在百花谷时她只知修炼，自然没什么心思欣赏百花谷的美景，所以她对百花谷只有零星的记忆。相比起百花谷或是剑宗，她反而觉得，那不染世俗尘埃的无定宗是最令她自在的。

"待此间事了，洛主可以去无定宗里闭关突破至结丹期。"了悟出声邀请。

显然，他很清楚在这场法会之后衡玉要做些什么。衡玉笑了笑，问他："我身为百花谷少主，不回自己的宗门突破，反而跑去无定宗突破。到那时，无定宗的人会怎么想？消息传扬开，世人又会怎么想？最重要的是，这回你要用什么理由带我回无定宗？"

她的视线落在他身上，与他的视线撞在一起。无定宗乃禅门圣地，不会随意容许外客进入。之前她进无定宗，是因为想蹭无定宗的船形法器赶来剑宗参加法会，理由正当，又有了悟的担保，自然不难进去。了悟微微启唇。在他开口之前，衡玉已经先他一步摇头："此生，我只到一次无定宗就好。到时候你陪我回华城闭关吧。"

了悟垂在身侧的手轻轻颤抖起来，他看向她，神色认真而严肃，带了些寻根问底的执拗："为何此生只到一次无定宗？日后你游历大陆，路过无定宗时不愿过来寻我喝杯茶水、下盘棋吗？"

衡玉没想到他会这么追问下去。她马上改口，说："好啊，我是愿意的。"

他沉沉地看着她。衡玉无所谓地笑笑："我都说自己愿意了，你还这么看着我干吗？"

"待你完成内门任务回百花谷后，遇到什么麻烦，会不会给我传讯？"了悟又问她。

"会啊。你不是答应做我的羁绊吗？遇到麻烦不找你，我还能找谁呢。总不能靠我那个不靠谱的师父吧。"衡玉后面没忍住，还吐槽了游云一句，试图缓解气氛。

了悟张了张口，从表情到声音都很平静。不，不对。不应该用平静来形容，而是克制。

"到那时候，洛主不会路过无定宗地界，遇到麻烦时也绝不给我传讯的，对吗？"

衡玉终究没有回答。其实她想说，等她完成内门任务，等他渡过情劫，两个人不是就应该自此桥归桥路归路，一世不复相见了吗？那时候她已经适应了沧澜大陆，可以真正追寻逍遥大道，而他也禅道有成，逐渐承担起先天禅骨的重担。这样多好啊。但瞥见他眼底那抹偏执的执拗，她所有的话都无法开口了。她抬手挠挠头，难得有些懊恼："我们揭过这个话题好吗？现在聊这个话题还早得很。我的任务时限可是整整十年啊。"

"……好。"望着她那难得的懊恼，他还是没舍得继续刨根问底地为难她。两人之间的气氛有些沉闷。不过很快，两只仙鹤掠过云雾，高声鸣叫，已是接近目的地。等仙鹤停下来，衡玉手握长剑，直接从仙鹤背上一跃而下。左手手腕戴着的那串铃铛手链随着她的动作丁零作响，十分悦耳。

试炼台非常大，正常情况下可以容纳超过十万人。站定之后，衡玉环视左右，放眼望去，尽是穿着不同门派弟子服饰的修士。

"真是热闹。"衡玉赞道。

了悟走到她面前，神色平和："我们先去领魂牌。"听到了悟的话，衡玉心下松了口气，知道刚刚那一茬算是暂时揭过去了。

"那是什么？"衡玉顺着他的话问道。

"魂牌可以用来记录分数，每赢得一场比试，魂牌就会按照相应的难度积累分数。"了悟抬手，指着试炼台最中央那三根擎天巨柱，"这三根柱子分别对应着炼气期、筑基期和结丹期的积分排名。"边做着介绍，了悟边往前走。衡玉迈步跟上他。

魂牌领取点就设置在试炼台最前端，那里有不少人在排队领取魂牌。排队的队伍里有一个熟人——慕欢。慕欢站在队列中间，百无聊赖地低着头。突然，她注意到衡玉和了悟的身影，脸上下意识浮现出媚到骨子里的笑意。她抬起自己的右手，朝了悟用力挥了挥："了悟师兄，你怎么也来试炼台了。"

听到慕欢那雀跃的声音，衡玉和了悟才双双注意到她。衡玉眉梢微挑，对了悟说："了悟师兄，你的烂桃花出现了。"

了悟看向慕欢，双手合十行了一礼："原来慕主也在。"态度十分温和，也十足疏离。既没有失礼，也没有任何熟稔。

了悟转头看向衡玉："洛主在这里等着在下就好。"对比之下，他对她的态度就显得十足亲近了。

说完，了悟直接走上前排队，没有让衡玉也跟着往人群里挤。衡玉站在原地，踮脚瞧了瞧他。他站在拥挤喧闹的人群中，若清风明月，即使在茫茫人海中也未曾失色。似乎是察觉到她的注视，他那低垂的视线微微抬起，隔着虚空落到她的身上。两人对视之间，他轻轻笑了笑，那双温和到极致的眼里缀满笑意，仿佛问她在看什么。

她能看什么？这试炼台足以容纳下十万人，她身边来来往往的人不计其数，可她的视线只停留在他身上。这位圣子丝毫不自知，用笑、用一言一行、用无尽的温柔编织成网，但她注定不能明知危险所在，依旧陷入其中。

第八章
惊才绝艳

当了悟领取完魂牌，再次回到衡玉面前时，衡玉波动的思绪尽数平静下来。她的视线从了悟身上一掠而过，停留在那亦步亦趋跟在了悟身后的慕欢身上，神情有些无语："你怎么也跟过来了。"

慕欢微抬下巴，语气嫌弃："我又不是来找你的，我爱跟着就跟着，不行吗？"

衡玉服了这女人。这女人在百花谷里养了一池鱼，外出行走一圈，道卓这条鱼还没彻底上钩呢，又想为她的大海再多养一条名叫"了悟"的鱼。

"行吧，你爱跟着就跟着。"

一旁的了悟含笑看着衡玉，见她不再理会慕欢，才将手中那块魂牌递过去。魂牌很普通，四四方方的小木牌，背后雕刻有简单的纹路，正面则是一片空白。衡玉伸手接过魂牌，放在手心里把玩："直接把神识注入魂牌里面吗？"

了悟点头，解释道："注入神识后留下你的心神印记和宗门令气息就可以了。"

衡玉将神识注入里面，留下属于她的印记。当神识退出来后，那原本一片空白的魂牌上缓缓浮现出三行黑色字迹——百花谷，洛衡玉，零。这三行字，分别对应了她的宗门、名字和积分。

"这场法会要如何获取积分？"衡玉好奇地问道。

这个问题是慕欢回答的。她比衡玉和了悟都要提前抵达试炼台，早已打听清楚一切。而且这么适合她表现的时机，她当然不会错过。

明明是在回答衡玉的问题，但慕欢一直在直视了悟。她的声音媚得能滴出水来："这场法会，一共有十二种比试方式。最简单的就是斗法，强者为胜。除此之外，还有斗阵法、切磋炼器、炼丹，还有比试心境、比试自己对三千大道的理解……总之包罗万象，从各个方面让年轻一辈一较高下。"

听完慕欢的介绍，衡玉眉梢微挑："这种比法倒是新鲜。"

从方方面面来综合考量年轻一辈，的确比单独擂台比试要更为公允，最后得出来的排名也要更具权威性。

这时候，慕欢终于舍得把视线从了悟身上移开，轻飘飘地落到衡玉身上。她说："上一次法会我就已经玩腻了，不过上一次法会洛主没有参加，所以期待也是自然的。"

衡玉假笑两声。她移步上前，从容走到了悟身边："我当然期待这次法会了，了悟答应整场法会都要与我同行。"说完，衡玉侧头，朝了悟眨了眨左眼，手腕也微动，指尖懒洋洋地在他手背上打转。

她的神色带着淡淡的媚意，把慕欢刚刚对了悟的那一套学了一遍。

不过慕欢那股媚意因修炼功法，直接从骨子里透了出来，像是人间绝色狐狸妖，而衡玉这股媚意有些浮于表层。明明在看慕欢做出撩人姿势时，了悟心无波澜，此时此刻，他却不由自主地后退半步，轻轻垂眸，双手合十。

衡玉腰间那块身份玉牌隐隐约约又有些发热的迹象。她低头瞥了眼腰部位置，这才收回视线，换了个话题，主动向了悟提议道："我们去交易区那边逛逛吧。"

说着，衡玉直接大步往前，了悟跟在她身后。

慕欢站在原地停驻片刻，恨恨地一跺脚，也连忙跟上。

试炼台东北角设置有一小块交易区。

这里格外热闹，除了剑宗弟子，其他宗门的弟子在摆摊贩卖东西。

衡玉三人逐渐向深处走去。瞧见有家铺子在卖各类功法典籍，衡玉正准备上前去看，突然发现斜里有道凌厉剑气直劈而来。在她抬手挡住这道剑气之前，一直默默跟在她身后的了悟已身形前移，挡在她面前护住她。随手化去那道剑气，了悟回头看向衡玉，声音温和："洛主，你没事吧。"

衡玉摇头："这道剑气不是直接冲我来的，应该只是不小心波及了我。"

衡玉从他身后探头往前看去，想看看是何人公然在这人来人往的集市上斗法。

在他们前方不远处，有两方人在对峙。当然，说是两方人对峙也不对。应该说是六个穿着剑宗内门弟子服饰的人把一个女人团团围住。那个女人的容貌对衡玉来说也并不陌生，正是舞媚。

"哟，舞媚这是遇到什么麻烦了？"慕欢幸灾乐祸的声音立即跟上，把那恶毒女配的模样呈现了个十足十。百花谷十大少主里，就她们三个是女子。以往衡玉十分低调，都是待在自己的院子里修炼，和她们两人没什么纠葛。但慕欢和舞媚地位相当，两个人彼此互不服气，过招很多回，因此矛盾颇深。这时候慕欢自然不介意瞧一瞧舞媚的热闹。

慕欢没有控制音量，那些把舞媚围住的剑宗弟子侧头看向她。瞧见她和衡玉的打扮，瞬间猜到她们两人的身份。

为首的剑宗男弟子掐诀行礼："两位道友，这是我们与舞媚的私人恩怨，还请你们不要插手。"

舞媚脸色有些冰冷。她默默解开缠绕在自己手腕上的丝带，做出防御姿态。

听到慕欢说"此事与我无关"时，舞媚轻轻一笑，倒是不意外。让她比较意外的是衡玉的回复。

衡玉问："你们身为剑宗弟子，却公然在这人来人往的集市斗法，此事是否有违剑宗的门规？刚刚道友的剑气险些伤到我，又要如何算这一笔账？"几个剑宗弟子彼此对视。他们难得堵到舞媚，就这么直接放走她，岂不是太便宜她了。

几个剑宗弟子都知道衡玉是想要为舞媚解围，但谁叫他们不占理呢？不远处，舞媚朝衡玉比了个热情的飞吻手势，然后伸了个懒腰，纤细而白皙的腰肢舒展开，从那稍短一些的衣摆里露出来。

"要打就打，不打的话现在可以让开了吧，再迟一些，你们剑宗的执法队就要赶过来了。说起来，执法队也来得太慢了，不会是你们提前和执法队打了招呼，让他们不要这么快出现吧？啧啧啧，在自己的地界闹事就是自由。"

暗地里的安排被直接拆穿，为首的剑宗弟子神色有些懊恼，恨恨道："也罢，就先暂时放你一马，我们走！"几人直接转身，迅速消失在人群中。

周围瞧热闹的人发现没热闹瞧了，也默默散开。

衡玉这才上前，走到舞媚面前："他们为何要围堵你？"舞媚有些狼狈，在衡玉他们到来之前，她已经与那些人对过几招。彼此修为不相上下，被六个人围攻，她自然没讨到什么好。

听到衡玉的话，她轻叹口气，有些疲倦地摆摆手："这件事说来话长。"

"那就长话短说。"慕欢鼓动她。

舞媚瞪她一眼，慕欢这女人就是想看她热闹。对比之下，舞媚觉得洛主真是宗门里难得的好人，刚刚居然还仗义执言。

还好衡玉不知道舞媚的想法，不然她一定得暗暗吐槽这突然得到的好人卡。

舞媚想了想，倒也没有隐瞒他们："我为了混进剑宗，做了一些事情。"

"什么事情？"衡玉奇道。

"……我捅破剑宗一位长老和女弟子的私情，然后被那恼羞成怒的长老抓进剑宗。原本在得知我的身份后，剑宗打算放我离开，但我为了近水楼台，强行参加剑宗的一场比试。那场比试说白了就是挑选剑宗十美……"舞媚摊了摊手，苦笑道，"谁想，我艳压群芳，大出风头，把剑宗的女弟子都压了下去。那场比试之后，我一口气赚了近万倾慕值。但我的风头都是从别人身上抢来的，因此被一些心性不过关的人忌恨。"她嘴角那丝苦笑，怎么看怎么像在炫耀。

想到自己那可怜兮兮的倾慕值，衡玉确定了，舞媚就是在炫耀。

就在衡玉以为到这里就已经落下帷幕的时候，舞媚又道："参加完那场比试，剑宗更想赶我出去了，那我当然不能离开啊。然后我……"舞媚仰头望天，"我把我师父送我的药喂给了俞夏。你们也知道，那药连元婴期修士都抵不住。"

舞媚这女人进展居然比她还快，衡玉在心中说了句"不愧是媚主"。

旁边的了悟也有些控制不住自己的神色，眼里浮现出丝丝诧异。

俞夏是什么人？他是剑宗年轻一辈第一人，剑宗首席弟子，铁板钉钉的剑宗未来掌教。他被剑宗的弟子们视为奋进的榜样。结果在他们剑宗的地界里，他们的剑宗之光被妖女下药了！

这下不只是剑宗一些女修恨她，连不少男修都坐不住了。而剑修嘛，绝大多数性情直率，坐不住就拔剑来刚，所以这段时间舞媚总是被剑宗弟子堵住围殴。

衡玉轻咳两声，打破沉默："我后悔帮你解围了。"

舞媚抬手，纤细圆润的指尖狠狠抵住衡玉的肩膀："还能不能有点同门之谊了，我看你就是嫉妒我。我寻思游云大长老肯定也给你准备了不少东西吧，你嫉妒羡慕我的话，不如就……"

侧头看向了悟，舞媚下巴微抬，笑得意味深长。衡玉顺着她的目光看向了悟，对上了悟平静的视线时，衡玉乖巧道："了悟师兄，你放心，我不会被教坏的。"

这时候，慕欢倒是不介意跟着舞媚站在同一战线上："洛主，这些年你的双修之术难道是浪费时间白学的？"

衡玉笑："是啊，早就忘光在脑后了。再说了，我需要用手段才能成功吗？"她往后退一步，借着自己宽大袖摆的遮掩，轻轻钩住了悟的尾指。这个动作就像是在问了悟：我需要吗？

他没有说话，神色平静得一如既往。但那放置在衡玉腰间，此刻正微微发热的玉牌，又替他回答了一切。看，玉牌比他诚实。

衡玉的动作有些细微，从舞媚和慕欢站的角度看过来，只能瞧见她宽大的袖子，瞧不清楚那被宽大袖子挡住的细微小动作。只有了悟能清楚地感知到。因为她的尾指与他的尾指钩在了一起，触感真实。他神色间有些无奈，动作幅度很轻地扯了一下。没有扯开她的手，反而让她的手晃动了下，手腕上佩戴的铃铛手链发出丁零脆响，引得舞媚和慕欢投来打量目光。

顶着舞媚和慕欢好奇的眼神，衡玉淡淡问："你们接下来要去哪里？"

舞媚耸肩："我还是回木屋里待着，耐心等待法会开启吧。"

她又不是受虐狂，并不想一直被围堵。

别看刚刚那些剑宗弟子都退走了，但其他剑宗弟子还在啊。他们途经舞媚身侧时，都向她投来憎恶的眼神，背上的长剑有种随时会出鞘斩向她的感觉。

在她话音落下时，一道流光浮现在上空。缓缓打转片刻，那道流光似乎是感应到舞媚的气息，直奔舞媚而来。最后在她身前化为一道传音符。

望着那道传音符，舞媚有些无奈。她伸手接过传音符，展开后看清楚上面的内容，忍不住嘟囔一句："有完没完啊，这法会都要开启了，还不抓紧时间修炼，找我干吗？"

舞媚的嘟囔声虽小，但衡玉离她很近，还是听到了。

听起来，这道传音符似乎是俞夏传给她的。

"怎么，你和俞夏之间的事似乎别有隐情？"衡玉出声问了句。

舞媚翻了个白眼，她嗔怒时依旧别有风情。

舞媚说："有什么隐情，你看话本看多了吧。百花谷弟子亦正亦邪，有时候为了达成目的，是该做些踩界的事情。"说到这里，舞媚又朝衡玉抛去一个意味深长的眼神，似乎是在暗示衡玉要好好向她学习。

衡玉笑了笑，懒得再搭理她。不过以后有机会，她也不会介意瞧瞧舞媚的热闹。

"哎，你那是什么表情啊。"舞媚不满道。

在她们两人说话时，慕欢也一直在深思。她私心里是想继续跟着了悟的，但现在，她心里不受控制地升腾起一阵危机感。

三人内门任务的等级，她是地级上品，舞媚是天级下品，衡玉是天级上品。她的任务难度是最低的，但现在眼看着舞媚已经有了些许成果，衡玉这边也进展良好，相比之下，她的进展反倒是最慢的。

内门任务还是尽快完成为好。想到这里，慕欢撇撇嘴："我打算去找找道卓那呆子，看看他在做些什么。"

"那快走吧，都别站在这耽搁时间了。"衡玉摆摆手，示意她们两人快些离开，一副不待见她们的模样。舞媚和慕欢双双给她丢了个白眼，然后两人背道离开，身影很快消失在人海中。

等她们都走了，默默站在衡玉身侧的了悟才出声："洛主。"

衡玉手腕微抬。她那宽大的袖子往下滑，两人钩在一起的手指露出些许。

为了让自己的调戏显得理直气壮，衡玉强调道："这是利息。"

说完，她才缓缓松开自己的手，往旁边退开一步，拉远她和了悟的距离。

"利息？"

"嗯。"是他刚刚让她觉得难受的利息。

应完这一句，衡玉往前走去。她的视线一直在环视四周，寻找着有意思的事物和人来打发时间。

了悟默默地跟在她身侧，小心帮她避开有些拥挤的人群，免得他们撞到她身上。

走了好一会儿，他们才出了这条集市，也出了试炼台范围。周围的人一下子就少了，那嘈杂喧闹的声音也弱了下来。

前方不远处就是一片明净澄清的湖泊，这边的风有些大，了悟微微眯起眼，长而翘的睫毛轻轻颤动。他下意识挪了挪身子，用身体为衡玉挡住那呼啸而过的凛冽狂风，视线落在她身上，语气里带着几分不确定："洛主今日是不高兴吗？"

原本心情已经平复下去，他这么一问，衡玉思绪又有些起伏。她瞧向了悟，没有出声说话，但眼睛里的情绪，分明已经给了答案。

了悟不知道发生了什么。他垂眸想，是因为在来试炼台的路上，他们两个的对话吗？

可如果是那番对话……更觉得难过的人不应该是他吗？

她助他渡过情劫，他亏欠那么深，然后她还要与他此生不复相见。

最应该觉得无奈又无能为力的人，不是他吗？

在他们两个人中，占据主动权的始终是她。如果她真的做出决定，那么他……

都没办法反对啊。

他那素来温雅的眉眼，突然染上片刻沉寂。

衡玉莫名觉得心头有些堵。她抬起手，扯住了悟的袖子："在想什么？我刚刚就只是在和你开玩笑而已。那些沮丧就是一瞬间的事情而已，今天你陪我出来逛剑宗，我当然是高兴的。我有什么理由不高兴？"

她重新笑起来，笑得张扬而肆意，眉眼里神采飞扬。

了悟望着她。她明明在笑，但他总觉得她的笑像是隔了层水雾般，不够真实。

他突然低下头，从储物戒指里取出两颗奶糖。

他剥了一颗送进嘴里，奶糖在口腔里融化开来，甜意蔓延，让他的心情逐渐平复下来。他确定自己恢复平常的冷静从容后，才亲手剥开糖纸，将糖果递到她的嘴边。

衡玉看向他："你说如果我在人来人往中，就着你的手吃下这颗糖，会不会于你名声有碍？"

刚刚平复下来的思绪又有些起伏，了悟轻叹："比起这个，在下更喜欢洛主顺心而为。"

顺心而为吗？好吧，至少吃颗糖的事情，她决定顺心而为。

衡玉轻轻上前，和他凑得更近，近到能清晰闻见他身上淡淡的檀香。她张开嘴，就着他的手咬住糖果。停顿片刻，她顺从本心地隔着糖纸轻轻咬住了悟的指尖。她咬得很轻很温柔，轻到他过了好一会儿，才察觉到这一点。

没等他做出什么反应，她就松开嘴往后退了一步，脸上的笑意真真切切地肆意张扬起来。

"之前那句话真的没骗你，沮丧只是一瞬间的事情，但从出门找你到现在，绝大多数时候我都是高兴的。"一阵酥麻感从指尖蔓延开来，迅速落到他的心尖。

了悟觉得自己不受控制地，心尖颤抖了下。这种感觉让他有些失措，以至于他下意识想要诵读经文以求心静。

"你现在在想什么？"衡玉说，"……让我猜猜，你是想要默念经文吗？"

衡玉在了悟之前，先一步念起心经，声音很轻。她念经文的声音明明很正经，但了悟心中那股失措感没有丝毫减淡。腰间的百花谷身份玉牌在发热，温度逐渐增加。

衡玉的目光落在了悟脸上。慢慢地，她轻笑起来。她突然发现自己想错了一件事情。他在渡情劫，不能捂住耳朵不听她的浅唱低吟，是啊，一介凡人之躯，要如何抵挡这份蛊惑。

她明明有机会令他触礁坠海，但又有些舍不得，于是便一直想着让他沉沦片刻，让他在这孤寂的海里再陪伴她片刻，最后再放他渡过这片海域。

"我怎么这么善良呢。"衡玉自恋道。她这句话一出，那放置于腰间，温度越发升高的玉牌慢慢冷却下来。

了悟从那种恍惚状态中回过神来。他垂下眼，失笑："了缘夸过洛主乃当世神女。既是令人向往的神女，善良也是正常的。"

衡玉说："了缘夸我是在开玩笑，你夸我我是要当真的。"听着耳边呼啸的风声，衡玉远眺，看向那明净的湖面，然后她忍不住抬手，把玩起藏在腰间的玉牌。

走神片刻后，衡玉指着远处道："那边好像挺热闹，闲来无事，你陪我过去瞧一瞧吧。"说着，她快步穿过人流，直奔前方的热闹而去。

红色的裙摆随着她的行走轻轻摆动，裙摆上绣着的花缓缓盛开，似有暗香在浮动，危险又感人。

在她和了悟距离拉远时，了悟快步跟上。很快，他又走到她的身侧，与她并肩而行。

待到天色渐暗，衡玉和了悟乘坐仙鹤回到他们居住的区域。

了悟从容地落到地上，瞧见她想要从仙鹤背上一跃而下，下意识朝她伸出手。

衡玉跳到地上站稳，余光扫到他伸出来的手，直接上前两步，捏住那被她咬过的食指指尖。明明不算多出格的动作，却因为先前的事情而添了几分暧昧。这样的举动，其实比直接十指紧扣还要致命。

了悟下意识缩了缩指尖。明明她的指尖带着淡淡凉意，他只觉得两人接触的那部分肌肤烫得很。

"洛主，松手吧。"

衡玉一本正经地问："刚刚都动口了，现在动个手很过分吗？"了悟不说话。

衡玉的指尖在他指尖打转："你回答我的问题我就松手。"

了悟依旧不说话，他只是手腕一转，牵住她的手，然后对她说："不过分。在下送你回去。"说完，直接牵着衡玉往前走。衡玉愣了愣，下意识跟上他的步伐。

目送着衡玉走进鸢尾花海里，了悟才转身离开。

鸢尾花海里，衡玉伸手，将那藏在腰间的身份玉牌取出，沉默着将灵力注入其中。

倾慕值——六千八百。

接下来的时间，衡玉都待在房间里研读阵法书籍。

她已经把了悟送给她的那些书全部看完，现在正在翻看她师父游云命人送过来的那些。

转瞬之间，就到了法会开启之日。

这天清晨，衡玉早早结束盘膝打坐。她起身梳洗换衣裙，估算着时间差不多，推开房门走出去。

鸢尾花海外，已经站了不下百名百花谷弟子。男弟子统一身穿黑色劲装，女弟子统一身穿红色长裙。虽然衣服制式不一样，但从那华丽张扬的衣服款式上，谁都能猜到他们是哪宗弟子。

迟已经站在队伍最前侧，他负责带队前去试炼台。瞧见衡玉，迟展开手中折扇，风度翩翩地掐诀行了一礼："洛主来得真早。"

"迟主。"衡玉回礼，并且和其他几位少主打招呼。

打招呼时，她将那几位少主的长相也扫视一番。

其实在修真界，修士因为常年被灵气冲刷经脉，所以很容易出美人。而百花谷，更是春花秋月应有尽有，里面的美人各有千秋。这几个少主都属于不同类型，仅有的相似点就是身材绝佳和颜值惊艳。欣赏片刻，衡玉收回目光，抱着长剑站在原地等待。

没过多久，舞媚和慕欢也走了出来。等人到齐，负责领队的迟举起自己的右手，出声笑道："诸位，出发吧。"随着他一声令下，众人各施手段赶往试炼台。

等他们抵达试炼台时，那里已经密密麻麻地站满各大宗门的人。

百花谷身为沧澜大陆的一流宗门，位置被安排在极靠前的地方，就在剑宗和无定宗之间。

衡玉站在人群之中，仰头望向前方——在最前方，站着一些衣袂飘飘的元婴期修士。她那位"便宜"师父也在其中，和音宗的元婴期女修正聊得火热。似乎是感知到"便宜"徒弟的视线，游云侧过头扫向下首，视线很快落到衡玉身上。两人隔空对视一眼，游云展开手中折扇，用折扇挡住唇角那狡黠的笑意，又重新把视线移回到那位音宗女修身上。

没有让众人等很久，剑宗掌教缓缓走到高台之上。他从腰间抽出长剑，只是这么一个简单的动作，无数人腰间的长剑却震动起来，似乎要脱离主人的掌控向剑宗掌教手中的长剑叩首。

衡玉按住自己腰侧的长剑，目光灼灼地望着剑宗掌教：这就是剑道第一人的威势！

"擂台起！"随着剑宗掌教一声令下，一百零八个擂台从他身后凭空拔地而起——那就是进行比试的地方。

"这场法会由我剑宗举办，法会设计了斗法、斗阵、斗丹……总共十二个环节。其中，斗法这个环节所有人都要参加，其他环节就需要诸位自行报名。法会前十天只有斗法这一个环节，从第十一天起，会陆陆续续开放其他环节。望周知。"剑宗掌教的声音很平很稳，简单介绍清楚法会的规则后，他高声宣布法会正式开始。

"剑宗真干脆。"站在衡玉身侧的慕欢嘀咕一声，懒洋洋地打了个哈欠，"上一回的法会是由黑白学宫负责举办的，他们那位掌门人特别能说，我足足站着睡了一个时辰，睡醒后发现他还没讲完。"

法会已经开始，人群自然而然逐渐散开。

慕欢活动着自己的手腕，主动出声邀请："要不要一块儿去报名其他环节？"

衡玉摇头："不了，你先走吧。"

"你要去干吗？"

"站在这里等人。"

慕欢瞬间猜到了。她撇了撇嘴，心想道卓和了悟师兄之间，怎么看更木讷缄默的人都应该是了悟师兄才对吧，为什么他比道卓那呆子主动那么多。这么一想，慕欢暗暗咬牙，决定想办法加快自己的攻略进度。

目送着慕欢的背影淹没在人海里，衡玉手握长剑，站在原地等待。没有让她等待太久，身穿月牙衣的了悟走到她身侧，温声道："洛主，我们走吧。"

衡玉笑道："走。你打算报什么项目？"

在各种杂学中，了悟擅长的是炼丹，结丹初期的他已经可以越阶炼制六品丹药。

他答道："比拼炼丹，比拼心境，还有论道。"

衡玉也早就想好自己要报什么项目。"我打算斗阵和比拼心境。"其实她一开始也想要参与论道这一环节，所谓论道，就是彼此讨论自己对所修行的大道的理解。衡玉现在对逍遥道已经有了一番体会，但理解还不够深入，她觉得自己参加这个环节，比拼个一两场就差不多就要露怯了，没什么意义，干脆就不报名了。

"那我们先去报名心境环节吧，然后在下陪你去报名阵法环节，你再陪我去报另外两项？"了悟侧头征求她的意见。

衡玉还能有什么意见，他的安排分明是以她为先。

衡玉和了悟穿过人海，打听一番后，顺利找到报名比拼心境的地方。报名的方法很简单，只要用魂牌做登记就好。转了一圈，到下午，所有的项目都顺利报完名。

走回试炼台中央，衡玉发现剑宗的人已经把未来两天的比试都安排妥当了。比试安排都记录在玉简里，衡玉从一名剑宗弟子手中接过玉简。她的神识探进玉简，读取里面的信息，并且迅速锁定她和了悟的名字。

看清楚自己想要知道的内容后，衡玉把神识收回来，对身旁的了悟说："我明天上午有场比试，对手是剑宗常席一，你知道这个人的情况吗？"

了悟想了想，的确没什么印象，看来对手在剑宗里并不是很有名。衡玉点头，对明天那场比试心中有数了。除非对方深藏不露，不然她拿下明天那一局是毫无悬念的。

"你的对手是幽冥宗厉无风，比试也在明日上午。"衡玉对了悟说道。比起常席一，厉无风就要有名气得多了。幽冥宗掌教的关门弟子，能凝结出杀戮金丹，走解脱道的狠人。

了悟也知晓对方的威名。可以说，厉无风的赫赫威名都是杀出来的。不过他依旧平静。在这个时候，他比较关心的是另一件事："洛主刚刚不是说困了吗，我们回去吧。"

衡玉伸了个懒腰，笑着应了句好。

回到自己的房间，衡玉刚准备换掉身上的长裙，门外就传来一阵敲门声。

随着敲门声一起传来的，还有一道熟悉而散漫的声音："徒弟，为师回来了，快快过来开门。"

衡玉走过去开门。

游云身穿青色长衫站在门外，随意把玩着手中的折扇。瞧见大门打开，游云上下打量衡玉一番，脸上泛起满意的笑容："修为进展不错，根基打得也很扎实，差一个契机就能突破到结丹期了吧。"

衡玉笑："师父，您先进来吧。"

请游云进去坐好，衡玉给师父倒了杯茶："我以为师父你沉迷温柔乡，要再过几日才能抽得出身来找我。"

游云端起茶杯慢慢抿了口，食指拇指交错，将打开的折扇重新合拢在一起。然后，他用折扇敲了敲桌面："什么沉迷温柔乡，你师父我好歹是元婴后期修士，此行更是代表着宗门的门面，所做的每一件事都是深谋远虑的，徒弟你不能只看表象。"

衡玉就默默听着他一本正经地胡说八道。等他说够了，衡玉才道："师父，从筑基期突破到结丹期，大概需要多少倾慕值。"游云轻飘飘地丢出一个数字："两万。"

衡玉原本还觉得自己手里的六千八百倾慕值很多。结果，根本还差得远！

瞧见她那无语的神情，游云眉梢微扬："你现在有多少倾慕值了？"

衡玉摆手，状似无意般地问道："师父你说，为什么我们宗门弟子突破境界时，必须借助倾慕值的辅助？修行讲究的是顺其自然，我们采用倾慕值突破，久而久之真的不会损害大道根基吗？"

听到衡玉这看似无心的问题，游云脸上的笑意微凝，然后缓缓收了起来。他下意识地抬手，摩挲着自己左耳侧的印记。从衡玉这个位置看过去，隐约能看清那个印记的模样。是朵妖艳的曼珠沙华。

这一刻，衡玉突然想到，宓宜的眼角也有个芙蓉花印记。

在以前，衡玉一直以为宓宜眼角的芙蓉花是普通印记。毕竟那个印记很美，出现在宓宜眼角，为宓宜的容貌增色几分。但现在看她师父的样子，这很有可能是一种禁制，越是美艳，越是潜藏着危机。

在衡玉走神想着事情时，游云抬眸瞥她一眼，把她的心思看出了个十足十："徒弟，想套你师父我的话，可不是那么容易的。"

衡玉抬手蹭了蹭鼻尖，恭恭敬敬地端起茶壶，帮游云把空了的茶杯斟满："我怎么会套师父你的话呢，我这是在诚心诚意请教师父问题。身为师父，为徒弟解惑不是应尽之义吗？来，师父喝茶。"

她这个殷勤模样，游云十分受用，心说自己徒弟终于开窍，懂得孝敬他这个做师父的了。

轻咳两声，游云慢悠悠地端起茶杯，修长的手指捻起杯盖，轻轻拨弄着茶水表面："之前你在给我的信中提到过，说你在平城遇到了宓宜。是不是她和你说了什么？"

衡玉想了想，没反驳，顺着他的话说道："宓宜说，只要我不排斥双修，宗门的所有安排对我而言都只有好处。"

游云点头："这话倒也没错。不过宓宜叛逃宗门的时候修为不够，对于那等秘辛还是未知全貌。"

一听到这，衡玉就知道有戏，她连忙坐直："师父，是什么秘辛？"

"其实在以前，百花谷弟子可以自行选择是否借助倾慕值来突破境界。借助倾慕值可以让前期的突破变得容易，但从元婴期突破到化神期时就会变得非常困难。所以那时候，天资出众的弟子都是不允许借助倾慕值来突破境界的。只有那些修长生大道无望的弟子，才会采用倾慕值来突破。"

寻常资质的弟子，靠着倾慕值来降低进阶难度。上限可能只有筑基期的，最后突破到了结丹期；上限只有结丹初期的，最后可能突破到结丹后期，甚至机缘到了，连元婴期都有可能达成。正因如此，那段时间百花谷势力大长，迅速在十三宗里脱颖而出，位列一流宗门前列。

"但后面出事了对吧。"衡玉眨了眨眼，接着游云的话说。

"对，出事了。"

"是什么事？"衡玉连忙问道。

游云用手指轻叩桌面："都说了是宗门秘辛，能随随便便告诉你吗？而且你现在才筑基巅峰，瞎操什么心？"

衡玉："……师父你瞧不起人。"果然是"便宜"师父，居然攻击起徒弟的修为来！她这个年纪就有这种修为，说出去谁不夸一句惊才绝艳！

游云哈哈一笑，不置可否。但沉吟片刻，他还是温声宽慰道："别瞎想那么多，免得心境出现漏洞。你看你师父我，现在不还是顺顺利利修炼到了元婴后期？"只不过是在元婴后期寸步难进罢了。

这些年，百花谷从一流宗门前列滑落到末位，和这脱不了干系——因为百花谷是八大正道、五大邪道的宗门里，唯一一个没有化神期修士坐镇的宗门！最顶尖那部分的实力不如人，话语权自然就少了，地位也自然会有所跌落。

衡玉抬手揉了揉眉心。她会这么执着于知道百花谷的秘辛还有其他的原因，她走火入魔那段时间的记忆像是被人刻意抹掉了一样，无论她怎么想都想不起来。这让她觉得百花谷内部很危险，危险到她连师父也不敢完全信任，无法把事情全盘托出。

沉吟片刻，衡玉只好放弃追问。至少游云有一句话说得对，她现在才是筑基巅峰修为，就算知道了所有真相，也是无能为力。

果然还是得好好修炼，提升实力。

清晨，衡玉结束打坐。梳洗过后，她换上一身青色长裙走出房门，去竹林寻了悟。

她到竹林的时候，瞧见了悟正站在屋檐底下，手捧经书为一个小禅修解惑。

走得近些时，她听到小禅修说"多谢师兄，我都已知晓了"，然后小禅修接过了悟手中那本经书，高高兴兴地离开。

早在衡玉接近竹林时，了悟就已经察觉到她的气息。目送着师弟离开，了悟这才转身看向衡玉，眉眼不自觉染上三分笑意："怎么来得这么早，这时候去试炼台，比试应该还未开始。"

"在自己的屋子里待得无趣，就过来找你了。"

衡玉把自己手上的竹叶片递给他。了悟伸手接过，握在手里把玩了下，不清楚她想要做些什么。

衡玉点了点自己的头发："今天用的木簪素了些，你帮我把竹叶片插上去做装饰。"

了悟这才反应过来。他比衡玉高了大半个头，直接走到衡玉身侧，比画片刻，找了个最合适的位置帮她把竹叶插上。

衡玉抬手抚了抚头发，满意地点头。

"在下的储物戒指里有不少材料，等今天的比试结束，给你刻个新的木簪吧。"

衡玉随意一笑："你不嫌麻烦就行。"

"不麻烦。"

因为剑宗的地理位置较偏，这里时常狂风大作，瞧着衡玉的头发被风吹得有些凌乱，了悟道："洛主，外面风大，你先进屋吧。"然后领着衡玉走进了自己的房间。

了悟的房间一如既往地简单。因此一走进来，衡玉就瞧见那放在他床头的纸猫和草蜻蜓。

她走过去，点了点纸猫的额头，又揉了揉纸猫的肚子，这才走到桌边坐下。了悟坐在她对面，给她递了块玉简。"这是什么？"衡玉边问边伸手接过玉简，将其置于额前。

神识读取玉简，衡玉发现里面是前来参加法会的各宗精英弟子的资料。常席一，剑宗弟子，筑基巅峰，使左手剑，绝招碧海波涛剑阵。资料看似只有一句话，但连常席一擅长使用左手剑和绝招是什么都写了出来，这调查得已经算是很细致了，毕竟常席一在剑宗里并不算特别高调。

"这是无定宗收集的？"衡玉放下玉简，问道。

了悟特意为衡玉泡了杯花茶。他把茶杯推到她面前，顺便回答她的问题："百花谷应该也在收集，不过估计还要一两日才能收集完毕，所以你先看在下这份。"他当然知道常席一这个对手对她的威胁并不大，但他既然已经得到这份玉简，自然要拿给她瞧瞧。

"我已经许久没和同境界对手过招，正好借他试一试我的剑法。"衡玉端起茶杯，喝了口茉莉花茶。自从跟在了悟身边，她基本没什么机会动手，手中的长剑已经很久没见过血了。

等她把茶杯放下，了悟为她续满茶水，又说："他们好像在做竹筒饭和竹叶糕，你要用些吗？"

衡玉眉梢微挑，调侃道："无定宗的厨师真会就地取材，你也不管管他们。"

这又是竹叶糕又是竹筒饭的，看来这居住地附近的竹林也被摧残得不轻。

了悟摇头道："无定宗门规，只是不允许他们祸害宗门里的竹林。在宗门之外，这条门规就不适合再用了，在下也不好约束他们。"

衡玉哑然失笑。这言外之意太明显了，合着不是自家的不心疼，别人家的爱怎么祸害就怎么祸害。

于是她忍不住朝了悟眨了眨眼，一副看穿他心思的俏皮模样。

了悟垂眼轻笑了下。

用过早膳，衡玉和了悟两人乘坐仙鹤前往试炼台。

这时候，试炼台前已经人声鼎沸。一百零八个擂台完全开启，炼气期、筑基期、结丹期的修士们划分区域进行比试，你来我往，每个人手段尽出，场面十分火热。

擂台附近有很多修士在观战，或是观察对手，或是单纯在给自己寻乐子。

衡玉从仙鹤背上跳下来，拍了拍手，环视一圈后，对了悟说："我们要去哪里？"

了悟说："去看看筑基期的比试吧。"

衡玉点头道："也好。"

两人走到专门划分给筑基期比试的区域。这里也是最热闹的一块区域。

在三大境界中，筑基期的擂台是最多的，足足有六十六个。走进这片区域后，衡玉仔细环视一圈，瞧见舞媚正在进行比试。

她指着舞媚所在的擂台，对了悟说："我们去那里看看吧。"

"好。"了悟都无所谓，她高兴就好。

穿过人流，衡玉很快走到舞媚所在的擂台旁边，余光扫到一个背负重剑、身穿剑宗内门弟子服饰的年轻男人，衡玉笑道："原来是俞道友。"

俞夏的目光一直落在舞媚身上。听到衡玉的声音，他才侧过头，认出她和了悟后连忙掐诀和两人行礼。衡玉回礼，随口问道："俞道友是过来看舞媚比试的吗？"

俞夏解释："正巧路过。"那是够巧的。不过两人不熟，衡玉也不好打趣他，点了点头就略过这个话题，仰头看着擂台上的舞媚。

擂台上的比试已经进行到关键阶段。

闪身之间，舞媚掐诀召唤出一道水柱。那道水柱看着平平无奇，但当水柱散落成漫天水花后，顿时化为漫天冰刃，在阳光的渲染下折射出刺眼的光芒来。冰刃迅速朝对手直斩而下，将其团团围住。她的对手反应也很迅速，直接召唤出一系列法器，想要化去这道攻击。但法器刚刚召唤出来，舞媚已经欺身而上。缠绕在她手中的红绫看似柔软，实际上比一般宝剑还要锋利。

为了抢占先机，舞媚迅速抛出红绫。红绫在空中暴长，从四面八方围住对手，让他深陷于冰刃的攻击中，再也没有逃脱的可能。当红绫再次散开时，她的对手已经被冰刃击中，昏迷倒地。

"百花谷，舞媚胜！"裁判一句废话也没有，直接宣布结果。

舞媚低头瞧一眼自己的魂牌，看到上面顺利积了十分，唇角微扬。

她扯了扯衣领，任由大片雪白的肌肤裸露出来，笑着道一句"承让"，就直接从擂台飞下来，来到俞夏身边。

"你怎么过来了？"舞媚理了理头发，出声询问俞夏，同时瞥了不远处的衡玉一眼，挥手和她打招呼。

"知道你有比赛，就过来看看你。"俞夏抬眸看向舞媚，有些欲言又止。

舞媚耸肩。在她做出这个动作时，肩膀的衣服有些往下滑落。俞夏连忙伸手为她压住衣服。

舞媚神色自若地伸手，自己扯住衣领。她看向站在旁边看戏的衡玉，再次挥了挥手："我没什么事了，先走啦。"说完，她直接牵着俞夏离开。

衡玉注意到，在舞媚牵着俞夏的手时，周围有不少道凌厉的目光向舞媚杀去。显然，那些都是剑宗弟子贡献的。不过，在下一刻，被舞媚牵着走的俞夏举起手中长剑，神色明显冷淡下来。于是周遭那些目光缓缓消失。

这一对，还真是奇怪。

衡玉瞧了两眼，缓缓收回目光。她抬手拨弄自己头顶那片碧绿的竹叶片，笑着瞥了眼不远处的巨大石碑，在那上面有今天的出战顺序。

"就要到我了。"衡玉对了悟说。

她话音刚落下，不远处一个擂台上，一身黑衣的裁判高声喊道："百花谷洛衡玉，对阵剑宗常席一，请双方迅速上擂。"

"居然这么快。"衡玉用指腹摩挲着剑柄，对了悟说，"我先上台。"

了悟点头，原本想开口叮嘱些什么，但想了想，只笑道："等你得胜归来。"

"放心。"衡玉笑道。

下一刻，她闪身出现到擂台上。

站在她对面的对手长相平平，气势内敛，整个人挺身站立，就如同一柄尚未出鞘的寒剑。

衡玉素来是战略上藐视对手，战术上重视对手，瞧见常席一这股气势，她眼睛微微眯起，看来这个对手并不简单。

裁判确认两人身份无误后，直接闪身退出擂台，这才宣布擂台赛正式开始。

裁判话音刚落下，"锵"的一声，常席一手中的长剑直接出鞘。资料没有出错，他正是用左手剑。

下一刻，剑尖迅速向衡玉逼近，同时剑身下压。

衡玉脚步一转，堪堪避开那道长剑。在这时候，她才正式让长剑出鞘。她的剑锋利无比，直接贴着常席一的脖颈而过。剑身冰冷刺骨，其上凝结着浩瀚而冰冷的灵力。

这一场交锋只在吐纳之间，两人交错而去，然后各自站稳在原地。

衡玉腰侧的衣服被划破，没有伤及皮肤，但常席一的脖颈渗出丝丝血迹。

他随意抬手抹了把脖颈，再次面无表情地举剑，口中振振有词，开始催动自己的剑招，并且疾速逼向衡玉。两柄长剑不断碰撞，撞击发出的声音在擂台上持续激荡，两人的身形变换都极快，即使是细看再细看，眼力稍微差一些的人也没办法准确捕捉到两人的身影。

没过多久，衡玉率先往后退两步。这场比试看似衡玉先退让，但真正狼狈落于下风、正在大口喘气的人是常席一。衡玉衣袂飘飘，神情从容。她右手举剑，左手掐诀，一道冰凉的寒霜覆盖在剑身上，里面藏着层层杀机。

"在用剑的技巧上，你远不如我。"一直面无表情的常席一突然出声。

衡玉随意笑了笑，她看出常席一在拖延时间，不过她也正有此意："但很可惜的是，同为筑基巅峰，你的实力依旧不如我。"同境界之间也是分高下的。衡玉的剑道基础不如常席一，但她对剑气的细微掌控力要远胜大开大合的常席一。

常席一冷冷地道："既然这样，那就让你见识一下我最强的绝招。如果你能接下这一招，这场就算是我输了。"话音落下，常席一缓缓举起自己手中的长剑。下个呼吸之间，那柄长剑一分为六，组成一套极为复杂、攻防合一的剑阵。

在常席一召唤剑阵时，衡玉当然不会静静地站着等待对方的最强一击落下。她催动灵力，长剑快而多变地往前连劈十下。冰冷的剑招朝前袭去，直接让常席一迅速倒退再倒退。

就在常席一要被击倒之前，衡玉也被常席一召唤的剑阵围住。

在这千钧一发之际，常席一身体猛地旋转，险些没站住。还没等他松一口气，那被他寄予厚望、视为自己最强一击的碧海波涛剑阵，直接被衡玉三剑挑翻。她的身形也如鬼魅般逼近常席一身边，长剑抬起，轻飘飘指在常席一的心脏处。

常席一想要再次挣扎，但身体脱力，整个人直挺挺地往后倒去。

"百花谷，洛衡玉胜！"裁判瞧着常席一已经脱力，直接高声宣布道。

直到裁判已经宣布结果，站在擂台下方围观的观众议论纷纷，显然衡玉刚刚那番表现是真的出彩。

他们的议论声，擂台上的衡玉也都听到了。她没有在意，只是感受到自己腰间的魂牌微微泛起光亮。她将魂牌取出，瞧见上面的积分果然由零变为十。

衡玉随手将魂牌收好，然后朝躺在地上的常席一掐诀行礼："这局承让了。"

重新站直，衡玉从擂台上一跃而下，直接来到了悟身侧，朝他微扬下巴，那神情就像在说：你怎么不夸我啊。

"洛主对阵法的理解越发强了。"了悟轻声夸道。这一场比试，最大的亮点在于她三剑挑翻碧海波涛剑阵。这个剑阵是常席一自创的剑阵，当然算不上多完美。但衡玉能在短时间内找到剑阵的破绽，这才使得她如此轻而易举地拿下这场比试。

"你的夸奖真敷衍。"衡玉点评道，"这种显而易见的优点就不用累赘复述了，你还不如直接夸我刚刚打得特别好看。"

"赏心悦目。"了悟顺着她的话,换了番说辞。

衡玉失笑,也不勉强他了:"我们去结丹期擂台吧,应该要到你上场了。"

了悟算算时间,的确是差不多了:"那我们过去吧。"

走到结丹期擂台这边,了悟才刚站定,身旁那个擂台上的裁判就出声喊道:"无定宗了悟,对阵幽冥宗厉无风,请双方迅速上擂。"裁判话音才刚落下,脸上戴着半副黑色面具的厉无风直接闪身来到擂台中央。

了悟拨弄着手中的念珠,瞥了衡玉一眼。瞧见她头上斜插着的那竹叶片有些歪了,他伸手帮她把叶片扶正,这才不紧不慢地出现在擂台上。鼻端萦绕的菩提香味还没有散去,衡玉眨了眨眼,下意识抬起手,因为害怕把竹叶片碰歪,所以她只是小心翼翼地点了点竹叶片。

点完叶片后,衡玉缓缓放下手,仰头望着擂台上的了悟。

她基本上没见过了悟出手,这一次他的对手比他还要高两个境界,怕会是一场苦战。这个念头才刚浮现,了悟和厉无风就交上手了。

双方一交手,衡玉就发现自己还是低估了了悟的实力。他每一掌挥去,里面都夹杂着一股足以撼动人心神的威势。即使厉无风是修习解脱道的又如何?即使厉无风是从一场场杀伐中成长起来的又如何?

在这场比试中,了悟基本没变换过自己的攻势,从头到尾都是结印挥掌,连脚步都没怎么挪动过。就是这样平平无奇不带杀气的攻势,生生压制住厉无风,任凭厉无风怎么挣扎都挣脱不了束缚,只能狼狈溃败。赢得那叫一个干脆利落。

"无定宗,了悟胜。"裁判宣布结果时,忍不住多看了了悟几眼,他实在没想到这场比试会打成这样。擂台下方,围观的人群也在讨论刚刚的比试。

等了悟从擂台走下来,回到衡玉身边时,衡玉笑着调侃道:"你真的不会打架。"

刚刚他在擂台上的攻击十分单调,缺乏变化。甚至"缺乏变化"都是客气的了,这完全就是没有变化,一看他的出手就知道他很少打架。

只是因为他真正的实力远高于大家以为的实力,才生生将厉无风压制住。

了悟点头:"是不太会。"

"但已经很强了。"衡玉伸手,将别在自己头发上的竹叶取下,递到唇边挡住那微微上扬的唇角,理直气壮道,"以后遇到危险时,你记得挡在我前面。"

了悟没有丝毫迟疑:"这是自然。"

衡玉伸了个懒腰:"接下来就没我们什么事了,我们去看看下一场比试被安排在什么时候吧。"

了悟点头,在抬步之前,他问道:"要把竹叶别回头发上吗?"

衡玉低头瞧一眼,把竹叶举到了悟面前:"有些皱了。"

了悟伸手,接过那片竹叶。他催动体内灵力,一股温和的木系灵力将不复初时苍翠欲滴的竹叶裹住,稍等片刻,那片竹叶在木系灵力的催动下恢复盎然生机。

收起灵力，了悟抬手，温柔地帮她把竹叶别回发间。

看过比试安排，衡玉和了悟的下一场比试都安排在两天后。

已经没必要继续留在试炼台上，衡玉跟着了悟回到他的住处。她坐在凳子上，双手托腮望着坐在她对面的了悟。在她的注视下，了悟从储物戒指里取出雕刻刀，把它放在桌面上。

雕刻木簪需要一大块木料，了悟想了想，直接取出一根从万年菩提树上掉落下来的树枝。

无定宗那棵万年菩提树经年累月被香烛之火缭绕，旁听禅修诵经，早已非凡物。使用它掉落的树枝制成法器或饰品佩戴在身上，可以庇护佩戴者，使她不会轻易堕劫，更不易沾染到邪魔之气。

但这根树枝看着平平无奇，即便是衡玉也认不出它的奇特之处。

她安安静静地坐着，看他一手持木料，一手握着雕刻刀。在开始雕刻之前，了悟问道："你想要什么花纹？"

"君子兰可以吗？"衡玉想到自己桌子上摆放的那盆君子兰。

了悟蘸墨提笔，在空白的纸张上画出一朵半开半合的君子兰。顿了顿，他又画出其他姿态的君子兰，任由衡玉挑选自己喜欢的样式。衡玉指着那朵半开半合姿态的君子兰："还是这个好。"

了悟又问她要了根木簪。认真抚摸木簪的纹路，了悟沉吟片刻，就对如何雕刻木簪这件事心中有数了。他垂下眼，认真雕刻着木料。雕刻刀在他手中不停地翻飞转动，木料碎屑纷纷扬扬落到桌面上。

衡玉瞧了一会儿，只觉得困意上涌，她懒洋洋地打了个哈欠。

即使是在聚精会神雕刻木簪，了悟还是注意到她的困意。他划完一刀后，暂时停下手上的动作："不如你先回你房间睡会儿吧，等雕完木簪了，我再过去寻你？"说到后面，他语调略微上扬，带着些询问意味。

衡玉摇摇头："不用了。"她伸了个懒腰，"我趴在桌子上睡会儿吧。"说完，衡玉直接把头枕在手臂上，趴在桌子上闭眼睡了。

了悟停下手中的动作，直到感觉到她睡着了，他才动作极轻地从椅子上起身，将木窗合上些许。窗外那争先恐后钻进来的阳光被挡住大半，只有些许打在她纤细的脊背上，懒洋洋地照着她。

了悟重新坐下，给她掐了个闭耳诀，这才重新握起雕刻刀。手中的木簪逐渐成形，就在了悟打算进一步打磨时，竹屋外响起"噔噔噔"的脚步声，下一刻，敲门声伴随着了念激动的声音一道传来："师兄师兄，快开门。"

了悟下意识抬眼看向衡玉。她无知无觉地继续睡着，显然闭耳诀依然起着作用。

了悟把手中的东西放下，起身走去，打开大门，了念兴冲冲地想要进屋。

了悟拦下他："出去说吧，洛主在里面休息。"

了念下意识往竹屋里面瞥了眼，只可惜视线被了悟遮挡了大半，他基本什么都没看到。了念挠挠头，应了声"是"就往外退出去。师兄弟两人在交谈时，衡玉缓缓睁开眼睛。她抬手摸了摸耳朵，自己掐诀除掉闭耳诀，窗外了悟和了念交谈的声音便传了进来。

"师兄，你托宗门借来的《无相阵法》已经送到……还有合欢子也送来了……"

衡玉隐隐约约只能听清这些话。她伸手推开窗户，往外眺望。了悟正在认真听着了念说话，察觉到身后的动静，他转身瞥了衡玉一眼，朝她轻笑了下。

很快，了念把自己手上的东西转交给了悟，然后就快步离去。了悟捧着手中那几样东西，折返回屋子里。

"了念给你送了什么过来？"衡玉随口问道，顺便拎起茶壶给他倒了杯水。屋外太阳有些刺眼，这个天的确容易感到口渴。

了悟重新坐回衡玉对面，端起茶杯抿了口水，把手里的东西全部推到她面前："这些是为洛主准备的。"

衡玉垂眼，看着那些被了悟推过来的东西。《无相阵法》是黑白学宫的阵法书，虽然不算多贵重，但轻易不会外借。现在拓印本就安安稳稳摆在她眼前。

而那颗摆在木盒里的黑色果实，依照她刚刚听到的内容，应该就是合欢子——这样东西在百花谷非常稀有。稀有到即使是百花谷，目前也只剩下两颗合欢子。它可以代替倾慕值来帮助百花谷弟子破境。可以说，这颗小小的合欢子如果拿到百花谷掌教面前，掌教肯定愿意拿出许多珍稀法宝做交换。

"为我准备的？"衡玉重复一句。

"前些日子，洛主不是还在担心倾慕值的事情吗？现在有了合欢子，冲击结丹期时就不必担忧你的倾慕值不够了。"了悟解释。他担心她会不接受，补充道，"合欢子是当年百花谷祖师所赠，在无定宗封存了很多年。这两样东西都是在下用宗门贡献值换取的，只是举手之劳，并不会对我产生什么影响。"

衡玉伸手抚摸木盒边缘。看着那静静躺在木盒里的合欢子，衡玉笑了下，状似不经意般问了悟："合欢子只有一颗，以后我从结丹期突破到元婴期了怎么办，你就不怕我赖上你吗？"

了悟伸手，指尖搭在木盒另一侧边缘："洛主……似乎不高兴？"他生来就有庇护众生之责，这世间芸芸众生在他眼中不分贵贱。

她应是他唯一妄念。他只是……想对她好些罢了。是他的方式用错了吗？想到这里，了悟捏着木盒的指尖微微用力，以至于指尖逐渐泛白。

很快，他又觉得有些颓然和怅然若失。他的确，从不知晓如何才算是对一个人好。

衡玉不知道了悟在想些什么。她只是感应到，腰侧那块玉牌在微微发热。那股热度自腰侧一路蔓延开来，让她只觉得心头滚烫。

她下意识抬眼看向他，只能看到他面色平常，唯有一双眼睛温和若清风明月，让人瞧上一眼，就不自觉心生沉沦。衡玉笑起来："为什么会觉得我不高兴。我就是觉得有些不好意思，合欢子的确过于贵重。"

了悟心下稍安："这东西对洛主有用就好。"

"好吧，我不跟你客气，免得你多想。"衡玉抬手，将合欢子和《无相阵法》收进储物戒指里。她伸了个懒腰，"木簪估计还要一两个时辰才能雕刻好，我先回屋看《无相阵法》，迟些再来找你一道吃晚饭。"她脸上那淡淡的笑意，在走出竹屋那一刻彻底消散无踪。

摩挲着腰侧的玉牌，衡玉快步走出竹林，走回那片鸢尾花海。

盘膝坐在鸢尾花海里，衡玉拿出玉牌翻看，发现里面的倾慕值已经变成了七千二百。

盯着玉牌看了好一会儿，衡玉从储物戒指里取出传音符，询问她师父现在在哪里。

一刻钟后，衡玉来到游云的住处。

他身为元婴期修士，没有和弟子们住在一起，剑宗另外给他安排了一座宽敞的洞府。

踩着一地咯吱作响的落叶，衡玉走到游云面前。她有些嫌弃道："师父，你好歹把地上的落叶清理一下吧。"

游云："你不应该反省一下自己吗？为师父打扫院子，这不是身为徒弟该做的事情吗？"

"哦。"衡玉果断转移话题，"师父，说正事吧，我今天找你主要是想问你要样东西。"

她甚至都没坐下，就迅速把自己想要的那样东西说了出来："我想百花谷应该会有这种东西吧。"听完她的话，游云脸上浮现出嫌弃之色："有是有，怎么，你打算用在那位圣子身上？不是吧不是吧，我怎么教出你这种一心一意做善事的孽徒！也太没有为师的风采了！"

衡玉暗暗翻了个白眼，但明面上，她还是笑意盈盈地说道："师父，舞媚、慕欢总是对我说，我拜到你门下是件非常幸运的事情，你对自家人出手非常大方，素来有求必应。"瞧着游云下意识坐得笔直，衡玉心中好笑，再接再厉，说道，"结果我问你宗门秘辛，你不乐意告诉我，现在问你要个东西，你也推三阻四……师父，你是不是在外面有别的徒弟了？"

游云被噎了一下，他合拢折扇，扇骨在桌面上用力敲了敲："你以为这种东西很容易得吗？好吧，我承认，宗门里的确有那样东西的种子，但你知道要让它从种子到结果，需要用什么浇灌吗？需要你的血啊笨蛋。"

这上千年岁月里，游云见过很多人。那些人在完成攻略任务后，依旧希望自己的攻略对象为自己献上所有。这还是他第一次见到觉得攻略对象对自己好是一种负担的笨蛋。

最最重要的是，这样的笨蛋居然是他的徒弟！游云骂完之后，端起酒杯想要喝两口酒。冰凉的酒杯触碰到唇畔，才发现里面的酒水已经被他喝光。游云有些生气地把酒杯砸在桌面上。

院子里的石桌材质很坚硬，杯底和石桌相撞时发出沉闷的声响。

衡玉微弯下腰，帮他把酒满上。

游云左等右等，等了好一会儿都没等到衡玉开口。他抬起手，修长的食指落到太阳穴上轻轻揉起来："说话啊，我不知道自己收的徒弟什么时候变成了个哑巴。"

衡玉失笑，淡定地反问："师父想听我说什么？"

看到她这副样子，游云就觉得心烦："这凳子摆在那里不就是给人坐的吗，你站着碍我的眼了，快些坐下。"衡玉乖乖坐下。

游云无奈地摇头，主动问道："你现在对那位圣子是什么想法？"

"没什么想法。"衡玉平静道，她是个相当理智的人。

虽然知晓感情一事并非喜欢就一定要厮守终生，可一旦动了情，人就容易变得不知足，想要得到更多。所以，即使了悟是她所欣赏喜欢的类型，她也让自己仅止于此，一直强行压制心中的悸动，没有让那些喜欢进一步变为男女之间的喜欢。

游云想了想，点头："这样也好。你想要那样东西，说明你对于完成内门任务一事胸有成竹，完成内门任务之后呢，你是怎么想的？"衡玉垂下眼。一垂下眼，她就看到自己左手戴着的那串铃铛手链和右手戴着的木镯子。这两样东西都是了悟亲手做给她的。

抚摸上右手那只木镯子，衡玉有些无奈。

因为渡情劫需要让了悟对她动情，所以她撩拨他、亲近他……而自始至终，成了悟的应劫之人，助他渡过情劫，这都是她心甘情愿，所以她并不觉得自己存在什么吃亏的情况，但了悟总觉得她吃了亏。

衡玉原本打算完成内门任务后，就返回百花谷安心修炼，一心追求她的逍遥大道，与了悟此生不复相见。但这段时间她试探过两次，发现了悟的性子比她想象中的还要执拗。他既不想辜负禅门，又不想辜负她，而他想到的两全之法，大概就是庇护她度过漫漫此生。可是没有必要。

当他真的成圣，便也情爱不复。那时候，她与这芸芸众生，在他眼中都会毫无区别。

那样东西能助他快速忘情，会帮他更顺利地成就禅道。

游云等了一会儿，发现衡玉一直在走神，不由得出声道："怎么不说话？"

衡玉回神，随意笑了下："师父不是问我想法吗，我就在心里想了想。"

游云换个更舒服的坐姿。因为动作幅度有些大，他的衣领稍稍滑落些许，露出精致的锁骨。随意扯好衣领，游云用手托腮，一副过来人的模样："说说你现在是什么想法。"

衡玉眉梢微挑，倒也没瞒他。等她说完自己的想法后，游云没有马上说话。他慢条斯理地端起酒杯，将杯中美酒一饮而尽，随意把酒杯往后一抛，酒杯砸在草坪上。

游云从凳子上起身，走到衡玉身边，一只手懒洋洋地搭在她肩膀上："徒弟，你问我要那样东西，到底是想着帮他更顺利地成就禅道，还是想以此来日日夜夜提醒自己，不能对他动情？"

衡玉动了下，想要回头看向游云。

游云手上略一用力，按住衡玉的动作。他低低一笑，笑声比那陈年佳酿还要醉人："没必要告诉我答案，你自己心里清楚就好。放心吧，你难得真心求为师要一样东西，为师怎么会不满足你？我迟些就给宗门传讯，让宗门把那样东西的种子送来给你。"说罢，游云拍拍她的肩膀，贴在她耳畔说了一句"你要好自为之"，就潇潇洒洒走进他的屋里，空旷的庭院再度安静下来，只有清风穿过院子时摇动梧桐叶发出的簌簌声响。

静坐许久，衡玉抬起右手扶住自己的额头，然后逐渐笑出声来。

笑够之后，衡玉从椅子上起身。她抬手理顺自己衣摆的褶皱，对着屋里掐诀行礼："师父不愧是宗门里倾慕值最高的人。之前倒是我有些自欺欺人了。我自诩是个相当理智的人，可感情有时候就是极端不理智的。我承认，自己的确是想借着照料那样东西，来时时刻刻提醒自己不要对他动情。"

仅靠她的理智，似乎有些不够用了，她需要外物来督促她提醒她。

"此事，就麻烦师父了。"

竹屋里，了悟安静地坐在窗边打磨木簪。

他打磨得很仔细，在把木簪表面打磨光滑后，才拿起极小的雕刻刀修改细节。

一直忙到夕阳西下，余晖从窗外透进来打在他的身上，了悟才放下手上的工具，拍掉膝上的木屑，从储物戒指里取出一个带有素雅花纹的木盒，小心翼翼地把木簪放进里面。他站起身，收拾干净桌子和地面后，关上窗，换了身新衣，这才捧起木盒出门。

小半刻钟后，了悟穿过鸢尾花海，走到衡玉住的木屋外面。木屋的窗大开着，从了悟这个角度看过去，恰好能瞧见衡玉坐在桌边翻看《无相阵法》。她似乎是有些看倦了，头稍稍侧着枕在手臂上，时不时懒洋洋地把书翻过一页。而他为她准备的那盆君子兰，就摆在窗台边上，懒洋洋舒展着自己的花瓣。

了悟稍微加重脚步声。

衡玉直起身子，往窗外看去，瞧见他时，她身子转了下，侧倚在窗边，从木屋内侧向他伸出左手招了招。她的动作幅度大了些，手上的铃铛便跟着响了起来。

"过来这里。"衡玉喊道。

了悟下意识加快步伐，很快就来到她面前，与她隔着窗户对视。

"簪子已经雕好了，你看看喜欢吗？如果有不满意的地方直接说出来，我再回去改。"了悟微弯下腰，将手中的木盒递到她面前。

瞧见她这副坐姿不方便，他掀开木盒盖子，让她能完整看清那躺在盒子里的木簪。

木簪被打磨之后，是一种介于黑色和紫色之间的色泽。长度合适，簪身上雕刻着精致的纹路，簪尾那里雕刻着一朵半开半合的君子兰。

衡玉打量清楚后，稍稍坐直身子，伸手接过木盒。她随手把木盒放到桌面上，没等了悟收手，就先一步抓住他的右手，示意他把手心摊开。两人手掌肌肤接触。了悟的手掌很温热，衡玉的手掌带着淡淡的凉意。

摩挲之时，衡玉发现他指尖带着薄薄的一层茧，那应该是他长年累月拨弄念珠留下来的。不过此时，他的指尖除了带有薄茧，还有淡淡的划痕和陷进指甲里的木屑。

"了悟师兄的木工似乎也不是特别熟练。"衡玉瞧清楚他的手心后，仰头朝他笑了下。

夕阳余晖被他的身影挡住，了悟低下头，有些看不清她的容貌。

他说："闲暇时会做木工来打发时间，那几道淡淡的划痕是不小心划到的。"

无定宗的禅修都是苦修，宗门里的很多小东西都是他们自己动手做的，因此了悟很小的时候就学会雕刻东西了。

他使用雕刻刀早已熟能生巧，这回也不知道为何，在衡玉走后不久，他有些莫名其妙地心不在焉起来，一不小心就划到自己。不过他有护体金身，锐利的雕刻刀落在他的指尖上，只是留下淡淡的划痕，要不了多久就会彻底消散。

衡玉松开他的手，笑着夸道："我很喜欢这根木簪，麻烦了悟师兄了。"

了悟摇头，没说什么。他在原地站了会儿，原本想问她要不要一道用晚膳，但看着她摊开在桌面的那本《无相阵法》，了悟又默默把这个问题咽了下去。罢了，反正以她的修为，不吃晚膳也不会饿着。她估计是忘了之前说要和自己一道用晚膳的事情。

"那在下就先告辞了，洛主继续忙吧，忙完了就早些休息。"了悟声音很轻，像是溪水轻叩玉石般清越而温雅。说完这句，他直接转身离去，衣摆随着他的动作轻轻晃动。

衡玉目送着他的背影，无奈地抬手按了按眉心，嘴巴微张，最终还是喊道："了悟师兄。"了悟身形停顿，转身看向她，那双眼睛里染着淡淡笑意，似乎是问她怎么了。

"我陪你去用晚膳。"在走出屋子之前，衡玉还不忘把君子兰木簪从木盒里取出来。来到了悟身边，衡玉把君子兰木簪递给他，"帮我换上这根木簪。"

"好。"

炼气期弟子还没能辟谷，因此需要开火做饭菜给他们吃。

衡玉和了悟没有舍近求远，直接在百花谷住处这边用晚膳。两人坐在角落吃东西，四周坐满了各种悄悄看热闹的百花谷炼气期弟子。不过衡玉和了悟都不是会被轻易影响的人，淡定用过晚膳，两人就起身离开。

走回那片鸢尾花海，衡玉在自己的屋子前停下脚步。她抬手朝了悟挥了挥："你快些回去吧，不是还要做晚课吗？"

了悟站在月光之下，仿佛敛尽世间霜华，他朝衡玉点头，转身大步离去。

衡玉伸了个懒腰，自语道："行了，接下来两天就好好研究那本《无相阵法》吧。"

接下来的两天时间，衡玉都窝在自己屋里钻研阵法。

一直等到第二轮比赛当天，了悟过来找衡玉，衡玉才，离开自己的屋子赶往试炼台。

经过第一轮比试后，不少实力弱些的修士被刷了下去。能挺进第二轮的修士，实力基本不算差。

衡玉这一回的对手，是音宗年轻一辈中颇负盛名的修士纪子娴。按照收集到的资料来看，纪子娴的修为同在筑基巅峰，一手琴术音波攻击玩得出神入化。

衡玉和了悟抵达试炼台没多久，就听到不远处的一个擂台上，有裁判高声喊道："音宗纪子娴，对阵百花谷洛衡玉，请双方迅速上擂。"

衡玉侧头与了悟对视一眼，朝他点了点头，就腾空而起闪身出现在擂台之上。

纪子娴紧随其后落到擂台另一侧。她容貌秀美，穿着白色纱裙，怀中抱着有些大的七弦琴，那显然就是她的武器。

衡玉与纪子娴对视一眼，彼此颔首示意。检验过两人的身份后，裁判退出擂台。

在他刚退出擂台那一刻，纪子娴迅速抬起自己纤细的右手，飞快拨弄琴弦。琴音杂乱未成曲调，但衡玉能感受到，有一股极为强大的音波攻势在朝她直袭而来。

衡玉往后急退，同时将长剑抽出剑鞘。体内灵力涌动，释放出浑身威力，衡玉将灵力加持在长剑上，猛地站稳身体，狠狠朝前劈斩而去。随着几下连斩，衡玉直接施展出一套完整的剑招。

纪子娴拨弄琴弦的速度越发加快，手几乎拨出残影。

剑招完整施展时威力才是最大的，但这就意味着攻势缺乏变化。衡玉没有强求施展出完整的剑招，她强行中断自己最后一道剑招，身子往旁边快速移动。下一刻，她直接闪身来到纪子娴身后，一剑斩出逼退纪子娴，再斩两剑，切断纪子娴的后路。

被这三剑拦住，纪子娴硬生生吃下一击，闷哼一声，唇角溢出一抹血迹来。不过即使是吐了血，纪子娴也没有任何分神。她拨弄琴弦的动作放缓下来，琴音逐渐变得悦耳，连成一首舒缓的曲子。

下方观众会觉得这首曲子如同仙乐自天上而来，无比悦耳动听，但曲子落在衡玉耳朵，就成了一种折磨。那音波直接攻击她的心神，让她在半空中的身影猛地凝滞住。衡玉的心神强度比同修为的人要高上不少，这音波攻击只是让她失态片刻，之后衡玉便挣脱了音波的束缚，直接落到纪子娴身前，长剑往前方挑出。

这次的音波攻击算是纪子娴最强大的攻势，却只能控制住衡玉几秒，这让纪子娴脸色微变，甚至没来得及往旁边避开，躲过衡玉这一剑招。

下一刻，纪子娴手中的琴直接被衡玉挑到空中，而她也被琴砸了一下，身体往后倒退。

在纪子娴回过神快速掐诀，想要稳住自己身体时，早有准备的衡玉先她一步完成结印，身体迅速贴近纪子娴。一个失去武器的音修被擅长近战的剑修贴得这么近，这场比试的结果已经可想而知。

"我认输！"注视着那遍布寒光的长剑，纪子娴轻轻咬唇，对衡玉说道。

对手已经认输，裁判直接宣布这场比试的结果。

衡玉一转手腕，将长剑收回剑鞘里。她主动伸手，将纪子娴从地上搀扶起来。

纪子娴站稳，笑着向衡玉道谢，又走去把摔在地上的琴抱起来，收进自己的储物戒指里，这才与衡玉一同走下擂台。

"洛道友的心神很强大。"纪子娴感慨道，"那首《镇魂曲》主要攻击修士的心神，即使是我师姐对上，也很难在几息内挣脱控制。没想到洛道友会这么快恢复过来，这场比试是我小觑了对手。"

以纪子娴的实力，通常情况下不会败得那么快。只是她错估了衡玉的实力，弹奏《镇魂曲》发动音波攻击时，没有在短时间内布下其他后招。衡玉在几个吐纳之间攻到纪子娴面前，纪子娴的攻势顿时出现大片空当，自然被衡玉轻松控制住。

衡玉点头，理解纪子娴话中的惊讶。毕竟纪子娴口中的"师姐"是音宗年轻一辈第一人，现如今修为已到结丹中期。而且那位可是专修心神，心神比起同境界的人要强大很多。

连她都没办法在几个呼吸间挣脱《镇魂曲》的束缚，纪子娴当然从没想过自己的对手能比结丹中期的师姐还厉害。

"我的情况有些特殊。"衡玉说道。

纪子娴轻笑，俏皮道："以后有机会定然还要与洛道友再切磋一番，不把自己的真正实力展示出来，我实在有些不甘心。"

衡玉笑道："没问题，到时候自由擂台开放，纪道友随时都能找我切磋。"

两人已走到擂台下。瞧见了悟越过人群走到她面前，衡玉朝纪子娴颔首示意，转身快步迎向了悟。

了悟接下来那场比试解决得同样迅速。他的攻击一如既往地单调，但一力破万法，只要够强，就没有拿不下的敌人。

两轮比试过后，已经淘汰四分之三的修士，能留下来的，都不是弱者。

从第三轮开始，对手越来越强大。在这轮比试中，百花谷少主中排行最末的贺主贺汝默遭遇强敌落败，黯然退出这场争锋。等到第四轮比试，又有四位少主被接连淘汰。慕欢也在其中。

这个结果气得她跳脚。完了完了，不仅内门任务进度落后媚主和洛主，这下连法会的表现也不如她们好。唯一让慕欢觉得心气顺一些的，就是道卓那个呆子还知道好好安慰她，给她买了不少漂亮的小饰品讨她开心。

衡玉潇潇洒洒赢完比赛回来，发现慕欢居然因此事而高兴，轻啧了一声："就一些小饰品，居然也值得你高兴成这样，你这是堕落了？"

正巧也回到住处的舞媚笑着眨眼："洛主，这就是你的不好了，要体谅慕主的艰难啊。"

迟的住处就在旁边，衡玉她们的声音并未收敛，他坐在窗边自然听得一清二楚。他闻言轻咳两声，客观点评道："你们二人是促狭了些。"但客观才两秒，任务等级为天级中品的迟又补充道，"不过地级上品任务的确是很难的，可以理解。"

慕欢恨恨地磨牙："你们三个给我闭嘴！"

"这是恼羞成怒了？"衡玉笑，"行吧，我最近在钻研剑阵，就不陪你闲聊安慰你了。"

慕欢气极反笑："你这是在安慰我吗？"

衡玉理直气壮："我这是在督促你，让你不要因为一点点小挫折和小甜头就迷失自己。"

舞媚摆出十分夸张的感动神色："没想到我百花谷，居然也能出现如此感人肺腑的同门情谊。"

屋里的迟被逗得低低笑起来，瞧着慕欢那气急败坏的样子，不再火上浇油。

慕欢在第四轮就被淘汰，也不是因为她弱，实在是对手太强大。调侃过一番后，衡玉没再刺激慕欢，转身回到自己房间，开始沉浸于研究剑阵中。

剑阵是一种很好的攻击手段。衡玉用剑当武器，又擅长阵法，自从在第一轮比试中瞧见常席一的碧海波涛剑阵后，她就一直想要研究出几套剑阵。

不过可惜的是，短时间内没什么头绪。就在衡玉陷入纠结时，听到外面有人敲门。衡玉起身去开门，发现敲门的是一个炼气期的师妹。这位师妹穿着极具百花谷风格的紫色长裙，她高高兴兴地向衡玉掐诀行礼，然后把手里的玉简递过来："洛主，我奉命把你下一轮比试对手的资料送来给你。"

"多谢。"衡玉接过玉简。

等这位师妹离开，衡玉折返回房间查看玉简后，顿时乐了。她下一场比试的对手是黑白学宫的秦惊风。资料上写着他极擅剑阵，以剑气化剑阵的手段极为高明。

这还真是瞌睡了有人送枕头。

眨眼之间，第五轮比试正式开始。

此时，试炼台某处擂台上，比试已经进行足足一刻钟，引来非常多人围观。

比试进行一刻钟并不稀奇，这场比试稀奇的点在于，在这一刻钟里，两个对手从来没有进行过正面交锋。在擂台上比试的人自然是衡玉和秦惊风。

从裁判喊"开始"后,秦惊风快速布阵,率先掌控了比试节奏。

剑阵将衡玉笼罩住,但没等观众为衡玉捏一把汗,她就快速破阵了。然后接下来那一刻钟,就是上面流程的不断重复。再一次用剑挑破阵法,衡玉往前迈出两步,顺顺利利地踩进剑阵里。衡玉再次举剑,慢条斯理地破阵。随后她脚步一转,往左侧方前行三步,又激起一道剑阵。

这么长时间,秦惊风就算是个傻子也该意识到有问题了:"洛道友是故意的?"

衡玉站在剑阵中,被一道道剑气攻击着。既然已经被对手看破,衡玉一边拦下会造成致命伤的剑气,一边直接承认道:"我最近正好在研究剑阵,想为自己创造出一些威力大的剑阵,瞧见秦道友如此擅长剑阵,就忍不住有些见猎心喜,还请道友多担待。"

她还想着从秦惊风这里得到启发,当然不愿意马上结束这场比试,而是一点点观察秦惊风的剑阵,研究他创造剑阵的思路。

沉默片刻,秦惊风迅速调整自己的心态:"洛道友是擅长阵法之人,我那些剑阵想要困住你,的确太过勉强了。"随后,他的神色直接变得严肃起来,一把将长剑横举,"但在比试开始之前,我也调查过洛道友。"

他话音落下时,衡玉察觉到,刚刚那些已经被她解开的剑阵,居然再次浮现出来。然后,所有剑阵快速旋转、融合,眨眼之间整合成一道将擂台完全笼罩住的大阵。

"洛道友想借我研究剑阵,我也正好借了道友这种心理来展示我这段时间的成就。"这道大阵笼罩的范围太大,衡玉避无可避。她抬眸看向秦惊风,知道这道大阵的阵眼就落在他身上。

她脸上没什么惊慌之色,平静道:"原来这才是秦道友的绝招。"

感慨一句后,衡玉猛地往后一跃,避开那被大阵加持过的攻击,免得自己的行动被限制住。在对手的大阵里,一旦被限制住行动,就什么都完了。接下来,衡玉基本在闪避攻击,顺便观察剑阵的运行轨迹,实在避不开,她才用剑将攻击击退。只是这么一来,衡玉也不免有些狼狈,左肩被一道攻击狠狠击中,生生吐出一口鲜血。她甚至没来得及将唇畔的血迹抹去,就狼狈地在擂台上连滚两圈,再次避开一道威力极重的攻击。

只是这一回衡玉在从地上站起来时,顺势用长剑在地面上划出个半圆弧度。

她这个举动看似平平,一直从容、运筹帷幄的秦惊风却脸色微变。

他掐诀,迅速加快大阵的攻势,企图强行控制住衡玉的移动。

衡玉依旧在闪避,但接下来每一次闪避时,她都会顺势在地上或空中划那么几剑。

在擂台下方围观的人看不出其中门道,秦惊风这个创造出大阵的人却无比清楚,那是大阵的小阵眼。洛衡玉每一次挥剑,都是在破坏小阵眼。当这些小阵眼被破坏得多了，他这个真正的阵眼自然也不能幸免。

果然，这道大阵的威力不断削弱。秦惊风咬咬牙，知道不能再耽误时间，他直接放弃自己的优势，猛地朝衡玉袭来。在这场比试开始近两刻钟后，两人终于完成近身短兵相接。长剑不断碰撞，相互交战时，衡玉依旧没忘记毁掉那道大阵。当最后一剑挥斩而下，大阵轰然瓦解，秦惊风被反噬，直接闷哼吐出几口血来。

在这刹那之间，衡玉迅速完成贴身，无数道攻击密集地落在秦惊风身上，生生把他轰到擂台下方。只见他脊背砸在地上，直接就晕了过去。瞧着对手已经出界，衡玉心神一松，就感觉到浑身脱力。她将剑尖充当拐杖撑地，勉强稳住自己的身形。

等裁判宣布完结果，衡玉从储物戒指里取出疗伤丹药服下。丹药入喉后，直接化为一股沁人的灵力，迅速在体内蔓延开，抚平她隐隐作痛的经脉。

衡玉跳下擂台，朝了悟招手："比完了，我们回去吧。"

了悟取出一方干净的手帕，把灵力化成水滴打湿手帕，然后将其递到她唇畔："这里的血迹没擦干净。"这般举止有些亲昵了。周围围观人群不少，有些宗门的修士向衡玉两人投来诧异的打量，似乎在揣测两人之间的关系。

衡玉接过手帕，随意抹了抹唇角。果然，素净的手帕上顿时出现一抹嫣红。

她又擦了两下，确定已经把血迹擦干净，这才把手帕收起来，快步走出人群。

了悟默默跟在她身后，行走之间，他伸手虚虚扣住衡玉的手腕。

"一点小伤。"衡玉知道他突然扣住自己的手腕是要做什么。

"还是要确认一番才更放心。"了悟感知她体内的伤势，确定她服下的丹药品阶不低后，默默把袖子里那瓶六品菩提丹收好。

回到住处，衡玉开启结界，确定不会有人打扰她疗伤，盘膝坐下，彻底炼化之前服下的那枚疗伤丹药。一个时辰后，衡玉内视经脉，确定自己的伤势已经完全恢复，这才开始钻研剑阵。剑阵作为一种攻击的辅助手段，越是强悍，对于她实力的增幅越大。

擂台赛中，能撑到现在的修士都是筑基巅峰修为。大家的修为相差无几，想要一较高下，就看谁的底牌更加雄厚。

衡玉的底牌不多。她在走火入魔后有一半的时间用来适应这具身体，剩下的时间都是在钻研阵法。如果她能够顺利创造出一道强悍的剑阵，那剑阵就会成为她最强的底牌，她也更有信心拿下"筑基期擂台赛第一"的名头。

"秦惊风创造剑阵的思路不能说是完全正确的，但可以拿来印证我的猜想。"

衡玉摒弃各种杂念，完全沉浸在思索中。

等外面从艳阳高照变到月上枝梢，一动不动的衡玉才从蒲团上起身，掏出一张传音符传音给她的便宜师父。小半刻钟后，一个黑洞突兀地出现在衡玉身前。

衡玉往前迈了一步，顺利走进黑洞里，视线暗了下来。当周围再次亮起来时，衡玉就来到游云的住处。游云懒洋洋地靠在软榻上，一头黑色长发完全披散在身后，烛火之下，他整个人妖异而潋滟："大晚上的，有急事找为师？"

衡玉直接在游云对面坐下："师父，我设计了一道剑阵，想要让你帮我试试它的威力。"

"仅此而已？"

"我设计的这道剑阵是个组合剑阵，可以在里面内嵌幻阵。我知道师父对幻阵颇有研究，就想过来找师父探讨一番。"

游云懒洋洋地从软榻上直起身，他随意一挥袖，周围便直接多出一片空地："布阵吧。"

衡玉掐诀行礼，这才将长剑拔出剑鞘，把灵力凝聚在剑尖上。她以剑尖为笔，在半空中绘制剑阵。

一开始，剑尖移动的速度很慢，但没过多久，那种凝滞感逐渐消失，衡玉移动剑尖绘制剑阵的动作越来越流畅。

当阵法完成大半时，游云微微眯起眼睛来。这道剑阵虽然还没有完全成型，但已经掩不住凌厉杀机。这种杀机对他自然没有威胁，可若是一个普通的筑基巅峰修士对上这阵法，绝对是讨不了好的。等衡玉彻底构建完剑阵，游云朝着半空中那道剑阵抬手，微微合拢五指。

剑阵受到压制，发出铿锵响声，里面蕴含着的浓烈剑气直直地朝游云袭来。

游云合拢五指的幅度大了些。那些剑气在他眼前凝滞，然后一点点泯灭成烟。当游云将五指合握成拳，半空中那道剑阵彻底被他压制住，没办法再释放出任何一道攻击。

"师父，威力怎么样？"衡玉问道。

"我用筑基巅峰的实力没办法抵挡住剑气的攻击，结丹初期的实力可以完全挡住攻击，结丹后期的实力可以将你这道剑阵击破。"

衡玉点头，算不上失望也算不上高兴，这个效果和她预料的差不多。她目前的对手都止于筑基巅峰，这个剑阵在短时间内是够用了。就算她的对手实力强悍，真的能够破解这个剑阵又如何？破解剑阵，只是意味着对手破解了她的一道攻击而已，她依然安然无恙。

瞧见衡玉不骄不躁的模样，游云眉梢微挑。他和自家徒弟相处的时间不算多，但怎么说自家徒弟都是在他眼皮子底下长大的，游云还是比较了解她的性情的。以前她的性子清高孤傲，现在却清冷而沉稳、进退有度。倒是一种好的转变。

"你这个剑阵，有两方面可以稍作改进。"游云出声说。

衡玉正色："师父你说。"这就是她过来找游云的原因。她师父不是主修阵法，但元婴期修士嘛，拥有上千载的寿命，所涉猎的东西非常多，眼界也极高。游云对阵法还是有一定研究的，以他的眼界，可以帮忙指出剑阵的不足。知道不足所在，衡玉也能找到改进的方向。

师徒俩一个说一个听，然后互相讨论印证，待到窗外天色大亮，剑阵终于最终成型。

游云被不孝徒弟抓着讨论一整晚,现在神情有些恍惚。他揉了揉眉间:"擂台赛还有最后两轮对吧,不拿下最终的胜利,你就不要想着再从我手里坑东西了。"

衡玉拍了拍游云的肩膀,语重心长道:"师父,你我师徒情深,那些东西都是你馈赠给我的,怎么能说我在坑你呢?"

游云斜睨那搭在他肩膀上的手:这动作,这语气,到底谁是徒弟、谁是师父啊!!

"快走吧。"游云开始赶人。

衡玉目的达成,麻利地溜了。

沐浴过后,衡玉换了身黑色长裙,出门走去隔壁竹林找了悟。

靠近竹林时,天地间灵气出现异动,原本杂乱无序的灵力汇聚成团,疯狂地涌向某一间竹屋。

衡玉抬头,目光落在那间竹屋上,认出竹屋所在后,她脸上不自觉染上笑意,加快步伐往那间竹屋走去。等她走到近前,那紧闭的竹屋被人从里面打开,了悟穿着一身干净的蓝衣,倚靠在门边与她对视,温声道:"突破到结丹中期了。"

"恭喜。"衡玉掐诀行礼。

了悟唇角微扬,脸上的笑意逐渐加深。他昨晚感到突破的契机来临,就盘膝打坐冲击结丹中期,一直到今天早上,才成功踏进结丹中期这个境界。突破境界对他来说,虽然不算家常便饭,但也无甚欢喜之处。只是睁开眼睛时,他莫名地想要与衡玉分享此事。然后一推开竹屋的门,她的身影就正好映入视线。所以,了悟突然感觉到由衷的欢喜。

他越来越习惯在第一时间与她分享事情。即使是那些以前看来微不足道的事情,也因为这个人,而有了一种想要分享的心情。

第五轮擂台赛后,舞娟被淘汰,百花谷在筑基期这一境界剩下的只有衡玉和迟两个人。剩余人数最多的是剑宗和无定宗,这两个门派各剩下四个弟子,最少的是音宗,仅剩下一人。各大门派加起来总共剩下二十四人。从各宗门剩下的弟子人数,就能大概推测出各宗门的实力。

衡玉在第六轮遭遇的对手是幽冥宗筑基期第一人萧墨。双方苦斗两刻钟,最后因为萧墨的攻势过于大开大合,消耗过大,体内灵力后继无力而棋差一招,衡玉在没有暴露底牌的情况下顺利拿下这一轮的胜利。走下擂台赛时,衡玉仰头,望向不远处的石柱。

现在各个擂台赛的结果差不多出来了,迟不幸败下阵,百花谷就只剩下她一个人。

而下一轮的赛制采用混战的方式,十二个对手同时登上擂台,彼此进攻,最后剩下的那个人就是最终的胜者。

"混战啊……"衡玉琢磨起来,"这种比试方法,最好先联手把最有威胁的几个人干掉，然后再彼此比试。看来我得找个同盟者。"

衡玉环视另外十一个对手的名字，目光定格在"了缘"这个名字上。

竹屋里，听到衡玉的合作提议，了缘朝她眨了眨左眼："洛主能第一个想到与我合作，看来对我，洛主是入了心的。"说到后面，他声音逐渐弱了下来，耳边轮廓微微泛红，整个人似乎有些难为情。但他又强压着自己的难为情，抬眸专注地凝视着衡玉，似乎是想要从她嘴里得到期许的答复。

衡玉喷了一声，这位圣子的演技不比迟低啊。

玉牌发热，只可能是有人给她贡献了不低的倾慕值。这个倾慕值，应该大概也许……是了缘给她贡献的？衡玉取出玉牌，往里面注入灵力，倾慕值已经从七千二百变为七千四百。

盯着玉牌看了两秒，衡玉再次把玉牌收好。

结丹期的修士没有筑基期的多，今天下午就能决出最终的胜者。了悟现在就在试炼台那边等着决赛开始。

衡玉仰头望着天色，估算了一下时间，这时候大概是午时已过，接近未时，她现在过去刚好合适。

这么想着，衡玉直接去找仙鹤，乘坐仙鹤赶往试炼台。

仙鹤一落地，衡玉就看到那站在不远处的了悟。她微微一愣，直接翻身从仙鹤背上跳下去，边向了悟走去边问道："怎么不在擂台那边等着？"

了悟同样向她走来："在下算着时间，洛主也该到了。站在那里无事可做，还不如过来接你。"

衡玉心下轻叹，面上依旧笑道："那我们现在过去吧，比试差不多要开始了。"

结丹期的最后一场比试同样采用混战的方式。

周围的小擂台都撤掉了，只剩下一个非常大的擂台用来混合比试。在这个擂台周围，站满了各宗门的弟子，他们都是过来瞧热闹的。等衡玉走到擂台边，发现了念和了鹤他们都在，看来应该是过来凑热闹顺便给了悟加油的。

"洛主。"了念看到她，双手合十恭恭敬敬地行了一礼。

衡玉揉了揉小禅修的头，瞧见他气鼓鼓地瞪着自己，才笑着松手，掐诀回了一礼。

"比试开始了。"身边的了鹤出声道。

顺着了鹤的目光看过去，只见那原本空无一人的擂台上多出一位元婴初期修士。想来对方就是这场擂台赛的裁判。果然，这位元婴期修士直接冷声道："请诸位选手，上擂台！"

他的声音在灵力的加持下，迅速传遍四面八方。

在了悟上台前，衡玉问他："你有没有和人联手？"

了悟摇头："不会有人与在下联手的，他们反而会联手先把在下踢下擂台。"

衡玉先是一愣，然后忍不住笑出声来，这句话里，包含着一种强大而无畏的意味。

　　身为结丹中期修士，能被其他九个结丹后期对手视为劲敌，让他们在第一时间联手把他踢下擂台。衡玉觉得，了悟的实力可能比她想象中还要高。那些信息压根儿就不能反映出他的真实水平。

　　要知道，这九位结丹后期修士可不是普通的结丹后期。

　　他们是各大宗门中力压同辈天骄、惊才绝艳的第一人，但在面对了悟所给的压力时，直接放下骄傲，联手对敌！

　　"你一定要拿下第一，"衡玉理直气壮道，"因为我会成为筑基期第一。"

　　了悟的神色认真了些。素来谦逊的人，难得说了句："一定。"

　　不到同境界无敌，他如何敢说自己日后能庇护她。

　　"在下去了。"擂台上，另外九个对手都已经站在上面，了悟轻声说道。

　　"快去快去。"衡玉挥手，让他快些上台。

　　下一刻，了悟的身影直接出现在擂台上。

　　没有让人等很久，裁判验证过十人的身份后，直接宣布擂台赛开始。

　　比试一开始，了悟就先往后退了几步，直接退到擂台边缘，同时掐诀召唤出他的护体金身。而在他对面，那九位对手虽然各自防备着，但都非常有默契地攻向了悟！

　　结丹后期的手段远比筑基期要绚丽而危险，各种色泽的攻击密密麻麻地袭向了悟，他站在攻击之中，不动如山。

　　"又是这样！"了鹤抬手挠头。

　　"又是？"衡玉的视线依旧盯着擂台，但这不妨碍她好奇。

　　"十年前那场法会，了悟师兄也是这么被围攻的。"了鹤说。他十年前是炼气期修为，也跟随着宗门参加过法会。衡玉目光落在了悟身上。即使被这么多人围攻，他依旧从容自若，好似高山崩于眼前而面不改色。

　　这样的人，即使性格内敛缄默，依旧注定成为万众瞩目的焦点。

　　在衡玉走神的时候，擂台上的了悟手结印记，然后往前砸去。

　　印记散发着金色灼目的光芒，在半空中迅速变大，化为一个"镇"字，直接压住剑宗的修士。他再次结印，印记化为"魔"字，直接让渊宗修士退出围攻的队列。然后，他双手合十，口中振振有词，诵出一篇完整的镇魔咒。咒语化为金光，湮灭掉那些向他砸来的攻击，以迅雷不及掩耳之势狠狠砸向其他七位对手。

　　对手们全部分身乏术后，了悟慢慢解开缠绕在他手腕上的黑色念珠。他迅速掐诀，将黑色念珠上的封印解开一半，然后，一股浩瀚而危险的气息融入金光中，加持在金光上，让了悟的攻势威力更大。

　　寻常比试，元婴期修士们都没什么兴趣。但现在已经到了决赛，各大宗门的元婴期修士们端坐在云端之上，默默围观着这场比试。

看到这里，像游云这种眼力高的元婴后期修士，知道这场比试虽然会起波折，但结果基本没什么悬念了。

游云拿起一颗六品灵果，像是啃苹果一样咔咔咔啃了好几口。咽下嘴里的果肉，游云感觉自己的心情还是相当不爽，余光瞥见坐在他不远处的圆新，游云皮笑肉不笑地对无定宗的圆新道："不愧是无定宗的天生禅骨啊，等他成就禅道，怕是要于沧澜大陆无敌了吧。"

在场的元婴期修士哪个不是人精，自然都能听出游云话中的不爽。

他们这些人基本知道内情，一边默默地做自己的事，一边竖起耳朵听热闹。

另一个当事人圆新平静道："游云尊者说笑了，禅道不是那么容易成就的。"

游云暗暗"呸"了一声，禅道当然不是那么容易成的。但他家那蠢货徒弟，居然想要培养忘忧果来助了悟成圣。

想到这里游云更气了。作为他的徒弟，衡玉都不知道学学他万花丛中过、片叶不沾身的优点。别人爱他是别人的事，他管对方的大道会不会因此受损啊。

呸，呸，呸！

蠢徒弟！

云端上的热闹，擂台下方的人全都不知道。

但随着时间的推移，有一件事，是绝大多数人都能看出来的，这场擂台赛的最终赢家肯定是了悟。

当所有的对手都被了悟送下擂台，裁判宣布最终的比试结果后，了悟双手合十，平静道："诸位承让了。"

擂台下，那九位对手脸色一阵青一阵白。他们都放下骄傲联手了，结果还是没办法战胜对手。有这么个同辈在，他们的风采完全被压制。但大家都是有风度的，虽然输了，依旧能稳住心态回礼。

了悟一下擂台，就被了念这些小禅修团团围住，每个人都眼睛发亮地盯着了悟，嘴里一个劲地说着"师兄你好厉害""师兄太强了"……

了悟耐心地应着他们的话。

中途，他往旁边扫了眼，发现衡玉依旧站在旁边等他，他唇角轻轻抿起，笑意如同石子掉落在平静的湖心，掀起层层涟漪。等围着他的师弟全部散开，了悟走到衡玉面前："等久了吧。"

衡玉摇头："还好。"她抬手，戳了戳了悟的手臂，没戳动："这就是护体金身？"

了悟垂下眼，注视着她戳自己的动作："召唤出护体金身后，需要两个时辰才能消去。"

"有了护体金身，元婴期以下修士，所有的攻击岂不是都对你无效？"瞧见了悟点头，衡玉随口道，"这算不算无坚不摧。"

原本只是随口一问，但没想到，了悟语速极快地回答她："不算。"

衡玉没多想,点头:"也是,护体金身可以对普通法术免疫,但当法术的威力达到一定限度,还是能对你造成影响的。"

了悟沉默,直接揭过这个话题。

第九章
忧患暗生

结丹期的擂台赛落下帷幕，接下来就轮到筑基期了。

衡玉埋头熟悉剑阵，试图缩短布置剑阵的时间。听到外面传来的敲门声，正是绘制阵法的关键时刻，衡玉没有分神，随手一道灵力打在门上，大门自动打开，无声邀请外面的人进来。

等人走进来，嗅着空气中弥漫开的檀香气息，衡玉顿时猜到来人的身份。

了悟站在她旁边，耐心等她忙完手上的事情。

"好了。"一刻钟后，衡玉结束，"怎么不坐下等我？"

"坐不坐都无所谓。"了悟说，"在下过来，是想问你明天的比试准备得怎么样了？"

衡玉点头："准备好了，今天不是还告诉你我要力争筑基期第一吗？"

听她说得自信，了悟奇道："洛主可是预留了什么底牌？"

衡玉突然想起来，她好像忘记把剑阵的事情告诉了悟了："我昨天研究出一道杀伤性极强的剑阵，即使是结丹初期的修士也讨不了好。有了出其不意的这道剑阵，应该还是相当有胜算。"

昨日？捕捉到这个关键信息，了悟下意识轻抿起唇角。

他发现，他越来越习惯在第一时间把喜悦与她分享。但洛主不是。

这个念头几乎是下意识就浮现出来。等意识到自己在想些什么后，了悟脸色微变。

素来缄默的人，一旦情绪起伏过大，就很容易让人看出端倪。尤其是衡玉察言观色能力强，也熟悉他。她随口解释道："原本是想第一时间和你说的，但找到你的时候，你正好突破至结丹中期，当时只顾着恭喜你，倒是忘记把这件事告诉你了。"

了悟几乎没听清她的声音，他只觉得那丝丝羞愧从心底翻滚开来，以刚刚那动了贪嗔的念头为养料，迅速生长蔓延开，几乎要将他完全淹没。

等了好一会儿，都没听到了悟的回话，衡玉意识到不对，把视线从绘制好的剑阵上移开，落到了悟身上。对上她的视线，了悟才从仓皇中回过神来，努力平静道："底牌这么重要的事情，洛主保密才是应该的。"

借着袖口的遮掩，他用力捏紧手中的念珠，指尖几乎泛白。黑色念珠里的汹汹恶意迅速冒了出来，化为一阵透骨的凉意，让了悟暂时能够保持清晰的思路。

他微微弯下腰，朝她安抚一笑："在下想起来，宗门那边还有些事要处理。既然洛主对明天的擂台赛有把握，我就先告辞了。"

隔着窗户眺望了悟的背影，衡玉微微拧眉。不知道是不是她的错觉，她总觉得了悟的背影里，带了几分落荒而逃的意味。她在心里把刚刚的对话重新过了一遍，还是不知道自己说错了什么。按照她对了悟的了解，就算她真的说错了，他也应该一笑了之才对。

就在衡玉考虑自己要不要起身去找了悟时，一道传音符突兀地出现在她身前。

衡玉接过传音符，用灵力把它捏碎，游云的咆哮声顿时响彻她的房间。

"蠢徒弟！在哪儿呢！你快过来找我！"

炸毛的语气里，满含着"快过来给为师顺毛"的傲娇感。

也不知道是谁让她师父这么生气。该不会是她师父猎艳失败被甩了，情场失意之下想要靠给徒弟布置作业而恢复得意吧？

可是骂她"蠢徒弟"，惹她师父生气的人总不会是她吧？想了想，衡玉摇头，觉得这个猜测相当不靠谱。她这么尊师重道的一个人，怎么可能会惹得她师父大动肝火。

在她胡乱想着时，又有一道蕴含着游云气息的传音符飞了过来。

"快快快，为师要构建空间通道了！你做好准备没有！"

被游云这么一吼，衡玉暂时把了悟的异常抛到脑后，打算先去看看师父遭遇了什么挫折。毕竟是未来很多年的金大腿……

不对，毕竟她是个讲究"尊师重道"的徒弟，太怠慢了也不好。

竹屋里，了悟盘膝坐在蒲团上。在他身前，摆着一个古朴而大气的香炉。香炉里插着香，燃烧之后形成的烟雾缭绕而上，萦绕在他的身前，有些模糊了他的身影。

两个时辰后，那坚不可摧的护体金身如潮水般消退。这时候他就是凡胎肉体，不会再出现被衡玉戳手臂却戳不动的情况。

想到这儿，了悟那紧闭的睫毛轻轻颤了颤。不对，护体金身，哪里能算得上是坚不可摧。

护体金身可以庇护体表周全，可以为他化掉无数来势汹汹的攻伐，但被骨骼和肌肤层层护住的心脏，分明才是最脆弱、最柔软，也最致命的地方。

室内沉寂许久，一直端坐着的了悟缓缓举起双手，合十于身前。

"请觉者，恕弟子动了贪念之罪。"了悟眉心微蹙，他拨弄着念珠，明显能感受到自己的声音在颤抖。无欲则无惧，无欲则空性。

身为禅门中人，他本不该希求任何与禅道无关的东西。他习惯在第一时间与她分享喜悦、分享哀伤。这是他要渡的劫难，但他不能要求她也做到同样的事情。

他因此事而仓皇，因此事而纠结，事到临头才惊觉自己犯了贪戒。

了悟缓缓睁开眼睛，看向床边的柜子，那上面摆着一只纸猫和一只草蜻蜓。

他的唇角下意识抿起，溢出一丝丝笑的弧度。但很快，他又收敛了自己的笑意。

他悟性极佳，心性透彻，看得清利弊。就比如，此时的他应始终知晓，他与洛主之间，最好的结果就是她永不对他动情，在完成内门任务后，她就回去逍遥自在地求取逍遥大道，如若可以，最好能再觅得一位如意郎君。

他应始终知晓。

"徒弟啊，我们是邪宗，不是名门正派！让正道弟子道心有损才是正理，你说对不对？"游云抓着衡玉的肩膀，看上去十分苦口婆心。

衡玉被他摁住肩膀，尝试动了动身体。结果游云直接用灵力禁锢住她，不让她乱动，硬要她乖乖听完他的抱怨。衡玉无可奈何，只好随口应付道："对对对。"

游云眉开眼笑："既然你觉得对，那忘忧草种我就不给你了。"

"师父——"衡玉拖长尾调，"其实我刚刚说的是，对对对个鬼！答应给我的忘忧草种，你敢不给试试！"游云暗暗磨牙。肯定是他对徒弟太好了，这个徒弟居然没学会尊师重道这一点，还敢威胁他！

"你想想，那个圣子禅道有成后，肯定会非常厉害。到时候正道实力大增，对我们有什么好处！"

"师父，虽然你是元婴后期修士，但我想说的是，你我师徒真敢毁了悟的禅道，无定宗的化神期修士绝对会冒出来削你。"

游云身体往后一仰，两条腿搭在桌子上，吊儿郎当道："别胡说，为师可没想毁他的禅道，只是不想你种忘忧草而已。"忘忧草这种灵植很少见。它本身不算珍贵，经由它培养出来的忘忧果才是真正贵重的东西，因为忘忧果能够助人快速忘情。但想要培养出忘忧果，必须以鲜血为引。坦白来说，想让了悟淡忘对谁的感情，就必须以那人的鲜血为引。

"你这是言而无信。"

"为师从不言而无信。我好歹也是元婴后期修士，言出法随的好吧。"

这还不叫无理取闹？顺毛顺了足足一个时辰，如果不是打不过，衡玉觉得游云已经被她暴揍一顿了。等衡玉终于脱离游云的魔音贯耳，天已经彻底黑了下来。

望了望天色，估计了悟已经睡下了，再加上明天还有一场硬仗要打，衡玉直接回去简单沐浴一番，就爬上床熟睡过去。再次睁开眼睛时，已经不早了。衡玉推门走出去，正巧碰到舞媚。

舞媚仰头望了望天色："擂台赛快要开始了吧，一同过去？"

能撑到最后一轮的选手，都是同辈佼佼者中的佼佼者。她打算去瞧个热闹，顺便摸摸底。

衡玉："好啊。"

抵达试炼台时，那里已经是人山人海。了悟依旧像昨天那样，站在不远处等她。一瞧见她，他就从容地迎上前与她会合。衡玉探寻的目光落在他身上，了悟微微侧了头，脸上带着淡淡的问询意味，似乎是想问她在看些什么。这样的他，和往常并无区别。

衡玉几乎要以为昨天是自己的错觉了。

她收回目光，指着擂台那边："我们过去吧，似乎要开始了。"

云端之上，依旧坐着各门各派的元婴期修士。不过有云雾的隔绝，这些元婴期修士可以清晰地看到下方擂台的场景，擂台附近的人却不能看到他们。

游云瞧见不孝徒弟和她身边的禅修，轻轻哼了哼。

没有吊人胃口，巳时一到，出身剑宗的裁判便让十二个选手上擂台。

衡玉上了擂台，牢牢占据东北一角，隔空与西侧的了缘对视一眼。

了缘察觉到她的视线，轻笑了下，目光侧移，落在剑宗的两个弟子身上。

剑宗不愧是隐隐占据了"天下第一宗"名头的宗门，他们一共有两个弟子撑到最后一轮。其中一个，就是剑宗首席弟子俞夏。

衡玉接收到了缘的眼神暗示，轻轻颔首，了缘的意思是先攻剑宗的两人。

裁判高声宣布比试开始。下一刻，衡玉抬剑，无数道锐利的冰柱凭空出现在大半个擂台上。借着冰柱的遮掩，衡玉迅速拉近她和俞夏之间的距离。

但很快，有人丢了几颗树种到地上，种子一落地便迅速扎根生长出藤蔓。那些藤蔓如同网一般，阻挡着众人的移动，就连衡玉的移动也被拦截下，她只能先用剑砍断藤蔓才能往前移动。而那个丢下树种的缥缈宗圣女路芙，借着这个瞬间，和音宗首席弟子一起攻向幽冥宗大弟子。

这就是混战的坏处。虽然每个人都有自己的目标，但有不少攻击都是大范围的攻击，这就会相互阻碍。

不过，藤蔓的威胁很小，只是阻拦片刻，衡玉便成功近身攻击俞夏。

俞夏早有准备，手中剑光一闪，便与衡玉短兵相接。

一击无果，余光扫见另一个对手正在催动银色捆仙绳，想要用捆仙绳束缚住她，衡玉顿时灵巧地往后跳了几下。下一刻，她借助瞬移的身法，如鬼魅一般直接来到另一个对手身前。

而了缘的战斗经验也很充足，在衡玉移动时他也迅速移动，顺利和她交换了对手，金色掌印往前攻去，狠狠砸在反应慢了一拍的俞夏身上。这一切不过发生在眨眼之间。

偌大的擂台迅速划分为三个赛场，三个赛场全部都是二对二，可以说没有一方占据绝对优势。

衡玉还在和对手纠缠。对手明明是剑宗弟子，却把捆仙绳这条鞭子甩得虎虎生威，密不透风，衡玉试了几次都找不到机会近身，反而差点被鞭子缠绕住。

被捆仙绳缠绕住，可就差不多玩完了，衡玉只能依靠自己的身法不断躲避，在周围游走，试图寻找空当。就在她这么想时，下一刻，衡玉眼前一亮——空当！

下意识往前走了两步，衡玉又止住。

不对，不是空当。或者说，那个空当是对手故意放出来钓她上钩的。不过，可以利用。

衡玉将长剑横举到身前，做出要用长剑攻击的打算。隐藏在袖子下的左手却在迅速掐诀。

"躲开！"和了缘缠斗的俞夏意识到不对，侧头朝同门师弟吼了一句。因为这一分神，他被了缘的降魔棍击中，身体直接倒飞出去。

俞夏的提醒终究还是迟了，衡玉迅速掐完冰诀，一个冰囚笼将对手完全罩住。囚笼不仅会化掉困于其中的对手的攻击，还会加大对手的消耗。这是衡玉所修习的功法玄冰诀里自带的攻击。

有了囚笼的阻拦，衡玉就不担心捆仙绳的攻击了。她在远处优哉游哉地攻击，感觉到对手的灵力消耗完毕已经后继无力后，双手挽了个诀，口中吐出"破"，冰囚笼破碎开来，碎冰从四面八方攻向对手。同时，衡玉迅速贴近对方，一脚狠狠踹向对手的肩膀，把人踹出擂台。对手还没掉出擂台，衡玉已经和了缘一块儿完成对俞夏的包抄。

"一起上。"衡玉朝了缘喊道。

水平相差无几的情况下，二对一几乎就意味着落败。

即使俞夏几次反击都做得非常棒，依旧没有能逆转结果，像了悟那种彻底力压同辈人的天才是非常稀有的。等俞夏也掉下擂台，衡玉与了缘对视一眼，分别加入另外两个攻击圈，是时候清场了。擂台上的人当然越少越好。

一刻钟后，擂台上只剩下四个人——衡玉、了缘、缥缈宗圣女路芙和幽冥宗牧骁。

"还要联手吗？"了缘看向衡玉。

"当然。"衡玉肯定地回道。

不过她那个站位，明显也在防备着了缘。

打到现在，她的消耗可不小，也受了几道颇重的攻击，不再是最开始那完美的状态。

路芙一咬牙，在衡玉话音落下前，抢先发动攻击。无尽藤蔓将衡玉困住，在藤蔓之上生长出密密麻麻的倒刺，狠狠向衡玉刺去。衡玉旋转着手中的长剑，藤蔓上的倒刺先是被冻住，然后长剑一划而过，倒刺顿时破碎开来。

不过，衡玉并不急着和路芙拉近距离，她一边躲避路芙的攻击一边在擂台上挪动，似乎是想要节省灵力的消耗一般。

云端之上，原本懒洋洋倚着靠枕的游云直起身体，他的徒弟就是聪明，这是想借着躲避路芙的攻击来提前布置剑阵呢。

衡玉的动作很细微，除了游云和了悟两人知晓内情看出端倪，其他人都没察觉到异常。

待剑阵彻底布置完毕，衡玉猛地往后跳开，一个人单独占据一个角落。她双手举剑，持续输出灵力。那深埋在擂台底下的剑阵被她唤醒，直接将了缘、路芙和幽冥宗牧骁这三个对手完全笼罩住。

察觉到自己被剑阵困住，了缘脸色微变。

他停下对牧骁的攻击，侧头去看衡玉，委屈道："洛主，你我不是合作吗？"

衡玉说得非常冷漠无情："兵不厌诈，我知道你也一直防着我，想要一拿下牧骁就攻击我。"

在三个对手里，她最忌惮了缘。她知道了缘的阵法造诣很高。

不过，了缘对剑阵没有研究，她往里面加入了不少迷惑性的东西，短时间内了缘应该没办法找到剑阵的破绽。

这么想着，衡玉脚步微移，把剑阵一半的压力都分到了缘身上，争取早点解决他，以免夜长梦多。

"我怎么舍得这么做呢？"了缘一脸"你误会我了"的表情。但在对话的时候，他的步伐可没停过，一直在试着破解衡玉的剑阵。刚刚是他大意了，压根儿没注意到衡玉的小动作，不然他是绝不可能让这个剑阵布置成功的。

"别废话了。"牧骁咬牙，神色凝重地看着那还没被完全催动的剑阵。从剑阵里，他察觉出一股十分危险的气息，"我们三人联手吧。"

路芙不说话，只是催动攻击攻向剑阵。衡玉迅速完成结印，彻底将剑阵催动。

那一刻，无数道长剑密密麻麻出现在剑阵里，从四面八方袭向三人。这些长剑，有部分是幻象，但也有部分是剑气凝聚而成。

留给他们思考辨别的时间太短，即使是在阵法一途颇有研究的了缘，也没办法在短时间内辨别出哪些长剑是真的，哪些是假的，只好靠着运气闪避。

不少长剑擦着了缘的手脚和脸颊而过，血珠顿时冒了出来。他抬手抹掉脸颊上的血珠，脸色逐渐变得凝重起来。但刚刚得到喘息，又有一连串的长剑朝他飞射而来。

"如果攻不破剑阵，就直接认输吧。"衡玉平静地建议道。

无人回应。尝试，又一次尝试。

最后，灵力衰竭的牧骁脸色微微泛白："我认输。"

"我也认输。"力竭栽倒在地的路芙同样咬唇道。

了缘死死抿紧双唇，没有说话。他的目光隔着虚空与衡玉对视，脸上情绪复杂到衡玉看不透他在想些什么。但她又能感受到，腰间的玉牌在发出灼灼的热度。

"我认输。"了缘神情冰冷。这一刻，衡玉觉得，也许这样的了缘，比起平常那玩世不恭、滥情多情的了缘，更为真实几分。以贪嗔痴念为养料的圣子，也许才是最冰冷无情的。那修大慈大悲之道的圣子，才是真真正正的兼爱众生。

衡玉移开视线，下意识寻找了悟的身影。瞧见了悟，她抬手打了个响指，化解掉那危机重重的剑阵，然后从容落到擂台上，等着裁判宣布结果。

裁判环视几人一圈，轻咳一声，平静地宣布结果："百花谷，洛衡玉胜出。"

在这句话之后，衡玉发现，她腰间的玉牌又在发热，而且这股热度持续的时间很长。

她转念一想就明白了，这些倾慕值应该是底下围观的人贡献的。她在擂台上的表现极佳，又顺利摘获"筑基期擂台赛第一"的名头，再加上这具身体的皮相不错，这修真界总是倾慕强者。

长舒口气，衡玉心中感慨：不枉她这么卖力拿下擂台赛，今天应该能收获很多倾慕值。

"要我扶你下去吗？"了缘走到她面前。

对上了缘平静的脸，衡玉摇头："不用。"

服下一枚疗伤丹药，衡玉说："一起下去吧。"

了缘点头，放缓步子走在她身侧。等走下擂台，瞧见迎上前的了悟，了缘扯了扯唇角，平静道："了悟师兄来了，那我先回去疗伤了。"丢下这句话，他直接转身离开。

"没事吧。"了悟温声道，同时伸手，想要扶住她。

衡玉其实有些力竭，疗伤丹药只能减轻她的伤势，没办法让她快速恢复精力。但周围的人太多，她也不可能直接靠在了悟身上，只好摆手道："还行。"

了悟扶着她走了两步，从她虚浮无力的步伐看出端倪。他略微有些迟疑，但只是一瞬，就道："洛主靠着在下，把身体重量都放到在下身上吧。"大概是猜出了她的顾忌，了悟补充："不必因为旁人的揣测勉强自己。"他清楚知晓，不能让她对他动情，也能感受到她的顾虑，但他很难不对她温柔。

他只是想对她好一些，难道也会成为一种错误吗？这个问题，也许连觉者都没办法给他答案吧。

衡玉听到了悟的话后，想了想，还是决定顺从自己的心意，把身体大半重量都压在他身上，让他半扶半抱着离开擂台。两人这番举止，在周围没散去的人群中引起一片喧哗。

走出人群，把那些诧异的、打量的目光都抛在身后，衡玉闭着眼沉默片刻，突然凑近了悟的左耳，低声道："你就不怕我所求的东西越来越多吗？要我别拘着自己的性子，若是我想要更多，你又该如何？"

她直直望进了悟的眼里，带着些调侃，又有些认真地问道。他的纵容、他的迁就，恰恰是衡玉最担忧的地方。因为他这么纵容、这么迁就，她就不能保证自己永远不犯错。

说白了，他总是这么一副任她欺负的模样，她只是在克制，面对的又不是真正的人。

了悟温和而肯定地道："洛主不会。"她不会让他为难。

衡玉有些想笑："你这么相信我的人品，真是让我为难。"

听到"为难"二字，了悟后知后觉地有些愧疚："在下并无此意。"

衡玉抬手挥袖，一道云雾模糊了她和了悟的身影，周围的人压根看不清他们两人的动作。做完这个，衡玉直接把头埋进了悟的怀里，两只手搂住他。他的身体明显僵硬下来，她的呼吸急促，与他的心跳声逐渐重合。

"你看我会不会？"衡玉觉得自己的理智正在被架在火上烧。

这禅修未免过分了些。怎么能，这么好地完完全全长在她的审美点上呢？

耳边有声轻叹，了悟再次温柔而坚定地道："你不会的。"

她不是不会。只不过是，舍不得罢了。

了悟于她过于特殊。这么特殊的一个人，注定成为记忆里浓墨重彩的一笔，让她很难不为他多作考虑。一为他考虑，就忍不住克制，就有了不能触及的底线。

衡玉坐在游云对面，想得远了些，就不免有些走神。

游云说了好几句，发现衡玉压根儿没有注意听他在说些什么，就一手压在桌面上，指骨用力叩了叩桌面："你有没有注意听我说话？"

剑宗用来招待元婴期修士的住处非常不错，这张桌子是由千年玄木制作而成，敲击时发出的声响清脆而不沉闷。感受到桌子传来的震动，衡玉回神："师父，你刚刚说了些什么？"

游云心头有些酸涩。他觉得自己这个师父委实没有威慑力，连人人觊觎的绝世美貌在徒弟面前也没什么用武之地。他刚刚巴拉巴拉说了那么多，他这个蠢徒弟居然一点都没听到！肯定又在想那个圣子了！

但对上衡玉那疑惑的视线，游云还是努力压住自己不断往外冒的酸气，一本正经道："为师是想问你要什么奖励。你在擂台赛的表现极佳，扬了宗门的威名，宗门肯定会有奖励的。如果你有什么特别需要的东西，为师可以帮你向宗门争取。到时候让他们把奖励和忘忧草种一块儿送过来。"

提到奖励，衡玉顿时来了精神，现在她还真有不少需求。

背靠宗门这棵大树就是好，虽然要承担义务，但只要有资质有实力，就能换得宗门的悉心栽培，不用自己千辛万苦搜罗奇珍异宝。

"师父，我想要找材料炼制本命灵剑。"她就要突破至结丹期，是时候炼制一柄与她心意完全相通的剑了。

"想过要什么材料吗？"

衡玉对这方面不太了解："师父有什么推荐？"

"你是冰灵根，修炼的功法又是玄冰诀，本命灵剑如果是冰属性的，肯定能更大限度地发挥你的实力。"游云想了想，说，"可以以冰髓石为主料。"

冰髓石。这种材料由万年雪精死后凝聚而成，极为难得，乃极品炼器材料。

不过能称得上"极品"的材料，都非常非常稀有，即使是百花谷应该也不多。衡玉倒是觊觎，但不免有些担忧："宗门那里的分量足够吗？拿冰髓石做主料是不是太奢侈了些？"

"十大少主中，只有你是冰灵根。在没有人和你竞争的情况下，冰髓石足够你使用。只不过——"游云笑得狡黠，带着些看好戏的意味，"冰髓石非常珍贵，它甚至可以拿来炼制化神期所使用的法宝。你只是拿到擂台赛第一，凭这一点只能换取拳头大小的冰髓石。想要拿到足够分量的冰髓石，就争取在斗阵和比拼心境这两个环节上也独占鳌头吧。尤其是比拼心境这个环节，多多加油啊。"

擂台赛第一很厉害了，但同时拿下三个第一，才足够分量。

天才稀少，但百花谷存世万载，也出现过一些天才。但值得宗门下血本投资的，必须是足够力压同辈天骄的奇才。衡玉扯了扯唇角，师父想看徒弟的热闹，这合适吗？

"我会尽力一试。"衡玉说得不带一丝烟火气，坚决不给游云看热闹的机会。

游云撇嘴，懒洋洋地倒回靠枕上，一副没什么精力的样子。

沐浴过后，衡玉倚着软榻查看明天的比试规则。

明天就要开启筑基期的心境比拼，这个比试不同擂台赛是一对一，而是一次性让一百人进入阵法中拷问心境。

查看完规则，衡玉想起来自己收获了不少倾慕值，连忙取出玉牌查看。

一万两千五百。一口气涨了五千出头的倾慕值。

这个数值比衡玉想象中的要高得多。难怪之前舞媚在剑宗大出风头，可以一口气收获近万倾慕值。

"法会每十年才举行一次，看来接下来的比试我也要努力了，这么好的赚取倾慕值的机会可不多。"只要这回能赚到足够的倾慕值，她就能安安心心窝着突破至结丹期，一直到元婴期之前都不会再为倾慕值而困扰。

第二日一早，衡玉起床练剑。

瞧着比试差不多要开始了，她给了悟传了张纸鹤，两人直接在乘坐仙鹤的地方碰头。

仙鹤穿行于云雾之中，衡玉坐在仙鹤背上，抬手绾了绾被吹乱的头发，和了悟说起冰髓石的事情。

了悟问："已经决定拿冰髓石做主料了吗？"

衡玉点头，主料当然是越珍稀越好，这样剑的威力才能更强："接下来两场比试要尽力了。"

"不用给自己太大负担。如果到时候冰髓石的量不够，在下可以为洛主寻来。"

衡玉笑了下："无定宗和百花谷可是一正一邪，你这算不算是在资敌？"

了悟缓缓开口："以在下的实力，去千年玄雪山走上一遭，运气好还是能寻到不少冰髓石的。就算运气差了些，也能用宗门贡献值在宗门的材料库里换取。既然是我的东西，自然按我的意愿来处理，即使是宗门也不能干涉，这与正邪何干？"

衡玉心下轻叹。这段时间，她对了悟隐藏在温和表象下的固执越发了解。

温和的人大抵分为两种，要么是那种温和到耳根子软、没有原则的，要么是那种温和却自有一番行事准则的人。了悟自然是后者。

"所以你总是有理的。"

"嗯？"了悟有些没明白她话中的含义。

衡玉摇头："我不需要你的冰髓石。"她眨了眨眼，故作不满道，"难道你觉得我拿不下斗法和比试心境这两个环节的第一吗？有选择的情况下，当然是要先薅宗门的羊毛啊。"

她不介意拿宗门给她的东西，因为宗门栽培她，日后她成长起来自然会回馈宗门；她也不介意从师父那里忽悠来各种奇珍异宝，因为她是游云的亲传弟子。但她不想从了悟身上得到什么，即使这些东西他给得心甘情愿。

了悟似是无声地叹了下："也好。"

了悟垂眼看着下方那片梧桐树林。风吹拂而过，树上的叶子簌簌作响，清脆得有些嘈杂，正如他此刻的心情。了悟觉得，也许正是衡玉这样的态度，他才会越发想要为她做些什么。

因为她太潇洒、太从容，也太理智，她明明一直在他身边，他却总有种怎么都抓不住她，她随时都会抽身离开，然后彻底与他划清界限的感觉。这种感觉太过不好，让他有时候夜半睁开眼睛都觉得心底仓皇。可让她留在自己身边的行为，又未免过于自私。所以他踌躇，不知所措，也无法作为。只能看着她走一步，他才跟着行下一步。

一颗魔葵子突然砸中他的额头。了悟恍惚回神，侧头向衡玉看去。

衡玉嗑着新鲜的魔葵子，问："快到地方了，刚刚在想些什么？"

"在想一本经文，在下有些参不破其中的道理。"说完这句话，了悟自己就被自己逗笑了。

衡玉疑惑："笑什么？难道是突然参透了？"

了悟摇头。他只是被这个生动而形象的比喻取悦了。

衡玉瞧见他不想多说，也不再问了。

仙鹤正好飞越一座山，缓缓落到试炼台边缘，衡玉直接从仙鹤的背跳下去，喂它吃了两颗丹药。驮着衡玉的仙鹤高兴地鸣叫两声，先是用尖尖的喙蹭了蹭衡玉的脸颊，才低下头叼走丹药。

被喙蹭脸颊，绝对算不上什么美妙的体验，衡玉有些哭笑不得。但对于一只未开启灵智的鹤来说，这应该算是它表示友好的方式。

衡玉说："我们走吧，现在这个时辰，第一批进入阵中拷问心境的修士应该陆陆续续出来了。"

试炼台的布局又变了。之前为擂台赛准备的一百零八座擂台已经完全消失，取而代之的是一道巨大的、从远处看似乎顶天立地的玄门。

　　昨晚就已经看过相关的介绍，所以衡玉知道这道玄门后面是另一个空间，修士们就是在那个空间里接受心境拷问。不过现在玄门附近悄无动静，第一批进去的修士应该还没出来。

　　正想到这里，玄门上那道平静的光幕突然掀起层层涟漪，然后，一个穿着幽冥宗宗服的筑基期弟子从玄门里被吐出来，狼狈地倒在地上，脸色泛白，额头直冒冷汗，好一会儿都没回过神。

　　"呵，邪宗弟子的心境果然差劲。"

　　"你——何人如此猖狂！"

　　不少邪宗出身的修士左右环视，想要找到那个说风凉话的人，但那人说完一句话后就直接神隐，显然也是怕激起公愤。

　　这边的邪宗修士还没找到说话的人，那头的玄门又快速吐出一个吓得脸色泛白的音宗弟子。

　　"哟，正道弟子的心境也没好到哪里去。要比就比顶尖实力好吗，用吊车尾的表现来定义整个邪道，呸，谁给你这个脸了！"幽冥宗的一名男修也不掩饰身份，光明正大地开口道，脸上的表情颇为桀骜不驯，"正道的人就是不要脸。"

　　"你——"有人怒道。

　　有些正道弟子口齿伶俐，辩驳得有理有据："前几届法会，都是正道修士表现更好，筑基期心境第一基本是从无定宗或剑宗出来的，你们幽冥宗，呵。"

　　"放屁！你敢不敢开赌局？"

　　"赌局早就有了，就怕你们害怕输掉而不敢下注！"剑宗的一个弟子抱剑倚柱，冷冰冰地道。

　　一听到还有"赌局"这种热闹，不少围着等待下一场比试的修士，都兴冲冲跑去下注。干等着也是无聊，当然要给自己找些乐子了。

　　衡玉在旁边瞧了许久的热闹。沧澜大陆的正邪对立虽然不明显，但私底下也有不少摩擦，弟子之间相互看不惯很正常。不过在比试心境这个环节，邪宗弟子的表现的确比正道弟子要弱一些，毕竟邪宗的功法对心境要求没那么高。

　　衡玉说："我们要不要也去下个注？"

　　"可以。"了悟点头，他不下注，不过可以陪她过去。

　　"那就去瞧瞧热闹。"衡玉伸了个懒腰，顺着那人流往试炼台深处走。

　　这个赌局应该是剑宗私底下开的。

　　赌局主要有两个。第一，赌心境第一是正道弟子还是邪宗弟子。因为这个赌局绝大多数时候都没什么悬念，所以赔率很低。衡玉只是看了眼赔率，瞬间就没了兴趣，直接看向第二个赌局。

　　第二个赌局直接赌心境第一是哪个修士。八大正道、五大邪宗的很多核心弟子都在上面，衡玉在筑基期这边看到了自己的名字，大概是因为她赢了擂台赛第一，她的名字颇为靠前，在第七，赔率是一赔五。除了她之外，前二十再也没有一个邪宗弟子。而排在最前面的三人，是无定宗的了缘、剑宗的俞夏、黑白学宫的班默。

"大家都不看好邪宗啊。"衡玉说。

了悟还是第一次旁观这种赌局，他好奇地打量几眼，听到衡玉的话，问："觉得你的名次低了？"

衡玉淡定点评："当然低了。"

了悟笑，解释道："百花谷采用倾慕值进阶，对心境的要求相对比较低，这一点算是修真界的常识。除了你之外，你们宗门的其他人名次应该都不高。"

衡玉顺着榜单往下找，终于在第七十五名找到了迟。这个榜单上只有一百人，百花谷只有她和迟两个人上榜。她好像知道她师父为什么让她在比拼心境这个环节加油了。如果能在这个环节脱颖而出，宗门奖励绝对不会少，毕竟赢了是给宗门大大长脸。

"你们无定宗在榜单上的人倒是很多。"衡玉说。她随便扫一眼，都看到了不下十人。

不过也不奇怪，禅修嘛，信仰坚定，心境自然比同境界的高不少。

"这位仙子，要下注吗？"一个负责登记下注的男修看到衡玉站在旁边瞧了那么久，殷勤地问道。

"下。"衡玉看向他，这个修士长得有些娃娃脸，是那种很有亲和力的长相，"你们下注有上限吗？"

"没有。"修士摇头，绝大多数筑基期修士都很穷，也就宗门核心弟子的手头比较宽裕。

"那我买洛衡玉胜出吧，一千块上品灵石。"衡玉随口道。她师父对她这个徒弟大方到了极点，拿出一千块上品灵石对她来说不难。

"多……多少？"修士咽了咽口水，整个人呈现出一种呆愣的状态。

"一千块上品灵石。"衡玉复述一遍，递了个乾坤袋过去，"都在里面了，你清点一下。"

储物戒指作为空间法器比较珍贵，但乾坤袋就很便宜了，五十块下品灵石就能买到。

修士终于回过神，一脸高兴，好像在看冤大头："好的好的，仙子稍等。"

衡玉笑了下，给了悟传音："他肯定觉得这回赚大发了。"了悟笑而不语。

等走完一系列流程再回到门户附近时，已经有很多参加心境试炼的修士被从门户里吐了出来。

他们的模样都很狼狈，有些人上前想要询问他们遇到了什么，但他们都摇摇头，不愿多说，唯一可以肯定的是，每个人遇到的幻境和问题都不一样。

又过了一会儿，安静许久的玄门再次泛起涟漪。

这一回，一个穿着黑白学宫宗服的筑基后期修士自己从玄门里面走了出来。他的脸色有些苍白，不过整体算好。

这一场比试的裁判站在旁边，扫了他一眼，道："请把魂牌交给我。"

黑白学宫的修士取出魂牌交给裁判。裁判往魂牌上盖了个章，把魂牌递回给那个修士："恭喜你通过第一轮。"

从这个修士开始，后面陆陆续续走出来的，全部是通过第一轮心境试炼的修士。

又等了小半个时辰，直到所有人都出来了，那个裁判才高声道："参与下一场心境试炼的选手请做好准备，现在可以入场了。"他的声音在灵力的加持下迅速传遍整个试炼台。

衡玉站得有些无聊，听到这话顿时来了精神。

"我就先进去了。"她朝了悟招了招手，直接往那玄门走去。

玄门非常大，当她走近时，压根儿没办法将这玄门完全纳入视线之中。感受到玄门里传来隐隐的召唤之意，衡玉没有在原地多待，直接迈步，轻缓而坚定地穿过光幕。

当她走进光幕里，她的身影顿时消失在原地。

下一刻，衡玉缓缓睁开眼睛，只能看到一片彻头彻尾的黑暗。这片黑暗，死寂到了极致，她能清晰听到自己的呼吸声和心跳声。

她在原地站了一会儿，没发现有任何的异常，随便选定一个方向，没有任何迟疑地往前走去。

似乎是走了很久。死寂的黑暗让人的感官变得迟钝起来，有些感知不到时间流逝的快慢。

突然，前方出现一束亮光。衡玉下意识抬起手挡在眼睛前，微微移开视线，没有直视那道亮光，免得眼睛受到刺激。等到适应了亮光，衡玉才放下手往前走去。

随着她越来越靠近亮光所在，黑暗如潮水般退去，下一刻，衡玉发现自己周围的环境变了。

她现在正站在一个不大不小的院子里，院中央栽有一棵梧桐树。此时正是梧桐落叶的季节，地面铺满了枯黄的落叶。在院子外围，还栽有几棵合欢树。

这个地方，很眼熟。还没等衡玉在记忆里搜寻，她的身后就传来"吱呀"一声，那是木门被推开的声音。一个穿着鹅黄色长裙，神情清冷但行走间又带着几分淡淡媚态的女子从房间里走出来。她好像没注意到衡玉一般，直接越过衡玉，坐到了院子中间的秋千上，随意晃着秋千，裙摆在空中掀起一抹漂亮的弧度。

瞧见这个容貌和她如出一辙的女子，衡玉立马就知道这个地方为什么眼熟了。

这不就是她在百花谷中的住处吗？而眼前这个女子，正是自己。

想到这儿，衡玉再次打量面前的人，并且注意到她现在的修为是筑基后期。

"奇怪，最近总感觉心神不宁。算了，应该是我的错觉。"幻象中的衡玉眉心微蹙，有些苦恼，"我已经在筑基后期停留很久了，怎么还是找不到契机突破到筑基巅峰？师父最近不在宗门，没办法向他请教，要不要去找掌门师伯问问……算了，估计是实力没到，我还是先闭关修炼一段时间吧。"

听完她的自语，衡玉眼睛微亮。这个时间节点！

如果她没猜错，这个时间节点就在自己走火入魔之前。这个幻象显示的也许正是她暂时遗忘掉的那部分记忆。衡玉猜测，应该是阵法探查到她最深处的记忆，所以才有了这个幻象。这个比试心境的阵法已经存在上万年之久，非常玄妙，能够做到这一点并不算稀奇。

衡玉默默地站在原地，耐心等待自己的下一步行动。她看着自己从秋千那里站起身，走回房间，启动结界后就安心闭关突破。

幻境里的时间流速不好估计，衡玉也不知道过去了多久，总之她一直站在旁边耐心等着变故发生。但直到幻象中的自己就要突破成功，她依旧没有等到变故出现。

衡玉等得无聊，随意环顾四周。就在她的视线刚要从角落移开时，似乎是察觉到什么异常，衡玉再次把视线定格在角落，那里，有一道非常诡异的黑线。

黑线一开始细得几不可察，但似乎是察觉到周围没有威胁，它一点点壮大，最后迅速膨胀成一团黑雾，并且迅速蔓延开，缠绕到身边。

衡玉视线微凝。如果说一开始衡玉还没认出来那是什么，现在她当然认出来了。"百花谷里怎么会有邪魔之气？"

没等衡玉想明白这件事，瞧着邪魔之气就要侵蚀到幻象中的自己的身上，为了避免心境比拼会失败，衡玉连忙出手遏制住邪魔之气的行动。就在她的灵力刚触碰到邪魔之气时，那原本没有发现她身影的邪魔之气好像是突然察觉到了她的存在一般，不再理会那坐在蒲团上的人，而是调转方向猛地朝她扑来。

变故发生得太快，几乎没有给衡玉反应的时间，她就已经被邪魔之气缠上。

下一刻，一股阴寒的气息从衡玉的肌肤渗透进骨子里，她下意识打了个冷战。衡玉想要催动灵力驱赶邪魔之气，却惊讶地发现自己没办法调动灵力了。

她保持冷静，刚要思考自己下一步的举动，脑海里突然多出来许多陌生的画面。

每一个场景里，衡玉都能清晰地感受到那些人的欢喜，也能感受到他们突然被袭击的震惊与绝望。那股绝望缠绕着她，衡玉不由得拧紧眉心。

这些场景变换如走马灯，最后，场景变成一个寝室，穿着鹅黄色长裙的她盘膝坐在地上，一点点被黑雾吞没。正在突破关键时刻的她被黑雾影响，走火入魔，猛地捂着胸口吐出好几口鲜血，直接晕倒在地上，气息一点点消散。那道黑雾迟疑了很久，没有再吞噬她，而是如潮水退去那般安静地消失。

脑海里的画面到此就彻底结束了，但那萦绕在衡玉心头的绝望和恐惧越来越浓烈，浓烈到她始终集中不了注意力去思考百花谷这偌大宗门为什么会出现邪魔之气。

衡玉紧紧闭上眼睛，强行压下那些不属于她的情绪。然后，她直接盘膝坐在地上，咬着牙，强行从嘴里一字一句清晰吐出驱魔经文，这是了悟教她的。在念完第一句完整的经文后，衡玉感觉到心头的负面情绪削弱了些。

经文对邪魔之气果然有克制作用，衡玉沉下心，全副心神都放在诵读驱魔经文上。当她把整篇经文读完，那些层层积压在心底的负面情绪全部消退，而她也脸色苍白，随意抬手一抹，就摸到脸上的冷汗。

深吸了口气，衡玉一只手撑着地面，借助支点的力量从地上站起来。她已经感觉到自己的腿麻了。等大腿恢复知觉，衡玉左右环视，发现蒲团上那道幻影已经消失不见。

她走到紧闭的木门前，两手抬起，一拉木栓，往外迈了一步，周围的幻象全部消失，她回到了试炼台中，被一群修士围观着。她正想擦拭脸上的冷汗，让自己不显得太过狼狈，就见面前递来一方已经被润湿过的手帕。

衡玉笑了下，伸手接过手帕。

手帕拍到脸上，传来一阵冰冷的触感。衡玉感觉自己的心跳平复不少，她朝了悟笑道："心境比拼，还挺有意思的。"居然连那段被封存的记忆都能搜索出来。

幻境不可能骗人，它只是把心底最深处的恐惧勾出来，所以衡玉不怀疑真实性。既然那是真的，事情就变得有意思起来了。

自己当时可是在宗门里闭关，怎么会被邪魔之气缠上？

"在想些什么？"了悟声音清润，让衡玉从沉思状态中清醒过来。

衡玉摇摇头，轻轻吸了口气，把那些杂念暂时都抛到脑后。抬眼对上了悟关切的视线，衡玉想了想，说："我可能发现了一些秘密。"既然是秘密，自然是不方便说的。了悟没再追问，伸手把衡玉拉到旁边，又给她递了个干净的水壶让她喝几口水。

在衡玉调整呼吸时，玄门里陆陆续续有人被吐了出来，都是没通过心境测试的弟子。

没太注意那些失败的修士，衡玉站在旁边，思考着一个非常严肃的问题，她要不要把自己走火入魔的真正原因告诉游云？

邪魔之气出现在宗门里，说明宗门里可能有人被邪魔之气侵蚀了，而且那人隐藏得很深，在宗门里的地位非同寻常。可是自己闭关的地方就在游云隔壁。邪魔之气真的能轻易渗透到一个元婴后期修士的地盘上吗，那邪魔之气……会不会和游云有关系？

沉吟片刻，衡玉就排除了她师父的嫌疑，并且决定迟些去找她师父，透露部分她在幻境里遇到的事情。那个杀害众多年轻弟子的人，明显是个很德高望重的人。那些弟子在死时，表情全部都是难以置信和震惊，显然是没想到对方会出手置他们于死地。所以，那个人绝对不可能是她师父啊！

她师父那么吊儿郎当，虽然挂了个"大长老"的职位，但在宗门里存在感不算很高，从头到尾和"德高望重"这四个字不沾边！

回去的路上，衡玉一直有些走神。瞧着快要走到她住的地方了，衡玉突然问了悟，语气认真："如果我催动探测邪魔的功法，对方能感受到我的窥探吗？"

了悟微愣，她今天的异常难道和邪魔有关系？

瞥了衡玉一眼，想起她之前说了"秘密"二字，了悟压下心底的揣测，他知道，她有分寸也有能力处理好事情。如果方便告知，她会告知自己的。既然不提，自然是不方便宣之于口的事情。

了悟："实力如果悬殊，可以感受到异样，但不知道你具体在做些什么。"

衡玉认真点头。

"你一个筑基巅峰小修士，居然说要帮我一个元婴期修士看面相？"游云震惊，为她的厚脸皮。

他徒弟对自己的实力能心里有点数吗？

衡玉表示不满："筑基巅峰怎么了，筑基巅峰不都是你教出来的！"

游云："……你赢了。"这怎么还怪起他来了。

衡玉一本正经："师父，你能不能别做出这种怪模怪样的表情，这有损你的英俊。放心吧，我看面相很准的。"边忽悠着游云，衡玉边催动探测邪魔的功法。这是之前她闲着无聊找了悟学的，说实话，这还是她学完以后第一次动用。没想到第一次就用在她师父身上。

呸呸呸，也不知道这混账徒弟在打些什么坏主意。他猜，看面相是假，她肯定是想趁机偷窥他的美貌。长得好看就是容易产生这种烦恼。

被人这么专注地盯着，游云莫名觉得心里发毛，而且背后有些发凉。

板着脸等了好久，游云实在坐不住了："还没好吗？"

确定游云果然不是邪魔，衡玉笑道："好了。"

游云："看出什么了？"

"师父你是个好人。"话是没错，但他听起来怎么感觉怪怪的。

"你今天的表现特别诡异，难道是在比拼心境的时候出了什么岔子？"游云只是随口一猜测，没想到衡玉却顺着他的话点了点头："的确是在比拼心境的时候出了岔子，我得知了自己去年闭关走火入魔的原因。"

游云眯起眼，声音里流露出几分戾气："人为？"

"在回答这个问题前，师父，你要向我保证你一定不会生气。"

怎么感觉这句话是在给他挖坑？但瞧着衡玉一副"你不答应我就不说"的模样，游云撇撇嘴，好奇心战胜了一切："行，我答应你了。"做师父的还能真跟徒弟生气不成？

衡玉连忙笑起来，简单把在突破关头遇到邪魔之气的事情告诉游云，连带着她看到的那些画面也都一一复述出来。

那个幕后之人的身份绝对不简单，她现在只是个筑基期修士，想要晋升到元婴期至少需要上百年的时间。然而，那个幕后之人如果真是邪魔，那他绝对是一个危险系数爆表的隐患，最好能尽早解决。所以把事情和盘托出，让她师父去找寻真相才是最正确的做法。

听完衡玉的复述，游云脸上的慵懒全部消散无踪。他脊背挺直，脸上满是凝重之色："你确定？"

衡玉说："我确定。这一切都是我在幻境里看到的。一字一句，绝无半分虚假与欺瞒。至于其他的，只能靠师父去追查了。"

游云沉沉地点头："等法会一结束，为师就马上赶回宗门。这件事到此为止，你就当自己从不知道这件事，如果事情处理完了我会通知你。"

想了想，游云又说："这一年多来，有没有修为高的人对你出过狠手？"

衡玉摇头："我猜，那幕后之人没有得手，可能以为我并不知晓此事。"那幕后之人看她一直活蹦乱跳，估计以为邪魔之气没暴露。那人觉得她什么都不知道，自然不会多此一举斩草除根。

游云沉默下来，不知道在想些什么。突然，他猛地抬头，目光凝视着衡玉，里面闪着些许危险，咬牙问："你刚刚真是在给为师看面相？"

衡玉想了想，轻叹口气，还是不愿意再欺骗她师父。在这个世界，会认真为她考虑的人，除了悟外，就是她师父了，她并不希望被他误解或者让他难过。

"不是。"衡玉苦笑，下意识坐得笔直，语气诚恳地道歉，"我刚才是在催动探测邪魔的功法。师父，这件事是我错了，你如果觉得生气，就按照门规罚我吧，只要别把我逐出师门，怎么罚我都行。"

游云翻了个白眼，语气嫌弃，压根没有生衡玉的气："怪不得我刚刚感觉到后背在发凉，原来是这个原因。不用道歉，你做得很好。"说到这里，他脸上浮现出些许笑意，"这样谨慎的性子，看来以后在外行走，为师不用太担心你的安危了。"

"而且——"他耸肩，"如果你我换个位置，我作为师父，就算再相信你的品行，也会像你一样，先用探测邪魔的功法探测一遍。所以你我师徒扯平了。"

衡玉心头一动。她知道，师父最后这番话，分明是特意说出来宽慰她的。

在此之前，她对游云这个师父，其实算不上特别上心。可她是真的把游云当成自己的师父。这个师父看似吊儿郎当，却给了她最大限度的包容与谅解。衡玉脸上浮现出淡淡的笑意。

"傻笑什么呢？"游云不满的是另一点，"话说回来，你觉得你师父我会入魔吗？我像是意志力这么不坚定的人吗？"

衡玉说："其实我并不怀疑师父就是那神秘人。做探测，只是为了证实。"

"哦？"游云乐了，"你果然看透了师父玩世不恭外表下的深沉。"

衡玉无语，望了望窗外，思考自己要不要把真相告诉游云。于是衡玉板着张脸，开口说出自己的推测："其实是这样的，那个神秘人在宗门里明显德高望重。"

游云脸色一僵："你什么意思！"

之前被衡玉用探测阵法探测，他压根儿没有不高兴，这下子他是真的痛心疾首了。

这话的意思不就是在说他不德高望重吗！师徒之间的信任呢！

衡玉轻咳两声，平静道："师父我先回去休息了，今天消耗太大，我还要参加第二轮心境比试呢。"丢下这句话，衡玉连忙开溜。

等衡玉离开后，游云脸上的神情全部收敛。他面无表情地坐在软榻上，一只手捏紧了面前的杯子。

"砰"的一声，杯子直接碎成粉末。看着自己膝盖上的白色碎末，游云随便拍了拍，把它们全部拍到地上。

"看来那些外出历练出事的核心弟子，死因未必简单啊。……邪魔之气，又一次侵蚀到宗门高层了吗？是只有百花谷被侵蚀了，还是其他大派也没能幸免呢？"

室内，游云的喃喃自语声突兀响起，深沉得不似往常的他。

前来参加法会的筑基期修士足足有近两千人，第一轮心境比试花了两天的时间才结束。

能撑到第二轮的修士并不多，只有六百人。他们会统一参加第二轮比试，在越短的时间内通过比试，就证明心境越发坚韧。

时间流逝，很快就到了第二轮比试。

试炼台非常热闹，不少失败的修士也赶来瞧热闹，想要看看谁能摘获"筑基期心境第一"的名头。

"第一轮比试时，无定宗那位了缘圣子心境十分了得，进去大半个时辰就出来了。"

"我倒觉得黑白学宫的班默胜算更大。黑白学宫测算阴阳，通识过去与未来，他的阅历足够碾压同辈人了。"

"其实我觉得我们可能低估了百花谷的洛衡玉，她在第一轮只花了半个时辰就完成试炼，这个速度应该是所有人里最快的吧。"

"说起来……剑宗俞夏的表现倒是有些糟糕，他居然差点没通过第一轮。"

"什么？！这不可能吧！"

最开始说话的那人原本还有些迟疑，听到别人的质疑立马急了："是真的，那天又不止我一个人看到。"

"对，是真的。"

"我也很惊讶，当时还以为自己认错人了。"

衡玉一直在听热闹，听到这里，她有些诧异。说实话，她见到的俞夏，和传闻中的俞夏差距真的很大。擂台赛也好，心境比拼也好，大家都非常看好他，当然，俞夏的表现不能说不好，只是有些配不上他的偌大名声。

"怎么了？"了悟在拨弄手中的念珠，察觉到她神情怪异，侧头向她看去。

衡玉说："我只是觉得俞夏身上有些古怪。"

了悟回想了下，没发现有什么问题。对他来说，俞夏只是个无关紧要的人。比起这个，其实他更关心其他事情。

"第二轮比试里，会有四道门。生门、死门、情门与怨门，你会随机进入其中一门。"了悟向她介绍。每年考察心境的形式都是一样的。

衡玉点头，表示自己知道。

了悟的声音突然变得有些迟疑："虽然不知道洛主会进入哪一门，但如果洛主……"

对上衡玉的视线，他下意识垂眼避开，声线有些不稳，带着令人猜不透的紧张，"如果洛主进的是情门，而情门里，如果遇到的是在下的幻象……"

最难以启齿的部分已经说完，了悟恢复淡然。

或许，只是伪装的淡定。他捏着念珠的力度大，但他自己都没注意。

"直接击碎他就可以通关。"

衡玉一开始还不明白他为什么提到这个话题，听到这里，眼里泛起一层层笑意。

她带着些调侃意味道："你是怕我舍不得？"

见他缄默，衡玉抬手扯了扯他的袖子，并且追着他游离的目光，要他与她对视。

她这么玩闹，了悟舍不得斥责她，只好顺着她的心意与她对视，认真解释道："在下是不希望你迟疑。你想要拿下第一，就必须在最短时间内通关。"

了悟捏念珠的动作有些明显了。

衡玉瞥了一眼又移开，手指微动，从扯着他的袖子变成牵住他的手："你就在这里不是吗？"

她说："那只是虚影罢了。"她不需要虚影作为替代品。

真正的圣子就站在外面等着她啊。

了悟感觉到自己心尖发麻。那种麻意一路蔓延，十指连心，他的指尖不自觉颤抖起来。

下意识地，了悟回握她的手，让她感受到真实的触觉："是的，在下就站在外面等你。"

嘈杂片刻，裁判终于出现，并且宣布第二轮比试正式开始。

衡玉对了悟说："我先进去了，等我的好消息。"就顺着人流往里走。

第二轮只有六百位选手，玄门又大，所以众人越过光幕的时间相差不多。

衡玉走进光幕，再次睁开眼睛，又是身处一片熟悉的黑暗之中。她随便选了个方向，丝毫不耽误时间，就像第一轮一样快步往前走去。

当黑暗退去，衡玉再次看到亮光时，她发现自己面前是一座隐于林间的千年古寺。古寺旁边的石碑刻着"青云寺"三个古朴大字，染着岁月的苍凉气息。这算是她和了悟的故地了。

她进入的果然是情门。既然是情门，自然要找到那个熟悉的人。

衡玉走进青云寺，发现寺内安静得过分，一路走来压根儿没看到任何一个小童子。了悟又在哪儿？

突然，安静的古寺响起一阵清脆的钟声。

衡玉的脚步停住，然后换了个方向往前走，她知道了悟在哪儿了。

沿着石子路走了一段时间，在石子路尽头那口大钟旁边，衡玉瞧见了熟悉的人影。

了悟穿着灰衣，气质内敛。他按照固定的节奏推动钟槌，敲响大钟。似乎是察觉到了什么，他手上的动作微微顿住，侧头向衡玉所在的方向看过来。

瞧见衡玉，他笑了起来，眉眼之间流淌着入骨的温柔与缱绻。

"你来了。"他说，"稍等。"

这个眼神……衡玉被这个眼神钉在原地，明知道他只是考验自己的幻象，明知道真实的了悟绝不会把自己的感情如此清晰地写到脸上，她还是下意识地停下步伐。但下一刻，她就再次迈步往前走，迅速拉近她和了悟之间的距离。

怎么了？敲钟时，了悟侧头瞥她一眼，脸上带着些询问。

瞧见她身上这套灼灼似火的长裙，他脸上逐渐染上淡淡的惊艳，一时之间连敲钟都忘记了。

"你怎么能忘了敲钟呢？"衡玉笑。

了悟有些不好意思，他垂下眼："看你看得有些走神。"似乎是做足了准备，了悟再次抬眼看她，鼓足勇气道，"这套裙子很适合你。"

"后半句话是他会说的，前半句不是。"衡玉平静道。

了悟神情有些茫然。

"他绝不会因为任何人而停止敲钟。这可是对觉者的大不敬。"衡玉轻叹口气，"幻象就不能真实一些吗，真是没有一点点迷惑性啊。"

"洛主，你怎么了？"了悟有些着急起来，朝她迈了一步，下意识想要查看她的情况。

"你和他这么像，如果是其他时候，我可能会有些舍不得。可现在，真正的圣子告诉我，他就在外面等着我。"衡玉同样上前一步，看着眼前熟悉的容貌，她眼里逐渐染上笑意。

注视久了，仿佛是受到蛊惑一般，她踮起脚，止住他的动作，极温柔地吻了吻他的唇角。不带丝毫情意，更像是个礼节般的亲吻。如蜻蜓点水，一掠而过。

与此同时，衡玉闭上眼，手掌却准确无误地覆盖在他的心脏上，灵力涌动，直接将眼前的人彻底击碎。手掌的触觉很真实。唇角的触觉同样真实得过分。

"不好从真身那里讨要利息，就从你这里讨要吧。"衡玉抿了抿唇角，自语道。

她又饶有闲情地想着：也不知道自己在攻击那道虚影时，他会不会做出任何错愕震惊的神情。

空间里泛起一阵撕扯之意，等衡玉再次睁开眼睛时，她已经出现在了另一个空间。

这个空间很诡异，里面没有任何生机，连一草一木，甚至一块小石子都没有，视线所及只有白茫茫的一片。衡玉左右环视一圈，没发现什么异常。

刚打量完周围的环境，半空中突然泛起一道金色的光芒。那道光芒逐渐凝成一行金色的字迹。

为何修道？

衡玉眯起眼，平静地说出自己的想法："沧澜大陆讲究强者为尊，如果不想被强者凌驾于自己之上，就只有自己成为最强者。"

天际那行金色字迹破碎开，又化为一行新的字迹。

若你有上千载寿元，你会做些什么？

衡玉："窃天地灵气，踏岁月长生。若我有上千载寿元，自然是一心逍遥。"她沉迷于研究阵法，执着于修炼，所为的不是主宰天地沉浮，也不是拥有无边的法术和财富。这些不过是过眼云烟。

百年寿元也好，千载时光也罢，如果不能活得逍遥自在，那千载漫长而无趣的生命，还不如短短数十年精彩的日子来得痛快。长生大道，不问长生，只为逍遥。

金色字样再次破碎，又化为一个新的问题。

彼此一问一答，节奏相当快。

连着回答了五个问题，天际之上的那道金光突然凝滞，然后一点点消散。

原本安静到只有衡玉的声音在回响的空间，响起一道陌生而沧桑的声音："言行合一，心境通透，过关。"衡玉不知道这道声音是何人发出的，不过很明显，她顺利通过这道关卡了。

朝着虚空行了一礼，衡玉直直地往前走了两步。

两步距离，她的身体似乎是穿过了一道无形的屏障，等重新站稳时，她发现自己已经回到试炼台。

她的目光从神情惊讶的裁判身上一掠而过，定格在不远处那道清高出尘的身影上。也不知是有意还是无意，衡玉的视线轻飘飘地扫过了悟的唇畔，最后才对上他的视线，朝他眨了眨左眼。

瞧了几眼，衡玉才重新看向裁判，笑问："请问前辈，我是第一个通过比试的吗？"这一句音量不大的话，好像打破了周围的死寂一般，顿时引起试炼台上一阵接着一阵的喧哗。

"这也太快了吧！"

"第一个！我的天，她是百花谷的洛衡玉吧，百花谷弟子的心境何时这么高了？"

"太强了，邪道的人这回要扬眉吐气了吧。"

"擂台赛第一，再加上个心境第一，百花谷估计出了个不得了的人物。"

"不仅如此，她的阵法造诣极高，说不定还能夺得个阵法第一……"

被衡玉提问的裁判回过神来，朝她伸出手："这位小友，请将魂牌交给我。"

一番操作后，衡玉接回魂牌时，已经领到了相应的积分。

衡玉收好魂牌，刚想朝了悟走去，身后那安静的玄门突然掀起层层涟漪，了缘从里面走了出来。

瞧见衡玉，了缘微微一愣，他原本想朝她笑一笑，但想起她已经见过自己冰冷无情的模样，唇角的笑意又逐渐收敛起来，最后尽数化为平静："看来是被你抢先了。"

衡玉道："我们只间隔了少许时间。"

了缘："一先一后就分出了胜负。洛主，我总以为我高估了你，没想到等结果出来时，才发现其实低估了你。"说这话时，了缘的语气中有自己都不曾意识到的复杂。

腰间那块玉牌散发出一股热度，明显是有人又在给她贡献倾慕值。

衡玉垂眸瞥了一眼，脸上没什么表情，语气里带着几分认真："你可以尽可能地高估我。"

她不知道了缘为何一而再再而三地给她贡献倾慕值。至少从认识他以来，都是他来接近自己，她基本没主动做过什么。但了缘又不渡情劫，何必令他思绪接连波动，禅道有损。

了缘终于笑了下："以后会的。"

这个面对旁人时总是一副清冷姿态的女子，还真是温柔。至少，这一股善意是为他而生的。

了缘心中轻叹，那股隐隐的不平被他强行压了下去。

一个时辰后，第二轮比试彻底结束。

心境第一是衡玉，心境第二了缘，心境第三是俞夏。

俞夏的表现出乎衡玉的预料。明明第一轮比试时俞夏差点失败，第二轮的表现怎么就突飞猛进了？

衡玉总觉得这个人身上颇有隐情。不过两人不熟，她也没探知对方秘密的想法。

拿下心境第一，百花谷其他修士比衡玉这个当事人还要高兴。

就连幽冥宗、九炼宗等邪宗的核心弟子，在路上偶遇衡玉时，也会向她点头致意。他们邪宗已经很久没在心境比试这个环节如此给力了。

好不容易摆脱众人，衡玉对了悟说："我们先去兑换赌注吧。"

"好。"了悟点头。

之前衡玉下注赌自己能拿下心境第一，依照赔率一赔五，她下注的一千块上品灵石顺利翻了五倍。

取走灵石后，衡玉和了悟打算去逛逛剑宗。来到剑宗这么久，他们多数时候都是在住处和试炼台之间往返，一直没到其他地方逛过。逛了半天，衡玉觉得有些累，盘膝坐到梧桐树荫底下，朝了悟招手："你也快坐下。"

了悟坐到她身边。

衡玉低头，看着那阳光透过梧桐枝叶打在地上后形成的光斑："你想知道我在情门里遇到了什么吗？"

了悟侧头，只能看清她的侧脸。

没等他分辨清楚自己的真实想法，衡玉就补充道："想知道也没用，我不告诉你。"

了悟失笑："好。只是过几日，洛主也不要好奇我遇到的场景是什么。"

衡玉勾唇："不好奇，反正不管遇到什么场景，主人公都会是我啊。"

时间转瞬即逝。

三天后，剑宗试炼台。

结丹期第一轮心境比试已经结束，今天要进行的是第二轮。

衡玉坐在台阶上。她今天穿了身水墨色的长裙，裙摆尾端格外宽大，上面点缀着扩散开来的墨迹状纹路。这股色泽化去她身上的清冷，让她染上了淡淡的书卷气息。

了悟从另一头走过来，从台阶下方仰视衡玉。衡玉逆光坐着，了悟有些看不清楚她脸上的表情，只能看到那裙摆渐次散开在台阶上，明明是最简单的黑白配色，但裙摆尾端好像融化在了阳光里，配上她的容貌，就构成这天地间的一抹艳色。

他朝她伸手。衡玉从台阶上起身。举止突然，动作幅度也大了些。

她一步步走下台阶，来到了悟面前："比试要开始了？"

因为刚刚的坐姿影响，她的袖口被压出明显的褶皱。了悟伸手帮她压平袖口的褶皱："对，刚刚找了一圈没找到你，就往外走了走。"

衡玉："你刚刚在给师弟们训话，我闲着无聊就出来晒太阳。"

这时候太阳刚刚好，懒洋洋地打在人身上，没什么灼热感。衡玉坐在那里，晒得都要泛起困意。

"我们回去吧。"把袖口那道明显的褶皱抚平，了悟松开手往后退了一步，这才说道。

衡玉打了个哈欠："好。"

走回到人群中，衡玉作为一个百花谷修士，安然地站在无定宗禅修中间。

她这几天空闲无事，一直待在房间里钻研测魔阵法，最近有了些新的想法，右手食指对着空气胡乱比画，如果有精通阵法的人仔细观察，会发现她是在用指尖勾勒阵法一角。

实在无聊，衡玉走到了悟身后，抬起手，指尖落在他的肩膀上轻轻移动。

两人靠得近了，风吹拂而过，了悟能闻到她身上的熏香。她身上的熏香是合欢幽香，这种味道若是熏得浓了，会显得腻人。但若只是淡淡熏上一会儿，香味合适，甜而不腻。

了悟的身材很好，穿上衣服显得有些瘦削，但指尖直接去触碰感受，就能明显感受到他肌肉结实，线条流畅。

衡玉原本还在正正经经绘着阵法，到后面指尖就从他的肩膀移到后颈。

"洛主？"了悟侧头，出声询问。

衡玉悄悄把指尖移回到肩膀："怎么了？"

"你还在绘制阵法吗？"

衡玉理直气壮："是啊。"她用指尖连着画了两个圈："感受到了吗？"

"……你在画圈？"

衡玉不说话，用指尖写了一个"对"字。

了悟哑然。他注意到周围的师弟们在悄悄打量他，但见衡玉玩得正开心，还是直接无视周遭的视线，默许了她的玩闹。

在衡玉玩腻之前，那安安静静站在玄门旁边，闭目养神的裁判出声宣布比试即将开始。

了悟再次出声："洛主。"

衡玉心满意足地收手，问他："我突然意识到一个问题，你为什么不直接叫我的名字？"

了悟微愣，他还真没想过这个问题。

从初识起，他就一直喊"洛主"，喊久了自然就习惯了，也没想过刻意改掉这个称呼。

"我随便问问的。"衡玉说，"你怎么习惯就怎么称呼，反正都是在喊我。"

了悟笑了下，说："玉儿。"顿了顿，了悟补充，"你师父应该也是这么喊你的吧。"

他这么称呼，应该不会显得突兀与逾越。

衡玉扬眉笑道："快过去参加比试吧。"

了悟没有再耽搁时间，越过一众师弟，朝着那门户走去，很快就消失在众人的视线之中。

"结丹期心境第一应该没什么悬念。"

"应该？不如说肯定没有悬念。十年前那场法会，无定宗了悟圣子可是只花了不到一炷香的时间。第二名直接用了一个多时辰，彼此可谓天差地别。"

"说起来……无定宗了悟圣子和百花谷那位洛主的关系……"

"传闻百花谷出了个天级上品攻略任务，而这个任务，和圣子有关联。"

"什么！百花谷也太大胆了吧，连圣子都敢攻略！"这个修士太过震惊，声音拔高了不少，引得周围许多人都朝他看去。

衡玉原本没太注意他们的议论声，但这句话没有收敛声音，说话的修士距离她又不远，这句话便清晰地传到她的耳朵里。其实会有这种议论声，衡玉并不惊讶。

在剑宗里，她和了悟基本是一块儿行动，双方又不是那种低调无名的人物，会被注意到很正常。所幸的是，两人都不在意。她和了悟之间隔着的，从来都不是世俗异样的眼光。他们之间隔着的，是彼此的大道。所以，衡玉从来都是顺心而为，不会因为旁人的异样眼光而自扰。

了念就站在衡玉旁边。听到这番话，他悄悄抬眼，想要打量衡玉的表情，却被衡玉抓了个正着："你看我干吗？"

了念有些不好意思道："没什么。"

"别在意。"衡玉猜到了他在纠结些什么，"顺心而为，别活在别人的嘴里。"

了念明明还是个婴儿肥没有完全褪去的少年，却像个小大人般沉沉叹了口气："不行啊，我才炼气期，思想境界当然不如你和师兄。"

他暂时没办法完全不在意。他的师兄，是那么光风霁月的一个人，但现在这些人不是在议论他师兄的道法有多精湛，天资有多高，而是把那些男女之事翻来覆去地讨论。这实在是让他觉得不爽。

衡玉被他的表情逗笑："难得听到你夸我。"

瞧见了念的神情越发窘迫，衡玉不再逗他，抬眼看向那道玄门，现在这个时间，了悟应该已经进入情门了吧。

周围的黑暗散去，了悟发现自己正站在一个院子外围。

他有些走神，想起前一次法会他进入的同样是情门。当时幻境里出现了各种姿容的女子，她们搔首弄姿，脸上满是情欲，他看着她们，却似在看着红粉骷髅，心底毫无波澜。

情门那一关卡，他只用了不到一刻钟就直接过关，所以才能在那么短的时间内结束比试，创下一个非常惊艳的纪录。

回过神来，了悟打量着周围的环境。这座院子坐落在山腰的位置，院子中间种有一棵梧桐树。院子所处的这座山不算陡峭，却很高，山上种满合欢树。这时候正是合欢花的花期，满山合欢花灼灼盛放，如同火焰一般灼热。

合欢花、院中梧桐树，凭这两点，了悟已经可以肯定这到底是什么地方了。

就在这个时候，静谧的院子里突然传出沙沙的声音。那是有人踩在梧桐落叶上，发出的响声。

沙沙的声音逐渐变大，院子里的人走到门边拉开门，一副想要出门透风的模样。了悟目光落在她身上，眼底幽深而温柔。

"你——"一身青色道袍的衡玉站在门内，看到站在门外的了悟时，脸上浮现出浓浓的惊讶，下一刻，惊讶变成明显的欢愉，衡玉唇角笑弯，连声音里都掺杂着笑意，"你来百花谷见我，怎么也不提前与我说一声？"

不等了悟回答，衡玉就先一步自语道："对了，前段时间听说你要南下传播道法，这是途经百花谷所以过来见我吗？"笑意逐渐染上她的眼角眉梢，她浑身上下都透着高兴，"真巧，我刚出关，原本想着过两日就去无定宗见你，没想到你会先一步来百花谷找我。"

感受到她身上透出来的欢喜气息，了悟垂在身侧的手缓缓收紧。这最后一句话，绝不可能是洛主说的。他无比清楚眼前这一切都是幻境，也无比清楚破开幻境的方法——只要攻击眼前这道幻象，毁掉这幅场景就好了。但，他舍不得。

可他又太了解洛主。她那样的人，在完成内门任务后绝对会潇洒脱身而去，与他断掉所有牵扯，此生不复相见。如果在现实中无法得到实现，至少，让他贪恋这场幻境。

了悟思绪纷乱，下定决心后，他再次与衡玉对视，明知是幻境，还是问了出来："你真的愿意去无定宗找我吗？"

衡玉歪头瞧他，觉得好笑："这不是早就答应过你的吗？我怎么会出尔反尔。"

在其他事情上你不会欺骗我，唯独这件事，你再怎么口口声声保证，最后都会沦为欺骗。了悟看着眼前那俏生生站立的女子，在心里回答。

"快进来吧，傻站在外面干吗呢？"衡玉见他站着不动，好像一根柱子般死死立在那里，抬手扣住他的手腕，把他拉进院子里，"要喝什么茶？合欢花炮制的茶要不要？"说完，她自己先狡黠地笑起来，"还是算了，宗门的合欢花都有令人亢奋的作用，让圣子喝下多不好。"

了悟望着她的目光始终带着纵容，衡玉被他看得莫名其妙。

她没说话，只是取出一份茶具，动作娴熟而优雅地泡茶。整个流程颇为赏心悦目。

"你不赶时间吧，如果不赶时间，我泡得慢一些。"

"不赶时间。"了悟说。他坐着，安安静静地看着她泡茶。等茶水泡好，衡玉把散发着氤氲雾气的茶水倒进一个花朵形状的杯子里，然后把杯子推到他面前。了悟两只手一块儿捧着杯子，却没喝。

幻境里的茶水是不能碰的。

衡玉好像也不在乎他喝没喝茶水，兴致勃勃地问道："之前让你帮我寻的冰髓石，你找到了吗？这回有没有给我带过来？对了，再帮我寻一下极光之晨吧。"她敲了敲桌面，等着他回应。

听到她这么理直气壮地问他要东西，了悟终于露出进入幻境以来的第一个笑容："还没找到。"

"那你在笑什么？"衡玉也觉得好笑。

"以后会努力为你找到的。"他说的是现实中。

衡玉摇头，换了个话题："那陪我下一盘棋吧。当初还是你教我下棋的，几十年过去了，让你看看我的棋艺有没有进步。"

"好。"

试炼台外。

"已经过去大半个时辰了。"了念突然出声，表情有些沮丧。

"怎么了？"衡玉奇怪。

"师兄还没出来啊。"了念抓了抓脸颊，"我听其他师兄说，了悟师兄当年可是创造了最短时间通过心境比试的纪录。他现在道法更高深了，怎么通关的速度反而下降了。"

嘟囔两句，了念后知后觉意识到什么，鼓着脸颊盯着衡玉。

衡玉手速飞快，用指尖戳了戳他的脸："你这么盯着我干吗。"

了念被吓了一大跳，连忙往后退开一大步："没什么，都是红粉骷髅，师兄不会受到迷惑的。"

衡玉笑了笑，也没有心情再逗了念。

之前说着不好奇，但现在，衡玉还是忍不住猜测起了悟在情门里会遇到怎样的幻境。

幻境内。黑色棋子落下，瞬间屠龙。

"你输了。"衡玉说。

了悟指尖还捻着一枚白子，他有些走神，直到衡玉出声提醒，才反应过来自己输了。他不作声，将手上那枚棋子丢回到棋盒里。

衡玉捧着茶杯抿了口茶水："怎么心不在焉的？你刚刚下棋状态不太好。"

了悟说："在想些事情。"

衡玉喝茶的动作一顿。她慢慢把茶杯放回到桌子上："是不是要离开了……可你才刚到百花谷不久，你我几十年未见，多陪我几日不好吗？"

"如果真正的洛主要留在下，那我定会为她推迟行程，多在百花谷停留一段时间，直到她先觉得不妥开口赶人。可你不是洛主，而梦终究是梦。"了悟的眼神逐渐变得坚定下来。

他贪恋这一刻，但他的向禅之心从未动摇，不可能为一场幻境停留太久。尤其是，真正的洛主正在外面等着他。

"我要走了。"了悟说，同时从石凳上站起来。衡玉就站在他身边，他这么突然站起来，两人之间的距离瞬间被拉到很近很近，近到几乎相拥。然后，他真的伸出手，轻柔而克制地抱住她。

"那天在试炼台上，你突然抱住在下。时隔多日，这是我的回应。"

他轻声说了句"抱歉"，掌间灵力涌动，有着熟悉容貌的幻象被灵力撕碎，周遭的一切场景同样被灵力破开。

情门，通过。

试炼台外。

了念等得焦虑起来，实在站不住，就在原地走来走去绕圈子。

"怎么回事，一个时辰过去了，师兄怎么还没……"余光瞥见那道光幕掀起涟漪，隐约是有一个人从里面走出来，了念的声音激动得险些变调，"是师兄出来了吗！"

众人顺着他的目光看过去，还没来得及惊喜，就看到那从光幕里头走出来的人穿着黑白学宫的宗服。

"啊？"了念的神情僵住了。

第一个通过心境比试的人怎么可能不是了悟师兄！

"不是你师兄。"衡玉把手搭在他肩膀上，"别紧张，他会很快出来的。"

他可是禅门之光，小小幻境不可能迷惑得住他，只可能是因为某些事情耽搁了。

"嗯！"了念用力点头。

没过多久，又有人从光幕里出来了。是剑宗修士。

了念有些烦躁起来。衡玉也不由得抿了抿唇。

光幕掀起的涟漪刚刚平复下来，再次出现剧烈波动，然后，那个熟悉的人从里面走了出来。

和裁判确定过名次后，了悟走到众师弟面前，脸上带着歉意："这回似乎慢了些。"

了念连忙摇头："师兄已经很厉害了。"其他师弟也连声附和。

就连素来与了悟不合的了缘都放缓声音说："你才刚突破至结丹中期，能第三个从心境比试里出来还不够强吗？别向上一届法会看齐，参加上一届法会时你好歹也是筑基巅峰啊。"

"对啊对啊。"了念补充道，"师兄你现在还要渡劫，心境没能圆满，这是特殊情况。"

被师弟们这么安慰，了悟默默点头。其实他并不看重名次，只是觉得辜负了他们的期待。但了悟也没解释什么，而是隔着人群与衡玉对视。

衡玉一眨不眨地望着他，那双眼灵动得仿佛会说话，像是问他在看些什么。

"比试已经结束，你们还要瞧热闹可以继续留在这里，若是无事就先散去吧。"了悟出声道。

等围着他的人差不多全部散开，了悟才走向衡玉。

他指着最开始衡玉坐着晒太阳的那个地方："我们过去坐着晒会儿太阳吧。"

走到偏僻的角落，踏上阶梯，了悟先行坐下："稍等。"从储物戒指里取出一块蒲团，在距离他不近不远的地方放下，"地上凉。"

衡玉挽了挽裙摆，坐到蒲团上，一只手抱着膝盖。这个地方空旷，风就格外猖狂，吹在身上有些发冷。了悟在储物戒指里翻找，取出一件干净的外袍，轻巧地搭在衡玉的肩膀上："还冷吗？"

"不冷了。"衡玉说，"把我喊到这里，是有什么事要告诉我吗？"

"洛主可能不好奇，但在下想把自己在幻境里遇到的场景告诉你。"了悟坐直，说，"我在幻境里，到了你住的院子。"

"我的院子？"衡玉错愕。转念一想，她私底下是向了悟介绍过她的院内景致的。他对此留有印象，幻境依照他的记忆构造出来的院子自然也和她的描述相差无几。

"按照时间线，那时应该是几十年以后了。你在幻境里说，原本打算去无定宗寻我，没想到我先一步来到百花谷见你。"

衡玉愣神片刻，突然意识到了悟才取得心境第三名的原因——幻境编织了一场梦。他明知道那是梦，依旧为了那个可能性而暂时停驻。

结丹期的心境比试还没完全结束。陆陆续续有人通关，走出玄门，然后被他们的师兄弟们团团围住，互相说着恭喜或者安慰的话。他们喧闹的声音被风卷着送到衡玉耳边，隐隐约约听不太真切，但她能感受到那些人话语中的热烈气氛。于是她和了悟之间的诡异气氛越发被衬托了出来。

衡玉紧了紧肩膀上的外袍，免得被风吹掉落到地上。

了悟等了片刻，还是没等到她回话。他看向她，眼睛里带着隐秘的哀伤。他知道，自己想要争取的，是真的让她觉得为难了。在其他事情上，他不会也绝不舍得让她为难，唯独在这件事情上，即使会让她为难，他也想好好争取一番，不让她像前一次般含糊过去："在下一直在等你说与我同行。"

衡玉终于有了反应。她眨了眨眼，故作释然道："我们不是一直同路吗？就算以后，也是一同行走于长生大道的同路人。"

"洛主。"了悟伸手，覆在她的手背上。他掌心温热，指尖带着淡淡的茧子，那是长年累月拨弄念珠而形成的，"你这么聪慧，不会不知晓在下话中的真正含义。"

衡玉不说话，这回换她缄默。了悟感觉到自己的心尖泛起密密麻麻的疼。

不对，与其说是疼，那更像是一股痒意，痒到他舌尖发麻，一时之间险些寻不到自己的声音。

"你不会让我为难的，不是吗？"衡玉动了动那只被他牵住的手，反手与他十指紧扣。她原本只是想看看他的眼睛，但抬起眼来，就看到那人眉心紧蹙，眼里的哀伤几乎不加掩饰。

衡玉的手动了动，然后极温柔地抚上他的脸庞，停留片刻，缓缓上移，最后将他的眼睛完全遮挡住："你在害怕什么？害怕失去我吗？了悟，你似乎比我以为的还要看重我。"

被遮住了眼睛，了悟的睫毛轻轻颤抖。

他没有把她的手移开，只是说："因为只有在洛主面前，我才是了悟。而在世人眼中，我只是天生禅骨。"

世人敬他爱他，因为他是无定宗的圣子。

他一直孤独，所以那个赋予了他贪嗔痴念的人，就成了他的唯一妄念。

衡玉的手似乎被这句话烫到了。她猛地把手收回来背在身后，就连那始终坚决的想法也如冰山被凿开一道裂缝。

"我……"

"洛主不用急着给我答案。"了悟突然出声，止住了她那极有可能是拒绝的答案。

他笑了笑，眼里的笑意纯粹也脆弱："在下只是想趁着这个机会为自己好好争取一番。洛主，主动权始终掌握在你手里，无论最终结果如何，我都会尊重你的想法。"

了悟只拿下心境第三的消息传开后，引起一阵接一阵的猜测。

毕竟在比试开始之前，围观的人一直觉得他得结丹期心境第一是没有任何悬念的。

不过由于当事人始终没有对此发表任何看法，这些猜测持续了两天就没有后续了，法会上最不缺的就是各种新鲜消息。从那天之后，衡玉和了悟就再也没有见过，她每天都窝在屋子里翻看阵法书，为接下来的斗阵做准备。

这天傍晚，衡玉坐在靠窗边的椅子上，低头绘制阵法一角，这是测魔阵法的一角。如果是熟悉原本那个测魔阵法的人站在这里，会发现这个阵法一角的纹路与原本的纹路一脉相承，在细节上又有所不同，这是衡玉在原来的基础上删改出来的。

"这个思路似乎具有可行性。"半天后，衡玉放下灵笔，指尖敲击桌面看着眼前的阵法纹路，"要不要去找了缘讨论一下？"

这个念头刚升起来，想到了缘对自己的态度，衡玉还是决定暂时不去打扰他了。

她正准备继续钻研，门外突然传来一阵"咚咚"的敲门声，还夹杂有清脆的铃铛声。

衡玉袖子一挥，灵力打在门边。紧闭的木门直接朝里打开，站在门外的人影映入衡玉的眼里。

"舞媚？你有什么事找我吗？"

舞媚今天穿了身水红色长裙，裙摆缀满了铃铛，她走进房间时，铃铛随着她的移动而丁零作响："是有些私事。"在衡玉对面坐下，也不跟她客气，直接上手拎起茶壶。结果茶水倒出来，舞媚撇了撇嘴："冷的？"

衡玉说："两个时辰前泡的。"她也不在意舞媚的自来熟，饶有兴致地问道："私事？和俞夏有关系吧。"

舞媚啧了一声："你怎么猜出来的？"

"这还不好猜吗，俞夏近来的表现的确颇为古怪。"

舞媚抿唇："其实我来，是想通过你联系圣子了悟的。"她虽然嫌弃茶水是冷的，但见衡玉没打算重新为她泡一壶热的茶，只好端起茶杯喝下那已经完全冷掉的茶水。

借着冰冷的茶水平复了心情，舞媚组织好语言，说："俞夏给我的感觉很奇怪，就好像他的体内有两个人存在一般……"对上衡玉探究的视线，舞媚轻咳两声，"只是我觉得啊，没什么依据。有时候我待在他身边会觉得很自在很舒服，有时候又会觉得很压抑，这种感觉交织着来，让我觉得非常不自在，所以前段时间才会经常绕着他走。"

衡玉垂眼思索："你是怀疑，这跟邪魔有关系？"

"他是剑宗首席弟子，我觉得应该不会吧……"舞媚苦笑了下，"但我也想不到其他理由了，就想着让圣子了悟帮忙验证一下，排除这种可能性。"

衡玉问："你既然有所怀疑，怎么不把这件事告诉剑宗？"

"只是怀疑而已，我贸然跑去和剑宗掌教说他们的首席弟子可能被邪魔之气侵蚀了，这得多缺心眼啊。"

衡玉被舞媚这番话逗笑了："也是。如果只是探查邪魔的话，不需要找了悟，我就可以。"但说完这番话,衡玉又改变了主意,"算了,还是让了悟来吧。我先去找了悟说说,你就想想看要怎么给了悟和俞夏制造碰头的机会。"

送走舞媚后,衡玉走回桌子边,给自己倒了杯茶水。

喝下冰冷的茶水,衡玉抬起手指揉了揉太阳穴。

自从那天在试炼台上起过争执后,不知是有意还是无意,反正这几天里她和了悟都没有互相联系。只是探测邪魔的话,衡玉自己就能上,但她想了想,还是决定趁着这个机会主动去见见了悟。

毕竟那件事,衡玉始终觉得是自己理亏一些。

就在衡玉刚打算出门时,她听到窗外传来脚步声。可能太熟悉一个人的时候,连他的脚步声都会觉得耳熟。衡玉站在原地,哑然失笑,然后就听到有人敲了敲她那紧闭着的窗户。

衡玉连忙支起窗户,看到了悟捧着两份刚出炉的竹筒饭,安静地站在窗外。

"我正准备去找你。"衡玉下意识道。结果他就先打破僵局过来了。

了悟没想到她出口的第一句话会是这样,愣了愣后,笑道:"那在下动身得更快些。原本上午就想过来的,结果圆新长老找我有事,一直耽搁到下午。就想着还不如先做好竹筒饭再过来。"

衡玉没说话,默默地走去给他开门,看着他坐在她身侧小心地破开竹子,把粒粒饱满的米饭倒出来时,她就在想,如果以后与他此生不复相见,自己肯定会舍不得吧。

纠结片刻,衡玉还是暂时把那些烦恼都抛到脑后去了。

她的内门任务时限是十年。距离两人分道扬镳,还有很长时间。

"好了,可以吃了。"了悟将竹筒饭递给她,连同一双筷子。

衡玉不饿,但竹筒破开后,里面的米饭顿时弥漫出淡淡的竹子清香,闻久了十分开胃,她不知不觉就把自己那份饭都吃完了。

衡玉把俞夏的事情告诉了悟后,试探性地问道:"你怎么看?"

了悟沉吟片刻,斟酌着给出自己的猜测:"如果是性情大变,那应该和邪魔有关。但这一时好一时坏,感觉更像是体内寄居有两个意识。"

衡玉蹙眉。以俞夏在剑宗的身份和地位,他体内真寄居有两个意识,剑宗的人不可能会察觉不出来。

了悟说:"情况比较复杂,先用探测邪魔的功法,排除邪魔这种可能性再说吧。"

衡玉也是这么想的:"那就等舞媚那边的消息吧。"

敲定这件事后,两人沉默片刻,便有默契地绕开那天的事情,转而聊起接下来的比试安排。

了悟三天后要参加论道比试。

这个比试,顾名思义,主要是修士阐述自己对大道的理解。

衡玉说:"感觉这场比试会成为你的主场。"

修真界中，虽然绝大多数人求仙问道，但只有极少数人能够在很早的时候就清楚地意识到自己要走的是一条怎样的路。而在这部分人里，又只有非常少的人才能看穿路上的各种障眼法，始终坚定不移地行走在长生大道上。

在以前，了悟就经常开坛宣讲道法，他对禅道的理解非常深。

论道比试不区分结丹期和筑基期，双方混合着进行比试。了悟在筑基期时就能拿下"论道第一"的头衔，更何况是现在？

衡玉说论道会成为了悟的主场，丝毫不夸张。

"玄宗那边……"了悟开口。

"主场"这个词未免过于自傲了些，玄宗弟子钻研道法，也时常开坛宣讲道法，对大道的理解未必比他弱。但瞧见衡玉那丝毫不担忧甚至隐隐期待的神情，他下意识咽下了已经到嘴边的话，顺着她的想法说："在下尽力而为，应是不会出现什么变故。"

衡玉就笑弯了眉眼，似乎颇为满意他的反应。

了悟注视着摆在窗台上的那盆君子兰，余光却一直落在她脸上。瞧见她眼角眉梢的笑意，他觉得，眼前那盆君子兰大抵盛开得更艳丽了。

接下来的三天时间，衡玉依旧待在房里钻研阵法。

这天傍晚，衡玉合上手中的古籍，懒洋洋地倚着墙。突然像是想到什么，衡玉扯下腰间的玉牌，往里面注入灵力——两万三千。

因为她拿下筑基期心境第一，这几天，她的倾慕值又上涨了不少。

"这个涨幅比之前夺得擂台赛第一的涨幅还要高。"衡玉摩挲着玉牌侧面的纹路，猜测道，"应该是因为我夺得擂台赛第一，主要是给百花谷争光；但夺得心境第一，是给所有邪宗修士争了口气。"

衡玉觉得有些好笑，但想想，修士其实也就是与天争渡的普通人罢了。人争一口气嘛。

刚把玉牌挂回腰侧，一道传音符从大开的窗户外钻进来，稳稳地停在衡玉面前。

衡玉伸手接过传音符，用力将它捏碎，她师父游云的声音从里面传了出来："徒弟，过来找为师。"

游云依旧是那副悠闲又懒散的模样。

他不太喜欢和其他元婴期修士一起坐而论道，如果不外出猎艳，绝大多数时候他都是待在住处躺着玩。

瞧见衡玉从门外一步步走到他面前，游云直起身子，打了个哈欠，随手拭去眼角因困倦而冒出的泪水。因为这个举动，他的眼角泛起淡淡的红。这抹红点缀了他的容貌，让他呈现出一种格外惊心动魄的美。

"来啦。"他朝衡玉举起手。

"师父。"衡玉会意，上前帮他把衣袍袖子挽好，"您找我来有什么事？"

游云很满意她今天识趣的表现，一高兴，也没有逗她，直接说道："忘忧草种和冰髓石都送到了。"

原本按照衡玉现在所取得的成绩，是没办法拿到足够制作整把剑的冰髓石的，但游云用他的名义帮衡玉预支了。不过这点就不需要特意告诉衡玉了。

"忘忧草种终于到了。"衡玉感慨。

"啧，从你的关注点里，为师隐隐约约察觉到了些什么。"游云一只手托腮，眼尾漫不经心一挑，目光懒洋洋地扫在她身上，"这是要把持不住自己了？"

衡玉眉梢微挑，笑而不语，不给他看戏的机会。

游云撇了撇嘴。他袖子在桌子上一拂而过，下一刻，原本空无一物的桌面上多了两样东西，正是忘忧草种和冰髓石。冰髓石是一种洁白如玉的矿石，看上去平平无奇，但里面散发着浓烈的冰凉之意。它一出现，周遭的空气温度直线下降。

但衡玉只是简单扫了它一眼，就将目光放到了忘忧草种上。

如果不是游云很肯定地告诉她，这就是忘忧草种，衡玉绝对认不出来。

说是草种，却呈泪滴状，大概有拳头大小，晶莹剔透，更胜冰髓石，怎么看都像是宝石而不是一颗能发芽的种子。

"师父，这忘忧草种要怎么种植？"衡玉把它们都收起来后，学着游云的样子一手托腮，出声询问道。

"找个盆栽把它种下去，每个月浇灌一次。"顿了顿，游云抬眼看她，"用你的血浇灌。"

"利刃划破手掌多疼啊。"游云碰了碰她的脸颊，素来摆出一副玩世不恭姿态的人难得深深叹了口气，语气里满是无奈与长者对晚辈的疼惜，"你只是想要借此提醒自己不要对那位圣子动情，未必要将忘忧草种发芽。你暂时……就先拿着它，别急着把它种下去吧。反正它也不会因此而死掉。"

他明明是那种万花丛中过的人，怎么教出了这样的徒弟呢？

可这样的情深义重，又让他越发高看起自己的徒弟来。谁不希望自己看着长大的孩子成长为一个正直温柔且强大无畏的人呢？所以他对她的态度变得越来越好。

衡玉感受到游云语气中的复杂。她默默点头："我知道了，我不急。"

得到衡玉的保证，游云瞬间收敛起那些伤春悲秋的心思，脸上那种深沉和正经全部消失不见。

他懒洋洋地往后一躺，苦着脸对衡玉说："肩膀酸。"暗示得相当明显。

好吧好吧，拿人手短，她就姑且当一回乖徒弟好了。

等哄好师父，回到自己的住处后，已经月上枝梢。

衡玉简单沐浴一番后，安静地躺在床上，将泪滴状的忘忧草种取出来放在手上把玩。把玩了很久很久，她将忘忧草种放到枕边，沉沉地睡了过去。

眨眼之间，就到了论道比试当天。

这场比试并不在试炼台举行，而是在剑宗的问心湖上举行。

问心湖整体呈圆形，以往，湖中只有各种观赏性植株，现在为了比试，湖畔矗立起九十九个莲花台座，而湖心矗立唯一一个莲花台座。

众人一到问心湖，瞧见这一幕，纷纷议论。

"这是什么情况？"

"今年的比试规则似乎有变？"

"对，我刚刚打听了下，听说这场比试会挑选出擂主。擂主直接端坐在湖心那个莲花台座上，对手坐在其他台座上与擂主进行辩论。如果辩赢擂主，就能取代他的位置成为新的擂主。直到对手辩无可辩，才能决出真正的论道第一。"

"这个比试规则有些残酷了。"这个修士是宗门核心弟子，素来自傲，但在这么残酷的规则面前，还是忍不住露出几分胆怯。

能来参加法会的，基本是同辈中的天骄人物。想要让对手辩无可辩，那擂主对大道的了解估计早已超过同辈人，可以与老一辈人争锋了。

"规则越残酷，我越觉得论道第一和第二名都没有悬念。"有人感慨道。

"师兄说得有理，我也有同感。"

"这个规则，如果这场法会不是剑宗举办，而是无定宗或者玄宗举办的，我定会觉得无定宗和玄宗是为了踩其他修士捧他们的弟子上位，但这个规则是由剑宗制定的，我就不知道为何了。难道剑宗最近出了什么深藏不露的人物？"

"剑宗年轻一辈里深藏不露的人物很多，但都不是以能言善辩出名的……我委实想不通他们要做什么。"

"那便不要猜了，反正比试即将开始，到时候自然见分晓……"

这些修士已经讨论过一轮了，衡玉和了悟才姗姗来迟。

打听清楚比试规则后，衡玉的想法和其他修士差不多，剑宗设置这样看似很有利于了悟和玄宗道远修士的比试规则，到底是为了什么？总不能刻意让了悟和道远大出风头吧，他们又不是剑宗弟子。

衡玉想了很久，直觉认为其中有问题。突然她灵光一闪："也许和俞夏有关？"

剑宗突然更换比试规则，主要目的还是想让自家弟子大出风头。而近段时间，剑宗年轻一辈中唯一一个实力异常强悍的就是俞夏了。

了悟原本没多想，对他来说，什么样的比试规则都无所谓。听到衡玉的话，他顺着她的思路想下去，不由得道："这个猜测很有可能。"

衡玉笑："这样也好，有波澜才能更显示出你的风采。"她正想继续说话，余光扫见远处熟悉的身影，目光微凝，"是俞夏和舞媚他们。"

一行修士穿着白色为底黑色镶边的剑宗宗服，缓缓朝问心湖走来。

为首的俞夏剑眉星目，容貌俊秀，身后背负一柄重剑，整个人散发出一种稳重而爽朗的气质。身穿水红色长裙的舞媚就跟在他身侧，脸色不是很好，视线左右环视，似乎是在找寻什么。

对上衡玉的视线后，舞媚眼前一亮。不过她不是那种没心机的人，为避免被旁人看出端倪，她和衡玉交换了一个眼神后，就迅速把视线移开。

衡玉侧头去看了悟。了悟知道她想说什么，传音道："我已经在催动测魔功法。"虽然他觉得俞夏是邪魔的可能性不大，但还是该排除那微弱的可能性。

衡玉点头。她没有干扰了悟，打算去附近逛逛。结果走到湖外侧，衡玉顿时乐了，剑宗有不少炼气期弟子跑来这边摆摊贩卖零嘴，栗子、糖葫芦、糕点等物应有尽有。

"这位仙子，"衡玉旁边小摊的摊主笑着招呼她，"你可要来些莲子？论道比试会持续很长时间，用些零嘴来打发时间也是好的。我带着莲子过来卖，可受欢迎了。"

衡玉看看他，又垂下眼看着摊子上那堆莲子和莲蓬，说："难怪有这么多人过来摆摊。"这些应该都是剑宗的外门弟子。外门弟子资质不高，宗门提供的修炼资源自然不多，他们要想办法赚取修炼资源，现在就是个很好的机会。

问清楚价格后，她也没讨价还价，指着那有她巴掌大的莲蓬："给我来五个。"直接递了下品灵石过去，然后抱着这五个大莲蓬走回了悟身边。

了悟还在催动功法，不方便说话，只以询问的目光看向她。

衡玉把四个莲蓬收进储物戒指，只留下一个握在手里，将新鲜的莲子从莲蓬里一个个抠出来："等会儿听你们论道多无聊啊，当然得备些吃食。"她掰开一颗莲子送进嘴里，发现这莲子居然是奶香味的，就是吃起来有些麻烦，也没什么肉，单纯吃个味道。掰了几颗后，衡玉突然知道那个摊主为什么说"莲子受欢迎"了，这东西，纯粹就是为了给人打发时间的吧。

一想到这儿，衡玉就不想再吃了。她把手上的莲蓬全部扔给了念，安安静静地站在了悟身边等待。

一刻钟后，了悟突然出声："俞道友注意到我一直在看他了。"

衡玉目光微凝，克制住自己的视线瞟向俞夏："注意到就注意到吧，反正他也不知道你具体在做些什么。"

了悟默默点头，他的探测功法也运行到最后了。

小半刻钟后，了悟收回目光，侧头看向衡玉："俞夏不是邪魔，但奇怪的是，他的心神里似乎沾染有淡淡的邪魔之气。"

第十章
走火入魔

那股邪魔之气与俞夏的心神纠缠在一起,但又没办法侵蚀他的心神。

了悟接触过的邪魔有很多,还是第一次遇到这种情况。他想了想,又补充道:"虽然只有一缕,但没办法驱逐。"

衡玉对邪魔的了解自然不如了悟。她见了悟也没说出个所以然来,只得点了点头道:"这件事暂时到这里吧,你调整调整状态,专心准备接下来的比试。"

不是邪魔就好。至于其中的缘由,还是让舞媚去操心吧,衡玉也不好探究他人的秘密。谁没几个秘密呢。

又过了一会儿,一行穿着道袍的人出现在问心湖旁边。

衡玉隔着人群打量为首的道远。道远穿着古朴的灰色道袍,手挽拂尘。他的面容有些平凡,那身气质却与凡人不同。

"人都差不多到齐了。"衡玉说。她话音刚落,就见那原本空无一人的问心湖上方突然出现了一名元婴期修士。

元婴期修士在虚空站立,环视众人,用那毫无起伏的声音介绍起比试的规则来。前面的规则都是众人已经熟知的,末了他说:"比试规则有变,所以积分形式也有所变化。守擂时间越长的人获得的积分越多。"他袖袍一挥,脸上露出些许笑意,"诸位,请上擂。"

元婴期修士话音落下,湖畔安静片刻,然后瞬间喧闹起来。有人互相推让,在考虑自己要不要先上台表现;也有人在窃窃私语,猜测第一个成为擂主的人会是谁。

众人没有等待太久,有一个人先动了。

"是剑宗俞夏!"

"他只是筑基巅峰,当真自信啊。"

在万众瞩目之下,俞夏御剑而行,直接来到湖中心的莲花台上。他径直盘膝坐下,闭着眼等待着周围九十九个擂台坐满人。

"好风采。"衡玉夸了俞夏一句,朝了悟扬眉,"被抢先了。"

了悟笑了下:"毕竟是剑宗的主场。"他这句话说得低调,细品才能感受出来里面蕴含的强大自信。毕竟是剑宗的主场，总要给些面子，让他们的弟子出一波风头，然后他再上擂。

衡玉眼里流光一闪。

在衡玉和了悟聊天之际，那九十九个擂台已经坐满了人。

俞夏猛地睁开眼睛，明明他年岁不算大，但这一刻，他那双眼里好像有星辰在升升落落，蕴含着岁月变迁。

"万载岁月以前，剑宗始祖以剑问长生，达人剑合一之境界。故而大道中多了一道，名曰剑道。自此以后，剑道传承于世，无数后人练剑成道，令剑道之花在大道之路上徐徐盛开，亘古不朽……"俞夏开口，追溯起剑道的起源。他从剑道的起源开始，讲述剑道的各种境界，并且以从古到今的剑道大能和各种古籍中的记载为例，佐证他的说辞。

俞夏思路清晰，足足讲了两刻钟。他博古通今，引经据典，引人遐想。结束时他淡然一笑，举手投足之间满是洒脱："诸位若是对我上述有异议，可出言辩驳，也可以论述自己的大道，我会用剑道的理论进行回应。"

俞夏的这番表现连玄宗的道远、道卓等人都逐渐面色凝重起来。

衡玉眸光一闪，问了悟："你听说过他引用的古籍吗？"

了悟说："没有，不过这些古籍主要讲剑道，剑宗有而无定宗没有也正常。"

"我倒是觉得有些古怪。"衡玉觉得其中有不妥，大概是俞夏这个人给她的感觉太诡异了，所以她逮着一个异常点就开始深思。

"当然也可能是我想多了。"衡玉笑，问了悟，"会不会觉得有压力。"

了悟双手合十："大道之间无高低，在下也只能论述自己的理解，其余的就由裁判来定夺。"

衡玉抬眸扫他一眼："可我想见识一下无定宗了悟圣子坐而论道，令众道折服的风采。"

了悟话语直接一转："在下这些年从未停止过钻研禅道，对禅道的理解也只差了师父一线，想必并无意外。"

衡玉用指尖钩了钩垂落的发梢，把它别到耳后："居然只是想必？"

了悟忍不住笑。他是真没想到她会在这方面较真。这有些耍赖的举动让他觉得意外，又觉得好笑。于是他忍不住软了声音，温和得更像是在哄人："那就尽力让众道折服。"

衡玉打了个响指："我们先看看俞夏那边怎么样吧。"

问心湖上，有人抓着俞夏某句话痛批，却被他轻松化去，然后因夺擂失败从莲花台座上下来。也有人论述起自己的大道，俞夏在他的基础上辨析得更为深刻，令对方心中叹服，同样是夺擂失败离开莲花台座。短短时间内，莲花台座就空了一大半。

这下子，不少围观群众的目光都有意无意地看向道远和了悟，他们已经逐渐意识到，俞夏对大道的了解远超出他们，在场只有道远和了悟两人最有可能与他相争。

面对众人的注视，了悟放下合十的双手，重新缠绕好腕间的黑色念珠，正要往前迈出一步，就见另一个方向传出惊呼声："道远！"

气质出尘的道远掐了个道诀，隔着虚空与莲台上的俞夏对视："贫道想要与道友辩论一番。"话音落下，他拂尘一甩，来到湖畔的一座空莲台上，直接盘膝坐下。然后道远轻笑了下："贫道只通道法，无法在剑道上与俞道友一较高下。不如你我换种方式，以言出法随的方式进行论道。"

所谓言出法随，是两人各自开口说话时，往话中注入各自大道的大道之力，用大道之力进行对抗。对大道的理解越深，能够牵动为己所用的大道之力就越多，到时候谁高谁低自然一目了然。

俞夏显然也知道这种比拼方式，他平静道："都可以，那我们就开始吧——"

"稍等。"湖边响起一道清朗的声音，了悟迈步走出人群，"不知道这场比试能否再加上在下？"

围观众人先是一愣，然后立即议论纷纷。他们还以为重头戏会留在很后面，没想到比试才开始不过半个时辰，高潮居然就要上演了。

莲台上的道远平静地道："圣子请。"

俞夏抬手："圣子请。"

了悟直接腾空，来到距离自己最近的那个空莲台。他这个位置刚刚好与俞夏、道远两人构成了三角对峙状态。

俞夏身为擂主，最先出声："帝采首山之铜铸剑，以天文古字铭之。"

道远掐了个道诀，音调没有起伏："冰寒千古，万物尤静，心宜气静，望我独神。"

了悟双手合十，俞夏和道远脸色逐渐变得凝重起来。他们的言出法随有些取巧，采用了长句来催动大道之力，结果无定宗这位圣子只是平静地念了句法号，就能召唤出与他们相当的大道之力。

道远还好，他早知了悟的实力。而俞夏不知是想到了什么，紧紧抿起双唇。他对大道的理解绝对是超过众人的，只是……终究要受限于如今筑基巅峰的实力。就在三人话音各自落下时，那原本平静的天际突然洒下淡淡的光芒，有大道之花隐隐约约在二人的身后盛开。

就连作为裁判的元婴期修士，也是一脸惊叹。这三人在大道一途，已经可以与老一辈人争锋了。

俞夏语速加快，身后的大道之花逐渐凝实，化作三朵。随后大道之花竟变成真花，完全盛放在他的身后。道远知道俞夏倾尽全力了，于是也不再保留，只是他发现自己已被两股力量所压制。

了悟眉心微蹙，额上泛起冷汗。他紧闭双眼，念诵经文，大道之花中传出阵阵令人沉静的声音。

随着了悟话音落下，俞夏猛地一挥右手，他身后的大道之花破空而出，几乎在下一刻就来到了悟身前。了悟缓缓睁开眼睛，催动身后的大道之花与他相争。两种蕴含着不同大道真理的花互相对抗，一开始几乎僵持不下，但小半刻钟后，被俞夏召唤出来的大道之花开始颤抖起来。

那股颤抖波动逐渐放大，然后，一点点出现溃败的痕迹。俞夏捂着胸口，猛地吐出一口血。

了悟拂袖，令大道之花不再向前移动。然后他起身，朝两人颔首示意："两位道友，承让了。"又看向俞夏，抬手道，"俞道友，请下擂。"

接下来该守擂的人，是他。

问心湖四面八方都好像是被定住了一般，除了了悟那句话在回响，就只剩下窒息般的沉默。

衡玉站在人群中。她原本不知从哪里捡来一片干净的荷叶，一直放在手里旋转，态度有些漫不经心，自了悟从莲台上起身后，衡玉就随手把荷叶抛回湖面，眸中暮色似是被彻底点亮，视线落在他身上。其实她很少看到了悟这般模样。绝大多数时候，他温和，也缄默，丝毫没有荣光满身的高调。但这样的人光彩不可遮掩，只要有合适的场合，就注定会成为万人瞩目的焦点。

跟着道卓过来看热闹的慕欢抬手捂嘴，眼中神采潋滟。

就是这样的风采。她这些年一直心心念念这位圣子，不就是被他这种毫不费力便力压同辈的风采所吸引吗？于是，慕欢没忍住，给距离她不远的衡玉传音："这样的人，原是高不可攀，芸芸众生于他眼中毫无区别，其实我很好奇你是如何得他垂青的。"

衡玉眼波流转，环视一圈找到慕欢的身影，隔着人群与她对视，传音道："可能是因为……我比你漂亮。"

慕欢好气啊。

莲台上的俞夏神情萎靡。

用大道之力进行比试，一旦落败，就会被大道之力反噬，受到些许大道之伤。以他现在的情况，就算是服食了丹药，也需要静养几个月才能完全恢复，不给身体留下任何隐患。

俞夏抬手，用指腹抹掉唇角的血迹，一只手撑着地缓缓站起身。

随着他的起身，问心湖畔的众人终于从震惊状态中回过神来，随后议论声不绝。

没有在意那些议论声，俞夏说："不愧是了悟圣子。"他朝着了悟行了一礼，输了比试，却没有输掉风度，洒脱一笑后御剑离去，将擂主的位置让给了悟。

了悟更换位置，盘坐在中心莲台上，等着其他没有上场的修士填补擂台的空缺。在刚刚双方的大道之花争锋赛中，他看似赢得轻松，实则在大道之花相互碰撞时他气血上涌，并非处于完好状态。

了悟原本想趁着等待的时间闭眼调息片刻，但视线刚下垂，又忍不住抬起，向岸边眺望，准确地捕捉到那茫茫人海中的皎皎月色。

湖畔，衡玉穿着一身浅绿色纱裙，目光落在他身上。她的眸光灼灼，比月色更撩拨人心。了悟从不曾见过衡玉这般模样。绝大多数时候，她看着他，目光柔和，绝无这种灼灼得令人觉得不自在和……难为情。了悟下意识双手合十。

回到宗门后，他去戒律院受罚的次数必须再增加一次。

这一回，也许是了悟方才的表现震慑住了众人，空缺的擂台过了足足一刻钟才被彻底补满。

了悟闭眼调息，勉强恢复了状态，直到此时方才缓缓睁开眼睛，双手合十讲解禅道。

两刻钟后，了悟结束论道，向周围的对手示意："诸位道友如有所感，在下会一一答复，不论是禅道还是其他大道。"

两个时辰过去，擂主依旧是了悟。他脊背挺直，连坐姿都没更换过一下。坐而论道，舌战群儒，令众道折服，衡玉所期待见到的场景，他不打折扣地都完成了。衡玉已经从惊讶状态中平静下来，现在心里只剩下隐隐的担忧。她知道，在刚刚的碰撞中，了悟绝对受了些大道之伤。

大道之伤是伤及大道根基，而大道根基对一名修士来说，可以说是修炼之本。了悟本应该在一受伤时就找地方好好静养的，现在却一直强撑着进行论道比试。

时间拖得越久，伤势造成的影响越深，衡玉很难不担心。但担心也没办法，比试还在继续。

又是半个时辰后，莲台再次空缺大半，可已经没有修士填补上去了。

了悟将还在擂台上的修士一一驳倒，抬眸看向那待在半空中的裁判。

裁判深吸口气。他一个元婴期修士，很少服过年轻一辈弟子。但旁观了三个多时辰，他是真的对了悟心服口服。禅门之光，当真不愧是禅门之光。

裁判朝了悟笑了下，声音在整个问心湖响起："论道比试，恭喜圣子了悟守擂成功。"

裁判话音落下，湖畔陆续响起零散的掌声，最后，掌声连成一片。

只有这种方式才能表示出他们的惊叹和对强者的尊重。

了悟从莲台上缓缓起身。盘坐得久了，他起身的动作有些不灵敏。他双手合十，向空中的裁判行礼道谢，又向四面八方的修士们点头致意，这才离开湖心莲台，走回岸边，来到衡玉身侧。

了悟还没来得及说话，衡玉先一步递了瓶丹药给他："七品道化丹。"

了悟哑然失笑，接过玉瓶，将里面的丹药倒出来。

刚吞服下丹药，面前又递来个杯子，杯里装有大半杯琼浆玉露。

衡玉说："润嗓子。比试后半程你的声音基本哑了。"

了悟也觉得嗓子干涩。论道中途他饮过水，但持续说了那么长时间的话，喝再多水也无济于事。

等了悟喝完琼浆玉露，衡玉不给他说话的机会，两手一拍："好了，我们回去养伤。"

了悟笑起来，似乎是真的愉悦，他的胸腔都笑得在振动。然后他给她传音："洛主不让在下开口说话，那传音可以吗？"

衡玉也笑，传音道："说了三四个时辰还没说够吗？放心，这三四个时辰里我一直在听你说话，绝对对你的声音熟悉到骨子里了。"

她右手食指和中指并拢，在额前一挑，笑得肆意又张扬，了悟却无端想起宗门里散养的那只绿色眼瞳的猫。那只猫被宗门里的众弟子投喂，养得十分慵懒，但它只要抬抬爪子抖抖猫头，就已经足够惹人发自心底地怜惜一番。

想要治愈大道之伤，除了服用丹药，还要用一些特殊灵植熬煮成药服用。

这些特殊灵植相当珍贵，但在剑宗的仓库里搜寻一番，基本还能凑齐。圆新大师出面，用其他的天材地宝和剑宗进行交换，顺利换到了这些特殊灵植。

衡玉过来找了悟时，了念正在屋外熬煮灵药。隔着远远的一段距离，衡玉也能闻到诡异的苦味。

"那些灵药明明蕴满灵力，但混在一起熬煮，味道怎么这么难闻。"衡玉蹲在了念身边，看着他煮药。

了念摇着蒲扇，听到她的问题，忍不住偏头想了一下，斟酌着回复："大概是……良药苦口吧。"

他也不过多纠结这个问题，对衡玉说："洛主，药就要熬好了，你进去找师兄的时候顺便一道送进去吧。"

衡玉点头，反正也是顺路。

等了念熬好药，衡玉端着药碗，敲门后走进了悟的房间。

了悟正靠着枕头，半坐在床上翻看经文。大概是刚起来，他身上的里衣有些散乱。瞧见是她走进来，了悟惊得放下手中的经书，坐直起来整理身上的里衣："在下以为敲门的人是了念。"

衡玉只当没瞧见他泛红的耳垂。她把刚倒出来的药放到桌子上放凉，环视一圈，发现椅子居然被摆在屋子角落，也懒得去把椅子拖拽过来，直接坐到了悟床边。

"大道之伤好些了吗？"

了悟点头："只要接下来好好养着，不怎么动用灵力，就不会留下什么隐患。"他的嗓音不似往常清亮，还是有些沙哑。大道之伤的后遗症有些严重，这段时间为避免加重伤势，他都没办法动用灵力。

衡玉扬唇："那你现在很危险啊。"

"嗯？"

衡玉瞅着他的脸："别随意外出走动。你那日在问心湖表现得太过惊艳，我听宗门里的师妹们私下议论说想要挑战些高难度的事情，合欢散都备齐全了。你这状态在外面晃一圈，就是在羊入虎口，给妖女送人头。"她随口一说，见他不回话，不由得侧头与他对视。

瞧见他眼里蕴含着的淡淡笑意，衡玉后知后觉地意识到，她也是世人眼中的妖女啊。

于是衡玉不由得轻咳两声，故意转移话题："我帮你试试药放凉了没。"搅了搅碗里的药，舀了一勺送到唇边尝一下，衡玉的脸瞬间苦了下来，"原来不只是闻起来味道苦，尝起来更是苦了十倍不止。"不过，里面也蕴含着非常浓的灵力。

了悟无奈。他从储物戒指里取出蜜饯，用指尖捻起一颗递到衡玉的唇边："吃颗蜜饯化化苦味吧。"

衡玉就着他的手指咽下蜜饯，这才感觉好受不少。她把手里捧着的药碗递给了悟："温度差不多了，你慢些喝就不会被烫到。"

了悟接过，用勺子搅了搅碗里的药，然后舀起一勺药送进嘴里。原本是没意识到哪里不对劲，直到咽下勺子里盛的药，了悟才后知后觉地想起来刚刚衡玉是直接就着这个勺子试药的。他身体微微一僵，捏着勺子的力度也下意识加重。

"怎么了？你也觉得太苦了对吧。"衡玉注意到他的失态，指着那份放到桌上的蜜饯，"觉得苦就吃颗蜜饯，这样就没那么难受了。"

了悟的身体缓缓放松："等会儿再吃。"

他垂下睫毛，直接将碗沿抵在唇边，一口气喝完碗里的药汁，然后把空碗放到桌子上，拿起蜜饯送进嘴里。

在了悟吃蜜饯时，衡玉的目光落在那个空碗上，她后知后觉地猜到了悟刚刚失态的原因。

衡玉忍不住说："你唇边有药渣没擦掉。"她其实也不知道自己是怎么想的，这一瞬间只觉得是受到了蛊惑。也许那一回在幻境里，她的过界亲密让她的理智隐隐有些失控。

没等了悟对她刚刚那句话做出反应，衡玉先一步身体前倾，拉近和他之间的距离。她抬起右手抚上他的脸颊，拇指指腹往他本就干净的唇角轻轻一抹："现在干净了。"

了悟睫毛抖动。他表面上看似平静，大脑却近似空白，压根儿不知道自己该做出什么反应才是正确的。

几乎下意识地，了悟抬眼看她，神情呆愣，压根找不到一丝那天在问心湖上的模样。

对上了悟的视线，衡玉心中一虚。她停顿一秒，无辜道："我就是……看不太顺眼，再加上你不是受伤不能乱动吗，所以就替你动手了。你我相熟，不用和我客气。"

衡玉放下那依旧抚着他脸颊的手，身体后倒，拉开与他之间的距离，一下从床上站起来："你还穿着里衣，先换衣服吧，我把碗拿出去。"

端着碗走到门口，手搭在门框边，衡玉又回头看他，强调道："真不是故意的。"说完，她自己先笑了起来。她前后的反应倒显得有些不负责。真不是故意的吗？也就哄一哄这人罢了。

"走了，你好好养伤，我接下来几天都会待在屋里研究阵法。"

衡玉把碗放到厨房，走出来时碰到了念。他一只手挠头，神情里带着些困惑不解。

衡玉朝他走过去："怎么了？"

了念还在挠头："师兄似乎心情不好。"

"嗯？他生气了吗？"

"他气得脸都涨红了。"了念神情狐疑，"你是不是说了什么很过分的话？"

衡玉眼睛微眯，笑得狡黠："哪敢啊，他现在还伤着呢。"

原路返回时，衡玉摘了路边的狗尾巴草，随意咬住。她走得轻快，唇角叼着的狗尾巴草就随着她的动作而上下轻晃。

有几个师妹在鸢尾花海里玩，瞧见衡玉，乖乖地行礼打招呼，又把刚摘下来的鸢尾花送给衡玉。

衡玉谢过她们的好意，捧着这束花回到屋子。

她用一个空置的玉瓶接了些水，把鸢尾花插进玉瓶里，又往里面滴了一滴灵液。这样花可以保存更长时间。她将花瓶摆到窗台上，就放在那盆君子兰旁边。

晨间的风从外面吹进来，把床榻边上挂着的那串风铃吹得丁零作响。衡玉回头看向那串风铃，余光就扫到了那被她摆在枕头里侧的忘忧草种。她在原地站了一会儿，才迈步走到床边，脱了鞋子坐到床榻上，将泪滴状的忘忧草种拎起来放到眼前仔细打量。

日光照耀下，忘忧草种剔透到好像可以折射光线。

衡玉突然就想起那天在问心湖，她目光灼灼地望着了悟，目光为他流转。

她惊鸿一瞥，便似是望见山川风月。

许久，衡玉的身体往后靠，脊背紧贴着床头木板。木板泛着淡淡的冷意，从与身体相贴的地方蔓延开来。衡玉莫名地怅然若失。

一个时辰后，衡玉隐约听到一阵敲门声。

原本还以为是自己幻听，但那敲门声不依不饶，消停一会儿又响起来。

衡玉迷迷糊糊睁开眼睛，才发现自己不知道什么时候靠着枕头睡了过去。

从床上坐了起来，衡玉整理好衣服和头发，走去开门。

门外，舞媚已经等了很久。她瞥了衡玉一眼，调侃道："怎么这么久才过来开门，不会是在房里幽会吧？嗯？难道是圣子？"

衡玉往旁边挪开一步："这事情谁说得准呢，如果你的猜测是真的，你现在还敢进来吗？"

舞媚朝她抛了个白眼，两只手背在身后，迈步走进屋子里，还顺手帮衡玉把门带上。

两人各自坐下，舞媚也不劳烦衡玉，自己拎起茶壶倒了杯茶水。

当然，茶水是凉的。

瞧见舞媚的举动，衡玉心下感慨，她觉得她和舞媚的关系还真是奇怪。说是朋友吧，好像也不算。但若说不是朋友，舞媚在她的房间里又显得特别自来熟，她也不会觉得被冒犯。

衡玉从储物戒指里找出一颗灵果，擦干净后啃了两口，问："你这几天去了哪里？"

论道比试结束后，她原本想找舞媚，把探测到的结果告诉舞媚，结果怎么都找不到人。

舞媚长舒了口气："有些私事要处理。而且俞夏受了很严重的大道之伤，我得趁机献献殷勤啊。对了，话说回来，那天拜托你调查的事情查得怎么样了？"

等衡玉说完那天的情况，舞媚点了点头，若有所思。

"你是不是知道一些有关俞夏的隐情？"

衡玉不过是随口一问，谁想舞媚却面露迟疑，过了一会儿才轻轻点头道："我是觉得有些不对。"

"方便说吗？"

舞媚咬咬牙，说："这段时间俞夏一直在养伤，闲着无事他就抄写古籍。我帮他整理手稿的时候有瞥见一些字句，那上面的内容好像是万年前人族大能与邪魔的战斗场面记录……"

"什么意思？"衡玉眸光一凝。

"我不知道。"舞媚摇头，"我只是把自己看到的东西告诉你而已，真相如何就不知道了。"

衡玉垂眼，居然涉及万年前？俞夏的事情只怕是不简单啊。

她默默咬了口灵果，提醒道："那你也别特意探究，免得剑宗那边动怒。"

舞媚想要留在剑宗里攻略俞夏，完成内门任务，还是别做出什么出格的事情比较好。

舞媚对衡玉的告诫相当受用，她唇角微扬，笑道："放心吧，我不是那等不知轻重的人。"

一大早就在下雨，温度也骤降。

衡玉嫌冷，挑了件厚实的红色长裙穿上，外面还套了件黑色长斗篷。

她将伞撑开，行在雨幕中，前往试炼台参加斗阵比试。

这回了悟没有来旁观。因为衡玉压根儿没通知他，大道之伤还是好好静养着，别乱动为妙。

试炼台一如既往地热闹。

各宗弟子们互相讨论切磋，交换修炼心得，即使雨势不断也不能减退他们的热情。只不过他们的声音融化在了噼里啪啦的嘈杂雨声中，让衡玉觉得大脑有些钝钝地疼。

她抬起手，用修长的指尖按了按太阳穴，以图缓解那种疼痛。

"不舒服吗？"身后，有道疏淡清悦的声音传来。

衡玉回头望去，发现说话的人是了缘。他一只手撑伞，伞并不大，是全黑的油纸伞，而他站在伞下眉目含笑，似有缱绻之意流淌其中。

衡玉收回目光，说："这几天都在看阵法书，没休息好。"

了缘走到她身边，与她并肩往前走："你的阵法底子是弱了些，看得怎么样了？"

衡玉："现在已经补上短板了，接下来的斗阵比试未必会输给你。"

两人说话姿态熟稔，远远看去，就像是多年的友人。

了缘笑了下："我不怀疑这点。"那天擂台赛上，她钻研出来的剑阵可是把他压得死死的。

很快，两人走到比试的地点。

这年头，有余力在闭关修炼之外，又主修一门辅助技能的年轻修士还是比较少的。能够掌握好阵法这项辅助技能的修士更是少之又少，所以参加斗阵比试的修士并不多，只有一百来人，这些人里有筑基期修士，也有结丹期修士。

了缘让衡玉留在原地等待，他走上前打听比试规则。

衡玉站着无聊，目光落在油纸伞边沿，看着那雨滴从伞尖快速滑落而下，砸在地上，像是水花在绽开。然后她就有些想了悟了，她似乎五天没见他了。

"在想些什么？"了缘打听清楚规则后折返回来，瞧见衡玉目光放空，处于走神状态，随口问道。

衡玉抬眼，也没瞒着了缘，随口回答："在想了悟。"

了缘眼中的晦色一闪而逝。他清楚眼前这人的心思剔透，所以这个答案是真实的。

他脸上保持平静，顺着她的话说："我昨日刚见过他，大道之伤恢复得很快，不会错过接下来的斗丹比试。"顿了顿，他说，"不说这些了。比试就快要开始了，我先给你介绍介绍比试规则。"

参加斗阵比试的修士不多，所以比试方式也不复杂，主要分为三轮。

第一轮考核修士的基础阵法知识，第二轮考核修士的破阵能力，第三轮则考核修士的布阵能力。三轮比试取权重，最后表现最佳者为斗阵第一。

说完规则，了缘抿了抿干燥的嘴唇，有些烦躁。

衡玉余光瞥见，原本不打算理会，但想想他现在的烦躁是因为她的话造成的，而接下来就要开始比试，他这种状态绝对会影响他的发挥。

心下轻叹，衡玉说："我这些天一直在钻研测魔阵法，似乎是有了些新的发现。"

了缘眸光一亮，被她的话吸引了注意力："是什么发现？"

"等比完后我们找个地方，坐在一起讨论讨论吧。"衡玉说。

她是不太想出现在了缘身边影响他的情绪，不过测魔阵法是件很重要的正事，她相信了缘心里分得出轻重，绝不会让些许情绪耽搁了正事。

了缘点头："也好。"

应完，他先轻笑了下。

"其实——"对上衡玉的视线，了缘眸光炽盛而热烈，"洛主不用避让我，也不用担心我会因你而禅道有损。"

想到自己接下来要说的话，了缘心跳加速，下意识捏着伞柄。他轻吸了口冷气，继续道："因缘禅讲究以欲制欲，当禅门弟子对一切都习以为常时，欲念之心便会逐渐淡去。我所修习的禅道从未要求过我克制自己的七情六欲。"

衡玉眉梢微挑，有些诧异。

了缘微微一笑："贪嗔痴念皆为修禅的养料，洛主怎知这不是我的一场修行？你不必避开我，就把我当成个普通友人吧。"撇开其他事情，单纯来看，和她这样性情的人交朋友会是一件很享受的事情。

衡玉哑然失笑，顺着他的话说："只要不影响了你的禅道就好，一切都顺其自然吧。"

雨势渐大，最终转为滂沱大雨，雨水一个劲地朝雨伞砸来，噼里啪啦，吵得衡玉的太阳穴一跳又一跳，疼得有些集中不了注意力。她忍不住抬手扶额。冰冷的手掌捂着泛起冷意的额头，并不舒服，却最大限度地让她保持清醒。

"你真的没事吗？"了缘瞧见，又问了一句。

"修士会生病吗？"衡玉茫然地问道。她是第一次遇到这种情况。

了缘还是第一次瞧见她这种神态。几分懵懂，几分无辜，这些情绪化掉她周身的清冷，让她整个人只余温柔。他走神了一会儿，才掩饰般地别开眼，说："不会吧，又不是凡人。"

那自己怎么了？衡玉眯起眼，还是想不明白。

了缘刚想追问她的情况，另一头，穿着剑宗宗服的裁判出现，宣布比试正式开始，请站在外围等待的修士全部进入阵法里等待。

衡玉放下手，走进阵法里。这个阵法可以隔绝雨水和狂风，也能起干燥衣物的作用。衡玉一走进里面，那被飞溅的雨水打湿的裙摆瞬间干燥起来，她的身体也渐渐回暖。

抬手裹紧自己身上的黑色斗篷，衡玉随意挑了个位置坐下，很快就拿到一份玉简。她将玉简贴在额前，仔细浏览里面的问题。这些问题主要分为四个部分，从阵法的八大基础类型问到相应的布阵材料，问得细致而琐碎。但凡不够细心、阅读古籍量不够大的修士，都要栽在这一轮里。

衡玉一看到这些密密麻麻的小字，就觉得更头疼了。她轻吸口气，努力抛弃那些无用的、会影响她思考的脆弱情绪，开始认真答题。她这段时间恶补还是卓有成效的，除了两个小问题过于生僻，她拿不定主意外，其他的问题她都是有把握的。

用神识将自己的答案写在玉简上，不到半个时辰，衡玉把玉简放回到桌子上，起身朝不远处的裁判行一礼,就先行退出去。

一走出阵法所笼罩的范围,那被阵法隔绝的雨水毫不客气,噼里啪啦全往衡玉身上砸来。

大概是下了太久的雨,天色越来越昏暗,黑沉沉一片,好像随时都会压下来,罩得人心头更觉烦闷。衡玉呼出口气,垂下眼抓起自己那把素净的油纸伞,一只手已经搭在伞柄上。

突然,斜里伸来一只手,然后头顶上方撑起一把伞,为她遮蔽风雨。

"怎么不告诉在下,你今日有比试?"

伞的大半都倾斜到她头顶上方,了悟半边身体都在伞外,衣服一角全部被打湿。

衡玉循声望去,瞧见是他,她莫名吐了口气。

那些烦闷的情绪在这一刻,好像淤堵的泥水终于找到泄洪口,呼啸而去,最后尽数平静下来。

衡玉下意识朝他的方向靠了一步,拉近与他的距离,方便他帮自己撑伞。她调整一下站姿,正好能用了悟的身体挡住吹过来的冷风。

"你还受着伤,怎么过来了?"问是这么问,但看到他,她实在高兴。抬起眼看着他时,幽深的眼里全部是笑意。

了悟说:"不能动用灵力,但出趟门还是可以的。"

"反正你已经来了。"衡玉站得离他近了,鼻尖缭绕着檀香的气息。这种香味带着些凝心静神的效果,让衡玉钝痛的大脑好受了不少。

她定了定神,疑惑地望着他:"你怎么知道我有比试?"

"在下去了你的住处寻你。"了悟侧头看她,眼底水润。

他到了那里敲门没找到人,原本还想着给她发个传音符,隔壁屋子的舞媚听到动静走出来,说她今天要参加比试,他就急急忙忙赶了过来。

衡玉点点头,又感觉到大脑在钝钝发疼,她忍不住越发凑近了悟。

刚刚她走出阵法时淋了些雨,头发被打湿贴在脸颊上。

了悟抬手帮她把湿发别回耳后,这才注意到她的脸色苍白得很,脸也冰冷:"不舒服吗?"

衡玉苦着脸:"脸色是不是很难看?"

"是的。"了悟虚虚握住她的手腕,催动自己体内的灵力帮她暖身体。

几秒钟后,她的体温上升不少,但脸色还是苍白。

"头疼。"衡玉声音轻。

她之前还担心了缘的比试状态不好,现在看来,分明是她的状态更不好。

了悟看着她这模样,又想起宗门那只慵懒的猫。猫在撒娇的时候,大抵就是这番模样,声音细细的,轻轻的,明知道它能闹腾,但还是忍不住从心底升起一股怜惜来。

了悟修长圆润的指尖点在她的一边太阳穴，轻轻按了按。

袖摆拂过衡玉眼前，衡玉能清楚地闻到他身上经年累月沾染上的檀香气息。这种味道让她觉得舒服不少。

衡玉忍不住闭了眼，睫毛轻颤，任由他帮自己按太阳穴。她这个样子透着几分脆弱和乖巧，大概是真的难受了。

了悟稍稍加重力度："最近有接触过什么东西吗？"

修士不像凡人会有生病之忧，她现在这模样实在有些奇怪。

衡玉想了想，摇头："会不会是因为没休息好？"

成为修士后，对白天和黑夜的区别就会变得迟钝起来。

她这几天翻阅阵法书，再推演测魔阵法，等从那种专注状态回过神时，基本过去了整整一两天时间。

"不会。"了悟暂时记下这件事，对她说，"别多想，先休息会儿。"

两人就安静下来，雨滴砸在地上的淅淅沥沥声逐渐变得清晰。

衡玉站得累了，突然抬起手，一把扣住了悟的手腕，把他的手挪开。然后绕了半圈走到他身后，额头抵着他的肩膀，呼吸都冲在他身上。

了悟身体微僵。

"我靠会儿。"衡玉低声道。

了悟没动，任她靠着。

"现在法会已经接近尾声了，等法会结束，你陪我回华城吗？"衡玉的声音从背后传来，有些闷闷的。

"这是自然。没人为你护法，你怎么能安心突破至结丹期。"

衡玉笑了下，忍不住抬手，攥紧了悟的衣服。

她觉得自己现在的行事很矛盾。明明知道不应该，但还是放纵了自己想要亲近他的情绪，然后在与他亲昵中觅得自在和欢愉。

如鱼入水求生，谁能明知道自在和欢愉所在，还生生抗拒掉。

忘忧草种的提醒作用，显得单薄且无用起来。

衡玉想着想着，就觉得困意上涌。

她迷迷糊糊要睡着时，了悟出声："第二轮要开始了，如果不舒服就弃权吧，我们回去休息。"

衡玉睁开眼睛，眼里先是划过茫然，然后才快速清醒："还是不了。"

她这段时间恶补了那么多阵法知识，全都是为了这场比试。

头疼还是可以坚持的，放弃就有些可惜了。

了悟想了想，解下缠绕在他手腕上的黑色念珠。

他握起衡玉的右手，动作很轻地把这串念珠缠绕到衡玉的手腕上。

念珠是由邪魔骨打造而成，分量很重。

衡玉低头瞧了一眼，又向了悟看去，有些奇怪他怎么把这样东西缠到了她的手腕上。

了悟还在缠绕念珠："这串念珠常年被供奉在宗门，深受香火熏陶。短时间内佩戴，应该可以缓解你身上的异常。"

过了一会儿，他说："好了。"

衡玉学着他的动作，拨弄了一下念珠，感觉有些怪异。

这么重要的东西就直接缠到她的手腕上啊……

她睫毛颤了颤，不知道是不是自己的错觉，头好像真的不疼了。

一个念头飞速从她脑海里闪过，没等她思考清楚，那边裁判又催了一遍。衡玉只好先进入阵法参加比试。

第二轮考核修士的破阵能力。六个阵法都由剑宗提供，全部铭刻在玉简里。

衡玉把玉简贴在额前读取，开始破解。

她现在状态好了，注意力也高度集中，一气呵成，破完六个阵法也就刚过去大半个时辰。

没有停歇，衡玉直接进行第三轮，这一轮要求修士布置阵法，阵法等级越高越好。

衡玉掌握的最高等级阵法，就是她自行研究出来的那道剑阵。她不作他想，直接开始布置剑阵。

熟能生巧之下，她布阵的速度非常快。

…………

等衡玉再次从阵法里走出来，雨已经停了，只有半干未干的地面显示着刚刚下过雨。

她左右环视，终于在远处的石阶上寻见了悟的身影。

了悟已经先瞧见了她，迈步向她走来。

衡玉抬眼看他，同样朝他走去。

临到近前，她用力扯住他的袖子，把他扯得又往她的方向靠了靠。

了悟有些站不稳，却还是好脾气地任她扯着。

他的目光在她脸上细细打量，确定她的脸色红润，唇色也多了血色，不再像之前一样苍白，感觉安心不少。

"我把这串念珠解下来还给你。"衡玉低头，解开缠在她手腕的那串念珠，"礼尚往来，我帮你戴上吧。"

了悟说："好。"

衡玉抓住他的右手手腕，学着他刚刚的动作，轻轻把念珠缠绕上去。

了缘完成三轮比试，走出来时正好瞧见这一幕。他身体往后一倒，靠在石山边上，闭眼等着斗阵的结果出来。过了会儿，他又忍不住睁眼，看向衡玉所在的方向。

她坐在台阶上，两只手托腮，唇角上扬，精致漂亮得像是九天之上的神女。她的视线一直追逐着了悟，仔细倾听他说话。

了缘唇角轻勾，垂眸遮挡住眼里汹涌而无用的情绪。

漫长的等待后，结果才终于公布。像这种比试，很难分出真正的高下。

裁判权衡片刻，又和剑宗那边商量片刻后，给衡玉和了缘积累同样的积分，意味着他们并列第一。

转着手里的魂牌，衡玉对了悟说："我们回去吧。"

这时候天色已经完全暗了下来，星光洒满整个试炼台。

试炼台周围布置有很多夜光石，黑暗里，夜光石散发着莹莹暖光，与星光一同照亮前方的道路。

衡玉仰头看着那些繁星。盯了好一会儿，她起了几分谈兴，高兴地指着它们："你觉得在这些繁星之外是什么？"

了悟很少看到她这么活泼。

他顺着她的话问："是什么？"

"我猜是亿万时空洪流。"衡玉笑，"正如沧澜大陆广袤无垠，但在它之上还有仙界。仙界之上、仙界之外肯定还有其他时空。"

了悟也仰头，注视着茫茫夜色。

"也许有人一直悄悄盯着我们身处的这个世界，以防它不能正确运行。"衡玉抬手别了别头发，"他们站在时空的另一端，监视着无数时空的运行，视自己为管理者。手中握着这么多的权力，就容易自视甚高，慢慢地，不把人命放在眼里。这种凌驾于亿万人之上的权力太过迷人，为了掌握更多的话语权，内部斗争开始变得激烈。"

衡玉的声音缓缓低沉下来。

衡玉的话题非常跳跃。她停下脚步，看向了悟："第一次见面时，我说你不懂众生为何而苦。其实有时候我也不太明白。我在高处待了太久，只不过是拿温和作为伪装，实际上对人对事都冷淡无比。"她自嘲一笑，"很多时候，我的温和来自强者对弱者的悲悯之心。"

了悟看向她。

她眼里倒映有满天星光，也有他的身影。

他有些不能理解她话中的含义，但他很清楚一点，她也许并不需要他给予什么回应，只是想要找个人倾诉罢了。于是他沉默着，也认真听着。

衡玉转过身，仰头望着了悟。

她抬起手，抚了抚他的脸颊："是从你的身上，我才学会了真正的温柔。"

站在门口目送了悟离开，等他的身影消失在视线尽头，衡玉走进自己的屋子。

她已经一天没沾过水，捧着茶杯喝了好几口水，才感觉舒服不少。

放下茶杯时，衡玉瞧见那被她扔在桌面上的忘忧草种，食指拇指一用力就将忘忧草种拎了起来，在空中抛上抛下。

抛了几个来回，衡玉从储物戒指里取出一个干净的花盆。

　　随后，衡玉又取出一小袋万物土。这种泥土通常用来种植珍稀的灵药，她手上这一小袋还是从她师父那里顺过来的。

　　把万物土全部倒进花盆里，衡玉直接将忘忧草种子埋了进去。做好这一切后，她把花盆抱到窗台上，放在君子兰旁边。

　　"就这样吧。"

　　她摩挲着花盆边沿。花盆边沿没有打磨平整，摸起来有些扎手。

　　"飞蛾具有趋光性，人也总是贪恋光明。这本就是人之常情。我再贪恋会儿，然后就开始好好照料你生根发芽。"

　　她对着忘忧草种说，也像是在劝说自己。

　　静静地站立很久，衡玉收回手，弯下腰吹灭桌上的烛火，摸黑走回床边，散开床幔，这才躺下去。

　　半夜，衡玉睡得迷迷糊糊时，只觉得浑身发冷，冷到牙齿颤抖。

　　挣扎了好一会儿，才勉强睁开眼睛。

　　晃神片刻，衡玉忍不住坐起来，看向窗外，还真是没有关窗。慢吞吞爬下床，她走到窗边，伸手关窗时发现外面又下起了雨，夹着碎雨的冷风斜吹进来，她抖了抖，连忙把窗关好，重新躺回床上，整个人都埋进被子里。

　　清晨，了悟梳洗过后原本想做早课，但刚盘膝坐下，又连忙从蒲团上站起来。

　　洛主昨天身体不舒服，虽然他送她回屋时已经看不出异常，但还是去看看比较好。

　　这么想着，了悟撑着伞踏着细雨出门。小半刻钟后，他来到衡玉的屋子前。他走上前轻轻叩门，稍等片刻，并没有人过来给他开门，里面也没传出什么桌椅拖拽或是走路的声音。

　　敲门的力度加重些许，但依旧无人应答。了悟微微拧眉。

　　隔壁木屋紧闭的门突然被主人从里面打开，舞媚探出半边身子。瞧见是了悟，她眉梢微扬，眼波流转，明明不是有意为之，举手投足之间还是带着几分从骨子里透出来的媚意，"圣子来得真早。"又看向门口，"她怎么没来开门？"

　　了悟看向她，双手合十道："请问媚主，她出门了吗？"

　　舞媚想了想，摇头："应该没有吧，我一夜未睡，如果她今早真的出门了，我会有感觉的。"说到这里，她忍不住打了个哈欠，促狭道，"难道是睡得太沉了？不如圣子直接推门进去找她吧。就算圣子真的看到些什么不该看的画面，我想应该也是无碍。"

　　舞媚换了个姿势，脊背靠着门框，笑意盈盈地等着瞧热闹。

　　了悟知道她和衡玉的关系不错，也不在意她这调侃的态度。他垂眸沉吟片刻，双手合十道一句"冒犯了"，伸手推了推木门。木门其实并没有上锁。在修真界，结界比锁有用多了。衡玉的屋子就被一道无形的结界完全笼罩住。

了悟的手触碰到木门时，明显感觉到一股凝滞之意。但不知道是不是结界感觉到了悟的气息，那股凝滞之意才刚出现，没等了悟做些什么，就彻底消失不见。

门应声而开。

了悟站在门口，只用余光打量床榻方向。淡蓝色的床幔散落下来，被子散开，床上隐隐约约躺着个人影。她果然没出门。

了悟知道，以衡玉的性格，如果听到敲门声她绝对会过来开门。现在她迟迟不动，只可能是出事了！一想到这种可能性，了悟不自觉地拧起眉来，不再迟疑，快步走进屋子里，顺手带上木门。

旁边屋子的舞媚猛地直起身子，愣道："不会真出什么事了吧？"想了想，舞媚摇头：算了，有圣子在，他不会真的让洛主出事的，我还是别进去打扰了。

了悟来到床边，掀起床幔，看到衡玉面朝床里侧躺着。他只能看清她的半边脸，但依旧能看出她脸上血色全无，眉心紧蹙着，还隐约缭绕有淡淡一层黑气。似乎是陷入了什么噩梦里，明明他的动静不轻，她还是没有睁开眼睛瞧他一眼。

了悟的心尖猛地抽疼了下，那股失措的疼痛从心尖一路蔓延到指尖。他弯下腰，轻轻喊了声"洛主"。衡玉紧闭的睫毛颤了颤，似乎是想要睁开眼睛。她隐隐约约闻到一股香味，这股香味极好地平复了她心头的躁动与痛苦。几乎是下意识地，衡玉伸手，想要抓住些什么。

了悟握住她乱晃的手。他紧紧盯着她眉心间那股黑气，慢慢地，脸色沉下来，他和邪魔之气打交道那么多年，不可能认不出来这股黑气是什么。

瞧着衡玉想要朝他靠过来，了悟回神，坐到床边，另一只空着的手覆上衡玉的额头，帮她拨弄掉那些被汗濡湿后紧贴在她额前的头发。她的额头都是冷汗，冰凉得很。他的手刚覆上去，她就忍不住动了动，想要越发靠近这股热源。

了悟的动作很温柔，声音也很轻："没事的。"他总算知道洛主昨天为何一直往他身上靠了。在他把念珠缠绕到她手腕后，她的脸色以肉眼可见的速度恢复红润。

檀香气息能够平复邪魔之气在体内的躁动；念珠常年受香火熏陶，可以压制邪魔之气。而他的护体金身能直接克制邪魔之气。只是昨天她身体周围没浮现出邪魔之气，他也没往这方面多想，才没有注意到这一点。

衡玉紧紧攥着他的手，脸色还是很难看，额上豆大的冷汗直冒。

了悟看着她这么难受，心底泛起一层密密麻麻的疼，然后是汹涌的自责，他长年累月接触邪魔之气，度化过成百上千的邪魔，但他一直待在她身边，却从未注意到她的身体被邪魔之气侵蚀了。

"是不是很难受？"了悟忍不住问。

似乎是听到了他的问话，一直咬紧牙关的衡玉抖了抖，痛苦的呻吟声从唇缝里渗出来。她的嘴唇轻轻颤抖，了悟俯身凑到近前，只能听到两个气音。看那唇形，似乎是在喊他的名字。

她在他眼中，从来鲜活而热烈，现在就这么躺在他身边，在无尽痛苦之中挣扎。而他明明可以缓解她的痛苦……

　　长叹一声，了悟抿紧唇，脱掉自己的鞋子爬上床，在她身侧躺下。他隔着被子，环抱住她。

　　明明隔着一层被子，他还是觉得那触碰到她腰侧的手灼热得很，好像是碰到了什么危险而惑人的热源。他们靠得那么近，他的唇畔甚至碰到她的长发，避无可避。

　　了悟闭了闭眼，觉得自己现在就是在引颈受戮。但怀里人挣扎的力度放缓下来，扯住他袖子的力度也变轻了。这番变化让他知道自己的选择没有错，护体金身才是最好的平复她身体异样的存在。

　　他微微垂眼，极为温柔地，让衡玉的头枕在他的肩膀上。

　　他就这么抱着她，唇畔距离她的耳侧很近："别怕，一会儿就不难受了。"他轻吸口气，原本是想要平复心情，但女子身上淡淡的合欢香气息直往他鼻端钻。想到自己就躺在她的床上，枕着她的枕头，甚至是拥她入怀，了悟轻轻一叹，抬手抚了抚她冰凉的脸，这是她这段时间最喜欢做的动作。

　　"你是何时接触到这股邪魔之气的？"他轻声问她，声音里带着淡淡的怜惜。

　　他悲悯众人，但只怜惜她一个人。见她蹙眉，便也跟着蹙眉。见她痛苦，便难以克己。

　　在了悟的怀里，衡玉呼吸逐渐平缓下来，额间的冷汗也不再冒了。

　　了悟抬起手，用袖子拭去她脸上的汗水，又用指尖点在她的眉间，帮她抚平紧蹙的眉心。

　　当她眉心不再紧蹙，他垂下眼，开始在她耳边诵读驱魔经文。

　　他的大道之伤还没痊愈，但看她现在这般模样，他在诵读驱魔经文时，还是尽力催动大道之力加持在声音里，让她更快地摆脱痛苦。半个时辰过去，靠在他肩上的人轻轻动了下。

　　茫然过后，衡玉的声音虚弱无力："……了悟？"

　　了悟抚了抚她的头发，声音温和："继续睡会儿吧，这回不会再做噩梦了。"

　　"……你怎么会在这里？"

　　衡玉的声音很低，但两人靠得很近，近到这么轻的声音了悟也能听清。

　　了悟："先别想这么多。"

　　衡玉迟疑片刻，还是继续缩在他怀里没动，一只手下意识攥紧柔软的被子。

　　两人的这个姿势其实有些古怪，衡玉原以为她会很不自在，但才过了一会儿，她就沉沉地睡了过去。衡玉再次睁开眼睛时已经过了午时。她才刚一动，耳边就响起了悟的声音："醒了。"

　　衡玉眼中残存的睡意彻底消散，意识回笼。她轻轻应一声，往后挪了挪，拉开与了悟的距离，从床上坐起来，一只手撑着床，一只手抚着额头，思索着现在是什么情况。

了悟坐起来，穿鞋下床，站在地上双手合十地看着她："你出了一身冷汗，先去沐浴更衣吧。在下也回屋换身干净的衣服再过来寻你。"

衡玉不由得抬眼看他。他脸上平静温和，和平常没什么区别，以至于她猜不透他此刻在想些什么。

衡玉便也故作平静，点头道："……好，我先去沐浴。"

热水一直备着。

衡玉要用热水，很快有人把热水提进屋子里。等浴桶里装满热水，衡玉脱下所有衣物，光着脚踩在地上，慢慢走进浴桶里，整个人没入水中，借此来让自己依旧混沌的大脑恢复到最冷静的状态。

好一会儿，衡玉才从水里冒出头，长发完全湿透，贴在肩膀上。

衡玉喘了两口气，目光落在虚空处，开始整理整件事的来龙去脉。

首先，她是在昨天出现异常的。

那时候她只觉得太阳穴钝钝地抽疼，很难集中注意力。后来靠着了悟的肩膀才觉得好受一些，直到佩戴上他的念珠，她才彻底恢复正常。然后是夜里，她一个筑基巅峰修士被冻醒。当时没觉出不对，现在想想，倒是觉得这件事有几分古怪。再就是今天清晨，她的意识始终模糊，怎么也没办法从梦魇中睁开眼睛。直到了悟过来后抱住她，在她耳边诵读驱魔经文，她才恢复清醒。

衡玉不自觉回忆起那模糊的记忆，想要从里面拼凑出完整的、在她昏迷时了悟的言行。但那时她太过痛苦，意识又涣散，记忆支离破碎，隐约只记得自己鼻尖始终缭绕着淡淡的檀香气息，耳边一直能听到轻轻的诵经声。那抹气息和诵经声混合在一起，就构成了她记忆最浓重的底色。

"……所以，抱着我的时候，他在想些什么？"

衡玉拨弄着浴桶里的水，看着水面上的倒影，那倒影模模糊糊，唯独一双眼睛还算清晰，里面满是茫然。

了悟刚刚从床上起来时的表情太过平静，以至于她无法推测出他在这个过程中是否思绪沉浮，是否曾为自己的僭越行为感到愧疚……还是抱着一种"救人一命胜造七级浮屠"的平和心态，为她平复身体的异常。他表现得太过平静，于是不平静的人就成了她。

走神了好一会儿，因水温变凉，骤然间回神。

简单沐浴后，衡玉披散着还在滴水的头发走出浴桶。她慢条斯理地系上腰带，用灵力烘干头发。

她拨弄头发，把它们整齐地散落在脑后，这时目光落到窗台那个种着忘忧草种的花盆上。

了悟为她念驱魔经文，而驱魔经文克制邪魔之气。如果她没猜错，她的异常……很有可能是和邪魔之气有关。也就是说，她在无声无息之间被邪魔之气侵蚀了。

为什么会出现这种情况？邪魔之气从何而来？明明前两天她都是待在自己的屋子里的。除非邪魔之气已经存在于她屋子里的某样物品中。联想到这里，衡玉微微眯起眼睛，走上前，注视着那半埋在土里的忘忧草种，神情惊疑不定。这两天里，她密切接触过的，除了阵法古籍就是忘忧草种。

而恰巧，忘忧草种是从宗门送过来的。那个曾经害得自己走火入魔的邪魔也在宗门里。

"师父，"衡玉直接捏碎游云给的传音玉佩，"你现在方便吗，方便的话开启空间通道接引我去见你。"对面没有回话，但几秒钟后，一个黑黝黝的空间通道突兀地出现在衡玉的屋子里。

衡玉用灵力将整个花盆包裹住，确定自己不会触碰到花盆后，拖着花盆走进空间通道，直接消失在原地，下一刻就出现在游云的洞府里。游云最近一直在学习探测邪魔的功法，偶尔被拉去和其他元婴期修士坐而论道，已经有一段时间没见过衡玉。

瞧见她拖着个花盆、脸色难看地出现在他面前，游云微微扬眉，诧异道："这是怎么了？"

衡玉直白道："师父，我好像被邪魔之气侵蚀了。"

游云脸色微变，来到衡玉身边："那圣子跟你说的？"

衡玉："他没说，我自己猜的。"

游云蹙起眉，手指直接扣住衡玉的手腕。但他的灵力在衡玉体内转了两个循环，还是没探查出任何异常。游云无奈地放下手："为师去把圆新禅修找来，你自己联系那圣子让他赶过来。被邪魔之气侵蚀可不是小事。"

但还没等游云做出什么举动，他就被衡玉扯回椅子上。衡玉随手将花盆扔到桌上，空出来的两只手全部压在游云的肩膀上，不让他动弹："师父别急，我暂时还不能找了悟。"

"为何？"游云诧异，"他哪里惹到你了？"

这前段时间不是还好得很吗？不过想想也是，小年轻嘛，总是容易因为一些小事就钻牛角尖。像他这种在感情一事上阅尽千帆的人还是少数。

衡玉不知道游云在想些什么，不然她绝对要翻个白眼，嫌弃他在这种时候还想这种事情。

"我很可能是因为忘忧草种才沾染上邪魔之气的。"

单纯的邪魔之气，找了悟当然没什么问题。涉及忘忧草种，她就不免有些心虚。

游云意识到她话中的真正含义，脸色彻底冷冽："忘忧草种？好啊，为师还没回去清算某些人，某些人倒是先按捺不住要再次对你出手了！"他咬了咬牙，只觉得对方过于猖狂了。

但现在不是生气的时候，深吸口气压下那凶涨的怒意，游云说："为师去联系圆新。"

游云直接给圆新传讯，请他来自己的住处一叙。对方赶过来还要一定的时间，游云示意衡玉坐到他身边，原本是想打听情况，但想了想，现在说了，等会儿圆新过来她还要再说一遍，倒不如趁现在调息片刻，到时候一起说。

于是开口时，游云的话就变了："先喝些安神茶吧。"他袖子一拂，墙角香炉里的香料自动燃起，飘出淡淡的安神清香。

衡玉朝游云笑了下，正要开口说些什么，游云眉梢突然一挑："那圣子给你传讯了。"

手一招，那被阻挡在结界外的传讯符就来到衡玉面前，静静地在半空中飘浮，等待着衡玉翻阅查看。传讯符里，了悟问她现在在哪儿。

衡玉用神识在一张空白传讯符上写字："我在师父这里，不必担心，你先回屋休息，等这边事情一结束我就去寻你。"

圆新到得很快。传讯符刚发出去不久，他就来到游云的院子外。

两人同为元婴期修士，游云又是有事相求，自然不端着架子，起身出去迎圆新进来。

"游道友今日说有要事相询，不知道是何事？"游云示意衡玉说话。衡玉起身行了一礼，这才道："回圆新前辈话，是晚辈疑似被邪魔之气侵蚀。"

圆新讶然："你——"他的记忆力不错，自然认得衡玉。

"了悟没发现吗？"

衡玉的手垂在身侧，不自觉收拢些许，面上平静道："他之前也没发现，直到今早邪魔之气在我体内爆发才发现。"圆新眼里划过了然，目光里带着审视。身为无定宗长老，他显然很清楚邪魔之气爆发意味着什么。

"你且坐下。"圆新示意她坐下，开始催动功法检查她的身体。

衡玉在他对面静坐，耐心等着结果出来。

半个时辰过去后，圆新眉心微蹙。但他没说什么，只是继续查看。

大半个时辰过去后，圆新面色一点点凝重下来。坐在旁边等待的游云都要被他这神态变化急死了。

一个时辰过去后，圆新抬眼，拨弄着念珠沉吟。

"圆新道友，我徒弟情况如何？"游云问。

"衡玉小友心志坚定，她的心神并没有被邪魔之气侵蚀。但邪魔之气侵蚀了她的身体。"圆新说，"那抹邪魔之气非常纯正，但只有一小缕，只要不爆发出来，很难被察觉到。

"在下推测，应该是有什么东西成了引子，小友时常接触那样东西，深埋在你体内的那抹邪魔之气就被引了出来。"

引子，毫无疑问就是忘忧草种了。

至于那侵蚀了她身体的一缕邪魔之气，衡玉猜测，是上次走火入魔时就已经存在的。

圆新瞥了游云一眼,斟酌片刻,还是说道:"你们宗门的诅咒之力和邪魔之气一脉相承,相互叠加之下,邪魔之气爆发时小友的痛苦会直接增加数十倍。"

诅咒之力……这个说法衡玉还是第一次听说,她下意识扭头看向她师父,她直觉认为,这所谓的诅咒之力涉及宗门最核心的秘密。

游云注意到衡玉的打量,没忍住吐槽道:"你的关注点不应该是后面那句吗?"

衡玉无辜笑笑。想到她清晨刚经历过一场痛苦,再看她脸上那无辜的笑容,游云心下一叹,指着桌面上那个花盆:"花盆里的东西应该就是所谓的引子了,你看看这东西还能用吗?不能用我这就销毁了。"

圆新早就注意到那个花盆,只是一直没细看。现在听到游云的话,目光专注地落在上面。

忘忧草种有小半截露出土面,圆新瞧了好一会儿,觉得有些眼熟。他在记忆里不断搜寻,脸上终于浮现出丝丝惊讶之色:"忘忧草种?"

游云呵呵一笑,听在旁人耳里颇有几分阴阳怪气。他也不说话,只是端起茶水喝了两口。再放下茶杯时,那茶杯杯壁上的手指印清晰可见。

圆新没搭理游云,只是忍不住看向衡玉。盯的时间长了一些,圆新后知后觉意识到自己的失态,重新把目光移回花盆上。许久,他说:"草种没有任何问题了,上面的引子应该是一次性的。但小友体内的邪魔之气已经被引出来,就算没了引子,邪魔之气在被净化之前,也会不时爆发。"

衡玉惊讶:"前辈的意思是……我体内的邪魔之气很难净化?"

"它已经与你的身体密不可分,驱除邪魔之气不仅艰难,而且会让你很痛苦……说实话,如果是寻常人遇到小友这种情况,早已是必死的局面,只是不知小友为何今日才爆发出来。"

一听这话,衡玉苦笑。

"我知晓了,还请前辈出手相助。"衡玉恭敬地说。

圆新摇头:"今日了悟已经帮你镇压过了。想要再驱逐,只能等下次邪魔之气爆发。"

顿了顿,圆新唇角动了动,似乎是在斟酌要不要说完后续的话。

片刻,他长叹一声,双手合十道:"修习大慈大悲道的禅修,对邪魔之气的克制作用才是最强的,小友倒是不必舍近求远。"

衡玉抬眼,打量着这位气质有些凶悍的禅修前辈。

圆新眼睛色泽很浅,更偏向于灰褐色,他的眸光温和而包容,好像早已明了今早在她和了悟身上所发生的一切,但还是给出了最诚恳的建议。修习解脱道的禅修,依旧是禅修。

衡玉把手举到身前,才发现自己留长的指甲断了两根,现在断口面有些锋利。应该是她今早死死攥着被子时拗断的。昏迷的时候太过疼痛,大脑自动屏蔽掉那些痛感，以至于她现在回想，都有些想不起清晨那场难挨的痛苦。

她把两只手背到身后，低着头慢慢往前走。快要走到屋子时，她终于从出神状态清醒过来。抬起头，才发现了悟一直站在她的屋檐底下望着她，眼睛幽深。也不知道他站了多久，久到唇色都显得苍白，明明还是清冷平静如以往，衡玉却觉得这时候的他透着几分脆弱感……让她莫名心动。

"你就一直站在这里吗？"远远地，衡玉就出声问道。

了悟点头。

下午时下了场细雨，他站在屋檐底下，细雨被风卷得斜飞进来，他身上的衣服从腰间开始都被雨打得湿透，脸侧也有雨珠在滑落。衡玉连忙小跑到他面前："不是给你传讯让你回屋吗？就算要在这里等我，你不会进屋里等吗？"她上前推开门，又侧过半边身子牵住他的手，"快进来。"

触碰到他的手时，衡玉因为他身体透过来的凉意而打了个冷战。以往他的手掌都是热乎的。

了悟顺着她的力道走进屋子。

衡玉让他坐到椅子上，知道他不能动用灵力，她在他身前蹲下来，手掌覆盖在他的膝盖上，灵力传注过去，帮他烘干衣服温暖身体。

了悟用手背抹了把脸，想擦掉脸上的雨滴。

"我来吧。"衡玉积极道。不等了悟拒绝，她立即从储物戒指里取出干净的帕子。

手半举到空中，示意他微微低头，她从他的眉峰开始一点点擦起，略过唇畔，擦到下巴。她擦得很慢，慢到像是故意的。为避免了悟觉察出问题，衡玉先发制人，指责他："你今早上是不是动用灵力了？伤势加重是开玩笑的吗？你就真的不怕大道根基受损？"

"你当时太痛苦了。"了悟有些不自在地颤了颤睫毛，但还是乖乖坐在那里让她擦拭，温声回答她的问题，"只是需要多静养一段时间罢了，后果没你想的那么严重。"

衣服已经被烘干，衡玉也不起身，从他的下巴绕到耳后，帮他把耳朵和脖颈的雨珠也擦干。

了悟终于觉出不对来，他往后避了避，尾调上扬，疑惑道："洛主？"

"擦好了。"衡玉收手，"你身体还很冷，我找件外袍给你披上吧。"

现在他的唇色还是苍白的，脸上也没什么血色。她从储物戒指里取出一件外袍，递给了悟让他披上。了悟默不作声地披好外袍，平静地问道："圆新师叔怎么说？"

听到"圆新"这个名字，衡玉的思绪有几分复杂。

了悟现在的情绪平静得出乎她预料。

今天她清醒时是这样，现在她避开他去找她师父求助，很明显有事瞒着他，他还是这么平静，让她压根猜不透他到底在想些什么。

调整一番心情，衡玉回答："圆新前辈说，邪魔之气现在已经与我的身体密不可分，而且因为我体内有系出同源的诅咒之力，相互叠加之下，邪魔之气一爆发就会令我非常痛苦。"

了悟眼前就浮现出她躺在床上那被魇住，怎么苦苦挣扎都无法睁眼的痛苦之状。

她这个姿势，太过方便他触碰她。了悟抬起手，摸了摸她的鬓角："在下知道了。等下次邪魔之气爆发，我会守在洛主身边的。"

衡玉问他："……你现在在想些什么？"

"没想什么。"了悟笑了下，那点笑意像是蜻蜓掠过水面泛起的涟漪。

衡玉忍了忍，还是问了出来："……不介意和我同床共枕吗？"

了悟抚摸她鬓角的动作一顿。

在她目光的注视之下，他没有回答这个问题，而是再回答了一次前面的问题："在下现在的确什么都没想。"

他也不可能眼睁睁看着邪魔之气在她体内爆发而不救，但宗门戒律也不可违。于是他抱着她，却没有妄动任何凡俗之思。

游云侧躺着，一头紫黑色泽的长发全部在软榻上散开，眼角微微上挑，带着惊心动魄的蛊惑。

他正在给衡玉读自己写的攻略手册，这本书堪称他千年经验之集大成。

"男女之间总是喜欢彼此试探，更喜欢在试探之后悄悄分析对方的想法。"

"如果对方表现得过于平静，那试探的人就容易惴惴不安，无法平静。如果对方表现得方寸大乱，试探之人反倒能保持平静，在与对方相处时更加游刃有余。"

"当然，如果两人不小心有了什么亲密举动，也是表现得平静的那一方更进退得当。"

念完这三段话，游云啪的一下把书合上："怎么样，有没有觉得为师说得特别有道理。"

瞧着衡玉脸上满是无语的表情，游云撇嘴："算了，说了你也不懂。"她现在就是懂了才觉得无语的好吧。

从问心湖惊鸿一瞥开始，她的情绪几次三番因了悟而起伏，他却反而平静下来。于是在两人之间一直更游刃有余的她，现在反倒有些拿不定主意，感觉自己猜不透他的真实想法。

"师父，你继续往下念吧。"衡玉说。

游云乐了，笑得眼睛都要眯起来："不错啊徒弟，你都学会欣赏为师的才华了。"

"是是是。"衡玉回答得格外敷衍。

游云脸上的笑意瞬间消失，他撇撇嘴，将已经合上的书重新翻开，接着刚刚那两段继续念下去："所以，总结来说，要想让心情平静，最好暂时与对方保持一定的距离。就如那句偈子所言：由爱故生忧，由爱故生怖；若离于爱者，无忧亦无怖。"

念完之后，游云再次合上书，眉梢扬起，说："有没有觉得为师说得有道理？法会结束就跟着为师回宗门吧，到时候你闭关冲击结丹期，为师把那个隐藏在宗门里的邪魔揪出来。至于你体内的邪魔之气也不用担心，为师会构筑好空间通道，邪魔之气一爆发就马上把那圣子抓来帮你驱魔。"

衡玉被游云这番话逗笑了："师父，你是在担心我真的对圣子动情吗？"

素来不正经的游云这回却没有笑，神情里满是严肃，话语中的告诫意味格外浓重。

"徒弟，爱上谁都可以，甚至是那位了缘圣子，唯独不要爱上禅门之光。当年我们宗门始祖东霜寒艳绝九州，天资绝佳，却因为爱上当时的禅门之光又求而不得，陷于情欲苦苦挣扎不得解脱。感情一事就是这世间最不理智的一种存在：克制压抑自己的情感太久，反噬起来也最为严重。"

游云点了点衡玉的额头，他的容貌永远定格在青年时期，性情顽劣起来甚至不如很多年轻人沉稳，但他在劝诫自己唯一的弟子时，总是带着几分怜惜。

"即使为师不喜欢那个圣子，但不可否认的是，那位圣子的天资力压同辈，同辈之中压根儿无人能与之争辉。他的性情也好，容貌也罢，都是这世间一等一难寻的。你不愿毁他禅道，始终谨守不对他动情的想法。但你有没有想过，再接触下去，以后漫长岁月你可能再难遇见一个比他更惊艳、比他更能让你心动的人了。

"当然，为师并不是说修士就必须寻觅道侣长伴，而是觉得，寻不寻道侣是你的选择，但无法再遇见一个更合适的人是你为他作出的牺牲。你是为师养大的，为师都没要求你牺牲过什么，你凭什么为他牺牲？内门任务失败了又如何？你如果担心宗门责罚，我便想办法为你免去所有责罚。圣子的情劫渡不过，迟迟没办法成圣怎么办？那是无定宗该担心的问题，反正沧澜大陆等待先天禅骨已经等了万载岁月，也不介意再多等片刻。所以，你拥有跟为师一道回百花谷的理由。"

衡玉一直安静地听着游云说话，直到听到这里，她终于忍不住轻笑起来："可我想留在他身边，陪他再多走一程。这就是我不愿意回宗门的理由。师父，这唯一的理由就够我留下了。"

她最开始留在了悟身边，是为了完成内门任务。现在留下，是因为单纯地想留下。

游云看着她，终究很平静地点了点头。面对禅门之光，心动即为妄动。难道万载岁月以前，惊才绝艳若始祖东霜寒不清楚这一点吗？难道东霜寒不曾克制过自己，任由自己飞蛾扑火吗？

游云长叹一声，拍了拍衡玉的肩膀："也罢，你之前说过自己想要走一条逍遥大道。所谓逍遥，顺心而为也。你好自为之。"

衡玉盘膝坐在床里侧，翻看着床头摆着的那一摞古籍。这些古籍都是她从游云那里顺来的。她有目的性地翻看，寻找着有关东霜寒的记载。

东霜寒已是万载岁月前的人物，但她作为百花谷始祖，百花谷还是留存有不少有关她的记载。

万载岁月前，艳绝九州的神女东霜寒倾慕禅门之光的事迹传遍整个沧澜大陆。

她始终求而不得，也始终不入那位禅门之光的眼，在那位禅门之光成就无上道法后，东霜寒一夜白头。后来闭关百年，再出关时她已经从剑修转化为媚修，以双修之道问寻长生，并且在中部大陆明月崖畔创立百花谷，以一己之力令百花谷位列五大邪宗之一。百花谷锋芒最盛的时候，可以直逼无定宗和剑宗。东霜寒的确无负"惊才绝艳"四字。但衡玉已经无比确定，她和东霜寒不是一类人。

法会举办到现在，已经接近尾声，只剩下斗丹比试。

衡玉用手剥橘子皮，剥好之后瞧了悟一眼，分出一半果肉给他。

橘子有些酸。

衡玉勉强咽下嘴里的果肉，苦着脸把手中那一小半果肉也递给了悟。

了悟接过，递了块手帕让她擦干净手，他自己掰了一瓣送进嘴里，似乎没吃出来果肉有些酸，面色平静到让衡玉怀疑他的味觉不灵敏。

"酸吗？"衡玉问。

"不能浪费。"

"哦。"所以还是觉得酸的。

衡玉用手帕认真擦拭手指，随口问道："斗丹这场比试，你要不要直接弃权？"

其实斗丹的比试并不复杂，主要是炼制丹药和识别丹药。但再不复杂，也需要动用灵力来炼丹。

了悟把最后一瓣果肉咽下，点头道："好。"他的大道之伤原本已经快养好，但那天强行催动大道之力又加剧了伤势，现在休养好几天，脸色还是苍白没有血色。

了悟对胜负毫无追求欲，放弃一场比试也并不觉得可惜。他现在在意的其实是另一件事。

今天难得放晴，热烈的阳光争先恐后从窗外挤进来，被窗台那盆君子兰拦住些许，在干净的桌子上洒下一道拉长的晦暗阴影。衡玉的一只手就搁在阴影里，她手腕上的铃铛手链在暗处反倒显得明亮生辉。

了悟不自觉地被那道亮光吸引，仿佛不经意一般道："七日后我们会启程离开剑宗。在下有些事情得回宗门请示师父，洛主你，要不要陪我走上一趟？"他的语气依旧平静，衡玉却听出了其中的试探之意。

毫无疑问，了悟回宗门，是和她的身体被邪魔之力侵蚀这件事有关。

衡玉笑了下，很肯定地道："好。"

了悟眼里骤然闪过惊讶，随后亮起一道光芒，似乎有些惊喜。阳光照着他的侧脸，他那原本深邃的眉眼色泽变浅，衬得那抹亮光非常明显。衡玉被他突然外露的情绪惊了一下。这样真挚而祖露的喜悦，让她下意识端起茶杯，掩饰性地抿了口热水。

她破例再去一次无定宗又如何？这根本不能改变任何事。

眨眼之间，五天时间过去，法会的所有比试都顺利落下帷幕。

衡玉以擂台赛第一、心境第一、斗阵第一的成绩，位列筑基期积分榜第二。

在她前面的人是俞夏，他总共参加了六项比试，单项成绩没有衡玉那么亮眼，但积分比衡玉要高上不少。

积分榜前十还有个百花谷弟子，正是迟。舞媚的排名也不差，在第三十六。

法会结束当天晚上，游云就要带着弟子启程回百花谷，衡玉前去送别。

游云站在船形法器甲板上，黑色的衣袍被狂风吹得翻飞。他该说的话都说得差不多了，只是把一枚储物戒指递给衡玉："晋级结丹期后，需要服用的丹药等级就更高了。这戒指里装着的都是各种丹药，算是为师提前给你的结丹期贺礼。"

"多谢师父。"衡玉笑着接过，"回到宗门后还请师父一切小心，以自身安全为重，再谋其他。"

她说得隐晦，游云却很清楚她指的是什么。

他眺望远处，看着云海翻涌，桃花眼里蕴含的情绪深沉而复杂："不要担心。都会好的。"他笑起来，那抹深沉瞬间消失，快得容易让旁人误以为是自己眼花，"船就要起飞了，你下去吧，我们修真界不兴依依惜别这一套。"衡玉一笑，朝游云掐诀行礼，自甲板一跃而下。

目送着船形法器彻底消失在天际，衡玉转身走回住处。她走进院子时，正好碰到舞媚出门。

舞媚穿着一身方便行动的裙子，一副要出远门的模样。

"你也要离开剑宗？"衡玉有些惊讶。

舞媚点头："我感觉突破至结丹期的契机到了，打算外出游历一番，先行突破至结丹期后再论其他。"内门任务是重要，但再重也重不过突破这件事。而且……她和俞夏现在的关系有些复杂，舞媚觉得自己需要些时间理一理。冷处理一段时间未必就是坏事。

"也好。"衡玉表示赞同。

"对了，这个东西送给你，当作是你帮忙的谢礼。"舞媚随手抛出一个玉盒。

她的准头太差了，衡玉用灵力才把玉盒牵引过来："你居然这么客气？"

舞媚瞥了衡玉一眼：这说的是什么话，她在洛衡玉心目中到底是个什么形象？

"这是什么？"衡玉笑笑，随口问道。

"我在一处秘境中寻到的，舍利子。"

衡玉原本还想婉拒，一听说是这个宝物，当即握着玉盒朝舞媚挥了挥："舍利子对你无用，这份谢礼我就却之不恭了。"

舞媚调侃道："是啊是啊，对我无用但是对圣子有用嘛。"

"快走吧快走吧，再不走天色就暗下来了。"衡玉挥手赶人。

"你这样就太伤我心了，走啦！"舞媚往前走了两步，又突然折返回来，盯着衡玉，"要不要交换一下远程传讯符，以后方便联系？"

衡玉点头："可以，如果遇到什么好事记得通知我。"

交换完远程传讯符，舞媚抬手朝衡玉挥了挥，快步离开这处院子。

接下来两天，陆陆续续又有其他认识的人过来和衡玉道别。原本还热闹的院子彻底冷清下来。

衡玉几乎是最晚走的，她把绝大多数东西都收进储物戒指里，怀里抱着那盆君子兰走出屋子，反手关上门并且把笼罩着屋子的结界撤掉。

鸢尾花的花期已经接近尾声，枝头盛开的花朵大多枯败下来。衡玉穿过花海，看到那等在花海尽头的人，唇角上扬。她走到了悟面前，把手里的君子兰甩给他："你抱着。"

了悟乖乖抱好。

只花了半个时辰，无定宗所有人顺利登上船形法器。

他们的住处安排和来时一样，了悟把君子兰放到衡玉的房间里，才转身回自己的房间。

衡玉布置好结界后，盘膝坐下修炼。接下来的时间里她没出过房间一步，一直待在里面修炼，为冲击结丹期做准备。

眨眼就过去了半个月时间。

回程时不用像来的时候一样赶时间，所以船形法器行进速度并不快，半个月时间才走了一大半路程。

衡玉的修炼暂时告一段落。她醒过来时，发现外面夜色浓重。在房间里待着沉闷，短时间内也不可能再次沉浸到修炼中，衡玉干脆走出甲板透透风。这个点，甲板上已经没什么人了。星月不出，只有那挂在船杆上的夜明珠亮起暖黄色的光，将甲板的大片地方照亮。

衡玉两只手微微张开，吹着夜间冰凉的风，层层叠叠的星光落在她的发梢，她手腕间佩戴的铃铛被风吹得丁零作响。"修炼结束了？"几乎没有一丝光亮的暗处突然传出一道声音。然后有人从那里走了出来，脚步声并不重，但在这夜间很清晰。

衡玉还以为这个点甲板上会没人。她理了理被风吹乱的头发，转身，奇怪地看向来人："这么晚了你还没休息？"

了缘无辜道："刚结束修炼，想着出来透透风。才在角落站了不到一刻钟，就看到你从船舱走了出来。怎么，你也是刚结束修炼？"

见衡玉点头，他唇角浮现笑意，出声邀请道："那真是巧了。你之前不是说对测魔阵法有了些新的想法吗？现在有空吗？有空就坐下来一块儿讨论吧。反正夜色浓重，漫漫长夜也要找些事情打发时间。"

他表现得太过自然，衡玉点头："也好。"

两人也不挑地方，从储物戒指里找出蒲团扔到地上，坐在蒲团上探讨起测魔阵法来。

因为这个新的想法是衡玉想到的，所以绝大多数时候是她在说，了缘偶尔出声给予反馈。等到天边拂晓时，衡玉才伸了个懒腰，和了缘相互印证后，她现在又找到了新的研究方向。

第十一章
梁祝之议

夜色即将褪尽，只剩下两三颗黯淡的星星挂在天际，云海里已经显现出一片灼烧的火红色。

衡玉被那片红火照得眯起眼睛。

了缘顺着她的目光看过去，身子往后惬意一倚："如果你在这方面有什么需要帮忙的，随时都可以来找我。我对这个阵法还是挺感兴趣的。而且能研究出简化版的测魔阵法，也是一项天大的功德。"

他把理由找得非常完美，完美到衡玉说不出任何拒绝的话。

衡玉就笑了笑："行。"

衡玉表现得这么坦然，了缘又觉得有些挫败。他干脆躺在甲板上，欣赏这场朝阳初升。

"我要先回去了。"衡玉突然说。

"嗯？不再坐坐？"

衡玉笑着摇头："还是不了。"

了缘说："好，你先回去吧，我再躺会儿。"

等衡玉的脚步声在甲板尽头消失，了缘看着那越来越亮的云海，唇角扯了扯，想要扯出一个笑容。

勉强扯出笑容来，他又觉得自己现在肯定很难看，于是慢慢放下唇角，面无表情。

另一头，衡玉回到船舱里，开始查看自己的玉牌。自从参加完心境比试后，她就一直没查看过自己的倾慕值，现在一查，才发现倾慕值不知不觉从两万三千涨到了三万一千五百。拥有这么多倾慕值，再加上了悟送给她的那颗合欢子，在踏入结丹后期之前，她应该不用再为倾慕值担忧了。

衡玉从储物戒指里取出笔墨纸砚，在桌面一一摊开。

她慢慢研墨，提笔在纸张上记下刚刚对测魔阵法的想法。足足写了大半个时辰，她才搁下毛笔，揉了揉酸胀的手腕。

等纸上的墨迹晾干，衡玉按照顺序把纸张叠好装进盒子，袖子一拂，盒子就被她收进储物戒指里。

桌面上摊放着密密麻麻的空白符纸，桌子左下角放着一本黑色的古籍。

了悟在屋子里走动，带起的风把桌面上的符纸轻轻掀起些许。他很快来到桌前盘膝坐下，拿起桌子上的古籍，翻到自己做标记的地方，继续做着和前半个月一样的事——把古籍上的符文背下来。

符文里带着让他非常不舒服的气息，而且他现在还受着伤，只是盯了一刻钟，他就有些疲倦起来。

指尖按在眉心，他垂下眼缓了缓。

"咚咚咚"，敲门声打断了神思，了悟起身去开门。

门缝越开越大，待他看清门外站着的人时，眉眼不自觉地柔和下来："修炼完了？"

"暂时告一段落了。"衡玉怀里抱着玉盒，"你现在方便吗？我有些事情找你。"

了悟往旁边退开，让她走进来。满桌子的符纸吸引了衡玉的注意力。她在了悟对面坐下，用手指搓了搓符纸："你这是打算学习如何制符？"

了悟原本想给她倒水，但看了一圈，发现桌子上只有符纸，水杯什么的都被他一股脑扔到了角落，只好作罢。

"算是吧。"了悟说，"想制出些能平复邪魔之气暴动的符纸，到时你体内的邪魔之气暴动时，有了这些符纸，能减轻些痛苦。"

衡玉眨了眨眼，问他："很难学吧。"

了悟解释："其实不算很难，只是在下没有制符基础，上手的难度就大了些。"

真正难对付的还在于符文里蕴含的力量，这种力量会压抑光。所谓的减轻痛苦，只是把她要承受的一部分疼痛移到制符人身上而已。衡玉对邪魔的了解并不多，听他这么解释就信了："你还伤着，注意休息。"

了悟转移话题，问："洛主过来找在下，是有什么事吗？"

"我想知道下一次邪魔之气会在什么时候爆发。"距离上一次爆发已经过去了大半个月。她不想自己闭关的时候突然出现什么意外，一着不慎走火入魔就危险了。

了悟蹙眉，脸上浮现歉意："在下也不能确定。"如果他能确定的话，上一次也不会没提前发现。

衡玉心底有些失望，但注意到他脸上的歉意，用指尖理了理垂落下来的发梢，轻笑："那你要一直待在我身边啊。有没有觉得自己的行动被我限制住了？"

了悟失笑摇头。从相识以来，他难道不是一直待在她身边吗？

"不说这个了。"衡玉把怀里的玉盒递到了悟面前，"这是舞媚给你的谢礼。"

提到"舞媚"和"谢礼"，了悟就知道这是和哪件事有关了。

他打开玉盒，乳白圆润的舍利子安静地躺在里面。了悟有些诧异："这份谢礼过于贵重了，在下并没帮她什么。"

因为当世大能禅修，要么出自无定宗，要么在各寺庙里担任住持方丈。他们寿元将近时都会选择在宗门或者寺庙里坐化，极少有舍利子流落在外。

衡玉道："没关系，舍利子只对禅修的修行有用。"

了悟点头："在下可以借着舍利子上残存的禅道感悟修炼，这应该能加速大道之伤的恢复。"等到消耗完舍利子上的感悟，他会把这颗舍利子送进舍利塔里存放。

舍利子居然还有这种好处。衡玉拍了拍额头："我应该一拿到舍利子就给你送来的。"

"其实没什么区别。"了悟温声道，"这颗舍利子应该是一位结丹后期前辈凝结成的，他的禅道感悟对在下来说，只有借鉴价值，可能参悟个几天就结束了，终究还是需要慢慢静养。"

衡玉点头："总之有用就好。"她没有再待下去，把空间留给了悟疗伤。

七天后，船形法器进入无尽荒漠。

衡玉站在甲板边沿，微微俯下身子朝下方那片树林看去。树木的枝叶还没完全展开，隐约可以看见树林里有人影走来走去，那些都是不远万里前来无定宗进行朝拜的人。

一刻钟后，船形法器顺利停靠在无定宗。衡玉跟在了悟身边，准备走下船形法器时，她顿住脚步，朝斜前方的圆新行了一礼："多谢前辈。"

圆新因她突然的行礼而露出诧异神色，然后他那有些凶悍的脸上缓缓露出笑容："去吧。"

衡玉这才跟着了悟下船。

"你的住处还是在上回那里。"了悟问，"在下有些事要先离开，让了念带你过去可以吗？"

衡玉说："没问题，也不是第一次来了。"

了悟因为她这句话笑了笑。像是想到什么，了悟又收敛起脸上的笑意，说："如果有事不能及时联系上在下，洛主可以找了念帮忙。如果是了念没办法处理的，洛主可以联系了缘，以他在宗门里的地位应该没问题。"

衡玉抬眸瞥他。了悟瞧见她的杏眸里一点点染上笑意，水色一闪而过，就像是黑夜突然被繁星点亮。她努力板起一张脸，很认真很严肃地询问，眼睛却泄露了她此刻的真正情绪。

"如果邪魔之气突然爆发呢？你确定找修因缘禅的圣子有用吗？我怎么听圆新大师说大慈大悲禅道对邪魔之气的压制作用是最强的。"

"在下刚刚话还没说完。"他下意识道，"如果有急事，比如邪魔之气爆发这样的事情，我一收到你的消息就会迅速赶来，你不用害怕。"

衡玉脸上的神色绷不住了，勾唇笑起来，笑到眼睛都有些弯成月牙状。

两人说着话的工夫，了念风风火火跑到他们面前："师兄，你找我有事？"

衡玉一句"我不害怕"还没出口,就被了念打断。她笑了下说:"送我去曲阳峰住下可以吗?"

原来是这件事。了念连忙点头:"那洛主就跟我来吧。"

了悟站在原地,目送着他们的背影。

"师父找你有事。"了缘不知什么时候出现。了悟点头,表示自己已经知晓,却并不急着离开。

了悟看向了缘,声音温和,带着些劝诫:"你不该如此。"

"不该什么?我做了什么?"了缘扬唇,笑得凉薄又带着几分挑衅。

"因缘禅道虽然不介意禅修身染红尘,却最介意禅修执念过深。你该知道在下在说些什么。"

"师兄。"了缘笑,又重复喊了一声,"了悟师兄。你这番劝诫有些生硬啊,你果然又失态了。"

他的声音逐渐不平起来:"我不该如此,你又该如此吗?你若是让她陷得越来越深,今后你成就无上道法,前尘淡去,要她如何自处?如果她爱上我,我可以许她一个未来。师兄可以吗?"

了悟下意识闭了闭眼,再次睁开时依旧平和:"你心绪起伏太大了。"

"你心绪起伏也非常大,贪嗔痴念种种情绪,过去几十年你体会过吗?如今不到两年,你怕是已经尝尽了吧。"了缘反唇相讥。他的辩才可不弱于了悟。

了悟抬眼看他,只用一句话,就让他失去继续辩驳的念头。了悟淡淡点评:"至少,在下从未尝过嫉妒的滋味。而你现在就在我面前,展示你的嫉妒。"

在这一瞬间,了缘身体里的力气几乎被抽离。他大口喘了一下气,似乎只有这样,他才能续上刚刚已经半停掉的呼吸。真是奇怪啊。他才认识洛衡玉短短几个月,怎么就……嫉妒了呢?但转念一想,他的师兄,不也在短短时间内就被那人牵动情绪了吗?

"努力静下心来,过段时间挑个合适的日子去闭关修炼吧,你在筑基巅峰已经停留了很长的时间,而且你的道法也有段时间没取得突破了。"了悟拍了拍他的肩膀,声音温和。

了缘抬手捂住半边侧脸,被手掌挡住的那边唇角扯出苦笑。

"我走了,你也快去见师父吧,不知道他有什么急事找你。"丢下这句话,了缘几乎落荒而逃。

"就是这里,我们进去吧。"了念指着前面不远处的大殿,作势要带着衡玉走进里面。

衡玉顺着了念的手看过去。这座大殿通体黑色,四个方位都摆着巨大的香炉,里面的香火始终不断绝。

明明应该是禅门清幽之地，这座大殿却泛着一股让人不舒服的、格外邪恶的气息。

连她都觉得不舒服，更何况是身为禅修的了念。

衡玉伸手，按住了念的肩膀，不让他再往前走："没关系，你就站在外面等我吧，我自己进去。"

了念有些迟疑，但他对前面的大殿也是心存畏惧，动了动唇角，似乎在考虑要不要舍命陪君子。

"我进去了。"衡玉不再给了念说话的机会，揉了揉他的头，越过他往前走。

大殿的门大开着，衡玉迈过高高的门槛走进里面。视野空旷起来，衡玉看到大殿四周摆着密密麻麻的香炉。香火燃烧后形成的烟雾笼罩着整个大殿，却没有多少神圣感，反而让人更觉压抑。

在来之前衡玉就打听清楚这里的情况了。

这座大殿会这么诡异，是因为它墙上的壁画记载着万年前修士与邪魔的斗争。

无定宗为了记录这场战役，也因为感念那些禅修大能的牺牲，修建了这座大殿。大殿一建成，禅修大能们身殒时留下的不甘意识都被牵引回来，附着在壁画上。他们那抹不甘的意识在邪魔的领地里停留太久，久到沾染了浓重的邪魔之气，所以这座大殿明明神圣无比，但也总会给人不舒服的感觉。

衡玉按了按太阳穴，压住心底那些不舒服的感觉，从进门左手边的壁画开始看起。

看了十几幅壁画，衡玉正打算往下一幅壁画走去，突然，壁画上好像泛起一道淡淡的金光，然后金光直直钻进了衡玉的眼睛里。下一刻，衡玉就感到那埋藏在她体内的邪魔之气蠢蠢欲动起来。

衡玉脸色微变，连忙从大殿里面跑出来。

了念正在吸花蜜喝，听到身后的跑步声，满脸茫然地转身："怎么了？"

衡玉摆手："没什么，我们回去吧。"

"你把壁画都看完了？"了念问。原本他是要送衡玉去曲阳峰住下的，但在路上，衡玉说了句想了解邪魔之气的来源，了念就想到了这个大殿。正巧也顺路，他就带衡玉过来参观了。

"还没有，暂时先不看了。"衡玉没多说什么。她的身体被邪魔之气侵蚀的事情，还是别告诉太多人为好。虽然只有心神被侵蚀才能算邪魔，她这种情况极为特殊，但谁知道有些偏激的人怎么想，会不会觉得她现在算是非我族类其心必异了。

了念有些摸不着头脑，但还是乖乖点头应好："那好吧，你感兴趣的话下次我再带你过来。"

戒律堂位于无定宗最里侧，被茂盛的菩提树包围着，从林间探出高高的屋檐。这里远离弟子居住和修行的地方，寻常时候都很安静。

了悟握着根长短合适的柳枝，这是刚刚一个师弟送给他的。他低着头，边往前走边分神把柳枝编成花环。慢慢地，他穿过菩提树林，踩着鹅卵石子铺就的小路，来到戒律堂前。

这栋建筑占地不过百亩，黑瓦白墙格外肃穆，与无定宗整体的仙气缥缈格格不入。高悬其上的牌匾上刻着"戒律"二字，横竖撇捺之间，光孕育其中，宝相庄严得令人不敢逼视。

门口守着两个手持棍棒的禅修，他们面容凶悍，气质冷硬，即使察觉到了悟到来也目不斜视。

了悟双手合十，向他们颔首致意，这才抬腿迈过门槛。

进入里面，映入视线的是一个空荡荡的院子。

了悟还是第一次前往戒律院，他站在院子中，一时之间有些踌躇。直到他瞥见斜对角的一扇门大开着，才定下心神走过去。戒律院首座和无定宗掌教圆苍一块儿站在雕像前低声交谈。似乎是听到脚步声，眼覆白绸的圆苍侧头"看"向门口方向："回来啦，此行可顺利？"

了悟在屋内站定，双手合十道："回师父的话，一切顺利。"又出声向戒律院首座问好。

戒律院首座修的是解脱道。他身体并不高大，反而显得干瘦，脸颊微微凹陷，就像个上了年纪的老人，周身都弥漫着浓重得叫人胆战的煞气。

他就这么平静地注视着了悟，元婴后期的威压不知不觉外放，施加了悟身上。圆苍轻笑了下，袖子拂过，一阵如大海般渊深的气机化去之前的威压。他像是没意识到戒律院首座的不满态度般，头歪了歪，问了悟："才刚回到宗门，怎么不先休整片刻？"

原本圆苍是在自己院子里等着这个弟子，结果收到了悟的传讯，说想在戒律院见面，他就从自己的院子赶了过来，在这里候着。

了悟垂眼："弟子犯了戒律，在外不方便受罚，如今已经回到宗门，自然不能再耽搁下去。"

圆苍很平静地"噢"了一声："是和那位洛小友有关系吧，你在渡情劫，犯些许戒律这不是很正常吗？如果是觉得肢体接触亲密了些，这也是因她身上的邪魔之气爆发，事出有因……"

"圆苍师兄，"戒律院首座狠狠蹙眉，不得不打断圆苍的话，"你太包庇你的弟子了。"

圆苍笑了笑："你这个做师叔的不心疼，我这个做师父的可不能坐视不管。"

戒律院首座不想再和圆苍纠缠，便直接越过圆苍看向了悟。

"师父，"了悟很平静，"弟子愿意接受一切惩戒。"

毕竟这是戒律院，不受他这个掌教的掌管，所以圆苍也不好再说什么，侧头看向戒律院首座。

"跪下吧。"戒律院首座神情不变，终究还是给了圆苍几分面子，"你在宗门的身份特殊，一言一行都为禅门表率，所以今日刑罚一事，我不会让其他弟子来观看。"

了悟望着那宝相庄严的金色雕像，理了理衣服，虔诚地跪下，双手合十。

戒律院首座背负双手，慢慢踱步到了悟身后："你身为无定宗圣子，应当知晓触犯不同的戒律会有不同的刑罚。我也不问你犯了何等戒律，这些事你向觉者言明即可。我只问你，你觉得你应该受何种等级的刑罚。"

了悟低头，神情谦和："回首座话，弟子早闻戒律院有三大刑罚，棍棒加身、神鞭烙骨、金光克神，这三种刑罚一出，从肉身到骨头再到心神都被施加痛苦，而且无法用灵力化去。弟子如今所犯戒律没有到这么严重的程度，但洛主身体里的邪魔之气隔一段时间就会爆发一次，弟子也不知自己具体会触犯多少条戒律，因此想提前背负刑罚。如此一来，弟子才能坦然为她净化体内的邪魔之气。"他的话音明明不重，却让屋内的气氛凝滞片刻。

黄色的雀鸟在院子边的灌木丛上跳来跳去。突然，安安静静的院子不知从哪里传出棍棒划破空气的声音，以及棍棒实实砸在肉身的声音。

在曲阳峰安置好，外面的天色都黑了。

衡玉原本想去找了悟，但想到他说自己有事要处理，衡玉还是暂时把这个念头压了下去。

反正她体内的邪魔之气只是有些蠢蠢欲动，距离爆发应该还有段时间。他身为圣子，离开宗门几个月时间，现在回到宗门总要腾出手处理些私事。

衡玉两只手抱着膝盖，缩在椅子上发呆。不知道为什么，想到了悟她就觉得有些心神不宁。

"不去找他，我发个传音符总是可以的吧。"

发了张传音符过去，衡玉叹口气，打算去沐浴。等她沐浴出来，润湿的头发也完全干了，还是没等到了悟的回讯。这种等待的情绪让她心底升起几分烦躁，完全看不进面前摊放的古籍。过了好一会儿，衡玉有些懊恼地捂住额头。她发现，自己的情绪被那人牵动得越来越厉害。

从椅子上跳下来，衡玉点了根效果极佳的安神香，借着安神香的帮助，她躺在床上，没过一会儿就睡了过去。她睡得并不沉，不知不觉跌入了梦境里。

梦境里，铺天盖地都是黑色的邪魔之气，每一道邪魔之气都如刀刃，狠狠穿透她的身体，那一种撕裂般的痛苦，就像是要将她千刀万剐一般。在终于忍受不住疼痛之时，衡玉猛地从床上坐了起来。她沉沉喘了好几口气，用左手抓着自己的右手，触感传递到大脑，她才从满脸冷汗的状态中回过神来。

灼热的阳光从窗外透进来，衡玉才发现早已日上三竿。她在梦中被魇住了，居然一口气睡了八九个时辰。衡玉掀开被子，赤脚站在冰凉的地板上。她直接拎起茶壶，对着壶口喝起里面残存的冷水。

等到心情彻底平复下来，衡玉才开始梳洗。

"洛主，洛主，你在吗？"远远地，了念的声音就从外面飘了进来，然后才是咚咚的敲门声。

衡玉系好腰带，理顺袖口褶皱，走去给他开门。

看他哭丧着脸，衡玉奇道："怎么了？"

"我……我不小心把了悟师兄画给你的符纸烧毁了。而且符纸是被师兄自己写的那卷经文压住的，当时符纸连同经文一块儿掉进火盆里面了。"了念几乎要哭出来。

他真不是故意的，谁能想到会发生这样的意外。虽然师兄脾气很好，但他犯了这么大的错，师兄肯定不会随随便便就原谅他的。于是在立即承认错误和跑过来请衡玉跟他一块儿过去、顺便帮他求情之间，了念非常从心地选了后者。

她知道那些符纸，都是了悟强撑着身体的不适写出来的。但现在符纸已经被毁掉，再指责也于事无补。看着了念那张几乎皱在一起的脸，衡玉无奈道："我会帮你求情的。"

"谢谢洛主！那我们现在走吧！"了念的眼睛微微亮起。

"你师兄应该有事在忙吧。"

了念说："是吗？可昨晚我回到厢房时，还看到了鹤师兄走进师兄的院子，给师兄送了盆热水，今早出门做早课时也看到了。"

说着说着，了念忍不住挠挠头："了鹤师兄进进出出，了悟师兄肯定不会是在修炼，我们进去求个情，应该不会耽误什么吧。"

那他怎么没回复自己的传音符？衡玉觉得有些奇怪。但她现在也很想见了悟，她有种奇妙的感觉，那场梦魇仿佛是种冥冥之中的昭示。下一次邪魔之气的爆发应该快要来临了。

衡玉从善如流道："那我们就走吧。"

"谢谢洛主。"了念双手合十，再次道谢。

衡玉摇头："没关系，我只能帮你求求情，但罚不罚你，还是得看你师兄怎么想的。"

"这样已经足够了。"了念稍稍松了口气，这时候回过神，他才发现自己的后背都被冷汗弄湿了，衣服紧紧贴着他的脊背。他有些懊恼地挠挠头，也在心里埋怨自己的粗心。

乘坐仙鹤抵达目的地，走了大概几百米，一个外墙爬满不知名藤蔓、环境清幽的屋子出现在衡玉的视线之中。了念给自己鼓了鼓气，快步上前，抬手敲了敲门："师兄。"

里面传出起身的动静，随后才响起一道有些沙哑的声音："了念？"

这道声音沙哑，乍一听像是刚从梦中睁开眼睛，还没完全清醒过来般。

"师兄，是我。"

"进来吧。"

得到允许，了念推开门，扭头瞥衡玉一眼，先让衡玉走进里面。

衡玉一走进来，就闻到空气中那浓烈得刺激大脑的药香。因为没有开窗透气，这股药香在房间里凝而不散。了悟受伤了？这一刹那，衡玉好像意识到了些什么。

在了念要走进来之前，衡玉反手把门关上，隔着门对门外一脸蒙的了念说："你先回去，你的事情我会告诉你师兄的。"说完，她一脸平静地朝床上的了悟走过去。

突然看到衡玉，了悟有些措手不及。他隐在被子里的手虚抓了抓，但脸上同样一派平静。

衡玉快要走到他身边时，突然折到旁边的桌子上："要吃橘子吗？"接着从果篮里取出一个橘子。

了悟被她弄得一上一下，浅浅地笑起来："好。"

明明椅子就放在他床边，衡玉却看也没看那张椅子一眼。她要坐下时，发现椅子挡了她的路，直接一脚踹过去把椅子撂倒在地，这才脱掉鞋子坐在了悟床侧。

没有出声问什么，衡玉垂下眼剥橘子。了悟不知道她现在在想些什么，目光定格在她脸上，又渐渐移到她手上看她剥橘子，唇角微动。

"试一试酸吗？"没等他组织好语言，一瓣橘子递到他的唇边。

了悟原本想要自己吃的，但她现在这般不动声色，连是否生气都看不出来，他只好微微张开嘴，咽下那瓣橘子。

"很酸，也很涩。"他低声抱怨。不对，与其说是抱怨，倒更像是在软下声音哄她。

衡玉抬眼看他，又给他递了一瓣："是你说的，不能浪费。"没忍住也跟着抱怨了句，"声音这么哑，谁想听你的抱怨啊。"

了悟笑了下，只好继续张嘴，默默嚼了两口咽下果肉。然后抬眼看她，等着她喂下一瓣。

衡玉瞥他一眼，掰了果肉，这回却是直接丢进自己嘴里，一边皱着眉头一边用力咽下果肉："这些橘子是谁送来给你的，就不能挑些熟透的吗？"

"别吃了。"了悟想抬起手揉揉她的头发，但鞭伤印在他肩胛骨上，让他没办法顺利举起手。害怕被她看出伤势的严重，他只好这么出声劝阻，"到时候拿去喂雀鸟，也不算浪费。"

衡玉迅速把手上那大半果肉丢到桌子上。她从储物戒指里取出手帕，递到了悟面前："帮我擦手。"脏掉的右手也一同平举到他眼前。

他脸上刚浮现出一抹迟疑，衡玉问："是不是伤势重得连手都举不起来了？"

了悟只好苦笑，她总是这般敏锐。

衡玉飞快地擦了几下右手，把手帕直接丢到地上。她身体向前倾，拉近与了悟的距离。

衡玉在了悟猝不及防之下一把掀掉他身上盖着的薄被，那只掀掉被子的手顺势抓住他的衣摆："你这件衣服只是普通料子，我用灵力一撕就全部撕碎了。你现在要么乖乖告诉我发生了什么，要么我扒光你自己瞧，昨天你是不是去戒律院受罚了！"

了悟："……是受了些小伤。"

衡玉手上一用力，他的上衣被灵力震碎些许，大片胸膛露了出来。

了悟下意识抬手压住自己的衣服，即使这注定无用："……洛主。"

衡玉垂眼俯视，仿佛居高临下，带着些欣赏和挑衅，目光灼灼："检查一下你在说真话还是假话。"

了悟腰间垫着枕头，头靠在床头坚实的木板上。衡玉就侧坐在他身边。明明两人是在平视，但她眸中火色烈烈，仿佛有一盏灯火悬挂其中照彻四方，带着灼烧人心的温度。他的气质收敛，脸上的苍白依旧浸着三分温和。日光从窗外浇洒到衡玉半边侧脸，华光流转其中，艳得像是注定要将他焚烧殆尽的火光。了悟一时走神。

衡玉略带凉意的手按在他的肩膀上："很难举起手，是因为伤了这里吗？"

他的左肩有大半里衣滑落，隐隐露出些许肌肤。衡玉的手恰好就按在衣服与肌肤的连接处，于是肩上的触感便成了一半温热一半冰凉。了悟浑身一震。

衡玉以为是自己刚刚太用力了，下意识缩了缩手。

了悟知道自己没办法再遮掩下去，这时候，坦诚告知反倒比继续隐瞒要好很多："主要伤在后背。"

"让我看看。"

了悟哭笑不得："师弟已经帮我上好药了。"

衡玉坚持："让我看看。"

"你看不到的。"了悟败下阵来，"伤在骨里，刻在心神上，肉身的痛只是寻常。"

衡玉说不上来自己现在是什么想法。生气吗？好像有一些。他明明是因她而受这等刑罚，却试图对她隐瞒，如果不是因为了念，她至少要在几天后才能发现他受了伤。愧疚？好像也有一些。他是因与她亲昵才背负责罚的，不然他这样的人，怕是连戒律院里面是什么模样都没见过吧。

也许，还要再加上很多的不知所措。她突然有些不知道该怎么与他相处，亲昵了怕过界，疏远则不可能。她现在看着他，就像在看雾里的灯花，也像是站在人间仰望寺庙里的雕像，明明就近在咫尺，却有些触不可及。

"在想些什么？"了悟突然出声。

两人目光撞上，衡玉略一迟疑，说："没什么，你好好养伤。"就要下床穿鞋。

了悟想要牵住她的手，衡玉几乎是下意识地避开。看着自己空落落的掌心，了悟似乎是意识到了些什么："洛主，留下来陪我聊聊天吧。"他这么一说，衡玉不好再走，维持着一个有些僵硬的坐姿，抬眼看他："你现在这种情况，确定有精力聊天？"

了悟笑了下，有些勉强："似乎没有，只是想让你留下罢了。"他能猜到衡玉现在在想些什么，这就是他不愿把受罚的事情告诉衡玉的原因。他心甘情愿的事情，为何要叫她背负歉意？

衡玉只好往床榻里侧缩了缩。她一只手撑在床上，另一只手越过他去拉被子，把被子重新盖回他的身上。捻好被角后，衡玉要扶他躺下。

"在下……想换衣服。"了悟迟疑了下，还是说了。他的上衣还是被撕破的状态。

衡玉眨眼。她心情不太好，性子就有些恶劣起来："换吧。"了悟苦笑。

衡玉好心地问道："你现在不好抬手，那我帮你换？"

了悟越发苦笑："在下应该还是能自己换的。"

衡玉冷笑："你刚刚还让我留下来，现在又要让我出去了，变得也太快了吧。"

了悟有些头疼地按了按眉心，放缓声音："那你背过身去好吗？"

衡玉面露古怪，刚想转过身，又想起一件事："你现在是不是不能动用储物戒指？那衣服……"

了悟指着柜子："里面放有几套。"衡玉下床去帮他拿。知道他窘迫，她把衣服放到枕头上，就走到窗边，眯着眼惬意地欣赏着外面的一草一木。别说，那普通的花花草草，看久了都挺好看的。她看得十分专注，假装没听到身后窸窸窣窣的穿衣动静。

"已经好了。"直到了悟出声，衡玉才回去。

只不过是换件上衣，他额头就已经渗出细细密密的冷汗。衡玉勾唇，欣赏了下他脸上难得的窘迫，这才把他换下的衣服收走，重新坐回床上，扶着他躺下，用干净的帕子慢慢帮他擦掉额头的冷汗。

"睡吧，等你睡着了我再走。"

了悟才昏迷了一整夜，现在并不算很困。他别开眼看着床里侧那堵墙："你怎么和了念一块儿过来了？"听到这个问题，衡玉才想起自己今天会过来的原因。她把了念的事情都一一说出来，了悟无奈："他性子素来跳脱，只是没想到会这么不小心。"

衡玉同仇敌忾："是挺不小心的，那些符文可都是你强撑着画出来的。"

了悟低低笑了下。衡玉看着了悟这伤重的模样，一时之间不知道自己要不要把大殿和梦魇的事情告诉他。以他现在的情况，他想要帮她净化体内爆发的邪魔之气，势必会伤上加伤。

谁想，却是了悟先一步问道："这几天，你体内的邪魔之气有什么异动吗？"

他不问也就罢了，一问，衡玉下了决心，把两件事都复述出来。末了，她问："你觉得邪魔之气会在何时爆发？"了悟没说话，只是往床榻里侧挪了挪，在外侧空出足够一人躺下的位置："困了吗？你也躺下睡会儿吧。"

衡玉微愣，透过他凝重的眉眼，猜到了什么："是不是很快就会爆发了？"

"是的。"

"我去找圆新大师吧，或者请他帮我联系圆苍大师，他们也能念驱魔经文为我净化。"

了悟挣扎着坐了起来："但那样一来，你只能硬生生受着这场痛苦。"

衡玉怕他牵动到伤势，吓得连忙扶住他。她笑了下，眉眼张扬："你小瞧我了。"

"你能为我受罚，我就不能为了避免你伤上加伤，同样承受一场痛苦吗？"

"你能。"了悟说，他勉力抬起手，但实在抬不起来，只举到她的腰间位置。

迟疑了下，他把手虚放在她的腰侧，从远处看，他仿佛是在抱着她："可在下不能视而不见。"

"不是说了要等在下睡着再离开吗？"他又低声质问她，带着些委屈。明明他的手没碰到她的腰，衡玉却觉得腰侧一片灼热。灼热到，她分不清是她自己心如鼓雷，还是她的玉牌在发烫。

"……你别乱动，我躺下。"衡玉下意识咽了咽口水，用手拍打额头。她先定神，扶着了悟重新躺下，自己才跟着平躺下。平躺的姿势太过僵直，她侧过身体，手枕在脸侧，视线凝视着了悟。

完全不自觉地，衡玉的视线从他的眉间一点点向下，划过鼻梁，划过唇畔，没过喉结。也许她自己都没意识到，她的视线极具侵略性，了悟觉得自己的脸和锁骨都被火光灼烧透彻。

衡玉看了好一会儿，声音低低道："那我真的睡了？"

"好。"

"如果邪魔之气明天才爆发，我不就相当于要在你这里留宿了吗？你确定不要我走？"顿了顿，衡玉补充，"我只问这一次，如果你确定，我就不顾及后果留下了。"

了悟偏头看她，迟疑几秒，说："会不会冷，木柜里有一床新的被子。"

衡玉没忍住笑起来，翻身下床，过了一会儿抱了床新的被子过来。她把被子铺开，故意把一小部分被子往他身上丢。了悟无奈，只好往里又退了退，直到退无可退，衡玉一人的被子便占了大半边的床。

她抬起手，扯掉固定住头发的栀子花簪，黑如鸦羽的长发倾洒而下，从她的肩膀滑过，发梢坠到被面，在灰色的被面上绽放开。她掀开被子躺下，从储物戒指里取出一个玉瓶把玩："你觉得里面装着什么？提示一下，和此情此景非常相配。"她这么注视着自己，了悟不好不答："在下猜，是疗伤丹药。"

"不对，是合欢散。"衡玉有些顽皮。她朝了悟眨了眨左眼，用力拔掉玉瓶上的瓶塞。动作幅度过大，玉瓶上下振动，瓶子里的红色粉末洒出来一小半，没入到空气中，与那些空气中的尘埃融为一体。少许掉落在枕头上，瞬间消失不见。

"你伤得这么重，也不知道合欢散对你还能不能起作用？"

了悟并非什么都不懂，她这话中的暗示过于明显，他的耳垂几乎烧红。偏偏室内光线黯淡，他面上端起沉着如水，便很难让人发现他的窘迫："洛主别闹了。"

"好吧，我就是开个玩笑。"衡玉把玉瓶里的粉末又倒出来些许，"定魂粉，可以在睡梦中缓解心神上的痛苦，这样你睡觉的时候就不会那么难挨了。"

她理直气壮地为自己刚刚的行为找补："定魂粉取十八种稀有灵植炼制而成，整个百花谷仅此一瓶。我把这么珍贵的东西用在你身上，开个玩笑，你应该不会生了悟抿了抿唇，难怪他心神中的痛楚没刚刚那么强烈了。下一刻，他的眉心拧起："我为何不生气？"衡玉愣了愣神，有些茫然。瞧见她这么茫然，了悟那原本没想说的后半句话也只好跟上："若洛主想要，更珍贵的东西在下也能无条件给你。"

衡玉笑了下，神情里带着几分漫不经心，似是不信，又似是不在意。这分漫不经心刺到了悟，他抿紧唇角，唇峰上的光像是春日里的光辉。

他说："睡吧。"衡玉的左手突然伸向前，按在他枕边，右手顺势抚上他的颊侧。她就这么居高临下，形成的阴影几乎完全将他笼罩住。

衡玉叹息："可最珍贵的那样东西，觉者不会愿意给我。"她的视线落在他身上，几乎掀起滔天红尘，"你不是提前受罚了吗？既然已经赊好了账……"

"你怎么能这么纵容我，不知道我这人一克制不住就会得寸进尺吗？"呢喃的自语声响起。

她的唇就这么紧贴着他的眉心，于是他能清晰在心底描摹出她唇颤动时的频率。

他看不清她的眼睛，但他想，那漂亮的眉眼里此刻一定遍历春花秋月。

衡玉终于缓缓起身。她没再说什么，只是乖乖收好玉瓶，掀开被子钻进里面，背对着了悟侧躺下。

原本衡玉以为自己会不自在，但可能她早已习惯了悟身上的檀香气息，也可能是那场梦魇让她太过疲倦，沾着枕头不到半刻钟，她就沉沉地睡了过去，平缓的呼吸声轻轻响起。

了悟正面仰躺，两只手规规矩矩地放在被子上。躺了很久，那从窗外透进来的阳光也化为暮色。

了悟刚酝酿出困意，门外传来一阵敲门声，随后是负责照顾他的了鹤的声音："师兄，我给你送热水来了。"了悟瞥了眼衡玉，发现原本睡得安安静静的她动了动。他略支起身子，拍了拍她的背："没事，你继续睡。"

衡玉迷迷糊糊应了一声。了悟这才扬起声音，对屋外的人道："了鹤，你先回去吧，今日不必过来了。"门外站着的了鹤低头看一眼手里端着的那盆热水："师兄，那我明早再过来。"

听到屋外的脚步声逐渐远去，了悟重新躺下，只是刚刚酝酿好的困意又消散得无影无踪。他轻声叹息，干脆在心里想着前两天读的那本经文里的一个晦涩处。

那个点想通之后，了悟余光扫到衡玉。她这么安安静静地躺在他身侧，他还能沉下心继续钻研经文，这总让他有种古怪的错觉——似乎禅道与她，并不相悖。

云端月色明亮，衡玉的意识又涣散起来。

她身处一片铺天盖地的黑色之中，赤脚踩在上面，犹如行进在刀刃之上，步步杀机。想要后退却退无可退，身体不受控制地跟跟跄跄往前。没有站稳，衡玉猛地向前扑倒，刀刃刺透她的掌心，滑倒时从膝盖到脚背留下一长条刀伤，她顿时疼得

浑身一颤。藏在暗处的食尸鸠惊得飞起,像是终于找到猎物一般,铺天盖地地向她拥来。黑暗中一直有人在她耳边呢喃:

"只要同化,只要成为同类,只要融进去就不会那么难受了。"

衡玉挣扎着想要爬起来,尽力保持冷静地左右环视,试图寻找到一条求生的出路,但周围都是黑暗,暗到永无天日。

"洛主,"似乎有人抱住了她,在她耳边一声声说着,"醒不过来就不必强求,借着痛苦修炼,强化你的心神。"这道声音一出,就像是云破日出般,那强压在衡玉身上的痛苦消散不少。

她几乎是下意识地,朝那道声音来源靠去,如溺水之人死死抓着救命的稻草。

了悟突然被她环住脖子,身体微微一僵。片刻之后,他勉强忍着身上的疼痛,用干净的袖口帮她擦掉渗出来的冷汗。怎么擦都擦不干净,到最后,干燥的袖口几乎被她的汗水湿透。

这次的疼痛,竟比上一次还要剧烈。他看着她那张近在咫尺的脸,竟映出几分脆弱与无助来。

了悟闭上眼,开始催动自己体内的先天禅骨,借助禅骨的力量诵读驱魔经文。

慢慢地,驱魔经文再次在室内响起,只不过念着驱魔经文的那道声音沙哑而颤抖。

晨曦破窗而入,衡玉终于摆脱那场梦魇。

她缓缓睁开眼睛,才发现现在是什么情况。她直接拿了悟的手臂当枕头枕着,两人靠得极近,也不知道他是不是精力早已耗尽,现在呼吸声非常平稳。

"……了悟?"衡玉轻轻喊了声。无人应答。

"了悟。"衡玉又喊了声。他还是熟睡着,眉间写满显眼的疲倦。

"我不方便继续留在你这里,要先回去了。"衡玉低声道。

即使无定宗的人都知道她和了悟行为亲昵,但她夜半不归留宿在他这里,还是会引起轩然大波,甚至无定宗的长老们都未必坐得住。

一只手撑在床板上用力,衡玉非常慢地直起身子。

衡玉想了想,脱掉自己脖子上挂着的玉佩。玉佩是用一大块玉料雕琢而成的,上面龙飞凤舞地刻着一个"衡"字。玉色里夹杂着几分绯红,成色相当好。

她知道他听不到,弯下腰把玉佩放到他的枕边,笑着勾起唇角:"这是昨晚的房租。"

往身上拍了道能阻拦住神识窥视的隐身符,衡玉这才开门走出了悟的房间,御剑回到曲阳峰。

她一回到曲阳峰,就给自己装了一整桶水,直接用灵力把水温提高到合适的温度,脱去身上的衣裙,筋疲力尽地靠在浴桶边缘。在浴桶里泡了很久,衡玉才扶着额从浴桶里出来。

她穿上最方便行动的道袍，弄干头发后，趴在桌子上继续休息。

昨晚太疼了，现在她的神经一直在抽动，弄得她非常不舒服。

"咚咚咚"，外面突然传来敲门声。衡玉撩起眼皮，懒洋洋地问："是谁？"

"洛主，是我。"是了念的声音。衡玉勉强打起精神，示意了念自己进来。

了念推门进来，手上捧着几枝玉簪花："我今早出门时看到路边的玉簪花开了，就给你摘了几朵送过来，摆在窗台上会很好看。"他的笑容干干净净，里面满是少年稚气。这样的笑容让衡玉觉得身体舒服不少。她指着窗台上的空花瓶："帮我插上？"

了念走到她身边，安安静静地摆弄玉簪花，把它修剪到合适的长度后插进花瓶里，让她迟些往里面加水就好。做好这些，他才有些扭捏地问道："洛主，你和我师兄说了我的事情吗？"

衡玉这时候没心情逗他，直接点头："你放心，他并不责怪你，只是你以后要注意些，做事别这么急躁。"了念松了口气，连忙用力点头，再次向衡玉表示感谢。

了悟伤了心神，需要好好休息，昨晚衡玉疼了几乎两个时辰，他也陪着折腾了两个时辰。一直到天色快放亮才睡过去。他是被敲门声吵醒的。

"师兄，我给你送热水来了，你睡醒了吗？"了鹤的声音从门外传进来。

了悟缓缓睁开眼睛，睡意依旧浓郁，但当他扫到身侧那已经无人的床榻时，所有睡意都消散了个干净。他熟睡中，压根儿没注意到她是什么时候走的。

了悟伸手去摸被褥，早已凉透。收回手时，了悟才注意到摆在枕侧的那块玉佩。

他摩挲着这块玉佩，思考这是她不小心掉下来的，还是她故意留给他的。该是故意留给他的吧。这枚玉佩的绳子非常完好，没有毁坏的痕迹，只可能是她自己从脖子上摘下来的。

"师兄，你还没醒吗？"门外的了鹤又问了一句。

"醒了，你进来吧。"了悟回神，对屋外的了鹤说道。

了鹤端着热水进来，把热水放到桌面，笑道："师兄你先洗漱吧，迟些我帮你上药。"

他就要过来搀扶了悟起身，了悟却先一步道："不用过来了，我自己起来吧。"

床榻上有两床被子，枕头上还有几根掉落的长发，洛主提前离开，应该就是不想让人发现她在他这里过了夜，他不想浪费她的一番心意。

疗伤时，了悟鼻尖还能闻到一股淡淡的合欢熏香。这股有些妩媚的香型与清幽的檀香混合在一起，构成一种全新的味道，并不难闻。

接下来的几天时间，了悟都安安静静地待在房间里疗伤。

衡玉休息好之后，托了缘帮忙，得到进无定宗藏经阁的机会。她待在里面查找有关邪魔和邪魔之气的资料，隔个两三天去探望了悟，看看他的伤势恢复得如何。

眨眼之间，一个月时间就过去了。在各种疗伤丹药的帮助下，了悟身上的责罚之伤和大道之伤都好了大半，已经可以动用灵力。

这天傍晚，了悟踩着苍苍暮色来找衡玉。

衡玉坐在院子秋千上荡来荡去。这是了念为了感谢她帮忙，花了两天时间给她做的。余光瞧见了悟，衡玉高兴道："你先等会儿。"了悟立在早秋的风中，安安静静地等着她玩过瘾。

过了好一会儿，衡玉才停下来，问他："伤都养好了？"

了悟点头："明日我们就离开宗门，出发去华城吧。"因为他的伤势，她已经在无定宗留了一个多月时间。事实上，她体内的灵力早已达到结丹期的水平，现在一直在压着灵力，想要等到去华城再突破。

"好啊。"衡玉莞尔。

大雨过后，云雾散去，日光从穿顶之上倾洒而下。衡玉撤掉用来挡雨的结界，抱着剑看向了悟。

四天前，衡玉和了悟乘坐飞行法器从无定宗离开，出发前往华城。两人都不急着赶路，乘着飞行法器慢悠悠地飞着。不过一直待在飞行法器上也无聊，了悟干脆帮衡玉雕刻起新的发簪。

这一回他不再用木料，而是用了炼器的材料。等雕刻好后再炼制一番，发簪不仅能用来固定头发做装饰品，还能充当防御法器。

衡玉把栀子花簪收好，沉吟片刻，问起自己目前最关心的一个问题："这段时间我闭关修炼，邪魔之气会不会在我闭关中途爆发？"

了悟说："突破至结丹期时你的气机会自封起来，看上去就像是没有生机一般，邪魔之气不可能作祟。"通常来说，邪魔之气只在活物身上作祟。衡玉自封气机，邪魔之气没有神智，感知不出异样来，就会继续蛰伏。

"那就好。"衡玉放下心来，换了个话题，"我想打听万年前那位禅门之光的事迹。"

"他的法号是虚乐。"了悟说。

"虚乐？"这个法号有些耳熟。衡玉垂眼深思片刻："我们之前在淮城时，百姓将寺庙里的一尊雕像砸毁，那尊雕像似乎就是虚乐？"

了悟点头，表示她没有猜错："那的确是虚乐圣子的雕像。"

衡玉问："他当年成就无上道法后，是不是飞升了？"

了悟抿唇："虚乐大师成就禅道后，率领一千位禅修大能前去深渊镇守，他们以自己的血肉之躯化为阵法，与残存世间的邪魔同归于尽。自此之后，邪魔浩劫暂时落下帷幕，沧澜大陆重归平静。"

衡玉闻言微微愣住，忍不住追思，万年之前，那些人是怀着怎样的心情赴死的？

悲壮得叫人动容。

三个时辰后，衡玉和了悟顺利进入华城。

衡玉早就把之前住的院子买了下来，那个地方住得还挺舒服，距离青云寺又近，她就打算继续住在里面。走到院门口，了悟止步："那在下就先告辞了。"他打算像之前一样去青云寺投宿。

"等等。"衡玉喊住他，"我过两日就要闭关冲击结丹期，你不是说要为我护法吗？"

她眉梢微挑，浅笑道："你住青云寺，我住在这处院子，相隔那么远算什么护法。"说到这里，衡玉话音又是一转，试探性地问，"不如搬过来和我住？反正还有空房间。"

了悟笑了下，问她："有没有想过一块儿住在青云寺？"衡玉知道他的意思，如果她坚持的话，他肯定会搬来陪她住的。但如果是在她的院子住下，她闭关后他只能一个人默默护法；可是住到青云寺，他偶尔还能在寺庙里走动。想了想，衡玉发现自己刚刚的考虑并不周全。

"我要冲击结丹期，这方便吗？"

"方便的。寺里空闲的厢房不少，只要交少许香火钱就能一直在里面住着，到时候我们挑个僻静些的厢房，不会影响你的修炼。"

衡玉诧异："你居然还想收我的香火钱。"

"难道不该理解成在下帮你付香火钱？"

衡玉眉梢微挑，瞥了他一眼，她本想绷紧神情，但还是忍不住唇角上扬："那我们走吧。"

衡玉作为一个筑基巅峰修士，要投宿到青云寺，自然该去和青云寺住持打声招呼。

慈眉善目的住持依旧守在签摊上，衡玉一走进寺庙大门就瞧见了他。

两人目光撞上，住持还记得她，双手合十笑得眉眼舒展："洛道友，我们又见面了。"

"住持。"衡玉回礼，"第一次遇到住持时，住持守在签摊为人解签，没想到今天也在这里遇到。"

"在哪里都是修行，在下很喜欢坐在这里看着香客们进进出出。"住持笑着解释一句，这才和了悟见礼。互相行过礼后，了悟把衡玉想投宿冲击结丹期的事情告知住持，住持笑着道"无妨"，目光重新移回到衡玉脸上，多打量了几眼。

衡玉察觉到他目光有异，疑惑道："住持在看什么？"

住持双手合十向她致歉："冒犯道友了，只是在下观道友的面相，与禅门的渊源是越来越深了。"

衡玉克制住抬眼看了悟的念头，淡淡地笑着，没多说什么。反倒是住持轻轻瞥了悟一眼，这才看向衡玉温声道："虽不知面相的变化是因何事，但在下怎么看都像是吉兆。"

衡玉闻言也瞥了了悟一眼："那就借住持吉言。"

向住持告辞后，衡玉两人被小童子领着往厢房走去。他们的厢房在寺庙西北角，这里有些偏，也远离大殿。这样，衡玉如果要遭遇雷劫，不会惹得前来寺庙许愿的香客们过于惊慌。

衡玉用风诀将院子里的枯叶全部扫成一团，碾成粉末，都撒到树根旁边充当肥料。

等她做好这些，回头发现了悟正用湿抹布擦拭窗台。他已经擦了一段时间，如今窗台明净，暮色四合，残阳投在他的身上，他整个人呈现出一种极致的温柔。察觉到衡玉的注视，了悟侧头朝她招手："先把这间厢房收拾好，到时候你在这里住下。"

"好。"衡玉走到他身边，陪他一起收拾。

一刻钟后，这处厢房已然收拾妥当。衡玉提起木桶，木桶随着她的动作轻微摇晃。了悟顺手把木桶接过去："去休息吧，这几日赶路你一定累了。另一处厢房在下自己收拾就好，不会耽搁多少时间。"

"一起吧，反正也不会耽搁多少时间，不是吗？"衡玉用他的话反过去说服他。了悟无奈一笑，没再多说什么。

等到搞定一切，天上已经繁星点点。

接下来两天，衡玉都在华城里闲逛放松心情，把自己的状态调整到最佳后，才开始闭关冲击结丹期。厢房里很安静。衡玉开启结界，盘膝坐到蒲团上，把身份玉牌和合欢子一一取出来摆在自己面前。

冲击结丹期对她来说是一件水到渠成的事情。她体内灵气已经达到临界点，心无魔障，又有足够的倾慕值和合欢子。几样条件齐备，衡玉轻吸口气，直接把合欢子送进嘴里吞服。

没过几秒，就有一股强大的灵力充盈她的丹田。她丝毫不耽搁，集中精力去炼化这些灵力。时间一点点过去，厢房上空始终没有出现任何成丹的异象。这一个多月的时间里，了悟大多数时间都待在自己的厢房钻研经文。偶尔有事出门，也只是在青云寺里给小童子们讲解道法，一旦衡玉的厢房出现异动，他就会第一时间赶回去。

眨眼之间，距离衡玉刚开始闭关已经过去三个月时间。

华城已至深秋，时常阴雨绵绵，截至现在已经有近十日都没有放晴。

青云寺住持有事请了悟过去一趟，等处理完事情，了悟撑着油纸伞穿过这场细雨，走进院子里。刚踏入院子，他的脚步微微顿住，院子里的灵力凝滞下来了。

下一刻，了悟直接看向衡玉闭关的那处厢房，看来她突破在即。一刻钟后，一道巨大而无声的惊雷破开云层，直直砸到厢房里，目的明确地狠狠袭向厢房里的衡玉。

了悟下意识攥紧右手，呼吸微微屏住。这是洛主的雷劫，修士必须历经雷劫方可踏入结丹期，所以他只能眼睁睁地看着她经受雷劫而不能出手。虽明知对方不会出事，但安静置身一旁看着她遭遇痛苦的滋味并不好受。了悟苦笑了下，直到察觉到第一道惊雷被她顺利挡下，这才稍稍松了口气。

　　但他这口气刚松了一半，下一秒，又有一道更粗壮的雷电从云层里破出来。

　　三十六道雷电劈斩而下后，原本还在下着的雨一瞬间停了下来。云雾散去，天光倾洒，阳光照耀着整个青云寺。寺里的香客和小童子们纷纷抬头看天，奇怪这天突然说变就变。

　　"咦！你们看！"有个香客注意到不对，高声呼喊，"太阳只出现在寺庙里，一出了寺庙还在下雨，天都是阴的。"

　　忽然又有人惊叫道："那是什么！那是不是龙凤的虚像？"

　　青云寺西北方向，龙踏虚空，凤鸣九霄，它们似乎是在庆贺着些什么。

　　了悟抬眸瞥一眼异象，脸上划过一抹惊奇。对于这世间绝大多数人来说，突破至结丹期时天道降下的异象都是仙鹤，龙凤异象非常少有，整个沧澜大陆史里都没有几个人在突破至结丹期时能召唤出来。当世仅有的几位大能，都是在突破元婴期时才出现龙凤异象的。

　　不过只是惊讶一会儿，了悟就收回目光，注视着紧闭的厢房门，等着衡玉从里面出来。

　　下一秒，闭合足足有三个多月的大门被人从里面推开。衡玉手扶着门框，仰头看着天上的异象。瞧清楚异象后，她脸上也浮现出几分诧异，但很快诧异就消散下去，她迈过门槛，快步走到了悟面前。

　　没等她开口说些什么，了悟已经先一步抬手抚了抚她的鬓角："恭喜出关。"

　　三月未见，他着实很想她。了悟很难言明这种感受，只是，他早已在过去的岁月里习惯她的陪伴，熟悉她的一颦一笑。她一闭关，他就觉得心里空了些。

　　"你的恭喜太流于表面了。"衡玉注视着了悟，问他，"不想我吗？没什么主动的表示吗？"

　　了悟垂下眼，顺从自己的心意，伸手虚虚环抱住她："欢迎出关。"

　　衡玉知道，这个克制而主动的拥抱比她情难自禁的亲吻还要难得。

　　"师父？"身为住持大弟子的禅修低声问，似乎在奇怪他师父为何站在院门外面，而没有走进院里恭贺那位洛姑娘突破至结丹期。明明他们过来的原因就是这个。

　　青云寺住持别开眼，看着雨后初晴的蓝天，微微眯起眼。住持喃喃自语，声音轻到连他身边的大弟子都没听清："觉者既然垂怜世人，送来一位禅门之光，又为何要让他渡最难渡的情劫？这到底是幸，还是不幸？"

　　等大弟子又喊了一声，住持才回过神来，他摇摇头："因果际遇，谁又能说得清呢。"他转头看向他的大弟子，平静道，"无静，我们回去吧。"

　　了悟突然抬眼看向院门方向。竹林形成的影子拉长，风动竹子动，于是影子也跟着胡乱摆动，看上去没有任何异常。了悟往后退开一步，拉开两人之间的距离，问衡玉："天色还早，要陪你下山逛逛吗？"

"那等我先沐浴一番。"衡玉说。

沐浴过后，衡玉换了身红色的长裙，袖口内翻成黑色竹纹，看上去妩媚中添了几分干练。她撑着素净的油纸伞，与了悟一道走下山。

来到门口时，慈眉善目的青云寺住持轻轻朝他们点头致意，直到看到他们的背影逐渐消失在视线里，他才长叹一声。

酒楼二楼。

衡玉和了悟坐在窗边，桌子上摆着四道菜，两道素食两道肉食。

她已经吃得差不多了，托着腮听下方的人唱黄梅戏。听了一大半，衡玉突然想起一曲非常熟悉的黄梅戏《梁山伯与祝英台》。她身体往后靠，懒懒地倚着柱子，侧头看向正在喝茶的了悟，将《梁山伯与祝英台》的故事娓娓道来。

说到这里，衡玉屈指叩着桌面，笑问了悟："你知道梁山伯为何不敢再看观音吗？"

了悟沉吟片刻："大概是……他问心有愧吧。"但凡看了一眼观音，梁山伯便会担心做文章不专心。前程尚且未定，他已然动心。话音微顿，了悟就猜到她这么问的原因。

他现在与梁山伯有些相似，禅道就是他的未定前程，而他已经动心。他抬眼看她，那双眼睛如山溪般澄净，身为凡人，这曲黄梅戏里的主人公其实可以轻易寻到双全之法。

衡玉似乎没注意到他的目光，下巴微点表示赞同："我也是这么想的……"

"洛主，"了悟突然出声，几乎有些失态地打断她的话，引得衡玉错愕地看他，"若梁山伯难以两全，你觉得他该选什么？"

衡玉眸中似乎有着冷冷的水色，但再一细看，此时她眼中的冷淡是前所未有的浓郁，面色同样平静到极点："自然是前程。观音就是一场美梦，若是难以两全，梦就该醒了。"

了悟有些艰涩地开口："若他偏要勉强呢？"

衡玉的睫毛轻轻颤抖："都说了难以两全，还能如何勉强？我想闭关巩固修为了，我们回去吧。"

回去的路上，两人都没有再开口说些什么。

了悟刚开始还和她并肩走着，慢慢地就落后了半步。从他这个角度，只能看到她小半边侧脸。他以为，两人之间经历过那么多事情，她的想法会慢慢改变，原来是他天真了。

她明明与他越来越亲昵，却又有着让他觉得近乎残酷的清醒。一走进厢房，衡玉就把门甩上，挡住外面那人的目光。她用脊背靠着门板，微微拧起眉，许久都不言语。

过了好一会儿，她才微微启唇，大口喘起气来，似乎只有这样才能续上自己的呼吸。

半晌，衡玉抬手，摸了摸自己的眉骨："面相变化是吉兆吗？"她自嘲地一笑。

突破至结丹期出关后，衡玉原本想陪了悟几天再重新闭关巩固修为的。

结果她心血来潮，非要把《梁山伯与祝英台》的故事复述给了悟，反倒坑了自己。她现在压根儿不敢见他，那双漂亮温和的眼里一染上悲伤，就会让她感到莫名的愧疚，充满了压力。

没等衡玉走到蒲团上盘膝坐下，外面突然响起一阵脚步声，声音越来越近，却停在了与衡玉一门相隔的地方。了悟把手覆上木门："你刚出关，过两日再闭关巩固修为吧。"

"过两日和现在也没什么区别。"衡玉想给他开门。

"不用开门，就这样说话吧。"了悟温声道。

"……好。"

了悟这才回答她刚刚的问题："就当是陪在下。"

"……好。"衡玉垂眼。

"那在下就先回去了，你早点休息。"

第二日，天还灰蒙蒙的，衡玉就睡醒了。

她没了困意，直接起床梳洗。推开窗想换气时，才注意到对面的厢房烛火跳跃，火光将了悟的剪影投照在窗纸上。他坐在窗边一手捧经书，一手大概是在撑着脑袋。

"了悟。"衡玉喊了一声。

几秒后，那道剪影动了起来。然后紧闭的窗被人推开，衡玉几乎看不清他的身影。她只能听到他问："睡醒了？"衡玉点头，想起他看不到，连忙出声应了句："是的。"

"你还没睡吗？"她又问。

了悟沉默片刻后说："在下在看杂书，洛主若是无事，要不要过来一起看，打发时间？"

衡玉先是惊讶他会看杂书，又仰头望了望天色，这个点看杂书？罢了，看什么不重要。

衡玉也不回答，直接穿过院子来到他的屋子前。

了悟帮她开门时，非常自然地牵着她："进来吧。"

云端月色隐去，现在正处于天将亮未亮之际。

衡玉坐在了悟对面，翻了翻杂书，发现里面记载着的都是些民间志怪故事："这是从哪里找来的？"

蜡烛烧久了，了悟用竹片挑掉一截烛芯："应该是哪位师弟不小心放到在下储物戒指里的。"

衡玉把书递到他手边："只有一本书，你念给我听吧，不想费眼。"她把头枕在手臂上，懒洋洋地注视着他。了悟早已将整本书翻看得差不多，挑了几个他觉得有意思的故事，轻声念出来。声音温雅透彻，字正腔圆。气氛一时静谧而平和，好到黄梅戏的事情似乎都被揭了过去。但衡玉很清楚，这件事不会轻易过去，只是了悟习惯缄默，把所有的事情和情绪都藏在心里。

两天后，衡玉打算重新闭关巩固修为。了悟叮嘱她："这回闭关，你的气机是外放的，邪魔之气说不好什么时候就爆发了。不要闭死关，一旦有爆发的迹象就直接喊在下。"

衡玉认真地点了点头。

因为担心邪魔之气随时会爆发，衡玉不能全身心投入到闭关中，巩固修为的进度偏慢。

不过谨慎也是好的，一个月后，衡玉体内的邪魔之气再次爆发，了悟收到她的传音即刻赶来。这一回邪魔之气爆发得更为剧烈，不过梦魇再深，终究有摆脱的时候。苦苦熬了一整夜，衡玉清醒过来，不需要照镜子她都能猜测出自己的脸色有多难看。

了悟帮她拨开不小心贴在脸上的头发："现在有力气吗？要不要再睡会儿？"

"我现在一闭眼就头昏脑涨，再睡下去未必会觉得舒服。"衡玉苦笑，"我想先沐浴。"

"那在下去帮你备热水。"了悟很自然地说道。为避免麻烦，了悟直接掐了个水诀引水到浴桶里，再用灵力将水加热。等他做好一切，衡玉穿着里衣，光着脚走过来，倚着屏风笑道："其实你这种做法很容易惹人误会。"

了悟正在试水温，听到她的话后侧过头，眼里带着几分茫然与疑惑。

衡玉用手指蹭了蹭鼻尖："听不懂就算了，反正房里就你我二人。"这么隐晦的暗示，他听不懂很正常。了悟虽然听不懂她的意思，但也后知后觉地意识到这行为里的暧昧。他轻咳两声，别开眼掩去自己的不自在，对衡玉说："水温应该正好合适，你沐浴吧，在下回去了。"

邪魔之气爆发时的痛苦在加剧。唯一的好处大概是，爆发的时间间隔延长不少。衡玉接下来至少可以安安心心闭关两三个月，这个时间已经够她巩固修为了。

了悟过来找她，说："在下接下来可能会离开华城一段时间，从琼城开始为期两个月的道法宣讲。"

他是禅门的象征，这回从宗门离开，本就肩负着开坛讲法的任务。之前为了守着衡玉突破至结丹期已经耽搁了一段时间，现在衡玉只是巩固修为，不会出现什么危险，他也该去承担自己的责任。

衡玉点头："正好我也打算闭关两个月，如果提前结束闭关，我就赶去寻你。"

了悟应道："好。"

送走了悟后，衡玉沉下心修炼，以便尽快熟练掌握结丹期的力量。转瞬之间，两月之期过了大半。华城连着下了几场鹅毛大雪，树林里的雪厚度早已过膝盖。

紧闭很久的厢房大门被衡玉从里面打开，她站在屋檐下，披着一件红色斗篷，眯着眼看着这万里飘雪的风光："总算巩固好修为了。"

"接下来要忙的事还挺多。"衡玉自语，"炼制本命灵剑，进一步钻研测魔阵法……不过在此之前，我还是先去找了悟吧。"

寺庙里的道路每天都有小童子打扫，这时候只是积了一层很薄的雪，不影响行走。衡玉走到门口，果然在松树底下找到正守着签摊的住持。

"洛道友出关了。"住持面对她时笑眯眯的。

"是的，这段时间叨扰了。"衡玉很客气。

"洛道友是按照规矩投宿的，哪里算叨扰。"住持笑着，也不用她出声问，主动说出了悟现在的位置：洪城。

衡玉再次向住持道谢，转身离开青云寺。她坐到飞行法器上，给了悟发了个传讯符，免得她到了洪城他却已经离开。发完传讯符，衡玉拿出一本讲述如何炼器的古籍，慢悠悠地翻看研究起来。

一天半后，衡玉进入洪城。洪城很繁华。进入城中，衡玉原本想给了悟传讯，问他现在在哪里。但传讯符刚写好还没发出去，就见一对夫妻急匆匆地从身边跑过："再迟些就要错过讲经了。"

衡玉手一顿，没有将传讯符发出去，而是远远地跟上前面这对夫妻。

在一个临时搭建出来的平台上，一位青年禅修盘膝坐在上面，轻声讲解道法。

天地之间白茫茫一片，衡玉仰头注视着了悟。他时而垂眸，时而浅笑，整个人熠熠生辉，世间万物仿佛皆失色。他就像是画家在世间这瑰丽的画卷中画下的最浓墨重彩的一笔。

为了让了悟能直接看到她，衡玉环视一圈，最后把视线定格在了悟正对面那棵松树上。她袖子一拂，下一刻已经站到粗壮的树干上。大雪之间，唯有她一身红色斗篷，灼眼得很。了悟再专注于讲法，也很难不被这抹惊人的颜色掠去注意力。等到讲法结束，了悟为一些心存困惑的信众解完惑，才走到松树下朝衡玉招手："回去了。"

"你住在哪儿啊？"衡玉笑吟吟问道，"必须保证你住我旁边，不然我还是住酒楼好了。"

了悟轻笑，没有回话，只是牵着她往前走。其实了悟在洪城的宣讲早已结束，但在离开洪城之前他刚好收到衡玉的传讯，这才打算多停留两天。现在既然接到衡玉，两人打算第二天就出发前往下一个城镇。了悟向她解释道："在下原本打算在下个城镇宣讲完就回去找你。"

衡玉想了想，说："接下来我要忙着炼制本命灵剑和研究测魔阵法，这两件事在哪儿都可以完成。不如这样，你想去哪儿宣讲就去哪儿，我陪着你。"

他愿意迁就她，她自然也要多为他考虑几分。

了悟眼里泛起笑意："那我们自洪城一路北上吧，沿途可能会经过三十多个城镇。"

就算他们只在每个城镇逗留几日，这一路也要花费大半年时间。

一路上，衡玉都在翻看有关炼器的古籍，偶尔也会向了悟讨教炼器技巧。等衡玉把手头的几本古籍都吃透，他们已经抵达第三个城镇。

衡玉对了悟说："我要开始上手炼器了。"她没有马上就炼制自己的本命灵剑，而是从储物戒指里找出一堆炼器材料，用它们来练手。冰髓石太过稀有，她手上的分量只够炼制一把灵剑，炼制失败，材料会直接报废，当然不能贸然开始炼制。

了悟没说什么，第二天给她送来一个储物戒指。戒指的空间容量不算大，但里面分门别类装满了炼器材料，从比较基础的入门级材料到稀少材料，种类比衡玉手上这些要齐全不少。

了悟知道以衡玉的性子不会随便收下他的东西，在她开口拒绝之前先行说道："你缺了哪样，如果这枚储物戒指里有就随便拿去用。"

了悟这么一说，衡玉就不好再拒绝。而且这样一来，的确会方便很多。

在衡玉慢慢熟悉炼器的过程中，她和了悟已经途经八个城镇，正在赶往第九个城镇的路上。

中途衡玉体内的邪魔之气又爆发过一次，好在被了悟顺利解决。

讲法其实大同小异。更多时候，了悟在那个城镇停留，是为了走街串巷深入凡俗。

眨眼之间，这段旅途持续了三个多月。在浪费了一堆炼器材料后，衡玉终于顺利掌握了炼器技巧。

"你要开始炼制本命灵剑了？"了悟问。见她点头，了悟说，"那我们在这里多停留一段时间吧。等你炼制完灵剑再启程赶往下一个城镇。"

衡玉问："会不会太耽误你的时间？"

"没关系，在下不赶时间。"

衡玉点头："那就好。"

了悟又问她打算炼制什么形状的灵剑，打算在灵剑里掺进什么材料。

衡玉早就想好了："就是普通形制，三尺长的薄剑。剑以冰髓石为主料，这种材料能在剑气里掺上寒芒，提升剑气的威力。但冰髓石比较脆，我想着往里面添加些金属类材料，增加长剑的坚硬度。最好再加上些幻形石，必要时剑可以幻化成其他形状的武器……"

她心中有数，又是真心喜欢剑这种武器，越说越激动，一只手不自觉地抓住了悟的胳膊，眼睛明亮熠熠生辉。了悟安静地听着，见她快要说完，他才开口补充两句，让衡玉从另一个方向去思考。衡玉顺着他的话思索下去，重新变得兴致勃勃起来，拉着他讨论了好久。

等到终于讨论完，衡玉连忙端着茶杯喝了几口水："说得兴奋了点。好了，我去闭关炼制本命灵剑了，可能需要半个月的时间。"

她站起身，往前走了两步后又转身朝了悟眨眼："舍不得我闭关就直说，不用拐弯抹角引出话题让我多说那么多话。为了故意配合你，我现在嗓子已经哑了，闭关前还得去找几颗润喉糖吃，多麻烦啊。"

点破他那隐秘的心思后，衡玉莞尔，眉目间光华流转，挥手道："真走啦。"

回到房间，衡玉将材料一一取出来。

冰髓石、幻形石、金铄沙、鎏金土……这里摆着的每一样材料都非凡品，最起码都是一等炼器材料。拿出去拍卖，随便卖出几万块上品灵石并不难。

摆好材料，衡玉用灵力将冰髓石牵引到空中，引出地火开始锤炼冰髓石。整整锤炼两天两夜后，冰髓石终于全部熔化，杂质也被顺利剔除。衡玉暂时不再理会它，转头开始炼制其他辅助材料，炼好之后将它们加入冰髓石里。

这个淬炼材料的过程持续了整整七天。淬炼材料后，就可以开始塑形。

衡玉慢慢将材料制成长剑模样，定型之后开始雕琢纹饰，然后再次锤炼。

半月之后，泛着冷光的本命灵剑顺利被衡玉炼制出来。她心念一动，剑身就开始轻颤着发出动静，她稍一抬手，灵剑便乖巧地飞入她手里。

"你的名字就叫归一吧。"衡玉抚摸着剑身，"这世间魑魅魍魉，皆任我一剑斩之。有剑在手，便可力敌万法。大道至简，万法归一。"当她的路走到极致，任凭敌人如何强大，如何通识万法，都敌不过她一剑斩之。为她的本命灵剑取名"归一"，也是想借此明志。

归一剑轻颤，剑气割裂虚空，似乎是在回应她的话。

衡玉笑了下，按住剑柄："我手上还剩了不少材料，再为你炼制一个剑鞘吧，这样行走在外也方便佩带。"炼制剑鞘的材料不必特别讲究，衡玉在自己的储物戒指里翻翻找找，挑出合适的材料只花了一天的时间便将剑鞘炼成。

将归一剑收入剑鞘，衡玉手握长剑，从蒲团上起身走到门边，伸手将大门打开。

阳光从门外钻进室内，浮在空气中的烟尘清晰可见，衡玉整个人被阳光照得熠熠生辉。

了悟正在用扫帚扫着院子里的落叶，听到动静，抬眼看向她，脸上露出笑容："要吃竹筒饭吗？"语气平静，没有掺杂着丝毫意外的情绪。就好像她不是闭关，只是在厢房里睡了个短短的午觉。

"吃！"

了悟示意她等等。他把院子里的落叶收拢好后，走到衡玉面前："在下现在去做。等吃完我们也该离开此地了。"他的目光十分平静，像是把春日的余晖都敛入眉梢。

衡玉点头应好，随手帮他拂掉肩头的枯叶。

一场秋雨一场寒。

衡玉和了悟一直在赶路，两人也没用灵力挡雨，而是戴着斗笠穿行在林间。

慢慢地，两人走到溪边。船夫撑着竹筏靠近岸边，笑着对缓缓走过来的衡玉和了悟高声道："这位大师，这位姑娘，你们可要坐船去对岸？"

衡玉伸手抬了抬斗笠，让自己的视线更开阔一些。她观望着两岸的风光，对船夫招一招手："坐的。"

"好嘞。"船夫应了一声，将竹筏撑到岸边停好。等衡玉和了悟上了竹筏，他才慢悠悠地拨弄着竹竿往对岸划去。

衡玉在竹筏边缘坐下，脱去鞋袜，将光洁的脚放入河水里随意拨弄着。

瞧见了悟在拨弄念珠，她用手拘一小捧水往他脸上泼去。她泼得很轻，压根儿没有水花泼到了悟脸上，只是让他从出神状态中清醒过来。

"在想些什么？"

了悟摇头："没想什么。"

这大半年时间里，他的心神前所未有地宁静。这种宁静，并非在大殿里诵经时那种远离尘嚣的安静，而是在红尘里摸索走过，内心真正的平静。

他沿途传播道法，她陪伴在他身侧。有时了悟也会想，这样算两全吗？

没等他把这个问题想透，这段旅途就要结束了，接下来就是最后一座城镇。

不知道为什么，了悟总有种感觉，这种宁静的时光也许不可再得。这种感觉，让他忍不住有些怅然若失。压下心底的几分惆怅，了悟伸手，虚虚地搭在衡玉的手背上，催动灵力为她烘干衣物。

竹筏的速度并不快，好在这条河本来就不是很宽，已经能远远地瞧见对岸的风光。

衡玉将湿漉漉的脚收回来，正要用灵力烘干水迹穿上鞋袜，静静盘坐在一旁的了悟突然出声："在下来吧。"

"好。"衡玉坐着不动，注视着他。

了悟换个姿势，抬手贴近衡玉的脚踝，催动灵力将她的脚烘干。

他的睫毛密如鸦羽，阳光照在他的脸上，眼睑下便形成一道淡淡的阴影。

了悟转身去寻被她丢到旁边的鞋袜，用灵力烘干后，他用一只手托住她光洁的脚，另一只手为她套上袜子。动作不快，甚至称得上细致又温柔。衡玉不自觉缩了缩脚，脚趾头蜷缩起来。

"怎么了？"了悟以为自己弄疼了她。

衡玉别了别鬓角上的碎发，眯着眼盯着竹筏划动时泛起的涟漪："穿个鞋袜罢了，你的动作太慢了。"

了悟怔住，余光扫见她耳垂上的淡淡红晕，又突然了然。他在心中轻笑了下，那抹笑意却在无意间泄露，然后他闷笑出声。在她恼羞成怒之前，了悟点头："就好了。"随后认真为她套上鞋子。

做完这一切，了悟无视船夫震惊的目光，像是什么都没发生过一样缓缓起身，望着前方越来越近的岸边:"到了。"

竹筏停靠,他率先走到岸上,转身朝衡玉伸手。衡玉被他轻轻一拉,从竹筏上跳到他身侧,借他的肩膀稳住身体。

"从这里到城门,应该还挺远的,"了悟看向衡玉,"在下背你进城吧。"

衡玉歪头看他,没马上回应,只是说:"你今天有些奇怪。"

"嗯?"了悟尾音上扬。见了悟不回答,衡玉笑了下:"弯腰。"

他弯下腰,衡玉用力一跳,直接跳到他的背上。她环住他的脖子,温热的呼吸洒在他的耳畔:"我们出发吧。"

在路上耽搁了些时间,进城时就晚了。

衡玉和了悟讨论过后,打算在城中最大的酒楼住一晚。酒楼里还剩很多房间,衡玉要了两间天字号房。

走到自己的房间门口,衡玉正准备推门而去。突然,她指尖的储物戒指泛起一道亮光。衡玉低下头,神识探进储物戒指里,很快就将那个出现异常的物品取了出来,那是舞媚留给她的远程传讯符。

衡玉把神识注入其中,神识就"看到"远在万里之外的舞媚虚影:"洛主,我有要事与你商议。"

远程传讯符只能接收对方的消息,并不能与对方进行交谈。

只听舞媚继续道:"俞夏知道一处秘境,此处秘境疑似我们宗门某位大能的坐化之地。我和俞夏来到此地,原本想进入其中寻宝。谁知道我们破开几道阵法进入其中后,发现秘境里的很多核心机密至少需要两块宗门少主的玉牌才能开启。你若对秘境感兴趣,就在半个月时间内赶到沧州白云山。速度一定要快!我们破阵的动静太大,沧州不少门派已经得知此地发现秘境的消息。"

那头的舞媚还想再说些什么,但远程传讯符的时限已经到了,她的身影逐渐变得黯淡。

衡玉手上的远程传讯符裂开一条裂缝,眨眼之间就彻底化成了灰。她挥了挥手,扬掉手心的尘埃,开始思考舞媚刚刚那番话里透露的消息。

这个秘境,衡玉还挺感兴趣的。她起了兴趣,自然是去隔壁找了悟。

"以在下的修为,如果全速赶路,从这里到沧州只需要八天时间。"了悟估算了下,"我们明天下午出发吧,时间来得及。"

"你不打算在这个城镇开坛讲法了吗?"衡玉问。

了悟双手合十:"隐藏秘境可遇不可求,在下先陪洛主走上一趟,到时候再回此地讲法。"

衡玉想了想,点头:"就这么说定了。"

夜色逐渐浓重起来,月上枝梢。

西北之地乃封印之地,一部分被镇封住的邪魔之气似乎是受到了什么刺激一般,突然剧烈震动起来。仿佛是起了连锁反应，最后，整个封印之地都被黑色的邪魔之气笼罩住，邪气森森，杀机无限。

衡玉躺在床上熟睡，体内的邪魔之气突然剧烈挣扎起来。经脉一瞬间逆乱，衡玉捂着胸口从床上坐起来，用指腹抹掉唇角溢出的血迹。

"怎么回事，难道是邪魔之气又要爆发了？"衡玉掀开被子，走下床打算去找了悟。结果她刚往门口走了两步，紧闭着的房门就被敲响。

大门打开，了悟双手合十，说："在下刚刚在翻看经文，正准备熄灯休息，突然感觉到这天地间的邪魔之气有异动发生。担心你这里会出事，就过来看看。"

衡玉往旁边退开，让他进来："刚才我体内的邪魔之气出现暴动，我还以为是它要爆发了，正想出门去找你。"

了悟微微眯起眼，看向西北方向："很可能是封印之地出问题了。那里有邪魔之气的母气在，只有母气出现暴动，才会使其他邪魔之气也暴动。"

之前在无定宗，衡玉翻阅过不少记载着邪魔之气的古籍，母气能够源源不断产生邪魔之气。所以万年之前，那位禅门之光虚乐拼死将所有母气都封印起来。这些年里，母气一直没出现过异动，现在突然爆发，估计沧澜大陆要再生变故。

了悟都能感受到异动，无定宗里，对封印之地的异动更加清楚。

掌门圆苍启动掌门令，紧急召集诸位长老，与他们共商事宜。

圆苍开门见山道："我怀疑有邪魔深入封印之地接触到了母气，并且唤醒了沉睡的母气，所以母气才会暴动。"

"封印之地的大阵是用禅修大能的血绘制而成，几个小小邪魔不可能将大阵破坏掉。"有个性子急躁的长老说道，但他眉心紧锁，看起来并不像说的话那么自信。

"话不能这么说。"另一位长老双手合十，"已经过去了上万年，大阵势必不如以前稳固。而且每隔几十年就有邪魔潜入封印之地，试图摧毁大阵的根基……"

他话没说完，就被一个蓝衣长老打断："封印之地不容有失，否则我们禅门还要再填进无数禅修的性命。掌门，了悟的情劫渡得如何了？"他话音一转，问起圆苍。

圆苍轻叹："他的情劫，近一年来几乎没有取得任何进展。反倒是情劫拖慢了他的修为进展，据我所知，他从踏入结丹中期后，修为就一直停滞不前。"

"这——"

"罢了罢了，万年都等了，还怕再多等一段时间吗？"

最开始说话的那位灰袍长老苦笑："好不容易看到了曙光，谁愿意封印之地暴动一次，就有几位同门成为大阵的一部分呢？"这句话一出，整个大殿的气氛为之一滞。

圆苍先出声打破了这种凝滞的气氛："没办法，了悟那里短时间内不可能成长到独挑大梁的地步……"顿了顿，圆苍有些不忍心，但还是出了声，"我们讨论一下，这回谁前往封印之地吧。"

"我去吧。"几乎就在圆苍话音落下的那一刻，一直安安静静站在角落的戒律院首座出声请命，"我修习解脱道，虽然不适合净化邪魔之气，却很适合去镇压异动。诸位不必与我争执。"

殿上所有长老彼此对视。不少人的寿命早已过了千岁，眼里依旧出现不忍。

圆苍微微拧眉："你是戒律院首座，掌管着责罚要事……"

"无事，戒律院首座嘛，能担此重任的大有人在。"戒律院首座轻轻笑了下，"诸位师兄弟，那我先离开了，戒律院还有不少事情要交代下去，明日午时我会离开宗门，诸位就不必前来相送了，以免多添悲哀。"说着，他握着手中的降魔棍，一步一步走出大殿，步伐从容而镇定。

目送着他的背影逐渐消失，所有长老双手合十微垂下头，以示尊重。

圆苍缓缓直起身来，正准备宣布散会，就见议事殿上的传送阵突然亮了起来。

一枚玉简安安静静地悬浮在传送阵上。这传送阵并不大，在某一宗门有急事发生时才会被开启，传讯给八大正道五大邪宗里的其他宗门。

圆苍抬手，将玉简召到手中，神识探了进去。看清楚玉简里面的内容后，他脸色微微一变，那覆在他眼前的白绸被他的气势所影响，尾部绸带轻轻浮起。

"掌门，发生了何事？"距离圆苍最近的圆新出声问道。

圆苍轻叹，双手合十："驭兽宗刚刚发来消息，他们的三长老和执法长老已化为邪魔，在封印之地出现暴动时，两人再也按捺不住出手，合力反杀驭兽宗掌门和两位元婴期长老。最后虽然两人都死在驭兽宗止戈祖师的掌下，但止戈祖师被他们埋伏，同样深受重创。"

百花谷也收到了驭兽宗发过去的玉简。

第二日一早，百花谷掌门召集各大长老开会，就此事展开议论。

游云身为宗门大长老，自然也在列。他穿着一身松松垮垮的红色长袍，站姿懒散，完全是一副无精打采没睡醒的模样，并没有参与到讨论中。

自法会结束到如今已经过去了一年多的时间，他回到宗门后，就一直在寻找机会，用自己新学的测魔阵法探测宗门有没有长老成了邪魔。结果忙死忙活，发现在场这些没闭关的长老都是没问题的。

有问题的，肯定是闭关的某位长老。但闭关的三位长老，在百花谷里都占据高位，而且实力早已在元婴后期停留许久。无论是他们中的哪一个人有问题，这对百花谷来说都是致命的打击。

想到这里，游云脸色越发不好，越发急切地想要揪出那个家伙。

可没办法，在元婴后期这个阶段，要么不闭关，一旦闭关，基本是几十年起步。毕竟元婴后期修士的寿命动辄上千年，几十年对他们来说真不算久。

"游云。"百花谷掌门喊了他一声。见游云还是一副走神的模样，掌门只好又喊了一声："游云！"

"啊？"游云茫然地看过去。

"我刚刚和你说的,你都听清楚了吗?"掌门问。

"嗯嗯嗯。"游云含糊地点头。

掌门心想:这么不靠谱的家伙到底是怎么修炼到元婴后期的。

他心力交瘁,只好再次复述刚刚对游云的安排。

除无定宗、百花谷外,其他各大宗门也都在商讨此事。

沧澜大陆的夜空很漂亮。

全速飞行的飞行法器上,衡玉抱剑盘坐,仰头望着这繁星满天的夜空。

了悟在盘膝修炼。自封印之地出事,他就一直处于绷了根弦的状态,想要寻求突破的方法,反而有些打乱了平时的节奏。衡玉看得出神,见了悟结束修炼,正想侧头找他说话,突然,她神情微愣。

她发现自己的视线暗了下来。明明前一刻还是繁星满天的状态,现在她看到的景物却像被蒙上了一层黑布般,变得模糊起来。衡玉下意识抬手抚上眼角。

"怎么了?"了悟察觉到异常。

衡玉没说话,过了几秒,她认真而镇定地道:"我看不见了。"

了悟脸色凝重,伸手扣住她的手腕,把灵力注入她的身体里。衡玉体内,邪魔之气搅和着她的灵力一块儿暴动。这是邪魔之气即将爆发的征兆。

了悟操控着飞行法器降落。他们现在身处荒郊野外,前不着村后不着店。飞行法器落下后,了悟贴近衡玉,问:"身体有哪里不舒服吗?还是单纯看不见了?"

"单纯看不见。"

了悟摸了摸她的额头:"害怕吗?"

"是邪魔之气引起的就还好。"衡玉是真的淡定。毕竟禅门之光可就在她身边。

了悟解释:"一般情况下,邪魔之气最多六次就能驱逐干净。在下之前已经帮你驱逐过四次,这第五次怕是来势汹汹。现在失明只是开始,迟些应该还会有其他反应,我们就在这里暂时停下吧,等驱逐完这次邪魔之气后再启程。"

他想要驱逐掉衡玉体内的邪魔之气,那些邪魔之气虽然没有神识,但自然会不甘心被驱逐。当净化接近尾声时,有时候邪魔之气会负隅顽抗,如果不能熬过去,就会因此横死。

如果能熬过去,她体内的邪魔之气就差不多清除完毕了。

"别害怕。"了悟重复了一遍,声音里带着安抚,开始念起驱魔经文。

衡玉不害怕,她觉得似乎他比较害怕。

听烛

Ting Zhu

下

大白牙牙 著

第十二章
幻境试炼

月色透过松柏的枝叶零零散散地洒下来。月光被过滤后，洒到地上，只剩下薄薄一层，甚至不如衡玉耳畔的珍珠耳饰明亮。

她现在看不清东西，脊背几乎是下意识地靠在松柏树干上，借着实在的触碰寻求寄托。她紧紧攥着了悟的衣服，他轻动了下，她手腕间佩戴的铃铛手链也跟着发出清脆的响声。

丁零丁零，不知怎么的，就和呼吸声一起交织出了几分暧昧。

衡玉的视线彻底暗了下去。她的手往前摸索，有人牵住她。

"周围是不是很暗，什么时候天亮啊？"过了一会儿，衡玉问。

了悟从储物戒指里取出夜明珠，用灵力牵引着，将它挂到松柏树上。夜明珠发出柔和的光芒，将他和身边的姑娘笼罩住。了悟："已经天亮了。"

衡玉大笑起来，笑得前仰后合，腕间的铃铛跟着一起摇晃。

衡玉一只手捧着脸颊，胡搅蛮缠，步步紧逼："有晚安吻吗？"

放在颊侧的手突然被牵走，温热的唇轻轻落到她的手背上："这样算吗？"

衡玉眼尾一瞬嫣红。她想要说话，但话一出口就变成了闷哼声。

衡玉身子往前一倒，直接倒在了悟怀里。她死死攥着了悟的衣服一角，眼尾嫣红如血："热。"热到极致，就连体内的血也在沸腾，仿佛下一秒自己就会蒸发掉。

了悟诵经的语速越来越快。驱魔经文已经是他最熟悉的经文，现在他完全是下意识在诵读，心里思索着衡玉的异常。他念得太快太急促，禅骨的力量被他催动到极致，现在身体已经发出警告。他的意识也逐渐涣散，几乎所有的精力都放在诵经上。

即使有着护体金身缓解，衡玉体内的血液还是在沸腾，甚至出现了逆流的情况。她的眼尾越来越红，看着格外怪异。了悟一开始没注意到她的异常，直到他感觉到有温热的液体滴在他的胸口，了悟稍稍偏头看去，才发现是她咬破了自己嘴唇，有血流出来。额头的汗也一直在冒。

"咬在下的肩膀。"了悟说。重复了好几遍，了悟还动手掐住她的下颚，迫使衡玉张口咬住他的肩膀。了悟一遍又一遍地念着经文，怀里姑娘的体温终于渐渐降了下来。但了悟还没松口气，就发现她的体温降得太快了。不过几秒之间，她浑身就冷到犹如冰窖。牙齿在打着冷战，抱着她的了悟也不能幸免，眉梢都凝结上一层寒霜。

衡玉身体的痒意越来越明显，就像是从骨子最深处钻出来的一般。她挣扎着，用尖锐的指甲挠了挠自己颈部的肌肤，力度之大，白皙而细腻的颈部肌肤顿时留下明显的抓痕。再一挠，颈部泛起淡淡的血痕。

了悟伸手扣住她的手腕，不让她动弹。

下一刻，衡玉剧烈挣扎起来，灵力已经有些枯竭的了悟险些被她推倒。

"洛主！"他的声音重了些。

衡玉眼尾晕红一片，细细看去，似是要哭出来，声音细弱得惊人。

"洛主……"了悟声音放缓。

她如果挣扎，现在他未必能够很好地制住她。无奈之下，了悟手托着她的后脑勺让她躺到飞行法器上。了悟用一只手扣住她的手腕，将她的手举过头顶，身体压在她身上，限制住她的挣扎，他的额头抵住她的额头，免得她再动弹。他语速急促地念着经文，尽自己最大的能力催动体内的那根禅骨，调动大道之力加持在经文中。渐渐地，衡玉挣扎的力度逐渐变小，身体温度也慢慢回升。

了悟险些被禅骨的反噬压垮。他额间、颈间都是冷汗，里衣已经被冷汗浸得湿透，紧紧贴在脊背上。诵经时发出的声音几乎完全嘶哑。

时间一点一滴推移。似是过了很久，衡玉睫毛颤了颤，轻轻地睁开眼睛。

了悟还在念经，没注意到衡玉醒了。催动体内禅骨，调动大道之力，已经耗尽他体内的灵力。他现在完全没有了力气，眼睛紧闭着，基本是在凭借着本能诵经。

"不用念了。"衡玉只能发出气音，"我醒了。"

感觉到他现在的状态非常不对，衡玉微微仰头。了悟缓缓睁开眼睛。他身后月色冷冷，衡玉能清楚地看到他额间的冷汗与眼尾的赤红。狼狈、失措，再不见丝毫光风霁月之态。她却莫名觉得，这一刻他的眉眼是人间极景。

身体的力气恢复些许，衡玉轻轻抬手，环住他脖颈的同时，将他的后脑勺往下压了压。

腕间的铃铛丁零零作响，远处不知道是树叶的摇晃声还是溪水叩击石块的响声，风中送来蛙声一片。衡玉的视线里只有眼前人，她的听觉全部被他的呼吸声占据。

了悟几乎大脑空白，全身僵硬。在这样的僵硬中，一分一秒的时间都变得难挨起来。

于是，他完全没有意识到，自己体内那消耗殆尽的灵力不知何时再次变得充盈起来，就连一直停滞不前的修为也动了起来。

衡玉注意到他体内的变化，略有些诧异。这一刻，衡玉冥冥中有了一种新的认知：所谓情劫，也许不只是动情……他是无定宗圣子，是禅门之光，可从头开始算，他只是一个普通的修士。

只是他出生时体内多了根禅骨，拥有坚定的信仰，地位也特殊了些，就让很多人忽略了这一点。
　　一个普通的修士，会没有七情六欲吗？只是相比普通人，他的七情六欲过于收敛。而她，是点燃它们的唯一存在。在衡玉这么思索时，万里之外的无定宗，被所有大殿簇拥着的大雄宝殿里那尊觉者的雕像，突然泛起淡淡的金光，传出一缕神念。
　　无定宗掌教圆苍正在敲击木鱼，察觉到这道金光里的波动，他的脸上浮现惊喜之色。

　　衡玉发现了悟失神到连呼吸都忘了续上，闷笑了下，别开头让他续上呼吸。
　　了悟脸上透着几分狼狈，耳垂红得能滴出血来。他深深喘了几口气，鼻尖便嗅到了浓烈而熟悉的合欢熏香。视线不受控制地下移，了悟别开眼，伸手帮她拢好衣服，手撑着地想要爬起来。
　　下一刻，他被身下的人扯住。衡玉看着他，认真道："别动，我们试试。"她要验证刚刚的猜想。
　　试什么？了悟没回过神。
　　衡玉抚了抚他的唇角："配合一下。"
　　"洛……洛主？"了悟终于找回自己的声音。一个称呼罢了，他都说得磕磕绊绊。
　　"你的修为在增加。"衡玉说，语气坚定，"你没有感受到吗？"
　　这段时间，他明明一直在尘世历练，修为却始终在原地踏步。但现在他的修为已经达到可以突破至结丹后期的程度。
　　"……这种感受，陌生吗？"衡玉问他。
　　"洛主……"了悟艰涩地开口，有些赧然，很清楚她问的是什么。
　　等到衡玉主动拉开与他的距离，了悟才猛地从地上起身，直接背对着她，手指紧紧攥着："洛主的意思是，这算是情劫的一部分吗？"
　　"你现在的灵气浓度，似乎已经远超过结丹后期……距离元婴期，应该只有一线之差了吧。"衡玉手撑着地，勉强坐起来，开玩笑道，"我都有些疑惑，这情劫是觉者对你的考验，还是觉者为你作的弊？"
　　从地上站起来，衡玉想绕到他面前。但想到他现在的情况，怕他觉得尴尬，衡玉抬手撩了撩头发，让他自己留在原地冷静："我去看看这附近有没有溪流，浑身都是汗。"
　　衡玉仰头望着天空，似乎是想隔着这无尽夜色，看着境里的觉者。
　　"其实动情也不符合你求的道。"
　　了悟咽了咽口水，他的喉结上下滚动。沉默，凝滞般的沉默，所有的纷杂思绪化为一声长叹。
　　了悟说："洛主的辩才着实一流。"他无法反驳，于是转过身，温声说，"夜色浓重，你的力气刚恢复一些，在下扶你去找溪水吧。按照地形来看，这方圆一里内就会有溪流。"

衡玉没转身，手背在身后走在前面。了悟意识到她这行为里的体贴，也没特意上前，只是默默地跟着她。溪水距离此处的确不远。

深秋时间的溪水凉得有些透骨，但更致命的寒冷衡玉刚刚已经受过，她没脱衣服，直接走进溪水深处，借着溪水来清洗头发。

"在下过会儿来找你。"

刚刚念经时过于急促，了悟的声音已经完全沙哑，沙哑里透着几分倦意。

精神高度紧绷了一夜，他的确累了。等衡玉轻应了一声，了悟顺着溪流往下走，在距离衡玉大概几百米的地方下了水。

他一动不动，半边身体浸在冷水里。身体里的灵力早已充盈到极点，在了悟心神逐渐放松下来时，一举冲破到结丹后期境界。突破之后，他的境界还在缓慢攀升，一直到距离元婴期只有一线之差，才终于凝滞不动。

双目紧闭的了悟缓缓睁开眼睛。察觉到境界上的变化，了悟轻轻一叹，心中思绪纷杂，却又不知道自己此刻到底在想些什么。

等衡玉沐浴好烘干头发，又在岸边等了小半个时辰，还是没见了悟过来找她，只好顺着溪流往下找。瞧见他居然还泡在溪水里，衡玉微微一愣，轻咳两声后抬手朝他招了招："不冷吗？"

水中的了悟抬眼看她。

月色霜华之下，她立于林间，光华流转，几欲灼人，叫这天地月光都失色。

"冷。"了悟说，从溪水里一步步走上来。溪水里倒映着天上那轮月亮，他的动静将溪水里的倒影搅得粉碎，溪水乱击声在静谧的黑夜里听得分外清晰。

衡玉保持尊重，别开眼不看他。

了悟走到岸边，用灵力烘干单薄的里衣，再取出一件干净的衣服穿上。他的动作并不快，缓慢而从容。做好这些，他重新将黑色念珠缠绕到手腕间。

了悟的声音还有些沙哑，但眸光已经恢复清澈，湛然若水："先前的事……"

衡玉轻笑，随手把归一剑扔到他怀里，打断他后面的话，看他慌忙将剑抱住。她抿起唇，先他一步开口，认真而坚定地道："如果先前的事有哪个环节出了问题，一定都是觉者的错。"

了悟声音止住，温柔地凝视她。衡玉用指尖梳了梳头发，腕间的铃铛再次丁零作响："如果你觉得对不住我，不如先暂且容忍觉者些许，等你成就无上禅道，再用你的辩才将觉者教训一顿？他怎么能为自己最坚定的信徒定下这样的劫难。"

了悟不语。他走上前来，拦下她的手，亲自为她梳理头发，从袖子里取出栀子花簪。这是先前他从她发间取下来的。他垂下眼，抿紧唇，相当认真地为她绾起头发。动作并不熟稔，但尝试了两次后，还是成功了。将栀子花簪插入发间固定好她的头发，了悟轻声道："洛主，现在氛围这么好，不要说些煞风景的话了。"

衡玉诧异地回眸。

了悟牵起她的手，领着她穿过嶙峋的山石，绕过灌木，往先前那棵松柏树走去。走着走着，了悟抬眼望着天边那轮月亮。它的光芒越发暗淡，晨曦即将到来。

他刚刚泡在溪水里克制欲望时，就在思索很多东西。但思绪混沌，一直无法静下心。直到她逆着月光走来，神情里带着几分小心翼翼的试探意味，话语里满是宽慰。那时候他的心底突然就柔软得一塌糊涂，意识也前所未有的清醒。

这是觉者为他定下的情劫，在历劫过程中，他触犯过一桩桩一件件清规戒律，但只要向禅之心从未动摇，他相信觉者终会谅解他的所有过界言行。他不再惶恐自己六根不净，反而觉得自己又亏欠了心上的姑娘。

那样温柔而情深的眼神和动作，最初出现，竟是为了助他突破。

松柏树已经近在眼前。了悟缓缓停下脚步，将自己腕间的黑色念珠解下来。

在衡玉撞到他的背部之前，了悟先一步转身，温柔地将她扶稳。然后他垂下眼，像是把什么弥足珍贵的东西亲手托付到她手上一般，握住她的右手，把黑色念珠一圈圈缠绕到她的腕间。

他没有说自己的修炼需要这串念珠帮忙，也没有说这串念珠到底有多珍贵，只是告诉她："念珠里面的邪魔之气已经彻底被在下净化，它里面蕴含着强大的灵力，可以庇护洛主百邪不侵，也能为洛主净化身体内最后的些许邪魔之气。而且它由化神期邪魔骨打造而成，是等级极高的防御法器，危急关头可以为洛主挡下元婴后期的最强一击。"

顿了顿，他声线低柔得仿佛絮语："可能会沉了些，但戴习惯也就好了。"

熬过邪魔之气的最后反扑，现在她身体里的邪魔之气已经完全不成气候。只再需少许时间，就能被黑色念珠彻底净化掉。衡玉捻弄着念珠。念珠粒粒饱满，入手若玉石般温润光滑。她很清楚，念珠是禅修用来束心的工具，现在，这样一串有着束心意义的念珠被他缠到了自己腕间……

衡玉的睫毛轻颤了下。

怎么会有这样的人？他既坚定于禅道，又能坦然直面自己的心意。

衡玉抬手在他眼前挥了挥："我收下了。"

飞行法器再次启程朝着沧州飞去。

衡玉困倦得很，躺在飞行法器上沉沉睡去。了悟为她掖好被子，双手合十盘膝打坐，闭眼调息。

三日后，飞行法器顺利进入沧州地界。

想办法买到沧州的地图后，了悟直接操控着飞行法器飞向白云山。

沧州位于沧澜大陆西边，这里并不算是灵气充沛之地，所以没有大宗门在这里开山立派。一流宗门看不上沧州的灵气浓度，但二三流宗门和修仙世家已经很满意了。此处就盘踞着不少二三流宗门和修仙世家。

越是靠近白云山，衡玉和了悟就碰到越多的修士。这些修士服饰统一，基本是来自同一宗门，偶尔才会出现几个散修。

不少修士远远瞧见衡玉和了悟就急匆匆避开，生怕和他们撞上。

衡玉抱着剑盘坐着，看到又有一帮修士飞过天际，轻哼一声："看来舞媚他们闹出的动静很大，整个沧州都动了起来。"

"秘境动人心。"

一位大能修士登仙前的传承，即使是衡玉和舞媚也会心动。

衡玉点头。她倒不是很担心这些修士。沧州这边，明面上修为最高的就是元婴中期，一般这种涉及传承的秘境，都会限制进入其中的修士的修为。毕竟能晋升到元婴期的修士，大道早已彻底定了下来，放他们进去没有任何意义，反而会破坏掉秘境里的很多布置。

没了元婴期修士参与竞争，衡玉还真的不怕其他修士。

比起这个，衡玉更担心的是另一件事。

她叼着狗尾巴草："在进秘境之前，我们还有些事要处理。"

飞行法器又飞了两个时辰，终于顺利进入白云山地界。

衡玉和了悟就在白云山外围等待，将自己的玉牌从储物戒指里取出来。似乎是感应到舞媚的玉牌气息了，衡玉手里的玉牌发出淡淡的光晕。

小半刻钟后，披着红色薄斗篷的舞媚赤着脚赶来。

俞夏穿着方便行动的黑色劲装，身后背负重剑，默默地跟在舞媚身侧。

"终于来了，比我想象中的还要快些。"

舞媚靠近衡玉，轻笑着打了招呼。她脚腕戴着铃铛脚链，随着她的走动，靡靡铃铛声不绝于耳，带着一种撼动心神的威势。

不少修为低的男修眼里都浮现出惊艳之色，直到他们身边的长辈催动灵力在他们心底震吼一声，他们才逐渐从失态中回过神来，满脸羞赧。察觉到那些男修的失态，舞媚笑得越发花枝乱颤。这倒不是她故意为之，而是她修习的功法就是如此，魅人心魄。俞夏无奈地摇头，倒是已经习惯。

衡玉朝舞媚和俞夏招手，示意他们上飞行法器。

她手一挥，编了个结界挡住他们的交谈声，免得被周围的人听到谈话内容。

"叙旧的话我就不多说了。"衡玉开门见山，"现在是什么情况？怎么一堆人都围在白云山外围没进去？"

舞媚嗔她一眼，倒也干脆，知道彼此要进行合作肯定不能隐瞒，直接开始介绍起事情的来龙去脉。

一年多前法会结束，舞媚外出游历，寻求突破至结丹期的契机。

她游历半载有余，心境得到提升，体内灵力浓度也顺利达到突破的临界点，寻了个偏僻之地后闭关四个月，再出关时就进入了结丹期。巩固好修为，舞媚又回了剑宗，在俞夏身边胡搅蛮缠。有了一场意外，不管怎么说，舞媚对俞夏来说总归是特殊的，两人彼此纠缠，感情逐渐升温。

某天，剑宗那边收到消息，说沧州白云山出现不知名异动，还着重描述了异动的具体情况。剑宗长老并没在意这类消息，俞夏却留了心。他按照那些异动的描述，确定那里是一处秘境，有一位百花谷大能在里面登仙。

正巧舞媚和俞夏商量着要一道外出游历，两人就打算去白云山一探究竟。他们在探寻的过程中，不小心误入一个洞穴。在洞穴里九死一生，重见天日后，才发现他们居然机缘巧合之下进入了秘境。

说到这里，舞媚苦笑："我们当时苦苦破了一重重关卡，终于进入炼丹室。结果发现时隔万年之久，里面的丹药再珍贵，药性也都随着时间而彻底化去。后来我们又破进藏经阁，谁想，那个藏经阁需要两块少主玉牌才能开启。我们不知道触碰到了什么机关，直接被丢出秘境。而一直隐蔽于虚空的秘境也因此现世，发出的光芒照亮方圆千里，想要遮掩消息都遮掩不了。所以我只好急急忙忙给你传讯，让你和圣子尽快赶来。"

旁边的俞夏帮着补充："现在秘境处于不稳定状态，无人可以进入白云山里，得等秘境稳定下来才能进入，所以众人才在外面等着。按照这个情况，我估计最多再等三天，秘境就能彻底稳定下来。至于开启秘境的钥匙，我想就是百花谷少主的玉牌。"

衡玉点头，表示自己已经清楚："沧州这些人对秘境知道多少。"

俞夏说："他们基本什么都不知道，只清楚这是位至少元婴后期境界的大能登仙之地。"

衡玉与了悟对视一眼，目光流转，她再次看向舞媚和俞夏："我们这次千里迢迢赶过来，就是为了和你们合作的。"

"同为百花谷少主，我自然放心舞媚。但是——"衡玉微微眯起眼睛，逼视俞夏，"俞道友，我信不过你。"

衡玉这句话一出，原本还相谈甚欢的气氛顿时为之一滞。

在无定宗并无争锋之心的情况下，剑宗如今隐隐被推崇为正道魁首。俞夏身为剑宗首席弟子，这个身份按理来说是很有信服力的。但衡玉也有足够的理由怀疑俞夏。

心境比试时水平忽低忽高，心神周围萦绕着淡淡的邪魔之气，对剑道的感悟高得惊人。当然，还要加上现在这一条：俞夏是怎么根据异动，推测出此地是百花谷大能的登仙之地的？

被质疑的俞夏先是有些错愕，很快平静下来，微微一笑。

反倒是他身侧的舞媚轻轻拧起眉，瞥衡玉一眼，有些欲言又止，似乎是不知道该不该说。无奈之下，她转头看向俞夏。

俞夏回以安抚的眼神，这才用那清朗疏越的声音对衡玉说："洛主会有这种担忧，我很理解。此事涉及我的一些隐秘，原本不便细言，但事关接下来的合作……"

他话音微顿，还是接着道，"如果圣子对我使用测魔阵法，应该能发现我的心神周围沾染有淡淡的邪魔之气。"他说得平静，一副不怕了悟会因此把他当成邪魔的坦然模样。

然而这件事吧，在场另外三个人早就知道了，所以每个人都表现得很平静。

不明情况的俞夏心下暗赞他们够淡定。寻常情况下，他说自己身上沾染有邪魔之气，对面的人怕是得立马翻脸。

"这股邪魔之气是我吞噬的神格里带有的。享受了神格的好处，自然也要承担些后果，好在邪魔之气并未侵占我的心神，只是在周围纠缠不休。"

"神格？"安静坐在旁边的了悟不由得出声。

"没错。"俞夏抬手蹭鼻，"好运罢了。"

所谓神格，是化神期修士陨落后，蕴含着他们毕生修为的识海没有随之消散于天地间，而是因为某些意外凝聚起来。神格里一般会蕴含着化神期修士的一缕意识和一部分修为。所以也有传言说，化神期修士可以凭借神格，借用他人身份而重活一世。

俞夏当时外出游历，意外进入一处秘境。发现神格时，他误以为那是颗普通的蕴含有纯粹灵气的宝物，随手就将神格捡了起来。结果在触碰到神格那一刻，神格竟直接融入他的丹田。

俞夏苦笑："这个神格存在太长时间了，不知道是哪位剑修大能陨落后形成的，邪魔之气萦绕在它周围不散。我吞噬掉神格后，那几缕邪魔之气就转而萦绕在我的心神周围。接下来的事情大家都知道了。初融神格，即使里面那抹意识早已被磨灭得差不多了，我在接收那抹意识里的记忆碎片时，性格和心境还是无可避免地受到了影响。"正因为有了那些记忆碎片，他在剑道上的感悟才会如此深厚。而白云山的这处秘境，在记忆碎片里有些许模糊的印象。俞夏结合宗门得到的消息和神格里的记忆，所以才确定此处是一位百花谷大能的登仙之地。

说到这里，俞夏抬眸看向衡玉和了悟："事情就是这样，两位如若还有疑问，尽管提出。"他会这么坦然地告知此事，有多重考量在。其中一个很重要的原因是，现在神格已经彻底被他炼化完毕，就算别人觊觎也没用。

衡玉不得不感慨俞夏的好运。神格这种东西，真的算是可遇而不可求了。

"难怪俞道友短短时间内已经到了结丹中期。"衡玉掐诀行礼，脸上露出几分歉意，"俞道友的确不愧是剑宗首席弟子，先前在法会上，如不是状态不稳定，俞道友怕是要更加大放异彩。"

俞夏苦笑着摆手："我能有这个修为境界，只是因为吞了神格讨了个巧罢了。反倒是圣子，居然在这么短的时间内距离元婴期只有一步之遥了，这沧澜大陆的一项纪录怕是又要被打破了。"

"距离元婴期只有一步之遥？"舞媚抬手捂嘴，诧异道，"这也太快了。"

了悟不愿细说，双手合十道："在下也是讨了巧。"

见他不愿多说什么，舞媚也识趣地不再追问。

几人换了话题，聊起现在到场的势力有哪些，又有多少元婴期修士蛰伏在暗处，想要渔翁得利。交换完所有信息，舞媚和俞夏离开飞行法器，另外找了个地方休息。

别的不说，白云山周围的景致还是不错的。

秋冬相交的时节，枫叶林火红一片。

刚刚下过大雨，坑坑洼洼的地面积了不少泥水，衡玉不得不低着头往前走，避免踩到泥水溅脏裙摆："你觉得俞夏的说法可靠吗？"

了悟慢慢跟在她身后："他的说法并无漏洞。"

衡玉点头："对的，逻辑上没有任何问题……但我又莫名觉得有几分不安。"

了悟想了想，瞧见衡玉前方枝枒横生，又见她正边回头望他边往前走，并未注意到前面的情况，直接伸手拦下她："俞夏的话应该不存在隐瞒，毕竟他的事，在剑宗长老那边未必是个秘密。如果他真的有所欺瞒导致你我出事，无定宗与百花谷必然会问责。"

他不担心俞夏欺瞒，但会不会有什么地方连俞夏和剑宗长老都忽略了？

神格这种东西过于稀罕，沧澜大陆的人对它了解并不深。

衡玉被拦住去路，也不往前了。她踮起脚，摘下了悟头顶上的一片枫叶，挡在她左眼前方旋转："罢了，已经到秘境门口，总不能明知里面有宝山，却因为一点点莫名的不安而放弃进入其中。"

"到时候我们多提防些。"了悟说，下意识捻起拇指和食指，做出拨弄念珠的动作。直到两指并未摸到那温润光滑的念珠，了悟才想起来他已经将念珠赠给衡玉。

衡玉注意到他的动作，捻住枫叶尾端，用叶片尖端轻轻挑了下了悟的下巴。动作很轻，像是羽毛划过一般，却又撩人得很。

"我之前放在你枕边的那块玉佩呢？"衡玉问。

"在储物戒指里。"

衡玉笑吟吟地提议："那块玉佩的手感和念珠差不多，你现在手边没有多余的念珠，不如暂时佩戴玉佩一段时间，如果觉得不习惯，就摩挲腰间挂着的玉佩好了。"

至于把那串念珠还给他，这是不可能的，况且真还了，他还未必高兴。

想到那枚玉佩的形制，了悟无奈一笑。他一身青色衣袍立于林间，一笑起来，就像是落满霜雪的松，清冷出尘，又清隽挺拔。衡玉指尖那片枫叶就不自觉滑到他的唇畔。

回过神后，衡玉睫毛颤了颤，食指拇指一松，夹在指尖的枫叶就轻飘飘落了下来，被风卷着飘来飘去，好一会儿才掉到地上彻底消停。

太可怕了，她是从什么时候开始，越来越觉得他秀色可餐的。这种不知不觉就沉沦的滋味，等她回过神来，当真无声又惊心。

衡玉走神时，了悟已经从储物戒指里取出一个款式精致的木盒。看那熟悉的雕刻手法，木盒应该就是出自了悟的手。木盒掀开，一枚玉佩安安静静地躺在里面。

玉佩的玉色里夹杂有几分绯红，泛着柔润的光，细细看去，才能认出玉佩是一个"衡"字。

了悟把玉佩取出来，直接佩戴到自己腰间，手指不自觉地摩挲起来："很合适。"

衡玉心底刚升起的几分抗拒之意，又因为他一番举动而完全消散。

她的心弦乱到这种地步了，凭借那小小的忘忧草种还能挽救回来吗？

衡玉低下头把玩着黑色念珠，也不说话，绕过面前那横伸出来的枝丫，沉默不语地往前走。了悟不明所以，依旧像来时一样，默默跟在她身后。

随着白云山内部灵力逐渐稳定下来，沧州的散修、修仙世家和宗门都在伺机而动。衡玉把玩着怀中的归一剑，神情平静。

半个时辰后，白云山内部的灵力彻底稳定，一道踏远古岁月而来、带着苍凉的威势在这片天地间弥漫开来。一道高大的门户悬立高空，安安静静地矗立在那里，等待着修士们前赴后继地进入其中，探寻里面的秘密。

这股波动，绝对高于沧州最强的那位元婴中期修士。

"应该是位化神期修士的登仙之地。"了悟判断道。

"化神期啊……"衡玉轻叹，"里面那位前辈估计是几千载岁月前的人物了。"

六千年前，随着百花谷最后一位化神期修士陨落，百花谷就再没有出过一位化神期修士。百花谷如若不是底蕴极深，恐怕早就从第一流宗门的位置上掉落下来了。

缺乏顶尖战斗力，单是这一点，就让百花谷处于天然的劣势。

"我们要什么时候进去？"衡玉下巴微抬，问对面的舞媚。开启秘境的钥匙是百花谷少主玉牌。她们两个不动，其他人自然只能在旁边干等着。

舞媚那双秋水潋滟的眸子里满是淡漠："直接进去吧。"

"这么好心？"衡玉眉梢微挑，笑道。

舞媚冷笑："反正秘境里机关众多，有想要争夺宝物的想法，就要有赴死的觉悟。"

了悟双手合十，并没发表什么意见。

弱肉强食。像这种修真界的铁律，即使是慈悲出尘若无定宗，也很难插手做些什么。每个人都有每个人的缘法，生死有命，禅修的怜悯并不耗费在此处。

衡玉从飞行法器上起来。她刚站稳，周围就已经有不少急不可耐的筑基期散修朝秘境飞去，想要尽早进入秘境。但他们刚靠近秘境，一束光以肉眼可见的速度穿透他们的身体。

那些散修甚至没发出一声哀号，就这么悄无声息地死去了。

"竟是连靠近都不可能吗？"

"现在要怎么办？"

"我们等等那些修仙世家和宗门的人吧，他们绝对不会甘心眼睁睁看着的。"

修仙世家和宗门的人抱团，一些彼此认识的散修也有意识抱团。

白云山周围的气氛凝滞下来。

就在衡玉和舞媚要动之前，有一行穿着黑色长袍、袖口外翻绣着青色竹纹的人动了。

"是傅家的人！"有人惊呼。

修仙世家傅家，沧州最大势力。在所有人的注视下，那一行人并未动身前往秘境，而是直直奔着衡玉四人而来。

衡玉和了悟对视一眼，选择静观其变。

傅家这边，为首的是一位艳若春光的少年，抱着一柄青色长剑，比起其他人，他的长袍衣摆还绣着一株风骨崎岖的竹。他看上去并不大，面容停留在十六七岁的少年阶段，却已经有了结丹初期的修为。

在他身边，还跟着两位结丹后期修士。这应该是傅家派来抢夺秘境宝物的阵容。

"圣子，三位道友。"来到了悟几人面前，少年直接掐诀问好，自我介绍道，"我姓傅，名陌深，是修仙世家傅家的人。"

"傅道友好。"了悟双手合十回礼。

衡玉几人弄不清对方葫芦里卖的什么药，但修真界格外看重礼仪，几人也一一向傅陌深回礼。

傅陌深参加过十二年前那场法会。法会主要是十三大宗门的盛会，但同样欢迎各大宗门精心栽培的年轻修士参与其中，一同角逐。

傅陌深在沧州年轻一辈里难逢敌手，又出身修仙世家大族，即使不是那种狂傲的性子，终究是有些自视甚高，却在眼前人面前狠狠受了挫。

可惜眼前这位如清风明月般的圣子，怕是早就忘了他这个对手。

彼此介绍清楚身份后，傅陌深开门见山问道："诸位，敢问你们是无意中路过此地，还是特意而来？"

"无意如何，特意远道而来又如何？"舞媚那双桃花作骨绘成的眉眼，里面的光泠泠如月。

傅陌深抬手一挥，布了道结界阻隔声音，这才看向衡玉和舞媚，直言道："两位道友应该是百花谷少主吧？"

"的确如此。"衡玉也不在这些小事上隐瞒，果断承认，"不知道友前来有何指教？"

傅陌深道："指教不敢当，但我手上有几个与秘境有关的消息可以与诸位交换。"

衡玉扬眉，笑而不语。

傅陌深知道对方这是不见兔子不撒鹰，笑了下："沧州毕竟是我傅家的大本营，白云山距离我傅家祖地并不远。几百年前，此处秘境曾经泄露过几分气息，被我家老祖察觉到。这些年里，傅家一直没放弃过查找秘境，也算是收集到不少消息——比如，我们查到，此处秘境极有可能是百花谷始祖东霜寒的登仙之地。"

傅陌深此话一出，舞媚脸上浮现惊喜之色。慢慢地，惊喜沉淀下来，她的眼里多了几分灼热。那可是创造出百花谷诸项修炼法门的宗门始祖啊，若她有机会得到始祖的传承，在双修一道岂不是能走得更加平稳。

衡玉突然牵住舞媚的手，指腹从她细腻的手腕一划而过，冰凉的触感让舞媚回过神来。舞媚别开眼，掩去自己刚刚的失态。

衡玉眼睛微微眯起，平静道："傅道友为何愿意与我们分享这个消息？"

"其一，若我所料无误，秘境开启的关键肯定在两位身上；其二，是我沧州傅家有事相求。"傅陌深脸上多了抹沉重之色。

"我们傅家查询古籍时，发现东霜寒前辈曾精心侍弄过两株极光之晨的幼苗。如果那幼苗完好无损，现在只怕已经是万年灵植。傅家想拜托两位，在进入秘境深处时，如果遇到极光之晨，能够将它带出来，再将其中一株售予我们，傅家绝对会给出让道友满意的报酬。用几个消息换道友的一个承诺，对傅家来说并不吃亏。"

他们不是把这么珍贵的秘境信息直接拱手相让，只是想多留一个后手而已。毕竟是百花谷始祖的登仙之地，傅陌深用脚想也能想到，秘境对百花谷的少主到底会有多偏袒。

极光之晨，这是炼制元婴期延寿丹的一味主药，非常稀少。一听这话，衡玉就清楚了。

傅家那位元婴中期的老祖，听闻已经活了上千年，寿元将近了。傅家除了那位老祖外，再无第二个元婴期修士，一旦那位老祖陨落，傅家的势力绝对会迅速缩水，许多对傅家虎视眈眈的势力都会趁他病要他命。所以，傅家当然要不惜代价为那位老祖延年益寿，至少要让他撑到傅家再出一位新的元婴期修士。

衡玉抿唇，却没有松口。极光之晨太珍贵了，珍贵到无数元婴期修士会为之蜂拥而至，不惜砸下自己的全部身家。

"如若有机缘找到极光之晨，我们肯定是要带回宗门的。不过宗门若炼制出延寿丹，可以优先售一颗给傅家。"顿了顿，衡玉笑，"当然，这一切都是理想化的。毕竟谁也不知道，始祖是否真的栽培了两株幼苗，那两株幼苗又是否现在还存活。"

傅陌深眼里闪过失望。一株极光之晨，可是能炼制出四枚延寿丹的。不过转念一想，一颗延寿丹能延寿两百年，多争取来的两百年时间也够他突破到元婴期，撑起傅家了。

"我希望一切都按理想地发展。"傅陌深哈哈一笑，坦诚道。

顿了顿，傅陌深还给出了一个非常具有分量的承诺："冲着道友这番承诺，在秘境里，如若有其他势力暗中对你们下手，我傅家瞧见了绝不会袖手旁观。"

他的皮囊看似年轻，但从他少年时期开始，就一直按照世家家主的标准被精心教养。这番承诺，让衡玉几人对他的印象好了几分。

事情谈妥，傅陌深袖子一拂，化去之前布置出来的结界。

万众瞩目之下，衡玉和舞媚也不再耽搁时间，取出玉牌飞到秘境前，将灵力注入玉牌。随着灵力的注入，玉牌背面的合欢花浮雕像是要活过来一般，隐约有幽香飘散出来。玉牌正面的烦琐纹路在半空中凝聚而成，猛地朝紧闭万年之久的秘境大门飞去。

两道纹路与大门的光幕互相僵持。小半刻钟后，在众人的注视下，两道纹路融入大门里。随后，那扇大门缓缓开启，好似远古巨兽从沉睡中被世人惊醒。

当大门开启到最大，里面什么动静都没有，却有浓浓的危险感笼罩在众人心头。这种感觉，就好像有什么东西藏在暗处，安安静静地张开了巨口，等着他们这些寻宝的修士自投罗网。

"走！"舞媚深吸口气，定了定心神，喊了一声，转身拉着俞夏往里面飞去。

衡玉不动。

下一刻，了悟来到她身侧："我们走吧。"两人穿透光幕进入秘境世界。

傅家的人纷纷看向傅陌深。傅陌深长长地吐了口气，脸上是遏制不住的惊喜："我们也走！"

等傅家的人也进去，其他势力和散修全部动了起来。一刻钟后，原本还喧嚣无比的白云山外，已经空无一人。

秘境的大门在开启两刻钟后，终于缓缓合上，气息彻底收敛下来，隐入虚空，再也寻不到踪迹。就算是化神期修士赶来白云山查看，也查不到秘境的踪迹，除非它再一次开启。

了悟进入秘境，刚刚睁眼，就发现自己被灰蒙蒙的雾气笼罩。他伸展了下垂在腰侧的五指，低下头看去，却没办法透过这片雾气看清自己舒展五指的动作。

了悟伸手往旁边摸索一番，借着那些凸起扎手的石块，确认自己现在身处于一处山洞中。

山洞中雾气蒙蒙，能见度极低，危险一旦靠近，怕是没办法在第一时间捕捉到攻击的方向。了悟干脆闭上眼睛，打算接下来主要依靠听觉。

他沉下心时，才发现体内空空荡荡，没有丝毫灵力存在的迹象。

了悟微微拧眉，这处秘境比他想象的还要奇异。

"洛主，你体内还有灵力吗？"了悟问了声。

无人应答。

他想了想，自从自己站稳后，的确没听到旁边有其他人的动静，想来进秘境时，他们是被分开传送的。

了悟的神情逐渐冷了下来，不再耽搁时间，随意挑了条路往前走，打算尽快突破这一关卡。才往前走了两步，整个山洞开始震动起来，天旋地转。

了悟借着凸起的山壁稳住自己的身体，手扶着山壁继续往前走。

大概走了几百米，震动不仅没有停止，洞顶还一直在掉落粉尘和碎石块。不小心将它们吸入鼻中，了悟被呛得咳了好几声。

了悟用袖子遮掩口鼻，扶着山壁磕磕绊绊地前行。

有时候山洞晃荡得太狠，了悟收力不及时，膝盖、腰侧其至是额头，都在乱石凸起的山壁上撞了好几下。不消一会儿，大片瘀青就出来了。

感觉到从大腿外侧蔓延开的疼痛，了悟低下头瞥了眼，看不清楚，只是他忽然想起什么，连忙把腰间挂着的那枚玉佩小心地解下来。

用指腹摩挲一番，确定它毫无破损才轻轻松了口气，了悟连忙把它塞进领口里。

越到后面，山壁的震动越来越疯狂。了悟半边身体和山壁摩擦，一开始还觉得火辣辣地疼，到最后，已经麻木到视若平常。

他的步伐不快，但一直坚定，步速没有因为外界的变化而减缓下来。

陡然之间，天旋地转，他的大腿内侧被一块长而尖锐的石头狠狠刺入，几乎透骨而过，险些对穿他的大腿。

了悟身体不由得失重，尖锐的疼痛刺激他的大脑，让他下意识闭紧双眼。

等了悟再睁开眼时，星斗满天，他安静地躺在松柏树底下，衣服染上不少鲜血。突然能视物，了悟抬眸凝视着那枝叶繁盛的松柏树，莫名想起那天晚上的场景。

其实面对这种危险未知的情况，他不想因为任何情绪影响自己的判断，可是想念那位姑娘，又已经成了一种下意识的习惯。

"罢了，先找到洛主吧。"了悟低声说道，想要从地上爬起来。这个动作，加剧他大腿内侧伤口血液的流速。温热的血液大多数渗进粗糙的地面，有些则被衣服吸收。月色之下，衣服像是被水浸湿。就在了悟刚要站起来时，有一双纤纤素手从身后伸过来，要扶住他的身体。

了悟下意识往旁边一避，脊背靠着松柏树干稳住身形，双手合十看着面前这面容娇俏、衣着暴露的少女。

少女看着不过十六七岁，身上的纱裙基本只将身体挡住。

"你受伤了。"他身上的血腥味很重，少女惊道，下意识又要过来扶他。

见他再次避开，少女气得跺脚："你现在是什么情况，我只是想查看一下你的伤势，再为你疗伤罢了，你可莫要不识好人心。"

了悟平静道："道友言重了。在下知道自己的伤势，只要找些止血的药物来便能很好地遏制住。"说完这一长句，了悟压着嗓子咳了好几声。

止血的药啊……

少女眉目流转，哼道："那你跟我走吧。"

她见多了摆出正人君子模样的伪君子，等会儿必要叫这禅修好看！

衡玉睁开眼睛时，发现自己正躺在一片桃林里。

桃花纷纷扬扬落下，像是一幅徐徐展开的春日画卷。但还没等人感慨一番画卷的美好动人，那些落下的花朵突然变成锋利的刀片，铺天盖地向衡玉袭来。

衡玉下意识要催动灵力，但这一催动，她才发现自己体内没有一丝一毫的灵力。

顾不上惊慌，衡玉随手将归一剑抽出剑鞘，挽了个剑花使出剑诀，利用归一剑挡住袭向她要害之处的桃花。至于攻击其他地方的桃花，她能顾得上便顾，顾不上便当作看不到。

叮叮当当，坚硬的桃花与剑身碰撞，发出尖锐而刺耳的响声。刺耳到衡玉实在想封闭自己的听觉。

不过一会儿的工夫，衡玉的手臂和腿上就被划出一道道细小的血痕。

好不容易化去所有攻击，衡玉的身体有些脱力。她觉得脸上有些异常的热，抬手用指腹一抹，才发现是血液从伤口一点点渗出来。

确定桃林周围暂时没有危险，衡玉一手握剑，随意挑了个方向往前走，打算先离开桃林。毫无疑问，秘境各个地方都蛰伏着未知的危险。

桃林这里的攻击对她来说并不可怕，但一直龟缩在里面不出去迎接其他的危险，未必就是什么好事。而且她还想和了悟会合。

才刚一脚迈出桃林，失重感突然出现。

衡玉直接扑倒在地上，归一剑被脱手甩出去。衡玉顾不得看是什么东西绊住了她，连忙往前爬想要重新将归一剑攥住，没有灵力，再丢了武器，她在这秘境里就危险了。但刚往前爬了不到半米的距离，指尖险些够到归一剑剑柄时，身后的拉力变得剧烈起来。

衡玉咬唇，死死往前伸手，够到归一剑后迅速翻了个身从地上坐起来，将无坚不摧的归一剑狠狠斩向前，剑身没入桃树的躯干里。

桃树剧烈地颤抖起来，发出更加尖锐的叫声："该死，所有外来者都该死。"树干迅速伸长，变得像藤蔓一样，灵活而疯狂地在空中抽打。

趁着这个空隙，衡玉看向自己被扯住的脚踝。

果然，她的脚踝是被树枝缠住了。

衡玉把归一剑从桃树躯干里抽出来，剑身上满是绿色黏稠液体。衡玉用剑砍断缠住她脚踝的树枝，躺在地上连滚几下，滚出桃树的攻击范围后才站起来。

"桃妖？"衡玉举剑对着它。

桃树被砍了两剑，正在抽气，听到她的话顿时不爽："什么妖，我们桃树一族修的是灵植一道。"

"那你还敢妄犯杀孽？"衡玉冷笑。

桃树愣了两下："杀你这个外来者也算犯杀孽？这个秘境的主人早就下了命令，说有外来者闯入打扰她安息，全部杀无赦。"

这棵桃树，智商好像不太行，这么容易就泄露了信息。

轻咳两声，衡玉也顾不得清理归一剑，直接将它收入剑鞘中："我不是坏人，你看，我现在没有拿剑对着你了。"

桃树："……那你刚刚砍我那两剑？"

"砍你两剑是为了自保。"衡玉并不在这个话题上纠缠，试探性地把别在腰间的玉牌取出来，在桃树面前挥了挥，"你看，这是什么东西？"

秘境既然要用百花谷少主的身份玉牌才能开启，那它在秘境里会不会是一种信物？试探一下，如果猜对了绝不吃亏。

"啊……"桃树顿了顿，在身份玉牌里感应到熟悉的气息，"这是主人的气息。"

衡玉一本正经忽悠道："我和你主人有天大渊源，你不能杀我，反而应该帮我找到你的主人。"

这棵桃树天真无邪，而且实力不算强，不会对她造成太大的威胁。

倒是可以暂时与它合作。

高大的殿宇里里外外都很清冷。

月霜花盛开在大殿台阶上，冰冷的气息从它们的花瓣里飘出来，越发为这座殿宇增添凉意。

女子抱着一只毛发蓬松的小兽，赤脚踩在殿宇的楼梯上。裙摆拂过月霜花，月光照见她的秋水明眸。她的容貌明明年轻无比，一双眼睛却似万年雪山那永不停歇的风雪，冰冷而毫无波澜，空寂得毫无生气。

她像是感应到了些什么般，唇角多了几分笑意，于是这张美艳到不像真人的脸就多了几分真实的温度："倒是聪明，这么快就掌握了主动性。"

女子抚摸着小兽的脊背，撸得小兽咕咕叫唤："不过，这点小聪明可不够啊。"

女子继续往前走，很快走进殿里。大殿角落摆着几面高高的书架，最外面那层书架摆着的都是些普通古籍。但绕过最外面那层书架，里面的所有书都是经书。

女子伸出手，小心翼翼地将一本经书从书架上抽出来。

她躺倒在地上，翻开经书随意翻看着。看了好一会儿，女子侧头，问蜷缩在她身边的小兽："那个无定宗禅修在欲界里待得怎么样了？"说到这里，她没忍住哼了一声，"无定宗的人居然也敢进来，当真是不怕死。"

小兽咕咕咕地叫了几声，回答她的问题。

女子蹙起眉来，似乎很不满意小兽给的答案。

"这个禅修是什么来头啊……哎，可惜刚刚从沉睡中醒来，实力暂时不济，不然我定要亲自去会会他。"

秘境里的欲界并非经书中的欲界，只从字面意思来理解就好了——欲望之境。

了悟靠着石壁。

灰色的衣服还沾染着血迹，因为刚刚的走动，大腿的血流得更凶了，他的脸色也越发苍白。

那少女直接从地上摘了一朵花，随手抛到了悟面前，告诉他只要饮下这朵花里的花蜜就能止血，他们当地人平常打猎受了伤都是这么做的。

腿上的血是必须止住的。了悟握着那花朵，微微蹙眉，歉意地道："道友，这里可有外用的伤药？"这里不是什么善地，而是充满未知危机的秘境，他不敢随意入口秘境里面的东西。

少女恼羞成怒："你这是信不过我？"

了悟脸上的歉意更浓："抱歉。"却并没有要照做的意思。

"如果道友不方便，在下会自己去寻找。刚刚麻烦道友了。"

见他转身欲走，少女劈手夺走他手上那朵花，并且拔掉花蕊，直接将核桃大小的花朵塞进他的嘴里，强硬地让他咽了下去。吞下花蜜不过几秒，大腿上的血便顺利止住。还没等了悟松口气，有一股灼热从他的脊背迅速蔓延开来。

少女笑起来，语气毫无诚意地道歉："刚刚忘记告诉你了，这花的确能迅速止血，只是在这欲界里，绝大多数植物都兼具别样作用。就连欲界里的空气都有淡淡的致人亢奋的作用，你避无可避。"

"你肯定会喜欢的对吧。"少女的手伸过去，想要抚摸了悟的脸庞。

了悟再次避开，忽略掉身体的异样，声音里连一丝暗哑都没有："不论如何，在下都要多谢道友施以援手，还请道友早些离开，免得在下不小心伤了道友。"

少女垂眸，抬手别了别鬓角碎发。她这番动作大了些，腰肢舒展开，身上的纱裙太过轻薄，往下滑落些许。只可惜，对面的人早已闭上眼，双手合十默念经文。

少女气恼："不想让我靠近你？怎么，都到这时候了还在装正人君子？好，既然你冥顽不灵，那我就把你带到温泉边上，相信我那些姐妹们会对你感兴趣的。"说到这里，少女又笑起来，容貌娇俏而天真无邪。

从进入秘境到现在，衡玉手中的归一剑就没停止过挥动。

一开始她还以为忽悠住桃树，接下来就能轻松安全很多。谁想那桃树直接带着她到一个山洞边，在衡玉趴着查看洞里的情况时，桃树猛地从地上跳起来，以雷霆之速将她推进山洞里。

她一脸茫然，耳边只有呼啸的狂风，山洞外传来桃树的尖锐叫声："我这是在送你去见主人，你不用谢我。之前你刺我的那两剑就一笔勾销吧。"桃树大概还觉得自己很大方，嘟囔道，"这全是看在秘境主人的面子上。"

衡玉：你这是在送我去见秘境主人吗？你这是在要我命！

实在怕自己掉到底下摔得粉身碎骨，衡玉将归一剑刺入山壁，减缓下坠的速度。

这样，一刻钟后，衡玉降落到洞底，虽没有性命之忧，但手臂和腿被震得发麻，手中的归一剑也险些再次脱手。

刚从地上站起来，衡玉就和一群有微弱灵力的妖物狭路相逢。

费尽九牛二虎之力杀光一路上遇到的蝙蝠、毒蛛和食人鱼后，衡玉筋疲力尽。

最尴尬的是，没有灵力护体，她现在就是个凡人，自然会感到饥饿。

衡玉抬手抹了把脸上的水珠，长叹口气，思考着要怎么解决自己的食物问题。

"你就是小桃子说的那个携带信物的姑娘吗？"暗处突然传来一道苍老的声音。衡玉侧头看去，脸上不动声色，只是越发握紧手中的归一剑："是我，请问老者是？"

一棵杏子树从暗处跳了出来："姑娘远道而来，我们怎么能不款待一二呢？"

杏子树从自己的树枝上摘下几个熟透的杏子递到衡玉面前，忍痛道："姑娘吃吧。"

好朴实无华又就地取材的款待啊。这算什么情况？衡玉想了想，好像有些摸到秘境主人的想法了。

她伸出手，接过这几个杏子："多谢老者。"

没等衡玉多问什么，杏子树就咻的一下跑回到暗处，迅速不见了踪影。

行吧。她原本想洗一洗杏子，但想了想河里铺天盖地的食人鱼尸体，放弃了。

她又想用袖子擦一擦杏子，不过自己一路在地上摸爬滚打，袖子未必有杏子干净，于是也不再纠结，直接抓紧时间吃杏子，勉强垫垫肚子。

十几个各有春秋的少女在温泉里沐浴，欢笑声、拨弄溪水的声音在温泉周围响起。

了悟在温泉边的假山旁。他紧闭双眼，双手合十诵读经文，神情平和得犹如春日里最和煦的风。他的后背已经完全被冷汗浸透，最好的为身体降温的方式就是泡在水里，可是，温泉里有女子在嬉闹，他便只好盘坐不动。

在这种情况下，如果不看后背的冷汗，单是看他清风明月般的脸，会让人有种奇怪的错觉，眼前这个人似乎不受一丝一毫的影响。

他越是这么冷静自持，倒是越发撩拨其他人的心弦。在温泉里玩着，想要伺机勾引他的女子们按捺不住了。

一个女子踩着温泉水，从水里慢慢走上来。月光洒在她的脊背上，让她整个人清冷无比。

"大师。"女子的声线平和，与衡玉的声线有些奇妙的相像。了悟诵经声音微顿。但这样疏远的称呼绝不可能出自衡玉之口，于是他又神色如常地继续诵经。

女子却觉得他这个反应摆明了是有机可乘，"大师，以前肯定都是你在度别人吧，有没有人度过你？你现在这么难受，不如让我来度你出这片苦海吧。"

了悟觉得她这番话有些好笑，于是唇角就轻轻弯了下，原本还冷清的眉眼也柔和不少。他直接伸手，从怀中掏出那枚玉佩。摩挲着那块温润的玉佩，继续诵经。

他这样的反应着实让人误会。女子心中自得，唇角轻轻勾了起来，吐气如兰："大师是想到什么高兴事了吗？能不能与我分享一下。"

了悟终于开口，语气平淡："道友还是早些离去为好，在下不欲伤人。"

女子低低地笑了起来："大师，你现在这样算不算是亵渎了觉者。反正已经亵渎了觉者，再进一步做些什么也不过分对吧。"

"在下之心从未动摇，何谈亵渎了觉者！至于其他，七情六欲是人之常情，在下一介凡人，自然也拥有这些感情。"

女子的声音里带着浅浅的责备："既然你都说七情六欲是人之常情，那你现在这么隐忍克制，不是在违背人伦之理吗？来吧，陪我在欲海里沉沦不开心吗？"

本就说不通，了悟也不打算再费口舌。他闭上眼继续诵经，一是为了平心静气克制欲望，二是为了趁机找机会离开此地。

女子终于恼了。她直接上前，就要靠在了悟身上。这种情况下，了悟用不了灵力，但他体内的禅骨不受限制。他轻轻催动禅骨的力量，令自己百邪不侵，整个身体周围都散发着一层淡淡的光晕，无人能够违背他的意志靠近他。

"先天禅骨！"殿宇里的女子愣住。一个不慎，手上举着的经书掉下来，狠狠地砸在她的脸上。

女子脸色微变，连忙将经书拿开，坐起来小心检查经书是否有损伤和脏污，确定它一如既往后，女子松了口气，才有心思继续关注刚刚的事情。

"居然是先天禅骨。"女子从地上站起来，"又一位禅门之光？"

女子微微眯起眼，神情晦涩凄艳："我不方便出手，还是让那两位小姑娘过去试探吧……对，有个小姑娘虽然是宗门少主，却已经不修双修之道。"对此，女子倒是没什么不满。百花谷几乎是媚修，但不代表弟子只能求这种长生大道。

大道只有适合与否，不能强求。

"……罢了，那就派另一个人去试探看看吧。"

这个秘境，实在是坑人得很。大大小小的秘境，舞媚至少也去过五六次，还是第一次听说秘境封印修士的灵力，让修士像个凡人一样接受历练。

她从一进入秘境开始就在吐槽，现在被蜘蛛追杀得狼狈不堪、险象迭生，心里更是没忍住骂了又骂。好不容易脱离险境的舞媚浑身瘫软地倒在地上，手撑着地大口喘气，缓解因为剧烈奔跑后撕扯般疼痛的胸口。结果吸了几口气，她慢慢察觉出不对来。身为百花谷少主，她对于药物之类的东西非常敏感，这个地方的空气分明有异常。

微微拧起眉，舞媚环视四周，思索着这是什么地方。

在她打量之际，有一道辨不清男女的声音在舞媚的脑海里回响："让无定宗之人破戒。"这道声音冰冷无情。短短几个字，与其说是商量的口吻，不如说是直接在命令舞媚。

那所谓的无定宗之人，是她想的那一位吗？不是，让洛主上不是比她上更干脆吗？

难道这是秘境主人给她设的考验？

咽了咽口水，舞媚试探性地问道："如果攻略成功，有什么奖励吗？"

等了好一会儿，那道不辨男女的声音也没有回答。这样就很小气。这么艰巨的任务，你好歹也该开出些诱人的条件吧。什么好处都没有，反倒会破坏她和洛主脆弱的同门之情。舞媚还是决定去和了悟会合。在这种地方，两个人一块儿行动，当然比一个人行动要好。她的体质特殊，也不会受空气中这些令人亢奋的物质的影响，而做出什么失态的事情。

附耳认真倾听一番，舞媚顺着前方隐隐约约的水流声走去。

几步之后，视野顿时开阔起来，温泉水雾气蒸腾，将在温泉里嬉闹的十几名少女笼罩住。月光之下，她们像是会噬人心魄的妖女，一颦一笑都有些不真实。温泉边上，禅修盘膝坐着，一个衣着暴露的女子站在他身边。舞媚暗暗吹了声口哨。这女人谁啊，这么大胆，不会也是那个声音指使的吧。

她眼珠子转了下，乐呵着行侠仗义："混账！放开圣子！"这声音一喊出来，就连始终紧闭着眼诵读经文的了悟也缓缓睁开眼睛，平静无波的视线投向舞媚。

被这么多双眼睛注视着，舞媚轻咳两声，认真而诚恳地对了悟道："圣子，我总算找到你了。我是来救你出去的。"

反正不管救不救得了，先把一顶高帽戴在自己的头上总是没有错的嘛。

衡玉不知道自己在山洞里杀了多久。

反正被追杀个两三次，等到饿得受不了，就会有各种树蹦跶出来，给她送上水果。借着水果暂时能填饱肚子，但精神上的虚弱是水果无法填补的。

衡玉一直在挥剑，几乎没有太多的喘息时间，握剑的右手肌肉酸胀，好几次，在对敌时她都怀疑自己手中的剑随时会被甩出去。如果说肌肉酸胀还能靠着毅力继续坚持，那精神方面就格外磨人。

为了应对周围的恶劣环境，以免有妖兽突然冒出来偷袭她，衡玉时时刻刻保持着警惕。她从进入这个地方开始就没睡过觉。精神紧绷到现在，早已经疲惫不堪。

在她觉得自己即将到达极限前，眼前的场景变了。她来到一片沙漠里，眼前黄沙漫天，天边的太阳灼热刺眼。沙子被太阳晒了这么久，温度升得非常高，衡玉才在原地站了一会儿，就感觉到热气直从脚底钻上来。

警惕片刻，确定周围并没有危险后，衡玉也顾不上其他，直接倒在沙子上剧烈地喘息着。过了很久，衡玉被晒得满头大汗。

"必须去找水源了。"衡玉低低叹口气，从沙上慢吞吞地爬起来。

正准备往前走，后面突然传来一道喊声："洛主？"这个声音还算耳熟。衡玉转身，脸上泛起淡淡的笑容："傅道友。"进入秘境这么久，她总算碰到其他人了。

傅陌深大步朝她跑来，他高兴道："没想到会在这里遇到洛主。"

"傅道友怎么会在这里？"衡玉问道。

傅道友正想回答，但余光扫见她的衣摆都是灰尘和血渍，脸上也有不少汗水，拍了拍额头："是我疏忽了，我先带洛主去附近的绿洲，再和洛主交流这几天发生的事情吧。"

"也好，麻烦了。"衡玉道谢。

深一脚浅一脚地踩在沙子上，衡玉问："傅道友除了碰到我，还碰到过其他人吗？"

"有的。"

"有碰到圣子吗？"衡玉连忙问。

傅陌深说："这倒没有，碰到的基本是沧州本地的修士。对，我倒是碰到了俞道友，不过俞道友实力高强，通关速度远远高于我，我就识趣地没有与他进行合作。"

这么一番话倒是透露了不少消息。衡玉可以肯定，她经历的这些事情和傅陌深他们经历的完全不同。

看到俞夏，没看到了悟，那进入秘境到现在，了悟又被传送去了哪里？会不会遇到什么危险？

了悟没遇到什么危险。那些纠缠不清的女人统统被舞媚拦住，随后舞媚让他一直朝东边走，走得越远越好。

"如果我没猜错的话，这个地方应该是欲界。按照古籍上的记载，东边空气最正常，圣子待在那里比较好。而且那里应该没什么人，比较安全。"舞媚平静而友好地建议道。

了悟双手合十向舞媚行礼。他原本想道声谢，但怕自己的声音异常，只能作罢。

了悟一只手撑着地面，动作缓慢而僵硬地站起来。冷汗将他后背的衣服全部打湿，但他那双眼睛，在这种情况下反倒褪去平素的温和，至冷至清，疏离冷淡。

借着旁边的树干站稳，了悟直接转身，沾满血迹的衣服轻轻摆动，然后快速消失在舞媚的视线之中。越往东走，树林里生长的植物越多，枝杈横竖乱生，阻挡着了悟的步伐。

他环视一圈，瞧见不远处有棵松树，快步走到松树底，撩起袍子坐下，双手合十，脊背全部靠在树干上，借着粗糙的树干来让自己的意识暂时保持清醒。

女子困得很，在给舞媚下了命令后，就缩在冰凉的地板上沉沉熟睡。

小兽用身上的软毛蹭醒她。

女子迷迷糊糊地睁开眼睛，伸手抚摸小兽："怎么了，是那位小姑娘取得了什么好的进展？"

小兽咕咕咕地说了一通。一个不注意，女子力度重了些，掐疼怀里抱着的小兽。小兽咕咕咕地痛叫起来。女子这才把注意力放到小兽身上，温柔而怜惜地抚摸着它，轻而易举就让小兽忘掉刚刚的疼痛。

安抚好小兽，女子的声音里满是沉痛："百花谷的弟子就是这么修炼的？拿下禅门之光啊，这么好的事情摆在眼前，居然定力如此之足，直接放弃这件事情。连努力都不努力一下，丢人，真是太丢人了。"

小兽咕咕咕地叫着，似乎是在回应她的话。

女子脸上多了几分笑意，声音柔和下来："还是你好。罢了，既然弟子矜持，只能我多劳心劳力,为他们制造些机会了。唔,这些布置对其他人是够用了,但对禅门之光来说,基本没什么太大意义。那这回就设置个世俗的障碍吧。"

为人选苦恼了一下,女子抬手,用修长纤细的指尖勾着垂落在耳侧的长发:"没办法了,修习双修之道的少主没用,就只能反其道而行,让另一位少主上了。谁知道这位禅门之光是什么审美水平啊。万一就好清清冷冷的一口呢?"

说完后,女子伸手拍了拍额头。她记忆缺失太严重了,以至于给那个小姑娘下命令时,都忘了许下些好处和惩罚。

"梦魇呢?接下来的环节就交给它来布置吧,我精力不济,还是不去插手了。"

听着小兽咕咕咕地说什么,女子语气淡漠若万年雪山上的霜雪:"梦魇下手狠是狠了些,但连梦魇那一关都过不了,他们凭什么拿到秘辛?别忘了,我们存在万年的意义是什么。"

绿洲这边围着不少人。

傅家这边,除了傅陌深,还有两个年轻人,一男一女。至于傅家其他人,听傅陌深说,都在路上死去或者失散了。在这之外,还有其他势力的人。彼此坐得都不近,相互戒备着。

"二哥。"傅陌深一回来,两个年轻人连忙向他行礼。他们都认得衡玉,在向傅陌深问好后,又向衡玉问好。衡玉一一回礼,坐到他们身边和他们交换消息。

"我们进入这个秘境后,就被传送到一堆巨大的宫殿群里。每个宫殿里或多或少都藏着一些东西,虽然有很多东西都在岁月长河中被毁掉,但也有一些东西保存下来,我们傅家还算有所收获。"

傅陌深说得很坦诚。这样的人赤忱,有谋划却并不歹毒,相处起来会很愉快。

衡玉听他继续道:"搜索了几天时间,因为遇到妖兽、妖植和内斗夺宝等问题,或多或少都出现了人员伤亡,即使是我们傅家也不例外。直到某一天,周围突然出现巨大的风暴,将我们所有人都卷走分散开,再次睁开眼睛,我们三人就到了这片沙漠。"傅陌深刚刚走出去,是想碰碰运气看能不能遇到其他傅家人,没想到会碰到衡玉。

衡玉想了想,也挑了不少事情说出来,她这边发生的事情,基本上是没什么可隐瞒的。

傅陌深为她高兴道:"这定然是秘境主人在特意考验洺主,恭喜了。"

对方越是受到重视,以后拿到极光之晨的概率越高,傅陌深当然高兴。

至于羡慕,也是真的羡慕。不过机缘一事无法强求,唯有自己看开。

"你恭喜得太早了。"衡玉笑了下。秘境之行,怕是还得折腾,就是不知道接下来等着她的会是什么。双方又交流一番消息,衡玉就去休息了。

休息一整晚,身上肌肉还酸胀着,但精神已经恢复不少。

几人觉得在这绿洲干坐着也不是一回事,于是一行四人想办法装了些水后,随意挑了个方向往前走，打算查看周围的情况。

　　之前傅陌深自己出来时，还没觉得沙漠里有什么危险。但这回跟着衡玉出来，他们先是遇到几人大的蝎子，后来又遇到会用身上的长刺攻击人的仙人掌。一路奔跑逃难，非常狼狈，几人经常在沙漠里滚来滚去。

　　不过好在这一回，风险和收益是成正比的，大家还算有所收获，所以这些狼狈都能忍受。

　　"解决掉了！"衡玉用剑挑翻仙人掌，傅家里唯一的女子傅菁晶高兴道，"洛主你太厉害了！"她看向衡玉的眼里满是星星。以前她最崇拜自己的二哥，但在秘境里，追得二哥狼狈不堪的仙人掌被洛主轻而易举地挑翻，傅菁晶就非常快速地换了个崇拜对象。

　　被漂亮小姑娘这么注视着，衡玉随手挑了挑额前碎发，颇为帅气道："小事。"哎，刚刚那一剑刺进去，她的手差点脱力握不动长剑。为了保持形象，这牺牲实在是太大了。要帅总要付出些许代价。

　　就在衡玉打算破开仙人掌，收获仙人掌孕育出来的、拥有着特殊能量的晶石时，一股吸力突然冒了出来，直接将她吓得连连倒退几步，身体往后一栽，掉进不知何时出现的黑洞里。

　　"洛主！"傅陌深瞳孔微微睁大，连忙上前想要握住衡玉的手，却慢了一拍，眼睁睁地看着她的身影消失在黑洞里。

　　"二哥！现在是什么情况！怎么办，洛主会不会出什么事？"傅菁晶着急道。

　　这会儿的工夫，傅陌深已经冷静下来。他拍了拍傅菁晶的肩膀，温声安抚她："没事，这应该是秘境对洛主的考验。她不会有什么生命危险的。"

　　衡玉跌入黑暗里，像是游子回归母亲的怀抱般，这片黑暗不断传达出一种温柔的安抚，一点点瓦解掉她的抵触情绪和心防。精神紧绷了好几天，待在这样的环境里，衡玉很难升起任何抵触情绪。

　　"小姐，发髻梳好了，你看看还满意吗？"有道声音突然在耳边响起，那种温柔的安抚瞬间消失，快得像是衡玉的错觉。

　　意识回笼，衡玉缓缓睁开眼睛。入眼的是一个梨花木制的梳妆柜。柜子上摆满胭脂水粉，正中央放着一面铜镜。

　　只是，镜中人化着浓而喜庆的妆容，眼尾微微斜挑而上，眉间媚意流淌而出。长发挽起，用精美的蝴蝶流苏金步摇固定住。凤凰锦织成的嫁衣针脚细密，寸寸合身，与妆容完全贴合。再配着桌面角落摆着的那一对写着"囍"字的红色蜡烛，一切的一切，都在昭示着这里是一间待嫁的少女闺房。

　　衡玉摸不清现在是什么情况，但她体内还是空荡荡的没有丝毫灵力，毫无疑问，她还身处于秘境。婢女春秋没等到衡玉回话，以为她是害羞了，捂着嘴偷笑两下，拿起梅花状的花钿，仔细贴在衡玉的额间。贴好花钿，春秋从匣子里抽出眉粉，为衡玉描眉："等成了婚，春秋就再也不帮小姐描眉了。"

春秋调侃道："小姐和姑爷琴瑟和鸣，自然该由姑爷为小姐描眉。"

对于这样打趣的话语，衡玉并不打算回应。

春秋兴奋得有些过头，见衡玉不回答，神色间也没觉得不耐，就继续高高兴兴地说着话："小姐今日喜欢哪种胭脂？就挑大红色的怎么样？"

衡玉淡淡地道："大红色吧。"顿了顿，她说："也不知道姑爷喜欢什么颜色？"

梳妆柜上摆着好几样胭脂。东西放置得乱了些，春秋一时之间也找不到大红色的胭脂在哪里。她细细寻找着，听到衡玉的话，随口回道："小姐怎么样都美，姑爷不会不喜欢的。况且以后家里可是小姐做主，姑爷定然会对小姐珍之爱之。啊，终于找到了，也不知道昨晚是哪个婢女收拾的，让奴婢一顿好找。"

衡玉睫毛颤了颤，等着春秋为她涂抹胭脂："你莫要这么说，姑爷听到了肯定会不高兴。"

从刚刚的对话中，衡玉大概可以推测出，眼前这个婢女绝对深受"她"的信任。很多该讲的不该讲的话，这个婢女都没有丝毫避讳。

"是奴婢错了，奴婢不该妄议姑爷。"春秋连忙道歉，抹了胭脂点在衡玉的唇上。

这抹红色点缀了艳丽的妆容，铜镜里的衡玉眉眼张扬鲜活，像是靡靡盛放到极致的合欢花。眸里带着淡淡的水色，微微眯起眼睛，镜中人便带了些迷离如丝的勾人情韵。出来这么久，这是衡玉第一次盛装打扮。这张脸本就是艳丽的长相，化完妆后，更是姝色无双。

距离吉时还有一段时间。厢房外乱糟糟的，春秋为衡玉上完妆后，急匆匆跑去外面。

衡玉坐到床榻边。床幔早已被换成喜庆的大红色。被面绣着栩栩如生的鸳鸯戏水图，枕头也是红色。衡玉捡起丢在枕边的红盖头，用自己留长的指甲钩着盖头上的刺绣。手略一用力，就将刺绣挑出短短的线头。

啊，这么好看的盖头，有了磨损真是可惜。衡玉毫无诚意地想着。她直到现在都不清楚，她为什么会突然从沙漠掉到这个地方。这个地方又潜藏着怎样的危险。想不通，她只能暂时走一步看一步。

衡玉把这场婚礼当作闹剧，心里没什么紧张情绪，趁着这个静谧的时刻复盘在秘境中发生的事情。中途，她觉得口渴，站起来倒了杯水慢慢喝着。抹好的胭脂有不少都沾在杯沿，她的唇色淡去不少。

紧闭的大门"吱呀"一声被人从外面推开。婢女春秋走进来，肩膀上落有几片雪花。

"小姐，吉时要到了，外面已经在催了。"春秋喊了一声，抬眼看衡玉。瞧见她插在发髻上的金步摇有些歪，胭脂也掉了大半，绣鞋也没穿好，吓得连忙跑到衡玉面前，接走衡玉手里的水杯，牵着她再次坐到床榻边，蹲下身要帮她穿绣鞋。

衡玉瞧了几眼，说："我自己来吧。"鞋子的尺寸大小正好合适，合脚到衡玉眉心微微蹙起。这个地方，还真是处处都透着诡异。见衡玉穿好绣鞋，春秋想跑去拿胭脂给她补个妆。

"就这么出去吧。"衡玉无所谓道，抬起手来随手扶正金步摇，就把枕边的红盖头拿起盖到头上。红盖头一旦戴上，按照习俗，就只能由夫婿摘下。

春秋急得跺脚，却没办法把盖头扯下来给小姐补妆。正好外面又响起催促声，春秋一边喊着"出来了出来了"，一边扶着衡玉出去。

厢房门打开，外面的风雪刮进来。衡玉穿着嫁衣，大概是为了好看，里面贴身的衣服很薄，被这样呼啸的冷风一吹，没有灵力护体的她直直打了个冷战。

有雪花落到衡玉的肩膀和盖头上，但很快，衡玉就被牵住，沿着长廊往外走。

没过多久，有个大概是她堂兄的人，背着她上了花轿，退出去时把轿门关好。

花轿抬起，吹鼓手们一阵欢呼，敲锣打鼓浩浩荡荡。坐在花轿里，衡玉甚至能听到外面传来的小孩子的喧哗声和男人女人的叫好恭喜声。她丝毫没有被这样热闹的情绪感染到，她都上花轿了，还是没出现异常吗？这个世界的异常总不会到拜堂甚至是洞房的时候才出现吧。

是要现在就不按常理出牌，还是再等等？还没等衡玉做好决定，花轿突然停了下来。

这是到了？她在心底回想着刚刚的路线。按照刚刚的路线，这花轿就是走出去绕了个几百米，又绕回来了吧。难怪婢女说以后家里都是她做主，感情这位姑爷是入赘的啊。

罢了，干脆从现在开始不按照这个世界原定的故事走，她倒要看看这个世界是想要考验她什么。衡玉抬手，一把扯掉红盖头。她的动作幅度大了，让本就有些歪斜的金步摇被扯得更歪了，坠在上面的蝴蝶流苏轻轻摇晃。

衡玉抬袖掀起轿帘，直接迈出花轿。原本应该含着羞意在花轿里等待的新娘，突然掀了盖头走出花轿，围观的所有人都被这一幕弄得措手不及，震惊过后四周窃窃私语声不绝。

衡玉立在风雪之中，仰起头，打算瞧一瞧她那位"夫君"，看看对方是不是这个世界的幕后黑手，是的话就趁着如今形势混乱直接将其干掉。

隔着漫天雪色，衡玉看清那个同样穿着红色衣服的人，身体微微顿住。

她抿了抿唇，与那人的视线撞上。素来只穿素净衣袍的人，如今穿着件白绢单衣，外面穿着灼灼如火的大红礼服。这样耀眼的红出现在他身上有些陌生，但并不奇怪，反而好看到让衡玉移不开眼睛。

那人清冷温和的眉眼染上红晕，像是破戒喝了几口桃花酒般布满醉意。他骑在高头大马上，眼睛迷离，状态明显有些不对劲，直到瞧见她，才逐渐恢复几分清明。这样清清冷冷的眉眼被喜庆的红色融化，于是构成了令山河失色的人间盛景。

衡玉迟疑片刻，在众人瞩目下，轻咳两声，往后倒退两步，直直倒退进花轿里。

扶正发髻上的金步摇，衡玉小心翼翼地重新盖好红盖头，不耐烦地用指骨敲了敲花轿轿壁，问外面的春秋："怎么还不让姑爷过来掀轿？"

站在轿边的奶娘老成持重，连忙催促姑爷赶紧下马。花轿里，衡玉手指紧紧攥着红色绣球挂件。

心下紧张时，人就会觉得等待的时间格外漫长与难熬。衡玉感觉自己等了很久，外面还是只有围观群众吵吵闹闹的声音，压根儿没等到有人走到轿子前掀开轿帘。

这样的想法一闪而过，衡玉又难得有几分懊恼，她的期待是不是表现得太过明显了？在这个地方拜堂成婚，虽然不是现实世界没有礼法约束，但会不会对他的禅道有影响？她这么顺从秘境的安排，会不会影响从此地离开？

这些念头不断在脑海里回荡，衡玉越发攥紧绣球挂件，呼吸都急促起来。直到修长白皙、指腹间带着厚重茧子的手握住轿帘，缓缓将轿帘掀开。

风雪从缝隙里钻进来，寒意深深，还没等衡玉感觉到寒冷，就有人半边身子立于轿前，为她挡去风雪："出来吧。"所有的担忧与顾虑，在这一刻彻底被衡玉抛到脑后。

他在邀请自己出去，与他拜堂。衡玉扶着轿壁起身，往前走了一步，就被人稳稳扶住。那人牵着她的手。靠近时，衡玉闻到他身上有淡淡的雪松香，清冽而干净，像是天地间初霁的白雪。

"了悟。"衡玉说。

"是我。"了悟温声道。

"那就好。"是你就好。

衡玉用力反握住他的手，借着宽大袖子的遮掩，了悟的指尖点在衡玉的手腕上。手腕上传来痒意，衡玉知道他是在写字。一笔一画，最后勾勒出"梦魇"二字。

上古有异兽名梦魇，因为能够读取记忆，所以它们构造出来的记忆，是一个人心底很期许能得到，却难以得到的未来。梦魇异兽得天独厚，构造出来的梦境真假难辨，意志稍不坚定、执念稍有过深者，都会在梦境里永远沉沦。想要从梦境里逃出去，需要满足两个条件：一是意识始终清醒；二是假作沉沦，在梦魇对梦境的控制逐渐减弱时跳脱而出。

原来这里是梦魇勾勒出来的幻境，难怪会这么真实。衡玉想着。她又想，这个梦境是谁期许的未来呢？原来是她啊。

"小姐，把牵红的另一头给姑爷。"春秋见衡玉一直站着不动，小声提醒道。

衡玉回神，松开了悟的手，将攥在手中的牵红抛给了悟，自己只握着一头。

了悟接住牵红时，低下头扫了牵红一眼。

红绸上面被掐揉出来的褶皱相当明显，他下意识用指尖抚平褶皱，但抚平些许，想到自己也要攥着牵红，就无声笑了下，放弃这无用功。

这里的婚嫁习俗不知道是沿用什么时候的，并没有民间跨火盆这一项。他们携手，并肩接受着宾客的注视，并肩跨过高高的门槛，并肩绕过长廊步入装饰喜庆的大堂。这一段路并不长,两人走得很慢。走进大堂,里面贴满"囍"字。

衡玉这具身体的父母坐在高堂上,亲族都坐在旁边围观,见证这一对新人拜堂。

如果撇除这个世界只是幻境,这一场婚礼,的确称得上是被众人祝福着的。衡玉突然侧头看向了悟。红盖头遮住她的视线,她看不清那人的眉眼,只能低下眼透过缝隙,看他的红色衣摆。

司仪在说着庆贺的话,衡玉没注意听。她就是有些懊恼。

如果知道婢女口中的"姑爷"是他,她不会随随便便挑掉红盖头"囍"字的线头,也不会胡乱把嘴上和脸上的胭脂蹭掉。旁边的人察觉到她不专心,轻轻扯了下她那头的牵头。

衡玉乖乖低下头,听着司仪继续说话。

"……伏愿结凤仪之好,贺琴瑟之欢。"司仪正好说到最后一句贺词。

接下来就是拜堂。

司仪说"一拜天地",衡玉迟疑片刻,还是没有主动跪下去。直到她感觉到对面的人先跪了下去,衡玉的睫毛颤了又颤。

她从未弯下膝盖跪拜过什么,可这一刻,她心甘情愿地跪下,认真而庄重地行完这一极大的仪式。

司仪没有让她起来,衡玉就继续俯身拜着。她低低呼吸,能感觉到旁边那人也怀着同样的虔诚在行礼。

大堂外突然风雪大作,贴在墙上、柱子上的很多"囍"字都被掀起,桌案上红色喜烛被吹灭过半。在惊呼声和猎猎风声中,司仪的声音不慌不忙。

"二拜高堂。""夫妻对拜。"

礼成起身,就在司仪要进行下一流程时,衡玉猛地掀开一半盖头。

衡玉的容貌一下就入了了悟的眼里。

刚刚她从花轿里出来又退回去,一切进行得太快,快到了悟压根没仔细看她。

这一刻,他才发现这位姑娘盛装打扮时到底有多惊艳。尤其是那双眸里燃着灼灼火色,这抹色泽为她添了无限的生机,让她整个人美得生动,笑起来犹如烈焰一般。烧得他心跳都急促了很多。

"我就是突然想看看你。"衡玉说,在司仪开口阻止之前,已经自觉地放下盖头。

婚礼都是在傍晚举办的,到这个点,天色已经彻底暗了下来。

婚房就是衡玉出嫁前梳妆的那间厢房。

房间角落的炭盆还在烧着,走进屋子里,衡玉的身体逐渐回温。她坐在龙凤被褥上,被褥上洒满各式喜果,花生、红枣、莲子等,都有着"早生贵子"的意味。

红烛帐暖,衡玉乖乖坐在床上,被雪濡湿些许的裙摆在地面散开,精致的绣鞋上也有淡淡的湿意。

这个世界并没有闹洞房的习俗,了悟走进婚房,里面静悄悄的,红烛燃烧时噼里啪啦的脆响声清晰入耳。绕过屏风，了悟就看到端端正正地坐在床榻边的姑娘。

她还穿着凤冠霞帔，戴着红盖头，红色的烛光晕染在她身上，了悟突然就觉得这个房间被炭盆熏得过分闷热了些，让人口干舌燥。

走到床边，了悟握住红盖头边缘，掀开盖头。他与衡玉对视一眼，弯腰摸了摸她的颊侧，没说话，撩开衣袍蹲下身，帮她脱掉绣鞋和白袜子。

了悟蹲着问她："这些头面重吗？"

衡玉点头："重。"

了悟站起来，弯下腰研究她头上的一众饰品。饰品太过繁杂，他先是将那蝴蝶流苏金步摇拆掉，才慢慢摘下其他东西。

第十三章
残念奇遇

"接下来是不是要喝合卺酒？"衡玉声音顿了顿，"里面装茶也没关系。"

仪式进行到这里，喝合卺酒已是最后一个环节。

了悟走到桌边，拿起被剖成两半的卺。

拎起还留有余温的茶壶，小心往卺里倒满茶，了悟握着卺走回床榻边，将另一半递给她。两人手中的卺柄被线牵连着，他们对坐在绣着龙凤的被褥上，同时举起卺，饮下里面盛着的茶水。

空卺被随手甩到地上，衡玉随意瞥了眼，正好是一正一反地落到地上。

若她没记错，这在民间是非常好的寓意。

因为这一个小细节，衡玉笑了下，轻轻踢了下了悟的衣摆："要帮我脱嫁衣。"

了悟没起身，只是坐得更近了些，慢慢解开她嫁衣的排扣。

低下头，了悟正要为自己脱下大红礼服，衡玉已先一步抬起手按在他的衣襟上："我为你宽衣。"

见他没有拒绝，衡玉缓慢解开他礼服上的扣子："你熏了香？"

"府中准备礼服的人熏的。"

"比以前的檀香味更好闻。"

她觉得喜欢，就贴近了些，下巴枕在了悟的肩膀上轻轻嗅着，两只手胡乱摩挲着扯开他的扣子。这个动作过于暧昧，了悟僵着身体，任她帮自己脱掉礼服，呼吸不知不觉重了些。

了悟对衡玉说："累了一天，要去沐浴吗？"

衡玉枕在他肩膀窝上笑，笑得下巴在轻轻颤动。这股颤动从了悟的肩膀窝蔓延开，连带着他的心尖也跟着颤了颤。

"怎么了？是话中哪里有不妥吗？"

衡玉仰头："你是在邀请我早些就寝吗？"这番话，初听没什么不对。但了悟慢慢有些回过味来。他总觉得怎么回应都有错，干脆突然站起身，在面前这位姑娘没反应过来时弯腰将她抱起。

衡玉眼睛瞪圆，下意识揽住他的脖子。

了悟直接把她轻轻放到床里侧,龙凤被褥往身上一盖,他帮她压好被角:"别着凉了。"随手拔掉床榻上散落的花生,脱掉鞋子上床,躺在床榻外侧。

"你……"衡玉愕然。刚刚那番动作,他做得……未免过于自然了些。

了悟稍等片刻,还是没等到她的下文:"怎么了?"

侧过头看她,瞧见她脸上妆容完整,眉间的桃花妆花钿在烛光里格外明显,后知后觉地反应过来两人都没有洗漱:"要卸去妆容吗?"

衡玉回:"一般是明早再卸。"

她安静了一会儿,滚了一个圈,直接栽进了悟怀里,指尖在他胸膛上轻轻挪动。一撇一捺,写得非常清楚:这种程度,能瞒过梦魇吗?

了悟不说话,他的视线完全被眼前的姑娘占据。

过了好一会儿,了悟做了个唇语:在下也不知道。

衡玉睫毛颤了颤:"你知道我除了让你动情,还要破掉你的金身吗?"

那所谓的金身,就是护体金身。有了护体金身,元婴期以下的所有攻击都对了悟无效。

想要破掉护体金身,需要在他召唤护体金身时,令他身体受伤。

了悟隐隐猜到她为什么要提到这件事:"在下知道。"

"反正你距离元婴期只有一步之遥,这护体金身的效果已是无用。现在直接废了它,助我完成内门任务吧。"衡玉的手贴在他的颊侧,缓缓后移到他的后颈,摁在他颈间动脉上。另一只手撑在枕边,稍一用力,她半个身子都压到他身上。

没有旁余的动作,她就这么居高临下,注视着他。

芙蓉暖帐里,了悟觉得空气里的温度越来越热了。他的大脑已经混沌起来,不知自己该如何重新组织思考,只是下意识地,了悟按照她的需求催动功法,召唤出护体金身。

功法还没完全催动成功,衡玉的手已经抚上他的唇角。之前在欲界,他始终冷静自持,意志坚定。如今,只是这么一个简单而情深的动作,他便觉得四肢百骸都在为她焚烧。他紧抿唇瓣。

"呼吸上来了吗?"衡玉问他。

见他不回话,明显处于走神状态,衡玉用柔软的指尖戳了戳他眉间朱砂。继而,她起了兴致,凑过去轻点他的眉心。

了悟回神:"怎么了?"怎么了?自然是继续。走到现在,她的内门任务只差临门一脚,他的情劫也已经渡过大半,未必再需要她的参与。

离开此处秘境后,也差不多是时候回百花谷交内门任务了。所以这场幻境算是她最后的放纵。

"他们——"

大殿里,女子那双如秋水般的眸子里闪过一丝惊愕。这抹惊愕迅速蔓延开,让她整个人鲜活起来。

"你说他们当真走完了拜堂仪式,现在还疑似在洞房?"

梦魇石像告诉她事情就是这般。

"这不可能!"女子一阵摇头,"他们是在做戏,想要从幻境里脱身吧。"

芙蓉暖帐里的温度越来越高。衡玉安安静静地躺在他怀里。

沉默蔓延开,不知过去了多久,了悟突然问道:"如果完成了内门任务,洛主是不是就要启程返回百花谷了?"

"……应该是。"

他又一次,堪称执着地问道:"在下那时应该总是在闭关修炼,又或是在天下云游传播道法,你若是有空,能来寻我吗?"

他的睫毛轻颤一下,配合着眼尾的嫣红,便越发感人:"不用去无定宗也可以的,反正在下也经常离开宗门。"

"好啊。"听衡玉回答得干脆,了悟就笑了:"你肯定总是没空,不是在闭关就是在游历寻找突破契机。"

他把她的心思都点了出来,衡玉语塞,只好瞪他。

了悟又笑了下。笑着笑着,他就觉得苍凉。

"破掉道法金身的事情再推迟些好不好?"他问。

衡玉用左手撑在枕边,稍稍用力,她坐了起来,眨了下眼:"相公。"

了悟猛地移开手,睁着眼睛望她,神情呆滞。

"你不愿意吗?"

了悟慢慢找回自己的声音:"我只是……"

他分明不是这个意思,但她非要将两者结合在一起,一时之间,了悟也不知道自己该说些什么。

衡玉点头示意自己知道了。她重新躺下,翻了个身脸朝墙内,顺势拉开与他之间的距离。

两人隔得远,有风从外面灌进被子里,了悟觉得墙角的炭盆大概已经快要烧没了,火光不旺,屋内自然就冷了下来,连带着身体的异样也逐渐缓和下来。

了悟静静地躺了好久,侧头去看她,只能看到那在枕头上散开的黑色柔软长发。

他继续抬眼望着芙蓉暖帐,过了好一会儿,了悟侧了个身同样面朝里,钩起一缕距离他不远的头发放在指尖把玩。

"洛主,你不要这样。"了悟的声音逐渐颤抖起来,"你不是要完成内门任务吗?再不快些,护体金身的效果就要过去了。"

刚刚背对着他一动不动、呼吸平稳的人猛地从床上爬起来。

衡玉把头埋进他怀里,声音很闷:"对不起。"

了悟搂着她,手臂一点点收紧。他的心底似乎被凿开了一个洞,他所有的欢愉都来自眼前的姑娘,只要她稍稍摆出个疏远姿态,他就慌乱得不敢再强求些什么。

了悟的手移到衡玉颊侧，轻轻捧起她的脸，纯粹地，在她唇上辗转。
　　衡玉睁着眼看他。
　　了悟眼睑合上，长而翘的睫毛颤动得厉害。
　　她没有回应。
　　屋外的雪静悄悄地下着，红烛亮光也暗淡下来。
　　时间在这样静谧的环境里被拉得很长，总让人产生一种岁月静好的错觉。
　　躺在了悟怀里的姿势很奇怪，衡玉感觉到身体血液不流通，无奈敲了敲他的肩膀示意。了悟茫然地睁开眼，退开些许距离看她。衡玉没说话，默默地调整了个更舒服的姿势。
　　衡玉没忍住笑起来。见她笑了，了悟跟着弯起唇角，心情恢复过来。
　　衡玉又笑了下。这人还真是好哄，刚刚还那么难过，现在就平静下来了。
　　好一会儿，了悟揪住她一缕头发，放在指尖把玩。
　　他垂下眼，声音很闷，提醒她道："护体金身的时间就快要过去了。"
　　衡玉懒洋洋地打了个哈欠："你不提醒我，我都要忘了。"
　　了悟碰了碰她的颊侧，觉得有些凉，就伸手抱紧她，把她大半个头都埋进被子里："只是暂时忘了而已。"就算今晚糊弄过去了，她也很快就会想起来。
　　还不如他主动提醒，这样她应该会高兴一些。
　　衡玉嫌闷，挣脱掉被子，嘴唇直接覆上去，用偏尖锐的虎牙咬住他的耳朵，慢慢研磨。磨了一会儿，她紧紧攥着了悟的衣领，松了自己下口的力道。
　　察觉到护体金身已经消失，衡玉翻了个身躺好，头发散落在枕头上。
　　半晌，了悟轻声说："晚安。"
　　没有得到回应，他侧头瞧了眼。
　　见她睡着了，抬手帮她剥开贴在脸上的头发，又说了一遍："晚安。"

　　墙角的炭盆被换了新的。
　　室内重新暖和起来，甚至暖得有些过分。
　　衡玉身上盖着龙凤被褥，她觉得热得慌，手脚一起胡乱蹬动，把大半被子都蹬到旁边，翻了个身打算继续睡。
　　"会着凉的。"旁边人说。
　　衡玉迷迷糊糊睁眼看了悟，自觉地朝他伸手："那你给我暖着。"
　　了悟不理她，坐起来为她盖好被子。
　　衡玉起床气有些重，不高兴地在被子里踢了踢他的腿。
　　了悟任由她踢着，反正她只是在玩闹，基本没用什么力道，与其说是踢更像是在胡乱蹭着。
　　等她闹够了，了悟笑了下，提醒道："洛主，你脸上的妆已经花了大半。"
　　她一把掀开被子从床上坐起来，用手背蹭了下脸颊，白皙的手背上顿时多了一抹浅浅的红胭脂。

见了悟还在笑，衡玉眉梢微挑，用指尖掐了掐他的脸颊，走下床去喊春秋进来帮她梳洗。

坐在妆台前，衡玉还是觉得困，她睁着眼看着镜中的自己，努力恢复清醒。

春秋收拾好床榻，走过来用湿帕子为衡玉擦掉脸上的妆容。

春秋凑近衡玉的耳朵，忍着羞意问道："小姐，姑爷他……他是不是不行啊？"

所有残存的困意都被这句话给震散，衡玉猛地睁开眼，眼睛微微瞪圆望着春秋。

春秋鼓励性地朝她点头："小姐不要慌，如果姑爷真的……咳咳咳，我们就去告诉老爷，他入赘就是为了给我们府里开枝散叶的，如果连这个都做不到……咳咳咳，奴婢当时就怀疑禅修这方面可能不太行，原以为是奴婢猜错了，没想到……"

这一大段话，春秋是咳了又咳，才忍着羞意说完。

瞥了眼站在屏风后面换衣服的了悟，他应该没听到。衡玉抬起手捂住春秋的嘴，哄道："乖，话不要乱说。"

为避免春秋在外面乱说什么，衡玉只好找了个借口："他之前一直在修行，对于这等事体会不够，总要先给他些时间，让他做好心理准备。到时候……"

春秋不知道她家小姐内心的咬牙切齿，听到这番理由，她勉强被说服，欲言又止地点点头，保证道："小姐放心，奴婢绝对不会说出去的。就算是老爷夫人问起来也不会说的！"

"那就好。"衡玉跟着用力点头，然后连忙找了个借口打发走春秋。

她也不叫其他婢女进来，默默地拿起木梳，准备自己给自己梳头。

"在下来吧。"了悟换好衣服绕出屏风，恰好看到这一幕。他走到她身后，接过她手上的木梳。她的头发柔顺，一梳就梳到了底。

他靠得近了，衡玉就闻到从他的外袍飘出来的雪松味。

这种味道干干净净，清新而温和。

想到刚刚和春秋的对话，衡玉轻咳两声，连忙把那番对话彻底抛到脑后。她又夸了一遍："我喜欢这种熏香的味道。"

了悟动作顿住片刻，又恢复自如，开始为她绾发。

换了一身新的衣裙，衡玉和了悟出门去给洛老爷洛夫人请安。这只是走个过场而已，请完安后，两人离开主院。

了悟撑着大红伞，两人并肩慢慢地走着，逛起洛府的花园来。

逛了一会儿，两人走去衡玉的书房，打算在里面看书打发今天的时间。

倚在软榻上看了很长时间的经书，女子懒洋洋起身。

她赤脚踩在宫殿冰凉的地砖上，把手上这本经书放回它原先的位置。在原地站了一会儿，女子还是止不住好奇心，瞬移到梦魇石像身边。

"他们的进展如何了？"女子问。

梦魇石像知道她好奇，尽量把里面的一些场景复述给女子。

女子垂下眼，睫毛剧烈地颤动起来："禅门之光会为了从梦魇编织的幻境里出来，就委屈自己与他人逢场作戏吗？"她这么问的时候语气有些苍凉，就仿佛……她在问的不是了悟，而是在透过他，问早已陨落于岁月的某个人。

梦魇石像突然想到些什么，传出一道神念波动："这个幻境，我是按照那位小姑娘的记忆来构建的。"

女子猛地抬头，神情震惊："你说什么！"

事实上，最开始来找梦魇石像时，女子直接要求梦魇石像编织出成婚幻境，让那位禅门之光在幻境里与那位小姑娘有了世俗礼法上的羁绊。

后来，梦魇果然编出成婚幻境，女子以为是自己的目的达成，从来没多想过什么。可如果，这个幻境是按照那位小姑娘的记忆来编织的……她与禅门之光，又是什么关系？

女子抬手紧紧压住自己的胸口，剧烈地喘息起来，难以保持心情的平静。

衡玉躺在软榻上翻看话本，两条腿抬高，交叠着胡乱晃来晃去。看到有意思的地方，她握着话本大笑起来。

了悟推门走进书房时，正巧就看到这一幕。

他收起手上的油纸伞，抖落上面的雪花，把它轻轻搁到墙角，这才走进室内，坐到衡玉身边。

了悟身上还带着淡淡的寒意，衡玉托着腮侧头看他，瞧见他怀里抱着一个小木匣，问道："刚刚去了哪里？"

"去找你的婢女要了香料和配方。"了悟将匣子打开，一股沁人心脾的雪松清香透出来，四块雪松香料安安静静地躺在匣子底部。

衡玉问："要来干吗？"

"闲着无事，在下想研究研究如何制成雪松香。"他们接下来一段时间，都要在幻境里按部就班地生活，不能操之过急。了悟在这个世界的人设已经还俗，不好再看经文，只能另外找些事情做。

衡玉点头，眼珠子微微转了下，眉眼明媚如春："因为我说喜欢？"

了悟轻笑："打发时间。"他的话语平静温和，表情更是从容淡定。如果他的耳垂没有红起来的话。

衡玉支起身子，用指尖捏了捏他的耳垂，一本正经地点头道："的确是打发时间的好方法。"了悟的耳垂瞬间烧红起来。

他别开眼看窗外，转移话题的方式有些拙劣："今日的红梅开得很艳。"

衡玉笑得恶劣，不想陪他心意转移话题："哪里有相公你好看。"

事实证明，在调情一事上，总是厚脸皮的人容易占据上风。

了悟干脆不回话，低下头看香料配方，慢慢研究起来。见他心神都沉浸在里面，衡玉不再说话打扰他，继续翻看话本。

新婚的第一天就这么平平无奇地过去了。

第二天衡玉没事做，就扯着了悟，让他和自己说说他小时候的事情。

了悟的神情恬静温和，声音低柔得仿佛絮语："其实没什么好说的，在下的生活基本固定。"说是这么说，了悟还是回忆起来，"从记事起，我接触的东西是经文、念珠、木鱼还有香烛等物。四岁开始，每日清晨醒来，会跟着师父一块儿做早课，晚间就跟着做晚课。其他时候，师父时常会为我诵读经文，讲解经文里面的意思。"

衡玉问："那时候你能听懂？"四岁就能理解晦涩的经文，这是生而知之吗？

了悟轻轻摇头："当然听不懂，只是师父想借此来培养弟子的向禅之心罢了。"

这种宁静而平和的日子，用言语描述出来可能容易让人觉得枯燥乏味，但那几十年里，了悟从未觉得有过一丝一毫的枯燥。

他比常人耐得住寂寞，比常人更心思通透。他能够成为禅门之光，从来都不是只靠着体内那根与生俱来的禅骨。

慢慢地，衡玉从他的话中品出了一个词——享受。他是真的很享受那种平静的时光。大概也是因为这样的经历，才培养出他这般温和透彻的性子。

雪松香料的制作步骤很复杂，了悟闲暇时照着单子整整研究了两天，将制作步骤背了个滚瓜烂熟，但没有自己动手去做。

衡玉私底下笑他只是掌握了理论基础，万一实践起来遇到很多问题怎么办。

了悟笑道："这幻境里的一草一木，都是梦魇按照它昔年的见闻来构建的，所以才会显得如此真实。只要步骤不出错，等闲暇了，在下有的是时间来研究。"

现在，他不希望把时间浪费在制作雪松香上。

他身上的雪松香有些浓郁，大概是熏了比较长时间。即使衡玉和他隔了不近的距离，也能清楚地闻到这股味道。

她抬手让他过来，整个人埋在他的肩膀处，轻轻闻着他身上的熏香。

"要睡会儿吗？"了悟扶着她的后脑勺，突然出声问道。

听她应了，他换了个姿势，让衡玉直接躺在他的膝盖上。

小心帮她盖好被子，了悟牵住她放在身侧的手，温声道："睡吧。"

按照当地习俗，刚成婚的半个月里，新人的衣服都要是红色的。今早大雪停了，外面天气难得晴朗，了悟打算带衡玉到后院的梅林里赏梅玩。临出门前，了悟帮她戴上红色斗篷上的帽子。

斗篷帽檐极深，垂落下来，遮住衡玉大半个额头，把她额前的碎发都压了下来。

衡玉整个人被他裹得严严实实，怀里还抱着一个用来暖手的汤婆子。

"是不是太夸张了。"衡玉看着铜镜里映出来的身影，迟疑道。

了悟摸了摸衡玉怀里的汤婆子，确定它的温度刚好合适："这样不会着凉。"

"……那好吧。"衡玉勉强点头，她只是觉得不方便行动。不过想想，在这幻境里，也没什么好动的。

出行的人除了他们，还有几个侍卫。这些侍卫负责搬运七弦琴、棋盘和茶壶等物件。

红梅白雪，万籁俱寂。但没过多久，凉亭里拨弦抚琴的声音传来，惊得梅林里的雀鸟们展翅飞起。衡玉坐在凉亭里，托着腮听了悟抚琴。他抚琴时的神色很淡，可被身上的红色衣袍映衬着，眼尾带着丝丝嫣红。这抹红晕彻底融化掉他身上的清冷。

抚完一曲，了悟问她还想听什么。

衡玉回："《凤求凰》。"

了悟平静地点头："这首曲子很有名——"在她的注视下，了悟默默补完后半句，"但在下不会弹。"

衡玉笑了下："意料之中。"他会弹这首曲子才奇怪。而且，这首曲子感情热烈奔放、深挚缠绵，以他的缄默含蓄，就算会弹，也很难弹出这首曲子里的感情。

"我们去梅林里走走吧。"了悟见她对听琴兴致不高，提议道。

两人并肩走下台阶，往梅林深处走去。

风有些喧嚣起来，枝头的红梅已经过了盛放得最热烈的时候，现在隐隐有些衰败。狂风卷过，有不少梅花纷纷扬扬飘落下来。

有片花瓣正好飘到衡玉身前，她摊开右手手掌，默默接住这片花瓣，用食指和拇指将它捻起。盯了半晌，衡玉扭头去看了悟，沉声说道："我想吃梅花糕了。"

再不吃，院子里的梅花就要彻底凋零。

对于她提出的要求，了悟还能怎么办。

他不方便折梅，只能让她和春秋一块儿折枝头的梅花，他抱着这些梅花走去厨房，用它们做梅花糕给衡玉吃。

她偏好甜口，了悟就做得甜一些。梅花糕被他蒸得绵软，衡玉捻起一块送进嘴里，淡淡的梅花香在舌尖上绽放开。她嚼了几口咽下，干脆一口气把剩下的大半块都塞进去。等到把嘴里的梅花糕全部咽下，衡玉捧着茶杯喝了两口："你的厨艺是越来越好了。"

了悟又捻起一块递到她面前："你嘴挑，做得不好就吃得少。久而久之在下的厨艺自然就好了。"

"那你觉得此事是好还是不好？"

"自然是好的。"

解决掉碟子里剩下的三块梅花糕，了悟走到香炉边，往里面扔了衡玉喜欢闻的雪松香料。

香料很快燃烧起来，飘散出丝丝雪松清香。

进入幻境半个月后，了悟感应到幻境没有以前那么真实了，它出现了漏洞。

这说明梦魔对幻境的控制变弱了。按照这种走势，顶多再过半个月，他们两人就能顺利脱离幻境。

想到这里，了悟睫毛微垂，脸上并没有浮现出任何欢喜之色。他甚至猜不透自己现在是什么想法。

"在想什么？"身后，衡玉两只手抱膝缩在床里侧。她才刚刚睡醒。

"没想什么。"了悟转身看她，迟疑片刻，提议道，"在下为洛主画眉，如何？"

衡玉微愣，睡意全消。眉语寄托着爱意，只有夫妻情浓时丈夫才会为妻子描眉。她的睫毛颤了又颤，缓缓笑起来："好啊，相公。"至少在这个幻境里，他们的确是夫妻。

"在下可能画得不好看。"

衡玉说："没关系。"

衡玉眸中熠熠生辉："反正画出来也是给你欣赏的。"

衡玉在梳妆台前坐好，桌面角落摆着一盒很少用的螺子黛。

稍稍蘸水，眉笔沾上眉黛，了悟举手到衡玉眉前，迟迟没敢下笔。

衡玉笑了下："快画吧，举着笔久了多累人。"

了悟抿了抿唇，定神回想着她前几日画的眉形，按照记忆慢慢画着。他落笔不敢太重，生怕画错完会无法补救，便采用慢慢描摹的方式。

等他终于画完，衡玉对着镜子照了照，认真点评："似乎比我画得要好。"

"那就好。"了悟放下眉笔，揉了揉手腕。

这两天冬雪消融，外面的气温越来越冷，也没什么好玩的，衡玉懒得出门。

衡玉重新躺回床榻，将被子严严实实地盖在身上，她缩在被窝里翻看话本打发时间。

了悟拎起茶壶倒了杯温水，了悟捧着茶杯，杯沿始终没有触碰到唇畔。他的视线落在虚空处，有些许走神。

他突然在想，渡过情劫和继续心悦于她为什么一定是冲突的？这个先动情再勘破情关的通关方式，难道就是唯一的路吗？他生来就拥有禅骨，与禅道格外亲和，在道法一途悟性极佳，是不是可以试着再找一条路？无论如何，都好过如今这般坐困囚笼。

想到这里，了悟心境豁然开朗，他隐隐感觉到，自己的心境进一步圆满了。

幻境越来越假了。

最真实时，幻境连雪松香的配方都存在，现在随手翻阅书架上的话本，里面的字迹模模糊糊，已经不能再细看。

雪停了几天，又开始下起来。

室内炭火旺盛，角落里熏香升起袅袅薄烟，整个室内都布满雪松的淡淡清香。

衡玉蹲在桌边逗狗玩。

"小姐……"春秋鬼鬼祟祟走进室内，瞧见了悟不在，她脸上鬼鬼祟祟的神情消散些许。

衡玉听到动静抬眼看她，茫然道："你这是怎么了？"

春秋脸上带着薄薄的红晕，她低着头，小心翼翼地从袖子里掏出一个玉瓶："这个东西……这个东西是奴婢托奴婢的娘找来的，姑爷应该很需要。"

结合春秋往日的言行和这番鬼鬼祟祟的动作，那玉瓶里装着的是什么东西似乎很好猜。

轻咳两声，衡玉伸手接过玉瓶，拔掉瓶塞后轻嗅了下："咦，效果还不错嘛。"

"小姐！"春秋被她的动作惊到了，"您怎么能直接闻呢？而且……而且这是奴婢找给姑爷用的。"

衡玉摇头："没事。"

好歹她也是百花谷少主，在宗门里常年接触各种香料，普通药物对这具身体并不起大用。

两人说话时，狗狗盯着放在一边的手链，悄悄张开嘴。

衡玉正准备把瓶塞塞好，春秋尖叫一声："小姐。"

衡玉连忙去夺手链，也没顾得上把瓶塞塞好，直接把玉瓶和瓶塞随手放到桌面上，她摩挲着被狗牙磨断的断裂口。

狗狗正在换牙期，逮着什么就用什么来磨牙。衡玉从椅子上站起来，食指点了点它的额头："你还真是什么都不挑。"

"小姐，你不生气吧？"春秋小心翼翼地问道。

"这有什么好生气的。"衡玉说，让春秋把它抱出去，赶紧给它找东西磨牙，免得它糟蹋了屋里的家具。

等了悟从外面转进来时，看到衡玉坐在窗边。

了悟背光站着，压根儿看不清她在做些什么。

凑得近了，才发现她在用火苗熔掉手链断口，想把它重新黏合起来。

"怎么断了？"随口问一句，了悟握住她的手腕，"断了就断了，不用再补起来。"

衡玉放下手链："反正闲着没事做。"

了悟低头瞥一眼她的手腕，食指拇指合拢恰好能将她的手腕圈住，佩戴上饰品比空荡荡要好看得多。

"那再做新的。"

"在下去找材料，午时已经过了，你先睡个午觉吧。"

了悟冒着风雪从外面走进室内，衣角擦过地上摆着的那盆植株。

他弯下腰将植株抱到窗台放着，半躺在软榻上编织手链，时不时将小铃铛穿进里面。当手链编织到中间的长度时，了悟挑出一颗圆润而光滑的红珠子。他将珠子捻在指尖把玩片刻，轻笑了下，自己找来尖锐的针慢慢将珠子中间钻开洞。

这一步他做得很慢很细致，似乎是生怕自己会伤到珠子周围。等到成功钻出能穿过绳子的大小时，了悟额上冒出一层薄薄的汗。他将红珠子穿进手链里，继续低下头忙活。

衡玉午觉睡醒时，左手手腕已经多了条新的手链。

手链绳子是黑色的，铃铛也挑了素净的金属黄，因此衬得手链正中那颗红色珠子越发显眼。

衡玉摸了摸那颗红色珠子，越看越喜欢，问旁边躺着的了悟："这是什么珠子？"

了悟温声说："不知道，在库房里找到的。"又问，"喜欢吗？"

见衡玉点头，他眉梢多了几分缱绻的笑意："那就好，在下去给你倒杯茶水喝。"从床上起来，了悟走到桌边摸了摸茶壶，发现里面的茶水还温热着，拎起茶壶往杯子里倒了大半杯茶，正要将茶水端去给衡玉，余光扫见桌面上摆着一个玉瓶。

瓶口打开着，应该是衡玉忘记把它盖起来了。

了悟放下茶杯，走过去拿起玉瓶，正要把瓶塞塞上，突然意识到不对，将玉瓶口放到鼻尖前方，轻轻嗅着里面的粉末味道。

衡玉把玩着手上的红珠子，等了一会儿，见了悟还没把茶水端回来，抬眸瞥他一眼。看清楚了悟手上握着的是什么东西后，衡玉轻轻倒抽口冷气。

"了悟。"她喊道。

了悟放下玉瓶，瞥她一眼："你……"

"我渴了。"衡玉打断他的话。

了悟点头，盖好玉瓶后把它小心地放进柜子里，生怕不小心被人撞倒。

端着茶水走回床边，了悟也没把茶杯递给衡玉，示意她就着自己的手喝水。

喝了几口水润喉，半搂着衡玉的了悟突然出声："洛主觉得男女欢好之事，算是人间极乐之一吗？"

衡玉险些被茶水呛住，连连咳了好几声，咳得白净的脸色泛起红晕来。

了悟没想到她会被呛住，随手把茶杯放到旁边柜子上，轻轻拍她的背为她顺气。

"这个问题……"衡玉扶额，她总觉得和圣子讨论这个问题非常古怪。但听到"极乐"二字，她又有些品过味来，"你听到那日我和婢女的对话了？"

那不过是她对婢女的推脱之词，他听入心了吗。

了悟没回答，只是温柔地碰了碰衡玉的脸颊，眼里带着衡玉看不透的晦涩深情。

前段时间，他以为自己想到了两全之法，于是窃喜多日。

可看到那瓶药的时候，了悟发现自己过于天真了些。

即使他渡过情劫后依旧继续心悦这位姑娘，他与她之间仍然隔着重重障碍。他肩负着净化邪魔之气的责任。他给不了她太多东西，而他能给的，譬如这一往情深，在她的内门任务完成后，她就未必需要了。

"怎么了？"衡玉问。

了悟的声音不同于以往的清越，带着淡淡的哑意，他明明还是笑着的，却让旁边的衡玉觉得哀伤："在下突然发现，洛主一直是对的。"

　　他错在，居然苦苦奢求双全之法，想要事事两全。

　　对他和洛主而言，此生不复相见，的确才是最合适的结局。

　　完成内门任务后依旧相见，这种对过往割舍不断的犹豫，反倒会阻碍眼前的姑娘追寻逍遥道。衡玉意识到不对，从床榻上坐起来，额头抵住了悟的额头，逼迫他与自己对视，两只手捧住他的脸。

　　"怎么啦？"她声音绵软，温柔地哄着他。

　　"没什么。"了悟笑了下。

　　她磨了磨牙，隔着被子踢了下他的腿。

　　了悟的眼尾晕红一片，他低低道："你不要生气。"这带着莫名孩子气的话语，让衡玉哭笑不得。

　　"我没生气。"她认真地解释道，"我只是被你惯得脾气大了些。"

　　以前觉得不满不高兴，她笑笑也就忘掉了。

　　现在眼前的人惹得她有些不高兴，她就习惯性地踢他。

　　"你到底在想什么啊？"衡玉继续哄着他，想让他开口。

　　了悟伸手，温柔地抱紧她，头枕在她的肩膀上："在下在想，在这幻境的最后时光里，要怎么对洛主更好一些。"

　　这番话衡玉听在耳里，她的心尖就像是被针轻轻刺了一下。

　　不疼，但针刺得太快太密集，就觉得有些喘不过气。

　　女子盘膝坐在梦魇石像身边。

　　翻了好一会儿的经书，她停下手中的动作，仰头看向梦魇，神情里带着几分茫然："幻境顶多再撑五日就会崩溃，对吧？"

　　梦魇石像散发出一道波动。

　　"这个速度比我想象中的快。"女子用指尖钩起发梢，她眉间带着淡淡的笑意。仔细瞧着，里面不像是高兴，倒像是——有几分隐约的自嘲。

　　"怕是真实的恩爱夫妻来，也未必能有这样的破除幻境的速度吧。"

　　正要再说些什么，白色的小兽从远处蹦跳着跑来，迅速钻进女子怀里，咕咕咕地说着什么。

　　女子的眉眼瞬间冷却下来："你感应到了邪魔之气的气息？不可能吧，秘境是不可能让邪魔进来的……原来如此，对方居然藏得这么深，怕是不好对付。"

　　垂下眼想了想，女子咬牙："梦魇，提前关掉幻境吧，我必须多保存些实力。"梦魇已经是一座石像，维持幻境的能量都来源于她。

　　而她……也不过是一抹执念，沉睡万年到如今也不剩下多少实力了。

衡玉坐在窗边练字。

练了小半个时辰,她放下手中的毛笔,轻轻揉着自己的手腕:"了悟应该快把糖葫芦做好了吧。"

稍等片刻,衡玉再也坐不住,起身披好斗篷,打算走去厨房找他。

刚迈出书房门一步,忽然一道无形的光幕拦住她。

衡玉一个趔趄,勉强才稳住身形,再抬眼时,她周围的景致已经完全变了个模样,这里是一座宫殿。宫殿完完全全由白玉石构成,空空荡荡的,寂寥到有冷意从脊背蔓延上来。

衡玉感应到自己的经脉里重新有灵力在流动,这说明她已经从幻境里脱身。

心下浮现出淡淡怅惘,衡玉无声地叹了口气。

红色的山楂果已经被清理干净,了悟站在锅边熬糖。

他袖子稍稍挽起,神情认真,似乎是在做一件很享受的事情般。等糖熬得火候够了,了悟将串起来的山楂果放进锅里裹糖浆。

到这一步,糖葫芦就差不多做好了。

稍后,了悟将糖葫芦放进碟子里,端着碟子走出厨房。

慢慢地,了悟觉出不对来,幻境的崩溃速度正在加快。

了悟微微垂下眼,加快步伐走去书房。

他用指背轻叩书房门,稍等片刻,里面的人始终没有出声让他进去。

她是睡着了吗?了悟想。

书房门只是合拢着,并没有锁起来。了悟抬手推开门,书房里的一切完全被他收入眼底——没有人。

他尽力保持镇定与冷静,转身去找人,却连往日经常出入院子的侍卫和婢女都没看到。

到最后,了悟端着那碟糖葫芦,步伐有些趔趄地走回厢房。他默默地坐在椅子上,拿起一串糖葫芦吃起来。

吃完这一串,便顺势拿起另一串,一直到碟子里的六串糖葫芦全部吃完。

这种甜甜腻腻的东西吃多了,就觉得嗓子噎得慌,胃也烧得难受。

了悟默默给自己倒了杯水,脸上似有几分疑惑不解:"洛主为何会这么喜欢吃糖葫芦呢?"这种食物,酸酸甜甜,到最后居然莫名地泛起苦。

周围的幻境彻底扭曲起来。

天地旋转,了悟周围的景物完全变了个模样,只剩下白茫茫一片。那被幻境压制住的灵力也全部回归到他身上。

很明显,他来到了另一处空间。

在原地站了小半刻钟,都没发现什么异常。

衡玉不打算坐以待毙，她召唤出归一剑紧紧握着，往宫殿角落那条长廊走去，打算好好探索一番这座宫殿。

宫殿里面非常冷寂，只有衡玉的脚步声在回荡。

一路走到长廊尽头，面前只剩下一道门。

衡玉伸手推了下，没有推动。

她仔细打量片刻，发现理应是门把手的地方被一个凹槽取而代之。看了眼凹槽的形状，衡玉将玉牌取出来放进凹槽里，完美契合。

下一刻，暗淡的玉牌泛起白色的亮光。

闭合的大门缓缓打开，衡玉余光扫了眼玉牌上的数值——四万两千。

当初法会结束后，她总共有三万一千五百的倾慕值。在突破至结丹初期时用掉部分，就只剩下两万出头的倾慕值。如今这多出来的两万倾慕值，基本是了悟陆陆续续贡献给她的吧。

衡玉无声轻叹，瞧见大门完全敞开，她取走凹槽上的玉牌，迈步走进里面。

这是一间很普通的房间，只有十来个平方米那么大，角落里摆着一张书桌、一把椅子，旁边还有个打坐用的蒲团。桌面上、地上、不大的书柜上散落有各种纸张和书籍，墙上挂有一张古画。

衡玉的视线最先被古画吸引。

这幅画，画的是一名男子，准确地说，是个禅修。

与了悟的温和克制不同，与了缘的炽盛热烈不同，画中的禅修朗朗似星，清朗的眉眼里带着铿锵与铮然，像是泰山崩于顶也面不改色的江湖侠客，又像是领兵疆场、战无不胜的将军，整个人熠熠生辉。看着看着，衡玉就觉得，画这幅画的人一定对这位禅修用情至深。

"虚乐圣子吗？"衡玉低声道。

衡玉又走近了些，这样能把画卷看得更清楚，不过她没伸手去碰画卷。

仰头欣赏了好一会儿，衡玉走到椅子边坐下，开始思考起现在的处境。她为什么会被传送到这个地方？秘境主人将她传送到这里，又是什么目的？

思索片刻，没有得出结论，衡玉只好低头去看散落在桌面的纸张。纸张上有不少褶皱，像是被人揉皱又重新展开过。

衡玉想了想，觉得秘境主人既然把她传送到这里，应该是不介意她看纸上的内容的，便动作很轻地把一张纸拿起来，慢慢展开，阅读上面的字迹——

满堂花醉三千客，一剑霜寒十四州。

看着这句诗，衡玉脑海里便浮现出"东霜寒"这个名字。

她突然想起来，当年未转修双修道、没有创立百花谷之时，东霜寒就是一名剑修。所谓艳绝九州，大概不只是容色之艳，还有长剑之艳。

衡玉继续翻看其他纸张，顺便将凌乱的桌面整理了下。

桌面上都是些废纸，没什么有价值的东西。衡玉蹲下身来，正打算整理散落在地面的纸张和书籍，发现桌脚垫着一本厚厚的册子。

衡玉慢慢地拍掉册子上的灰尘，翻开册子，看上去像是东霜寒的随笔日记。

一开始，虚乐在册子里出现的频率并不高，基本上隔好几页才会出现一次。但之后，虚乐出现的频率越来越高，直到……册子里，东霜寒承认自己对他动了情。

初时没反应过来，只是觉得瞧见这个人便欢喜，后来慢慢品过味来，才发现情深而不自知，如今已是沉沦不能自拔。

也许——我还是有机会的，至少在所有人里，我距离他是最近的。

试探了下，他待我并没有男女之情。大概是顺风顺水久了，察觉出他对我无意，我反倒越发被激起倔性来，还真是越活越回去了啊。

到这里后，册子的字迹变得凌乱起来。而且有非常大的篇幅都是空白缺失的。

衡玉还想继续翻看下去，室外长廊上，响起一道空灵的脚步声。

脚步声起初并不大，慢慢由远及近，因着宫殿的设计，衡玉清楚地听在耳里。

走到门外，那个人大概是停下来收了伞，这才慢悠悠地推开门。

两人目光撞上。门外女子容色过艳，颇让人有一眼惊鸿之感，只可惜她的视线冷冷清清，里面仿佛凝着漫长而冰冷的时光。这种冰冷冲淡了惊艳，只让人觉得她不似真人。

"洛衡玉，你是叫这个名字吧。"

衡玉注视着她，突然念了一句诗："中天日月回金阙，南极星辰绕玉衡。这原是我名字的出处。只是父母觉得星辰绕玉衡过于霸道，便反转了一下，为我取名为衡玉。"

"的确是好生霸道的名字。"门外女子赞了一声，随后走进室内。

女子用灵力烘干衣服，径直来到那幅画卷面前，细细凝视着画卷里的禅修，目光深沉而专注。

衡玉不打扰她，默默地站在旁边等待。

过了很久，女子慢慢回过神来。她扫衡玉一眼，脸上带出浅浅笑意："不向我行礼吗？"

"一时之间不知该如何称呼。"

"为何？"女子有些诧异。

衡玉掐诀向她问好，解释道："东霜寒老祖是秘境之主，但现今的秘境之主未必是她。晚辈也只是担心犯了前辈的忌讳。"

只要没有飞升到上界，化神后期再如何强大，最多只有五千载的寿命。东霜寒绝对已经在秘境里陨落。如今守着秘境的，最多是一丝执念。她也许拥有东霜寒的记忆和修为，但她的确不能算是那位曾艳绝九州的百花谷老祖。

女子笑，那冰冷得不似真人的容貌里多了几分鲜活气息："我是人对情的执念所化，你就唤我情女吧。我以一缕残念多苟活万载，这份记忆，比原来还活着时的记忆更为绵长，我的确也更喜欢别人唤我情女。"

衡玉有些许诧异，但转念一想又觉得理解。那位惊才绝艳的东霜寒老祖什么都看得透，唯独陷于情之一字苦苦挣扎求不得解脱。参不透悟不破，于是不灭不散。所以"情"才能一直沉睡在秘境里，守护着秘境，等待着某一日百花谷弟子开启秘境，拿到东霜寒的秘辛。

情女走到椅子边坐下，瞧见那摊开在桌面上的册子，淡淡扫了眼上面的内容，说："原来你才看到这里，倒是我来早了些。"

"册子上的内容并不完整，只是些许心路历程罢了。"她的眼里露出些许怅惘来，"不知你有没有兴趣听我说些话？我在这秘境待得太久，种种前尘往事都遗忘得差不多了，只有那些情思之事仍记忆犹新。"

衡玉温和地道："愿闻其详。"

最初那时，东霜寒待虚乐并无男女之思。初见虚乐，她也只是在心底感慨一声：这是一道清清朗朗的风景。后来东霜寒为了寻找突破至元婴期的契机，在沧澜大陆四处游历。

那时候，邪魔之气悄然出现在这片大陆的荒无人烟之处。因为那些地方都没什么人，各大门派的修士并不知晓往后邪魔之气会对这片大陆造成怎样的伤害，自然不会重视。唯独无定宗的禅修最先发觉异常。

当时的无定宗掌教派遣几十名弟子外出查看邪魔之气，虚乐身为禅门之光，主动领了这个任务。两个人相遇得莫名其妙，也巧合得紧。她定居在一处风景秀丽的凡间小镇，打算在这里闭关到突破至元婴期。那天下雨，她兴致起来，撑伞到河边赏雨，路过一处民居，不过随意一眼，就看到那在屋檐底下躲雨的禅修。

"这位年轻禅修，你介不介意与我撑伞同游河边？"东霜寒撑伞上前，站在屋檐底下，带着几分玩笑地问道。"倘若姑娘不介意的话，在下自无不可。"虚乐轻笑着，带着从容与爽朗，双手合十步入伞下，主动接过伞柄。东霜寒反倒被他的爽快惊了一下，她觉得，这位虚乐圣子与她印象里那些板正而执着的禅修并不一样。

这个凡间小镇算是最早出现邪魔之气的地方之一。

虚乐留在这里查看情况。他原本想好好挑一处住所，当时东霜寒隔壁那间院子恰好空着，东霜寒便邀请他直接住在旁边。东霜寒很少碰到这么和她聊得来的人，一开始，她仅仅把虚乐当成一位很好的友人。最开始，可能只是贪恋和那人相处时的一点点欢愉，到最后回首，才发现那点点欢愉积累起来，早已让人难以自拔。

衡玉很理解东霜寒的感受。

东霜寒和虚乐在小镇里住了十年。两人都是年轻一辈中惊才绝艳者，越是接触，两人的默契越深。在这十年时间里，小镇周围的邪魔之气逐渐浓重起来，虚乐意识到这东西会给沧澜大陆带来严重危害，他想尽快赶回无定宗陈述此事的危害，并且极力说服其他宗门警惕起来。

但那段时间，东霜寒随时都有可能突破至元婴期。他此一去，就没有人能为东霜寒护法，若是遇到什么危险，东霜寒很可能出事。觉出虚乐的顾忌，东霜寒满不在乎道："这有什么，我一开始就是打算自己突破的，遇到你就是场意外。"

虚乐笑："在下答应了你，自然该信守诺言。"东霜寒再次拒绝。这里只是一处偏僻的凡间小镇，她不觉得自己会遇到什么危险。两人僵持片刻，最后还是东霜寒说服了虚乐。虚乐是阵法大师，他为东霜寒绘制好护身大阵，全速赶回宗门，想着尽快完成手上的事情再赶回来为东霜寒护法。

一开始，一切都很顺利。但意外发生了。

在东霜寒迎接元婴期雷劫前夕，她遇到了邪宗的人。那时候，沧澜大陆内斗十分激烈，尤其是正道和邪宗之间摩擦不断。

东霜寒身为剑宗弟子，被邪宗的人盯上，几番遇险，突破至元婴期时更是被他们陷害，险些命丧雷劫。

室内的光线有些昏暗。情女弯腰点燃油灯，用一只手护着火苗，情女突然别了别头发，那张冰冷而惊艳的脸染上淡淡红晕。

"那个时候，虚乐及时赶了回来护住我。"情女睫毛剧烈地颤抖起来，她轻抿唇角，眼睛化为潋滟秋水。她的冰冷拒人千里，在谈论到那个人时，却全部都如冰遇火，为其燃烧融化。

"他是个清朗若明月的人，从来没有主动出手杀过人，我更是从未见过他动怒。直到那天夜里，他为我拔剑，因我的遭遇而愤怒，为我手染鲜血……"

"被他那样的人特殊对待的滋味过于美好，就是在那一刻，我清晰地意识到我对他动情了。"情女慢慢平静下来，以一种很平淡的语气陈述，"后来回想，我知道虚乐的怒与情爱无关，他一直将我视作共寻长生大道的友人。觉得愤怒是因为知己被人暗害，是因为他辜负了为我护法的诺言。"

是东霜寒先动情，破坏了两人之间的默契与无话不谈。虚乐不像了悟，必须渡过情劫，他没有必须与东霜寒纠缠下去的理由。察觉到东霜寒对他的情愫后，虚乐温和而坚定地拒绝过几次。但是，太过骄傲的人，就容易不撞南墙不回头。

东霜寒太骄傲了。她遍历种种风景。在沧澜大陆，她以未满百岁的年纪突破到元婴期，剑宗东霜寒艳绝九州，引得无数天之骄子为她折腰。拥有着这么多盛名，东霜寒总觉得虚乐如果动情，只有她与他能相配。于是她苦苦挣扎，想要强求一个结果。剑宗东霜寒苦恋无定宗虚乐圣子的逸事传遍整个大陆。不少好事之徒还编了两人的很多香艳事迹。直到沧澜大陆的界壁被破坏，邪魔之气大举入侵。被侵蚀的修士里甚至有化神期修士，一时之间，沧澜大陆乱成一团。

"我并非一个分不清轻重缓急的人。"

情女大概觉得有些难受，手握成拳抵在唇边咳了好几声，咳得满脸都泛红。

瞧见衡玉要起身扶她，情女摆摆手拒绝。

"刚刚说到哪里了？"情女慢慢回想，声音染上些许疲倦，"那时候，邪魔为祸各大宗门，剑宗也出现了很大损伤，我身为剑宗长老，连忙赶回宗门调查邪魔一事。虚乐那时候已经被定为无定宗下一任掌教，终日忙着处理邪魔之气的事情，也没有那个时间、心力与我纠缠。慢慢地，我们发现只有禅门功法才能净化邪魔之气。"

说到这里，情女低下头，柔顺的长发挡住她半边脸，露出来的另外半张脸带着淡淡悲哀。

"可是净化邪魔之气还不够，想要彻底终结邪魔之祸，必须将破损的界壁重新封印起来。而要做到这一点，需要一位成就无上道法的禅修以身应劫，以骨做材料，以血绘阵。"

再没有一个人比虚乐更合适，他的大道，结局早已注定。

那段时间虚乐一直在闭关修炼，偶尔出关，也是在大陆各处游走净化邪魔之气。

东霜寒这边却并不太平。东霜寒的师父是剑宗太上长老于祖师。修为越高的修士越难留下子嗣，但于祖师非常幸运地拥有一个儿子。这个血脉来之不易，还是千年难寻的单系雷灵根，于祖师对亲子于文深悉心栽培且有求必应。

于文深的修炼进度始终慢于东霜寒，也许是少年争强好胜的心理，总之在不断攀比中，于文深反而对东霜寒用情至深。于祖师从各方面考量，决定促成两人的婚事。这场婚事若是成了，的确算得上是沧澜大陆难得的喜事。

但东霜寒不愿意。她已是元婴期修士，拥有这般实力，且长生大道可期，即使受了宗门的大恩，但她回报宗门的方式有很多种，凭什么要牺牲自己的幸福。况且那时，她一直心慕虚乐。

那段时间，剑宗闹出的动静极大，刚极易折的东霜寒直接和剑宗翻脸。他们彼此互不妥协，最终东霜寒被逐出宗门，这场闹剧才落下帷幕。因为叛出剑宗，东霜寒苦修百年的剑道被废。

走投无路时，是虚乐庇护了东霜寒，让她暂时在无定宗山脚的小镇住下。

她住在小镇上，陷入对未来的茫然之中。虚乐见过她最风光的模样，也见过她最狼狈的模样。他曾经在她表达倾慕之意、最风光时疏远她，又在她最狼狈时对她伸出手，给她底气让她重寻长生大道。等她的大道之伤恢复后，某天镇子上下了场滂沱大雨，东霜寒撑着伞想出门随便逛逛，意外在湖边遇到虚乐。素来冷静自持的圣子，淋着雨，静立于湖边。似乎是察觉到她的到来，虚乐缓缓转身，突兀地问她："为天下人而求道，是大义，对吗？"

东霜寒不明白他为什么这么问，想到他未来的宿命，她心脏剧烈地跳动，哑着嗓子道："对。但是，我觉得人多是自私的，是为了自己才去求长生大道的。"

虚乐轻笑了下，没有再说话。

东霜寒张嘴欲言，但瞥了眼虚乐的侧脸，她默默咽下自己的话，走到虚乐的身边站着，陪他一同观赏这场大雨。过了很久很久，东霜寒说："你需要帮手，对吧？"

"什么？"雨声太大，虚乐有些没听清她的声音。

"没什么。"东霜寒侧过头看他，"我要振作起来了。"

她不知道自己能做什么，但她想好好陪着他。即使，只是以同寻长生大道的知己身份。

这番话虚乐听清了，他笑起来，清朗如月，眸子里映着星河湖光："恭喜。"

虚乐又出声："雨越来越大了，在下送你回去吧。"他往前走了几步，察觉到东霜寒没跟上，不由得侧过身子看向她，眼里带着淡淡的询问，似乎是在问她怎么不跟上。

"我……"东霜寒攥了攥袖子，她快步上去，伸手抱住虚乐。

这个拥抱，不带丝毫的情欲意味。也许虚乐是感应到了，于是他没有拒绝这个带着安抚性质的拥抱，在东霜寒退开时，还轻笑着在她耳边道了声谢。

油灯的火暗淡下来，情女用一根小木棍拨弄着灯芯。说到这里，她似乎有些困倦了，神情慵懒。

衡玉若有所思："当世流传的版本是，东霜寒祖师对虚乐圣子求而不得，所以弃剑道转修双修道，还创立百花谷。"

情女笑了下："其实这个说法也没错。"她的确是为了虚乐修双修道。只不过弃修剑道一事，另有隐情。衡玉轻声问："那是怎样的契机，让祖师转修双修道的？"

是什么契机？情女眼里带了淡淡的笑意。那笑意有些凉薄，看上去，就像是在自嘲。

第十四章
妖魔现身

邪魔的势力越来越强。元婴期和化神期的邪魔拥有自我意识，他们有组织有纪律地在背后行事，并且屡次向无定宗出手。那绝对是无定宗历史上最惨烈的时光，时不时就有禅修遭到暗算，莫名其妙地惨死。他们的血浸透慈悲的雕像。

那段时间，东霜寒走进无定宗时，总觉得里面供奉的雕像都染上了一层血色。

邪魔不放过普通禅修，更不可能会放过已经成为无定宗精神支柱的虚乐。

几番暗算之下，即使虚乐多有防备，还是不小心中了他们的暗算，东霜寒中了毒。那毒取自化神期妖兽，中了此毒者，必须靠双修才能化去毒素，否则必然会有性命之忧。当时东霜寒的大道根基还没完全恢复，中了毒后，她几乎没有一丝一毫的抵抗能力。

说到这里时，情女猛地低下头，肩膀用力地颤抖起来："我受过虚乐不少恩情，只要我需要，他从不吝啬帮助。唯独那一次，他一直在诵他的经文问他的禅道，连一眼都没瞧过我。我甚至不能怪他。"情女的声音沙哑下来，里面夹杂着细不可闻的哭腔。他有他的苍生，禅道决不能被毁。

"那后来……"衡玉轻轻出声。

除了那个人，是谁帮她解毒都无所谓了。说到这里，情女好像再也受不了一样，突然弯下腰，手捂着胸口剧烈地咳嗽起来。咳得剧烈，似乎要把自己的心肺都咳出来。

在原地沉默片刻，衡玉缓缓走上前："冒犯了。"她弯下腰搂住情女，并且不断催动自己体内的灵力，想要给情女取暖。情女睫毛轻轻颤了下，没拒绝这份善意。

"情女前辈可要休息会儿？"衡玉低声问道。

"不必了，歇会儿后，我未必还会有诉说的欲望。"情女直接拒绝衡玉的好意，"你也起来吧，顺便为我泡壶茶，说了那么长时间，我倒是有些渴了。"

衡玉轻叹了下，从储物戒指里找出一条干净的斗篷披在情女身上。

随后，衡玉取出一坛酒和两个酒杯："比起喝茶，我觉得喝酒更应景些。"

东霜寒的毒解了。她原本是肆意生长的芙蓉花，骄傲且肆意。那一夜，直接将她的所有骄傲折断。

人一旦钻了牛角尖，就很难出来。

那段时间，她几乎自暴自弃，甚至慢慢研究出了一条全新的大道——双修道。谁都不能否认东霜寒的惊才绝艳。就如剑宗始祖以剑问长生，从而这世间多了剑道。东霜寒这一步迈出去，成就几乎可以与剑宗始祖比肩。慢慢地，东霜寒完善双修功法，完善媚术，研究出倾慕值和记录倾慕值的身份玉牌……

一切准备就绪，她着手创立百花谷，并且为百花谷定下及时行乐的宗旨。再之后，她生生撑起百花谷，以一己之力将百花谷送入五大邪宗之列。如此惊艳的成就背后，东霜寒也有自己的痛苦，她没办法过心魔关。她已经在元婴后期停留百年之久，但无论如何都寻不到突破化神期的契机。

为了解决心魔，东霜寒启程前往无定宗见虚乐。距离他们两人上一次见面，已经过去足足三百年。

虚乐还是那位朗朗似月的禅门之光，她却轻纱披身，有如媚骨天成。

东霜寒没进无定宗，只是站在小镇湖边，问虚乐："觉者要如何为一人动情？"

"觉者度无量众生，众生于觉者眼中皆是平等。"

"虚乐，"东霜寒问，"你对我，当真连一丝心动都没有吗？"

她的身体轻轻颤抖起来："纵使只是一丝也好。"

虚乐双手合十长叹一声："何必执着？"

没过多久，虚乐成就无上道法。得知消息后，东霜寒一夜白头，没过多久，她就顺利迈入化神期。

酒已经温好。情女直接拎起酒壶，把酒往嘴里灌："你知道我一夜白头的原因吗？"

衡玉端着酒杯，慢慢抿了口酒。酒有些烈，她不是很喜欢这种味道，就默默把酒杯放回到桌面。

"三百年时间里，应该不止前辈一人修为毫无进展，虚乐圣子怕是也一直停滞在原地吧。"

情女歪了下头，好奇地盯着衡玉："你继续说。"

衡玉整理一番思路，继续道："虚乐圣子应该一直心存愧疚。祖师因为情欲求不得解脱，他那百年时光里，同样不得解脱。后来祖师为了突破化神期，决定去无定宗见他。这其实也说明，祖师愿意面对过往的那些不堪了。所以虚乐圣子心底的愧疚终于减淡不少，这才顺利成就无上道法。前辈一夜白头，是因为意识到了虚乐对你的愧疚。那时候，你的心魔淡去不少，于是顺利突破至化神期。"

"……没错。"情女淡淡道。

顿了顿，情女又问："你看得这般通透，那你能告诉我……虚乐他可曾对我动过心？"问起这个问题时，情女的声音里带了几分小心翼翼，似乎是害怕从衡玉嘴里听到一个格外残忍的答案。衡玉默然片刻，摇头："晚辈不知。"

故人已逝，谁又能说得清呢。情女苦笑了下："也对。我身在局中尚且分不清他对我的感情，更何况是你。"沉默片刻，情女问："你在幻境里玩得如何？"

衡玉轻笑："玩得很好，算是了却一番心事。"

情女眉梢微挑，带着几分审视的目光落在衡玉脸上："你们二人破除幻境的速度，比真实的恩爱夫妻还要快上许多。其实我很好奇你们的故事。"

衡玉笑而不语。她并没有太大的倾诉欲望，也不会觉得，情女把自己的事情告诉她，她就必须把自己的事情也摊开告知。情女笑了下："不愿说也罢，但我有一个问题，希望你为我解惑。"

"情女前辈请说。"

"你心悦于那位禅门之光？"

长廊外突然刮起一阵风。门没有闭紧，被风吹得吱呀作响，越发衬得室内一片静谧。

稍等片刻，还是没等到衡玉开口回答，情女轻笑起来："是回答不上来还是不方便回答？"

衡玉说："是不知道怎么回答。"

情女笑声更大。见面这么长时间以来，她是第一次笑得如此开怀畅快。

"心悦，不心悦，分明就只有两个答案，为什么会不知道怎么回答？"

笑着笑着，情女又拎起酒坛子喝了几口酒："说实话，我真想把你拎到问心镜面前，让问心镜来拷问你的内心。"衡玉很平静，甚至饶有闲情地问道："问心镜？这是什么法宝？"

"这是当年我闲着无聊炼制出来的。问心镜是一镜两面，当有一个人站在问心镜面前时，他所心仪的人若是同处一地，就会被问心镜直接召唤过来。"衡玉点头，等着情女继续介绍。

"问心镜一镜两面，被召唤过去后，你们两人会身处于同一个空间，但这个空间暂时被问心镜一分为二了。只有完成问心镜的拷问，你们才能顺利会合。"

衡玉眨眼："问心镜会拷问什么，要如何进行拷问？"

情女想了想："打个比方，你站在问心镜前，如果镜子把你照得清晰无比，这说明对方对你用情至深。如果镜子完全照不出你的身影，说明对方从未对你动过心。这面镜子，可以体现出对方对你的动心程度，但你并不知晓自己对对方的动心程度。"

衡玉一只手托腮："原理应该和记录倾慕值的玉牌差不多吧。"

"的确差不多。"

两人聊了会儿问心镜，稍微放松放松气氛，情女又开始讲以前的事情。

了悟身处于一间密室。这间密室并不大，正中央摆放着一本古籍和一个蒲团。

观察片刻，了悟缓缓走过去，弯腰捡起古籍。他将古籍翻开。古籍扉页上写着的那行话映入视线：

近来钻研道法多有感悟，遂成此书。——虚乐

这是万年前那位虚乐圣子对道法的感悟吗？了悟心下想着，盘膝坐到蒲团上，理了理衣摆。

他正要从储物戒指里取出香，焚香后再进行阅读，就见有道金色字迹缓缓浮现在半空中：

将整本经文理解完，可见问心镜。

问心镜？想起这件法宝的用处后，了悟缓缓抿紧唇。

他轻吸口气，摒弃掉所有杂念，焚香后垂下眼，认真阅读起古籍来。

慢慢地，他的神情变得若有所思，时而蹙眉，时而赞同地点头。

整本感悟并不算厚，了悟用了两个时辰，便完全阅读完。他合上古籍，闭眼慢慢理解其中一些禅理。在这个小小密室里，时间缓缓而过。

等了悟再睁开眼睛时，他已经来到一片新的空间，视线完全被一面巨大的流光溢彩的镜子占据。

这边，衡玉刚打算开口说些什么，情女的眉心突然微微蹙起。她抬眸看向虚空："那位禅门之光召唤出了问心镜。"

了悟！衡玉抿唇："情女前辈，请问他现在在哪里？"

情女笑："不用急，问心镜现在就接你过去找他了。"

情女话音刚落下，衡玉周围的景致突然变得扭曲起来。下一刻，衡玉发现自己身处的空间变了，眼前只有一面巨大的金色镜子。

"这就是问心镜吗？"衡玉抬眸看向自己面前的这面镜子，微微拧起眉来。

镜子从底部一点点亮起来，最后，光芒布满整个镜面。几乎就在光芒布满镜面的下一秒，她的身影清晰地出现在镜子里。

问心镜另一面。

了悟身体僵硬地站在原地，他默默地注视着镜子一点点亮起，就仿佛是在等待着审判一般。他摩挲着腰间的玉佩，像是要从玉佩里寻找几分面对真相的勇气。

很快，光芒完全布满镜面，他站在镜子前，但完全无法在这面光洁的镜子里找出自己的身影，他摩挲着玉佩的动作一顿。了悟快速垂下眼。他的睫毛很长，垂下来，就完全遮挡住他眼里的所有情绪。

深深吸了口气，了悟再抬眼去看镜子时，发现镜子正以非常缓慢的速度出现一片灰色的影子。

那抹影子很轻很淡，淡到几乎可以隐去。但他还是清楚地认出那道影子就是他的身影。

问心镜迅速破碎开。了悟没收敛好自己的情绪，衡玉已经先一步看到了他。

他站在白茫茫的空间里，脸上神情不像是难过，也不像是高兴，反倒带着几分

茫然失措。

衡玉快步走到他面前。

要靠近时，又觉得有些紧张，步伐下意识地慢了下来。

"你——"衡玉不自在地别了别头发，"你在镜子里看到了什么？"

了悟抬眸看她。他眸中有清冷而温柔的光芒，像是破碎的星光："洛主不知道吗？"

衡玉怎么会不知道。她难道会和一个没有好感的人十指紧扣吗？她难道会在没动心的情况下与了悟在雪里相拥吗？

她一直自诩理智而克制。可就像她师父说的一样，感情一事就是这世间最不理智的一种存在，压抑自己的情感久了，反噬起来也最为严重。

理智久了，偶尔任性一点，为眼前人不理智一回也属正常。她早已在不知不觉的相处中心悦于他。

但这些想法在脑海里过了一遍，对上了悟的眼睛，衡玉又不知道该说些什么。

在她缄默时，了悟缓缓上前，拉近与她之间的距离。他抬手，用指尖描摹她的眉眼。指尖滑落到眉尾时有几分不舍，于是停留在那里没移开。他心中思绪纷杂。

了悟一直知道，他在洛主心中，大抵是不够重要的。初时在镜中没看到自己的身影，他心中涩然，后来看到那抹浅浅的身影，既觉欢喜又觉哀伤，如果她自始至终都不动心的话，是不是能更快乐些。

但种种情绪漫上来又退下去，他只余下唯一的情绪："在下，喜不自禁。"

撇掉所有的顾忌，忘却所有的后果。他心上的姑娘对他的恋慕给予了回应，这何其庆幸。

"喜不自禁"，衡玉耳边反复回响着这四个字。她甚至觉得她再也忘不掉了悟说出这句话时的神态。

他背负着最禁忌克制的身份，将最赤诚的心意捧到她面前。这份小心翼翼并不会将人烫伤，反倒温柔得让她想落泪。可是她做不到像东霜寒那样，试图与觉者、与苍生抢这个人。

为什么要拿一人，与禅道、苍生比重。这样只会让自己痛苦，也让对方为难。她觉得东霜寒大抵输在这里，而她则胜在这里。

衡玉有些倦了。她躺在了悟身旁，身体蜷缩着，肩膀上盖着了悟的外袍。

了悟帮她理顺发梢："糖葫芦做好之后，都被在下吃掉了。"

沉默片刻，衡玉问道："好吃吗？"

了悟笑了下："可能是在下哪个步骤做错了吧，味道一般。"

"噢……"衡玉点头。

"洛主。"了悟喊了她一声。

"怎么了？"

了悟抿了抿唇，神情有些颓然。只是衡玉躺着，无法看清他脸上的神情。

"只是想喊喊你的名字。"他拍了拍衡玉的肩膀，"不是说倦了吗？闭上眼睛睡会儿吧。"

察觉到她的呼吸慢慢平缓下来，了悟继续用指尖为她梳理发梢。

这样平和的时光在他的生命里怕是已经所剩不多，所以他连梳理个发梢的动作都做得虔诚而温柔，仿佛这么一来，时间就能过得慢些，再慢些。

空灵而轻盈的脚步声在这片静谧的空间里响起，情女抱着雪白的小兽进入这片空间。她的目光不受控制地停留在了悟脸上，似乎是想要从这个人身上寻找到一些熟悉的影子。

但很快，情女就失望了。同为禅门之光，但了悟和虚乐两人从相貌到气质，都无一丝相似之处。

直到脚步声越来越近，了悟才将视线从衡玉身上移开。

他双手合十，声音很轻："情女前辈。"

情女也下意识地放低自己的声音："她和你说过我的事情了？"

"只是简单提了几句。"了悟道。他用空着的手掐了个诀，屏蔽掉衡玉的听觉，免得吵到她睡觉。

想了很久，情女才斟酌着开口："问心镜是我创造的，秘境也是我的地盘，所以问心镜上呈现的结果我都看到了。"了悟平静地点头，似乎是不明白情女为何会提起这个话题，抬眼看向她。

"我很惊讶。"情女的眼里带着淡淡怅惘，"我绝对无法想到，禅门之光用情如此之深。"

难怪在梦魇编织出来的幻境里，他们通关速度会这么快。

这二人，怕是彻底沉浸到幻境中了。

了悟笑了下，没说什么。

"你回答我些问题。"情女说，"只要回答完这些问题，我就把秘境最珍贵的宝物留给你和这个小姑娘。"

了悟温声道："前辈请说。"

"动心者如何成圣？"

了悟反问："有凡思之心的禅修，就不能成圣了吗？"

情女的声音逐渐尖锐起来："是呀，不怕动情会影响你修为的进展？"

了悟眸光清澈，湛然若水："洛主在身边时，在下依旧诵经传道，道法精进的速度更胜于在宗门里闭关苦修。"

情女眼眶红了起来："不怕天下人异样的眼光吗？"

"在下与她之间隔着的，从来都不是世俗。"

情女满目颓唐。她像是终于愿意承认自己的失败一般，收起浑身戾气。

"原来如此。"

得出这个结论，一时之间情女竟然觉得轻松不少。这万年来她苦苦辗转，却又求而不得，总假设着没有禅道，虚乐会不会倾慕于她。现在这个假设终于从了悟口中得出了答案，身为禅门之光，要比寻常人更克制更缄默，但并非不会被打动。

没有动心就是没有动心，即使没有禅道阻隔，这个结果也不会更改。

情女脸上慢慢多了几分笑意。她的眉眼干净得好像初冬的第一捧雪，这么微微一笑，那惊人的美貌便舒展出来。

"听你话中的意思，你似是不打算忘却她？"

始终紧闭着眼睛的衡玉，睫毛突然剧烈地颤抖几下，很快又重归平静。

了悟垂眸瞥衡玉一眼，确定他施展的隔音咒还没有失效，这才慢慢回答情女的问题："在下突破至结丹期后，就知晓自己遇到的劫是情劫。按照宗门的记载，想要渡过情劫，必须先动情，再看破红尘淡忘倾慕之情。但这难道就是唯一的路吗？在下想要自己寻求另外的路。"

情女诧异："若是你寻出另外的路，这样应该也算是两全了吧。"

了悟摇头。这位姑娘至情至性，是灼艳的春光，是烈烈燃烧的火，不该被他绊住步伐。

情女注视着他，又默默低头看向衡玉。不知是否察觉出了悟心中的纠结，她逐渐沉默下来。

许久之后，情女才找回自己的声音，哑着嗓子道："天生禅骨蕴含着禅门惊世秘密。虽然不知那是何秘密，但……也许会成为转机也说不定。"

了悟微微蹙眉，思索着她这番话，他心中似有所悟，却没多说什么。

情女正要继续说话，突然，她神色微凝，仰头望向虚空："那股邪魔之气终于要按捺不住了吗？"

邪魔之气……俞夏？

"就算我实力衰弱至此，但这么个跳梁小丑，也想要把封印在此地的邪魔母气救走，是不是太过可笑了。"情女缓缓起身，"我去去就回，到时候等你的小姑娘睡醒，我再把那些没说完的往事告知她。"

"情女前辈需要帮忙吗？"了悟问道。

情女抬手抚了抚头发："当然不用。当年死在我手里的邪魔，可比死在你手里的多多了。"话音刚落，情女的身影已经消失在原地。

没过多久，衡玉的睫毛剧烈地颤抖起来，缓缓睁开眼睛。

她的眼里先是划过茫然，然后睡意渐渐消散，神色恢复清明。

衡玉起身摸了摸自己的耳朵，眉梢微挑，看向了悟。

了悟连忙掐诀将加在她身上的隔音咒化去，这才轻声解释道："刚刚情女前辈过来了，怕吵到你休息。"衡玉无所谓地点了点头，似乎并不想细究此事，转而问道："那情女前辈人现在在哪里？"

"俞夏那边出了些事情，她要去看看。"

"那这里就只有我们两个人了？"衡玉勾唇笑起来。

了悟歪了下头看她，没等他开口说什么，衡玉就已伸手捧住他的脸。

"了悟，你怎么这么可爱。"

了悟耳垂微微泛红，他从没想过这样的词会被拿来形容他："为何是可爱？"

衡玉认真又缓慢道："因为真的很可爱。"

了悟的心尖便像是被羽毛轻轻拂过。正要说话，这片白茫茫的空间突然剧烈地颤抖起来。他神色略微凝重，环视周围保持警惕。

衡玉从他怀里站起来，召唤出归一剑握在手里。没过多久，这片空间破碎开来。两人稳住身形，再次抬眼打量四周，发现他们已经身处于一座空寂的宫殿。

宫殿里面什么都没有，唯独正中央地面上布置有一道巨大的阵法。此时，这道阵法应该是启动着的，泛着亮光，四周有浓烈的邪魔之气在弥漫。看这阵势，阵法底下似乎镇压着什么非常危险的东西。

待在这里，衡玉觉得有些呼吸不过来。

她微微蹙眉："是不是情女前辈那边出事了？"

"可能是。"了悟注视着那道阵法，"如果在下没猜错，阵法里封印的应该就是邪魔母气。"

衡玉脸色微变。万年之前虚乐可是拼死封印了所有母气。现在这里，怕就是封印地之一。难道封印出差错了？了悟神色凝重，语速极快："必须想办法镇压住母气，任凭它这么暴动下去，不出半月，母气就会破出秘境，到那时要重新封印它，必然会付出更大的代价。"

衡玉猜测道："是俞夏……不对，是俞夏吞噬的那个神格搞的鬼？"

宫殿里弥漫的邪魔之气越发浓重，衡玉觉得胸口越来越沉闷，不由得抬手捂着胸口。缠绕在她手腕上的黑色念珠被邪魔之气刺激到，散发出温和的光芒，为她化去邪魔之气带来的负面影响。

"对，这里就交给在下吧。"了悟说，直接盘膝坐下。

如果是全盛时期的母气，他怕是难以对付。但现在母气被封印了万年，借助阵法之力，也许这回他能够将这团母气彻底根除。

双手合十立在胸前，了悟默念驱魔经文，利用光的力量缓慢净化这些溢出的邪魔之气。

瞧着他已经彻底陷入入定状态，衡玉握紧长剑，警惕地盯着周围，担心俞夏会突然冒出来。

情女这边的情况算不上好。

俞夏吞噬的那个神格常年被邪魔之气缭绕，虽然没有入魔，但终究受到了影响。

进入秘境后，那缕邪魔之气被母气召唤，慢慢得到滋润壮大，反过来控制了俞夏，借着俞夏的手毁掉不少封印。这些封印，有一部分是用来封印母气的，有一部分是用来滋润情女的残念的。此消彼长，情女当然讨不了什么好。握着手中的冰剑，情女的睫毛沾着碎冰。

她冷冷地看着容貌俊秀的俞夏，袖子一挥结了个结界护住旁边的舞媚。

"你保护好自己。"叮嘱舞媚一句，情女步步向前，拉近与俞夏的距离，"没想到我倒是小觑了母气，时隔万年时间，还能做出这么多手脚。"

俞夏平静地道："连你都有执念苟活于世，邪魔不死不灭，还存在着不是很正常吗！"

"那今天就彻底废了你！"情女冷笑起来。

俞夏的声音里带着化不开的蔑视："就凭你吗，一缕心存不甘的残念？"

情女慢慢举起手中的冰剑。随着长剑竖举到身前，她那头浓密的青丝瞬间化为白发："当年你们的阴谋诡计全部覆灭于虚乐之手，如今的禅门之光也在秘境里，他可不比虚乐弱。"

俞夏正要说什么，他的脸色突然就冷了下来。而情女也感应到了阵法那边的动静，她缓缓勾起唇角。下一刻，她踏空间而过，直接来到俞夏面前，化神期的磅礴修为压向前方，与俞夏兵戈相击。

舞媚在结界里看着，急得直跺脚。她紧紧咬着唇，不明白现在到底是什么情况。

从阵法里溢出来的邪魔之气少了很多。衡玉闲着无事，又没办法从这个空间离开，干脆盘膝坐到了悟对面，静静地凝视着他的脸。了悟全身心都在催动功法净化邪魔之气，自然是察觉不到的。

许久，衡玉长叹了一声，抱着归一剑闭目养神。

一个时辰后，宫殿再无一丝邪魔之气。那些溢出的邪魔之气都被了悟净化了，他现在正在专心致志对付阵法里的母气。

与俞夏缠斗许久的情女终于勾唇："差不多该结束了。"

话音未落，她手中冰剑已经以迅雷不及掩耳之势送出，狠狠刺向俞夏的额头。俞夏的眼睛猛地睁大，根本来不及做出任何闪避的动作。

很快，冰剑直接刺进俞夏头颅里。但诡异的是，他的身体没有流出一丝一毫的血迹。

情女往后退两步，冰剑从俞夏的额头退出来。没有了冰剑的支撑，俞夏的身体缓缓倒在地上。情女袖子一拂，收走那护着舞媚的结界："他体内那股邪魔之气已经消耗殆尽，再清醒时就能恢复正常了。你且好好照顾他。"

舞媚走到俞夏身边，刚要蹲下身查看他的身体，想到什么，连忙转身看向情女，掐诀道："百花谷弟子舞媚，见过东霜寒祖师。"听到这个称呼，情女眉梢微挑，心下轻叹一声。

果然，能像那个洛衡玉一样讨人喜欢的小姑娘还是太少了。但情女也没出声反驳，她只是默默点头认可了这个称呼，对舞媚说："喂他服下补灵丹，然后我们去寻洛衡玉和那位禅门之光吧。"

等舞媚取出丹药给俞夏服下，情女便带着两人穿过空间，来到镇压母气的宫殿里。

衡玉抱着剑昏昏欲睡，突然察觉到灵力波动，眼睛猛地睁开，手已经扣紧归一剑。

直到察觉到那股灵力波动的主人身份，衡玉才稍微放松警惕，用剑撑在地上作为支点，慢慢站了起来。

"情女前辈。"衡玉先看到情女，才看到跟在她身后的舞媚和俞夏。

俞夏脸色苍白，被舞媚半扶半抱着。大概是嫌重得慌，舞媚刚站稳，手就唰的一下松开。

砰的一声，俞夏直接摔在地上，撞击地板的沉闷声把衡玉和情女都吓了一跳。

"这么狠？"衡玉觉得好笑。

"这也叫狠？我可差点被这狗男人杀了！"舞媚磨牙。当时如果不是祖师及时赶到，她可能就要在鬼门关走上一遭了。就算现在俞夏被控制住，她也得出一口心中的郁气。反正结丹期修士皮糙肉厚，摔一摔问题不大。

衡玉摇头，还是继续感慨："你们的感情太脆弱了。"

舞媚翻了个白眼。但余光扫见祖师正在看着她和衡玉，舞媚连忙收敛脸上的表情，谨慎地束手站着。在百花谷众弟子心目中，始祖东霜寒的地位非同一般，即使情女只是一缕残念，性情肆意若舞媚也不敢造次。

情女注意到舞媚态度的变化，无所谓地笑了下。她转头看向了悟，沉吟片刻，说："应该快净化好了。"

"净化母气，就这么平静吗？"衡玉奇道。

情女解释道："母气被封印了万年，好不容易蓄积起来的力量都用来控制那个剑宗弟子了。现在它哪里还有什么力量反抗。"话刚说完，雪白毛发的小兽不知道从哪里钻了出来，轻盈地跳到情女的怀里。

情女垂下眼，一心抚摸它的毛发。静待片刻，原本已经安静下来的阵法再次泛起白色亮光。这道白光太过刺眼，好像里面的东西正在拼死一搏，下一刻，一道金光自了悟身上弥漫开。

他双手合十，金光愈盛，白光削弱。

慢慢地，白光已经不再刺眼，众人的视线里只有金光。

过了不久，阵法重归平寂，紧闭着双眼的了悟也缓缓睁开眼睛。他眼里的金光还没完全褪去，抬眼看着衡玉时，从眉眼到神情都带着高高在上的淡漠与冰冷。被这样的视线打量着，衡玉垂在身侧的手默默攥紧。

"了悟。"她轻声喊出了悟的名字。

了悟闭上眼睛，再次睁开时已彻底恢复正常。他从地上起身，但刚刚与母气的对抗消耗他太多灵力，险些一个不稳栽倒在地上。衡玉扶住他的手臂，另一只手抬起扣住他的肩膀，让他保持平衡。然后她凑到他耳边，压着声音笑着道："若是想投怀送抱，可以直接告知我。"

　　了悟眼里泛起淡淡水色，无辜地瞧了衡玉一眼。

　　情女轻咳了两声。她这般修为已臻至境，就算衡玉刚刚的声音压得再低，和直接在她耳边说话也没什么区别。

　　"既然祸端已经解除，我们就先离开此地，换个说话的地方吧。"抱着小兽，情女直接走进空间通道里。穿过空间通道，一行五人来到一座院子。

　　院子并不大，外面种满合欢树。倒是院子里面，栽种有一棵孤零零的菩提树。

　　菩提树旁是一张石桌，情女走到桌边坐下，取出茶具就要泡茶。

　　"在下来吧。"了悟主动提道。

　　情女没拒绝，示意他自便。

　　片刻，情女捧着茶杯，对衡玉说："故事还没讲完，我们继续吧。"又扫了了悟和舞媚一眼，"你们感兴趣便一起听听吧。"

　　东霜寒迈入化神期后，战力飙升一大截。

　　那时候，沧澜大陆越来越乱，堕为邪魔的修士和凡人都太多了。

　　沧澜大陆各大势力几乎重新洗牌。百花谷趁乱强势崛起。

　　要操心宗门的发展，要操心弟子的修炼进度，东霜寒已经很长时间都没想起过虚乐了。

　　直到后来，发生了一件几乎垮东霜寒的事情。

　　剑宗长老于文深堕为邪魔。那曾经倾慕她的少年始终求而不得，她为了不嫁给于文深，甚至不惜自废剑道根基。东霜寒够决绝，但她的决绝也深深伤害了于文深。他沉溺于过往不可自拔，最后被邪魔之气侵蚀了内心，成为有着化神期修为的邪魔。

　　蓄积够实力后，"于文深"和另外三名化神期邪魔，率领着十几名元婴期邪魔和上千名低修为邪魔将百花谷包围，对东霜寒展开最残酷的报复。

　　说到这里时，情女沉默下来。她别开眼，从衡玉的角度看过去，恰好能看到她眼眶微红。

　　"其实百花谷已经发展得很好了，真的，是我能力范围内能把它发展得最好的程度。"情女声音很轻，像是飘浮在空中无法落回到地面的浮萍，"可是，发展得再好，它存世也不足千年，实力远不如化神期邪魔。"

　　听到这里，其实衡玉他们都能猜到结局了。被四位化神期邪魔包围，百花谷能有什么好下场？纵使浴血一战，也不过是螳臂当车，徒劳无功。东霜寒不能退，可是她想要撤走炼气期和筑基期弟子，为百花谷留住根基。

但让东霜寒绝望的是，百花谷周围的空间都被封锁住了，她根本没办法迁移走这些弟子。

"弟子愿与宗门共存亡。"无数弟子跪倒在地，他们的声音整齐而统一。

东霜寒听着他们的声音，却越发觉得悲凉。

"与宗门共存亡"，这六个字太过悲壮，也太过惨烈了。

血浸透百花谷的土地，东霜寒亲手打造出来的一切又在她眼前一点点被毁掉。于文深的报复来得太狠太疯狂了。她拥有赴死的决心，但她不能眼睁睁看着这些毫无反抗之力的炼气期弟子这么死去。

可是，她当时被四名化神期邪魔围攻，灵识受到重创，即使想要力挽狂澜也无能为力。

痛彻心扉。这种痛，比之当年她自废剑道、比之她对虚乐求而不得还要痛。

她当年的骄傲害人害己。所以，在虚乐领着无定宗禅修出现增援百花谷，救下她也顺利护住百花谷最后那部分弟子时，东霜寒一个化神期修士，紧紧攥着虚乐的袖子，像个孩童一般失声痛哭，像是要把自己这辈子的血泪都哭出来。

虚乐还是和记忆里一般模样，语气也未变过丝毫。

他递了块手帕给东霜寒，为免她觉得不自在，递完手帕后便别开头，眺望那被浓浓血色包围住的百花谷山门："半月前，门下弟子传讯回宗门，说在中部大陆发现有大批邪魔出没。在下和同门师弟们赶来查看，才踏入中部大陆就收到你的传讯，便连忙赶来。"

"多谢。"哭到嗓子都发哑后，东霜寒终于慢慢平复自己的情绪。

"不必客气。无定宗顶在铲除邪魔的前线，收到消息，在下和同门自然要全速赶来。"

任何的宽慰在这时候都显得苍白，唯有仇恨能化作动力。

虚乐温声道："我们合力把他们都留下来吧，用他们的骨与血，祭奠百花谷所有死去的英灵。"

东霜寒伤势很重，情绪起伏过大，现在精神状态特别疲倦。

但她压根儿没办法休息。只要一闭上眼，弟子们惨死的模样便浮现在她眼前。她深吸口气，整个人瞬间冷静下来："你说得对，百花谷的弟子们不能白死。"

她慢慢举起手中的武器："往日想要找出邪魔千难万难，现在他们倒是主动现身了。若是让他们跑了，到时候其他宗门怕是要重蹈百花谷的覆辙。"

稍作休息，双方再次厮杀起来。有无定宗的增援，双方实力勉强算对等。

纵使如此，那一战依旧惨烈。战到最后，两名化神期邪魔被封印，一名重伤遁走，于文深死前燃烧血骨和灵识，以他毕生修为化作诅咒。

"这就是诅咒之力的来源吗？"衡玉出声问道。

陷入回忆的情女慢慢回过神来。

她有些诧异地看了衡玉一眼："你知道诅咒？按理来说，以你现在的修为是接触不到的。"

舞媚一脸茫然，瞧瞧衡玉，又偷偷瞥了眼情女。

衡玉没注意到舞媚的打量，她抿起唇："也是机缘巧合。"

情女微微拧起眉来，却不急着追问，继续刚刚的话题："我接下来要和你们说的事情，也和诅咒之力有关。"

一个化神期邪魔的浓烈恨意，让诅咒之力死死缠绕进百花谷的道法里，只要有人修炼百花谷的功法，久而久之，就会被诅咒之力侵蚀。

起初，东霜寒他们并不知道诅咒之力的存在。百花谷原有上千内门弟子，数万外门弟子，不记名弟子更是过十万。但这一战之后，宗门合欢树梢上的花朵未曾盛开，百花谷已是遍地红艳，红得灼眼，红到触目惊心。东霜寒消沉两日，不得不强撑着伤势打起精神，想办法收拾这一烂摊子。

在这场大战里，无定宗同样伤亡惨烈。前来增援的元婴期禅修有半数陨落，虚乐和另一位化神期禅修也受了很严重的大道之伤，甚至伤到他们的大道根基。但在百花谷休息几日，虚乐就过来向东霜寒请辞。

"你就要走了？"东霜寒诧异。

虚乐解释道："在下还是得尽快赶回去，免得宗门生变。"无定宗镇守在西北之地，那里是受邪魔之气侵蚀最严重的地方，很多邪魔对无定宗虎视眈眈。他们这些禅修，是沧澜大陆最坚定的一道防线。只不过这道防线需要他们的血与骨来构筑。虚乐如今的担心不无道理。

"……好。"东霜寒抬眼看虚乐，轻轻笑了下，"此次一别，你我还有再见之期吗？"

虚乐旷达一笑，没有说话。

东霜寒骤然红了眼眶。这么多年纠葛，她深深爱过眼前的禅门之光，也深深恨过他，更深深理解他。

他清风明月一如她最初动心的模样，于是即使度过漫长岁月，只要再见到这个人，她还是无法抑制地为他心动。可是，此次一别，这个与她纠缠上千年的人就要长眠于西北之地了。

"不必如此。"虚乐察觉出她的异常，温声宽慰道，"这不过是在下既定的命运罢了。这上千年里，无定宗死去的人太多了，如今时机将到，也该让沧澜大陆重归平静了。"

"有什么我可以帮你的吗？"东霜寒闭着眼平复心情。大概是不想让虚乐发现她的异常，东霜寒默默转过身。虚乐轻叹了下，同样别开了眼："有的。封印大阵的主阵放在西北之地，但另外八大分阵，有一个分阵需要你帮忙镇守。"

东霜寒的声音里有着化不开的浓浓悲伤："没问题，一个分阵罢了。我百花谷与邪魔有不共戴天之仇，定然会全力配合无定宗的行动。"

虚乐又轻叹了下，但终究没说出什么宽慰的话。他理解东霜寒此时的想法。

等东霜寒平复心情后，虚乐才继续刚刚的话题："迟些时候，在下会派人将两盆极光之晨的幼苗送来，由它们作为分阵阵眼。至于其他布阵材料……"虚乐脸上露出几分黯然和歉意，"无定宗已经无法承担，怕是需要百花谷自备。"

"理应如此。"东霜寒说，她抿了抿唇，"无定宗若是缺东西，尽可列出清单，百花谷有的都会尽力提供。"

虚乐没拒绝东霜寒，笑道："好，如有需要，在下会向百花谷求助。"

提到极光之晨，情女抬手抚了抚额："只剩一缕残念，我的记忆的确没以前那么好了。"

在众人感到茫然不解时，情女抬起右手。

宽大的袖子滑落下来，露出一截纤细白皙的手腕。她以指掐诀，构造出一个空间通道，下巴朝了悟一点："走进里面，把存放在里面的东西取出来吧。"

了悟若有所悟："前辈指的可是极光之晨？"

情女没解释什么，只是说："先去把它取出来吧，构造空间通道也是很消耗灵力的。"

了悟双手合十行一礼，起身走进空间通道。很快，他折返出来。所有人的目光都被他怀里那两盆极光之晨所吸引。极光之晨是一种非常珍稀的灵植。它是制作延寿丹的主材料，即使是化神期修士看到也要眼热。它似花非花，成熟时绽放的是一片星辰模样的光团，耀眼夺目。现在了悟怀中这两盆极光之晨都已经成熟。

将它们放到石桌上，了悟坐下。情女抬手，用指尖拨弄着极光之晨："其实当年虚乐转交给我的两盆极光之晨，只差不到百年就能成熟。"她静静地看着它们，眼里泛起浅浅水色，"这两盆极光之晨，不属于无定宗，而是虚乐自己的私人珍藏。他觉得百花谷当时刚遭遇邪魔之祸，珍稀材料还能拿得出来，但想要拿出两样惊世材料作为阵眼怕是过于吃力，所以他以无定宗的名义将两盆极光之晨赠予我。"但这件事，她是在很久很久以后，久到这世间再无一个叫虚乐的禅门之光后，才知晓的。

这样一个人千好万好，最大的缺点就是不爱你。

于是你痛彻心扉，却还是心甘情愿为他沉沦。无人打扰情女的沉思。

许久，情女那密如鸦羽的睫毛轻轻颤抖，自己回过神来。

"又走神了。"她笑笑，对了悟说，"这两盆极光之晨，今日就算是物归原主了，你拿回去吧。"

阵法里的母气已经被彻底净化，这两盆充当阵眼的极光之晨也可以离开秘境了。

了悟拧眉："前辈，虚乐圣子既然已经将它们赠予您，那它们就是您的，在下不能拿走。"

情女认真道："我有时候真是怕极了他的温柔。但凡他再绝情些，我都不会这么为他辗转反侧。所以这极光之晨我不能接受。时隔万年，我想把它还给你。你同为禅门之光，又肩负着净化天下邪魔之气的责任，还研究透了他毕生道法心得，已经算是他半个弟子。"

这般珍贵的东西，了悟是不愿意接受的。他抬眼打量情女，发现她神色认真，绝无一丝勉强，反倒坚定得毫无回旋余地。

"就算你不要，我迟些也会想办法把极光之晨送去无定宗。最终结果并无不同。"

心下无奈时，了悟突然想起几年前那场法会上他遇到过的幻象，侧头看向坐在他身边的衡玉，温声说道："如果前辈要将它们赠予在下，这两盆极光之晨是否就归由我处置了？"

情女不知他这么问的用意何在："这是自然。"

了悟伸手，将一盆极光之晨推到衡玉面前："在下想将其中一盆赠予洛主，另外一盆带回无定宗。前辈觉得如何？"

"这么珍贵的东西，我怎么能收。"衡玉的拒绝完全在了悟预料之中。

他轻笑着道："极光之晨是被前辈悉心料理，才能一直存活到当世。你就当是为百花谷收下的，到时候拿回去兑换宗门贡献值，你看这样安排如何？"

衡玉定定地望着了悟："你都为我安排好了，还问我如何。"

"收下吧。"了悟温声道。

"收下吧，他这样安排挺好的。"情女看不下去了，直接一锤定音。

衡玉没再说什么，她的手安静地搭在膝盖上，继续凝神去听情女说话。

布阵一事事关重大，所以都是秘密进行的。

但邪魔对沧澜大陆的渗透太厉害了，无论怎样秘密进行，只要经手的人一多，谁也不知道哪个环节会出差错。总之，此事被邪魔那方知晓。

杀戮加剧，每天都有高阶修士陨落，不少人对于死已经麻木。

百花谷还没从之前的劫难中缓过神来，又时不时遭到邪魔的攻击。

好在化神期邪魔一直在蓄积力量没出手，区区元婴期邪魔，在伤势已经恢复的东霜寒面前毫无反抗的余地，被她迅速解决掉不少。

慢慢地，百花谷缓过神来。那些曾经与宗门共存亡的弟子遭逢大变，心性反倒更加坚韧，修为进展猛烈，迅速成长为宗门的中流砥柱，将百花谷撑起。

百花谷终于能重新广纳门徒。也就是在这时，诅咒之力的危害才暴露出来。

以前，百花谷有两个进阶方式。那些修长生大道无望的弟子借助倾慕值冲击更高的修为；那些修长生大道有望的弟子绝对不能借助倾慕值来修炼，以免影响他们日后冲击化神期。

但诅咒之力缠绕在百花谷的修炼功法上，东霜寒崩溃地发现，无论资质多好的弟子，都只能利用倾慕值来冲击更高的修为。这样当然有好处，但弊端也很明显，强行借助外力来冲击境界，没有讲究大道的顺其自然，百花谷的人会永远止步于元婴后期，再也没办法突破到化神期。

"没有拥有顶尖实力的人坐镇，这对于一个宗门来说是非常致命的。"情女幽幽地叹了口气。

一阵冰凉的风吹拂而过，院子里那棵茂盛的菩提树被风吹得簌簌作响。

有菩提叶从树梢飘落下来，慢悠悠掉落到石桌上。情女注视着这片叶子，将它捡了起来放在手心把玩。

"除了布置阵法，我余下的所有时间，都在研究如何为宗门化解掉诅咒之力。那时候，我日夜愧疚，几乎被心魔缠身，只是表现得过于平静，以至于没有任何人能够看出来。"

叶子末端有些蜷缩起来，情女用指尖把它展平。但指甲一挪开，没有力度施加在上面，叶子又再次蜷缩起来。

情女有些许不高兴，撇开眼继续道："如果不是我与邪魔有深仇大恨，当时的我……可能也会堕为邪魔。那时候我突然理解了很多事情。最初有邪魔之祸出现时，我还在心底笑话他们苦修数百载，居然还会有这么大的心境漏洞，被小小邪魔之气钻了空子。当事情落到自己身上，才突然惊觉，旁观者什么都不知道，他们自诩理中客，但局中人苦苦挣扎其中，根本寻不到解脱，被邪魔之气蛊惑……未必就是他们心境脆弱。"东霜寒心境脆弱吗？她看得多，经历得多，眼界之广、心境之阔难以估量。即使是她，也险些堕为邪魔。

"前辈喝些茶吧。"衡玉拎起茶壶，帮情女把茶杯斟满。

温热的茶水散发出氤氲雾气，模糊了情女的面容。

她抬手捧住茶杯，发现刚刚衡玉加热过茶壶里的水，现在茶杯热乎乎的，这股热度从手心一路蔓延上去，让她觉得自己的心也变得温暖安定下来。

等茶水凉了些，情女端起杯子喝了好几口，这才继续道："我还没寻到破解的方法，倒是阵法已经构建完毕……接下来的事情你们应该都知道了。"

"……主阵一启动，分阵自然也跟着启动。我是在分阵启动时，才知道……"情女捏着杯子的力度缓缓加重，指尖泛白。她缓缓心情，终究还是没能把最后的话说完整。

"虚乐离开后，我真的很孤单。我年轻时有很多好友、同门和长辈，但慢慢地疏远，或是彻底和他们反目。到最后我回首，才发现我在这个世界上已经再无亲朋好友。那种孤独感，你们能理解吗？"情女歪了歪头，目光主要落在衡玉身上。

不知道为什么，明明这个小姑娘还这么年轻，情女却觉得她会理解自己。

衡玉撞上情女的视线，轻笑了下，目光柔和。情女不知道她为何而笑，但想了想，自己也跟着扯起唇角笑了起来："支撑我活下去的唯一动力，就是为百花谷解除诅咒。"

衡玉点头，她知道，这一点并没有成功。

果然，情女接着道："当时虚乐他们以身殉世，其实只是重新补好界壁，将西北之地的母气、邪魔尽数封印。但还有不少邪魔分散在其他地方。实力最强的，是一名化神后期邪魔。他就是当初围攻百花谷的邪魔之一，这数百年里，他一直缩起来养伤，实力恢复后也没有冒头，直到得知虚乐以身殉世才出现。但就是这么一个孬种，因为拥有化神后期的实力，险些灭掉沧州。"

沧州就是他们现在所处的地方。

听到这里，衡玉总算知道东霜寒的陨落之地，为何是在这和百花谷相隔遥远的沧州。

情女继续道："沧州向各大宗门求援。化神后期修士就只剩下那么几个人了，我又与那个邪魔有着深仇大恨，便责无旁贷地赶去沧州。可等我到了那里，才发现沧州已被布下天罗地网，那名邪魔和几名元婴期邪魔早就在那里候着我了。"

冷笑了下，情女说："哪里是只有我想复仇，他也深恨我当年险些让他陨落。"

那场大战很惨烈。东霜寒实力高强，但她是被埋伏的一方，陷于天罗地网之中，再惊才绝艳，也要付出惨重的代价。到最后，她与沧州的所有邪魔同归于尽。

"其实死对我来说，未尝不是一种解脱。"情女说着，甚至高兴地笑起来，笑得风情万种，妩媚动人。很快，这个笑容在她脸上彻底定格。

"但是，百花谷的诅咒之力没有化解，我不甘心就这么消失。"

院子里的气氛瞬间凝滞下来，安静到风吹着菩提树叶的沙沙声都清晰入耳。

过了好一会儿，衡玉开口，打破这片沉默："所以有了这个秘辛，祖师将自己执念最深的'情'剥离下来，让前辈你代替她守着秘境，为的是能给百花谷门人留下秘境，为的是让'情'在这里……"

衡玉声音又缓下来，她艰涩开口，说完最后的话："继续思索诅咒之力的破解方法？"这背后的含义太过悲壮了。明明已经对这个世界感到绝望与厌倦，明明已经几近身殒，但还是要强行留下一缕残念，不允许自己就这么消失。她比任何人都不想延续生命，又比任何人都迫切地想要活下来。就这么矛盾而寂寞地在秘境里等待万载，才终于等到他们的到来。

情女听到衡玉的问题后，扯了扯唇角，原本是想尽力露出一个无所谓的笑容来，但她现在真的太疲倦了，于是扯了又扯，嘴角勉强上扬后，脸部表情僵硬得很。这么好看的脸，却笑得像是在哭一般。

"情女前辈，去歇会儿吧。"衡玉用一种宽慰，同样也强硬得让人不能拒绝的语气开口。

情女轻叹了下："你这小姑娘倒是不怕我。"

区区结丹初期，在她眼里真不算什么，随手就能镇压住，但对方的语气居然这般不客气。

很快，情女又笑起来。这回她眼里的温度逐渐回暖，笑容也不再勉强："我先回院子里歇会儿，你们可以在这周边逛逛，等我睡醒再和你们说其他事情。"情女抬手理了理鬓角碎发,"毕竟,还得教会你们怎么解除诅咒。"

衡玉微愣,品出情女话中的含义后,轻轻勾唇微笑起来。

情女走进她的厢房休息。

院子里只剩下衡玉三人,不对,还有躺在菩提树下依旧昏迷的俞夏。

"那些过往……"舞媚捧着茶杯,笑容里有几分勉强和苦涩,"只是旁听着,便觉得跌宕起伏又惊心动魄。"

只是旁听,他们就忍不住心疼起故事的主人公,更何况是亲历这些事情的东霜寒。

那些过往,该怪谁呢?每个人好像都有些错,可是每个人好像都很悲哀。于是这番故事便更让人觉得怅惘了。

慢慢喝了两口茶水平复心情,舞媚放下手中的茶杯,先是瞥了眼那安安静静躺倒在菩提树下的俞夏,神情晦涩片刻,又慢悠悠转向衡玉和了悟。她给衡玉传音:"你怎么想?"

衡玉轻笑了下:"你觉得我会重蹈覆辙?"

"也不是吧。"舞媚眯起眼,看着院子外那明媚的春光,感觉到心头那股淤堵的郁气慢慢得到宣泄,"你和东霜寒祖师的经历哪里有相似的地方了?我就是觉得,你和圣子挺配的,要知道当时祖师还想让我去引诱圣子,我为了维护我们两个脆弱的同门情,愣是没敢出手。"

这番隐情,衡玉并不知道。但回过味后,衡玉觉得有些好笑:"难道不是因为有自知之明,知道自己肯定会失败吗?"

舞媚咬唇,嗔视衡玉一眼,神情妩媚得能叫人的骨头都酥掉:"这么自信?"

"这是自然。"

舞媚继续传音:"罢了,不和你闲聊了,我得出去散会儿步放松放松心情。"

从椅子上起身,舞媚走到那躺在树根旁的俞夏面前,解下外袍盖在他身上,起身时从地上捡了个菩提果,随手抛了两下,步伐逐渐轻快。

衡玉垂下眼,看着她和了悟依旧紧扣着的手,轻笑了下,她举起手把他的手背贴在自己颊侧。

"好像又困了。"她低声道。

手背上传来细腻的触感,了悟温和道:"那睡会儿吧。"

衡玉趴到石桌上,整个人都懒洋洋的。她闲着无事,侧过头看向了悟,视线从他的眉峰往下滑,一寸寸打量他,像是要把他的容貌深深地镌刻在心底一般。

"一起趴下来吧。"衡玉轻声道,"你不困吗?"

了悟没回答,只是学着她的动作趴在石桌上,头枕着胳膊:"破解诅咒的方式可能会很困难。"

"嗯。"

"在下瞧着，情女前辈更属意你破解诅咒。"

"是啊。"

了悟笑了下："这个诅咒和邪魔扯上关系，在下回到无定宗后会向掌门详细禀告此事，无定宗会给予百花谷一定的援助。"

衡玉抿唇笑了下。她的眼睛被阳光晃了下，觉得有些刺眼，就慢慢眯起眼睛："无定宗有援助的话，无定宗圣子会来百花谷吗？"

了悟微愣，慢慢品出她话中的含义后，他的心跳突然剧烈起来，但他还是摇头："不会。"

破解诅咒一事必然困难重重，他希望自己能帮到她。即使，只是以无定宗的名义伸出援手。

衡玉瞥他一眼："了缘这么忙？我看他平常挺闲的吧，过来百花谷待一段时间不是很好？他修的因缘禅多适合来百花谷游玩一圈啊。"

原来是在问了缘吗？了悟无奈一笑，改了口："……他应该是有空的。"

衡玉沉沉地看着他。原是想说些什么，但很快，她又咽下到嘴边的话语。

情女睡醒，换了身素色的长裙走出厢房，一眼就看到趴在石桌上的衡玉和了悟两人。从她这个角度，恰好能瞧见两人紧扣在一起的手。她稍稍走近了些，一直注视着衡玉的了悟抬眼，直起身体向她颔首示意。

情女压低声音问："怎么不进房里面睡？我院子里还有多余的房间。"

了悟轻声道："无妨的，她想晒晒太阳。"

衡玉本来也睡得不是很沉，慢慢睁开眼睛。她直起身体："情女前辈休息好了？"

"我不过是一缕残念，刚刚进房间休息也只是去平复心情罢了。"情女坦然道，她坐到衡玉对面，"我这边的事情差不多都说完了，现在可以聊聊你为何会知道诅咒之力的事情吗？"

"这件事情，可能不会让前辈很高兴。"衡玉轻声道。

情女眉梢微挑："我什么大风大浪没见过。"

衡玉轻笑了下，开口道："宗门里有长老堕为邪魔。"

只是这么一句话，情女周身瞬间冷下来。她缓缓勾起唇角，笑容里带着冷肃的杀意："百花谷门人与邪魔有不共戴天之仇，如今有长老居然堕为邪魔，还真是……耻辱得很啊。看来是仇恨隔得太久，让他们都忘掉了当年险些灭门的历史。"

衡玉就知道会是这样。门下弟子堕为邪魔，这对情女的刺激肯定很大。

衡玉没出声劝慰什么，默默垂下眼把玩了悟修剪得圆润平滑的指甲。

两人的手都放在石桌下，情女看不到她在做些什么，但大概猜到了。

那满腔的愤怒和杀意彻底凝滞，情女有些许哭笑不得："谈正事的时候能认真些吗？"

衡玉无辜一笑，倒是了悟有些难为情，默默别开了眼。

衡玉瞥见他泛红的耳垂，才将他的手放开，继续刚刚的话题："既然前辈的情绪已经恢复得差不多了，那我就继续说了。那名长老接连害了不少百花谷弟子，但他手段高超，一直没有被发现。我闭关修炼时也因他出手，当场走火入魔。就是那一次，让我察觉到宗门里有长老存在问题。直到后来参加法会，那人第二次出手害我，把潜藏在我身体里的邪魔之力催生出来。邪魔之力和诅咒之力混杂在一起，我几乎没有抵抗的能力，好在了悟救下我……"
　　"现在那个邪魔找出来了吗？"情女问出自己现在最关心的问题。
　　衡玉想了想，摇头表示自己并不知晓。但衡玉觉得，应该是没找出来。找出来的话，她师父应该会告知她。
　　"百花谷长老都是做什么吃的。"情女顿时不满起来。
　　衡玉假装没听到。毕竟负责找邪魔的就是她师父。
　　情女压下心中不满，也没多说什么。她已经是一缕残念了，后世门人自有他们的路要走，她现在唯一的心愿就是解除宗门的诅咒。然后，她就能真正与这个世界永别。
　　情女伸出手扣住衡玉的手腕，灵力在衡玉的经脉间游走："你体内已经没有邪魔之力了，是都被净化了吗？"
　　见衡玉点头，情女就要移开手。突然指尖擦过衡玉手腕间那个圆润的凸起，被轻轻磕了一下，情女疑惑道："你手腕上缠着的东西是什么？"
　　看清那串念珠后，情女眼里有些许晦涩。她忍不住瞧了悟一眼，这种不动声色的温柔，太容易打动人了，她真的奇怪小姑娘怎么只是浅浅地动了会儿心。
　　可惜衡玉不愿意把自己的故事告诉情女，情女在心底思索片刻，始终没办法得出一个确切的结论。
　　情女无奈摇头，暂时压下自己的好奇心。
　　没过多久，舞媚从外面散心回来，俞夏也悠悠转醒。
　　清醒之后记忆回笼，当知道自己当时被控制着做了些什么后，俞夏整个人脸色都变了，浑身冰凉发抖。
　　勉强平复下自己的心情后，俞夏认真地向情女道歉："晚辈实不知神格会有这样的隐患……"
　　"无碍。"情女摆手，"怕是连你门中长辈都察觉不出神格里面的危险，不知者无罪。而且若不是你带着他们前来，我这秘境也不知道何时才能现世。"说罢，她又指椅子示意俞夏坐好。
　　等院子再次恢复静谧，情女正色道："我们来谈论正题吧，有关秘境的秘辛。"
　　秘辛！听到这两个字，即使是衡玉也露出期待。
　　这可是一位曾经威震沧澜大陆上千年的化神后期修士的秘辛，在世界上未必能再找到第二份。
　　情女说："其实我这秘辛，正好可以分成四份。一份是我对剑道的理解感悟，以及我年轻时搜罗到的相应功法。"说到这里，情女看向俞夏。

她当年弃修剑道时才刚突破至元婴期不久，这份秘辛其实也是四份中价值最低的。但俞夏还是很惊喜。

"多谢前辈。"俞夏起身行礼。

第二份，是那堆摆满书架的经书。

"通阅完这些经书，应该有助于你精进道法。"情女对了悟说，"后山那有一处温泉，温泉水是由万年菩提心融化而成，也赠予你，那有助于你冲击元婴期。就当是你为我解惑的谢礼。"

了悟双手合十行礼，眉目平和。他大概猜到了，这些经书和那万年菩提心，应该是虚乐圣子赠予她的。

第三份是东霜寒对双修道和媚术的理解感悟。这自然全部归舞媚所有。

最后情女才看向衡玉："最重要的秘辛我想留给你，但这份秘辛会拿得很烫手。"

衡玉掐决行礼道："晚辈身为百花谷少主，被宗门悉心栽培，享受着宗门提供的一切，如今宗门有需要自然会尽力而为。只是不知道晚辈要做些什么，才能够解除那加诸宗门传承里的诅咒？"

情女轻笑："这么急着就许诺了？你可以先听听好处。"

衡玉莞尔："其实现在听也不迟。"

情女被她逗笑："除了双修道，我对时间法则也颇有了解。后来我在外游历时，意外得到一种阵法，不过当时我已是化神后期，它就没派上用场。"

她原本想把阵法留给自己的弟子，但她还没赶回百花谷就陨落了，这个阵法就留在了秘境里。

"……时间加速阵法？"衡玉猜测道。

她修习阵法，自然知道时间加速阵法是什么。她以为这种阵法只存在于传说中，没想到居然真的存在。情女点头："待在阵法里，阵法的流速和外界的流速相差十倍。"

衡玉："阵法能够维持多长时间。"

"说不准。"

衡玉有些失望，如果只能维持上一两个月，它的价值就要小上很多了。

"我估计了下，大概能维持六年。"

衡玉眼睛亮了起来。这就相当于，她在阵法里修炼六年，就抵得过在外界苦苦修炼六十年。

惊喜稍稍压下去后，衡玉想起另一件事。她侧头看向坐在她身边的了悟。

六年过后，她的内门任务时限就要到了。

了悟安安静静地坐在衡玉身边。他穿着白衣，脸色一如既往地平静，但不知道是不是衡玉的错觉，她总觉得他的唇苍白得有些过分，像是突然失去了血色一般。

似乎是注意到衡玉的打量，了悟侧头看向衡玉，眉眼温和如初："怎么了？"见她没说话，他主动道，"有了这个阵法，洛主再出关，应该能有结丹后期修为了。若是一切顺利，甚至能一脚踩在元婴期的门槛上，这般速度绝对惊人，可以打破历史最高纪录。"

他的神情毫无破绽。但听出他话音里隐隐的颤抖，衡玉就知道他也意识到这个时间的问题了。

这应该是第一次，明知他心绪混乱，衡玉也没有出声宽慰。

其实这已经算是两人之间的共识了，离开秘境，然后分道扬镳。

不管怎么样，结局都改变不了，那么要怎么宽慰呢。怎么宽慰都觉得苍白。

她别过头看向情女："前辈，您继续说。"

情女察觉到气氛不对，轻咳两声，继续说起来。

古籍中曾经介绍过时间加速阵法。这是以阵法问长生的阵祖在渡化神期雷劫时，从上苍那里剥夺下来的一角阵法。为了这角阵法，他险些身死道消。后来闭关几百载，再出关时，就有传闻称阵祖研究出了时间加速阵法。

因为这么一个不知真假的传闻，已踏入化神期的阵祖被各大势力截杀。

举族覆灭后，阵祖拖着那几个截杀他的化神期修士一同陨落，而时间加速阵法也彻底成为传闻。

情女说："我手中这个阵法并不大，仅有这个圆桌的大小，但阵纹烦琐程度可比天书，以我的修为专注盯上十几秒也要觉得头晕目眩。"

衡玉点头："看来传闻很可能是真的，这般阵法应该不可能出自人手，是自天而夺。"

"而且这个阵法一旦开启，中途就不能出来……"顿了顿，情女将后果说清楚，"你要做好盘膝一坐就是六年的心理准备。"

衡玉淡定道："这一缺点和它的好处比起来算不了什么。"

多了这六十年的时间，再出关时，她至少也是结丹后期修为。如今沧澜大陆化神期修士不出世，元婴期修士多镇守宗门或家族，只要不故意惹事，结丹后期修士一般能在整个大陆横着走了。

瞧着她脸上表情未变，情女满意地点头："只是提前把后果告诉你，你做好心理准备就行。"

说完，情女余光扫向舞媚和俞夏。两人脸上并无嫉妒之情，只带着淡淡的羡慕之意。

情女心下点头。面对这般连化神期修士都要动心的至宝，他们能稳住心态真的很不错，至少她的秘辛没有给错人。其实，舞媚和俞夏都不是蠢人。这阵法是秘境之主的东西，她想给谁，都是她的自由，他们还能抢走不成？

情女说完，舞媚和俞夏先行离开小院，前去接受属于他们的秘辛。

情女抱着小兽缓缓起身："秘境里还有其他人在，我要先去打发走他们。等我回来后再送你们两个去取你们的秘辛。"

"前辈,"衡玉喊住她,"若是您遇到一个叫傅陌深的修士,告诉他,东西我已取到,到时我会带回宗门,若他想要那样东西,几年后亲自往百花谷走上一趟。"

她之前答应傅陌深,如果她能取到极光之晨,炼制出来的延寿丹可以优先售一颗给傅家。不过要卖什么价格,到时候就由百花谷和傅家交涉了。

情女无所谓地点头:"傅陌深是吧,好,我记住了。"

院子里再次安静下来。衡玉坐在菩提树底,脊背靠在粗壮的树干上。她的长发全部披散下来,有些许垂落到地上,沾染到点点灰尘。阳光从枝叶缝隙洒落下来,衡玉嫌晒,抬起手企图挡住阳光。下一刻,有人走到她身前,用身体为她挡掉刺眼的光。

衡玉仰头看他。他是逆光站着的,从她这个角度,刚好能看到他清冷温和的眉眼。眼尾有淡淡的阴影,便衬得他现在的情绪有几分晦涩。

衡玉伸手,了悟沉默着在她身边坐下。他将那些扫在地上的头发捧起,放在指尖把玩。衡玉枕在他肩膀上,静静地看着他把玩的动作,有些疑惑他为什么玩得这么入迷。

许久,了悟侧头看向衡玉。两人对视,呼吸交织。

衡玉视线慢慢下移,落在他唇上,又抬眼看他。了悟捧住她的脸,主动覆了上去。

春光从枝叶缝隙洒落下来,打在人身上时就成了细细小小的光斑。

风吹得不烈,喜好鸣叫的蝉默默息声。

院子里安静无声。于是这一切的一切,都展示出惊人的温柔来。

情女折返回小院时,在院子里没找到人,还以为他们进厢房里休息了。

"我是不是回来得太快了,总要多给小情侣些道别的时间啊。"因着院子没人,情女小声嘀咕起来。她怀里的小兽咕咕咕地开口说话,情女没听清,问道:"你在说什么?"

"如果我没猜错,它说的应该是我在树上。"高高的菩提树上,有道夹杂着笑意的声音传出来。

情女仰头,隔着层层叠叠的枝叶,隐约能看清那坐在粗壮树干上的衡玉。衡玉今日正好穿了件绿色长裙,被枝叶遮挡着,几乎要融化在这一片墨绿色之中。所以情女一开始才没注意到她。

衡玉手里握着支竖笛把玩,两条腿自然垂落在空中,与情女对视上后,衡玉勾唇一笑:"我和了悟可不是什么小情侣。"

情女扬眉,换了个词:"野鸳鸯?"

"虽然感觉前辈你在骂人,但听着比小情侣要符合现实些。"

情女没忍住,抱着小兽笑起来,笑声清脆,那惊人的美貌便完全展露。

一颦一笑媚骨天成，舞媚站在她身边，相对之下绝对青涩得像个小丫头。

笑了半天，情女恢复平静，环视四周："那位禅门之光呢？"

"他已经去后山泡温泉了。"回答完后，衡玉从枝头一跃而下，动作从容而利落。

情女错愕："这么快就去了？"她还以为她回来得太快了。

"其实我们什么都没说。"衡玉眨眼笑了下，笑容狡黠又无辜。有春光自她唇上一掠而过，她整个人美得格外生动。

"该说的早就说过了，分别也不过是早晚的事情，在情女前辈你的院子里缠缠绵绵依依不舍，反倒容易惹来笑话。"衡玉说得格外洒脱。

情女因她的洒脱而关注："我可没笑话你。"

顿了顿，情女问："你现在修的可是剑道？"

衡玉斟酌着开口："我现在算是一名剑修，但真正想求的却不是剑道，而是逍遥大道。"逍遥是种心态，它可以和各种大道相辅相成。

情女语气怅惘："逍遥道啊……"这倒是和衡玉的性格颇为符合，洒脱得连她都有些羡慕了。

没有再多纠结于此，情女换了个话题："那个叫傅陌深的修士，我见到他了。他让我转述谢意，还说等七年后会亲自去百花谷找你。"

衡玉点头示意自己知晓了。

闲着无事，衡玉将竖笛递到唇边轻轻吹奏起来，竖笛声轻快而温柔。

吹奏完一曲，衡玉问："前辈，不知道破除诅咒的方法是什么？"

情女倚着石桌，刚刚还在欣赏竖笛，结果衡玉的话题突然跳跃，倒是让她惊了一下："这么急？"

"那我们现在还有什么事情可做？"

"破除诅咒的方法不急。"情女说，"你现在修为太低了，就算是告诉你你也做不到，还不如先老老实实进入阵法中闭关。我的藏经阁里放置有不少古籍，你可以把它们全部带进阵法里，若是不闭关修炼就研读这些古籍。"衡玉连忙应是。

"那跟我走吧。"情女转身走出院子。

刚走出一段距离，她转身，将自己怀里的小兽递给衡玉："和它培养一下感情。等你离开秘境后，就把它带回宗门好生养着，它长大后可以好好守护宗门。"

缩在衡玉的怀里，小兽咕咕咕地叫了好几声，水汪汪的眼睛直直地盯着情女。

情女笑了笑，温柔地安慰小兽："你我之间没有认主，不必不舍，我早已是该死之人了。"

小兽叫得更大声了，一下在衡玉怀里站了起来。情女没理它，直接转身走了。

衡玉连忙伸手托住小兽，免得它不小心从手上翻倒下去。她用手温柔地抚摸着小兽，慢慢缓和它的情绪。

等小兽重新平静下来，衡玉才快步往前走，追上在前面的情女，出声问道："情女前辈，不知道它是什么神兽？"

"白麒麟。"古籍中有介绍麒麟的长相，麋身龙尾一角。

衡玉低下头看着怀里软绵绵的只会咕咕咕叫的小兽，实在没想到它会是麒麟。

于是她伸出一只手指，在小兽的额头处胡乱摸索，摸了好半天，不得不承认小兽额头上那个鼓起的小包很可能就是它的角。但问题是，这个包都被毛遮住了！谁能认出来它是麒麟啊。

小兽似乎是察觉到衡玉心里的想法，不满地咕咕咕了几声。

情女已经走到藏经阁前，一只手搭在门上。

听到小兽的声音，情女扭头看向衡玉，无奈地解释道："它刚降世不久，等再大些，麒麟一族的特征就明显了。"

"刚降世？"

"它的母亲是我的本命神兽，为了护我而死。死的时候肚子里已经怀了它。我用自己最后一点本源之力护住了它，当时它的生命体征非常微弱，没想到这万年来，在秘境里一点点吸收灵气，反倒自己补足了先天本源。"

两人边说着话边走进大殿里。

大殿角落摆放着四个巨大的书架，各类书籍分门别类地摆放其上。

"你把它们都收走吧。"情女话中带着怅惘，"到时候把它们都带回宗门，也免得它们随这个秘境、随我一起烟消云散。"

衡玉走进书架中间的通道，手掌覆在书架上，慢慢往前走。一路走过去，也一路用储物戒指收走书架上的古籍。一刻钟后，衡玉再次走回情女面前："前辈，已经可以了。"

情女笑："还需要给你准备其他东西吗？如果不需要，我就直接带你去开启阵法了。"

听到衡玉说不需要，情女转身，领着她往藏经阁深处走。

两人绕过一条崎岖而长的走廊，最后来到一间密室。密室很小，小到衡玉和情女两个人站在里面都嫌有些伸展不开手脚。最里面有个不到三尺宽的圆台，上面刻满密密麻麻的烦琐纹路。

衡玉只是凝神瞧了几秒，就觉得自己晕眩起来，这个阵法果然如情女所说，烦琐深奥犹如天书。

情女说："我现在开启阵法。阵法开启后你就进入其中，然后我会暂时封掉这个密室，直到阵法时限到了，密室才会重见天日，你也才能从密室里出来。"

"麻烦前辈了。"

情女笑了下，两手抬起放在胸前，结了几个复杂而烦琐的印记，右手往前一推，一道沧桑而古朴的波在周围弥漫开来。衡玉感觉到周围的灵力浓度陡然提升了不止一倍！

情女结印的动作越来越快，越来越烦琐，到最后，她从储物戒指里取出一柄钥匙形状的东西，用力将其击碎。那暗淡无光、看上去平平无奇的圆台瞬间明亮起来，散发出惊人的波动。

衡玉已经做好心理准备，她轻轻吸了口气，转身向情女行了一礼。

揉了揉怀中的麒麟，衡玉将它递回给情女，干脆地走上圆台。

在衡玉盘膝坐下后，圆台便被一团白雾彻底笼罩住，即使是情女也无法透过白雾窥探到里面的情景。

情女为麒麟顺了顺毛："当她再出关，就应该距离元婴期不远了吧。"麒麟咕咕咕地叫了三声。

情女轻笑起来："突破至元婴期还需要层层磨砺，到结丹后期就已经行了，再往上走，她的大道根基怕是不够牢固。好了，我们也出密室吧，待到六年后我们再回来。"

院子里放着张软榻，情女懒洋洋地躺在上面晒太阳，麒麟缩成小小一团靠在软榻里侧。

情女的身体变得透明了一些，远不如初见时那么凝实。她察觉到后山的异常，慢慢坐了起来："不到三个月的时间就把万年菩提心的能量都吸收完了？这位禅门之光还真是不简单啊。"

一刻钟后，了悟踩着石子路慢慢往院子门口走来。

石子路上铺有不少枯枝落叶，他脚步从容地踩在上面，枯枝落叶发出"咯吱"的声响，打破此地的静谧。走到院子门口，了悟发现木门并未紧闭。

"进来吧。"里面传出情女的声音。

了悟双手合十行了一礼，这才走进院子里："情女前辈。"

"那些经书你都收好了？"情女已经坐起来，手里握着一本半新不旧的棋谱慢慢翻看。

"都收好了。"

情女笑了下："行，把它们都带回无定宗吧，留在我这儿也没什么用处了。如果没什么事你就直接离开秘境吧，你应该能感应到出口在哪里。"

这三个月，她的心情慢慢平复下来。那些求而不得、那些辗转反侧，终究不过是不甘罢了。只要她心甘情愿认个输，承认虚乐的确不曾对她动过心，释怀好像也变得容易起来。

了悟双手合十再次行礼，脚步却没挪动。情女眼里泛起戏谑的笑意："还有事？"

了悟取下指尖的一枚储物戒指，将它慢慢放到石桌上："可能接下来的话有些冒昧，还请前辈见谅。晚辈知道，这秘境里面的东西，前辈都会留给洛主，她是您择定的传承者。晚辈是想，到时候前辈把这枚储物戒指里的东西都给她……以您的名义。"

他眸子深邃，里面有莫名的执拗与认真。由于立于残阳暮风之中，他的周身便添了几分寂寥与怅惘。

情女沉默。过了会儿她动起来，伸手将桌面上的储物戒指拿走，小心收起来。

"你放心，我会帮你转交的……"原本是不想交浅言深的，但情女实在忍不住，她看向了悟，迟疑地问道，"从秘境里出去，你要做些什么？"

答案仿佛早已了然于心，于是了悟脱口而出："禅门一直没在沧州这边宣讲过，在下想在这边传道几年，顺便思索要如何渡过情劫。"

情女："……你是不是想她彻底淡忘你，成就逍遥大道。"

"是。"

纵使觉得接下来的话残忍，情女还是平静地说道：

"那就不要在寂静无声处这么守着她，不要再给她任何东西，不要拐弯抹角关心她给她提供帮助。若是不小心与她碰面，就当自己已然忘情，她就是这芸芸众生中的一员，不值得你任何温柔特殊的对待。

"记住，是任何。所有特殊的、过界的举动，都不应该再有。别抱有你在暗处，她就一辈子都不会察觉到的想法，要断就断得干脆利落一些。她是百花谷的少主，收下我的秘辛后，她在宗门里的地位会一跃而上，仅在宗主和太上长老之下，以她的身份地位与实力，其实已经完全不再需要你以为她需要的帮助。"

这样的温柔连她这个旁观者都觉得难耐，若是日后小姑娘察觉到，始终有这么一个人在无声地守着她，她怕是要直接栽进去万劫不复的境地。所以，她不介意做个恶人。

了悟脸色煞白，他像是被无形的利剑划伤一般，整个人身形不稳。即使刻意压制住自己身体的异样，了悟的肩膀还是忍不住抖动几下。他张了张口，似乎是想说些什么，但半天都没找回自己的声音，于是哑然失声。

蹲在情女怀里的麒麟咕咕咕地对情女说了什么。情女别开头，当作自己没有看到了悟的异常，没有听到小兽不满的声音。院子的气氛瞬间沉闷下来。

情女觉得自己大抵是越活越回去了，明明应该更心狠些，但瞧着这位禅门之光这般脆弱，她还是长叹一声，安慰道："上面那些话不是她说的，是我自作主张罢了，至于要不要听，都由你自己抉择。"

了悟的体温慢慢回暖。他的睫毛疯狂颤动，长而翘的睫毛上似乎染上一层冰霜，整个人的脸色还是苍白到没有血色。

"多谢情女前辈……晚辈出了秘境，会把极光之晨和经书都带回宗门。西北封印地的邪魔又有异动，晚辈会自请进入其中净化邪魔，顺便精进道法。但这枚储物戒指，还是希望前辈能转交给她。"

说到后面，也许连他自己都没意识到，他目光里带了几分恳求。

情女点头："我既已经收下你的储物戒指，自然会帮你转交给她，不过我不会提及你一丝半点。"

"这样最好不过。"了悟又在原地站立片刻。他想了想，实在不知道自己还有什么可说的，于是垂下眼自嘲一笑，双手合十向情女再行一礼。

"那晚辈就告辞了，还请前辈多加保重。"

转身离开，走出院子，了悟轻轻将木门带上。他正准备往出口走去，倏忽有一阵冷风刮过。那风太冷，直直往喉间心口灌去，冷得了悟打了个冷战。他抬手紧了紧身上的衣服，抿紧双唇，半晌，终究像往常般缄默无声，垂着眼走上石子路，离开秘境。

随着了悟、俞夏和舞媚的离开，秘境彻底恢复宁静。

情女将秘境里面有价值又能带走的东西都收拾出来，打算到时候全部让衡玉带走。忙完一切后，她抱着麒麟沉睡过去，只有这样，她才能减少消耗，支撑到衡玉从阵法里出关。

时间加速阵法里，衡玉在安静修炼。

许久没有动静的院子里，突然传出咕咕咕的声音。比起之前胖了两圈的麒麟从菩提树上一跃而下，灵巧地钻进房间里，用力撞在那包裹着情女的灵力罩上。

安静沉睡的情女被打扰，缓缓睁开了眼睛。她的眼里先是划过一丝茫然，方才抬眼看向散发着浓烈灵力波动的虚空："这股波动……看来时间加速阵法接近尾声了……"

从床榻上下来，情女抖了抖自己的裙摆，她的身体已经越来越透明。

情女对麒麟说："走吧，我们去看看小姑娘怎么样了。"

麒麟像以前一样，直接跃进情女的怀里。情女被它这么冲撞，往后倒退半步才勉强稳住身形："你现在已经很胖了，我这老胳膊老腿的，能不能对我温柔些。"

麒麟像是没听懂她的话一样，在情女的怀里找了个舒服的地方乖巧躺好，咕咕咕地出声催促情女快些去迎接衡玉。情女无奈，正想继续教训它，但察觉到半空中的灵力波动越来越剧烈，也不再耽搁时间，快步往院子外走去。

她刚走到藏经阁台阶下方，那禁闭很久的藏经阁大门缓缓打开一条细缝。阳光争先恐后地从这条细缝钻进去，清晰照见空中的浮尘。透过这些浮尘，情女看到站在门内的人。

衡玉穿着一身绿色长裙，逆光站着。似乎是许久没见过阳光了，她有些不适应外面的亮度，微微眯起那双漂亮而狭长的眼眸，风姿看着比以前更为夺目。而她的修为已经顺利达到结丹后期。

"前辈。"藏经阁的大门完全打开，衡玉从里面走出来，一步步走到情女面前，恭恭敬敬向情女行礼，"多谢前辈的馈赠。"

情女将麒麟抛到衡玉怀里："要是感激我，就帮我抱着它吧，它实在是越来越沉了。"衡玉笑着将麒麟抱紧，用手指抚摸着麒麟额头那已经长出些许的角。她看着情女透明的身体，心中有几分涩然。

"我们回院子吧，我整理出了不少宝物给你，等会儿还要把破除诅咒的方法教给你。"

两人沉默着走回院子。情女让衡玉坐在石凳上等一下，她走进自己的厢房，片刻后折返出来，手里握着一个非常漂亮的储物手镯。

"秘境里面所有有价值的东西都在里面了，到时候再把麒麟带走就好。像是你遇到的桃妖、梦魇，它们都只是一缕残念，无法离开秘境半步，就让他们陪我长眠于此地吧。"

衡玉查看手镯的时间有些久了，情女疑惑道："看得这么仔细？"

衡玉收回神识，认真道："我是想看看了悟给我留了什么东西。"

情女眼睛微微眯起："他没给你留什么东西，这储物手镯里面的宝物都是我给你的。"

衡玉抬眼凝视着她，笑而不语。

"你是不是太高估他了？"

衡玉轻笑了下："事实上，我总是低估了他对我的感情。"每一回，她都以为顶多如此了，他做不到更好了，但他永远出乎她的意料，于是她一次次被打动。

情女耸肩："那这回你就错了。"

衡玉语气平淡："看来他特意叮嘱过前辈。"

情女因她的固执懊恼了下："你能不能认真听我说话。"

"如果前辈不愿意告诉我，手镯里哪些东西是他留给我的，我就当整个手镯都是他送我的。"衡玉举起这个流光溢彩的储物手镯，放在情女眼前晃了晃，笑得有些顽劣。

情女发现，眼前这个姑娘有种魔力，明明上一刻刚有些恼她，现在就无奈得只想笑。见情女不松口，衡玉抿了抿唇，也不再纠结里面的哪些东西是了悟留下来的。

她逐渐摆正神色，说："前辈，可以把破除诅咒的方法教给我了。"

此话一出，情女脸上的神色慢慢变得严肃："要完成这件事会非常困难。"

衡玉点头："我早有心理准备。"

情女深吸口气，将一块玉简递给衡玉。瞧见衡玉接过玉简，这一瞬间，她身上的力气仿佛都被抽离，只觉得浑身酸软。她终于如释重负。两人沉默片刻，情女说："你是不是要离开了？"

"前辈还能以残念形式存在多长时间？"

情女低头看了眼半透明的手掌："大概……还有一个月吧。"她有些不确定。

"那我和麒麟在这里多陪你一个月，然后我们再离开。"

情女笑了笑，目光逐渐柔和下来："你不回去交接内门任务吗？"

"等从这里离开再赶回宗门吧，就算迟了些问题也不大。"衡玉晃了晃手中那个记载着破解诅咒方法的玉简，"有这个东西在，我想宗门不会怪罪于我。"

"那给我吹首安眠曲吧，我又有些困了。"情女轻笑道。

竖笛声和着风声，在院子里响起。

转瞬之间，一月之期将近。

情女已经完全是透明状态。她将衡玉送到秘境门口，笑道："你从秘境出去后，不会再出现在白云山，而是会被随机定位到某个地方。"

衡玉点头："这样更好，如果一出去就是白云山，我害怕被人埋伏截杀。"

两人对视，沉默了一会儿，情女抬手别了别鬓角碎发："后会无期。"

顿了顿，情女说，"愿你，逍遥大道可期。"这是她能想到的最好的祝福。

衡玉抱着白麒麟，温柔地为它顺毛。听到情女的祝福，衡玉的动作微顿，笑道："多谢。我会破解掉诅咒的，前辈且在这里长眠。"说完抬起手朝情女挥了挥，便转身离开。

离开秘境前一刻，衡玉扭头望向身后，那个曾经艳绝九州又被打落傲骨，最后苦苦等待万载的女子，已经不见了，走得无声无息又寂寞。

衡玉现在身处一片茂盛的树林。她转头望向刚刚出来的地方，那里灵力汹涌搅动，隐约能感知到秘境在崩毁。所有的怅惘都化作一声长叹，怀中的麒麟也咕咕咕地叫起来，黑溜溜的眼睛泛着水色。

"她是求仁得仁，不必难过。"衡玉抚摸着麒麟的脊背，又问它，"要不要给你取个名字？"

很认真地想了半天，衡玉点头道："就叫小白吧，简单好记还朗朗上口。"

麒麟猛地从她怀里站起来。它已经长大不少，后腿相当有力，衡玉一个结丹后期修士都被它蹬得胳膊有些疼。明知它是不满，衡玉依旧笑吟吟地开口："你是不是也觉得这个名字非常好，那我们就这么愉快地决定了。"

小白叫得更大声，都顾不上难过了，一心想要摆脱这个名字。

衡玉把它举到眼前："谁的拳头大听谁的。"她刚想继续逗小白，以此淡化情女彻底烟消云散的哀伤，突然察觉到身后一里的地方传来大片灵力波动，"秘境崩坏的灵力波动太大，看来有人察觉到了。这附近肯定有城镇，你我进城去打听打听情况，还得快些赶回宗门。"

衡玉的身影刚消失在原地，一行六人赶到此处。

"奇怪，刚刚明明感应到非常浓烈的灵力波动，这会儿怎么没有了？"

"难道说宝物已经被人收走了？"

"按理来说不可能，一察觉到灵力波动我们就马上赶过来了。所有人赶紧分散开找找，如果这里真的有宝藏出世，那一定是天大的异宝。"

这边，衡玉已经换了身衣服。她戴着黑色纱状幕篱，身上的裙子同样是黑色，手中握着青色的归一剑，怀里抱着毛发雪白的麒麟。

找准方向后，衡玉直接御剑飞往距离自己最近的城镇。

城门很壮观，等着排队进城的普通百姓和修士都有，不过修士显然拥有优先权，筑基期以上的修士草草排个队就能进去。

衡玉握着长剑，仰头瞧一眼城门上挂着的牌匾。牌匾已经有了岁月，字迹有几分龙飞凤舞。衡玉辨认了好一会儿，才认出那是"宁城"二字。在脑海里思索一番，并没有找到对这个城镇的记忆，衡玉还是得进入城中打听情况。她才刚刚降落到地上，打算老老实实去排队，那边守城门的侍卫长就急匆匆地跑到她面前："这位前辈，请往里面走。"

他是筑基中期修为，以他的修为，完全看不透这位前辈的实力。这一般有两种情况，一是她没有修为在身，二是她的修为已经远远超出筑基中期。

侍卫长当然不会天真到觉得一个敢孤身在外行走的女子是凡人。衡玉想了想，也不想让这个侍卫长为难。以她的修为，选择放弃特殊待遇，反倒容易让人心里捏一把汗。

"多谢。"衡玉淡淡地点头，抱着小白慢慢走进宁城。

宁城是个人口众多的大城。凡人与修士共住。衡玉一路走来，发现筑基期修士不少见，结丹期修士偶尔也能看到一两个。

她寻人打听了下，直奔城中最好的酒楼。这几年待在秘境里，她已经很久没吃过东西了，正好去满足自己的口腹之欲，顺便打听打听消息。

转着手中的茶杯，衡玉先打听起这是哪个州。得知是北州后，她稍稍松了口气。

北州位于中部大陆，和南州邻近。而百花谷就在南州地界里，要赶回去还是比较容易的。随后衡玉又问清楚时间，距离内门任务的十年时限还有三个月，也就是说，她完全能在规定时间内赶回到宗门。

"对了，我瞧着今天城里很热闹，不知道城中有什么新鲜事？"衡玉随口一问。

店小二甩了甩白色的抹布，笑呵呵道："仙子这可就问对人了。这两天无定宗圣子前来我们宁城传播道法。这几年里，圣子在中部大陆的声望越来越高，他那般人物却平易近人得很，有修士心有困惑向他请教，他也会尽力指点，所以周围不少散修都赶来宁城，想要碰一碰运气呢。"

衡玉注视着手背上的水滴，慢慢回神："不知道是无定宗哪位圣子？"

"这——"店小二尴尬一笑，"我也只是听别的客人提起过此事，他们并未提到圣子的法号。"

"多谢。"衡玉示意他退下去。

等到周围安静下来，衡玉摩挲着归一剑的剑柄。

平易近人？声望越来越高？这位圣子有可能是了悟吗？

在阵法里那几年，她实在受不住无边孤寂，就总是想到他。现在出关了，想他这件事好像也变成了一种习惯，以至于调整了一个月，也没能改掉这个不知道是好，还是不好的习惯。

酒楼一楼突然传来喧哗声。声音有些大，连在二楼的客人也能听清。

"圣子来了！"

"那位就是无定宗的圣子吧，当真是风采过人，十足地清贵。"

"果真是疏风朗月般的人物，难怪能在短短几年时间里就将道法传到我们北州。"

衡玉走到二楼楼梯口，就听到这些声音。她脚步微微一顿，下意识屏住呼吸，往后退了半步，但已经晚了。

"圣子里边请。"这是掌柜殷勤的招呼声。

楼下的人已经上了楼梯，转过拐角，他的身影就撞进衡玉的视线里。隔着幂篱，看清那人的容貌后，衡玉轻抿起唇。连她都无法分辨出，这一刻她是失望居多，还是松了口气。

抬起手来，衡玉缓缓掀开那挡住她容貌的幂篱，对着那意态闲懒的人微微一笑："别来无恙。"

那人脸上先是浮现诧异，而后化为淡淡的欢喜："别来无恙。"

故人久别重逢，衡玉被了缘拖着重新坐回椅子上。

两人也没点什么吃食，只是点了一碟酥饼，就边喝茶边聊起天来。

"你怎么会出现在北州？"了缘笑着问道。

"我从秘境里面一出来就到了这里。它的出口是随机传送的。"衡玉解释道。

了缘点头。他大概清楚秘境的事情，毕竟当年了悟把极光之晨和一堆经书带回宗门，闹出来的动静还是比较大的。

"你现在居然已经到了结丹后期？"了缘注意到她的修为后，整个人都不好了。

衡玉眉梢微挑，淡淡瞥他一眼，那云淡风轻的姿态直看得人牙痒："这有什么稀奇的，倒是你，居然只是结丹初期。"他磨了磨牙，气得要去掐衡玉的脸。

衡玉身子微微往后一倒，以手挡住他的手："有话好好说。"

了缘轻叹了下，收回手时顺势端起面前的茶杯，慢悠悠地抿了口茶水："你这几年在秘境里怎么样？"

"基本是闭关，不然我这修为是怎么突飞猛进的。"衡玉坦然道，的确没什么可说的。那些值得反反复复说的事情，又不能拎出来告诉了缘。

于是衡玉转移了话题："你怎么样？"

他们这般交流的姿态，倒像是相交多年，拥有默契的至交好友。

"刚刚酒楼店小二一直在吹捧你，无定宗了缘圣子的名声可不算小。"

了缘仰着脸看她，眼睛漆黑润泽，他调侃道："就夸这么一句？能不能多夸我一会儿，满足我的虚荣心。"

衡玉捻起一块酥饼，递到小白嘴边喂它，不搭理了缘这番话。

"这也太过分了。"了缘嘟囔道。他悄悄瞪了下衡玉膝盖上的小白，瞪了好几眼，小白咕咕咕地叫唤，后腿在衡玉怀里蹬着，有种随时都会跳到了缘身上咬他的感觉。

了缘喷了一声："这只小兽这么有灵性，它是什么品种啊。"

"你认不出来？"衡玉眉梢微挑，托住小白的两条腿，把它举到了缘面前，让他再仔仔细细打量一番。

了缘："……这沧澜大陆各种无名无姓的妖兽多了去了，我又不是驭兽宗的弟子。"这也太为难他了，一身白毛还没什么特征，谁知道这是什么妖兽。"妖兽"二字一出，小白直接炸毛了。

好在衡玉早有准备，一把将小白搂在怀里，没让它扑到了缘身上咬他。

"……我闲着没事带只小妖兽出门干吗？这是神兽。"

"神兽？"了缘诧异起来，仔细打量半天，瞧见小白额头那个小角，恍然大悟，"独角兽啊。"

衡玉懒得再理他，默默安抚起炸毛的小白来。

了缘等了半天，茶都喝了两杯了，还是没见衡玉问出口。他轻叹了下："只问我的近况，不问其他人了？"

"知道与不知道，又有什么区别。"衡玉神情淡漠，语气平淡。

了缘仔细打量她几眼，居然都没办法从她神情里看出一丝一毫的破绽："不想知道就罢了。"

"如果你非要说，我也是可以花些时间听的。"

了缘险些被她气笑，这人还真是没有变啊。气人的姿态简直和几年前一模一样。"你说我怎么就管不住这张嘴呢，非要自讨苦吃。"

衡玉笑起来。她笑的时候是真的好看，眉眼间的清冷消散不少，春晖浮上她的眉梢，眸子干干净净的仿佛能倒映苍穹。了缘盯着她看了几秒，又忍不住叹口气。

"了悟的情劫渡得怎么样了？"衡玉这回没有再掩饰，开门见山地问道。

"还是那样吧，这六年时间修为一直卡在那里，寻不到突破进元婴期的契机。"

衡玉微微拧起眉来。以他的资质，不应该如此才对。难道还是像之前一样，因为情劫没有取得重大进展，所以情劫限制了他的突破吗？

既然都已经开口问了，衡玉打算打听个详细："那他这六年都在做些什么？"

"几年前封印地的母气异动，戒律院首座进入封印地后，以自己的血骨重新镇压母气的异动。但封印地的邪魔之气还是比以往浓郁了不少，了悟回到宗门后……"说到这里，了缘沉默片刻，才续道，"自请进入封印之地净化邪魔之气。"

衡玉微微一愣："所以他这六年时间一直待在那里？"一直待在那生机枯无、入眼尽是邪魔之气的封印地吗？

"对。"

衡玉沉默了下，又问了缘："你是不是还有什么事情没告诉我？"

了缘坦然道："没了。"他抬眼与衡玉对视，神情分外无辜与纯粹。

"看来果然有事瞒着我。"

了缘想磨牙："你什么意思，我都说了没有。既然不信任我还问我做什么！"

"我们之间的情谊太脆弱，所以你的话只能够信一半。"

了缘气恼得想要直接起身拂袖而去。这么多年没见，怎么会有人的性子越来越恶劣。他真的站起来，噔噔噔往外走了几步，又转过身看向衡玉，即使是懊恼着，那双桃花眼也潋滟生情："难道你还没吃饱？"

衡玉失笑，放下幕篱重新挡住自己的容貌，抱着小白慢悠悠地跟在他身后。

两人一路往城郊的寺庙走去，了缘和几个师弟都暂住在那里。

走进深林，就看到隐在林间的古寺。迈着步子走上石梯，衡玉跟着了缘走进寺庙里，绕过长廊来到客居的厢房。

衡玉刚走进院子，一个穿着白衣、眉眼有几分熟悉的俊秀少年惊喜地站起身："洛主？"

过了好几秒，衡玉才认了出来："了念？"

当年衡玉遇到了念的时候，他还只是个十三四岁的少年，现在他已经彻底长开，眉眼俊秀。

了念高兴地走到衡玉面前："没想到会在这里遇到洛主。"

"我也没想到会遇到你们。"衡玉笑。

两人刚寒暄几句，了缘走过来，对衡玉说："院子里还有间空的厢房，你就暂时住在那里，可以吗？"

衡玉想了想："也好，我住一晚，明早就要赶回百花谷。"

"这么急？"了缘迟疑，"我原本还想着与你同行，一道去南州的。"

他想去南州宣讲道法。那是他此行最后一站了，完成宣讲后他就要赶回无定宗闭关突破。

衡玉摇头："我还是独自赶回去比较好。"她身上有太多宝物。如果和了缘他们一起行动，目标就太大了，还是自己赶回去比较隐蔽。

顿了顿，衡玉补充道："我会在百花谷恭候你们，到时候带你在百花谷里玩个够。"

她觉得，百花谷里的师妹们会很喜欢这一行人的，尤其是了缘，他在百花谷里的人气绝对不会比迟差。站在她对面的了缘莫名其妙地打了个冷战。

第二日清晨，天空还下着雨，衡玉就撑着伞走出厢房。

她依旧戴着黑色幕篱，怀中抱着小白。

正要走出院子，身后突然传来一道清朗的笑声："也不和我道个别。"

衡玉停下脚步，缓缓回头："反正过段时间也要在百花谷见面。"

了缘倚在门边，隔着雨幕望她。现在还未拂晓，光线暗淡，他压根瞧不清楚她的容貌，但他能在心底勾勒出她的眼睛——一双非常清冷又特别的眼睛。

"那行，过段时间见。"

衡玉点头，想到他看不到，就轻轻应了一声，撑着伞转身离开。

了缘一个人静静地站在屋檐下，看着雨水滴落阶前，一直看到天光透亮。

隔壁屋的了念打着哈欠推开门，瞧见那如门神一般站在门边的了缘，生生吓了一大跳："了缘师兄你傻站在这里干什么？"他走过去，一摸了缘的袖子，发现袖子沾透水汽，有些润湿。

"哦，"了缘回神，懒洋洋笑，"在想些问题。"

"在想什么？"

"在想下次见面的时候要不要把了悟的事情都告诉洛主。"

了念一愣，猛地在原地跳脚："师兄你想干吗？你指的是那件事吗！那怎么能说出去！而且你居然想告诉洛主！"他的话一句比一句激动，到最后险些要凑过来拎起了缘的衣领。

"哦。"了缘又懒洋洋地应了声，神情满不在乎。

进入南州范围，衡玉神情轻松不少。

她身上有太多宝物了，万一中途出了什么岔子，损失绝对不可估量。现在已经差不多到自家门口，算是可以稍稍放松警惕。想着还有两天就能赶回百花谷，衡玉心下愉悦。

不用再急着赶路，衡玉直接进了附近的城镇，打算打听些最新的消息。

她才刚踏进酒楼，便听到二楼爆发出一道震天动地的吼声："你说百花谷掌教和大长老都受了重伤？这怎么可能？"

衡玉脚步微顿，眼睛眯起。

下一刻，她直接闪身来到二楼，目光在二楼一扫，直接来到最靠近楼梯口的桌子前。目光冰冷地盯着这一桌的两个男人，归一剑横举到他们面前，结丹后期的威压毫无保留地向两人压了过去："你们刚刚说的可是真的？"

那两个男人神情微变。其中一个身材魁梧的男人脸上划过懊恼和担忧的神色。他在听了同伴的转述后，过于震惊，没注意之下声音大了点，可谁能想到这番失态居然会招来一个煞神。

这抹念头刚从他心底一闪而过，衡玉就将两颗中品灵石抛到桌面上："说吧。"

瞧见灵石，两个男人哪里还有担忧，喜意迅速爬上他们的脸庞。

一刻钟后，衡玉弄清楚事情大概。

其实真相到底如何，这两个男人也不清楚。但是百花谷掌教和大长老都负伤一事并非他们信口开河，这件事情已经半传开了，要不了两天，这个城镇的所有人都会清楚此事。

"是谁伤了他们的？"衡玉问。

"仙子，不是我们不想告诉你，实在是我们也不知道啊。"

衡玉收起归一剑，默默地点了下头，直接转身离开酒楼，寻了个安静的地方，身体往后一倒靠在粗壮的树干上，认真思索着这整件事的来龙去脉。

南州是百花谷的大本营，掌教和她师父都是元婴后期修为，怎么可能有人能重创他们二人？难道，是那个隐藏在宗门里的邪魔？！是了，只可能是那个邪魔。

她师父是想螳螂捕蝉没错了。但那个邪魔隐藏在宗门那么长时间，他的布局绝对远超她师父。原本想用螳螂来捕蝉，没想到那是个伪装成蝉的黄雀。

深吸口气，衡玉抱着小白转身出城，打算尽快赶回百花谷。

一出了城，衡玉直接御剑，朝着百花谷所在的方向飞去。

小白突然咕咕咕地出声，有些焦虑不安。"怎么了？"衡玉脸上的冰冷和严厉淡去些许，她垂眸看向小白，声音里带着淡淡的安抚。小白身上的所有毛都竖起来，圆溜溜的眼睛迅速打量着四周。

"你察觉到了危险？"衡玉微微拧眉，将自己的神识完全探出去，来回查看几遍，都没发现有什么异样。但不知道为什么，她的后背慢慢渗出冷汗来。

她是不是在得知师父受伤后太急了，反倒忽略了什么。她忽略了什么？

一个光团突然出现在她的视线里，以惊人的速度迅速冲向她。那里面蕴含着惊人的强大威势，衡玉明明已经发现了这道攻击，却被无形的威压钉在原地，根本没办法躲避掉。小白缩在她怀里，高声尖叫起来，身形迅速变到一人高，挡在她身前。

元婴后期修士的攻击！

衡玉知道自己忽略掉什么了，那个邪魔曾经在她身上种下过邪魔之气，就算她身上的邪魔之力已经被彻底净化，但那人应该还是能发现她的位置。她一进入南州地界，怕是就已经被盯上了。

衡玉狠狠咬破自己的舌尖，借着这剧烈的疼痛强行反抗威压。

终于，在攻击迫近她的前一刻，衡玉勉强能移动身体。实力差距过大，根本没有可逃的余地，衡玉强行震碎师父送给她的保命玉佩，随后一把将小白推开，归一剑横举到身前，调动自己的所有灵力，猛地往前挥了一剑。

不能退，那就以攻击作为防御！

"咦。"隐在暗处的人轻轻出声，似乎是诧异他眼中的蝼蚁在这时候居然还能做出反击。在那人出声时，衡玉就迅速锁定了他的位置。

她抬眸眺望东南方向，看清那个穿着褐色长袍的人影时，眼睛微微眯起："执法长老！"原来宗门那个隐藏的邪魔就是他！

宓宜、慕欢的师父，百花谷执法长老，顾续。

何谓执法？祥刑惟允，执法有度。执法长老在宗门里的声望仅次于掌教。而顾续更为特殊，他所修炼的功法叫"审判"。这个功法，要求修炼者禀性清明，率性正直，不能行将踏错半步。结果这样的人，居然会堕为邪魔？！

衡玉总算知道，为什么当年横死的百花谷弟子，在死前都如此震惊、恐惧与难以置信。

顾续微微一笑。他其实年纪已经很大了，但容貌一直定格在十七八岁的模样，这般立于树上负手而笑，就如同那熠熠生辉的少年郎般。

"你们的惊讶还真是一次次取悦了我。游云那家伙居然锁定到我身上了，甚至想出手杀了我，我也只能先下手为强了。"说到后面，顾续颇有些惆怅。

"顾长老，怎么可能是你？"衡玉脸上的哀伤和难以置信越来越明显。

就在她打算继续说话时，顾续缓缓抬起一根手指抵在唇角："虽然你演得很像那么一回事，但谁叫你捏碎了那块玉佩？想拖延时间啊……"宽大的衣袍袖子猛地一挥，元婴后期修士的全力一击狠狠向衡玉砸来。无形的威压彻底笼罩住她，她感觉到有一只无形的手掐住她的脖子，直接把她拖拽到半空之中。死亡的阴影弥漫上心头，衡玉被掐得呼吸不上来。

突然，缠绕在她手腕上的黑色念珠像是感应到危险一般，猛地爆发出璀璨的光芒，将衡玉从头到脚完全笼罩住。那些加于她身上的攻击都消散掉，来自元婴后期修士的全力一击也被化去。

衡玉从空中直接摔到地上，她抬手捂着自己的喉咙，另一只手紧紧攥进泥土里，整个人剧烈地咳嗽起来。咳了几声，衡玉掀起自己的袖子，摩挲着了悟留给她的这串念珠。

顾续一开始还惊讶于她是如何挡掉自己的攻击的，看到念珠时，神情微微一变："这串念珠居然在你手里？"

惊讶只是瞬间的事情，很快，顾续微微一笑："听说你接下了攻略圣子了悟的内门任务，如今看来还挺顺利。我现在改变念头了，不杀你，而是只毁掉你的肉身，留下你的心神。"

他从树上飘下来，一步步逼近衡玉，手上的攻击丝毫没有停止，每一道攻击都用尽全力。

黑色念珠一直在散发着光芒护住衡玉。但它力量有限，被这么攻击着，圆润光滑的念珠慢慢布满裂痕。终于，第一颗念珠破碎开来。然后就像是引起连锁反应一般，一颗颗念珠接连破碎。

衡玉狠狠咬牙，强行保持自己神志的清明。她举起手中的归一剑：束手待毙是不可能的，为今之计，唯有拼死一搏，能多拖延一刻就多拖延一刻。

不过，衡玉在心底苦笑：她师父不会真的伤到赶不过来了吧，从玉佩碎掉到现在，已经过去不少时间了。

罢了，如果她师父真的赶不过来，那就是她该命绝于此！

最后一颗黑色念珠泯灭成灰。念珠幻化成的防护罩彻底消散，衡玉完全暴露在顾续的攻击之下。

第十五章
相思之苦

　　了悟越来越适应封印地的环境。

　　万年之前，这里被邪魔侵占，后来又有无数禅修的血溅落在泥土里，以至于这里的土质发生变化，寸草不生。为了方便净化邪魔之气，无定宗在封印地的边缘处修建了一座很小的寺庙，了悟每天清晨起来，就在这里面诵经和净化邪魔之气，一直忙到晚上才离开大殿。

　　每个月，无定宗都会派遣新的结丹期禅修来这里。一月之期到了，又换新的一批过来。

　　这些人来来去去，只有了悟在这里一待就是六年。他比当年还要缄默，很多时候，除了诵经，都没怎么开口说话。了缘来见他时，还曾开玩笑问他是不是要改修闭口禅。

　　今日，了悟像往常一样，跪坐在蒲团上敲击木鱼。

　　案上的香烛正慢慢烧着，散发出一阵熏人的烟雾。烟雾将了悟笼罩住，模糊了他的眉眼。他早已习惯这样的日子，但不知道为何，今日心情却莫名地烦躁起来，做不到像往日一样平和。

　　他紧紧闭上眼，默念静心经文，想要让自己的心情平复下来，心脏跳动反倒越来越紊乱。

　　无奈之下，了悟缓缓睁开眼睛。他站起来，重新燃了一把香，动作温柔地把它们插进巨大的香炉里。做好这一切，了悟仰头望着慈眉善目的觉者，心里想着衡玉。

　　六年时间一晃而过，洛主也该从秘境里出来了吧……

　　有阵风吹进大殿里，卷过他刚刚烧的那把香时，直接将香上的点点火苗吹灭。

　　了悟视线一凝。他连忙打了火折子，要重新燃起这把香。

　　突然，了悟的心脏剧烈跳动起来，他捂着胸口猛地吐出一口血来。身形不稳，火折子掉到地上。

　　咬紧牙关，了悟扶着桌案稳住身体。他仰头望着虚空，整个人身体微微颤抖起来。他感应到自己留在黑色念珠里的那缕心神被击碎了。只有元婴后期和化神期修士能够毁掉那串黑色念珠，是洛主出事了吗？……

他的眉眼一点点冷下来，勉强压下翻涌的气血后，了悟用手背抹掉唇角的血，大步流星地走出大殿。

"顾续，你未免也太嚣张了。"

虚空中，传出一道幽幽的声音。

穿着红色长袍的游云从虚空里走出来，两手掐诀，在最后关头成功化去顾续对衡玉的攻击。

"是吗？手下败将，也敢在我面前猖狂？"瞧见游云及时赶到，顾续微微眯起眼来，语气依旧平静，"游云，你我相识多年，我一直困惑你的自信与高傲到底来源于哪里。"

游云微微一笑："以你的修为，困惑是应该的。"

"我想你的伤势应该还没恢复吧。既然你来了，那就和你徒弟一起留下来。"顾续同样笑起来，同时温文尔雅得仿佛那浊世佳公子。

"我其实也很困惑你的自信与高傲到底源于哪里。"游云脸色还有些苍白，他没再废话，召唤出自己的本命灵剑，让灵剑暂时阻碍顾续的行动。

他转身撩起衣摆，蹲下身将衡玉从地上抱起来。瞥了眼那奄奄一息躺在不远处的麒麟小白，游云直接用灵力将它托住。

"师父。"衡玉眨眼苦笑。

游云撇嘴，语气有些像撒娇，又有些像抱怨："这回师父也很狼狈。太惨了，明明做好了十足的准备，结果居然还是在阴沟里翻船。"他长叹一声，直接构造出空间通道。

游云抱着衡玉、拖着小白直接消失。

树林里再次安静下来。

顾续负手而立，他注视着那彻底消失的空间通道，微微一笑。

"百花谷，万年前我能覆灭你们一次，现在也能再覆灭你们一次。游戏才刚刚开始啊。"

另一边，百花谷。

从空间通道里出来，刚刚还从容淡定、面不改色地抱着衡玉潇洒得要命的游云一个趔趄，险些把衡玉从怀里摔下来。

衡玉吓得连忙让游云把她放下来。

游云瞪衡玉一眼："乖徒弟，该减肥了。"话刚说完，眼睛一翻，当场就晕了过去。正准备顶嘴回去的衡玉心想，师父你这晕得还挺及时啊。

好在旁边的迟眼疾手快，迅速上前将他扶住，才免他与宫殿冰凉的地砖来个亲密接触。

衡玉两只手撑着身体，勉强坐在地上。

她刚刚直面顾续的威压和攻击，虽然有黑色念珠为她挡去大部分攻击，但余波依旧波及了她。现在她体内气血翻涌，血自唇角流出来。

衡玉认真地环视周围，确定现在已经回到百花谷的议事殿，宗门的元婴期长老大多聚集于此，才感觉心神一松，至少现在算是安全了。

这口气一松下来，衡玉顿时浑身脱力。

舞媚适时地扶住衡玉，让她半靠在自己怀里。她取出一颗六品疗伤丹药，直接让衡玉吞服下去。丹药入喉，便迅速融化，化成一股磅礴而温和的灵力，迅速抚平衡玉体内的伤势。

感觉到自己缓过来不少，衡玉深吸口气，这才有余力去关心她师父："掌门，我师父现在伤势如何？"

掌门轻咳了两声，压下身体不适，才慢慢回答衡玉的问题："游云之前被顾续算计，直接伤到心神。你捏碎保命玉牌前不久他才从昏迷状态中清醒过来，这下估计会伤到大道根基。不过好在性命无忧，多休养个几十年就好。"

他喂游云服下丹药，这才侧头瞧衡玉一眼，脸上露出些许欣慰温和的笑意："好在你没事。"这话说得温和，颇令人觉得春风拂面。

衡玉勉强掐诀行礼："掌门，弟子在秘境……"

掌门摆手，丝毫没端着架子："秘境之事，舞媚已经回禀于我。你现在有伤在身，且先休息个几日，等你伤势恢复得差不多了，再向我细细禀明即可。"

宁榆峰。

衡玉躺在柔软的床榻上，满身疲倦。

舞媚端着盆热水进来，沾湿帕后，走到床边弯下腰，轻轻给衡玉擦拭脸上的血迹和灰尘。等她耐心擦完，衡玉忍不住啧了一声："没想到我们媚主这么蕙质兰心。"

舞媚翻了个白眼，拉过衡玉的手，一点点认真地帮她擦拭手背的血迹："有没有觉得很荣幸？"

"荣幸啊。"衡玉勾唇笑，"我原以为你会随便找个小师妹过来帮忙。"

舞媚话说得不客气，动作却很温柔："擦个血迹罢了，又不是什么天大的麻烦事。"

把血迹都擦干净，舞媚随手将已经脏掉的手帕扔进水盆里："刚从元婴后期修士手中活下来，你不累吗，快睡吧。"

衡玉揉了揉小白的头。它也已经服下疗伤丹药，现在缩成一小团，安安静静地躺在她身边。

"是很累，但我心中有困惑，还是先把这些困惑解掉再睡吧。"

"你想知道什么？"舞媚也没瞒她，慢慢整理思路，将百花谷这段时间发生的事情一一道来。

法会结束后，游云回到宗门，开始在暗地里调查潜藏在宗门的邪魔。

慢慢排查之下，游云把所有没闭关的宗门长老都排除了。这么一来，邪魔必然是正在闭关的三位元婴后期长老之一。

同为元婴后期，游云不敢保证自己一定能制服对方，所以把事情透露给掌门。他们联手，在私底下做了不少布置。

但是，顾续太敏锐了。他一出关就察觉到不对，再加上顾续已经在百花谷布局了近百年，他将计就计，反倒重创游云和掌门二人，再斩杀其他两位元婴期长老，最后还顺利逃出百花谷。

这一战，百花谷可以说是颜面尽失，损失惨重。

"顾长老他……到底为何会堕魔？"衡玉真正奇怪的是这一点。

她觉得，她师父和掌门这么轻易就被算计，估计也是因为他们对顾续的怀疑并不强烈。顾续修的可是审判道，从哪方面来说，他都不像是心境有巨大漏洞，会被邪魔之气乘虚而入的人。

舞媚轻叹了下，眼里有淡淡愁绪涌出来："掌门他们前两日整理顾长老的手札，发现百年前……顾长老曾经得到过神格。"

"神格！"衡玉微讶。

这样东西，俞夏也得到过。

在秘境里，俞夏就是被神格周围缭绕的那股邪魔之气反制，还险些酿出祸患来。

"没错，是神格。"舞媚点头，"顾长老的情况应该和俞夏差不多，都是被神格反制了。而且你知道，我们宗门弟子体内有诅咒之力，这种力量与邪魔之气一脉相承，顾长老体内的诅咒非常强大，他本人的意志再强大，也很难防备。"

对此，衡玉也不知道该说些什么。顾续没有任何问题，对宗门也是忠心耿耿，但……他怕是早已经彻底被邪魔控制了。

"神格这种东西来历不明，得到它也许并不是什么好事。"衡玉淡淡道。

心中疑惑一解，困意就泛了上来。

衡玉面朝床榻里侧，全身埋在绣有合欢花的被褥里，嗅着合欢香熟睡过去。

空旷而寂寥的大殿里满是檀香气息。

圆苍眼覆白绸，穿着湖蓝色的衣服，安安静静地跪坐于雕像前。

突然，紧闭的大殿大门被人从外面轻轻推开，发出"咯吱"的响声。

声音不大，但这大殿过于寂静，连针掉落的声音都能清楚听到，更何况是这般开门的动静。

大门打开后，有人迈过高高的门槛，缓缓走到圆苍身后，虔诚地跪下，双手合十向禅殿供奉的觉者行礼。

"怎么突然回来了？"过了许久，圆苍诵读完一篇经文，这才轻声开口。

"请师父见谅。"

了悟双手合十，他的声音带着微微沙哑和生涩感。这种生涩感，像是他很久都没开口说过话一般。

圆苍停下敲击木鱼的动作："看来是和那位百花谷弟子有关。前几日，百花谷曾给无定宗来讯，称他们宗门执法长老堕为邪魔。她之前被种下过邪魔之气，那个邪魔可以锁定她的气息，她应该是因此而出了事。"

了悟那密如鸦羽的睫毛剧烈地颤抖起来。他脸色有些苍白。

圆苍等了好一会儿，还是没等到他这个弟子开口请求什么，于是忍不住长叹一声："你不是想知道她如今是否有生命之危吗？为何不开口求为师用传送阵给百花谷去信一封？"

了悟双手合十，神情里带着淡淡的歉意："弟子刚刚沉默，只是在想要如何向师父开口，才能提出这个不情之请。"

"这小小请求对为师来说算不得什么。"圆苍从蒲团上站起身来，对了悟说，"只问她是否有性命之忧吗？还用再问其他事情吗？"

了悟摇头。

圆苍走到了悟面前，将一瓶治愈心神伤势的丹药递给他。等他接过，才转身走进大殿最深处。

和各宗门传讯的传送阵就设在里面。

圆苍离开了一会儿，大概半个时辰后再回到大殿里。他的弟子依旧虔诚地跪于雕像前。

圆苍说："她只是受了重伤，并无性命之忧。"

了悟点头，从蒲团上缓缓站起来："弟子擅自从封印地离开，现在要立即赶回去。擅离职守这项罪名所要受的惩戒，待弟子下次回宗门再领罚。"

他再次向圆苍行一礼，转身离开大殿。

刚往前走了两步，身后，圆苍的声音慢慢传来："邪魔在百花谷隐藏多年，怕是曾经布下过很多后手。刚刚百花谷向我们求援，请我们派些人去帮忙查看，排查那个邪魔在百花谷内部布下的后手。就由你带队去吧。"

了悟转身，双手合十，表情温和，说出口的话却固执得毫无回旋余地："弟子还要继续在封印地修行。至于去百花谷的人选，师父可以派了缘过去，他如今正好就在北州，距离南州也不远。"

"你去见见她吧。这么埋头在封印地里修行，要何时才能勘破情劫？"

了悟沉默了一下："她不会想见弟子的。"

圆苍微微一笑："还是过去一趟吧，即使不见她，只是身处南州，也能让你心中的忧虑和困惑削减不少。"

了悟低下头，刚好能看到自己的影子被烛光拉得狭长。

他看着自己腰间挂着的玉牌，一直平静的声音里终于多出几分涩然，完美无缺的伪装似乎被撕裂了个口子，于是现在露出来的，才是他心底真正的情绪。

"弟子还是不去了。"

圆苍问他："何至于此？"

"她能成全弟子的禅道，弟子也不想影响她追寻长生大道。"

"她既然有心成全你的禅道，那你现在为何止步不前？这六年时间里，渡劫为何都没有取得一丝一毫的进展？"圆苍的话有几分残忍，但他觉得，也到了说开的时候。

沧澜大陆又要生出事端来，而且这次的祸患未必简单。先天禅骨必须尽快成长起来。

"弟子并非止步不前。"了悟轻笑起来。

他站在幽深寂静处，整个人冷冷如月，熠熠生辉。

"这六年里，弟子耐着寂寞在封印地苦修，摒除加诸身上的荣光，心境进一步打磨圆满。只是还没有寻到突破的方法，因此才会毫无进展。"

看着他身上透出的淡淡欢喜，圆苍心下一叹："那你今日这般痛苦辗转又是为何？"

"弟子的痛苦，是因为洛主在痛苦。"即使是在他师父面前，了悟也没有掩饰自己的倾慕。他的声音很轻，眸子干干净净，"只要她能平安无恙，弟子就在大殿里远远守着她就好。她问她的道，有知心好友相陪；弟子修弟子的禅，青灯古佛相伴，顺便在诵经结束后，再悄悄为她祈福一二便可。"

有一阵风从外面卷进来，吹得殿里的帘子胡乱晃动。

彼此撞击，发出沉闷的响声。

圆苍沉默片刻，轻叹："你骗不了为师，你想见她。"

这回，了悟没有再说话。他双手合十，深深地朝着圆苍弯下腰，慢慢退出大殿。

走出来时，他被灼热的阳光包裹住。了悟有些不适应这样的光亮，下意识抬起手挡在眼睛前方，这才迈步走下楼梯。

结果下楼梯时，他跟跄了下，险些栽倒在光滑的白玉石台阶上。

宗门给衡玉提供了不少七品的疗伤丹药。

服下疗伤丹药，衡玉的伤势减轻不少，就连脖子上那狰狞的掐痕也只剩下浅浅的紫黑色印记。虽然还没完全恢复，但已经不妨碍她下床走动。

抚摸了一下还处于昏迷状态的小白，衡玉走去隔壁院子探望她的师父。

游云还在昏迷，脸色苍白难看。他素来喜欢穿红色的衣服，身上的小饰品也喜欢用红色系的，因此衡玉记忆中的他都是神采奕奕、潋滟多情的。如今他穿着白色里衣，脸色苍白地躺在床榻里侧，整个人都是病恹恹的。

衡玉帮游云压了压被角。师父明明重伤未愈，还强撑着去救她，要说不感动那是不可能的。

"师父，你好好休息。"

怕他觉得房间单调，衡玉走出房间，在院子里折了朵盛放的芍药，插到了床头花瓶里。衡玉轻手轻脚地走出游云的房间。

出来后，衡玉没有回自己的院子，而是乘坐仙鹤前去寻掌门。她手上那盆极光之晨和各种古籍都要转交给掌门，还有那诅咒的破解方法，也得提前知会。

一刻钟后，仙鹤降落在太极殿前。

衡玉翻身从仙鹤背上爬下来，正要往里面走，太极殿里先行迎出来一人。

正是迟。

"师父刚刚察觉到你过来，命我出来迎接你。"迟边小跑到她身边扶住她，边解释道。

太极殿里古意盎然，雕梁画栋格外精致。掌门端坐在大殿上首，直接免了衡玉的礼节，示意衡玉在他身边坐下。

掌门瞧了迟一眼，笑道："你也坐下吧。"

这是他为宗门择定的下一任掌门候选人，留下来听听并无大碍。

衡玉喝了些茶水润喉，将左手袖子往上扯了扯，露出手镯。她将手镯褪下来，直接递给掌门："掌门，极光之晨、秘境里的秘辛，以及情女前辈留下的部分宝物都在里面了。"

情女给她留了一笔非常大的财富，这些东西足够她用到元婴后期。衡玉只是挑了一部分适合自己的留下，剩下的全都留给宗门。

掌门接过手镯，将神识探入其中，瞧清里面的东西后，他抬眸扫了衡玉一眼，脸上泛起淡淡的笑意："也不知道你师父是怎么教出你这般出色的徒弟的。放心，宗门不会白拿你的东西。储物手镯里面的东西，除了古籍外，其他的东西都会按照它们的价值折换成宗门贡献值，以后你需要什么东西，直接用贡献值去库房换取就好……"

掌门想了想，觉得自己还是不够豪爽，又补充道，"你现在已经突破到结丹后期，手里怕是没有适合结丹后期用的防御性法宝和丹药，过两日我会让人送一批给你。"

衡玉心里感慨：掌门真是大方。

衡玉把她答应傅陌深的事情告知掌门，掌门想了想说："到时再与傅家交涉吧。"

处理完这些事情，衡玉深吸口气，谨慎地取出一块玉简递给掌门："这是解除百花谷诅咒的方法。"

掌门急忙接过，他最关注的就是这件事。

要知道，因为诅咒加身，他已经在元婴后期停留了近两百年。

神识探入玉简里，掌门的脸色微变："这方法——"

"弟子已经做齐准备，情女前辈也给弟子留下不少抗雷法宝。"

掌门沉沉地叹了口气，郑重地看着衡玉："这事关宗门万年气运，你有什么需要的，宗门都会全力配合你。别的事情你不用操心，安心修炼就好，材料会由我这边来备齐。"

说是这么说，掌门脸上还是带着淡淡的担忧。这个方法实在过于可怕，一个结丹后期的弟子真的能撑住吗？

似乎没察觉掌门心中的担忧，衡玉微微一笑，把小白的事情也告诉了掌门。

这也是件值得高兴的事情，成年期的麒麟可是能够力扛化神初期修士进攻的。

最后，掌门瞧见衡玉脸上有淡淡的倦色，主动提道："你回院子里安心养伤吧。"

"我送你。"迟主动开口道，尽显绅士风度。走出太极殿，他温声道："你怕是还不知道一件事。"

"什么事？"

"评定内门任务的时间要延后了。"

内门任务是否完成，这一点是由剑灵和水镜共同判定的。剑灵常年沉睡，只有在特殊时候才会清醒，所以弟子们的内门任务会固定一个时间来统一评定。

衡玉想了想，隐约猜到真相："剑灵也出事了吗？"

"剑灵帮师父挡了一剑，不然师父怕是会伤得更重。"迟苦笑着说道。

"大概要延迟到什么时候？"

迟耸肩，无奈道："至少也要一年后。"

迟朝正在远处慢悠悠地散步的仙鹤招手，示意仙鹤飞过来。仙鹤飞到近前，迟抬手做了个请的动作。

六七月份，天气闷热得很，满山合欢花盛开，整个天地间都是瑰丽的红色。

衡玉躺在合欢树底午憩。

前两日下过雨，打落了不少合欢花，她一袭红衣躺在这片残花中，比花色还艳丽几分。

"你这是什么奇怪的爱好，有床不睡选择睡在地上。"舞媚过来找她时，有些哭笑不得。

衡玉正面仰躺着，将一片树叶遮在自己的左眼上，只用一只右眼望着悠悠蓝天："我不挑地方，开心就好。"

舞媚理了理裙摆，在她身边盘腿坐下："明天夜里镇上会举办花灯节，要不要去玩玩？"

"花灯节？"

"是啊，这个节日原是镇上凡人的习俗。弟子们在宗门里待得久了，耐不住寂寞，就总是偷偷溜下山参加花灯节。你也知道，我们宗门不喜欢约束弟子，长老们玩起来比弟子还要胡闹。久而久之，百花谷弟子参加花灯节就成了一种习惯。"

舞媚轻叹了下，捡起一朵合欢花胡乱拨弄："有时候倒觉得，修仙者没有凡人过得浪漫。"

衡玉笑起来："只不过是大家志不在此罢了。"

修仙者求道问长生。而凡人短短百载寿命，他们不得长生，那就要用另一种方式，来让这短短百载人生变得精彩。

"那你明晚去玩吗？反正你的伤看起来已经恢复不少，能够自由活动了。"

衡玉莞尔："当然要去，要提前准备什么东西吗？"

她要长生大道，也要享受这人世精彩。二者兼得才叫逍遥。

"来来来，我给你介绍！"舞媚兴致勃勃地介绍起来。

围着花灯闹了一晚，第二天天色拂晓，衡玉一行人慢悠悠地从镇子步行回宗门。路上偶尔会遇到其他熟悉的同门，众人相互打招呼，然后凑在一块儿走。

快到山门时，他们已然会合成了一大群人，浩浩荡荡的格外热闹。如果不是众人都穿着极富百花谷特色的服饰，远远看去，还以为是什么门派要来攻打百花谷。

"墨主，早啊。"迟与一位熟悉的少主打招呼。

衡玉记忆力不错，慢悠悠道："其他几个少主都瞧见了，倒是慕主，她昨晚没去镇子上玩吗？"

听到衡玉的话，迟扭头看向她解释道："是因为顾长老的事情。身为顾长老的亲传弟子，慕主经常与他接触，身体沾染了些许邪魔之气，现在暂时在她的院子里禁足，得等无定宗那边来人帮她净化体内的邪魔之气才能出来。"

原来如此，衡玉能理解。

她与顾续没有过什么接触，都能被顾续在身体里种下邪魔之气，慕欢这个杵在跟前的弟子怕是更惨。

一行人说说笑笑，在试炼台分道扬镳，各自赶回自己住的山峰。

才刚推门走进自己的院子，一道白色的身影如闪电般腾空而起，飞快地钻进衡玉怀里。

衡玉伸出手稳稳将小白抱住："你什么时候醒的。"

得知小白也才醒不久，衡玉乐道："我先去沐浴，再带你在周围逛逛，以后你就一直住在这里了。"

它受的伤比衡玉还严重不少，但神兽体质特殊，恢复速度居然比衡玉还要快上数倍。不过大半个月的工夫，小白就已经可以下地活蹦乱跳。

神兽动辄有数千年的寿命，小白现在还是一个幼崽。

以前在秘境，它都是安静地缩在情女怀里陪她。如今到了百花谷，有一堆年轻弟子哄着它，用各种丹药灵植和糕点水果来诱惑它，小白天天在外面跑来跑去，晚上回到院子里，衡玉都要帮它清理身上的毛发。

"在这里待得开心吗？"衡玉笑得弯起眉眼。

小白咕咕咕地喊了好几声。

"开心就好，以后长大了要好好守护这里。"衡玉声音温和得像是在哄骗它一般。

小白用力点头，像是在许诺般。

"乖徒弟，你真是越活越回去了，居然在光天化日之下哄骗一个灵智还不高的神兽！"

一道懒洋洋的声音非常突兀地插进来。声音里带着浅浅的沉痛，似乎是在感慨她怎么堕落到今天这地步的。

衡玉抱着小白站起来，隔着木栏望向院子外："师父，你终于醒了！"打开院门，衡玉快步走到游云身边，莞尔一笑。

游云只穿了身单薄的里衣，唇色苍白得毫无血色，但他笑意盈盈，依旧像以前一般漂亮："睡了一两月，也是时候醒了。就是未来几十年，你家师父我都得当个吃丹药的病患。"

元婴后期修士的大道之伤可不是开玩笑的，不好好养伤，怕是再难有所突破。

"没事，你又不是吃不起。"

他刚刚那番话的重点是这个吗？！想要表示自己的气愤，于是游云直勾勾地盯着衡玉，眼里挂满哀怨。

"师父，你眼睛也受伤了？"

游云："……混账东西！"

衡玉嫌抱着小白太累，干脆把小白递到游云怀里。小白不是很乐意，扯住她的袖子。一人一兽拉扯之间，衡玉的手腕露了出来，手腕上佩戴的那串铃铛手链也映入游云眼底。

游云起初没在意，但他觉得手链上那颗红色珠子有些奇怪，就多盯了几眼，问道："混账徒弟，你这红珠子不是法宝吧？"

"就是普通的宝石。"游云用他常年帮漂亮女修挑礼物的眼光打赌，这东西绝对不是宝石，"看着很奇怪，给人一种廉价感。"

"师父！"衡玉的声音刹那间冷淡下来。

游云茫然抬眼，后知后觉地意识到什么："这是那个圣子送的……好吧，我刚刚那番话说得是重了些。不过我必须得感慨，无定宗的禅修真的很节俭，他们宗门的家底肯定是靠着节俭攒起来的。我们百花谷没人家有底蕴，就是因为平日里过得太奢靡了些。"

说到后面，他忍不住嘀嘀咕咕。那番鬼鬼祟祟、指指点点的模样，直看得人牙痒痒。

衡玉腹诽，她师父真的是伤到了大道根基而不是脑子吗？

"师父，你快回去好好休息吧，这伤得已经神志不清了，再不好好养着，以后就要永远保持这智商了。"

被这么嘲讽一句，游云简直要气炸，这小没良心的，他冒着生命危险去救她，好不容易醒过来，没夸他的英姿就算了，现在居然还在骂他！

正想好好教训衡玉一番，游云一拍额头："我说这红珠子怎么这么奇怪，它不就是相思果吗？"

相思果，是沧澜大陆特有的一种植物。它的寓意和红豆一致，外形也和红豆相似，不过两者之间还是存在差别。相思果外表圆润，果实坚硬，若是和一堆红珠子堆在一起，一时之间完全无法把它辨认出来。

感慨完后，游云嘴角一抽，反驳道："不对，我认错了，这就是普通红宝石。哎，它们二者太像了，连你师父我都看走了眼。"

衡玉微微一愣，没理他后面半句话，垂下眼摩挲着手链正中央那颗相思果。

瞧着衡玉在出神，游云连忙喊道："哎，不要在意这个，来来来，快把它抱走，为师现在娇弱得像个花骨朵一样，不能长时间承受这种重量啊！"

衡玉的所有惆怅情绪都被她师父击了个粉碎。她哭笑不得，默默将小白抱过来，抚摸着小白脊背上柔软的毛发。

衡玉最近闲着没事做，伤势没恢复又不能修炼，之前在秘境里看了太多古籍，暂时也不是很想看书。

这天清晨，她穿了身方便行动的衣裙步行下山，打算在百花谷里随意走走。路过合欢树林时，她发现有十几个外门小师妹在采摘合欢花。她们每个人胳膊上都挽着一个篮子，篮子里装着或多或少的合欢花。

"你们采摘这东西来做什么？"衡玉上前问道。

"洛主。"小师妹们认出她来，眼睛亮亮地向她行礼。

每个人都高高兴兴地开口向她解释。通过她们七嘴八舌的介绍，衡玉总算理清楚现在的情况，这些师妹们是接下了任务，要采摘合欢花回去炮制成合欢香。

衡玉觉得自己一定是太无聊了，不然她不可能会跟着师妹们一起采摘合欢花，还让她们教她怎么炮制合欢香。然后衡玉心满意足地学到了一门高大上又并没有什么实际作用的手艺。

"洛主怎么会对这个感兴趣？"有师妹问道。

衡玉道："就是突然心生好奇，反正学这个很容易，不耽误什么事。"

修士拥有漫长的寿命，这就意味着，她可以在很多也许没什么用却很有意思的事情上花费时间，而不会苦恼自己是在空耗年华。更何况，这也是她磨炼心志的方式。

等到把所有的合欢花都炮制成合欢香，衡玉与几个师妹道别。走之前，她们还强行给衡玉塞了两瓶合欢香，美其名曰"纪念品"，衡玉笑着收下。

走到试炼台时，有道熟悉的声音从台阶上方传来："我正想去宁榆峰寻你。"

衡玉顺着声音来处看去，瞧见那熟悉的容貌后，眉梢微微一挑。

是了缘。看来他就是无定宗那边派过来帮忙的人。

确定来人是他时，衡玉还是忍不住隐隐地生出几分失落。

了缘迅速从几个百花谷女修手里脱身，三步并作两步，大步流星地走到衡玉面前，满头大汗地讪笑道："百花谷的师妹们真是热情得很。"

瞧见衡玉快速后退避开，他哈哈大笑起来："你这样真是太伤我心了，能不能学学百花谷的其他师妹们，你看她们对我多热情啊。"

衡玉莞尔："你喜欢啊？"她朝远处那些悄悄在周围打量的师妹们招手，"师妹们，快些来让圣子感受一下我们百花谷的独有文化。"周围的师妹们都知道衡玉在开玩笑，但也不介意顺着衡玉的话上前。

"……你太狠了。"他的眼里写满委屈，"如果是了悟师兄过来，你也会让他感受百花谷的独有文化吗？"

衡玉无辜地摊手："会啊。不过那时候不需要师妹们，我可以亲自上。"

说完，衡玉直接转身离开试炼台。她觉得自己还是尽快回去沐浴换衣服为好。

"欸——欸——洛主——

"洛衡玉！"

身后，了缘的呼喊声一阵接着一阵，但衡玉头也没回。

回到院子里，衡玉才知道自己身上的味道到底有多浓郁。

素来喜欢钻进她怀里的小白嫌弃地跑去游云的院子，不乐意和她待在一起，对于这种现象，衡玉只能唏嘘世风日下，一只神兽也活得如此现实。

沐浴完后，衡玉披散着湿漉漉的头发盘膝坐在窗边，慢悠悠地用干发布绞干自己的头发。这就是没有灵力的不好，想弄干头发只能用最原始的方式。绞了一会儿，衡玉又笑了下。在幻境时，她也是没有灵力的，只是那时候衣来伸手饭来张口地被人伺候着，所以从来没有觉得不方便过。直到现在需要自己动手，她才觉得种种不便。好不容易把头发弄得半干，衡玉走去隔壁院子把小白接了回来。

她抱着小白，用指骨狠狠敲了下它的额头。小白咕咕咕地叫起来，表示自己刚刚真的很无辜。回到厢房，小白想要睡觉，看着衡玉坐在窗边吹风，它便坐到床榻边盯着她。

百花谷内部因为出了叛徒，现在是隐患重重。所以即使了缘只是个结丹初期修士，百花谷掌门也决定亲自招待。彼此交谈一番后，掌门才离开，让迟代表他接待了缘。

舞媚这边消息很灵通，一得到消息就跑过来找衡玉。她踏进衡玉院子的时候，衡玉正在捣鼓着用合欢花酿酒。

"你还真有闲情逸致。"舞媚感慨。

"反正现在也没什么事做，就当是炼心了。"衡玉用手帕抹干净手，侧头去看舞媚，"你这么急匆匆过来有事吗？"

"我是想告诉你，无定宗的人过来了。"衡玉平静地点头。

舞媚升起戏谑之心："你不好奇是谁来了？以那位对你的用心程度，万一他亲自带队前来怎么办？"

"我昨天傍晚在试炼台那里遇到了缘了。"

舞媚闻言也不再逗衡玉，迈步走到衡玉对面坐下，脚踝处戴着的铃铛发出清脆的撞击声："为什么来的人会是了缘圣子？"

"有很多理由是他过来。"

"那了悟不来的理由是什么？"

衡玉的眼睛黑白分明，以至于眼里的情绪能轻易被人读懂。

舞媚看到她眼里泛起淡淡水色，然后听到她说："因为他觉得我不想见他。"说这话时，衡玉的声音很轻，轻到仿佛飘在空中，无法落到实地。

舞媚张嘴欲言，但突然发现自己失去了说话的能力。

半晌，舞媚艰涩地开口："那你想见他吗？"

衡玉眨眼，狡黠一笑，仿佛之前的失态全部是舞媚的错觉："这个问题嘛，不便细言。"

"这是什么意思？"

"意思是，你别打扰我研究怎么用合欢花酿酒可以吗？我很忙的。"

舞媚："我呸，你现在可是一等一的闲人，居然也好意思说这种话。"这理由找得也太敷衍了，就不能走点心吗！

衡玉微微一笑，诚恳而认真道："没骗你，我真的很忙。酿完合欢酒后我还得学习一下怎么编织手链，然后还得往凡间走一趟，想想就觉得很累人。"

封印地这两天来了一批新的禅修，总共有八人，全部都是筑基期修为。

圆苍派他们过来，主要是想让这些年轻弟子见识一下邪魔之气，增强他们的危机意识。与邪魔的斗争还在继续，身为禅门弟子绝不可懈怠不前。他们的年纪都不大，性情虽然比同龄人沉稳，但还是喜好热闹。自从他们到来后，这清冷的大殿就添了几分热闹。

了悟的生活节奏倒还是和以前一样。他在这里待了近七年，早已习惯了这般按部就班的生活。

这天清晨醒来，了悟整理桌案上的经书时，有一张薄薄的纸片从经书夹层里掉落下来。

他原本以为是自己不小心插在里面的，弯下腰捡起来，随意瞥了眼，直到认出上面那不是他的却也熟悉的字迹后，平和的脸上多了几分淡淡的笑容。

正好今日经文已经诵读完毕，了悟走到窗边，伸手将窗户开到最大，让外面的阳光尽量透进来，这样室内能够尽可能亮一些。

风趁势吹进来，惹得窗台上那盆君子兰的叶片胡乱摇晃。

了悟摸了摸这盆生长得越来越好的君子兰，才绕去墙角，往香炉里投了一小块雪松香料。

等院子再次安静下来后，了悟推开厢房门，从门边寻出扫帚，慢慢走去清扫院子里的落叶。

了缘很忙。

他和几个师弟抵达百花谷，还没来得及好好休息，就陷入了忙碌之中，每天早出晚归帮着百花谷净化潜伏在各个角落的邪魔之气。

不过净化邪魔之气这种事是他做习惯的，所以也不觉得累。唯一让他不适应的是百花谷的师妹们热情得如狼似虎。他虽然修习因缘禅，但也只是享受贪嗔痴念，面对那些明示到了极致的热情，他还真有些吃不消。到最后，了缘只要远远一瞧见百花谷的女修，就绕道走。

这番趣闻在百花谷里传开后，结丹期的师姐全部跑去堵了缘，就连几个性子顽劣的元婴期女长老都跑去凑热闹。了缘被她们的热情吓得直接惊呆，连夜跑去找百花谷掌门求助。最后百花谷掌门哭笑不得地露面，提醒众人适可而止，这个现象才慢慢消失。

等了缘好不容易闲下来时，百花谷已经飘起鹅毛大雪。了缘披着身灰色斗篷，撑着伞慢慢走在雪里，一路来到宁榆峰，停在衡玉院门前，轻叩几下门，木门便自动打开。

他走进温暖的屋子里，收起手中的油纸伞，含笑问抱着个汤婆子坐在椅子上的衡玉："特意传讯让我过来一趟，是有什么要事吗？"

"想和你讨论下测魔阵法。"衡玉的伤势已经彻底恢复，她懒洋洋地倚着墙壁，朝了缘笑道。

在时间加速阵法里钻研了六年，回到百花谷后又研究了将近一年时间，她对测魔阵法的研究已经取得了实质性的进展。她觉得，自己距离成功只差最后那么几步。只要成功走完这几步，简化版测魔阵法就能顺利制作出来。

了缘经常来衡玉的院子做客，他一进来就非常自来熟地动手泡茶。没过多久，浅淡的茶香在室内弥漫开来，沁人心脾。了缘倒了两杯茶，推了一杯到衡玉面前，问："你研究到什么程度了？"

衡玉递了个册子给了缘："我的研究成果都在这里。"

了缘随手翻看起来。一开始，他还看得颇为漫不经心。但当册子翻看到一小半，他的脸色一点点变得凝重。到最后，他近乎愕然地盯着衡玉。

"这才短短几年时间，你怎么就在这上面取得这么大的进展了！"

知道时间加速阵法的就只有那么几个人，衡玉轻笑了下，抬手别头发，做出十分低调谦虚的样子："这小小阵法于我不过是信手拈来，几年时间还不够吗？"

"你是想让我给你提些建议？"

"对，我遇到了瓶颈，想看看你能不能给我提供些思路。"

了缘拧起眉来："你这个进度太快了，我需要好好研究一段时间再给你答复。"

"没关系。"衡玉点头，她等得起。

两人不再说话，静坐着一块儿欣赏着窗外的雪景。静坐片刻，了缘率先出声打破沉默："我昨日收到师父的信了。"

衡玉转头凝视他，她的眉梢带着淡淡的清冷，目光十分安静。

"只有师父的信。"了缘说。

衡玉又继续盯着窗外的雪景。

"我总以为他会悄悄给我寄一两封信来，打听打听你的近况。"了缘语气有些复杂。他倒不是挑拨，纯粹是没想到自己来了百花谷大半年，了悟居然真的一封信都没给他写过，也不曾问过眼前这位姑娘分毫。

衡玉眨了眨眼，没动。就在了缘以为她不想讨论这个话题，准备另外讨论其他事情时，衡玉轻声开口："他只是比较傻。"笑了下，衡玉补充，"挺可爱的，不过也挺自虐的。"

了缘真的要搞不懂这两人了，他主动开口试探："那你要给他写信吗？我可以帮你传给他……"

"我一直在犹豫要不要改变现状……因为我也不知道改变现状后会出现什么后果。"

衡玉轻轻开口，与其说是在和了缘对话，倒不如说是在自言自语。

"现在我的心里有个天平，它更倾向于不改变现状，除非另一边天平不断加筹码超越这边，不然……还是保持现状吧。"

事情发展到现在，早已经不受她的控制。她自己也不知道做出不同的选择后，她和了悟的命运会各自走向哪里，所以她不敢轻易迈出那步。

过了好一会儿，了缘再次开口，转移话题道："十天后你们的内门任务评定就要开始了，对吧？"

"对，剑灵已经苏醒了。"

"看来百花谷又要热闹起来了。"

内门任务评定，算是近来百花谷难得的热闹事。

藏经阁畔，漫山遍野的红梅盛开，为这片雪色添了几分艳丽。

衡玉抱着小白走到藏经阁时，瞧见这片美景，忍不住勾唇轻笑了下。

舞媚乘坐仙鹤落到地上，往前迈了两步，走到衡玉面前："我还以为你今天要踩点出门。"

近来衡玉性子愈懒，每次她约衡玉出门，对方都是踩着点姗姗来迟。

衡玉把小白递给舞媚，她垂下眼，认认真真地帮舞媚系好斗篷上散开的铃铛："今天阳光还挺暖和的，就早些出门，抱着小白晒晒太阳。"

舞媚流氓一样地吹了声口哨："洛主，你真是越来越贤惠了。"

衡玉不理她，转身走到距离自己最近的梅树底下，踮起脚从树梢上折了枝红梅放在手里把玩："好了，我们该到藏经阁上面等待了。"

登顶之后，衡玉两人挑了个角落，安安静静地等待着评定正式开始。

漫长的等待之后，一道悠远的钟声在藏经阁内部响起，经过扩散后响彻天地。

无数百花谷弟子仰头，望着浮现在藏经阁上方的剑灵，纷纷掐诀行礼，以示自己对剑灵的恭敬。

　　慕欢，结丹初期，内门任务：攻略玄宗掌教亲传弟子道卓。

　　任务状态：完成。

这两行金色字迹浮现在藏经阁上空，过了几息才慢慢消散。

慕欢将自己的玉牌收好，默默退下去。她性格素来刁蛮娇俏，但自从顾续的事情曝光后，她被宗门严加看管了一段时间，性子里的高傲收敛不少。

走回角落，慕欢两手抱胸，靠着石壁，神情有些恹恹的。其他弟子还在接受检验，她却已经没有心情再去关注。一个红彤彤的灵果以迅雷不及掩耳之势，直直砸向慕欢脑门。她刚刚在走神没有注意，险些被砸了个正着，手忙脚乱才将灵果接住。

"你这是闹哪样呢？内门任务完成了也不高兴？"

衡玉和舞媚相携而来，走在前面的衡玉伸了个懒腰，随口问道，语气充满调侃。

"没什么。"慕欢随意摇头。

"我还以为你的任务会失败了呢。"舞媚轻笑。

一听这话，慕欢顿时抬眸瞪舞媚一眼，气势汹汹道："你居然敢小瞧我！"

"哎，就是这样嘛，还是习惯你整天像只炸毛的母鸡一样，这么意志消沉，真是看得人牙酸。"舞媚勾唇，无辜地说。

慕欢："你——"

"宗门前段时间对你严加看管，是因为你身体沾染了邪魔之气。现在你体内的邪魔之气已经差不多被净化了，到时候一切都会恢复常态。"

衡玉扬眉浅笑。她的眼睛黑白分明，当她认真凝视一个人的时候，对方很容易从她眼里看到灼灼的烈日骄阳。那团火色点燃她的容貌，以至于她整个人美得惊心动魄。

"你以为一个精英弟子是这么好培养的吗？肯定不可能随随便便就放弃啊。"

慕欢跺脚："你们——"她迟疑了半天，耳垂可疑地红了起来，嘟囔道，"安慰人就不能换个好点的方式吗？我刚刚还以为你们是过来对我冷嘲热讽的。"

这段时间，她的处境可算不上好。在百花谷里，十大少主的位置也是会变动的，舞媚和衡玉的位置明显稳固得很，只有她岌岌可危，可不是就被一些人盯上了。

舞媚连忙撇清关系："我们又不是朋友，当然是过来对你冷嘲热讽的了。"

衡玉笑了下，没开口说什么，她觉得挺好玩的。

目前来说，她和舞媚的关系越来越好，两人性情格外相投。她对迟、墨主、慕欢等人也并无厌恶之情，和他们相处起来不像是可以交心的朋友，倒更像是开启互损模式的损友。

随意瞥了眼藏经阁大门方向，衡玉说："到迟了。"

　　迟，结丹初期，内门任务：攻略缥缈宗圣女陆芙。

　　任务状态：失败。

"居然失败了？"衡玉诧异道。

"不奇怪。"舞媚神情有些晦涩。没等衡玉开口问什么,舞媚挥挥手:"轮到我了。"她越众而出,快步走向藏经阁大门。

舞媚,结丹初期,内门任务:攻略剑宗首席弟子俞夏。

任务状态:失败。

瞧见这两行字样,衡玉眼睛微微眯起。当时在秘境里,她瞧着舞媚和俞夏之间颇有默契,居然到这种程度了还会失败吗?

等舞媚从人群中退回来,衡玉问道:"为什么你会失败?"

舞媚莞尔,抬起白皙的手别了别头发。腰肢舒展时,她衣摆上挂着的铃铛丁零作响:"你是不是从来没研究过任务成功与否的评判标准。"见衡玉摇头,舞媚并不意外。她抬眸眺望远方,轻声说:"内门任务一共分为天、地、玄、黄四个等级。后三个等级,只要能让对方对自己用情至深就能成功。但想要完成天级任务,还需要一个额外的附加条件。"

不知道为什么,在听到舞媚这番说辞时,衡玉莫名觉得喉间干涩。她别过头,学着舞媚的动作眺望被雨水洗过的碧天:"需要什么条件?"

舞媚没有回答,她只是很复杂地看了衡玉一眼:"你拿到的是天级上品任务,这在百花谷史上是头一次。这么艰难的任务,你觉得你能完成吗?"

衡玉:"如果没有那个附加条件的话,我觉得还是很有把握的。"

"不,"岂料,舞媚推翻了她的说辞,"就算有那个附加条件,你也会成功。所以,知道那个条件与否,对你而言并没有必要。"

"是没有必要知道,还是你觉得知道了,会让我的心绪混乱?"

舞媚垂下眼低低地笑出声,笑得妩媚入骨。她看向藏经阁大门方向,推了身边的衡玉一把:"快去吧,要到你了。"

衡玉在原地静默片刻,苦笑了下,越众而出,向藏经阁走去。

其实舞媚的话很有道理。那人捧着一腔深情到她面前,爱得太深太重,她知道得越多,就会越难忘却那人。可是假装自己什么都不知道……

藏经阁门边,掌门负手而立。其实像这种事原本并不需要劳烦他亲自露面,他这回亲自主持,主要还是因为这一年里百花谷颇有些人心惶惶,他得站出来安定弟子们的心。

衡玉走到光幕前时,先掐诀向掌门行一礼,这才抬手,取出腰间的玉牌递入光幕里。

洛衡玉,结丹后期,内门任务:攻略无定宗圣子了悟,令其动情,破其道法金身。

任务状态:完成。

两行金色字迹缓慢地在半空中成形,百花谷藏经阁前,万籁无声。

即使百花谷众人私底下都知道洛主已经成功攻略了那位了悟圣子,但看到这一幕,还是很难不震惊。那位可是禅门之光啊!

这个消息一旦传出去，整个沧澜大陆的人都要为此而震动。

藏经阁前有一块巨大的石碑，上面会实时记载倾慕值在前一千名的弟子名字。

衡玉的倾慕值原本只有三万出头，排在两百名以后。但这两行字迹出现后，石碑之上，她的倾慕值猛地增加十万，名字直接化为一道金光往前飞跃，最后慢慢减速，安静地定格在第二名的位置上，仅在迟后面。

她看着掌门，抿了抿唇后艰涩开口："掌门，我想请问，完成天级任务是不是有一个附加条件？"

"是的。"掌门点头。

衡玉行礼："可否请掌门告知我。"

掌门的眉心微微拧了起来，略一迟疑后，他平静地出声："评判条件是一句诗：'长相思兮长相忆，短相思兮无穷极。'其实很好理解，让对方为自己受尽相思之苦。"

衡玉睫毛颤了颤，有霜雪在她睫毛尾端凝结。她觉得身体有些冷，于是下意识抱紧手边的归一剑。但归一剑是以冰髓石为主料打造而成的，当剑身贴近她时，寒意自剑身透过来，她忍不住深深打了个冷战。

雪越下越大。

舞媚和慕欢两人正拌嘴拌得起劲，瞥见衡玉神情恍惚地走回来，舞媚心中一惊，快步走到她身边，抬手一碰她的脸颊，冰凉得很。

"你怎么了？完成内门任务多高兴啊，我过几日就要被抓去接受惩罚都没你这般失态。"

衡玉用力揉了揉眼睛，将睫毛上凝成的细碎霜雪揉掉。那些霜雪触碰到她温热的手心，迅速融化成水，于是她明净的眼里就迅速添了几分水色。

"只是在想些事情罢了。"

小白咕咕地叫着，用厚厚的肉掌抓着衡玉的裙摆。

衡玉弯下腰来，轻轻将它抱起，把它毛发上的积雪全部拍掉："我先回去睡会儿。"

"你这是——"舞媚还想再说些什么，但话刚出口，就被慕欢扯了下。

"你扯我干吗？洛主的状态明显不太对劲啊。"舞媚奇道。

"入我相思门，知我相思苦。我刚刚注意到她和掌门在对话，可能是知道隐藏条件了。"

舞媚和迟两个人在接受任务失败的惩罚，衡玉岁月静好，生活节奏和以前没什么区别。偶尔有热闹事，一些小师妹就拽着她出去玩。慢慢地，连慕欢这个娇纵的女人也加入了进来。

了缘还是忙着净化邪魔之气，时不时过来找衡玉，和她继续推演测魔阵法。因为感觉到离成功越来越近，两人的讨论热情都很高。

这天，了缘靠在梧桐树干上，懒洋洋地看着坐在秋千上的衡玉。等衡玉玩够，他才开口道："百花谷里的邪魔之气已经净化得差不多了，我打算抽空在南州传播道法。"

"挺好的，这不就是你一开始的打算吗？"

了缘轻笑着点头："只是这样一来，我就多了一项分神的事情，没办法陪你钻研阵法了。"

衡玉说了句"无妨"。等了缘走后，玩得浑身都是灰尘的小白跑到衡玉面前，跃到秋千另一半空着的地方蹲下，示意衡玉摇动秋千。

衡玉慢慢地晃着秋千，从储物戒指里取出一支笛子吹奏起来。笛音原本轻快而悠远，但衡玉的余光扫到手腕那颗相思果后，笛音就不自觉地低沉下来。

封印地最近下起雨来。

雨水淅淅沥沥，砸在地上时已经没什么力度，但下久了，平整的地面也被雨水砸得坑坑洼洼。

明明是白天，可室内还是得燃着烛火，了悟倚在软榻上借着明亮的烛火翻阅经书。看了许久，许是觉得眼睛疲倦，了悟缓缓合上经书。他将经书放回到书架上时，看到了挂在墙壁上的青色笛子。

他来了兴致，取下笛子走到屋檐底下，在淅淅沥沥的雨声中吹奏出一曲绵远的曲子。

衡玉在宗门待的时间久了，就觉得无聊，琢磨着是不是该离开宗门去凡间晃悠晃悠。

顾续在她身上留下的印记已经被彻底磨灭掉，以她的修为，只要不像当时一样倒霉地撞上顾续，基本不会遇到什么危险。

在衡玉思考着出行计划时，了缘过来找她。

听了她的想法，了缘眉眼染上笑意："我帮你决定吧，去灵观城。"

灵观城的美食在南州是一绝，衡玉自然听过这个城镇的名字。

只是，她瞧着了缘唇角的笑，总觉得对方不怀好意："为什么会突然想到这个城镇？"

了缘拇指食指交错一打，将折扇打开。他用扇面遮挡住自己半边唇角，笑得如狐狸般精明："因为我过两日打算去灵观城开坛讲法，这不是正好顺路吗？"

见衡玉不说话，他连忙抓着衡玉的胳膊摇来摇去："说好了，我们一块儿去灵观城，不许中途变卦。"

衡玉以一种一言难尽的表情盯着了缘："谁和你说好了，而且你这副做派不幼稚吗？"

了缘用折扇敲了敲衡玉的肩膀，不满道："好看的人幼稚起来还是一样地好看，请洛姑娘注意你的用词。"

衡玉被"洛姑娘"这个称呼逗笑。她别开眼，看着窗台上摆着的那盆牡丹花，懒得搭理了缘。

不过两天后，她还是非常实诚地跟着了缘、了念几位禅修一块儿离开百花谷，直奔灵观城而去。

灵观城真的很热闹。这是南州比较大的城镇之一，因为是以美食为主的城镇，城中居住着很多凡人。衡玉一行人排队进入城中，直接在城中最好的酒楼里找了几个房间住下。

衡玉的房间在三楼最里侧，房间收拾得很干净，桌面上摆放着一盆君子兰。

瞧见这盆君子兰，衡玉有些诧异，走过去用指尖拨弄它。拨弄得出了神，没注意到了缘是什么时候站在门口的。

直到了缘轻咳两声，衡玉才慢慢回过神来："你怎么过来了。"

"我从明日才开始传道，现在正好有空。你如果想出去逛逛，正好能陪你。"

衡玉没有推辞这份好意，她轻笑着道："好啊。"

他们沿着一街漂亮的灯笼往下走，走到了河边。

这时候天色已经暗淡下来，不知道是谁在河边放花灯，一盏接着一盏的花灯从河流上游漂下来，在水面上连成一片。

天上星光暗淡，地上灯火明亮。

注视着这片花灯，衡玉心里有什么东西破茧而出。她猛地转身，看向安安静静地站在不远处等待她的了缘，微笑起来。

这抹笑容有些浅，但落在这片夜色里，就成了雾里的花灯，惊人地灼眼。

"为我心中的天平再加个砝码吧，告诉我，我缺席的那六年时间里，了悟身上到底发生了什么。"

了悟其实很少做梦，因此那位姑娘很少入他梦中。

昨夜他倒是难得做了个梦。一个美梦。

因此，即使一早醒来时发现外面下起滂沱大雨、电闪雷鸣，天气十分恶劣，也丝毫不影响了悟的好心情。从床上坐起来时，他发了好一会儿的呆，唇边带着淡淡的笑意。

直到觉得时间差不多了，了悟掀开被子从床榻上起来，先点燃室内的烛火照明，这才去洗漱。洗漱完后，他穿上衣袍，临出门前又折返回去，往香炉里投放一小块雪松香料。

他已经越来越习惯雪松的味道，现在点燃香料，等他从大殿回来时，室内的雪松味道会很浓郁。

了悟打开厢房门时顺手拿起搁在墙角的伞，他将伞撑开，冒着这滂沱大雨赶去大殿。最近宗门杂务增多，师弟们全部回了宗门，这封印地又只剩下他一人，所以他需要承担起每天为大殿点燃香烛的事务。

雨太大了，外面又在刮风。

雨水全部斜落下来，不听话地打在了悟的衣摆上。等他赶到大殿时，下半身的衣服已经被雨水打湿得差不多了。他连忙把伞收起来，抖落伞上的雨水，将它放在墙边角落。然后先用灵力烘干身上的衣物，确定自己恢复整洁，这才迈步走进大殿，从左手边开始，依次更换炉里的香烛。

慢慢地，大殿变得明亮起来。

了悟跪坐到蒲团上，开始每日的早课。但不知道是不是因为天气的干扰，他有些集中不了注意力，早课做得磕磕绊绊。好不容易完成今日的任务，他再次从蒲团上起身。

之前的香烛已经燃烧殆尽，了悟重新更换了一批。他在心里估算着时间，打算先回厢房里小憩片刻，迟些再过来更换香烛。

走出大殿，了悟才发现雨下得更大了，天色也越发昏暗。

地上早就积了成片的雨水，黄泥地面泥泞不堪。等了悟接近厢房时，衣摆再次湿透。这一回更是狼狈，泥水飞溅起来落在他的衣袍后摆上，灰色的后摆上都是星星点点的黄泥。

看来等会儿还得烧些热水沐浴。了悟心下想着，进了院子的拱门，视野顿时开阔起来。

就在这时，闪电凭空在院子上方炸开，于是黑色的天空被白光照亮。借着这片白光，了悟看到一道窈窕的背影。

那人似乎是察觉到他回来了，撑着伞缓缓转过身来，说："这是寺庙吗？怎么没设门？我直接进来后，瞧着这里有烛光，想着这应该是你的院子。没想到前脚刚走进来，你后脚就回来了，还真是巧。"

了悟没说话。他没动，就静静地看着眼前的姑娘。

一点点，一寸寸，直看到闪电消逝，天光再次暗淡下来。感谢觉者，他的美梦成真了。

狂风骤雨席卷着庭院，这里一片狼藉，雨声嘈杂得很。

衡玉撑着伞站在那里，裙摆被打湿贴在腿上，露出来的鞋面沾有不少泥巴，披散在脑后的头发被风吹得凌乱。

了悟盯着她看了很久很久。慢慢地，他收起所有思绪，轻笑了下。

他看着她的神情，就像是在看一个远道而来的故人，有久别重逢的欢喜，却节制有度。

"怎么过来了？"他问。大概是很久没怎么开口和人交谈了，他的嗓音有些沙哑。

衡玉平静道："我打算在沧澜大陆到处游历一番，寻找突破至元婴期的契机，正好过来看看你。"

其实她想说的是，她想见他。但看着了悟这副平静的模样，想起这两年里他从未给了缘去过一封信的决绝，衡玉默默换了另一种更为生疏的答案。

"什么时候走？"

"……"

"怎么了？"了悟又问了一声。

"看什么时候雨停吧。"衡玉将伞抬起来些，仰头去看倾泻下来的暴雨。

了悟顺着她的目光看去，沉默了一会儿，他指着对面的一间厢房："这间厢房是空的，你今晚在那里歇着，在下给你备热水沐浴。"

衡玉撑着伞要往厢房走。路过了悟身边时，她微微停下脚步："厢房里这么黑，不进去帮我点灯吗？"

了悟点头，自然道："应该的，是在下失礼了。"他率先走到檐下，收起伞时，捏着伞柄的指尖泛起淡淡的白。了悟正要推门走进厢房里，突然低头看了眼自己的衣摆，说："失礼了。"随后用灵力将衣袍烘干。只是这么一来，衣摆处的泥点就越发清晰。

他已经适应了在黑暗中视物，再加上这间厢房又是他经常打扫的，他很快摸出火折子，将桌上的蜡烛点燃。火光将他的身影笼罩住，了悟转头看了一眼两手抱臂倚在门边的衡玉："好了。"他没再说话，右手一抬，示意她走进来休息，他与她擦肩而过，匆匆跑去柴房备热水。

衡玉站在原地，盯着他的背影。

直到他的身影消失在视线里，衡玉才走进有几分潮意的厢房里，将小白从灵兽袋里捞出来。一从灵兽袋里出来，小白顿时高兴地叫了好几声。它无拘无束惯了，特别不喜欢灵兽袋里那种逼仄的环境。但刚一进入封印地，这里就开始下滂沱大雨，小白不想被雨淋湿，只好委屈地钻进里面。

衡玉点了下它的额头："谁叫你不老老实实地待在宗门，非要跟着我出远门的。"小白讨好般地蹭了蹭她的手指。她决定来封印地时，其实是打算把小白留在宗门的。

小白未来成长起来后会成为护宗神兽，衡玉并没有和它签订契约，但这小家伙黏她得很，不乐意被她丢下，僵持之下，她师父直接拍板让她带着小白出门。

哄着小白时，了悟走到窗边，隔着窗户温声道："水备好了，先去洗吧。"

"好。"衡玉说。她站起身，将小白递过去，"陪它玩会儿。"

了悟接过小白，小白刚刚被衡玉捂热，现在到他怀里时，还有淡淡的热度。它记忆力好，还记得了悟，缩在他怀里咕咕咕地叫了好几声。

了悟听不懂它的叫声，只是垂下眼用手指轻轻摩挲着小白的毛。

沐浴的地方距离厢房并不远。

衡玉坐进浴桶前，突然失笑了下。了悟这人表现得像是拿她当一个普通朋友，但这房里只放置有一个浴桶，现在她要用的浴桶分明是他常用的。

连这点都没注意到，接下来他要怎么演下去。

两刻钟后，衡玉穿着单薄的里衣走回来，了悟正站在檐下逗小白玩，并没有走进厢房里坐着。听到身后的脚步声，他慢慢转过头来。衡玉从储物戒指里取出一条干布，慢慢绞着自己的头发："了缘说你要修闭口禅，现在看来他在骗我。你不是挺健谈的吗？"

　　"没打算修闭口禅。"

　　衡玉的心顿时酸胀起来。她抿了抿唇角，走到他面前把小白抱回来，对他说："你也快去沐浴吧。"

　　了悟的视线落在她身上，神情带着几分坚持："洛主，你先进厢房休息吧，别在外面站着。"

　　衡玉不明所以，顺着他的话走进去，顺便将厢房门合起来。瞧着那紧闭起来的厢房门，了悟沉沉地吐了口气，这才快步走去沐浴。等提着新的一桶热水走到浴桶边，看到浴桶里的水时，了悟后知后觉地意识到浴桶的问题。

　　了悟垂下眼，干脆没用浴桶，只是简单用木桶里的水清理身体。

　　他动作极快，换了件干净的衣袍后，就走回到衡玉的厢房门口，抬手叩门。

　　衡玉正坐在椅子上慢悠悠地擦着头发，时不时用手指戳一下小白，跟它抢布偶玩。听到敲门声，她喊了声"请进"。了悟推门进来，说："在下过来给你铺床褥。"

　　"好。"

　　干净的床褥都放在柜子里，了悟将它们抱出来，动作熟练地铺好，又为衡玉理了理床幔。

　　做好这些，他扭头问："还缺什么吗？"衡玉无所谓地回答："不缺了吧。"

　　了悟说："如果缺什么，就过来告诉在下。你远道而来，我自然要尽地主之谊的。"

　　衡玉侧头去看他。

　　"你先好好休息，在下小憩片刻。今晚给你蒸红糖馒头吃。"

　　"只有馒头吗？"

　　了悟的声音不由得多了几分歉意："如今这里只有米面了，不然给你下面条吧。"

　　衡玉不再看他，随口道："都行的，你先去休息吧，我赶路累了，也想歇会儿。"

　　了悟的视线在她身上停留片刻，这才转身离开。他撑着伞回到自己的厢房。一进屋子里，他就先将那堆模仿她字迹的纸张收进储物戒指，随后清理掉香炉里的余烬，打开窗户散去屋子里的雪松香味，再把那盆君子兰也收进储物戒指里。完成这三件事情，他打量着屋子内部装饰，思考着还要拿掉哪些东西。等他将屋子彻底整理好，已经过去了小半个时辰。

　　了悟刚想躺下歇会儿，但想起大殿里的香烛要替换，也不打算睡了，直接打开厢房门要往外走。

　　他这边的厢房门刚开，对面那扇紧闭的厢房门也被人从里面缓缓打开。

　　衡玉抱着小白，站在门内看他，问道："你要去哪里？"

了悟停下脚步，双手合十道："要去大殿走一趟。"

"方便的话我想跟你一块儿过去。"衡玉笑了下。

雨势已经没刚刚那么大了，现在冒雨过去，应该不会被淋湿。了悟想了想后点头道："好。"

等衡玉撑着伞走到他身边时，了悟才发现她头发虽然不滴水了，但还是湿的。他瞥了她一眼，有些欲言又止。衡玉注意到他的视线，抬眸扫了他一眼："有事？"

"怎么不用灵力烘干头发？"

"不滴水弄湿衣服就行，等它慢慢干。"

"会不舒服吧。"

"不会。"

了悟点了点头，不再和她纠缠这个问题，领着她往长廊上走。

衡玉默默跟在他身后，两人距离有些近了，一阵风吹拂过来，她鼻尖闻到淡淡的、熟悉的雪松香。

衡玉睫毛轻颤几下，抬眼看着了悟的后脑勺。

大殿很清冷。

走进里面后，了悟开始更换香烛。衡玉突然出声，声音在寂静到连根针掉落都能清楚听到的大殿里回响："你每天都要做这些事吗？"了悟停下手中的动作，仰头看着觉者的雕像。昏暗的烛光笼罩下，觉者慈眉善目，神情里带着悲悯。

"也不是每天，有其他师弟在的时候就由他们做。"

"我看这里没有其他人。"

"无定宗近来杂务多，他们回去帮忙了。"

衡玉慢慢走到他身边："那你怎么不回去？"

了悟还在盯着雕像："对在下来说，待在哪里都是一样的。"

衡玉突然轻笑了下，她想起她曾经给了悟讲过的那段黄梅戏。

我从此不敢看观音。

了悟终于侧头看向她，眸里带着淡淡笑意："你在宗门里应该待得很惬意自在。"

"是挺令人乐在其中的，你羡慕吗？"

桌案上的蜡烛投下昏暗的光，将了悟的影子拉得非常长。他盯得久了，忍不住后退一步，在蒲团坐下，缩在桌案形成的阴影里面。

"不羡慕，在下也挺喜欢自己现在的生活。"

"是吗？"衡玉又走近了些，弯下腰来，前一刻还平和的眼睛突然亮起来，像是有熊熊烈焰在里面燃烧，"那为什么你直到现在都没突破至元婴期？"

了悟沉默一下，才组织好自己的言语："在下十年前才刚突破到结丹巅峰，这一步，有无数修士花了上百年时间都迈不出去，我并不着急。"衡玉点头："有道理。"

小白似乎是察觉到了悟惹得衡玉心情不佳，它缩在衡玉怀里，朝着了悟张牙舞爪。衡玉没抱稳它，小白直接跳到了悟怀里，用自己厚厚的肉掌拍打他的大腿。

了悟垂下头温和地看着它，任由它在自己怀里玩闹。

衡玉也没制止小白。过了许久，她说："我要走了，我突然想赶回百花谷。"

了悟猛地抬头看她。"小白。"衡玉喊了声，小白倏地一下跳回她怀里。

衡玉用指尖点了点它额头上那个小角说："以后不能再这么胡闹了。"

教训完，她直接转身。但还没走出一步，她的裙摆就被人扯住。其实他并没有用力，但她停了下来。"难得过来看我，多留两天再赶回去也来得及。"了悟的声音认真而缓慢，"虽然总是要走的，但多留两天也是好的。"

入夜后，刚刚减缓一些的雨势又变大起来，雨滴砸在屋顶上，吵得人难以入睡。

桌子上的蜡烛烧得旺盛，衡玉站在香炉边，往里面投入一小块安神香。做好这一切后，她脚步没动，依旧静静地站在原地。

蜡烛的光投照在她身上，她的影子打在窗户上。

对面厢房，了悟正安安静静地坐在窗边翻看经书。他开着窗户，任冰凉的风卷进室内，他的注意力完全不在经文上，余光一直注视着窗上那道剪影。

过了很久，那边的烛火熄灭，整个房间都被黑暗笼罩住。

了悟将经书合上，用冷水净面后决定休息。可躺下后，他翻来覆去睡不着。

改变习惯是一件很困难的事情，这近十年的时间里，他已经习惯伴着雪松香的味道入睡，现在鼻尖只能闻到空气中淡淡的潮味，他觉得有些不适应。

突然，一道用力的敲门声响起，这声音很奇怪，像是有什么东西在用力拍打门板下端。

了悟走去开门，大门刚打开一条缝隙，小白便倏地一下从外面跳到他怀里。它的毛发上沾了些雨水，把他的里衣都蹭湿了。它像是还嫌不够一般，继续胡乱蹭着，似乎是把了悟的衣服直接当成擦身体的抹布。了悟任由它蹭着，愣了片刻，他抬眸看向对面的厢房。

那里安安静静，什么异常都没有。

"你怎么过来了？"了悟轻声地问小白。小白咕咕咕地叫起来，还很用力地拍他的肩膀。

"……她让你过来陪我吗？"小白那黑溜溜的眼珠子转了转，不再叫。

了悟从它这里得不到回应，只好伸手将房门关好。

他找来干净的布，认真地帮小白擦干毛发，才去换了件里衣，抱着小白走回床上，温柔地抚摸它脊背上的毛："睡吧。"小白蹭了蹭他的手指，缩在床榻里侧睡觉。

了悟盯着它看了一会儿，原以为自己会很难入睡，但他闭上眼就慢慢睡了过去。

第二天，了悟依旧在卯时就醒了。

小白还在熟睡着，滚到了被子中间。他将它抱出来放好，便走出去烧水备用。他自己可以将就用冷水洗漱，总不能让那位姑娘也跟着他将就。

水烧得差不多时，衡玉的声音突然从门口传进来："你在干吗？"

"你醒了？"了悟侧头看她。她还是穿着里衣，头发披散着，一副懒洋洋的模样。

了悟温声道："你要洗漱吗？我给你取水。"

衡玉点头："麻烦了。"顿了顿，她问，"昨晚睡得好吗？"

"挺好的，小白很乖。"

"它没吵到你就好。"衡玉走到他身边蹲下，看着他往炉子底部塞劈好的柴火，"柴火是你劈的吗？"

"不是，师弟们来的时候劈好的，我直接用现成的。"了悟用木勺舀了一勺热水，从储物戒指里取出一个干净的盆，将热水倒进里面兑冷，觉得水温应该差不多了，让她先洗漱。

在衡玉洗漱过程中，了悟熄灭柴火，默默走出厨房。风夹着雨扑面而来，了悟站在原地一时踌躇，不知道自己接下来该做些什么。维持平常的生活节奏吗？可她只会在这里多停留两日。等她这一次离开，他赌不准她会不会再来第二次，就连她这一次为什么会过来他都没弄明白。

"站在那里发什么呆？"衡玉隔着窗问他。

了悟回头："没，在观雨悟道法。"

衡玉失笑："你悟的方法真是奇怪。"接着她又说，"不用特意为了我打乱你的节奏，往日你是怎么做的，现在就怎么做。"

了悟压下心底的怅惘，轻笑着点头。他正要往大殿走去，原先还在厨房里的衡玉绕到他身边："闲着无事，我陪你一起，你应该不会介意吧。"

了悟自然摇头。两人并肩往大殿走去。靠得近了些，衡玉闻到他身上的味道变回了檀香。

她眨了眨眼，说："我昨晚想了下，暂时不回去了。如果你不嫌弃的话，我在这里多陪你一段时间。"

了悟骤然停下脚步，注视着她，眼里有流光闪过。

"怎么了？"

"在下怎么会嫌弃。"

衡玉失笑："那就好。对了，如果要多住一段时间的话，我觉得我的厢房太单调了些，你可以短时间离开这里吗？我想让你陪我去镇子上买些日常用品，总得布置一番。"

了悟认真思索片刻："稍等两日可以吗？待在下向师父秉明后再陪你过去。"

衡玉说："我就是个闲人，看着你的时间来安排吧。"

了悟点头。刚往前走了两步，他似乎是想到些什么，又再次停下。

此刻他心中的喜悦再也无法抑制，像是一定要找到什么办法宣泄出来一般。他眼角眉梢俱有光辉，专注地盯着衡玉，问："中午吃面吗？"

"好啊。"

"那红糖馒头呢？"

"也可以。"

"还想吃什么吗？"

衡玉别开眼轻笑。这么长时间不见，为什么这人表达喜悦的方式越来越笨拙了。

"就这些吧，做那么多也吃不完。"

大殿里的檀香味很重。

衡玉盘膝坐在角落，瞧着了悟忙前忙后，他一会儿擦拭雕像，一会将香炉里的灰烬清理掉，一会重新插上新的香。她的眼前突然浮现出那日在河边，了缘提到了悟时的神情。

他有些无奈，又有些讥讽道："他像是修闭口禅一样，除了诵经，一天未必能开口说一句话。他倒是越来越耐得住寂寞与冷清了。"

了缘那日的每一句话，都在让她心中的天平失衡。这个人用温柔而无声的方式，在她心上撬开一个细缝，风直直地往细缝里面灌。她原是觉得这道细缝并不危险，但她在时间加速阵法里待了六年，那六年，如同六十年，她只要闲暇就会回忆起和他之间发生过的一点一滴，直到水滴石穿。

她其实远比她自以为的还要想他，也远比她自以为的更愿为他舍去一些东西。

"在想些什么？"了悟不知何时走到她面前。衡玉眨了眨眼，说："发呆呢。"

"是不是觉得无聊了？"

"当年陪你在三十多个城镇传道时，我可曾觉得无聊过？那时不曾，现在自然也不会。"

了悟踌躇片刻，在她身边盘膝坐下，问道："说起来，一直没问过你，百花谷的诅咒要如何才能够破解？"

"这可是百花谷的不传之秘。"言下之意就是不方便告知。

"是不是很危险？"

衡玉说话时有些漫不经心："还好吧，这件事对宗门这么重要，宗门会尽全力护着我的。"她觉得无聊，就去看他的腰间，并没有看到那块刻成"衡"字形制的玉佩："怎么不戴着我送你的玉佩？"

了悟也低下头去看自己空荡荡的腰间："从秘境出来，有了念珠自然就不需要玉佩了。"

衡玉眼里带了些笑意："那你的念珠在哪里？"如今他的手腕上，并没有缠绕上念珠。

了悟神色就多了几分不自然："放在厢房忘记拿了。"

衡玉莞尔，任由了悟口是心非。

"还有什么要忙的吗？我想去接小白。"

"忙完了，在下带你过去。"

走进了悟的厢房时，衡玉环视一圈。

布局和她住的那间差不多，最里侧放着一张床榻，床榻旁边是素色的木柜子，靠窗位置摆着桌椅，旁边是一个书柜、一张书桌。杂物随意摆着，但看上去并不乱，只是房间里带着几分潮湿的味道。

"你怎么不熏香？"衡玉随口问道。

"忘了。"了悟把半睡半醒的小白从床上抱起来递回给她，又说，"在下去厨房揉面，现在发好面，等午时刚好蒸馒头吃。"

衡玉垂下眼，用力揉搓小白的胖脸，强行把它叫醒："那你去忙，我就不帮你了，我打算在这附近逛逛。"了悟有些担忧："这毕竟是封印地，邪魔之气横行，你不要走太远。"说罢低下头寻找片刻，将一枚令牌递给她，"遇到什么事情直接捏碎它。"

衡玉伸手接过："好。"

封印地被邪魔之气和禅修的血骨浸染太久，生机枯无，草木几乎无法在这里生长。即便有存活的植株，也都带着不祥的黑色。小白看着这些黑色，不安地叫了好久，还扯了扯衡玉的衣服，让她赶紧回大殿去。这个地方，只有那小小的大殿才能给人带来些许安全感。

衡玉摸着它的头，温声安抚道："陪我再逛逛吧，我想看看他待了将近十年的地方到底是怎么样的。"雨还在淅淅沥沥地下着，衡玉往外走了一段路，寻不到落脚点，干脆硬着头皮蹚着肮脏的黄泥水走进去。

在距离大殿大概一里的地方有个小湖。湖里的水也是黑的，看上去像是死水一般，衡玉蹲下身细看，才发现它的确是活水源。

"这段时间我吃用的水，不会都是从这里取的吧。"衡玉说。小白咕咕地叫起来。

衡玉也没站起来，继续蹲着，笑道："你说是他催动灵力凝结出来的？我都没讲究，他倒是先帮我讲究上了。"她蹭了蹭小白的头，"他好不好，你喜欢他吗？……不喜欢啊，为什么不喜欢？难道是觉得他比你可爱吗？"

小白顿时不满地大叫起来。那人怎么可能有它可爱？它可是这沧澜大陆仅存的纯血白麒麟了，这身光洁的白色毛发任谁看了不喜欢！也就她会觉得那个闷葫芦比它可爱！

衡玉大笑起来。这种愉悦的笑声出现在死寂的封印地里，显得格外突兀。

笑够之后，衡玉又说："难怪他这些年越来越沉默，在这个地方，大声说话是一件很奇怪的事情。"

小白叫起来，问衡玉他为什么不离开这里。

衡玉摸着它的毛说："苦修。抛却那些过往的荣光，让更多的荣光加在了缘身上。"

这一句话，她说得很慢，而且每句话间停顿了很长时间。

了悟发好面团后，坐在小板凳上发了一会儿呆，还是没等到衡玉回来。

他在原地踌躇片刻，想着要不要出去找她，但令牌没有消息，说明她肯定没出事。

犹豫了会儿，了悟还是站起身，拎起放在墙角的伞出门。他顺着令牌的气息走到湖边，就看到她蹲在地上缩成小小一团，小白蹲在她怀里，和她一起盯着湖水发呆。

大概是听到了脚步声，衡玉转头盯他几秒后，朝他伸手。了悟轻叹了下，还是伸出自己的手，将她从地上拉了起来："还想去哪里逛？在下现在有空了，可以陪你。"

衡玉说："那就把这周围绕一圈吧。"

"好。"

两人慢慢走着，一路上，除了雨水噼里啪啦的响声，就是他们踩过泥水时的哗啦声。

他们一路上都一言不发，快要绕回到大殿时，衡玉才轻轻开口："又要备水沐浴了。"

了悟说："不麻烦。"

"那要给我另外备个浴桶吗？"

了悟的耳垂瞬间红起来。周围光线太过暗淡，知道她看不清，但他还是有些不自在。

"好，在下回去就给你找。"

"太麻烦了，反正我不介意用旧的那个。就是不知道你介不介意与我共用一个了。"

她说得越是平静，了悟便越是局促。他终是无奈一笑。

衡玉将手举到伞边，看着雨水自伞边滑进她的手心，将她原本干燥的手心打湿："毕竟你我曾为'夫妻'，虽然现在只是友人，但在这方面也可以不拘小节些。"

等了悟愣愣点头，衡玉便笑起来，笑得有几分顽劣，得寸进尺道："那我的衣服怎么办？我不想自己洗，你介意帮我洗吗？"借着微弱的光芒，她心满意足地看到他如玉的脸庞染上红晕。于是她的话音顺势一拐，说："别误会，我只是想让你帮我洗裙子，贴身衣物就不必了。"

"洛主。"了悟无奈地又喊了一声。

衡玉随意道："我在啊。"却不知他已被"我在啊"这句话打动。

是啊。她在就好了，这个温柔艳丽，有时候又调皮顽劣的她在就好了。

"等你沐浴完，直接把裙子放在木盆里吧，在下清洗自己的衣袍时帮你一道洗了。"

等衡玉沐浴出来，吃食刚好出炉。

饭后，衡玉对了悟说："你还记得怎么配置雪松香吗？"

"……记得。"

"等到了镇子上，我们买材料，你帮我多做一些雪松香料好不好？我以后可以拿来用，这些年一直用合欢熏香，我已经有些腻了这种味道。"

了悟点头说好："距离封印地最近的镇子太小了，可能凑不齐足够的材料。那我们到时候走远一点吧，到离这最近的大城镇，那里能够买到我们想要的东西。"

"都听你的安排。"衡玉说，她懒洋洋地打了个哈欠，"我打算再去睡个午觉，你去忙你的吧，下午我们一起下棋。这些年我的棋艺进步非常明显，绝对会让你大吃一惊。"

说到这儿，她又有些不高兴起来："在百花谷里，舞媚和迟他们都不会下棋，我师父是个悔棋高手，和他下棋总是下得一肚子气。了缘棋品不错，但问题是他不思进取，棋艺直接被我吊打。这么寻思一圈下来，我居然一直找不到合适的棋友。"

明知道不应该，了悟心底还是莫名地泛起几分隐秘的欢喜。

"在下陪你。"他如此说道，声音温润如同山间清风，浅淡，却也撩人。

衡玉托腮瞥了他一眼，缓缓道："求之不得。"

第十六章
生死考验

　　下棋，抚琴，泡茶。不再是左手与右手互弈，不再是抚出寂寥而无人倾听的曲子，不再是泡出香醇的茶却只有自己去品。了悟觉得，这两天他过得如坠云端。

　　"终于天晴了。"看着外面那已经略微放晴的天，衡玉穿着一身红裙跳下台阶，来到了悟身边，"我们出发去镇子上吧。"了悟点头应好。

　　封印地非常危险，所以距离这里最近的城镇都在千里之外，他们这回要去的城镇更是距离此地两千多里。二人飞行半天，抵达城镇时已是下午。瞧见城镇周围那些青草绿树，衡玉呼吸着新鲜空气说："你经常从封印地出来，到城镇采购东西吗？"

　　"不经常，师弟们每次过来都会带齐东西。"

　　衡玉对此表示不赞同："偶尔出门呼吸呼吸新鲜空气也是好的。"

　　了悟乖乖点头。衡玉瞧了他一眼，心想这人答应得好好的，但在这件事情上绝对不会听她的。可惜封印地只有他们两个人，了悟不能离开太久，不然她肯定要留他在这里多住几天。

　　"我们别耽搁时间了，去买东西吧。"

　　衡玉走进一个规模稍微大些的店铺，把糖果糕点一类的吃食都置办妥当了。瞧着旁边店铺在卖烟花和灯笼，衡玉让了悟在原地等她，她小跑过去买了一堆。结账时，衡玉瞥见店铺角落摆有几个花灯，她指着那些花灯问掌柜："店铺里还剩多少花灯？"

　　衡玉这身打扮在这个偏远城镇里格外突出，掌柜绝对不是没眼力见儿的人，一听她的问话，当即殷勤回应道："回仙子的话，还剩三十多个。"

　　"我全部要了。"等衡玉买完东西走出铺子，环视一圈，没瞧见了悟。她也没胡乱走动，就在原地安安静静地等着了悟出现。

　　过了好一会儿，了悟抱着一包温热的栗子走回来："久等了。"

　　"你离开了那么久，就只买了一包栗子？"

　　了悟说："还买了些别的东西。"见她没追问买的是什么，只是接过栗子默默剥开，他松了口气。毕竟，他还想给她留些惊喜。两人又去买了些蔬菜。这些东西扔在没有空气流动的储物戒指里，长时间都不会变质，所以可以多备些。

东西买齐后，他们就该赶回去了。

要走出城门前，衡玉扯住了悟的袖子："我们去买两盆花吧。到时候小心护着，以你我的实力，它还是能在封印地里活下来的。"了悟应了声好。这件事是他没考虑妥当，她肯定不会喜欢封印地常年的昏沉。也是，除了那些邪魔，谁会喜欢呢？

两人绕了一段路，终于找到卖花的小摊贩。衡玉一眼就相中了摊子上摆着的那两盆君子兰："就要这两盆。"等小摊贩将君子兰递给她和了悟，了悟低头，用指尖拨弄了下它的叶片："这么长时间没见，洛主的喜好还是从未变过。"

"你变了许多。"衡玉侧头去看他。

了悟抱着花盆边缘的手用力猛了些，指甲泛白失去血色："那你觉得这样的变化算好还是算坏？"

"我怎么觉得不重要，你的想法才是最重要的。"

了悟微微笑起来："在下觉得这样的变化很好。"

衡玉看着他莞尔一笑："那我也觉得这样的变化不错。而且，谁说我的喜好从未变过？"

小一些的喜好，比如她以前最喜欢的花是垂丝海棠，后来因为他送的那盆君子兰而改变。大一些的喜好啊……比如，她以前从没想过，自己会爱上一个圣子。

回到封印地，这里又下起雨来。衡玉坐在屋檐底下观雨，小白安安静静地蹲在她身边。

了悟换完香烛回来，瞧见这一幕时下意识放缓步子，衡玉却已经先一步发现他的到来。

等了悟走过她面前时，衡玉突然抬手攥紧他袖子："来这里之前，我给你准备了见面礼。"说完她从储物戒指里取出一个盒子递过去。木盒方方正正，恰好有一巴掌大小，是用合欢树的一截树干雕琢而成的。凑近了闻，可以闻到木盒里散发出幽幽的合欢香。

见他接过，衡玉连忙出声催促："快打开吧。"了悟慢慢将木盒打开，看清里面放着的东西后，他的手像是被烫到一般，险些要捧不住这并不大也不重的木盒。

"红宝石手链，喜欢吗？"衡玉笑道。

了悟眨眼，重复道："红宝石？"

木盒里，一串黑色手链安安静静地躺在其中。手链采用了最简单的编织手法，中间串了颗红色相思果。

衡玉抬起左手，将袖子往下扯去，露出光洁手腕上佩戴的那串铃铛手链："和你送我的这串手链上的红珠子是一个材质。"了悟安静地注视着她。他眉目平和，终究还是泛起无穷无尽的欢喜："在下很喜欢这个见面礼。"

衡玉再一次被他的反应所取悦："那你坐下，我帮你戴上。"说完，她松开了紧攥着了悟袖子的手。等了悟坐下，她将手链从盒子里取出来，牵住他的左手。

两人的肌肤一温一凉，手掌相碰间，了悟下意识缩了下手。衡玉扣住他的手不让他动，解开手链后戴到他手上，又帮他系好。

"我的出现，会不会打乱你的生活节奏？"衡玉突然问。只不过她这个问题，更像是在转移对方的注意力，好趁机牵住他的手。摩挲到了悟的指腹时，她才发现他的手掌比之前要粗糙不少，指腹上的茧越发厚了。禅门要求禅修进行人世之苦修，他这些年，还真是不曾偷过一会儿懒。

了悟的注意力原本都在那串相思果手链上，听到衡玉的话，他抿了抿唇，似乎是在斟酌要怎么开口。过了好一会儿他才轻声道："适应了一次，自然可以再适应第二次。"

衡玉听到后便觉得心里涩涩的。

雨水从屋檐滑落，滴在地面时又溅起，落到衡玉的鞋子上，将她的鞋面晕湿一片。了悟坐在她身边。理智告诉他，他现在就该松开与她紧握在一起的手，直接起身离开这里。但他又太过眷恋她手的温度，眷恋这来之不易的美梦了。

罢了，就多贪恋一会儿，就一会儿。了悟垂首合目，过了一会儿准备站起身来时，衡玉扭头看着他说："乖一些，不要动。"

了悟愕然，怔怔地看着她。

"就只是牵个手。"衡玉说。

这么说的时候，衡玉心下啧了一声，她若是不主动，不一点点试探，两人怕是会一直停留在那种尴尬的相处状态中。

了悟不再说话，也不再动。

雨水足足下到夜间才消停。他们就这样安静地坐在屋檐的台阶上，一直观雨观到它停止。到后来觉得累了，衡玉直接靠到了悟的肩膀上，而他身体微微僵硬，心中的纠结，都在她一句"这样舒服"下化为虚无。

他们相依相偎着，任由时间悄然流逝。

在衡玉强烈要求下，了悟默许她把自己买的天蓝色帐子搜出来。这帐子的料子并不十分华贵，但摸上去手感很舒服，最重要的是颜色很清新亮眼，比了悟常用的那灰色帐子要好不少。

"快换吧。"衡玉指着扔在桌子上的帐子，示意了悟开始干活，"反正买都买了，正好除旧迎新。"

除旧迎新。这词用在这时候，竟然别样体贴。

"你喜欢这个颜色吗？"了悟问她。

衡玉有些无奈："若不是你这里不适合用太艳的颜色，我定然要买个红色的帐子。"

了悟耳垂微微泛红，他倒是用过红色的帐子。只不过那场幻境，早已一去不复返。

在衡玉的催促下，了悟将灰色的帐子拆下来，把新的帐子换上。做好这一切后，衡玉往帐子一角挂了个香包，香包是淡绿色的，上面绣着一根挺拔的长竹。看得出来，制作香包的人手艺不是很娴熟，针脚有些不细密。香包里面装着的应是安神香，香味浅浅淡淡，格外好闻。

了悟盯着香包瞧了许久，他像是猜测到什么般，手足无措起来。

以前两人同行时，其实绝大多数时候都是他主动做些什么东西送给这位姑娘，小到簪子、手链、香包，大到护身法宝之类。她不通刺绣，不擅手工，所以很少回赠什么。

其实了悟一直都知道，这也是她不够上心的表现。这短短两日时间里，从相思果手链到这个香包，都越发让他觉得无所适从。这两者背后的深意，既让他由衷地感到欢愉，也让他害怕她会因此受到伤害。

"傻站着干吗？我们还有很多事情要做。"衡玉正在低头查看自己买的东西，思索接下来要做些什么，压根没注意到他的异样。

了悟轻应了一声，走到她身边站着。衡玉将那两盆君子兰取出来，让了悟摆好。他摆好回来后，发现桌子上摊放着一套青色绣竹锦袍。袍子款式明显是男子的，袖口外翻成黑色，上面绣着浅浅的花纹，衣摆处还绣有竹纹。这衣服料子看上去就很舒服。

瞧见他回来，衡玉指着桌子上这套衣服道："之前我和了缘去凡间玩，路过一家成衣店时瞧见他们摆在外面的这套衣服，心里想着很适合你，就买了下来。"顿了顿，衡玉轻笑起来，"总要穿些新衣服。"

了悟也笑着解释道："衣袍容易磨损，在下时常会换新的。"他总不至于一直来来回回只穿一件衣袍。衡玉无语："……这也算吗？"

了悟想了想，认真道："算的。"毕竟无定宗弟子都是这般。说不算的话，总有些怪异。

衡玉被他的认真逗笑："也对，应是算的。但现在就你我二人，可以暂时不穿你平时穿的那种衣袍。"瞧见小白不爽地用爪子挠她袖子，衡玉慢吞吞地补充道，"对，还有一只麒麟神兽。"

从头到尾忙活了几天时间，整个大殿的变化还不算大，但了悟的厢房已经是大变样。

帐子换成天蓝色，素净的木衣柜上贴了装饰物，他常用的笔墨纸砚也变得精细讲究起来。至于那摆在墙角的朴素灯笼，也被一个更新更精致的走马灯所取代。生长得极好的君子兰被摆在窗台，为这昏暗的环境添了几分清新。

了悟站在门边，看着这大变样的环境，有几分无所适从，又觉得心头酸酸胀胀的。他并不排斥这样的变化。只是，当她离开后，再美好的环境也终会被寂寥所替代。日复一日，夜复一夜，这就是他应有的生活，她是唯一例外。

"了悟。"一道清脆的喊声，就将他心底的酸胀彻底化去。

了悟转身，瞧见衡玉冒着雨提着裙摆，正从对面走廊朝他奔赴而来。

她跑得快了些，到他面前时还刹不住脚步，了悟伸手扶住她的肩膀，为她化掉前冲的力道。两人靠得近了，他能感受到她身体传来的温度，她的气息暖和得惊人，直往他心底钻。

"在想什么？"衡玉随口一问，不等他回答，她就从袖口里取出几只草蜻蜓和草蚱蜢，"我把几株灵植的叶子拨了，用它们编了蜻蜓和蚱蜢，然后用傀儡术给它们赋了神识，你看。"

大概是为了响应她口中的话，衡玉话音刚落下，那几只原本还安静地停留在她手心的小傀儡就直接跳到了悟的肩膀上。还有只想往他的领口里钻，被了悟手疾眼快地拎了出来。

他捧着这几只小傀儡，温声道："怎么突然想到做这些？"

衡玉说："我觉得你应该会喜欢。"这么寂寥的地方，多添置些小东西并非坏事。

了悟点头："很喜欢。"似乎是觉得不够般，他又重复了一遍，"真的很喜欢。"他最喜欢的，是她不动声色的温柔。

这乖巧又认真的模样，让衡玉忍不住多瞅了他几眼。

趁着衡玉沐浴时，了悟在厨房里研磨做雪松香的材料。

对于如何制作雪松香，他早已熟能生巧，就是闭着眼做也不会出错。因此他的动作极快，等衡玉沐浴完出来后，他已经把好几样材料都研磨完毕。

衡玉披散着半干的头发坐在他身边，安安静静地看着他。过了许久，她说："你经常做雪松香吧。"

了悟平静地答道："没有。洛主怎么突然这么问？"

"你动作很熟练。"

了悟解释说："研磨香料罢了，这并非什么有技术含量的事情。"

衡玉淡淡地点头："那你以后可以多做些雪松香。其实比起檀香，你更适合雪松的味道。"

他适合那种干净得犹如冬日初雪的味道，温柔而清淡。了悟停下手中的动作，瞥了她一眼："在大殿里待久了，身上的檀香味会很浓，就算用了雪松，也会很快被檀香的味道覆盖掉。"

"所以在这种情况下，想要让你身上长时间停留有雪松的香味，是不是日日夜夜香炉都没停过，一直在烧着雪松香料？"

在她连声催促之下，了悟轻声道："……应是如此。"

衡玉勾唇轻笑了下："原来如此。"她不再说话，静静地看着他捣弄香料。他很认真，动作也做得很细致。衡玉没忍住，撩起一缕湿润的发梢，凑到他脸颊上胡乱拨弄，很快在他脸上留下淡淡的水渍。偶尔有发梢不受控制，胡乱游走得远了，就碰到了他的唇角。

了悟捏着香料的动作停顿下来："洛主，你这样会将水滴溅到粉末上的。"

"我以为你会指责我在作弄你。"

了悟侧头看向她，眸光温柔："在下身为你的友人，怎会出声指责你。"

衡玉扬唇："那你身为我的友人，可以帮我烘干我的头发吗？"

了悟的掌心还带着少量的香料碎屑，他胡乱地在衣袍上蹭掉，随后掌心灵力涌动，为她烘干头发。

衡玉摸了摸自己干了的头发："你知道吗？几年前我被顾续打伤，以至于有段时间灵力全无。那时候我都是默默靠在窗边等着风将头发吹干，压根儿没想过让住在隔壁的师父随手为我烘干头发。"

这样的举动，连师徒都不曾有，更何况是"普通友人"。

她原是想调侃他，却没想了悟微微拧眉："等着风将头发吹干，会很不舒服吧。"

衡玉愣住，点了下头，自然会不舒服。了悟想到两人在幻境时没有灵力后所遭遇的种种不便，眉心越拧越紧。

"那个顾续……"许久之后，了悟才松了眉头，"你和小白出门，万一再次遇到他怎么办？"

"之前只是意外，这回我出门很低调，一路甚至都没动过手，不可能会遇到他的。"

衡玉拨弄着做香料的物件，把下巴抵在膝盖上。

"不过，顾续的确是个大威胁。他已经在元婴后期停留了上百年时间，现在身为邪魔，不再受诅咒之力的困扰，只要遇到合适的机缘，怕是可以突破到化神期。如果不小心遇到他，我就算向我师父求助也没用。"

她侧头去看他："所以你什么时候突破？至少要快些到元婴期啊。"了悟撞上她的视线，明知她这般示弱是为了激励他，他还是很认真道："在下也觉得结丹后期的修为低了。"

衡玉捂住半边脸，笑得前仰后合。在她的笑声中，了悟懊恼地发现自己刚刚的言行过界了。但看着她这般欢快的模样，他只觉得心尖软得一塌糊涂。

罢了。他的伪装在她面前素来都是一戳就破。只要她高兴，怎样都好。

香料的制作很复杂，了悟忙活许久，只是完成了第一个步骤。但天色已经彻底暗下来，了悟从小板凳上起身，和衡玉一起走回厢房。庭院里那丛病恹恹的竹子被雨打得胡乱摇晃，衡玉的视线不由得被它吸引。了悟没作声，安静地站在她旁边。

等到衡玉回过神，她才朝自己身边的了悟挥挥手："晚安。"小白也学着她的动作，挥动自己的肉掌。了悟轻笑，站在原地目送她走进厢房。

直到房门闭合的声音传来，他才从出神状态清醒过来，淋着细雨快步走回自己的房间。

回去后了悟将烛火点上，小心地将君子兰捧到自己床边，注入灵力维持它的生机，免得它被封印地的邪魔之气祸害。衡玉编给他的几只草蚱蜢和蜻蜓就安静地停在君子兰的叶片上，活灵活现，像是有生命一般。注完灵力，了悟将君子兰搬回窗台。

他抬眸看着自己对面的厢房，直到对面熄了烛火，他才轻声道："晚安。"随后，他伸手合上了大开的窗户。

连着下了近半个月的大雨，封印地终于放晴，但天还是一如既往灰蒙蒙的。

小白的母亲当年就是因邪魔而死，所以它从根子里抵触邪魔之气，在这里待了一段时间，就一直闹着想要离开。衡玉拎着水壶给窗台上那株君子兰浇水时，小白从床榻上轻盈地跳到她脚边，扒着她的裙摆又开始哀求。见她不搭理自己，小白的叫声越发可怜起来。

衡玉明知道它是在装模作样，还是放下水壶，弯腰将小白从地上抱起来："可我们才在这里待了半个月。"了悟端着几串刚做好的糖葫芦走过来，正好听到衡玉在教训小白："再待几天，你要是实在不喜欢邪魔之气，我就把你放到灵兽袋里好不好……"

他眼眸一暗，仰头望天。

教训了好几句，等到小白终于低声撒娇表示自己错了，衡玉才用额头蹭了蹭它头顶的小角安抚它。

刚把小白逗笑，门外便响起敲门声。衡玉挥了挥手，紧闭的木门应声而开，了悟端着糖葫芦从外面走了进来。他神色自若地把糖葫芦放到桌上："吃些吧。"

了悟做的糖葫芦和市面上卖的没有太大区别。

衡玉将摆在最上头的那串拿起来，一口咬掉半个糖葫芦，心满意足地眯起眼来："好吃。"

了悟同样拿起一串，送到嘴边咬了一口，默默咽下后，点评道："在下倒是觉得有些发苦。"

"苦？"衡玉诧异地瞥了他一眼。

她想了想，将自己手上的这串糖葫芦递到了悟唇边："试试我这串？"

了悟睫毛下垂，眼神有些晦涩。这一回他没有拒绝这越过友人界限的亲密，将她刚刚咬剩下的半颗咬走，默默咀嚼后咽下，用那双漆黑的眼眸凝视着她："是甜的。"

衡玉莫名觉得自己被戏耍了。

了悟莞尔。瞧见他眼里都是笑意，衡玉无奈地瞪了他一眼，瞪着瞪着，忍不住跟他一块儿笑起来。

笑了许久，她说："去做晚课吧。"说着她又指着他怀里的小白，"要把它还给我还是要带它去大殿？"

了悟说："在下带它去大殿吧。"

衡玉点头，正好她乐得清闲。

了悟抱着小白，提着崭新的灯笼一路来到大殿。他先把灯笼放到墙角，再将小白放到蒲团上，让它乖些不要乱跑。小白听话地点头。它一直是该胡闹的时候就胡闹，不该胡闹的场合都表现得很乖。

瞧见它点头，了悟便去更换香烛。换完香烛后，他走回蒲团边，在小白旁边坐下。

了悟双手合十，正想闭眼诵经，突然像是想起什么一般，侧头去问小白："你待在这里是不是觉得很无聊？"小白咕咕咕地叫了几声。大概是知道他听不懂，小白很用力地点了几下头。

了悟也跟着它点头。他扭过头，抬眸盯着殿上的神像，沉默片刻后又转过头来看着小白："她会觉得无聊吗？"小白用力摇头。

了悟将它抱起来，学着衡玉之前的动作，用额头蹭了蹭它额前的小尖角："这里是没什么值得人喜欢的。你有什么喜欢的玩具或者物件？等下回去镇子上，在下买来放好。"

小白歪了下头，有些疑惑地盯着他几秒，咕咕咕地叫起来。了悟听不懂它在说些什么，他垂下眼："没什么，你不用把我们的对话告诉洛主。若你待着无聊就自己开门回去找洛主，好吗？"

等到小白用力点头，了悟才双手合十开始做晚课。

小白躺在蒲团上，无聊地打了好几个滚。它偷偷瞧了悟几眼，觉得他短时间内是不可能忙完的，就用爪子揉揉自己的眼睛。在大殿里待了小半个时辰后，它就自己跑到门边，打开一条细缝后钻出去，很快跑回衡玉身边。

衡玉正在研究测魔阵法，瞧见它回来，连忙放下自己手上的册子："你怎么不在那里陪着他？"

小白压根儿没有什么诚信可言，听到衡玉的问题，立即把了悟说的那些话都重复了一遍。

衡玉用力戳着它的额头，直接把它戳得往后滚了两圈。小白稳住身体后，不满地朝衡玉挥爪子。

衡玉说："我们让他难过了。"她说这句话时语气很轻，并没有生气或懊恼，但看得出情绪不高。

小白发现她现在兴致不高，立刻缩成一团，没敢再胡闹。

衡玉这才满意地揉揉它的毛发："晚上你过去他的厢房陪他吧，这回不要再偷偷溜走了。"

小白不满地叫唤起来，问她为什么不自己过去。衡玉大笑起来："当然是因为我不能过去啊，你这个问题问得真是没有水平。不过你还小，我原谅你。"小白的叫声越发不满起来。

天放晴了，素日冷清的大殿因为多了几抹红色，看起来热闹了不少。

等到了中午，灰蒙蒙的云层突然被刺眼的阳光破开些许。懒洋洋的阳光投照在大地上,瞬间让周遭天地都变得明亮起来。窗台那盆君子兰在阳光的照射下,也极力舒展起来。

小白已经很久没看到阳光,高兴得一直在庭院里胡乱打滚。

了悟捧着一个木匣子走到窗边,把木匣子递给衡玉:"雪松香已经做好了。"

衡玉接过木匣子,没急着打开,反而上下打量了悟几眼,问道:"怎么没穿我给你准备的锦袍?"

"等傍晚再换上。"

衡玉这才笑起来,她问道:"你喜欢什么味道的香料,我熏给你闻。"

了悟有些不自在:"洛主喜欢就好。"

"我既喜欢雪松,也喜欢合欢。所以就看你的喜好。"

了悟不说话了。

衡玉不高兴地扯住他的袖子:"你看,了缘果然没骗我,你就是在修闭口禅。"

了悟无奈,只好道:"合欢。"这种奢靡而艳丽的味道,与她极为相配。

衡玉这才松开他的袖子:"快去忙吧,今天需要你忙的事情不少。需要我打下手吗?"

了悟对此表示哭笑不得:"不用,你好好休息。"

"好,那我抱着小白出门逛逛,可能会到饭点才回来。"

目送着了悟拐去厨房,衡玉将小白抱起来,清理掉它毛发上的灰尘后说:"走吧。"

走出大殿时,衡玉转身打量着这并不大的大殿。往日大殿都被黑雾笼罩着,她难得看清大殿的外观。如今当她细看,才看清大殿整体被上百个阵法笼罩住,这都是历代无定宗禅修出手布置的。

盯着这些阵法久了,衡玉只觉得有些头晕目眩。显然,分析这些阵法远远超出她现在的能力。她放下小白,朝着大殿掐诀行了一礼,这才朝着距离大殿一里地的小湖走去。

衡玉盘膝坐在湖边,将她前段时间买的花灯全部取出来,小心整理着它们。

小白问她在做什么,衡玉揉了揉小白的头:"待在封印地里,是没办法看到星光的。但我想让他看到。"若天上没有繁星,那就让这地上布满星火,这就是她想送给那人的惊喜。

忙了足足两个时辰,衡玉才在花灯里放置好蜡烛。

算着时间差不多,衡玉走回大殿,刚绕到小院里,就碰到了悟从房间走出来。

他已经换上了那件青色衣袍,袖口外翻成黑色,衣摆绣着一株挺拔的竹子。夕阳洒落在他身上,了悟整个人都呈现出一种极致的温柔来。衡玉抛下小白,快步向他走去。待靠近时,她就闻到雪松的味道。雪松香熏得有些重,但还是很好闻。

吃完晚饭,了悟要先去大殿更换香烛。衡玉说:"等你忙完,直接去湖畔找我和小白。"

"怎么了？"了悟随口一问，问完才想起来她下午时也去过湖边，"好，在下尽快完成这边的事情去找你。"

"不用急。"衡玉朝他挥手，转身离开大殿。

了悟站在原地目送着她，直到她的背影彻底消失在他的视线里，他才收回视线，转身走进大殿里忙碌。更换完新一批香烛后，了悟抬眼望着神像，双手合十行礼。那尊慈眉善目的神像静立于殿上，它原本肃穆无声，突然，神像眼里划过一道亮光。就在下一刻，了悟感应到，自己沉寂许久的心又发生了一丝变化。了悟仰头，静静注视着神像："觉者，所谓的情劫到底意味着什么？您到底，想借此考验弟子什么？"

了悟脑海里突然闪过一丝念头。只是那念头闪得太快，以至于他一时之间没能够抓住。

想着衡玉还在等着他，了悟没有在大殿里多待。他再次双手合十，虔诚地行完一个大礼，这才从地上起身，快步离开大殿，赶去湖边找衡玉。距离湖边还有段距离时，了悟发现，这素来昏昏沉沉、暗到令人觉得心头压抑的封印地居然多出些亮光来。他下意识加快步伐，距离湖边越来越近，直到他看到一盏接着一盏的花灯在湖面上连成一片。天上没有星光，于是地上的星火取而代之，映照天地。而那个留在他心中之人，就站在这星火的边缘，燎着他的心肺，让他连呼吸都困难。

"祝你快乐！"衡玉朝他莞尔一笑。

花灯燃起时的光芒尽数落在她的眸里。了悟一步步走到她面前，直到雪松的味道与合欢花的味道交织在一起，他才轻声说："愿洛主，快乐。"

这样的温柔，纵使是淬了毒，纵使要让他受尽相思之苦，他也无法拒绝。他撩开衣袍，在湖边蹲下，用指尖在冰凉的湖水里拨弄几下，随后捧起那盏距离他最近的花灯放在眼前把玩。

"这应该是在下在封印地见过的最亮的夜晚。"了悟仰头看着衡玉。

衡玉在他身边盘膝坐下："那你就好好记着它。"

了悟温声说："我会的。"这段回忆，足够支撑起一段漫长而孤寂的岁月了。

了悟从储物戒指里郑重地取出一个黑色的锁："这是我这次送给你的礼物。"

锁大概有衡玉的拳头大小，造型看上去平平无奇，只是锁身上有很多诡异而烦琐的纹路。不知道是不是因为它是黑色的，衡玉盯着它看了好一会儿，总觉得它给人的感觉很不舒服。"这是什么锁？"

"把它融入你的丹田里，若是遇到危急时刻，它可以为你抵挡片刻。"之前他送的黑色念珠碎了，如今自然要为她再找一件护身的东西。虽然这样东西有些特殊，但对她而言只有益处。

衡玉仔细打量着锁，又抬眼看他："这到底是什么？为何我会从它身上感受出不祥来？"

了悟解释道："这锁原是子母锁，子锁的主人遭到邪魔之气的侵蚀堕为邪魔，要出手将母锁的主人杀害。关键时刻子锁噬主，这件宝物便变得不祥起来。不过它在无定宗被净化了数千年，如今已经可以正常使用。为了能将它兑换出来，在下几乎把自己的宗门贡献值都用光了。"

"子母锁？这不会是同心锁吧？"衡玉问。

了悟轻笑了下："不是。"

衡玉还想再细问。她知道了悟敢把这件东西交给她，绝不会对她有伤害，但难以保证这东西不会对他有什么影响。在她开口之前，了悟先一步说："给你的是母锁。子锁在在下这里。放心吧，它对你我都没有害处。"

衡玉沉沉地看他几眼，最终还是没有再就着这个话题问下去。轻吸了口气，她问道："我要如何把它纳入丹田？"

"将心神烙印在其上就可以了。"了悟侧过身，耐心教她该如何收服这块锁。

等她彻底将锁纳入丹田里，他温柔地抚摸着她的发梢："这样就好，你日后在沧澜大陆行走，没有保命底牌实在危险。"

衡玉被他逗笑："结丹后期在沧澜大陆虽说没到横着走的地步，但也是中上层实力了。"不过她也能体会他的心情，于是只是随口反驳一句，就不再言语。两人坐在一起，欣赏着这满湖的花灯。

下半夜，花灯里的蜡烛也燃到最后，了悟说："明日在下再来收走这些花灯，你我回去休息吧。"

衡玉被他从地上拉起来，早已经昏昏欲睡的小白也被了悟捞进怀里。

两人慢慢远离这片火光，走回到被黑暗笼罩的大殿。

目送着衡玉抱小白走进她的厢房，了悟转身，想要走回自己的厢房。但他刚转过身，对面的房间就再次响起开门声。然后，把小白丢到床榻上的衡玉走了出来，快步来到他身边："我们回房吧。"

"……洛主？"了悟愣住。

"我有事问你。"衡玉的神情相当严肃。

"怎么了？"他的耳垂刚刚泛起红晕，现在又压了下去。他看出她脸上的认真并非作态。

"先进去吧。"衡玉轻声道，伸手推门走进他的厢房，从动作到神态都相当自然，一副这是她的地盘的模样。了悟无可奈何，只好跟着她一块儿走到里面。

"记得反手带上门。"衡玉还好心地提醒道。

了悟神色间多了几分不赞同，但还是乖乖合上门，注视着她，等着她开口说话。

衡玉走到桌前，想要将蜡烛点燃。了悟默默走到她身边，用火折子点燃蜡烛。蜡烛的光一亮起，室内就变得明亮起来。

衡玉坐到椅子上问："了悟，能对我开诚布公吗？"

他有些茫然："开诚布公什么？"

衡玉微笑："给你个提示，脱掉衣服。"

这个提示，并非指的是让他脱掉衣服，而是问，如果他脱掉衣服，她会看到些什么。

　　了悟平静地答道："洛主，不必如此。"

　　衡玉沉默了下，说："这就是我来封印地找你的原因。我想看看。了缘说得很严重，我要亲眼所见才相信。"

　　"原来是因为此事。"了悟点头，像是心中的困惑终于得到一个解释般，"清规戒律是在下心甘情愿触犯的，惩罚自然也该由我受着。"

　　他神情温和，如同卷过山间的清风般，并未在意十年前的那件事。衡玉注视着他。她知道他是真的不在意，可她没办法不在意。这人素来如此，明明付出了那么多，却从不言明。

　　"我师父说，在感情里表现得太克制太君子的人，总容易吃闷亏。"衡玉缓缓道，"因为你的付出都摆在暗地里，不是谁都愿意花时间去抽丝剥茧的。"

　　衡玉托腮，看着了悟。她咬了咬牙，还是硬着心肠问道："当时会觉得疼吗？在所有长老、师弟们的注视下受刑，你会觉得难堪吗？"

　　了悟沉默片刻，平静地说："都过去了。"他走到衡玉身边，弯下腰抱住她。

　　在前往秘境之前，他就受过棍棒加身、神鞭烙骨、金光克神这三大刑罚。时隔不到两年时间又受这些刑罚，不仅伤痛会放大十倍，伤还会一直留在后背无法消散。衡玉有些难过。了悟温声哄道："不要难过，在下真的不在意。"

　　"我知道你不在意啊，"她的声音有些闷，"但这不妨碍我难受。"

　　了悟为她顺着发丝，说："送你回房间睡觉？"

　　"我都在你房间了，你还想让我去哪里。"

　　了悟轻叹了下，他似乎有几分无奈："你已经完成内门任务，该好好去追求你的逍遥道，莫要再与在下多做牵扯。"说完这番话后，他就觉得疲倦。他甚至在想，这声音真是自己说出口的吗？他当真对自己越来越残忍了。

　　说到这里，了悟终于生出挫败，他苦笑起来："况且洛主不要忘了，在下的情劫，要求我必须看破红尘。"

　　衡玉扯起唇角："当时在秘境里，你不是告诉情女前辈，你要找寻另一条路渡过情劫吗？而且据我所知，戒律院首座会让你在大众面前受罚，也是因为得知你不愿用看破红尘的方式渡过情劫。"

　　了悟难以置信地看着她。她都知道了吗？

　　"来找你之前，其实我想了很久。"衡玉眨眼，缓缓道，"最后我就想着，不如日后我想你了就来这里陪你待上一两个月，你想我了就去找我，陪我逛逛这沧澜大陆，或者陪我在百花谷里住上那么一两个月，再回这里问你的道。你觉得这样的相处方式如何？"

　　这样的相处方式如何？这样的相处方式，已让他魂不守舍。他张了张嘴，寻找了很久很久，才找回自己的声音："洛主，你还可以抽身离开，去寻一位更适合你的道侣。他可以给你很多东西。"

"不会有别人。"衡玉微笑。

两人躺了下来，隔着很远的距离，谁也没有刻意贴近对方。

衡玉暂时没有困意，盯着那蓝色帐子发呆，过了好一会儿，她问："我好像没有问过你，这些年你在封印地都做了什么。"

"在下撰写了一本经书，还尝试着创造一门新的修炼功法，现在已经取得初步进展。"

衡玉顿时好奇起来，仔细询问他那门修炼功法的威力。

"这门功法其实有些奇特。"了悟起了谈兴，"虽然只是取得初步进展，但先催动这门功法再进行修炼，可以更顺利地感应到禅道的存在。这对禅修的修炼格外有帮助，不过功法还没完善，目前只是在宗门里小范围传播，等进一步完善后，才会慢慢推广。"

"你是怎么想出这门功法的？"

"在下拥有先天禅骨，自幼便和禅道亲和，后来有一回和了缘聊天，听他说起他是十六岁时才感应到禅道的存在，那时候便上了心，时不时会查阅相关的资料。一直到近几年才算寻出些眉目。"

衡玉心下啧了一声，资质这种东西，真的是人比人气死人啊："那还做了什么吗？"

了悟沉吟道："在竭力恢复封印地的环境算不算？"

封印地当年也曾有过无限生机，只是被邪魔之气和禅修的骨血浸染太久，生机才会枯败。他一直尝试着恢复这里的环境。

"我瞧着周围没什么变化？"

了悟眼里泛起笑意："那片小湖就是在下和师弟们的成果。"顿了顿，他补充道，"至于其他的只能慢慢来，可能需要个上千年才能恢复吧。"

衡玉说："西北之地原本是一片黄沙，禅门弟子用了上万年的时间成功将它改造成无尽森林。这么想想，上千年也不算久。"

了悟又挑了不少事情告诉她。他在这封印地，虽然缄默少言，但做的事情比往日在宗门里做的要多上很多。依靠着自己撰写的经书和独创的功法，他得到的功德之力甚至高于一直在外面传道的了缘。

两人聊了很久，直到蜡烛燃烧殆尽，了悟才抬手为她压住被角，温声道："睡吧。"

没等衡玉应声，他又压着声音道："这些年，在下很想你。"

在封印地，他一直很忙碌。但在远离了青灯古像的寥寥私人时间里，他很想她。不会说情话的人，突然说起情话来，总显得格外笨拙。直到现在，他终于可以将自己对她的思念宣之于口，而非埋藏心中。但这番话压在舌尖又太久，以至于说出口时，他总害怕她不能分辨出这里面的心意。

"我知道。"他心尖上的姑娘回应道，似乎是怕他不信，她凑到他身边，用额头蹭了蹭他的额头,重复道,"我都知道的。"

"我也很想你。"

由衷的欢喜便在他心间蔓延开。

第二天中午,小白迷迷糊糊地从床上醒来。它滚了好几圈,意外发现自己没受到任何阻拦,忙用爪子抓抓自己的脸。发现衡玉没躺在它身边后,它彻底清醒过来,从温热的被窝钻出来,伸手将紧闭的房间门打开。

"小白,你醒了?"衡玉正在帮了悟晾晒经书,听到身后的开门动静,转身笑道。

前段时间接连下了半个月暴雨,房间潮湿,导致有些经书受损。现在天晴了,又难得看到阳光,自然要趁机晾晒经书。

小白跑到衡玉身边,蹲在经书旁边,安安静静地看着他们晾晒经书和各类字画。

要晾晒的东西很多,他们忙了许久,才总算把经书和字画都摊放完毕。

了悟估摸着时间差不多了,和衡玉打了声招呼,就走去大殿忙碌。忙完后,了悟转身走去小湖,将里面的花灯都收起来。他不打算将它们丢弃,而是专门取了个空的储物袋,珍重地把它们都放好。做好这一切后,了悟站在湖边发呆。

湖面很平静,看上去毫无波澜,他专注地凝视着湖面,眼里似有星光闪烁。

真好。原来不是他一个人在苦苦挣扎,她也在朝他奔来。

等了悟再回到院子时,天色已经暗了下来。衡玉搬了张椅子坐在屋檐下,正在翻看古籍,听到动静后抬头看他:"院子里这些书籍字画要收起来吗?"

院子里的光线很暗,因此为了照明,衡玉往柱子上挂了颗东海夜明珠。夜明珠的光将周围映得如同白昼,也将她完全笼罩住。

了悟摇头:"不用,最近都不会下雨。"他走进自己的厢房搬来椅子,在她身边坐下后,又从储物戒指里取出一本经书慢慢研读。

夜深了,衡玉先合上古籍:"我抱小白回屋了。"

了悟轻笑:"好。"

眨眼之间,又是几天过去。

了悟给衡玉备好热水后,就去了大殿。做完早课后,了悟从蒲团上起身,双手合十再向觉者恭敬地行一礼,走回他居住的院子。

衡玉的厢房门紧闭着,窗户也没打开,他没去打扰她,而是取来摆放在院子角落的扫帚清扫尘埃。

打扫完后,了悟把扫帚放回原来的位置,就在这时,衡玉的厢房门终于打开。

她穿着一身方便行动的道袍走了出来,背着归一剑,怀里抱着小白,一副要出门远行的模样。

撞上了悟的视线,衡玉笑道:"我就要走了。"

了悟平静地点头,似是对此毫不意外。他想了想,温声说:"西北之地的百姓们有个风俗,叫出门饺子进门面,在下给你做顿饺子吧。"

衡玉顺着他的话想了想:"可我比较想吃糖葫芦。"

"那就吃糖葫芦吧，这也容易做，不会让你等上太久。"

衡玉笑起来，跟着了悟往厨房走去。她将小白放到椅子上，又将归一剑解下搭在墙角，随后绾起头发帮了悟清洗山楂果。忙碌之时，了悟问她："接下来打算去哪里？"

"我早就听说音宗的地界格外山清水秀，我打算先去那里玩一圈。"音宗正好就在邻州，要赶过去还是比较方便的。

衡玉把清洗好的山楂装进碟子里，全部递给他："那你呢？接下来打算做些什么？"

了悟显然早有想法，一边去掉果梗，一边回答她的问题："接下来一两年，主要精力都放在钻研功法上。功法逐步完善后，禅机应是到了，在下会入封印地深处闭关，以求早日突破至元婴期。"

了悟用指腹点了点衡玉的鼻尖，他的眸光湛然若水，清澈而温和。在他的手退开前，被衡玉先一步抓住。

"我们何日再见？"

"闭关突破至元婴期前，在下去百花谷寻你，可好？"

衡玉莞尔："好，那就这么约好了。"

"以后还是要多说些话，不要再让别人觉得你是在修闭口禅了。"

了悟手腕一动，轻笑起来："好。"

瞧见锅里的冰糖快要焦掉，衡玉推了推他："快去接着做你的糖葫芦吧。"

糖葫芦做得并不多，刚好三串。小白用两只爪子捧着一串，衡玉自己握着一串。她慢慢将这串糖葫芦吃完，扔下签子时，她抬眸瞥了眼窗外："该启程了。"说完她取出一个储物袋递给他，"临别礼物。"

"这是什么？"

"里面放有一百个香囊，香囊里有我写给你的字条。"衡玉见他接过储物袋，弯腰将归一剑提起来重新背好。她的声音融在空中，显得有些模糊："真的想我，或者觉得无聊难过时再将它们打开。毕竟储物袋里只有一百个香囊。"

了悟攥紧储物袋："好，在下知道了。"

衡玉抱着小白站在大殿之外。她朝了悟扬眉一笑，原本想说些什么，但他们都是这种无论心底有多不舍，分别时都会表现得格外洒脱之人。

于是衡玉抬手一挥，召唤出飞行法器后直接转身离开，裙摆在空中荡起一抹凌厉的弧度。

了悟安安静静地站着，直到视线里只剩一片黑沉。他身体往后一倒，脊背靠着大殿墙壁。闭目片刻后，他将她刚刚给的储物袋提到眼前，神识探入里面，随机取出个香囊。

香囊很漂亮，看得出来并不是出自她自己的手。了悟慢慢将香囊解开，把存放在里面的字条取出来展开。字条上的字迹飘若浮云，极具风骨：

入我相思门，知我相思苦。

长相思兮长相忆，短相思兮无穷极。

他来来回回、反反复复盯着这两行字，似是要把它们都深深镌刻在脑海里。

即将离开封印地时，衡玉回头眺望一眼，视线里只剩一片让人心头不舒服的黑沉。她用指腹摩挲着归一剑的剑柄，随后慢慢收敛好自己的情绪，轻笑着问旁边的小白："现在终于离开封印地了，感觉怎么样？"小白小声回应，发觉她的心情并不低落，这才高兴地在飞行法器上打起滚来。衡玉被它的反应逗得大笑。

一路西行，花了大半个月时间，衡玉顺利进入音宗地界。

音宗就在西北之地不远处，但它的环境条件与西北之地有着天壤之别。这里盛产各色鲜花，其中最为闻名的当属剑音花。

这种花每百年盛开一次，据说它盛开时周围有剑气肆虐，剑气撞击时发出的响声好似一曲梵音，故而得名。剑气乃上天所授，里面蕴含着至秘剑道，又自成一曲梵音，因而这种花格外受到剑修、音宗和禅修的追捧。

当世只剩一株剑音花，就栽种在景磁墨岛之上。

景磁墨岛是千年前一位名叫战戈的化神期祖师坐化之地，这位战戈祖师生性喜好风雅之事，每逢剑音花盛开之际，都会邀请资质出众的年轻一辈们从陆地登岛。若是登岛成功，便能成为他的座上宾，近距离观赏剑音花的盛开过程。

即使如今他已经陨落，这项盛事还是保留了下来。

衡玉如今就在景磁墨岛附近，这场盛会她当然不会错过。

她留在城中住了一月有余，把城中的美食都尝得差不多后，总算等来了登岛之日。

她收拾好自己的东西，下楼退房，打算赶往景磁墨岛。正准备转身离开，身后突然传来锡环相撞的声音。这种声音格外清脆，衡玉下意识回头看了眼，目光在那个右手握着九环锡杖、左手持钵的禅修身上停顿片刻。

认出此人后，她轻轻微笑起来，朝他颔首示意。

禅修是无意间路过，察觉到旁边的姑娘在注视着自己，他随意瞥了她一眼。只是一眼，就让他从记忆深处回想起这位姑娘来。

两人之间似乎没什么旧好叙的，不过故人在此意外碰面，也算得上是件高兴事。

禅修微微一笑，算是回了她一礼。衡玉猜到他应该是来观赏剑音花的，又注意到他现在的修为距离元婴期不过临门一脚，就笑着挥了挥手，抱着小白迎着门外的暖阳走了出去。

御剑飞往景磁墨岛时，小白咕咕咕地叫着，问起衡玉刚刚那个禅修是谁。

衡玉随口回道："是一个叫圆静的禅修。"

小白又问她，那个禅修明显也是去景磁墨岛的，为什么不邀请他一块儿同行。

衡玉顺了顺它脊背上的毛发，只觉得这个小神兽越发喜欢刨根问底了。

好在她别的不多，耐心多的是，随口道："我与他并不相熟。况且，故人既已获得新生，又何必多加打扰。"抵达岸边后，衡玉丝毫不耽误时间，一脚踏进湖中开始登岛。

她早已打听清楚，湖中设置的考验主要针对心神。只要心神之力能够超过同辈中人，想要通过考验并不难。

一刻钟后，衡玉顺利登岛。此时登岛的人并不多，仅有十来人。其中有四人还穿着音宗内门弟子的服饰，一身蓝色为底黑色镶边的长袍格外吸睛。

衡玉简单打量他们一番，就开始仰头望着岛中央那株呈现出半开半合姿态的剑音花。

剑音花看上去很普通，最不普通的大概是它的颜色。它通体呈黑色，唯有花苞部分夹杂有几缕红色的细丝。那些细丝原本并不显眼，只是因为红的太红，黑的太黑，便被彻底衬托了出来。

就在衡玉认真打量着剑音花时，有个音宗弟子惊喜道："那边可是洛道友？"

衡玉先时没注意到对方，顺着她的声音看过去，连忙掐诀行礼："原来是纪道友。"

这个女子，是音宗的核心弟子纪子娴。她们曾经在法会上有过比试，当时还彼此约定以后有机会定然要再切磋一番。纪子娴与她的同门打了声招呼，朝衡玉走来。

衡玉还瞧见了圆静，他默默地站在最边缘地带，浑身透着看透世事的温和。

"再等四个时辰，应该就差不多了。"纪子娴注视着花苞状态的剑音花，判断道。

这四个时辰闲着也是闲着，衡玉盘膝坐下，和纪子娴交流起修炼心得，还打听起音宗地界里有什么好吃的和好玩的。

慢慢地，岛屿突然变得明亮起来，乍一看上去，就像是天边太阳突然照彻岛屿。

衡玉细细观察，发现这岛屿的变化源于剑音花。

她微微眯着眼，透过那刺眼的光线注视着剑音花。花儿以一种非常缓慢的速度盛开着，与此同时，有淡淡的剑气开始在它周围凝聚。

不知道是不是衡玉的错觉，她总觉得那些剑气里似乎蕴含着天地的起源奥秘，玄而又玄。

上百道剑气彻底凝结成功后，开始相互碰撞，空灵的梵音自衡玉心神里响起。这梵音过于高深玄奥，以至于响起时，她的心神开始出现剧烈震荡。这时候，她周围已经有不少人的心神遭遇攻击，开始闷哼出声。衡玉微微眯起眼来，依旧紧紧盯着那些剑气。她总觉得那些剑气很古怪，它们是如何构建出来的？

可能是她的姿态过于狂妄，衡玉察觉到有几缕剑气被激怒，分化出后直朝她劈来。剑气破空的速度极快，几乎只是眨眼之间，那几缕剑气便顺利贴近她。

距离太近了，几乎是到了最后一刻，衡玉才凭借本能举起归一剑，生生将这几缕剑气拦下。下一刻，衡玉猛地捂着胸口吐了好几口血。

她用手背慢慢抹掉唇角的血，冷冷勾起唇来。在剑气贴近她的那一刻，她终于看清了，这些剑气是用阵法构建出来的。这就是天道构建万物的手段之一啊。在这一刻，衡玉若有所悟。

如果说剑气有阵纹，这世间天生地养的花花草草，甚至是一水一尘埃，是不是也都有它们对应的阵法纹路？如果她的猜测无误的话，她是不是也能凭借着阵法，取巧拥有部分构建万物的能力？

一想到这儿，衡玉的眼睛越发熠熠生辉起来。

此行原本只是想借剑音花来磨砺她的剑法，没想到这才是最大的收获！

剑音花足足盛开了两个时辰。时辰一到，它便迅速凋零，枝干上的黑色也慢慢消散，只剩下普通的青绿，看上去就像是路边生长的一株很普通的草。

纪子娴高兴地从地上站起来，显然是有不小的收获。她看着衡玉，问道："洛道友收获如何？"

衡玉微微一笑："收获很大。"纪子娴以为她指的是剑道方面，也为她高兴。

两人很快走去和另外三名音宗弟子碰面。碰面之后，一行五人迅速离开景磁墨岛，直接往音宗飞回去。

要说这沧澜大陆的各大宗门里，最讲究浪漫的三大宗门必然是百花谷、音宗和缥缈宗。音宗弟子以音律求长生大道，门下弟子最少都通识两种乐器，在乐理方面格外有天赋。喜好音律的人，多也是讲究浪漫之辈，衡玉在音宗住下后，适应得极好。

待在音宗的时间里，除了玩乐，衡玉就是在研究各种花草树木和石头，想要从它们身上观摩出阵纹来。但无论她怎么观摩，都没办法研究出阵纹。

"是我猜错了，还是我的阵法造诣还不够？"

构建万物的手段如此玄妙，她沉浸于阵法中不过短短几十载，不能理解也属正常。

在用了些宝物做交换，并请纪子娴帮忙后，衡玉得到了进入音宗藏经阁的机会，开始借阅音宗藏经阁里的阵法书籍。三月时间如流水般消逝，衡玉不好再在音宗叨扰下去，与纪子娴道别后就直接离开音宗，开始南行游历。

花了足足两年多的时间，衡玉进入了沧州地界。

想起之前认识的傅陌深就是沧州傅家的人，衡玉琢磨了下。

她回到百花谷后，将极光之晨上交给宗门时已经和掌门提过傅家的事情，后来延寿丹炼制好，傅家派了一堆高手过来和百花谷进行交易，用大手笔的宝物换到一枚延寿丹。

衡玉自语道："我在外待了这么长的时间，不如去傅家拜访一番，顺便打听一下最近有没有发生什么大事。"

她在外行走，能打听到的消息大多是所有修士都知道的消息，内幕消息就没办法得知了。

决定之后，衡玉直接飞往傅家主宅。

傅家不愧是沧州第一大势力，沧州第一大城镇月溪城就属于傅家。

衡玉进入月溪城后，就发现自己被人盯上了。她知道是自己的修为太高，引起了城中守卫的戒备，不过这回她是来拜访傅家的，完全没有必要隐藏自己的修为，便大大咧咧地抱着小白走到傅家主宅，对着门口守卫自报家门，稍等片刻，一身玄衣、神采飞扬的傅陌深便从傅府跑了出来，格外高兴地与衡玉打招呼："洛主！"衡玉被他的热情惊了下，回过神后笑着向他行礼。

"洛主往里面请，你可是我们傅家的贵客。"傅陌深高兴地请她进去。

想要延寿丹的修士可太多了，他们也都付得起购买延寿丹的价格。傅陌深知道，如果不是衡玉帮自己说话，以他们傅家的实力，怕是还不值得百花谷掌门送出这份人情，所以傅陌深格外承衡玉的情。

等进到傅家主殿里，衡玉发现傅家能来的长老可能都来了。她有些哭笑不得，边向这些傅家人行礼，边给傅陌深传音："傅道友，你这番阵势弄得实在太大了。"

傅陌深笑着传音："应该的应该的，若不是有这枚延寿丹，我们傅家怕是早就出了事，哪里还能稳稳坐着沧州第一大家族的位置。可惜老祖现在正在闭关消化延寿丹，不然定然也会出来亲迎洛主的。若是等他老人家出关，得知我们对洛主招待不周，定是要生气的。"

衡玉心下感慨。她觉得，傅家能取得如今的地位，除了实力，这份会做人的本事格外难能可贵。

打过一圈招呼，傅家这些长老也怕衡玉会觉得不自在，所以寒暄过后就自觉离开，只留下傅陌深和傅菁晶这两个旧相识来招呼衡玉。三人在椅子上坐下后，婢女上前给衡玉奉上了极好的灵茶。喝了两口茶水，衡玉向傅陌深打听起百花谷的情况。得知百花谷一切安好后，她松了口气，转而问起其他宗门有没有什么动静。

傅陌深用杯盖拨弄了下茶水，视线微微上移，明显是陷入沉思状态："近来闹得比较大的事情，一是西北之地惊现五名元婴期邪魔，听说他们出现得诡异，有好几座寺庙的禅修都被屠戮一尽，得知此事后无定宗震怒，现在派出大量人手在调查这些邪魔的动向。"

衡玉握着茶杯的手微微一僵。元婴期邪魔？她瞬间想到顾续这个人。

这些年邪魔在各大宗门藏得越来越深，一口气调集五名元婴期邪魔，只有那潜藏在顾续身体里的化神期邪魔能做到。

傅陌深悄悄抬眼瞥向衡玉，才把后面的话补齐："听说带队调查邪魔动向的，就是了悟圣子。"

衡玉淡淡点头，似乎对这个消息并不意外："那他们找到人了吗？"

"还没有找到。元婴期已是顶尖实力者，他们要是真的想隐藏起来，多的是手段。"

听到这个消息，衡玉忍不住点头，承认傅陌深说得有道理。

垂眼喝水时，衡玉觉得自己应该用远程传讯符给了悟传个讯。他们这三四年从未联系过，现在事情涉及顾续，她正好有理由与他联系一番。衡玉又向傅陌深打听起其他消息。

什么黑白学宫换了新掌教、幽冥宗多了位化神期的太上长老……聊到后面，傅陌深还向衡玉聊起各大宗门的恩怨是非，无论是说的人还是听的人，都格外乐在其中。

等把所有的事情都打听清楚后，傅陌深就送衡玉回去休息。他给她安排的院子格外好，满院紫藤花，而且灵力充沛，一看就是精心挑选过的。把衡玉送到院门口后，傅陌深轻笑道："我就送到这里了。我刚闭关结束，短时间内都不会再进行闭关，洛主若是想在周围闲逛，又缺个带路的人，只管传讯于我。"

"傅道友当真客气了。"衡玉并未拒绝他的好意。

接下来半个月里，衡玉都在月溪城周围游玩，还参加了沧州百年一次的拍卖会，买下几样自己喜欢的东西。参加完拍卖会后，衡玉原本想就此告辞，但在她请辞前，傅家的老祖正好出关。

"洛主，我们老祖想见你一面。"傅陌深过来找她。

衡玉并未推辞。这半个月，她在傅家待得无比自在，一应供给都不差于她在宗门时，单是这一点，衡玉就很承傅家人的情。

这日，她跟着傅陌深一路绕过长廊，步行到傅家大宅最深处的院子。

看到院子的同时，衡玉也看到那站在院子门口等待她的傅家老祖傅正平。

多了两百年的寿命，原本已经血气干涸的傅正平又变得神采奕奕起来。他看上去不过三十岁出头，国字脸上满是正气，看着让人心生亲切。

"洛小友！"傅正平瞧见衡玉，一拂袖袍，大迈步向衡玉走来，"幸好我提前出关，不然可就错过见洛小友一面了。"

"傅前辈客气了。"衡玉掐诀行礼。

傅陌深对她热情，衡玉还能理解。但一位元婴中期的老祖也对她这么热情……衡玉只能想到"投资"二字，怕是这位老祖从秘境一事思索下去，猜到她现在在百花谷的地位越来越特殊，才会如此热情的。不过，这种小心思并不惹人反感就是了。

傅正平引着衡玉走进他的院子里，在凉亭坐下后，傅正平甚至亲自给衡玉倒茶，表现得格外亲近和妥帖。两人的辈分差距太大，没什么太好的话题，于是只好交流起修炼上的心得。到最后，两人还聊起阵法来。

聊着聊着，衡玉觉得有些奇怪，这位傅前辈对阵法的某些见解令她拍案叫好，某些见解又让她觉得他对阵法的理解不过如此。

"洛小友是不是困惑于我的阵法水平？"没等衡玉开口问什么，傅正平就主动提出来。

见衡玉点头，傅正平轻叹了口气："其实这倒算是我的小算计了。我原以为自己会命绝于此，没想到服下延寿丹后，我意外寻到了一丝突破元婴后期的契机。"

听到这句话，一旁安安静静坐着的傅陌深顿时激动起来："老祖，您……"

傅正平摆手："只不过是一丝契机罢了，谁也不知道能不能成。所以我想着用一个秘辛,和洛小友换一枚元婴期境界的破境丹。"

衡玉微微眯起眼睛。元婴期的破境丹,这样东西的价值虽然比不过延寿丹,但能增加元婴期修士破境的三成成功率,价值也不低。她的确有这个能力,拿得出破境丹。

之前她将情女赠予她的部分宝物交给宗门,所兑换的宗门贡献值甚至已经高过掌门和她师父。凭借宗门贡献值,她是可以兑换一枚破境丹的。沉吟片刻,衡玉问:"不知道前辈的秘辛是什么?"

"是我年轻时意外所得,只可惜我并未有阵法天赋,傅家后人也很少有阵法天赋高绝者,只能空握宝山。"傅正平抬眸瞥了衡玉一眼,温声道,"是万年前那位阵祖的手札。"

似乎觉得只是手札的砝码不够,傅正平说:"还有一个玉简,只是那个玉简里的影像很奇怪,无论我怎么参悟,都没办法参悟透。"

阵祖!那位开创出阵法一途的绝世奇才!衡玉没想到傅正平拿出的秘辛如此珍贵,如此有诚意。

对她来说,这份秘辛摆在眼前,绝对没有任何错过的道理。

彼此交好,衡玉也没玩虚的,直接朝傅正平掐诀行礼:"这个交换晚辈愿意,若是前辈着急,晚辈立即赶回宗门去换取破境丹,再亲自送来给傅前辈。"

傅正平因她的爽快惊了下,哈哈大笑起来:"洛小友果真是个爽快人。我刚服用下延寿丹出关,短时间内都不会闭关冲击元婴后期,丹药的事情倒是不用着急。"

沉吟了下,傅正平说:"看来是这份秘辛打动洛小友了,既然洛小友够爽快,那我这做前辈的更应爽快些。两日后,洛小友做足准备就可以再来小院找我,我带你去拿手札和玉简。"

走回到紫藤花小院,正在院子里扑花的小白立马跳到衡玉怀里。

衡玉稳稳抱住它,告诉它要在这里多留一段时间后,就进了厢房。她从储物戒指里取出沾染有了悟心神气息的远程传讯符,用灵力将它慢慢焚烧。

这种传讯符只能让了悟接收到她的信号,并不能让双方进行交谈。

传讯符一点点燃起白色的火焰,衡玉站在旁边,耐心等待着传讯符生效。如果了悟把神识注入了传讯符里,传讯符的火焰会由白色转为黄色。时间点点滴滴流过,传讯符的白色火焰险些要烧灼到衡玉的左手,这时她才像终于回神般,把快要燃烧完的传讯符扔掉。

传讯符还没掉到地上,就被穿窗而入的风吹散,灰烬四散开,眨眼间便无踪无迹。

"没有回。"

衡玉微微拧眉。如果他现在方便,是绝对不可能察觉不到的。在闭关?还是遇到了顾续他们?难道是受伤昏迷了?这种只能猜测对方处境的情况并不好受。

衡玉抬手扶额，她的指尖常年带着凉意，贴在温热的额头时，这股冰凉的感觉从她的额头蔓延开来，帮助她尽量保持着冷静的思考状态。

"罢了，着急也没用，明日再试着联系他。"

第二日，白色的火焰依旧从头烧到尾，而她与傅正平约定的时间已到。

衡玉深吸口气，只能暂时放下担忧，撑起油纸伞，慢悠悠地与傅陌深走到傅府最深处。

把衡玉送到目的地，傅陌深没有多待就先行离开。傅正平领着衡玉，推门走进一间闭关的密室。密室并不大，空荡荡的，只有最中间的位置放着一个蒲团，玉简和手札就平平无奇地摆在蒲团上方，等着来人查阅。

"密室里有聚灵阵，身处阵中，灵气的浓度会是外界的五倍。这个阵法一开便是三月，也算是我给小友的谢礼之一。而小友的参悟时间只有三月，小友以为如何？"傅正平温声问道。

衡玉轻笑："三月时间够了。"傅正平客套两句后，直接往阵法里布下一千块上品灵石。布完灵石后，衡玉明显感应到密室里的灵力浓度在一点点上升。

等傅正平退出去，衡玉将小白从灵兽袋里取出来，揉了揉它的额头，留足丹药给它后，她就盘膝坐到蒲团上，拿起阵祖的手札慢慢翻看起来。

翻看了几页，衡玉就知道傅正平并未欺骗她，这的确是那位阵祖遗留下来的。这世上除了阵祖外，再也没有任何一个人随手写几个字都能充满着阵道的气息。

在这本手札里，阵祖主要介绍自己是如何发现阵法的。衡玉注意到一个很有意思的用词——发现。也就是说，在阵祖之前，阵法早已存在。衡玉呼吸莫名地重了一下。她隐隐有种奇妙的感觉，这本手札和玉简会对她未来的大道有极为重要的影响。

调息片刻，衡玉继续沉下心阅读。

阵何以存，法何以存？万事万物，皆为阵法。

这句话写得有些凌乱，看上去似乎只是阵祖随手写在手札上的，衡玉却忍不住捏了捏书页，直到瞧见自己不小心把手札捏出几道褶皱，才连忙松手。

吾观日月，不得阵法之要义。便观花草树木，惜其微小。后心有所悟，寻天生地长之灵物观之，隐有所获。

天生地长之灵物？衡玉细想片刻：我之前的确和阵祖一样，陷入一个思维误区里。以为花草树木微小，它们身上的阵纹很容易被看透。但可能它们太微小了，天道构建万物时并未在它们身上多耗费什么心神。反倒是像剑音花这种格外稀罕的灵植，它的阵纹才会清晰。我作为一个初初摸索此道的人，应该先观大致，再来论细微。

这么一想，衡玉瞬间豁然开朗。她隐隐有种感觉，这条路无比正确，无比危险，能让人变得无比强大。

再往下翻，没有几页手札就到了头。衡玉有些遗憾，轻轻放好手札，拿起旁边的玉简贴在额头，神识探入其中。下一刻，她在玉简里"看"到各种诡异的纹路。

这些纹路格外烦琐，衡玉只是盯着看了一会儿，就觉得头晕目眩。她强忍着不适继续观看，但无论她从什么角度去理解，都无法拼凑出这些纹路的规律。

"阵祖绝对不可能留下一个普通的玉简。相比起手札，这个玉简……很可能才是最重要的东西。"又一次被震得心神发晕，衡玉连忙把玉简放到旁边，在干呕了片刻后，她背靠着墙壁调整呼吸。

这一个多月里，为了研究玉简，她整个人憔悴不少，脸上都透着不健康的青色。

"阵法里面的纹路到底是什么？不对，换个角度去思索……天道以阵法构建万物，难道是没有规律的吗？这不可能，如果是没有规律的，按理来说这世界绝不可能再出现同一品种的东西。这像什么？"衡玉觉得，她现在距离正确答案就只差一点点。

这种阵法到底像什么？像看似没有规律，但又非常清晰的语言。如果顺着这个思路再想下去……

衡玉强忍着心神的不适，再次握起玉简。

想了想，反正这里没有人，她也不顾及形象了，直接平躺在地上，把玉简贴着额头再次读取，抽丝剥茧，寻找着那些纹路的相同之处。

衡玉所有心神都沉浸在玉简里，不知不觉间，有灵气旋涡在她头顶上方形成。她竟在不知不觉间进入了顿悟状态。一直安安静静蹲在角落里玩球的小白注意到她周身弥漫着浓烈的阵道气息，咕咕咕地小声叫了下，头微微歪着，似乎是疑惑她怎么了。但它也清楚衡玉现在不能被惊扰，乖乖地蹲着没有跑去打扰衡玉。

无定宗，藏经阁。

这座藏经阁历经万载岁月，见证了无定宗的兴盛与衰败。

藏经阁四楼是整座阁楼中最神秘的地方。这里非常空旷，仅在角落摆放有三个巨大的书架，中间留出的大片空白地方都用来摆阵。此时，大阵处于开启状态，阵中盘膝坐着一人。

此人一身青衣，眉如远山，风骨秀逸。他眉间那抹朱砂不知因何缘故，几乎红得像是要滴出水来，眉梢也泛起淡而威严的光。突然，他那睫毛剧烈地颤抖起来，平静的阵法也发出巨大动静，将站在阵外等候的无定宗掌教圆苍惊醒。

圆苍轻声说："这回了悟倒是因祸得福。"

负责镇守藏经阁的执法长老微微一笑："无定宗创宗上万载，了悟是道法资质最出众者。如今他因祸得福，再加上在情劫一事中又往前迈了一些，也是时候闭关突破至元婴期了。"

"情劫。"圆苍眼睛上的白绸被无形的风吹得鼓动起来，他身上那股渊深似海的气质越发浓厚，"设如此劫难，觉者到底是想考验他，还是想……"

执法长老发笑："觉者慈悲苍生，怎么可能会害他最虔诚的弟子。我倒是在忧虑其他事情。以了悟这般执拗的性子，要如何才能彻底渡过情劫……"

圆苍沉默下来。

"现在事态一点点严重起来了。你感应到了吗？西北之地邪魔之气的浓度已经超过几年前，那些隐藏在暗地里的邪魔也动了起来。冰魔祖才刚恢复些许实力，就造成了这般影响，日后……"

执法长老的脸上多了几分愁绪。他虽无测算未来之能，但已经可以预见禅门未来的血光浩劫。相比之下，了悟成长得再快，他们都嫌不够。

见圆苍还是沉默，执法长老摇摇头，不再执着于这个问题，转而问道："倒是你，这白绸一戴就是上百年，何时才能揭下它踏入化神期？"

圆苍微微一笑："我的禅机未到。"顿了顿，他唇角笑意更深，"不过这位弟子的禅机已到。"

阵法里，始终紧闭着双眼的了悟睁开长眸。他眼底清澈，眉梢那淡淡金光更浓郁了几分，整个人都透出些疏离的圣洁。直到他从冰凉的地板上站起身来，双手合十向圆苍和执法长老行礼时，身上的疏离感才渐渐消散。

"师父、长老，让你们久等了。"了悟走出阵法，再次双手合十行礼。

室内昏暗的光落在他身上，一身灰衣也遮不住温雅。

三个月前，他带队在西北之地寻找那五位元婴期邪魔的踪迹。因为先天禅骨，了悟对邪魔之气的气息格外敏锐，顺藤摸瓜寻找几日，便迅速锁定对方的行踪。

他原本藏在暗地，想等宗门的长老赶来与这五位邪魔对阵。但对方要向淮城寺庙里的禅修们出手，了悟不能坐视对方屠戮禅修，只得从暗处现身，借着禅骨的力量护着禅修们，强撑到无定宗化神期祖师赶来。他本人也因伤势过重一直在藏经阁四楼这道阵法里休养。在养伤时，了悟内视禅骨，隐约有所收获，便多闭关了一段时间，直到现在才转醒。

"不必多礼。"圆苍温声道，"你突破至元婴期在即，快去后山闭关吧。"

闻言，了悟踌躇了下，才温声应是："那弟子这就赶往后山。"

等到了悟走出藏经阁四楼，圆苍抬眼摸了摸白绸，声音里有些惆怅："他刚刚迟疑了。"

"因何迟疑？"

"若是没有邪魔的事情，他此时原已要动身前去百花谷。"

"百花谷……无定宗与百花谷的渊源当真是深啊。"沉默片刻，执法长老说，"掌教，到时辰去议事殿召开会议了，你为何还不动身？"

圆苍摆出一抹苦恼的神色："这次会议若是讨论冰魔祖的事情还好，偏偏是要讨论了悟的情劫。劫难是自己的，他们强行插手，反倒容易断了了悟的机缘。"

执法长老微愕："情劫？为何讨论情劫？"

"修大慈大悲的禅门之光，怎能对一名女子爱慕难舍，更是由她自由出入封印地？"

了悟并不知道他师父和执法长老的这番对话，出了藏经阁后就坐在仙鹤背上赶往后山。

他动作缓慢地抚摸着仙鹤的脊背，将神识探入储物戒指里。了悟原是想取出一张远程传讯符联系洛主，告知她自己要失约了，谁想那被他珍之重之放好的远程传讯符有两枚已经处于失效状态。

脉搏不自觉地加剧跳动，了悟连忙将这两枚传讯符取出来。

他看着手掌上摊放的传讯符，眉心缓缓拧起。

在他闭关养伤时，洛主给他传讯过，她是否知道自己带队寻找邪魔的事情，那她可会担忧焦虑？

收起这两枚已经失效的传讯符，了悟重新取出一枚完好的远程传讯符，闭着眼整理自己的话语，打了一遍又一遍腹稿，方才用灵力使传讯符慢慢燃烧起来。

小白正在无聊地用爪子拨弄绣球，这是它的玩具之一。

玩得累了，小白趴在地上瞅着衡玉，想知道她什么时候能从这种玄而又玄的状态中清醒过来。

过了很久很久，衡玉还是处于入定状态，反倒是她指尖佩戴的储物戒指泛起一道白色的亮光。

那道亮光相当刺眼，小白用爪子挠挠头，不清楚这番变故是怎么回事。不过它感受了下，好像没杀意没威胁，于是它就趴回地上，继续耐心等着衡玉醒来。

传讯符一点点化为灰烬，最后被风卷走。

仙鹤落到后山一处平台，低下头等了悟从它背上下来。结果等了又等，见了悟还是没反应，仙鹤叫了几声催促他，了悟这才回过神来。他从仙鹤背上一跃而下，默默走进后山深处。

结果刚走两步，就察觉到仙鹤在用头蹭他的肩膀，似乎是在哀求什么。了悟与它对视几秒，后知后觉地反应过来："不好意思，在下刚刚忘了。"

喂仙鹤吃了两颗丹药后，了悟摸摸它，嗓音温润若玉石："前段时间她才刚给我传讯，比起出事，闭关的可能性更大。"仙鹤叫了两声，有些不明所以。

了悟抿唇笑："没什么，你回去休息吧。"

他只是觉得，随着两人修为越来越高，远程联系也变得越发艰难起来。闭关、打斗、探索秘境……有太多的意外阻隔在中间。他并不因此伤感，也非常能理解这种情况，但还是会有些许怅然若失。

在路上走着时，了悟捡到一根枯枝。

比画了下，发现枯枝的长度和粗细都恰到好处，他以枯枝当作拐杖，慢慢徒步走到后崖一处山洞，选择此处作为他的闭关之地。

盘膝坐在蒲团上后，了悟取出一枚远程传讯符和一枚普通传讯符。

他要先调息几日才会彻底闭关冲击元婴期，所以希望在这几日能够联系上洛主。若是联系不上，他只能写张普通传讯符，到时托师父转送去百花谷。无论如何，此次都算是他失约。

时间一点一滴流逝，了悟将自身状态调整到最佳，时间已经过去足足十日。

他握起远程传讯符，轻吸了口气后将其燃烧。

小白睡了好多觉，每次睡醒时，衡玉都处于顿悟状态。

它用爪子拔掉丹药的瓶塞，随口就吞服下玉瓶里的三颗四品丹药。它正想要找些事打发些时间，突然发现衡玉指尖的储物戒指又亮了起来。它挠挠头，低低叫了几声，见衡玉还是毫无反应，就轻手轻脚地爬到她身边。但储物戒指烙印有衡玉的心神气息，除了她，没有任何人可以从里面取东西。小白盯了它半天，见刺眼的白光消失不见了，连忙往后退开，生怕刚刚的动作会影响到衡玉。

一阵寒风从洞外卷起来，将了悟指尖的尘埃尽数带走。

他注视着那些灰烬，直到那细细碎碎的黑消失在视线中。慢慢收回视线后，他还是一副温和平静的模样，只是声音里的怅然若失过于浓重："看来又要错过了。"

他垂下眼，取出放在袖袍里的储物袋，慢慢地将里面最后一个香囊取出来。

他一直刻意留着这最后一个香囊没打开。原是想着，在百花谷与她重逢时，坦然告诉她香囊数量恰好足够。而他也能猜到她的反应，定是笑个半天又夸他可爱。

现在想来，这番场景也只能在心底想想了。

了悟将香囊解开，取出里面的那张字条，展开字条后，依旧是熟悉的字迹：

菩萨初发心，缘无上道，是名菩提心。

了悟盯着这句话翻来覆去看了好久，所有的怅然若失尽数消散，他的眉眼渐渐柔和下来。

这位姑娘啊。他拿起普通传讯符，简单解释了下自己冲击元婴期在即，没办法动身前往百花谷。原是还想再说些其他话语，但他想说的太多，以至于真正面对这只能承载寥寥数语的普通传讯符时，一时之间竟不知该说些什么好。

突然，了悟像是想起什么，从储物戒指里取出一本他抄写的静心经。

了悟将静心经和传讯符放在一起，想办法将它们一道送去给他师父，随后便盘坐在蒲团上，缓缓闭上眼睛，开始冲击元婴期。

环绕在衡玉周身的光渐渐暗淡下来，最后彻底化为一片虚无。

始终紧闭着的眼眸微微动了下，睫毛轻轻颤抖起来，衡玉慢慢地睁开了眼睛。

看到乖巧盘坐在旁边的小白时，她轻轻露出个笑容。

小白凑到衡玉面前，问起她参悟得如何。衡玉的声音有气无力："之前三四年我一直在寻找入门的途径而不得，现在借着这枚玉简，我总算是寻到了入门的方法。"

要知道，当年阵祖夺天地之造化，终他一生也只是堪堪入了门。现在她借着机缘和阵祖的研究心得，未满百岁就顺利入了门。只有真正入了门，她才知道自己参悟出来的这些东西到底有多可怕。

深吸两口气后，衡玉从蒲团上站起身，将玉简和手札摆在自己身前，直接行参拜大礼。

行完礼后，衡玉再次站起来，虚弱地告诉小白："自己走，我现在没力气抱你了。"小白咕咕咕地叫起来，问她是不是打算离开。在密室里，它一直数着时间，现在距离三月之期还有小半个月。

"也就差个十几天罢了，我现在心神消耗过度，得回去好好吃丹药躺着。"衡玉伸手拉开密室的门，被刺眼而灿烂的阳光照射到眼睛时，她下意识抬手挡在眼前。只是这么几个动作，就让她觉得浑身疲倦。

傅正平正在指导傅陌深修行，察觉到密室的动静，他轻"咦"一声，袖子一挥，就直接带着傅陌深瞬移到密室前。瞧见形容狼狈的衡玉时，傅正平先是一愣，才说道："洛小友这是……"

衡玉苦笑："正如前辈所见，神识耗尽，心神虚弱。我怕是又要多叨扰一段时日了。"

傅正平诧异，想到那玉简的古怪之处，又有些"猜到"衡玉的情况。怕是这位百花谷的高徒心高气傲，非要将玉简研究出个所以然来，结果不仅毫无收获，还导致自己这般狼狈，被迫提前出关。

"洛小友尽管住下就是，不过是随意提供一个院子而已。陌深，你尽快送洛小友回她的院子休息。"

衡玉大概知道傅正平在想些什么，这也是她刻意误导对方的。

在她没彻底成长起来之前，玉简的秘密若是暴露出去，她绝对会遭遇很多危险。所以，让傅正平觉得自己也和他一样毫无收获，这样才是最安全的。

躺在柔软的床榻上，服食了填补干涸神识的七品丹药后，衡玉整个人昏昏欲睡。

在她快要闭上眼睛前，小白咕咕咕地叫了几声，把储物戒指的两次异常告诉她。

衡玉一下从床榻上坐起来。她抬手扶住额头，纤细而冰凉的指尖不断按压太阳穴，想要借此缓解一下大脑的疼痛。神识探入储物戒指，将那两枚失效的远程传讯符取了出来。

看着它们，衡玉深吸口凉气，再取出一个新的远程传讯符。正想要催动它，想起自己现在的狼狈模样，衡玉连忙把传讯符收起来。她倒是不介意此刻的形象，但对方看到怕是会担忧。

这下，她连传讯符都没力气收起来，直接倒回枕头上，闭眼秒睡过去。

屋里仅有些许昏暗的月光，墨绿色的帐子披散下来后，进一步柔化了那本就不亮的月光。

衡玉再次睁开眼睛时，只觉得什么都看不到。适应了好一会儿，她才从床榻上坐起来。她食指屈起，轻弹小白额头的尖角，把它吵醒："小白，我沉睡了多长时间？"

小白迷迷糊糊地转醒，它突然意识到，自己现在居然是个打更的，不满地用肉掌拍了拍衡玉，这才回答她的问题。只是昏迷了大半天，那就好。

神识和心神都还很虚弱，但至少不再处于干涸状态。衡玉又服了一颗丹药，这才走下床活动活动："我们过几日就赶回宗门。"

一听这话，小白瞬间转醒，咕咕咕地叫了好几声，问她这是真的吗。

衡玉点头："当然是真的，回去后我要开始闭关，让宗门的师弟师妹们陪你玩。"

活动好身体后，衡玉用指尖梳理了下头发，瞧着窗外已是拂晓，便走回床边弯腰拿起那枚远程传讯符。她原本想将远程传讯符燃烧掉，但迟疑片刻，她手腕一翻，直接将它收了起来。

"他既能联系我，说明并无危险。暂时联系不上就算了。"

休息几日，实力恢复大半后，衡玉告辞离开傅府，傅陌深和傅菁晶一路送她出了月溪城。

"洛主，以后有空再来月溪城玩。"傅菁晶亲昵道。衡玉笑："好啊。你出过远门了吗？没出过的话可以让你三哥带你去百花谷玩，我会好好招待你们的。"她也邀请道。

傅菁晶的脸颊瞬间激动得红起来，她扭头去看傅陌深，眼睛发亮，似乎是想等傅陌深应个好字。

傅陌深和傅菁晶关系不错，被她这么盯着，无奈一笑："等你突破至结丹期，作为奖励，我可以带你去百花谷玩。"傅菁晶撇了下嘴："那时候还需要你带我去吗？"如果她有结丹期的实力，完全可以自己去百花谷。

"这段时日承蒙傅府，尤其是两位的照顾。"衡玉向他们掐诀行礼，手腕一翻，从储物戒指里取出一个玉瓶递给傅菁晶，"这玉瓶里装着可以提高冲击结丹期三成成功率的破境丹，原是我师父赐给我的，但我并未用到，现在转赠给你。"

别人诚心相待，而且各种丹药灵果都没缺过，衡玉自然不会不回报。

这破境丹若是出现在拍卖行，没个几千块上品灵石拿不下来，但百花谷有专门的炼丹师炼制这种丹药，它的成本其实并不算特别高。

傅菁晶瞬间激动起来，可是不敢伸手去拿，只好偷偷去瞧傅陌深。

傅陌深沉吟片刻，伸手帮傅菁晶接过："那就多谢洛主了，只是下回再来做客，莫要再这般客气了。"衡玉失笑："这丹药对我没了大用，拿来做人情自然没什么。你看，我就没把人情做到你这个结丹初期身上。"

傅陌深哑然失笑。

寒暄几句，衡玉再次掐诀行礼："两位告辞。"抱着小白转身御剑离开。

站在原地目送衡玉，直到她的身影彻底消失在天际，傅陌深才慢慢收回目光。

他轻叹了下，说："初见时，我与洛道友修为正相当，这回她已将我远远甩在身后,再次相见,我们之间的差距怕会有天渊之别了。"

傅菁晶好奇地问:"三哥是否也曾如此感慨过了悟圣子?"

傅陌深侧头看她一眼,心中感慨这位堂妹太不会聊天了!

百花谷还是没有变。即使被冬雪覆盖,这里依旧绽放着满山的红梅。

衡玉踩着积雪,手上撑着把油纸伞,慢悠悠地走回宁榆峰。路过游云院子时,原本紧闭的木门缓缓打开,一身红衣的游云走了出来,"哟"了一声:"徒弟,这几年玩得开心吗?"随手将一个储物袋抛给她,"这是某人千里迢迢传送来给你的。"

衡玉接稳储物袋,把她手上的伞递给游云:"撑着,我看看储物袋里有什么。"

油纸伞很大,师徒俩共撑倒也问题不大。游云依旧是一副懒得没有骨头的样子,握着油纸伞的手胡乱动着,头上的伞也随着他一道晃来晃去,有不少雪花都掉落到衡玉肩上。

她随手拂去雪花,取出储物袋里的静心经和传讯符。捏碎传讯符后,了悟的声音从里面传出来。他的声音素来是温和的,但对她说话时,里面温柔的意味会格外清晰。

"前段时间闭关疗伤时顿悟,已经可以进入元婴期,与洛主之约怕是要推迟几年。"随着这句话落下,衡玉耳畔只剩下呼呼的风声。

游云有些诧异地挑了下眉:千里迢迢送个传讯符,就说这么一句干巴巴没有营养的话?

衡玉注意到她师父正龇牙咧嘴,抬眸淡淡瞥了一眼。她师父真是白长了张这么惊艳的脸,表情管理太失败了。

"还有本书。"游云摸了摸下巴,贱兮兮地说,"不会每次想起你,就在册子里写上那么几句话,现在把这些情话送来给你看吧。"

"师父,"衡玉不轻不重地喊了他一声,"不要开他的玩笑。"

"我又没骂人,这就护上了。"游云嘟囔起来,觉得自己这个师父当得没什么排面。

衡玉慢慢将经书翻到第一页。扉页之上,开篇"静心经"三字格外显眼。

游云见她一直站在原地发呆,有些怅然若失,就悄悄凑过来瞥了眼:"咦,这个字迹……"

衡玉将经书合上:"是我的字迹。"

师徒俩在院门外干站了一会儿,雪势没刚才那么大了,衡玉正准备接过伞告辞离开,远处一道传讯符破空而来,直直停在衡玉面前。传讯符上有掌门金印的气息。

衡玉伸手将它展开,发现是掌门得知她回来后,命她即刻赶去太极殿。

"宗门出了什么急事吗?"看完传讯,衡玉抬眸看向她师父。

若不是急事,掌门应该不会这么急急忙忙将她找去。毕竟她刚回到宗门,都没来得及坐下休息。

"急事，也是好事。"游云说。他正准备把这件事告诉衡玉，没想到居然晚了一步。

游云摆摆手："快些过去吧，别让掌门久等。"衡玉掐诀行礼，夺走游云手上的油纸伞后直接御剑离开，突然被雪淋了一脸的游云无语。

走进太极殿，衡玉才发现殿里的人还真不少。除了掌门，几个结丹后期的内门师兄师姐都在。

行过礼后，掌门将衡玉招到近前，把秘境的事情告诉她。

百花谷明明没有任何一个化神期祖师，却能稳坐五大邪宗的位置，凭借的自然是各式各样的底牌，其中一个底牌就是沉溪秘境。这个秘境，可以帮助结丹后期修士找寻突破至元婴期的机缘。

掌门轻笑道："我原想着，你若是没能及时赶回来，后面再私下开启秘境送你进去，但现在你回来得正是时候，倒是省去了不少麻烦。"此话一出，几个师兄师姐都向衡玉投来注目礼。

他们都是宗门上一届的少主，在衡玉一辈入门后，便各自脱离了少主的身份。现在这位师妹明显是得到了掌门的器重。但转念一想，师妹比他们晚入门那么长时间，修为却后来居上，宗门投入大些也属正常，于是那些羡慕的目光便逐渐消失。察觉到这些目光里没有恶意，掌门满意地点头。不错，这些弟子的心性都格外出众。他环视几位弟子，温声道："回去做准备吧，秘境十日后开启，直到你们取得秘境的认可才能从里面出来。"

闻言，衡玉问道："掌门，不知道一般来说需要多少年才能从秘境出来。"

掌门说："少则十年，多则五十年。"见衡玉有些惊讶，他那清疏温稚的脸上浮现出几分笑容，"怎么，是觉得时间太久了？没关系，如果你能取得突破，只花一两年的时间就从里面出来也不是不可能的，我和你师父会更高兴的。"衡玉笑了下，她资质是不错，但她可不敢小觑各类天才。

秘境存在万载，掌门所说的最低年限，绝对是万年来的最好成绩。

她顺着掌门的玩笑话说道："只希望幸不辱命。"掌门哈哈大笑起来。

从太极殿离开后，几位师兄师姐都过来和衡玉打招呼，彼此聊了几句，就各自打道回府。

回到自己的院子，衡玉先睡了一觉。

一觉睡醒，正是月上枝梢时，月光从窗外洒落进来，轻轻幽幽地洒在衡玉身上。她翻了个身，借着月光将静心经取出来默默翻看。凝视着这些字的一撇一捺，衡玉深吸一口气。了悟说他练会她的字迹时，她原以为只是学了个形似，但现在看来哪里只是形似，就连她自己若不是确定自己从未抄写过整本经文，都要怀疑这是她抄写的了。

"闭关，修炼，入秘境寻找突破的机缘……以后他还要净化邪魔，连联系都变得困难。这种情况什么时候才能结束。元婴期够了吗？还是要到化神期？"衡玉自语几句，又觉得她这番想法有些好笑。

进入元婴期后，每进一阶怕是都要花个几十上百年时间。到那时候，偶尔抽出一两个月的空闲还是能做到的。

"不过我这回进入秘境，远程传讯符肯定联系不上他。得把这个消息告知他才行，免得他突破至元婴期出来后联系不上我。"从床榻上坐起来，衡玉走到桌案边点燃烛火，借着明亮的烛火研墨提笔。

第二日上午，衡玉换上件红色长裙，外披黑色斗篷，用自己的宗门贡献值兑换一枚元婴境界的破境丹后，拜托游云想办法帮她把破境丹送去沧州傅府。

这都是小事。游云收起破境丹，示意衡玉在他身边坐下："这几年在外，你的修为进展如何？"

时至今日，师徒俩的感情越发亲密。衡玉将阵祖的事情说了，不过那构建万物的事情，因自己还没能掌握，她暂时没打算告知游云。

末了，衡玉说："师父，从秘境出来后，我会闭关几年潜心研究阵祖的传承。"

"好。"游云点头，顿了顿，他问，"诅咒的事情……"

"我体内已经绘上第一层阵纹。"

游云抬手拍拍她的肩膀，原是想说些什么宽慰的话，瞥见衡玉一脸平静的表情，他无声地笑了下，改口道："若有什么需要师父和宗门的，尽管提出来。等你破除诅咒，师父也是时候突破到化神期，那时你就算闯下天大的祸事，为师也罩着你。"

"天大的祸事？"衡玉视线微微上移，"如果我把无定宗圣子抢回百花谷，无定宗之怒你兜得住吗？"游云讪笑，装傻道："想抢了缘吗？这可以。"

衡玉莞尔："师父，要有些志气，要抢自然是抢无定宗那鼎鼎有名的高岭之花。"

游云翻了个白眼："话倒是说得大。"

离开游云的院子后，衡玉去见了舞媚。

舞媚早就已经接受完内门任务失败的惩罚，现在正准备闭关冲击结丹中期，一听衡玉说她要进入沉溪秘境，舞媚酸得要死：哪怕都同为天骄，但天骄之间也是分了高下的。

在宗门里胡乱晃悠十日后，沉溪秘境正式开启！

沉溪秘境是一个很神奇的地方。

当年东霜寒祖师会选择在此地开宗立派，正是因为发现了这里是洞天福地。后来，百花谷每一位元婴期长老、化神期祖师都会将他们突破的心得留在秘境里，随有缘人获得。

所以进入秘境后，会遇到怎么样的考验，会获得怎么样的秘辛，全凭个人运气。

衡玉进入秘境，在这里胡乱转悠半个月，还是置身于一片黄沙之中。

"这到底是想考验我什么？总不能是让我将黄沙变为森林吧。"衡玉胡乱猜测。

其实她也觉得这个猜测有些不靠谱，但她还是从储物戒指里取出一盆普通灵植，迅速移栽到黄沙土里。一刻钟后，灵植那饱满多汁的叶片一点点枯萎下来。衡玉用手抓了把黄沙，沙子松散而干燥，完全没什么蓄水能力。就在这时，一行黑色的字迹浮现天际：

　　将十里黄沙变为森林。

　　居然还真让她猜对了。她是该先走流程佩服下自己的才智，还是吐槽一下这个考验的无聊？不过有了个努力的方向，也总好过像没头苍蝇一样乱转。

　　衡玉从地上起身，掐法诀开始疯狂挖洞做水井。想要植物活，必须先寻找水源，然后才能开始种植。连着挖了几十米，泥土里的湿度明显增多。

　　顺利挖出水源后，衡玉一股脑儿将自己储物戒指里的低品灵植全部拿出来，掐诀操控，将它们移栽到黄沙里后开始浇水。

　　折腾了一番，这些被她移栽出去的灵植倒是活下来了，可任务是森林。既然是森林，那肯定得有树。

　　深吸口气，衡玉将灵力凝聚在她右手食指上，她抬起手，在空中干脆利落布阵。随着她指尖上挑，有道微光出现，下一刻，一棵小梧桐树苗落到她面前。

　　做好这一切后，衡玉脸色唰的一下就白了下去，她体内原本盈满的灵力仅剩下三分之一。

　　将小树苗种下，确保它能够存活后，衡玉开始调息，恢复自己的灵力。当灵力恢复到充盈状态，衡玉再次起阵构建梧桐树苗：这就是她从玉简里悟到的，最简单的创造阵法。

　　创造树苗，调息恢复灵力。这两个步骤不断重复，到后来，衡玉只需要花十分之一的灵力就能构造出一棵小树苗。她明显感应到自己对灵力的调动越来越得心应手。

　　举一反三之后，除了梧桐树苗，衡玉还成功构造出其他乔木、灌木、藤蔓等。

　　等到后来，生态环境已经形成后，这些花草开始自行繁殖，一行黑色的字迹再次浮现在天际：

　　通关。

　　衡玉身处的空间扭曲起来，等她再度站稳，她已经来到一个极度贫穷的村子。

　　请帮村民摆脱贫穷。

　　第三关、第四关，一直到顺利完成第五关教化野兽，衡玉终于忍不住吐槽："这个考验到底是百花谷哪位长老出的，他不会是叛出无定宗转投百花谷的？！"

　　似乎是听到了她刻意压低的吐槽声，角落传来一道清脆的笑声。这道笑声非常动听，却又不只是动听，主要是干净，仿佛能够涤荡人心。

　　随着这道笑声传来，衡玉所处的环境陡然一改。

　　这是一处烟雾朦胧的湖岸边，此时正在下细雨。应是处于春季，景色极为动人。

　　衡玉却没有心情欣赏这美景，她的视线完全落在那个身穿蓑衣、头戴斗笠、坐在小板凳上垂钓的人身上。

"前辈。"衡玉掐诀行礼。神秘人袖子一挥,一条板凳凭空出现在他身边。

衡玉会意,走到板凳边坐下,侧头去小心打量他。但对方的修为仿佛早已臻至境,以衡玉这结丹巅峰的实力完全无法看清他的容貌,只能看到一层薄薄的白雾,雾里夹杂着些许神圣的金光。

金光刺眼,衡玉连忙别开视线,转去盯着湖面。她见这位前辈正在钓鱼,便没有出声,耐心地等着他垂钓结束。

盯了半天,湖里还是没有鱼上钩。衡玉好奇地发问,神秘人将鱼竿往上提了下,示意她自己看。

鱼竿尾端是直的,鱼饵附着在尾端,有鱼游过,可以直接咬掉鱼饵然后游走。

"可以冒昧地问下前辈是宗门哪位祖师吗?"沉默片刻,衡玉打听起对方的身份来。能够厉害到她看不清容貌的,必然是化神期祖师。而百花谷的化神期祖师,一手都能数得出来。

神秘人温声道:"名讳身份并不重要。"

衡玉觉得有几分古怪。无论是她接受的考验,还是这位前辈的打扮做派,都不像是百花谷的风格。但能出现在沉溪秘境里的,除了百花谷的祖师还能有谁?

顿了顿,她才回道:"这倒是,名讳身份并不重要,晚辈只是有几分好奇罢了。"

雨势逐渐变小。雨水滴落到湖面,涟漪一层层扩散开,神秘人收起鱼竿,往鱼竿尾端重新添了鱼饵后,继续喂着湖里的鱼。衡玉不清楚他的用意,便安安静静地注视着他喂鱼的动作,慢慢地,她若有所悟……

时间恍若流水,在衡玉身处秘境时,外界的形势逐渐严峻起来。

暮鼓声传遍整个无定宗,弟子们按照自己的习惯进行道法修习,气氛格外祥和。

相比之下,议事殿里的气氛就显得有几分凝滞。圆苍身为掌教,亲自主持这次会议,自然而然坐在主座上。他双手合十,声音温沉若水:"诸位应该已经知晓,附身在顾续身上的邪魔就是冰魔祖。"

万年前,曾经有四大魔祖联手袭击百花谷。其中东霜寒与另一位魔祖同归于尽,冰魔祖和土魔祖被封印在南州,随着时间的消磨,冰魔祖和土魔祖慢慢陨落。

"本该陨落的人,因为神格再次苟活于世。"戒律院首座微微拧起眉来,"听说剑宗的俞夏也曾吸纳过神格,那神格外也缠绕着一缕邪魔之气。我怀疑这所谓的神格是邪魔的阴谋。"

"这种猜测不无道理。"不少长老出声赞同道。

等他们安静下去后,圆苍才继续刚刚的话题:"此事稍后再议。这两年,冰魔祖闹出的动静极大,而且多次在武州出没,老祖们怀疑他是想要唤醒沉睡在武州的帝魔祖。"

邪魔体质相当特殊。以"帝"为号的魔祖,单是听名字就知道他有多可怕。

万年前,虚乐圣子以身化阵后,邪魔们知晓自己如今处于式微状态,于是有不少邪魔隐藏起来。甚至有不少邪魔主动沉睡蛰伏，静待时机苏醒。

帝魔祖被虚乐重伤，心神受损之下无奈沉睡养伤，若是他当真被唤醒，以他的实力和地位，绝对能让各自为战的邪魔们统一起来。

"祖师们意欲如何？"有长老问道。

圆苍轻声说："有两位老祖已经启程前去武州，剑宗、黑白学宫这两大宗门也有老祖赶赴武州，想要提前掌握冰魔祖和帝魔祖的行踪。"

即使是在述说这些严峻的形势，圆苍的声音还是不紧不慢的。等到把所有事情都告知，他伸手端起桌子上的茶杯，用杯盖慢条斯理地拨弄茶水，送人的意味格外明显。

殿下几位长老互相对视一眼，最后把目光落到戒律院首座身上，显然是想让戒律院首座开口说些什么。戒律院首座没动，直到圆苍放下茶杯，他才开口道："这几年，了悟又是毫无进展。"

身侧的香已经燃到尽头，圆苍摸出新的香烛，在点燃香烛时说："他前些年刚突破至元婴期，这几年毫无进展方才是正常的，是你们太急切了。未满百岁就突破至元婴期，他可曾落下过修炼丝毫？"

戒律院首座修习解脱道，性子本就火爆，他直言道："我承认，了悟的进展令人惊叹，但我觉得他可以走得更快更顺，而非像如今一般磕磕绊绊！觉者早已指引他要如何渡过情劫，他偏偏想要另辟蹊径，因此才会在渡情劫上辗转多年！他肩负着禅门万载期许，圆苍师兄，你身为无定宗掌教，不该任由他胡来。"

圆苍无奈："他的禅机未到，你们再如何急切都没有用。此事我们已经商议过几次，几位师弟还没悟吗？"他是宗门掌教，在宗门里的威望仅在几位化神期老祖之下。但有关情劫一事，戒律院首座和几位长老都觉得他的应对不妥当，就连一位老祖也私底下过问此事，圆苍实在被他们弄得有些无奈。

他身为师父难道不急吗？但急有什么用。

也许正因为了悟这般执拗的性情，所以情劫才是他最难渡过的劫难啊。

"情劫之事只是其一，师兄有没有想过，随着了悟名声越来越盛，世间广为流传的却不是他做过什么，而是他与百花谷妖女的风流韵事！到那时，信徒如何看他？"气氛逐渐僵持，片刻之后，戒律院首座双手合十，"还请师兄再多考虑。"在戒律院首座离开后，其他长老也纷纷告辞。

等到议事殿所有人都离开后，圆苍起身走回议事殿后方的大殿。

他推门走进里面，发现自己的弟子正跪坐在雕像前低声诵经，温声问道："怎么突然过来找为师了？"了悟停下诵经，默默从蒲团上站起身："今日怕是又让师父为难了。"

"你都知晓了？"圆苍声音里有些惊讶。

"前两日有长老找弟子谈过心。"

圆苍无奈："他们啊……"他走到了悟身边，给了悟递了六炷香："你怕是也为难了吧。"

了悟垂下眼将六炷香点燃，瞧着香头亮起星火，他分出三柱给圆苍，手上剩余那三炷被他小心地插进香炉里。

"为师发现，这些年来，为师能给你的建议越来越少。到如今能给你的告诫，依旧是那句好自为之。"圆苍突然轻声开口。他抬起自己的右手，纤细而白皙的指尖落到白绸上端，缓缓将那覆盖在他眼前的白绸解下来。似乎是有些不适应突然的光线，他还是紧闭着眼睛没睁开。

"机缘已到，未来局势变幻莫测，为师也是时候闭关冲击化神期了。"

了悟脸上浮现出浅浅笑意："提前恭贺师父。"

"这的确算是一件好事，就是以后要你一人独面几位长老了。"

"师父不必担忧，这本就是弟子自己的事情。"

雨淅淅沥沥地下着。

衡玉瞧着这位前辈穿着蓑衣挡雨，她起身往林子深处走去，片刻后折返回来，头顶上撑着一片巨大的树叶。灵力罩已经被她撤掉，风斜吹过来，有些雨水打在裙摆上，她也不太在意，继续看着这位前辈"钓"鱼。鱼竿尾端附着的鱼饵大概有些特殊，吃过鱼饵的鱼并没有离开，被鱼饵吸引过来的鱼倒是越来越多。

不知过了多久，鱼群变得拥挤而混乱。越是混乱，能吃到鱼饵的鱼越少，最开始吃到鱼饵的几条鱼身上开始出现细微的变化。它们身上的金光越来越浓，原来的鱼须逐渐变短，鱼头也发生变化。隐隐看去，似蛟似龙。那些金光蔓延开，又慢慢汇成一股，最终化为一道拱桥，最像龙的那条鱼在用力往拱门跳去，想要就此跨过拱门完成蜕变。

在这条鱼恰好跃过拱门那一刻，整个湖面都亮起金光，一道巨龙虚影隐隐约约显现出来，最后腾空而去。等衡玉再细看，她发现湖面上一派平静，刚刚那些还在争食的鱼儿都已消失不见，一切仿佛都是她的幻觉。衡玉闭上眼睛，在脑海里不断回想那些画面，一遍又一遍。

这位前辈随意点化普通的鱼，竟能顺利让鱼化龙，这是何等通天彻地的手段。

她的路走到极致，也会是一种创造众生、造化众生之路。

在她想到这里的时候，一道无形的屏障在她眼前慢慢破碎开。而她腰间别着的玉牌正在源源不断地提供倾慕值。

不知道过了多长时间，衡玉慢慢睁开眼睛。她还身处湖边，神秘人依旧握着那根鱼竿。

似乎是察觉到她清醒过来，神秘人将手中鱼竿放下："恭喜突破。"

衡玉眸中慢慢显露出笑意："多谢前辈成全。"秘境隔绝了雷劫，等她离开秘境渡过雷劫，就是一名真正的元婴期修士了。

"可惜你已有师承，不然我很想收你为弟子。"神秘人轻笑了下，笑声一如既往的空灵，"我的弟子们都很出色，一直在竭力继承我的衣钵。唯独创造万物的能力，他们无人能领悟。"

衡玉心跳失速。对方话里有几层意思：一是他看出她拥有这种能力；二是他也拥有这种能力。这位前辈绝对不可能是百花谷的人！她现在在哪里，难道从一开始她就不在沉溪秘境中吗？那对方又是谁？

思及此，对方的身份已经呼之欲出，偏偏这个答案过于骇人，于是衡玉继续保持沉默。

"我只是抹意识罢了，"神秘人温声道，"原不该出现在这里，但察觉到你的能力，故此前来一见。"

衡玉慢慢舒口气："前辈能指点我吗？"

"能指点你的，都已经指点了。"

"除了修炼。"衡玉说。

神秘人带着些不染浊世的超然出尘，偏偏又温和得令人生不出畏惧："你觉得这世上有永远正确的人吗？"

"没有……即使是剑祖、阵祖这般先贤。"

神秘人似乎是听出她话中的另一层意思，又笑了下："但绝大多数时候，他们的话都是正确的。他们给出的解决思路，是他们穷尽漫长岁月探寻出来的。也许花上同样漫长的时间，后人能找出不同的解决思路，但那耗的时间太长了。"

衡玉心尖一颤。她心里慢慢升起一股缺失感，这种空荡荡的感觉让她不由得攥紧手边的归一剑。

漫长的时间吗？可没有那么多时间留给了悟啊。若他一直毫无进展，所有人都会逼他。

神秘人声音柔和，带着些宽慰与安抚："不破不立。也许亲眼去看看，你会有所决断。"

他袖子一拂，衡玉发现自己已身处于另一个时空。她转头去看神秘人，却发现他的身影已经消失不见，留在原地的只有一片晶莹剔透的菩提叶。衡玉小心地将菩提叶收起来，开始打量起周围的环境。

这是无定宗。衡玉垂眼，将手攥成拳头，就知道自己现在的状况有些不对劲，她现在是虚影状态。刚刚那位前辈说，要她亲眼去看看吗？

衡玉迈步，沿着白玉石台阶一路走到尽头，一座高大的殿宇映入衡玉视线。她迟疑片刻，还是走了进去。大殿里，几位元婴期长老围坐着，似乎是遇到了什么难题。他们神情严肃，衡玉走进来时并没有惊动任何人。

"之前有着渡劫的说法挡着，现在明明有机会渡过劫难，却是他自己不愿忘情！"

"宗门里，了悟的威望已是大不如前，不少弟子、长老，就连同修大慈大悲道的静守老祖都对他颇有微词，觉得他耽于劫难不能自拔。他为何执迷不悟？"

"唉。他是从不曾耽误过修炼进度，但之前几次在情劫上取得进展时，他的修为都突飞猛进，若是一口气渡过情劫，怕是有望直冲到元婴后期。到时再辅以天生禅骨，普通化神期邪魔压根儿不是他的对手。我们这般执着，为的不是个人私欲，而是禅门和苍生，现在倒成了恶人一般。"有个长老苦笑，脸上写满无奈。

"……圆苍师兄闭关了，没有人为他挡着。他在封印地闭塞太久了，也是时候听听旁人是如何评价他的了。"

"静守老祖不日出关，他是了悟的师祖，就请静守老祖多劝劝了悟吧。"

长老们七嘴八舌，各人有各人的说辞，但到最后都只有一个意思，那就是指责了悟。

这些声音尽数被衡玉收入耳里。她抱着归一剑，脸上布满冰霜，那双干干净净的眸子瞬间像是布满烈焰一般。衡玉再也没办法听下去，她猛地转身，快步走出大殿。就在她左脚刚迈过门槛时，她周遭的空间再度变得扭曲起来。下一刻，衡玉发现她来到了无定宗的藏经阁门前。

这时候接近傍晚，不少弟子正结伴从藏经阁里走出来。

待到藏经阁前安静下来时，漫天的红霞已经迅速化成夜色，有人慢慢走上台阶，给藏经阁前挂着的灯笼点火。他不像记忆中那般温柔，现在的他显得有些神圣而冷淡，虽还是温和的，却带着淡淡的疏离。

衡玉慢悠悠走下台阶，来到他的身边，伸手去钩住他的尾指。她只是一道虚像，两人触碰时，衡玉并没有感到他身体的丝毫温度。但就在她要将手移开时，了悟仿佛受惊般，另一只手没拿稳火折子。火折子掉落到白玉石地板上迅速熄灭，灯笼被风吹得一阵晃悠，里面的烛光便熄灭了。

今夜没有星月，于是周遭迅速变黑。了悟侧头环视周围，声音有些许困惑："为何会感应到洛主的气息。"衡玉微愣，她抬手抚摸了悟的脸，就站在他的正前方："这回感应到了吗？"

了悟抬手，用手背触碰自己的颊侧，温热的触感蔓延开来。他似乎还有些困惑，于是便慢慢拧起眉。衡玉知道他其实并没发现自己的存在，只是不知为何他刚刚会感应到气息。

她往后退开两步，轻声提醒："别拧眉啊。你该继续点灯笼了。"

了悟看着自己刚刚点燃的灯笼已经被风吹灭，便重新点燃火折子，将面前这盏灯笼里的蜡烛点亮。等烛芯蹿起的火苗稳定下来后，了悟就朝下一盏灯笼走去。

一盏接着一盏，灯笼如长河般照亮昏暗而宁静的台阶。

了悟将他手上的火折子熄灭，在白玉石台阶坐下，仰头紧紧盯着天空。

衡玉坐到他身边，仰头仔细瞧了半天，没找到任何一颗星星："这夜空有什么好看的。"

"今晚还是没有星星。"了悟低声自语，"这夜空看起来，倒有几分像是封印地的夜空了。"

"你想回封印地了吗？"衡玉侧头去看他，见他那漆黑的眼眸始终盯着天上，里面仿佛有暗潮在涌动。她凑过去摸他的睫毛，似乎是想要将他的睫毛数量数个清清楚楚，"那些长老和弟子，以及你的师祖，是不是让你为难了？圆苍掌教闭关，最会护着你、站在你这边的人不在了，你以后的处境怕是要越发艰难了。"

"冰魔祖已经成功将帝魔祖唤醒，他们现在正在暗地蛰伏，慢慢恢复实力。局势变得太快，师祖出关之后定然会让我通过玄禅镜入封印地深处，借着生死的考验渡过情劫。只是不知洛主要何时才走出秘境……"他的声音有几分怅惘，融在冰凉的夜风之中，更显得萧瑟。

了悟，我就在你身边啊。

第十七章
忘忧绝情

夜色渐深。了悟枯坐片刻，起身离开这处台阶，赶回他的屋子。他的屋子还是和衡玉记忆中一模一样，外墙爬满不知名的藤蔓，环境格外清幽。

了悟推开门后走进里面，点燃蜡烛，坐在桌案前翻阅经书。他翻阅得很慢，似乎是在思索些什么。

衡玉凑过去看，经文这一页讲的是玄禅镜的功能。玄禅镜是觉者飞升前制成的一件法宝。它可以复制场景，让禅门弟子在里面接受生死考验。那里面的考验都极端凶险，唯有完成所有考验才能够从玄禅镜里出来。这件法宝沾染过数不清的禅门天骄的鲜血。

她见了悟换了本经书在轻声诵读，便稍稍远离，免得打扰到他。

在屋子里静静地站立片刻，衡玉走到他床榻边，一眼就看到那被摆在枕边的草蜻蜓和草蚱蜢。除此之外，还有两盆君子兰、香炉里的雪松……这屋子的摆设，看起来就像是封印地里那间厢房的翻版。

衡玉回到他身边，趴在桌面上静静看他。算着时间已过子时，她提醒道："夜已深，你该睡了。"

将手上这本经书翻阅完，了悟轻轻合上书，将它放回到书架里，随后洗漱上床。墨色的帐子披散下来，衡玉钻进帐子里，蹲在床边，凑近他耳畔轻声说："晚安。"

"晚安。"了悟瞥了眼枕边的草蜻蜓，盖好被褥闭上眼睛。

衡玉无声地笑了下。静等片刻，发现自己居然还没离开这处空间，她有些诧异，她会以这种形态在这里待多长时间？只可惜，送她过来的那位前辈不知是否早已离开，并没有人回答她这个疑问。

朝阳初升。晨钟响彻整个无定宗。

禅修弟子们穿着不同颜色的衣袍，手上抱着经书钻研道法。

了悟慢慢地走在石子路上，衡玉与他并肩走着。

"师兄。"有几个弟子偶遇他，连忙双手合十行礼。

和那几个炼气期的小弟子擦肩而去时，衡玉回头望了他们一眼。他们正凑在一起，边轻声嘀咕着边偷偷用余光打量了悟的背影。衡玉现在动用不了灵力，没办法听到他们的话。

她知道了悟肯定听得到那几个小禅修的嘀咕声,随口问他:"他们在嘀咕什么?"

见身边的人无知无觉,衡玉猜测道:"该不会是在议论你我的风流韵事吧?应该不是,如果他们议论了我,你不会这么平静的……那就是单纯只议论了你一人?"

绕过大殿,二人便到达灵液湖。湖边摆满修炼用的莲台,此时莲台上盘膝坐着不少弟子,他们正在闭目修炼着,一位元婴中期的长老站在湖边,出声指点他们的修炼。

衡玉的目光在那位长老身上定格片刻:昨天在那个大殿里,她见过这位长老。

衡玉想起他说过的那番话:"……我们这般执着,为的不是个人私欲,而是禅门和苍生,现在倒成了恶人一般。"她拧起眉,对身边的了悟说:"我们换个地方待着吧。"

不知是否听到她的声音,了悟脚步未停,直接绕过灵液湖,反倒是那位长老先一步发现了悟的身影,抬起右手作势要出声喊住了悟。

"何长老!"了缘不知从哪里蹿出来,一把攥住了何长老的胳膊。灰衣湿透紧贴着他的身体,还有不少灵液从他脸上滑落,这让他身上的邪气更重了几分。

"长老,我遇到了修行上的困惑。"眼见何长老还要说话,了缘强调道,"非常严重的困惑,事关我未来的大道。"何长老终于无奈地看了他一眼:"你有什么困惑啊?"

了缘瞥了一眼了悟已经远去的背影,无辜笑道:"这……我刚刚太激动之下,反倒自己想通了。天资太高有时候也会成为一种错误。"让这样吊儿郎当的圣子代表禅门行走天下,何长老心有点痛。

衡玉一直关注着了缘这边,等远离灵液湖后,她向了悟感慨:"了缘倒是越来越好玩。"

了悟抬眸望着高悬碧空的烈日,自语道:"能够一直避着吗?玄禅镜一行,在下必须努力寻到两全之法。"衡玉跑到他前面,双手背在身后倒退着走,目光自始至终都黏在他身上:"可是,那位前辈说他给出的解决思路,是先贤们穷尽漫长岁月才探寻出来的。你活了多久,他不朽了多久啊……说起来,他的话对你来说,应该像是法旨一般吧。罢了,先不说这个问题。我就是有些奇怪,我不在的时候,你都习惯自言自语了吗?"

似乎是终于走到了地方,了悟停下脚步。衡玉目光偏移,发现了悟来的地点居然是冰莲湖。测魔阵法就是在冰莲湖深处,她也曾在这里和了悟一块儿看过日出。御空踩在冰花上,了悟一路来到冰莲湖深处。冰花凝成一个莲台,了悟盘膝坐在上方。衡玉想凑过去,又怕那位前辈万一没走瞧见这幕,便安安分分地坐在他身边,垂下眼把玩他腰间那块"衡"字玉佩。朝阳初升,阳光铺满整个冰莲湖,他就置身于这片金色光芒里翻阅经书。

"特意跑到冰莲湖翻阅经书，这是什么奇怪的习惯？"衡玉说道。

这里很静谧，除了湖水潺潺流动、天地展露生机的声音，什么都没有。将手中这本经书翻阅完毕，了悟才起身离开冰莲湖。但他刚出冰莲湖不久，就被一位元婴后期修为的长老拦下。

"首座师叔。"了悟双手合十，目光温和地向戒律院首座行礼，似乎早已预料到他在这里候着自己，神情里没流露出丝毫惊讶。戒律院首座没马上回礼，只是沉沉地注视着了悟。他的目光极富压力，若是普通弟子被他这么盯着，定然会觉得胆战心惊，了悟却还是一副平淡如水的模样，只是脸上的询问之色渐浓。戒律院首座缓缓收回目光，双手合十回一礼，道："知道我为何来找你吗？"

了悟轻笑着点头。

"你的答案还是未变？"

了悟说："其实弟子更认可师父说的话，劫难是自身的，弟子自该顺应本心而为。"

"这话是对的，但想法也会随着时局的变化而更改。"戒律院首座轻叹了下，"不知你可有空，陪我四处走走？"这样的事，就算拒绝得了一时，也终究要面对。绝大多数时候，了悟都不是个会逃避的人。他轻声应道："弟子却之不恭。"

戒律院首座袖子一拂，一道雾气在了悟和他周围散开。这股雾气不知是什么原理形成，总之，只要不是心神修为惊人的，都没办法透过这层雾气发现他和了悟的身影。

两人慢慢走着，逐渐来到试炼台畔。这时是休息时间，几个筑基期内门弟子正凑在一起打闹，不知是谁先起了话题，他们的话题逐渐转到了悟和了缘两位圣子身上。

"了缘师兄用十年时间行走在南北两州传扬道法，现在名声越来越盛了。"

"说起来，以前代表宗门宣扬道法的都是了悟师兄吧。"

"师兄的修为进展令人望尘莫及，但他现在的声望……"小禅修抬手挠挠头，讪讪一笑，没敢把那有些冒犯的话说出来，但他身边其他同门彼此交换了一个眼神，显然都清楚他的意思。

了悟双手合十，就站在不远处静静听着这些评价。他垂首合目，平淡得没有给出一丝反应。

衡玉同样认真听着。也许是因为心底早有预料，听到这样的对话时，她并未生出任何负面的情绪，而是以一种格外理智的冷静，认真听着他们对了悟的指责。

他们把身边这人高放于神坛之上，为他冠以禅门之光的荣誉，让他变得高不可攀。以前的他从未辜负过这样的期待，于是人人觉得他理应如此。他们却忘了，他的清冷与生俱来，他的天资与生俱来，他的柔软也与生俱来。他明明从来便是如此。

日暮四合，远天斜阳笼罩着整个无定宗。

"首座师叔，"了悟停下脚步，"若是您已经无事，弟子就要先告辞了。"

戒律院首座看着他依旧平静沉着的脸，轻叹道："还是没改变主意吗？"

了悟说："弟子大抵比几位师叔以为的都要坚定许多。师叔刚刚说过一句话，想法会随着时局的变化而更改，的确，在下不能保证自己永远坚定。若是局势当真不由人，若是觉者亲自降下指引，告知弟子想要渡过情劫只有看破红尘这一条路，为禅门万载期许、为天下苍生，弟子自然会选择一条更容易的路来走。但现在，弟子想再试试。"

说这话时，明明他被阳光笼罩着，但周身依旧带着融化不去的寂寥和清冷。

其实还有一种可能，即"若是洛主先放弃他，觉得离开他会更自在，觉得他的喜欢成了一种束缚"，但了悟没有把这种可能性说出口。他不想首座师叔他们在他这里撬不开，便试图去打扰她。

衡玉静静地凝视着了悟。他有着绝佳的天资，有着足以打破修真界万载纪录的修为进展。

如果不是为情所困，他本应一直让人仰视，就算被加上越来越多的期待，他也能做到极致，永远不辜负那些期待。

"我知晓你不会觉得后悔，但肯定也会越来越为难吧。"衡玉声音渐渐低沉下来，"邪魔来势汹汹，随时都可能变得凶险。那位神秘人已经说了，他给出的解决思路是穷尽漫长岁月探寻出来的。"

就连她也开始动摇，思索着若仅保留记忆、忘掉这片痴情会不会让他活得更自在些。

衡玉眼里有流光一闪而过，她还想再认真凝视了悟，却发现她身边的空间开始扭曲起来，原本站在她身前的了悟消失不见。衡玉的气息彻底在原地消失时，了悟的脉搏骤然加剧，心底觉得空落落一片。他与戒律院首座辞别，转身离开迈下台阶时，险些往前栽去。

神不守舍地前行两步，了悟又猛地四处张望，那密如鸦羽的睫毛剧烈地颤抖起来："洛主？"他轻声开口，"你来过吗？"这种空落落、茫然得不知道该做些什么好的状态，只在她离开时出现过两次。她是否曾经来过他身边？

衡玉再睁开眼时，发现自己又回到了那个小湖畔。

可惜的是，那位坐在湖边手握鱼竿喂鱼的前辈已经消失不见，她心底的种种困惑与疑虑皆寻不到人来解答。她抬起手来，用那冰凉到失去血色的指尖抚摸额头，借着指尖传来的冷意，生生克制下自己起伏的情绪。她握紧手中的归一剑，开始在这四周胡乱晃悠，寻找着从这里出去的办法。

半个月，一个月……找了很久很久，衡玉还是没有找到出去的路。但她发现一件很有意思的事情，这片空间和它里面的一草一木，都是人为创造出来的。

"……是要把这些东西吃透，才能从此处出去吗？"衡玉猜测。她已经被困在此地很长时间，与其像个没头苍蝇般继续胡乱转悠，不如沉下心钻研，这番奇遇甚至能提升她创造万物的能力。撩起裙摆，衡玉在湖畔盘膝坐下，开始观湖悟道。

百花谷。

正是合欢花盛开的时节。合欢香靡，在整个宗门里飘溢不散。

游云坐在梧桐树旁，正在训斥小白："都已经教过你喝茶的礼仪了，你怎么还是这么喝茶。风雅！风雅！百花谷弟子可以没有实力，但一定不能缺少气质。"

小白委屈地叫了几声：我又不是人，为什么也要讲究风雅，茶泡来就是解渴的啊。

时间一晃便是十来年。现在游云已经能听出小白叫声里的意味，他不高兴地哼了声："真是的，和我那混账徒弟一样学不乖。你小小年纪肯定是被她带坏了。"

小白用爪子拍拍他，它觉得游云就是太闲了，所以连这些小事都看不顺眼。

游云气得险些要把小白甩出自己的怀抱，他一位元婴后期修士不要面子的吗？！

就在游云撩起袖袍，准备再接再厉出手教育小白时，他猛地抬头望向沉溪秘境方向："元婴期雷劫？"除了游云，还有不少长老都感应到这股雷劫欲来的气息。他们腾空而起，看向东南方向。

那个方向原是烈日高照，突然间烈日便被密而沉的乌云团团遮住，乌云层越积越厚，越积越厚，金色的雷电在云层里游走，似乎正在酝酿着降下来。

游云抱着小白，御空而行朝东南方向赶去，一步迈出，眨眼间便出现在数十里之外。

"你说这回出关的是谁？会不会是我那便宜徒儿？"游云问小白。小白咕咕咕地喊了好几声。

"你对她信心倒是挺大的。"游云喷了一声。两句话的工夫，游云便已迅速来到雷劫外围。

此时，百花谷掌门和几位长老都先游云一步赶到，游云向他们淡淡颔首示意，眯起眼睛望着那盘膝坐在半空的人。黑色斗篷将她从头到尾笼罩住，柔顺的长发被不知何时掀起的狂风吹得乱飞，有些许碎发打在她的脸侧，冷酷从她骨子里透出来。

归一剑安安静静地立于她身前，像是做好了为她挡住雷劫的准备。瞧着那熟悉的容貌，小白高兴地大叫。就在小白叫声落下时，始终紧闭着眼睛的衡玉缓缓睁开眼睛。下一刻，归一剑出鞘。

酝酿多时的雷劫威力惊人，蕴含着天地莫测之威，猛地从天而降，刺眼的光芒瞬间铺满天空。

以游云的修为同样无法看清雷劫中心的动静如何。他只能看到，一道比一道粗壮的雷电劈斩而下。他怀里的小白便瑟瑟发抖起来。

九九归一，八十一道雷劫号称元婴期最强雷劫。当雷劫消散，天光乍亮，那身处雷劫中心的姑娘依旧从容而清冷。衡玉环视周围一圈。显然，她知道大家都在期待着什么，轻笑着放出自己的威压。

元婴初期成！衡玉不是最快从秘境里出来的人。但在她前面出来的人仅是寻到突破的契机，目前还在闭关试图冲击元婴期。她却已经牢牢站稳在元婴初期境界，顺利得惊人。

"你在里面遇到了哪位前辈？"只有师徒二人在时，游云出声问她。

机缘难测，游云随便想想就知道衡玉在沉溪秘境里定然有奇遇。

衡玉从储物戒指里取出一片晶莹剔透的菩提叶，递到游云眼前："传闻觉者成就大道后，寿数几乎与天同齐。他藏身万界，仅以菩提叶为自己身外化身，点化世间有缘之人。"

游云："……什么意思。"

"师父你的理解能力好差啊。"衡玉表示嫌弃。

游云："为师是不理解吗？为师是想不明白！他不去点化那位禅门之光，来点化你干吗？"

"他见我天资出众，要我背弃师门道统转投他座下。"衡玉半真半假地说道。那位神秘人的确说了，如果不是她已有师承，他很想收她为徒。闻言，游云换了个坐姿，跷着二郎腿，高贵冷艳地发出一声："呸。"他徒弟啥都好，就是总不清楚自己几斤几两。

衡玉："呵。"她师父啥都好，就是智商配不上她。

师徒俩大眼对小眼僵持了一会儿，游云率先败下阵来，取出一个储物袋抛到衡玉面前："这是你的东西。"眼前的储物袋很朴素，上面没有一丝印花纹路。

衡玉盯着它看了几秒，冷淡地问道："我的？"

游云没注意到她的异常，不耐烦地连声催促："不是你的还能是我的？来，快把里面的东西取出来看看。"之前那本经书真是秀了他一脸，他要观摩观摩这两个小年轻是怎么谈情说爱的。

衡玉的手自储物袋上方一掠而过，转眼间，这储物袋便消失不见："刚从秘境里出来，师父，我要回去好好休息了。"

"欸？"游云茫然。

瞧着她坚决离去的背影，游云压下心中的诧异，在她身后喊道："你现在晋入元婴期，已经可以脱离少主的身份，担任宗门长老一职。你若是有空，就去魂阁走一遭，把长老的身份定下来。"

衡玉脚步没迟疑，只是抬起手挥了挥："知道啦。"

第二日一大清早，衡玉踏着晨曦出门，慢慢步行至魂阁，将自己的玉牌递交上去。半个时辰后，魂阁的人将玉牌还给她。玉牌已经大变样，比之先前，它的纹路更为繁丽。

玉牌背后那朵合欢花镂空浮雕越发精致，比枝头盛放的鲜花还要灼眼数倍。

从现在起，宗门的人称呼她，就不该再称呼"洛主"，而是要尊称一声"洛长老"。

收起玉牌，衡玉离开魂阁。在外头转悠了一会儿，她顶着大太阳走进藏经阁。

宋执事负责管理藏经阁一楼。他站在大门边，正和几个内门弟子一起整理古籍，余光扫见一位穿着道袍的姑娘走进来。他诧异地抬眼，瞬间就将衡玉认了出来："洛主。"顿了顿，他笑道，"口误了，刚刚我已经接到通知，还未恭喜洛长老成功晋入元婴期。"

衡玉不认得这位结丹期执事，不过既然彼此是同门，对方如此热情地向她打招呼，她也就没冷脸，温声道："多谢，只是碰巧有些运气罢了。"

宋执事殷勤地问道："洛长老要找什么东西？你说一声，我帮你去找。"

衡玉说："想找本养花的书。"

养花？宋执事一愣："洛长老当真有闲情逸致。"

"闲情逸致？"衡玉重复了一遍这个词，她唇角上挑，像是露出几分笑，偏偏那笑又有些僵，便显得违和。

"我自己去寻就好了，不麻烦执事。"谢过宋执事的好意，衡玉握着归一剑直接走进藏经阁深处。

一个又一个书架，她不停地走着，不停寻找。她找了许久，神情茫然到像个找不到出路的无头苍蝇。这一找，便从午间寻到日暮。藏经阁即将关闭，宋执事在将古籍归还到书架上时，意外碰到正在角落里慢悠悠乱晃的衡玉，生生吓了一跳："洛长老还没走？"

听到他的声音，衡玉眨了眨眼，仿佛刚回过神般："傍晚了？"那声音带着些许沙哑，莫名地，宋执事居然觉得从里面辨出几分无助。但很快，这份猜测就被他彻底抛到脑后。未满百岁的元婴初期，再怎么看都该是意气风发的，无助这种情绪怎么可能会和这位洛长老扯上关系。

"是的，藏经阁快要关闭了。"

衡玉点头。她的耐性像是耗光般，随意用食指从书架里钩出一本书，将它递到宋执事面前："就是这本，麻烦你帮我登记下，我想要外借。"

宋执事低头看了眼封皮上的名字——《百花谷宗史》。刚刚洛长老不是说要找一本养花的书吗？

看着对方这明显心不在焉的模样，宋执事没敢说什么，接过古籍后就急匆匆地走回大门处，开始给衡玉办理手续。他手上动作不慢，很快做好登记，随后将这本厚而沉的古籍递到衡玉手边。

衡玉伸手接过，将古籍抱在怀里。古籍的封皮不知道是什么材质的，似金属非金属，入怀只觉得坚硬而冰冷。

衡玉走出藏经阁大门时，在原地默默站了一会儿，竟没想好自己现在该去哪里。她有几分晃神，胡乱往前迈步时没注意脚下，踉跄两步才勉强站稳后，衡玉扭头盯着那台阶，像是懊恼了般，轻咬住唇角："这处台阶的设计未免过于不合理了。"裹挟着这几分惬意，衡玉御剑飞回宁榆峰。

游云和小白正一块儿躺在山巅晒落日。察觉到衡玉灵力的波动，游云懒洋洋地翻了个身，一只手托着颊侧，侧躺着看衡玉，眼眸中有几分邪气："怎么这么晚才回来？"

衡玉认真道："我在思索如何改造藏经阁前的台阶，才能让它变得更合理更人性化。"看她这垂眸沉思的模样，怎么都不像是在开玩笑。

游云实在不想承认自己理解能力不行，但他觉得这两天师徒之间的沟通格外不愉快。于是他忍不住语重心长道："乖徒弟，你能说人话吗？"

衡玉盘膝坐在游云身边。小白似乎是察觉到她兴致不高，凑过来蹭她的掌心。衡玉摸了摸它，将《百花谷宗史》从储物戒指里取出来，慢慢翻阅："说起来，我还从未认真翻阅过这本古籍。"

游云瞥一眼，满不在乎道："你师父我活了上千年，不也没仔细看过。"突然，他像是想到什么般，整个人如猫被踩住尾巴乍毛起来，"你——你——"

"原来这花这么好养活。"

亮光一闪，一个装满泥土的普通花盆落到衡玉和游云身边的空地上。埋在土里的种子半露出来，看上去像是个水仙花块根。游云瞳孔猛缩，脸色唰的一下就白下来。他刚要出声阻止，衡玉便抬眸瞥了他一眼。

那是怎样的眼神？游云记这个眼神记了好久。一直到后来慢慢回想，他才意识到那眼神里全是晦涩的情绪，以至于她明明是笑着的，眼里却像是下了一场冷寂的雪。

制止住游云的动作，衡玉慢慢拔掉匕首的刀鞘。

锋利的刀刃露出来，在手心轻轻一擦而过。鲜红而刺目的血从手心流出来，将反光的匕首弄脏。衡玉没移开匕首，她加重几分力度，让血流得更畅些。随后她转了转自己的手腕，借着匕首引流，让这些黏稠而温热的液体全部滴入花盆里。

"疼。"衡玉淡淡道。血还在滴着，明明动静很轻，游云却觉得自己的耳朵和心脏都要被这种血液流动的声音吵得炸开。这千载以来，他的情绪本来越来越淡漠。现在气恼、愤怒、心疼种种情绪交织在心间，开口说话时，他的声音里带着明显的颤音："笨蛋，这能不疼吗？"

"师父，你是哭了吗？"衡玉诧异地侧头看他。

"哭什么。"游云恶狠狠道。顿了顿，他又有些无奈，"因为有个笨蛋不想显露自己的情绪，只好由她的师父代劳了。"衡玉嗤笑。随着这一笑，她的眉眼鲜活起来，即使唇色逐渐泛白，依旧化不去她脸上的艳色。

土壤表面已经完全浸湿，游云伸手要去夺她手中的利刃，衡玉乖乖松手。

下一刻，一枚丹药被直接压进她唇间，游云再次恶狠狠道："为师真的要被你气死了！"

"啊。"衡玉发出无意义的语气词，似乎是在想要说些什么。

"正好，气死了就没人在我头上作威作福。"许久，她开口说道，笑得有几分顽劣。

游云压了压心间的怒气，知道她是故意如此。整理一番思绪，他问："何至于此。你们明明……"

"师父。"衡玉打断他的话，睫毛下垂。最后一缕余晖投照在她眉眼里，在睫毛下方形成淡淡阴影，"别说了。你觉得我心狠也罢，觉得无法理解我这番举动也好，但我知晓，如何才是对了悟最好。"

那位神秘前辈与她有着相同的目的。在这件事情上，他绝对不可能骗她。

"他对你用情至深，你觉得这样对他真的好吗？"游云迟疑片刻，还是问了。

衡玉突然抬手捂脸。她没动，连肩膀都没抖过，就这么直挺挺地坐着。

"我……"只是开口说了一个字，衡玉便没再往下说。

游云装作没听出她声音里的哭腔，抬手拍拍她的肩膀。他不知道自己该做些什么，便将灵力注入她的身体，让她的体温稍稍上升些许。许久许久以后，衡玉慢慢放下自己的手，她依旧是一副平淡而清冷的模样，没有丝毫失态。连头发都柔顺至极，没出现过丝毫凌乱。现在，她正犹如一个旁观者般冷静地剖析自己。

"可能还是因为我对他用情不够深吧。我之前恼怒那些人逼他。但我知道他并未将那些人放在心上，所以他不会在意那些人的看法。如今我才知晓，我才是那个逼他最狠的人。"

所有人都在逼他放弃，连她也是。

忘忧草，以血养之，每月浇灌一次，一年花开结果。

服用其果实，忘情而不灭记忆。

——《百花谷宗史》

衡玉躺在暖帐里，睡得格外不踏实，反反复复陷入梦魇。

梦中，她误入大殿。那熟悉的人站在雕像下方，始终安安静静地凝视着她，不吵也不闹，神情里的哀伤却像是一池凝固的时光。她下意识往前迈步，两人如同身处不同纬度的空间，她怎么往前走，都无法拉近两人的距离，只能一直徒劳地站在那里，被他哀伤的眼神凌迟。

以前，只要觉察出他情绪低落，她便不由自主地去哄他。如今也是她先放弃。

衡玉翻身的动静大了些，天蓝色床幔上方挂着的大铃铛被震得抖动。声音清脆也嘈杂。随着她翻身的动作，盖在她身上的被子也在往下掉。早晨寒露重，不比艳阳高照时暖和，衡玉明明没盖着被子，额头却闷出了一层薄薄的汗。

晨曦从外面探进来，被天蓝色的床幔过滤之后，才轻飘飘地落到衡玉的睫毛上。

刺眼的光线一照，衡玉睫毛剧烈地颤抖起来，挣扎着从梦魇中清醒过来。她睁着眼睛，凝视着床幔上的铃铛，待到意识全部回笼，衡玉胡乱摸着床榻周围，始终没摸到被子。

她用手支起身子往床下探了眼，伸手将被子从地上捞起来扔回到身边。睡意已经全部消散，衡玉赤脚下床，踩着冰凉的地板走到窗边。

窗台上，那盆栽种着忘忧草种的盆栽正安安静静地摆在那里。被黏稠的血液浸泡一夜，现在草种顶上已经冒出尖尖的小芽。那小芽是草绿色的，色泽清新而明艳。但混着泥土里那黏稠的血色再看，便显得格外触目惊心。

"长得还挺好看。"衡玉点评一句。就是有点费血。

她在窗边坐了会儿，原本想出去晒晒太阳，但又怕游云瞧见她会心底来气，便继续枯坐。枯坐时人总容易胡思乱想，衡玉觉得枯坐也不太适合自己，一时之间竟不知做什么好，干脆研究起阵纹来。游云把小白送回来时，桌案上已堆满密密麻麻的阵纹图纸。他瞧了几眼，见桌案实在乱得很，就按照顺序帮衡玉整理阵纹。

衡玉趁着画完阵纹的间隙瞥了游云一眼，瞧见他的动作，她的太阳穴突然抽疼起来。她有个坏习惯，研究东西时一旦入了迷，在停止研究前都不会整理图纸，于是东西总是乱扔得到处都是。那时候了悟来找她，总是跟在她身后整理图纸，初时她觉得这样会打断她的研究思路，便随口说了一句，他再来整理时动作就格外轻，把自己的存在感降到最低，尽可能地不打扰到她。

"你这是什么表情？"游云整理好图纸，抬眸瞧见衡玉的表情，瞬间就炸了，"为师委屈自己帮你忙，你居然还嫌弃我。"

"师父，我嫌弃你打扰到我了。"衡玉认真道。游云险些气出个好歹来。

孽徒！果然是孽徒！

第二次浇灌忘忧草时，恰好碰上百花谷新一届弟子选拔。

每一次浇灌，血液用量都要比前一次多上些许。衡玉听到游云这句话，没忍住笑得前仰后合："用量？这个词听着怎么这么古怪。"动作幅度大了些，血液便从花盆边缘溅出来，衡玉心疼得半死，瞪了游云一眼："师父，能别逗我笑吗？"游云心里十分暴躁：我什么时候逗你笑了！

利刃割破手掌的滋味并不好受，衡玉的体温本就比寻常人低，现在更是觉得冷得难受。

她舔了舔唇角，兴致勃勃地换了个话题："等会儿过去看弟子选拔时，我定要将藏经阁前方的台阶料理一番，免得它让漂亮的师弟师妹们受伤。"

游云："……为师和你就是宗门里最漂亮的两个，只要你不受伤，那台阶咋样又有什么关系。"

衡玉慢吞吞道："好像也有道理。"游云抬手扶额，用墨骨折扇抵住自己的下巴。他心下嫌弃，觉得自己徒弟今天异常地蠢。

等泥土全部浸湿后，衡玉服下丹药，慢慢用淡粉色的纱布缠绕自己的手掌，遮去掌心那需要几天时间才能完全消去的刀痕。游云看不下去，伸手帮她包扎。触碰到她手掌的温度时，他忍不住打了个冷战，意识到她刚刚为何一直在东拉西扯。不过是身体难受，所以想分散自己的注意力罢了。包扎好后，游云取出件披风示意衡玉披上。

"太阳高悬，大热天的穿披风，别人不会觉得我性情古怪吧。修真界里一些有名的老妖婆，她们的生活习惯就异于寻常人。"衡玉怅然，但也没把披风解开。

所有顺利通过试炼的弟子都会聚集在试炼台，师徒俩一边斗嘴一边往试炼台赶去，外加旁边还有个总在咕咕咕附和的小白，气氛便显得格外热闹。

百花谷难得有热闹事，许多手头没事的内门弟子和长老都赶来凑热闹，连掌门也亲自露面。撇下游云和小白，衡玉走去找舞媚玩。

舞媚、慕欢她们都已经顺顺利利晋入结丹中期，但这样的晋级速度放到衡玉面前压根不够看。她们两人羡慕嫉妒一番后，开始吐槽衡玉。

"大夏天的，你披什么披风。"慕欢说。舞媚不动声色地用手肘撞了下慕欢，示意慕欢别再往下吐槽。她发现衡玉今天的状态不太对，整个人身体冷得很。慕欢被莫名其妙撞了下，有些茫然地扭头去看舞媚。

她们两人的互动简直不能更明显，衡玉当作没瞧见两人的小动作，转移话题问道："你们现在已经有结丹中期修为，可以脱离少主身份担任记名长老，打算什么时候去变更身份？"

"昨日已经变更了。"舞媚晃了晃自己的玉牌。新一届弟子入门，迟早要重新选出新的少主，他们修为既然已经足够，自然不必再眷恋一个少主的名头。

"欸，说起来，你现在这个修为完全可以收徒了，打算收个徒弟吗？"舞媚问道，"挑个年轻貌美有活力，还会哄人的徒弟。"

"暂时不打算。"衡玉摇头。碧空之上的烈日越发灼眼，火辣的阳光烧灼大地，气温越升越高，衡玉的身体也慢慢回暖。

近来无定宗很热闹，闭关多年冲击化神中期的静守老祖顺利突破出关。

静守祖师是了悟的师祖。得知师祖出关后，了悟当天就赶去拜见静守祖师。在了悟到来之前，已经有几位元婴期长老正在拜见静守祖师。他坐在外殿大概等待了两刻钟，一身灰袍的静守祖师才从内殿走出来。

"师祖。"了悟双手合十，起身向静守祖师行礼。静守祖师在他身侧坐下，指骨在桌面上轻叩，了悟会意，给静守祖师倒了杯温热的茶水。慢酌两口，静守祖师放下茶杯："刚刚那几位长老寻在下，除了问候，还说了你的情劫一事。"

了悟早有所料，因此对静守祖师现在这番话并不意外，他温声道："不知师祖有何指点？"

"你是禅门之光，现在还需要他人的指点吗？"静守祖师问道。这句话听起来像是在嘲讽。但他声音温和至极，里面甚至透出几分浅淡的温柔和无可奈何来，于是话中的嘲讽感便被冲淡不少。

了悟双手合十，垂下眼表示恭谦。

"会不会对师祖心存不满。"静守祖师突然轻笑了下。这是他见到了悟后的第一个笑容。

"弟子知道师祖的种种考量。"了悟说。

静守祖师娓娓说道："随着时间的推移，责难你的人会越来越多。若你始终不悟，长老们对你的不满就会尽数转移到你师父身上。虽然这些年你师父在掌教的位置上做得非常好，但如果长老会始终坚持，也会有其他适合的长老替代你师父的位置。"

了悟垂眼，不再言语。他现在所站的位置格外孤高，从来都是身不由己。

"做好准备吧，过段时日我送你入玄禅镜里。只有突破情劫，你才能从里面出来。"

了悟应是，两人继续静坐喝茶。待到暮鼓敲响，了悟起身告辞。

静守祖师点头，在了悟转身离开前又叫住他，说："百花谷与无定宗羁绊过深，又与邪魔有着深仇大恨，若是邪魔卷土重来，无定宗之后最危险的必然是百花谷。而他们宗门因诅咒一事，并没有化神期坐镇……了悟，你应该很清楚一件事，在修真界里想要守护什么东西，就必须有实力。"

又是一个告诉他无法两全的好理由，了悟心想。说它是好理由，因为他无法反驳。他突然很想很想见衡玉，再次确认不是自己一个人在苦苦挣扎，她也在朝他奔赴而来。他会为此欢喜很久，也会为此继续艰难地寻求两全之法。

"师祖……"了悟慢慢启唇，有些艰难地道出自己的请求，"玄禅镜的启动需要不短时日，弟子想离开宗门游历一番。"静守祖师看着他，那双历经岁月之变迁的眼里含着通透，仿佛一眼就瞧进他心底："去百花谷吗？"把请求说出口后，其他的事情便顺理成章下来。了悟点头："是。"

"不行。"静守祖师直接拒绝，带着让人无法反驳的坚定。

了悟垂下眼："……那剩下的时日，弟子就在封印地驻守吧。"待在那里，至少会让自己更高兴些。离开静守祖师的院子时，了悟捏住袖子里的远程传讯符：他现在若是点燃远程传讯符，不知能否联系上洛主。她出关了吗？一切都还顺利吗？

不知道是哪个师弟在玩闹，铃铛声从远处传来，没入了悟耳里。听着这清脆的声响，了悟停下脚步，浅浅轻笑，想起衡玉左手手腕上日日佩戴着的那串相思果铃铛手链。

了悟抬起左手，看着隐在袖袍下那串属于他的相思果手链：她若是出关，定会试着联系他的，他且再耐心等等。

衡玉睡醒起身绾发时，才发现了悟为她雕的那根栀子花木簪从中间部分断裂开了。木簪是用普通木料雕琢而成，她一戴便是数十年时间，木料本身早就有些脆了，纵使她一直小心护着，还是断了。

衡玉将断成两截的木簪收起来，随后赤脚走下床。她本就是冰灵根，体温比寻常人要低上不少。这些日子里，她的体温下降得更厉害。现在赤脚踩在地板上，竟是地板反向传来暖意。衡玉走到香炉边，往已经燃尽的炉里重新丢入一块雪松香。

这种清浅而干净的味道弥漫开来，缓解她大脑里如锥子般的剧痛。但余光瞥见那盆忘忧草时，她的大脑又开始疼起来。

窗台上，忘忧草迎风招展，开出炽盛而红艳的花。任哪一个不知情的人路过一瞧，定会觉得这盆花的主人把它照料得极好。其实衡玉没怎么照料它，除了从不忘记每月浇灌一次，绝大多数时候，她都是把它扔在那里当作不存在。只不过是用血浇灌出来的植株更动人罢了。

"花期差不多了，还有半个月就能结果了吧。"衡玉注视着忘忧草，心底盘算起剩余的时间。

思索时，她用牙齿慢慢咬掉刀鞘，锋利的刀刃映出她平静的面容。凑得近了，衡玉仿佛能嗅到刀刃上残存的淡淡血腥味。右手要握笔写字画阵，她每一次都划破自己的左手手掌。

一年零两个月，十四次浇灌，反反复复，即使是最好的丹药也难消她掌心的刀疤。

现在是第十五次，也是最后一次。鲜血从体内流出来，衡玉的体温渐渐降低。她攥紧衣服，闻着空气中弥散开的浓烈雪松香，才觉得好受许多。

当收手时，她脸色早已煞白，而花盆里盛开的忘忧花朵已经凋零，只剩下一颗青涩未成熟的果子。

抹干净刀刃后，衡玉将匕首归入刀鞘里。她沉默地吞服丹药，用细绢给自己包扎伤口，遮挡住那格外狰狞的伤口。头疼得似乎更厉害了，还带着失血过多的眩晕感。衡玉压下不适，走到桌案前，用没受伤的右手研墨。

提起毛笔展开信纸，衡玉思索着要写什么："……罢了，先给他介绍下忘忧果吧。"

很快，空白的信纸落下第一行字：忘忧果的作用。

她只字没提忘忧果是如何培养出来的，只是将服用忘忧果后会发生何事告知了悟。写到"忘情"二字时，她有些恍惚，一滴墨溅落在信纸上迅速晕染开，让原本漂亮的一页字变得有些脏乱。

衡玉瞧着不顺眼，将纸张揉作一团，重新展开一张纸书写。介绍完忘忧草的作用后，衡玉安静地站了很久。衡玉垂下眼看了看自己的手腕，才发现自己这短短一年居然瘦削不少。

她用力咳了两声，开始给了悟写信。原本想老老实实遵循写信格式，但她实在太累了，失血过多让她这个元婴期修士也格外不好受。于是她干脆直奔主题。

　　服下忘忧果，渡过情劫。

开篇第一句话，衡玉便如此写道，语气强硬，过于坚决。

　　我曾机缘巧合下得过觉者指点，并与他有过如下对话：
　　你觉得这世上有永远正确的人吗？
　　没有……即使是剑祖、阵祖这般先贤。

但绝大多数时候，他们的话都是正确的。他们给出的解决思路，是穷尽漫长岁月探寻出来的。也许花上同样漫长的时间，后人能找出不同的解决思路，但那耗的时间太长了。不破不立。

与觉者这番对话后，我曾于无定宗见过你。

你看，局势越来越严峻，你的师弟、无定宗长老、你的师祖他们都在质疑你，都在逼你。觉者降下指引，现在连我也决定放下你，你再没有坚持的理由了。

写完这些后，衡玉猛地丢掉手中的笔。她浑身都透着疲倦，力气仿佛被全部剥夺，连走回床榻都没办法。于是她蜷缩到桌子底下，脊背抵着桌子沉沉睡过去。

梦里都是惊涛骇浪，她睡得格外不踏实，不自觉地紧蹙起眉心。

封印地清冷而幽寂，这数千上万年来从未变过。了悟坐在秋千上翻阅经书。他算着时间，过几日就该离开封印地赶回宗门，进入玄禅镜里面试炼。

正在想着后续的安排时，了悟感应到十几里地外有修士的灵力波动。察觉到那抹灵力波动属于师弟了鹤，了悟便没有过多关注。小半刻钟后，脚步声在了悟院子外响起，很快，已经晋入结丹期的了鹤走进院子里向了悟行礼。

"怎么突然过来了，是要送什么东西过来吗？"了悟问道。

了鹤将两个储物袋递给了悟："这是静守祖师命我送来给师兄的。"看着那两个储物袋，了悟微微一愣。他从中察觉到两种不同的灵力波动：其中一个是洛主的，另一个是他的。也就是说，他当时千里迢迢送去百花谷的储物袋，她并没有拆开看过，现在全部原封不动还给了他。莫名地，他想到一种可能性。这种可能性让他觉得自己的心尖被针刺到了。绵密的疼蔓延开来，便有了如坠冰窖之感。

"师兄……"了鹤见他迟迟不接，茫然地抬眼看去。

了悟沉默着，没有失态地接过储物袋："多谢。"他指着一间空的厢房，"你远道而来，进里面歇息一晚，明日再启程回宗门吧。"了鹤点头。

等院子空下来后，了悟坐回秋千上，先将自己送去的储物袋里的东西取出来。里面没有任何名贵的东西，只有一根蝴蝶形状的玉簪。簪子尾部蝴蝶振翅欲飞，栩栩如生。玉簪格外精致，可以看出雕刻者的用心程度。

了悟将玉簪收起来，取出另一个储物袋里的东西。里面的东西也很简单，一个木盒、一封书信。

他最先慢慢撕开信封，将里面的薄薄两页纸展开，纸上的字迹格外熟悉。

他看得很慢很慢，慢到足以将纸上的每一个字都深深地印刻在心底。

了悟吃力地将两张信纸阅读完，又打开木盒。

红润而饱满的忘忧果安安静静地躺在里面，看起来格外多汁鲜美，似乎是正在诱人将它直接服下。

"忘忧果……"了悟垂首合目，神情里的隐忍与痛苦格外扎眼，"你怎么把它种出来的，这一年多来，你就一直在受着这种煎熬吗……"

香炉里，雪松香燃得格外旺盛。

衡玉坐在桌案前写字。这段时间，她对测魔阵法的研究有了突破性进展，现在正在整理自己这段时间的研究成果。写字写得累了，衡玉就放下毛笔活动手腕。她正要再提笔写字，突然听到有人敲击那扇紧闭的木窗。

衡玉微愣，起身将木窗支起来。舞媚正准备大笑着朝她打招呼，瞧见她的模样愣了下，又把先前打好的腹稿全部咽下："你好像瘦了。"她又闻了下那飘出来的雪松香，"你熏的什么香？也太多了吧，味道有点重。"

"是瘦了些。燃的是安神一类的香，我需要借它来静神。"衡玉点头直接承认，移开话题问道，"你出关了？"

"这个问题还用问吗！"舞媚控诉她，"我现在出现在你眼前就是最好的答案。"

衡玉唇角上扬，又说："你是怎么进我院子的。"

"小白让我进来的啊。"舞媚得意扬扬地道，"出关得早不如出关得巧，今晚是一年一度的花灯节，怎么样，要不要出门一块儿去逛逛？"

又到花灯节了吗？衡玉原想拒绝，但转念一想，她这一年多时间连自己的院子都很少踏出去，现在事情尘埃落定，也该出去走走了。把到嘴的拒绝咽下，衡玉改口道："好啊。"

衡玉坐在梳妆镜前。她原本不想上妆，但难得热闹，又有一众师妹们跟在旁边，她若是表现出哀愁与憔悴，反倒影响了其他人玩闹的兴致。这没有必要。衡玉慢慢用螺子黛描眉，再往苍白的唇上点抹胭脂。铜镜清晰地映出她的容貌。修士容貌难衰，她和前一次参加花灯节时变化不大，只是比上回瘦了很多，瞧着反倒没有先时美艳。

换上青色长裙，戴好面具，衡玉出门去和舞媚他们碰头。残阳斜照，华灯初上，漂亮的灯笼早已挂满街道两侧。和师妹们一块儿用过晚饭后，衡玉提着一盏灯笼慢慢地走着。

已经入夜，各种形制的灯笼全部被点亮，昏黄的亮光将衡玉笼罩住，清清楚楚地照出她的容貌。衡玉走得有些慢，不知不觉间就和师妹们相隔甚远。她没有明确的目的地，便顺着人流一路走到街尾。

街尾这边没什么人，自然也没挂灯笼，天际的月亮投照下月光，勉勉强强让街尾没那么昏暗。

衡玉在原地站了片刻，觉得无聊便要转身，折返回热闹处猜灯谜。转身的刹那，她看到，街尾暗处那棵高大的榕树旁静静立着一个熟悉的人。

两人目光撞上时，他轻轻朝她微笑。衡玉的肩膀下意识颤抖起来，呼吸不自觉地急促。她想直接转身离开，可在这一刻，她犹如失去对身体的把控一般，无论如何都挪不动步子。

"你瘦了许多。"了悟从暗处走出来，来到她面前时，自然而然地伸手接过灯笼。

衡玉反应过来时，原本提在她手里的灯笼已经被他接了过去。那灯笼里燃烧着的烛光映出他的容貌，衡玉又仔细打量了他几眼："怎么过来了？"

了悟说："担心你。"

"我有什么可担心的。"衡玉扬眉，"吃好喝好，还跟着师妹们一块儿来花灯节玩。反倒是你在宗门里备受众人异样的眼光。而且，按理来说你该恨我的绝情才是。"

了悟没说话，他只是伸手牵起她的右手，将她的掌心摊开。瞧着没有伤痕，他松开她的右手，就要去牵她的左手。

"了悟！"衡玉像是恼了般，往后退开一步，"我已经决定放弃你了，你又何必再来见我扰乱彼此的思绪。"

了悟没别的情绪，他轻声哄道："让在下看看你的左手手心好不好？"

这一刻，两人的相处模式仿佛颠倒过来。她在退，她在不安，而他温柔地哄。

衡玉眉间仿佛浸着三分冷意。她微微拧着眉注视了悟，很显然，他知道忘忧果是如何培养出来的。

见她没应也没走，了悟便不作强求。他将灯笼往上提了些，目光先是在她那张半面木质面具上停留片刻，才移到她下巴处："洛主瘦了很多。"

"我现在已经是宗门长老。"

了悟顺着她的话说："洛长老。"

衡玉眉梢微挑："你不会是被刺激得邪化了吧。"了悟从字面理解这个词的意思，慢慢摇头。

"那你还这么心平气和地与我对话。"

"给我看一下左手手心，我就告诉你原因。"了悟含笑说。

衡玉转身走人，连灯笼也懒得抢回来。但才往前走了两步，她就被了悟攥住袖子："在下会服下忘忧果。千里迢迢从封印地赶来此处，洛长老连些许时间都不愿意空出来吗？"

衡玉不得不停住脚步："那你说。"

了悟说："去茶楼坐着吧，夜间寒凉，你体温太低了。"刚刚触碰她右手时，他便注意到这点。

两人沉默着往街道走去。衡玉快步走在前方，了悟始终不紧不慢地提着灯笼跟在她身后。他穿了那套她送的青色长衫，头上戴着斗笠，一般人没法认出他是位禅修。走回到刚刚吃饭的酒楼，衡玉直接领着了悟走进三楼包厢。他们订包厢时订了一夜，现在正好用上。

包厢里没人，正适合谈话。在椅子上坐好时，衡玉瞥了了悟一眼，觉得他应该没吃饭。

衡玉紧抿双唇，叫来小厮点了碟枣泥馅的山药糕，以及两碗大枣粳米粥。等小二上菜后，她将山药糕摆在中间，又把一碗粳米粥推到他面前："吃完东西再说话吧。"

了悟解下斗笠，又示意她解下面具。瞧见她果然解下面具，了悟无声地笑了下，乖乖握起勺子，一口接着一口把粳米粥用完。衡玉只是吃了两勺粳米粥就没再动过勺子。他拿起一块山药糕，迅速解决掉后，对衡玉说道："好了。"

"你说吧，我听着。"衡玉点头，顺势放下勺子，把那碗基本没怎么用过的粳米粥推到一旁。

了悟凝视着她："在下收到忘忧果后枯坐多日，始终想不明白很多事情，便去大殿里继续枯坐。花了足足半个月的时间，想明白一个道理。"衡玉直觉这个道理很重要，她抬眸与他对视，等着他的下文。

"就算服下忘忧果，忘掉感情又如何？在下再见到你，依旧会对你爱慕难舍。"

衡玉仿佛是被这句话烫到般，猛地别开眼睛，不再与他对视。了悟从椅子上起身，走到她面前蹲下，去牵她的左手。衡玉不知道自己现在是什么想法，她的思绪格外混乱，等她再醒过神时，她的左手手心已在了悟面前摊开来。那不深不浅的刀痕落在她白皙而修长的手上，格外狰狞。

"了悟……"衡玉不自觉地出声。她觉得今晚发生的一切，都和她脑海里预期的并不一样。

了悟轻应一声，她不自觉地想缩手，但被他紧攥着。

了悟仰头看她，烛光掉落进他的眼里，便化成一片星海。衡玉被他看得酸涩，再次别开眼。

"香味太浓了。"了悟撩起她垂在胸前的一缕碎发，"真的很浓，你是不是也要靠着它才能静心了。"

"你到底为什么来找我？"衡玉又问他。

了悟眉间染上怜惜："你遭了这么大罪，我想来见见你罢了。"

衡玉眼里泛上淡淡水色，但她眨一下眼，那抹水色便迅速消失不见："你现在见到了。"

了悟扣紧她的左手，像是要为她暖和身体般，并不在意她现在摆出的拒人姿态："洛长老，你说，如果你以后再也没办法遇到一个比在下对你更好的人，该怎么办？"

衡玉平静道："再培养一个就好了。"

了悟轻笑了下，照她这句话，他也是被她培养出来的。他将她的左手袖子往上拉起，瞧见那串相思果手链还在她腕间，他眼里的笑意更多了些。他动作幅度大了些，衡玉手链上的铃铛丁零作响，清脆而动人。

了悟听了一会儿铃铛声，才说："不会有人比在下更好。"

"那又如何？我为何非要找个道侣？"

"也对。但有时候你太孤单了，漫长的生命里，我希望有什么人或者什么物能够陪着你。"停顿片刻，了悟说，"其实说这番话没有别的意思，只是想告诉你，在下就是最好的。以前不好意思说，事到如今，若是不说，又怕没有机会了。"

"你想让我对你心怀愧疚吗？"衡玉表现得格外冷淡，她甚至对了悟的举动无动于衷。

"不是，"了悟抬头看她，"只是陈述事实。"这句话他说得很慢，话音落下后，他将一根合欢花玉簪轻轻放到她手心里。

"之前那根蝴蝶玉簪你没收下，想来应是不喜欢的，这些时日在下又重新雕了一根。"

衡玉不知道她眼尾已是嫣红一片，眼里的水色再也无法遮掩，她低头看着那精细到极致的合欢花簪。

"不恨我，不生我气吗？"衡玉慢慢抿紧唇，"我明明答应会对你越来越好，现在却也转换了立场，和那些人一块儿逼你。你真的……不生气吗？"

了悟心底泛起细细密密的难过，这些时日，她就是这么自我煎熬着的吧。

"洛主，你忘了吗？你告诉在下，觉者介入了。你会这么做，是因为你知晓，如果你不主动转换立场逼在下，再过不久觉者就会给在下降下预兆，那时，所有的折磨都是我的。"

他若是不辜负禅门，就只能主动辜负对她的承诺。她正是想到这点，才会先他一步做出这一系列事情。她所受的煎熬与痛苦，都是代他受的。衡玉看着他。慢慢地，她抬手扶住他的脸颊。

了悟握住她的手，不让她再把手挪开："在下从未见过比洛主更温柔的人。"

"你一直是这么看我的吗？"衡玉笑了下。她一眨眼，便迅速滑下一滴泪。衡玉甚至没注意到自己哭了，直到她察觉到了悟顺着泪痕一点点抚摸到她的眼尾，她才意识到这一点。

"别哭。"了悟的声音里夹着颤抖，那滴泪滚烫到他浑身都在发热。他不知道自己该做些什么，忍不住抱紧她，想要为她化去这夜间浓重的寒意。

"不要难过，不要再自我折磨。在下已经想过了，你承受了如此大的痛苦培养出忘忧果，我会服下它渡过情劫的。渡过情劫后，所有人都没有理由再阻止我对你的爱慕难舍。"

"你……"衡玉突然有些哭笑不得。她无奈地看着他，"你就这么确定吗？"

话没说尽，了悟却轻易猜出她想问的是什么。

"是的。就算忘了对你的感情和记忆，再见到你，在下依旧会为你神魂颠倒。更何况忘忧果仅仅只是让人忘了感情，记忆都在。"了悟强迫她与自己对视，"喜欢你这件事已经成为一种本能。服下忘忧果淡忘感情算什么？"

衡玉在他的眼里看到自己，发现自己也没好到哪里去。她突然轻笑起来，睫毛乱颤，划过他的眼睑："那我等你啊。"她说得很慢很慢。到最后时，尾调上扬，声音听起来格外娇俏。她从未有过这种冲动，想要倾尽一切去喜欢眼前的人。他太值得。

夜深后，街道上越发热闹。衡玉站在卖面具的摊子前，挑中一张羽毛状半面面具，付过钱后为了悟戴上。面具遮住他左半张脸，露在面具外的下颚线条越发分明。

衡玉提议："我带你去猜灯谜吧。"

花灯节最经典的活动之一就是猜灯谜。她已经玩腻了，但了悟应该没怎么玩过。

了悟唇角微翘，面具下的目光幽深而温柔："你高兴就好。"

刚开始那几道题都由衡玉解开，等了悟熟悉猜灯谜的思路，剩下的四十多道题全部由他猜中。

摊主将那盏最精致的玉兔抱月灯递给衡玉。衡玉将灯笼提到眼前，刚想细细欣赏一番，不远处传来惊呼声。

"原来你在这里。"舞媚挤开人群跑到衡玉身边，刚想问她跑去了哪里，看到那站在衡玉身边的人时微微愣住，"你是……了悟！"

了悟行礼："媚主。"

舞媚讪笑："打扰了。"说完转身直接溜掉，来得快，去得更快。

衡玉笑了下，满天烟火、无边喧嚣，都成陪衬。

回到宁榆峰时，衡玉正巧碰到师父游云。

游云懒洋洋地打量着她。她下巴还是瘦削，面色却并不像前段时间那般冷淡苍白，反而带着淡淡的艳丽，像是被滋润过的合欢花一般。这番变化让游云心下欣慰，看来出去玩，就是走出情伤的最好办法啊。

"你——"游云刚想开口说话，衡玉像是猜到游云的想法般，先他一步开口说道："师父，我昨夜遇到了悟，心结已解，日后不会再意志消沉地憔悴下去。"

游云松了口气，又觉得心情复杂。这一年多里，他和小白绞尽脑汁想开解这混账徒弟，对方都没能解开心结，现在只用了一个晚上的时间就轻轻松松解开了。

哼，徒弟果然成了别人家的！

威严肃穆的大殿里。

了悟跪坐于神像前，双手合十虔诚地向觉者神像行礼。随后，他缓缓起身，走到静守祖师身前："师祖，弟子已做足准备，可以随时进入玄禅镜中修行渡过情劫。"

言行之间，没有丝毫抗拒，与前段时间的表现大相径庭。静守祖师神情复杂，那位小辈果然没骗他。之前衡玉将忘忧果送来无定宗时，曾经给静守祖师也写了一封书信，里面信誓旦旦地说自己可以劝服了悟渡过情劫，静守祖师因此才会那么干脆地将那两个储物袋转送到了悟手里。

一时之间，静守祖师竟觉得自己能理解了悟为何始终不愿忘却。他心下感慨万千，面上依旧温和："你心结已了，也无其他俗事缠身，现在就进去吧。"他袖袍一挥，一个白茫茫的空间通道出现在身后。了悟双手合十再行一礼，从容而坚定地步入空间通道里。

百花谷里，元婴期长老都可以独占一座山峰，掌门问过衡玉，衡玉嫌麻烦直接拒绝了。

这宁榆峰非常大，游云又只收过她一个亲传弟子，因此衡玉完全没必要另外搬去其他山峰。

衡玉往香炉里丢入一小块雪松香，她赤脚走到床幔边，将挂在床幔上的那个铃铛取下来，换上一串风铃。恰好有风从窗外吹拂而入，吹得风铃乱晃，清脆的铃声响彻室内。

衡玉这才满意地拍拍手。做好这些后，她抱着挂在墙上的琴走到院子里，坐在梧桐树荫下。她两手搭在琴弦上，轻轻拨弄琴弦试听音色，确定没有出现任何问题后，她垂下眼抚了一曲《凤求凰》。

以前在梦魔幻境里，了悟问她想要听什么曲子，她回了句《凤求凰》，但了悟学过很多曲子，唯独没了解过这种曲子。这回衡玉去游玩时，遇到一位宫廷乐师。她出手为那人解决麻烦事，代价就是让对方教会她这首曲子。这是她为了悟专门学的。一曲终了，余音绕梁。掌声从院子外传来，游云慢悠悠地推开院门，笑着对衡玉说："你家禅修破情劫出关了。"

衡玉一个没注意，指尖拨过琴弦时被划破。直到痛意从指尖蔓延开，衡玉才眨了眨眼，说："比我想象中要快上不少。"

"在想些什么？"游云问她。

"在想……若是再次相见，我要以什么态度面对他，他又会如何待我？"

素日宁静的无定宗，今日彻底被喜悦与欢呼所取代。

了缘抱着经书走在路上，时不时就能听到其他师弟对了悟的吹捧。他听得耳朵要起茧，没了翻看经书的心情，脚步一转朝大雄宝殿走去，打算看看破了情劫后的了悟。其实了悟已经出关几日了，但了缘一直没去见了悟。他一直没搞懂，了悟怎么就突然看破红尘了？若了悟淡忘了感情，那洛主……了缘怀着重重心事，走得越来越快。

大雄宝殿肃穆庄严。即使是轻佻若了缘，在走进殿里时还是忍不住理了理自己的衣襟。殿里蔓延着浓浓的檀香味，香烛燃烧时的雾气模糊了了悟的身形，他站在神像下方，正在慢条斯理地敲击木鱼。

似乎是察觉到身后的动静，了悟放下木槌，转过头去。对上了悟的视线时，了缘下意识停住脚步，他第一次见到这样的了悟。清贵无双，疏离冷淡。看似温和却也疏远，不染浊世尘埃。

他眉间那抹朱砂越发红艳，即使是穿着最简单的灰衣，也显得满身圣洁，如同高坐大殿上垂眼看人间的觉者。

"了悟师兄。"素来看了悟不是很顺眼的了缘没敢造次，乖乖双手合十行礼。

了悟站起身，双手合十回礼，走到桌案前燃香。

了缘走到他身边,同样抽出三根香点燃:"恭喜师兄成功渡过情劫,并顺利晋入元婴后期,距离化神期只有一步之遥。"

"多谢。"了悟淡淡道谢。

"师兄既然已经出关,接下来打算做些什么?"了缘好奇地问道。

了悟将三炷香插进香炉里,声音平静却透着强大的底气:"过几日在下就会动身离开宗门,开始在西北之地传播道法,顺便寻找冰魔祖。进入元婴后期时我曾短暂察觉到冰魔祖的气息,他如今就潜藏在西北之地,也是时候将他解决掉了。"

衡玉最近被人黏住了,是一位秀丽无双的小师弟,喻都。

他是二长老的亲传弟子。近期二长老打算闭关创造一门新的功法,没办法帮自己新收的弟子打磨根基,便和终日游手好闲的游云赌了一局骰子。游云输了骰子,被迫帮忙教导喻都。但游云培养衡玉时都是采用放养式教育,指望他好好教喻都简直是做梦。这个任务兜兜转转,在游云一哭二闹三上吊的折腾下,落到了衡玉头上。

衡玉一开始觉得有些麻烦,但在察觉出喻都于阵法一途拥有着极强的天资后,就起了几分兴致,越发用心教导起喻都来。这一用心的后果,就是年仅十六岁、长得唇红齿白的小师弟黏上了她,那双黑溜溜的眼睛盯人稍久一些,就会泛起一层淡淡的水色。明明没有刻意勾人,却已经叫无数人移不开目光,的的确确是个修媚术的好苗子。

衡玉盘膝坐在梧桐树底下,翻着古籍慢慢讲解。喻都悟性不错,基本上衡玉说一遍他就懂了。偶尔没能马上理解,衡玉再点拨一下,他也能顺利悟出来。两人一个教一个学,倒也不算无聊。衡玉甚至在心里琢磨,她是不是也该收个徒弟慢慢养着打发时间。

"好了,今天就讲到这里,你把这本古籍拿回去翻看,等到全部翻看完再过来找我。"衡玉将那本被她卷起来的古籍递到喻都面前。喻都乖乖接过。他悄悄抬眼瞅衡玉,又有些不好意思,于是便连忙挪开。但很快,喻都又鼓起勇气继续瞅衡玉。如此反复两次,衡玉终于抬眼看他:"还有什么事吗?"

喻都的脸瞬间飞上一层霞色,眼眸里的水色更浓:"洛师姐……你喜欢吃合欢酥吗?我不知道该怎么感谢你才好,就想着下次过来给你带些好吃的。"衡玉点头:"好啊。"说完又指着那缩在院子角落里刨泥玩的小白,"你如果有空,去试炼台上课时把小白带过去跟你一起玩吧。"

听到自己的名字,爪子上沾满泥巴的小白慢吞吞地转身。它瞧衡玉一眼,迅速窜进衡玉的怀里,连着爪子上的泥巴一并蹭到衡玉的衣裙上。衡玉好脾气地帮它擦干净泥巴,把它递给站在旁边等待的喻都:"麻烦你了。"

"不麻烦不麻烦。"喻都连忙摇头,随后紧紧抱着小白。离开宁榆峰时,喻都忍不住回头眺望衡玉的院子,在心里感慨这位洛师姐性子真好,愿意这么耐心地教导他这个筑基初期师弟。师姐可比他师父靠谱多了。

衡玉不知道这位小师弟给她发了张好人卡。她走进屋内，刚换上绯色长裙，一道传讯符直接落到她面前。衡玉一把将传讯符捏碎，发现这是掌门传来的，请宁榆峰派人前去太极殿商议要事。这种事情素来指望不上她师父。衡玉慢条斯理地系好腰带，捋顺头发后出门赶去太极殿。

此时，太极殿里已经十分热闹。各大主峰全部派人前来，迟、舞媚和慕欢等熟人都在。衡玉走到他们身边，低声问道："今日掌门召集我们过来，是有什么要事？"

迟依旧是一副光风霁月的模样，他把玩着手中折扇，轻笑道："你的消息未免也太不灵通了些。这次师父召大家过来是有两件事，其一是十年一度的法会轮到百花谷承办……"

法会由八大正道、五大邪宗轮流承办，明年正巧轮到百花谷。掌门召集他们过来，就是想给各峰分派任务，大家一起合力规划法会，不能让其他宗门的人看了百花谷的笑话。

"至于第二件事……"下意识停顿片刻，迟才续道，"无定宗圣子了悟于数日前成功击杀冰魔祖。"

衡玉眉梢微挑："这么强。"

那个冰魔祖就是从百花谷叛逃的顾续。他现在还没恢复到化神期实力，但怎么说都会比元婴后期强，没想到了悟还能这么顺利地解决掉顾续。

"是很强。"迟必须承认这点。他又瞥了衡玉一眼，"你表现得真淡定。"

"难道我应该展露出哀怨惆怅的情绪？"衡玉摊手。

"别，这可不像你。"

舞媚在脑海里设想了一下这个画面，连忙抖了抖。她用手肘撞了下衡玉："对了，听说你最近在指导喻师弟，怎么样，有没有被师弟的美色诱惑，从而想要梅开二度？"

衡玉问迟："我能不能向掌门提个建议，比如开设百花谷长老的文化课培训？长老用错词语，这会让其他宗门质疑我们百花谷的素质。"迟顺着衡玉的话想了想，一本正经地点头："很难不赞同。"

舞媚气得跺脚："喂，你们——"

"嘘，掌门来了。"衡玉摊手，示意她赶紧安静下来。

掌门还是那副清朗疏淡的模样。他要说的话和迟刚刚说的差不多，到最后分配任务时，落到宁榆峰头上的任务是给各宗门分配住处。安排完所有事情，众人便各自离开。舞媚、慕欢跟着衡玉去宁榆峰看喻都小师弟。

这种刚入门没多久，还像个生涩桃子般的小师弟最好玩了，每次都会被舞媚和慕欢吓得脸色大变。还是衡玉良心发现，无奈道："你们以后还想过来玩的话，就想想自己有什么能教喻师弟的，不能只顾玩不教他修炼。"

时间转瞬即逝，眨眼间便到十二月。

再过几日，无定宗就要启程前往百花谷参加法会。许多长老聚集在议事殿里，讨论着这回要派哪位长老带队前去百花谷。大殿外，薄薄一层细雪铺满台阶。就在他们讨论得热火朝天时，有人身披风雪，慢慢走过玉石地板来到大殿前。

他伸手推开紧闭的大殿大门，逆光站着，双手合十向殿中诸位长老行礼："抱歉，路上遇到些事情，耽搁了时间。"见众人静默地盯着他，他的声音依旧温和疏离："法会一行，就由在下带队前去吧。"

"你这住处分配得——"迟拎着那张住处分配表，斟酌了下该怎么开口，"是不是不够合理？"

衡玉不满地问道："哪里不合理？"为了分配住处，她可是把各大宗门的底细都摸了一遍。有恩怨纠葛的宗门彼此隔得远远的，关系良好的宗门靠在一块儿……全部都有照顾到了啊。

迟冷笑一声，点指无定宗的住处："别的宗门都是统一住在汉观峰上，为什么要把无定宗分配到宁榆峰住着。"

这让衡玉觉得自己受到了污蔑："把无定宗的禅修分配到汉观峰上，我们宗门的女弟子们不得天天蹲守在那里？把他们丢到宁榆峰，肯定没什么人敢硬着头皮跑来宁榆峰打扰我和我师父。"

她这是在给无定宗的普通弟子安排住处，又不是给了悟安排住处。迟居然联想到以权谋私上，未免也太污蔑她了！而且了悟正忙着抓邪魔，估摸着他也不可能带队前来百花谷。她有必要动手脚吗？

迟顺着她的话一想，发现自己还真错怪她了："好吧，是我错了。但你唯独对无定宗待遇特殊，可能会引起其他宗门的不满。"

"随你吧。"衡玉耸肩，"那其他的安排还有问题吗？没问题我就交差走人了。"

迟在书册里标注几句话，随口回道："没有……不对，还有一事。"

"什么？"衡玉停下脚步，扭头看他，等着他的下文。

"你最近要闭关吗？若是你接下来几个月有空，可能需要你出席几场元婴期修士的宴席。"见她没马上答应，迟解释道，"你现在不到百岁便是元婴初期，若你出面，也能让其他宗门的人瞧瞧百花谷的底蕴。"

"这是掌门的意思？行的，有事直接用传讯符联系我。"衡玉应下来。

转身走出大殿时，衡玉瞧着墙角的藤蔓长得精神，走过去折了片叶子叼在嘴里，慢悠悠地踏着暖阳走回宁榆峰。虽然不抱希望，但她还是忍不住想，此行他会来百花谷吗？

"最近刚在宁榆峰后山弄了个温泉，一个人泡温泉多没意思啊。"衡玉轻声嘀咕，叶片随着她的说话声上下晃悠。

百花谷的景致，是沧澜大陆公认的好看，靡丽而多情，像极了这个宗门的人。

无定宗的船形法器逐渐靠近百花谷山门，了悟站在甲板上，安静地注视着下方的景致，眸色冷淡。

旁边有脚步声响起，了缘的声音随后传来："时隔多年又来到百花谷了。"他转了个身，脊背靠着甲板，正面对着了悟，问："为什么突然要带队前来百花谷？"

了悟回道："在下捕捉到冰魔祖临死前的记忆碎片，发现他在百花谷里留有几个隐秘的后手，此行是为解决那些隐患而来，带队只是顺便。"

"噢……那你还记得洛主吗？"

了悟瞥了他一眼，提醒道："在下没有失忆。"

"噢……"了缘烦躁地挠挠头，也不知道自己想说些什么。就在他打算重新组织语言时，了悟垂眸道："到了。"

船形法器停下，负责迎接各大宗门的迟含笑走上前，瞧见身穿月牙衣、气势强大的了悟时，他笑意微凝。带队前来参加法会，居然劳驾了这位？

很快，迟压下心底的异样，摇着手中折扇向了悟和了缘他们行礼。彼此见过礼后，迟让另一位弟子带了缘他们前去住处休息，他亲自带了悟前去太极殿。其他宗门的元婴期修士现在也都在那边，被掌门亲自招待着。了悟没什么异议，默默地跟在迟身后。

路过那片灼灼盛放的红梅林时，了悟似乎是察觉到什么，突然出声："迟主若是方便，可否稍等在下片刻？"迟微愣，但还是顺着他的话点头。

了悟深一脚浅一脚地踩在雪地里，不紧不慢地往前走。原本安静的梅林突然传来一阵低低的铃铛声。有人拨开那遮挡视线的树枝，踏着满地碎雪从红梅林里走出来。

衡玉身着一身红色长斗篷，艳压满林红梅。素净色泽的长裙尾端用红线勾挑出一朵朵红梅，这红梅一路自裙摆盛放，没入她的腰际。纤细的腰肢处缠绕着黑色的腰带。这颜色太深太重，她的美艳便多了几分神秘。她的头发用合欢花玉簪固定住，有不少碎发调皮地落在她耳畔。似乎是察觉到有人在注视自己，衡玉慢慢抬眼，撞进了悟那清冷的视线里。她先是有些许诧异，随后笑意从她眼角眉梢蔓延开来。

"圣子看了我这么久，是觉得我好看吗？"她抬起手，慢条斯理地抽走发间的合欢花玉簪，束起的长发也慢慢散落到她腰际。这一番动作被她刻意延长，于是动作间夹杂的暧昧色彩就更浓郁了几分。

"百花谷盛产美女，圣子远道而来，定要好好领略下我们宗门的特色才是。"

了悟没说话，只是慢慢地踏着雪向衡玉走来。他全程依旧是那副性淡若水，至清至冷的模样。距离近了，两人身上的雪松香与红梅香气沁在一起。在离衡玉一步之遥时，了悟突然抬手，动作很轻地为她拂去那不知何时掉落到她肩膀的红梅花瓣，声音如春日溪流轻叩山石："好久不见。"

"不久，圣子一直在我心上。"

了悟反问:"这也是百花谷特色?"

"不是,这句话是赠给圣子的。"

了悟似乎是笑了下,又似乎没有。等衡玉再细看时,他依旧是一副平淡从容的模样,问道:"要不要一块儿去太极殿?"衡玉没说话,只是提着裙摆,沿着他刚刚的脚印往回走。

太极殿里很热闹。

幽冥宗、黑白学宫这几个距离比较近的宗门长老都已经到来,他们坐在椅子上,正与百花谷掌门和游云随意聊着天。突然,掌门抬眸望向天际,笑道:"又有其他宗门的道友前来。诸位且在此候着,我亲去迎接。"掌门话音落下,下一刻便已来到太极殿门前,眯着眼望着天际。

当看清楚迟身后两人的容貌时,掌门脸上立马浮现出错愕神色。很快,他调整好神色,与已经来到他面前的了悟见礼:"没想到会是了悟圣子亲自前来。"

了悟双手合十:"在下亲自前来,与冰魔祖一事有关。"

听到这话,掌门神情立马严肃下来,请了悟进入殿中,衡玉跟着两人进去。

正坐在大殿上方喝茶的游云瞧见了悟和衡玉,反应和掌门如出一辙。他放下茶杯,茶杯碰撞桌面时发出清脆的撞击声,惹得殿内不少人都向他看去。衡玉瞧了她师父一眼,行礼后走到她师父身边的空位坐下。游云满意地点头,觉得自家徒弟还没有过分重色轻师。

下一刻,他就见那站在大殿中央的圣子,径直朝着他徒弟另一侧的空位走去,安然坐下。

众人继续闲聊。衡玉全程捧着一碟果脯在吃,没开口插话。

果脯吃多了就有些噎嗓子,衡玉刚想找茶水时,旁边先一步递来一杯茶水,游云无语道:"吃东西节制些。"衡玉"噢"了声,伸手接过茶杯。了悟听到交谈声,侧眸瞧了衡玉一眼。

聊到后面,剑宗的长老夸起衡玉来:"以前我在法会上当过裁判,对洛道友印象深刻,那时只觉得洛道友是个天资出色的小辈,没想到如今你我已同为长老。"

见有人提到自己,衡玉应道:"甘道友客气了。"

听他们交谈,掌门倒是想起一件事:"说起来,衡玉,听说你最近在教导喻都,还教导得不错。这回法会若是看上什么好苗子,倒是可以收下悉心指导。"

百花谷的长老们多数都像游云一样,奇懒无比,只顾自己游手好闲,对弟子采用放养式教育。难得遇到一个沉得下心教导弟子的长老,掌门非常感动,非常想为她分配些任务。

衡玉以前不打算收徒。但最近教导喻都,想法倒是有些变了。别的不说,收个徒弟,以后遛小白这件事就有人去做了。她想了想,遗憾道:"可惜喻都已经被二长老收为亲传弟子,不然他倒是很符合我的收徒标准。年轻貌美,可爱又有朝气,唯一的缺点就是嘴笨了些,但只要笑一笑,凭他那张脸还是可以哄人高兴的。"游云点头附和："有这样一个徒孙，确实不错。"

掌门扶额："不错是不错，但那是二长老的弟子。其实符合你要求的人还挺多的，稍后我让迟给你挑一挑。"

剑宗长老、幽冥宗长老无言。不愧是百花谷，收徒标准够简单粗暴。

了悟再次瞥了衡玉几眼。他这番动静有些明显，衡玉看向他，眉眼含笑地问道："圣子有何指点？"

"只是有些诧异洛长老收弟子的标准，听起来感觉不是很靠谱。"

衡玉故作无辜道："我师父都能教我，我能没他靠谱？"旁边看热闹的游云无语，真是够了！

殿上的几人其实都不熟。坐着尬聊了一个时辰，掌门终于先让大家回去休息，说等其他宗门的元婴期修士到了，再安排继续论道。

往殿外走去时，了悟随口问道："不知在下的住处安排在何处？"

游云懒洋洋地打了个哈欠，就要回答这个问题。却见他那孽徒先一步温声道："不太清楚，都是随意安排的。不过我知道有个好地方，不仅环境格外清幽，无聊时还能在雪夜里泡个温泉，你看可还满意？"

游云心想：徒弟啊，你这居心都摆到明面上了。这种段数欠缺些火候，想要让这已经勘破情劫的圣子上当，显然是不可……

了悟双手合十："那就麻烦洛长老带路了。"衡玉暗暗地横了游云一眼。接收到她那嫌弃的眼神，游云心中憋气，怒气冲冲地飞走，懒得再掺和到他们两个中间。没了其他人打扰，衡玉随手用指尖轻钩发梢，对了悟说："我们走吧。"

领着了悟一路飞到宁榆峰后山，衡玉指着温泉边那个小院子："我说的院子就在此地，要进去看看吗？"等到了悟点头，衡玉率先推开木门，领着了悟一路走进寝室。

屋里家具和摆设都相当齐全。床帐是天蓝色的，床头挂着风铃，屋内不少角落也都挂着铃铛。明明屋里没燃香，但还是隐隐飘着雪松的香味，显然时常有人用雪松来熏屋子。

"怎么样，是不是比你在无定宗里的院子好看？"衡玉笑问。

"这是洛长老设计的？为何要挂这么多铃铛？"

衡玉托腮看他，咬唇轻笑："圣子不是很喜欢听铃铛声吗？"

见面以来，了悟第一次微笑——虽然那抹笑意很浅很淡，在他唇角转瞬即逝。

"是挺喜欢的。"

衡玉眯着眼沉思片刻。

"洛长老要尽一尽地主之谊吗？"了悟坐到她对面。

衡玉拨弄头发时，有意无意地晃荡了下手腕，细细脆脆的铃铛声夹杂在她话语之间："这是自然，我会尽力让圣子感受到百花谷的特色。"

了悟抬眸看她。视线冷淡，却又意外撩拨人心。

在屋中稍坐片刻，衡玉告辞离开，了悟出来送她。沿着小路走出十米开外，衡玉突然回头，正好捕捉到他那隐隐透出几分金光的身影。她先是轻轻拧起眉心，随后眉梢微挑，咬唇而笑。没关系，他就算是九天之上的神佛，都会再次对她爱慕难舍。更何况他今日……

像是想到什么高兴事，衡玉拍拍手，踩着一地积雪离开。

抖落肩上的积雪后，她赤脚走进屋里，刚想解开腰带，两道传讯符突然划破长空直落到她眼前。衡玉抬手一挥，两道传讯符破开，舞媚和慕欢的声音分别从里面透出来。她们话中的激动几乎要溢出来。衡玉觉得格外好笑，她回复完两人后，开始陷入忙碌状态。

正忙着时，喻都抱着小白过来找她。喻都今日穿了件黑色长袍，袖口与衣摆用金线勾勒出装饰的纹路。这种深沉的颜色本肃穆无比，但穿在艳丽的少年身上，偏偏微妙地达成平衡。于是他的样貌越发惊人。

"洛师姐，我把小白送回来了，顺便想向你请教几个问题。"喻都说。

衡玉赤脚踩在地上，请他走进屋里坐着，随口夸道："你今日这番打扮真好看。"

稍一被夸，少年眼里的潋滟光彩更浓几分："师姐们非要我穿上它，她们说……说……"后面的声音慢慢低下来，喻都有些不好意思再开口。衡玉忍俊不禁，大概猜到她们说的是什么话了。

这么好看的小师弟，当然得好好打扮。

瞧着喻都越发窘迫，衡玉正色道："你有什么问题？"

喻都悟性不错，稍微点拨几句他就豁然开朗。等喻都离开后，衡玉被迟叫过去帮忙接待其他宗门的人。她原本想直接拒绝，结果迟这段时间累得够呛，为了能喘口气连面子都不要了，拽着衡玉想尽办法卖惨撒娇，就为了说动她帮忙。她还能怎么办？不帮这个忙，迟显然不会轻易让她离开。但她都这么忙了，其他人凭什么休息，身为同门，当然是要共沉沦啊。

没过多久，舞媚、慕欢等人纷纷被抓了壮丁，衡玉混在中间划了几天水连忙溜人。

了悟撑着素净的油纸伞，踩着积雪往不远处衡玉的院子走去。

了悟停在院门前，正要抬手叩门，大门已先一步从里面打开。胖了一圈的小白从里面钻出来，朝了悟咕咕咕地叫了几声，显然还记得他。

了悟微弯下腰，问："在下现在方便进去吗？"小白把门拉得更开，示意他进来。

走进院子，了悟直接朝里屋走去。路过窗边时，他抬眸扫了眼里面，发现衡玉正趴在软榻上，双腿跷起来胡乱晃着，托腮侧头不知道注视了他多长时间。两人的视线撞上时，她轻轻微笑。

了悟绕到木门前，抬手敲门。

片刻，衡玉赤脚走过来给他开门："圣子过来，是想见我了吗？"

了悟答非所问，视线落在她的脚背上："不穿鞋？"

"习惯了，反正地板没有我的体温冷。"

"可以铺上软毯，这样赤脚走着更舒服。"

衡玉微微眯起眼："有道理，我怎么没想到这点。"她不再纠结这个问题，垂眼往茶壶里倒了些细碎的红色粉末，再往里面注入热水，"合欢花茶，有不良药效，但是很好喝，你要不要试试看？"

了悟坐到她对面："百花谷特色？"

"是啊，招待你的全部是百花谷特色。"了悟突然抬眸看她。衡玉俯身凑到他面前，鼻尖险些与他点在一起，她止不住地笑："没错，连同我也是。"

了悟提醒她："茶泡好了。"

衡玉扬眉，重新站直身子，取出一个干净的茶杯倒茶。雾气氤氲而上，了悟静静地捧着茶杯。

品了两口后，了悟淡淡点评道："这玫瑰花茶炮制得不错。"

"说了是合欢花茶。"

了悟将茶杯放下："既然洛长老高兴，那给它换个名字也无妨。"

衡玉眸里染上水色："圣子这般油盐不进，就显得有些不解风情了，我们来谈情吧。"

"洛长老心情好的话可以弹琴。"

衡玉转念一想，说："弹琴来调情吗？好提议。"她起身走去将挂在墙上的琴取下来，手臂一挥把大半张桌子清空。摆放好琴后，衡玉随手拨弄琴弦试听音色，"圣子猜猜看我要给你弹什么曲子？"

了悟淡淡地反问："用来调情的曲子？"这个回答取悦了衡玉。

她垂下眼，弹奏那曲早已熟悉到骨子里的《凤求凰》。

"将琴代语兮，聊写衷肠。"弹到这段时，衡玉抬眸，朝了悟扬起唇角，笑得犹如烈焰。

"洛长老该认真弹琴。"了悟严格要求。

衡玉被他这句话堵得险些弹错，连忙稳住心神认真抚琴，不敢再趁机调戏他。在她垂下眼时，身侧的人突然浅浅一笑。弹完一曲，衡玉兴致格外高，问他还想听什么曲子。

了悟道："刚刚在下影响了洛长老的弹奏，若是洛长老仍有兴致，可以将刚刚的曲子重新弹奏一遍，这回我会认真倾听。"

衡玉撩起眼尾扫他一眼，微笑道："好啊。"随后垂眼又抚了一遍《凤求凰》。

弹奏完后，她两只手静静放置于琴弦上，调侃道："还要再听一遍吗？"

各大宗门的人全部顺利抵达百花谷，法会如期召开。

衡玉被拉着参加了两场会议，还围观了法会开幕。忙完之后，她原本想去寻了悟，但从迟那得知了悟正在清理冰魔祖布下的一些后手，她只好暂时作罢。

今日天晴得很，太阳高挂在碧空上。小白待在院子里扑鸟玩，衡玉蹲在它旁边陪它。

"洛师姐。"喻都那轻快而欢悦的声音从外面传进来。

衡玉去给他开门："托你找的东西找到了？"

"是的。"喻都走进院子里，"这些灰色的妖兽毛都已经加工过，可以直接铺在地上当毯子，师姐嫌麻烦的话我帮你铺吧。"

衡玉笑着道谢。喻都今天的衣服将少年单薄却健美的身材完整地勾勒出来。

衡玉打量了几眼，乐道："这是哪位师姐帮你挑的？审美相当不错。"

"是……是秋师姐。"被这么打趣，喻都越发手足无措。他耳垂红得厉害，眼眸里也染上淡淡的秋水，看起来有种柔弱的美感。了悟走过来时恰好瞧见这么一幕。他脚步微顿，弯腰抱起不知什么时候偷跑出来的小白，走到衡玉身边。

"圣子忙完了？"衡玉将视线从喻都身上移开，侧头看向了悟。

了悟说："暂时忙完了。"他眼里映着冬日的阳光，阳光没有温度，他也淡漠得很。

"快进去吧。"衡玉对喻都说。见喻都走进屋子里，衡玉才说："要坐下喝茶，还是就回去了？"

"方便招待吗？"言下之意就是留下喝茶。

衡玉轻笑两声："我是个闲人，怎么会不方便。你且在院中坐会儿，我进里面拿茶具。"

屋里，喻都蹲在地上，正慢慢铺弄地毯。听到脚步声，喻都抬眸，笑吟吟地问衡玉："洛师姐进来拿东西？"

"是，要喝茶吗？"衡玉问道，见喻都点头，她便多拿了一个新杯子出去。

了悟的目光在三个杯子上停顿片刻，垂下眼继续为小白顺毛。

衡玉冲泡好茶水后，喻都也正好铺完地毯走出来。喻都向了悟行礼问好后，便坐到衡玉身边的空凳子上，抱着温热的茶杯暖手，兴致勃勃地聊着法会上的热闹事，还向衡玉请教了不少修炼上的问题。

喻都已经不像以前那般放不开，与衡玉聊了很久方才依依不舍地离开。等到院子重新恢复静谧，了悟才问："这就是那位极符合洛长老收徒标准的师弟？"

衡玉点头："是他。"

了悟说："你觉得他很好看？"

"喻都的样貌是百花谷公认的英俊帅气。"

"嗯。"

"怎么突然问我这些问题？"

稍等片刻，见他不回答，衡玉继续盯着他，一副非要等出个答案的模样。

了悟抬眸扫她一眼，问："是洛长老屋内的铜镜不清晰吗？"他将茶杯放下，"今日多谢款待，下回若洛长老有空，可以过来在下的院子，我会亲自招待你。"

刚从椅子上起身，了悟便被衡玉攥住袖子。

下一刻，她攀上他的手臂，凑近他的耳朵："下回圣子若是想夸我好看，可以直接夸。"

晚上，衡玉去游云院子接小白时，游云问她："你和那位圣子现在是什么情况？"

"就师父你看到的那样，还能有什么情况？"衡玉懒洋洋地道。

"所以他还对你有意吗？你怎么也不问问？"

衡玉理直气壮："为什么要直接问，这样步步试探不是更刺激吗？"

"感情大师"游云认真地思索了一番，忍不住点头："有道理，为师看你玩得很开心。"

从游云那儿离开后，衡玉算了下时间，打算顺便拜访了悟。

寻到了悟时，他垂眼扫了下她的手："在下送你回去吧。"

两人深一脚浅一脚地踩着积雪，并肩往几百米外衡玉的院子走去。

雪夜极寂静，除了脚步声便是他们的呼吸声。

了悟推开木门走进院子里，来到屋檐底下："方便进去吗？在下给你上药。"

上药？衡玉微愣："好，进去吧。"

屋内已经铺了地毯，不方便再穿着鞋进去。

衡玉赤脚踩在柔软而温暖的地毯上，看着他弯腰脱鞋子。将鞋子摆好后，了悟合上大开的木门："去燃蜡烛吧，在下给你上药。"

"上什么药？"衡玉终于问道。

"去刀疤的药。"了悟说。

正在用火折子点燃蜡烛的衡玉身体微微一僵，下意识地动了动垂在身侧的左手："我以为消不掉了。"这些年，游云和掌门为她寻了很多药，但手掌那道刀疤还是清晰地印刻在那里。

她并不执着于消去伤疤，见他们几番搜寻无果，便阻止了他们，这道伤疤一直跟着她到如今。

"在下是炼丹师，随手调了些药。"

"随手？"衡玉笑着哼了声，也不知信没信他这句话。

"是随手。"了悟说。只不过那配药的万年菩提心、火红莲等物，他寻了好几年才终于凑齐。

衡玉将左手手掌摊放到桌面上。月光洒下来，混着烛光，清晰地映出她掌间那道狰狞的刀疤。了悟从袖口里取出药膏，一手握住她的腕骨，另一只手蘸取浅绿色的药膏，然后在刀疤上涂抹开。药膏带着淡淡的菩提苦味，并不难闻，给人的感觉倒是与对面这位圣子有几分相似。涂抹均匀后，了悟说："每日都要上药，若是觉得麻烦，找在下给你涂就好。"

衡玉一手托腮："挺简单的。"就是蘸取药膏后抹均匀，多容易啊。

了悟慢吞吞地点头:"那便算了。"他从椅子上起身,突然说,"过段时间洛长老再重新问一遍。"
　　这没头没尾的话,让衡玉一时之间反应不过来:"什么?"
　　了悟突然又笑了下:"没什么,你好好休息。"

第十八章
禅骨秘闻

每半个月，喻都都会过来找衡玉上课。

今天又到了上课的时间，他穿着一身绯色锦袍，腰间压着块玉佩，提着专门买给衡玉的梅花酥过来找衡玉。上完两个时辰的课后，喻都出声问道："洛师姐，我怎么没见到小白？"他还想带小白去试炼台找其他师弟玩。

衡玉等会儿要往身体里绘制阵纹，听到他的问话，随口回道："它应该是去温泉边上那间院子找了悟圣子玩了，我现在有点事走不开，你自己过去接它可以吗？"

"好。"喻都不敢耽搁她的时间。洛师姐身为元婴初期修士，愿意抽时间教他修炼已经极好了，他不是那种不知分寸的人。衡玉朝他一笑，这位小师弟真是够乖。

等喻都离开屋子后，衡玉闭上眼睛，开始用神识往自己的血肉里绘制上第三层阵纹。

靠近温泉边的院子时，喻都有些踌躇。他不大擅长和陌生人沟通，但想了想，无定宗的禅修们多是性情温和之人，应该还是比较好沟通的。喻都深吸口气，踏着雪走到木门前，抬手叩响紧闭的大门。

稍等片刻，木门被人从里面打开。一身青衣的圣子站在门里侧，浑身透着清冷与疏离。他只是淡淡地扫了眼喻都，喻都便不自觉僵直脊背，手足无措，一时之间说不出话来。了悟的目光在喻都脸上停驻片刻，微微抿起唇来："你是来接小白？"喻都回道："回圣子，是的。"

了悟点头，收回自己的视线："稍等。"他走进里面将小白抱出来，随手递给喻都。

抱住小白后，喻都没有刚刚那么紧张了，他朝了悟道谢后告辞。

了悟在原地站了片刻，往山下衡玉的院子走去。

衡玉虽然在认真绘制阵纹，但还是能听到敲门声。她感应到了悟的气息，直接将院门和屋子的门打开，邀请他进来。几息后，了悟脱鞋走进屋子里，瞧见衡玉此时的模样后目光微凝。她那张扬而艳丽的左脸布有浅浅的纹路。纹路自额头一路蔓延到耳后，看上去格外诡异。左手的袖子全部撸了上去，光裸的胳膊上布满了同样的纹路。

"这是诅咒吗？"了悟走到她身边，垂在身侧的右手动了动，似乎是想要伸手触碰，又怕唐突惊扰到她。衡玉说道："确切地说，是破除诅咒的阵纹。"

"以你的血肉作为破除诅咒的阵眼？"

衡玉解释道："看着有些诡异，但其实有很多好处的。百花谷一宗的气运都被诅咒限制，如果我真的能够破除诅咒，也能趁机突破到元婴中期，想想还是挺划算的。"不解释还好，她一解释，下一刻，她隐隐感受到缭绕在他周身的恼意。但眼前人的神色还是没变过。

他抬手，用指尖轻抚她耳畔的纹路："还要多久才能绘制完毕？绘制完后还要做些什么？"顿了顿，他补充，"不要骗在下。"

衡玉抓住他的指尖，了悟眸光一沉，却也不动："还有两三年吧，绘制完成后我要渡一个雷劫，借助雷劫中的天道气息将邪魔之气完全打散。不过雷劫你不用担心，这诅咒关系到百花谷的万载气运，宗门会做好十足准备的，我就是个绘制阵纹渡劫的工具人罢了。"

"嗯。"了悟轻应一声，垂下眼来。衡玉见他兴致不高，也有些摸不准他现在在想些什么。但他现在站在自己面前，她也不太方便继续绘制阵纹，索性放下卷起的袖子，给他削苹果吃。很快，她削好苹果，用刀尖切出一小块递到他唇边："吃吗？"

了悟咬住刀刃上那小块苹果，咽下后，他问："你觉得怎么称呼你比较好听？"

衡玉诧异，又给他削了块苹果，大冬天的，她不太喜欢吃苹果，便都投喂他："你最近不是都喊我作洛长老？"

"你喜欢这个称呼吗？"

"不喜欢，没有洛主好听。"

"嗯。"了悟应一声，"洛主。"衡玉被他这一声撩到，顿觉指尖有些发麻。

"别削了。"了悟按住她的手，自己接过剩下那半块苹果。吃完苹果后，了悟问她："要出去走走吗？"

衡玉唇角带笑："都行。"

"不急。"了悟说，"你脸色有些苍白，在下帮你上妆。"他起身走到梳妆柜边，正要拿起那盒胭脂，余光扫见旁边有胭脂纸，他顿时抛弃原本看中的那盒胭脂，将这薄片胭脂拿起来，走回到衡玉身边。

"你怎么拿了这个？"衡玉挑眉。

了悟将薄片胭脂稍稍对折："闭眼。"见他乐意伺候自己，衡玉也不反对。她垂下睫毛闭合双眼，感受到薄片胭脂贴上她的嘴唇，还没等她抿唇，突然，有柔软的唇隔着薄片胭脂压了上来。

衡玉猛地睁开眼，看着与自己只隔着一张纸片距离的人。她笑了下，没有抽掉薄片胭脂。了悟静静地凝视着她。好一会儿，他才往后退开，抽走那张有些皱掉的薄片胭脂，随后用指腹慢慢帮她把胭脂抹匀。

衡玉眨眼，说：“圣子是在占我便宜吗？”

"不是。"了悟义正词严地反驳。没等她控诉出声，他又悠悠续道，"是在与你调情。"

"前些日子我说要与你谈情，你不是让我去弹琴吗？"

了悟平静地反问："你当时不是通过弹琴来调情吗？"这句话还是她自己说的。

衡玉咬唇而笑。刚想再开口说些什么，她的下巴突然被轻轻扣住。

"别动。"了悟低声道，垂下眼，用干净的帕子帮她擦掉不知何时沾染到脸上的胭脂。

衡玉眨眼，抬手去钩他的尾指。

半夜又下起鹅毛大雪来，下到早上时，地面积了厚厚一层雪。

了缘做完早课，瞧着外面的雪没刚刚那么大了，握着扫帚清扫道路的积雪，方便自己和其他人行走。远远瞧见那位撑着伞走来的姑娘时，了缘停下手中动作，懒洋洋地笑道："倒是稀客。"

"这就是百花谷的地盘，我算什么稀客。"衡玉走到他面前。

了缘委屈道："我都到百花谷一个月了，你今日才上门来相见，不是稀客是什么。"

"忙着招待别人，你见谅些。"衡玉对此十分理直气壮。

"哟。"了缘当然知道她口中的别人是谁，"说起来，你与他相处得如何？他渡过情劫后，道法越发精湛，与先天神骨的融合度更高，整个人身上的圣洁度浓得惊人。我总觉得他比起以前变了许多。"

衡玉用脚尖拨弄积雪，声音轻而坚定："有吗？他明明从未变过。"

"你——"了缘有些诧异。

衡玉微笑，与他对视："我知道你想说什么，但我觉得，用成熟这个词来形容更好。"

以前的他不知该如何进退，害怕她不能知晓他那满腔心意，便耗尽全力去爱她。在这段关系里，只消她一眼，便能令他惊慌失措或喜不自禁。她不否认自己很喜欢他失措时寻求垂怜的眼神，但这当作偶尔的情趣就够了。像那回，他拿到忘忧果后与她在花灯节上碰面时的表现就很好。她进他退，她退他进，彼此势均力敌。

"我真看不懂你们。"了缘无奈地摇头。

衡玉眼里的笑意浓了几分："没关系，我们懂彼此就好了。"所以只有他，只是他，除了他谁都不可以。因为除了那个人，这个世界上再也找不到另一个人，能在她什么都不说的情况下便能将她的心意剖析得明明白白。

了缘："所以你过来找我，就是为了说这些事打击我的？做个人吧，洛长老！"

衡玉这才正色说："过来找你和测魔阵法有关系，这几年里，我顺利完成了第一个简化版，但效果如何就要靠你来检验了。"闻言，了缘精神一振。他直接丢掉手中的扫帚，作势要攥着衡玉的袖子往屋里走："正好我今日没有比试，你快些进来。"

衡玉避开他的手，跟着他往屋里走去。

当屋外空无一人时，有人身穿青衣从竹林深处走出来。他步伐不疾不徐，气质温雅有修竹之风。

有关测魔阵法，衡玉的研究进度原本没这么快。但几年前，在觉者的点拨下，她对构建万物有了进一步的理解。一法通万法，构造万物的能力绝对是阵法的顶级演化。衡玉连这种顶级演化都掌握了，原本高深的测魔阵法在她眼中反倒变得相对容易起来。这几年里她闲着无事都在研究测魔阵法，能取得这般喜人的进展并不稀奇。

两人坐在窗边晒着太阳，衡玉比照着阵图足足讲了两个时辰，了缘总算能勉强理解简化阵法的原理。

了缘挠挠头，说："我再钻研钻研，然后试验下阵法的效果。你觉得这第一版如何？"

衡玉平静道："方向应该没出错，但功效可能没有最大化，再改进个三四次就差不多了。"

"如果真的能研究出来就好了。接下来……"了缘压低声音，凑近了对衡玉说，"接下来我们宗门会有大动作。"

"了悟领头吗？"

"你猜到了？"

衡玉剥个橘子把自己的手都剥脏了，她胡乱用手帕抹了下手："不难猜吧，他对邪魔的敏锐程度应是无定宗第一。在化神期修士不出动的情况下，领头的人自然非他莫属。"她掰了瓣橘子送进嘴里，还挺甜的。

衡玉瞧着正盯着简化版测魔阵法的了缘说："你先继续研究，我回去了，过几日再来寻你。"

握着大半橘子推开门，风夹着雪劈头盖脸打过来，衡玉不适地眯了眯眼。旁边突然斜伸出一只白皙修长的手，那只手上握着一把油纸伞，伞压得很低，轻轻松松为她挡去风雪。

"圣子怎么在这里？"衡玉侧头看向身侧的了悟。

了悟淡淡道："无意路过，正好接你回去上药。"

"我可以自己上药。"说着，衡玉掰开一瓣橘子递到他唇边。

了悟张嘴咽下那瓣甜到骨子里的橘子，又问："那现在要回去上药吗？"

衡玉忍不住靠在他肩上闷笑出声："当然要啊。"

深红的暖帐昨夜放了下来，衡玉偷懒，清晨起床时并没有把它收上去。她坐在床榻边，暖帐层层叠叠，像是为她的容貌添了层暧昧的红色滤镜。

了悟端着热水送来给她时，便瞧见这一幕。他稍一顿住脚步，方才恢复常色走到她身边，撩起那层层叠叠的暖帐，将杯子递给她。衡玉右手接住杯子，左手伸出帐子外。

了悟蹲下身来，取出药膏慢慢帮她擦药。

衡玉眨眼说："我们聊天吧。"

"好。"了悟回答，"给你讲讲在下渡过情劫的一系列事情。"

了悟正色道："在下回到宗门第二日，便自请进入玄禅镜中修行。初时，于玄禅镜中枯坐一年。"

"……你那时候没服下忘忧果吗？"

了悟趁她不注意，掀开那阻隔他的帐子，指尖落在她光滑而柔软的颊侧："那时候，在下还有很多事情没想通。"

玄禅镜里面与封印地深处有几分相似。那里只有无穷无尽的黑暗，静谧到了极点，连清浅的呼吸声都会被放大。不过这里很适合沉思。了悟在蒲团上枯坐，指腹一直摩挲着腰间挂着的那块绯色玉佩。

苍翠香甜的忘忧果静静地摆在身前，了悟的目光时不时从它身上一掠而过。这个果子是他喜欢的人用鲜血浇灌出来的。它的苍翠诱人以及功效背后，都夹杂着那位姑娘的自我折磨，但也夹杂着她的心意。他已经接受服下它忘情从而趁机勘破情劫这件事，可他迟迟没有服下它，因为他一直在思考一些事情。

这位姑娘能为他做这么多，当他勘破情劫再次与她相见，他又能给她什么？像之前在封印地里许诺的那样，彼此想念了就前去见对方一面，陪伴对方一两个月，成为彼此的精神伴侣？

他其实想给她更多。他与她虽不在意世俗的异样眼光，但不在意并不代表世俗的异样眼光不存在。他要采用忘情的方式渡过情劫，有部分原因不就是因为其他人都在用言语裹挟他吗？

有什么办法，能让世俗也认同他和她的关系？为了解决这样的困惑，他日夜辗转，日夜沉思。后来苦思无果，便开始翻阅经书。直到那日翻阅到有关因缘禅的记载。

隐约之间，了悟觉得自己抓住了什么。他开始翻找其他禅道分支的记载。

昔日觉者开创出大慈大悲道，后来宁虚创出解脱道，再后来妄忧创出因缘道……

禅道一直在发展，一直在不断涌现分支注入新的活力。这是不是意味着，只要道法精湛到一定程度，完全可以自己开辟出一条新的禅道分支，借此来成就无上道法。如果可以的话……为什么……为什么……

有个念头在他心底慢慢地生根发芽。为什么他不能自己开创出一条禅道？可能会很慢，但他为什么不能创出一条禅道，它脱胎于大慈大悲道，却又与大慈大悲禅道有区别。

那条由他一手开创、属于他的路，会完全解决他心中的顾虑，让他能真正寻得双全之法。

玄禅镜本就是觉者炼制出来的无上法宝。当他心底的念头愈演愈烈时，竟将玄禅镜深处那缕觉者留下的神识触发出来。无穷无尽的黑暗被温和的金光驱逐开，觉者盘坐于虚空之上，面容被金光模糊掉："本以为，还需要相当漫长的时间才能见到你。"

了悟瞧见觉者，他心中诧异与欢喜交织，虔诚地跪下行礼："弟子见过觉者。"

"无须多礼。"觉者的声音里夹着几分令人心旷神怡的笑意，"此次相见，是因我感应到禅道的第四朵大道之花将盛开。"了悟微愣，隐隐猜出觉者话中的意思，禅道大道之花素来只有三朵，这第四朵将盛开，极可能是因他而开。

"你应该听说过一个说法，先天禅骨蕴含禅门惊世之秘。这个秘密其实和大道有关。"

数万年前，觉者掌握创世之法，于是他以一己之力开辟出一方小世界，名曰境。所有道法有成的禅修飞升后，不是飞升到仙界，而是飞升到境里。在境里，只有觉者功参造化到极致不可朽，其他禅修都有陨落的可能。他们陨落后，有一缕圣洁之光会融入供奉的那朵冰莲上。

一日，觉者自沉睡中苏醒，感应到沧澜大陆的邪魔危机，以化身前往沧澜大陆点化几位禅修，让他们暂时成功抵御邪魔。但若想彻底将邪魔驱逐出沧澜大陆，必须由一位道法精湛到极致的禅修领头，率领众禅修完成此事。用无上大法推演过后，觉者将冰莲化骨投入沧澜大陆。

"这就是先天禅骨的由来。"觉者轻声道，"先天禅骨寻觅万年，才寻到你这个最合适的主人。你降生时，禅道的三朵大道之花更是突然盛开。我得知此事后亲自为你推演一番，发现你道法机缘极为了得。"稍微停顿片刻，再次开口时，觉者的声音里竟有几分怅惘，"只是你的机缘与情一字始终交织，情意之绵长，如道法之绵长。"

了悟垂下眼，睫毛轻轻地颤抖起来："敢问觉者，这就是弟子情劫的由来吗？"

"是的，每位圣子都有自己的劫难要渡。我推演过后，亲自为你择定情劫这一劫难。"觉者微微一笑，声音温和，"其实就算没有情劫，你还是会与那位小友纠缠不休。只是那时你心中必多有煎熬，倒不如让你渡情劫来个光明正大。"

"多谢觉者。"了悟双手合十，再次虔诚行礼。

觉者微笑："无妨，这一切都是为了禅道之昌盛。愿你能顺利让禅道盛开出第四朵大道之花，成就无上道法，到那时我会与你在境里再次相见。"

雪松香弥散在空气中，衡玉轻声重复道："情意之绵长，如道法之绵长。"

"所以在下的禅道与洛主并不相悖。"

衡玉被他看得难受，忍不住去摸他的眼尾。了悟抓着她的手牵到唇边，听够铃铛的细碎响声，他才恢复冷静，继续道："觉者之前告诉你的不破不立也在于此。情劫必须渡过去，而且在下也需要一个契机来让我的禅道进一步超脱……"顿了顿，他拧起眉来，周身又泛起淡淡的恼意与无奈，"只是这不破不立的办法，让洛主你受苦了。"

衡玉平静道："你那时也在承受诸多流言蜚语。论起受的苦，你我是一般的，不必刻意心疼我。"

了悟继续说道：

"觉者那抹神识还能存在很长时间，他开始教导在下道法，引导我如何摸索创出新的大道分支。在那大半年时间里我的收获格外丰富。在觉者的神识消散后，我方才服用忘忧果。

"刚服下忘忧果第一个月格外痛苦。情感被剥夺出来是件很痛苦的事情，后来慢慢适应那种疼痛后，在下便感应到修为在一点点推进，足足花了两年的时间，这个过程才彻底结束。再出关时，在下成功晋入元婴后期，也……淡忘了对你的感情。"

后来和了缘聊天时，了缘说起过对那时的他的印象：看似温和实则疏离冷淡，满身圣洁。

一直到与衡玉重逢那时，他都还是处于受到影响的状态。说到这里时，了悟轻声道："那时并非刻意待你冷淡。而且见你玩得很开心，就没有马上告诉你这些事情。"

"我知晓的。"衡玉说。她不会因为这些事情误会他，"你不是也玩得很开心吗？"

"嗯。"了悟轻应一声，"见到你就是一件高兴事。"

衡玉被他这句话逗得大笑。等她笑够，了悟才继续说道："洛主，你猜猜在下是什么时候再次对你动情的？"这个话题衡玉喜欢，她捏了捏他那泛红的耳垂，说："一见钟情？"

与他重逢，对视上的第一眼，她便察觉到他望向她的眼神并未变过。

气质可以改变，但眼神不会骗人。猜到他不会拒绝，所以她才敢一开始就与他调情。

"那时你在梅林缓缓走到在下面前，的确是人间盛景。但其实是更早之前。还记得在下告诉过你，我的漫漫回忆里除了青灯古像外，余下值得回首的记忆几乎都是与你息息相关吗？

"忘掉对你的感情，但没有忘却丝毫记忆。在下一直记着自己服下忘忧果前的承诺，追捕冰魔祖时，若是遇到空闲时候，就会静坐在那里回忆起有关你的事情。一点一滴，一遍又一遍。

"你相信吗？在下靠着旁观那些记忆片段，便再次对你爱慕难舍。"

忘掉了对她的感情后，他再次回忆那些记忆，只是纯粹地站在一个旁观者的角度、不带任何感情色彩去回忆。他看着记忆里那位温柔到极致的姑娘，还是会重复以前动心的过程，再次为她神魂颠倒。

了悟用指尖拨弄她的发梢，想着接下来的事情：法会结束后，他要带队回宗门，开始肃清邪魔、净化封印地深处的邪魔母气。邪魔遍布整个沧澜大陆，想要彻底肃清他们，至少需要几十上百年时间。

邪魔母气难以被净化，无定宗历代先贤采用了各种办法，收效甚微。他踏入元婴后期后，体内的先天禅骨对母气具有巨大的克制作用，净化一事基本只能由他来完成。这需要相当漫长的时间。

他的禅道刚处于起步阶段，要想有所眉目形成分支，也需要数十年时间……

人人想着长生大道，为延续寿命更是愿意付出无穷代价。他却嫌这百载光阴过于漫长，又要她为他空等。

两人把事情挑开说的好处是，衡玉又过上了幻境般的日子，享受着了悟细致周全的照顾。

今晨，衡玉朝他挥手："我出门了，你去做早课吧。"

衡玉今天会这么早出门，是因为她被抓去当结丹期修士决赛的裁判。

结丹期修士决赛的对决，裁判必须由元婴期修士来当。若是擂台上出了什么事情，元婴期修士也能及时出手干预。来到试炼台一侧的比试场地，衡玉不出意外地瞧见了缘。

他正懒洋洋地站在场地边缘，手中握着一把刀在雕冰花，注意到衡玉的视线，他勾唇轻轻笑起来，转刀的速度加快，很快便雕好一朵冰花。他捧着冰花直接走到衡玉面前，将冰花随意一抛："这是拿来贿赂裁判的。"若是不伸手接，这朵冰花难逃被摔碎的命运。衡玉坦然地伸手接住，用食指和拇指捏着花朵尾端旋转："贿赂我是没用的。说起来，测魔阵法你研究得如何了？"

了缘无语："不是说给我几天时间研究吗？"

"这不是正好遇到你了吗。"衡玉理直气壮地回道。

"……好吧。"了缘压下心底的吐槽，正色应道，"我昨晚研究了一夜，暂时没看出什么问题，完成这场比试后我会外出一趟，亲自去外面试试这个阵法。若是没什么问题，这个阵法可以先行在无定宗推广开，慢慢改进后再传到其他宗门。"

衡玉见他安排得井井有条，就知道他心中已经有成算。也是，能成为无定宗圣子的人，怎么可能是等闲之辈。她笑了下，说："法会之后我有其他事要忙，若是你不嫌麻烦，推广一事就交由你来和无定宗对接，你愿意帮这个忙吗？"

这相当于是把一小部分功劳让给了缘，毕竟研究测魔阵法时，了缘给她提供过不少思路。和聪明人对话就是轻松，了缘转念一想，便琢磨透她的意思。他没有拒绝衡玉的这个提议，点头道："可以，对接的事情就交给我吧。不过简化阵法这件事全是你一个人在忙活，我不居功。"

衡玉现在对于赚倾慕值已经没那么热衷了。解决掉诅咒后，她就不需要再靠倾慕值进阶。但已经钻研了这么多年的测魔阵法，自然该有始有终。

详细沟通完测魔阵法的事情，衡玉伸了个懒腰，瞧着时间刚好，她踏着虚空走到擂台上方，宣布比试正式开始。

擂台上，了缘等人的比试格外激烈。衡玉这个裁判不能划水，神识外放将整个擂台笼罩住，默默看完整场比试。

"获胜者，了缘。"衡玉出声宣布结果，她的声音在灵力的加持下传遍四周。

刚结束一场大战的了缘沉沉地吐出一口浊气。他活动活动手腕，服下平复气血的丹药后，打算再找衡玉聊会儿天。抬眸望去，在虚空中已经寻不到人影。他左右环视，才终于在人群外围瞧见她。然后，他目光微微一凝。

衡玉站在了悟面前："什么时候过来的？"

了悟撑着伞为她挡去风雪，依旧是清清冷冷的模样："做完早课，想着你这边应该忙得差不多就过来了。"说完，他抬手拂去她肩头堆积的雪花。

"那我们走吧，我带你去炼丹室那边教你做药怎么样？"

"做药？"

"是啊，这是百花谷弟子必学的一项技能。"

目送着他们逐渐远去的背影，了缘轻抿唇角，眼睛微微眯起。他果然，白担心了。纵使气质变得疏离冷淡，纵使满身圣洁不似凡间人……在面对那位姑娘时，他的师兄依旧百般温柔啊。

"所以，这就是洛主一直喜欢你的原因吗？"了缘眉梢扬起，似笑非笑。他的两只手枕到脑后，懒洋洋地走出人群，轻喷一声，"你们这么坚定地双向奔赴……果然是不给旁人一丝一毫的机会。"

合欢散是一种比较低级的药物，它的制作流程很简单，衡玉上手做了一遍，了悟就学会了。

垂下眼闻了闻合欢散，衡玉说："成色一般，还是在合欢花期时做的成色最好。"眸子一转，衡玉将合欢散递到了悟面前，"要不要闻闻？"

了悟照做，只觉得鼻尖满是合欢花的靡靡香味，玉瓶里的粉末看不出有什么稀奇。

在炼丹室里又待了一会儿，因为衡玉迟些还要给喻都上课，两人往宁榆峰走去。

喻都抱着小白在院子外玩，远远瞧见衡玉，他高兴地朝衡玉招手："洛师姐我又过来了。"

他今天穿了件鸦青色长衫。有了悟在场，衡玉原本不想对喻都的衣着外貌发表任何看法，但瞧见他身上这套衣服，实在有些哭笑不得："今天这身衣服是哪位师姐给你选的。你年纪太小，压不住这种颜色。"

"啊？"喻都呆愣住，低头瞧瞧自己的衣服，"好像是叶师姐。"他局促地挠挠头，那帅气的脸上带着几分不好意思,眸中的水色便逐渐浓重起来,"师姐会不会觉得看得不舒服,我需要回去换套衣服再过来吗?"

"不用。"衡玉摇头,她就是随口评价。

上前推开木门,衡玉侧头对身边的了悟说:"你陪着小白玩一会儿,我先给喻师弟上课。"

了悟正准备迈步去抱小白,像是突然想起什么般,他转身自然而然地为她拨开贴在脸颊的碎发:"在下在院中等你,你忙完了过来?"

衡玉下意识别了别头发。以前被她随便一撩就手足无措的人,渡了个情劫,居然就能在外人面前做出这种亲昵举动了。她扬唇轻笑:"好,一忙完就过去。"

旁边,喻都满脸震惊地瞧着这一幕。等了悟抱着小白离开,衡玉转身瞧见喻都站在梧桐树底下发呆,觉得有些好笑:"你没听说过吗?"

"听说过什么?"喻都茫然。

"我的内门任务。"

瞧着喻都还是有些茫然,衡玉无奈地摇头。连这件事都不知道,看来这位小师弟在宗门里的信息很闭塞。

如往常一般,给喻都上了一个时辰的课后,今日的教学暂时告一段落。送走喻都,衡玉踩着厚厚的积雪去找了悟。他的院子门没锁,衡玉直接推开木门走进去,瞧见他居然一本正经地在陪小白堆雪人,顿时乐了:"今天怎么想起来堆雪人?"

了悟往雪人鼻子上插了根胡萝卜:"小白想玩。"

衡玉走到他身后,伸手环住他的腰:"你不喜欢喻都?"

"没有不喜欢。"了悟怕自己身上的寒意传给她,催动体内的灵力帮两人加热身体。

他只是单纯想让她的视线在他身上停留更长时间。但这种心思不方便宣之于口,他不愿意拘着她的喜好和性子,只好自己闷着。

"喜欢不喜欢都没关系,反正他只是个外人。"衡玉轻笑,温热的唇落在他脊背上。

了悟顾不上再堆雪人,转身去抱她。他在感情里并非圣人,有自己的惶恐不安与彷徨,他一直在学习怎么更好地去深爱眼前的姑娘。这是个穷极一生的命题。

"接下来我带你好好逛逛百花谷。"衡玉说,"如果你喜欢百花谷,以后可以长时间住在这里,掌门他们绝对举双手双脚欢迎。"

了悟问:"为什么?"

"你想想,百花谷女修让禅门之光为她另寻禅道,还勾得禅门之光一直留宿百花谷。这事传扬开,百花谷会吃亏吗?"

了悟突然轻笑:"百花谷会不会吃亏,在下不知道。但我的确不吃亏。"

衡玉抬眸扫他,咬唇而笑。了悟摩挲她的唇峰,他指腹有淡淡的薄茧,让衡玉觉得极痒:"在下日后,会让无定宗的人都彻底接纳洛主。"他会让所有人都认可并祝福这段感情。

闹过一阵后，两人走进屋内坐着。衡玉捧着茶杯喝了几口花茶："昨天你把你要修习的禅道告诉我了，我还没把我新研究出来的法门告诉你。"

了悟顺着她的话问道："什么法门？"

衡玉认真将那构造天地万物的法门告诉了悟。为做示范，她随手凝聚灵力于指尖上，在空中起阵，几笔勾勒之后，无形而暗藏危险的剑气割裂长空。

"目前我已经能用这项法门来对敌。"衡玉介绍道。

了悟对此颇为感兴趣，细细询问了不少事情。等他们结束这番话题，外面已是日暮四合。

衡玉闲着无聊，抱着小白去泡温泉。了悟走下山，来到游云的院子前，抬手叩响木门。下一刻，紧闭的木门无声无息地打开。游云盘膝坐在屋檐底下，懒洋洋地注视着他。

"游云大长老。"了悟双手合十行礼。

游云倚着墙壁，拎着个葫芦状的酒壶往嘴里灌酒，喝了两口后，心满意足地一抹嘴角，漫不经心道："圣子与我实力相当，按照修真界的规矩算，你我属于同辈，不必如此客气。"

了悟平静道："游云大长老客气了，在下自然该按洛主那里的辈分算起。"

游云冷哂，怎么瞧他都觉得不顺眼："圣子既然已经勘破情劫，又何必再耽于情爱之事？不怕扰了自己的修行吗？"

"在下已经找寻到两全之法，他日道法有成，我会与洛主结为道侣。"了悟直接道出自己的打算。

游云目光一凝，猛地坐直身体："你知道自己这番话意味着什么吗？"

"请游云大长老放心，关于这点，在下已经与觉者达成共识。"言下之意就是，觉者已经同意。

游云眉梢微扬，再打量了悟几眼，终于觉得顺眼不少："此事暂且不论，谁知道你道法什么时候才有成，你先说说今日过来找我有什么事情？"

"在下想询问有关诅咒的具体事情，不知游云大长老可方便告知。"了悟问道，顿了顿，他补充说，"并非有意探听百花谷机密，只是事涉洛主的安危，我才有此一问，想定一定自己的心。"

游云抿起唇角，斟酌片刻，他说："诅咒一事关乎百花谷万年气运，我和掌门等人自然会想尽办法做准备。但……没有人知道降下的雷劫会有多狠，所以我那徒弟还是要承担一定的风险。"

了悟那疏离的眉眼在一瞬间似乎更冷淡了几分。他沉默地站立片刻，点头道："多谢大长老告知，过段时日，在下会派人送些避雷法宝过来，希望大长老能够收下。"

从游云那离开后，了悟的眉心始终拧着。直到他走回院门前，想到衡玉应该已经泡好温泉，才闭了闭眼敛去失态，推门走进屋内。

衡玉穿着里衣，正在拨弄琴弦弹琴打发时间，瞧见他回来，她出声问道："刚刚有事出去了？"

"嗯。"了悟轻声应道，走到她身后，握着她的手拨弄琴弦。零散几个音符，是《凤求凰》的调子。衡玉回头去看他："你记下来了？"

"那天你弹了两遍，记下了一些。"

说到那天，衡玉顿时起了兴致："你那天是故意让我弹两遍的，对吧？"

了悟垂下眼继续拨弄琴弦："因为那是《凤求凰》啊，一遍不够，三遍又怕弄疼你的指尖，只好勉强咽下自己的不满足，折中取了两遍这个数。"他突然笑了下，"没想到是洛主先学会了这首曲子。"

"总不能事事都让你拔了头筹。"衡玉勾唇，认真又缓慢地道。她答应过会对他越来越好的，之前失信过一次，总不能再让他失望。

衡玉不太想让了悟看到她往血肉里绘制阵纹的模样，但他一直待在她身边，她要绘制阵纹完全没办法避开他。稍微纠结两日，她还是向他挑明了，这件事耽搁不得。

"你——"衡玉想让他住回温泉边上那个院子。

了悟静静地凝视她。从他眼里读出一切，衡玉无奈道："我怕你看到我绘制阵纹会心情不好。"

了悟认真地辩驳："看不到洛主的滋味也未必好受；看不到你又能猜到你在绘制阵纹，那更难受了。"

衡玉忍不住去摸他的睫毛，她本来就喜欢他。原本不会说情话的人，突然懂得清晰而准确地表达自己的心意，便越发撩人了。深吸口气，衡玉正色道："那我就开始绘制阵纹了，整个过程可能要持续三四个时辰。"

缓缓闭上眼睛，衡玉开始凝聚体内的灵力绘制阵纹。与此同时，那些已经铭刻进血肉里的阵纹浮现出来，诡异的黑色纹路侵占她的左脸。

了悟凝视着这一幕，下意识抿紧双唇。

如衡玉所言，绘制的过程一共持续了四个时辰。她睁开眼清醒过来时，满身疲倦。

了悟抱着她回到床榻上，为她脱掉身上累赘的衣物后，哄她闭眼入睡。

随着衡玉掌心那道刀疤越来越浅，法会结束的日子也越来越近。除了绘制阵纹，其他空闲时间里，衡玉会带着了悟逛百花谷、逛周围的镇子，她想让他喜欢上她一直居住的地方。

了悟陪在她身边，偶尔会问起那些他没有参与过、她却觉得有意思的事情。只有这样，他才觉得自己从未缺席过她的生命。有她陪在身边，了悟吸纳圣洁之光的速度极快，不过两个多月的时间，他周身的冷淡疏离已没有之前那般浓重。

了缘拿着自己刻好的测魔阵盘过来找衡玉时，悄声和她吐槽："他刚刚见到我居然笑了。"

衡玉哭笑不得："你很惊讶？"

"是啊，勘破情劫后，他一直是那副性淡如水的模样，我原以为他再也不会恢复以往。"

衡玉顺着了缘的视线看向了悟。正巧，了悟回头扫她一眼，微微一笑。

等了缘说完正事离开，了悟握着自己刚雕好的蝴蝶状半面面具走到衡玉身边，微弯下腰："试试看面具大小合适吗？"

"雕给我的吗？"衡玉握在手里把玩。她体内的阵纹绘制到第四层后会在脸上显现出来，一直到诅咒彻底消失，她身上的阵纹才能消失。了悟得知此事后，就一直在抽时间为她雕这个面具，想着她到时候能用上。

了悟帮她固定好面具："你怎么样都好看，但在下想着有备无患。"面具只是遮住她有着黑色纹路的上半张脸，下半张脸全部露了出来。

"你是后日离开百花谷对吧？还没离开就舍不得我了？"

是啊。怎么办。还没离开就舍不得你了。

法会结束后，了悟带队启程离开百花谷。船形法器足足飞了大半个月，稳稳地停靠在无定宗山门前。

准备走下船形法器前，了悟看向了缘："测魔阵法之事，现在就去禀告给诸位长老吧。"

"这么急？"了缘咋舌，他这都没下船形法器呢。

了悟："早些推广测魔阵法，就能早些揪出隐藏在暗处的邪魔，这种事情能不耽搁自然是别耽搁。"

了缘嘟囔："理由倒是找得充分，但有没有私心你自己知道。"

了悟的声音依旧平淡如水："在下是赶时间，你还有什么问题吗？"

一个时辰后，所有没在闭关的长老都抵达议事殿，开始研究那测魔阵法。

"可以将测魔阵法推广开，放在各个城镇的城门处，进入城镇的邪魔都能现出原形。"

"接下来宗门有大行动，有了这个测魔阵法，隐藏在人群中的邪魔就不能轻易偷袭了，这样一来更能保障大家的安全。"

"历代先贤都没做到的事情，现在终于成功简化了啊……"

一位同样精通阵法的长老和颜悦色地问道："了缘，这个阵法是你拿出来的，它可是你简化的？想不到你阵法资质竟如此高……"

了缘举起双手表示和自己无关："各位长老，我刚刚忘记说了，简化版测魔阵法是百花谷的洛衡玉洛长老制作出来的。"时至今日，无定宗的长老们哪里会不知道衡玉。闻言，不少长老都惊讶起来。

戒律院首座沉默片刻，不吝夸奖："那位洛小友当真天纵之资。"

其他长老也点头附和："有了这个阵法，无定宗在接下来的行动里定能减少伤亡。"

听着这些长老们夸奖衡玉，了缘还挺高兴。他侧头去看坐在旁边的了悟，发现他神情平和，了缘心下顿时哼一声：装模作样，洛主被人夸奖，了悟绝对会比他还要高兴几分的。

等长老们从激动中平静下来，了悟放下茶杯，淡淡道："如今时机已经成熟，诸位长老，我们可以行动了。"

无定宗不出手便罢了，决定雷霆出击后，各大宗门在暗处皆有行动。直到一连处理掉近十名元婴期邪魔，邪魔那边方才有所警觉。那位从沉睡中醒来的帝魔祖亲自露面，击杀一位元婴后期禅修后扬长而去，随后邪魔开始异动频频。

百花谷这边进行过好几次大清扫，目前没出现任何问题，即使其他宗门都风声鹤唳，百花谷弟子和长老们还是一如既往地悠闲。

舞媚过来找衡玉时，她刚结束今天的阵法绘制，正坐在窗边悠闲地晒着夏日的太阳。她本身肤色就极白，在阳光的照耀下显得更白了几分。因此，她左眼边上那黑色的纹路被衬得越发狰狞。

听到脚步声，衡玉把手搭在窗台上，下巴枕着手心："你怎么过来了？"

"我前段时间去了个秘境，在里面捡到不少味道不错的灵果，给你送些过来。"舞媚也没进屋，站在屋檐下和她对话，"你脸上这黑色纹路瞧久了还挺好看的。"

"那是，我底子好看。"顿了顿，衡玉问，"你是过来陪我聊天的吗？进屋吧，傻站在那儿干吗？"

百花谷要破除诅咒一事是宗门最高机密，知道这件事的人很少。年轻一辈弟子中只有最受器重的舞媚和迟两人知道。随着渡雷劫的日子临近，衡玉已经不能随意走出宁榆峰。舞媚和迟怕她闷着，时不时就过来陪她聊天，说些外界的事情。两人坐在一起聊天，聊着聊着，话题不免拐到邪魔上。

"我听说其他宗门动荡剧烈，尤其是剑宗那边，居然还牵扯到了化神期祖师。"舞媚悄声说。

这些年她和俞夏的联系并没有断，他们两人纠纠缠缠，却又始终没有捅破那层纱，看得旁人格外着急。

衡玉咬了口灵果，思索片刻，说："百花谷太过安宁了。"

舞媚点头："之前顾续那事曝光，我们宗门已经清扫过好几回了，现在安宁些也正常。"

"正常吗？"衡玉垂眼，"百花谷和邪魔的恩怨可是由来已久，你也进过秘境，应该知晓东霜寒祖师当年到底斩杀过多少邪魔。"

当年东霜寒作为沧澜大陆仅存的化神后期修士，又与虚乐圣子有一段纠葛，死在她剑下的化神期邪魔不下五位。百花谷此时的安宁反倒让衡玉有些不安。她总觉得，面对无定宗的狙击，邪魔那边一定会有特别大的动作。没有哪个宗门比只有元婴后期修士坐镇的百花谷更好对付了。

"你在担忧什么？"舞媚问道。

衡玉摇头："我只是有所猜测，但警惕些不是坏事。"

"你说得对。"

两人又聊了一阵，舞媚见衡玉眉间的倦色压都压不住，便出声告辞。

衡玉趴在桌面上闭眼休息。趴了好一会儿，她沉沉地叹了口气，认命地拖着疲惫的身体走回床榻。

"如果了悟在，我连这几步路都不用自己走的。"她卷着被子把自己裹成一团，小声嘀咕。没过多久，实在抵不住那阵阵翻涌的困意，合眼睡去。

满目焦黑，断壁残垣。

素来温和宁静的小村子彻底变了模样，空气中弥漫着浓重的血腥味和尸骨焚烧后的焦味。

了悟慢慢地在小村子里行走。一路走来，只能看到一摊摊鲜血和支离破碎的尸身，完全看不到一个活物。这已经是他遇到的第三个有着同样惨状的村子。

瞧见青色墙壁上残留着一大摊血，了悟走过去用指尖摸了摸，还没完全凝固。这说明邪魔还没走远。他转过身，对跟在他身后的了鹤说："你和几个师弟留在这里，为村中百姓收敛尸体，诵经超度他们。这个邪魔只有结丹后期修为，在下一人追踪下去即可。"

"是，师兄小心。"了鹤恭敬地行礼。

了悟御空而行，边感应着邪魔的气息，边继续往下追踪。追了足足小半个时辰，了悟似是察觉到什么，瞬移而去，身形如鬼魅般出现在溪边。他随手向前挥去，一道蕴含着无上威力的光狠狠砸在那个邪魔身上。浑身缭绕着黑气的邪魔猛地吐出一口血来，往后倒飞出十来米。

下一刻，了悟直接来到他面前，一掌推向前，那倒在地上的邪魔猛地睁大眼，已是气机全绝。

危机解除，了悟才转头看向身后："你们无碍吧。"

几位师弟满脸狼狈，连忙行礼，全部都有伤在身。而最狼狈的当属一直靠着树干大口喘气、衣袍染满血迹的了缘。了缘随手抹了把唇角的血液："还好你来得及时。"这邪魔的修为比他高，若是只有他自己在，还能与这个邪魔周旋几番，但他还要护着几个师弟，便难免束手束脚。

"在下正好一路追踪他而来，没想到你们会撞上。"了悟的目光落在几位师弟身上，"你们怎么也出来了？"

"没办法，人不够用。"了缘拧眉。

了悟想了想，说："单靠无定宗，人力还是过于单薄了。在下已经与不少寺庙联系上,他们会派人入无定宗增援的。"

无定宗乃禅门圣地,但不是每个禅修都会选择加入无定宗。各大寺庙里潜藏有很多得道高人,也有很多禅修云游四方,漂泊不定,即使是无定宗想要将他们召集起来都很难。但这些事由了悟出面,却能轻轻松松完成。先天禅骨,是被觉者亲自择定的,传闻可以终结邪魔的存在。在对付邪魔一事上,了悟具有极大的号召力,了缘也清楚其中的缘由。

听到了悟的话,他忍不住松了口气,说:"若是如此,自然是最好的。遇到普通邪魔,师弟们还能对付,但邪魔修为再高些,我们这些带队的人都自顾不暇,更何况是去护着他们。"

了悟点了点头:"你们先调息养伤吧,在下暂时留在此地为你们护法。"

了鹤那边不会出现什么危险,反倒是了缘这边,若是在受伤的情况下再遇到其他邪魔,怕是会出现不少伤亡。

月亮逐渐爬上枝头,禅修们随意挑了片空地打坐养伤。周围太暗,不适合拿出经书研读。了悟盘膝坐在松树底下,垂下眼摩挲着手腕上那串相思果手链。按照洛主之前告诉他的时间来推算,她体内的阵纹应该快要绘制结束了吧。原本他是想着赶去百花谷陪她渡过雷劫,但现在无定宗与邪魔的斗争愈演愈烈,伤亡也愈加惨重,身为行动的领头人,他必须一直留在此地坐镇。

只望她能安好无恙。

时间一入九月,空气一扫先前的闷热,变得格外凉快。但掌门和游云两个人满心躁动,哪里凉快得起来。

衡玉坐在他们对面,懒洋洋地往嘴里抛了颗松子:"掌门、师父,你们两个亲自守着我绘制阵纹,我心理压力很大啊。"游云心想,你都坐在我们对面吃松子了,哪里像是压力大的样子。

倒是掌门不好意思地笑了笑,解释道:"我不守着你心理压力也很大,事关宗门万年气运,还关乎我能不能突破到化神期,实在没办法平静下来。"

"阵法已经绘制到最后,这两日就要完成,然后我就会开始挑衅天道、勾动雷劫,借着雷劫的威势彻底毁掉诅咒。"衡玉丢掉松子,拍干净手上的碎屑后道,"掌门,剑灵唤醒了吗?"

掌门点头:"放心,你渡劫那日,剑灵会让护宗大阵全程开启,不会让宵小之辈乘虚而入。"

衡玉松了口气:"那就还有两日啊……"

令百花谷无数天骄始终无法突破到化神期的诅咒,也是时候解除了。念及此,衡玉慢慢摘掉自己脸上那蝴蝶半面面具。她的左眼附近满是黑色的诡异纹路,似乎是察觉到游云和掌门在盯着它,那诡异的纹路还轻轻挪动了下。衡玉缓缓冷笑,这伴随她近三年的纹路也该彻底消失了。

两日时间几乎一眨眼便消逝。这天清晨，百花谷下了场百年难遇的暴雨。暴雨倾盆而下，凹凸不平的地面很快就有不少积水。不少打算去试炼台训练的弟子抱怨起这恼人的大雨来。

"咦——"

"怎么了？"

"我瞧着这天有些不对劲。"

"有什么不对劲的？"有弟子闻言仰头看去，只觉得这天阴沉沉的有几分吓人，但下大雨时素来如此，"你是不是见识太少了！"

正当他们嘀咕得起劲时，一条消息传遍整个百花谷：宗门所有弟子不得离开自己的住处，如有违令者，无论身份高低都直接逐出宗门。这条消息令人哗然。就在弟子们议论纷纷之时，那原本阴沉的天突然雷光大作。浩瀚磅礴的雷电穿梭于乌云间，蕴含着天地浩然威势。

太极殿上空，衡玉盘膝坐在抗雷阵法里，闭目调息。归一剑安安静静地立于她身前。似乎是感应到那蠢蠢欲动的雷电，归一剑陡然剧烈震动，剑鸣之声响彻云霄。

掌门他们屏息站在阵法之外，安静地注视着这一幕，都在等待着接下来的一切发生。

突然，衡玉猛地睁开眼睛，手握住剑柄，拔出归一剑。一道足有百丈的雷霆撕裂长空，眨眼之间降落到衡玉身前。无尽白光闪现，将她彻底淹没。雷霆击中她身体时，抗雷阵法为她化去一部分的威力，但依旧有不少雷芒钻进她的身体里，在她的经脉间游走。

疼——仿佛连灵魂都在颤抖的疼。衡玉忍不住闷哼出声，唇角被她咬破渗出血来。没等她从那种疼痛中缓过来，又有一道百丈长的雷霆直击而下。在没有进阶的时候强行召唤出雷劫，这会被天道视作挑衅。天道之威不容藐视，如今种种雷劫之威，已经可以堪比化神期进阶时的雷劫。

雷芒蔓延到身体的每一处，痛感被彻底放大，连晕过去都成为一种奢望。衡玉紧紧攥着手中的归一剑，借此来让自己保持清醒意识。五道雷劫之后，集举宗之力绘制而成的抗雷阵法彻底消散，但一切不过刚刚开始。

雷霆恍若要毁天灭地般直袭而下，衡玉开始取出抗雷法宝。一道雷霆毁一个法宝。每当一个法宝被毁掉，她这个操控者会同样受到重重反噬。轰鸣声震得衡玉的耳朵都在发疼，她的手掌已经裂开渗出血来。

然而，天道似是觉得仍不够，雷云更深处，更是有千丈雷霆在酝酿。

"这——"有长老惊呼出声。

"蔑视天道之威，天道法则自然不会留情。"游云神情格外严肃，垂在身侧的手攥成拳。

"原以为备的那几十件抗雷法宝够用了，现在看来……"掌门神情也严肃下来，但这种情况他只能站在旁边干看着。

衡玉好像是听到了他们的低语声一般，脸色冷若霜雪。她完全没有耽搁，两只手迅速挽起法诀，一个个抗雷法宝被她催动。就在法宝催动完成的下一刻，雷霆劈斩而下，无数人被强烈的白光刺伤眼睛，目不能视。只有处于雷霆中心的衡玉，能清楚地看到那一件件极其昂贵的抗雷法宝是如何在雷霆之下一瞬成灰，又是如何狠狠反噬她的。

全身的骨骼都仿佛被捏碎了一般，衡玉连冷汗都流不出来，甚至连发出闷哼的力气都没有了。她所有的力气，都用来绘制雷霆。不是只有天道才能制造雷劫！刚刚雷劫加身时，她也一直在观察那浩瀚雷电。在下一道雷霆落到她身上时，一道只有方丈大的雷霆先一步被衡玉绘制出来，然后将她彻底笼罩住。感应到那系出同源的波动，千丈雷霆迟疑片刻，竟是落到距离衡玉几米外的地方。

"成功了。"衡玉想要扯唇笑笑，但不小心牵扯到自己的伤口，她猛地剧烈咳嗽起来。她越咳越用力，感应到自己体内的骨头碎了不少，但手上的动作丝毫没停，依旧在绘制雷霆。

一道道格外恐怖的雷霆劈斩而下，然后全部击空！

"这……是我眼花了吗？"一位长老猛地揉眼睛，这雷霆的定位能力未免太过差劲了啊。不过，这是好事。就连掌门也满脸愕然。唯有知晓衡玉构建万物能力的游云轻轻一笑，那已经跳到嗓子眼的心彻底安定下去：看来接下来的雷劫是不用担心了。

八十道雷劫之后，只剩最后一道。掌门和游云他们已经放松下来，对视一眼，脸上都带着喜色。困扰他们百花谷万年的难题，这下子终于要彻底解决了！

就在下一刻，异变突起，衡玉周围，突然弥漫出浓重的邪魔之气。她猛地抬眸直视前方，像是看到什么特别恐怖的东西一般，强撑着伤势往后暴退而去。但元婴初期修士的速度再快，在化神后期面前，依旧是不够看。

借着邪魔母气的力量撕裂虚空而来的帝魔祖直视衡玉，微微一笑："百花谷可是邪魔的死敌，这诅咒，还是继续存在吧。至于你，掌握了那股力量的人必须死。"他袖袍往前一挥，化神后期的全力一击穿透虚空，直接来到衡玉面前。就在攻击即将落到衡玉身上时，一道黑色的锁从衡玉丹田浮出，为她挡去这道攻击。

"咦，这个东西……"帝魔祖有些诧异。就在他打算再补一击时，那强行构筑出来的空间通道破碎开，最后一道雷霆也锁定他的气机朝他劈斩而下。帝魔祖拧起眉来，即使是他，也不敢直面这蕴含着天道之怒的最后一道雷霆。

"……也罢。"话音消散于天地之间，万丈雷霆劈斩在空间通道上，将那空间通道直接击得粉碎。

西北之地。正在和几位长老沟通当前形势的了悟脸色大变。下一刻，他捂住胸口大口吐血，浑身战栗，身体完全站不稳，直接倒下，晕了过去。

雷劫消散，那倾盆大雨也迅速减缓雨势。很快，云雾散去，日光从穹顶之上倾洒而下。

大惊大喜之下，掌门他们迅速整理好自己的心情，该戒备的前去戒备，该救人的忙去救人。

游云瞬移来到衡玉身边，瞧见她那浑身染血的模样，连忙把早就备好的八品疗伤丹药递到衡玉唇边，喂她服了下去。"你这伤怕是要养上一两年，为师抱你回去。"游云温声说道，同时弯下腰来，动作很轻地将她抱起。

"师父。"衡玉攥着游云的袖口，她的意识逐渐涣散，整个人都处于晕眩状态。衡玉强行撑着，咬牙挤出一句话："师父，有件法宝是黑色的子母锁，麻烦你帮我查查那样东西是什么……"说完之后，她实在抵不住来势汹汹的倦意，直接晕了过去。

游云自语："黑色的子母锁？就是那件帮你挡住帝魔祖攻击的法宝吗？"

刚刚那一幕他看到了。那时候，他几乎以为那是必死无疑的局面，就在他要失态的前一刻，那黑锁出现，随后成功挡去化神后期邪魔的全力一击。原以为那是他徒弟不知从哪得来的护身法宝，但子母锁定然是分为子母两件法宝……这怕是与那位圣子有关系了。

百花谷突然惊现如此强大的雷劫，整个宗门人心惶惶。雷劫之后，掌门他们都忙着安抚门下弟子。

衡玉再次醒来时，是被小白活生生压醒的。她想要抬手把已经胖了好几圈的小白丢开，偏偏连那力气都没有，只能气恼地瞪它几眼。小白正在睡梦中，完全没感知到她的眼神，还是游云走进来瞧见这一幕，哭笑不得地把它抱走。

"它担心你，这几天都陪在你身边。"游云好心地替小白解释一句。

衡玉笑了笑，在她师父的搀扶下喝了两口水润喉，才哑着嗓子道："师父，我昏迷了多长时间？"

"五日。"

"倒是没我想象中的那么久。"衡玉轻声说。

游云听不得她这沙哑的声音，连忙道："你好好休息，别说话了。"

扶着她重新躺下，见衡玉直勾勾地盯着他，游云叹了口气，说："好吧，有几件事要告诉你。第一件事，宗门的诅咒解除了。"说着，游云还撩起自己的头发，让衡玉瞧了瞧他的左耳侧。那朵盛开在他左耳侧的曼珠沙华印记已经彻底消散。

确定衡玉已经看清楚，游云放下自己的头发："你身体的那些阵纹也全部消失了，以后出门不用再戴着面具。第二件事，就是你师父我过段时间要闭关冲击化神期。如果一切顺利，以后你就能有化神期大腿抱了。第三件事，恭喜你在睡梦中不知不觉突破到了元婴中期。"

说完这三件事后，游云便沉默下来。衡玉眉梢微挑，强行挤出声音："四呢？"

游云："……第四件事，就是有关那件法宝的事情。你听说过同心锁吗？道侣二人愿结同心，彼此签订同心锁契约。一方受伤则另一方会分担他的伤害，一方取得突破，另一方也能取得突破。黑色意味着不祥，你的那个锁并非同心锁，而是逆心锁。"随着游云娓娓道来，衡玉逐渐清楚逆心锁背后的故事。同心锁已属极为难得，比起同心锁更为难得与奇特的，便是这世间仅存的逆心锁。

五千年前，名震一时的散修狐亦仙人深深爱慕一位女子，那位女子命格奇特，极容易遇到各种危机。为了能够更好地护着那名女子，狐亦仙人闭关潜心研究同心锁，后来他再出关时，顺利炼制出一副逆心锁，心甘情愿让自己炼化子锁，让那女子炼制母锁。遇到寻常危机便罢了，若是遇到那足以威胁到女子性命的攻击，母锁会浮现出来为女子抵挡攻击，同时，余下无法被挡去的伤害都会从母锁转移到子锁的主人身上。

游云指尖点在衡玉眉间，揉去她拧起的眉心。

"就是这样。化神期邪魔的全力一击先是落在母锁身上，母锁承受不住伤害毁掉了。但其余的所有伤害，都加诸子锁的主人身上。"瞧见衡玉还是眉心紧锁，游云安抚道，"别太担心，你家那位的防御非常强悍，削弱后的攻击不会危及他性命的。"当然，还是得吃些苦头。这就没必要告诉他这蠢徒弟了。

"我知道了。"即使游云不说，衡玉也猜得出来。

"师父，"衡玉强拖着嗓子开口，"他还在领队打击邪魔，他不会因为自己的伤势耽误正事的。"以她对了悟的了解，他肯定会拖着伤继续行动。

游云沉默片刻："反正事情已经这样了，往好处想，子母锁为你挡下致命一击，他如今的伤势再重，也好过直面你身死道消的消息时的心如死灰。"

衡玉微微苦笑："也是，事情已经如此。"她这番伤势必须静养，除了徒然担忧还能做些什么呢？

"哎哎哎！"游云最见不得她这副神情，连忙告饶，说，"我们能聊些高兴事吗？"

"你不觉得比起聊天，我现在更适合继续睡觉吗？"衡玉控诉他。

游云歉意一笑。但很快，他又再次正色："我要说的真是件高兴事。那位圣子告诉我，等他道法有成，就要与你结为道侣。"

"……他没与我说过。"

"可能是觉得距离那一日还有很长时间吧。到时候，宗门合力为你们举办全沧澜大陆最盛大的道侣大典。"

游云离开时将小白一并抱走，还很贴心地帮衡玉点了雪松香。闻着雪松轻轻浅浅的香味，衡玉正准备闭眼睡觉，突然感觉到指尖一热。她垂下眼看去，发现储物戒指泛起一道亮光。察觉到这道亮光是了悟留给她的远程传讯符发出的，衡玉连忙将传讯符取出来。神识注入其中，她便"看"到远在西北之地的了悟虚影。他应该是盘膝坐在床榻上，眸光温和，脸上泛着些许病态的苍白。

察觉到远程传讯符被接收，了悟脸上多了几分笑容。他的声音温和至极，里面透着淡淡的温柔意味："怕你担忧，在下醒来后连忙联系你。你也醒了，身体应该没大碍吧。突破到元婴中期了吗？接下来你就在宗门里好好养伤巩固修为。"

知道她没办法回应，他自顾自地解释道："正好这几天在下回宗门休整，并未因此耽误任何正事。邪魔的行动越来越频繁，我抽不开身，你在宗门里好好休息……"才说到这，远程传讯符便暗了下来，时间已经差不多要到了。

了悟沉默片刻，似是想说些什么，但最后只是轻声道："……洛主。"只不过一个称呼罢了，她却觉得里面满是柔情，仿若倾尽所有。传讯符裂开一条细缝，在衡玉手中化为灰烬。

衡玉将尘埃抖掉，重新取出一张远程传讯符，勉强调动灵力燃烧传讯符。很快，包裹着传讯符的火焰由白色转为黄色，知道那人已接收传讯符，衡玉现在不方便说话，只是举着传讯符让他看看自己。

一直到传讯符的时间快结束，她才哑着嗓子说："逆心锁已经毁掉了，下回我们一起结同心锁吧。"

话音落下，衡玉的身影便暗淡下去。

看着手中那捧灰烬，了悟眨了眨眼，然后，唇角扬起。

所谓同心锁，素来是道侣一同定下契约的。洛主这句话是在告诉他，她愿意成为他的道侣吗？

几乎不受控制的，了悟从储物戒指里重新取出一张新的远程传讯符。

但在催动传讯符前，了悟终于从狂喜之中清醒过来。他手中的远程传讯符已不多，必须省着些用，今日之事已经足够他愉悦许久，莫要贪多。压下种种思绪后，闭眼调息片刻，他一手撑着床榻直起身，慢慢忍着伤口撕扯的疼痛换衣服，离开自己的厢房直奔议事殿。

来到殿外，旁边突然斜伸出一只手来拦住他的去路。顺着那只手看去，了悟瞧见了缘一脸震惊地盯着他。"怎么了？"他轻声问。

了缘神情复杂："你还好意思问我怎么了，我还想问问你怎么会出现在这里。"

"后日就要采取新的行动，在下不该出现在这里吗？"

说着说着，了悟忍不住轻咳两声。喉间有些痒，但他不敢用力咳，就怕再撕扯到伤口。

"你现在这个情况，不好好养伤，怕是会损伤大道根源。"了缘说。

"没关系。"了悟微微一笑，"过段时间在下要去封印地净化母气，那时候多的是时间养伤，现在我还有一战之力。"两边都是他的责任。

他既然还能坚持，就没理由因一边而耽搁另一边的要事。

昏昏沉沉一段时间，又服下两颗疗伤丹药后，衡玉才终于能下地走动。

院子里有架秋千，她坐在秋千上慢悠悠地晃着。温暖的阳光照在身上，这让衡玉有种自己重新活了过来的感觉。当时被雷霆疯狂劈斩，疼痛蔓延到四肢百骸，现在再去回想，记忆像是被屏蔽了一样，她已经有些回想不起来那时候的疼痛。

"在想什么？"院门没锁，游云抱着小白直接晃悠进来。

衡玉靠着秋千一侧，睫毛微微下垂，视线落在那株盛开的秋菊上："师父，我在想，雷霆可以毁掉诅咒的话，那能不能毁掉与它系出同源的邪魔之气。"

"按理来说可以。"

衡玉勾起唇角："那这段时间我要好好琢磨下。若是我创造出来的雷霆能够毁掉邪魔之气，我不介意给无定宗当个几十年的苦力。"游云假惺惺道："你当然不介意了。不过……"他冷着脸吓唬衡玉，"别忘了，你可是我们宗门的长老。"

"无定宗与邪魔的战况越发激烈时，肯定会向各大宗门求援。"她到时候过去，也是顺理成章。

游云无奈地摇头，他其实一直不太喜欢那位圣子，但那位圣子对他徒弟的确没的说。两人的感情，连他这个旁观者都觉得感动，身处其中，他徒弟这个当事人怕是更为之动容。

见他不说话，衡玉拖着声音解释道："师父，我们宗门不会吃亏的。等邪魔之祸平定，我抓他来百花谷给弟子们上课。他对道法的了解最深，对其他大道也颇有见解，一个人能顶我们宗门的十个长老用。"谁叫百花谷的长老们一个比一个懒。不懒的，如舞媚和慕欢她们，又是出了名的爱折腾。

游云喷一声，损道："了悟栽在你手里，也不知道是幸还是不幸。"他摇摇头，把小白扔到衡玉怀里："你哄哄这小家伙吧，它可担心你了。"

衡玉揉揉小白的胖脸，说："让你担心了。"小白咕咕咕地叫了好几声，说过些天等她身体好了，它带她去抓妖兽烤来吃。衡玉被它逗得大笑。把闷闷不乐的小白哄开心后，衡玉抬眸看向坐在旁边的游云："师父，你准备何时闭关？"

"后日。"

百花谷如今有六位元婴后期修士，除了一位长老刚踏入元婴后期不久，其他五位都在元婴后期停留了不下百年时间，游云、掌门和陈长老三人已经完全具备资格闭关冲击化神期。宗门的顶尖实力本就匮乏，不可能一下子太多人闭关。商量过后，游云和陈长老两人先行闭关突破，掌门继续坐镇宗门威慑宵小，等到有人突破化神期出关后，掌门再行闭关。

"后日啊。"衡玉笑道，"师父天纵之资，又已在元婴后期停留两百年，厚积薄发，此次闭关定然能一举突破到化神期。"这话游云爱听，他心下哼了声：原来自家徒弟也是会讲人话的啊。当然，这话他没说出来，说了绝对会被便宜徒弟嘲讽的。

两日后，游云闭关。他才闭关不久，衡玉就被掌门抓了苦力。

清朗疏淡的掌门语重心长："宗门新的十位少主已经挑选出来，你这几年要精心养伤，闲着无事给他们上些课吧。"注意到掌门脸上的憔悴，衡玉拍拍他的肩膀给予安慰，实在不好意思拒绝。

给百花谷当掌门太累了，为了避免掌门撂担子，她还是帮忙分担一下吧。反正闲着也是闲着，教师弟师妹们法术还能顺便养养眼。

回到书房，衡玉摊开纸张研墨，提笔绘制出雷电的纹路，琢磨着怎么才能加大雷电的威力。

日复一日，三年时间一晃而过。这段时间里，能被无定宗号召的禅修大多已经露面支援。

当那些隐藏着的邪魔慢慢浮出水面时，各大宗门的人方才彻底知晓为何万年前人族死伤会如此惨重，因为邪魔的数量实在是过于庞大。化神期邪魔始终没有露面，因此无定宗的损伤并不是很大，只是因为人手不足，抵御得有些勉强。

成功突破化神期出关的圆苍双手合十，温声说道："我们的弟子挡在前方，已经露出疲态，是时候向其他宗门请求援助了。"他功法大成，已经不再需要眼覆白绸。但这几百年里已经形成习惯，突破化神期后，圆苍依旧戴着白绸。

"差不多是时候了。"旁边一位长老附和道。从他们向各大宗门请求援助，到各大宗门调派人手，再到他们顺利赶到无定宗，快则要三个月，慢则要半年。形势随时会变动，现在请援刚刚好。

了悟安静地站在旁边听着，没有发表自己的意见。他刚从封印地净化母气回来。这几年里他的身体一直不太好，即使是拥有先天禅骨，在净化母气时也要承受邪魔之气的反噬，所以伤势一拖再拖，始终没办法痊愈。

议事结束，圆苍出声叫住了悟，让他跟着自己去后面的大殿上香。把三炷香插进香炉里，了悟温声道："还未恭喜师父成功突破至化神期出关。"

圆苍笑道："侥幸罢了。闭关前为师最担忧你，出关后大概知道了这些年你身上发生的事情。唉，情之一字多少人都看不透，你资质极高，能寻出两全之法，便是一件极幸运的事。"

烟雾缭绕而上，圆苍拨弄了一下手腕处的念珠，念珠碰撞时发出的声响格外清脆。

"只是莫要难为了自己，击杀邪魔的第一线有你，净化母气只能靠你，你不过是血肉之躯，哪里撑得住这般来回奔波？"

了悟默然片刻，解释道："师父，对付邪魔就是先天禅骨的使命。"

"但还是得注意休息。"见了悟还要解释，圆苍终于无奈一笑，"你若是再不好好疗伤，等洛小友过来，为师定要与她告个状。"

"师父……"了悟哭笑不得。

圆苍回想了下他小时候的模样，感慨道："你小时候最听为师的话，后来越长大越倔，认定的事情谁也不能劝说你更改主意。好在现在还愿意听洛小友的劝，有个人能制住你。"

被师父这么打趣，了悟只好苦笑。在她劝他时，他的确从不舍得违逆她的意思。

稍微冷静了下，了悟说："师父怎么知道她要过来？请援的消息还没发出去吧。"

圆苍微微一笑："为师猜她会过来，你猜呢？"

了悟沉默了下，点头道："弟子这段时间会安心静养的。"

百花谷试炼台。衡玉正在给十位少主讲解大道法则，旁边有不少内门弟子在旁听。

因为构建万物法门的事情，衡玉将大道法则吃得相当透彻，讲解时深入浅出，让这些筑基期的内门弟子能顺利理解。刚讲到最精彩的地方，一道清脆的铃铛声自天际传来。衡玉抬眸看去，来人果然不出她所料，是舞媚。

衡玉收回目光，将最后的内容讲完，让他们自行参悟其中的道理后，迈步朝舞媚走去："怎么突然过来了，有事找我？"

"有事。"舞媚勾唇道，顾盼之间风情万种。

"什么事？总不能是我师父冲击化神期成功了吧。"衡玉随口一说，方才后知后觉想到另一种可能性，"无定宗向各大宗门求援了？"

"是，这可不是什么好差事，你要主动去帮掌门分忧吗？"舞媚打趣。

衡玉微笑，坦然道："我素来很喜欢帮掌门分忧。"听到这话，舞媚原本想翻个白眼，但转念一想还真是这么一回事，她便轻咳两声，虚假地恭维道："不愧是我们的洛长老。"

衡玉到太极殿时，掌门正在确定增援人员名单。得知衡玉自荐前去增援，掌门格外欣慰："若是百花谷能多几个像你一样的长老，那绝对是我宗门大幸啊。"其实绝大多数时候她还是很懒的，但凡事就怕对比。和掌门沟通一番，衡玉大概了解了现在的情况。

无定宗发来的请援信格外客气，他们希望百花谷能派出五位元婴期修士和一百位结丹期修士，筑基期修士的数量就由百花谷自己决定。至于炼气期修士，过去就是给邪魔送菜的，没有必要。

有衡玉推动，百花谷这边的人选定得格外快。收到请援信不过五日，百花谷众人便做足准备，乘坐船形法器赶去无定宗。为免遭邪魔狙击，衡玉建议选择有隐形阵、能穿梭虚空的船形法器。本次行动由元婴后期的周长老带队，听到衡玉的建议，他眉心微微拧起："使用这艘船形法器会消耗大量灵石，你是担心邪魔中途袭击？"

衡玉道："有这个担忧。化神期邪魔一直蛰伏于暗处，谁也不知道他们下一步行动会是什么，总归是有备无患。"

周长老斟酌片刻，还是同意了衡玉的建议。他们这边可没有化神期修士坐镇，若是出事，整条船的人都没办法逃掉，倒不如多花些灵石保障安全。半个月后，衡玉他们安全进入沧州地界，距离无定宗越来越近时，周长老收到远程传讯，得知驭兽宗和幽冥宗的船形法器刚离开宗门地界便被化神期邪魔狙击，两大宗门增援的人加在一起有近千人，最后只有几位元婴期修士逃出生天。

盯着这个消息，众人面面相觑。许久之后，周长老唏嘘道："好在我们选了这艘船形法器。"

衡玉用冰凉的指尖按了按太阳穴："化神期邪魔终于要按捺不住了吗？"她的修

为进展已经足够惊人，但现在知道自己的对手有多强后，还是会升起一种实力不够的无力感。

周长老长叹："这一回驭兽宗和幽冥宗怕是要震怒了，也不知道他们宗门坐镇的化神期祖师会不会亲自出面。"

昨夜，无定宗四位化神期高手召开了一场会议，旁听的仅有了悟一人。从议事殿离开后，他就一直失眠辗转到天光微亮。

刚刚升起一些困意，外面传来清脆的晨钟声，已经到了做早课的时辰。

了悟从床榻上坐起来，起身洗漱，随后匆匆赶去大殿诵经。跪坐于神像之下，闻着大殿周围弥漫的檀香味，他的情绪慢慢得到平复。突然，那紧闭的大殿大门被人从外面推开。有人迈过高高的门槛走进大殿，抽出三炷香，边朝神像走来边点燃那三炷香，将香插进香炉里。

"大师，我看这儿摆有一个签筒，你能为我测算下姻缘吗？"女子轻柔的声音在大殿里响起。了悟早已睁开眼睛，他凝视着她，平静道："道友摇签吧。"

"嗯？还要摇签吗？以大师的道法高深程度，难道不能直接给出签文？"衡玉眉梢微挑，故作诧异。了悟轻轻微笑："就看道友是想听签文，还是想听情话。"说到签文，衡玉就想起很久以前，久到她和了悟刚认识那时抽到的姻缘签"此身只合佛前老，愧对嫦娥一片心"。好在到如今，签文已经逆转。

"那还是听后者吧。"衡玉调侃道。

了悟从蒲团上慢慢起身，垂眸沉吟片刻，说："长情不仄言。"不用任何情话，漫长的时光会见证一切深情。反应过来这句话的意思后，衡玉微微愣住。长情不仄言吗，怕是再难找到如此取悦人心的情话了。

衡玉语重心长："以后能不能多给我些表现机会。"明明是她在撩拨他，为什么突然就被反撩了。了悟歪头瞧她一眼，笑着颔首，又问："洛主这一路还平安吗？"

大殿里空气不流通，有些沉闷，他已经诵经结束，抱着经书陪衡玉走到外面。

明明许久未见，两人相处时并没有任何生疏感，边走边聊着这几年里发生的事情。

"来找你之前我去见了圆苍掌教。"衡玉突然说。

了悟话音一滞："师父说了什么？"

衡玉问："你的伤势痊愈了吗？"

了悟温声道："在下如今已无大碍。"

"那就好。"衡玉点头，没有再纠结这个问题。她理解他的一切决定。正因理解，反倒不好劝他。

"说起来，驭兽宗和幽冥宗现在打算如何？他们还调派人手来增援无定宗吗？"

"两宗的化神期老祖都打算亲自动身前来。"

了悟说完，还给她介绍起邪魔的情况。现在绝大多数邪魔都由帝魔祖统率，这位从万年前一直苟活到今朝的邪魔,心性和手段都极高,非常难对付。

衡玉冷哂:"敢以帝为名,想也知道是个狠角色。"

"他最可怕的地方在于能够操控邪魔母气,借助邪魔母气来源源不断为他补充力量,即使以一敌五也能不落下风。"可以说,想要彻底解决掉帝魔祖,必须想办法摧毁他这种能力。目前能够摧毁这种能力的人……只有他。

了悟心下思绪流转,脸上依旧带着淡淡笑意。他不想再谈论有关帝魔祖的话题,随口问道:"百花谷接到的任务是什么?"

"镇守封印地,防止邪魔大批量出入封印地破坏封印阵法。"衡玉看向了悟,说,"你接下来应该会长时间待在封印地深处吧,我也去。"了悟微愣,下意识就要出声拒绝。封印地深处暗无天日,唯有那能勾起人心底最负面情绪的邪魔母气存在,她长时间待在那里,绝对会感到不舒服。但,所有的声音都被衡玉手心里跳跃的那缕雷光堵住。

手腕一转,那被衡玉创造出来的雷光迅速消散,她出声道:"除了光外,雷霆也是邪魔之气的克星,我进入封印地深处并非只为陪你,同样肩负着自己的任务。"

"洛主……"了悟的神情没有放松,反而越发凝重。拥有了这种能力,她很可能也会被选去对付帝魔祖,以切断帝魔祖和邪魔母气的联系。衡玉奇怪道:"怎么了?"

"没什么。"了悟自然一笑,将自己的失态掩饰过去。

衡玉打量他几眼,没想出个所以然来,便暂时将这件事抛到脑后。

百花谷的人被安置在曲阳峰,他们远道而来,会先休整几日,方才动身前往封印地。

此时晚霞满天,了悟将衡玉送回曲阳峰,金色的夕阳洒落在两人身上。衡玉站在他面前,出声问:"心情好些了吗?"

"嗯?"了悟诧异,呆滞片刻才笑道,"见到你的时候就好了。"

他收回自己的手,对衡玉说:"回去休息吧,这一个多月忙着赶路,你应该没怎么休息。"

"好,那我回去了。"衡玉转身离开。站在原地看着她的背影,了悟垂下眼睛摩挲那块挂在腰间的玉佩。他会辗转反侧,是因为他知道自己一个元婴后期修士去对付帝魔祖,几乎没有活路。若是他真出什么意外,她要怎么办?

但在知道她居然能创造出雷霆对抗邪魔母气后,他突然就坦然了。他必须挡在最前面。

元婴后期不够,那就在最终决战来临前尽力突破到化神期,努力提高自己的存活概率。

回到自己的住处,衡玉一直在思索了悟今天的异样。枯坐半天,直到喻都过来敲她的门给她送东西,衡玉才回过神来。

第二日大清早,衡玉特意去灵海堵了缘:"最近是不是出了什么大事?"

了缘是强行被她从灵海里拽出来的，身上衣袍还湿着，水滴从脸庞不断往下滑。他随手抹了把脸，满脸无辜地盯着衡玉："大事？驭兽宗和幽冥宗？"见衡玉摇头，还抱怨他消息不灵通，了缘怒了："了悟的消息比我灵通百倍，你拐弯抹角来问我，不就是因为知道他不会告诉你吗！给我等着，我去找我师父打听打听！"他怒完之后，才发现自己中了激将法。

　　衡玉找了个阴凉的地方，安静地坐在那里等待。足足过去半个时辰，她才等回一脸若有所思的了缘。"真的出什么大事了？"衡玉出声问。

　　"……我过去的时候正巧听到悟对我师父说，他想早点冲击化神期。"

　　这么急着冲击化神期？看来果然是出事了。衡玉脑海里有各种念头闪现，思绪乱得她太阳穴发疼。

　　收到衡玉的传讯后，了悟离开大殿，匆忙赶到松树林畔。远远瞧见她倚着松树站立，指尖一直揉着太阳穴，了悟加快步伐走到她身边，挡下她的手，亲自帮她按摩太阳穴："头疼？"

　　这周围没有其他人在，衡玉伸手搂住他："有些不舒服。"

　　"怎么了？"

　　衡玉把脸埋在他胸前，他身上那雪松和檀香混合形成的独特气息缭绕在她的鼻尖："感觉你又有什么事在瞒着我。"

　　了悟微愣："洛主知道了？难怪刚刚了缘急匆匆跑去找师父。"从她短短一句话里，他便猜出所有的事情。见她眉眼舒展，看上去头疼缓解不少，了悟说："后面情况会越来越严峻，在下想要突破不是很自然的事情吗，洛主你莫要多想，好不好？"

　　衡玉平静道："我们提前缔结同心锁，怎么样？"这按理来说是件高兴事，她却能明显感应到身旁人身体突然僵硬下来。了悟默然片刻，缓了缓情绪后说："在道侣大典上定契更有仪式感。"

　　"是觉得没有仪式感，还是怕你出事会牵连到我？"

　　"……都是。"

　　听到他承认，衡玉反倒不知道该说些什么。她的修为还没有他高，如果连他都没把握，她又能帮忙做些什么？掺和进去反倒容易让他担忧分心。

　　静默片刻，衡玉轻笑："也罢，你就按照自己的打算冲击化神期吧，我不知道你要做什么，但你不想说我也不问了，接下来的时间里，我会尽力创造出更大威力的雷霆来帮你净化邪魔之气。"

　　话音落下，她的下颚突然被人轻轻抬起。了悟动作温柔地轻吻她的唇角后，辗转覆上她的唇。

　　风吹拂而过，松针簌簌洒落下来。有几根细细小小的松针落到衡玉颊侧。

　　在松树林里待了许久，两人打算去藏经阁查些资料。

　　绕过庄严的大殿后会途经一处空旷的广场，了悟正打算领着衡玉穿过广场，她突然停下脚步："我好像听到小孩子的诵经声。"

衡玉抬眸看向了悟："我想过去瞧瞧。"

了悟不知道她怎么起了这份兴致，但没有拒绝，牵着她走过去。

广场边缘有座造型古朴的凉亭。凉亭里坐着几个面容稚嫩的小禅修。他们都还没到变声的年纪，正奶声奶气地捧着经书大声诵读经文。每个人都诵读得很认真，完全没察觉到衡玉和了悟的到来。衡玉没上前打扰他们，只是安安静静站在旁边，瞧了半天，她低声笑道："他们认真诵读经文的样子很可爱。"

了悟见她起了好奇心，解释道："几位师弟都是孤儿，又与禅门有缘，便被圆肃师叔收入门下。"

"了悟师兄小时候也是这样吗？"

他瞥向那几位师弟："是的。"从记事起，他最常做的事情就是寻个安静的地方捧着经书诵读。

衡玉用非常肯定的口吻道："那你一定是最可爱的那个小禅修。"

了悟牵住她的手："不是。为什么会这么觉得？"他的性子这般闷，怎么可能讨人喜欢。

衡玉的指尖在他手背上打转："长得好看啊。"

了悟压着嗓音轻笑："师父和师叔们都更喜欢了缘，而且那时候，也是了缘长得更为精致可爱。"

师父他们欣慰于他的懂事，却也难免更偏爱会哭会闹的那个弟子。都是人之常情。就比如这位姑娘觉得他小时候最可爱，也是因她偏爱于他。

衡玉眉梢微挑，刚打算说些什么，远处那几个小禅修都已经注意到了悟和她，乖乖地双手合十向他们行礼。了悟和衡玉也分别回礼。

"我们走吧，别再打扰他们了。"衡玉攥着他的袖子离开。

午时过后，无定宗下起一场细雨。庄严而大气的宗门笼罩在朦胧细雨中，更添一番新的韵味。

自无定宗开始对邪魔出手后，了悟已经很长时间没有过这么悠闲放松的日子。所有的担忧都被安抚下来，所有的紧绷都能得到放松。他安静地站在大殿檐下注视着这场细雨，慢慢地，神情若有所悟。

"他站在那儿干吗？"了缘走出大殿，瞧见这一幕有些诧异，他正准备走过去喊了悟，却被圆苍叫住："你师兄即将顿悟。"

顿悟这种状态可遇不可求，一瞬间抵得过数年苦修。

圆苍感应着周围的灵力波动，轻声道："他的顿悟是与那位洛小友有关系吧。情意之绵长，如道法之绵长，觉者果然是看得最透彻的。"世人多容易被感情绊住手脚，难得解脱，他的弟子却能从感情中寻得平衡与自在，这是一件极大的幸事。

听到这句感慨，了缘两手抱臂，神情里带着淡淡的怅然，却又极快消逝。

一个时辰后，了悟从静悟状态退出来，缓缓睁开眼睛。他感受一番体内的灵力浓度，如今他已经成功突破到元婴巅峰，距离化神期仅一步之遥，只要再遇到机缘，就能试着闭关冲击化神期。

念及此，即使是以了悟的心性，还是忍不住欢喜起来。

春光自他眉眼一掠而过，点缀着他脸上的浅浅笑意。衡玉从远处走来时恰好瞧见这幕，她提着裙摆，迈过地上的积水快走过去："正准备过来瞧瞧你悟得如何了，没想到你先一步结束。"

"已经到元婴巅峰。"了悟走下台阶，同样向她走过去，"在下没有耽搁出发的时间吧。"

衡玉笑道："原以为会耽搁，没想到刚刚好。我们过去与他们会合吧。"

百花谷的人今日就要离开无定宗前往封印地驻守，无定宗自然也会派人过去，带队的负责人是了悟和了缘。两人都是元婴期修士，直接御空而行，很快就赶到无定宗宗门，与其他人碰头。稍微沟通几句，众人没有再耽搁时间，各施手段朝封印地飞去。

因为要照顾筑基期弟子的速度，一行人花了两天的时间才进入封印地边缘地带。除衡玉、了悟两人要继续深入腹地净化邪魔母气外，其他人全部留在封印地边缘驻守。

"多加小心，封印地深处很可能会有邪魔潜入。你和了悟手里都有空间逃生符，如果遇到化神期邪魔，记得立即捏碎逃生符。"将要分别时，了缘神色凝重地叮嘱。

衡玉轻笑："你放心，我会注意安全的。"

了缘点头，瞥向安静地杵在旁边的了悟，哼了一声，也懒得叮嘱什么。

了悟无奈一笑，主动开口对了缘道："你们在此地也要多加注意。"这才看向衡玉，"洛主，我们走吧。"目送着两人离开，了缘幽幽一叹，觉得自己格外心酸。为什么他师兄出个任务还有佳人相伴，而他……了缘瞥向不远处那些以调戏他取乐的百花谷女修，瑟瑟发抖。

其实深入封印地里，衡玉和了悟还真没什么谈情说爱的心思，两人沉默着赶路，偶尔了悟会给衡玉说起封印地的奇异景致，或是说起无定宗某位先贤的埋骨之地。

"虚乐圣子的尸骨找到了吗？"衡玉想起情女前辈，随口问道。

了悟解释道："虚乐圣子死前曾强行炼化自己的尸骸，心神覆灭后，他的尸骸融入封印阵法，如今仍在镇压邪魔母气。"

衡玉心下怅然，转移话题问道："距离抵达封印地深处还要多久？"话音刚落，她的神色瞬间变得凝重下来。周围的环境变得越发黑沉，静谧到死寂。这种黑沉和静谧让人格外不舒服，心底的负面情绪轻而易举就被勾挑出来。不用了悟回答，她也清楚自己已经进入封印地深处。

"难受吗？"了悟牵住她的手，免得这环境太黑，她一时之间没办法锁定他的位置。

"还能接受。"衡玉说。

"如果真觉得受不了就告诉在下,不要硬撑。"

衡玉点头,出声问道:"我们现在要去哪儿?"了悟没回答,只是取出一块阵盘。光注入阵盘,很快,暗淡的阵盘亮起一个细碎的光点。了悟闭眼感应一番,领着衡玉继续赶路。大概一个时辰后,他慢慢减缓速度,落到一块山谷地区。

阵盘悬浮于虚空之中,开始散发出浓烈的灵力波动。原本静谧黑沉的山谷突然亮起淡淡的阵法光芒。在这个光芒亮起来时,衡玉感应到周围的邪魔之气的浓度剧烈上升。

了悟松开她的手,轻声道:"我们分个工吧,在下进入阵法里净化母气,洛主你留在外面净化溢出的邪魔之气,如何?"显然,比起进入阵法直面母气,自然是留在外面最为安全。

衡玉心下轻叹,也没有逞强:"好,就这么分工吧。"无论是从修为、对道法的理解还是从应对母气的经验来看,都是了悟比她合适。见她应了,了悟没再耽搁时间,眨眼间身形便消失在衡玉的视线之中。大概一刻钟后,浓烈的邪魔之气疯狂地往外溢出。很显然,是母气感应到危险后正在剧烈挣扎。灵力凝于衡玉指尖,她在空中迅速勾画,雷霆自她掌心迸出炸开,将笼罩范围内的邪魔之气消灭。但没过多久,就有其他邪魔之气飘过来填补空缺。阵法里也在源源不断地冒出邪魔之气。

"这样的速度太慢了。"衡玉自语。看来她创造雷霆的速度得加快,而且在这个过程中还得仔细琢磨下要怎么扩大雷霆的威力。时间如水般流逝,封印地深处满是雷霆噼里啪啦的声音。

这片区域的邪魔之气依旧很浓郁,但阵法里已经不再溢出邪魔之气。很显然,这说明了悟已经将母气彻底控制住,只要再花些时间就能彻底净化它。绘完雷霆,察觉到体内的灵力只剩一半,衡玉暂时停下手上的动作,坐下盘膝调息。她从储物戒指里取出丹药服下,原本想安安心心消化丹药,但衡玉一闭上眼就觉得心浮气躁。

她在封印地深处待了足足半年,每天只能重复绘制雷霆,听到的只有雷霆噼里啪啦的声音,这本是可以忍受的,但邪魔之气会放大人心底的负面情绪,即使是以她的心性,此时也觉得格外心烦意乱。

"罢了,先歇会儿吧。"衡玉抬手扶额,没有勉强自己。抬眸注视着那始终平静的阵法,衡玉忍不住去想,前些年了悟到底是如何忍受的。正胡思乱想着,平静的阵法突然泛起剧烈波动。衡玉下意识握住归一剑,眯着眼盯紧阵法,直到看到了悟安然无恙地从阵法里走出来,她才松开剑柄。

"那团母气不大,在下已经将其净化了。"了悟走到她身边,头枕在她肩膀上。

"是不是不舒服?"

"嗯。"他身上满是倦意。

衡玉动作很轻地帮他揉太阳穴:"那睡会儿,睡醒我们再去净化下一团母气。"

了悟又轻应了一声。过了几息,他的呼吸便平缓下来,明显是睡着了。

"睡得这么快。"衡玉稍微动了动身体,让他睡得更舒服些。

目光落在了悟的侧脸上,衡玉抬手摸了摸他的睫毛,心底的浮躁在这瞬间尽数消散。有他陪着,这里的枯燥与死寂都是可以忍受的。

封印地深处温情脉脉时,外界其实并不太平。就在数日前,帝魔祖亲自出手覆灭一个二流宗门,举宗上下没有一个活口。无定宗几位化神期老祖得知消息赶过去时已经迟了,不仅没能救下人,也没能拦截下帝魔祖。这不过是邪魔猖狂的开端。安宁而祥和的村落、热闹而喧嚣的城镇,甚至是求仙问道的宗门……但凡被邪魔涉足的地方,皆血流成河。

"帝魔祖的动静闹得太大了,他到底想要做些什么?"无定宗议事殿里,剑宗派来增援的长老出声问道。圆苍掌门拨弄手中念珠,沉声道:"……他想提前逼我们动手决战。"

先天禅骨能够限制帝魔祖最强大的能力。这件事无定宗的长老很清楚,帝魔祖怕是也清楚。先天禅骨成长得很快,帝魔祖这连番举动,是不想再留时间让了悟崛起威胁到他,也是不想给他们时间多做准备。

"帝魔祖必须死。"驭兽宗的化神期老祖猛地睁开眼睛,那一刹那,他眸中好似有星海在沉浮,"有他在,邪魔几乎都听从他的号令。若他身死,邪魔各自为战才容易分而击破。"

"是,帝魔祖必须死。"圆苍应道。

"你们无定宗那边准备得如何?"

圆苍摇头:"必须留足时间。"若是只有元婴后期修为,怕是和帝魔祖一个照面就会被他解决掉。了悟最起码要晋入化神期,才能加入战局成为胜负手。

"……那就只能强行靠牺牲拖延时间了。既然邪魔要提前拉开最终决战,依我看,各大宗门也别保存实力了。"

圆苍忍不住长叹一声:"诸位放心,我无定宗自当全力以赴。"

入夜后,封印地温度逐渐转冷,空气格外黏腻潮湿。

衡玉取出一块暖石放到了悟身边,帮他盖上外袍时,注意到他眉心紧锁。她低下头,吻了吻他的眉心,声音清润柔和:"做噩梦了吗?"也许是感应到她的安抚,了悟情绪平复下来。

衡玉枯坐着有些无聊,就垂下眼用指尖勾勒他的面部轮廓。了悟睫毛轻颤着睁眼,那双漂亮的眼里还残存着浅浅睡意,与衡玉对视好几秒,了悟彻底恢复清醒。

"吵到你了?"衡玉收回手。了悟伸手将她紧紧抱住:"刚刚做了个梦。"

衡玉调整姿势,让自己在他怀里待得更舒服些,顺着他的话问道:"做了什么梦?"

"梦到小时候的事情。"

他梦到很多往事，自记事起，他每日都跟着师父他们诵经。了缘他们尚有闲暇时间玩闹，但他没有。身边每一个人都在告诉他：禅门弟子慈悲为怀，先天禅骨肩负苍生，这是身负重任者的宿命。他享受着这个身份带来的荣光，也要为此而付出代价。这大概就是宿命吧，哪怕这不是他选的，但他还是必须享受荣光、承担责任。于是慢慢地，他养成一副内敛缄默、不会讨巧的性子。

　　衡玉捧着他的脸："你应该知道我不信命。"

　　了悟轻笑："可在下觉得，我遇到你，就是宿命的指引。"

　　先天禅骨的存在，似乎就是为了终结这场绵延万载的邪魔之祸，她是觉者对他的怜悯。

　　衡玉瞬间改口，毫无原则："好吧，在这件事上我决定信一下。"

　　了悟被她逗得继续笑。衡玉注视着他的目光格外柔软："除这件事外的其他事，我是不相信的。"凭什么……你注定要牺牲这么多。莫名地，了悟心脏轻颤几下。他正要开口说话，衡玉却先一步打断他，笑道："还要多睡会儿吗？如果休息好了，我们去净化下一团母气吧。"

　　了悟点头，伸手扶她。他似乎仍觉不够，突然弯下腰将她打横抱起："这样带你赶路？"

　　衡玉圈住他的脖颈："反正出力的人不是我。"

第十九章
此生结契

这几年里，随着邪魔的猖獗，西北之地有相当多的百姓家破人亡。

他们逃难进城镇里，寻求禅门庇护。很多老弱妇孺都没有什么生存手段，无定宗每日都要施粥，对付邪魔之余，还要想办法安置这些百姓。不大的城镇里挤满逃难的百姓，了念和了鹤正在组织人手给难民们施粥。

了缘叼着根狗尾巴草从他们身边晃过去，那张若春花秋月的脸上带着淡淡病色，这种病色冲淡他身上的艳丽，让他整个人有些恹恹的。

"了缘师兄，你的伤势恢复得如何？"了念忙得差不多，见了缘坐在一旁懒洋洋地晒太阳，走过去温声问道。

"啊，还是好疼，那些邪魔就不懂什么叫怜香惜玉吗？"了缘嘟囔道。师兄这么不正经，他真的很难接话啊。抬手挠挠头，了念干脆换一个话题："听说了悟师兄要回来了？"

了缘消息要更为灵通："嗯，他和洛主在封印地深处待了这么长的时间，是该回来休息休息。"

邪魔母气对人心能造成极大影响，即使是拥有先天禅骨的了悟，也不能长时间待在那里。

"我似乎听到了我的名字。"不远处，有人笑吟吟地说道。顺着那道声音看过去，了缘眉梢微挑，脸上不自觉地露出笑容，只是在看到衡玉身边站着的了悟时，不爽地撇了撇嘴。

"要不要给你点桌丰盛的菜接风洗尘？"了缘忽略了悟，径直问起衡玉来。

衡玉走到了缘面前："吃饭的事稍后再说，你受伤了？"

对于衡玉的关心，了缘格外受用。了悟见她聊得开心，抓住旁边的了念询问师父圆苍现在在何处。从了念口中得到答案后，了悟快步走去找圆苍，与他汇报这段时间的事情。注意到了悟离开，了缘努努嘴："你家那位走了，不跟着他？"

"跟着他干吗？他又不会跑。"衡玉笑着说。

了缘乐道："这话说得是，是他怕你跑才对，你压根儿不用担心他会跑。"

"这么想想，喜欢上一位修大慈大悲道的圣子还挺好的，不用担心他轻易移情别恋。"

"喂喂喂，你为什么还要特意强调修大慈大悲道？"了缘忍不住磨牙，被她气得跳脚。

衡玉微微一笑："这话又没说错。别纠结这个了，与我说说近些年的形势吧，我在封印地里消息不灵通。"

银杏林里，圆苍坐在石凳上，对了悟说："各大宗门死伤惨重，好在邪魔想要攻入封印地释放出邪魔母气，主要势力集中在西北之地，我们也能集中人手进行布防。"他端起茶水抿了一口，继续道，"邪魔那边的化神期数量已经统计出来，只有八个。论起化神期数量，自然是我们这边占优，但帝魔祖一人便能牵制住所有的化神后期修士。"

"所以还是得想办法对付帝魔祖。"了悟温声补充道。

"是。"圆苍今天没有佩戴白绢，他抬眸看了一眼了悟，那双琉璃色的眼里温柔又无奈，"这些年在封印地里，寻到冲击化神期的契机了吗？"

了悟摇头："还没有。"圆苍刚想叹口气，又听了悟说："但弟子想到一个极冒险的法子。"

"什么法子？"

"强行吸纳邪魔之气入体，借着邪魔之气来刺激弟子体内的先天禅骨，让它的所有圣洁之光都爆发出来。依靠那些圣洁之光，弟子应该能顺利晋入化神期。"

"你——"圆苍诧异，拧起眉来，"你应该知道，邪魔之气与光互相排斥，强行吸纳邪魔之气入体，你会遭遇到无法想象的痛苦。"强行让两种互为仇敌的东西在体内共存，他这弟子是想将自己的身体当作一个容器啊……

"弟子知晓。"了悟依旧平静，"但这能助弟子冲击化神期，增加弟子活下来的可能性。"

痛苦算什么，他必须想尽办法增加活着的可能性，即使是九死一生。

圆苍沉默。

了悟知道，即使他师父再纠结，还是会同意他这个做法。这场万年邪魔之祸，为禅门为苍生而牺牲的禅修不下万数。即使是他师父，也早早做好了牺牲的心理准备。

走出银杏林，了悟正准备回城里找衡玉。

"大师，我在这里。"上方传来熟悉的声音。了悟顺着声音抬眸往上看，只见衡玉正懒洋洋地躺在银杏树的一根粗壮树干上，笑吟吟地凝视着他，身着红裙艳得像是话本中蛊惑人心的狐狸。

"要下来吗？"了悟走到银杏树底下，朝她伸手。衡玉直接翻了个身，从树干上滚落下来，被了悟轻松地打横抱住。

"大师，我想亲你。"衡玉软软地笑道。

了悟垂眸凝视她，无奈笑道："师父在林子里。"衡玉瞬间乖了。在圆苍掌门面前打情骂俏，她觉得自己的脸皮还是薄了些。

"我们回厢房吧。"了悟主动提议。

"回去之后任我施为？"

"嗯，任你施为。"

"你就哄我吧。"衡玉斜他一眼，眼波流转。

了悟忍不住微笑，边走边说："那洛主就当怜惜在下，好好陪我两天。随后我就要闭关突破了。"

"这么快？"衡玉诧异。

"是啊，宗门那边寻到助在下突破的方法了。"了悟轻描淡写。

衡玉枕在他肩膀上，不知想到了什么，神情晦涩。

两日后，了悟赶回无定宗闭关，衡玉则见到成功突破至化神期出关的游云。即使已经是化神期祖师，游云还是那一副吊儿郎当的模样。他朝衡玉勾勾尾指，轻笑着道："徒弟，想为师了吗？"

衡玉走到他身边坐下："馋师父的宝库了。"游云脸色立变，朝她翻了个白眼。

衡玉逗过游云，连忙正色掐诀行礼："恭喜师父成功突破至化神期。"

"这还像些样子。"游云莞尔，"对了，你这几年怎么样？"

衡玉坐到游云身边，把这些年发生的事情一一告诉他。其实也没什么好说的，她基本一直待在封印地里净化邪魔之气。游云拧眉听着，始终一言不发。

末了，衡玉问道："掌门没有过来吗？"

游云解释道："掌门师兄闭关冲击化神期了。他若顺利出关，宗门的实力也能进一步提高。现在由为师暂任代理掌门一职。"衡玉突然觉得百花谷未来几年前途多舛。师徒多年，游云哪里不清楚衡玉在想什么。他狠狠瞪她几眼，解释道："为师只是因为修为高暂时坐镇而已，主要事务还是由迟来负责。"

迟本来就是下一任掌门候选人，他一直跟在掌门身边学习，处理宗门事务对他来说并不是件困难事。只可惜迟现在没突破到元婴期，以他的实力还没办法服众，所以只能由游云顶在最前面。

"那我就放心了。"衡玉笑着道。迟这人是难得的靠谱。

这徒弟，真是不想要了！师徒俩借着互损来增进彼此的感情。聊了许久，衡玉话音一转："师父，过段时间我想闭关冲击元婴后期。"

"这么快？"游云诧异，神识在她身上探了一圈，"我瞧着你还没到突破的地步。"

衡玉解释道："已经差不多了。"

元婴中期还是低了些，至少也要有元婴后期的修为，她才能做自己想做的事情。

顿了顿，衡玉又问："情女前辈曾经给我留下一份秘辛，那个地方在虚空风暴里，以我的修为无法进入那里，师父能陪我走一趟吗？"

这样东西，她必须想办法取到。

无定宗后山。

邪魔之气在体内肆意弥漫，但几个吐纳间，便被光彻底净化。

了悟无奈地睁开眼睛。他已经闭关整整三个月，但始终没有取得丝毫进展。邪魔之气一进入体内，光就会迅速扑灭它们。盘膝思索片刻，了悟自语："邪魔之气的浓度必须再高些。"

他闭了闭眼，似乎是下定什么决心般，沉沉出声："去封印地深处，就在母气旁边闭关吧，只有那里能达到要求。"他的储物戒指里有一张空间挪移符，定位就在封印地深处。现在赶时间之下，了悟也顾不上它有多珍贵，用灵力催动空间挪移符，眨眼之间，他已从风景秀丽的无定宗后山来到黑沉死寂的封印地深处。锁定母气的位置后，了悟从容地走进阵法里。

一进入阵法，视线里便只剩浓郁到窒息的黑，邪魔之气恍若黑海，铺天盖地地朝他席卷而来。了悟盘膝坐下，强行收敛起体内的光，毫无抵抗地任由邪魔之气进入他的身体里。两种互相排斥的存在在他体内共存，没过多久，了悟额头便泛出一层薄汗，浑身颤抖，死死抿着唇角。那种疼痛好似要割裂他的灵魂，几乎要覆灭掉他的意识，他用力咬牙，努力回想那位姑娘，借着与她相处的点点滴滴来转移心神。

时间被拉得很长。在这死寂的空间里，谁也不知道过去了多长时间。

了悟浑身都被汗浸湿，身体的颤抖几乎形成下意识习惯。体内那根蕴满圣洁的先天禅骨亮起细弱的光芒滋润经脉，他体内的灵力浓度在缓慢增加，将他逐渐推到突破的临界点。

邪魔的行动越来越频繁，除帝魔祖之外的七个化神期邪魔也不再藏头露尾。

即使是帝魔祖，也几次三番被捕捉到行踪，无定宗的化神后期祖师与他交手多次，重伤败退。

这些年里，无辜惨死的百姓极多，因邪魔死去的修士很多，被邪魔之气蛊惑堕为邪魔的修士也很多。不断有人闭关，试着冲击更高的修为，以便增加自保能力；也不断有人突破出关，加入战局手染邪魔之血。

衡玉用指尖勾画几笔，庞大的雷霆轻轻松松洞穿虚空，直接在邪魔周围炸开。几声惨叫之后，那些邪魔再无声息。

"洛师姐！"喻都那张英俊的脸上染了不少血尘，他顾不上调息疗伤，抬头仰望立于虚空那人，惊喜道，"你终于出关了！"除了喻都，百花谷其他几位师弟师妹也都神情惊喜："恭喜师姐成功修炼到元婴后期！"

"你们先调息，我先把这周围的邪魔解决掉。"衡玉说道，归一剑出鞘，随手挽了个剑花。下一刻，她已落到邪魔中间。衡玉用最简单的剑招，一挥而出，一劈而下，轻轻松松就带走一个邪魔的性命。随手将剑上的黑血抖落，衡玉将长剑归鞘，走回喻都他们身边："你们怎么样？"

"无碍。"喻都摇头。

衡玉仔细打量他们，确定他们的确没有性命之忧后，示意他们继续打坐疗伤。

她已经出关有一段时间了。无论是邪魔还是他们这边，化神期修士都没有轻易出动。在这种情况下，元婴后期修士几乎是最顶尖的战斗力，衡玉出关后刚一露面，就被抓去增援各方，连个喘息的工夫都没有。

等到喻都他们调息结束，她又急急忙忙离开，前去下一个地方增援。

但这回，刚瞬移出几十里，一道凌厉的剑光险些将她洞穿。险而又险地避过剑光，衡玉眯着眼，看着那安安静静站立在树梢、身披斗篷的神秘人："元婴后期邪魔？"

"阁下以大欺小，未免不妥。"元婴后期邪魔抬起两只手，缓慢掀开那遮挡住他容貌的斗篷帽子。长发洒落下来，除去脸上布满黑色诡异纹路外，这位邪魔长相格外俊秀而邪气外泄。

"以大欺小？"衡玉轻笑，"老妖怪，这句话反赠给你，我不过百岁之龄罢了。"

邪魔语气一滞，冷哂一声，也懒得再说什么。下一刻，他的身形如鬼魅般出现在衡玉身边，长剑横挑而过。衡玉脚下运功，堪堪避过这柄长剑。她两手同画一阵，浩瀚雷霆直接将邪魔淹没。

随后，衡玉动作不停，继续勾画雷霆。雷霆之势若雷劫，动静惊动四方，身处附近的修士纷纷抬头仰望那雷霆所在。就在衡玉打算继续扩大雷霆之势时，她隐隐察觉到一股属于化神期修士的空间波动。衡玉脸色微变，迅速召回归一剑，脚尖在虚空轻点迅速往后跳开，以剑斩破虚空，迅速躲避到虚空里。

几息之后，一位紫发邪魔走出虚空，盯着那已经闭合的虚空裂缝："走得倒是快。"

他将目光放到那依旧噼里啪啦作响的雷霆里，手掌于空中虚抓，刚刚势头还格外凶猛的雷霆瞬间凝固，崩溃消散，只是那被雷霆淹没的元婴后期邪魔气息已绝！

"同境界杀敌也能这么快？"紫发邪魔微微眯起眼，声音带着惑人的沙哑，"掌握了创世能力的人果然可怕。唔，居然被你逃掉两次，下次再见必定诛之。"

"帝魔祖！"虚空之中，有人暴喝出声。

紫发邪魔，也就是帝魔祖微微一笑，风度翩翩道："区区化神中期，请出来受死。"

借着虚空，衡玉迅速避到百里之外。她安静地立于空中，仰头看着远方的灵力波动。沧澜大陆已知的化神期修士未满三十人，就这个数量，还是漫长岁月累加出来的。他们任何一人出手，造成的威势都惊天动地。

观战片刻，那股灵力波动越来越剧烈，应该是有其他化神期修士感知到动静前去助阵。

衡玉轻吸口气，不再关注这等高端的战局。她握紧手中的归一剑，闭眼细细感受起周围的邪魔存在，打算趁着混乱之际再去杀掉几个元婴期邪魔。情女前辈留给她的那样东西，必须借助邪魔的心头血才能顺利催化，所以这邪魔自然是杀得越多越好。感应到东南方向传来的波动，衡玉长眸睁开，身形迅速往前掠去。

被三位元婴期邪魔围攻，圆静早已穷途末路。他捂着胸口剧烈咳嗽，每咳一声，就有灼热的鲜血喷涌而出，视线向后瞥去，确定他刚刚护下的几个小友都已经顺利逃脱，圆静浑身脱力。

邪魔的剑已经逼近，圆静垂首合目，安静地等待着死亡的来临。他这一生曾一心求禅道，也曾背弃禅道，再到如今死于邪魔之手，勉强也算有始有终。

下一刻，异变突生。一道惊雷劈中那已经贴近圆静脖颈的剑，在那个元婴中期邪魔被迫弃剑时，浩瀚雷霆凭空出现，将这三个元婴期邪魔彻底淹没。归一剑趁机出鞘，在这三个邪魔被限制住行动时，收割他们的性命。

直到这三个邪魔气息断绝，衡玉才从虚空里走出来。她蹲下身，取出一颗丹药要喂圆静服下，圆静勉强抬手挡住了她的举动："洛小友？不对，如今该唤你一声道友了。"他已经没有了力气，说话声逐渐虚弱，"在下为了阻拦下他们，早已用秘法燃烧心神，如今心神破碎，洛道友不必再浪费丹药。"

衡玉沉默片刻，还是将丹药收了起来。她想了想，伸手托住圆静的脊背，让他能更舒服一些。

"故人再次相见，没想到会是这样的场面。"她的故人不算多，突然有位故人在她面前身死，她才有种切实的体会：这场邪魔之祸，比她原以为的还要深重。

圆静微微一笑，笑容里满是平和，没有丝毫戾气与不甘："这个结局于在下来说，还算不错……"

他抬起自己的右手，似乎是想要从怀中掏出什么。艰难地掏了半天，怀中的东西慢悠悠滚落下来，这是一个用衣袍一角缝制的香囊。应该是时常被佩戴摩挲，即使主人再悉心爱护，它表面也出现不少磨损。这个香囊，象征着一位禅修对一位妖女倾尽所有的爱慕。

静静注视香囊片刻，圆静脸上的笑容慢慢定格。

高阶修士死后魂归天地，眨眼之间，他的身体便化作漫天尘埃，泯灭于天地之间，只有那染血的香囊孤零零着躺在地上。衡玉掐了个火诀抛到香囊上，让这个香囊陪圆静一起烟消云散。

一口气解决掉三个元婴期邪魔，看似格外潇洒，但她杀敌的手段非常消耗灵力。

衡玉没有逞强，果断赶回城镇里休息。她才刚一进城，就被游云堵了个正着。游云上下打量她，确定她安全后，稍稍松了口气："你刚刚正面遇到了帝魔祖？"衡玉解释道："确切地说，我提前避开他了。"如果真的正面遇到，她哪里还能如此轻易就全身而退。

游云并不放心："你若是顺利成长起来，绝对会对邪魔造成巨大威胁，帝魔祖势必会盯上你，日后行动多加小心。"其实最安全的方式是龟缩在城镇里不出去，但他徒弟是铲除邪魔的顶尖力量，不出去是不可能的，只能自己多加小心。

"师父放心，我不会轻易死掉的。"衡玉笑着说。她正想继续开口，突然眼前一亮，瞧着从远处直直朝她奔来、毛发格外光滑柔顺的小白。来到衡玉面前时，小白一头扑到她怀里，咕咕咕地叫着跟她打招呼。在衡玉抚摸小白时，游云出声道："它这几年一直跟着筑基期的弟子们行动，杀了不少邪魔。"一听这话，小白骄傲地仰起头来。

衡玉被逗得大笑，顺着游云的话夸奖小白。安抚完小白后，衡玉问道："师父，了悟何时才能出关？"

游云没瞒她："前几日我们和无定宗开会时讨论过这个问题，最多还有五年就能出关……再拖延下去，造成的伤亡会越来越大。他一出关，针对帝魔祖的行动就会彻底拉开序幕。"

现在无定宗已经针对帝魔祖做了多番布置。但先天禅骨是最重要的一环，他们都在等着了悟突破至化神期出关。衡玉脚步微顿，很快收敛起自己的异样，她默默移开话题，向游云打听起帝魔祖这个邪魔来。

"帝魔祖应该是目前所知的，唯一一个由邪魔母气孕育而生的邪魔。也正是因此，他才能够借助邪魔母气的能量对敌。只要有邪魔母气在，他就极难陨落。"游云说道，"他的强大在于邪魔母气，与之相对应的，他的弱点也在于邪魔母气。"

"难怪大家都在等了悟。"衡玉自嘲地一笑。先天禅骨对邪魔母气具有最大的克制作用，他生来就注定要对抗帝魔祖。她的雷霆法门当然也可以克制邪魔母气，但只是简单克制，并不能根除。

游云拍了拍她的肩膀安抚道："万年之前，非常多化神期修士死在帝魔祖手里。我们宗门的东霜寒祖师也参与过狙击帝魔祖的行动，但很可惜失败而归。后来虚乐圣子他们以身化阵，强行封印邪魔母气，帝魔祖这才选择低调沉睡。如今他正在疯了般地寻找邪魔母气，看着嚣张，但已经没有全盛时期那么可怕，你家那位肯定不会出事的。"说到后面，其实连游云自己也没有底气。

帝魔祖是没有全盛时期那么可怕，但了悟也没有到化神后期修为。可是如果留足时间让了悟突破到化神后期，那时候帝魔祖肯定已经找到不少邪魔母气，顺利恢复到全盛时期。这就是个矛盾的命题。

"他会活着的。"衡玉微微一笑，格外坚定道。她伸了个懒腰，看着远天斜阳，"师父，我回去打坐恢复灵力了。明日还要继续出城参与行动。"

帝魔祖的实力果然远超同境界修士。昨日一共有三位化神期修士加入战局，帝魔祖虽然败退，但那三位化神期修士也各有负伤。衡玉坐在酒楼二楼临窗的位置，得知这个消息后，默默陷入沉思。

"洛主！"下方街道突然传来一道熟悉的声音。

衡玉探出半边身子，垂眸望着街道。

了缘朝她勾唇而笑："今天怎么这么有闲情逸致？"

"你刚结束行动？"视线落在他那染血的衣袍上，衡玉出声问道。

了缘朝她做了个"稍等"的手势，没过一会儿，他被店小二领到酒楼二楼，在衡玉对面坐下。

转动着手中的茶杯，了缘低声道："音宗的人在撤退时遭遇元婴期邪魔狙击，他们那位大师姐边霄身受重伤。我们赶到时，音宗已经陨落了不少人。"

衡玉之前游历大陆时，曾在音宗住过三个月，与音宗不少修士的关系都很好，一听这事脸色微变："边霄伤势如何？"

"你认识她？还好，没有性命之忧。但她的同门……"了缘戛然而止。

衡玉抬手按了按眉心："我去音宗驻地瞧瞧。"相识一场，得知此事后总不能不闻不问。

她到音宗驻地时，边霄正在闭关疗伤。但衡玉也从音宗弟子口中得知一个更不幸的消息，她在音宗关系最好的朋友纪子娴在这一役中不幸陨落。听闻这个消息，衡玉静立片刻，转身出了城镇加入战局。在两方大战中总有牺牲，她阻止不了这些牺牲，那就以战止杀。

不知道帝魔祖是不是察觉到无定宗私底下的布置，自那次露面重伤化神中期修士扬长而去后，无定宗一时之间无法锁定他的踪迹。但邪魔针对衡玉的行动越来越多，就连化神期邪魔也参与其中。无定宗反借她做了多番布置，成功击杀一名化神期邪魔。

圆静和纪子娴的死只是个开端。在一次次行动中，衡玉得知很多人的死讯，熟悉的人如傅家傅陌深、无定宗了鹤，甚至是百花谷的墨主和慕欢……

邪魔越来越猖狂。之前开战数十年，衡玉没听过任何一位故人的死讯。如今帝魔祖的实力逐步恢复，他们就以这种疯狂的狙击，逼迫无定宗的人提前拉开决战序幕。

两年后，成功突破化神期出关的百花谷掌门匆匆赶来西北之地加入战局。与他一同来的，还有十位元婴期长老，以及人数众多的结丹期、筑基期弟子。百花谷为了对付邪魔，几乎把能往外调动的人手都往外调动了。剩下的元婴期修士需要留在宗门里驻守，避免让邪魔端了自己的老家。

前几日的行动中，衡玉边护着十几位结丹期修士边抵挡两个元婴后期邪魔，且战且退下受了不轻的伤，这两日都待在小镇子里养伤。得知掌门赶来，她匆匆赶去拜见掌门。

走进掌门的院子里，衡玉才发现她师父也在。

向两人掐诀行礼后，掌门温声夸她："你这几年做得很好。"死在她手里的元婴期邪魔不计其数，这几年，她凭借一柄归一剑成功杀出赫赫威名，早已令邪魔那边恨不得除之而后快。

衡玉轻声道："尽力罢了。"这所谓的威名，是无数枯骨堆积出来的。这些枯骨有的来自邪魔，有的则出自他们这一方。

"坐下喝茶吧，我们随意聊聊。我这边刚出关，对如今的局势只是有个大概的了解。"掌门示意衡玉坐下。他们坐着聊了许久，衡玉才起身告辞。

衡玉靠着一棵粗壮的大树，罩在苍苍暮色之下，格外想念了悟。她慢慢蹲到地上，垂眼摸着手腕间那串相思果铃铛手链。一阵晚风拂过，将桂子清香一同送来，衡玉闻着那淡淡的桂香，唇角上扬。她抬手摇晃起来，安安静静地听着那清脆的铃铛声。丁零丁零——有一种和铃铛声很像的声音掺杂在其中。

衡玉猛地抬眸，身体下意识的反应快过脑子，一把将归一剑拔出剑鞘。她闪身一避，迅速避到十米开外的距离。但想要再避时，衡玉发现这片空间已经被彻底锁定，有一股无形的灵力捏住她的脖颈，让她呼吸都变得艰难。衡玉右手指尖微动，想要勾画出阵纹。刚画完第一笔，她的十根手指就被无形的针钉死不能再动。

十指连心，疼痛自指尖一路蔓延而上，她连心神都疼得发颤。

"小朋友，我们又见面了。"虚空之中传出淡淡的波动，帝魔祖慢慢从里面走出来。他今天穿了件黑色绣金纹路的长袍，绘着诡异纹路的脸上浮现淡淡的笑，似乎是在为这次重逢而欢喜。

"帝……魔祖……"衡玉勉强地吐出这三个字。

这里可是各大宗门修士的驻扎阵地啊，外面绘制了层层阵法，帝魔祖到底是如何潜入这里的？

直到现在都没有化神期修士赶来，他们没有发现帝魔祖的行踪吗？

这个敌人太可怕了，他到底想做什么，千辛万苦潜入这里就是为了杀她吗？

帝魔祖微微一笑，右手食指竖立放在唇间，声音格外温和："我单名一个帝字，掌握了创世能力的人可以与我对话。"他头微微一歪，似乎是想听衡玉说话，便将那掐住衡玉脖颈的无形灵力撤掉，"说起来，我也很想拥有创世能力。但世间拥有这种能力的除了觉者就只有你了。你愿意教我吗？"

重新恢复呼吸，衡玉咳得上气不接下气，脸色涨红。深深吸了好几口气后，她努力扯出一抹笑容，平静地讥讽道："你这样的邪物，也配创世？"

"真奇怪啊，你明明这么弱小，却能领悟这种能力。"帝魔祖丝毫没在意她话中的嘲讽，他还是疑惑不解，走到衡玉身边，抬手掐住她的下颚，似乎是想探究出她哪里特殊，"我还听说了一件有意思的事情，那位先天禅骨倾慕于你？"

他微微凑近衡玉，更认真地打量她："我一直想杀他，但这些年怎么找都找不到他的踪迹。你说，如果把你带回去，他会不会自投罗网？嗯，很好，你多了一个不用死的理由。"

唇角的笑意越发放大，帝魔祖侧头望向远处："那群废物终于察觉到异样了，我们回去吧，此地还是不宜久……"话没说完，似乎是察觉到什么，他那始终平静的脸上浮现淡淡诧异，终于变得凝重起来。这片被锁定的空间正在迅速瓦解。有人用两种完全相反的力量，一边融入空间，一边攻击空间。

邪魔之气和光两种完全排斥的能量居然能在一人体内共存？

帝魔祖不再言语，攥住衡玉的手腕，就要带着她离开此地，但他的手刚刚碰到衡玉，一道雷电自他和衡玉中间炸开。借着这个空当，衡玉暂时拉开和帝魔祖的距离。她两手迅速勾画，又有那道雷电的威势加持。在被帝魔祖困住时，她一直在努力蓄积力量。

她给人的印象就是创造事物时必须先绘阵，帝魔祖不了解创世这种能力，他同样陷入一个误区，以为废掉她的手指就能废除她的这种能力。可这项能力走到极致，便是一念之间就能创造万物。她没有这么强，不过这几年都在重复创造雷霆。十万次之后，她已经能靠意念释放出一丈长的雷霆。威力不大，但用在关键时刻可以帮助她脱身。就比如此时。

雷电威力越来越大，几乎惊天动地。帝魔祖的手臂被雷电击中，衣袍燃起熊熊大火。他对此无动于衷，只是继续朝衡玉攻来。衡玉往后退去，但刚刚那一击已经消耗她体内所有的灵力。在衡玉浑身脱力要倒下来时，有人从身后轻轻环住她的腰。

熟悉的雪松香将衡玉包围住。靠在了悟怀里，衡玉终于松了口气。紧绷的情绪一旦松懈，支撑她不晕过去的那股韧性也随之消失。晕晕乎乎间，她听到了悟低声道："没关系，洛主歇一会儿。"那最后一丝清明彻底消散，她终于在他怀里昏昏入睡。

了悟稳稳地抱住衡玉，来不及查看她的伤势，右手向前挥出，一道混杂着邪魔之气与光的光团自他手中爆射而去。这道光团明明没散发出任何剧烈的波动，帝魔祖却像是感应到什么威胁般，猛地抬手以袖挡住。化去攻击时，他也被这道攻击逼得倒退两步。

帝魔祖微微一笑："这股力量有些意思，你就是先天禅骨？"帝魔祖仿佛没察觉到他的戒备般，饶有兴致地打量着他与衡玉："把你怀中这人让给我吧。我愿意立下契约，与你们人类休战十年。"

了悟原是低垂双眼，闻言猛地抬眸，神情冷若冰霜，有杀意自他身上迸发："帝魔祖的话也能相信吗？"

帝魔祖似乎没感应到他的杀意，温声道："在这件事上还是能的。"见了悟的神情越来越冷，帝魔祖轻笑，"没关系，你若是不给，我就自己抢了。"

下一刻，他手中那柄刻满诡异纹路的黑剑已经出鞘，快到没有人能看清他拔剑的动作。

杀意弥漫开来，明明周围已经有不少化神期修士赶到，正在将他团团围住，他依旧无所畏惧，一剑斩向了悟。了悟并未闪避。

就在那道剑光即将落在他身上时，无定宗静宁祖师从虚空中走出，袖子一挥，挡去这道攻击。

"静宁！"帝魔祖微微眯起眼。在几位化神后期修士中，帝魔祖最为忌惮他。现在连静宁都被惊动，看来此行的目的无法再达成。帝魔祖的目光自了悟和衡玉脸上一掠而过，带着冰凉的对猎物的审视。在了悟做足防备时，帝魔祖冷笑一声，骤然抽身后撤，催动自己早就备好的空间通道，眨眼间便彻底消失在众人的视线里。

静宁祖师本也没想过能顺利留下帝魔祖，望了那失去波动的空间通道一会儿后，他转头瞧了悟一眼："你刚出关，先回去休息吧，后面的事由我来料理就好。"

了悟应了声是。他低下头望着衡玉，目光在她那留有明显掐痕的脖颈处停顿片刻，唇峰紧抿。他打横抱着衡玉回到她的屋里，把她放到床榻上，随后取出一颗疗伤丹药喂她服下，才开始检查她身体的伤势。最明显的外伤就是脖颈间那道掐痕。她肤色本就极白，又是容易留下痕迹的体质，如今那道掐痕横亘在白皙的颈间，显得格外触目惊心。

最痛苦的伤势应该是险些被钉穿的十指。阵法师依靠手指绘阵，帝魔祖这是明摆着要废掉她。

了悟注入灵力慢慢帮她疗伤。

衡玉做了个很长很长的梦，梦里满是刀光剑影、生离死别。她一刻不停在挥剑，还怎么都找不到了悟，久而久之就有些许委屈。

"以后不会了。"有人压着声音在她耳边道，那道声音格外熟悉，如温柔乡般让她的意识逐渐回笼。衡玉慢慢睁开长睫。几缕微弱的晨曦从窗外洒进来，照见空中飘浮的尘埃，也让她顺利地看清那趴在床榻边的了悟。盯着了悟几秒，衡玉轻声道："我这几年都很想你。"

了悟没忍住，问："有多想。"

衡玉笑着睨他一眼，哄他高兴道："特别想。"

了悟凝视着她，唇角压着没上扬，但很快，那抹笑意彻底消失不见，他抬手摸了摸她的脸："这几年你辛苦了。"这几年里，杀伐与牺牲充斥着她的生活。

衡玉说："每次遇到不好的事情都忍着，想着等见到你时向你告状。"

对她接下来的话，了悟隐隐有所猜测。她昏迷了整整一夜，他两个时辰前出了趟门，向了缘打听了下近几年发生的事情。果然，衡玉说道："有很多故人都死于邪魔手中，还有不少人的最后一程是我目送的。"

"你知道吗？慕欢是为了掩护小山村的百姓撤退而牺牲的。她居然也有这么大义的一面，还真是让人诧异。"衡玉温声道。提到这些事时，她的神情依旧平静而淡然，但他太熟悉她，所以清楚那平静之下的苍凉。

"你还记得圆静吗？我以为他早已淡忘前尘，没想到他还留着那个香囊。其实我很好奇他临死前，是不是还在爱着宓宜……我原本想把我和你的事情告诉他，又觉得他与宓宜的遗憾已经造成，说了反倒让遗憾更深……"说了半晌，她觉得该说的话都说得差不多了，定神望向了悟。他静静凝视着她，黑沉的眼里带着深切的温柔，眸中映出她的身影。

"了悟，你一定不能出事。"衡玉的脸上终于浮现出悲伤，那抹悲伤很浅，了悟的呼吸却猛地加重。他凑过去捧着她的脸，让她的视线里仅有他的存在："别难过。"

衡玉轻轻摇头，示意自己没事。

"在下如今掌握了一种新的攻击，即使是与化神后期交手，也能有反击之力。"

衡玉回想起昨日的事情："是邪魔之气与光混合的攻击吗？"见了悟点头，她顾不得情绪低落，连忙问道，"这两种力量现在在你体内共存？"

"只是暂时的。"了悟解释，"后面花个几年时间闭关，将邪魔之气都吞噬就好了。"

衡玉抓住他的手，牵到唇边咬了咬："疼吗？"

他知道她想问的是什么，但还是装傻道："你咬得这么轻，怎么会疼。"

衡玉被他气笑，加大咬他的力度，却又怕真的咬破留下牙印，在最后关头松了口。

了悟俯下身凑到她唇边，突然有些委屈道："过段时间，帝魔祖一定会陨落。"

"嗯？"

"他敢动手抢你。"

衡玉轻笑，伸手搂住他："谁也抢不走。"

喂衡玉吃下半个苹果后，无定宗传急讯找他，了悟只好暂时离开，叮嘱她好好休息。

衡玉一一应了，但等了悟离开后，她马上穿鞋下地，走去隔壁院子找她师父游云。

游云忙活整夜，前脚刚回到自己的院子，听到敲门的动静连忙过去给衡玉开门，上下打量她一番后脸上才露出几分笑意："昨晚为师原本想去瞧瞧你，但圣子说你身体无恙，为师就没进去。现在看来已经是差不多痊愈了。"

院子里花香馥郁，衡玉拎起茶壶："了悟给我喂了颗九品疗伤丹药。"

九品疗伤丹药已是最顶尖的丹药，即使是化神期修士服下它都有奇效，衡玉服下后，能在一夜之间痊愈并不奇怪。

将茶水推到游云面前，衡玉说："师父，昨日之事到底是什么情况？帝魔祖为何能闯入城镇里？"

游云苦笑："这件事……主要还是出了内应。我们这段时间对邪魔的排查的确松懈了不少，如果不是了悟出关过来寻你，怕是还没办法这么快发现帝魔祖。"

衡玉能说什么呢？她只好跟着苦笑。

离开游云的院子时，从他口中得知今天百花谷弟子有行动，衡玉便赶去百花谷的驻地，打算看看师弟师妹们顺利回城没。才走到竹林附近，她看到有人盘膝坐在竹林深处，低头认真擦拭剑柄。

那柄剑上沾满邪魔黑色的心头血，剑身如同蒙尘，再怎么擦拭都没办法擦掉笼罩在上面的淡淡黑色。经过几年的磨砺，少年容貌虽还是一如既往，但气质已经成熟。他越擦越用力，心情格外浮躁。走神之下，他手腕不小心一抖，长剑偏移，弥漫出来的剑气将抹布撕裂，连带着身后的竹子都留下一道细细的剑痕。突然，有脚步声从远处逐渐传来。衡玉踩碎一地枯枝败叶，穿过竹林来到喻都近前。她轻轻弯下腰，伸手按住喻都的剑柄："别擦了。"

两人的实力差距悬殊，喻都又一直沉浸在自己的世界里，直到衡玉开口说话，喻都才察觉到她的到来。仰头看着容色苍白的衡玉，喻都那双漂亮的眼睛里瞬间蓄满泪水，一眨眼，左眼里有一滴泪顺着脸庞滑落："洛师姐，你的伤势痊愈了吗？"

"我没事，反倒是你，这是怎么了？"衡玉无奈道。

"对不起。"喻都抬手抹泪，反而越抹眼泪越多，"我不想在其他师兄师姐面前掉眼泪，就偷偷躲到了这里，没想到还是遇到了洛师姐。"

衡玉沉默片刻，抬头望着那堆积着阴云的天空，就要下暴雨了啊。

"这回行动还顺利吗？"她这么一问，喻都终于没忍住哭出声来，他用夹着哭腔的声音道："这回行动很顺利，没牺牲多少人。"没牺牲多少人，那就是还有牺牲啊，而且牺牲的定然是喻都非常熟悉的人。她在原地安静地站立片刻，转身走去百花谷的驻地。

驻地门口，舞媚身穿一身红裙，安静地立在原地吹笛子。笛音清幽萧瑟，不知不觉间，引得听众也心生怅惘。一曲结束后，舞媚方才小心地收起笛子，抬眸望着衡玉轻轻微笑："怎么过来了？"

"过来看看。"衡玉走到她身边，扯了扯她的裙子，"穿得这么艳丽？"

舞媚说："我们宗门的弟子，哪个不是喜欢自在和喧闹的氛围？就算身殒也不会改变喜好的，与其学凡人那套送葬的习俗，还不如按照我们宗门自己的习惯来送他们最后一程。"

衡玉被她说服。两人彼此沉默片刻，衡玉还是问道："谁牺牲了？"

这次行动总共牺牲了九位弟子，其中三位是衡玉教过的师弟师妹，也是百花谷如今的少主。难怪喻都会那般伤心，衡玉心想。

衡玉陪着舞媚坐在驻地门口。

舞媚两条腿交叠，不太顾及形象，头发也散乱着。今早那场行动由她和迟带队，同门牺牲，她心中的难过比喻都更多一些，但作为师姐、作为领队，她又不能像喻都一样表露出自己的脆弱。衡玉取出一坛酒递给舞媚，这是很久以前她们一块儿酿的合欢酒，酒的度数不算高，味道更偏向于果酒。

拔开酒坛塞，舞媚往嘴里灌了几大口酒，刚想开口说什么，后方不远处突然传来一道略带沙哑的声音："这么不够意思，出来喝酒也不喊我！"

"哟，来啦。"舞媚下巴微抬，朝迟打了个招呼。

迟同样有些狼狈，他坐下喝了两口酒后，倒像是被打开了话匣般："说起来，以前跟着我们一起喝酒的人很多，等到这场战斗结束，也不知道还能剩下多少酒友。"

衡玉抿了口酒，轻笑道："是啊，谁知道呢。"

舞媚没说话，只是一个劲地喝酒，喝到后面居然因为这么低度数的酒生生醉倒。

好在她酒品一流，醉了就是睡觉。衡玉帮她拨开贴在颊侧的头发，让她靠在自己肩膀上休息。

迟还是很清醒："这些年她和慕欢的关系极好，慕欢陨落的消息传来后，她情绪一直不太好。"然而还没等舞媚缓过来，她又必须直面一次次血淋淋的牺牲。

"她这个性子，发泄出来就好了。你怎么样？"衡玉下巴微抬，关心起迟来。

迟微微一笑："我好歹也是掌门候选人，论起心性怎么着也比舞媚好些吧。"

"你这话若是让她听到，肯定会气个半死。"衡玉笑。

她正想说些什么，余光扫见前方出现的那道身影，眼睛微微眯起，主动打了个招呼："俞道友。"

俞夏的变化不大，他已经晋入元婴初期，穿着剑宗长老服饰，身后背负着常用的重剑。

走到衡玉他们近前行过礼后，俞夏温声说："我最近刚好出关，听说她今日行动归来，所以想过来见见她。"衡玉迟疑了下，说："她醉了，你若是方便，把她送回她的屋子里去吧。"

俞夏又道了声谢，弯下腰打横抱起舞媚，带着她慢慢走回屋子。

中途舞媚醒了一会儿，看清他的容貌后嘴里嘟囔了两句，就搂着俞夏的脖颈继续昏睡。

迟目送着他们的背影，琢磨了下："你说他们现在是什么情况？"

衡玉轻笑，看得格外透彻："没到结为道侣的程度，又舍不得放手，所以纠纠缠缠。"

不过若俞夏把握住机会的话，等这场大战彻底结束，两人也可以修成正果。

傍晚时分了悟去而复返。

衡玉正站在屋檐底下挂风铃，打算让这个简陋的临时住所看起来漂亮些。她听到身后传来熟悉的脚步声，了悟站在台阶下方，仰头笑问："住处紧缺，洛主介意接下来一段时间在下与你共住吗？"

"真这么紧缺？"衡玉靠着门槛瞅他，神色间带着质疑。了悟面上端着，看不出丝毫窘迫。衡玉哽了一声，走过去伸手戳他的脸颊："什么时候住我屋里也要找借口了？"

他这才轻笑着别开眼，耳垂泛起淡淡红晕。

"对于师弟师妹们牺牲一事，我觉得有些许遗憾，但并不难过。"衡玉猜到他是听说了百花谷的事情，想借此转移她的注意力安抚她。她轻声道："真的已经尽力了。"邪魔为了加快最终决战的到来，一直在不惜性命疯狂进攻，总有人难逃牺牲。

夜色一点点侵袭整个天地。衡玉刚把灯笼点燃，打算重新把它挂回去。灯笼还没挂稳，不知从哪儿刮来一阵剧烈的狂风，生生将灯笼吹落在地上，灯笼竹身被摔扁了，显然是没办法再用。

了悟先一步把灯笼捡了起来。他走到屋檐下方，温声说："下暴雨了。"

暴雨说来就来。豆大的雨点噼里啪啦地击打着院中的老树，树梢上的枝叶被狂风吹得胡乱晃动。

了悟摇晃手中的灯笼："它坏掉了，我们进屋里编一个新的如何？"

"你连灯笼都会编吗？"

"无定宗里的灯笼都是弟子们自己编的。"

衡玉笑声清脆："那你编，我坐在旁边看着。"

了悟将灯笼抛到角落，打算明日再收拾它。他弯腰将她拦腰抱进屋里，凑到她耳边道："当然不舍得叫你动手。"衡玉被他放到软榻上。瞧着他从储物戒指里取出竹条，像模像样地开始编灯笼，衡玉语重心长地批评他："你哪里是不舍得我动手，你连几步路都不舍得让我走了。"

衡玉看他编织灯笼的动作格外娴熟，有意为难他，凑过去枕在他右肩限制住他的行动。

了悟稍微调整了下姿势，让她靠得更舒服些，沉下心继续编织竹条。灯笼刚编到一半时，伤势还没痊愈的衡玉已经靠在了悟身上沉沉地睡了过去。了悟放轻手上的动作，慢慢将灯笼骨架搭好。

接下来几天了悟都是早出晚归。每天她还没睡醒，他就已经离开。具体在忙什么，了悟没有说，衡玉也没有问。他接下来要做的唯一一件事就是想办法阻击帝魔祖，事关重大，相关细节当然越少人知道越好，如果能说的话，他都会主动告诉她。

休息几日，直到体内灵力完全恢复，衡玉再次加入猎杀邪魔的行动。

知道帝魔祖在盯着她，所以衡玉出城行动时没有离开太远，主要负责接应和增援任务。

察觉到前方的灵力波动，衡玉没有耽搁时间，直接瞬移而去。剑光斩破连绵的雨水，如横空出世般落到邪魔之中炸开。

雷霆孕育在归一剑里，随着归一剑斩去的同时爆发，即使是元婴初期修士，也难逃她这来势汹汹的一剑。锵——长剑碰撞时发出的声音格外刺耳。有元婴中期邪魔迅速拔剑，格挡住她的攻势。但就在下一刻，异变突生。雷霆和九天雷火同时从他脚下冉冉升起，强行限制住他的移动。

衡玉趁势左手刺出匕首，在邪魔心脏处搅动几下。用力拔出匕首时，黑色的鲜血喷溅到她的脸上，还没停留几息就被滂沱大雨尽数冲刷掉。那个元婴中期邪魔猛地瞪大眼睛，似乎难以相信自己在几个照面间便溃败死去。

等衡玉再次环视周围时，发现已经没什么邪魔站立着，倒是角落那里的战斗还格外激烈。

目光随意瞥去，衡玉原本想出手帮忙解决掉那个元婴初期的邪魔，但认出正在攻击邪魔的修士时，她愣了下。正是多年不见的故人道卓。他不过是结丹巅峰修为，但现在似乎采用了某种秘法强行提高自己的修为,以至于他和那位元婴初期邪魔交手到现在,居然一直没有落过下风。

这么疯狂行事自然不是为了保命,那应该就是为了报仇吧。当初慕欢是死于元婴初期邪魔手下,正和道卓缠斗在一起的邪魔,怕就是吞噬掉慕欢心脏的那个吧?衡玉静默于原地围观,没有出手帮忙。她觉得,道卓应该也不想她帮这个忙。

一刻钟后,道卓浑身都是血,他剧烈地咳了好几声,身体已经彻底脱力,使用秘法的后遗症越来越剧烈。但他还是强忍着,跟跄着走到那个只剩最后一口气的邪魔身边,一剑刺入邪魔心脏,带着疯狂的力度将他的心脏彻底搅碎。确定邪魔彻底气绝,道卓也终于支撑不住,跪倒在地,大口大口地吐出鲜血来,把衣襟染得一片狼藉。

"丹药。"不知何时,衡玉走到他身边,递了丹药过去。

道卓深吸几口气,服下丹药后勉力道:"多谢道友。"他抬眸,似乎是想看清衡玉的容貌,还没等他看清,已是先一步闭眼昏死过去。衡玉思索片刻,觉得他那声谢,不仅仅在谢她赠送丹药之举,还在谢她没有出手击杀那个邪魔吧。

世间情爱一事素来奇妙。舞媚的内门任务以失败告终,在那之后她依旧与剑宗俞夏纠缠不清。慕欢的内门任务顺利完成,此后她与道卓却彻底断掉联系,形同陌路。如今慕欢身死,他却心心念念为她复仇,连这种损伤大道根基的秘法都不惜动用。

直起身来,衡玉看了眼身后那些玄宗弟子,知道他们会照顾好道卓,便不在此地停留,飞快赶往下一个地方增援。连着增援几个地方,衡玉总觉得今日出动的元婴期邪魔格外多。

寻常时候,一天杀掉两个元婴期邪魔都算多的了,但这一回她杀掉的元婴后期邪魔不止两个。

各种念头在衡玉脑海里一一掠过,最终她只得出一个结论:决斗快开始了。

这场决斗,帝魔祖在等着,无定宗在等着。就是不知到最后,谁成了螳螂,谁成了蝉。

森冷而威严的黑色宫殿上首,帝魔祖饶有兴致地支着下颚,随手把玩着手中的玉简。玉简里记录着衡玉这段时间的行动轨迹。反复观望玉简,他唇角轻轻弯了一下,声线低沉而优雅:"在元婴后期能做到这一步,的确很强。但很可惜,也只是元婴后期而已。"就像那位先天禅骨,同时掌握两股互相排斥的力量,能够轻轻松松越阶而战,但再怎么越阶而战都不能改变他只有化神初期修为。

他的下属跪于地,神情恭敬谦卑,没有对他的话发表任何看法。

帝魔祖微微往后靠,半倚在椅子上,神情慵懒而悠闲,语气轻飘飘的,像是在谈论今天天气很好:"无定宗怎么还这么有耐心啊,再让他们多死些人吧。"

战事越来越激烈。之前众人还能偶尔喘口气,现在几乎时刻都处于戒备状态。

死亡的阴影笼罩在众人心头，再加上同伴时常惨死在自己眼前和常年被邪魔之气浸染，这段时间堕为邪魔的修士数量大幅度上涨。他们潜伏于队伍之中，只要没在第一时间被揪出来，就会对行动造成极为严重的破坏。邪宗弟子的心性本就不如正玄门派弟子坚韧，这对他们的影响更深。

锵——铁骨折扇刺入心口。迟面无表情，看上去似是无动于衷，唯有那握紧折扇的手轻轻颤抖，泄露出几分跌宕的情绪。他深吸口气，手腕加重力气。那被他袭击的百花谷弟子用右手抵住唇角，黑色的鲜血不断从她唇角渗出。她咳得十分剧烈，像是要把自己的心肺都一同咳出来般。

"迟师兄……"

"嗯。"迟轻应一声，神情温柔得如同当初教她法术般，但他下手没有丝毫留情，以灵力彻底绞杀她的心神。直到感觉到她的心神彻底消散，迟才僵硬地抽出折扇。折扇上沾满黏腻而浓稠的黑色血液，看上去格外诡异不祥。迟紧紧盯着折扇几秒，压下喉间的哽咽，转头去看被他护在身后的舞媚："伤到哪儿了吗？"

舞媚从前线退下来不久，伤势还没恢复，所以刚刚才会轻而易举被偷袭成功。她的手死死按在腰侧，服用过丹药后，腰侧伤口流血的速度减缓不少。舞媚轻咳两声，嗓音沙哑道："死不了。"

"那就好。"

"舒可可也堕魔了啊……最近我们已经杀了好几个堕魔的同门，真是人心惶惶。"

"累了吗？"迟问她。

舞媚扯了扯唇角："还好，我只是……想回百花谷了。以前也没觉得宗门有这么好，现在倒是变得越发多愁善感了。"

剑宗，俞夏面无表情地丢弃那柄沾染同门鲜血的匕首。

有个多愁善感的女弟子悄悄捂着嘴哭起来。她将声音压得很低很低，但还是有些许支离破碎的哭声从掌缝间溢出。俞夏转身瞧她和其他师弟师妹一眼，无奈长叹："没关系，想哭就哭吧，不要压抑自己的情绪。"心头的阴霾这么重了，还要继续压抑自己的情绪，如果发泄出来会感觉好受些，俞夏希望他们都能发泄出来。

几位同门彼此对视，纷纷苦笑。他们居然连哭泣的力气都没有了。最后仅存的力气还是留着挥动手中长剑吧。

玄宗、幽冥宗、音宗……相似的场景在一场场上演。这是整个沧澜大陆的灾祸，没有哪个宗门能够轻易避开。伤亡进一步扩大，死去的人可都是各大宗门精心栽培的弟子、长老。收到阵亡的具体名单后，不少宗门坐不住了，在下一次会议上，纷纷询问起无定宗到底何时才能发起决战。

这场会议由圆苍掌教亲自主持，能够有资格出席这场会议的，只有八大正道五大邪宗的掌门和化神期祖师们。听着这些掌门、化神期祖师的诉求，圆苍微微苦笑："连诸位都坐不住了，这就是帝魔祖要达成的目的啊。"

了悟坐在议事殿里，平静道："这是阳谋。"

帝魔祖摆明了是在逼他们尽快开展最终决战，不想再给他们更多的准备时间。当然，无定宗也能继续拖延下去，可是其他宗门势必会对无定宗越来越不满。即使其他宗门知道在这场战事中牺牲最多的是无定宗，但迁怒这种情绪，哪怕元婴期、化神期修士也难以避免会有。

　　"我们也知晓他的算计。"剑宗太上长老长叹一声，"但各大宗门伤亡太大了，如果再拖延下去，等到成功解决帝魔祖之后，我们哪里还有什么有生力量？"

　　"诸位的诉求我们都清楚了。"圆苍沉声道。

　　议事结束后，圆苍合目沉思，周身缭绕着淡淡的倦意，了悟亲自倒了杯茶端给圆苍。

　　听到茶杯碰撞桌面发出的清脆声响，圆苍缓缓睁开眼睛。

　　白瓷茶杯里盛着碧绿色的茶水，有一片小茶叶漂浮于水面上胡乱晃动，打了几个旋后沉入杯底。

　　安静地注视着这一幕，圆苍抬眸看着了悟："你做好准备了吗？"

　　"师父放心。"了悟双手合十，轻声道。

　　"嗯……那位洛小友……"

　　"师父。"了悟声音温和，带着毫无回旋的坚决。"洛主创造的雷霆是可以克制邪魔之气，但对邪魔母气的限制作用太小了，只能说是聊胜于无。以她的修为，若是随我们一起对付帝魔祖，基本没有生还的可能，但她留下来，日后在清算其他邪魔时绝对会派上更大用场。"

　　圆苍抬眸瞧了他一眼，神情格外复杂："也罢。"

　　秋去冬来，转瞬便是三个月的时间。今天的雪下得格外大，带着一种要将天地变成白色的架势。

　　每次战役过后，血液刚刚染红皑皑白雪，不到半个时辰，就会被新雪掩埋。这一回行动，衡玉没能及时护住百花谷的弟子撤退，有十几个弟子死于邪魔手中。即使已经为那些弟子报了仇，她的情绪还是不高。拎着一壶酒走进红梅林里，衡玉将酒倒在剑身上，用烈酒来擦拭被黑血侵蚀的归一剑。

　　"在下来帮你擦。"身后，有人俯下身子按住她的手，作势要夺她的剑柄。衡玉松手，让了悟夺走归一剑，这天地间，只有他一个人能这么随随便便从她手上夺走武器。

　　了悟盘膝坐在她身边，认真地垂眸擦拭归一剑。衡玉支着下巴，视线紧紧落在他身上："我有一段时间没瞧见你了。"她时常在外行动，一忙起来就是十天半个月才回屋修整一趟，他也是如此，两人的时间没有丝毫交叠。了悟微微一笑，眼神温和柔软。

　　"你那边局势如何？"衡玉没话找话。

　　了悟温声道："不太乐观，不过没关系，很快这一切都会结束。"

衡玉整理好自己的情绪，深吸口气问道："你们打算何时行动？"

了悟沉沉地看她一眼："有不少布置还没完成，至少是在五日后。这场行动只有化神期修士才能参与，你安心留在镇上等在下回来。"他将储物戒指从指间脱下，慢慢放到她掌心，将她的手指合拢起来，"这个储物戒指里装着我所有的东西，你暂时帮我保管着。"衡玉歪头，怔怔地瞧着他。呼啸的狂风夹杂着碎雪打在她身上，被那股凉意刺激到，衡玉浑身颤抖起来："你是在给我交代后事吗？"

"当然不是。"

有朵红梅正巧从树梢飘落下来，了悟抬手将它接住。他撕下一片花瓣，紧紧贴到衡玉眉间，这抹红色为她苍白的脸色增添了几分艳丽。了悟拂过她的眉眼，又为她紧了紧身上的斗篷："在下的东西交给洛主保管，不是很正常吗？这里面放有不少好东西，若是在和帝魔祖对决时不慎被毁，那多可惜。"

衡玉轻笑，似是信了："说得也是。"

了悟凑过去继续吻她。趁她没注意，他抚上她的后颈，一股无形劲道打进她的身体里，直接让她昏睡过去。怀中姑娘沉沉地闭着眼，他将唇压在她额间，许久以后才跟跄起身，将她慢慢抱起。他轻声解释道："行动时间其实是定在今晚。原以为在行动之前不能再见你一面，没想到你刚好结束行动归来。接下来邪魔那边不会有什么大动作的，你且安心在屋中沉睡五日，待一切尘埃落定后，如若在下平安归来，就任由洛主处置，如若……你也要坦然接受一切，莫要为我难过。"

太阳逐渐西沉。他静静地迎着夕阳，抱着她走回去。无定宗红莲湖的朝阳初升格外漂亮，他想陪她慢慢欣赏。百花谷夏季满山合欢花盛开的景致他还没见过，那后山的温泉他没与她泡过。原来事到临头，才发现还有这么多遗憾。

了悟走得很慢，但终究还是在夕阳落下前，把昏睡的衡玉送回她的住处。

他将她放到床榻上，慢慢为她脱掉衣袍鞋袜，帮她盖上被褥。

他抚摸她的脸颊，深深地凝视她，然后起身离开屋子。出门时，瞧见那静立檐下的游云，了悟并无惊色。他双手合十恭敬行礼："麻烦大长老好好照顾洛主。"

游云眼神复杂地注视着他："你——"

了悟轻笑，再次道："麻烦了。"

游云站在原地目送他的背影，神情晦涩，不知道在想些什么。游云杵在原地发呆，直到有雪花飘落到他额头化成冰凉的水珠，他才从出神状态中清醒过来，茫然地抬头。月光照亮他脸上的纠结之色。

游云素来洒脱随性，极少遇到这么为难的时候，以至于他静立两个多时辰还是没能拿定主意。再纠结下去，一切就要尘埃落定了。游云长叹一声，转身推门走进衡玉的屋里。屋子里没有燃蜡烛，所以显得格外昏暗。游云走到桌边用火折子慢吞吞点燃烛火，正要熄灭火折子时，他看到这空荡荡的桌子上摆放着一盒玉簪。

梨花簪、栀子花簪、君子兰簪……足足有七八根簪子，每一根簪子都雕刻得栩栩如生。

"这是把她这辈子的簪子都备齐了吧。"游云抬起右手捂住自己半边脸，一脸苦色，终于还是彻底下定决心。撩起那层层叠叠的帐子，看着悄无声息躺在床上陷入昏迷的衡玉，游云弯下腰，掌心贴在她的额间，化神期的磅礴灵力注入她身体里，慢慢解开了悟对她的束缚。了悟下的束缚咒极高深，即使游云格外精通咒术，要解开这个束缚咒也需要一两个时辰。

足足过去了一个时辰，衡玉那长而翘的睫毛剧烈颤抖起来。然后，她猛地睁开长眸。目光在游云身上停顿片刻，衡玉慢慢支起身体，从床榻上坐起来。她的目光落在枕边，瞧见那个香囊时，她先是一怔，随后连忙将香囊拿了起来，指腹在香囊表面摩挲一番，终于在香囊右下角摸到针线钩挑出的"悟"字。

轻轻浅浅的雪松香从香囊里飘散出来，衡玉猛地捂着胸口，像是要透不过气般大口喘气。他为禅道为苍生九死一生，所以留给她这个用衣袍裁剪出来的香囊吗？他想干吗？想着若是不小心陨落了，她也能有个念想？

"你现在只是意识清醒，灵力还被束缚着，安心等半个时辰。"游云瞧着她情绪不对，安抚道。好一会儿，衡玉情绪平静下来，出声道："多谢师父。"

游云艰涩地开口："为师既然答应了你，总是要履约的。"

八年前，衡玉闭关冲击元婴后期前，游云陪着她进入虚空风暴里取了一样东西。那是一块拳头大的黑色玉石，衡玉用心头血签下契约后，它就一直在吸纳邪魔之气。从虚空风暴中回来后，游云脸色格外难看。直到衡玉出声告辞离开，打算寻个安静的地方闭关，游云叫住她，问："你取出来的东西是什么？"衡玉微微一笑："是一样能打破所谓宿命的东西。"

从那时起，游云冥冥中就有一种预感。

三月前，衡玉再次找上他："师父，如果了悟限制了我的行动，你一定要帮忙让我脱困。"

"……你想做什么？"

"我昨日去找过圆苍掌教，他告诉我，先天禅骨是为终结邪魔之祸而生，若是了悟当真在对付帝魔祖时身殒，那也是了悟的宿命。但我不相信什么宿命，我想救下他，打破这所谓的宿命。"

她不可能眼睁睁地看着他赴死，况且，他曾为她挡过一次杀劫，她还他一次又如何。听到这话，游云断然拒绝，甚至想尽办法劝说她，让她放弃这种想法。但最终，游云反被她的苦求劝服。他这一生，滥情又寂寥，从未想过会为打破谁的宿命而付出性命。也正因此，他才格外能体会她哀求时的坚决。愿为一人赴九死一生之劫，这本就需要无尽的勇气。

束缚咒彻底解开，游云走出屋子。

大门推开，月色霜华洒下照亮院子，游云眯起眼看着站在台阶下方的圆苍。更确切地说，这是圆苍留下的一缕神念。他本人已随大部队赶赴消灭帝魔祖的战场。

"圆苍"双手合十。

"你来接她吗？"游云不辨喜怒地问道。

"是的，那个地方若是没有在下带路，洛小友没办法前往。"身后，本就敞开的木门被拉得更开，衡玉穿着便于行动的黑色长裙缓缓走出来。在"圆苍"和游云的注视下，她慢慢将那块弥漫着浓重邪魔之气的黑色玉石放进自己的心口。

玉石将心脏取而代之时，她的寿元熊熊燃烧，气势也越来越强。

西北海之外，大荒之隅，有山而不合，名曰不周。

这里终年寒冷，覆盖着皑皑白雪。万年以前，帝魔祖被各大宗门的化神后期修士围攻，虽然没有陨落，但也并非毫发无损。他所使用的武器被击落，落到无定宗手中。那个武器是随着他一同被邪魔母气孕育出来的，有武器在手，他的实力足以再增加两成，得知武器被无定宗的人封印在不周山后，帝魔祖明知无定宗的人在此布下了天罗地网，还是从容前来。

为了这一场对决，无定宗足足筹备几十年光阴，他们花费各种天材地宝绘制阵法，让整座不周山都笼罩于阵法下。此时，不周山外盘坐着化神期修士，他们将自己的灵力注入阵法里，将阵法催动到极致。有着净化能力的阵法在不断压制着帝魔祖带来的四团邪魔母气。

帝魔祖含笑立于半空中，握着刚刚解脱束缚的兵器。明明下方有五位化神后期修士，他的目光宛若不经意般只从了悟身上一掠而过。这么轻飘飘的一眼，顿时让五位化神后期修士纷纷如临大敌。

下一刻，帝魔祖的身影已迅速贴近静宁祖师，带着扳指的手掌轻轻向前挥去，隔空打在静宁祖师身上。静宁祖师周身缭绕着浓郁的光芒，轻松卸去这道威力极强的攻势。就在静宁祖师要反击时，他脸色突然一变。在刚刚抵御之时，他们五人间已经露出空当！

帝魔祖的目标并非这五位化神后期修士，而是能够克制他最强能力的先天禅骨。他身形如鬼魅般出现在了悟前方，馥郁而危险的暗香在周围弥漫开来，盘膝坐着正在压制邪魔母气的了悟猛地睁开眼睛，两手合掌结印，禅道之花在他身前盛开，挡住帝魔祖。

眨眼之间，另外两朵禅道之花以帝魔祖的血肉为土壤，在他的血肉里扎根盛开。

纯正无比的光侵蚀到帝魔祖的体内，即使是以他的心性，被这样完全排斥他的光淹没，也忍不住惨叫出声。一击得手，了悟连忙往后退去。他很清楚自己和帝魔祖在修为上的差距，偶尔出手攻击没问题，但他最应该做的是死死压制邪魔母气。

在他瞬移来到邪魔母气身边时，以静宁祖师为首的五位化神后期修士抓住时机，完成对帝魔祖的包抄。即使是帝魔祖，在这种情况下也不敢托大。他右手捏紧，想要吸收邪魔母气来加持己身。

了悟强行催动体内的先天禅骨，再死死压制着那几团飘在帝魔祖附近的母气。这些母气不像封印地深处的那些母气，它们没有被封印阵法囚禁，一察觉到了悟的意图，就开始发出剧烈波动攻击他。与五位化神后期修士相争的帝魔祖等了好一会儿，还是没等到邪魔母气的回应，脸色阴沉下来。他生生吃下剑宗老祖的最强一击，被击退十来米。

几位老祖没想到他什么应对都没有，而是选择生生接下这一击，反应慢了一拍。等他们回过神时，帝魔祖已迅速从包抄圈中脱身，两手结印推出，化神后期的一击重重砸向了悟。

邪魔母气的波动越来越剧烈，了悟不敢轻易挪步，只好安静地站在那里。一道灵力波动泛起，自主防御的神器形成防御罩护住他，只是一个照面，防御罩便被击碎。连着毁掉三个神器，了悟才成功接下这一击。而这不过是第一道攻击罢了。第四道攻击袭来时，他身上佩戴的所有防御法器全部碎开，只能以自己的身体生生吃下这一击。

含着光的鲜血吐在邪魔母气上，反倒进一步压制了邪魔母气。察觉到这一点，了悟眼神微闪。

五位化神后期修士彼此对视，其中四人依照计划加快对帝魔祖的攻势，一人负责拦在了悟身前，尽力为他化去帝魔祖的攻击。纵使如此，了悟身体也不好受。

在帝魔祖的有意催动下，母气波动得越来越剧烈，那浓重的邪魔之气翻涌肆虐，如同海浪般狠狠拍击在了悟身上，攻击他身体的每一个器官。还没等他喘口气，了悟察觉到身后有剧烈的灵力波动传来。他脸色微变，知道这道攻击必须闪避。

身体猛地往后挪开一步，邪魔之气和光混合成一个大光团，被他狠狠丢到前方。两道攻击撞在一起，了悟被爆炸余威震得再吐出一口血。这么短的时间里，帝魔祖再次与邪魔母气建立联系，吸收邪魔母气的力量。他原本有些衰竭的气势慢慢往上攀升。

"了悟！"静宁祖师瞳孔微缩，高声喊道。

了悟身体晃了下，摇摇头保持自己意识的清醒。他咬了咬牙，割破手腕动脉，将自己的血洒在邪魔母气上，想要用自己的血来压制邪魔母气。只靠血不够，他干脆强行震碎自己体内那块先天神骨，吐血时连着小块碎骨一同吐出来，全部附着在邪魔母气上。

"你！"帝魔祖察觉到了悟在做什么，猛地扭头看去。他脸色终于彻底沉了下来，带着一股要吞噬了悟血肉的狠劲，不再抵挡五位化神期修士的攻击，而是不管不顾地向着了悟扑杀而来。但刚往前走一步，帝魔祖便被剑宗老祖拦下。剑宗老祖冷笑一声，剑锋钉死帝魔祖的肩胛骨，剑气在帝魔祖体内肆意炸开："帝魔祖，也别太不把我们放在眼里。"

论起修为，帝魔祖仅仅高他们几人一线。帝魔祖会如此嚣张，只是因为他能借着邪魔母气时刻保持在巅峰状态罢了。没有了邪魔母气，任他再强大，只要他们五人配合默契，他也休想再逃出此地！

邪魔母气的反噬也越来越厉害，它们在进行最后的挣扎。了悟被反噬席卷，鲜血自眼尾、唇角、耳畔滑落下来，形成多道诡异的血痕，他的听觉和视觉在慢慢被剥夺。视线逐渐模糊时，他竟然产生一种格外诡异的错觉，在阵法里，他看到了他心心念念的姑娘。猛地吐出一口鲜血，了悟身形不稳就要倒到地上。

下一刻，他被人从身后用力搀扶住，然后，那人转身来到正面，轻轻环抱住他，雷霆弥漫于四面八方，为他承担起母气造成的反噬。衡玉抬手，想为他抹掉眼尾那抹血痕，但手覆上去，才发现自己的肌肤在疯狂渗血，她反倒把他的脸弄得血色模糊。

"洛……"了悟刚喊出一个字，只觉得嗓间格外地痒，连连咳出几口血来。血里夹杂着先天禅骨的碎片。

"是我。"

早在八年前，她从虚空风暴里拿到情女前辈留下的那块黑色玉石后，就一直在为今日之事做准备。这些年，她疯狂杀邪魔，取邪魔的心头血，为的就是温养这块玉石。

在赶来这里前，她将玉石融入心脏，再以燃烧寿元为代价，在短时间内提高自己的修为。如今她的修为看似只有元婴后期，但周身的气势比一般的化神中期修士都要强。她吃力地抱着了悟，一刻不停地绘制着雷霆，将雷霆全部注入邪魔母气里。是的，雷霆对邪魔母气的克制作用聊胜于无。但她想到了一个很好的法子，让雷霆成为一个引子。了悟配合着阵法压制邪魔母气，但邪魔母气的所有攻击和反噬都会加于她身上。

她此刻的修为略高于他，而且在如今才加入战局，她代他受下攻击和反噬，也许两人都有机会活下来。感受着邪魔母气越来越疯狂的躁动，衡玉耳朵一直在嗡嗡嗡地鸣响。这种声音刺耳到了极致，连她的心神都为之战栗。她忍不住将额头死死抵在了悟肩膀上，咬住他的衣袍衣襟，免得自己不小心咬到舌尖。

了悟那原本涣散的意识瞬间回归，他浑身都在剧烈颤抖："你——"闻着从她身上透出来的血腥味，眨眼间，泪水混杂着血滑落下来。他张开手，要切断她和邪魔母气的联系，衡玉反倒往后退开，作势要拉开和他的距离。察觉到她的决心后，他身体微微一僵，脸上的死寂若不周山巅千万年的不朽坚冰。

母气的反噬越来越严重。雷霆噼里啪啦的响声被压下去，衡玉脸上的痛苦之色越来越重，但她还是很艰难地，朝着了悟微笑。凭什么总是我在欠你？凭什么逆心锁的母锁留在我这里？凭什么一定要你牺牲？凭什么……你要背负这么多？她想说很多很多，但体内的疼痛太过剧烈，以至于最后她只能挤出几个字："让我救你一次啊，傻瓜……"

身后，灵力波动越来越剧烈。

失去母气源源不断的能量供应，帝魔祖在五位化神后期祖师的围攻下已经露出败象。他不管不顾，狠狠地向邪魔母气冲来。了悟回神，连忙转身，掐诀挡住帝魔祖的攻击。已经熟练到极致的法诀到了此刻居然显得生疏无比，掐诀时了悟的双手都在颤抖。

只有解决掉帝魔祖，洛主才不需要再压制邪魔母气。他心神一定，不管不顾地往前逼压而去，冰冷而强大的掌印狠狠砸向帝魔祖，哪怕不能对帝魔祖造成伤势，也能顺利挡住帝魔祖的去路，将帝魔祖重新逼进几位化神后期祖师的包围圈里。

寿元几乎被衡玉燃烧到了尾声，黑色玉石本来就是死物，没有了寿元，它也无法再起作用。疼痛越来越剧烈，衡玉的痛觉几乎麻木，她想开口说些什么，声带却在刚刚的反噬中受损，无法再发出丝毫声音。她的气息在慢慢往下跌，衡玉浑身发冷，冥冥之中，她有种格外清晰的预感：她很可能……撑不过这一回了，她还是低估了凶险程度。

晕过去前，她感应到了悟脱离包围圈回到她身边，吻上她的唇，给她渡了什么东西过来。她已经没有力气去阻止他，只是在他拉开与她的距离时，颤抖着轻轻动了动唇角。后来了悟回忆了很久很久，才读懂她那句唇语——抱歉，可能又要让你受相思之苦了。

不周山冰寒彻骨。跪在地上时，寒意透过衣袍直往膝盖钻。

了悟跪在衡玉面前，浑身止不住地发抖。他用自己满是血污的手小心翼翼地捧住她的脸，细细感受她的心脉。确定心脉还在微弱跳动时，他失去最后一丝气力倒下来，又怕不小心压伤她，连忙闪避，直接砸在地上砸了个结实。

雪很软，了悟半个身子都落满雪花。他躺在雪地里大口喘气，后怕这种情绪在他心头蔓延开来，以至于那双黑眸布满血丝。还好，真的就差最后一点点。差一点，他就要失去她。稍微蓄了些力气，了悟咽下一颗九品丹药，踉跄着从地上站起来。了悟取出一件黑色斗篷盖在衡玉身上，动作极温柔地将她从地上抱起，宽大的斗篷将她遮盖得严严实实，只是露出小半张脸。她躺在他怀里，近乎无声无息。

了悟走到静宁祖师身边，仰头望着悬浮在半空中的囚笼。囚笼里困着帝魔祖的心神，他的肉身已被几位老祖合力毁掉，唯有这心神不采用一些特殊手段，极难被灭。

"帝魔祖。"了悟声音沙哑。

即使已经沦为丧家之犬，帝魔祖依旧从容而嚣张。他盘膝坐于囚笼里，那双如黑曜石般深沉的眼睛紧紧注视着了悟，又漫不经心地扫向了悟怀里的衡玉。他一直很忌惮先天神骨和拥有创世能力的人，本想着提前发动决战不给他们留下成长的时间，没想到对方居然会用那种燃烧寿元的邪术来强行提高自己的修为。他的确棋差一着，差在没想到人类那所谓的爱情如此牢固，竟有人愿为另一人承受如此大的痛苦去赴死。

察觉到帝魔祖的目光，了悟视线更冷。他温柔地拉起斗篷，挡住衡玉的脸。

帝魔祖头一歪，唇角轻轻弯了下。

"你该死了。"了悟冷淡道。他不在乎自己此刻的伤势，直接催动体内那块已经碎了大半的先天神骨，强行借先天神骨的力量燃起熊熊火焰。火焰落到囚笼里，帝魔祖脸上笑意凝滞，那藐视一切的眼里终于染上浓浓的惊恐之色。急促而剧烈的惨叫足足持续了一刻钟，为祸无数修士、统御无数邪魔的帝魔祖彻底烟消云散。最大的敌人已经死去，剑宗老祖等人纷纷虚脱，不顾形象地颓然坐地，勉强保持着盘膝打坐的姿势化开丹药疗伤。

静宁老祖实力最强，暂时还支撑得住。他温和地注视着睫毛凝了碎冰、浑身透着冷意的了悟，建议道："先消化体内的丹药吧。"

了悟唇角微动。猜出了悟会拒绝，静宁老祖连忙给出了一个让了悟无法拒绝的理由："你就这么抱着她离开，体内伤势绝对会加剧。到时候让其他人护住她的心脉帮她疗伤，难道你真的放心吗？"

了悟艰难地抿起唇角："祖师说得对。"他抱着衡玉走到雪山底下，让她躺在自己膝盖上。将雪水加热后，了悟浸湿手帕，慢慢地帮她擦干净脸上和脖颈间的血迹。

血污擦掉，她脸上那无数道斑驳的小伤口完全暴露在了悟的视线里。了悟眼里猩红一片，只觉得刚刚叫帝魔祖死得过于轻松。他想低下头吻她，又不知道该吻哪里好，最后那个无比冰凉的吻落到她的唇上。

"洛主，寿命燃烧尽了也没关系……从此以后，你我共享寿命……"

炼化丹药时，守在不周山外的化神期修士们纷纷赶来。确定帝魔祖真的已经烟消云散后，不少人开怀大笑。

刚刚为了催动阵法，圆苍消耗了体内至少八成的灵力，他听闻帝魔祖的死讯后忙环视左右，找到自家弟子的身影，迈步向他走去。丹药炼化完毕，了悟缓缓睁开眼睛，凝视着脸色苍白的圆苍，温声道："师父。"

"怪为师吗？"圆苍问。

了悟愣了下，才意识到他师父这句问话是什么意思："师父的考量弟子全部清楚。而且这是洛主自愿的，师父未曾逼迫过她，弟子如何会怪您。"

圆苍的眼神顿时暗淡下来，茫茫白雪落到他的肩上，他只觉得更加疲倦。

他这个弟子向来懂事，不会责怪他，怕是要深深责怪自己没有保护好洛小友吧。

双方默然片刻，了悟出声问道："师父，能告诉弟子，洛主当日见您时说过什么吗？"

三个月前，各宗宗主和祖师在议事时提出尽早展开决战的诉求。在各宗宗主和祖师离开后，了悟请他不要让衡玉参与到行动中，他当时同意了。但当天深夜，他见到了特地前来找他的衡玉。

她只用了一句话便说服他："了悟不能死。帝魔祖是邪魔里最强大的存在，但解决掉帝魔祖并不意味着邪魔之祸的终结。了悟还要率领禅修斩杀剩余邪魔，净化剩余邪魔母气的事情也非他莫属。"

是的，杀掉帝魔祖是终结邪魔之祸的关键，但不是终点。所以……圆苍答应了衡玉的请求，行动时会留下一缕心神领着她进入不周山。叙述完后，圆苍双手合十，那双若大海般包容的眼里泛起层层愧疚之色："为师不否认当时是存了私心。"

"师父那不是私心，您并非为了自己。"了悟温声宽慰，不想让圆苍陷入自责，他只是越发抱紧怀中的姑娘。

圆苍沉默，许久后道："她的身体耗损太大，心神几乎濒临破碎状态，想要温养好，必须花费无数天材地宝。回到宗门后，为师会从库房里调一批温养身体和心神的天材地宝给你。"

了悟稍稍迟疑片刻，还是没有拒绝师父的好意。这些天材地宝靠他自己去搜寻，不知道要花费多长时间。她现在是真的非常需要它们。帝魔祖陨落的消息已先一步传回驻扎地，众人赶回到城镇时，里面已经陷入一片沸腾。

与之相对的，邪魔那方气氛低迷。不少宗门趁势外出攻击邪魔，大获全胜而归。

这种热闹和了悟关系不大，他抱着衡玉回到她的院子外，瞧见静立在院外的游云和舞媚时，他脸上的冷淡消散些许，朝着他们颔首示意："她没有性命之忧。"说完这句，他不愿再多说什么，直接越过两人走进屋里。

衡玉身上的血衣还没除掉，他不敢直接把她放到床上，干脆将她放到一旁的软榻上，慢慢解开那被血浸泡的黑色长裙。黑色长裙之下，白色里衣红得更是触目惊心。

了悟虚握着她的手，慢慢往她身体里注入灵力："在阵法里看到你的那一刻，在下几乎万念俱灰……为你赴死是件很容易的事情，看着你为我赴死，却是这世间最残忍之事。"

身体的伤势还没好全，他脸上的血污也没擦掉，但他不想动，维持着这么个僵硬的姿势靠在她身边，视线落在她脸上，眨眼的频率都比往常少了许多。素来张扬艳丽的姑娘躺在那里，唇色苍白到极点，全身上下都有伤。他想碰一下她，都害怕她消失。

"以前觉得能多瞧你几眼会很开心，现在想想，其实真正高兴的不是瞧你几眼，是瞧你时，你回望我的那几眼。"

她手腕处的相思果手链被血浸透，红得有几分妖艳。了悟瞧着觉得刺眼，取出手帕，慢慢擦掉附着在相思果上的血迹。擦拭好手链后，他才胡乱抹干净自己的脸。

夜色笼罩下来，外面大概是在下雪，风刮过时将那扇挂在屋檐下的风铃吹得胡乱摇晃。

他以前很喜欢听铃铛声，现在却觉得它过分嘈杂了。抬手一挥，令门外的风铃无法再发出声音，他就在这样无声的环境里安静地守着她。

灵力输入整整持续五天时间，等到衡玉的身体完全适应他的灵力后，了悟感应到衡玉心脉搏动比之前有力些许。仅仅只是有力了些许，他却如同劫后重生般，终于敢稍微松一口气。

那双总是蕴含温和的眸子里满是水色，仿佛只要用力眨下眼，泪水就会从他那双漆黑润泽的眼里流出来。外面突然传来轻轻的敲门声。

之前几日，游云他们想要进来探望她，全部被了悟拒绝。如今她状态好了些许，他也得去好好清理自己，了悟起身时身体晃了下，稳住身形后才走去开门。看着站在门外的舞媚和游云，了悟淡淡道："麻烦二位照顾洛主片刻。"请他们进去后，他擦肩往外走。

室内燃着熏香，遮掩掉残存的血腥味。

游云周身都带着寒意，掀开暖帐看清衡玉时，他险些拽掉那挂得不是很稳的帐子。

"大长老！"舞媚落后他一步，下意识地惊呼出声，但当她看清衡玉那满脸的细碎伤口时，脸上的震惊比游云还要强烈几分。

"……我可没有这样的丑徒弟。"游云嘟囔一句，忍不住弯下腰，想去摸摸衡玉，寻了半天，才将带着寒意的手放到头发上，温柔地摸着，"真奇怪，我这样的人怎么会教出一位情深义重的徒弟呢。"了悟走进屋里，恰好听到游云这句话。他默不作声地站在门口，感受着那割人的北风。站了一会儿，他抿起唇角，出声提醒道："大长老、媚主，她现在的情况必须长时间注入灵力。"

游云缓缓地转身凝视着他："我的灵力不可以吗？"

了悟解释道："那门邪术几乎将她的寿元烧尽，她现在与在下共享寿元，短时间内只能用我的灵力来温养。"

共享寿元……

游云朝屋外走去，在路过了悟身边时，他还是停下脚步，说："你的伤势也很重，莫要只顾着为她注入灵力。不然她醒来后看到你这么糟蹋自己的身体，定然要动怒的。"

经过这一桩桩一件件的事，他已经将了悟当作自己人。了悟微愣，轻笑起来。

没过两天，无定宗那边将温养身体的极品灵植送来。

灵植化水熬药也有奇效，只是不能将它的药效最大化。了悟不在意这个，将熬药的器皿都搬到屋子里，熬药时眼睛也一直关注着躺在床上的姑娘。终于煎好灵植后，他将药倒进碗里，待它放凉后慢慢喂给她。喂完一整碗药，他用灵力慢慢帮她化开药效。

随着药效的发挥，她脸上那细碎的伤口以肉眼可见的速度愈合，到最后，肌肤宛若新生般光滑柔嫩。了悟终于不用小心翼翼地触碰她，他将唇压在她的脸颊，躺到她身边感受着她的气息，提心吊胆劳累多日，直至此刻，他才终于敢安然睡去。

帝魔祖的陨落，使得各宗修士精神大振。

就好像本有座难以攀越的高峰死死压在心头，现如今那座高峰挪开了，哪怕众人明知道后面还有重重危机，但起码再没有高峰遮挡住烈日，他们终能拨去重重阴霾，窥见阳光。

不过，由于之前连续征战多年，各宗修士的状态都不太好，所以无定宗这边并不急着发动对邪魔的反攻。邪魔那边不知道是出于什么算计，也暂时蛰伏。两方便处于一种诡异的休战状态，紧绷的气氛像极了风雨欲来的前奏。趁着这段时间，了悟寸步不离地陪着衡玉。

百花谷距离西北之地相当遥远，耽搁小半个月时间，有温养心神功效的暖魂玉才顺利送到驻扎地。暖魂玉有半个巴掌那么大，通体乳白色，握在手里温热柔滑。

了悟的木工活儿越来越熟练，他握着暖玉，花了小半个时辰为它做了个框，用红绳穿好后，把它系到衡玉的脖颈上。乳白色泽的暖玉衬得她的皮肤更加苍白。她穿着里衣正面仰躺，密如鸦羽的睫毛垂落，在眼底形成淡淡的阴影，整个人看上去生机暗淡。

了悟枯坐着，默默为她输送灵力。

"咚咚咚"，外面传来沉闷的敲门声。舞媚站在屋檐下稍等片刻，门从里面被人打开。

对上了悟的视线，舞媚轻声道："接下来的行动已经商议好了，我奉命来告知你几件事，顺道来探望下洛主。"

"麻烦了。"了悟声音清冷，请她进屋。

舞媚坐到床边，默默注视着衡玉。她被了悟照顾得很好，头发梳理整齐，嘴唇苍白却不干燥，神情十分安详，若忽略掉那过分失去血色的脸色，看起来就像是在安静地熟睡。

瞧得久了，舞媚忍不住去牵她的手，冰凉刺骨。

"喻小师弟知道你昏迷的消息后一直在哭，谁劝都劝不住他。情绪起伏太大，迟实在受不了他那哭哭啼啼的样子，就派他出城杀邪魔了。几个小师妹也很难受。……嗯，好吧，我承认我和迟也不太高兴。我们那一批少主，就只剩我们三个和楚主了，好在你没出事，不然百花谷未来几百年，难道就靠我们这三个喜好玩乐的人撑着？"

舞媚絮絮叨叨，想说的话格外多："掌门用掌门令调了一大批丹药和灵植给你，把它们都用光，你应该能醒了吧？我还想找你聊聊感情问题，哎，我这人最看不懂自己的心意了，把很多事情都弄成一团乱麻。烦死了，迟那混账东西只会看我热闹，你被他衬托得形象格外高大你知道吗……"

念叨得嗓子有些干时，了悟给她递了杯茶水，舞媚笑着道了声谢。

喝过茶水润喉，舞媚将行动的事情告知了悟，抬手为衡玉理了理衣襟："她大概还要昏迷多久才能醒？"了悟垂眼，声音暗哑："她的心神损伤太严重，可能明天就会醒，也可能沉睡个几十年才能醒。"

"……能醒来就好。"

在屋子里又待了会儿，在了悟按捺不住要开口赶人之前，舞媚先一步起身离开。

走到半路时，淅淅沥沥的春雨说下就下。舞媚刚想结个防护罩挡雨，斜后方突然伸来一只手，那只手上撑着油纸伞，稳稳地遮在她头顶上方挡去雨水。那骨节如玉的白皙手背映入舞媚视线，她顺着手往上看，果然瞧见俞夏那张熟悉而俊秀的脸。

灵植熬成药的味道很苦，了悟知道衡玉怕苦，熬药时特意往里面扔了几块冰糖。

如往常一样，耐心喂她喝完整碗药，将空碗放到桌面时，他注意到墙角下方摆着一个虚虚合起来的小箱子。他在这个屋子里住了这么长时间，似乎一直没见过它。迟疑片刻，了悟走到墙角，撩开衣摆蹲下身，慢慢将小箱子打开，里面安安静静地摆着个木盒子。木盒子上半部分被雕刻成一只兔子形状，底下方方正正，唯独有个木条横伸出来。

了悟仔细端量片刻，试探性地摸着那横伸的木条，发现它能够转动后，将它顺着拧了几圈。再松开手时，木条慢慢往回转，木盒里传出一阵熟悉的《凤求凰》曲调。

等木条转回原位后，曲子也戛然而止。木盒怎么会发出音乐声？

了悟神情茫然，干脆将木条拧到头，《凤求凰》再次在屋内响起。

他将木盒子从箱子里抱出来时，才注意到底下压着一张字条。字条上的字迹洒脱张扬，是他熟悉得不能再熟悉的字迹。

以后了悟师兄想什么时候听，想听多少遍《凤求凰》都可以。

了悟哑然失笑：也不知道她是什么时候做的这个木盒子。他抱着木盒上了床榻，放下那层层叠叠的床帐，他拧转木条放着《凤求凰》，目光一直落在衡玉脸上。等曲子停止，他再次扭动木条。

这番动作他重复了一遍又一遍，许久之后，他将木盒放到一侧，捏住她的下颚低下头吻她："在下学会这首曲子了，等你醒来弹给你听。"他这百年人生，未遇到她之前，缄默而永寂。后来遇到她，遍尝七情六欲。他不知众生为何而苦，她为他寻出答案；他觉得宿命早定，她为他挡下一劫打破所谓的宿命论；他不知如何进退有度地去爱她，她便一次次坚定地选择他，不让他彷徨，免他迟疑，让他慢慢成为一个更好的爱人。

怎么会有人的灵魂与他这般契合。

心跳如擂鼓时，了悟察觉到自己陷入一种很玄妙的状态。他体内那块碎裂难愈的先天禅骨在以很缓慢的速度愈合生长，那已经融于他骨血的邪魔之气在被慢慢驱逐。

禅道之花在他眼前渐次盛开出三朵。突然，那三朵禅道之花贴得更近了些，在边缘遗留出一个极小的空位。就在这极小的空位上，慢慢浮现出一朵花的虚影。它的花瓣紧闭，正处于含苞待放的状态。这道虚影不大，很轻很淡，仿佛只要一阵风就能将它彻底刮散。然而在感应到这道虚影出现时，无数寺庙的大殿里传出一阵空灵的声音，像是神自境中发出的道喜之声。

驻扎地后方。

静宁祖师沉默地翻阅着无定宗的陨落名单，脸上悲伤难掩。听到这阵声音后，他脊背一僵，仿佛难以置信般直接失态，下一刻，他那素来端庄的脸上浮现出浓浓的喜意。

跪坐于蒲团上敲击木鱼的圆苍猛地睁开长眸，手中灵力没有控制住，生生将握着的木槌折断。

玄宗老祖正在询问道卓的修炼情况，聆听到那阵声音后掐指一算，怅然叹道："原以为邪魔之祸过去后，禅道要凋零些许年。如今禅道之花将盛开第四朵，看来禅道之盛足以绵延万载。"

…………

时间悄然而逝，了悟从那种玄妙状态中退出来，内视自己的血骨，先天禅骨重新长出不少，潜藏在他血肉间的邪魔之气全部被光磨灭掉，他的伤势在这么短的时间里好了足足三成。他顾不上喜悦，垂眼去检查衡玉的身体，察觉到她的状态比一个时辰前也要好上几分后，了悟方才微微一笑。

他再次吻上她的唇，低声道："过几天在下会出城击杀邪魔，借他们的心头血来修炼道法。"

他的道法取得突破，她也能跟着受益。

杀戮与反击依旧是西北之地的主旋律。只不过这一回，攻守之势已经彻底扭转。

没有帝魔祖顶在最前方，修士这边的实力要远强于邪魔那方。而且，修士这边的士气格外高涨。那些因邪魔惨死的同门和师长，那些被邪魔之气吞噬的至交好友……累累血债难以计数。悲愤与恨意最终都会转化成无尽的士气，等到邪魔被击杀得再也不能成势时，才会彻底消弭。不过即使如此，邪魔也并非完全没有反抗之力，修士这边还是很缺人手。

了悟的伤势已经好了大半，时不时就要出城跟着行动，负责盯那些元婴期以上的邪魔。草长莺飞的春日过去，夏日便悄然而来。烈日高悬碧空，晒得城中随处可见的花草树木都有些恹恹的。

了悟护送着一批修士回到城中，在树荫底下安静地站立。阳光穿透枝叶后只剩稀疏的光斑，悄然停在他的侧脸，不知不觉间化去他身上的淡淡清冷。知了在树梢鸣叫，雀鸟飞起惊得枝叶乱晃，不远处传来一阵阵低语声。

天地间嘈杂而热闹，聆听着这些细碎的声音，不知为何，了悟今天的心情格外愉悦，就好像有什么喜事发生了一般。

确定今日没有其他行动后，了悟沿着城中主道径直走回他和洛主共住的院子。推开吱呀作响的院门，走到屋檐底下时，他抬手拨了拨那串风铃，没发出任何声音。了悟怔愣片刻，才想起他之前施加在风铃上的禁音术还没解除。笑着挥手解掉禁音术，他慢慢推门走进屋内。

屋子里，雪松的熏香味淡去不少。

了悟不急着去重新点燃熏香，他迈步朝那散着芙蓉帐的床榻走去。

帐子层层叠叠格外厚，阻隔着他的视线，让他有些看不清楚帐中的情景。很奇妙地，他的心率莫名失控。缓慢地掀开帐子一角，透过那道细缝，他终于看清帐子里的场景。床榻里的薄被叠得整整齐齐，那位本应在床上安静熟睡的姑娘已不见踪影。

屋中有他设下的禁忌，如果有任何人偷闯进来，他绝对会第一时间知晓。并非有人闯进里面带走了她，那就是……

那年久失修的院门被人从外面推开，发出清晰的咯吱声。

有人沿着石子路一路往里走，经过屋檐底下时，忍不住踮起脚抬手拨响那串风铃，慢慢歪过半边身子，探头看向屋内："你刚刚去哪儿啦？"声音清脆而愉悦，就好像她只是睡了个很短的午觉，醒来后找不到他时发出的疑惑。日光浇洒在她身上，衡玉的眉眼鲜活而温和。

了悟走到衡玉面前时，抬手捧住她的脸，声音微微暗哑："洛主。"

衡玉直直地望进他的眼里，乖乖站着让他打量个清楚："我醒了。"

她穿着一身素色长裙，柔顺的头发披散在脑后，正在滴着水；脸颊染上淡淡的绯红色，那是被热水蒸出来的，长而翘的睫毛也带着淡淡的水雾。不需要再问她刚刚去哪里，这一切都已经给出答案。

了悟的手从她的脸颊滑向她发间，用灵力帮她烘干头发。下一刻他已经准确寻到她的唇，轻轻试探性地吻了吻，确定她并未感到不适后，才慢慢加深这个吻。

在她昏迷的日子里，他所经历的所有的惶恐不安与无措不需要再多加言语，她已经从这一个吻里清晰地感受出来。于他们二人而言，出事的人也许痛苦，被护着的人也必然煎熬。

了悟浅尝辄止，拉开与衡玉的距离，仔细检查她的身体情况。

衡玉张开两只手任由他检查，顺便说着自己的体会："心神还没恢复，短时间内不能使用法术，必须慢慢静养。说起来，我感应到自己体内残存有很多灵植的气息，你是不是给我喂了很多乱七八糟的东西？"

她说的情况和他检查出来的差不多。后遗症肯定会有，毕竟之前寿元都要被她烧尽……但，能清醒过来就好，他会慢慢帮她温养好身体。

了悟抚摸她的脸颊，问："你昏迷了快五个月，现在难受吗？"

"难受。"衡玉点头，在他眼神暗淡下来前，她连忙补充道，"就是觉得身上没什么力气。应该是我在床上躺了太久，出去透透风散会儿步会更舒服些。"

了悟轻笑，顺从地应声好，又说："帮你上妆好吗？"

衡玉微微一愣，似是猜到些什么，轻笑："我不是才昏迷几个月吗？你连帮我上妆都学会了？"

"嗯。"

衡玉肤色本就白，而且没有瑕疵，上底妆反倒奇怪。了悟慢慢帮她描眉、上口脂，提升她的气色。完成这两步后，他慢慢帮她梳顺头发，用那根合欢花簪将她的头发都绾起来。他的动作不紧不慢，显得格外虔诚。

衡玉提着裙摆起身，抬眸看着了悟："好了吗？"

了悟抱起挂在墙上的琴，走回她身边与她十指紧扣："好了。"

两人慢慢往外走。一路上遇到其他宗门的修士，也遇到百花谷刚刚执行完任务回城的修士。喻都混在队伍里，本是满脸冷寂，瞧见衡玉那熟悉的面容后眼睛顿时亮起，朝她挥手的同时还不忘高声喊道："洛师姐，洛——"

第二声还没喊完，他就被一旁的舞媚狠狠拽住。舞媚用力瞪他一眼："喻师弟，你很急着叙旧吗？"

"啊？"喻都茫然地发出一个疑问音节。他这不是看到洛师姐醒了特别高兴吗？

衡玉清楚地听到喻都的声音，她抬眸扫一眼身边的了悟，轻笑了下，用传音和喻都打过招呼，并未朝他们走去。两人就这么漫步，走过喧嚣的闹市，一路来到红梅林里。

这时候并非红梅盛开的时节，所以只有满林素枝。

了悟并不在意，牵着衡玉走到击晕她那天两人坐着的位置。他从储物戒指里取出蒲团放到地上，让她坐到蒲团上，这样不会受凉。他自己则直接席地而坐，琴直接搁在膝盖，拨弄琴弦试了试音色后，了悟垂下眼为她抚了完整的《凤求凰》。

曲音刚落下，他再次拨弄琴弦，这次只单独弹了那一句"何时见许兮，慰我彷徨"。

衡玉手握成拳抵在唇边，压住上扬的唇角。她眸中带着淡淡水色，视线落在了悟身上，耐心地等着他的后话。了悟停下抚琴的动作，直直地望着她："邪魔败象已露。"

"嗯。"

"封印地的邪魔母气被阵法禁锢着，可以慢慢净化。"

"嗯。"

"禅道第四朵大道之花已经含苞待放，要想让它进一步绽放，在下须得进一步体悟自己要寻求的那条禅道，而这需要洛主的帮助。"

"嗯。"

衡玉始终应得平淡，只是唇角笑意渐深。

了悟将琴放到身侧，慢慢挪到她的身边："趁你不注意时，我已与你结下同心锁。"他眸光深邃，里面泛着灼人的期许之色："邪魔之祸彻底终结后，定然要办一场全修真界的盛会来庆祝。游云大长老不是说要给你办一场最盛大的道侣大典吗？不如就用你我的道侣大典来当作盛会，邀请全修真界的修士见证，你觉得这个想法如何？"

他抚摸着衡玉的鬓角，温声道："毕竟是盛会，自当早早筹备。就算筹备个几十上百年都不过分。"

衡玉咬唇而笑，她越笑越大声，最后直直地倒进他怀里，依偎在他肩上。

"我记得，很早以前我就应允过你了。"

了悟眉眼间染上浓浓喜意，眸光清澈而温柔，像是有灯火倒映在里面，将他所有的辗转彷徨都清楚地映照出来给她看："这样才有仪式感。"她值得最郑重地对待。

衡玉环住他的腰，笑着应道："你说得有理，是该早些筹备起来了。"

愿与君结契。愿予君欢愉。

漫漫长生路，顺从心意倾慕于你，便是此生最大逍遥。

（正文完）

番外一
此情深

衡玉真的不喜欢喝药。

更何况，灵植熬成的药味道比起寻常草药还要古怪几分。

她坐在秋千上静静看着了悟熬药，与他打商量："你不是会炼丹吗？为什么不能把它们拿去炼丹？这样才能让它们的效果最大化。"

了悟往炉子底下添了一块新的木柴："炼丹还需要找各种辅料，现在天材地宝紧缺，想要备齐所有辅料太麻烦了。"

这么说也是，大战来临之际，天材地宝就成了紧俏物。

衡玉还是觉得难以忍受。

了悟无奈地瞧她一眼，往瓦罐里扔了一大把冰糖。

衡玉余光瞥见，只当作自己没看到，目光死死地盯着院中那棵梧桐树，仿佛那树里蕴含着什么格外深奥的道理般。

稍等片刻，了悟将黑乎乎的药汁倒进碗里。这个天气很容易将药汁放凉，他端着碗走到衡玉面前，笑得纵容又无奈："喂你喝。"

衡玉看他，只觉得他眼里的笑意勾得人心底柔软。

苦涩的药汁混着冰糖的甜味格外古怪，但衡玉没想到这人居然使用美男计，热情得她都有些招架不住。

了悟用指腹慢条斯理地抹去她唇角的药汁，无辜道："能接受这药味吗？"

衡玉咬唇而笑："不接受。"她缓缓钩住了悟的腰带，有意无意地摩挲。

了悟忍不住轻咳两声，压住衡玉的手不让她再乱动。

衡玉也不再逗他，乖乖接过药碗，一口气将药闷了个干净。

"要吃蜜饯吗？"了悟在她耳边低语道。

衡玉攀上他的脖颈，吻住他的唇，含糊道："不需要了。"

闹了半天，了悟领着她回去睡觉。

心神破损，寿元烧尽，又足足沉睡近五个月时间，衡玉知道肯定会有很严重的后遗症。当她睡得迷迷糊糊时突然被剧痛席卷，那种疼痛几乎让人生不如死。

了悟这两天带队与邪魔交战，灵力消耗剧烈，正躺在她身侧熟睡。他睡得不深，她一闷哼出声便睁开了眼睛。

"别咬自己的嘴唇。"了悟急切道，同时手撑着床榻伏在她身上，另一只空闲的手随手扯开自己的半边里衣，钳住她的下颚，"来，咬肩膀。"

衡玉抬眸看他，她眼里都是痛苦而化的水色，只过去了短短十几息的时间，她便已经疼得浑身冒冷汗，被汗水打湿的头发黏在她的脸颊，整个人憔悴又可怜。

迟疑片刻，她还是咬住他的肩膀，如藤蔓般放肆地缠在他身上。

这如海浪般一阵接着一阵的疼痛，持续半个时辰后才消失。

衡玉像是刚被人从水里捞出来般，浑身冷汗。了悟也被她带累出了一身汗。

"还疼吗？"他在她耳侧呢喃。

"已经过去了。"

衡玉松开口，发现他肩膀已经被咬出个格外明显的牙印。

她伸手，用指腹温柔地摩挲那道牙印，动作轻得像是在挠痒。

了悟抓住她的手，送到唇边轻吻一下，怜惜道："抱歉，让你受苦了。"

天色已经快亮了，衡玉不急着这一时去沐浴，她微微一笑，垂下眼闭目养神。

"睡会儿吗？"了悟问。

"睡不着。"

然后，衡玉就哭笑不得地听到了悟给她诵经。

诵经的催眠效果对她来说一直都很好，衡玉才听了小半刻钟，就靠着他沉沉地睡过去。

今天整个西北之地都笼罩在朦胧细雨中。

百花谷被调派出城参与行动，舞媚全身罩着黑色的斗篷，长剑刺入拔出时，邪魔那黑色而肮脏的血液溅到她的斗篷上，很快被雨水冲刷走。

她杀得格外狠，手起剑落尤为麻木。唯有听到同门的惨叫声时，她眉间才会露出几分隐忍的痛苦神色。

他们今天遭遇到的敌人并不算强，到最后彻底清场只花了不到一个时辰，没有人员陨落，只是伤了几个人。

在日复一日的征战中，这些弟子们早已养成了非常好的战斗素养。这边在打扫战场，那边受伤的人连忙服下丹药控制伤势，同门也上前搀扶起他们。

清点完人数后，舞媚眉眼冷静道："今日任务结束了，我们回城吧。"

平安撤退回到城门，舞媚那始终紧绷着的脊背稍稍放松些许，她脸上这才多了几分笑意。而这抹笑意，在看到撑着油纸伞慢慢走到她面前的衡玉时，更深了几分。

"洛师姐！"低垂着头神游天外的喻都猛地惊呼。

"师姐，你终于醒了！"

"洛师姐你没出事，这实在是太好了！"

刚刚还格外沉闷的队伍在看到衡玉时顿时乱成一团，一个个恨不得挤过来跟她打招呼。

衡玉轻笑:"是啊,抱歉,今天才过来看你们。"

她笑得这么柔软,强行按捺着心中激动之情的师弟师妹们受不了了,有一个算一个都朝她挤来,如众星捧月般将她围住,又很小心地没碰到她,免得身上的血迹和冷意传到她身上。

"师姐你伤得那么严重,之前游云大长老跟我们说的时候我们都吓死了。"

"对啊,师姐你太乱来了,好在一切平安。"

"要我说就应该我们去探望师姐才对,你那个伤势怎么躺着养伤都没问题。"

舞媚两手抱臂站在人群外围,轻哼了一声。

与众师弟师妹们交谈几句,衡玉无奈地扶额一笑:"我们别围在城门口了,回宗门驻扎地吧。你们回去换身衣服沐浴一番,等天色暗些我们一块儿用些东西。来迎接你们前我已托厨房那边做了合欢糕。"

听到这话,舞媚连忙上前搭腔:"对啊,你们不累我可累了。像我这般美艳的人,怎么能忍受自己浑身血污。"笑说一句,舞媚才将视线落到衡玉身上。她凝视着衡玉,似是想说些什么,但最终只是稍稍红了眼眶。

"还能醒来就好。"当面对死亡成为这几年的主旋律时,舞媚的要求已经变得很低很低。

哪怕遭遇重重痛苦,只要人还在,还能一块儿饮酒高歌,一块儿醉卧红梅白雪,就已经是极好的了。

衡玉抬手摸了摸舞媚的脸颊,帮她抹去脸颊那小块血污:"别哭。"

舞媚眼里水色更浓:"你是笨蛋吗!不能说别哭这句话知不知道!"她一直咬牙强撑着,不敢轻易倒下去,就怕其他师弟师妹们看到她放弃,也跟着心态崩塌。

面对苦痛时,她尚且犹有余力微笑。面对这样平静的问候,她却很难不失态。

"哭出来也挺好的。"

衡玉瞧了舞媚一眼,又去看身后的师弟师妹们。

她没再说话,垂眸从储物戒指里取出个合欢花形状的八音盒,扭动木条后,音乐声顿时响了起来。这首曲子在百花谷里流传甚广,是出了名的"情歌"。

熟悉的音乐声引得众人惊呼出声,但很快,这些惊呼声全部被压了下去,大家安静地在雨中行走,侧耳倾听这首曲子。

音乐声和着细雨声、和着风声、和着他们轻缓的脚步声,一时之间,时光好像跌转回到在百花谷里的漫长岁月。

直到众人沐浴结束,一块儿盘膝坐在大殿里吃合欢糕时,舞媚才问起这八音盒是怎么做出来的。

"感兴趣吗?等以后回到宗门,我慢慢教你们怎么做。"衡玉说,又从储物戒指里掏出几个万花筒递给身后的喻都,让他拿去和其他师弟师妹们慢慢玩。

这万花筒胜在构思新奇,喻都他们逮着一个新奇的玩意儿就乐呵半天。

衡玉靠着墙壁注视着他们，舞媚和迟学着她的动作。三人这么并排坐了会儿，衡玉出声道："听了悟说，你要找我聊感情问题？"

闻言，迟好奇地瞧过来。

舞媚神色一僵，不爽地嘟囔道："不是吧，他连这个都告诉你了？"

衡玉笑："为什么你会以为他会瞒着我？"

"好吧，其实没什么大事。"舞媚抬手挠挠头，手腕间那串铃铛随着她的动作发出脆响，馥郁而感人的暗香直朝衡玉鼻尖袭来，"你也知道我修的是媚术，而且百花谷弟子并不讲究什么结为道侣只此一人，素来是由着自己的感情，喜欢就上，不喜欢就撤。"

百花谷整个宗门都是这种风气，舞媚从小在宗门里长大，会有这种想法实属正常。

"我承认我对俞夏不一般，但想想，我对他或是他对我，压根儿没到你和了悟那种状态。"

说到这里，舞媚瞧衡玉一眼。她身边能作为参照对象的，仅有衡玉一人。她很清楚那位圣子待衡玉有多好，相比之下，俞夏待她总觉得欠缺了几分。当然，舞媚必须承认，她待俞夏也不够好。

行吧，拿俞夏和那位圣子比，那他们两人这段感情还有得磨了。

倒是衡玉轻笑起来，说："彼此的相处模式是不可能照搬的，只要你和俞夏觉得舒服就行了。我大概理解你为什么会纠结了。其实不用太纠结的，还是和以前一样相处，让一切顺其自然吧。长生大道路漫漫，就算纠缠个几百年才出结果，那也还有上千年岁月彼此相伴。"

舞媚微微垂眼，顺着衡玉这番话思考片刻，点头道："你说得有道理。"

这时，不知道是哪个师弟师妹扭响八音盒，熟悉的曲子响彻整个大殿。

有人开口跟着唱起歌来，慢慢地，其他人也一块儿跟着唱。

舞媚起了兴致，起身走到人群中跳了支折腰舞。广袖挥洒间，妩媚多姿柔情万千，难怪总有人如其名这种说法。围坐着的众人高声欢呼，还有同样学过折腰舞的师弟师妹加入其中，场面混乱而热闹。

衡玉身体不太舒服，只是安静地坐在角落给他们打节拍。

舞媚那支折腰舞快跳到尾声时，衡玉注意到殿门逆光处站着个身穿剑宗服饰的青年。她眸光一闪，凝神看去，只见那人的目光紧紧追随着舞媚，脸上带着惊艳诧异之色。

"舞媚！"衡玉连忙高呼一声。

舞媚刚好在摆定格姿势，粉色水袖垂到她脸颊，她脸上的绯色要更盛几分。

折腰舞强度极大，舞媚舞完一曲气息微喘。听到衡玉的说话声，她抬眸看向衡玉，见衡玉抬手指了指左斜方，她目光跟着移过去，瞧见那熟悉的人时，舞媚脸上笑容更深了几分，如一朵潋滟多情、盛放到极致的合欢花，叫人明知她有危险，还是忍不住绕过丛丛荆棘为她而来。

夜色浓重，衡玉功成身退，打算跑回去找她的了悟。才刚走出大殿，衡玉便瞧见熟悉的人。

了悟提着一个灯笼站在殿外，不知道等了多久，浑身带着淡淡的凉意。月色落到他身上，他便成了令人向往的温柔乡。

衡玉迈下台阶，快步走到他面前："我想你了。"

了悟牵住她的手，轻笑道："那我们回家。"

百花谷的人压抑得太久了。

他们是被绵绵秋水、潋滟风情浸泡出来的，骨子里多情又浪漫，如今在这风景单调的西北之地一待就是十来年光阴，终日被绝望与悲哀围绕，心情有多沉闷可想而知。

昨夜他们在大殿里唱起在宗门里流传极广的词曲，跳起各种曼妙的舞，都是在发泄自己的情绪。所以，明明他们闹出的动静极大，掌门等人却没露面喝止，还有长老命人送来不会醉人的果酒，让他们玩得越发尽兴，然后以更饱满的精力去面对接下来的战事。

衡玉不能动用法术，自然不能出城对付邪魔。她也不想闲着，跟游云坐着喝茶聊天时，琢磨自己是不是该做些什么来帮忙。

"你做得已经够多了。"游云将枣泥馅儿的山药糕推到衡玉面前，示意她用一些。

在这驻扎地里，就算有糕点，也别想味道能精细到哪里去。

衡玉解决掉手上这个，拍掉落在膝盖上的糕点碎屑："以前在宗门里养伤，有各种稀奇古怪的事情打发时间，但在这驻扎地，不做些什么就太无聊了。"

了悟身为无定宗圣子，每天都有数不清的事情在等着他，如果不是顾忌着她的身体，他连晚上都是不休息的。没有好吃的好玩的，还没了悟陪她，她总得找些事情来转移注意力。

游云知道她说得有道理，琢磨了下，说："其实你可以推广那八音盒和万花筒，如果还有其他娱乐的东西，也可以试着做出来。"

衡玉抬眸瞧他一眼，先是诧异，然后慢慢琢磨出游云的用意："师父是说，借此来让各大宗门的修士放松吗？"

游云点头，心底的想法逐渐成熟起来。他越想越觉得靠谱："你有没有觉得各宗修士太紧绷了？面对邪魔，慎重以待是件好事，但这根弦绷了太长时间，如果不让他们放松下来，邪魔之祸结束后，不少幸存下来的修士的长生大道怕是也要终结了。"

战后创伤太重，他们的心魔劫就会极为严重。

这世上当然存在那种在困难险境中迎难而上的修士，但很可惜，绝大多数修士都是被宗门精养出来的，做不到这一点。

"这挺好的。"衡玉睫毛微颤。

在制作八音盒时她就发现了,她并不觉得自己能改变什么,但她完全可以借助一些东西来让这个世界变得更好。

游云微微后仰,换了个更舒服懒散的姿势坐着。

似是想到了些什么,他温声问衡玉:"你和玄宗道卓关系如何?"

"泛泛之交。师父怎么突然提到他了?"

游云嗔了一声:"道卓在玄宗原本只能算是中上之资,但这些年表现得越来越好,我昨日跟玄宗老祖叙旧时,听闻道卓他居然成功转修玄宗的太上忘情道……这条大道对修行者的天资要求极高,非寻常之辈能修习成功。"

所谓太上忘情,乃不为情绪所动,不为情感所扰。这条大道并非无情道,它要求的是修者有情却不为情所困。

想到道卓,衡玉便自然而然联想到慕欢,那位性格娇俏、风流成性却也柔情万千的同门。

静坐片刻,衡玉离开游云的院子,走去宗门驻扎地,找到几个待在驻扎地养伤的师弟师妹们,慢慢教他们制作八音盒。

院子里的梧桐叶逐渐枯黄。

时间一晃而过。

邪魔阵营的化神期修士被击杀得只剩下两个,他们不敢再轻易露面,始终龟缩在后方隐匿起来指挥作战。了悟搜寻小半个月,依旧没搜寻到他们的具体位置,无奈之下只能暂时放弃针对化神期邪魔的打击。

梧桐树底下,衡玉坐在石凳上摆放棋具。屋檐下那串风铃已经被换成了铃铛,秋风一而过,铃铛就应和着风声发出清脆的声响。

了悟从屋内走出来,将手里拿着的一件薄外袍盖到衡玉肩头:"今天怎么有闲情下棋?"

前段时间衡玉一直忙着推广她那些稀奇古怪的小玩具,白天时常不在院子里。了悟一开始还有些担心,后来见她身体受得住,这才彻底放下心任由她去做。

"忙完了。"衡玉笑着扯他坐下。

了悟点头,坐下时帮她系上外袍的排扣,免得她动作幅度稍大,外袍往下滑落:"师父要准备过来了。"

衡玉微愣:"圆苍大师要过来找你吗?"

"是的,师父最近比较清闲,原是我要过去找他,但他想顺道来见见你。"

刚说完这番话,了悟便感应到熟悉的灵力波动。他别过头看向院外,起身往外迎去,衡玉也连忙跟过去。

门外,眉目平和的圆苍安静地站着。已经取掉那标志性白绸的他,五官不算多惊艳,但给人的感觉格外舒服。他右手腕间缠绕着极长的念珠,脸上带着温和的笑意，气质里更多了几分看淡世事的透彻。两人将圆苍迎进院中，坐到石凳上。

棋盘上掉落有两片梧桐叶，圆苍伸手捻起它们，目光落到衡玉身上，主动开口道："前段时间了悟过来找我，提了筹备你们道侣大典的事情。"

衡玉和了悟的事情无定宗内部早在明面上讨论过，历经生死战后，圆苍这些长辈自然不会强拆因缘。

顿了顿，圆苍说道："只是无定宗还有其他禅修，你们的道侣大典不适合在无定宗举办，还请洛小友见谅。"

衡玉出声表示理解。而且说实话，她也更倾向于在百花谷举办道侣大典，氛围什么的绝对会十分到位，若在无定宗，则会过于肃穆庄严。

说完这番话后，圆苍将目光移到了悟身上。衡玉会意，主动起身道："圆苍大师，我想起来我还有阵法没绘制完，我先失陪了。"说完她转身走进屋内，还顺手合上木门。

目送着衡玉的背景消失在屋子里，圆苍轻笑："洛小友这份通透格外难得。"

了悟将茶杯推到圆苍面前："弟子代她谢过师父的夸奖，不知师父今日前来所为何事。"

听到了悟的话，圆苍脸上的笑意顿时隐去。像是遇到什么难以启齿的事情般，圆苍张了张嘴，试了好几次都没能顺利发出声音，反倒是惹得自己局促失态。

"……师父？"

圆苍左手握拳抵在唇边，用力咳了好几声，还端起茶杯低下头喝了两口茶，这才勉强缓和情绪："其实为师今日来找你，还是你师祖提醒了为师……"

提到静守师祖，了悟坐直，心稍稍提了起来，担心他和洛主的事情会出现什么变故。

"就是……你师祖说，你的禅道是一条全新的路，需要以情入道，道侣还是百花谷的长老，那么可以……"圆苍斟酌好久，觉得由自己来跟弟子说这事还真是……为老不尊了些，没办法，后面那句话他直接硬着头皮一口气说出来，"可以试着学一学双修之术，这对你体悟大道可能会有帮助。"

了悟先是一蒙，反应过来圆苍话中的具体含义后简直如坐针毡。

风吹得梧桐叶簌簌作响，了悟在院子里再也坐不住，回到屋里，直直地朝正站在桌案前绘阵的衡玉走去，长臂一伸将她紧紧禁锢到自己怀中，在她耳边呢喃："洛主。"

感受到肩头的湿润，衡玉丢掉手中的笔，随口问道："你和圆苍大师聊完了？"她身体往后仰，贴到了悟身上时才感受到他那灼人的体温。

眨了眨眼，衡玉蒙了下："圆苍大师跟你说了什么？"怎么突然身体这么烫？

了悟没说话，伸手撩起她那头披散在耳后的柔顺长发，动作极轻极缓慢地将它们都拨到一侧。

明明这样的亲昵对二人来说不算什么，但衡玉就是有种很奇妙的感觉，这一回并不一样。

院子外,不知道是哪家雀鸟突然被惊起。惊起时穿过层层叠叠的落叶,雀鸟的叫声和落叶簌簌声混杂在一起。风吹过时还惹得屋檐下那串铃铛丁零作响。

"已经提醒他了。"圆苍盘膝坐在静守祖师对面,无奈地苦笑,神情还是有些窘迫,"师父,这件事你不好意思去,让弟子去也不太合适啊。"

静守祖师眨了眨眼,理直气壮地说:"你是他师父,从小教养他长大,有什么不好意思的。难道他小时候还不能自己洗澡时不是你帮他洗的吗?"

道理是这个道理,但他身为无定宗掌教,难道不要面子的吗?

岂料静守祖师直接看穿他心底在想些什么,轻哼一声,开口说道:"难道我身为无定宗祖师,不要面子的吗?"他都一千多岁的人了,修的是大慈大悲道,早已绝于贪嗔痴念之事,若是突然跑去跟自己徒孙谈论起双修之术,传出去怕是要晚节不保,沦为其他宗门祖师的笑柄。

两人相争不下,圆苍不想再继续谈论这个话题。再这么纠缠下去,到最后尴尬的人还是他。圆苍捧着杯子,垂下眼慢慢喝完杯中的茶水,起身告辞离开,打算四处去逛逛。但他刚走出无定宗的驻扎地,就看到迎面朝他走来的游云。

圆苍双手合十,轻笑行礼:"游道友过来可是找我?"瞧着圆苍那满脸笑容,游云觉得十分古怪。按照修真界的习俗,师者如父母。如果谁在几十年前告诉他,他有朝一日能跟无定宗的掌教做亲家,游云能活生生笑死,笑死之前还要怒骂那人真是滑天下之大稽。但现在……还真成了亲家。

游云心思复杂片刻,很快压下那些杂乱的思绪,连忙朝圆苍回礼:"的确如此,圆苍道友可是有事要外出?"

"游道友此次前来,为的可是道侣大典一事?"请游云坐下,圆苍慢条斯理地为他泡茶,随口便道出游云此番来意。

游云点头,神情严肃淡然,说话条理分明:"我正是因此事而来。道侣大典已经定在百花谷举办,但此事并非百花谷一宗之事。尤其是无定宗打算以这场道侣大典作为邪魔之祸终结的庆贺会,那规模要办得多大,要宴请哪个门派哪位长老,这些琐事都需要我与圆苍掌门一块儿细细敲定。"

在这件事上游云表现得格外严肃认真,并未如往日般吊儿郎当。

事实上,邪魔之祸还并未结束,但他们已经在商量起邪魔之祸终结后该如何庆贺。这番行为背后,所代表的是沧澜大陆修士必胜的坚定信念。

"理应如此。"圆苍笑道,"我已经在清点库房里的东西,看看有什么能用上的。"

同一时间,百花谷驻地。

舞媚懒洋洋地坐在树根底下,无聊得甚至拨弄起地上的草根来。

俞夏抱剑坐在她旁边,原本是闭目养神,但她闹得太过厉害,他只好无奈地睁开眼睛瞧她一眼:"怎么了?"

"你居然问我怎么了?"舞媚气得直想磨牙,狠狠刮了这个修剑木头好几眼,"不是你约我出来坐的吗?结果约我出来后就坐在那里闭目养神,你不觉得无聊吗?"

见俞夏一脸平静,舞媚越发恼怒:"罢了,我去找洛主玩。"说着,舞媚气势汹汹地起身,但还没迈出一步,就被俞夏连忙拽住手:"你今日得空,了悟圣子也必然得空,这时候过去寻洛长老不是打扰她跟了悟圣子吗?"

舞媚抬眸扫一眼那当空的烈日,哼声道:"瞧洛主跟圣子那点儿出息,还怕打扰?"

以无定宗那位圣子的内敛,就算洛主百般主动,她觉得他们二人成事至少也得在道侣大典后。俞夏被堵得实在说不出话来,沉默片刻,他干脆转移话题回复起她刚刚的另一个质问来:"你就坐在我身边,我并未觉得无聊。抱歉,是我刚刚没考虑到你。"

舞媚身体一僵,诧异地回头瞧他一眼,似乎是发觉到什么新鲜事般,她乖乖盘膝坐回地上,凑到俞夏面前紧盯着他:"你居然会说出这种话,这不像你啊。来,跟我说说,这些话是谁教你的?"

想到站在自己身后出力的百花谷师弟师妹们,俞夏轻咳几声,坚决否认:"心里话。不说这个了,听说林间枫叶全部变红了,不如我陪你过去瞧瞧吧。"琢磨了下,俞夏自我发挥,补充问道,"听说你们百花谷也有一片枫林,季节一到,满山枫叶灼灼如火?"

稍等片刻,没等到舞媚回应,俞夏加重语气:"听起来颇为引人向往。"

舞媚眼波流转,摆摆手道:"就是普通枫叶林,有什么好向往的。"想给她下套,让她主动邀请他去百花谷玩,这些小把戏都是她玩剩下的。

一夜过后,院外桂花盛开。

桂子清香随着秋风送入室内,衡玉就是闻着这股香味清醒过来的。她半眯着眼伸手去捞了悟,结果捞了个空。这下衡玉彻底清醒过来。她赤着脚走下床,探出半边身子看向院外,没看到人。隐隐听到厨房传来细碎的动静,衡玉两手抱臂,踱步到厨房门外。

了悟正坐在小板凳上熬药。

药已经差不多好了,雾气自陶罐孔升腾而起,又大面积散开,阻隔他的视线。

衡玉扒着门框,瞧了他很久才被他发现。

了悟顾不得看顾陶罐里的药,起身迎向她,视线自她赤着的脚一掠而过,知道她已经养成习惯,没出声说什么,只是突然将她抱起:"怎么跑出来了?"

"出来找你。"

"下回直接在屋里喊一声就好,我听得到。"

了悟瞥一眼烧得正旺的火堆,神识稍动,下一刻,火焰全部熄灭,药已经顺利熬好。

他抱着衡玉往屋里走："送你回去穿鞋换衣服，下回不要穿着里衣走到外面。"

"院子里没人。"

"嗯，还是不要。"了悟温声说，见她并没有把他的话放在心上，了悟也不再重复，以免惹她心烦。

将衡玉放回到床榻上，了悟说："你在这等等，我去把药端过来。"她的伤还没彻底好，还得日日喝药。若不是惦记着熬药这件事，今日他也不会起得这么早，留她一个人在床上。

了悟端药过来时，衡玉正盘膝坐在床榻边，握着木梳梳顺头发。了悟伸手接过那柄木梳，捧着她柔顺的头发，慢慢帮她从头顺到尾。

梳好头发，药也刚好放凉。

其实今天的药并不苦，他往里面加了冰糖后，药汁甚至泛着淡淡的甜意。但了悟还是按照往常的习惯去喂她，喂完后才用干净的手帕帮她擦掉从唇角滑落的药汁。

黑色的药汁在白色里衣领口晕开一片。衡玉扯起自己的领口，对了悟说："你惹的祸，记得洗干净。"

"嗯。"了悟神情无辜，深邃的眸子里却带着灼人的艳色。

"你觉得怎么样？"游云往鸟笼里扔了一把灵谷，逗弄自己这两天刚养的灵鸟。

衡玉趴着桌子，懒洋洋地问："什么怎么样？"

游云诧异地转身，忍不住瞪她几眼："就我刚刚说的宴请计划啊，你今日怎么心不在焉的，看起来这么困，难道是身体的伤又有变故了？"

衡玉眨眼，连忙摇头道："没有，我就是嫌这些事麻烦。既然师父你与圆苍大师都敲定了，那这计划肯定是极好的，不必再告知我。"

游云撇了撇嘴，觉得她这也太不上心了。

突然，像是意识到什么般，游云上下打量她几眼，眼底的狐疑慢慢被了然之色取而代之。

"怪不得你看起来这么心不在焉，原来是和那位圣子吵架了！"

提到这件事，游云格外兴致勃勃，那张艳丽的脸直往衡玉面前凑："他居然敢跟你吵架。为师和你说，这是一种非常不好的现象，你们道侣大典还没举办，他居然就先暴露本性了！需要为师教你怎么拿捏住他吗？"

衡玉含糊道："……师父，你可真会猜。"

她这么应了一声，游云脸上好奇之色更浓。但在他追问之前，衡玉连忙告辞。

目送着衡玉的背影，游云摩挲自己的下巴，轻哼了一声。居然都跟那位圣子双修了，他家徒弟出息了啊。

站在原地琢磨片刻，游云低下头翻找自己的储物戒指，打算找出些合适的双修功法和双修图册给那位圣子送去。

当天夜里，收到游云送来的东西，了悟无言。

衡玉站在屋内桌案前绘制阵法。

完成一道阵法后，她放下手中的毛笔，侧目看向站在院子里被朦胧月色笼罩的了悟。她开口喊他回屋，了悟走进屋内躺到床榻上，安静地看着帐顶继续出神。

习惯她在身边后，他一时之间完全无法入睡，干脆侧了身子，注视着站在桌案前的她。

柔和而昏黄的烛光将她从头到尾笼罩住，柔顺的长发垂落下来，遮挡住她半边侧脸，他隔着帐子，只能隐约看清她的身形。

衡玉写了大概有一刻钟，实在受不了他那灼人的目光，将写好的东西一收，吹灭烛火后直接走回到床榻边，用手掌挡住他的视线。

"晚安。"衡玉轻笑，用脸颊去蹭他的里衣领口，寻到最舒服的姿势后闭眼熟睡。

邪魔那边依旧龟缩不动，各大宗门的祖师们却不打算再拖延时间。修士们已经原地休整三天，伤势不重的人大多已经将自己的状态调整到最佳，敌不动，那他们就主动出击。

最终决战拉开序幕，了悟顿时忙得连晚上回屋休息的时间都没有，时刻待在议事厅里备战，偶尔出城解决掉高修为的邪魔。

衡玉也没悠闲多少，她现在正在赶去华城。

与她同行的还有几个无定宗弟子，小禅修了念也在里面。他的容貌已经彻底长开，比起刚认识他时，脸上的少年气淡去不少，生得剑眉星目，闭嘴不语时气质有些冷。

远远瞧见那四处残留着黑色痕迹、抓痕和浓浓血迹的城门时，衡玉眼睛微微眯起。

这个城池是她与了悟初相遇的地方。

小城镇里气氛平和，绝大多数百姓都很好相处。但很可惜的是，这里在几年前被邪魔屠杀过，虽然后来各宗修士们将华城抢了回来，但邪魔对这里造成的影响太严重，以至于这里花了几年的时间重建后，还是一片残败景象。

衡玉他们这一行人都有伤势在身，不适合顶在前线征战，所以被调派到后方，配合着华城的寺庙一块儿想办法安抚百姓。

"我们进去吧。"了念神色有些凝重，沉沉吐了口浊气，想通过这种方式来减轻自己心底的憋屈情绪。

"进去吧。"衡玉点头，率先来到城门前。

城门是破损的，但还是有守卫在这里守着，免得出现什么突发情况。确定衡玉他们的身份后，侍卫长连忙请他们一行人进去。

走进城中，衡玉扫视四周，将这里的萧条纳入眼底。道路有些坑坑洼洼，应该是许久没人修整；道路两边的树木基本是枯黄的；开门做生意的店铺不少，但都是门可罗雀，在街上走动的百姓不多，一眼看过去只有零星几个人，脸上的沉闷之色格外扎眼。

"变化真大啊。"衡玉轻叹道。

毕竟是自己生活过大半年的地方，了念很清楚这里没受到邪魔祸害时是何等热闹。听到衡玉的话，他微微苦笑道："华城的受灾程度算是轻的，它距离驻扎地不算很远，一得知邪魔入侵的消息后，师父他们便立即调派人手过来增援。"

但，只是这么短的时间也让这里变得无比萧条。

至于那些被邪魔长时间驻扎的城镇，连活口都很难找到，要么被杀被吃掉，要么被同化成邪魔。邪魔所过之处，生灵涂炭。他们覆灭后，西北之地想要恢复到之前，仍需要格外漫长的修养期。

无定宗的几个禅修凑在一块儿低语，衡玉没掺和进去，她只是抱着归一剑慢慢打量四周。许久之后，衡玉说："看好了，我们先去青云寺休息吧。"

青云寺藏于深山之中，那位喜欢给衡玉看面相算卦的住持方丈已经在斩杀邪魔时逝去，现在寺庙的新任住持是他的弟子。

住持迎着他们走进大雄宝殿里，顺便给他们介绍起青云寺如今的情况。

华城沦陷后，青云寺难以幸免，被邪魔额外针对。寺内有修为的禅修全部露面与邪魔厮杀，但庙中年纪幼小的小童子都被藏到大殿后面，借着庇护逃过一劫。

"所以现在寺里除了住持，基本是十二岁以下的小童子吗？"了念问道。

住持微微苦笑："是的。那时我身受重伤，以为自己也难逃一死，在弥留之际各宗修士们及时赶到，这才勉强捡回一条命。"顿了顿，住持轻声道，"不过他们都很懂事，每次施粥施药，基本是他们在忙活。所以若是几位需要人手，尽可将他们叫去帮忙。"

了念知道衡玉很擅长这方面的事情，他侧头看向衡玉，询问道："洛主，我们第一步要做什么，你有想法了吗？"

衡玉说："城镇人心散乱，我们要做的第一件事是先安抚城中百姓。"她看向住持，"我想住持也一直在安抚百姓，但成效不大对吧？"

住持双手合十，点头应是。

"你们要做的第一件事……"衡玉轻笑，环视了念他们，"先用灵泉浇灌城中树木，让它们恢复生机吧。"

"啊？"众人茫然。

有无定宗在背后帮助，城中百姓绝对不缺衣物。他们人心散乱，是因为之前邪魔留下的阴影太大了，想要让他们忘掉那些阴霾，那就让他们多瞧瞧美好的事物。

种树只是第一步罢了，不过她已经想好后续要做什么了。

百花谷领到的任务是清扫淮城、平城两地的邪魔，舞媚和迟各领一队。

接下任务后，舞媚一刻也没有耽搁，点兵点将后率领一众师弟师妹赶去淮城。

秋日渐深，即使是干燥如淮城，也连绵不绝地下着雨。

舞媚不太喜欢这样的多雨季节，她穿着一身防水的黑色斗篷，将自己从头到尾都遮住。斗篷帽檐遮盖住她那双潋滟多情的眸子，露出来的下颚线绷紧，杀气外露。

"一名结丹中期带三个筑基期行动，两名结丹初期带两名筑基期行动，筑基初期的弟子都跟着我。"四个人正好能结成一个杀阵。

这个杀阵可攻可防，是衡玉创造出来的，与百花谷的功法配合后，可以让每个人的修为提高百分之十。

舞媚这个分配方法十分合理。

见各位师弟师妹已经完成组队，舞媚右手握拳举过头顶，掷地有声道："以邪魔之血，慰所有死去的同门！行动！"

西北之地的树林非常多。此时，某个树木茂盛的林子里传出幽幽的琴音。

这股琴音格外有气势，它并非由一人弹奏而成，而是由整整五十人！

五十人同弹一曲《破阵》，曼妙的琴音里暗藏杀机，邪魔只要稍一沉沦在琴音中，心神就会遭受千刀万剐般的痛苦，在被彻底撕裂般的疼痛中心神俱灭。

音宗化神期老祖此前因护着音宗弟子撤退，被帝魔祖截杀而亡。自这件事之后，音宗弟子在杀邪魔一事上更加亢奋。《破阵》是音宗弟子挑选的最能有效杀敌，又最能让邪魔死得痛苦的曲子。

黑白学宫测算过去与未来，拥有沟通阴阳的能力。某片沼泽地里，浓烈的阴寒气息构成特殊场域席卷四方，黑白学宫的弟子们就在这片特殊场域里对付邪魔。

刀子进出之间，有黑白学宫的弟子睁大眼睛死不瞑目。

就在那个邪魔放心转身，打算去对付其他修士时，突然有一柄冰剑猛地凝聚而成，穿透他的心脏。

这一剑来得太快太突然，邪魔尚未反应过来就感应到自己的心脏被那柄冰剑撕裂。他强撑着最后一丝力气，极为勉强地转过身去，震惊地发现杀死他的人居然是那本应该死去的对手！

直到邪魔高大的身躯重重倒下，被沼泽彻底淹没，那浑身缭绕着阴气的黑白学宫弟子才扯着嘴角露出一抹惨笑，他环视一圈自己的同门，确定他们力压邪魔后，那由强烈执念和恨意凝聚的阴气方才彻底消散，他终于瞑目倒下。

阴气能令有执念的人死而不消，借着强大的阴气，他们仍能多撑几息。这就是黑白学宫要在沼泽地里构建特殊场域的原因。

剑宗、玄宗、幽冥宗甚至是各大散修世家的人……他们都在为这最终一战拼尽所有。

华城种的树木都是普通品种，只需要动用最普通的灵泉即可，每棵树也只需要一小捧灵泉。了念他们忙了两天时间，终于将道路两侧的树木都浇灌完毕。

一夜过后，那原本枯黄的树木焕发出新的生机，即使现在是深秋之际，树木也违反常理抽出嫩绿的新芽来。

太白楼是城中最大的酒楼，即使城镇萧条，但太白楼每日还是有客人。一大清早，酒楼掌柜打着哈欠，懒洋洋地下楼推开两扇门。

他原本想瞅一眼天色，结果看到道路两侧的树木时微微一愣，低头用力揉了揉眼睛，再次抬头，发现自己没有看错。

"这……"

他迈过门槛朝左侧那棵树走去，下意识踮脚想摸摸枝干上抽出的新芽和变回绿色的叶子，发现自己怎么都够不着叶子后，他干脆原地蹦了两下，强行碰到了那叶子。

"人呢！"酒楼里传出掌柜妻子的喊声。

她走到门边探头一瞧，见自家男人在那儿乱蹦乱跳，扯动嘴角道："怎么，你这一大清早想要活动……"话没说完，她终于注意到树木的变化，沉闷的脸上下意识浮现出惊喜之色，"这深秋季节的，树木怎么长得这么精神了？哎，我看这可是个好兆头啊，今日肯定会有很多生意上门。"

掌柜妻子这话还真没错。

因为这突然焕发的生机，不少待在家中的百姓都起了兴致出门逛逛，想看看是只有一小块地方的树木起了变化，还是整个城镇的树木都有了变化。

出门逛的人一多，心情还不错之下，自然也乐意花钱消费。

孩童们吃到香甜的糕点，欢笑声在大街上响起。他们闹得欢了，家中大人不免训斥几句，旁边路过的大爷笑着帮劝。

各种声音混杂在一起，便构成了人间烟火气息。

了念他们在城中走了一圈，都十分惊讶，没想到只是浇灌些树木就能起到这么大的作用。

有人实在好奇，按捺不住凑过去问衡玉原因。衡玉正在思索下一步方案，听到他的问题说道：

"其实这些黎民百姓是最容易满足的，他们不像修士想要窃天地灵气谋求长生大道，他们这百年光阴所想的就是喜乐安康。

"树木恢复生机，这对修士来说只不过是寻常手段，但有些百姓会觉得枯木逢春是吉兆，既然已经出现吉兆，那就说明一切都会好起来的。"

这是一个很好的开端。做完这件事后，接下来的一切都很好解决了。

衡玉解释得详细，走路时没注意看路。斜前方有个七八岁的小男孩举着糖葫芦往前疯跑，被面前的石块一绊，直接撞到衡玉身上，糖葫芦外层的糖黏到干净的裙摆上，他吓得手一松，糖葫芦啪的一声掉到地上，沾满灰尘。

盯着糖葫芦，又看着那被他弄脏的裙摆，小男孩的嘴已经瘪了下来。

"别哭，"面前突然多出一捧奶糖，衡玉弯下腰道，"这个送给你。"

安抚完险些哭鼻子的小男孩，看着他蹦蹦跳跳离开后，衡玉摸了摸下巴，说：

"下一个行动，不如就送糖果糕点吧。"

了念一蒙。

这个做法有点不走寻常路啊。

"绝大多数家庭里都有小孩，比起大人，他们更容易满足也更有精力，而高兴的情绪是可以相互感染的。"衡玉解释道。

何必走什么寻常路，只要法子有用，都尽可一试。

"百花谷亡故人数，十六人，重伤失去战斗力人数，六十三人。"

"音宗亡故人数，九人，重伤失去战斗力人数，一百零二人。"

…………

"无定宗亡故人数，七十八人，重伤失去战斗力人数，两百一十八人。"

所有数据一一清点完毕。

圆苍安静地翻看着各宗宗门呈上来的战损报告，思索下一步行动该如何布置。事态紧迫，他甚至没有时间和精力去伤心。

了悟坐在他身侧，沉吟片刻，说："师父，这么一来伤亡太大了。"

圆苍动作一顿，抬眸看他："你想做什么？"

了悟的声音格外平静："弟子请命独自深入邪魔腹地。只要想办法杀掉那两个化神期邪魔，邪魔那边给我们的压力就会变小很多。"

邪魔腹地的邪魔之气太浓重了，即使是化神后期的静守祖师都不敢深入那里一刻钟，而且邪魔肯定在里面布下了天罗地网。谁都知道这是很好的办法，但这又是一个非常非常危险的办法。

在创出自己的禅道后，了悟的道法修为已为当世第一，他进入邪魔腹地支撑的时间肯定比静守祖师久。

圆苍格外纠结。

这一瞬间他甚至有种心力交瘁的感觉。明明他才是做师父的，但遇到这种最危险的事情时，居然需要他最看重、从小养到大的弟子顶在前面。

见圆苍面露迟疑，了悟说："让弟子试一试吧，就算做不了什么，弟子也能顺利全身而退。"他已经与洛主契约下同心锁，两人同生共死，他自然不会轻易寻死。

听到了悟这么保证，圆苍才压下心底的担忧，苦笑道："……好。"

接连几个法子后，了念他们简直对衡玉佩服得五体投地。对付邪魔他们都会，但这针对人心的布局就不是他们擅长的了。

华城现在还是那个华城，城门依旧破损，道路依旧凹凸不平，但所有人都能感受到这里已经不一样了。

住持前去城主府，与城主商量城镇后续要做些什么。

衡玉他们的任务其实已经完成得差不多了，超度法会安排在后日，完成这场法会后，他们就会启程赶往下一个城镇。

有了从华城摸索出来的方法，接下来的行动绝对会越来越顺利。

这些事都交给了念他们负责，衡玉端着一碟桂花糕走回厢房，打算边吃糕点边给自己熬药。在没有了悟帮她熬药后，她只能自己动手熬药，熬完药后还要自己独自面对那碗苦得要死的药汁，这简直叫一个艰难。

将碟子里的糕点全部解决，药也顺利熬好。

衡玉将药汁倒出来放凉后，一口气喝光碗里的药。正准备去拿蜜饯塞进嘴里，她的心脏突然剧烈跳动起来，一股强烈的不安萦绕着她。

这股不安让人觉得格外不舒服，她的手腕瞬间失去力气，已经空掉的药碗从手上滑落，砸在地面四分五裂，有些许碎片反弹起来，在她裙摆处留下一道浅浅的划痕。

衡玉顾不上收拾药碗碎片，抬手捂着额头，想要让自己镇静下来，但那股不安感依旧浓烈，是了悟遇到什么危险了吗？以他的修为，按理来说不会遇到什么危险才对？难道有邪魔埋伏他？这也不可能。

种种念头自衡玉脑海里一掠而过。

过了大概小半刻钟，那股不安感终于消退。

衡玉忍不住松了口气。她大概猜到发生什么了，了悟必然是深入邪魔腹地。之前她感到不安，应该是他遭遇到什么危险，不安散去，则是已经转危为安。

她放下透着凉意的手，自语道："做这么危险的事情，又忘了知会我一声，总想着自己顶在最前面。"

活动活动手指，衡玉决定要想个能让了悟长记性的法子。

嗯，就罚他半个月不能进屋吧。

了悟在外围没遇到任何有效阻拦，顺顺利利闯进邪魔腹地。但当他一脚迈入腹地深处，无上阵法骤然被他的气息惊得主动激发，浓烈到极致的邪魔之气狠狠向他逼压而来。

这种邪魔之气非常邪恶，被死气和怨气污染过后，越发肮脏不堪，如果他不小心吸纳入体内，它们就会如附骨之疽，想将它们清除干净可不是什么容易之事。

了悟目光平淡，一柄泛着凛冽寒芒的刀锋出鞘，狠狠朝前劈斩而去。

他其实不擅长使用武器，更擅长以掌攻伐，这回特意拎了把刀来，只是不想在斩杀邪魔时弄脏自己的手。

刀光混杂着最中正平和的光，从天而降般落在邪魔之气里，阻拦邪魔之气往前攻来。

下一刻，刀光被吞噬，邪魔之气继续向他逼来。

了悟往后倒退几步，刀锋挥得越发迅疾，眼力稍微不够的人若是在旁边围观，怕是连刀影都没办法捕捉清楚。

一连倒退数十步,直到他被邪魔之气彻底包围,已经退无可退。

了悟掂量了下手中的刀,心下计算着时间,那两名蛰伏在后方的化神期邪魔这么沉得住气吗?他已经刻意落下风,表现得这般张皇,分明成了"瓮中之鳖",他们居然还不主动露面主持阵法。

死气已经扑面而来,几乎贴到他的脸上,了悟心下有些遗憾地叹了口气,缓慢地转动刀柄,蓄力打算出手,一阵大笑声突然在天际响起。

脸上布满黑色纹路、容貌妖异的黑袍男子脚踏虚空,站在阵法之外,隔着这厚重的邪魔之气朝了悟微微一笑。

他依照着修士的礼节向了悟行一礼:"没想到圣子居然会亲自来腹地做客,没有及时亲迎,实在是失礼了。"

了悟没说话,只是不紧不慢地盯着他。

盯了好一会儿,了悟轻叹,语气颇为遗憾:"的确是失礼了,居然只有唐魔祖亲迎。"

唐魔祖眉心微动,有些奇怪了悟现在的反应。明明已经被邪魔之气彻底包围,居然还——这么淡定?

下一刻,唐魔祖心头微跳,隐隐意识到不对:这位圣子肯定知道这里已经被布置成了龙潭虎穴,但他居然敢前来,自然不会是傻傻地过来送死的。

一抹危机感浮上心头,唐魔祖顿生退意。但还没等他离开,了悟再次遗憾地开口,眸底带着几分淡漠的漫不经心:"也罢。"

他一步绕开邪魔之气,一步走出无上阵法,再一步贴到唐魔祖身前。走完这三步,了悟只用了一息的时间,而这一息便足以决定生死。

化神期修士的大战其实压根儿没有那么多花里胡哨的招数。到了他们这个层次,追求的是大道至简。

看似平淡的短兵相接,但唐魔祖的身体不断被光笼罩,那光带着要剔骨削肉的狠劲,生生往唐魔祖的骨子里钻。

了悟并不急着杀他,甚至饶有闲情地说道:"邪魔本就是异类,不知礼数实属自然。我作为西北之地的东道主,会将礼数做得周全些,将你送入轮回。"

死亡的阴影笼罩心头,唐魔祖再顾不得其他,直接朝虚空吼道:"你还不出来,是打算看着我被他解决吗!若我身死,只有你一个人撑在最前面,你以为你会有好下场吗!"

"蠢货。"虚空之中传出淡淡嗤笑声,然后,一位披着华贵斗篷的男子慢慢显出身形,化神后期的气息在天际弥漫开。

感应到这股灵力波动,了悟眼睛微微眯起。

在他们收集到的情报里,可并未提到穆魔祖已经从化神中期突破到化神后期一事。对方将这件事瞒得这么好,怕是早就存了算计之心。

瞧着穆魔祖脸上那戏谑之色,应该是觉得他在劫难逃了。

了悟平静地收起刀，刀锋回鞘时发出金属撞击之声："难怪两位魔祖敢轻易现身。"

"是啊。"穆魔祖的眸子里含着兴味，如猎人对猎物天然的俯视和轻蔑般，"只要圣子杀掉我们两个，战祸距离终结已不远矣。但反过来，我们解决掉圣子，就算邪魔暂时沉寂一时，只要邪魔之气尚存于这片大陆，终究会卷土重来。敢孤身一人闯入腹地，真不知是不是该称圣子艺高人胆大。"

除了帝魔祖是由邪魔母气孕育而生外，其余所有为祸大陆的邪魔都是由人类堕落而成。正所谓人心如鬼蜮，只要人类之邪念无穷无尽，邪魔也会无穷无尽。

就在这时，虚空之中再次传出笑声。静守祖师慢慢地从虚空里走出来："谁说他是孤身一人前来了？"

"你——"穆魔祖瞳孔一缩，不知道静守祖师怎么会出现在这里。

"虽然只能勉强深入一刻钟，但一刻钟的时间困住你们，应该还是不难的。"静守祖师双手合十，脸上笑意尽敛，手中那串念珠疯狂暴涨，狠狠砸向穆魔祖。

了悟两手掐住，光化剑，同样向前攻去。

四名化神期对手的斗法可谓惊天动地，无数邪魔抬眸仰望苍穹，企图透过那厚重的云层看清里面的境况。

元婴期的邪魔对此了解更深，全部严阵以待，等着最终的结果出来。

黄昏逐渐覆上天际，暮色浓重。

有祥和的光破云而出，笼罩在四面八方，分明温和无害，却惹得无数邪魔神色大变，如丧家之犬。

一整天时间，衡玉都有些心不在焉。

她没出事，这说明了悟并没有性命之忧，但受伤肯定是在所难免，就是不知道他伤得如何。

发现了悟居然没给她传个讯告知伤势后，衡玉更加恼怒，觉得只罚他半个月肯定轻了，这点儿教训完全不够。但恼怒过后，衡玉又忍不住轻叹，用指腹按摩隐隐作痛的太阳穴：以了悟的性情是不会忘记给她传讯的，他大概正陷于昏迷状态，所以才没及时联系上她。

"……洛主，你在听吗？"了念刚刚激动地讲了半天，等来等去没等到衡玉的反馈，只好出声问了句。

衡玉茫然回神，压根儿没听到了念在说什么。她一点儿也没觉得不好意思，平静道："嗯，你再讲一遍吧。"

了念也算是认识衡玉很长时间了，清楚她的性子，无奈一笑后先行总结："其实就是住持和城主已经商量出一套有效的举措，但城主知道你之前的法子后，想着也许你能提供其他更好的法子，所以托我把这一系列举措转述给你，请你提些建议。"

见衡玉点头，明显把他的话都听了下去，了念方才开始转述那些举措。

住持是华城本地人，城主在任上也有十来年时间，他们商量出来的举措都是切实可行的。衡玉沉吟片刻，没有不自量力改动他们的举措，只是在这个基础上添了两点自己觉得不错的点子。

等了念离开她的厢房，衡玉坐在窗边托腮走神片刻，突然一拍额头：她没办法联系上了悟，但可以联系她师父，请他帮忙打听了悟的情况啊。

一刻钟后，衡玉从游云那里得知具体情况。

这场攻击行动很顺利，两名化神期邪魔身死。了悟对上化神中期的唐魔祖，其实还略占上风。

制服唐魔祖和穆魔祖后，静守祖师再也待不住，提前划破虚空离开邪魔腹地，了悟独自一人留在那里善后。他待在邪魔腹地的时间太长了，即使是先天禅骨，也有一些邪魔之气浸染入他体内，导致他伤势加重，强撑着赶回来后便晕了过去。

游云说道："不过你也不用太担心，他没有性命之忧，就是养伤比较麻烦。"

其实游云很想吐槽，他家徒弟认识圣子之前那叫一个活蹦乱跳，圣子也一样。两人纠缠在一起之后，不是这个伤重就是那个伤重，这还真是……唉。

罢了罢了，年轻人嘛，别的不好说，精力旺盛这一点是他比不过的。

游云此刻的表情既纠结又嫌弃，衡玉细品半天还是没读懂他在想些什么。

游云将这些杂念抛到脑后，对衡玉说："邪魔如今群龙无首内部混乱，我们今夜就会发动最终的总攻，为师也要亲自率队伍出发。"至多还有一个月时间，这场邪魔之祸便可以彻底落下帷幕了。

话音落下，远程传讯符的通讯时间到了。符咒消散成灰烬四散在空气中，衡玉抖掉指尖的薄灰，轻吸了口气。

她有自己的任务在身，就算再担心了悟，只要他没有性命之忧，她在完成任务之前也是绝对不能轻易脱队的。

将这些事放到脑后，衡玉从书架上抽出纸张，在桌面摊开后研墨提笔，借着练字静心。

练了一刻钟，衡玉还是心浮气躁。她抿紧唇，提着手腕沉吟片刻，垂下眼在储物戒指里翻找一通，寻到了悟之前给她写的信件。

她将信件小心铺开放到前方，仔细琢磨他的笔势，开始模仿他的字迹抄写信件。

才抄了几个字，情绪便慢慢平缓下去。

超度法会结束后，衡玉一行人赶去刚收复的乐城。

这座城池以"乐"为名，原本是西北之地景致最美丽的城池之一，却因为沦陷在邪魔手中相当长时间，城中各处都遍布着断壁残垣。想要让这座城池重新恢复生机，花费的时间和精力绝对远高于华城。

好在了念他们经过华城的事情后成长不少，衡玉有条不紊地把事情安排下去，他们都能顺利完成。

连着忙活大半个月，乐城幸存百姓的心终于安定下来不少。

而这段时间里，衡玉的实力也恢复了七八成。虽然还没到全盛时期，但想解决掉一个元婴中期邪魔还是不难的。她将消息传回驻扎地那边，很快就收到来自无定宗的调令。

现在已经到了最后的反攻阶段，之前各大宗门牺牲的修士太多，人手有些匮乏，衡玉这样的高端战斗力留在后方实在可惜了，还是得调回前线出战。

"洛主要回去吗？"了念挠挠头。

说实话，如果不是他伤及大道根基，现在不能轻易动用灵力的话，了念也想赶赴前线出一份力。只可惜他这个情况去前线就是送人头，只能安心待在大后方做建设。

衡玉点头，将手中的玉简递给了念："接下来该做什么，我全部都写在玉简上了。你们按照玉简上的来做，如果有什么不合适的，就自行根据实际情况来做调整。"

她也并非料事如神，只能给出一个大方向，如何具体落实，就靠了念他们自行摸索了。

了念郑重地接过玉简，点头道："洛主放心吧，等大战结束后，你会看到一个恢复生机的乐城。"

衡玉微微一笑。她朝站在了念身后的其他几个禅修挥手，转身御剑离开，全速赶回驻扎地。来的路上花了三天时间，回去时火急火燎，只花了不到三个时辰。

刚一进入城中，衡玉甚至来不及去看一眼仍在昏迷的了悟，就被舞媚和迟左右架着拖走。被架着的衡玉无语。但等她来到战火最前线，看清彻底化为焦土的树林后，终于忍不住沉沉吐出口气。

一把滔天灵火，直接将这里的无尽森林付之一炬。

衡玉蹲下身，用指尖摩挲着黑色的灰烬。

"这场火是邪魔放的，他们想以此剥下无定宗的面子，也想用火带阻隔我们大部队的行动。"迟声音凝重，开始给衡玉介绍情况，"无定宗震怒，加快了对邪魔的攻势。按照我们的进度，明日傍晚我们应该就能深入邪魔腹地。到那时候，所有修为不到元婴期的修士都必须退出去，元婴期和化神期修士会成为主要战斗力，而我们这些人的任务只有一个，那就是在外围蹲守，将所有逃出来的邪魔都斩杀干净。"

"明天傍晚……"衡玉轻笑。原本安静祥和的西北之地被邪魔祸害成这个样子，某人若是醒来，得知此事后兴致定然不高。他不能参与到屠杀邪魔的行动中，那她就一个人杀两个人的份吧。

"我们继续出发吧。"衡玉放缓了声音，那双幽深的眼眸却沉了下去，带着冷厉的肃杀。

再往前御剑飞上一个时辰，衡玉他们顺利和百花谷的大部队碰头。掌门等人兴致都不高，问候几句衡玉的伤势，确定她的确没什么大碍就不再多言。

衡玉盘膝坐在一棵焦黑的树旁，从袖中掏出一块素净的手帕，慢条斯理地擦拭起归一剑。动作不疾不徐，直到感应到化神期修士的灵力波动，她才猛地从地上起身，一步便闪出几里之外，一刻钟后顺利进入邪魔腹地。

邪魔腹地的邪魔之气很浓郁，不过这大半个月时间无定宗也不是没有做准备。邪魔没有了化神修士，圆苍掌教一直派人在邪魔腹地周围布阵，阵法布完后大大削减了邪魔之气的浓度，即使是元婴初期修士也能在里面待够一个时辰。

归一剑早已出鞘，杀气在衡玉周围凝结，她脚步从容，缓缓走进腹地最深处。

踩着一地大雪，衡玉手起剑落，只是用了最简单的剑招，一挥而出、一劈而下，剑剑不落空，疯狂收割着邪魔的生命。

等已经成功晋入元婴初期的俞夏杀得力竭，凑巧路过衡玉身边时，瞧见她一身青色长裙只有衣角处染血，惊得险些被身前那具邪魔尸体绊倒。

衡玉听到动静，抬眸斜视，眉梢微微上挑："有事？"

"……没事。"

衡玉目光平淡得仿佛能直透人心，看穿俞夏在想些什么，但她没对此做出任何表态，只是不紧不慢道："那你别浪费时间站在那儿，赶紧杀敌。"

俞夏苦笑："我得退出去歇息了。"他在邪魔腹地里已经停留超过一个时辰，身体有些撑不住。

在御剑离开前，俞夏又忍不住扭头，紧紧盯着衡玉的背影。明明同为一辈天骄，但洛衡玉和圣子了悟两个人生生让别的天骄跟他们断层了。他们两人无论是修为，还是心境，都非常人所能及。

衡玉并不在乎俞夏在想些什么，她如今心中只有一个念头：用手中的剑斩杀邪魔，以邪魔的血来淬炼归一剑。这种念头越来越剧烈，慢慢地，在杀敌时，衡玉感觉自己进入了一种很玄妙的状态，就好像归一剑已经成了她身体的一部分，让她如臂指使，格外得心应手。原本那已经消耗大半的灵力居然迅速得到补充，比她全盛时期还要强盛三分。

衡玉很清楚这种状态是什么：是剑修一直在追求的"人剑合一"。

仗着这个状态，衡玉继续深入腹地，直到最后退出来时，她已经数不清自己斩杀了多少邪魔，只是那连着挥斩一万下剑都不会酸痛的手臂一直在火辣辣地疼。

她自己看不见，但其他人能够看到她身后的杀气。

路过游云身边时，衡玉稍一停顿脚步："这一战，差不多该结束了吧。"

"邪魔腹地已经被大清洗了，逃出去的邪魔也都被外围的修士斩杀殆尽。这世间一些阴暗的角落应该还有邪魔在龟缩，但——"游云微微一笑，毫不掩饰自己脸上的疲倦之态，"于我们而言，这场大战的确是差不多结束了。"

是啊，衡玉仰望苍穹。雪势逐渐变小，鹅毛大的雪花变得只有拇指般大，到只剩下小碎片，再到彻底消停，就像漫长的凛冬终会过去。

邪魔腹地的第一轮大清扫结束，为避免存在漏网之鱼，还需要进行第二轮收尾。不过相比起第一轮清扫，已没有太大的危险，衡玉不再参与其中，调息一夜，恢复三成实力后，前去向圆苍掌教辞别。

"了悟昏迷多日，虽然没有性命之忧，我还是想在他身边守着。"衡玉说道。

回到驻扎地时天色尚早，衡玉推门走进屋子里。

香炉里许久没燃过香，屋中的雪松香味淡得几不可闻。衡玉走到床榻边，骨节如玉的右手握住床帐。就在要掀起帐子时，她扫了眼自己干净的手掌，总觉得手掌还沾染有冰凉而黑沉的血迹。念及此，她转身绕到屏风后给自己备水，认真沐浴梳洗一番，赤着脚走回床边。

卷起床帐，阳光洒满床榻的每一个角落，照亮了悟苍白的脸庞。他两手交叠安静地仰躺着，被子盖得严严实实，嘴唇有些干燥起皮。

衡玉去牵他的手，很冰凉。她撩起一缕湿润的发梢，慢慢从他的唇角一路滑到他的眉尾，留下湿润的水迹。

她随手解开衣带，边脱去身上外袍，边绕开了悟躺进床榻里侧。之前身处邪魔腹地，杀进杀出灵力消耗剧烈，她明明疲倦至极，还是夜不能寐。现在躺在最能令她心安的人身边，睡意顿时漫上来。

衡玉刚闭合双眼，像是突然想起什么般，再次睁开长眸。她侧身贴紧了悟，几息之后，沉沉睡去。

再醒来时已经到了第二天清晨。

西北之地的气候太干燥，衡玉喂了悟喝了水，瞧着他唇上泛着的润光，衡玉满足地大笑，重重在他眉心烙印一吻。她玩够之后，缩在床榻里侧翻看话本，遇到有意思的地方就念出来分享给了悟听，实在闷得慌凑过去吻一吻他、数他的睫毛，又寻到新的乐趣。

这天中午，衡玉打开装着香料的匣子，注意到匣子空了大半，剩下的香料撑不了几天。

好在她的储物戒指里装有不少制作雪松香料的原材料，衡玉将这些东西一一取出摆开，按照了悟教她的步骤把它们研磨成粉末。忙活了足足两个时辰，才做完前期的准备工作。

衡玉打算歇会儿，走到桌案边开始练了悟的字迹，练到手腕酸胀才停笔。

暮色渐渐浸染天际，云雀展翅归巢，整个驻扎地一派祥和。突然，仙鹤嘹亮的鸣叫声传遍四方。

驻扎地里无数人探头向外看去，思索这鸣叫声意味着什么。

衡玉正在按照比例配置香料，感应到外界的嘈杂，她先是一愣，然后轻笑起来，大概知道发生了什么事。拍掉手背的碎屑，衡玉提着裙摆走回了悟身边，笑道："各宗修士凯旋了。"

是的，凯旋了。

仙鹤鸣叫之后，音宗弟子用自己擅长的乐曲合奏曲子。衡玉没听出来那是什么曲子，只是能感受到曲子里萦绕的欢愉氛围。当目光落到仍然没有清醒迹象的了悟身上，衡玉笑意微敛："圆苍大师说你将体内的邪魔之气全部净化就会苏醒，还要多长时间啊。"

衡玉扣住了悟的五指，递到唇边辗转："说起来我还没问过你，我重伤垂危躺在床上时，你在想些什么？"她知道他没有生命危险，但只要他一日没睁开眼睛，她仍然会觉得焦虑。那他当时又该是何等煎熬。

"你早点清醒，我们就能早些举办道侣大典啊。"衡玉贴近他耳边呢喃，"了悟师兄，我已经迫不及待要与你共度余生。"这句呢喃声落下，衡玉将头埋在了悟颈间。

因此她并没有注意到，了悟那长而翘的睫毛轻颤了下。

各宗修士凯旋后，并没有马上撤出驻扎地。

音宗、百花谷这两个风气最自由的宗门"狼狈为奸"，打算办一场活动来热闹热闹。这个主意是舞媚最先提出来的，她和音宗大师姐边霄约定好后，强硬拽着迟、萧主和喻都他们一块儿忙活。

百花谷有一大宗旨，叫"身为同门有福未必同享，有难一定要同当"。本着这个优良传统不能丢失的原则，舞媚兴致勃勃地跑来找衡玉，想把她拉进来跟着一块儿忙活。

了悟在里屋沉睡，衡玉在院子里招待舞媚。听说她的来意后，衡玉摇头婉拒："我不感兴趣。"

"你这些天都闷在屋子里，难道不无聊吗？找些事情做也是好的。"舞媚撩起垂在肩上的碎发，"我们知道你要照顾了悟，所以不会给你安排什么难的任务，只是想着让你能多些参与感。"

衡玉回答舞媚第一个问题："我不觉得无聊。"

舞媚耸肩，有些不信。宗门里洛主是最闲不住的那一个，只要不修炼，她就会给自己找各种事情做，而且会拉着各位师弟师妹，美其名曰热闹。

见她不信，衡玉唇角轻轻弯了一下："只要了悟在我身边，周围再冷清我都怡然自得。他不在时，我才需要待在热热闹闹、吵吵嚷嚷的环境里。"

舞媚抬手蹭蹭鼻尖。认识衡玉这么多年，舞媚也知道对方是什么性格，决定的事情不会轻易变更："那行，你不觉得无聊就好。不过到时候你抽出些时间出来逛逛透个气吧。"

衡玉没一口回绝："看情况。"

送走舞媚后，衡玉握着扫帚清理院子里的积雪。清理途中，裙摆被融掉的积雪弄得湿了一片，衡玉盯着裙摆盯了好一会儿。既然都要换衣服了，不如顺道泡个澡吧，反正也没什么事要忙。

泡完澡后，衡玉绕出屏风，掀开帐子看到了悟，她心底泛起轻轻浅浅的柔和。

温热的唇贴到了悟脸颊，又滑到他的眼尾，正要挪开时，她感应到他浓密的睫毛在剧烈颤抖。

先是一愣，然后意识到什么般，衡玉轻笑着去吻他的唇角，直到那漆黑的眸子睁开，她才戏谑问道："被吻醒的感觉如何？"

了悟感觉……前所未有的好。

舞媚他们的活动筹备得很快，从提出到活动开始仅过去两天时间。

圆苍等宗门长老乐见其成，大开方便之门，因此活动不仅热闹，活动的奖励也丰厚得惊人。就算不为放松身心，单是冲着这些奖励，各宗年轻一辈都不会错过的。

舞媚叼着细长的草根，翻看奖励列表，啧了一声："我都想趁机中饱私囊了。"

话刚说完，她就被人用力拍了下头。

"谁！"舞媚狠狠磨牙，扭头看去，瞧见衡玉一身红裙亭亭而立，她往后一靠，吹了个口哨，"难得啊，你居然真的来参加活动了"。她刚想继续感慨，余光扫见那慢了几步走上楼的了悟，哪里还不明白衡玉为什么会出现在这里。

"有什么奖励啊？"衡玉抽走舞媚手中的表格。

一目十行地看下来，衡玉挑中难度最高的活动，故意为难了悟："必须把这个活动的奖励赢下来送我。"

了悟垂眸，看清楚这是哪个活动的奖励后，纵容道："好。"

他表现得太过平淡，衡玉又指了另一个活动："还有这个。"

了悟的指尖压在她腕间："只要洛主高兴，我全部参加一遍都可以。"

舞媚啧了一声，不忍直视。余光扫见俞夏抱剑干坐在那里，她就更加不爽了，缩在桌子底下的小腿狠狠朝俞夏踢去。

以元婴初期的修为来说，俞夏绝对不可能察觉不到她这一脚，但他生生受了这一击，无辜地看向舞媚，说："疼。"

舞媚压根儿没想到他会不躲开，听到他那话更是狠狠地翻了白眼：有元婴初期的修为庇身，就算她动用灵力踢，他也不可能会觉得疼，更何况她刚刚那一脚压根儿没用灵力。

明知他在做戏，但舞媚也理亏，她轻咳一声，说："那你就在这里好好养伤吧，我出去逛逛，趁机寻个少侠艳遇一番。"

俞夏连忙攥住她袖袍，等舞媚回眸看他，他笑得格外爽朗："现在你已经艳遇成功了。"

衡玉与了悟对视一眼，知趣地离开。

走出酒楼，了悟说："我们去参加活动吧。"

衡玉点头应好。

了悟抬手帮她把歪掉的合欢花簪扶正："这场活动算是预热。"

"什么预热？"

"你我道侣大典的预热。"

冬日寒风如刀，但了悟站在风口前，用身体为她挡去狂风。

衡玉歪头,眼里含着淡淡的光芒:"何时?"

"三月为期。"

衡玉下意识道:"居然还有三个月?"

了悟笑了:"是啊,居然还有三个月。"

他太喜欢她刚刚下意识的反应了,心底的欢喜像是藤蔓般疯狂地蔓延伸展,他甚至不在乎周围人来人往,就这么低下头亲吻她的鬓角。

洛主,你感受到了吗,我对你的喜欢早已明目张胆到了这般地步?

见他还要再吻下去,衡玉借着袖子的遮掩掐住他的腰侧,压低声音道:"周围还有你的师兄弟。"

"道侣大典的事情已经传开,不用在乎。"了悟温柔道,但还是乖乖挪开,牵着她去参加活动,想赢下无忧琴讨她欢心。

百花谷和无定宗早已拟订好道侣大典的宾客名单,趁着各宗修士都还待在驻扎地,他们赶紧派发邀请函。

因为两宗从未遮掩,有关这场道侣大典的消息早已传开,如今收到邀请函,各宗修士丝毫不觉得惊讶,但还是难免感慨几分。

"谁能想到有朝一日无定宗居然要忙着张罗道侣大典一事?"

是的,谁能想到。

时间稍微倒退些许,即使是衡玉和了悟这两个当事人也想不到,更不敢想。

在驻扎地休整几天,各宗陆陆续续乘坐船形法器离开。他们在驻扎地待了很长时间,就算要赶去百花谷参加道侣大典,也要先回趟宗门处理宗门事务,备好贺礼后再赶去百花谷。

百花谷众人也要离开。

这数十年时间,百花谷派遣上万名弟子赶赴西北之地,能够安然回百花谷的不过一千来人。宗门有太多残局需要收拾,衡玉身为宗门长老,也要跟着船形法器一道回去,顺便在宗门里准备道侣大典。

衡玉把这个消息告诉了悟,了悟耐心地帮她描眉:"我可能要两个月后才能启程赶往百花谷。"

比起百花谷,无定宗所面临的局面要更为严峻。了悟不仅要收拾宗门的残局,还要让西北之地的百姓休养生息,更要清理零散逃窜的邪魔,净化邪魔之气。

衡玉认真点头,表示自己把他的话记下来了。

她的动作幅度有些大,了悟手一抖,刚刚画好的眉顿时毁了一半。

衡玉扫铜镜一眼,眉梢微挑,摆出一副恃宠而骄的嫌弃模样:"都怪你,了悟师兄你的画眉技术还需要再多练练啊。"

了悟用指腹慢慢抹掉多余的痕迹,抬手轻抚她的脸颊:"你需要休息。今日别出门了,让我帮你多画几遍眉练得熟练些,到道侣大典时可以亲自帮你上妆。"

衡玉转移话题:"道侣大典那时正好是合欢花的花期,我带你好好逛宗门。"

了悟眉眼含着笑意，面上一本正经地点头，哄道："好。"

当天傍晚，百花谷启程离开驻扎地。弟子们陆陆续续登上船形法器，脸上满是终于要回家的喜悦，衡玉抱剑站在船形法器前方，被他们的喜悦所感染，也跟着笑。

大家早已迫不及待，又有化神期修士全速赶路，只花了半个月的时间，衡玉一行人顺利抵达宗门。

掌门公布牺牲名单后，那萦绕着整个宗门的喜悦覆上阴霾，不少感性的弟子小声啜泣。

这番悲伤在所难免，掌门等他们的情绪平复过后，公布道侣大典的消息，还充分压榨劳动力，把筹备任务一一安排下去。

衡玉站在旁边听了半天，小声问游云："师父，这是不是太隆重了。"

这还是她第一次知道道侣大典的细节。之前她万事不操心，什么都由了悟推进。

游云语重心长："徒弟，你不觉得你这番感慨来得太晚了吗？而且为师答应过你，会给你举办一场全修仙界最盛大的道侣大典，自然不能食言。"

游云很偏爱这个徒弟。

最开始他收下她，是因为掌门师兄一直在耳边念叨他该收些徒弟，给宁榆峰增添人气。他实在被念叨得心烦，便胡乱点头答应下来。

没过多久，南州某个小城镇里传来消息，居然有元婴期邪魔藏匿在暗处为祸一方。那时候游云刚刚出关没有多久，日子过得悠闲自在，本着为掌门师兄分忧、免得掌门师兄太苦太累撂担子不干的想法，游云离开宗门前去斩杀邪魔，正巧救下个冰灵根的小女童。

这个小女童只有四五岁大，因为邪魔成了孤儿。她无家可归，他缺个徒弟，于是将她带回百花谷，给她提供最好的生活和修炼资源。

但那时，游云只是在尽一位师父的责任，直到她不小心走火入魔，开始主动与他亲近。他其实不太会与人建立亲密关系，面对徒弟的亲近，只会尴尬地给她提供一堆修炼资源，以此来表示自己的亲近。

再到后来，他发现自己的徒弟分外情深义重。他这漫长一生见惯薄情寡义之人，越是如此，越觉得她这样难能可贵。于是就忍不住偏袒，忍不住心疼。

游云抬手抚摸衡玉的头发：说实话，百花谷里有哪个长老或弟子不喜欢他徒弟呢，他们每个人都是心甘情愿参与到道侣大典的筹备之中的。

衡玉没感受到游云的心思，她只是安静地看着接下任务反倒兴高采烈、没有接下任务反而拉着一张脸的长老和师弟师妹们，许久之后微微一笑：她实在是越来越喜欢百花谷了。

等掌门话音落下，衡玉才发现这场道侣大典没有任何需要她的地方："……所以我只需要安安静静地等着道侣大典开始？"

掌门笑得格外温雅，一脸"你想多了"的表情："大家都忙着筹备道侣大典了，宗门事务总得有人帮着我打理吧。"想清闲是不可能的。

得，最累的事情在这儿等着她呢。

修士的道侣大典，其实并不像凡间一样拥有那么多繁文缛节。但不知道了悟是怎么沟通的，一系列流程都变得复杂起来。

整个宗门漫山遍野都是红色。

幽冥宗的宾客赶到时，被这片灼眼的红惊呆了。只是前后脚的工夫，玄宗的人也顺利赶到。

道卓穿着最俭朴的道袍，手中挽着拂尘，柔顺的长发全部束起，以木簪固定，头戴月冠，容色冷淡而拒人于千里之外。

凝视着这漫山合欢花盛开的景致，道卓神色有些怔愣，恍惚想起曾经有人不断在他耳边念叨："合欢花盛开时，宗门最为热闹。你以后游历大陆，可以来百花谷游玩，没有人会不喜欢我们宗门的。"

这道声音清晰得好像就在昨日，道卓走下船形法器，丢下他的同门，慢慢在合欢花海间穿梭。

天色尚早，百花谷很多弟子都在林间嬉闹，或是采集合欢花，或是打闹练舞。

有些女弟子注意到道卓的容色，那双会说话的眼睛满是潋滟秋水，朝他暗送秋波。其中一些胆大的更是不顾他周身散发的冷意，想上前跟他搭讪。

道卓突然觉得她说得没错。她就是百花谷最典型的妖女。勾引人、撩拨人心的法子，甚至是穿衣打扮，都带着这些年在百花谷生活时烙印下的痕迹。

他喜欢那样的她，自然也无法讨厌这样的百花谷。

想到这儿，道卓脸上慢慢浮现一抹笑意。

"道道友？"旁边林子突然传来一道清脆的声音。

道卓顺着声音来处看去，抬手做了个道礼："原来是洛道友。"

衡玉刚从魔鬼掌门手底下逃脱，现在心情很明媚，瞧见这位故人，起了几分谈兴，含笑行礼道："恭喜道道友晋入元婴期。"

"侥幸罢了。"道卓说。

"道道友怎么一个人在林间行走？"衡玉问道，按理来说玄宗的人刚到不久，现在应该还在安置住处。

道卓："想随便瞧瞧。"

他的目光在衡玉身上停顿两秒，在她觉得不适前又迅速别开。

很早之前在平城，他与这位洛道友有过不少接触，见证过她是如何攻略那位圣子的。

她熟读经文，编写经文小故事，对禅理信手拈来。一位惊才绝艳的女子甘愿做到这种程度，道卓觉得，了悟圣子被打动也属正常。

相较来说，慕欢对道法丝毫不感兴趣，每次见他耽于研读经文不理她就会耍小脾气，经常惹出祸端要他帮忙收拾烂摊子。

他从一开始耻于与她纠缠，到后来被她折腾得没了脾气，再到后来为她恼为她笑，为她辗转反侧。真奇怪，他是怎么被她打动的？

"感情这件事本就不需要这么多逻辑。"衡玉说。

换另一个人这么对道卓，难道他还会动心吗？衡玉觉得不会。

感情之事，冥冥中自有缘法。有些人彼此只对视一眼，便注定此生纠缠。道卓会成为慕欢的攻略对象，这本就说明他们的缘法已早早定下。

听到衡玉的声音时，道卓才发现自己不知不觉把心中疑惑说了出来。

他有些不好意思地笑起来。

这个笑容衬得他格外澄净，好像万事万物在他眼里都剔透得没有阴霾，他还是那个不知世事坎坷、不识爱恨滋味的少年道士。

看了他几眼，衡玉好像猜到为什么在内门任务结束后，慕欢不再与道卓纠缠下去。

他太干净了。慕欢没对他动情时，可以放肆地让自己去破坏这种干净，等到真的上了心，反倒有些舍不得了。这么干净的人，在慕欢这一生中，怕是独此一份。

可惜，斯人已逝，再多的猜想都只能是猜想。

想到这里，衡玉的谈兴淡了下去，正好道卓还想继续闲逛，两人分道扬镳。

刚走出合欢树林，衡玉心跳加快几拍，这种异常是同心锁带给她的。

算着时间，了悟也差不多该赶到了。正想着这个人，身后突然传来熟悉的暗香，伴着熟悉的脚步声。

衡玉往后倒退几步，稳稳被了悟从身后搂住。

心心念念的姑娘终于被他揽入怀中，了悟满足地喟叹一声。

衡玉伸手去扯他的袖子："我的道侣终于到了。"

了悟靠近她耳边："是的，因为你在这里。"

两人的动作间透着难以言喻的亲密，了悟帮她拂去肩上的合欢花瓣，说："洛主从合欢花林里走出来时，非常漂亮。"

衡玉大大方方牵住他的手："我的了悟师兄，走，我带你回我们的新房。"

说是新房，其实就是她常年住着的那个院子。只不过为了接下来的道侣大典，院子经过一番修整，每一处布置都透着热闹喜庆。

她的喜服由百花谷这边置办，但首饰全部是了悟托人送来的，分门别类装了几个匣子，款式多到让人选择困难。

"你若是嫌麻烦，我慢慢帮你搭配。"了悟说。

距离道侣大典开始还有十日时间，足够了。

"了悟师兄，你很闲吗？"

"对你的事情，我素来有十足耐心。"

他心甘情愿在她身上耗费时间和心力。凡她所求，如他所有，皆尽奉上。

衡玉笑着在了悟唇角啄一下，给予嘉奖："我的事不急，我们去看另外的东西吧。"

"看什么？"了悟问。

衡玉领着了悟走到衣柜边，将衣柜打开，指着悬挂在里面、平平整整的喜服："你的喜服和鞋袜都是我设计的，配套的饰品是由我做的。"

这两个多月时间，除了忙着处理宗门事务，其他空闲时间她都在忙着这事。

将她和他的喜服都抱出来放到软榻上摊开，衡玉扭头问了悟："要不要试穿一下？尺寸是我估算出来的，应该没太大问题，但总要以防万一。"

等了悟点头，衡玉示意他赶紧脱衣服。

"嗯……那洛主呢？"

"我已经试过喜服了，要让你保持期待啊。"

了悟轻笑。

随着时间的推移，百花谷越来越热闹。

只要不是正在闭关疗伤的人，收到邀请的修士都很给面子地亲临，参加这场有些与众不同又隆重的道侣大典。

天际还没泛起鱼肚白，衡玉就被从床上强行拽起来了。拽她起来的不是别人，正是舞媚。

衡玉睡意未消，下意识想开口问了悟去哪儿了。

话没出口，她又反应过来这两天了悟都没跟她歇在一起。

了悟其实不算是贪欲之人，但百花谷的空气里弥漫有淡淡的药物气息，惹得人比平日贪欢不少。

为了让衡玉能以最佳状态参加道侣大典，这两天了悟自觉跑到温泉边上那处院子休息。

"快些洗漱，我和师妹们还要忙着帮你上妆梳发。"舞媚见她坐在床上发呆、完全不着急的样子，急得连声催促。

衡玉应了一声，洗漱之后，随口问道："不是说由了悟帮我梳妆吗？"

舞媚酸道："他太纵着你了，梳妆一事自然该由女方这边出力。"

原来如此。

衡玉轻笑了下，莫名地，她现在很想见他。

"等我一刻钟。"

"你要去——欸——"

舞媚话没说完，衡玉已经随手披上外衣走出屋子。

她两手掐诀，启动瞬移之术。

了悟昨夜翻来覆去，紧张到没有困意。子时刚过，他实在没办法继续躺着，从床上爬起来洗漱穿衣服，现在正坐在院中发呆。

一股灵力波动突兀出现，他刚刚回神，衡玉已先行欺身而上，小心地捧住他的脸颊问："嗯，怎么坐在院子里发呆？"

了悟顺从心意道:"在紧张。"把她的手抓到唇边亲吻,听着铃铛手链发出的清脆响声,"在想你。"

衡玉抽走自己的手,下一刻,她覆上他的唇,浅尝辄止。

"不知道为什么,就是很想过来见你一眼。"

了悟眼睛黑润,紧盯着她:"……觉得这像一场幻象吗?"

衡玉点头:"就是很不真实,但是看到你,又可以确定了。"

他的眼里满是缱绻深情。

被这样的一双眼睛注视着,衡玉觉得自己可以坚信,哪怕是有万里山川湖海相阻,他也会为她奔赴而来。

她在这场感情里最大的底气,其实是来自他。如果不是他足够坚决,她真的缺乏几分奔赴的勇气。

了悟重复她的话:"我也可以确定了。"

衡玉垂眸轻笑,又要去吻他。

舞媚见到两人的情形后把了悟请了出去,她绕到衡玉身后推她往里走,抱起喜服帮她换上:"几个时辰都不能等吗?"

衡玉格外配合她,抬起手穿上这件暗红色的喜服,轻笑着回答:"不能啊。"

舞媚抿唇。

在帮衡玉扣腰带时,她有些走神,默默反思她和俞夏的这段关系。

她始终不能坦然地接受俞夏,有一部分原因是她觉得俞夏对她缺乏圣子对洛主的那种激情。可是,她是不是过于苛责对方,而没有想过反思自己了。她给予不了同样的热情,凭什么要对方热情对待她,捧着一腔心意放到她面前任她作践?

也许——是时候给彼此一个机会了,先认认真真谈场恋爱,到时候还是不合适,也能无憾地分开。

衡玉等了半天,发现腰带居然还没缠好。她见舞媚走神,原本不想打扰舞媚,可是一直举着两只手很累人,她只好无奈地出声唤醒舞媚:"在想什么?"

舞媚回过神来:"想通了一些事情。"

衡玉瞬间了然:"终于纠结完了,恭喜。"

今日最该收下这句"恭喜"的可不是她,舞媚抓紧时间帮衡玉换衣服。

暗红色的喜服极尽烦琐与隆重,面料上绣着大片怒放的合欢,针脚细密无一处不精致。

衡玉坐到梳妆柜前,由着舞媚帮她上妆。

师妹站在衡玉身后,握着木梳梳顺她的头发,将这一头柔顺的青丝全部绾起,仅用合欢花簪牢牢固定住。

衡玉以往就算上妆,顶多也就是描眉涂口脂,如今难得上完全妆,不仅毫无违和之处,更添几分婉转妩媚的风情。

"首饰在哪儿？"舞媚问道。

衡玉提醒："今天戴的首饰都摆在最上面。"

舞媚过去翻找，注意到这套首饰全部是极品法器，而且每一件首饰上都点缀有形似相思果的红宝石。

如此细微之处，也见相思。

即使是舞媚这个局外人，也被那位圣子的心意打动了。

舞媚慢慢帮衡玉戴好首饰。

一切妥善后，舞媚示意衡玉看向铜镜。铜镜清晰映出衡玉此刻的容貌，她仔细打量许久，缓缓勾起唇角来。

"时辰快要到了，洛主，去你的道侣身边吧。"舞媚由衷地祝福。

衡玉直接起身，不需要舞媚和师妹们帮忙，她自己提着华丽的裙摆走出屋子，推开院门。

了悟穿着同款喜服，安静地站在合欢树下。察觉到动静，他抬眸向她看来，一眼之间，似是岁月静好。

看清衡玉的打扮，他眼中闪过清晰的惊艳之色。静立着局促片刻，了悟抿紧唇角，走到她面前向她伸出手："我们走吧。"

"好。"衡玉紧扣住他的五指，让他牵着自己前去试炼台，让沧澜大陆无数修士见证他们的仪式。

携手穿过合欢花海，迈过高高的台阶，在无数宾客的瞩目下，衡玉和了悟来到最前方。

游云这个师父充当类似司仪的角色，请两人彼此立誓。

了悟并未看下方的任何人，从刚刚见到他的姑娘起，他的视线里就没容纳过其他任何事物。他的眸光漆黑润泽，眉间满是惊人的喜悦。这种喜悦从眼角眉梢透出来，任谁都能一眼读懂。

"禅道在我心底，洛主在我心头。"

衡玉握住他的手："很久以前，我就已经等不及要与你共度余生。"

很久很久以前，早到梦魇幻境时。

也许，比那还早，只是她不敢。

她这一生从不信奉任何神明，此刻的心情却比这世间禅门弟子都要虔诚几分。

感谢觉者怜悯，允她与他共度余生。

这场道侣大典在沧澜大陆无数修士的见证与祝福下顺利落幕，场面盛大到足以载入史册，引得后来者遐想神往。

喜房的花灯足足燃了一夜。

直到日上三竿，了悟摇醒衡玉。

吃了些东西，衡玉还是懒洋洋的。她倚在了悟身上，把玩他骨节如玉的手指。

了悟往里挪动些许，让她能靠得更舒服些。就在他思考该怎么开口时，衡玉先他一步开口:"了悟。"衡玉把他的手放到她的脸上,她抬眸看向他,漂亮而干净的眼瞳里带着笑意,"百花谷的事务已经处理得差不多了,接下来一段时间,长老和弟子们该闭关突破的闭关突破,该好好修炼的好好修炼,暂时没别的大事。我陪你回西北之地吧。"

了悟微愣:"洛主……"

"我知道你有很多事要忙,我陪着你。"衡玉扳着他的手指,跟他谈条件,"不过,你把百花谷的长老拐走,等你忙完了是不是要陪我回百花谷充当苦力?"

有关这件事,早在道侣大典刚开始筹备时,衡玉就已经跟她师父、掌门沟通过。两人也都表示理解:西北之地的事情更加重要。

了悟没说话,他心底酸酸胀胀,那种情绪几乎要将他淹没,只有在真真切切搂住她时才能得到缓解。

在宗门里多停留几日,陪着了悟欣赏够合欢花后,衡玉随着无定宗的船形法器一块儿回了西北之地。

她在船舱里待不住,走出甲板吹风。刚在原地站定,身后突然传来一阵脚步声,伴着熟悉的笑声一块儿送进衡玉耳里:"看到我给你们置办的贺礼了吗?"

衡玉撑着栏杆,回头看向了缘:"并蒂花千年才盛开一朵,我和了悟都很喜欢。"

并蒂花顾名思义,一茎生两花,又名合欢莲,非常适合作为道侣大典的贺礼。

了缘走到衡玉身边,学着她的动作撑着栏杆。他身上的衣服松松垮垮地挂在身上,笑得邪肆不羁。

"我才不管他喜不喜欢,你觉得好就行。"

衡玉忍不住笑:"既然不喜欢我,又何必说些惹了悟误会的话。"

"你怕他吃醋?"了缘眉梢微挑。

"他不会因为这些事吃醋。"衡玉说。

"也是,你的言行始终都让他安心。"了缘转了个身,脊背倚着冰冷而坚硬的栏杆,"不过你说我不喜欢你,这就很令我伤心了。我明明这么欣赏你。"

喜欢这种情绪,的确不一定要触及男女之情。衡玉也不跟他咬文嚼字,直接转移话题问道:"你对欢喜道法的理解似乎更进一步了?"

"是的。"了缘说。

贪嗔痴念皆为因缘禅的养料。道侣大典那日,他站在台下,一路目送两位璧人,心底最后一份执念彻底淡去。

他的这场喜欢说来有些可笑,竟是起于她对了悟的偏爱。这样的情愫算是喜欢吗?了缘思索许久,觉得有些怅惘:其实他自己也不知道那到底是喜欢,还是得不到的执念在作祟。

大概是后者吧。

两人安静下来,站在一起吹风透气。直到了悟在厢房里等了很久,拿着外袍出来找衡玉时，了缘才笑道："那我回去休息了。"

即将走进船舱，他们两人的对话声顺着风传进了缘的耳里。

"手冷。"

"要回去吗？"

"房间太狭小了，回去待着很闷。"

"那我用灵力帮你暖手。"

…………

这些对话听起来是如此平淡琐碎。

了缘抬手伸懒腰，以手掩面打了个哈欠。也许正因如此，他才无比肯定，即使漫长岁月过去，他们还会一如既往地情深，甚至还会随着岁月的流逝，越发情深入髓。

西北之地的局面虽比三个月前好了不少，但还是不能令人满意。前脚刚踏入无定宗，后脚衡玉和了悟就去找圆苍掌教，从他那里各自领取任务。

衡玉主要负责帮忙安定民生，了悟主要负责净化各地的邪魔之气，不给邪魔卷土重来的机会。圆苍掌教很通融，基本是将两人安排在一地行动。衡玉去哪个城镇，了悟就跟着去哪个城镇。

时间转瞬而逝，这天傍晚，了悟打包好热乎的栗子走回家，推门走进院子里。衡玉正坐在秋千上等他回来，瞅见那包栗子，什么话也没说，直接朝他张开嘴，了悟乖乖地喂她。

吃过几颗栗子，衡玉突然说："周城的事情忙得差不多了，我需要闭关冲击化神期。"她体内的灵力已经水到渠成了。

忙活了好几年，民生基本安定下来。在无数禅修的努力下，西北之地的邪魔之气已经稀薄得微不可察。

了悟问她打算在哪里闭关。

"这回闭关需要好几年时间，主要看你打算去哪里，我得在你身边闭关。"

"那我们去封印地吧。"

了悟用指尖抚摸她眉心那梅花花钿，这是今早出门时他为她贴上的。

了悟温声道："你在大殿里闭关，在下在你旁边守着，顺便净化封印地的邪魔之气。"

两人沟通好，先回无定宗见圆苍掌教，与他沟通得到允许后，启程前往封印地。

封印地与以前相比并没有太大区别，依旧是死气沉沉的枯朽模样。陪伴了悟两天，衡玉走进一处空的厢房，关紧房门后陷入闭关状态。

灵力一分分增加，速度虽然非常缓慢，但好在一切顺利，突破至化神期是水到渠成的事情。

衡玉的识海慢慢盈满，当识海撑到极致那一刻，她催动灵力疯狂撞击识海的某一点。识海爆炸的声音在耳畔回响，衡玉被震得直接闷哼出声，她连忙稳住心神，继续冲击。

成败就在此一举，而最终化神期的气势从她周身弥漫开！

衡玉还没来得及欢喜，神识突然天旋地转，她跌入幻境考验里。

参天的菩提树林立，威严而肃穆的大殿藏在林中，衡玉站在外围只能隐约瞧见大殿屋檐一角。

"无定宗？"

衡玉低头看了眼自己的手，隐隐能看到血管里潺潺流动的血液，这幻境真实得毫无破绽。

对于自己的幻境考验和无定宗有关系，衡玉并不觉得奇怪。她所心心念念的不过就那么几样东西，了悟是毫无争议的第一。

在原地站立片刻，衡玉沿着石子路继续往前走。她在无定宗待了有一段时间，很清楚自己现在身处什么地方，也知道该怎么从这里走出去。

绕出石子路，途径一处空旷的广场。这时候正是冬日，天气酷寒，鹅毛大雪簌簌而下。衡玉随手拂去肩上的积雪，正打算穿过广场走去前面的大殿，突然听到一阵稚嫩的诵经声。

衡玉顺着这道声音看过去，声音是从广场边缘那座凉亭里传出来的。此刻，四面透风的凉亭里坐着个穿着青衣的小禅修，他看上去只有十岁左右，背对衡玉乖巧地坐着，眼睛一刻不离经书。

不知道为什么，衡玉冥冥中有种奇妙的预感。她踩着积雪走向凉亭，在逐渐接近凉亭时，小禅修似乎是察觉到动静，扭头看向她。

在看清小禅修的容貌时，衡玉就知道这种奇妙的预感并没有出错：这是了悟小时候。

了悟仔细打量她几眼，放下经书，双手合十行礼："这位道友可是迷路了？"

"是迷路了。"衡玉笑应道，"雪下得很大，你介意我在凉亭里歇会儿吗？"

了悟摇头，请她坐下。

衡玉挑了离他最近的石凳坐下。

她坐下时，明显感觉到了悟的身体僵了片刻，似乎很不习惯与人这么亲近。他不自在地在石凳上动了动，随后展开经书，继续按照先前的进度阅读。翻动书页的声音压得很轻，轻到几不可闻。

衡玉托腮，目光放在白茫茫的雪地里，似乎是在赏雪，余光却一直在打量了悟。很快，衡玉注意到他眉心微微蹙起，似乎是在经文上遇到了什么难题，他紧紧盯着那行字，下意识地抬起手挠了挠头，一副很苦恼的样子。

了悟说他小时候并不可爱，这样还不叫可爱吗！衡玉心下感慨，目光顺势挪到了悟身上："我对经文有挺多见解的，你介意告诉我你的困惑吗？"

迟疑片刻，了悟还是把他的困惑说了出来。

即使是先天禅骨的他，那时对道法的理解也很粗浅。衡玉虽然只是个半吊子，但解决这个困惑的水平还是有的。

等她三言两语解答完，明显感觉到了悟看向她时的神情轻松不少。衡玉轻笑，顺势问道："你怎么一个人在这里翻阅经书？"

板着稚嫩的脸，了悟说："这里安静。"师弟他们都太吵了，而且对道法也不够上心，他不喜欢跟他们玩。但各位师兄的年纪又比他大太多，不乐意带着他做功课，所以他每天都是自己寻个安静的地方待着。

衡玉脸上笑意渐深，她大概能猜到了悟现在的想法。明明婴儿肥都没消掉，声音还这么稚嫩，却在装大人，真的好可爱。

她起了作弄他的心思，继续问道："我坐在这里会不会打扰你？"

了悟摇头，严肃道："道友请自便，如果不能静下心来研读经书，那是我自己的问题，与道友无关。"

一本正经得衡玉都有些不好意思出声打扰他了。她垂眸扫一眼那本经书的封皮，在脑海里思索，回想起经书的内容后，开始给了悟讲解这本书。

她的话深入浅出，而且言论都非常贴合了悟的想法，了悟听着听着，忍不住连连点头，觉得这位道友没骗她，她对经文真的有很深的见解。

衡玉暗笑，毕竟这些见解基本出自几十年后的了悟本人。

她丝毫没觉得拿了悟告诉她的东西来忽悠眼前的了悟有什么问题。一番交谈过后，了悟彻底放松下来，瞧了她几眼，才想起来另一件事："道友，我还没问过该如何称呼你。"

"叫我洛主吧。"衡玉说。

"洛主。"了悟脆生生地喊道，唇角不自觉上扬，"洛主称呼我为了悟就好。"

这么笑时，有个若隐若现的酒窝出现在他唇角，眉间那点鲜红的朱砂越发显眼。

他刚想开口说些什么，远处突然传来一阵叽叽喳喳的声音。

"了悟了悟，你怎么又坐在那里翻看经书，过来一起堆雪人啊！"远远地，一个粉雕玉琢的小禅修大声喊道，他裹得非常厚实，整个人看上去圆滚滚的像团球，于是就更加可爱了。

从他的眉眼，衡玉大概认出他的身份：小时候的了缘。

了悟右手托腮，无奈地叹了口气。

衡玉听到耳边的叹息声，实在忍不住了，别开头压着声音闷笑。

等了缘走到凉亭边上，他看也没看衡玉一眼，直奔了悟身边，要伸手去攥了悟："你一个人待在这里多无聊啊，快些走快些走。"

一个人？

了悟下意识扭头看向衡玉。衡玉朝他眨了眨眼睛，是的，这场幻觉只有了悟能看到她。因为她的考验只和他有关系。

了悟不知道是怎么想通了，一瞬惊讶后，朝衡玉扬起个柔软的笑容。他这回没拒绝了缘，而是跟着他们一起在广场上堆雪人。

可是了缘他们玩得疯了，全部只顾着自己玩，了悟从来没堆过雪人，他捧着一团不大的雪球，孤零零地站在外围注视他们，想观察了缘他们是怎么堆雪人的。

"我教你。"衡玉说，走到他身边蹲下，开始滚雪球。

了悟撩起袍子的衣摆，蹲在她身边看着她的动作，突然低声道："你是我的守护灵吗？"

"守护灵？"衡玉诧异。

"不是吗？"了悟有些委屈地扳了扳手指，"了缘他们前几天偷看人间话本，那里面的书生有个守护灵，只有他能够看到守护灵。守护灵陪着他不让他无聊，还教他学问，帮他教训那些对他不好的坏人。"

"嗯……"衡玉想了想，用沾着雪花的手去抚摸他的头，"勉强算是吧。"

"我教你堆雪人？"

"好！"了悟用力点头。

只能说了悟的学习能力从小到大都很好，她稍微示范一下，他就已经熟练掌握堆雪人的技巧。

将从厨房顺来的胡萝卜插到雪人鼻子的位置，这个雪人就算是大功告成。了悟还没来得及欣赏自己的杰作，有个师兄急匆匆地朝他跑来，告诉他掌教有请。

了悟正准备过去找他师父，余光扫见衡玉，他停下脚步问："洛主，你要跟着我吗？"

衡玉点头："对，我跟着你。"

了悟下意识压低声音，试探性地问道："不会被我师父发现吧？"

"我又不是什么坏人，不怕他发现。"衡玉笑，"而且他不会发现的。"毕竟这里只是一场幻境。

圆苍掌教完全是初见时的模样，眼前覆着白绸，跪坐在雕像前敲击木鱼。感应到了悟过来，他停下手中动作，转头直面了悟，抽查他的道法进度。

抽查完道法进度，圆苍摸了摸了悟的头，笑着夸他。刚夸奖完毕，大殿紧闭的门被人从外面用力推开，了缘噔噔噔地跑进殿内，一头撞到圆苍怀里，语带哭腔："师父师父，刚刚了海师兄又抓蛇来吓我。"

"嗯？"圆苍哭笑不得，只好连声去哄吓得快哭出来的了缘，一时之间有些冷落身边的了悟。

在了悟感到失落前，衡玉慢慢蹲下身牵住他的手，说："爱哭爱闹的孩子更容易受到大人的关注，但是，在他们心中，你和了缘都是同样可爱同样重要的。而且以后你会遇到一个最偏爱你的人。"

了悟侧头看她，张唇用唇语问："像守护灵一样吗？"

"不是守护灵。"衡玉笑起来，斟酌该怎么解释，"嗯……就是你出现在她身边时，她的眼里只有你。"

了悟抿紧唇，似乎是理解了她话中的意思，有些羞涩地回握住她的手。

他问："那你会离开我吗？"

"我会暂时离开。"

了悟抓重点的能力极强："也就是说还是会离开。"

衡玉轻笑，没说话。

了悟局促不安地问道："不能不离开吗？"

"可外面有个和你一样可爱的人正在等着我，如果我留在这里陪你，就要让他难过了。"

了悟抿紧唇角，那双黑润的眼睛里泛起淡淡的水色："你之前果然是在骗我。"

衡玉倍感无奈，又觉得有些好笑："我不会骗你。"

了悟眨眼看她，脸上终于重新浮现笑意。

衡玉站起身来，目光一直落在他身上，不断往后倒退，直到离开这个幻境。

幻境考验，通过。

三个月后，无定宗派遣一批长老和弟子前来负责封印地后续事宜，衡玉和了悟则回无定宗报告修整。

这么多年过去，西北之地已经逐渐恢复生机。那被灵火烧毁的大片森林，在邪魔之祸结束后已经浴火重生，再过个上百年，应该就能恢复到原来的模样。

衡玉和了悟在无定宗停留半个月，将手上的任务收尾后，两个人启程回了百花谷。在百花谷里，了悟时不时给百花谷的少主们上课，绝大多数时间他都在钻研道法、编写经书，顺便在南州传播禅道。

衡玉也有自己的事要忙，并未特意看过他的经书。这天傍晚，天空下起淅淅沥沥的雨，衡玉撑着伞从外面回来，在屋内环视一圈，没找到了悟。她转身进了书房，果然，了悟正坐在窗边执笔慢慢编写经书。衡玉轻手轻脚地走到他身边，帮他整理散乱开的手稿，在瞥见一段内容后微微愣住。

"怎么了？"了悟搁下毛笔，伸手牵住她的手。

"经文上为什么会出现我的名字？"

了悟抬眸看她，笑道："我的禅道与你息息相关，出现洛主的名字不是很正常吗？"

话是这么说没错，但衡玉总觉得，他这是在公然秀恩爱。

"给我换个代称吧。"

了悟顺着她的话想了想："也好。"代称会更合适些。

经书编写完毕，了悟开始宣扬他的禅道，衡玉一直陪着他在红尘里游历。

随着皈依他所创的那条禅道的人越来越多，禅道第四朵大道之花也在一点点绽放。短短几年时间，大道之花便盛放到极致，禅道得证。

在这一刻，沧澜大陆无数大殿里传来空灵的梵音，似乎是在庆贺有真法降世。

了悟刚刚宣讲道法结束，正坐在高台上。

他垂眼看着下方时，好似高居大殿的神灵在垂眼注视人间，无情无欲，无悲无喜。直到他的视线落到她的身上，那种淡漠瞬间消散，眉眼之间道尽深情。

番外二
此情殇

仙鹤乘风，云台绕雾，玄音飘荡在玄宗整个山门范围内。

今日是玄宗掌教继任大典。沧澜大陆无数修士亲临玄宗，见证这一场盛事。

玄宗太上长老抬手，虚虚抚在道卓头上："自今日起，道卓任我玄宗第三十七任掌教。澄心守神，道随万物，你的一言一行都将代表整个玄宗。"

沧桑浩荡的声音经过灵力加持，传遍玄宗每一处角落。

道卓穿着最俭朴的道袍，头戴月冠，手挽浮尘，恭敬地跪在太上长老身前。

他两指并拢在心口处一划，逼出一滴心头血。心头血没入面前的玄宗掌门令，道卓能清楚感应到自己的心神与护山大阵紧密地联系在了一起，只要他心念一动，护山大阵便会随他心意而动。

道卓抬起手，握住从空中落下的掌门令，旋即起身，面向大殿下方所有来观礼的修士，垂眼执道礼。

下方传来一阵接着一阵的道贺声，听着这些话语，道卓脑海里浮现的不是以后，而是从前。

很久很久以前。

久到那时，他还只是个骄傲又自负的筑基后期小道士，而非如今人人敬仰礼待的元婴后期玄宗掌教。

道卓自幼在玄宗长大，性子被养得清高，目下无尘，又执着于正邪之分，平素最讨厌与邪宗的人来往。

后来他修炼到了筑基后期，为了追寻道心圆满顺利晋入结丹期，他第一次离开宗门游历。

时至今日，道卓还清楚地记得自己遇到慕欢那天的场景。

听闻中州某座城池出现了一条为非作歹的蛟龙，初出茅庐正义感十足的他匆匆赶到那里。打听过消息后，道卓判断那条蛟龙还未晋入结丹期，于是试图孤身斩蛟。但在打斗过程中，他才发现这条蛟龙早已晋入结丹中期，它一直在隐藏实力，就是为了吞食掉那些前来斩杀它的修士。

靠着师门赐予的法宝符箓，道卓勉强能够与蛟龙周旋，可他清楚，这种对峙只是暂时的，一旦他的法宝符箓用完，或者哪里出现了破绽，这条狡猾残忍的蛟龙势必会将他吞入腹中。

不能再这样下去了！他必须进行最后一搏！

就在道卓的手指已经掐住一块特殊的符箓，试图用心神之力去催动这块符箓时，一阵悦耳清脆的铃铛声突然响起，由远及近，还伴着甜腻的香味。

"这里可真是热闹啊。"女子的娇笑声插入这场对峙里。

来人着一身半遮半露的粉色纱裙，脸上神情纯真无比，腰间环着条金色细锁链，脚下坠两条铃铛脚链，随着她莲步轻移，铃铛声也会一道响起。

这样一个突然出现的女子，看起来亦正亦邪，小道士和蛟龙打斗时还要分出几分心神来警惕她。

"你是何人？"蛟龙虽未化人形，但已能开口吐出人言。

女子娇笑："我只是路过凑热闹的路人，你们继续打，不用管我。"

蛟龙勃然大怒。区区一个筑基巅峰修士，也敢如此猖狂，未免太不把它放在眼里了吧。

道卓气息已乱，旁听了许久，开口道："敢问道友是何门何派？"

女子抬眸凝视着他，明明只是简单的一眼，却仿佛透着露骨的缠绵："百花谷，慕欢。"

道卓皱了皱眉。他素来疾恶如仇，不喜欢邪宗的人，而百花谷那种依靠双修来进阶的门派，最为他所不齿。

"小道士，你讨厌我？"慕欢扬了扬唇，"哎，我最喜欢你这种表面正经的小道士了。"

道卓脸色越发难看，一个分神间，他被蛟龙摆尾狠狠击中，身体倒飞出十几米，手中拂尘也碎成了两半。

死亡与他已在咫尺之间。

恰在此时，慕欢身形一闪挡在道卓面前，同时借着手中至宝与蛟龙缠斗。道卓深吸一口气，前去助阵，与慕欢合力斩下蛟首。

蛟首和蛟身分成两半，道卓刚想松一口气，旁边的慕欢突然"哎哟"出声。

道卓不由得看向她。虽说他对百花谷的人心存偏见，但怎么说这个妖女也救过他，刚刚在缠斗中，他伤得极重，她也没好到哪儿去，莫非是哪里出了问题？

慕欢低头，抖了抖自己沾满血污的裙子，气急败坏道："脏死了！"

不急着疗伤，反而先给自己掐了个净尘诀，待到自己重新恢复成那副风情万种的模样，她才高高兴兴地从储物戒指里掏丹药疗伤。

道卓合上眼，安心服丹药疗伤。

原以为这次相遇只是偶然，可直到道卓离开这座城镇，打算换一个新的地点游历时，他才发现自己被缠上了。慕欢甚至不掩饰她是为何而来："我的内门任务攻略对象是你。"

道卓冷着脸，越过她往外走。可刚走一步，他的道袍就被慕欢抓住了。慕欢直接挟恩图报："我对你有救命之恩，你就是这么对你的救命恩人的？难道不怕自己道心有损吗？"

道卓拧起眉心。他从来没说过不报答恩情，但看慕欢的样子，她是要拿着这份救命之恩，来实现自己的意图。

"你意欲何为？"

慕欢一步上前。这一步，将两人的距离拉得极近，远远看来，慕欢仿佛依偎在道卓的怀里。她仰着头，柔软纤细的右手从他的胸膛攀到他的薄唇，细细摩挲着他唇峰的弧度。

"我只想完成内门任务而已。"

道卓呆愣在原地，过了许久，方才反应过来发生了什么，吓得往后直退两步，恼羞成怒："你！请慕主自重！"

慕欢笑得花枝乱颤："你让百花谷的弟子自重？"

道卓脸色青一下红一下，确实，论行迹最不受拘束、最放浪形骸的宗门便是百花谷了。

"真是个呆子，一看平日里就没接近过女色。你看这样可好？你呢，帮姐姐我完成我的内门任务。而姐姐我呢，教你体会体会什么是人间极乐。你看这样可公平？道法三千，难道你不想接触接触我们百花谷的道法吗？如今姐姐我可是愿意倾囊相授啊。"

慕欢刻意压低了声音，右手抬起轻抚自己的脸庞，媚眼如丝。再不解风情的人，对上这样的她，百炼钢怕是都要化为绕指柔了。

道卓铁青着脸，转身拂袖而去。

但慕欢快步跟上了他，他也没有再阻拦。因为他很清楚，面对这样的女子，只要他阻拦，她就会拿救命之恩来说事。

两人一个在前面走，另一个在后面追着闹腾。

明明冷清的游历，因为慕欢的存在而变得生动起来。道卓自问心性极佳，可眼前的女子却像是有魔力一般，轻而易举就能令他恼怒，偏偏他又无法对她发脾气。

两人就这么游历了一路。

后来他晋入筑基巅峰，机缘巧合下来到平城。在这里，道卓见到了百花谷洛主洛衡玉。

原来百花谷的人也并非心中只有情爱和欲望，也可以去理解对方追求的大道，甚至试图成就对方的大道。

在这里，道卓还见到了那位负天下盛名久矣的无定宗圣子了悟。

对这位圣子，道卓是心存敬仰的。

如今邪魔肆虐，禅门承担的担子最重。这位圣子更是禅门中的佼佼者。

可令道卓心情复杂的是，慕欢一直对这位圣子图谋不轨。她在他面前，从没有遮掩过她对圣子的觊觎。他清楚她的秉性，清楚她是个怎样的人，但是……当她不加遮掩地表现出来，他竟会感到愤怒，感到悲伤。

明明内门任务对象是他，为什么她还要去撩拨别人？

可更令道卓感到愤怒的是，明知她是这样一个多情、与他缺乏共同话题、缺点也显而易见的女子，他居然还是会被她牵动情绪。

道卓不敢再深想下去，他也不想再待在平城。

于是，平城这边的事情一结束，道卓直接告辞，转身离开。

慕欢在原地站立片刻，气得一跺脚，咬了咬唇追着他的背影，边追还边喊道："你走这么快干吗？呆子，等等我啊！"

道卓没理会她。

两人御空飞了许久，慕欢试探着问道："呆子，你生气了对吧？"

问这句话时，她眼角眉梢都是得意，仿佛他的心意不过是她裙摆下新增的战利品罢了。

道卓喉间溢出一丝铁锈的腥气，他将翻涌的气血压下，紧闭双眼不再看她，同时催动拂尘将她甩在身后。

两人就这么僵持着。

直到有一日，慕欢和道卓借住在一座道观里。

她喝得醉醺醺的，不顾他的刻意疏远，跑到他的窗前大吵大闹，隔着窗户把他整洁干净的道袍袖子扒拉得皱巴巴的。

"明明同为十大少主，为什么洛主接到的任务是天级上品，迟主接到的任务是天级中品，就连舞媚那家伙也是个天级下品，我居然才接到了一个地级上品的任务呢！"

本就被她吵得头疼的道卓，闻言用灵力震开袖子，看着她踉跄往后摔去的模样，真是恨不得催动灵力当场把她拍死在原地。

慕欢坐在地板上，越发委屈："呆子，你比不过悟圣子就算了，但你说，你哪里比不过缥缈宗圣女、剑宗首席弟子？"

道卓气狠了，反倒轻笑一声，抬手就要关窗。

"你这个小道士，以后要争点气，成为玄宗下一任掌教。你这样一板一眼不染纷扰的人，肯定能把玄宗发扬光大……"

道卓停下关窗的动作，安静地看着靠在柱子上睡了过去的慕欢，无奈叹息。他从屋里走出去，蹲在她面前。

月色倾泻而下，星光如华，睡着时的慕欢脸上没有骄纵，没有露骨的情欲，只剩下那几分和她平日表现有些不符的纯净澄澈。

道卓看了很久很久，才伸出手，将她从地上横抱入怀，送她回她的房间，语气既无可奈何，又带着几分连他自己也没察觉的温柔妥协："喝醉酒就来我这里发酒疯。"

道卓弯腰帮慕欢盖上被子，突然，一只纤纤玉手从被子里伸了出来，揽住了他的脖颈。

慕欢仰着脸，亲了亲他的唇角："早点休息。"

没等道卓回过神，她竟又睡了过去。

道卓愣了许久，抬手碰了碰被她亲吻过的唇角。那里，有柔软在蔓延。蔓延着蔓延着，就蔓延进了心里。

"妖女。"他低声说着。

蛊惑人心的妖女，千般缺点、万般不好的妖女。

为何他的眼他的心看清了这一切，却依旧会为她而神魂颠倒？

这就是情吗？明知不对，依旧不为自己所控制。

道卓在慕欢床头静坐沉思，许久没有提升的道心突飞猛进，他竟在此刻顿悟。

待到慕欢酒醒，看着一夜之间晋入结丹中期的道卓，整个人目瞪口呆："你……"

道卓微微一笑，眼里流淌着温和的光。

他伸出手，为她抚了抚被压乱的碎发，低声说道："慕欢，我打算去东洲大陆游历，你可要随我一起？"

"当然！"

道卓眉眼都染上了笑意，他继续问道："那你与我约法一章可好？"

看着他这么乖巧温柔的模样，慕欢不介意多顺着他的话哄哄他："你先说说看，也许我心情好就直接答应下来了呢？"

"游历期间，不可以提到其他男子。"

人皆有七情六欲，皆有贪嗔痴念，最怕的是人无法坦然面对自己的情欲痴念。道卓不再掩饰自己的嫉妒，也意味着，他不再抵触对她的心意。他放开了自己的防备，任由她来攻城略地。

慕欢愣住了，她唇角微微动了下，却又什么话都说不出来。许久，慕欢问道："我为什么要听你的？"

"你不是心心念念要压过洛主他们，最先完成内门任务吗？要想达到这个目标，总要有小小的舍取啊……"他喉间滚出清润的笑声，连着窗外的和风，吹进慕欢耳里。

慕欢看了他许久，突然笑得前仰后合。在道卓不解的目光注视下，慕欢用一只手撑着身子，另一只手揽着他，在他额角落了一吻。这是一个不带半分情欲的吻。

她以情欲为养料，大部分修炼手段都和双修有关系，这些年里被生生浇养成这副千娇百媚、风流多情的模样，可是平生第一次，她的世界里只剩下松风水月、晓色云开。

圣子是别人的心上人，小道士才是她的眼前人。

"好啊。不过先说好，我爱享受，到了东洲那边，你可不能让我吃苦。"

慕欢伸着懒腰，如过去那般将半边身子都挂在道卓身上。迟疑片刻，道卓并未再推开她，默许了她的举动。

东洲一行其实十分枯燥。

道卓去东洲不是为了游山玩水，而是为了磨砺道心，斩杀为祸一方的妖兽，传扬道法。

说着自己爱享受的慕欢，在条件着实艰苦时，嘴上嫌弃个不停，可都忍受了下来。

他在她耳边念叨着道法，她气得跳脚，骂他烦人，骂他是个臭道士，却没想过要跑得离他远一点。他最先看见的是她身上所有的不好，但当他静下心来，愿意拨去成见坦然面对自己的心意时，他才真正看到了她的好。

她也值得这个世界上所有美好的东西啊。

当他这么和慕欢说的时候，慕欢脸上的笑容凝滞，许久，她感慨道："小道士，你这是色令智昏啊。"

她与出身百花谷却做派干净的洛主不同，她是百花谷最典型的妖女，蛊惑人心、巧言令色，如她的大师姐宓宜一样必须依靠双修来进阶，手底下沾染过的人命更是不知凡几，如何当得起道卓这句话？

他才是那个当得起世间所有美好的人。

慕欢如往常般钻进道卓的怀里，可她说的话却是："出来这么久，我是时候回宗门了。"

她知道，哪怕她多情，与道卓缺乏共同话题，缺点显而易见，可道卓也在为她神魂颠倒。但是，如今这已非她本意。

大道坎坷如攀九重山巅，她的小道士理应成为九重山巅之上孤高清绝的玄门领袖，而非与她在欲望旋涡里沉沦。

她亲眼见过大师姐宓宜和圆静最后是怎样的结局，她修的是和大师姐一样的功法，她不能让自己，更不能让她的小道士也落得那样众叛亲离的下场。

慕欢素来是个绝情的人，她说要离开，就真的毫不拖泥带水地离开，甚至当着道卓的面，单方面斩断了与他所有的联系。

舞媚、迟等人，在结束内门任务后依旧与他们的任务对象纠缠不清，唯独看似最多情的慕欢没有。她与道卓桥归桥，路归路，此生若无意外，当不复相见。

手中的掌门令散发出微微凉意，呼唤道卓回神。他将掌门令妥善收好，环视着下方热闹的人群。

他终于成了玄宗掌教。可是他想分享喜悦的那位女子，已经不在了。

那个女子是一个风情万种的妖女，也是他曾经……想昭告天下结为道侣的心上人。

番外三
此情长

水泽国，阳城。

沧澜大陆灵气浓郁，幅员辽阔，有亿万生灵，但拥有灵根能够踏上修仙一途的终究只是少数人。

水泽国是位于南州大陆的一个小国。如同它的名字般，水泽国大半疆域都是水域。

阳城则是水泽国最偏僻贫穷的一座城池，城中百姓靠打鱼为生，每天日出而渔日落而歇，生活仅是勉强温饱，不曾出现过任何修仙者，也不曾信奉过任何神明。

此时，几条小舟顺流而下。划船的人彼此对视一眼，虽然都互不相识，但依旧笑着彼此打起招呼来。

"你们也是去参加法会的？"

"是啊是啊。我邻居家的孩子前段时间生了场重病，眼看着就不行了，那位了悟大师到了后，把脉开药，孩子喝了两服药病就好了，灵验得很。我家闺女从小就身体不好，我想带她去法会听听道法，让觉者保佑她平安长大。"

这位法号了悟的年轻大师是在一年前到阳城的。起初，阳城百姓都没拿他当回事。以前也不是没出现过这种情况，那些禅修道士神姑来到他们阳城，正事没做一件，坑蒙拐骗倒是没少做。久而久之，阳城百姓都学机灵了。但慢慢地，阳城百姓发现这位了悟大师和其他坑蒙拐骗的修士是不一样的。他到了阳城，不急着去大谈特谈道法，而是一点点扎根阳城，急阳城百姓之所急。除了治病，那位大师还会教孩子读书识字，别的事情平日里也没少做。

人心都是肉长的，久而久之，阳城百姓哪里还会怀疑了悟的用心。当他们放下固有成见去认真聆听后，很难不被了悟话中的慈悲宽容所打动。

几人聊着聊着，阳城码头到了。

法会每半月一次，特意从乡下进城参加法会的人不少，城里参加法会的人也不少，汇聚起来，便显得人格外多。开坛讲法的地方很简陋，只是一个用泥高高砌起的祭坛，上面铺了些干燥的稻草。

容貌俊秀雅正的年轻圣子盘坐在蒲团上，双手合十，唇角含着淡淡的笑容，正在侧耳聆听一位饱经风霜的中年人诉苦,时不时回应几句,予以宽慰或解答。

一整天的时间里,他都在耐心解答着百姓的困惑。

直到日暮四合,晚霞一点点染上天空,百姓都心满意足地离去,了悟才缓缓起身。他收起蒲团,一转过身,便看到了站在百年梧桐树旁边、披着杏色斗篷的衡玉。她含笑望着他,仿佛是刚来,又仿佛已经在那里站了许久。

了悟走到她面前,自然地牵起她的手:"等久了吧。"

衡玉回握住他:"算着时辰出门的。"

了悟说:"我们回去吧。"

了悟与她穿过大街小巷,而阳城百姓对此早已见怪不怪,偶尔还有人笑着问他们要不要吃些水果点心。若遇上衡玉想吃的,了悟便收下,改天再回礼。

他们暂住的岛屿到了,了悟上前推开院门:"我听百姓说明日荣城会有放孔明灯的活动,我们明日过去吧,在那里待两天再回来。"

衡玉知道他是怕她无聊,认真地点了点头:"好啊。"

进了院子里,了悟去屋里更换衣服,衡玉坐在秋千上吹着潮湿的晚风,欣赏着院中次第盛开的花朵。他们住的这座岛屿很小,岛上只有一处院子,院子里设有三间木屋,一间住人,一间用来给了悟研习大道,一间是衡玉拿来炼丹铸器的。

院子里的一草一木,都是两人仔细商量过后才敲定的,极符合他们两人的审美。

距离那场轰动沧澜大陆的道侣大典已过去近千年,这千年来,衡玉和了悟偶尔会回百花谷小住,偶尔会在无定宗停留,但更多时候,他们的足迹既遍布沧澜大陆的洞天福地,也会踏上这世间最苦寒之地。

阳城只是他们旅途中的一站。他们在这里顶多只待三年。这三年时间,于修士而言确实短暂,稍稍闭个关再出关都不止三年,但两人每次都会认真布置院子,绝无半分敷衍。

"在想些什么?"身后传来了悟的声音,他伸手帮衡玉推着秋千。秋千晃荡,她的裙摆在半空中翻飞,手腕处的铃铛手链随之发出悦耳的脆响。

衡玉抬手,指着院中一处空地:"快下雪了,我想在那里种一棵梅树。"

了悟想了想:"初雪之前,我会移植好。"

衡玉笑得更高兴了。

翌日下午,两人泛着小舟赶往相邻城镇。

衡玉坐在舟边,伸手轻轻地拨弄河水。玩够了水,她看向双手合十闭着双眼做早课的了悟。算着时间差不多了,衡玉抬起湿润冰凉的手,轻轻触碰了悟的脸颊。

了悟缓缓睁开了眼睛,顺势握住她的手。

到荣城时已是夜间。

华灯初上,灯火绚烂,荣城难得举办一次活动,山腰处一片热闹,四处都是听闻活动后特意赶过来的百姓。他们拖家带口,喧哗欢笑声不绝于耳。

衡玉和了悟拾级而上，一步步走到了山腰。这里卖什么的都有，衡玉从头逛到了尾，胡乱买了不少小玩意儿，最后兴致尽了才拉着了悟去买了两盏孔明灯。

孔明灯缓缓升空，融入无边夜色。无数盏孔明灯都在天空飘着，仿佛要把凡间所有的灯都拉到天上，几乎取代了天上的星火。

衡玉仰着脸欣赏许久，突然问了悟："要不要许个愿？"

了悟摇头婉拒了。

衡玉兴致勃勃地开始许愿。了悟垂眸，安静地凝视着身边的姑娘。她闭眼合掌，神情虔诚，唇边带着淡淡的笑，精致漂亮的眉眼仿佛被天上的灯火镀上一层暖黄色光晕，也不知道在许些什么愿望。

他方才婉拒了她的提议，是因为他无须向孔明灯寄托任何愿景。他日日夜夜诵经，也日日夜夜都为她祷告。

衡玉恰在此时睁开了眼睛。了悟微微俯身，在她唇边烙下一吻。似有若无，如落轻鸿。

漫天星火，无边孔明灯，他们在明亮如白昼的黑夜里亲吻。

衡玉和了悟在阳城待了不到三年就离开了。

他们急着离开倒不是因为别的事情，纯粹是因为了悟隐隐摸到了突破的契机，要寻个合适的地方闭关参悟。商量过后，两人决定回无定宗闭关。从化神中期到化神后期，这一步动静极大，在其他地方闭关都不太合适。

以他们如今化神期的修为，全力赶路之下，从南州回到西州也要花上大半个月时间。进入西州后，两人的速度才稍微慢了下来。路过平城时，了悟心中微微一动，感觉到自己在平城会有机缘。到了悟如今这步修为，沟通天道、感应祸福的能力越来越强，既然冥冥中有所感应，那平城里一定有能助他突破的机缘。

衡玉说："那我们下去看看吧。"

平城这个地方，他们不是第一次来了。然而近千年的时间，足够这个地方发生重大变化，如今走在街道上，衡玉已经无法把记忆里的平城和它现在的样子对上。然而令她惊讶的是，他们当年住的那家酒楼现在居然还在。衡玉忍不住笑着调侃："看来这些年里，这家酒楼的生意不错。"

了悟无奈一笑："要不要故地重游一番？"

两人就进了酒楼，开了间厢房住下。看着厢房里的摆设，衡玉突然道："了悟，你还记得宓宜和圆静吗？"

了悟颔首，他自然记得。惊才绝艳的百花谷首席弟子和无定宗执法长老，彼此纠缠三百载，爱时轰轰烈烈，终是不得善果。他不仅记得他们，还记得当日衡玉说过的每一番话，以及她说话时的神情。

他在那时候清楚地意识到，洛主是特别的。她真正比寻常人要通透温柔，是山川，是苍莽之景。了悟隐隐猜到他的机缘是什么了。

正巧在这时,衡玉提议道:"我们去宓主的墓前祭拜下故人吧。"

说起来,当年宓宜魂归天地后,圆静收敛好她的骨灰带去安葬。因为知晓圆静心绪动荡,衡玉他们没有跟过去祭拜宓宜,之后也一直没有去过宓宜的墓前。

这是他们第一次来。所以他们也是第一次见到圆静刻在墓碑上的字——爱妻宓宜之墓。

了悟撩开衣摆,蹲在墓碑前,掐了个清尘诀,拂去墓碑上的灰尘。他凝视着刻在上面的"爱妻"二字,转眸望向衡玉。

她歪了歪头,朝他微笑。

一如初见。

图书在版编目（CIP）数据

听烛 / 大白牙牙牙著. -- 成都：天地出版社，
2025.2. -- ISBN 978-7-5455-8864-4
Ⅰ.I247.5
中国国家版本馆CIP数据核字第2025F61X52号

TING ZHU
听烛

出 品 人	杨　政
作　　者	大白牙牙牙
责任编辑	袁静梅
责任校对	梁续红
特约编辑	刘　彤　徐晨晓
封面设计	光学单位
责任印制	白　雪

出版发行	天地出版社
	（成都市锦江区三色路238号 邮政编码：610023）
	（北京市方庄芳群园3区3号 邮政编码：100078）
网　　址	http://www.tiandiph.com
电子邮箱	tianditg@163.com
经　　销	新华文轩出版传媒股份有限公司

印　　刷	天津鑫旭阳印刷有限公司
版　　次	2025年2月第1版
印　　次	2025年2月第1次印刷
开　　本	680mm×970mm 1/16
印　　张	39.25
字　　数	837千字
定　　价	69.80元（全二册）
书　　号	ISBN 978-7-5455-8864-4

版权所有◆违者必究
咨询电话：（028）86361282（总编室）
购书热线：（010）67693207（营销中心）

如有印装错误，请与本社联系调换。